Dmitri Mereschkowski

Leonardo da Vinci

Zu diesem Buch

Maler, Ingenieur, Forscher, Philosoph – Leonardo da Vincis Werk und Wirken strahlt in seiner visionären Kraft und ästhetischen Vollendung bis in unsere Zeit hinein. Doch nicht nur das geheimnisvolle Lächeln der Mona Lisa beschäftigt Wissenschaftler jeder Epoche – auch der Mann, der es schuf, gibt immer noch Rätsel auf.

Der berühmte russische Symbolist Dmitri Mereschkowski hat aus den Quellen der Epoche den bis heute nicht übertroffenen Lebensroman Leonardos geschrieben. In leuchtenden Farben ergründet er den Menschen hinter dem Mythos und sein Wirken in einer Zeit, in der Weltbilder ins Wanken geraten.

»Mereschkowski gelang mit seinem 1901 erstmals erschienen Roman der Urknall der biografischen Romane. Seither haben sich viele Autoren an einem der letzten Universalgenies versucht. Sie scheiterten mehr oder weniger kläglich. Über sechshundert Seiten hat Mereschkowski über diesen vielschichtigen Menschen geschrieben. Leonardo da Vinci, wie er leibt und lebt, zwischen zwei Buchrücken. Dieses Buch erlaubt es neugierigen Einsteigern wie belesenen Wissenschaftsgrößen, da Vinci ungeschminkt im grellen Licht des Wissens zu begreifen.« *Karsten Koblo, aus-erlesen.de*

Der Autor

Dmitri Mereschkowski, geboren 1865 in St. Petersburg, gilt als einer der wichtigsten Vertreter des Russischen Symbolismus. Bekannt wurde er durch eine Reihe historischer Romane und Novellen. Sein Roman *Leonardo da Vinci* wurde unmittelbar nach Erscheinen 1901 vielfach übersetzt und erreichte weltweit hohe Auflagen. Neunmal war Mereschkowski für den Literaturnobelpreis nominiert. Er starb 1941 in Paris.

Mehr über den Autor und sein Werk auf *www.unionsverlag.com*

Dmitri Mereschkowski

Leonardo da Vinci

Roman

Aus dem Russischen
von Erich Boehme

Unionsverlag

Die Originalausgabe erschien 1901 in Sankt Petersburg.
Die deutsche Erstausgabe erschien 1903 in der Verlagsbuchhandlung Schulze & Co., Leipzig.
Diese vorliegende Fassung folgt der 1953 in der Droemerschen Verlagsanstalt, München, erschienenen Ausgabe.

Im Internet
Aktuelle Informationen, Dokumente und Materialien
zu Dmitri Mereschkowski und diesem Buch
www.unionsverlag.com

Unionsverlag Taschenbuch 835
Originaltitel: Leonardo da Vinci. Voskressie bogi

Neptunstrasse 20, CH-8032 Zürich
Telefon +41 44 283 20 00
mail@unionsverlag.ch

Reihengestaltung: Heinz Unternährer
Umschlagbild: B.A.E. Inc. (Alamy Stock Foto)
Umschlaggestaltung: Sven Schrape
Druck und Bindung: CPI – Clausen & Bosse, Leck
ISBN 978-3-293-20835-3
1. Auflage dieser Ausgabe
2. Auflage als Taschenbuch

Der Unionsverlag wird vom Bundesamt für Kultur mit einem Verlagsförderungs-Strukturbeitrag für die Jahre 2016–2020 unterstützt.

Auch als E-Book erhältlich

Inhalt

1

Die weisse Teufelin

Neben der Kirche Orsanmichele in Florenz befanden sich die Warenlager der Färberinnung.

An den Häusern klebten plumpe Vorbauten, Speicher, ungleiche Erker auf schrägen Holzstützen, und stießen mit ihren Ziegeldächern so dicht zusammen, dass nur ein schmaler Spalt des Himmels sichtbar blieb und die Gasse auch bei Tag im Dunkel lag.

Vor den Ladentüren hingen an Querhölzern Muster fremdländischer, in Florenz gefärbter Wollstoffe. In der Mitte der mit flachen Steinen gepflasterten Straße lief ein Graben, der bunt schillernde, aus den Bottichen der Färbereien stammende Abwässer führte. Über den Toren der ansehnlichsten Lager – Fondachi – hingen Schilder mit dem Wappen von Calimala, der Färberinnung: ein goldener Adler im roten Feld, auf einem runden Ballen weißer Wolle.

In einem dieser Fondachi saß, von Geschäftspapieren und dicken Kontobüchern umgeben, der reiche florentinische Kaufherr und Konsul des »edlen Handwerks von Calimala«, Messer Cipriano Buonaccorsi.

Den alten Herrn fröstelte im kalten Licht des Märztages und dem feuchten, seinen vollgestopften Warenlagern entströmenden Dunst. Er wickelte sich fester in den schon recht abgetragenen, an den Ellbogen durchgescheuerten Eichhornpelz. Ein Gänsekiel steckte hinter seinem Ohr. Mit schwachen, kurzsichtigen, doch alles sehenden Augen prüfte er, nur scheinbar nachlässig, in Wahrheit aber sehr genau, die Pergamentblätter eines gewaltigen Kontobuchs, dessen durch Längs- und Querlinien in Rubriken geteilte Seiten rechts das Soll, links das Haben verzeichneten. Mit gleichmäßig runder Handschrift waren hier auch die Waren eingetragen, ohne große Anfangsbuchstaben, ohne Punkte und Kommas, die Zahlen in römischen, nicht in arabischen Ziffern, die bisher noch als leichtfertige, für Geschäftsbücher unpassende Neuerung galten. Auf der ersten Seite stand in großer Schrift zu lesen: »Im Namen unseres Herrn Jesu Christi und der Heiligen Jungfrau Maria wird dieses Kontobuch begonnen im Jahr 1494 nach Christi Geburt.«

Als Messer Cipriano die letzten Eintragungen nachgeprüft und sorgfältig einen Fehler im Verzeichnis der als Pfand angenommenen Posten von Wollwaren, Pfefferschotenballen, Mekka-Ingwer und Zimtbündeln verbessert hatte, lehnte er sich müde im Sessel zurück und überdachte einen Geschäftsbrief, den er an seinen Repräsentanten auf der Tuchmesse zu Montpellier in Frankreich schreiben wollte.

Da trat jemand in den Laden. Der Alte schlug die Augen auf und erblickte den Bauern Grillo, der ihm das Ackerland und die Weinberge bei seiner Vorstadtvilla in San Gervasio im Tal des Mugnone abgepachtet hatte.

Grillo machte eine Verbeugung. Er hielt einen Korb mit dunkelgelben, vorsichtig in Häcksel verpackten Eiern in Händen. Zwei an den Beinen zusammengebundene, mit den Köpfen nach unten baumelnde Hähnchen zappelten an seinem Gürtel.

»Ah, Grillo, du bist es!«, sagte Buonaccorsi in der herzlichen Art, die er im Verkehr mit Vornehmen wie mit Geringen an sich hatte. »Wie geht es? Ein schöner Frühling dieses Jahr, nicht?«

»Uns Alten bringt auch das Frühjahr nichts Erfreuliches mehr, Messer Cipriano. Die Knochen tun weh und sehnen sich nach dem Grab. Ich bringe Euer Gnaden Eier und ein paar Hähnchen zum Osterfest«, fügte Grillo nach einer Pause hinzu. Dabei zwinkerte er freundlich verschmitzt, wobei sich feine bräunliche Runzeln um seine grünlichen Augen bildeten, wie sie an Sonne und Wind gewöhnten Menschen eigen sind.

Buonaccorsi dankte dem Alten und begann ihn über geschäftliche Dinge zu befragen: »Nun, sind die Arbeiter draußen bereit? Werden wir bis Tagesanbruch fertig?«

Grillo seufzte nachdenklich und lehnte sich auf seinen Stock. »Es ist alles bereit. Auch Arbeiter haben wir zur Genüge. Doch möchte ich vorschlagen, Messere, die Sache lieber noch etwas zu verschieben.«

»Du hast doch neulich selbst gesagt, Alter, wir dürften nicht zaudern, damit uns keiner zuvorkommt!«

»Das stimmt schon. Aber ich habe Angst. Jetzt in den heiligen Fastentagen! Und unsere Sache ist keine gute ...«

»Die Sünde nehme ich auf mich. Hab keine Furcht, ich verrate dich nicht. Werden wir aber wirklich etwas finden?«

»Weshalb nicht? Alle Anzeichen sprechen dafür. Schon unsere Väter und Großväter kannten den Hügel hinter der Mühle, an der Nassen Senke. Nachts flimmern sogar Irrlichter über San Giovanni. Es gibt viel zu viel solch Zeug hierzulande! Die Leute erzählen, erst kürzlich habe man beim Brunnenbau in einem Weinberg von Marignola einen Teufel aus dem Lehm ausgegraben.«

»Was redest du da? Was für einen Teufel?«

»Aus Kupfer. Mit Hörnern, zottigen Ziegenbeinen und Hufen. Sein Gesicht war sehr spaßig, als ob er lachte. Er tanzte auf einem Bein und schnippte mit den Fingern. Ganz grün und schimmelig war er vor Alter.«

»Und, was hat man mit ihm gemacht?«

»Eine Glocke für die Kapelle des Erzengels Michael hat man aus ihm gegossen.«

Messer Cipriano fuhr zornig auf. »Weshalb hast du mir das nicht längst erzählt, Grillo?«

»Ihr wart damals in Geschäften abwesend und weiltet in Siena.«

»Du hättest mir schreiben können. Ich hätte jemand hingeschickt oder wäre selbst gekommen. Es wäre mir nicht ums Geld leid gewesen, den Leuten zehn Glocken gießen zu lassen. Diese Dummköpfe! Aus einem tanzenden Faun eine Glocke gießen zu lassen! Vielleicht war es gar ein Werk des griechischen Bildhauers Skopas!«

»Die Leute waren wirklich Dummköpfe! Seid ihnen nicht böse, Messer Cipriano. Sie haben ihre Strafe. Seit zwei Jahren, seit die neue Glocke hängt, frisst der Wurm ihnen die Äpfel und Kirschen in den Gärten, und die Oliven geraten auch nicht. Die Glocke hat nicht einmal einen schönen Klang.«

»Wieso?«

»Wie soll ich das näher beschreiben? Sie hat eben nicht den rechten Klang. Sie erquickt Christenherzen nicht – sie bimmelt nur so, ohne Sinn und Verstand. Nun ja, natürlich: Wie soll aus einem Teufel eine gute Glocke werden? Euer Gnaden mögen nicht zürnen; aber vielleicht hat der Pfarrer doch recht: Aus unreinen Dingen, sagt er, die man aus der Erde gräbt, kann nie Gutes entstehen! Also, wir müssen die Sache mit großer Vorsicht betreiben; Kreuz und Gebet müssen wir zu Hilfe nehmen, denn der Teufel ist schlau und arglistig: Zu einem Ohre kriecht er hinein, der Hundsfott, zum andern hinaus. Auch mit der Marmorhand, die Zacchello im letzten Jahr am Mühlenhügel ausgegraben hat, hat uns der Teufel genasführt: Nur Unglück hat sie gebracht, Gott bewahre uns! Der bloße Gedanke daran ist schon schrecklich.«

»Erzähl mir, Grillo, wie hast du damals die Hand gefunden?«

»Im Herbst war das, am Abend vor St. Martin. Wir saßen beim Nachtessen, die Frau hatte gerade ein Brotgericht auf den Tisch gestellt, da kam der Neffe meines Gevatters, der Knecht Zacchello, ins Zimmer gestürmt. Ich hatte ihn abends beim Mühlenhügel auf dem Felde gelassen – er sollte einen Olivenbaumstumpf ausroden, weil ich Hanf an der Stelle säen wollte. ›Herr, Herr!‹, stammelte Zacchello. Er sah schrecklich aus; er zitterte am ganzen Leib, und die Zähne klapperten ihm. ›Der Herr sei mit dir, Lieber‹, antwortete ich ihm. Er fuhr fort: ›Auf dem Feld geht Arges vor: Unter dem Baumstumpf kriecht ein Toter aus der Erde! Glaubt Ihr mir nicht, so geht selbst hin und überzeugt Euch mit eigenen Augen!‹ Wir nahmen unsere Laternen und machten uns auf den Weg. Es dunkelte schon. Hinter dem Wäldchen ging der Mond auf. Wir sahen den Baumstumpf. In der aufgewühlten Erde schimmerte etwas Weißes. Ich bücke mich und sehe eine Hand aus der Erde ragen: weiß, mit hübschen, feinen Fingern, wie sie die Stadtfräulein haben. Dass dich der Schinder!, denke ich, was ist das für eine Teufelei? Ich leuchte mit der Laterne in das Loch; da regt sich die Hand, und die Finger winken. Da hielt ichs nicht mehr aus; ich brüllte laut los und wäre beinahe lang hingefallen. Aber Großmutter Monna Bonda – sie ist Hebamme und Zauberin und immer noch ein rüstiges Weib, wenn auch schon alt – schreit uns an: ›Wovor habt ihr Angst, ihr

Dummköpfe? Seht ihr nicht, dass die Hand nicht lebt und auch nicht tot ist? Aus Stein ist sie!‹ Sie packte die Hand und zog sie aus der Erde wie eine Rübe. Gerade im Gelenk war sie abgebrochen. ›Lass lieber, Großmutter!‹, rief ich, ›rühr sie nicht an! Wir wollen sie vergraben, damit sie uns kein Unglück bringt.‹ – ›Nein‹, meinte sie, ›das wäre nicht richtig. Erst müssen wir sie in die Kirche schaffen, damit der Pfarrer sie beschwört.‹ Sie hat mich aber begaunert, die Alte; sie brachte die Hand gar nicht zum Pfarrer, sondern versteckte sie im Winkel ihrer Truhe, wo sie allerhand Kram aufhebt: alte Lappen, Balsam, Kräuter und Amulette. Ich schalt sie und verlangte die Hand zurück. Aber sie gab sie nicht heraus. Seitdem vollbrachte Monna Bonda wunderbare Heilungen. Wenn jemand Zahnschmerzen hatte, berührte sie ihm nur die Backe mit der Götzenhand; sofort war die Schwellung weg. Fieber, Bauchweh, Fallsucht heilte sie auch. Wenn eine Kuh sich quälte, weil sie nicht kalben konnte, hielt ihr die Großmutter nur die steinerne Hand an den Bauch; dann brüllte die Kuh, und eh man sichs versah, lag das Kälbchen im Stroh.

Die Kunde verbreitete sich in der ganzen Gegend, und die Alte verdiente viel Geld. Aber Segen brachte es ihr nicht. Unser Pfarrer, Don Faustino, ließ mir keine Ruhe. In der Kirche vor der ganzen Gemeinde machte er mich von der Kanzel herab schlecht. Sohn des Verderbens nannte er mich, und Satansknecht! Beim Bischof drohte er mich zu verklagen, das heilige Sakrament wollte er mir verweigern. Die Buben auf der Straße rannten hinter mir her und wiesen mit Fingern auf mich: ›Da kommt Grillo! Grillo ist ein Zauberer, und seine Großmutter ist eine Hexe! Dem Teufel haben die beiden ihre Seelen verkauft.‹ Ihr könnt mir glauben, nicht einmal bei Nacht hatte ich Ruhe. Immer sah ich die Marmorhand vor mir, als käme sie näher und griffe mir liebkosend mit langen kalten Fingern nach dem Halse. Dann packte sie mich fester, presste mir die Gurgel zu, würgte mich …

Das ist ein böser Scherz, dachte ich. Und als die Großmutter eines Morgens auf die Wiese gegangen war, um noch im Tau Kräuter zu sammeln, stand ich vor Tagesanbruch auf, erbrach das Schloss ihrer Truhe, nahm die Hand heraus und brachte sie Euch. Der Trödler Lotto bot mir zwar zehn Soldi, und Ihr gabt nur acht. Aber auf zwei Soldi soll es mir für Euer Gnaden nicht ankommen, mein Leben gäbe ich für Euch hin; der Herr schenke Euch alles Gute, Euch und Monna Angelica und den lieben Kindern und Enkelkindern.«

»Nach allem, was du mir berichtest, werden wir im Mühlenhügel sicher etwas finden«, meinte Messer Cipriano sinnend.

»Finden schon«, antwortete der Alte mit einem tiefen Seufzer. »Aber wir müssen dafür sorgen, dass Don Faustino nichts davon erfährt. Wenn er etwas hört, kämmt er mir ohne Kamm derartig den Kopf, dass mir kaum wohl sein wird dabei. Euch würde es auch schaden, er kann die Leute aufhetzen und die Ausführung der Arbeit hindern. Nun aber, Gott ist gnädig. Verlasst mich nur nicht, Ihr seid mein Wohltäter. Legt ein gutes Wort für mich ein beim Richter!«

»Wegen des Stücks Land, das der Müller dir streitig macht?«

»Jawohl, Messere. Der Müller ist ein habsüchtiger Schurke. Er weiß, wo der Teufel den Schwanz hat. Ich habe dem Richter ein Kalb gebracht; da schenkte er ihm eine trächtige Kuh, und die kalbte während unseres Prozesses. Der Halunke hat mich überlistet! Ich habe große Sorge, der Richter könnte zu seinen Gunsten entscheiden: Zum Unglück hat die Kuh auch noch ein Stierkalb geworfen. Verwendet Euch väterlich für mich! Nur für Euer Gnaden gebe ich mir so viel Mühe mit dem Mühlenhügel. Für keinen Menschen nähm ich solche Sünde auf mich!«

»Mach dir nur keine Sorgen, Grillo. Ich bin mit dem Richter gut Freund und werde mich für dich verwenden. Jetzt geh! Lass dir in der Küche zu essen und zu trinken geben. Heute Nacht reiten wir zusammen nach San Gervasio.«

Grillo dankte mit tiefer Verbeugung und entfernte sich. Messer Cipriano aber zog sich in sein kleines Arbeitszimmer neben dem Laden zurück, das niemand außer ihm betreten durfte.

Wie in einem Museum standen und hingen hier allerhand Gegenstände aus Marmor und Bronze. Auf mit Tuch bespannten Regalen prangten alte Münzen und Medaillen; ungeordnete Bruchstücke von Statuen lagen in Kisten. Durch Vermittlung seiner zahlreichen Handelskontore erhielt Buonaccorsi aus aller Welt Antiquitäten, wo sie nur aufzutreiben waren: aus Athen, Smyrna, Halikarnass, Zypern, Leukosia, Rhodos, aus dem Inneren Ägyptens und Kleinasiens.

Der »Konsul von Calimala« betrachtete seine Schätze; dann versank er in ein tiefes, angestrengtes Sinnen über den Zoll auf Wolle. Als er alles gründlichst überdacht hatte, machte er sich daran, den Brief an seinen Repräsentanten in Montpellier aufzusetzen.

Hinten im Lagerraum aber, wo bis zur Decke gestapelte Warenballen auch bei Tag nur von einem vor dem Madonnenbild flackernden Lämpchen Licht empfingen, plauderten inzwischen drei junge Leute: Dolfo, Antonio und Giovanni. Messer Buonaccorsis Ladenhelfer Dolfo, ein rothaariger, gutmütig heiterer Jüngling mit einer Stupsnase, trug die Ellenzahl des abgemessenen Tuches in ein Buch ein. Antonio da Vinci, ein etwas altmodisch ausschauender junger Mensch mit gläsernen Fischaugen und widerspenstig hoch stehenden Büscheln spärlichen schwarzen Haares, maß behänd die Stoffe mit der Canna ab, dem florentinischen Längenmaß. Giovanni Beltraffio, ein aus Mailand stammender neunzehnjähriger, etwas schüchterner und linkischer Malschüler mit großen, schwermütigen grauen Unschuldsaugen und unentschlossenem Gesichtsausdruck, saß, die Beine übereinandergeschlagen, auf einem fertigen Ballen und lauschte aufmerksam dem Gespräch.

»Was man heutzutage alles erlebt«, sagte Antonio leise und bissig. »Jetzt werden schon heidnische Götter aus der Erde ausgegraben! Schottische Wolle, braun, haarig, zweiunddreißig Ellen sechs Spannen acht Oncien«, fügte er zu Dolfo gewandt hinzu, der die Zahlen in das Warenbuch eintrug.

Dann schleuderte Antonio das abgemessene und wieder zusammengerollte Tuch flink und geschickt auf den Platz, wo es hingehörte, hob den Zeigefinger und rief in prophetischem Ton, den Frate Girolamo Savonarola nachahmend: »Gladius Dei super terram cito et velociter!* Der heilige Johannes hatte auf Patmos eine Vision: Ein Engel packte den Drachen, die uralte Schlange – das ist der Teufel –, fesselte ihn für tausend Jahre, stürzte ihn in den Abgrund, verschloss und versiegelte diesen, damit der Böse die Menschen nicht verführen könne, bevor die tausend Jahre – eine Zeit und eine halbe – verstrichen wären. Jetzt aber

* Das Schwert Gottes komme schnell und eilends über die Erde.

hat sich Satan aus dem Kerker befreit. Die tausend Jahre sind vergangen. Falsche Götter, Vorläufer und Knechte des Antichrist steigen aus der vom Engel versiegelten Erde, um die Menschen zu verführen. Wehe denen, die auf Erden wohnen und auf dem Meer! Brabanter Wolle, glatt, siebzehn Ellen vier Spannen neun Oncien …«

»Wie meint Ihr, Antonio?«, erkundigte sich Giovanni ängstlich, mit hastiger Neugier. »Alle diese Zeichen bedeuten …«

»Jawohl, ja. Nichts anderes. Wachet! Die Zeit ist nahe herbeigekommen. Jetzt gräbt man nicht nur alte Götter aus, sondern schafft auch neue, die den alten gleichen. Bildhauer und Maler von heute dienen dem Moloch – das ist der Teufel. Aus dem Hause Gottes machen sie einen Tempel des Satans. Unreine Götter stellen sie auf Heiligenbildern als Märtyrer und Heilige dar und beten sie an: Bacchus als Johannes den Täufer, die Hure Venus als Muttergottes. Verbrennen müsste man solche Bilder und die Asche in alle Winde zerstreuen!«

Die trüben Augen des frommen Gehilfen funkelten plötzlich in unheimlichem Feuer. Giovanni schwieg; er wagte nichts zu entgegnen und zog in hilfloser Gedankenarbeit die dünnen, kindlichen Brauen zusammen.

»Antonio«, sagte er dann, »ich habe gehört, dass Euer Vetter Leonardo da Vinci zuweilen Schüler in seine Werkstatt aufnimmt. Längst schon habe ich den Wunsch …«

»Wenn du das Verderben deiner Seele willst, Giovanni«, unterbrach ihn Antonio finster, »dann geh zu Messer Leonardo.«

»Wieso? Warum?«

»Er ist zwar mein Vetter und zwanzig Jahre älter als ich. Aber es steht geschrieben in der Heiligen Schrift: ›Wende dich ab vom Ketzer nach der ersten und zweiten Belehrung!‹ Messer Leonardo ist ein Ketzer und ein Gottesleugner. Satans Hochmut hat seinen Geist umnachtet. Mit Mathematik und schwarzer Magie sucht er die Geheimnisse der Natur zu ergründen.« Und die Augen gen Himmel hebend, wiederholte Antonio Worte aus Savonarolas letzter Predigt: »Die Weisheit unserer Welt ist Aberwitz vor dem Herrn. Wir kennen diese Gelehrten; sie alle wandern der Behausung Satans zu!«

»Habt Ihr schon gehört, Antonio«, fragte Giovanni noch schüchterner weiter, »dass Messer Leonardo in Florenz weilt? Eben ist er aus Mailand eingetroffen.«

»Zu welchem Zweck?«

»Sein Herzog hat ihn geschickt, um zu erkunden, ob aus Lorenzos des Prächtigen Nachlass wohl einige Gemälde käuflich zu erwerben seien.«

»Nun, ist er hier, so mag er hier sein. Mir ist es gleich«, unterbrach ihn Antonio und maß noch emsiger mit der Canna das Tuch ab.

In den Kirchen wurde zum Feierabend geläutet. Dolfo reckte sich froh und klappte das Buch zu. Die Arbeit war getan. Die Läden wurden geschlossen.

Giovanni trat auf die Straße hinaus. Ein grauer, nur leicht geröteter Himmel schimmerte zwischen nassen Dächern. Es war windstill; ein leichter Regen nieselte herab. In einer Nebengasse erklang aus einem offenen Fenster plötzlich ein Lied:

»O vaghe montanine pastorelle,
Donde venite si leggiadre e belle?«*

Es war eine jugendlich helle Stimme, die da sang. Das gleichförmige Geräusch eines Tretbretts ließ Giovanni erraten, dass die Sängerin am Webstuhl saß. Er lauschte, ihm fiel ein, dass Frühling war, und er fühlte sein Herz in grundloser Rührung und Schwermut pochen.

»Nanna! Nanna! Wo steckst du, Teufelsmädchen? Bist du taub? Komm zum Abendessen! Die Nudeln werden kalt.«

Holzschuhe klapperten flink über die Fliesen – dann war alles still.

Giovanni stand noch lange und starrte auf das offene Fenster. Das Frühlingslied klang in seinen Ohren nach wie Töne einer fernen Schalmei: »O vaghe montanine pastorelle …«

Dann seufzte er leise, trat in das Haus des Konsuls von Calimala, stieg eine steile Treppe mit morschem, wurmzerfressenem Geländer hinan und betrat ein großes, als Bibliothek dienendes Gemach, in dem über einen Schreibtisch geneigt Giorgio Merula saß, der Hofchronist des Herzogs von Mailand.

---

* O Mädchen der Berge, o Hirtinnen, woher kommt ihr, so anmutig und schön?

Giorgio Merula war in seines Herrn Auftrag nach Florenz gekommen, um seltene Bücher aus der Bibliothek des Lorenzo de' Medici anzukaufen. Wie stets war er im Hause seines Freundes Messer Cipriano Buonaccorsi abgestiegen, eines ebenso großen Liebhabers von Antiquitäten wie er selbst. Unterwegs hatte der gelehrte Historiker in einer Herberge zufällig Giovanni Beltraffio kennengelernt und ihn, der eine hübsche, flotte Handschrift besaß, mit zu Cipriano genommen, weil er angeblich einen guten Schreiber brauchte.

Als Giovanni eintrat, untersuchte Merula gerade sehr genau ein ganz zerfetztes Buch, das aussah wie eine Rituale oder ein Psalter. Behutsam strich er mit einem feuchten Schwamm über das besonders zarte, aus der Haut eines tot geborenen irischen Lammes hergestellte Pergament, rieb ein paar Zeilen mit Bimsstein ab, glättete sie mit einer Messerschneide und einem Falzbein und betrachtete sie dann wieder, indem er das Blatt gegen das Licht hielt.

»Ihr Lieben«, murmelte er, vor innerer Bewegung sich fast verschluckend. »Kommt ans Gotteslicht, ihr Armen! Wie hübsch und lang ihr seid!«

Er schnippte mit zwei Fingern und hob den kahlen Kopf mit dem gedunsenen, von weichen, beweglichen Falten durchfurchten Gesicht, der rotblauen Nase und den kleinen, vor Lebensfreude und Heiterkeit sprühenden Äuglein. Neben ihm auf dem Fensterbrett standen ein irdener Krug und ein Becher. Der Gelehrte schenkte sich Wein ein, trank, räusperte sich und wollte sich gerade wieder in seine Arbeit vertiefen, als er Giovanni erblickte.

»Guten Abend, Mönchlein«, begrüßte ihn der Alte scherzend; er nannte Giovanni so wegen seiner schüchternen Sittsamkeit. »Ich habe mich schon um dich gesorgt. Wo steckt er nur?, dachte ich. Hat er sich etwa schon verliebt? Die Mädchen von Florenz sind berühmt, und lieben ist ja keine Sünde. Ich habe meine Zeit inzwischen nicht vertan. So etwas Spaßiges hast du gewiss noch nie im Leben gesehen! Soll ichs dir zeigen? Nein, lieber nicht – du plauderst es womöglich aus. Dieses Buch habe ich bei einem jüdischen Trödler unter altem Kram gefunden und ganz billig erstanden. Nun, seis drum, ich zeige es dir allein.«

Geheimnisvoll winkte er ihm mit dem Finger, näher zu treten.

»Komm hierher, näher ans Licht!« Er wies ihm eine mit schmaler, spitzer Kirchenschrift bedeckte Seite des Buches. Es waren religiöse Loblieder, Gebete und Psalmen mit ungefügen großen Gesangsnoten. Dann schlug er eine andere Stelle des Buches auf und hielt es in Augenhöhe ans Licht. Jetzt bemerkte Giovanni, dass an den Stellen, wo Merula die Buchstaben weggerieben hatte, kleine, kaum erkennbare Zeilen, farblose Spuren alter Schrift, Vertiefungen im Pergament sichtbar wurden, nicht Buchstaben, sondern blasse, schwache Schatten längst entschwundener Schriftzeichen.

»Nun? Siehst du? Siehst du es?«, fragte Merula triumphierend. »Da sind die lieben Kerle! Habe ich nicht gesagt, Mönchlein, es sei ein spaßiges Ding?«

»Was ist das? Woher kommt es?«, fragte Giovanni.

»Ich weiß es selbst noch nicht. Anscheinend ein Bruchstück einer alten Textsammlung. Vielleicht auch ein ganz neuer, der Welt noch unbekannter Schatz der griechischen Muse. Wenn ich nicht wäre, hätte er nie das Tageslicht erblickt! Bis ans Weltenende wäre er unter Lobgesängen und Bußpsalmen verborgen geblieben …« Und Merula erklärte ihm, irgendein Mönch, ein mittelalterlicher Abschreiber, der das kostbare Pergament noch einmal benutzen wollte, habe die alten heidnischen Zeilen wegradiert und es neu beschrieben.

Die Sonne, den Wolkenschleier zwar nicht brechend, sondern nur durchleuchtend, erfüllte das Zimmer mit einem allmählich verlöschenden, rosigen Schimmer. Im Schein der letzten Sonnenstrahlen waren die Vertiefungen, die Spuren der alten Buchstaben noch deutlicher zu sehen.

»Siehst du, siehst du, die Toten steigen aus den Gräbern«, rief Merula entzückt. »Anscheinend ist es eine Hymne an die Olympier. Schau, die ersten Verse sind lesbar!« Und er übersetzte aus dem Griechischen: »›Heil dem holden, mit Weinlaub reich bekränzten Bacchus! Heil dir, weithin schleudernder Phöbus mit dem Silberbogen, o Schrecklicher, schön gelockter Gott, der du Niobes Söhne erlegtest …‹ Und hier – ein Hymnus an Venus, die du, mein Mönchlein, so sehr fürchtest! Aber er ist schwer zu entziffern: ›Heil dir, goldfüßige Mutter Aphrodite, Wonne du der Götter und Menschen …‹«

Hier brach die Strophe ab – sie verlor sich unter Kirchenschrift.

Giovanni ließ das Buch sinken. Die Spuren der Buchstaben wurden undeutlich, ihre Vertiefungen waren nicht mehr zu erkennen und verflossen in der gelben Farbe des glatten Pergaments, die Schatten verschwanden. Nur die klaren, fetten, schwarzen Buchstaben des Klosterrituals blieben deutlich sichtbar und die großen eckigen Noten des Bußpsalmes: »Herr Gott, lass mein Gebet vor Dich kommen, neige Dein Ohr meinem Flehen, denn meine Seele ist voll Jammer, und mein Leben ist nahe der Hölle.«

Das rosige Licht draußen verblasste, es wurde dunkel im Zimmer. Merula schenkte sich aus dem irdenen Krug Wein ein, trank und bot auch Giovanni davon an. »Auf dein Wohl, Freund! Vinum super omnia bonum diligamus.«*

Giovanni lehnte ab.

»Nun, Gott mit dir. Dann trinke ich auf dein Wohl. Was hast du, Mönchlein? Weshalb bist du so verstimmt, als hätte dich jemand ins Wasser geworfen? Hat der scheinheilige Antonio dir wieder mit seinen Weissagungen Angst gemacht? Spei darauf, Giovanni, wirklich, spei darauf! Was krächzen diese Mucker? Der Teufel soll sie holen! Beichte! – Hast du mit Antonio gesprochen?«

»Allerdings.«

»Und worüber?«

»Über den Antichrist und über Messer Leonardo da Vinci …«

»Nun ja, da haben wirs! Dauernd fantasierst du nur von Leonardo. Hat er dich behext? Hör mal, Freund, schlag dir die Torheiten aus dem Kopf. Bleib lieber als Sekretär bei mir – ich bringe dich schon vorwärts. Ich lehre dich Latein und mache einen Rechtsgelehrten, einen Redner oder einen Hofpoeten aus dir. Reich und berühmt sollst du werden. Was ist Malerei? Schon der Philosoph Seneca nannte sie ein Handwerk, das eines freien Manns unwürdig sei. Sieh dir nur die Künstler an: Es sind alles ungebildete, ungeschliffene Menschen …«

»Ich hörte aber, Messer Leonardo sei ein großer Gelehrter«, antwortete Giovanni.

* Den Wein, den über alles guten, lieben wir.

»Gelehrter? Warum nicht gar? Der Mann kann nicht einmal Latein lesen. Verwechselt Cicero mit Quintilian. Vom Griechischen hat er überhaupt keine Ahnung. Der soll ein Gelehrter sein! Lächerlich …«

»Es heißt doch aber, er erfinde wunderbare Maschinen?«, beharrte Beltraffio. »Und seine Beobachtungen der Natur …«

»Maschinen! Beobachtungen! Nein, Freund, damit kommt man nicht weit. Ich habe in meinen ›Schönheiten der lateinischen Sprache‹ zweitausend neue, besonders schöne Redewendungen zusammengestellt. Hast du einen Begriff davon, was das für Mühe gekostet hat? Verzwickte Räder an Maschinen anbringen, gucken, wie die Vögel in der Luft fliegen, wie das Gras wächst – das ist doch keine Wissenschaft … Ein Zeitvertreib ist das, ein Kinderspiel!«

Der Alte schwieg. Seine Miene wurde strenger. Dann nahm er die Hand des jungen Manns und sagte mit sanftem Ernst: »Höre, Giovanni, und merke dir das: Unsere Lehrer sind die alten Griechen und Römer. Sie haben alles geleistet, was wir Menschen auf Erden zu leisten vermögen. Wir können ihnen nur folgen und sie nachahmen. Es heißt doch: Der Schüler ist nicht über seinem Lehrer.«

Er nahm einen Schluck Wein, schaute Giovanni verschmitzt in die Augen, und seine weichen Runzeln verzogen sich plötzlich zu einem breiten Lächeln.

»Ach Jugend, Jugend! Ich schau dich an, Mönchlein, und beneide dich. Eine junge Frühlingsknospe bist du! Wein trinkst du nicht, vor den Weibern rennst du davon. Still und fromm bist du. Aber innen, da sitzt der Teufel! Ich durchschaue dich. Warts nur ab, Freundchen, der Teufel wird schon herauskommen! Du bist schwermütig, aber es ist doch lustig mit dir. Du bist wie das Buch hier, Giovanni: oben Bußpsalmen, aber darunter – eine Hymne an Aphrodite!«

»Es ist dunkel, Messer Giorgio. Wärs nicht Zeit, Licht anzuzünden?«

»Warte noch, lass! Ich plaudere gern im Dämmerlicht, erinnere mich meiner Jugend …« Seine Zunge wurde schwer, seine Rede verlor den rechten Zusammenhang. »Ich weiß schon, lieber Freund«, fuhr er fort, »du schaust mich an und denkst bei dir: Der alte Kerl ist betrunken und schwatzt Unsinn. Aber da oben habe ich auch was!« Und selbstzufrieden wies er mit dem Finger auf seinen kahlen Schädel.

»Ich prahle nicht gern. Aber frag den ersten besten Scholaren: Er wird dir sagen, ob je einer den Merula in der lateinischen Redekunst übertroffen hat. Wer hat den Martial entdeckt?«, fuhr er in steigender Erregung fort. »Wer hat die berühmte Inschrift auf den Ruinen der Porta Tiburtina entziffert? Oft bin ich da so hoch hinaufgeklettert, dass mir schwindlig wurde. Wenn mir da ein Stein unter den Füßen wegbröckelte, konnte ich nur gerade noch einen Strauch packen, um nicht selber in die Tiefe zu stürzen. Tagelang habe ich mich in der Sonnenglut abgemüht, habe an den alten Inschriften gerätselt und sie abgeschrieben. Hübsche Bauerndirnen kamen vorüber und lachten: ›Seht, Mädels, wie hoch der Dummkopf geklettert ist – gewiss sucht er einen Schatz!‹ Ich scherze mit ihnen, sie gehen weiter und ich arbeite wieder. Unter Efeu und Dornen, unter Steingeröll fand ich die zwei Worte: *Gloria Romanorum.*« Und als lausche er dem Klang längst verstummter, großer Worte, wiederholte er dumpf und feierlich: »Gloria Romanorum! Der Römer Ruhm! Ach, wozu daran denken, die Zeit kommt nie wieder!« Er machte eine resignierte Geste, hob sein Glas und stimmte mit heiserer Stimme den Tischgesang der Scholaren an:

»Wenn ich nüchtern bin,
Red ich keine Zeile.
Leben tat ich in der Schänke,
Und ich sterbe hinterm Fasse.
Lieben tu ich Wein und Lieder
Und latein'sche Grazien.
Wenn ich trinke, singe ich
Schöner als Horatius,
Toller Rausch mir tobt im Herzen.
Dum vinum potamus,
Brüder, singt zu Bacchus:
Te Deum laudamus!«*

* Indem wir Wein trinken, … loben wir dich, Gott.

Er hüstelte und brach ab. Im Zimmer war es jetzt ganz dunkel. Giovanni konnte das Gesicht des Alten kaum noch sehen. Es regnete stärker; man hörte die Tropfen aus der Dachrinne unablässig in eine Pfütze klatschen.

»Ja, so ist es, Mönchlein«, lallte Merula mit unsicherer Zunge. »Was wollte ich gleich sagen? Ja, meine Frau ist ein schönes Weib … Nein, das nicht … Wart mal! Ja, ja … Erinnerst du dich an den Vers: ›Tu regere imperio populos, Roma, memento‹?* Oh, weißt du, das waren wahre Giganten von Männern, Beherrscher des Weltalls …«

Seine Stimme bebte; Giovanni kam es so vor, als blinkten Tränen in Messer Giorgios Augen.

»Jawohl, Giganten! Und jetzt … Oh, man schämt sich, davon zu reden! Nimm nur unseren Lodovico il Moro, Herzog von Mailand! Gewiss, ich stehe in seinen Diensten; ich schreibe seine Geschichte nach dem Vorbild des Titus Livius; ich vergleiche den feigen Hasen, den Emporkömmling, mit Pompejus und Cäsar. Aber im Herzen, Giovanni, in meinem Herzen …«

Nach der Art alter Höflinge schielte er argwöhnisch nach der Tür, ob jemand horche; dann neigte er sich zu dem jungen Mann hinüber und flüsterte ihm ins Ohr: »Im Herzen des alten Merula ist die Liebe zur Freiheit nicht erloschen und wird nie erlöschen. Aber – rede nicht darüber, zu keinem Menschen! Wir haben böse Zeiten, schlimmer sind sie nie gewesen. Und die Menschen heute! Übel wird einem bei dem Anblick! Schimmliges Gewächs, das kaum über dem Boden zu sehen ist! Aber die Nase tragen sie hoch und vergleichen sich mit den Alten! Und was sind sie denn, über was freuen sie sich? Ein Freund schreibt mir da aus Griechenland: Waschweiber eines Klosters auf Chios haben kürzlich, als sie in der Morgendämmerung am Meeresufer Wäsche spülten, einen echten alten Gott gefunden, einen Triton mit Fischschwanz, Flossen und Schuppen. Die dummen Weiber erschraken, sie dachten, es sei der Teufel, und liefen davon. Hinterher sahen sie, dass er alt und schwach war, anscheinend auch krank. Er lag bäuchlings im Sand, fror und wärmte seinen grünlichen, schuppigen Rücken in der

* Leite du durch dein Reich die Völker, Rom; dessen sei eingedenk.

Sonne. Sein Kopf war grau, die Augen trübe wie die von Säuglingen. Da bekamen die gemeinen Weiber wieder Mut, sie umringten ihn mit christlichen Gebeten und verprügelten ihn mit Waschhölzern. Totgeschlagen haben sie ihn wie einen Hund, den alten Gott, den letzten der mächtigen Götter des Ozeans. Vielleicht gar ein Enkel Poseidons …«
Der Alte schwieg, ließ traurig den Kopf hängen, und über seine Wangen rollten zwei trunkene Tränen des Mitleids mit dem Meerwunder.

Ein Diener brachte Licht und schloss die Fensterläden. Die heidnischen Schattenbilder entschwanden. Es wurde zum Abendessen gerufen. Merula aber war so voll Wein, dass man ihn unter den Armen stützen und zu Bett bringen musste.

In dieser Nacht fand Beltraffio lange keinen Schlaf. Er lauschte auf Messer Giorgios sorgloses Schnarchen und dachte an den, der letzthin alle seine Gedanken mehr als alles andere erfüllt hatte – an Leonardo da Vinci.

Giovanni war im Auftrage seines Onkels, des Glasmalers Oswald Ingrimm, aus Mailand nach Florenz gekommen, um Farben einzukaufen, namentlich die leuchtenden, durchsichtigen, die ausschließlich in Florenz zu haben waren.

Der Glasmaler Oswald Ingrimm stammte aus Graz und war ein Schüler des berühmten Straßburger Meisters Johann Kirchheim. Er arbeitete an den Fenstern der nördlichen Sakristei des Mailänder Doms. Giovanni, der uneheliche Sohn eines Bruders von Oswald, des Steinmetzen Reinhold Ingrimm, war Waise. Er trug den Namen seiner aus der Lombardei stammenden Mutter, Beltraffio, die, wie der Onkel behauptete, ein liederliches Weib gewesen war und seinen Vater zugrunde gerichtet hatte. Als einziges Kind war Giovanni im Haus des mürrischen Oheims aufgewachsen. Oswald Ingrimms endlose Erzählungen von allerhand unreinen Mächten, Teufeln, Hexen, Zauberern und Unholden hatten die Seele des Knaben verdüstert. Am meisten Angst flößte ihm eine von den Leuten aus dem Norden nach Italien gebrachte Sage ein, von einem weibsgestaltigen Dämon, der sogenannten Weißbrauigen Mutter oder Weißen Teufelin.

Schon in frühester Kindheit, wenn Giovanni nachts im Bett weinte, schreckte ihn Onkel Ingrimm mit der Weißen Teufelin; der Knabe wurde dann sofort still und steckte den Kopf unters Kissen. Aber trotz aller Angst quälte ihn die Neugier, und er begehrte die Weißbrauige einmal von Angesicht zu sehen.

Oswald gab seinen Neffen zu dem Heiligenbildmaler Fra Benedetto in die Lehre. Das war ein gutherziger, schlichter Alter. Er lehrte Giovanni, vor der Arbeit den allmächtigen Gott, die hochgeliebte Fürsprecherin der Sünder, die Jungfrau Maria, den Evangelisten Lukas als ersten christlichen Maler und alle Heiligen des Paradieses um Beistand zu bitten; sich mit dem Gewand der Liebe und Gottesfurcht, des Gehorsams und der Geduld zu schmücken; dann erst die Tempera von Eigelb und milchigem Feigensaft mit Wasser und Wein anzurühren und die Malbretter aus altem Feigen- oder Buchsbaumholz durch Abreiben mit einem Pulver aus gebrannten Knochen herzurichten – zu welchem Zweck Rippen- und Flügelknochen von Hühnern und Kapaunen oder Rippen- und Schulterknochen von Hammeln angeblich besonders geeignet waren.

Es gab unzählige Lehren. Giovanni wusste schon vorher, wie verächtlich Fra Benedetto die Brauen heben würde, wenn die Rede auf die »Drachenblut« genannte Farbe käme, wie er unfehlbar sagen würde: »Lass das und gräme dich nicht darum; sie kann dir nicht viel Ehre bringen.« Er ahnte, dass Fra Benedettos Lehrer und der Lehrer des Lehrers gewiss dieselben Worte gebraucht hatten. Ebenso unabänderlich war Fra Benedettos stilles Lächeln des Stolzes, wenn er dem Schüler Geheimnisse seiner Kunst enthüllte, die er für die höchsten Errungenschaften menschlicher Kunst und Wissenschaft hielt. So zum Beispiel die Vorschrift, zum Untermalen für jugendliche Gesichter Eidotter von Stadthühnern zu benutzen, weil er heller sei als der der Landhühner, deren Dotter sich wegen seiner rötlichen Färbung mehr zur Darstellung alter, bräunlicher Körper eigne.

Trotz all dieser Feinheiten war Fra Benedetto als Maler harmlos wie ein kleines Kind. Zur Arbeit bereitete er sich durch Fasten und nächtliche Gebete vor. Bevor er begann, warf er sich auf die Knie, betete und erflehte vom Herrn Kraft und Verstand. Jedes Mal, wenn er eine Kreuzigung malte, war sein Gesicht in Tränen gebadet.

Giovanni liebte seinen Lehrer und hielt ihn für den größten aller Meister. Doch waren in letzter Zeit Zweifel über den Schüler gekommen – namentlich, wenn Fra Benedetto ihm seine einzige anatomische Regel erklärte: die Länge des männlichen Körpers betrage acht und zwei Drittel der Gesichtslänge, wozu er mit der gleichen verächtlichen Miene, mit der er vom »Drachenblut« zu sprechen pflegte, hinzufügte: »Was den weiblichen Körper anbetrifft, so lassen wir ihn besser beiseite, denn er hat keine rechten Maße.« Von der Gültigkeit dieser Anschauung war er ebenso unerschütterlich überzeugt wie davon, dass Fische und überhaupt alle unvernünftigen Lebewesen oben dunkel und unten hell seien oder dass der Mann eine Rippe weniger habe als das Weib, weil der liebe Gott Adam eine Rippe genommen habe, um Eva zu schaffen.

Einmal sollte er die vier Elemente allegorisch darstellen, jedes durch ein Tier. Fra Benedetto wählte für die Erde den Maulwurf, für das Wasser den Fisch, für das Feuer den Salamander und für die Luft das Chamäleon. Weil er aber das Wort Chamäleon für eine Vergrößerungsform des Wortes cammello – das heißt Kamel – hielt, stellte der Mönch in der Einfalt seines Herzens die Luft als ein Kamel dar, das den Rachen weit aufreißt, um besser atmen zu können. Als ihn jüngere Künstler wegen dieses Fehlers verlachten, erduldete er ihren Spott mit christlicher Demut, blieb aber bei seiner Überzeugung, dass zwischen Kamel und Chamäleon kein Unterschied sei. Auf der gleichen Höhe standen auch die sonstigen naturwissenschaftlichen Kenntnisse des frommen Meisters.

Schon längst waren die Zweifel in Giovannis Herz wach geworden. Der neue aufrührerische Geist, »der Dämon weltlicher Philosophie«, wie der Mönch sagte, hatte sich seiner bemächtigt. Als Fra Benedettos Schüler kurz vor seiner Reise nach Florenz einige Zeichnungen von Leonardo da Vinci zu sehen bekam, erfassten diese Zweifel seine Seele mit solcher Macht, dass er nicht mehr gegen sie anzukämpfen vermochte.

In jener Nacht, da er neben dem friedlich schnarchenden Messer Giorgio ruhte, prüfte er zum tausendsten Mal diese Gedanken in seinem Geist; aber je mehr er sich in sie vertiefte, desto wirrer wurde es in ihm.

Schließlich entschloss er sich, seine Zuflucht zu himmlischer Hilfe zu nehmen. Einen Blick voller Hoffnung richtete er in die Finsternis der Nacht und betete also: »O Herr, hilf Du mir und verlass mich nicht! Ist Messer Leonardo wirklich ein gottloser Mensch und seine Wissenschaft Sünde und Trug, so schaffe, dass ich nicht mehr an ihn denke und dass ich seine Zeichnungen vergesse. Erlöse mich von der Versuchung, denn ich will nicht sündigen vor Dir. Wenn es aber möglich ist, Dir zu dienen und Deinen Namen durch die edle Kunst der Malerei zu verherrlichen und dennoch alles zu wissen, was Fra Benedetto nicht weiß und was ich so heiß zu wissen trachte – Anatomie, Perspektive und die herrlichen Gesetze von Licht und Schatten –, dann, o Herr, verleihe mir einen festen Willen und erleuchte meine Seele, auf dass ich nicht mehr zweifle; gib, dass Messer Leonardo mich in seine Werkstatt aufnimmt und dass Fra Benedetto in seiner Güte mir verzeiht und begreift, dass ich mich nicht versündige vor Dir.«

Als er so gebetet hatte, fühlte Giovanni Freude und Ruhe einziehen in sein Herz. Seine Gedanken wurden wirr. Er dachte daran, wie in den Händen des Glasers die weißglühende Spitze des Werkzeugs in das Glas eindringt und es mit angenehm zischendem Geräusch zerschneidet; er sah, wie die biegsamen Bleistreifen, die die einzelnen gemalten Glasscheiben im Rahmen verbinden, sich unter dem Hobel hervorwinden. Eine Stimme, die wie die des Onkels klang, sprach: Scharten, mehr Scharten an den Rändern, dann sitzt das Glas fester! Und alles verschwand. Er drehte sich auf die andere Seite und schlief ein.

Im Schlaf hatte Giovanni einen Traum, an den er später oft zurückdachte. Ihm war, als stände er im Halbdunkel eines riesigen Doms vor einem bunten Glasfenster. Es stellte die Weinlese des geheimnisvollen Weinstocks dar, von dem es im Evangelium heißt: »Ich bin der rechte Weinstock, und mein Vater ein Weingärtner.« Der nackte Leib des Gekreuzigten liegt auf der Kelter, und Blut fließt aus seinen Wunden. Päpste, Kardinäle, Kaiser fangen es auf, füllen es in Fässer und rollen sie fort. Die Apostel bringen Trauben, der heilige Petrus stampft sie. Im Hintergrund graben Propheten und Patriarchen und schneiden Trauben. Ein Bottich voll Wein wird auf einem Wagen vorübergefahren, an den die Tiere des Evangeliums gespannt sind – der Löwe, der Stier, der Adler – und den der Engel des heiligen Matthäus lenkt. Glasmalereien mit ähnlichen Darstellungen hatte Giovanni in der Werkstatt seines Onkels häufig gesehen, aber noch nie solche Farben, so dunkel und gleichzeitig leuchtend wie Edelsteine. Am meisten entzückte ihn das dunkle Rot des Blutes des Herrn. Und aus der Tiefe des Doms erklangen die sanften, zarten Töne seines Lieblingslieds:

»O fior di castitate,
Odorifero giglio,
Con gran soavitate
Sei di color vermiglio.«*

Das Lied verstummte, das Glasgemälde ward dunkel, und die Stimme des Gehilfen Antonio da Vinci flüsterte Giovanni ins Ohr: »Flieh, Giovanni, flieh! Sie ist hier!« Er wollte fragen: Wer?, aber er fühlte, dass die Weißbrauige hinter ihm stand. Kalt wehte es ihn an: Plötzlich packte eine schwere Hand ihn von hinten am Hals und würgte ihn. Er meinte zu sterben.

Er schrie laut auf, erwachte – und sah Messer Giorgio, der sich über ihn beugte und ihm die Decke wegzog.

»Steh auf! Steh auf! Sonst reiten sie ohne uns fort. Es ist höchste Zeit!«

»Wohin? Was ist?«, brummte Giovanni, noch halb im Schlaf.

»Hast du ganz vergessen? Nach der Villa in San Gervasio! Zur Ausgrabung im Mühlenhügel.«

»Ich komm nicht mit …«

»Du kommst nicht mit? Soll ich dich vergebens geweckt haben? Ich habe doch das schwarze Maultier satteln lassen, damit wir es zu zweien behaglicher haben. Nun also, steh auf, sei so freundlich! Sei nicht eigensinnig! Wovor hast du Angst, Mönchlein?«

»Ich habe gar keine Angst. Ich mag einfach nicht …«

»Hör mal, Giovanni, dein viel gepriesener Meister Leonardo da Vinci kommt auch hin!«

Da sprang Giovanni auf und kleidete sich ohne längere Widerrede an.

* O Blume der Keuschheit, duftende Lilie, du bist sehr lieblich und von blutroter Farbe.

Sie traten auf den Hof hinaus. Alles war schon zum Aufbruch bereit. Grillo gab noch eifrig Ratschläge und lief emsig umher.

Ein paar Bekannte von Messer Cipriano, darunter Leonardo da Vinci, wollten später, auf einem anderen Weg, direkt nach San Gervasio kommen.

Es regnete nicht mehr. Der Nordwind hatte die Wolken verjagt. Am mondlosen Himmel flimmerten die Sterne wie Lampenflämmchen, die im Wind flackern. Pechfackeln qualmten und knisterten und ließen Funken sprühen.

Durch die Via Ricasoli, an San Marco vorüber, erreichten sie den zinnenbewehrten Turm des Tores San Gallo. Die verschlafenen Wächter zeterten und fluchten lange, verstanden nicht, was los war, und ließen die Reiter erst gegen ein gutes Trinkgeld aus der Stadt hinaus.

Der Weg führte durch das schmale, tiefe Tal des Mugnone. Die Reiter kamen durch ein paar ärmliche Orte mit ebenso engen Straßen wie die von Florenz, mit hohen festungsartigen Häusern aus grob behauenen Steinen, und gelangten dann in den Olivenhain der Bauern von San Gervasio. An einer Wegkreuzung stiegen sie ab und wanderten durch Messer Ciprianos Weinberg zum Mühlenhügel. Hier harrten ihrer bereits Arbeiter mit Spaten und Schaufeln.

Hinter dem Hügel, jenseits des »Nasse Senke« benannten Sumpfes, schimmerten in der Dunkelheit schwach die weißen Mauern der Villa Buonaccorsi zwischen den Bäumen. Unten am Mugnone stand eine Wassermühle. Auf dem Gipfel hoben sich schlanke Zypressen dunkel vom Himmel ab.

Grillo bezeichnete die Stelle, wo man seiner Ansicht nach graben sollte; Merula wies auf eine andere Stelle am Fuße des Hügels, wo man die Marmorhand gefunden hatte. Ein Vorarbeiter aber, der Gärtner Strocco, meinte, man müsse unten bei der Nassen Senke beginnen, weil, wie er sagte, »alle unreinen Geister immer nahe am Sumpf ihr Wesen treiben«.

Messer Cipriano befahl, an der Stelle zu graben, die Grillo angab. Die Spaten klirrten. Es roch nach frisch gegrabener Erde. Eine Fledermaus streifte mit dem Flügel fast Giovannis Gesicht. Er fuhr zusammen.

»Keine Angst, Mönchlein, keine Angst!« Merula klopfte ihm ermunternd auf die Schulter. »Keinen Teufel finden wir hier. Wenn bloß dieser Esel, der Grillo, nicht … Gott sei Lob, wir haben schon andere Ausgrabungen mitgemacht. In Rom zum Beispiel, in der 450. Olympiade« – Merula missachtete die christliche Zeitrechnung und blieb bei der altgriechischen – »unter Papst Innozenz VIII. fanden lombardische Erdarbeiter auf der Via Appia in der Nähe von Cäcilia Metellas Grabmal einen altrömischen Sarkophag mit der Inschrift: ›Julia, Tochter des Claudius‹ – darin lag die mit Wachs überzogene Leiche eines fünfzehnjährigen Mädchens, das aussah, als schliefe es. Die rosige Farbe des Lebens war noch nicht aus Julias Gesicht geschwunden. Es war, als atme sie. Eine gewaltige Volksmenge wich nicht von dem Sarg. Aus fernen Landen kamen die Leute, um das Mädchen zu sehen; denn Julia war so schön, dass niemand, der sie nicht gesehen, es geglaubt hätte – wenn es überhaupt möglich wäre, ihre Schönheit zu beschreiben. Der Papst erschrak, als er hörte, das Volk bete eine tote Heidin an, und befahl, sie bei Nacht heimlich am Pinciotore einzuscharren. Jawohl, Freund, solche Ausgrabungen kommen vor!« Merula blickte geringschätzig in die Grube, die rasch tiefer wurde. Plötzlich gab die Schaufel eines Arbeiters lauten Klang. Alle bückten sich nieder.

»Knochen«, erklärte der Gärtner. »In alter Zeit reichte der Friedhof bis hierher.«

In San Gervasio hörte man einen Hund lang gezogen melancholisch heulen.

Ein Grab haben sie geschändet, dachte Giovanni, lieber hätt ich nichts mit ihnen zu tun! Ich sollte fliehen vor der Sünde …

»Ein Pferdegerippe«, erklärte Strocco schadenfroh und warf einen halbverfaulten länglichen Schädel aus der Grube.

»Tatsächlich, Grillo. Du hast dich anscheinend geirrt«, sagte Messer Cipriano. »Wollen wir es nicht lieber an einer andern Stelle versuchen?«

»Natürlich. Warum hört man auf einen Narren?«, bemerkte Merula. Mit zwei Arbeitern begab er sich an den Fuß des Hügels, um dort graben zu lassen. Auch Strocco nahm, dem eigensinnigen Grillo zum Trotz, ein paar Leute mit und begann an der Nassen Senke zu suchen.

Nach einiger Zeit rief Messer Giorgio triumphierend: »Da! Hier schaut! Ich wusste doch, wo wir graben müssen!« Alle eilten zu ihm. Aber der Fund war wertlos, das Marmorstück war ein unbehauener Stein.

Trotzdem kehrte niemand zu Grillo zurück, der sehr beschämt unten in der Grube stand und beim Schein einer zerbrochenen Laterne hartnäckig und aussichtslos weiter in der Erde wühlte.

Der Wind hatte sich gelegt, die Luft war jetzt wärmer. Nebel stieg über der Nassen Senke auf. Es roch nach brackigem Wasser, nach gelben Frühlingsblumen und Veilchen. Der Himmel hatte sich aufgeklärt. Die Hähne krähten zum zweiten Mal. Die Nacht ging zu Ende.

Plötzlich kam aus der Tiefe der Grube, in der sich Grillo befand, ein verzweifelter Schrei. »Oh, oh! Haltet mich! Ich versinke!«

Zuerst war in der Dunkelheit überhaupt nichts zu erkennen, denn Grillos Laterne war ausgegangen. Man hörte ihn nur zappeln, stöhnen und ächzen. Man brachte andere Laternen und erblickte nun ein halb mit Erde verschüttetes Ziegelgewölbe – anscheinend die Decke eines sorgsam gemauerten unterirdischen Kellers, die Grillos Last nicht getragen hatte und unter ihm eingestürzt war.

Zwei kräftige junge Arbeiter kletterten behutsam in die Grube hinein. »Wo bist du, Grillo? Gib die Hand! Bist du sehr zerschlagen, armer Kerl?«

Grillo antwortete nicht. Ungeachtet des heftigen Schmerzes im Arm, den er für gebrochen hielt, der aber nur verrenkt war, tat er irgendetwas, tastete, kroch weiter und rumorte seltsam im Keller umher. Schließlich rief er freudig: »Eine Götzenfigur! Eine Götzenfigur! Messer Cipriano, ein wunderbarer Götze!«

»Was schreist du denn so?«, knurrte Strocco misstrauisch. »Hast du vielleicht wieder einen Eselsschädel?«

»Nein, nein! Nur eine Hand fehlt … Beine, Rumpf, Brust – alles ist heil«, murmelte Grillo fast atemlos vor Freude.

Die Arbeiter banden sich Stricke unter die Schultern und um den Leib, falls etwa das Gewölbe unter ihnen einbrechen sollte, ließen sich in die Grube hinab und räumten behutsam die morschen, mit Schimmel bedeckten Ziegel beiseite. Giovanni lag halb auf der Erde und spähte zwischen den gebückten Rücken der Arbeiter hindurch in die Tiefe des Kellers, aus dem dumpfe Feuchtigkeit und Grabeskälte emporstieg.

Als das Gemäuer fast abgetragen war, befahl Messer Cipriano: »Geht mal weg und lasst mich sehen!«

Und Giovanni erblickte auf dem Grund der Grube zwischen Ziegelmauern einen nackten weißen Körper. Er lag da wie eine Leiche im Sarg; aber im flackernden Fackelschein wirkte er nicht wie tot, sondern erschien rosig, lebendig und warm.

»Eine Venus«, flüsterte Giorgio andachtsvoll. »Eine Venus von Praxiteles! Ich beglückwünsche Euch, Messer Cipriano. Hätte man Euch das Herzogtum Mailand und Genua noch dazugeschenkt, Ihr könntet Euch nicht glücklicher schätzen!«

Grillo kletterte mühsam empor, und obwohl aus einer Stirnwunde Blut über sein mit Erde beschmutztes Gesicht rann und er den verrenkten Arm nicht rühren konnte, strahlte doch Siegesstolz in seinen Augen.

Merula eilte auf ihn zu: »Grillo, lieber Freund! Mein Wohltäter! Dich habe ich gescholten! Einen Narren habe ich dich genannt! Dich, den klügsten aller Menschen!« Und er umarmte ihn und küsste ihn zärtlich. »Der Baumeister Filippo Brunelleschi in Florenz fand einst unter seinem Haus, in genau so einem Keller, die Marmorstatue des Gottes Merkur. Gewiss haben in jener Zeit, als die Christen die Heiden überwunden hatten und ihre Götzenbilder vernichteten, die letzten Anbeter der alten Götter diese Statuen in solchen gemauerten Kellern versteckt, weil sie Verständnis für ihre vollendete Schönheit hatten und sie vor dem Verderben retten wollten.«

Grillo lauschte und lächelte selig. Er bemerkte nicht, dass eine Hirtenschalmei im Feld klang, dass Schafe beim Austreiben blökten, dass der Himmel zwischen den Hügeln in durchsichtigem Licht immer heller wurde und dass fern über Florenz die Morgenglocken mit zarten Klängen einander anriefen.

»Vorsicht! Vorsicht! Mehr nach rechts. So – da! Weiter weg von der Wand«, rief Cipriano den Arbeitern zu. »Jeder bekommt fünf Silbergrossi, wenn ihr sie unbeschädigt heraufbringt.« Langsam stieg die

Göttin empor. Mit dem gleichen hellen Lächeln, mit dem sie einst dem Schaum der Meereswogen entstiegen war, kam sie jetzt aus dem Dunkel der Erde, dem tausendjährigen Grab zum Vorschein.

»Heil dir, goldfüßige Mutter Aphrodite, Wonne du der Götter und Menschen!«, begrüßte Merula sie.

Alle Sterne waren verblichen, nur das Gestirn der Venus blinkte wie ein Demant im Leuchten der Morgenröte. Ihm entgegen hob sich jetzt das Haupt der Göttin über den Rand des Grabes.

Giovanni blickte in ihr vom Morgenlicht bestrahltes Antlitz und flüsterte, vor Schreck erbleichend: »Die Weiße Teufelin!«

Er sprang auf und wollte fliehen. Doch die Neugier besiegte seine Furcht. Selbst wenn ihm jemand gesagt hätte, er begehe eine Todsünde, die er mit ewiger Verdammnis büßen müsse – er hätte doch seine Blicke nicht losreißen können von dem nackten, unschuldigen Leib, von dem herrlichen Antlitz der Göttin. Auch in jenen Tagen, da Aphrodite noch Herrscherin der Welt war, hatte wohl niemand sie mit so andachtsvollem Schauer betrachtet.

In der kleinen Dorfkirche von San Gervasio läuteten die Glocken. Alle sahen sich unwillkürlich um und erstarrten. In der Morgenstille klang dieser Ton wie ein zornig klagender Schrei. Zuweilen verstummte der feine, zitternde Glockenklang wie abgerissen; sofort aber tönte er wieder lauter, eindringlich und verzweifelt.

»Jesus, sei uns gnädig«, rief Grillo und fasste sich an den Kopf. »Da kommt der Priester – Don Faustino! Seht die Leute auf der Straße! Sie rufen, sie haben uns gesehen, sie fuchteln mit den Armen. Hierher kommen sie … Ich bin verloren, ich Unglücklicher!«

Eine Gruppe von Reitern näherte sich dem Mühlenhügel. Das waren die andern zur Teilnahme an der Ausgrabung geladenen Bekannten. Sie hatten sich unterwegs verirrt und kamen deshalb zu spät.

Beltraffio warf einen flüchtigen Blick auf sie; obwohl er ganz in die Betrachtung der Göttin vertieft war, fiel ihm doch das Gesicht des einen auf. Der Ausdruck kühler, ruhiger Aufmerksamkeit und tiefen Interesses, mit dem der Unbekannte die Venus betrachtete und der zu Giovannis Aufregung und Verwirrung in so starkem Gegensatz stand, machte großen Eindruck auf ihn. Ohne seine fest auf die Statue gerichteten Blicke von ihr abzuwenden, fühlte er doch diesen Mann mit dem ungewöhnlichen Gesicht dauernd hinter sich.

»So machen wir es«, sagte Messer Cipriano nach kurzem Nachdenken. »Die Villa ist nur ein paar Schritte entfernt. Das Tor ist fest und hält jedem Angriff stand …«

»Das ist richtig«, rief Grillo erfreut. »Also flink, Freunde, hebt sie auf!« Mit väterlicher Zärtlichkeit bemühte er sich um die Erhaltung der Statue.

Sie schafften die Statue glücklich durch die Nasse Senke. Kaum hatten die Träger die Schwelle des Hauses überschritten, als oben auf dem Mühlenhügel Don Faustinos drohende Gestalt mit gen Himmel erhobenen Armen sichtbar wurde. Das untere Stockwerk der Villa war unbewohnt. Ein gewaltiger Saal mit geweißten Wänden und Bogendecken diente als Lagerraum für Ackergeräte und große irdene Gefäße für Olivenöl. In einer Ecke reichte aufgestapeltes goldschimmerndes Weizenstroh bis an die Decke. Auf dieses Stroh, diese bescheidene ländliche Lagerstätte, bettete man behutsam die Göttin.

Kaum waren alle eingetreten und die Tore geschlossen, als draußen lautes Geschrei und Geschimpf ertönte und lärmend an die Tore geschlagen wurde.

»Aufmachen! Aufmachen!«, kreischte Don Faustino mit brüchiger Fistelstimme. »Im Namen des lebendigen Gottes beschwöre ich euch, macht auf! …«

Messer Cipriano stieg auf einer steinernen Innentreppe zu einem schmalen, hoch über dem Boden befindlichen Gitterfenster empor, musterte die Menge draußen, sah, dass sie nicht allzu groß war, und begann mit dem ihm eigenen feinen, höflichen Lächeln zu verhandeln. Der Priester ließ nicht ab und verlangte die Auslieferung des Götzenbildes, das man, wie er behauptete, aus der Erde des Friedhofs ausgegraben habe.

Der Konsul von Calimala entschied sich für eine Kriegslist und erklärte fest und ruhig: »Hütet euch! Ein Eilbote nach Florenz ist unterwegs, zum Befehlshaber der Wache. In zwei Stunden sind Berittene hier. Mit Gewalt dringt niemand ungestraft in mein Haus ein.«

»Schlagt das Tor ein«, zeterte der Priester. »Fürchtet euch nicht! Gott steht uns bei. Schlagt zu!«

Den Händen eines halb blinden, pockennarbigen Greises mit melancholischem, demütigem Gesicht und verbundener Wange entriss er eine Axt und schlug mit voller Wucht gegen das Tor. Die Menge aber folgte seinem Beispiel nicht.

»Don Faustino, Don Faustino«, lispelte der demütige Alte und zupfte ihn sachte am Ellbogen. »Wir sind arme Leute, mit der Hacke holen wir kein Geld aus der Erde. Man wird uns zur Verantwortung ziehen und ins Elend bringen!«

Viele in der Menge überlegten, als sie von den Stadtknechten gehört hatten, wie sie sich unbemerkt davonmachen könnten.

»Gewiss, wenn sie das auf eigenem Grund und Boden gefunden hätten! Aber auf Gemeindeland – das ist eine andere Sache«, meinten einige.

»Wo läuft denn die Grenze? Nach dem Gesetz …«

»Was heißt Gesetz? Das ist ein Spinngewebe. Die Fliege fängt sich drin, die Bremse kommt durch. Für die Herren sind keine Gesetze geschrieben«, wandten andere ein.

»Das stimmt. Jeder ist Herr auf seinem Boden.«

Indessen betrachtete Giovanni noch immer die geborgene Venus. Ein Strahl der Morgensonne fiel durch ein Seitenfenster. Der noch nicht völlig von der Erde gereinigte Marmorleib glänzte in der Sonne, als erhole und wärme er sich nach der langen Finsternis und Kälte unter der Erde. Die feinen gelben Halme des Weizenstrohs glühten im Morgenlicht und umgaben die Göttin als bescheidene, doch prächtige goldene Gloriole.

Und wieder richtete Giovanni seine Aufmerksamkeit auf den Unbekannten. Dieser kniete jetzt neben der Venus, hielt Zirkel, Winkelmaß und Halbbogen aus Messing in der Hand, ähnlich denen in mathematischen Bestecken, und begann die einzelnen Teile des herrlichen Körpers zu vermessen, mit dem gleichen festen, ruhigen, eindringlichen Interesse in seinen kalten hellblauen Augen und auf den fest geschlossenen Lippen. Dabei neigte er den Kopf so tief, dass sein langer blonder Bart den Marmor berührte.

Was macht er da? Wer ist das?, grübelte Giovanni mit wachsendem Staunen, fast mit Angst, und beobachtete die schnellen, dreisten Finger, die über die Glieder der Göttin hinglitten und in alle Geheimnisse ihrer Schönheit eindrangen, indem sie den Augen nicht erkennbare Rundungen des Marmors prüfend betasteten.

Die Menge der Bauern vor dem Tor der Villa schwand und lichtete sich mit jedem Augenblick mehr.

»Halt! Halt, ihr Nichtstuer, ihr Christusverkäufer! Vor den Stadtknechten habt ihr Angst, aber die Macht des Antichrist fürchtet ihr nicht«, keifte der Priester und streckte die Arme nach ihnen aus. »Ipse vero Antichristus opes malorum effodiet et exponet – so spricht der große Lehrer Anselmus von Canterbury. Effodiet! Hört ihr? Der Antichrist wird die alten Götter aus der Erde graben und sie von Neuem der Welt zeigen ...«

Doch niemand hörte ihm mehr zu.

»Unser Padre Faustino ist aber ein ordentlicher Schreihals«, meinte kopfschüttelnd der verständige Müller. »Schon so schwach und doch ganz außer Rand und Band. Wenn sie noch einen Schatz gefunden hätten ...«

»Das Götzenbild soll aber aus Silber sein ...«

»Ach was, Silber! Ich habe es selbst gesehen: aus Marmor, und splitternackt ist das schamlose Weibsbild ...«

»Mit so einer Unflätigen, Gott verzeih mir, lohnt es nicht, die Hände zu beschmutzen ...«

»Wo gehst du hin, Zacchello?«

»Ich muss aufs Feld.«

»Dann geh mit Gott. Ich muss in den Weinberg.«

Alle Wut des Priesters richtete sich jetzt gegen seine Pfarrkinder: »So seid ihr, ihr ungetreuen Hunde, ihr Knechtsseelen! Euren Seelenhirten lasst ihr im Stich! Wisst ihr auch, ihr Satansbrut, dass euer verdammtes Dorf schon längst in die Erde versunken wäre, wenn ich nicht Tag und Nacht für euch gebetet, mich kasteit, gefleht und gefastet hätte? Jetzt ist es aus! Ich gehe hinweg von euch und schüttele den Staub von meinen Füßen. Verflucht sei euer Land! Verflucht sei euer Brot und euer Wasser, euer Vieh und eure Kinder und Kindeskinder! Ich bin nicht länger euer Vater, euer Seelenhirte! Anathema!«

In dem stillen Winkel der Villa, wo auf ihrem goldenen Strohlager die Göttin ruhte, trat Giorgio Merula zu dem Unbekannten, der die Statue vermaß.

»Sucht Ihr göttliche Proportionen?«, fragte der Gelehrte mit einem Gönnerlächeln. »Wollt Ihr die Schönheit mathematisch erfassen?«

Der andere blickte ihn stumm an, als habe er die Frage nicht recht verstanden, und vertiefte sich wieder in seine Arbeit. Die Schenkel des Zirkels öffneten und schlossen sich und beschrieben regelmäßige geometrische Figuren. Mit ruhigen, sicheren Bewegungen legte er das Winkelmaß an die herrlichen Lippen der Aphrodite, deren Lächeln Giovannis Herz mit Entsetzen erfüllte, las die Zahlen ab und trug sie in ein Buch ein.

»Gestattet mir die Frage«, versuchte Merula von Neuem, »wie viel Teilstriche sind es?«

»Mein Instrument ist leider ungenau«, antwortete der Fremde unwillig. »Um die Proportionen zu messen, teile ich das menschliche Gesicht gewöhnlich in Grade, Minuten, Sekunden und Terzen. Jeder Unterteil beträgt immer ein Zwölftel des vorhergehenden.«

»Aber!«, warf Merula ein. »Der letzte Unterteil muss dann kleiner sein als die Dicke des dünnsten Haares. Fünfmal ein Zwölftel …«

»Eine Terz«, erklärte der andere immer noch recht zurückhaltend, »ist der 48 823. Teil des ganzen Gesichts.«

Merula hob die Brauen und lächelte.

»Man lernt nie aus! Ich hätte nie gedacht, dass man es zu solcher Genauigkeit bringen kann!«

»Je genauer, desto besser«, bemerkte der andere.

»Oh, natürlich! … Immerhin, wisst Ihr, in der Kunst, in der Schönheit – alle diese mathematischen Berechnungen, Grade, Sekunden …! Offen gestanden, ich kann nicht recht glauben, dass ein Künstler im Rausch des Entzückens und flammender Inspiration – sozusagen, wenn der Geist Gottes über ihn kommt …«

»Ja, ja, Ihr habt wohl recht«, pflichtete ihm der Unbekannte wie gelangweilt bei. »Aber es ist doch interessant, zu wissen …«

Er beugte sich wieder nieder und stellte mit dem Winkelmaß die Anzahl der Grade zwischen Haaransatz und Kinn fest.

Wissen!, dachte Giovanni. Als ob man so etwas wissen und messen könnte! Welch Aberwitz! Fühlt er, begreift er das nicht?

Merula, der anscheinend den Gegner reizen und zu einem Streit herausfordern wollte, begann über die Vollkommenheit der Alten zu reden und meinte, man müsse ihnen alles nachmachen. Der Unbekannte aber schwieg, und als Merula endete, spielte ein feines Lächeln um seine Lippen, und er entgegnete: »Wer aus der Quelle trinken kann, wird nicht abgestandenes Wasser vorziehen.«

»Gestattet«, rief der Gelehrte. »Wenn Euch sogar die Alten abgestandenes Wasser sind – was ist dann die Quelle?«

»Die Natur«, entgegnete der Unbekannte schlicht. Und als Merula hochtrabend, gereizt weiterredete, ließ sich der Fremde auf keine Auseinandersetzung mehr ein und pflichtete ihm nur höflich ablehnend bei. Doch der gelangweilte Ausdruck seiner kalten Augen wurde noch gleichgültiger.

Nachdem Giorgio endlich alle Beweise erschöpft hatte, verstummte er. Da wies der Fremde auf einige Vertiefungen im Marmor hin, die bei keinem Licht, weder schwachem noch grellem, mit den Augen wahrnehmbar waren. Lediglich mit dem Tastsinn, mit der Hand über den glatten Marmor gleitend, konnte man diese unendlichen Feinheiten der Arbeit erkennen. Mit einem tiefen, forschenden, aber nicht überschwänglichen Blick betrachtete der Unbekannte dann den ganzen Leib der Göttin. Und ich dachte, er habe kein Gefühl, wunderte sich Giovanni insgeheim. Doch wenn er fühlt, wie kann er da messen, forschen, zahlenmäßig einteilen? Wer ist dieser Mann?

»Messere«, flüsterte Giovanni dem Alten ins Ohr. »Hört, Messer Giorgio! Wie heißt dieser Fremde?«

»Ach, du bist noch hier, Mönchlein?«, antwortete Merula, sich umwendend. »Ich hatte dich ganz vergessen. Das ist doch der, den du so liebst! Hast du ihn nicht erkannt? Das ist Messer Leonardo da Vinci!«

Und Merula machte Giovanni mit dem Künstler bekannt.

Sie kehrten nach Florenz zurück. Leonardo ritt im Schritt auf einem Pferde, Beltraffio ging zu Fuß neben ihm her. Sie waren allein. Zwischen den feuchten schwarzen Wurzeln der Olivenbäume schimmerte grünes Gras, dazwischen standen blaue Schwertlilien auf dünnen, unbeweglichen Stängeln. Es war so still, wie es nur zu Beginn des Frühjahrs ganz früh am Morgen sein kann.

Das ist er also, dachte Giovanni, beobachtete ihn genau und fand jede Kleinigkeit an ihm interessant.

Leonardo hatte das vierzigste Lebensjahr überschritten. Wenn er schwieg und sich seinen Gedanken überließ, blickten seine scharfen, hellblauen Augen unter den finsteren Augenbrauen kalt und durchdringend. Plauderte er aber, so lag Güte in ihnen. Sein langer blonder Bart und das gleichfalls blonde, dichte, lockige Haupthaar gaben ihm ein majestätisches Aussehen. Sein Gesicht war von zarter, fast weiblicher Schönheit; die Stimme klang trotz seines hohen Wuchses und seiner kraftvollen Erscheinung dünn, seltsam hoch, sehr angenehm, aber nicht männlich. Die schöne Hand mit den feinen, langen Fingern – an der Art, wie Leonardo das Pferd lenkte, ersah Giovanni, dass ihr große Kraft innewohnte – war zart wie eine Frauenhand.

Sie näherten sich den Stadtmauern. Durch den Dunst leuchteten in der Morgensonne die Kuppel des Doms und der Turm des Palazzo Vecchio. Jetzt oder nie, dachte Beltraffio. Ich muss mich aufraffen und ihm sagen, dass ich in seine Werkstatt eintreten möchte.

Leonardo hatte sein Pferd angehalten und beobachtete den Flug eines im Sumpfschilf des Mugnone nach Beute – einer Ente oder einem Reiher – spähenden jungen Falken; der Vogel kreiste langsam, gleichmäßig am Himmel, dann stürzte er kopfüber wie ein herabfallender Stein, mit kurzem, wildem Aufschrei, herab und verschwand hinter den Baumwipfeln. Leonardo verfolgte ihn mit dem Blick; keine Wendung, keine Bewegung, kein Flügelschlag entging ihm. Dann öffnete er sein am Gürtel befestigtes Notizbuch und trug etwas ein – wohl seine Beobachtungen über den Flug des Vogels.

Beltraffio bemerkte, dass er den Schreibstift nicht in der rechten, sondern in der linken Hand hielt, und sagte sich: Er ist linkshändig! Ihm fielen die seltsamen über Leonardo umlaufenden Gerüchte ein: Angeblich schrieb er seine Werke in Spiegelschrift, nicht von links nach rechts wie andere Leute, sondern von rechts nach links, wie man im Orient schreibt. Es wurde behauptet, er tue das, um seine verbrecherischen, ketzerischen Gedanken über Gott und Natur zu verbergen.

Jetzt oder nie, sagte sich Giovanni noch einmal, und plötzlich fielen ihm Antonio da Vincis harte Worte ein: »Geh zu ihm, wenn du das Verderben deiner Seele willst; er ist ein Ketzer und Gottesleugner.«

Leonardo wies ihm lächelnd ein Mandelbäumchen, das klein, schwächlich, einsam auf dem Gipfel eines Hügels wuchs; fast noch unbelaubt und fröstelnd, hatte es sich doch zuversichtlich und festlich in weißrosa Blüten gekleidet, die in der Sonne durchsichtig leuchteten und sich unter dem blauen Himmel wärmten. Beltraffio aber konnte sich nicht daran freuen. Ihm war schwer und bang ums Herz.

Da sprach Leonardo, als habe er seinen Kummer erraten, mit einem guten, sanften Blick Worte zu ihm, an die Giovanni später oft zurückdenken musste: »Wenn du Maler werden willst, so wirf allen Kummer und alle Sorgen beiseite und kenne nur die Kunst! Deine Seele muss sein wie ein Spiegel, der alles wiedergibt – alle Gegenstände, alle Bewegungen, alle Farben –, aber selbst unbeweglich und klar bleibt.«

Sie ritten durch das Stadttor in Florenz ein.

Beltraffio ging in den Dom, wo an diesem Morgen Fra Girolamo Savonarola predigen sollte.

Die letzten Orgeltöne verklangen unter den widerhallenden Gewölben von Santa Maria del Fiore. Eine dichte Menge füllte das Gotteshaus mit schwüler Wärme, mit leisem Rascheln. Kinder, Frauen und Männer waren durch Vorhänge voneinander getrennt. Unter den Strebepfeilern und Bogen war es dunkel und geheimnisvoll wie im düsteren Walde. Unten aber fielen hie und da in dunkelleuchtenden Fenstern sich brechende Sonnenstrahlen regenbogenfarbig auf die lebendigen Menschenwogen und die grauen Steine der Pfeiler. Über dem Altar glühten im Dunkel die roten Flammen der siebenarmigen Leuchter.

Die Messe war zu Ende. Die Menge harrte des Predigers. Ihre Blicke waren auf die hohe hölzerne, an eine Säule des Mittelschiffs sich lehnende Kanzel mit der Wendeltreppe gerichtet.

Giovanni stand mitten in der Menge und lauschte dem leisen Gespräch der Umstehenden.

»Ob er bald kommt?«, fragte mürrisch ein im Gedränge fast erstickender kleiner Mann mit blassem, schweißtriefendem Gesicht, der einen dünnen Riemen um das an der Stirn klebende Haar gewunden hatte – wohl ein Tischler.

»Das weiß Gott allein«, antwortete ihm ein Kesselschmied, ein kurzatmiger, riesiger Mensch mit rotem Gesicht und starken Backenknochen. »Er hat da in San Marco einen schwachsinnigen, stotternden Mönch, Maruffi heißt der. Wenn der sagt: Es ist Zeit, dann geht er. Neulich haben wir vier Stunden gewartet und dachten schon, es würde gar keine Predigt geben – dann kam er doch noch.«

»Herrgott, Herrgott«, seufzte der Tischler. »Ich warte ja schon seit Mitternacht. Mir ist ganz schwach, mir ist dunkel vor den Augen. Ich habe noch keinen Bissen im Leib; wenn ich mich wenigstens hinhocken könnte.«

»Ich habs dir ja gesagt, Damiano. Man muss sehr zeitig kommen. Jetzt sind wir so weit weg von der Kanzel. Nichts werden wir hören …«

»Nun, Freundchen, du wirst schon hören. Hab keine Angst: Wenn der losschreit und anfängt zu donnern, da hören ihn nicht nur die Tauben, sondern sogar die Toten.«

»Er soll doch heute weissagen?«

»Nein, nicht bevor er mit der Arche Noah fertig ist.«

»Habt Ihr denn nicht gehört? Die ist ja schon fertig – bis zum letzten Brett! Und eine ganz geheimnisvolle Auslegung hat er gegeben: Die Länge der Arche ist der Glaube, ihre Breite die Liebe, ihre Höhe die Hoffnung. Eilet euch, heißt es, eilet in die Arche des Heils, solange noch die Türen geöffnet sind! Siehe, die Zeit ist nahe, da die Tore geschlossen sein werden. Und viele werden weinen, die nicht Buße taten, die nicht eingegangen sind.«

»Heute spricht er über die Sintflut, über den siebzehnten Vers des sechsten Kapitels im ersten Buch Mose.«

»Er soll ein neues Gesicht gehabt haben über Hungersnot, Pest und Krieg.«

»Der Rossarzt aus Vallombrosa hat erzählt, nachts hätten über seinem Dorf am Himmel unzählige Heerscharen gekämpft, Schwerterklirren und Panzerrasseln habe man gehört.«

»Ist es wahr, liebe Leute, dass auf dem Antlitz der heiligen Jungfrau von Nunziata de' Servi blutiger Schweiß ausgetreten ist?«

»Gewiss! Und der Madonna auf der Brücke von Rubaconte tropfen allnächtlich Tränen aus den Augen. Tante Lucia hat es selbst gesehen.«

»Das bedeutet nichts Gutes, oh, nichts Gutes! Herr, sei uns Sündern gnädig.«

Bei den Frauen gab es Aufregung: Eine Greisin war im Gedränge in Ohnmacht gefallen. Man bemühte sich, sie aufzurichten und wieder zum Bewusstsein zu bringen.

»Kommt er nicht bald? Ich kann nicht mehr«, jammerte der kränkliche Tischler fast weinend und wischte sich den Schweiß aus dem Gesicht.

Und die Menschenmenge wurde matt in endlosem Warten. Plötzlich kam das Meer von Köpfen ins Wogen. Flüstern erhob sich.

»Er kommt! Er kommt! Er kommt! – Nein, er ist es nicht. – Das ist Fra Domenico da Pescia. – Er ist es! – Er kommt!«

Giovanni sah einen mit einem Strick umgürteten Mann im schwarzweißen Gewand der Dominikaner langsam die Kanzel besteigen, wo er die Mönchskapuze vom Kopf nahm. Sein Gesicht war hager und wachsgelb, er hatte wulstige Lippen, eine krumme Nase und eine niedrige Stirn. Als sei er sehr ermattet, stützte er die linke Hand auf die Kanzel, die rechte, die ein Kruzifix umklammerte, hob er und streckte sie weit aus. Stumm maß er mit einem langen Blick seiner glühenden Augen die Menge.

Es war jetzt so still, dass jeder den eigenen Herzschlag hören konnte.

Die starren Augen des Mönchs glühten heißer als Kohlen. Er schwieg. Die Spannung war schier unerträglich. Es schien, im nächsten Augenblick könnte es die Menge nicht mehr aushalten und müsste laut aufschreien vor Entsetzen.

Jedoch es wurde noch stiller, noch unheimlicher.

Da, plötzlich, dröhnte durch diese Totenstille ein ohrenbetäubender, herzzerreißender, fast nicht mehr menschlicher Aufschrei Savonarolas: »Ecce ego adducam aquas super terram. Denn siehe, ich will eine Sintflut mit Wasser kommen lassen auf Erden!«

Ein Hauch des Entsetzens, der die Haare zu Berge stehen ließ, ging über die Menge hin.

Giovanni erbleichte. Ihm war, als bebe die Erde, als müssten die Decken des Doms auf der Stelle einstürzen und ihn zermalmen. Neben ihm zitterte der dicke Kesselschmied wie Espenlaub und klapperte mit den Zähnen. Der Tischler kroch ganz in sich zusammen, zog den Kopf zwischen die Schultern, wie um einem Schlag auszuweichen, und kniff die Augen zu.

Das war keine Predigt, sondern ein tolles Irrereden, das diese tausendköpfige Menge plötzlich packte und fortriss, wie der Sturmwind trockenes Laub hinwegfegt. Giovanni lauschte, fast ohne etwas zu verstehen. Nur einzelne Worte erreichten ihn.

»Sehet, sehet, schon ist der Himmel tiefschwarz, und purpurn die Sonne wie geronnenes Blut. Fliehet! Ein Regen wird niedergehen von Feuer und Schwefel; Hagel von glühenden Steinen wird fallen und ganze Felsblöcke. Fuge, o Sion, quae habitas apud filiam Babylonis!*

O Italien, Plagen werden kommen auf Plagen. Die Plage des Krieges nach der Hungersnot. Die Plage der Pestilenz nach dem Krieg. Plage hier und Plage da, allüberall Plagen. Die Lebenden werden nicht ausreichen, um die Toten zu begraben. So viel Tote werden in den Häusern liegen, dass die Totengräber über die Gassen wandeln werden und rufen: ›Wer hat Tote?‹ Und werden sie auf Karren werfen bis zur Deichsel, und werden sie aufschichten in hohen Bergen und werden sie verbrennen. Und werden wiederum durch die Gassen wandeln und rufen: ›Wer hat Tote? Wer hat Tote?‹ Ihr aber werdet hinaustreten zu ihnen und sprechen: ›Hier ist mein Sohn, hier ist mein Bruder, hier ist mein Gatte.‹ Sie aber werden weiterwandeln und werden rufen: ›Wer hat noch Tote?‹

O Florenz! O Rom! O Italien! Vorbei ist die Zeit der Lieder und der Feste! Ihr seid krank, sterbenskrank. Herr, du bist mein Zeuge, dass ich mit meinem Worte stützen wollte diesen Trümmerhaufen. Doch ich kann nicht mehr, meine Kräfte versagen! Ich will nicht mehr – ich weiß nichts mehr zu sagen! Nur weinen kann ich noch, in Tränen vergehen. Barmherzigkeit, Barmherzigkeit, o Herr! O du armes Volk! O Florenz!«

Er breitete die Arme aus und flüsterte die letzten Worte kaum hörbar. Sie hallten hin über die Menge und erstarben wie das Rauschen

* Fliehe, o Sion, die du wohnest bei der Tochter Babylons.

des Windes im Laubwerk, wie ein Seufzer unendlichen Mitleides. Er presste seine todesblassen Lippen an das Kruzifix, sank erschöpft in die Knie und brach in Schluchzen aus.

Dann erklangen die langsamen, schweren Töne der Orgel; immer breiter und voller schwollen sie an, immer triumphierender und drohender, wie nächtliches Brausen des Ozeans.

Eine von den Frauen schrie plötzlich mit gellender Stimme: »Misericordia!«

Und Tausende von Stimmen, einander überschreiend, antworteten ihr. Wie im Wind die Ähren auf dem Feld, eine Woge nach der andern, eine Reihe nach der andern, sich drängend, einander erdrückend – wie eine erschrockene Schafherde im Gewitter, so sanken die Menschen in die Knie. Und mit dem vielstimmigen Dröhnen und Brausen der Orgel sich vermischend, sodass die Erde bebte, die steinernen Pfeiler und Bogen des Doms zitterten, stieg das Bußgeheul des Volks, der Schrei der untergehenden Menschen empor zu Gott: »Misericordia! Misericordia!«

Giovanni fiel schluchzend zu Boden. Auf seinem Rücken fühlte er die Last des dicken Kesselschmieds, der im Gedränge auf ihn gestürzt war, ihm seinen heißen Atem in den Nacken hauchte und gleichfalls laut schluchzte. Neben ihm schluchzte der kränkliche Tischler, seltsam, hilflos, tiefschluckend wie kleine Kinder es tun, und schrie mit schriller Stimme: »Barmherzigkeit! Barmherzigkeit!«

Beltraffio gedachte seines Hochmuts, seines weltlichen Dursts nach Wissen, seiner Absicht, Fra Benedetto zu verlassen und sich der gefährlichen, vielleicht gotteslästerlichen Wissenschaft Leonardos hinzugeben; er gedachte der letzten schrecklichen Nacht auf dem Mühlenhügel, der auferstandenen Venus, seines sündhaften Entzückens über die Schönheit der Weißen Teufelin – und er streckte die Arme gen Himmel und schrie mit der gleichen verzweifelten Stimme wie alle anderen: »Herr, erbarme Dich! Ich habe gesündigt vor Dir! Vergib mir und sei mir gnädig!«

In diesem Augenblick, als er sein tränenfeuchtes Antlitz hob, bemerkte er ganz in der Nähe Leonardo da Vinci. Der Künstler stand da, mit der Schulter an eine Säule gelehnt, in der rechten Hand hielt er das unvermeidliche Notizbuch, mit der linken zeichnete er, den Blick gelegentlich auf die Kanzel richtend, wohl in der Hoffnung, den Kopf des Predigers noch einmal zu sehen.

Allen fremd, hatte allein Leonardo in der vor Entsetzen rasenden Menge völlige Ruhe bewahrt. In seinen kalten, blassblauen Augen, auf den feinen Lippen, die fest geschlossen waren, wie meist bei Menschen, die an scharfes Beobachten gewöhnt sind, spielte kein Spott, sondern nur dieselbe Wissbegier, mit der er den Körper der Aphrodite vermessen hatte.

Die Tränen in Giovannis Augen versiegten, und das Gebet erstarb auf seinen Lippen. Nach dem Verlassen der Kirche trat er an Leonardo heran und bat ihn um die Erlaubnis, einen Blick auf seine Zeichnung werfen zu dürfen. Der Künstler weigerte sich anfangs; doch Giovannis Blick war so flehend, dass Leonardo ihn schließlich beiseiteführte und ihm das Notizbuch gab.

Giovanni erblickte eine fürchterliche Karikatur. Das war nicht Savonarolas Gesicht, sondern das eines alten, missgestalteten, ihm ähnlichen Teufels in einer Mönchskutte, der durch Selbstkasteiungen entstellt war, seinen Hochmut und seine Lüsternheit aber nicht überwunden hatte. Der Unterkiefer ragte weit hervor, Runzeln durchfurchten die Wangen und den herabhängenden, wie bei einer ausgetrockneten Leiche fast schwarzen Hals; die gesträubten Brauen waren borstig; der nicht mehr menschliche, von eigensinnigem, fast boshaftem Flehen erfüllte Blick war nach oben gerichtet. All das Dunkle, Furchtbare, Aberwitzige, das Fra Girolamo der Macht des schwachsinnigen, stotternden Hellsehers Maruffi auslieferte, war in dieser Zeichnung nachgefühlt und ohne Zorn und Mitleid, mit unerschütterlicher Klarheit des Wissens bloßgestellt.

Giovanni erinnerte sich an Leonardos Worte: »Die Seele eines Malers muss sein wie ein Spiegel, der alles wiedergibt – alle Gegenstände, alle Bewegungen, alle Farben –, aber selbst unbeweglich und klar bleibt.«

Der Schüler des Fra Benedetto hob seine Augen auf zu Leonardo und fühlte: Wenn ihm, Giovanni, auch ewige Verdammnis drohte, wenn er sich auch überzeugen sollte, dass Leonardo wirklich ein Knecht des

Antichrist sei, er könnte doch nicht von ihm lassen; eine unüberwindliche Macht zog ihn zu diesem Mann hin, den er ganz kennenlernen musste.

Etwa zwei Tage später kam Grillo mit einer Trauernachricht nach Florenz in das Haus des Messer Cipriano Buonaccorsi geeilt, der von unerwarteten Geschäften überlastet war und daher die Venus noch nicht hatte in die Stadt überführen lassen können. Der Pfarrer Don Faustino hatte San Gervasio verlassen und in dem benachbarten Gebirgsdorf San Maurizio das Volk durch Androhung himmlischer Strafen aufgewiegelt. Bei Nacht hatte er mit einem Haufen Bauern die Villa Buonaccorsi gestürmt, die Türen eingeschlagen, den Gärtner Strocco misshandelt und die Wächter der Venus an Händen und Füßen gefesselt. Über der Göttin wurde ein uraltes Gebet gesprochen: Oratio super effigies vasaque in loco antiquo reperta; in diesem Gebet über in alten Gräbern gefundene Skulpturen und Gefäße betete der Diener der Kirche zu Gott, die aus der Erde ausgegrabenen Gegenstände vom heidnischen Schmutz zu reinigen und sie zu wandeln zum Nutzen christlicher Seelen, zu Ehren des Vaters, des Sohnes und des Heiligen Geistes – ut omnia immunditia depulsa sint fidelibus tuis utenda per Christum dominum nostrum. Dann hatte man die Marmorstatue zerschlagen, aus den Trümmern im Ofen Kalk gebrannt und damit die neu errichtete Mauer des Dorffriedhofes verputzt.

Nach diesem Bericht des alten Grillo, der vor Trauer um das Götzenbild fast Tränen vergoss, fühlte sich Giovanni fest entschlossen. An demselben Tage noch ging er zu Leonardo und bat den Künstler, ihn als Schüler in seine Werkstatt aufzunehmen. Und Leonardo nahm ihn auf.

Kurze Zeit danach gelangte die Nachricht nach Florenz, Karl VIII., der Allerchristlichste König von Frankreich, sei an der Spitze eines unzählbaren Heers ausgezogen, um Neapel und Sizilien, vielleicht auch Rom und Florenz zu erobern. Entsetzen packte die Bürger, denn sie sahen, dass Savonarolas Weissagungen in Erfüllung gingen: Die Plagen trafen ein, und Gottes Schwert senkte sich auf Italien nieder.

2

Ecce Deus – Ecce Homo

Wenn der schwere Adler sich mit seinen Flügeln in der dünnen Luft halten kann, wenn große Schiffe sich durch Segel auf dem Meer vorwärts bewegen, warum sollte da nicht auch der Mensch mit Flügeln die Luft durchschneiden, Herr werden über den Wind und sieghaft sich aufschwingen zu den Höhen?«

In einem seiner alten Hefte las Leonardo diese vor fünf Jahren niedergeschriebenen Worte. Daneben befand sich eine Zeichnung: An einer Deichsel war eine runde Eisenstange angebracht, und daran Flügel, die durch Stricke bewegt werden konnten.

Jetzt kam ihm diese Maschine plump und unförmig vor. Sein neuer Apparat sah aus wie eine Fledermaus. Das Gerippe des Flügels hatte, wie die Hand eines Skeletts, fünf vielgliedrige, in Gelenken bewegliche Finger. Eine Sehne aus gegerbten Lederriemen und rohseidenen Schnüren mit einem Hebel und einer Scheibe hielt wie ein Muskel die Finger zusammen. Durch eine bewegliche Stange und einen Zughebel wurde der Flügel gehoben. Der Bezug aus gestärktem Taft, luftdicht wie die Schwimmhaut zwischen den Zehen einer Gans, ließ sich zusammenlegen und entfalten. Die vier Flügel bewegten sich über Kreuz wie Pferdebeine. Sie waren vierzig Ellen lang und acht Ellen hoch. Arbeiteten sie nach hinten, so trieben sie die Maschine vorwärts, wirkten sie nach unten, so ließen sie sie steigen. Der fliegende Mensch stand mit den Füßen in Steigbügeln, die durch Schnüre, Blöcke und Hebel die Flügel in Bewegung setzten. Der Kopf lenkte ein großes gefiedertes Steuer, das aussah wie ein Vogelschwanz.

Wenn ein Vogel von der Erde auffliegen will, muss er vor dem ersten

Flügelschlag in die Höhe hüpfen. Der Kernbeißer, der sehr kurze Beine hat, zappelt nur, wenn man ihn auf die Erde legt, und kann nicht auffliegen.

An dem Apparat ersetzten zwei Leitern aus Rohr die Vogelbeine. Leonardo wusste aus Erfahrung, dass der Vollkommenheit einer Maschine auch Schönheit und Ebenmäßigkeit aller Teile entspricht: Der unschöne Anblick der unentbehrlichen Leitern machte dem Erfinder daher Kummer.

Er vertiefte sich in mathematische Berechnungen und suchte nach dem Fehler; noch konnte er ihn nicht finden. Plötzlich durchstrich er eine mit kleinen, engen Reihen von Ziffern bedeckte Seite, schrieb an den Rand: »Falsch!« und fügte mit großen wütenden Buchstaben noch ein Schimpfwort hinzu: »Zum Teufel!«

Die Berechnungen wurden immer verwickelter; der unauffindbare Fehler vergrößerte sich immer mehr. Die Flamme der Kerze flackerte unruhig und reizte die Augen. Leonardos Kater hatte inzwischen ausgeschlafen und sprang auf den Arbeitstisch, streckte sich, krümmte den Rücken und begann mit einem von Motten zerfressenen Vogelbalg zu spielen, der mit einem Bindfaden am Deckenbalken aufgehängt war, um zum Studium des Schwerpunkts beim Flug zu dienen. Leonardo stieß den Kater beiseite, sodass er beinahe vom Tisch purzelte und jämmerlich miaute.

»Nun gut, leg dich hin, wo du willst – aber stör mich nicht!« Freundlich streichelte er mit der Hand das schwarze Fell, in dem es wie von Funken knisterte. Der Kater zog die Samtpfoten ein, legte sich sehr würdig nieder, schnurrte und richtete die starren, grünlichen, geheimnisvoll zärtlichen Augen auf seinen Herrn.

Wieder reihten sich Zahlen, Klammern, Brüche, Gleichungen, Kubik- und Quadratwurzeln aneinander. Unmerklich verging die zweite schlaflose Nacht. Nach der Rückkehr aus Florenz hatte Leonardo in Mailand einen ganzen Monat fast ohne das Haus zu verlassen an seiner Flugmaschine gearbeitet.

Die Zweige einer weißen Akazie schauten zum offenen Fenster herein und ließen hin und wieder zarte, süß duftende Blüten auf den Tisch rieseln. Durch den Schleier rötlicher, perlmutterglänzender

Wolken gedämpft, fiel das Mondlicht ins Zimmer und mischte sich mit dem roten Schein der zerfließenden Kerze.

Das Zimmer war mit Maschinen und astronomischen, physikalischen, chemischen, mechanischen, anatomischen Apparaten überfüllt. Räder, Hebel, Federn, Schrauben, Stangen, Bogen, Kolben und andere Maschinenteile – aus Kupfer, Stahl, Eisen, Glas – ragten im Dunkel wirr durcheinander, wie Gliedmaßen von Ungetümen oder riesigen Insekten. Eine Taucherglocke war da zu sehen, der funkelnde Kristallkörper eines optischen Modells des Auges im großen Maßstab, ein Pferdeskelett, ein ausgestopftes Krokodil, ein Glas mit einem menschlichen Embryo in Spiritus, der aussah wie eine riesige blasse Larve, spitze, bootförmige Schuhe zum Gehen auf dem Wasser und daneben ein wohl zufällig aus der Werkstatt des Malers hierhergeratener tönerner, verschmitzt-wehmütig lächelnder Mädchen- oder Engelskopf. Im Hintergrund glühten im schwarzen Schlund eines Schmelzofens mit Blasebälgen Kohlen unter der Asche.

Über alles breiteten sich vom Fußboden bis zur Decke die beiden Flügel der Flugmaschine; der eine noch als nacktes Gestell, der andere schon fertig überzogen. Zwischen ihnen lag auf dem Fußboden, lang ausgestreckt und den Kopf zurückgeworfen, ein wohl bei der Arbeit eingeschlafener Mann. Er hielt den Griff einer verräucherten kupfernen Gießkelle in der rechten Hand; etwas Metall war auf den Boden ausgeflossen. Der eine Flügel berührte mit dem unteren Ende des leichten Rohrgerippes die Brust des Schläfers, bebte leicht bei dessen Atemzügen, als lebe er, und kratzte mit der oberen Spitze an der Zimmerdecke. In dem ungewissen Schein des Mondes und der Kerze sah die Maschine mit dem zwischen den Flügeln liegenden Mann aus wie eine riesige Fledermaus, die gleich aufflattern und fortfliegen mochte.

Der Mond war untergegangen. Aus den Gärten, die Leonardos Haus in einer Vorstadt von Mailand, zwischen dem Kastell und dem Kloster Santa Maria delle Grazie, umgaben, roch es nach Gemüse und Kräutern, nach Melisse, Minze und Dill. Schwalben zwitscherten in ihrem Nest über dem Fenster. Im Teich plantschten und schnatterten lustig die Enten.

Das Licht der Kerze wurde schwächer. In der Werkstatt nebenan ließen sich die Stimmen der Schüler vernehmen. Zwei Schüler waren es: Giovanni Beltraffio und Andrea Salaino. Giovanni hatte eine Vorrichtung zum Studium der Perspektive vor sich – einen viereckigen Holzrahmen mit einem Netz aus Fäden, das einem Netz sich schneidender Linien auf dem Papier genau entsprach – und zeichnete ein anatomisches Modell ab. Salaino trug Alabaster als Untergrund für ein Gemälde auf ein Brett aus Lindenholz auf. Er war ein hübscher Junge mit unschuldigen Augen und blonden Locken, der Liebling des Meisters, der ihn als Modell für seine Engel benutzte.

»Was meint Ihr, Andrea«, fragte Beltraffio, »wird Messer Leonardo mit seiner Maschine bald fertig sein?«

»Das weiß der liebe Gott«, entgegnete Salaino, pfiff sich ein Liedchen und schob die silberbestickten Atlasaufschläge seiner neuen Schuhe zurecht. »Im letzten Jahr hat er zwei Monate damit verbracht, und nichts kam dabei heraus; nur ausgelacht hat man ihn. Zoroastro, der krummbeinige Bär, wollte durchaus fliegen. Der Meister versuchte es ihm auszureden, aber er blieb dabei. Und stell dir vor, der komische Kerl kletterte aufs Dach, wickelte sich einen Strick um, an dem lauter Schweins- und Ochsenblasen hingen wie Perlen am Rosenkranz – um sich die Knochen nicht zu zerschmettern, falls er abstürzen sollte –, schlug mit den Flügeln und flatterte los. Der Wind trug ihn wohl, aber dann stürzte er plötzlich nieder und fiel kopfüber in einen Misthaufen. Da fiel er weich und verletzte sich nicht; nur alle Blasen platzten auf einmal, und es knallte wie ein Kanonenschuss. Die Dohlen auf dem Kirchturm nebenan bekamen sogar einen Schreck und flogen davon. Unser neuer Ikarus aber strampelte mit den Beinen in der Luft und konnte nicht aus seinem Misthaufen herauskrabbeln.«

Jetzt betrat der dritte Schüler, Cesare da Sesto, die Werkstatt. Er war nicht mehr ganz jung und hatte ein leidendes, gallegelbes Gesicht und kluge, verschlagene Augen. In einer Hand hielt er eine Schnitte Brot und eine Scheibe Schinken, in der andern ein Glas Wein.

»Pfui, ist der sauer!« Er spuckte aus und verzog das Gesicht. »Und der Schinken ist wie Schuhleder. Ich muss mich wirklich wundern:

Zweitausend Dukaten Gehalt bezieht er jährlich, und seinen Leuten setzt er solchen Dreck vor!«

»Nehmt doch aus dem andern Fässchen, das in der Kammer unter der Treppe steht«, riet Salaino.

»Habe ich schon probiert. Der ist noch übler. Was, du hast schon wieder was Neues?« Cesare musterte Salainos stutzerhaftes rotsamtenes Barett. »Das ist eine Zucht hier, das muss man sagen. Ein Hundeleben! Für die Küche können sie schon den zweiten Monat keinen frischen Schinken kaufen. Marco schwört Stein und Bein, der Meister habe selbst kein Geld; alles vertut er für diese verdammten Flügel. Uns alle lässt er darben, aber dazu ist Geld da! Seine Lieblinge werden beschenkt! Samtmützchen! Schämst du dich gar nicht, Andrea, von fremden Leuten Almosen anzunehmen? Messer Leonardo ist nicht dein Vater und auch nicht dein Bruder. Und du bist kein kleines Kind mehr. «

»Cesare«, warf Giovanni ein, um das Gespräch auf einen anderen Gegenstand zu bringen, »Ihr habt neulich versprochen, mir dieses Gesetz der Perspektive zu erklären. Wisst Ihr noch? Auf den Meister können wir wohl nicht rechnen. Er ist so mit seiner Maschine beschäftigt …«

»Ja, wartet nur, wir fliegen alle noch einmal mit der Maschine zum Schornstein hinaus; der Teufel soll sie holen! Und wenn nicht das, so kommt was anderes. Ich erinnere mich noch, wie der Meister mitten in seiner Arbeit am ›Heiligen Abendmahl‹ ganz plötzlich auf den Gedanken kam, eine neue Maschine zur Herstellung von Mailänder Cervellata, der weißen Wurst aus Hirn, zu ersinnen. Und der Kopf des älteren Jakobus blieb einstweilen unvollendet und musste warten, bis die Wurstmaschine fertig war. Seine beste Madonna warf er in die Ecke, um erst einen selbsttätigen Bratspieß zum gleichmäßigen Durchbraten von Kapaunen und Ferkeln zu erfinden. Und dann seine großartige Erfindung: Waschlauge aus Hühnerdreck! Glaubt mir, es gibt keinen Blödsinn, dem sich Messer Leonardo nicht mit Wonne hingeben würde, nur um nicht malen zu müssen!« Cesares Gesicht zuckte krampfhaft, seine dünnen Lippen verzogen sich zu einem bösartigen Lächeln. »Warum schenkt Gott eigentlich solchen Menschen das Talent?«, fügte er grimmig leise hinzu.

Leonardo aber saß immer noch gebeugt an seinem Arbeitstisch.

Eine Schwalbe kam durch das offene Fenster herein, schwirrte im Zimmer umher und stieß sich an der Decke und an den Wänden. Schließlich fing sie sich an einem Flügel der Flugmaschine wie in einer Falle und blieb mit ihren kleinen lebendigen Flügeln in dem Netzwerk aus Bindfadensehnen hängen.

Leonardo trat hinzu, befreite die Gefangene, nahm sie behutsam, um ihr nicht wehzutun, in die Hand, küsste sie auf das seidige schwarze Köpfchen und ließ sie zum Fenster hinaus. Die Schwalbe schwang sich auf und verschwand freudig zwitschernd am Himmel.

›Wie leicht! Wie einfach!‹, dachte Leonardo und blickte ihr neidisch, mit traurigem Blick nach. Dann betrachtete er angewidert seine Maschine: das finstere Gerippe der Riesenfledermaus.

Der Schläfer auf dem Fußboden erwachte. Es war Leonardos Gehilfe, ein geschickter Mechaniker und Schmied aus Florenz namens Zoroastro oder Astro da Peretola. Er sprang auf und rieb sich sein einziges Auge. Das andere war ihm ausgelaufen, als ihm einmal bei der Arbeit ein Funke aus dem glühenden Ofen hineingesprungen war. Der plumpe Riese mit dem kindlich gutmütigen, dauernd rußbedeckten Gesicht sah aus wie ein einäugiger Zyklop.

»Verschlafen!«, rief der Schmied und griff sich verzweifelt an den Kopf. »Hol mich der Teufel! Ach, Meister, warum habt Ihr mich nicht geweckt? Ich habe mich doch so beeilt und wollte bis zum Abend auch mit dem linken Flügel fertig sein, sodass morgen geflogen werden kann …«

»Du hast sehr gut getan, dass du dich lieber ausgeschlafen hast«, erwiderte Leonardo. »Es macht nichts. Die Flügel sind doch nicht zu brauchen.«

»Was denn? Die sind wieder nicht zu brauchen? Nun denn, Messere, wie Ihr wollt – aber ich baue die Maschine nicht noch mal um. Wie viel Geld und Mühe hat sie schon gekostet! Und wieder alles umsonst! Was soll denn da noch sein? Mit solchen Flügeln sollte man nicht fliegen können? Die tragen nicht nur einen Menschen – die tragen sogar einen Elefanten. Ihr werdet sehen, Meister. Gestattet mir nur einmal, den Versuch zu machen … nun, meinethalben über Wasser. Wenn ich falle, nehme ich dann nur ein Bad. Ich kann schwimmen wie ein Fisch, ich ertrinke nicht.«

Mit flehendem Blick faltete er die Hände. Leonardo schüttelte den Kopf. »Geduld, mein Freund! Alles zu seiner Zeit. Später …«

»Später!«, seufzte der Schmied fast weinend. »Warum nicht jetzt? Wirklich, so wahr Gott lebt, ich werde fliegen!«

»Du wirst nicht fliegen, Astro. Ich habe es mathematisch berechnet.«

»Das habe ich mir gedacht! Alle Teufel mögen sie holen, Eure Mathematik! Die macht uns nur irre. Wie viele Jahre plagen wir uns schon damit! Die Seele ist ganz matt geworden dabei. Jede dumme Mücke und Motte, jede – Gott verzeih mir! – jede verfluchte Mistfliege kann fliegen, und wir Menschen müssen kriechen wie die Würmer. Soll man da nicht wütend werden? Worauf warten wir noch? Die Flügel sind da! Alles ist fertig. Ich brauche sie nur zu nehmen, rasch zu beten, sie richtig zu schwingen und davonzufliegen – weg bin ich!« Plötzlich fiel ihm etwas ein, und sein Gesicht strahlte. »Meister! Meister! Was ich Euch noch sagen will. Also was ich heute Nacht geträumt habe! Wunderbar!«

»Bist du schon wieder geflogen?«

»Ja. Und wie! Hört nur zu. Also, ich stehe inmitten einer Volksmenge in einem fremden Zimmer. Alle schauen mich an, weisen mit Fingern auf mich, lachen. Nun, denke ich, wenn ich jetzt nicht fliege, ist es schlimm. Ich springe also hoch, schwinge mit voller Kraft die Arme und steige auf. Erst ging es schwer, als laste ein Berg auf meinen Schultern. Dann aber wurde es leichter und immer leichter, ich stieg höher und stieß schon mit dem Kopf an die Decke. Und alle Leute schrien: ›Seht, seht, er fliegt!‹ Ich flog glatt zum Fenster hinaus, immer höher und höher, bis an den Himmel. Der Wind pfeift mir um die Ohren, mir ist so froh zumute, ich lache und denke: Weshalb konnte ich eigentlich früher nie fliegen? Habe ich es bloß verlernt? Oder was? Es ist doch so einfach. Eine Maschine braucht man überhaupt nicht dazu!«

Plötzlich ertönten draußen auf der Treppe lautes Wehgeschrei, Schimpfen und der Lärm eiliger Schritte. Die Tür wurde aufgerissen, und ein Mann mit feuerrotem struppigem Haar und einem sommersprossigen roten Gesicht stürzte ins Zimmer. Es war Leonardos Schüler Marco d'Oggiono. Laut schimpfend prügelte er auf einen mageren, vielleicht zehnjährigen Knaben ein, den er am Ohr mit sich zerrte.

»Der Herr möge dir ein schlimmes Osterfest bescheren, du Lümmel! Die Ohren reiß ich dir ab, Halunke!«

»Warum schimpfst du so, Marco?«, fragte Leonardo.

»Ich bitte Euch, Messere! Zwei silberne Schnallen hat er stibitzt, jede zu zehn Fiorini. Die eine hat er schon versetzt und das Geld beim Würfeln verspielt; die andere hat er sich in den Rock eingenäht, ins Futter. Da habe ich sie gefunden. Ich wollte ihn gehörig am Schopf zausen, da hat er mir die Hand blutig gebissen, der Satansbraten!« Und in neuer Wut packte er den Jungen an den Haaren.

Leonardo trat für den Knaben ein und befreite ihn. Da riss Marco einen Schlüsselbund aus der Tasche – er führte Leonardo die Wirtschaft – und schrie: »Da sind die Schlüssel, Messere! Ich habe genug! Mit Taugenichtsen und Dieben mag ich nicht in einem Haus wohnen. Entweder ich oder er!«

»Beruhige dich nur, Marco. Beruhige dich … Ich werde ihn nach Gebühr bestrafen.«

Aus der Werkstatt schauten die Gehilfen ins Zimmer. Ein dickes Weib drängte sich zwischen ihnen durch, die Köchin Maturina. Sie kam eben vom Markt und hatte ihren Korb mit Zwiebeln, Fisch, saftigen roten Tomaten und flockigen Finocchi am Arm. Beim Anblick des kleinen Übeltäters fuchtelte sie mit den Armen und erhob ein derartiges Gekeife, dass es klang, als rasselten trockene Erbsen aus einem zerrissenen Sack.

Auch Cesare redete mit und gab seiner Verwunderung darüber Ausdruck, dass Leonardo diesen »Heiden« in seinem Haus dulde. Denn es gebe keinen unnützen und grausamen Bubenstreich, dessen Jacopo nicht fähig sei. Neulich erst habe er dem alten kranken Hofhund Fagiano mit einem Steinwurf das Bein verletzt, das Schwalbennest über dem Stall habe er zerstört, und alle wüssten, dass es seine Lieblingsbeschäftigung sei, Schmetterlingen die Flügel auszureißen und sich an ihren Qualen zu weiden.

Jacopo wich nicht aus der Nähe des Meisters und blickte seine Feinde scheu an wie ein gehetzter junger Wolf. Sein hübsches blasses Gesicht blieb unbeweglich. Er weinte nicht; aber wenn er Leonardo ansah, lag ein schüchternes Flehen in seinen Augen. Maturina zeterte und verlangte, der Teufelsbengel müsste endlich einmal tüchtig durchgehauen werden; er würde sonst noch allen das Leben völlig unerträglich machen.

»Ruhe, Ruhe! Um Gottes willen, haltet den Mund«, rief Leonardo, und in seiner Miene lag seltsamer Kleinmut und eine hilflose Schwäche diesem hässlichen Aufruhr gegenüber.

Cesare lachte und flüsterte schadenfroh: »Übel werden kann einem bei dem Anblick! So ein Jammerlappen! Nicht einmal mit dem Bengel wird er fertig ...«

Als schließlich alle genug geschrien und sich allmählich verzogen hatten, rief Leonardo Beltraffio heran und sagte gütig: »Giovanni, du hast das ›Heilige Abendmahl‹ noch nicht gesehen. Ich gehe jetzt hin. Willst du mitkommen?«

Der Schüler errötete vor Freude. Sie traten in den kleinen Hof hinaus. In seiner Mitte war ein Brunnen. Leonardo wusch sich. Trotz der zwei schlaflosen Nächte fühlte er sich frisch und munter. Es war ein nebliger, windstiller Tag mit blassem, wie durch Wasser scheinendem Licht. Solche Tage liebte der Künstler für seine Arbeit.

Während sie am Brunnen standen, trat Jacopo zu ihnen, mit einem selbst gefertigten Schächtelchen aus Baumrinde in der Hand. »Messer Leonardo«, sagte der Knabe schüchtern, »ich habe etwas für Euch ...« Vorsichtig hob er den Deckel: Auf dem Boden der Schachtel saß eine riesige Spinne. »Ich habe sie nur mit Mühe eingefangen«, erklärte Jacopo. »Sie hatte sich in einer Spalte zwischen Steinen verkrochen. Drei Tage hat sie da gesessen. Die ist giftig!« Das Gesicht des Knaben wurde plötzlich lebhaft. »Wie die Fliegen frisst!«

Er fing eine Fliege und steckte sie in die Schachtel. Die Spinne stürzte sich auf die Beute und packte sie mit den zottigen Beinen. Das Opfer zappelte und summte immer schwächer und leiser.

»Sie saugt sie aus! Seht nur«, flüsterte der Knabe, vor Wonne starr. Seine Augen glühten in grausamer Neugier, und auf seinen Lippen bebte ein schwaches Lächeln. Leonardo hatte sich auch gebeugt und beobachtete das seltsame Wesen. Plötzlich wollte es Giovanni so scheinen, als flackere auf beiden Gesichtern der gleiche Ausdruck, als glichen sich beide in diesem Hang zum Furchtbaren, trotz des Abgrunds, der doch den Knaben von dem Künstler trennte.

Als die Fliege aufgefressen war, schloss Jacopo sorgsam das Schächtelchen und sagte: »Ich stelle sie auf Euren Tisch, Messere. Vielleicht seht Ihr sie noch einmal an. Drollig ist es, wenn sie mit anderen Spinnen kämpft.«

Der Junge wollte gehen, blieb aber noch einmal stehen und hob mit flehendem Blick die Augen. Seine Mundwinkel senkten sich und zuckten. »Messere«, sagte er leise und ernst, »seid mir nicht böse! Gut, ich gehe freiwillig. Ich denke schon lange, ich müsste gehen. Aber nicht der andern wegen – es ist mir ganz gleich, was die reden –, sondern Euretwegen. Ich weiß, dass ich Euch zur Last falle. Ihr allein seid gut; die andern sind schlecht, ebenso schlecht wie ich; sie verstellen sich immer, und das kann ich nicht. Ich gehe fort und bleibe allein. So ist es besser. Aber verzeiht mir, bitte, trotzdem …«

Tränen blinkten in den langen Wimpern des Knaben. Noch leiser, mit gesenktem Blick, wiederholte er: »Verzeiht mir, Messer Leonardo! … Die Schachtel stelle ich Euch also hin. Ihr sollt sie zum Andenken behalten. Die Spinne wird lange leben. Ich werde Astro bitten, dass er sie füttert …«

Leonardo legte dem Jungen die Hand auf den Kopf. »Wo willst du hin, Junge? Bleib hier! Marco wird dir schon verzeihen, und ich bin auch nicht böse. Geh und gib dir in Zukunft Mühe, niemand Böses zu tun!«

Jacopo sah ihn stumm, mit großen, verständnislosen Augen an, in denen nicht Dankbarkeit leuchtete, sondern Staunen, fast Angst. Leonardo erwiderte den Blick mit einem leisen, guten Lächeln, streichelte ihm zärtlich den Kopf, als errate er das ewige Geheimnis des von Natur bösen, aber bei aller Bosheit doch unschuldigen Herzens.

»Es ist Zeit«, sagte der Meister. »Komm, Giovanni!«

Sie traten durch das Pförtchen hinaus und wanderten auf der menschenleeren Straße zwischen den Mauern von Gärten, Gemüsepflanzungen und Weinbergen dem Kloster Santa Maria delle Grazie zu.

Beltraffio hatte sich in letzter Zeit sehr darüber gegrämt, dass er nicht in der Lage war, dem Meister das vereinbarte monatliche Lehrgeld von sechs Fiorini zu bezahlen. Sein Onkel hatte sich mit ihm entzweit und gab ihm nichts mehr. Giovanni hatte sich von Fra Benedetto Geld geliehen, um für zwei Monate bezahlen zu können. Mehr besaß der Mönch aber nicht; er hatte ihm sein Letztes gegeben.

Giovanni wollte sich bei dem Meister entschuldigen. »Messere«, begann er schüchtern, stotternd und errötend, »heute ist der Vierzehnte, und nach der Vereinbarung muss ich am Zehnten zahlen. Es ist mir sehr peinlich … Aber ich habe nur drei Fiorini. Vielleicht wärt Ihr einverstanden, noch zu warten. Ich werde bald Geld beschaffen. Merula hat mir Abschreibearbeit versprochen …«

Leonardo sah ihn erstaunt an. »Was redest du, Giovanni? Der Herr sei mit dir! Schämst du dich nicht, davon zu sprechen?«

Das verlegene Gesicht des Schülers, die schlecht aufgesetzten, kläglichen, verschämten Flicken auf seinen alten Schuhen mit den durchgeriebenen groben Nähten, die abgetragene Kleidung zeigten ihm nur zu deutlich, dass Giovanni große Not litt. Leonardo runzelte die Stirn und sprach von anderen Dingen. Nach einer Weile kramte er lässig, wie zerstreut, in der Tasche, zog ein Geldstück heraus und sagte: »Bitte, Giovanni, geh nachher in den Laden und kauf mir zwanzig Bogen blaues Zeichenpapier, ein Paket rote Kreidestifte und ein paar Iltishaarpinsel. Hier ist Geld.«

»Das ist ein Dukat. Der Einkauf macht zehn Soldi. Ich bringe den Rest wieder …«

»Du brauchst nichts wiederzubringen. Später einmal. Und dass du mir nicht noch mal von Geld redest! Hörst du?«

Er wandte sich ab, wies auf die im Morgennebel zerfließenden Umrisse der Lärchenbäume, die sich auf beiden Ufern des schnurgeraden Kanals Naviglio Grande in langen Reihen in die Ferne zogen, und sagte: »Hast du schon bemerkt, Giovanni, dass das grüne Laub der Bäume in leichtem Nebel luftblau, in dichtem Nebel aber blassgrau erscheint?« Er machte noch ein paar Bemerkungen über die Verschiedenheit der Schatten, die die Wolken im Sommer auf belaubte, im Winter auf kahle Bäume werfen. Dann wandte er sich wieder zu seinem Schüler und sprach: »Ich weiß ganz genau, weshalb du mich für einen Geizhals hieltest. Ich möchte wetten, dass ich richtig geraten habe. Als wir über das monatliche Lehrgeld sprachen, ist dir sicherlich aufgefallen, wie genau ich dich ausfragte und alles notierte: wie viel, wann, von wem. Du musst aber wissen, dass das eine Gewohnheit von mir ist, die ich wohl von meinem Vater habe, dem Notar Pietro da Vinci, dem gewissenhaftesten und vernünftigsten Menschen der Welt. Mir nützt sie nichts und bringt mir keinen Vorteil. Glaube mir, manchmal muss ich selbst darüber lachen, was für Nichtigkeiten ich mir aufschreibe. Ich kann dir ganz genau sagen, wie viel mich die Feder und der Samt zu Andrea Salainos neuem Hut gekostet haben. Was aber aus Tausenden von andern Dukaten wird, das weiß ich nicht. Also, Giovanni, in Zukunft achte nicht weiter auf diese dumme Angewohnheit von mir. Wenn du Geld brauchst, fordere es und glaub mir, dass ich es dir gebe wie ein Vater seinem Sohn …«

Und Leonardo sah ihn mit einem solchen Lächeln an, dass dem Schüler gleich leicht und freudig ums Herz wurde. Dann lenkte er die Aufmerksamkeit des Schülers auf die seltsame Form eines niedrigen Maulbeerbaums in einem Garten, an dem sie vorbeigingen, und knüpfte daran die Bemerkung, nicht nur jeder Baum, sondern auch jedes Blatt habe seine besondere, einzigartige, nie und nirgends in der Natur wiederkehrende Form, ebenso wie jeder Mensch sein eigenes Gesicht habe. Giovanni empfand, dass Leonardo von Bäumen genauso gütig sprach, wie er eben über die schlimme Lage seines Schülers gesprochen hatte, und ihm schien, als verleihe diese Anteilnahme an allem Lebenden in der Natur dem Meister den Scharfblick eines Hellsehers.

In der fruchtbaren Tiefebene erschien hinter dunkelgrünen Maulbeerbäumen die Kirche des Dominikanerklosters Santa Maria delle Grazie; ein Werk des jungen Bramante, ein rötlicher Ziegelbau, der sich mit breiter, zeltartiger lombardischer Kuppel und Ornamenten aus gebranntem Ton gar lustig vom weiß bewölkten Himmel abhob.

Sie betraten den Speisesaal des Klosters.

Es war ein schlichter langer Saal mit kahlen, weiß getünchten Wänden und dunklen, sich in die Tiefe des Raumes ziehenden Deckenbalken. Es roch nach warmer Feuchtigkeit, Weihrauch und dem Dunst von Fastenspeisen. An der schmalen Stirnwand beim Eingang befand sich der kleine Esstisch des Priors. Zu beiden Seiten vor ihm standen die langen, schmalen Tafeln der Mönche.

Es war so still, dass man eine Fliege an den staubigen gelben Fensterscheiben summen hörte. Aus der Klosterküche klang das Geräusch von Stimmen und das Klappern eiserner Pfannen und Kasserollen. In der Tiefe des Raums, an der dem Tisch des Priors gegenüberliegenden, mit grober grauer Leinwand verhangenen Schmalwand erhob sich ein Brettergerüst. Giovanni erriet, dass sich hinter dieser Leinwand das Werk befand, an dem der Meister bereits über zwölf Jahre arbeitete: das »Heilige Abendmahl«.

Leonardo erklomm das Gerüst, öffnete eine hölzerne Truhe, in der er seine Skizzen, Kartons, Pinsel und Farben verwahrte, nahm ein kleines, mit vielen Randbemerkungen versehenes, zerfetztes lateinisches Buch heraus, reichte es dem Schüler und sagte: »Lies das dreizehnte Kapitel Johannes.« Dann schlug er den Vorhang zurück.

Als Giovanni hinsah, glaubte er im ersten Augenblick nicht ein Wandgemälde vor sich zu haben, sondern wirklich einen lufterfüllten tiefen Raum, eine Verlängerung des Speisesaales – als öffne sich hinter dem zurückgezogenen Vorhang ein zweiter Saal: Die Quer- und Längsbalken der Decke gingen in diesen über, liefen in der Ferne zusammen, und das Tageslicht verschmolz mit der stillen Abenddämmerung über den blauen Höhen Zions, die man durch die drei Fenster des neuen Speisesaales erblickte; er war fast ebenso schlicht wie der der Mönche, aber mit Teppichen ausgehängt und dadurch behaglicher und geheimnisvoller. Der lange Tisch auf dem Gemälde glich den Tafeln, an denen die Mönche speisten; da lag das gleiche Tischtuch mit schmalen gemusterten Streifen, mit zu Knoten gebundenen Ecken und viereckigen ungeglätteten Falten, als sei es noch feucht und eben erst aus der Klosterkammer gekommen; da waren die gleichen Gläser, Teller, Messer und gläsernen Weinkannen.

Giovanni las im Evangelium:

»Vor dem Fest aber der Ostern, da Jesus erkannte, dass seine Zeit gekommen war, dass er aus dieser Welt ginge zum Vater: wie hatte er geliebt die Seinen, die in der Welt waren, so liebte er sie bis ans Ende.

Und beim Abendessen, da schon der Teufel hatte dem Judas, Simons Sohn, dem Ischarioth ins Herz gegeben, dass er ihn verriete …

Ward Jesus betrübt im Geist und zeugte und sprach: ›Wahrlich,

wahrlich, ich sage euch: Einer unter euch wird mich verraten.‹ Da sahen die Jünger untereinander an und ward ihnen bange, von welchem er redete. Es war aber einer unter seinen Jüngern, der zu Tisch saß an der Brust Jesu, welchen Jesus lieb hatte. Dem winkte Simon Petrus, dass er forschen sollte, wer es wäre, von dem er sagte. Denn derselbige lag an der Brust Jesu, und er sprach zu ihm: ›Herr, wer ist es?‹ Jesus antwortete: ›Der ist es, dem ich den Bissen eintauche und gebe.‹ Und er tauchte den Bissen ein und gab ihn Judas, Simons Sohn, dem Ischarioth. Und nach dem Bissen fuhr der Satan in ihn.«

Giovanni hob seine Augen zu dem Gemälde. Die Gesichter der Apostel atmeten solches Leben, dass er ihre Stimmen zu hören und in die Tiefe ihrer Herzen zu schauen wähnte, die von dem Unbegreiflichsten und Furchtbarsten, was je geschehen in der Welt, ergriffen waren – von der Geburt der Sünde, durch die ein Gott sterben sollte.

Besonders Judas, Johannes und Petrus machten gewaltigen Eindruck auf Giovanni. Der Kopf des Judas war noch nicht gemalt, nur der etwas zurückgebogene Körper war leicht hingeworfen. Er presste in krampfhaft gekrümmten Fingern den Beutel mit den Silberlingen; mit einer unvorsichtigen Bewegung hatte er das Salzfass umgeworfen und das Salz verschüttet. Petrus war in jähem Zorn hinter ihm aufgesprungen, die Rechte hielt ein Messer, die Linke lag auf Johannes' Schulter, als wolle er den Lieblingsjünger des Herrn fragen: »Wer ist der Verräter?« Sein greises, silbergraues, zornsprühendes Haupt strahlte in dem feurigen Eifer, dem Tatendrang, mit dem er später, als er das Unvermeidliche im Leiden und Sterben des Heilands begriff, ausrufen sollte: »Herr, warum kann ich dir jetzt nicht folgen? Ich will mein Leben für dich lassen.«

Christus zunächst saß Johannes. Sein seidenweiches, oben glattes, unten lockiges Haar, die gesenkten, schlafschweren Lider, die demütig gefalteten Hände, das länglich runde Gesicht – alles an ihm atmete himmlische Ruhe und Klarheit. Er allein von allen Jüngern litt nicht, fürchtete nicht, zürnte nicht. In ihm erfüllte sich das Wort des Herrn: »Auf dass sie alle eins seien, gleich wie Du, Vater, in mir und ich in Dir.«

Giovanni schaute und dachte: So also ist Leonardo! Und ich habe gezweifelt, habe beinahe den Verleumdungen Glauben geschenkt! Ein

Mensch, der das geschaffen hat, soll ein Gottesleugner sein? Oh, welcher Mensch steht Christus näher als er!

Der Meister vollendete mit einigen leichten Pinselstrichen das Gesicht des Johannes, dann nahm er ein Stück Kohle aus der Truhe und versuchte, eine Skizze des Hauptes Jesu zu entwerfen. Aber es gelang ihm nicht. Zehn Jahre lang hatte er über diesen Kopf nachgedacht, aber es war ihm nicht gelungen, auch nur einen ersten Entwurf zustande zu bringen. Auch jetzt empfand der Künstler vor dem glatten weißen Fleck auf seinem Bild, wo das Antlitz des Herrn erscheinen sollte und doch nicht erschien, wieder seine Ohnmacht und seine Zweifel. Er warf die Kohle hin, wischte mit dem Schwamm die schwachen Striche weg und versank vor dem Gemälde in sein tiefes Nachsinnen, das manchmal ganze Stunden währte.

Giovanni erstieg das Gerüst und trat leise zu ihm. Er sah, dass Leonardos finster mürrisches, wie gealtertes Gesicht hartnäckige Gedankenanspannung ausdrückte, fast Verzweiflung. Als der Meister dem Blick des Schülers begegnete, sprach er freundlich: »Was meinst du dazu, mein Freund?«

»Meister, was kann ich sagen? Das ist das Herrlichste, das Allerherrlichste in der Welt! Das hat kein Mensch vermocht außer Euch. Aber ich will lieber nicht reden. Ich vermag es nicht …« Tränen bebten in seiner Stimme. Und leise, fast furchtsam fügte er hinzu: »Über eines denke ich noch nach und begreife es nicht. Wie muss wohl das Gesicht des Judas sein unter all den Gesichtern?«

Der Meister entnahm der Truhe einen Fetzen Papier mit einer Skizze und zeigte sie ihm. Es war ein schreckliches, aber nicht abstoßendes, nicht einmal bösartiges Gesicht; es war voll unendlichen Leids und voll der Bitternis der Erkenntnis.

Giovanni verglich es mit dem Gesicht des Johannes. »Ja«, flüsterte er. »Das ist es. Der, von dem gesagt ist: ›Der Satan fuhr in ihn.‹ Vielleicht wusste er mehr als alle. Doch dieses Wort hat er nicht angenommen: ›Auf dass sie alle eins seien.‹ Er selbst allein wollte es sein …«

Da betrat Cesare da Sestro den Speisesaal in Begleitung eines Manns in der Kleidung eines Ofenheizers.

»Endlich haben wir Euch gefunden«, rief Cesare. »Überall suchen wir … Hier kommt jemand in einer wichtigen Angelegenheit von der Herzogin, Meister.«

»Ist es Euer Gnaden gefällig, gütigst ins Schloss zu kommen?«, fügte der Ofenheizer ehrerbietig hinzu.

»Was ist geschehen?«

»Ein Unglück, Messer Leonardo! Im Bad versagen die Röhren. Ausgerechnet heute früh, als die Herzogin eben in die Wanne zu steigen geruht hatte und die Dienerin mit der Wäsche ins Nebenzimmer gegangen war, brach der Hahn an der Heißwasserleitung, sodass Durchlaucht das Wasser nicht absperren konnte. Gut, dass es ihr noch gelang, aus der Wanne zu springen. Fast hätte sie sich verbrüht. Sie geruht höchlichst zu zürnen. Der Haushofmeister Messer Ambrogio Ferrari beklagt sich und behauptet, er hätte Euer Gnaden bereits des Öfteren auf die Schadhaftigkeit der Röhren aufmerksam gemacht.«

»Dummes Zeug«, entgegnete Leonardo. »Du siehst doch, dass ich beschäftigt bin. Geh zu Zoroastro. Der bringt dir die Sache in einer halben Stunde in Ordnung.«

»Gänzlich unmöglich, Messere. Ich darf nicht ohne Euch zurückkommen.«

Leonardo wollte sich wieder an seine Arbeit machen, ohne den Mann weiter zu beachten. Doch als er wieder auf den leeren, für das Haupt Jesu bestimmten Fleck blickte, runzelte er ärgerlich die Stirn, machte eine Geste, als begreife er plötzlich, dass diesmal doch nichts zustande komme, schloss seine Truhe mit den Farben und stieg vom Gerüst herab.

»Nun, dann komm! Ganz gleich. Hol mich auf dem großen Schlosshof ab, Giovanni! Cesare wird dich führen. Ich warte beim Ross auf dich.« Das »Ross« war das Denkmal des verstorbenen Herzogs Francesco Sforza.

Und zu Giovannis Staunen ging der Meister, ohne noch einen Blick auf sein »Heiliges Abendmahl« zu werfen, als freue ihn der Vorwand, die Arbeit zu verlassen, mit dem Heizer fort, um die Röhren für den Abfluss des Schmutzwassers im herzoglichen Bad instand zu setzen.

»Nun? Kannst du dich nicht sattsehen daran?«, wandte sich jetzt Cesare an Beltraffio. »Es wirkt tatsächlich wundervoll, solange man nicht richtig hinter die Sache gekommen ist.«

»Was meinst du damit?«

»Nichts weiter. Ich möchte dich nicht enttäuschen. Vielleicht kommst du noch selbst dahinter. Einstweilen magst du deine Freude daran haben …«

»Ich bitte dich, Cesare, sag mir ohne Umschweife alles, was du darüber denkst.«

»Gut. Aber du darfst mir nicht hinterher Vorwürfe machen, dass ich dir offen die Wahrheit gesagt habe. Was du mir einwenden wirst, weiß ich übrigens schon vorher, und widersprechen werde ich dir nicht. Zweifellos ist das Bild ein gewaltiges Werk. Noch nie hat ein Maler Anatomie, Perspektive und die Gesetze von Licht und Schatten so beherrscht wie er. Wie sollte es auch anders sein! Er hat ja alles der Natur abgesehen, jede kleinste Furche in den Gesichtern, jede Falte im Tischtuch. Was aber fehlt, das ist der lebendige Geist. Gott fehlt in diesem Bild – und wird nie hineinkommen. Alles ist tot – innerlich, im Herzen ist alles tot! Sieh nur einmal diese geometrische Regelmäßigkeit näher an, Giovanni, diese Dreiecke! Zwei Dreiecke der Betrachtung, zwei Dreiecke der Betätigung – und in der Mitte Christus. Rechts hast du das Dreieck der Betrachtung, das vollkommen Gute in Johannes, das vollkommen Böse in Judas und die Scheidung von Gut und Böse, das Gerechte, in Petrus. Daneben siehst du das Dreieck der Betätigung: Andreas, Jakobus der Jüngere, Bartholomäus. Zur Linken hast du wieder ein Dreieck der Betrachtung: die Liebe in Philippus, der Glaube in Jakobus dem Älteren, die Vernunft in Thomas. Und daneben wieder ein Dreieck der Betätigung. Das ist Geometrie statt Inspiration, Mathematik statt Schönheit! Alles ist ausgeklügelt, berechnet, bis zum Ekel verstandesgemäß durchgekaut, auf der Waage abgewogen, mit dem Zirkel vermessen. Unter dem Heiligen verbirgt sich hier … Gotteslästerung.«

»O Cesare«, versetzte Giovanni mit leisem Vorwurf, »wie wenig kennst du den Meister! Weshalb hasst du ihn nur so?«

»Kennst du ihn etwa? Liebst du ihn etwa?«, fragte Cesare mit giftigem Lächeln und warf ihm einen raschen Blick zu. In seinen Augen loderte ein so unerwarteter Hass auf, dass Giovanni unwillkürlich die Augen niederschlug.

»Du bist ungerecht, Cesare«, fuhr er nach einer Pause fort. »Das Bild ist unvollendet. Christus selbst fehlt ja noch.«

»Christus fehlt. Bist du überzeugt, Giovanni, dass Christus je gemalt werden wird? Wir werden ja sehen! Aber denk an mein Wort: Messer Leonardo wird sein ›Heiliges Abendmahl‹ nie vollenden, er wird keinen Christus und keinen Judas malen. Denn, weißt du, mein Freund, mit Mathematik, mit Wissen, mit Erfahrung kann man zwar vieles erreichen, aber doch nicht alles. Hier handelt es sich um etwas ganz anderes. Hier ist die Grenze, die er mit all seiner Gelehrsamkeit niemals überschreiten wird!«

Sie verließen das Kloster und begaben sich zum Schloss, dem Castello di Porta Giovia.

»In einem Punkt wenigstens irrst du sicher, Cesare«, sagte Beltraffio, »Judas ist schon fertig.«

»Was? Wo denn?«

»Ich habe ihn selbst gesehen.«

»Wann?«

»Jetzt eben, im Kloster. Er hat mir seinen Entwurf gezeigt.«

»Dir? So, so!«

Cesare sah ihn an und fragte langsam, fast als koste es ihn Überwindung: »Nun, und – ist der Entwurf gut?«

Giovanni nickte stumm. Cesare entgegnete nichts und sprach auf dem ganzen Weg kein Wort mehr. Er war tief in Sinnen versunken.

Beim Schlosstor angekommen, gelangten sie über die Zugbrücke, Battiponte, in den Turm der Südmauer, Torre del Filarete, den von allen Seiten tiefe Wassergräben umgaben. Hier war es finster und stickig, es roch wie in einer Kaserne nach Brot und Mist. Das Echo unter den hallenden Gewölben wiederholte das vielsprachige Stimmengewirr der Söldner, ihr Lachen und Fluchen.

Cesare hatte einen Passierschein. Giovanni als Unbekannter wurde argwöhnisch gemustert; dann trug man seinen Namen ins Wachbuch ein.

Über eine zweite Zugbrücke, wo sie noch einmal genau gemustert wurden, gelangten sie auf den leeren inneren Schlosshof, Piazza d'Armi, das Marsfeld. Vor ihnen ragte düster der zinnengekrönte Turm

Bona di Savoia über dem Toten Graben, Fossato Morto. Rechts war der Eingang zum Ehrenhof, Corte Ducale, links zu dem gänzlich unzugänglichen Teil des Schlosses, der Feste Rocchetta, einem wahren Adlerhorst.

In der Mitte des Platzes befand sich ein hölzernes Gerüst, das von kleineren Anbauten, rasch zusammengeschlagenen Zäunen und hölzernen Schuppen umgeben war, die vor Alter schon schwarz waren und hier und da gelbgraue Schimmelflecken aufwiesen. Über diesen Zäunen und Gerüsten erhob sich eine zwölf Ellen hohe Reiterstatue aus Ton, genannt »Der Koloss«, ein Werk Leonardos.

Das gigantische Pferd aus dunkelgrünem Ton hob sich scharf vom bewölkten Himmel ab. Sich auf den Hinterbeinen bäumend, trat es einen Krieger nieder; der siegreiche Reiter streckte den Herzogsstab aus. Es war der große Condottiere Francesco Sforza, ein Abenteurer, der sein Blut für Geld verkaufte, halb Soldat, halb Räuber. Als Sohn eines armen Bauern der Romagna aus dem Volke aufgestiegen, stark wie ein Löwe, listig wie ein Fuchs, hatte er durch seine Verbrechen, seine Heldentaten und seine Klugheit die höchste Macht erreicht und war auf dem Thron der Herzöge von Mailand gestorben.

Ein blasser, feuchter Sonnenstrahl fiel auf den »Koloss«. Giovanni las in den feuchten Falten des Doppelkinns, in den furchtbaren, von Habgier erfüllten Augen die gutmütige Ruhe des satten Tiers. Am Fuß des Denkmals aber fand er das von Leonardos eigener Hand in den weichen Ton eingegrabene Distichon:

Exspectant animi molemque futuram
Suscipiunt; fluat aes; vox erit: Ecce Deus*

Die beiden letzten Worte – *Ecce Deus! Sehet, welch ein Gott!* – machten tiefsten Eindruck auf Giovanni.

»Ein Gott«, sprach er und betrachtete den tönernen Koloss und das menschliche Opfer unter den Hufen des Rosses des Triumphators, des

* Die Herzen sind voll der Erwartung und blicken staunend auf das künftige Riesenwerk; es fließe das Erz; dann wird der Ruf laut: Sehet, welch ein Gott!

gewalttätigen Sforza. Dann musste er an den stillen Speisesaal im Kloster der Gnadenreichen Jungfrau zurückdenken, an den blauen Hügel Zions, an die himmlische Schönheit des Johannes und an die Stille des letzten Abendmahls jenes Gottes, von dem geschrieben steht: *Ecce homo! Sehet, welch ein Mensch!*

Da trat Leonardo auf Giovanni zu. »Ich bin mit meiner Arbeit fertig. Komm! Sonst holen sie mich noch einmal ins Schloss zurück … Ich glaube, in der Küche qualmen die Öfen. Wir müssen entwischen, ehe man es bemerkt.«

Giovanni stand stumm, mit gesenktem Blick. Sein Gesicht war bleich. »Verzeiht mir, Meister! … Ich grüble und kann nicht fassen, wie Ihr gleichzeitig diesen ›Koloss‹ und das ›Heilige Abendmahl‹ schaffen konntet?«

Leonardo sah ihn mit gutmütigem Staunen an. »Was verstehst du daran nicht?«

»Oh, Messer Leonardo! Seht Ihr es nicht selbst? Das ist doch nicht möglich – gleichzeitig …«

»Im Gegenteil, Giovanni. Ich finde, das eine fördert das andere. Die besten Gedanken für mein ›Heiliges Abendmahl‹ kommen mir gerade dann, wenn ich am ›Koloss‹ arbeite. Und umgekehrt denke ich dort im Kloster gern über dieses Denkmal nach. Das sind Zwillingswerke. Ich habe sie gleichzeitig begonnen und hoffe, sie auch gleichzeitig zu vollenden.«

»Gleichzeitig! Diesen Menschen – und Christus? Nein, Meister, das kann nicht sein!«, rief Beltraffio. Und weil er seine Gedanken nicht besser auszudrücken vermochte, innerlich aber fühlte, wie sein Herz unter einem unerträglichen Zwiespalt litt, wiederholte er: »Das kann nicht sein!«

»Warum nicht?«, fragte der Meister.

Giovanni wollte etwas entgegnen; aber als er Leonardos ruhigen, erstaunten Blick sah, begriff er, dass nichts mehr zu sagen war, dass Leonardo ihn doch nicht verstehen würde.

›Als ich das ‚Heilige Abendmahl‘ betrachtete‹, dachte Beltraffio, ›kam es mir so vor, als hätte ich den Meister begriffen. Jetzt aber weiß ich wieder gar nichts von ihm. Wer ist er? Welchem von den beiden hat sein Herz zugerufen: Sehet, welch ein Gott!? Oder hat Cesare doch recht? Wohnt Gott wirklich nicht in Leonardos Herz?‹

Nachts, als alles im Haus schlief, ging Giovanni von Schlaflosigkeit gepeinigt auf den Hof hinaus und setzte sich vor der Haustür unter einem Dach von Weinlaub auf eine Bank.

Der Hof war viereckig; in seiner Mitte befand sich ein Brunnen. Giovanni saß mit dem Rücken zur Hauswand, den Pferdeställen gegenüber. Links war eine Steinwand mit einem Pförtchen, das auf die große, zur Porta Vercellina führende Straße hinausging; rechts die Mauer eines kleinen Gartens mit einer stets verschlossenen Tür. In diesem Garten stand ein einzelnes Gebäude, in das der Meister niemand außer Astro einließ und in dem er häufig ganz allein arbeitete.

Die Nacht war still, warm und feucht. Matter Mondschein sickerte durch schwülen Nebel. Da klopfte es draußen auf der Straße an das verschlossene Pförtchen. Ein Fensterladen im Erdgeschoss wurde aufgestoßen. Jemand neigte sich hinaus und fragte: »Monna Cassandra, seid Ihr es?«

»Ja. Mach auf!«

Astro kam aus dem Haus und öffnete. Den Hof betrat eine weibliche Gestalt in weißem Gewand, das im Mondlicht grünlich wirkte wie der Nebel.

Zuerst redeten die beiden miteinander an der Pforte. Dann gingen sie an Giovanni vorüber, ohne ihn zu bemerken: Der schwarze Schatten des Vordachs und der Weinreben verbarg ihn.

Eine junge Frau, fast noch ein Mädchen, setzte sich auf den niedrigen Rand des Brunnens. Sie hatte ein seltsames Gesicht, gleichgültig und starr wie das einer alten Statue. Ihre Stirn war niedrig, die Augenbrauen gerade, das Kinn sehr klein, die Augen durchsichtig, gelb wie Bernstein. Am meisten fiel Giovanni aber ihr Haar auf: Es war trocken, locker und so leicht, als habe es ein eigenes Leben. Wie die Schlangen der Medusa umgab es den Kopf des Mädchens mit einer schwarzen Gloriole, die das Gesicht noch bleicher, die roten Lippen noch greller, die gelben Augen noch durchsichtiger erscheinen ließ.

»Du hast also schon von Fra Angelo gehört, Astro?«, fragte das junge Mädchen.

»Gewiss, Monna Cassandra. Der Papst soll ihn geschickt haben, um alle Zauberei und jegliches Ketzertum auszurotten. Wenn man so hört, was die guten Leute über die heiligen Väter von der Inquisition erzählen, läuft einem ein kalter Schauer über die Haut! Gott behüte uns davor, denen in die Klauen zu fallen! Seid nur ja recht vorsichtig! Und warnt Eure Tante! …«

»Sie ist gar nicht meine Tante.«

»Nun, ganz gleich … also die Monna Sidonia, bei der Ihr wohnt.«

»Denkst du vielleicht auch, wir sind Hexen, Schmied?«

»Ich denke gar nichts. Messer Leonardo hat mir ganz genau erklärt und bewiesen, dass es Hexerei überhaupt nicht gibt und nach den Naturgesetzen auch nicht geben kann. Messer Leonardo weiß alles und glaubt nichts …«

»Glaubt nichts?«, wiederholte Monna Cassandra. »Glaubt er auch nicht an den Teufel? Und an Gott?«

»Spottet nicht! Er ist ein rechtschaffener Mann.«

»Ich spotte ja nicht. Aber weißt du, Astro, was für seltsame Dinge vorkommen? Mir hat jemand erzählt, die Väter von der Inquisition hätten bei einem großen Gottesleugner einen Vertrag mit dem Teufel gefunden, in dem dieser Mann sich verpflichtete, unter Zuhilfenahme der Logik und aller Naturgesetze die Existenz von Hexen und die Macht des Teufels zu leugnen, um auf diese Weise die Diener Satans vor den Verfolgungen der heiligen Inquisition zu bewahren und so das Reich des Teufels auf Erden zu festigen und zu mehren. Deshalb sagt man auch: Zauberer sein ist Ketzerei, aber an Zauberei nicht glauben, das ist zwiefache Ketzerei. Also, hab acht, Schmied, verrate den Meister nicht und erzähl keinem Menschen, dass er an schwarze Magie nicht glaubt.«

Zoroastro war erst tief bestürzt über diesen unerwarteten Rat. Dann machte er Einwände und suchte Leonardo zu verteidigen. Doch das Mädchen unterbrach ihn: »Wie weit ist es mit eurer Flugmaschine? Ist sie bald fertig?«

Der Schmied machte eine abwehrende Handbewegung. »Fertig? Im Gegenteil. Wir müssen von vorn anfangen.«

»Ach Astro, Astro! Dass du an solchen Unsinn glaubst! Begreifst du immer noch nicht, dass alle diese Maschinen nur die Wahrheit verschleiern sollen? Ich bin überzeugt, Messer Leonardo kann längst fliegen …«

»Wieso … fliegen?«

»Genauso wie ich.«

Er sah sie sinnend an.

»Vielleicht träumt Ihr das nur, Monna Cassandra?«

»Wie könnten es da andere sehen? Hast du noch nichts darüber gehört?«

Der Schmied kratzte sich voller Bedenken hinterm Ohr.

»Ach, ich habe ja ganz vergessen«, fuhr das Mädchen mit einem spöttischen Lächeln fort, »dass ihr hier alle gelehrte Leute seid und nicht an Wunder glaubt. Ihr kennt nur eure Mechanik.«

»Hol sie der Teufel! Bis obenhin habe ich sie, die Mechanik«, entgegnete der Schmied und wies auf seinen Hals.

Dann faltete er flehend die Hände und rief aus: »Monna Cassandra, Ihr wisst, dass Ihr mir vertrauen könnt. Ich hätte ja nur Schaden davon, wenn ich schwatzen täte. Wer weiß – Fra Angelo könnte uns plötzlich auch packen! Seid so gut, sagt es mir! Erzählt mir alles ganz genau!«

»Was soll ich sagen?«

»Wie Ihr fliegt!«

»Das möchtest du wissen? Nun, nein, das sage ich nicht. Zu viel Wissen macht vorzeitig alt.« Sie schwieg. Dann schaute sie ihm mit einem langen Blick gerade in die Augen und setzte leise hinzu: »Was soll ich viel reden? Handeln muss man!«

»Und was gehört dazu?«, fragte er erbleichend, mit bebender Stimme.

»Ein gewisses Wort muss man wissen. Und dann gibt es eine Salbe, mit der man sich einreibt.«

»Habt Ihr die?«

»Ja.«

»Und das Wort wisst Ihr auch?«

Sie nickte nur.

»Dann könnte ich auch fliegen?«

»Versuchs! Du wirst sehen: Mein Mittel ist sicherer als eure Mechanik.«

Das einzige Auge des Schmieds loderte in Flammen wahnwitziger Begierde.

»Monna Cassandra, gebt mir Eure Salbe!«

Sie lächelte leise, seltsam. »Du bist ein drolliger Kauz, Astro! Eben hast du die Geheimnisse der Magie für törichte Fantasien erklärt – jetzt glaubst du plötzlich selbst daran!«

Astro schlug die Augen nieder und sah verdrossen und eigensinnig aus. »Ich will es versuchen. Mir ist es völlig gleichgültig, ob ich mein Ziel durch ein Wunder erreiche oder durch die Mechanik. Wenn ich nur fliegen kann! Ich kann nicht länger warten!«

Das Mädchen legte die Hand auf seine Schulter. »Nun, in Gottes Namen! Du tust mir leid. Wer weiß, du verlierst vielleicht wirklich noch den Verstand, wenn du nicht bald fliegen lernst … Also, es sei – ich gebe dir die Salbe und sage dir das Wort. Aber, Astro, du musst auch tun, um was ich dich bitte.«

»Das tue ich, Monna Cassandra. Alles tue ich. Sprecht!«

Das Mädchen wies auf das jenseits der Mauer im Mondlicht schimmernde feuchte Ziegeldach. »Lass mich da hinein!«

Astro machte ein finsteres Gesicht und schüttelte den Kopf. »Nein! Nein. Alles, was Ihr verlangt. Nur das nicht!«

»Warum nicht?«

»Ich habe mein Wort gegeben, niemand einzulassen.«

»Aber du selbst warst darin?«

»Jawohl.«

»Was ist da zu sehen?«

»Keine Geheimnisse. Wirklich, Monna Cassandra, nichts Absonderliches: Maschinen, Apparate, Bücher, Handschriften, auch seltene Blumen, Tiere, Insekten, die Reisende aus fernen Landen dem Meister mitbringen. Und dann ein giftiger Baum …«

»Wieso giftig?«

»Ja, für Experimente. Er hat ihn vergiftet, um die Wirkung der Gifte auf Pflanzen zu studieren.«

»Bitte, Astro, erzähl mir alles, was du von dem Baum weißt.«

»Da ist gar nichts weiter zu erzählen. Zu Beginn des Frühjahrs, als die Säfte stiegen, bohrte er ein Loch in den Stamm, bis zur Mitte, und spritzte mit einer hohlen, langen Nadel eine Flüssigkeit ein.«

»Sonderbare Experimente! Was ist das für ein Baum?«

»Ein Pfirsichbaum.«

»Nun, und ist das Gift auch in die Früchte übergegangen?«

»Das kann noch geschehen, wenn sie reif sind.«

»Ist es zu sehen, dass sie vergiftet sind?«

»Nein, zu sehen ist es nicht. Deshalb lässt er auch keinen Menschen in den Garten. Es könnte sich doch jemand durch die schönen Früchte verlocken lassen, davon essen und daran sterben.«

»Hast du den Schlüssel bei dir?«

»Ja, den habe ich bei mir.«

»Gib mir den Schlüssel, Astro!«

»Aber was redet Ihr, was redet Ihr, Monna Cassandra! Ich habe es ihm fest geschworen …«

»Gib mir den Schlüssel«, wiederholte Cassandra. »Dann richte ich es ein, dass du noch heute Nacht fliegen kannst. Hörst du, noch heute Nacht! Schau her, hier ist die Salbe.«

Sie zog ein mit einer dunklen, im Mondlicht schwach glänzenden Flüssigkeit gefülltes Glasfläschchen aus dem Busen und zeigte es ihm. Dann näherte sie ihm ihr Gesicht und flüsterte in schmeichelndem Ton: »Wovor hast du Angst, Dummkopf? Du sagst doch selber, es seien keine Geheimnisse. Wir gehen rasch hinein und besehen alles … Nun also, gib den Schlüssel!«

»Lasst mich«, entgegnete er. »Ich lasse Euch doch nicht hinein. Eure Salbe brauche ich nicht. Geht fort!«

»Feigling«, sagte das Mädchen verächtlich. »Du könntest das Geheimnis erfahren und traust dich nicht. Jetzt sehe ich, dass er doch ein Zauberer ist und dich betrügt, als wärst du ein kleines Kind.«

Er schwieg finster und wandte sich ab.

Sie trat wieder zu ihm. »Nun gut, Astro, du sollst nicht … Ich will den Garten nicht betreten. Mach nur die Tür auf und lass mich hineinschauen …«

»Und Ihr werdet nicht eintreten?«

»Nein! Mach nur auf und lass mich sehen.«

Er zog den Schlüssel heraus und schloss auf. Giovanni erhob sich leise und erblickte in der Tiefe des von Mauern umgebenen Gärtchens einen gewöhnlichen Pfirsichbaum. Doch in dem bleichen Nebel, in dem grünen, trüben Mondlicht kam er ihm unheimlich und gespenstisch vor.

Das junge Mädchen stand auf der Schwelle der Gartentür und schaute mit heißer Neugier, mit weit geöffneten Augen hinein. Dann tat sie einen Schritt vorwärts, um einzutreten. Doch der Schmied hielt sie zurück.

Sie rang mit ihm und entglitt seinen Armen wie eine Schlange. Er aber stieß sie mit solcher Gewalt beiseite, dass sie beinahe gestürzt wäre. Sie richtete sich sofort wieder hoch und sah ihn starr an. Ihr totenbleiches Gesicht war jetzt wutverzerrt und schrecklich: In diesem Augenblick glich sie tatsächlich einer Hexe.

Der Schmied verschloss die Gartenpforte wieder und ging ins Haus, ohne sich von Monna Cassandra zu verabschieden. Sie folgte ihm mit den Blicken. Dann eilte sie flink an Giovanni vorbei und entschlüpfte durch die Pforte auf die Landstraße zur Porta Vercellina.

Wieder herrschte Stille. Der Nebel wurde immer dichter. Alles verschwand und zerfloss in ihm. Giovanni schloss die Augen. Wie ein Traumgesicht sah er den schrecklichen Baum vor sich mit den schweren Tropfen auf feuchtem Laub, mit den giftigen Früchten im grünlich trüben Mondlicht, und er gedachte der Worte der Schrift:

»Und Gott der Herr gebot den Menschen und sprach: Du sollst essen von allerlei Bäumen im Garten. Aber von dem Baum der Erkenntnis des Guten und Bösen sollst du nicht essen. Denn welches Tages du davon issest, wirst du des Todes sterben.«

3

Die giftigen Früchte

Herzogin Beatrice ließ sich jeden Freitag den Kopf waschen und das Haar golden färben. Nach dem Färben musste es in der Sonne trocknen. Zu diesem Zweck errichtete man damals besondere, von Geländern umgebene Altane auf den Dächern. Auf einem solchen Altan saß die Herzogin jetzt, auf dem Dach des großen herzoglichen Landsitzes Villa Sforzesca, und duldete ergeben die sengende Glut, zu einer Tageszeit, da selbst die Knechte mit ihren Ochsen den Schatten aufsuchen.

Sie trug ein weites ärmelloses Gewand aus weißer Seide und einen breiten Strohhut auf dem Kopf, um das Gesicht gegen Sonnenbrand zu schützen. Das golden gefärbte, aus einer runden Öffnung des Hutes quellende Haar lag lose auf der breiten Krempe. Eine gelbgesichtige tscherkessische Sklavin benetzte es mit einem auf einen Stab gesteckten Schwamm, und eine Tatarin mit schmalen Augen kämmte es mit einem Elfenbeinkamm.

Die Tinktur zum Goldfärben wurde aus dem Maisaft von Nussbaumwurzeln, aus Safran, Ochsengalle, Schwalbendreck, grauer Ambra, gebrannten Bärenklauen und Eidechsenfett gewonnen. Unter Aufsicht der Herzogin selbst brodelte auf einem Dreifuß zu ihrer Seite über einer im Sonnenlicht kaum sichtbaren Flamme in einer langnasigen Retorte, wie sie die Alchimisten gebrauchten, rosafarbenes Muskatwasser mit kostbarer Viverra, Gummitragant und Liebstöckel.

Die beiden Dienerinnen waren in Schweiß gebadet. Sogar das Schoßhündchen der Herzogin fühlte sich auf dem heißen Dach nicht behaglich; es blinzelte schwer atmend die Herzogin vorwurfsvoll an, ließ die Zunge heraushängen und knurrte nicht wie sonst, wenn das behände Äffchen seine Späße mit ihm machte. Dem Affen war in der Hitze ebenso wohl wie dem kleinen Mohren, der einen in Perlen und Perlmutter gefassten Spiegel halten musste.

Obwohl Beatrice sich dauernd mühte, ihrem Gesicht die Strenge, ihren Bewegungen die Gemessenheit zu geben, die ihrem Rang entsprachen, fiel es doch schwer zu glauben, dass sie schon neunzehn Jahre alt war, zwei Kinder hatte und bereits drei Jahre verheiratet war. Ihre kindlich vollen, bräunlichen Wangen, die unschuldige Falte an ihrem schmächtigen Hals unter einem allzu runden, fülligen Kinn, ihre dicken, streng zusammengepressten, immer etwas schmollend aufgeworfenen Lippen, die schmalen Schultern, die flache Brust, die eckigen, heftigen, manchmal fast knabenhaften Bewegungen ließen sie wie ein verwöhntes, eigenwilliges, hemmungslos wildes und selbstgefälliges Schulmädchen erscheinen. Gleichwohl leuchtete berechnender Verstand in ihren bestimmten, eisklaren braunen Augen. Der klügste Staatsmann jener Zeit, der venezianische Gesandte Marino Sanuto, hatte einst der Signoria in einem Geheimbericht gemeldet, dieses kleine Mädchen sei in der Politik ein harter Stein, sie sei gewitzter als Herzog Lodovico, ihr Gemahl, der sehr gut daran tue, in allem auf seine Frau zu hören.

Das Schoßhündchen brach in zorniges, heiseres Kläffen aus. Stöhnend und ächzend erklomm eine alte Frau in dunklem Witwengewand die steile Treppe, die das Dach mit den Ankleide- und Garderoberäumen verband. Eine ihrer Hände spielte mit einem Rosenkranz, die andere hielt einen Krückstock. Das faltige Gesicht wäre ehrfurchtgebietend gewesen, hätte nicht ein süßlich unangenehmes Lächeln und das mausartig Unstete der Augen den Eindruck gestört.

»Och, och, och! Altsein ist keine Lust … Ich komme kaum noch herauf. Gott der Herr schenke Eurer Durchlaucht Wohlbefinden!« Mit sklavischer Demut hob sie einen Zipfel des Toilettenmantels der Herzogin vom Boden und drückte die Lippen darauf.

»Ah, Monna Sidonia. Nun, bist du fertig?«

Die Alte entnahm ihrem Beutel ein sorgfältig eingewickeltes und verkorktes Fläschchen mit einer trüben, weißlichen Flüssigkeit: Milch einer Eselin und einer roten Ziege, mit wildem Baldrian, Spargelwurzeln und Zwiebeln von weißen Lilien angesetzt.

»Eigentlich müsste es noch ein, zwei Tage in warmem Pferdemist stehen. Nun, einerlei – ich denke, es geht schon. Lasst es aber durch ein Filzsieb tropfen, bevor Ihr Euch damit wascht! Benetzt Weißbrotkrume damit und geruht Euer Antlitz drei Credo lang damit einzureiben! In fünf Wochen ist jede braune Farbe aus dem Gesicht weg. Gegen Pickel hilft es auch.«

»Hör mal, Alte«, sagte Beatrice, »ist etwa in deiner Waschessenz wieder solch ekelhaftes Zeug, wie es die Hexen in der schwarzen Magie gebrauchen? Schlangenfett, Wiedehopfblut, Pulver von in der Pfanne gerösteten Fröschen – wie in der Enthaarungssalbe, die du mir neulich gebracht hast? Dann sag es lieber gleich!«

»Nein, nein, Durchlaucht. Glaubt nicht, was die Leute schwatzen. Ich arbeite ehrlich, ohne Trug. Wie es jeder gern mag. Aber ich muss sagen, manchmal geht es eben nicht ohne solchen Dreck. Die ehrwürdige Madonna Angelica zum Beispiel hat sich den ganzen vorigen Sommer den Kopf mit Hundeurin gewaschen, um die Haare nicht zu verlieren. Und sie hat dem lieben Gott gedankt, so hat es geholfen.«

Dann neigte sie sich zum Ohr der Herzogin und berichtete die allerletzte Stadtneuigkeit: Die junge Gattin des ersten Konsuls vom Salzamt, die reizende Madonna Filiberta, hintergehe ihren Mann und verlustiere sich mit einem fremden spanischen Ritter.

Die Herzogin musste lachen. »Ach, Monna Sidonia, man kann dir wirklich nicht böse sein. Wo hast du nur immer solche Dinge her?«

»Glaubt einer alten Frau; alles, was ich sage, ist heilige Wahrheit! Ich weiß auch in Gewissensfragen den Strohhalm vom Balken zu unterscheiden ... Alles hat seine Zeit. Wenn wir Weiber nicht in der Jugend unsern Liebesdurst stillen, plagt uns im Alter die Reue so, dass wir nur zu leicht dem Teufel in die Klauen fallen.«

»Du redest wie ein Magister der Theologie.«

»Ich bin nur ein dummes Weib, Durchlaucht, aber was ich sage, kommt wirklich von Herzen. Nur einmal blüht uns im Leben die Jugend. Welcher Teufel – Gott verzeih mir! – will von uns armen Weibern noch etwas wissen, wenn wir alt sind? Wir dürfen höchstens die Glut in der Asche hüten. In die Küche jagt man uns, da können wir mit den Katzen schnurren und Töpfe und Pfannen zählen. Jungen Weibern soll es schmecken, alte lasst verrecken, sagt man. Schönheit ohne Liebe ist wie eine Messe ohne Vaterunser, und die Liebkosungen des Gemahls sind langweilig wie die Spiele der Nonnen.«

Die Herzogin lachte wieder. »Ach, du alte Kupplerin«, drohte sie halb im Scherz mit dem Finger, doch hatte sie offensichtlich großen Spaß an diesem Klatsch. »Du hast die unglückliche Frau doch selbst verführt.«

»Aber, Durchlaucht, ich bitte Euch! Wie könnt Ihr so etwas sagen! Die und unglücklich! Sie zwitschert wie ein Vöglein vor Seligkeit und dankt mir tagtäglich. ›Wahrlich‹, sagt sie, ›jetzt merke ich erst den Unterschied zwischen den Küssen eines Gatten und eines Liebhabers.‹«

»Aber die Sünde! Peinigt sie ihr Gewissen nicht?«

»Gewissen? Seht, Durchlaucht, wenn auch Mönche und Pfaffen das Gegenteil behaupten – ich meine doch, Liebessünden sind die natürlichsten aller Sünden! Ein paar Tropfen Weihwasser genügen, um sie wegzuwaschen. Außerdem: Wenn Madonna Filiberta ihren Mann betrügt, zahlt sie ihm doch nur mit gleicher Münze heim, wie man zu sagen pflegt. Und wenn sie seine eigenen Sünden dadurch vielleicht auch nicht ganz tilgt, so erleichtert sie doch wenigstens deren Last vor Gott …«

»Also auch der Mann …«

»Genaues weiß ich nicht. Aber die Männer sind ja alle gleich. Ich glaube, es gibt auf der ganzen Welt nicht einen Mann, der nicht lieber nur einen Arm hätte, als nur eine Frau.«

»Wie war das? Sag es noch einmal!«

Die Alte sah sie scharf an und neigte sich, wohl in dem Gefühl, sie habe jetzt genug dumme Scherze gemacht, wieder zu ihrem Ohr und raunte etwas.

Beatrice lachte plötzlich nicht mehr. Sie machte ein Zeichen. Die Sklavinnen verschwanden. Nur der kleine Mohr durfte bleiben. Er verstand kein Italienisch. Ringsum war nur der stille Himmel, bleich und wie abgestorben in der Hitze.

»Vielleicht ist es Unsinn«, meinte schließlich die Herzogin. »Es wird so vieles geschwatzt.«

»Nein, Signora. Ich habe es selbst gesehen und gehört. Andere können es Euch auch bestätigen.«

»War viel Volk da?«

»An die zehntausend Menschen. Der ganze Platz vor dem Kastell von Pavia war voll.«

»Und was hast du gehört?«

»Als Madonna Isabella mit dem kleinen Francesco heraustrat, schwenkten alle Leute Arme und Mützen. Viele weinten. ›Es lebe Isabella von Aragonien!‹, brüllten sie. ›Und Gian Galeazzo, der rechtmäßige Herr von Mailand! Und sein Thronfolger Francesco! Tod den Thronräubern!‹«

Beatrice machte ein finsteres Gesicht. »Solche Worte riefen sie?«

»Noch viel schlimmere …«

»Welche? Sag alles, fürchte dich nicht!«

»Sie schrien: ›Signora, meine Zunge gehorcht mir nicht!‹, sie schrien: ›Tod den Dieben!‹«

Beatrice fuhr zusammen. Aber sofort beherrschte sie sich wieder und fragte leise: »Was hörtest du sonst noch?«

»Ich weiß wirklich nicht, wie ich es Euer Gnaden sagen soll …«

»Schnell, sprich! Ich will alles wissen!«

»Glaubt mir, Signora, in der Menge erzählte man sich, der durchlauchtige Herzog Lodovico il Moro, der Vormund und Wohltäter Gian Galeazzos, habe seinen Neffen im Kastell von Pavia eingekerkert und mit gedungenen Mördern und Spionen umgeben. Dann heulte das Volk auf und verlangte, der Herzog solle sich selbst zeigen. Madonna Isabella erklärte aber, er liege krank …« Und Monna Sidonia flüsterte der Herzogin wieder sehr geheimnisvoll etwas ins Ohr.

Beatrice hörte anfangs aufmerksam zu, dann wandte sie sich zornig ab und rief: »Du hast wohl den Verstand verloren, alte Hexe? Wie kannst du dich erdreisten? Gleich lasse ich dich hier vom Dach hinabwerfen! Nicht einmal die Raben sollen deine Knochen zusammensuchen können!«

Die Drohung schreckte Monna Sidonia nicht. Und Beatrice beruhigte sich rasch wieder. »Das glaube ich nicht«, sprach sie und sah die Alte forschend an.

Die zuckte nur mit den Schultern. »Wie Ihr wollt. Aber es ist kein Zweifel möglich. Geruht zuzuhören, wie das gemacht wird«, fuhr sie mit einschmeichelnder Stimme fort. »Man formt eine kleine Puppe aus Wachs, setzt ihr in die rechte Seite das Herz, in die linke die Leber einer Schwalbe ein, durchsticht sie mit einer Nadel und spricht die nötigen Beschwörungen dazu. Der Mensch, dem die Puppe ähnlich sieht, stirbt dann eines langsamen Todes. Kein Arzt kann noch helfen.«

»Schweig«, unterbrach die Herzogin die Alte. »Wag es nicht, noch einmal davon anzufangen.«

Die Alte küsste wieder demütig den Saum des Toilettenmantels. »Eure Herrlichkeit, Ihr seid die helle Sonne meines Lebens. Ich liebe Euch allzu sehr – das ist meine ganze Sünde. Glaubt mir, jedes Mal, wenn das Magnificat in der Vesper des heiligen Franziskus gesungen wird, bete ich mit Tränen in den Augen zum Herrn für Euer Wohlergehen. Die Leute sagen, ich sei eine Hexe. Aber wenn ich je meine Seele dem Teufel verkaufte, ich täte es nur – Gott ist mein Zeuge! –, um Eurer Durchlaucht dienlich sein zu können.« Und sinnend setzte sie hinzu: »Es geht aber auch ohne Zauberei ...«

Die Herzogin blickte sie stumm, gespannt an. »Auf dem Weg zu Euch durch den Schlossgarten«, fuhr Monna Sidonia harmlos fort, »sah ich eben den Gärtner prachtvolle Pfirsiche in einen Korb packen. Wohl ein Geschenk für Messer Gian Galeazzo?« Sie machte eine kleine Pause. Dann setzte sie hinzu: »Und im Garten des florentinischen Meisters Leonardo da Vinci sollen auch wunderbare Pfirsiche wachsen. Aber giftige ...«

»Wieso giftig?«

»Ja, ja. Monna Cassandra, meine Nichte, hat sie selbst gesehen.« Wieder raunte die Alte der Herzogin etwas ins Ohr.

Die Herzogin gab keine Antwort. Der Ausdruck ihrer Augen blieb undurchdringlich. Ihr Haar war jetzt trocken. Sie erhob sich, legte den Überwurf ab und stieg hinab in die Garderobenräume.

Hier standen drei riesige Schränke. Im ersten, der aussah wie ein prächtiger Messgewandschrein, hingen wohlgeordnet die vierundachtzig Kleider, die Beatrice sich in den drei Jahren ihrer Ehe hatte fertigen lassen. Manche waren so überreich mit Gold und Edelsteinen besetzt, dass sie ohne Stütze auf dem Boden stehen konnten; andere dagegen waren durchsichtig und leicht wie Spinngewebe. Im zweiten Schrank befanden sich Gerätschaften zur Falkenjagd und Sattelzeug. Der dritte enthielt Wohlgerüche, Essenzen, Mundwasser, Salben, Zahnpulver aus weißen Korallen und Perlen sowie unzählige Dosen, Kolben, Destillierhelme, Retorten – kurz, ein ganzes Laboratorium weiblicher Alchimie. Auch kostbare, mit Malereien verzierte Truhen und eisenbeschlagene Laden standen im Zimmer.

Als die Magd eine von ihnen öffnete, um ein frisches Hemd herauszunehmen, entströmte ihr der Duft der feinen Batistwäsche, zwischen der Lavendelbüschel und seidene Säckchen mit einem Pulver aus im Schatten getrockneten levantinischen Irisblüten und Damaszener Rosen lagen.

Während Beatrice sich ankleidete, besprach sie mit der Näherin den Schnitt eines neuen Kleides, den sie eben durch Eilboten von ihrer Schwester, Isabella d'Este, der Markgräfin von Mantua, erhalten hatte, die auch eine große Modedame war. Die Schwestern wetteiferten in Putz und Prunk. Beatrice beneidete Isabella um ihren guten Geschmack und wollte ihr alles nachmachen. Einer der Gesandten der Herzogin von Mailand hielt sie insgeheim über alle Neuigkeiten der Mode in Mantua auf dem Laufenden.

Beatrice legte ein Kleid an, dessen Muster sie besonders schätzte, weil es ihren kleinen Wuchs hob. Der Stoff bestand aus länglichen Streifen von grünem Samt und Goldbrokat. Die mit grauseidenen Bändern umwundenen Ärmel waren sehr eng und hatten nach französischer Mode Ausschnitte, »Fenster«, durch die die schneeweiße Leinwand des reich und eng gefältelten Hemdes hindurchschimmerte. Ein weitmaschiges, hauchleichtes Goldnetz zierte jetzt das zu einem Zopf geflochtene Haar. Den Kopf umgab ein schmaler Goldreif – eine Ferroniera –, an dem ein kleiner Skorpion aus Rubinen befestigt war. Beatrice benötigte gewöhnlich so viel Zeit zum Ankleiden, dass man, wie der Herzog sich ausdrückte, inzwischen ein ganzes Handelsschiff nach Indien hätte beladen können.

Als sie plötzlich von fern Hörnerschall und Hundegebell hörte, fiel ihr ein, dass sie für heute eine Jagd anberaumt hatte, und jetzt beeilte sie sich. Als sie endlich ganz fertig war, machte sie im Vorbeigehen noch einen Besuch in der Wohnung ihrer Zwerge, die scherzweise die

»Behausung der Giganten« genannt wurde und eine Nachahmung der Puppenstuben im Palazzo der Isabella d'Este war.

Stühle, Betten, Hausrat, Treppen mit breiten, niedrigen Stufen, sogar eine Kapelle mit einem Puppenaltar, vor dem der gelehrte Zwerg Janachi in dem eigens für ihn hergestellten Ornat und der Mitra eines Erzbischofs die Messe las – alles passte für Pygmäen.

In der »Behausung der Giganten« herrschte dauernd Lärm und Gelächter, Weinen und Geschrei der verschiedensten, oft schauerlichen Stimmen, wie in einem Tierzwinger oder im Tollhaus. Denn hier, in stickiger schmutziger Enge, hausten, wurden geboren, lebten und starben Affen, Bucklige, Papageien, Mohren, Närrinnen, Kalmückinnen, Spaßmacherinnen, Kaninchen, Zwerge und andere drollige Geschöpfe, mit denen die Herzogin sich manchmal ganze Tage lang verlustierte.

Jetzt aber, im Begriff, auf die Jagd zu reiten, kam sie nur für einen Augenblick, um sich nach dem Befinden ihres kleinen Mohren Nanino zu erkundigen, den sie kürzlich aus Venedig erhalten hatte. Naninos Haut war so tiefschwarz, dass man sich, wie der frühere Besitzer meinte, gar nichts Schöneres wünschen konnte. Die Herzogin spielte mit ihm wie mit einer lebendigen Puppe. Doch plötzlich wurde der kleine Mohr krank. Seine viel gepriesene schwarze Hautfarbe stellte sich als nicht ganz echt heraus: Der Lack, der seinem Körper den schwarzen Hochglanz verlieh, verschwand zu Beatrices großem Kummer allmählich.

In der letzten Nacht war es Nanino schlechter gegangen; man fürchtete sogar für sein Leben. Die Herzogin war über diese Nachricht tief betrübt, denn sie liebte ihn aus Anhänglichkeit auch noch in seinem verblassten Zustand. Sie gab jetzt Befehl, den kleinen Mohren rasch zu taufen, damit er wenigstens nicht als Heide sterben müsse.

Als sie dann die Treppe hinabstieg, traf sie ihre Lieblingsnärrin Morgantina, ein noch jugendliches, hübsches Wesen und so drollig, dass sie, nach Beatrices Worten, einen Toten hätte zum Lachen bringen können.

Morgantina stahl gerne. Das Gestohlene versteckte sie in einem Winkel, unter einer schadhaften Diele, in einem Mauseloch und ging dann befriedigt von dannen. Wenn jemand sie freundlich fragte: »Sei so nett, sag, wo hast du es hingesteckt?«, so nahm sie den Fragenden mit schelmischer Miene an der Hand, führte ihn zu dem Versteck und zeigte das Gesuchte. Rief man ihr zu: »Du, wate mal durch den Bach!«, so hob sie ohne jede Scham ihre Röcke, so hoch es ging. Manchmal hatte sie närrische Anwandlungen; dann weinte sie tagelang um ein Kindchen, das gar nicht existierte – sie hatte nie Kinder gehabt –, und setzte allen derartig zu, dass man sie schließlich in die Rumpelkammer sperren musste.

Auch heute saß Morgantina auf der Treppe im Winkel, die Arme um die Knie gelegt, wiegte sich gleichmäßig hin und her und heulte bittere Tränen. Beatrice trat auf sie zu und streichelte ihr den Kopf. »Hör auf! Sei vernünftig!«

Die Närrin richtete ihre blauen Kinderaugen auf die Herzogin und plärrte noch kläglicher. »Oh, oh, oh! Mein Herzenskindchen haben sie mir genommen! Und warum, o Herr? Keinem hat es etwas Böses getan. Meine stille Freude hatte ich an ihm …«

Die Herzogin stieg in den Hof hinab, wo die Jäger sie bereits erwarteten. Umgeben von Vorreitern, Falknern, Pikören, Stallmeistern, Pagen und Damen saß sie gleich darauf kühn und in tadelloser Haltung auf einem schlanken braunen Berberhengst aus dem Gestüt Gonzaga – nicht wie eine Frau, sondern wie ein erfahrener Reiter.

Eine echte Amazonenkönigin, dachte Herzog Moro mit Stolz, als er den gedeckten Gang vor dem Schloss betrat, um dem Aufbruch seiner Gattin zur Jagd zuzuschauen.

Hinter dem Sattel der Herzogin kauerte ihr Jagdleopard in einer goldbestickten, wappengeschmückten Livree. Auf ihrer linken Faust saß ein schneeweißer zyprischer Falke, ein Geschenk des Sultans, mit einer von Smaragden funkelnden Blendkappe. An seinen Krallen klimperten verschieden abgestimmte Schellen, die das Auffinden des Vogels erleichtern sollten, wenn er sich im Nebel oder im Sumpfgras verirrte.

Die Herzogin war heiterer Stimmung und zu Scherzen aufgelegt, sie wollte lachen und galoppieren. Lächelnd blickte sie sich nach ihrem Gemahl um, der ihr gerade noch zurufen konnte: »Sei vorsichtig, dein Pferd ist wild!«, dann winkte sie ihren Damen und sprengte um die Wette mit ihnen dahin, zuerst auf der Landstraße, dann über Felder, Kanäle, Hügel, Gräben und Zäune.

Die Piköre blieben bald zurück. Beatrice raste allen voran, ihren riesigen Bullenbeißer zur Seite. Neben ihr hielt sich nur, auf einer schwarzen spanischen Stute, die fröhlichste und keckste ihrer Damen, Madonna Lucrezia Crivelli.

Der Herzog besaß eine heimliche Neigung für Lucrezia. Als er sie jetzt neben Beatrice davonreiten sah, wusste er selbst nicht recht, welche von beiden ihm besser gefiel. Doch besorgt war er nur um seine Gemahlin. Wenn die Pferde über Gräben setzten, schloss er die Augen, um nichts zu sehen; der Atem stockte ihm. Er schalt die Herzogin wegen solcher Streiche. Zürnen aber konnte er ihr nicht. Er war sich seines Mangels an körperlicher Tüchtigkeit bewusst und war deshalb insgeheim auf die Kühnheit Beatrices besonders stolz.

Die Jäger entschwanden im Weidendickicht und Schilf des flachen Ticinoufers, wo es wilde Gänse und Reiher gab.

Der Herzog kehrte in sein kleines Arbeitsgemach – das Studiolo – zurück. Hier erwartete ihn sein erster Sekretär, der hohe Beamte, der die auswärtigen Gesandtschaften unter sich hatte, Messer Bartolomeo Calco.

Herzog Moro setzte sich in einen hohen Lehnsessel und strich sich mit der weißen gepflegten Hand sanft die glattrasierten Wangen und das runde Kinn. Sein wohl gestaltetes Gesicht hatte den Ausdruck freimütiger Offenheit, wie er nur sehr klugen Politikern eigen ist. Die große Adlernase, die vorstehenden, gleichsam zugespitzten und fein geschwungenen Lippen erinnerten an seinen Vater, den großen Condottiere Francesco Sforza. War aber Francesco, wie die Dichter sich ausdrückten, gleichzeitig Löwe und Fuchs gewesen, so hatte der Sohn vom Vater nur die Schläue des Fuchses ererbt und sie vermehrt, nicht aber den Löwenmut.

Moro trug ein einfaches, aber sehr geschmackvolles Gewand aus blassblauer gemusterter Seide und war nach der Mode frisiert: ganz glatt, Haar neben Haar, sodass es über die Ohren und Stirn, fast bis zu den Brauen, wie eine dichte Perücke lag. Eine flache goldene Kette hing auf seiner Brust. Im Umgang hatte er für jedermann die gleiche feine Höflichkeit.

»Seid Ihr im Besitz genauer Nachrichten über den Abmarsch des französischen Heers aus Lyon, Messer Bartolomeo?«

»Bisher nicht, Durchlaucht. Jeden Abend heißt es: morgen. Und am nächsten Morgen wird es wieder aufgeschoben. Der König belustigt sich mit sehr unkriegerischen Dingen.«

»Wie heißt doch seine erste Mätresse?«

»Man nennt viele Namen. Der Geschmack Seiner Majestät ist wählerisch und wechselnd.«

»Schreibt an Graf Belgioioso«, sagte der Herzog, »dass ich ihm dreißig … nein, das ist wohl zu wenig … dass ich ihm vierzig … fünfzigtausend Dukaten für neue Geschenke schicke. Er soll nicht mit dem Geld sparen! Mit goldenen Ketten werden wir den König aus Lyon herausziehen! Und wisst Ihr, Bartolomeo – aber natürlich ganz unter uns! –, wir sollten Seiner Majestät vielleicht die Bildnisse von einigen unserer Schönheiten senden. Übrigens, ist der Brief fertig?«

»Jawohl, Signore.«

»Zeig her!«

Moro rieb sich sehr befriedigt die weichen weißen Hände. Immer, wenn er das ausgedehnte Spinngewebe seiner Politik überschaute, empfand er im Herzen eine wohlvertraute, angenehme Beklemmung, wie bei einem schwierigen, gefährlichen Spiel. Sein Gewissen sprach ihn nicht schuldig, wenn er die Fremdlinge, diese nordischen Barbaren, nach Italien rief; denn zu diesem äußersten Schritt zwangen ihn seine Feinde, von denen Isabella von Aragonien, die Gemahlin Gian Galeazzos, die allerärgste war, weil sie ihn, Herzog Lodovico il Moro, öffentlich anklagte, seinen Neffen des Throns beraubt zu haben. Erst als Isabellas Vater, König Alfonso von Neapel, um seine Tochter und seinen Schwiegersohn zu rächen, Moro mit Krieg und Thronentsetzung bedrohte, rief dieser, von allen verlassen, König Karl VIII. von Frankreich um Hilfe an.

Herr, unerforschlich sind Deine Wege, dachte der Herzog, während sein Sekretär aus einem Stoß von Papieren den Briefentwurf heraussuchte. Die Rettung meines Reiches, Italiens, vielleicht ganz Europas liegt in den Händen dieses jämmerlichen Bengels, dieses wollüstigen, schwachsinnigen Kindes, des Allerchristlichsten Königs von Frankreich, vor dem wir, die Erben des großen Sforza, auf dem Bauch kriechen, dem wir beinahe Kupplerdienste leisten müssen! So geht es in der Politik zu. Wer mit den Wölfen lebt, muss mit ihnen heulen.

Er überlas den Brief und fand ihn sehr wohlgesetzt, besonders wenn man noch die 50 000 Dukaten in Betracht zog, die er jetzt dem Grafen Belgioioso zur Bestechung der nächsten Umgebung Seiner Majestät spendete, und die verlockenden Bildnisse schöner italienischer Frauen.

»Der Herr segne Dein kreuztragendes Heer, Allerchristlichster«, hieß es unter anderm in diesem Schreiben. »Die Tore Ausoniens stehen Dir offen. Zaudere nicht, durchschreite sie als Triumphator, o neuer Hannibal! Die Völker Italiens lechzen nach Deinem vielsüßen Joch, Du Gesalbter Gottes, sie harren Dein, wie dereinst, nach der Auferstehung unseres Herrn, die Patriarchen seiner Höllenfahrt harrten. Mit der Hilfe Gottes und Deiner berühmten Artillerie wirst Du nicht nur Neapel und Sizilien erobern, sondern desgleichen die Lande des Großtürken; Du wirst die Ungläubigen zum Christentum bekehren, Du wirst bis ins Herz des Heiligen Landes vordringen, wirst Jerusalem und das Heilige Grab den gottlosen Sarazenen entreißen und das Weltall mit Deinem ruhmvollen Namen erfüllen.«

Ein buckliger, glatzköpfiger Alter mit einer langen roten Nase blickte zur Tür des Studiolo hinein. Der Herzog lächelte ihm freundlich zu und bedeutete ihm durch ein Zeichen, noch zu warten. Die Tür wurde behutsam geschlossen, der Kopf verschwand.

Der Sekretär wollte weitere Staatsangelegenheiten zur Sprache bringen, doch Moro hörte ihm nur noch zerstreut zu und schaute nach der Tür. Messer Bartolomeo begriff, dass der Herzog an andere Dinge dachte. So schloss er seinen Vortrag und entfernte sich. Vorsichtig sich umschauend, auf Zehenspitzen trat der Herzog zur Tür.

»Bernardo! He, Bernardo! Bist du da?«

»Jawohl, Durchlaucht.« Und der Hofdichter Bernardo Bellincioni sprang mit geheimnisvoller, unterwürfiger Miene herein und wollte sich auf die Knie niederlassen, um die Hand seines Herrn zu küssen. Der aber gab es nicht zu.

»Nun, wie steht es?«

»Gut.«

»Sie hat entbunden?«

»Heute Nacht geruhte sie niederzukommen.«

»Ist sie wohlauf? Sollten wir nicht den Arzt kommen lassen?«

»Sie befindet sich bei bestem Wohlsein.«

»Gott sei Lob und Dank!«

Der Herzog bekreuzigte sich.

»Hast du das Kind gesehen?«

»Jawohl. Ein bildhübsches Kind.«

»Knabe oder Mädchen?«

»Ein Knabe. Er brüllt und lärmt. Blonde Härchen hat er, wie die Mutter, aber die Äuglein funkeln und laufen umher: Schwarz sind sie und klug, wie die Augen von Euer Gnaden. Man sieht sofort: Das ist Herrscherblut! Ein kleiner Herkules in der Wiege! Madonna Cecilia ist ganz außer sich vor Freude. Ich soll fragen, welchen Namen Ihr dem Kinde zu geben befehlt?«

»Ich habe schon darüber nachgedacht«, antwortete der Herzog. »Weißt du, Bernardo, wir wollen ihn Cesare nennen. Wie gefällt dir der Name?«

»Cesare? Tatsächlich, ein prächtiger Name, wohlklingend und altehrwürdig. Ja, ja, Cesare Sforza – das ist ein Name, eines Helden würdig.«

»Nun, und was sagt der Gemahl?«

»Der erlauchte Graf Bergamini ist gütig und freundlich wie immer.«

»Ein vortrefflicher Mann«, bemerkte der Herzog mit Überzeugung.

»Ein ganz vortrefflicher Mann«, stimmte Bellincioni bei. »Ich gestatte mir zu behaupten: ein Mann von seltenen Tugenden! Solche Männer muss man heutzutage sehr lange suchen. Wenn ihn die Gicht nicht hindert, will er zur Abendtafel erscheinen, um Euer Durchlaucht seine Hochachtung zu vermelden.«

Die, von der die Rede war, Gräfin Cecilia Bergamini, war seit Langem Moros Geliebte. Beatrice hatte bald nach ihrer Vermählung von dieser Beziehung des Herzogs erfahren, war sehr eifersüchtig geworden und hatte gedroht, ins Haus ihres Vaters, des Herzogs Ercole d'Este von Ferrara, zurückzukehren. Moro hatte in Anwesenheit der Gesandten einen feierlichen Eid ablegen müssen, die eheliche Treue hinfort nicht mehr zu verletzen. Zur Bestätigung dieses Eides hatte er Cecilia mit dem alten verarmten Grafen Bergamini verheiratet, einem Mann ohne moralische Bedenken, der zu allen Diensten bereit war.

Bellincioni zog ein Papier aus der Tasche und reichte es dem Herzog. Es war ein Sonett zu Ehren des Neugeborenen, ein kleiner Dialog, in dem der Dichter den Sonnengott fragt, weshalb er sich mit Wolken verhülle; die Sonne antwortet mit höfischer Schmeichelei, sie verstecke sich aus Scham und Neid vor der neu aufgegangenen Sonne, dem Sohn Moros und Cecilias.

Der Herzog nahm das Sonett gnädig an. Er zog einen Dukaten aus dem Beutel und reichte ihn dem Dichter. »Übrigens, Bernardo, du hast doch nicht vergessen, dass am Sonnabend der Geburtstag der Herzogin ist?«

Bellincioni kramte eilig in dem ihm als Tasche dienenden Futter seines halb höfischen, halb bettelhaften Rocks und brachte einen ganzen Haufen schmieriger Zettel zum Vorschein. Unter allerhand hochtrabenden Oden auf den Tod des Falken der Madonna Angelica und auf die Krankheit der ungarischen Apfelschimmelstute des Monsignor Paravicino fand er die verlangten Gedichte.

»Drei Stücke zur Auswahl, Durchlaucht. Ich schwöre beim Pegasus, Ihr werdet zufrieden sein.«

In jenen Zeiten benutzten die Fürsten ihre Hofdichter wie Musikinstrumente, um nicht nur ihren Geliebten, sondern auch ihren Gemahlinnen Serenaden zu singen. Die gesellschaftliche Mode verlangte, dass in solchen Gedichten die Liebe zwischen Eheleuten ebenso überirdisch gemalt wurde wie die zwischen Laura und Petrarca.

Moro las die Verse gespannt durch. Er hielt sich für einen feinen Kenner, einen Dichter im Herzen, obwohl ihm Verse nie recht gelangen. Im ersten Sonett sagten ihm drei Verse besonders zu. Der Gatte spricht zu seiner Frau:

Und wo du auf die Erde speiest,
Sofort erblühen Blümelein,
Wie Veilchen, wenn es Frühling wird.

Im zweiten Gedicht verglich der Dichter Madonna Beatrice mit der Göttin Diana und versicherte, Wildschweine und Hirsche empfänden es als hohes Glück, von der Hand einer so schönen Jägerin sterben zu dürfen.

Am besten aber gefiel Seiner Hoheit das dritte Sonett, in dem Dante sich mit der Bitte an Gott wandte, ihm zu gestatten, auf die Erde niederzusteigen, da angeblich seine Beatrice dorthin zurückgekehrt sei in der Gestalt der Herzogin von Mailand. »O Jupiter«, ruft Alighieri aus, »da du sie der Welt wiedergeschenkt hast, gestatte auch mir, bei ihr zu weilen, damit ich den Mann erblicke, dem Beatrice jetzt Seligkeit spendet« – niemand anderes als Herzog Lodovico.

Moro klopfte dem Dichter gnädig auf die Schulter und versprach ihm Tuch zu einem neuen Pelzrock. Bernardo verstand es, auch noch Fuchsfelle zu einem Kragen zu erbetteln, indem er mit kläglichen, albernen Grimassen versicherte, sein alter Pelzrock sei schon so dünn und durchscheinend wie »von der Sonne ausgedörrte Vermicelli«. »Im letzten Winter«, greinte er weiter, »hatte ich so wenig Holz, dass ich nicht nur meine Treppe, sondern auch die Holzschuhe des heiligen Franziskus verfeuern musste.«

Der Herzog lachte und sagte ihm Brennholz zu. Dankerfüllt gab der Dichter sofort einen Vierzeiler von sich:

»Versprichst du deinem Sklaven Brot,
So reichst du ihm des Himmels Manna.
Dafür die Musen neun, und Phöbus, holder Klänge Gott,
O edler Moro, singen laut dir Hosianna!«

»Du scheinst heut gut im Zug zu sein, Bernardo! Also höre, ich brauche noch ein Gedicht.«

»Ein Liebesgedicht?«

»Jawohl. Aber es muss sehr leidenschaftlich sein.«

»Für die Herzogin?«

»Nein. Aber, du – dass du nichts ausplauderst?«

»Oh, Signore, Ihr kränkt mich. Habe ich jemals …«

»Nun ja, ich will auch meinen!«

»Ich bin stumm – stumm wie ein Fisch.«

Bernardo zwinkerte geheimnisvoll mit den Augen. »Leidenschaftlich soll es sein? Aber wie? Bittend oder dankend?«

»Bittend.«

Der Dichter runzelte tiefsinnig die Stirn. »Ist es eine verheiratete Frau?«

»Nein. Ein junges Mädchen.«

»So. Ich muss aber den Namen wissen.«

»Ach was! Wozu den Namen?«

»Wenn das Gedicht bittend sein soll, geht es nicht ohne den Namen.«

»Madonna Lucrezia. Hast du nichts Fertiges?«

»Das schon. Aber ein frisch gemachtes Gedicht ist immer besser. Gestattet mir, mich einen Augenblick ins Nebenzimmer zurückzuziehen. Ich fühle schon: Das Gedicht wird gut! Die Verse fliegen mir nur so zu.«

Ein Page trat ein und meldete: »Messer Leonardo da Vinci.«

Bellincioni ergriff Papier und Feder und verschwand rasch durch die eine Tür, während Leonardo durch die andere eintrat.

Nach der Begrüßung sprach der Herzog mit dem Künstler über den neuen großen Kanal, Naviglio Sforzesco, der die Flüsse Sesia und Ticino verbinden und durch ein Netz kleinerer Kanäle die Wiesen, Felder und Weiden der Lomellina bewässern sollte.

Leonardo leitete die Arbeiten an diesem Kanal, obwohl er nicht den Titel eines herzoglichen Baumeisters besaß, nicht einmal den eines Hofmalers; er führte lediglich den vor langer Zeit für die Erfindung eines Musikinstruments erhaltenen Titel eines Hofmusikers, der nur wenig höher stand als der Titel eines Hofdichters, den Bellincioni hatte. Der Künstler erläuterte sehr genau alle Pläne und Anschläge und bat dann, die für die Fortführung des Baues notwendigen Gelder anzuweisen.

»Wie viel?«, fragte der Herzog.

»566 Dukaten für jede Meile. Im Ganzen also 15 187 Dukaten«, antwortete Leonardo.

Ludovico runzelte die Stirn. Er dachte an die eben zur Bestechung der französischen Großen bewilligten 50 000 Dukaten.

»Das ist viel Geld, Messer Leonardo! Wirklich, du richtest mich zugrunde. Du verlangst immer Unmögliches. Bramante ist doch auch ein tüchtiger Baumeister; der verlangt nie so viel Geld.«

Leonardo zuckte die Achseln. »Wie Ihr wollt, Signore. Gebt Bramante den Auftrag.«

»Nun, sei nicht gleich böse. Du weißt ja, ich trete immer für dich ein.«

Sie begannen zu verhandeln.

»Nun gut. Morgen ist auch noch Zeit dafür«, schloss der Herzog, der gewohnt war, Entscheidungen immer möglichst hinauszuschieben, und er begann Leonardos Hefte mit unfertigen Entwürfen, architektonischen Skizzen und Plänen durchzublättern.

Eine Zeichnung stellte ein gewaltiges Grabmal dar, einen künstlichen Berg, gekrönt von einem Tempel mit vielen Säulen, wie das Pantheon zu Rom, mit einer runden Öffnung in der Kuppel, um so die Innenräume des Mausoleums zu erleuchten, das an Großartigkeit die ägyptischen Pyramiden übertraf. Beigefügt waren die genauen Maße und ein ausführlicher Plan für die Anlage der Treppen, Gänge und der für fünfhundert Totenurnen berechneten Kammern.

»Was ist das?«, fragte der Herzog. »Wann und für wen hast du das erdacht?«

»Nur so. Für niemand. Das sind Fantasiegebilde.«

Moro sah ihn erstaunt an und schüttelte den Kopf. »Seltsame Fantasien! Ein Mausoleum für die olympischen Götter oder für Titanen. Wie ein Traum oder wie ein Märchen … Und du bist doch Mathematiker!«

Er besah eine andere Zeichnung, den Plan einer Stadt mit zweistöckigen Straßen – einer oberen für die Herren, einer unteren für Sklaven, Lasttiere und den durch vielerlei Röhren und Kanäle abgeführten Unrat –, einer mit genauer Kenntnis der Naturgesetze entworfenen Stadt, aber für Wesen, deren Gewissen Ungleichheit und Trennung in Auserwählte und Verkommene nicht beschweren würde.

»Nicht übel«, sagte der Herzog. »Und meinst du, so etwas könnte man wirklich bauen?«

»O ja«, antwortete Leonardo, und seine Züge belebten sich. »Ich träume schon längst davon, ob Durchlaucht nicht wenigstens einen Versuch machen möchten, wenigstens in einer der Vorstädte von Mailand. Fünftausend Häuser für dreißigtausend Einwohner! Die Menschenmassen, die jetzt in Schmutz und dumpfer Luft zusammengepfercht aufeinandersitzen und alle Keime von Seuchen und Tod verbreiten, würden sich auf die Weise etwas verteilen. Wolltet Ihr meinen Plan verwirklichen, Signore, so würde das die schönste Stadt der Welt werden.« Der Künstler bemerkte ein Lächeln des Herzogs und hielt inne.

»Ein seltsamer Mensch bist du, Messer Leonardo! Ein Spaßmacher! Ich glaube, wenn man dir freie Hand ließe, du kehrtest das Oberste zuunterst und könntest böses Unheil anrichten im Staat. Siehst du denn nicht, dass auch die unterwürfigsten Sklaven sich gegen deine zweistöckigen Straßen empören würden? Speien würden sie auf deine gepriesene Reinlichkeit, auf alle Wasserröhren und Kanäle der schönsten Stadt der Welt; in ihre alten Städte würden sie zurückfliehen. Denn Schmutz und Enge sind immer noch besser als Erniedrigung. – Nun, und was ist das?«, fragte er, auf die nächste Skizze weisend.

Leonardo musste auch diese Zeichnung erklären, den Entwurf für ein »öffentliches Haus«. Die einzelnen Zimmer, die Türen und Gänge waren so angelegt, dass die Besucher unbedingt auf Geheimhaltung rechnen konnten und nicht fürchten mussten, einander zu begegnen.

»Das ist wirklich eine tolle Sache«, rief der Herzog begeistert. »Du glaubst ja gar nicht, wie ich der dauernden Klagen über Raub und Totschlag in den Lasterhöhlen der Stadt überdrüssig bin. Wenn aber die Räume so eingeteilt werden, muss ja einfach Ordnung und Sicherheit herrschen. Unbedingt lasse ich ein Haus nach deinem Plan bauen. Übrigens«, fügte er lächelnd hinzu, »ich sehe, dass du ein Meister bist auf allen Gebieten. Nichts ist dir zu gering. Ein Mausoleum für die Götter – und daneben ein Bordell! Ja, und noch etwas«, fuhr er fort. »Bei einem alten Historiker habe ich einmal von dem sogenannten ›Ohr des Tyrannen Dionys‹ gelesen: einem in die Wand eingelassenen Hörrohr, das so eingerichtet war, dass der Herrscher in seinem Zimmer alles hören konnte, was in einem andern gesprochen wurde. Was meinst du, könnte man nicht in meinem Schloss auch solch ein ›Ohr des Dionys‹ anbringen?«

Dem Herzog war diese Angelegenheit anfangs etwas peinlich; doch fand er seine Unbefangenheit rasch wieder in dem Gefühl, dass er sich vor dem Künstler nicht zu schämen brauchte. Ohne sich weitere Gedanken darüber zu machen, ob dieses »Ohr des Dionys« etwas Gutes oder Böses sei, ließ sich Leonardo darüber aus wie über einen neuen wissenschaftlichen Apparat und freute sich der günstigen Gelegenheit, bei der Anlage dieser Röhren die Schwingungsgesetze der Schallwellen studieren zu können.

Bellincioni erschien mit dem fertigen Sonett in der Tür. Leonardo verabschiedete sich. Moro lud ihn zur Abendtafel. Als der Künstler gegangen war, rief der Herzog den Dichter und befahl ihm, seine Verse vorzutragen.

»Der Salamander«, hieß es in dem Sonett, »lebt im Feuer; ist es aber nicht ein viel größeres Wunder, dass in meinem flammenden Herzen ein Mädchen wohnt, kalt wie Eis, und dass dieses jungfräuliche Eis nicht zergeht im Feuer meiner Liebe?«

Besonders zart empfunden fand der Herzog die letzten vier Verse:

»Ich singe wie ein Schwan, ich sing und sterbe,
Und Amor fleh ich an: Erbarm dich, ich verbrenne!
Jedoch der Gott entfacht nur heißer meines Herzens Glut
Und spricht dann lachend: Lösch sie doch mit Tränen!«

Vor dem Nachtmahl unternahm der Herzog in Erwartung seiner Gemahlin, die bald von der Jagd zurückkehren musste, noch einen Rundgang durch die Wirtschaftsgebäude. Er tat einen Blick in den Marstall, der mit seinen Säulengängen und Portikos einem griechischen Tempel ähnlich sah, und in die neue prachtvolle Käserei, wo er die Giuncata, frischen Quark, kostete. An zahllosen Scheunen und Kellergewölben vorüber gelangte er zum Vorwerk und zum Viehhof. Hier erfreute jede Kleinigkeit das Herz des Herrn: die dem Euter seiner rotbraunen Lieblingskuh aus der Languedoc entströmende Milch, das mutterstolze Grunzen einer riesigen, wie ein Fettberg aussehenden Sau, die eben geferkelt hatte, der gelbe Schaum der Sahne in den eschenen Kübeln der Meierei und der Honigduft in den übervollen Kornspeichern. Ein stilles Glückslächeln erschien auf Moros Gesicht: Sein Haus war wirklich wohl gefüllt. Er kehrte ins Schloss zurück und setzte sich in die Galerie, um auszuruhen.

Der Abend nahte, doch bis zum Sonnenuntergang war es noch fern. Von den feuchten Uferwiesen am Ticino wehte ein würziger, frischer Hauch. Der Herzog ließ den Blick über seine Besitzungen schweifen: durch ein Netz von Kanälen und Gräben bewässerte Wiesen, Äcker und Felder, dazwischen gleichmäßige Pflanzungen von Apfel-, Birn- und Maulbeerbäumen, die durch hängende Rebengirlanden verbunden waren. Von Mortara bis Abbiategrasso und weiter, bis fern zum Horizont, wo im Nebel die Schneemassen des Monte Rosa schimmerten, blühte die weite lombardische Ebene wie ein Paradies Gottes.

»Herr«, seufzte er gerührt und hob die Augen gen Himmel, »ich danke Dir für alles! Was brauche ich mehr? Einst war hier eine Wüste. Gemeinsam mit Leonardo habe ich diese Kanäle gezogen, dieses Land bewässert, und heute dankt mir jede Ähre und jedes Kräutlein, so wie ich Dir danke, o Herr!«

Bald ließ sich Hundegebell vernehmen, und die Rufe der Jäger ertönten. Hinter dem Weidengestrüpp wurde der rote Lockvogel sichtbar, ein ausgestopfter Balg mit Rebhuhnflügeln zum Anlocken der Falken.

Der Herzog umschritt mit dem Haushofmeister die gedeckte Tafel, prüfend, ob alles in Ordnung sei. Die Herzogin und die zur Abendtafel geladenen Gäste, unter ihnen auch Leonardo, der über Nacht in der Villa bleiben wollte, betraten den Saal.

Ein Gebet wurde gesprochen, und man setzte sich zu Tisch. Es wurden frische Artischocken gereicht, die mit Eilpost in Körben aus Genua gekommen waren, fette Aale und Karpfen aus den Teichen von Mantua, ein Geschenk der Isabella d'Este, und Kapaunenbrüste in Gelee. Man speiste mit drei Fingern und mit Messern, aber ohne Gabeln, die damals noch als unzulässiger Luxus galten. Goldene Gabeln, mit Griffen aus Bergkristall, wurden lediglich den Damen zu Beeren und Eingemachtem gereicht. Der gastlicheHerzog nötigte eifrig zum Zulangen. Man aß und trank sehr viel, beinahe unmäßig. Die feinsten Frauen und jungen Mädchen schämten sich nicht ihrer Esslust.

Beatrice saß neben Lucrezia. Der Herzog betrachtete beide mit innigem Wohlgefallen. Es freute ihn, dass sie beieinandersaßen, dass seine Gattin der Geliebten den Hof machte, ihr die leckersten Bissen auf den Teller legte, ihr ins Ohr flüsterte und ihr in einer plötzlichen Anwandlung von Zärtlichkeit, fast Verliebtheit, wie sie unter jungen Frauen vorkommt, die Hand drückte.

Man sprach von der Jagd. Beatrice erzählte, wie ein Hirsch, der plötzlich aus dem Wald brach und ihr Pferd mit dem Geweih stieß, sie beinahe aus dem Sattel geworfen habe.

Man lachte über den Narren Gioda, einen Prahlhans und Raufbold, der anstatt eines wilden Keilers ein Hausschwein erlegt hatte, das die Jäger zu dem Zweck mit in den Wald genommen und dem Narren zwischen die Beine gehetzt hatten. Gioda erzählte von seiner Heldentat und war so stolz darauf, als habe er den kalydonischen Eber zur Strecke gebracht. Man hänselte ihn und ließ schließlich das erlegte Schwein bringen, um ihn der Prahlerei zu überführen. Er spielte jetzt den Wütenden. In Wahrheit war er ein ganz gerissener Schalk, der die einträgliche Rolle des Narren spielte; mit seinen Luchsaugen konnte er nicht nur ein zahmes Schwein sehr wohl von einem wilden unterscheiden, sondern auch einen guten Witz von einem schlechten.

Das Lachen wurde immer lauter. Die Gesichter belebten und röteten sich vom reichlichen Trank. Nach dem vierten Gang mussten die jungen Damen unter dem Tisch heimlich die allzu eng geschnürten Mieder lockern.

Die Mundschenke boten einen leichten Weißwein und einen angewärmten, schweren, mit Pistazien, Zimt und Nelken gewürzten roten Zypernwein. Sooft Seine Hoheit Wein forderte, riefen es sich die Truchsesse feierlich zu, als vollführten sie eine heilige Handlung; sie nahmen einen Becher von der Kredenz, und der Erste Seneschall tauchte dreimal einen Talisman aus Einhorn an einer goldenen Kette in das Gefäß. War der Wein vergiftet, so musste das Horn schwarz werden und Blutstropfen zeigen. Ähnliche schützende Talismane – ein Krötenstein und eine Schlangenzunge – steckten im Salzfass.

Graf Bergamini, Cecilias Gatte, dem der Herzog den Ehrenplatz angewiesen hatte, war an diesem Abend trotz seines Alters und der Gicht besonders aufgeräumt, fast ausgelassen. Er deutete auf das Einhorn und sagte: »Ich bin sicher, Durchlaucht, nicht einmal der König von Frankreich hat ein solches Horn. Die Größe ist erstaunlich!«

»Kihihi! Kihihi!«, platzte des Herzogs Lieblingsnarr, der bucklige Janachi, heraus. Er rasselte mit seiner Klapper, einer mit Erbsen gefüllten Schweinsblase, und ließ die Schellen seiner mit Eselsohren verzierten bunten Kappe klingen.

»Väterchen, du, Väterchen!«, rief er den Herzog an und wies auf Graf Bergamini. »Glaub ihm nur, der weiß gründlich Bescheid mit Hörnern aller Art. Nicht nur bei Tieren, sondern auch bei Menschen. Kihihi! Kihihi! Wer ein Zicklein hat, der hat auch Hörner.« Der Herzog drohte dem Narren mit dem Finger.

Auf der Empore begrüßten jetzt laut schmetternd silberne Trompeten die hereingebrachten Braten – einen riesigen, mit Kastanien gefüllten Wildschweinkopf und einen Pfau, der auf der Schüssel durch eine sinnreiche Vorrichtung im Innern Schwanz und Flügel bewegte – und schließlich eine gewaltige Pastete in Form einer Festung, aus der zuerst kriegerische Töne eines Signalhorns erklangen; als man die knusprige Kruste anschnitt, entsprang ihr ein mit Papageienfedern geschmückter Zwerg. Er lief auf dem Tisch umher, bis man ihn einfing und in einen goldenen Käfig sperrte, wo er den berühmten Papagei des Kardinals Ascanio Sforza nachmachte und mit komischer Stimme ein Vaterunser krächzte.

»Messere«, wandte sich die Herzogin an ihren Gemahl, »welchem freudigen Ereignis verdanken wir denn dieses so unerwartete prächtige Festmahl?«

Moro gab ihr keine Antwort; er warf nur dem Grafen Bergamini verstohlen einen liebenswürdigen Blick zu, und Cecilias glücklicher Ehemann verstand, dass dieses Fest zu Ehren des neugeborenen Cesare gegeben wurde.

Über dem Wildschweinkopf saß man fast eine Stunde; man ließ sich reichlich Zeit zum Essen, eingedenk des Sprichwortes »bei Tisch wird man nicht alt«.

Gegen Ende des Mahls erregte der dicke Mönch Tapone – die Ratte – allgemeine Heiterkeit. Dem Herzog von Mailand war es nur durch List und Tücke gelungen, diesen berüchtigten Vielfraß, um den sich Fürsten stritten, aus Urbino herzulocken. Angeblich sollte er einmal in Rom, zum nicht geringen Ergötzen Seiner Heiligkeit, ein Drittel einer in Stücke geschnittenen und mit Soße angerichteten bischöflichen Soutane aus Kamelhaar aufgefressen haben. Auf einen Wink des Herzogs stellte man eine Schüssel mit Busecchia – Kaldaunen, mit Quittenmarmelade gefüllt – vor Fra Tapone. Der Mönch bekreuzigte sich, streifte die Ärmel hoch und fiel mit unglaublicher Gier über das fette Gericht her.

»Wenn solch ein Kerl bei der Speisung der Fünftausend mit fünf Broten und zwei Fischen dabei gewesen wäre, so wären keine zwei Hunde von den Resten satt geworden«, rief Bellincioni aus.

Die Gäste brachen in schallendes Gelächter aus. Alle diese Menschen waren mit Lachlust geladen, jeder Scherz erregte wie ein Funke sofort laute Heiterkeitssalven. Nur der für sich allein dasitzende, schweigsame Leonardo bewahrte eine ergeben gelangweilte Miene. Übrigens war er an derartigen Zeitvertreib seiner Gönner längst gewöhnt.

Als auf silbernen Schüsseln vergoldete, mit duftendem Malvasier gefüllte Apfelsinen gereicht wurden, trug Bellincionis Nebenbuhler, der Hofdichter Antonio Camelli da Pistoia, eine Ode vor, in der die Künste und Wissenschaften zum Herzog sprachen: »Wir waren Sklaven, doch du erschienst und befreitest uns. Heil Moro! Und die vier Elemente, Erde, Wasser, Feuer und Luft, sangen: ›Heil dem, der als Erster nach Gott das Steuer des Weltalls lenkt, das Rad Fortunas!‹« Auch der Familiensinn und das gute Einvernehmen zwischen Moro, dem Onkel, und Gian Galeazzo, dem Neffen, wurde gepriesen: Der Dichter verglich den hochherzigen Vormund mit einem Pelikan, der seine Kinder mit dem eigenen Fleisch und Blut ernährt.

Nach der Abendtafel begaben sich Gastgeber und Gäste in das sogenannte »Paradiso«, einen regelmäßig wie eine geometrische Figur angelegten Garten mit gestutzten Buchsbaum-, Myrten- und Lorbeeralleen, mit überdachten Gängen, Labyrinthen, Loggien und Efeulauben. Auf einen grünen Rasenplatz, dem ein Springbrunnen erquickende Frische spendete, breitete man Teppiche und seidene Kissen. Damen und Kavaliere lagerten sich ungezwungen vor einer kleinen Bühne. Man spielte einen Akt aus dem *Miles gloriosus* des Plautus. Die lateinischen Verse langweilten zwar die Zuschauer; aber aus stumpfer Ehrfurcht vor dem Altertum heuchelten sie gespannte Aufmerksamkeit.

Nach der Vorstellung begaben sich die jungen Leute auf eine größere Wiese, um Ball und Blindekuh zu spielen; sie liefen und haschten einander zwischen blühenden Rosenbüschen und Orangenbäumen und lachten wie die Kinder. Die älteren Herrschaften spielten Würfel, Domino oder Schach. Junge Mädchen, verheiratete Damen und Kavaliere, die sich an den Spielen nicht beteiligten, saßen in engem Kreis auf den Marmorstufen des Springbrunnens und erzählten abwechselnd Geschichten, wie im *Decamerone* des Boccaccio.

Auf einer anderen Wiese wurde ein Reigen getanzt nach dem Lieblingslied des verstorbenen Lorenzo de' Medici:

Quanto è bella giovinezza,
Che si fugge tuttavia!
Chi vuol esser lieto, sia:
Di doman non c'è certezza.*

Nach dem Tanz stimmte Donzella Diana, ein blasses, zartes Mädchen, zu den sanften Tönen einer Viola ein schwermütiges Lied an, in dem davon die Rede war, wie schmerzlich es sei, zu lieben ohne wiedergeliebt zu werden. Spiel und Lachen verstummten. Alle lauschten, in tiefes Sinnen versunken. Und als sie geendet hatte, mochte lange niemand das Schweigen brechen. Nur der Springbrunnen plätscherte. Die letzten Sonnenstrahlen färbten die schwarzen flachen Wipfel der Pinien und den hoch aufstiebenden Wasserstaub des Springbrunnens mit rötlichem Schein.

Dann wurde wieder geplaudert und gelacht. Musik ertönte, und bis tief in die Nacht, bis die Leuchtkäfer im dunklen Lorbeerdickicht schimmerten und am finstern Himmel die schmale Mondsichel erglänzte, klangen über dem seligen Paradiso in der lautlosen, vom Duft

---

* Wie schön ist die Jugend, doch sie entflieht! Wer glücklich will sein, sei es heut, nicht erst morgen.

der Orangenblüten erfüllten Dämmerung die Töne des Liedes: »Wer glücklich will sein, sei es heut, nicht erst morgen ...«

Auf einem der vier Schlosstürme erblickte Moro Licht. Der erste Hofastrologe des Herzogs von Mailand, Senator und Mitglied des Geheimen Rats, Messer Ambrogio da Rosate, saß dort oben mit einem einsamen Lämpchen bei seinen astronomischen Instrumenten und beobachtete die bevorstehende Konjunktion von Mars, Jupiter und Saturn im Zeichen des Wassermanns, die von großer Bedeutung für das Haus Sforza sein musste.

Dem Herzog fiel etwas ein. Er verabschiedete sich von Madonna Lucrezia, mit der er in traulicher Laube zärtliche Zwiesprache gehalten hatte, und kehrte ins Schloss zurück. Er schaute auf die Uhr und erwartete die von dem Astrologen zum Einnehmen von Rhabarberpillen bestimmte Minute und Sekunde. Als er dic Arznei geschluckt, blickte er in seinen Taschenkalender und las folgende Eintragung: »Am 5. August um 10 Uhr 9 Minuten abends ein inbrünstiges Gebet, auf Knien, mit gefalteten Händen und gen Himmel erhobenen Blicken.«

Der Herzog eilte in die Kapelle, um den Augenblick ja nicht zu versäumen. Das astrologische Gebet hätte sonst keine Wirkung gehabt. Im Halbdunkel der Kapelle brannte vor dem Heiligenbild ein Lämpchen. Der Herzog verehrte gerade dieses von Leonardo da Vinci gemalte Bild, das Cecilia Bergamini als Madonna darstellte, wie sie eine hundertblättrige Rose segnet.

Moro zählte acht Minuten auf einer kleinen Sanduhr ab, ließ sich auf die Knie nieder, faltete die Hände und sprach das Confiteor. Er betete lange und inbrünstig. »O Mutter Gottes!«, flüsterte er, die verzückten Blicke zum Himmel hebend. »Schütze mich, erlöse mich und sei mir gnädig, mir und meinem Sohn Massimiliano und dem neugeborenen Knaben Cesare und meiner Gattin Beatrice und der Madonna Cecilia. Und gleichfalls meinem Neffen Gian Galeazzo. Denn Du schaust in mein Herz, Allerreinste Jungfrau, Du weißt, dass ich meinem Neffen nicht übel will. Ich bete für ihn, wiewohl sein Tod wahrscheinlich nicht nur mein Reich, sondern auch ganz Italien vor furchtbarem, nie wiedergutzumachendem Unglück bewahren würde ...«

Hier fiel ihm der von den Rechtsgelehrten ausgetüftelte Beweis für sein Anrecht auf den Thron von Mailand ein: Sein älterer Bruder, Gian Galeazzos Vater, sei ein Sohn nicht des Herzogs, sondern nur des Feldherrn Francesco Sforza gewesen, da er vor Francescos Thronbesteigung geboren wurde; während er, Lodovico, nach der Thronbesteigung seines Vaters geboren und folglich der einzige rechtmäßige Thronerbe sei.

Jetzt aber, vor dem Antlitz der Madonna, kam ihm dieser Beweis doch einigermaßen zweifelhaft vor, und er schloss sein Gebet also: »Wenn ich irgendwie vor Dir gesündigt habe oder noch sündigen werde, so weißt Du, Himmelskönigin, dass ich das tue nicht für mich, sondern zum Heile meines Reiches, zum Heile ganz Italiens. Sei Du deshalb meine Fürsprecherin vor Gott – und ich will Deinen Namen verherrlichen durch den prächtigen Ausbau des Doms zu Mailand, der Certosa von Pavia, und durch viele andere Stiftungen.«

Als er sein Gebet beendet hatte, nahm er die Kerze und machte sich durch die dunklen Räume des nächtlich stillen Schlosses nach seinem Schlafgemach auf. In einem Saal stieß er auf Lucrezia. »Der Gott der Liebe selbst ist mir hold«, dachte der Herzog.

»Herr!«, rief das junge Mädchen und trat zu ihm. Die Stimme versagte ihr. Sie wollte vor ihm auf die Knie fallen; nur mit Mühe hielt er sie davon ab. »Habt Gnade, Herr!«

Sie berichtete ihm, ihr Bruder Matteo Crivelli, der erste Kämmerer der Münze, ein leichtfertiger Mensch, den sie aber zärtlich liebte, habe im Kartenspiel eine bedeutende Summe von Staatsgeldern verloren.

»Beruhigt Euch, Madonna. Ich werde Eurem Bruder aus der Verlegenheit helfen.« Er schwieg einen Augenblick. Dann setzte er mit einem schweren Seufzer hinzu: »Aber willigt auch Ihr ein, nicht grausam zu sein?«

Sie schaute ihn mit scheuen, kindlich klaren, unschuldigen Blicken an. »Ich verstehe Euch nicht, Signore.« Ihr keusches Staunen machte sie noch schöner.

»Das bedeutet, liebes Mädchen …«, stammelte er leidenschaftlich und umfing plötzlich ihren Leib mit einer jähen, fast rauen Bewegung, »das bedeutet … Ja, siehst du denn nicht, Lucrezia, dass ich dich liebe?«

»Lasst mich! Lasst mich! Oh, Signore, was tut Ihr? Madonna Beatrice …«

»Fürchte dich nicht! Sie soll nichts erfahren. Ich weiß Geheimnisse zu wahren.«

»Nein, Herr, nein! Sie ist so großmütig, so gut zu mir … Um Gottes willen, lasst mich, lasst mich!«

»Ich rette deinen Bruder und tue alles, was du verlangst. Dein Sklave will ich sein. Nur hab Mitleid mit mir!« Und halb aufrichtige Tränen bebten in seiner Stimme, als er Bellincionis Verse flüsterte:

»Ich singe wie ein Schwan, ich sing und sterbe,
Und Amor fleh ich an: Erbarm dich, ich verbrenne!
Jedoch der Gott entfacht nur heißer meines Herzens Glut
Und spricht dann lachend: Lösch sie doch mit Tränen!«

»Lasst mich, lasst mich!«, wiederholte das junge Mädchen verzweifelt.

Er neigte sich über sie, spürte die Frische ihres Atems, den Duft von Veilchen und Moschus, und küsste sie gierig auf die Lippen. Einen Augenblick lag Lucrezia reglos in seinen Armen. Dann schrie sie auf, riss sich los und floh.

Als der Herzog sein Schlafgemach betrat, sah er, dass Beatrice bereits das Licht gelöscht hatte und im Bett lag, einer riesigen, an ein Mausoleum erinnernden, auf einer Erhöhung mitten im Zimmer stehenden Lagerstatt unter einem blauseidenen Himmel mit silbergestickten Vorhängen.

Er entkleidete sich, hob einen Zipfel der wie ein Priesterornat reich mit Gold und Perlen gestickten Bettdecke, eines Hochzeitsgeschenks des Herzogs von Ferrara, und legte sich auf seinen Platz an die Seite der Gattin.

»Bice!«, flüsterte er zärtlich. »Bice, schläfst du schon?« Er wollte sie umarmen, doch sie stieß ihn zurück.

»Warum?«

»Lass mich in Ruhe! Ich will schlafen.«

»Warum? … Sag doch, warum? Bice, liebe Bice! Wenn du wüsstest, wie ich dich liebe.«

»Ja, ja, ich weiß schon. Ihr liebt uns allesamt – mich und Cecilia und womöglich auch diese moskowitische Sklavin, diese rothaarige Närrin, die Ihr neulich im Winkel meines Garderobenzimmers umarmtet.«

»Das war doch nur Spaß.«

»Ich danke für solche Späße!«

»Wirklich, Bice, du bist in den letzten Tagen so kalt und streng! Natürlich, es war unrecht von mir, ich gestehe es ein. Es war eine unwürdige Laune von mir.«

»Ihr habt recht viel Launen, Messere!« Zornig wandte sie sich ihm zu: »Dass du dich nicht schämst! Weshalb lügst du? Meinst du, ich kenne dich nicht? Ich durchschaue dich nicht? Bitte, bilde dir nicht etwa ein, ich sei eifersüchtig! Aber ich will nicht – hörst du – ich will nicht nur eine von deinen Geliebten sein.«

»Das ist nicht wahr, Bice. Ich schwöre es dir beim Heil meiner Seele: Keine Frau auf Erden habe ich je so geliebt wie dich.«

Sie schwieg und lauschte erstaunt, nicht seinen Worten, sondern dem Ton seiner Stimme.

Er log wirklich nicht, oder wenigstens er log nicht ganz: Je mehr er sie betrog, desto mehr liebte er sie. Seine Zärtlichkeit für sie wurde durch Scham, Furcht, Gewissensbisse, durch Mitleid und Reue gewissermaßen noch mehr angefacht.

»Verzeih, Bice, verzeih mir alles! Weil ich dich so sehr liebe.« Und sie versöhnten sich.

Er nahm sie in die Arme und sah sie nicht im Dunkel: Er sah wieder die scheuen, unschuldigen Augen von vorhin, spürte den Duft von Veilchen und Moschus und wähnte, die andere in den Armen zu halten. Er liebte sie beide gleichzeitig: Sünde war es und Wollust.

»Du bist heute wirklich wie verliebt«, wisperte sie dann in geheimem Stolz.

»Ja, Geliebte, glaub mir, ich bin noch ebenso verliebt in dich wie in den ersten Tagen!«

»Welch Unsinn«, lachte sie. »Schämst du dich nicht? Wir sollten lieber an ernste Dinge denken. Er wird wieder gesund.«

»Luigi Marliani sagte mir erst neulich, er müsse sterben«, entgegnete der Herzog. »Die augenblickliche Besserung ist nicht für die Dauer: Er wird sicher sterben.«

»Wer weiß«, widersprach Beatrice. »Man pflegt ihn so sorgfältig! Höre, Lodovico, ich muss mich sehr über deine Sorglosigkeit wundern! Kränkungen nimmst du hin wie ein Lamm und behauptest, die Macht sei in unsern Händen. Wäre es nicht besser, deiner Macht ganz zu entsagen, als Tag und Nacht um sie zittern zu müssen wie ein Dieb, vor diesem Bastard, dem König von Frankreich, zu kriechen, von der Großmut des frechen Alfonso abhängig zu sein und um das Wohlwollen der boshaften Hexe von Aragonien zu buhlen? Die soll schon wieder schwanger sein. Noch eine neue Schlange in dem verdammten Nest! Und so geht das unser ganzes Leben lang. Denk nur, Lodovico, unser ganzes Leben! Und das nennst du: die Macht in Händen haben …«

»Aber die Ärzte sind einstimmig der Ansicht, seine Krankheit sei unheilbar«, erwiderte der Herzog. »Früher oder später …«

»Warte du nur! Seit zehn Jahren stirbt er schon.«

Beide schwiegen.

Plötzlich umschlang sie ihn mit den Armen, presste sich mit dem ganzen Leib fest an ihn und flüsterte ihm etwas ins Ohr. Er erbebte.

»Bice! … Christus bewahre dich, und die hochheilige Mutter! Niemals – hörst du – niemals sprich mir wieder davon.«

»Wenn du Angst hast … soll ich selbst?«

Er antwortete nicht. Ein Weilchen später fragte er: »An was denkst du?«

»An die Pfirsiche.«

»Ja, ich habe dem Gärtner befohlen, ihm die reifsten Früchte als Geschenk zu senden.«

»Nein, das meine ich nicht. Ich meine Messer Leonardo da Vincis Pfirsiche. Hast du nichts davon gehört?«

»Was ist damit?«

»Die sind giftig!«

»Wieso giftig?«

»Es ist so. Er vergiftete sie. Für irgendwelche Experimente. Vielleicht handelt es sich um Hexerei. Monna Sidonia hat es mir erzählt. Die Früchte sind wunderschön – aber vergiftet.«

Wieder schwiegen beide. Sie ruhten lange eng umschlungen, in Stille und Finsternis, und dachten an ein und dasselbe. Beide lauschten, wie das Herz des andern immer rascher und rascher pochte.

Schließlich küsste der Herzog Beatrice mit väterlicher Zärtlichkeit auf die Stirn und bekreuzigte sie: »Schlaf, Liebste! Schlaf mit Gott!«

In dieser Nacht träumte die Herzogin von herrlichen Pfirsichen in einer goldenen Schüssel. Sie ließ sich von ihrer Schönheit verlocken, nahm einen und kostete ihn: Er war saftig und duftete herrlich. Plötzlich flüsterte eine Stimme: »Gift! Gift! Gift!« Die Herzogin erschrak, doch vermochte sie nicht innezuhalten und verzehrte die Früchte, eine nach der andern. Sie glaubte zu sterben; aber ihr wurde immer leichter, immer freudiger ums Herz.

Auch der Herzog hatte einen seltsamen Traum. Er erging sich auf dem grünen Rasen beim Springbrunnen im Paradiso; da sah er in der Ferne drei Frauen sitzen, in gleichen weißen Gewändern. Sie hielten sich umarmt wie Schwestern. Er trat auf sie zu und erkannte in der einen Madonna Beatrice, in der zweiten Madonna Lucrezia, in der dritten Madonna Cecilia. Und tief befriedigt dachte er: Gott sei Dank, sie vertragen sich endlich. Sie hätten es längst tun sollen.

Die Turmuhr schlug Mitternacht. Alles im Schloss schlief. Nur hoch oben auf dem Dach, auf dem hölzernen Altan, wo die Herzogin sich ihr Haar vergolden ließ, saß die Zwergin Morgantina. Sie war aus der Rumpelkammer, in die man sie gesperrt hatte, entwichen und beweinte ihr nicht vorhandenes Kind: »Mein Herzenskindchen haben sie mir genommen, mein Kleines haben sie erschlagen. Und warum, warum, o Herr? Keinem hat es etwas Böses getan. Meine stille Freude hatte ich an ihm …«

Die Nacht war klar, die Luft so durchsichtig, dass man fern am Horizont die ewigen kristallenen Eisgipfel des Monte Rosa erkennen konnte.

Lange noch klang durch das schlafende Schloss das gellende Klagegeheul der irren Zwergin wie das Krächzen eines unheimlichen Vogels. Plötzlich seufzte sie, hob den Kopf, schaute zum Himmel auf und verstummte jäh. Es wurde ganz still. Die Zwergin lächelte. Die blauen Sterne funkelten ebenso unergründlich und unschuldig wie ihre Augen …

4

Der Hexensabbat

In einem einsamen Außenbezirk von Mailand, in der Vorstadt an der Porta Vercellina unweit vom Zollhaus und vom Damm des Kanals Cantarana, stand ein einsames, baufälliges Häuschen mit einem großen, verrußten, schiefen Schornstein, dem Tag und Nacht Rauch entstieg.

Das Häuschen gehörte der Hebamme Monna Sidonia. Die oberen Räume hatte sie an den Alchimisten Messer Galeotto Sacrobosco vermietet; unten wohnte sie selbst mit Cassandra, der Tochter von Galeottos Bruder, dem Kaufmann Luigi Sacrobosco, einem Vielgereisten, der Griechenland, die Inseln des Archipels, Syrien, Kleinasien und Ägypten in unermüdlicher Suche nach Altertümern erforscht hatte.

Luigi sammelte alles, was ihm unter die Hände kam: herrliche Statuen, Bernsteinstücke mit versteinerten Fliegen, eine gefälschte Inschrift vom Grab Homers, eine echte Tragödie des Euripides, das Schlüsselbein des Demosthenes. Die einen hielten ihn für geistesgestört, andere für einen Prahlhans und Betrüger, wieder andere für einen sehr bedeutenden Mann. Luigis Fantasie war so vom Heidentum gesättigt, dass er, obwohl er bis ans Ende seiner Tage ein guter Christ blieb, trotzdem ganz im Ernst zum »heiligsten Genius Merkur« betete und den Mittwoch, der dem geflügelten Götterboten geweiht war, zu geschäftlichen Abschlüssen für besonders günstig hielt. Bei seinen Forschungen scheute er vor keinen Mühen und Entbehrungen zurück. Einmal war er auf einem Schiff schon an die zehn Meilen aufs Meer gesegelt; als er aber von einer interessanten griechischen Inschrift hörte, die er nicht gelesen hatte, kehrte er sofort wieder ans Gestade zurück, um sie abzuschreiben. Als er bei einem Schiffbruch eine wertvolle

Sammlung alter Handschriften verlor, bekam er vor Kummer graues Haar. Fragte man ihn, weshalb er sein Vermögen opfere und sein ganzes Leben lang so große Mühsal und Gefahr dulde, so antwortete er mit den stets gleichbleibenden Worten: »Ich will die Toten auferwecken.«

Auf dem Peloponnes, in der Nähe der Ruinen Spartas, in der Umgebung des Städtchens Mistra, fiel ihm einst ein junges Mädchen auf, das der Statue der alten Göttin Artemis ähnlich sah. Sie war die Tochter eines armen, versoffenen Dorfdiakons. Luigi heiratete sie und brachte sie nach Italien, mitsamt einer neuen Iliashandschrift, den Bruchstücken einer marmornen Hekate und einigen Scherben tönerner Amphoren. Seiner Tochter gab Luigi dann den Namen Cassandra, zu Ehren der großen Heldin des Äschylos, der Gefangenen des Agamemnon, für die er sich damals gerade begeisterte.

Seine Frau starb bald. Als Luigi sich wieder zu einer seiner zahlreichen Reisen anschickte, ließ er sein mutterloses Töchterchen in der Obhut eines alten Freundes zurück, eines gelehrten Griechen aus Konstantinopel, den die Sforza nach Mailand berufen hatten: des Philosophen Demetrius Chalkondylas.

Der siebzigjährige Greis, ein verschlossener, falscher, hinterlistiger Mensch, spielte sich als feuriger Eiferer der christlichen Kirche auf; in Wahrheit aber war er, wie viele gelehrte Griechen in Italien mit Kardinal Bessarione an der Spitze, ein Anhänger des letzten Vertreters der alten Philosophie, des Neuplatonikers Gemistos Plethon, der vor etwa vierzig Jahren auf dem Peloponnes, in derselben auf den Ruinen Spartas gelegenen Stadt Mistra gestorben war, aus der Cassandras Mutter stammte. Plethons Schüler lehrten, die Seele des großen Plato sei vom Olymp zur Erde herabgestiegen, um die Weisheit zu künden, und habe sich in Plethon verkörpert. Die christlichen Lehrer hingegen behaupteten, dieser Philosoph wolle die Ketzereien des Antichrist, des Kaisers Julianus Apostata, nämlich die Anbetung der alten olympischen Götter, erneuern und dagegen könne man nicht mit gelehrten Argumenten und Disputationen ankämpfen, sondern lediglich mit der heiligen Inquisition und den Flammen des Scheiterhaufens. Man führte Plethons eigene Worte an: Drei Jahre vor seinem Tod sollte er zu seinen Anhängern gesagt haben: »Wenige Jahre nach meinem Tod wird eine einzige

Wahrheit über allen Stämmen und Völkern der Erde aufleuchten, und alle Menschen werden sich in einmütigem Geist einem einzigen Glauben zuwenden – unam eandemque religionem Universum orbem esse suscepturum.« Fragte man ihn aber, welchem Glauben, dem christlichen oder dem mohammedanischen, so antwortete er: »Weder dem einen noch dem andern, sondern einem vom alten Heidentum nicht verschiedenen Glauben – neutram, sed a gentilitate non differentem.«

Die kleine Cassandra wurde im Haus dieses Demetrius Chalkondylas in strenger, doch geheuchelter Frömmigkeit erzogen. Das Kind konnte die philosophischen Spitzfindigkeiten der platonischen Ideen nicht verstehen und machte sich aus aufgefangenen Worten ein Zaubermärchen von der bevorstehenden Auferstehung der Götter des Olymp zurecht.

Die Kleine trug auf der Brust ein Geschenk ihres Vaters, einen Talisman gegen Fieber, eine Kamee mit einer Darstellung des Gottes Dionysos. Wenn sie allein war, zog sie manchmal verstohlen den alten Stein hervor und hielt ihn gegen die Sonne. In dem dunkellila Glanz des Amethysts sah sie dann wie eine Vision den nackten Jüngling Bacchus mit dem Thyrsus in der einen Hand und einer Weintraube in der andern; ein springender Panther wollte mit der Zunge an dieser Traube lecken. Und das Herz des Kindes war von Liebe erfüllt zu dem schönen Gott.

Messer Luigi richtete sich für seine Altertümer zugrunde: Er starb bettelarm am Sumpffieber in der Hütte eines Hirten, inmitten der Ruinen eines eben von ihm entdeckten phönizischen Tempels. Damals kehrte nach langjährigen Irrfahrten Cassandras Onkel, der Alchimist Galeotto Sacrobosco, nach Mailand zurück. Er bezog das Häuschen an der Porta Vercellina und nahm seine Nichte zu sich.

Giovanni Beltraffio dachte noch oft an das von ihm belauschte Gespräch zwischen Monna Cassandra und dem Mechaniker Zoroastro über den giftigen Baum. Später traf er Cassandra bei Demetrius Chalkondylas, wo ihm Merula Abschreibearbeit verschafft hatte. Von vielen hörte er, sie sei eine Hexe. Doch zog ihn die geheimnisvolle Schönheit des jungen Mädchens an.

Fast allabendlich, wenn Giovanni seine Arbeit in Leonardos Werkstatt beendet hatte, suchte er das einsame Häuschen an der Porta Vercellina auf, um Cassandra zu sehen. Sie saßen dann auf einem Hügel am Ufer des stillen dunklen Kanals unfern des Dammes bei einer halbverfallenen Mauer des Klosters Santa Radegonda und plauderten lange. Ein kaum erkennbarer, von Kletten, Holunder und Nesseln überwachsener Pfad führte zu diesem Hügel. Niemand kam je hierher.

Es war ein schwüler Abend. Hin und wieder erhob sich ein Windstoß, wirbelte weißen Staub auf der Straße auf und raschelte in den Bäumen; dann legte er sich wieder, und es wurde noch stiller. Ein dumpfes, wie unterirdisches Grollen fernen Donners war zu hören. Durch dieses drohend feierliche Rollen hindurch schrillten die Klänge einer misstönenden Laute und die trunkenen Lieder der Zollwächter in der nahen Schänke. Es war ein Sonntag.

Zuweilen zuckte fahles Wetterleuchten am Himmel. Dann tauchte für einen Augenblick das baufällige Häuschen am andern Ufer aus dem Dunkel auf, mit dem Ziegelschornstein, durch den Schwaden schwarzen Rauches dem Schmelzofen des Alchimisten entquollen, der lange hagere Diakon mit seiner Angel auf dem moosbewachsenen Damm, der geradlinige Kanal mit den sich in der Ferne verlierenden zwei Reihen von Lärchen und Weiden, die von jämmerlichen Mähren gezogenen flachen Kähne vom Lago Maggiore mit Blöcken weißen Marmors für den Dombau und das im Wasser hängende lange Schlepptau – und alles verschwand wieder in der Finsternis wie eine Vision. Nur das Feuer des Alchimisten spiegelte sich in dem dunklen Wasser des Kanals. Vom Damm her roch es nach brackigem Wasser, welkem Farnkraut, Teer und faulem Holz. Giovanni und Cassandra saßen auf ihrem gewohnten Platz am Kanal.

»Ist das langweilig«, sprach das Mädchen, reckte sich und verschränkte die feinen weißen Finger über dem Kopf. »Jeden Tag dasselbe. Heute wie gestern, morgen wie heute; genau ebenso angelt der langbeinige dumme Diakon auf dem Damm und fängt nichts … Genau so steigt der Rauch aus dem Schornstein des Laboratoriums, wo Messer Galeotto Gold sucht und doch keines findet; genau so werden die Kähne von den elenden Gäulen geschleppt; genau so klimpert die trostlose Laute in der Schänke. Wenn doch einmal etwas Neues wäre! Wenn doch die Franzosen kämen und Mailand zerstörten oder wenn der Diakon einen Fisch aus dem Wasser zöge oder der Onkel Gold fände … Mein Gott, ist das langweilig!«

»Ja, das kenne ich auch«, antwortete Giovanni. »Mir selbst ist manchmal so jämmerlich zumute, dass ich sterben möchte. Aber Fra Benedetto hat mich ein wunderschönes Gebet gelehrt, um den Dämon der Schwermut zu verjagen. Soll ich es Euch aufsagen?«

Das junge Mädchen schüttelte den Kopf. »Nein, Giovanni. Manchmal möchte ich gern, aber ich kann schon längst nicht mehr zu Eurem Gott beten.«

»Zu unserem Gott? Gibt es denn noch einen anderen Gott außer unserem, außer dem Einen?«

Ein jähes Wetterleuchten erhellte für einen Augenblick ihr Gesicht; noch nie war es ihm so rätselhaft, so schwermütig, so schön erschienen. Sie schwieg und fuhr sich mit der Hand über das schwarze lockere Haar. Dann sagte sie:

»Hör, mein Freund. Es war vor langer Zeit, in meiner Heimat. Ich war noch ein kleines Kind. Eines Tages nahm mich mein Vater mit auf die Reise. Wir besuchten die Ruinen eines alten Tempels. Der Tempel stand auf einer Landzunge; ringsum war das Meer. Die Möwen kreischten, die Wellen brachen sich tosend an den schwarzen Steinen, die das Salzwasser zernagt und spitz geschliffen hatte wie Nadeln. Der Schaum sprühte hoch und fiel zurück, lief als zischender Strom an den steinernen Nadeln hinab. Mein Vater entzifferte eine halb verwischte Inschrift auf einem Marmorblock. Lange saß ich allein auf den Stufen vor dem Tempel, lauschte dem Meer und atmete die frische, mit bitterem Wermutduft vermischte Luft ein. Dann betrat ich den verlassenen Tempel. Beinahe unberührt vom Lauf der Zeit ragten die Säulen aus gelblichem Marmor; zwischen ihnen erschien der blaue Himmel fast schwarz. Hoch oben wuchs Mohn in den Steinritzen. Es war ganz still ringsumher. Nur das gedämpfte Brausen der Brandung erfüllte das Heiligtum wie mit Gebetsgesang. Ich lauschte ihm, und plötzlich erbebte mein Herz. Ich sank in die Knie und betete zu dem Gott, der einst hier gewohnt hatte, dem unbekannten, dem geschmähten Gott. Ich küsste die

Marmorfliesen, ich weinte, und ich liebte ihn, weil niemand ihn mehr liebt auf Erden und zu ihm betet, weil er tot ist. Seit jenem Tag habe ich nie wieder zu einem Gott so gebetet. Es war ein Tempel des Dionysos.«

»Was sprecht Ihr, Cassandra?«, sagte Giovanni. »Das ist Sünde und Gotteslästerung! Es gibt keinen Gott Dionysos und hat nie einen gegeben.«

»Es hat nie einen gegeben?«, gab das Mädchen mit verächtlichem Lächeln zurück. »Wie können da die heiligen Väter, an die du doch auch glaubst, lehren, die gestürzten Götter hätten sich damals, als Christus siegte, in mächtige Dämonen verwandelt? Wie kann da in dem Buch des berühmten Astrologen Giorgio da Novara die auf genauen Beobachtungen der Himmelsgestirne ruhende Weissagung stehen: Die Konjunktion des Planeten Jupiter mit Saturn habe die Lehre Moses hervorgebracht, die mit Mars die chaldäische Lehre, die mit der Sonne die ägyptische, die mit Venus die mohammedanische, mit Merkur die christliche? Und die künftige Vereinigung mit dem Mond müsse die Lehre des Antichrist hervorbringen: Dann würden die gestorbenen Götter wiederauferstehen!«

Es donnerte; das Gewitter kam näher. Das Wetterleuchten flammte immer greller und erhellte eine große, schwere, langsam näher ziehende Wolke. Durch die schwüle, unheimliche Stille klimperte immer noch zudringlich die Laute.

»O Cassandra«, rief Beltraffio flehentlich, traurig die Hände faltend. »Seht Ihr denn nicht, dass der Teufel Euch versucht, um Euch ins Verderben zu stürzen? Verflucht sei er, der Verdammte!«

Das junge Mädchen wandte sich rasch um, legte ihm beide Hände auf die Schultern und flüsterte: »Versucht er dich etwa nie? Wenn du so rechtschaffen bist, Giovanni – weshalb hast du da deinen Lehrer Fra Benedetto verlassen, um in die Werkstatt des gottlosen Leonardo da Vinci einzutreten? Weshalb kommst du hierher, zu mir? Weißt du etwa nicht, dass ich eine Hexe bin, dass Hexen böse sind, schlimmer als der Teufel selbst? Fürchtest du dich nicht, bei mir das Heil deiner Seele zu verlieren?«

»Gottes Macht steh uns bei«, flüsterte er erbebend.

Stumm näherte sie sich ihm und durchbohrte ihn mit ihren gelben, wie Bernstein durchsichtigen Augen. Jetzt war es nicht mehr Wetterleuchten – ein Blitz fuhr durch die Wolke und erhellte Cassandras Gesicht, das bleich war wie das Gesicht der marmornen Göttin, die einst auf dem Mühlenhügel vor Giovannis Augen aus ihrem tausendjährigen Grab auferstand.

Sie ist es, dachte er entsetzt. Die Weiße Teufelin! Er machte eine Anstrengung, um aufzuspringen, doch er vermochte es nicht; er fühlte Cassandras heißen Atem auf seiner Wange und hörte sie flüstern: »Willst du, Giovanni, so erzähle ich dir alles, alles bis aufs Letzte. Willst du, mein Lieber, so fliegen wir zusammen dorthin, wo Er ist. Dort ist gut sein, dort ist es nicht langweilig. Dort muss man sich nicht schämen. Wie im Traum, wie im Paradies – dort ist alles erlaubt! Willst du mitkommen?«

Kalter Schweiß trat ihm auf die Stirn. Doch die Neugier war größer als sein Entsetzen, und er fragte: »Wohin?«

Fast seine Wangen mit ihren Lippen berührend, antwortete sie kaum hörbar, als seufze sie leidenschaftlich und schmachtend: »Zum ... Sabbat!«

Ein ganz naher Donnerschlag erschütterte Himmel und Erde; wie ein furchtbares Lachen unsichtbarer unterirdischer Titanen rollte er feierlich, voll dräuender Lust dahin – und verhallte langsam in atemloser Stille.

Kein Blättchen regte sich an den Bäumen. Die klimpernde Laute war verstummt. Im gleichen Augenblick erklangen schwermütig, gemessen die Klosterglocken: der abendliche Angelus. Giovanni bekreuzigte sich.

Cassandra stand auf und sprach: »Es ist Zeit, nach Hause zu gehen. Es ist spät. Siehst du den Fackelschein? Da kommt Herzog Moro zu Messer Galeotto geritten. Ich habe ganz vergessen, dass der Onkel ihm heute ein Experiment vorführen soll: die Verwandlung von Blei in Gold.«

Man hörte Pferdegetrappel. Am Kanal entlang, von der Porta Vercellina her, näherten sich die Reiter dem Hause des Alchimisten, der in Erwartung des Herzogs die letzten Vorbereitungen für das vorzuführende Experiment traf.

Messer Galeotto hatte sein ganzes Leben der Suche nach dem Stein der Weisen gewidmet.

Nach Absolvierung der medizinischen Fakultät der Universität Bologna wurde er Famulus bei dem damals hochberühmten Adepten der Geheimwissenschaften, dem Grafen Bernardo Trevisani. Dann suchte er fünfzehn Jahre lang das alles umwandelnde Quecksilber in allen möglichen Stoffen: in Kochsalz und Salmiak, in verschiedenen Metallen, in gediegenem Wismut und im Arsen, im menschlichen Blut, in der Galle und in den Haaren, in Tieren und Pflanzen. Sechstausend vom Vater ererbte Dukaten flogen durch den Schornstein seines Schmelzofens. Als sein eigenes Geld dahin war, nahm er fremdes. Seine Gläubiger ließen ihn in den Schuldturm werfen. Er floh und machte im Lauf der nächsten acht Jahre Versuche mit Eiern, von denen er zwanzigtausend Stück verbrauchte. Dann arbeitete er mit dem päpstlichen Protonotarius Maestro Enrico an der Erforschung des Vitriols, erkrankte durch die giftigen Dämpfe, war vierzehn Monate bettlägerig, von allen verlassen, und wäre beinahe gestorben. Er ertrug Armut, Erniedrigungen, Verfolgungen und bereiste als fahrender Laborant Spanien, Frankreich, Österreich, Holland, Nordafrika, Griechenland, Palästina und Persien. Der König von Ungarn ließ ihn foltern, in der Hoffnung, ihm das Geheimnis der Umwandlung der Metalle abzupressen. Alt und müde, aber immer noch nicht verzagend kehrte er schließlich auf eine Einladung des Herzogs Moro hin nach Italien zurück und erhielt den Titel eines Hofalchimisten.

In der Mitte seines Laboratoriums stand ein plumper Ofen aus feuerfestem Ton mit zahlreichen Abteilungen, Klappen, Tiegeln und Blasebälgen. In einer Ecke unter einer Staubschicht lagen verrußte Schlacken, die aussahen wie erstarrte Lava. Den Arbeitstisch füllte eine Unmenge komplizierter Geräte: Becher, Destillierhelme, chemische Gefäße, Retorten, Trichter, Mörser, langhalsige gläserne Kolben, Schlangenröhren, riesige Flaschen und kleine Döschen. Scharfer Geruch entströmte den giftigen Salzen, Laugen und Säuren. Eine ganze geheimnisvolle Welt war in den Metallen enthalten – die sieben Götter des Olymps, die sieben Planeten am Himmel: im Golde die Sonne, der Mond im Silber, im Kupfer Venus, im Eisen Mars, im Blei Saturn, im

Zinn Jupiter und im lebendigen, blinkenden Quecksilber der ewig bewegliche Merkur. Hier waren Dinge mit barbarischem Namen, die dem Laien Schrecken einflößten: Mondzinnober, Wolfsmilch, Achilleskupfer, Asterit, Androdama, Anagallis, Rapontika und Aristolochia. Ein kostbarer, in langjähriger Arbeit erworbener Tropfen Löwenbluts, das alle Krankheiten heilt und ewige Jugend verleiht, leuchtete rot wie ein Rubin.

Der Alchimist saß an seinem Arbeitstisch. Messer Galeotto war mager, klein und verschrumpelt wie ein alter Pilz, aber immer noch munter und beweglich. Er stützte den Kopf auf beide Arme und beobachtete aufmerksam einen Kolben, in dem über einer bläulichen dünnen Spiritusflamme etwas leise kochte und brodelte. Es war Venusöl – Oleum Veneris –, eine smaragdgrüne durchsichtige Flüssigkeit. Eine danebenstehende brennende Kerze warf durch den Kolben hindurch einen tiefgrünen Schein auf das Pergament eines aufgeschlagenen alten Folianten, eines Werkes des arabischen Alchimisten Dschabir Abdallah.

Galeotto hörte auf der Treppe Schritte und Stimmen. Er erhob sich, warf rasch einen Blick durch das Laboratorium, ob auch alles in Ordnung sei, gab seinem Diener, dem schweigsamen Famulus, ein Zeichen, noch Kohlen in den Schmelzofen zu legen, und trat seinen Besuchern entgegen.

Die Besucher waren in heiterer Stimmung; sie hatten soeben zur Nacht gespeist und Malvasier getrunken. Im Gefolge des Herzogs befanden sich sein erster Leibarzt Marliani, der große Kenntnisse in der Alchimie hatte, und Leonardo da Vinci.

Die Damen traten ein und erfüllten die stille Klause des Gelehrten mit Wohlgerüchen, mit dem Rascheln seidener Gewänder, mit leichtem weiblichem Geschwätz und mit zwitscherndem Gelächter.

Eine Dame streifte mit dem Ärmel eine gläserne Retorte und warf sie zu Boden.

»Es tut nichts, Madonna. Beunruhigt Euch nicht«, sagte Galeotto liebenswürdig. »Ich lese die Scherben auf, damit Ihr Euch nicht das Füßchen verletzt!«

Eine andere Dame nahm eine rußige Eisenschlacke in die Hand und beschmutzte ihren hellen, nach Veilchen duftenden Handschuh. Ein

Kavalier bemühte sich, den Fleck mit einem Spitzentüchlein zu beseitigen, und presste dabei heimlich das kleine Händchen. Die blonde, stets zu losen Streichen aufgelegte Donzella Diana berührte vor halb scherzhafter Angst zitternd eine mit Quecksilber gefüllte Schale. Sie verschüttete ein paar Tropfen, und als diese als blinkende Kügelchen über den Tisch rollten, rief sie aus: »Schaut her, Signori, wie wunderbar! Flüssiges Silber! Es läuft von selbst, es lebt!« Sie klatschte in die Hände und hüpfte beinahe vor Freude.

»Ist es wahr, dass wir in dem alchimistischen Feuer den Teufel sehen werden, wenn das Blei sich in Gold verwandelt?«, fragte die hübsche, schelmische Filiberta, die Frau des alten Konsuls vom Salzamt. »Meint Ihr, Messere, dass es Sünde ist, bei solchen Experimenten zugegen zu sein?«

Filiberta war sehr fromm; man erzählte von ihr, sie gestatte ihrem Liebhaber alles, nur keinen Kuss auf die Lippen, weil sie der Ansicht war, sie verletze ihr Keuschheitsgelübde nicht ganz, solange ihre Lippen unschuldig blieben, die vor dem Altar eheliche Treue gelobt hatten.

Der Alchimist trat auf Leonardo zu und flüsterte: »Messere, glaubt mir, ich weiß den Besuch eines Manns, wie Ihr seid, wohl zu schätzen.« Er drückte ihm kräftig die Hand. Leonardo wollte etwas entgegnen, aber der Alte unterbrach ihn nickend: »Oh, selbstverständlich! … Für die andern ein Geheimnis! Aber wir beide verstehen uns doch?« Dann wandte er sich höflich lächelnd an seine Gäste. »Mit gütiger Erlaubnis meines Gönners, des durchlauchtigen Herzogs, sowie der hier anwesenden Damen, meiner schönen Gebieterinnen, schreite ich nunmehr zu dem Experiment der göttlichen Metamorphose. Ich bitte um geneigte Aufmerksamkeit, Signori!«

Um keine Zweifel an der Zuverlässigkeit des Versuchs aufkommen zu lassen, zeigte er den Tiegel – ein regelmäßiges dickwandiges Gefäß aus feuerfestem Ton – und bat, jeder der Anwesenden möge ihn genau prüfen, betasten, mit den Fingern beklopfen und sich überzeugen, dass jede Täuschung ausgeschlossen sei. Er erzählte dabei, dass die Alchimisten das Gold zuweilen in Tiegeln mit Doppelboden verbergen: Der obere Boden springe in der starken Hitze, und so komme das Gold zum Vorschein. Das Blei, die Kohlen, die Blasebälge, die

Stäbe zum Umrühren des erkaltenden Metalls und alle übrigen Utensilien, in denen vielleicht Gold verborgen sein konnte oder vielmehr offenbar nicht verborgen sein konnte, wurden gleichfalls sehr genau geprüft.

Dann schnitt er Blei in kleine Stückchen und warf sie in den Tiegel, den er in den Ofen auf glühende Kohlen stellte. Der schweigsame, schielende Famulus, dessen Gesicht so bleich, leblos und finster war, dass eine Dame fast in Ohnmacht fiel, weil sie ihn im Dunkeln für den Teufel hielt, betätigte sich nun mit den riesigen Blasebälgen. Die Kohlen loderten unter dem sausenden Luftstrom hell auf.

Galeotto suchte indes seine Besucher zu unterhalten. Unter anderem erregte er allgemeine Heiterkeit, als er die Alchimie eine »casta meretrix«, eine keusche Hure, nannte, da sie viele Verehrer habe, alle betrüge, allen zugänglich erscheine, aber bisher doch noch nie in jemandes Umarmungen gelegen habe – in nullos umquam pervenit amplexus. Der Leibarzt Marliani, ein feister plumper Mann mit gedunsenem, klugem, würdevollem Gesicht, machte eine ärgerliche Miene bei diesem Geschwätz des Alten und rieb sich die Stirn. Schließlich hielt er es nicht mehr aus und mahnte: »Messere, wäre es nicht Zeit, ans Werk zu gehen? Das Blei siedet.«

Galeotto nahm ein blaues Papierchen und entfaltete es behutsam. Es enthielt ein hellgelbes, zitronenfarbiges, fettes, wie Glas glänzendes grobkörniges Pulver, das nach gebranntem Seesalz roch. Das war die geheime Tinktur, der kostbarste Schatz der Alchimisten, der wundertätige Stein der Weisen – lapis philosophorum. Mit einer Messerspitze entnahm Galeotto ein kaum sichtbares Körnchen, nicht größer als ein Rübsamen, hüllte es in weißes Bienenwachs, knetete das Ganze zu einem Kügelchen und warf es in das siedende Blei.

»Welche Kraft, meint Ihr, hat Eure Tinktur?«, fragte Marliani.

»Ich rechne ein Gewichtsteil auf 2820 Teile des zu verwandelnden Metalls«, antwortete Galeotto. »Natürlich ist die Tinktur noch unvollkommen; doch hoffe ich in Kürze die Kraft von eins zu einer Million zu erreichen. Dann würde es genügen, ein Körnchen vom Gewicht eines Hirsekorns in einem Fass Wasser aufzulösen und eine Nussschale voll dieser Lösung auf einen Weinberg zu spritzen, um im Mai bereits reife

Trauben zu haben. Mare tingerem, si Mercurius esset! Das Meer würde ich in Gold verwandeln, wenn ich genug Quecksilber hätte!«

Marliani zuckte die Achseln; Messer Galeottos Aufschneidereien machten ihn wütend. Er suchte die Unmöglichkeit einer solchen Verwandlung mit Argumenten der Scholastik und mit Syllogismen des Aristoteles zu beweisen. Der Alchimist lächelte nur.

»Wartet ab, Domine Magister! Ich führe Euch jetzt einen Syllogismus vor, den Ihr nicht so leicht werdet widerlegen können.«

Er warf eine Handvoll eines weißen Pulvers auf die Kohlen. Rauchwolken erfüllten das Laboratorium. Eine Flamme, bunt wie ein Regenbogen, bald blau, bald grün, bald rot, zischte auf. Aufregung packte die Zuschauer. Madonna Filiberta erzählte später, sie habe in der roten Flamme eine Teufelsfratze gesehen. Mit einem langen Eisenhaken hob der Alchimist den Deckel des weiß glühenden Tiegels: das Metall wallte, schäumte und brodelte. Der Tiegel wurde wieder bedeckt. Der Blasebalg sauste und keuchte – und als man zehn Minuten später einen dünnen Eisenstab in das flüssige Metall tauchte, sahen alle an seinem Ende einen gelben Tropfen hängen.

»Fertig«, erklärte der Alchimist. Der tönerne Schmelztiegel wurde aus dem Ofen genommen. Man ließ ihn erkalten, zerschlug ihn, und vor den Augen der vor Staunen sprachlosen Anwesenden fiel klingend und blitzend ein Stück Gold zu Boden.

Der Alchimist wies auf das Gold und wandte sich triumphierend an Marliani: »Solve mihi hunc syllogismum! Löse mir diesen Syllogismus!«

»Unerhört … Unglaublich … Gegen alle Gesetze der Natur und der Logik!«, stammelte Marliani, ganz verstört die Arme ausbreitend.

Messer Galeottos Gesicht war bleich, seine Augen glühten. Er schaute gen Himmel und rief: »Laudetur Deus in aeternum, qui partem infinitae suae potentiae nobis, abjectissimis suis creaturis, communicavit. Amen!«*

Als man nunmehr das Gold auf dem mit Salpetersäure befeuchte-

* Gelobt sei in Ewigkeit Gott, der einen Teil seiner Allmacht uns, seinen winzigen Geschöpfen, vermittelt hat. Amen.

ten Probierstein prüfte, blieb auf diesem ein gelber glänzender Streifen zurück: Das Gold war reiner als das feinste ungarische und arabische Gold. Alle umringten den Alten, beglückwünschten ihn und schüttelten ihm die Hände. Herzog Moro führte ihn beiseite.

»Willst du mir treu und ehrlich dienen?«

»Ich wünschte, mehr als nur ein Leben zu haben, um sie alle dem Dienste Eurer Durchlaucht zu weihen«, antwortete der Alchimist.

»Aber hab acht, Galeotto, dass kein anderer Fürst …«

»Hoheit, wenn ein einziger etwas erfährt, so lasst mich aufhängen wie einen räudigen Hund!«

Er schwieg einen Augenblick. Dann setzte er mit einer knechtischen Verbeugung hinzu: »Bewilligt mir nur …«

»Wie? Schon wieder?«

»Oh, zum letzten Mal. Gott sei mein Zeuge, zum letzten Mal.«

»Wie viel?«

»Fünftausend Dukaten.«

Der Herzog überlegte, handelte eintausend ab und willigte ein.

Es war spät geworden, Madonna Beatrice konnte sich Sorge machen. So brach man auf. Der Hausherr geleitete die Besucher hinaus und verehrte einem jeden zum Andenken ein Stückchen des neuen Goldes. Leonardo blieb noch.

Als die Besucher fort waren, trat Galeotto auf Leonardo zu und fragte ihn: »Meister, wie gefiel Euch das Experiment?«

»Das Gold war in den Stäben«, antwortete Leonardo ruhig.

»In welchen Stäben? … Was wollt Ihr damit sagen, Messere?«

»In den Stäben, mit denen Ihr das Blei umrührtet. Ich habe alles gesehen.«

»Ihr habt sie doch selbst untersucht.«

»Nein. Es waren andere.«

»Wieso andere? Gestattet …«

»Ich sage Euch doch, ich habe alles gesehen«, wiederholte Leonardo lächelnd. »Leugnet nicht, Galeotto! Das Gold war in den ausgehöhlten Stäben verborgen. Als die hölzernen Enden verkohlten, fiel es in den Tiegel.«

Dem Alten schlotterten die Knie. Er machte eine demütige, klägliche

Miene wie ein ertappter Dieb. Leonardo trat zu ihm und legte die Hand auf seine Schulter: »Habt keine Angst! Niemand soll etwas erfahren. Ich verrate nichts.«

Galeotto ergriff seine Hand und brachte mühsam heraus: »Ihr werdet wirklich nichts verraten?«

»Nein. Ich wünsche Euch nichts Böses. Aber weshalb tut Ihr das?«

»Oh, Messer Leonardo«, rief Galeotto, und anstelle der grenzenlosen Verzweiflung leuchtete jetzt ebenso grenzenlose Hoffnung in seinen Augen. »Ich schwöre bei Gott, wenn es auch so aussieht, als betröge ich – ich tue das nur für einige Zeit, für ganz kurze Zeit, und zum Heile des Herzogs, zum Triumphe der Wissenschaft. Denn ich habe den Stein der Weisen gefunden, ich habe ihn wirklich gefunden! Einstweilen habe ich ihn zwar noch nicht, aber ich kann behaupten, dass er gefunden ist, dass er so gut wie da ist. Ich weiß den richtigen Weg, und Ihr wisst ja, in solchen Dingen ist der richtige Weg die Hauptsache. Noch drei, vier Experimente, und ich bin am Ziel! Was soll ich tun, Meister? Ist die Enthüllung der allergrößten Wahrheit nicht eine so kleine Lüge wert?«

»Was soll das, Messer Galeotto! Es ist doch, als spielten wir Blindekuh miteinander«, entgegnete Leonardo achselzuckend. »Ihr wisst genauso gut wie ich, dass die Umwandlung der Metalle ein Unsinn ist, dass es keinen Stein der Weisen gibt und nie geben kann. Alchimie, Nekromantie, schwarze Magie und alle andern Wissenschaften, die nicht auf exakten Versuchen und mathematischen Beobachtungen beruhen, sind Trug oder Wahnwitz – sie sind wie die vom Wind aufgeblasene Fahne der Scharlatane, denen der dumme Pöbel nachläuft.«

Der Alchimist sah Leonardo immer noch mit hellen, erstaunten Augen an. Plötzlich neigte er den Kopf zur Seite, kniff listig ein Auge zu und lachte: »Das ist aber wirklich nicht schön von Euch, Meister, wirklich nicht schön! Ich bin doch ein Eingeweihter, wie? Als ob wir nicht wüssten, dass Ihr der allergrößte Alchimist seid, der Besitzer der verborgensten Geheimnisse der Natur, ein neuer Hermes Trismegistos, ein Prometheus!«

»Ich?«

»Nun ja, natürlich Ihr.«

»Ihr seid ein Spaßvogel, Messer Galeotto!«

»Nein, Ihr seid der Spaßvogel, Messer Leonardo! Ei, ei, was seid Ihr für ein Heuchler! Ich habe in meinem Leben schon viele Alchimisten gesehen, die das Geheimnis der Wissenschaft eifersüchtig hüteten. Aber so einen, wie Ihr seid, noch nie!«

Leonardo sah ihn aufmerksam an; er wollte böse werden, brachte es aber nicht fertig. »Ihr glaubt also wirklich daran?«, fragte er, unwillkürlich lächelnd. »Ihr glaubt wirklich daran?«

»Ob ich daran glaube?«, rief Galeotto aus. »Wisst Ihr, Messere, wenn der liebe Gott jetzt zu mir herabstiege und sagte: ›Galeotto, es gibt keinen Stein der Weisen‹, so würde ich ihm antworten: ›Herr, so wahr es ist, dass du mich erschaffen hast, so wahr ist es, dass es einen Stein der Weisen gibt und dass ich ihn finden werde!‹«

Leonardo erwiderte nichts weiter und regte sich nicht mehr auf. Er hörte nur interessiert zu. Als die Rede auf die Mithilfe des Teufels bei den Geheimwissenschaften kam, erklärte der Alchimist mit einem verächtlich spöttischen Lächeln, der Teufel sei das armseligste Geschöpf in der ganzen Natur, und es gebe in der Welt kein schwächeres Wesen als ihn. Der Alte glaubte ausschließlich an die Macht der menschlichen Vernunft und behauptete, der Wissenschaft sei alles möglich.

Plötzlich fragte er, als fiele ihm etwas Spaßhaftes und Nettes ein, ob Leonardo oft die Elementargeister sehe. Als der Meister gestand, er habe sie noch kein einziges Mal gesehen, wollte ihm Galeotto das wieder nicht glauben und berichtete mit Behagen, sehr genau, der Körper des Salamanders sei länglich, etwa anderthalb Finger lang, gefleckt, dünn und rau, der Körper der Sylphide hingegen durchsichtig, himmelblau und luftartig. Dann erzählte er von im Wasser hausenden Nymphen und Undinen, von unterirdischen Gnomen und Pygmäen, von den in Pflanzen lebenden Durdalen und den seltenen Diameen, den Bewohnern der Edelsteine.

»Ich kann Euch gar nicht schildern, wie gut die sind«, schloss er seine Erzählung.

»Weshalb erscheinen aber die Elementargeister nicht allen Menschen, sondern nur Auserwählten?«

»Wie könnten sie allen erscheinen? Sie haben Furcht vor rohen Menschen, vor Hurern, Säufern und Fressern. Kindliche Einfalt lieben sie und Unschuld. Nur wo es keine Bosheit und keine Tücke gibt, da sind sie. Sonst werden sie scheu wie die Tiere des Waldes und verbergen sich vor den Blicken der Menschen in ihr ureignes Element.« Ein träumerisch zartes Lächeln erhellte das Gesicht des Alten.

Was für ein seltsamer, kläglicher und doch lieber Mensch, dachte Leonardo, der keinen Unwillen mehr empfand gegen das alchimistische Geschwätz. Er sprach behutsam mit ihm wie mit einem Kind und war bereit, den Besitz jedes beliebigen Geheimnisses einzugestehen, nur um Messer Galeotto nicht zu kränken.

Sie schieden als Freunde. Als Leonardo ihn verlassen hatte, vertiefte sich der Alchimist in einen neuen Versuch mit Venusöl.

Indessen saß Monna Sidonia, die Hauswirtin, mit Cassandra vor dem großen Herd in ihrer Stube im Erdgeschoss, unter dem Laboratorium. Über einem brennenden Bündel Reisig hing ein eiserner Kessel, in dem eine Abendsuppe aus Knoblauch und Rüben kochte. Mit gleichförmigen Bewegungen ihrer runzligen Finger zog die Alte den Faden vom Rocken und drehte ihn, die flink kreisende Spindel bald hebend, bald senkend. Cassandra sah der Spinnerin zu und dachte bei sich: Immer wieder das Gleiche, heute wie morgen, morgen wie heute. Die Grille zirpt, die Maus knabbert, die Spindel surrt, das Reisig knistert; es riecht nach Knoblauch und Rüben … Wieder klagte die Alte, mit den gleichen Worten, als arbeite sie mit einer stumpfen Säge: Sie, Monna Sidonia, sei ein armes Weib, wenn auch die Leute schwatzten, sie habe einen Topf voll Geld im Weinberg vergraben. Das sei Unsinn. Messer Galeotto richte sie zugrunde. Beide, Onkel und Nichte, säßen ihr auf dem Hals, Gott verzeihe es! Sie erhalte und ernähre sie nur aus Herzensgüte; Cassandra sei aber kein kleines Kind mehr – sie müsse endlich an die Zukunft denken. Wenn der Onkel sterbe, lasse er sie als Bettlerin zurück. Warum heirate sie eigentlich nicht den reichen Pferdehändler aus Abbiategrasso, der sich schon lange um sie bewerbe? Er sei zwar nicht mehr ganz jung, aber ein verständiger, frommer Mann, er besitze einen Laden, eine Mühle, einen Olivengarten mit einer neuen Ölpresse. Gott selbst sende ihr das Glück. Weshalb zaudere sie noch? Auf was warte sie?

Monna Cassandra hörte zu, und erdrückende Langeweile schnürte ihr die Kehle zu, würgte sie, presste ihre Schläfen. Sie hätte vor Langweile wie vor Schmerz laut weinen, ja, schreien mögen. Die Alte zog eine dampfende Rübe aus dem Kessel, steckte sie auf ein spitzes Hölzchen, schälte sie mit dem Messer, begoss sie mit dickem rotem Weinmost und begann zu essen, mit dem zahnlosen Mund schmatzend. Das junge Mädchen reckte sich mit gewohnheitsmäßiger Geste und verschränkte mit einer Miene verzweifelter Ergebung die feinen bleichen Finger über dem Kopf.

Nach dem Nachtmahl wurde die Alte schläfrig; wie eine trübe Parze ließ sie den Kopf hängen, die Augen fielen ihr allmählich zu, ihre knarrende Stimme klang träge, und das Geschwätz über den Pferdehändler verlor den Zusammenhang. Verstohlen nahm Cassandra unter dem Gewand das Geschenk ihres Vaters, Messer Luigi, hervor, den Talisman, den an einer feinen Schnur hängenden, von ihrem Körper erwärmten kostbaren Stein. Sie hielt ihn so vor die Augen, dass das Herdfeuer hindurchleuchtete, und betrachtete das Bildnis des Bacchus. Im dunkellila Glanz des Amethysts stand wie eine Vision der nackte Jüngling Bacchus vor ihr, den Thyrsus in der einen Hand, die Weintraube in der anderen; der springende Panther wollte mit der Zunge an der Weintraube lecken. Und Cassandras Herz war erfüllt von Liebe zu dem schönen Gott.

Sie seufzte tief, barg den Talisman wieder an der Brust und sagte schüchtern: »Monna Sidonia, heute Nacht versammeln sie sich in Barco di Ferrara und in Benevent … Tante! Liebe, Gute! Wir wollen nicht tanzen, nur zuschauen und gleich wieder heimkehren. Ich will auch alles tun, was Ihr wünscht; ich locke dem Pferdehändler ein Geschenk ab – nur lasst uns mitfliegen; fliegen, heute, jetzt, gleich!«

In ihren Augen funkelte wahnwitziges Verlangen. Die Alte sah sie an, und plötzlich verzogen sich ihre bläulichen, runzligen Lippen zu einem breiten Grinsen, das den einzigen gelben Zahn sehen ließ, der aussah wie der Hauer eines Ebers; ihr Gesicht war schrecklich und lustig zugleich.

»Möchtest du das?«, fragte sie. »Sehr? Ja? Bist du auf den Geschmack gekommen? Sieh mal, du tolles Mädel! Jede Nacht möchtest du fliegen, lässt dich nicht mehr halten. Aber vergiss nicht, Cassandra: Die Sünde lastet auf deiner Seele! Ich hätte heute nicht daran gedacht. Nur für dich tue ich es …«

Ohne Hast ging die Alte durch die Stube, zog sorgfältig die Läden zu, verstopfte die Spalten mit Lappen, verschloss die Tür, goss die Glut im Herd mit Wasser aus, zündete einen Kerzenstumpf aus schwarzem Zaubertalg an und holte aus der eisernen Truhe den irdenen Topf mit scharf riechender Salbe. Sie tat zögernd und bedächtig, aber ihre Hände bebten, als sei sie trunken: Ihre kleinen Augen waren bald trübe und irr, bald glühten sie vor Begierde wie Kohlen. Cassandra schleppte zwei große Tröge in die Mitte der Stube, die sonst zum Herrichten des Brotteigs benutzt wurden.

Als Monna Sidonia alle Vorbereitungen erledigt hatte, zog sie sich splitternackt aus, stellte den Topf zwischen die beiden Tröge, setzte sich in einem von ihnen rittlings auf einen Besen und rieb sich den ganzen Körper mit der fetten grünlichen Salbe aus dem Topf ein. Ein durchdringender Geruch erfüllte die Stube. Die Salbe für den Hexenflug wurde hergestellt aus giftigem Lattich, Sumpfsellerie, Schierling, Bittersüß, Mandragorawurzel, Mohn, Bilsenkraut, Schlangenblut und dem Fett ungetaufter, von Hexen getöteter Kinder.

Cassandra wandte sich ab, um den ekelhaften nackten Leib der Alten nicht zu sehen. Im letzten Augenblick, als die Erfüllung ihres Wunsches schon nahe und gewiss war, spürte sie im Grunde ihres Herzens doch Abscheu.

»Nun, was trödelst du?«, knurrte die alte Hexe, in ihrem Trog kauernd. »Hast mich zur Eile gehetzt – jetzt zierst du dich. Allein mag ich nicht fliegen. Zieh dich aus!«

»Sofort. Löscht das Licht, Monna Sidonia. Bei Licht kann ich nicht …«

»Schau, wie zimperlich! Aber nachher auf dem Berg, da schämst du dich nicht?«

Sie blies die Kerze aus und machte zu Ehren des Teufels das bei den Hexen übliche gotteslästerliche Kreuzzeichen mit der linken Hand. Cassandra zog sich aus, behielt aber das Hemd an; dann kniete sie im

Trog nieder und rieb sich hastig mit der Salbe ein. Im Dunkel war das Gemurmel der Alten zu hören, sinnlose, abgerissene Beschwörungsworte:

»Emen Hetan, Emen Hetan, Palud, Baalberit, Astarot – helft! Agora, Agora, Patrisa – helft!«

Cassandra sog gierig den starken Duft der Zaubersalbe ein. Die Haut brannte ihr auf dem Körper, im Kopf drehte sich alles. Ein wollüstiger Schauer lief ihr über den Rücken. Rote und grüne Kreise flimmerten vor ihren Augen durcheinander, und wie aus weiter Ferne erklang plötzlich Monna Sidonias gellender Triumphschrei: »Garr, Garr! Von unten nach oben! Ohne anzustoßen!«

Rittlings auf einem schwarzen Ziegenbock, dessen weiches Fell ihr wohlig die nackten Schenkel kitzelte, flog Cassandra zum Schornstein hinaus. Wonne füllte ihre Seele, schwer atmend jauchzte sie zwitschernd wie eine gen Himmel steigende Schwalbe: »Garr, Garr! Von unten nach oben. Ohne anzustoßen! Wir fliegen. Wir fliegen!«

Mit aufgelöstem Haar ritt die abscheuliche Tante Sidonia auf einem Besenstiel neben ihr her. Sie flogen so schnell, dass die von ihnen durchschnittene Luft in ihren Ohren brauste wie der Sturmwind.

»Nach Norden, nach Norden«, rief die Alte und lenkte ihren Besen wie ein gefügiges Pferd.

Cassandra war berauscht vom Flug. Unser Mechaniker, der arme Leonardo da Vinci, mit seinen Flugmaschinen, musste sie plötzlich denken, und ihr wurde noch lustiger zumute. Sie schwang sich hinauf in die Höhe; schwarze Wolken ballten sich unter ihr, blaue Blitze zuckten in ihnen. Über ihr war klarer Himmel; der riesige, blendende, wie ein Mühlrad runde Vollmond schien ihr so nahe, als könnte sie ihn mit der Hand greifen. Dann packte sie ihren Bock an den gewundenen Hörnern, lenkte ihn wieder nach unten und sauste Hals über Kopf wie ein fallender Stein in die Tiefe hinab.

»Wohin? Wohin? Du brichst dir den Hals! Bist du ganz toll, Teufelsmädel?«, jammerte Tante Sidonia, die ihr kaum folgen konnte.

Jetzt flogen sie so dicht über die Erde dahin, dass sie das schlafende Gras im Sumpf rascheln hörten. Irrlichter wiesen ihnen den Weg, blau leuchtende faulende Holzstücke glühten. Uhu, Kauz und andere Nachtvögel ließen klägliche Rufe hören im finsteren Wald. Sie überflogen die Gipfel der Alpen, deren durchsichtige Eismassen im Mondschein glänzten, dann ließen sie sich hinab zum Meeresspiegel. Cassandra schöpfte Wasser mit der hohlen Hand, warf es in die Höhe und freute sich des saphirblauen Wasserstaubes.

Mit jedem Augenblick wurde ihr Flug rascher. Immer mehr Reisegefährten trafen sie: einen grauköpfigen, struppigen Zauberer in einem Zuber; einen dickbäuchigen, lustigen Kanonikus, rotgesichtig wie ein Silen, auf einem Schüreisen; ein blondes zehnjähriges Mädchen mit unschuldigem Gesicht und blauen Augen auf einem Besen; eine nackte, rothaarige junge Menschenfresserin auf einem grunzenden Eber, und viele andere.

»Woher des Weges, Schwestern?«, rief Tante Sidonia sie an.

»Aus Hellas, von der Insel Kandia.«

Andere Stimmen antworteten: »Aus Valencia. – Vom Brocken. – Aus Sagaluzzi bei Mirandola. – Aus Benevent. – Aus Norcia.«

»Wohin des Weges?«

»Nach Biterne. Nach Biterne! Dort feiert der große Bock – il Boch di Biterne – seine Hochzeit. Fliegt, fliegt! Kommt alle zum Nachtessen!«

Als ganzer Schwarm, wie Krähen, zogen sie über die trübselige Ebene dahin. Im Nebel sah der Mond blutrot aus. In der Ferne leuchtete das Kreuz einer einsamen Dorfkirche. Die rote Hexe auf dem Schwein flog kreischend an die Kirche heran, riss die große Glocke ab und schleuderte sie mit aller Kraft in den Sumpf. Und als die Glocke mit kläglichem Ton in den Schlamm klatschte, brach die Hexe in gellendes Lachen aus. Das blonde Mädchen auf dem Besen klatschte in toller Ausgelassenheit in die Hände.

Der Mond versteckte sich hinter Wolken. Beim Schein grüner, aus Wachs gedrehter Fackeln, deren Flammen grellbläulich leuchteten wie Blitze, krochen, liefen, sich umschlingend, sich wieder lösend, die riesigen kohlschwarzen Schatten der tanzenden Hexen auf der schneeweißen, kreidigen Bergkuppe umher.

»Garr, Garr! Sabbat, Sabbat! Von rechts nach links. Von rechts nach links!«

Zu Tausenden und Abertausenden, wie schwarze welke Blätter im

Herbst, ohne Ende umflogen sie den auf einem Felsen thronenden Nachtbock, den Hircus Nocturnus.

»Garr, Garr! Preiset den Nachtbock! Il Boch di Biterne! Il Boch di Biterne! Alle unsere Nöte sind zu Ende. Freuet euch!«

Schrill und heiser quiekten Sackpfeifen aus ausgehöhlten Totenknochen, und eine mit der Haut von Gehenkten bezogene, mit einem Wolfsschwanz geschlagene Trommel dröhnte gemessen und dumpf: Tup, tup, tup! In riesigen Kesseln brodelte eine entsetzliche, unsagbar leckere Speise, die aber ungesalzen war, denn der Gastgeber verabscheute Salz.

In abgelegenen Winkeln trieb man derbe Liebesspiele: Töchter mit Vätern, Brüder mit Schwestern, ein grünäugiger Kater-Werwolf mit einem zierlichen, lilienweißen, willigen Mädchen, ein gesichtsloser, spinnengrauer, zottiger Inkubus mit einer schamlos die Zähne fletschenden Nonne. Überall tummelten sich geile Paare.

Eine fette Riesenhexe mit weißem Körper und gutmütig dummem Gesicht stillte mit einem mütterlichen Lächeln zwei neugeborene kleine Teufel: Die gefräßigen Säuglinge hingen gierig an ihren Hängebrüsten und schluckten laut schmatzend die Milch. Dreijährige Kinder, die noch nicht am Sabbat teilnahmen, weideten artig am Rande des Feldes eine Herde mit heiligen Hostien gemästeter, höckriger Kröten, die Schellen und prächtige Decken aus Kardinalspurpur trugen.

»Komm tanzen!« Tante Sidonia zog Cassandra ungeduldig weiter.

»Wenn es aber der Pferdehändler sieht«, spottete das Mädchen.

»Der Hund soll ihn fressen, den Pferdehändler«, antwortete die Alte.

Beide gaben sich dem Tanz hin, der sie wirbelnd dahintrug wie der Sturmwind, mit Tosen, Heulen, Kreischen, Brüllen und Lachen.

»Garr, Garr! Von rechts nach links. Von rechts nach links!«

Ein langer, nasser Schnurrbart wie der eines Seehundes stach Cassandra von hinten in den Nacken; ein dünner, harter Schweif kitzelte sie von vorn; jemand kniff sie schmerzhaft und schamlos; ein anderer biss sie und flüsterte ihr ein schauderhaftes Kosewort ins Ohr. Doch sie widersetzte sich nicht, je schlimmer, desto besser, je schrecklicher, desto berauschender.

Da, plötzlich, blieben alle wie angewurzelt stehen und erstarrten.

Von dem schwarzen Thron, auf dem von Entsetzen umgeben der Unbekannte thronte, ließ eine dumpfe Stimme, dem Rollen eines Erdbebens gleich, sich vernehmen: »Nehmt hin meine Gaben: die Sanftmütigen meine Stärke, die Friedfertigen meinen Stolz, die geistig Armen mein Wissen, und die da Leid tragen meine Freudigkeit. Nehmt hin!«

Ein wohlgestalter weißbärtiger Greis, einer der höchsten Würdenträger der heiligen Inquisition, hier Patriarch der Zauberer, der immer die schwarze Messe zelebrierte, kündete mit feierlicher Stimme:

»Sanctificetur nomen tuum per universum mundum, et libera nos ab omni malo.* Neiget euch! Neiget euch, ihr Gläubigen!«

Alle fielen aufs Antlitz und kirchlichen Gesang nachahmend erscholl der gotteslästerliche Chorgesang: »Credo in Deum, patrem Luciferum, qui creavit coelum et terram. Et in filium ejus Beelzebub ...«**

Als die letzten Töne verhallt waren und wieder Stille herrschte, erklang von Neuem jene Stimme, die dem Rollen eines Erdbebens glich: »Führet mir meine jungfräuliche Braut zu, meine makellose Taube!«

Der Hohepriester fragte: »Wie heißt deine Braut, deine makellose Taube?«

»Madonna Cassandra. Madonna Cassandra!«, dröhnte es als Antwort.

Als die junge Hexe ihren Namen hörte, fühlte sie ihr Blut in den Adern zu Eis gerinnen und ihr Haar sich auf dem Kopf sträuben.

»Madonna Cassandra. Madonna Cassandra!«, klang es durch die Menge. »Wo ist sie? Wo ist unsere Gebieterin? Ave, Archisponsa Cassandra!«***

Sie bedeckte das Gesicht mit den Händen und wollte fliehen, aber knöcherne Finger, Krallen, Greifer, Rüssel, zottige Spinnenfüße streckten sich nach ihr aus, packten sie, rissen ihr das Hemd vom Leib und führten sie nackt und zitternd vor den Thron. Bocksgestank und Grabeskälte wehten ihr ins Antlitz. Sie schlug die Augen nieder, um nichts zu sehen.

---

* Geheiligt sei dein Name in aller Welt, und erlöse uns von allem Übel.

** Ich glaube an Gott, den Vater Luzifer, der erschaffen hat Himmel und Erde. Und an seinen Sohn Beelzebub.

*** Sei gegrüßt, Erzbraut Cassandra!

Da sprach der auf dem Thron: »Komm her!«

Noch tiefer senkte sie den Kopf und erblickte vor ihren Füßen ein in der Finsternis leuchtendes flammendes Kreuz. Sie nahm ihre letzten Kräfte zusammen, überwand den Ekel, trat einen Schritt vor und hob die Augen zu dem, der jetzt vor ihr stand.

Da geschah das Wunder. Die Bockshaut fiel ab von ihm wie Schuppen von einer Schlange, und der alte olympische Gott Dionysos stand vor Cassandra, ein Lächeln ewiger Freude auf den Lippen, den erhobenen Thyrsus in der einen Hand, eine Weintraube in der andern; ein Panther sprang neben ihm und wollte mit der Zunge an der Weintraube lecken.

In diesem Augenblick verwandelte sich der Hexensabbat in eine göttliche Orgie des Bacchus: Die alten Hexen wurden zu jungen Mänaden, die Ungeheuern gleichen Dämonen zu bocksbeinigen Satyrn. Wo tote Kreidefelsen gewesen waren, erhoben sich jetzt im Sonnenlicht glänzende Marmorsäulen. Zwischen ihnen leuchtete in der Ferne das blaue Meer, und Cassandra erblickte in den Wolken die strahlende Versammlung aller Götter von Hellas. Satyrn und Bacchantinnen schlugen Zimbeln, stachen sich mit Messern in die Brüste, pressten roten Traubensaft in goldene Schalen und vermischten ihn mit dem eigenen Blut, wirbelten tanzend im Kreis und sangen: »Heil, Heil dem Dionysos! Die großen Götter sind auferstanden. Heil den wiedererstandenen Göttern!«

Der nackte Jüngling Bacchus umfing Cassandra mit seinen Umarmungen; seine Stimme war gleich dem Donner, der Himmel und Erde erbeben lässt.

»Komm, komm, meine Braut, meine makellose Taube!«

Cassandra sank in die Arme des Gottes.

Der Hahn krähte. Es roch nach Nebel und herber, rauchiger Nässe. Irgendwo in unendlicher Ferne läutete eine Glocke zum Gebet. Ihr Klang bewirkte große Verwirrung auf dem Berg. Die Bacchantinnen verwandelten sich wieder in gräuliche Hexen, die bocksfüßigen Faune in scheußliche Teufel und der Gott Dionysos in den Nachtbock, in den stinkenden Hircus Nocturnus.

»Nach Hause! Nach Hause! Flieht! Rettet euch!«

»Mein Schüreisen ist gestohlen«, jammerte verzweifelt der dickbäuchige Kanonikus mit dem Silengesicht und rannte umher wie besessen.

»Eber, Eber, hierher«, lockte die nackte Rothaarige, in der Morgenfeuchte fröstelnd und hustend.

Hinter den Wolken tauchte der untergehende Mond auf. In seinem Schein erhoben sich die aufgescheuchten Hexen scharenweise wie schwarze Fliegen und flatterten vom Kreideberg davon.

»Garr, Garr! Von unten nach oben! Ohne anzustoßen! Rettet euch! Flieht!«

Der Nachtbock meckerte kläglich und versank in die Erde, stickigen Schwefelgestank um sich verbreitend.

Laut klang das Geläut der Glocke. Cassandra erwachte auf dem Fußboden der dunklen Stube im Häuschen an der Porta Vercellina. Ihr war übel wie nach einem Rausch. Ihr Kopf war bleischwer, ihr Körper vor Müdigkeit zerschlagen.

Melancholisch läutete die Glocke von Santa Radegonda. Zwischendurch wurde beharrlich, wohl schon seit längerer Zeit, an die Haustür geklopft. Cassandra horchte und erkannte die Stimme ihres Freiers, des Pferdehändlers aus Abbiategrasso. »Aufmachen, aufmachen! Monna Sidonia, Monna Cassandra, seid ihr alle taub? Ich bin durchnässt wie ein Hund. Soll ich in diesem höllischen Schmutzwetter umkehren?«

Das Mädchen erhob sich mühsam. Sie trat an das fest mit den Läden verschlossene Fenster und zog das Werg heraus, mit dem Tante Sidonia die Spalten so sorglich verstopft hatte. Ein bläulicher Streifen trüben Morgenlichts beleuchtete die nackte alte Hexe, die neben ihrem umgeworfenen Trog auf dem Fußboden schlief, wie tot.

Es war Regenwetter; es goss wie aus Eimern. Vor der Haustür sah Cassandra durch den trüben Regenschleier den verliebten Pferdehändler stehen. Neben ihm hielt, den Kopf tief gesenkt, ein vor einen Wagen gespannter, langohriger kleiner Esel. Ein Kälbchen mit zusammengebundenen Beinen streckte das Maul aus dem Wagen heraus und blökte.

Der Pferdehändler klopfte unermüdlich gegen die Tür. Cassandra wartete ab, wie das enden würde. Endlich wurde oben an einem der Fenster des Laboratoriums ein Laden aufgestoßen. Verschlafen, mit wirrem Haar schaute der alte Alchimist heraus und machte ein mürrisches, bitterböses Gesicht, wie immer in solchen Augenblicken, wenn er, aus seinen Träumen erwachend, sich klarmachte, dass Blei unmöglich zu Gold werden könnte.

»Wer klopft da?«, fragte er, sich aus dem Fenster beugend. »Was willst du? Bist du ganz verrückt, alter Kerl? Der liebe Gott schicke dir dieses und jenes! Siehst du nicht, dass alles noch schläft im Haus? Pack dich!«

»Messer Galeotto, erbarmt Euch, weshalb schimpft Ihr so? Ich komme in einer ganz wichtigen Angelegenheit – wegen Eurer Nichte. Hier, das Milchkälbchen bringe ich als Geschenk.«

»Zum Teufel!«, schrie Galeotto wutentbrannt. »Pack dich zum Teufel unter den Schwanz, Schurke, mitsamt deinem Kalb!«

Und der Laden wurde wieder zugeschlagen. Der Händler war ganz bestürzt und hielt eine Minute Ruhe. Dann aber kam er wieder zu sich und begann mit doppelter Wucht mit den Fäusten gegen die Tür zu hämmern, als wolle er sie einschlagen. Das Eselchen ließ den Kopf noch tiefer hängen. Der Regen floss in Strömen über seine hoffnungslos herabhängenden nassen Ohren.

»Herrgott, ist das alles langweilig«, flüsterte Monna Cassandra und schloss die Augen. Sie musste an die tolle Ausgelassenheit des Hexensabbats denken, an die Verwandlung des Nachtbocks in den Gott Dionysos, an die Auferstehung der großen Götter. Sie grübelte: Habe ich das alles nur geträumt, oder war es Wirklichkeit? Es war wohl nur ein Traum. Aber was jetzt vorgeht, ist Wirklichkeit. Auf den Sonntag folgt der Montag …

»Aufmachen! Aufmachen!«, brüllte der Händler jetzt mit heiserer, verzweifelter Stimme.

Schwere Tropfen klatschten aus der Regengosse eintönig in die Schmutzlache. Das Kälbchen blökte jämmerlich. Melancholisch läutete die Klosterglocke …

5

Dein Wille geschehe

Der Schuster Corbolo, ein Bürger von Mailand, war spätnachts stark angeheitert heimgekehrt und hatte von seiner Ehefrau, wie er selbst erzählte, mehr Hiebe bekommen, als nötig gewesen wären, um einen trägen Esel von Mailand bis Rom zu treiben. Als sein Weib am nächsten Morgen zur Trödlerin nebenan gegangen war, um deren Migliacci – Sülze aus Schweineblut – zu versuchen, entdeckte Corbolo im Beutel noch ein paar vor der Frau verheimlichte Geldstücke; er überließ also seinen Laden der Fürsorge des Gesellen und machte sich zu einem Frühschoppen auf.

Die Hände in den Taschen der abgetragenen Hosen, schlenderte er faul durch die krumme, dunkle Gasse, die so eng war, dass, wenn ein Reiter hier mit einem Fußgänger zusammentraf, er diesen mit der Fußspitze oder dem Sporn streifen musste. Es roch übel nach Qualm von heißem Olivenöl, faulen Eiern, saurem Wein und schimmliger Kellerluft.

Corbolo pfiff sich ein Liedchen, schaute zu dem schmalen Streifen dunkelblauen Himmels zwischen den hohen Häusern und den von der Morgensonne durchleuchteten Lappen empor, die von den Hausfrauen an Leinen quer über die Straße aufgehängt waren, und tröstete sich mit dem weisen Sprichwort, das er selbst allerdings nie befolgte: »Jede Frau, ob gut oder böse, muss den Stock spüren.«

Um den Weg abzukürzen, ging er durch den Dom. Hier war stets ein Gedränge wie auf dem Markt. Obwohl es Strafe kostete, zogen Scharen von Menschen, sogar mit Mauleseln und Pferden, zu einem Tor herein und zum andern wieder hinaus.

Die Priester näselten ihre Gebete, in den Beichtstühlen wurde geflüstert, auf den Altären flackerten die Lampen. Dazwischen aber spielten Gassenbuben Haschen, Hunde beschnupperten sich, und zerlumpte Bettler schubsten einander.

Corbolo machte für einen Augenblick inmitten dieser Tagediebe halt und lauschte verschmitzt schmunzelnd dem Zank zweier Mönche. Ein kleiner rothaariger Franziskaner, der barfüßige Fra Cipolla mit einem runden, wie ein fetter Krapfen glänzenden Gesicht, suchte seinem Gegner, dem Dominikaner Fra Timoteo, zu beweisen, dass der heilige Franziskus, da er Christus doch in vierzig Punkten gleiche, im Himmel den nach Luzifers Sturz frei gewordenen Platz einnehme und dass sogar die Muttergottes seine Stigmata nicht von den Kreuzeswunden Christi unterscheiden könne. Der finstere, große, bleichgesichtige Fra Timoteo stellte den Wunden des Seraphischen Vaters die Wunden der heiligen Katharina gegenüber, die eine blutige Spur des Dornenkranzes auf der Stirn trage, was dem heiligen Franziskus fehle.

Als Corbolo aus dem Dunkel des Doms auf die Piazza dell'Arrengo hinaustrat, musste er die Augen vor der Sonne schließen. Dies war der belebteste Platz von Mailand. So viele Buden von Krämern, Fischhändlern, Trödlern und Gemüseweibern standen hier, eine solche Unmenge von Kisten, Mulden und Verkaufsständen, dass gerade noch ein enger Durchgang frei blieb. Seit undenklichen Zeiten hatten sich die Händler auf dem Platz vor dem Dom festgesetzt, und keine Gesetze oder Geldstrafen konnten sie verjagen.

»Salat aus Valtellina! – Zitronen! – Pomeranzen! – Artischocken! – Spargel, schöner Spargel!« So lockten die Gemüseweiber Käufer an, und die Trödlerinnen feilschten und gackerten wie Hennen.

Ein kleiner, störrischer Esel, der unter einem Berg gelber und blauer Weintrauben, Apfelsinen, Tomaten, Rüben, Blumenkohl, Fenchel und Zwiebeln fast verschwand, schrie mit ohrenzerreißender Stimme: »I-ah, i-ah, i-ah!« Von hinten klatschte ihm der Treiber mit einem Prügel auf die blank gescheuerten Flanken und trieb ihn mit abgerissenen Kehllauten an: »Arri! Arri!«

Eine lange Reihe Blinder mit Stäben in den Händen, von einem Führer geleitet, sang ein klägliches Loblied auf die Unbefleckte Jungfrau.

Ein Straßenquacksalber und Zahnzieher mit einem Kranz ausgezogener Zähne an der Otternfellmütze stand hinter einem auf der Erde sitzenden Mann, klemmte dessen Kopf zwischen seine Knie und riss ihm flink und geschickt mit einer Riesenzange einen Zahn aus. Gassenbuben machten einem Juden ein »Schweinsohr« und trieben ihre Kreisel den Vorübergehenden zwischen die Beine. Der frechste von den Bengeln, der schwarzhaarige, stupsnasige Farfanicchio, hatte aus einer mitgebrachten Falle eine Maus laufen lassen und machte nun mit einem Besen in den Händen unter fürchterlichem Gebrüll und Gequieke Jagd auf sie: »Eccolo! Da ist sie!« Die Maus entwischte unter die weiten Röcke der friedlich an einem Strumpf strickenden vollbusigen, dicken Gemüsefrau Barbaccia. Die sprang hoch, kreischte auf, als habe man sie mit siedendem Wasser begossen, und hob unter allgemeinem Hallo und Gelächter ihre Röcke, um die Maus zu vertreiben. »Warte nur, ich zerschlag dir deinen Affenschädel mit einem Stein, du Nichtsnutz«, keifte sie wutentbrannt. Farfanicchio streckte ihr von Weitem die Zunge raus und hüpfte vor Vergnügen umher.

Auf den Lärm hin drehte sich ein Lastträger um, der ein riesiges geschlachtetes Schwein auf dem Kopf schleppte. Der Gaul des Arztes Messer Gabbadeo scheute, ging durch und riss einen großen Haufen Küchengeräte vom Stand eines Alteisenhändlers. Mit ohrenbetäubendem Lärm polterten Töpfe, Pfannen, Kasserollen, Reibeisen und Kessel wild durcheinander. Messer Gabbadeo hatte vor lauter Angst die Zügel fahren lassen, sprengte davon und jammerte: »Halt, halt, du Teufelsaas!«

Hunde bellten. Neugierige Gesichter schauten aus den Fenstern. Lachen, Schimpfen, Kreischen, Pfeifen, Geschrei von Menschen und Gebrüll von Eseln hallten über den Platz. Der Schuster genoss mit Behagen den Anblick und dachte mild lächelnd: Wie herrlich wäre unser Leben auf Erden, wenn es keine Eheweiber gäbe, die ihre Männer fressen wie der Rost das Eisen. Mit der Hand die Augen gegen das Sonnenlicht schirmend, schaute er empor zu einem riesigen, unvollendeten, noch von hohen Gerüsten umgebenen Bauwerk. Das war der Dom, den das Volk zu Ehren von Mariä Geburt errichtete.

Reich und arm nahm Anteil an diesem Kirchenbau. Die Königin von

Zypern hatte kostbare goldbestickte Kelchtücher gesandt, und die arme alte Trödlerin Caterina legte, ohne an die Kälte des kommenden Winters zu denken, ihren abgetragenen einzigen Pelz im Wert von zwanzig Soldi als Opfergabe für die Jungfrau Maria auf den Hauptaltar.

Schon von Kind auf hatte Corbolo die Fortschritte des Baus verfolgt. An diesem Morgen bemerkte er einen neuen Turm und freute sich daran. Die Steinmetzen hämmerten emsig. Von der Kaimauer des Hafens von Laghetto di Santo Stefano, unweit des Ospedale Maggiore, wo die Barken anlegten, brachte man immer neue riesige, leuchtend weiße Marmorblöcke aus den Steinbrüchen am Lago Maggiore. Winden knarrten, Ketten rasselten. Wie Ameisen kletterten die Arbeiter auf den Gerüsten umher. Und der gewaltige Bau wuchs empor. Wie Stalagmiten ragten unzählige Spitzen, Türme und Türmchen aus klarstem weißem Marmor zum blauen Himmel auf – ein ewiger Lobgesang des Volks, der Geburt der Jungfrau Maria zu Ehren.

Corbolo stieg die steilen Stufen zu dem mit Weinfässern gefüllten kühlen Kellergewölbe des deutschen Schankwirts Tibaldo hinab.

Höflich die anderen Gäste grüßend, setzte er sich zu einem Bekannten, dem Zinngießer Scarabullo, und bestellte sich einen Krug Wein und warme Mailänder Kümmelkuchen, Offeletti. Bedächtig tat er einen Schluck, nahm einen Bissen und sagte: »Wenn du klug bist, Scarabullo – heirate nie.«

»Wieso?«

»Ja, sieh mal, lieber Freund«, fuhr der Schuster tiefsinnig fort, »heiraten ist ungefähr dasselbe wie die Hand in einen Sack mit Schlangen stecken, um einen Aal herauszufischen. Besser noch die Gicht haben als eine Frau!«

Am Nebentisch erzählte ein Spaßmacher und Aufschneider, der Goldsticker Mascarello, einigen zerlumpten Hungerleidern von den Wundern des unbekannten Reiches Berlinzona, dem gesegneten Schlaraffenland, wo die Weinreben mit Würsten angebunden werden, wo man für eine Gans einen Groschen zahlt und noch ein Gänslein als Zugabe erhält. Dort gebe es auch einen Berg aus geriebenem Käse, auf dem Menschen hausten, die den ganzen Tag nur Makkaroni und Klöße machten, sie in Kapaunenbrühe gar kochten und dann nach unten warfen. Je mehr einer auffinge, desto mehr dürfe er behalten. Und in der Nähe fließe ein Fluss von Vernaccia: Einen besseren Wein habe noch kein Mensch getrunken; der enthalte nicht einen einzigen Tropfen Wasser!

Dann erschien in großer Eile ein kleiner pockennarbiger Mann mit halb blinden Augen wie ein junger Hund, der noch nicht richtig sehen kann: der Glasbläser Gorgoglio, dem es besondere Freude machte, Klatsch und Neuigkeiten weiterzutragen.

»Signori, Signori«, berichtete er sehr feierlich, seinen arg verstaubten, durchlöcherten Hut lüftend und sich den Schweiß vom Gesicht wischend, »ich komme geradewegs von den Franzosen!«

»Was redest du, Gorgoglio? Sind sie schon hier?«

»Gewiss! In Pavia sind sie … Puh, lasst mich erst verschnaufen. Ich bin ganz außer Atem. Hals über Kopf bin ich gerannt. Wenn mir nur keiner zuvorkommt mit der Neuigkeit, dachte ich.«

»Da hast du die Kanne. Trink und erzähl! Was ist das für Volk, die Franzosen?«

»Böses Volk, ihr Herren. Den Finger darf man ihnen nicht in den Mund stecken. Wüste Kerle – wild, fremdländisch, gottlos! Wie die Viecher! Kurz gesagt, Barbaren! Flinten haben sie und Hakenbüchsen, acht Ellen lang, Feuerschlangen aus Kupfer, Bombarden aus Gusseisen mit Steinkugeln. Und Pferde wie Meerungeheuer: mit gestutzten Ohren und Schwänzen.«

»Sind es sehr viele?«, fragte Maso.

»Unübersehbar viel. Wie die Heuschrecken sind sie ringsum über die ganze Ebene hergefallen. Kein Ende ist abzusehen. Für unsere Sünden hat der Herr uns diese schwarze Pest geschickt, diese nordischen Teufel!«

»Weshalb schimpfst du eigentlich so auf sie, Gorgoglio?«, bemerkte Mascarello. »Sie sind doch unsere Freunde und Bundesgenossen.«

»Bundesgenossen! Halt nur die Tasche zu! Solche Freunde sind schlimmer als die ärgsten Feinde. Die kaufen die Hörner und fressen den ganzen Stier.«

»Nun red keine Torheiten und erzähl vernünftig! Wieso sind die Franzosen unsere Feinde?«, fragte Maso.

»Deshalb sind sie unsere Feinde, weil sie unsere Felder zertrampeln, unsere Bäume abhacken, unser Vieh wegtreiben, die Bauern ausrauben, unsere Weiber schänden. Der König von Frankreich ist zwar ein rechter Jammerlappen, aber auf Weiber ist er wie toll. Er hat ein Buch bei sich mit Bildern von schönen nackten italienischen Weibern. ›Mit Gottes Hilfe lassen wir von Mailand bis Neapel kein Mädel unentjungfert‹, sagen die.«

»Halunken«, schrie Scarabullo und ließ mit solcher Gewalt die Faust auf den Tisch niedersausen, dass Flaschen und Gläser klirrten.

»Und unser Moro tanzt auf den Hinterpfoten nach der französischen Pfeife«, fuhr Gorgoglio fort. »Für die sind wir überhaupt keine Menschen. ›Diebe und Mörder seid ihr‹, sagen sie, ›euren eigenen rechtmäßigen Herzog habt ihr mit Gift umgebracht, einen unschuldigen Knaben habt ihr ermordet. Dafür straft euch jetzt der liebe Gott und gibt uns euer Land.‹ Wir nehmen die Kerle gastfreundlich auf, und die setzen unsere Speisen ihren Gäulen vor! ›Am Ende ist in dem Fraß auch etwas von dem Gift, mit dem ihr euren Herzog vergiftet habt?‹, sagen sie.«

»Ach, du lügst ja, Gorgoglio.«

»Also, die Augen sollen mir platzen, die Zunge soll mir verdorren! … Hört nur, wie sie prahlen: ›Erst besiegen wir alle Völker Italiens‹, sagen sie, ›unterwerfen alle Meere und Länder, fangen den Großtürken, erobern Konstantinopel und richten auf dem Ölberg zu Jerusalem das Kreuz auf. Dann kommen wir wieder zurück und halten Gottesgericht über euch. Wehe, wenn ihr euch nicht unterwerft: Euer Name wird vom Antlitz der Erde getilgt!‹«

»Schlimm, Brüder«, meinte der Goldsticker Mascarello. »Schlimm, schlimm! So etwas ist ja noch nie da gewesen.« Alle verstummten.

Fra Timoteo, der Mönch, der vorhin im Dom mit Fra Cipolla disputiert hatte, hob die Arme gen Himmel und rief feierlich: »Also spricht der große Prophet Gottes, Girolamo Savonarola: ›Siehe, es soll kommen ein Mann, der Italien erobern wird, ohne das Schwert aus der Scheide zu ziehen. O Florenz! O Rom! O Mailand! Dahin ist die Zeit der Lieder und der Feste! Tut Buße! Tut Buße! Das Blut des Herzogs Gian Galeazzo, das Blut Abels, das Kain vergoss, schreiet zum Herrn um Rache!‹«

»Franzosen! Franzosen! Seht!« Gorgoglio wies auf zwei Soldaten, die eben den Keller betraten. Der eine, Gascogner, ein schlanker, junger Kerl mit rötlichem Schnauzbart und hübschem, frechem Gesicht, war Sergeant bei der französischen Reiterei und hieß Bonivard. Der andere, ein Pikarde, war der Kanonier Gros-Guilloche, ein feister, stämmiger Alter mit einem Stiernacken, hochrotem Gesicht, vorstehenden Krebsaugen und einem Messingring im Ohr. Beide waren bereits angeheitert.

»Finden wir endlich in dieser gottverdammten Stadt einen Krug guten Weins?«, fragte der Sergeant und klopfte seinem Gefährten auf die Schulter. »Dieser lombardische Säuerling kratzt in der Kehle wie Essig!«

Bonivard machte sich wie angeekelt und gelangweilt an einem Tisch breit, musterte hochmütig die andern Gäste, polterte mit der Zinnkanne auf den Tisch und schrie in gebrochenem Italienisch: »Weißen, trockenen, vom allerältesten, und gesalzene Cervellata dazu.«

»Ja, ja, Bruderherz«, seufzte Gros-Guilloche. »Wenn ich an den heimischen Burgunder denke oder an unsern herrlichen Beaune, der genauso golden schimmert wie das Haar meiner Lison – oh, dann tut mir das Herz weh vor Jammer. Man kann wirklich sagen: Wie das Volk, so der Wein. Also, trinken wir, Freundchen, auf unser teures Frankreich!

Du grand Dieu soit mauldit à outrance,
Qui mal vouldroit au royaume de France!«*

»Was schwatzen die?«, erkundigte sich Scarabullo flüsternd bei Gorgoglio.

»Sie nörgeln. Sie schimpfen auf unsern Wein und loben ihren eigenen.«

»Seht nur, wie sich die französischen Hähne aufplustern«, brummte finster der Zinngießer. »Die Hand juckt mir ordentlich, ach, wie mir die Hand juckt, den Kerlen eine gehörige Lehre zu erteilen.«

Der dickbäuchige, dünnbeinige deutsche Schankwirt Tibaldo mit dem riesigen Schlüsselbund am breiten Ledergurt füllte eine halbe

* Vom großen Gott sei ganz verflucht, wer übel will dem französischen Königreich.

Brenta aus dem Fass in eine von der Kälte beschlagene Tonkanne und brachte sie den Franzosen. Argwöhnisch musterte er die fremden Gäste.

Bonivard leerte seinen Becher in einem Zug. Der Wein mundete ihm ausgezeichnet; er spuckte aber doch aus und machte eine Grimasse des Ekels. Da kam die Wirtstochter vorüber. Lotta war ein niedliches blondes Mädel mit denselben gutmütigen blauen Augen wie ihr Vater. Der Gaskogner blinzelte seinem Kameraden listig zu und zwirbelte sich keck den Schnurrbart auf. Dann trank er noch einmal und stimmte das Soldatenlied von Karl VIII. an:

»Charles fera si grandes batailles,
Qu'il conquera les Itailles,
En Jerusalem entrera
Et Mont-Olivet montera.«*

Mit heiserer Stimme stimmte Gros-Guilloche in das Lied ein.

Als Lotta zurückkam und mit sittsam gesenkten Augen an den beiden vorbeiging, umfasste der Sergeant ihre Hüften und versuchte sie auf den Schoß zu ziehen. Sie stieß ihn jedoch zurück, riss sich los und lief davon. Er sprang auf, holte sie ein und küsste sie mit weinfeuchten Lippen derb auf die Backe. Das Mädchen schrie laut auf, ließ ihren Tonkrug fallen, der zerbrach, drehte sich um und schlug dem Franzosen mit voller Gewalt ins Gesicht, sodass er für einen Augenblick ganz verdutzt dastand. Die Gäste lachten laut auf.

»Bravo, Mädel«, rief der Goldsticker. »Beim heiligen Gervasio, so eine tüchtige Backpfeife habe ich mein Lebtag noch nicht gesehen. Dem Kerl hat sie es gezeigt!«

»Lass doch! Fang hier keinen Streit an«, suchte Gros-Guilloche Bonivard zurückzuhalten. Aber der Gascogner hörte nicht auf den Kameraden. Der Rausch stieg ihm plötzlich in den Kopf. Er lachte gezwungen und rief dem Mädchen nach: »Warte nur, mein schönes

* Karl wird so große Schlachten schlagen, dass er bezwingen wird die Italiener, in Jerusalem einmarschieren und den Ölberg ersteigen.

Kind! Jetzt küsse ich dich nicht auf die Backe, sondern richtig auf den Mund.«

Er eilte ihr nach, warf dabei den Tisch um, holte sie ein und wollte sie küssen. Aber die starke Hand des Zinngießers Scarabullo packte ihn von hinten am Kragen.

»Du Hundsfott, schamlose Franzosenfratze«, brüllte Scarabullo, schüttelte Bonivard und presste ihm den Hals immer fester zusammen. »Warte nur, du bekommst derartige Prügel, dass du ewig daran denkst, wie man in Mailand junge Mädchen beleidigt! ...«

»Fort, du Schuft! Es lebe Frankreich«, schrie Gros-Guilloche, der jetzt ebenfalls in Wut geriet. Er zückte den Degen und hätte ihn gewiss dem Zinngießer in den Rücken gerannt, wären nicht Mascarello, Gorgoglio, Maso und andere Zechgenossen herbeigestürzt, um ihn an den Armen zu packen. Zwischen umgestürzten Tischen, Bänken, Fässern, Scherben von zerbrochenen Krügen und Weinlachen begann eine wilde Prügelei.

Als Tibaldo Blut sah und blanke Degen und Messer, floh er erschrocken aus dem Keller und schrie über den ganzen Platz: »Mord! Totschlag! Die Franzosen plündern!«

Man läutete die Marktglocke. Eine Glocke vom Broletto stimmte ein. Ängstliche Kaufleute schlossen die Läden. Trödlerinnen und Obstweiber schleppten eiligst ihre Waren von dannen.

»Alle Heiligen! Unsere Beschützer! San Protasio! San Gervasio!«, jammerte Barbaccia.

»Was ist los? Brennt es?«

»Haut sie! Haut die Franzosen!« Der kleine Farfanicchio tanzte vor Vergnügen, pfiff und kreischte dazu mit gellender Stimme: »Haut sie! Haut die Franzosen!«

Die Stadtwache erschien: Berrovieri mit Hakenbüchsen und Hellebarden. Sie kamen gerade zur rechten Zeit, um einen Totschlag zu verhüten und die beiden Franzosen aus den Fäusten des Pöbels zu befreien. Sie packten, wen es gerade traf, und nahmen auch den Schuster Corbolo mit.

Seine Frau, die auf den Lärm herbeigeeilt war, rang die Hände und heulte: »Erbarmt euch! Lasst meinen Mann frei! Gebt ihn heraus! Ich werde es ihm schon beibringen, dass er sich nie wieder in Prügeleien auf der Straße einlässt. Wirklich, Signori, der dumme Kerl ist den Strick nicht wert, ihn aufzuknüpfen!«

Corbolo schlug traurig und beschämt die Augen nieder. Er tat so, als höre er die Drohungen seines Weibes nicht, und versteckte sich vor ihr hinter den Rücken der Stadtknechte.

Im Gerüst des unvollendeten Doms kletterte auf einer schmalen Strickleiter ein junger Steinmetz zu einem der schlanken Glockentürmchen, nicht weit von der Hauptkuppel, empor, um auf der äußersten Spitze eine kleine Statue der Märtyrerin Santa Caterina anzubringen.

Ringsum ragten jäh stalagmitartige spitze Türme auf, Nadeln, lange Bogen, steinerne Spitzengewebe aus fantastischen Blumentrieben und Blättern, zahllose Propheten, Märtyrer, Engel, grinsende Teufelsfratzen, mythische Vogelwesen, Sirenen, Harpyien, Drachen mit stacheligen Flügeln und weit aufgerissenen Rachen als Mündungen der Dachrinnen. All das war aus reinem, blendend weißem Marmor mit rauchblauen Schatten und erinnerte an einen gewaltigen, mit glitzerndem Reif bedeckten winterlichen Wald.

Es war ganz still. Nur die Schwalben flogen laut zwitschernd über den Kopf des Steinmetzen. Der Lärm der Menge unten auf dem Platz wirkte von hier oben wie das leise Summen eines Ameisenhaufens. Am äußersten Rand der endlosen grünen lombardischen Ebene strahlten die Schneekuppen der Alpen, ebenso spitz und weiß wie die Zinnen des Doms. Zuweilen glaubte er von unten Orgeltöne zu vernehmen, als dringe Seufzen und Beten aus dem Innern des Doms, aus der Tiefe seines steinernen Herzens, und dann war ihm, als lebe, als atme der gewaltige Bau, als wachse er und strebe empor gen Himmel als ein ewiges Loblied auf Mariä Geburt, als ein Freudenhymnus aller Zeiten und Völker an die Hochheilige Jungfrau, an die in Sonne gekleidete Gottesmutter.

Plötzlich nahm der Lärm auf dem Platz zu. Die Sturmglocke dröhnte. Der Steinmetz hielt inne und schaute nach unten. Ihn schwindelte, ihm wurde dunkel vor den Augen: Ihm war, als schwanke der Riesenbau unter ihm, als biege sich der schlanke Turm, den er erkletterte, wie ein Schilfrohr.

Ja, ich stürze, dachte er entsetzt. Herr, nimm hin meine Seele! Mit einer letzten verzweifelten Anstrengung klammerte er sich an eine Sprosse seiner Strickleiter, schloss die Augen und flüsterte leise: »Ave Maria, piena di grazia!«*

Da wurde ihm leichter. Von oben wehte ein kühlender Hauch. Er holte tief Atem, raffte alle Kräfte zusammen und setzte seinen Weg fort, ohne weiter der irdischen Stimmen zu achten. Immer höher und höher stieg er empor, zum stillen, klaren Himmel, und wiederholte voll großer Freude: »Ave Maria, piena di grazia!«

Zur gleichen Zeit schritten über das breite, fast flache Dach des Doms die Mitglieder des Baurats, italienische und fremdländische Architekten, die der Herzog zu einer Beratung über den Tiburio, den Hauptturm über der Kuppel des Doms, einberufen hatte. Unter ihnen befand sich Leonardo da Vinci. Er entwickelte seine Ideen; aber die Mitglieder des Rats verwarfen sie als allzu kühn und ungewöhnlich, als zu frei und den Überlieferungen der Kirchenbaukunst zuwiderlaufend.

Man stritt und konnte zu keiner Einigung kommen ... Die einen behaupteten, die inneren Pfeiler seien nicht tragfähig genug. »Wenn der Tiburio und die kleineren Türme erst fertig sind«, meinten sie, »muss bald der ganze Bau einstürzen, denn er wurde von unwissenden Leuten begonnen.« Nach der Meinung anderer hingegen konnte der Dom eine Ewigkeit überdauern.

Leonardo nahm wie gewöhnlich an dem Streit keinen Anteil; für sich allein und stumm stand er abseits. Ein Arbeiter trat zu ihm und überreichte ihm ein Schreiben. »Messere, unten auf dem Platz wartet ein reitender Bote aus Pavia auf Euer Gnaden.«

Der Künstler öffnete den Brief und las: »Leonardo, komm sofort! Ich muss dich sehen. Herzog Gian Galeazzo. 14. Oktober.«

Leonardo entschuldigte sich bei den Mitgliedern des Baurats, stieg auf den Platz hinab und ritt sogleich nach dem ein paar Reitstunden von Mailand entfernten Castello di Pavia.

---

* Gegrüßt seist du, Maria, voll der Gnade.

Die Kastanien, Ulmen und Ahornbäume des weit ausgedehnten Parks leuchteten in der Herbstsonne wie Gold und Purpur. Wie flatternde Schmetterlinge fielen welke Blätter zu Boden. In dem von Gras überwucherten Springbrunnen plätscherte kein Wasser mehr; auf den vernachlässigten Blumenbeeten welkten Astern.

Nahe dem Schloss traf Leonardo einen Zwerg, Gian Galeazzos alten Narren, der seinem Herrn noch die Treue wahrte, als alle anderen Diener den sterbenden Herzog im Stich gelassen hatten. Der Zwerg erkannte Leonardo sofort und eilte ihm hinkend und hüpfend entgegen.

»Wie ist das Befinden des Herzogs?«, erkundigte sich der Künstler.

Der Zwerg blieb die Antwort schuldig und machte nur eine hoffnungslose Geste. Leonardo wollte weiter der Hauptallee folgen.

»Nein, nein, nicht hier entlang«, hielt ihn der Zwerg zurück. »Hier kann man Euch sehen. Durchlaucht haben gebeten, Ihr sollt ganz im Geheimen … Wenn Herzogin Isabella etwas merkt, lässt man Euch womöglich gar nicht vor. Wir gehen besser seitwärts, einen Nebenweg.«

Bald traten sie in einen Eckturm, erstiegen die Treppe und durchschritten eine Reihe düsterer, ehemals wohl sehr prächtiger, jetzt aber unbewohnter Gemächer. Tapeten von goldbedrucktem Korduanleder hingen in Fetzen von den Wänden; Spinnweben schwebten unter dem Seidenbaldachin über dem herzoglichen Thron. Durch zerbrochene Fensterscheiben hatte der herbstliche Nachtwind gelbe Blätter aus dem Park hereingeweht.

»Bösewichter, Räuber«, knurrte der Zwerg vor sich hin und wies Leonardo die Spuren der Verwüstung. »Glaubt mir, am liebsten sähe man gar nicht hin auf das, was hier vorgeht. Ich wäre längst davongelaufen, bis ans Ende der Welt, wäre da nicht der Herzog, den niemand mehr betreut – außer mir armem Scheusal! … Hier, bitte! Hier…«

Er öffnete eine Tür und ließ Leonardo in ein stickiges, dunkles Gemach eintreten, in dem es stark nach Arzneien roch.

Ein Aderlass musste nach den Regeln der ärztlichen Kunst stets bei Kerzenlicht und geschlossenen Fensterläden vorgenommen werden. Der Gehilfe des Barbiers fing in einem Kupferbecken das strömende Blut auf. Der Barbier selbst, ein bescheidener Alter mit aufgerollten Hemdsärmeln, stach die Ader an. Der Arzt, der »Meister der Physik«, stand mit tiefsinnigem Gesicht, die Brille auf der Nase, im Doktormantel aus dunkellila Samt mit Eichhornpelz daneben; er nahm an der Arbeit des Barbiers keinen Anteil und sah nur zu, denn es galt als erniedrigend für die Würde des Arztes, chirurgische Instrumente auch nur zu berühren.

»Vor der Nacht sollt Ihr noch einmal zur Ader lassen«, sagte er befehlend, als der Arm verbunden und der Kranke wieder in seine Kissen gebettet war.

»Domine Magister«, warf der Barbier ehrerbietig und schüchtern ein, »sollten wir nicht lieber noch warten? Auf dass nicht übermäßiger Blutverlust …«

Der Arzt musterte ihn verächtlich lächelnd. »Schämt Euch, Verehrtester! Solltet allmählich wissen, dass man von den vierundzwanzig Pfund Blut, die ein menschlicher Körper enthält, an die zwanzig ohne Gefahr für Leben und Gesundheit abzapfen mag. Je mehr verdorbenes Wasser Ihr einem Brunnen entnehmt, desto mehr des frischen bleibt zurück. Sogar Säuglingen habe ich ohne Erbarmen Blut abgezogen, und es hat, Gott sei Lob, noch stets geholfen.«

Leonardo folgte dem Gespräch aufmerksam und wollte einen Einwand machen. Doch dann sagte er sich, dass ein Streit mit Ärzten ebenso zwecklos sein würde wie mit einem Alchimisten.

Arzt und Barbier entfernten sich. Der Zwerg schob die Kissen zurecht und wickelte die Füße des Kranken sorglich in die Decke ein. Leonardo blickte sich im Zimmer um. Über dem Bett hing ein Käfig mit einem kleinen grünen Papageien. Auf einem runden Tischchen lagen Spielkarten und Würfel, daneben stand ein Glasgefäß mit Wasser, in dem Goldfische umherschwammen. Zu Füßen des Herzogs schlief zusammengerollt ein weißes Hündchen. Das waren die letzten Zerstreuungen, die der getreue Diener sich zur Unterhaltung seines Herrn erdacht hatte.

»Hast du den Brief besorgt?«, fragte der Herzog, ohne die Augen aufzuschlagen.

»Ach, Durchlaucht«, antwortete eilends der Zwerg, »wir warteten ja noch – wir dachten, Ihr schliefet. Messer Leonardo weilt bereits hier.«

»Bereits hier?« Der Kranke lächelte freudig und versuchte mühsam, sich aufzurichten. »Endlich, Meister! Ich fürchtete schon, du würdest nicht kommen …«

Gian Galeazzo ergriff die Hand des Künstlers, und sein schönes, noch jugendliches Gesicht – er war erst vierundzwanzig Jahre alt – belebte sich mit blassem Rot. Der Zwerg verließ das Zimmer, um vor der Tür zu wachen.

»Mein Freund«, fuhr der Kranke fort, »du hast gewiss gehört …«

»Was, Durchlaucht?«

»Du weißt nicht? Nun, wenn es so steht, brauchte ich wohl gar nicht davon zu reden. Doch einerlei. Ich will es dir sagen – wir mögen dann zusammen darüber lachen. Die Leute behaupten …« Er hielt inne, schaute ihm gerade in die Augen und schloss mit leisem Spott: »Die Leute behaupten … du seist mein Mörder.«

Leonardo glaubte, der Kranke rede im Fieber.

»Ja, ja! Nicht wahr, welch Unsinn! Du – mein Mörder?«, wiederholte der Herzog. »Vor drei Wochen etwa bekam ich von meinem Onkel Moro und Beatrice einen Korb Pfirsiche als Geschenk. Madonna Isabella ist fest überzeugt, dass es mir schlechter geht, seit ich von diesen Früchten genossen habe, dass ich an einem schleichenden Gift dahinsieche. In deinem Garten soll angeblich ein Baum sein …«

»Das ist die Wahrheit«, antwortete Leonardo. »Ich habe einen solchen Baum.«

»Was sprichst du? … Wäre es denkbar …?«

»Nein! Gott war mir gnädig, wenn die Pfirsiche wirklich aus meinem Garten kommen sollten. Jetzt begreife ich, woher das Gerücht stammt. Um die Wirkung von Giften zu erforschen, wollte ich einen Pfirsichbaum vergiften. Meinem Schüler Zoroastro da Peretola habe ich allerdings gesagt, die Pfirsiche seien tatsächlich giftig. Doch gelang das Experiment nicht. Die Früchte sind unschädlich. Mein Schüler hat es anscheinend recht eilig gehabt, die Sache weiterzuerzählen …«

»Also, ich wusste doch«, rief der Herzog freudig. »Niemand trägt Schuld an meinem Tode. Trotzdem verdächtigen sie sich alle gegenseitig, hassen sich, fürchten einander … Oh, wenn ich ihnen doch alles sagen könnte, was wir jetzt besprechen! Mein Onkel hält sich für meinen Mörder, aber ich weiß, dass er ein guter Mensch ist, nur schwach und furchtsam. Warum sollte er mich auch umbringen? Ich trete ihm gern freiwillig die Macht ab. Ich brauche nichts … Ich würde von ihnen gehen, ich könnte in Freiheit leben, in Einsamkeit, mit meinen Freunden. Ich könnte Mönch werden oder dein Schüler, Leonardo. Aber niemand wollte mir glauben, dass ich wirklich keine Macht begehre. Und warum, o Gott, warum haben sie mir das angetan? Nicht mich – sich selbst haben sie mit den unschuldigen Früchten deines unschuldigen Baums vergiftet, die Armen, die Blinden! … Früher wähnte ich mich unglücklich, weil ich schon sterben müsse. Doch nun habe ich alles verstanden, Meister. Ich begehre nichts mehr, ich fürchte nichts mehr. Ich fühle mich wohl und ruhig und freudig, als hätte ich an einem heißen Tag meine staubige Kleidung abgeworfen und stiege nun in kühles, klares Wasser. O mein Freund, ich vermag es nicht recht zu sagen – doch du begreifst, was ich meine. Du bist ja selbst auch so.«

Leonardo presste stumm, mit stillem Lächeln seine Hand.

»Ich wusste doch«, fuhr der Kranke noch freudiger fort, »ich wusste, dass du mich verstehen würdest … Weißt du noch, wie du einmal zu mir sagtest, die Betrachtung der ewigen Gesetze der Mechanik, der natürlichen Notwendigkeit, lehre die Menschen große Demut und Ruhe? Damals verstand ich dich nicht. Aber jetzt, in Krankheit, Verlassenheit und Fieberwahn – wie oft habe ich jetzt an dich gedacht, an dein Angesicht, an deine Stimme, an jedes Wort von dir, Meister! Weißt du, mir ist manchmal so, als gelangten wir beide auf verschiedenen Wegen zu einem und demselben Ziel, du im Leben, ich im Tod.«

Die Tür ging auf; mit bestürzter Miene trat eilig der Zwerg ein und kündigte an: »Monna Druda!«

Leonardo wollte sich entfernen, der Herzog aber hielt ihn zurück. Gian Galeazzos alte Amme trat ein, in der Hand ein kleines Gläschen mit einer gelblichen trüben Flüssigkeit, der Skorpionsalbe.

Mitten im Sommer, wenn die Sonne im Sternbild des Hundes steht, fängt man Skorpione und wirft sie lebendig in hundertjähriges Olivenöl, tut Kreuzwurz, Mithridat und Schlangenkraut dazu und lässt das Ganze fünfzig Tage in der Sonne stehen. Mit dieser Salbe wurde der Kranke allabendlich unter den Achseln, an Schläfen und Bauch und in der Herzgegend eingerieben. Weise Frauen behaupteten, es gäbe kein besseres Mittel, nicht nur gegen alle Gifte, sondern auch gegen Zauberei, Besprechung und Verhexung.

Als die Alte Leonardo auf dem Bettrand sitzen sah, blieb sie erbleichend stehen. Ihre Hände zitterten so, dass ihr fast das Gläschen entfallen wäre. »Gott der Allmächtige steh uns bei! Heilige Mutter Gottes!« Sich bekreuzigend und Gebete murmelnd, zog sie sich zur Tür zurück, verließ das Zimmer und lief, so schnell ihre alten Beine sie trugen, mit der furchtbaren Botschaft zu Madonna Isabella, ihrer Herrin. Monna Druda war fest überzeugt, dass der Bösewicht Moro und sein Spießgeselle Leonardo den Herzog wenn nicht mit Gift, so doch durch bösen Blick, durch Hexerei oder irgendeinen anderen Teufelszauber dem Tode nahe gebracht hätten.

Der Herzogin kniete gerade in der Kapelle vor dem Heiligenbild und betete. Als Monna Druda ihr meldete, Leonardo befinde sich beim Herzog, sprang sie jäh auf und schrie laut: »Unmöglich! Wer hat ihn eingelassen?«

»Wer ihn eingelassen hat?«, brummte die Alte kopfschüttelnd. »Glaubt mir, Durchlaucht, ich fasse es nicht, woher er gekommen ist, der Verfluchte. Als sei er aus der Erde emporgefahren oder durch den Schornstein hereingeflogen, Gott verzeih mir! Es ist sichtlich eine böse Sache. Schon längst habe ich Eurer Durchlaucht gesagt …«

Ein Page trat in die Kapelle und beugte ehrerbietig ein Knie: »Durchlauchtigste Madonna, ist es Euch und Eurem Gemahl genehm, Seine Majestät, den Allerchristlichsten König von Frankreich, zu empfangen?«

Karl VIII. bewohnte die unteren Gemächer von Schloss Pavia, die Herzog Ludovico für ihn prächtig hatte herrichten lassen. Während der König nach der Mittagstafel der Ruhe pflegte, ließ er sich das auf seinen Befehl aus dem Lateinischen ins Französische übersetzte, recht unzuverlässige Buch *Mirabilia Urbis Romae,* Die Wunder der Stadt Rom, vorlesen.

Als einsames, vom Vater eingeschüchtertes, kränkliches Kind hatte Karl trübe Jugendjahre in dem öden Schloss Amboise verlebt und seine Fantasie mit Ritterromanen genährt, die ihm den ohnehin schwachen

Kopf völlig verwirrten. Als zwanzigjähriger, unerfahrener, gutmütiger und überspannter scheuer Jüngling König von Frankreich geworden, sah er in sich selbst einen Helden märchenhafter Abenteuer, wie sie von den fahrenden Rittern der Tafelrunde, Lancelot und Tristan, berichtet werden, und wollte jetzt alles verwirklichen, was er in seinen Büchern gelesen hatte. Der »Sohn des Mars und Nachfahre Julius Cäsars«, wie die Hofchronisten ihn nannten, war an der Spitze eines gewaltigen Heers in die Lombardei eingerückt, um Neapel, Sizilien, Konstantinopel und Jerusalem zu unterwerfen, den Großtürken zu stürzen, die mohammedanische Ketzerei mit Stumpf und Stil auszurotten und das Heilige Grab vom Joch der Ungläubigen zu befreien.

Als der König jetzt naiv staunend von den »Wundern Roms« vorlesen hörte, schwelgte er bereits im Vorgefühl des Ruhms, den er durch die Eroberung dieser gewaltigen Stadt erwerben musste. Seine Gedanken wurden allmählich wirr. Er fühlte Schmerzen in der Herzgrube und eine Schwere im Kopf als eine Folge der allzu ausgelassenen Tafel am Vorabend mit den Damen von Mailand. Das Gesicht einer von ihnen – sie hieß Lucrezia Crivelli – hatte er die ganze Nacht im Traum vor sich gesehen.

Karl VIII. war klein von Wuchs und hatte ein hässliches Gesicht. Seine krummen Beine waren dünn wie Stricknadeln, die Schultern schmal, dazu die eine höher als die andere, die Brust eingefallen; er hatte eine übermäßig große Hakennase, dünnes blassrotes Haar und seltsam gelblichen Flaum statt des Bartwuchses. Arme und Gesicht zuckten oft krampfartig. Die wie bei kleinen Kindern stets offen stehenden dicken Lippen, die hochgezogenen Brauen, die auffallend großen, weißlichen, kurzsichtigen, vorstehenden Augen verliehen ihm einen trübseligen, zerstreuten und gleichzeitig gespannten Ausdruck, wie er Schwachsinnigen eigen ist. Seine Rede war schwer verständlich und abgerissen. Angeblich hatte der König sechs Zehen an den Füßen. Um das zu verbergen, sei bei Hof die hässliche Mode der breiten, wie Pferdehufe runden, weichen Schuhe aus schwarzem Samt eingeführt worden.

»Thibaud! He, Thibaud«, rief er, die Vorlesung unterbrechend, mit seiner wie gewöhnlich abwesenden Miene nach dem ersten Kammerdiener, stotternd und nach Worten suchend. »Ich … Also … Ich glaube, ich habe Durst. Wie? Sodbrennen. Was? Bring Wein, Thibaud!«

Kardinal Briçonnet trat ein und meldete, der Herzog erwarte den König.

»Wie? Wie? Was ist? Der Herzog? Gleich … Ich trinke nur etwas.«

Karl ergriff den Becher, den ihm ein Höfling reichte. Doch Briçonnet hielt den König zurück und fragte Thibaud: »Ist das unser eigener Wein?«

»Nein, Monsignore. Er stammt aus dem hiesigen Keller. Unsern eigenen Wein haben wir bereits ausgetrunken.«

Der Kardinal schüttete den Wein aus. »Verzeihung, Majestät! Die hiesigen Weine könnten Eurer Gesundheit unzuträglich sein. Thibaud, befiehl dem Mundschenk, rasch ins Lager zu laufen und ein Fässchen aus dem Feldkeller zu holen!«

»Warum? Wie? Was ist?«, brummte der König ganz erstaunt.

Der Kardinal flüsterte ihm ins Ohr, er fürchte Gift, denn von Menschen, die ihren eigenen rechtmäßigen Herzog umbrächten, müsse man jedes Verrats gewärtig sein, und Vorsicht schade nie, wenn auch keine bestimmten Beweise vorlägen.

»Ach, Unsinn! Wozu das? Ich habe Durst«, entgegnete Karl und zuckte ärgerlich mit einer Schulter, doch fügte er sich schließlich.

Herolde schritten voraus. Vier Pagen hielten einen prächtigen, mit den silbernen französischen Lilien bestickten Baldachin aus blauer Seide über den König. Der Seneschall legte ihm den hermelinbesetzten roten Samtmantel um die Schulter, in den goldene Bienen eingestickt waren und der ritterliche Wahlspruch *Le roi des abeilles n'a pas d'aiguillon* – Der König der Bienen hat keinen Stachel. Dann setzte sich der Zug durch die dunklen, verwaisten Räume des Schlosses in Bewegung, zu den Zimmern des Sterbenden.

Als Karl an der Kapelle vorüberkam, erblickte er die Herzogin Isabella. Er lüftete ehrerbietig das Barett und wollte auf sie zutreten, um nach altfranzösischer Sitte die Dame auf den Mund zu küssen und sie als »liebe Schwester« anzureden. Doch die Herzogin trat ihm bereits entgegen und warf sich zu seinen Füßen.

»Majestät«, begann sie ihre vorher zurechtgelegte Ansprache, »erbarme dich unser! Gott wird es dir lohnen. Beschirme die Unglücklichen, hochherziger Ritter! Moro hat uns alles genommen, er hat uns den Thron geraubt, hat meinen Gemahl, Gian Galeazzo, den rechtmäßigen Herzog von Mailand, vergiftet. In unserm eigenen Hause sind wir von Mördern umringt.«

Karl verstand sie nur schlecht und hörte fast gar nicht auf das, was sie sagte. »Wie? Wie? Was ist?«, stammelte er, wie eben aus dem Schlaf erwachend, zuckte krampfhaft mit einer Schulter und stotterte: »Nun, nun, lasst das … Ich bitte Euch … Lasst das, Schwester … Steht auf! Steht auf!«

Aber sie erhob sich nicht, sondern griff nach seinen Händen, küsste sie, wollte seine Knie umfangen und rief schließlich weinend, in ehrlicher Verzweiflung: »Wenn auch Ihr mich verlasst, Majestät, dann lege ich Hand an mich!«

Der König war jetzt völlig fassungslos, und sein Gesicht verzog sich leidend, als würde er selbst gleich in Tränen ausbrechen. »Nun, aber, aber! … Mein Gott, ich kann doch nicht… Briçonnet, bitte… Ich weiß nicht… Sag du ihr …«

Am liebsten wäre er davongelaufen. Sie erweckte keinerlei Mitleid in ihm, denn auch in ihrer Erniedrigung und Verzweiflung war sie noch allzu stolz und schön wie eine erhabene Heldin in der Tragödie.

»Durchlauchtigste Madonna, beruhigt Euch! Seine Majestät wird für Euch wie für Euren Gemahl, Messire Jean Galease, alles tun, was geschehen kann«, versicherte der Kardinal höflich, kühl und etwas gönnerhaft, den Namen des Herzogs französisch aussprechend. Die Herzogin blickte Briçonnet an, schaute aufmerksam dem König ins Gesicht und schwieg plötzlich, als habe sie erst jetzt recht begriffen, mit wem sie rede. So hässlich, lächerlich und kläglich stand er vor ihr, mit den nach der Art kleiner Kinder weit geöffneten dicken Lippen, dem blöden, gespannten, abwesenden Lächeln, den großen weißlichen, vorstehenden Augen.

›Ich … zu Füßen dieser Missgeburt, dieses Schwachsinnigen! Ich, die Enkelin Ferdinands von Aragonien!‹

Sie erhob sich. Ihre bleichen Wangen röteten sich. Der König fühlte, dass er etwas sagen, irgendwie dieses peinliche Schweigen brechen müsse. Er machte eine verzweifelte Anstrengung, zuckte mit einer Schulter, blinzelte mit den Augen und konnte doch nur sein gewohntes »Wie? Wie? Was ist?« lallen, dann fing er an zu stottern, machte eine hilflose Geste und verstummte.

Die Herzogin maß ihn mit einem Blick offener Verachtung. Karl senkte wie vernichtet den Kopf. »Briçonnet, wir wollen weitergehen. Wie? Wie? Was?«

Die Pagen rissen die Tür auf. Karl betrat das Zimmer des Herzogs. Die Fensterläden waren geöffnet. Das stille Licht des Herbstabends fiel durch die hohen goldenen Wipfel des Parks ins Fenster. Der König trat an das Bett des Kranken, nannte ihn Vetter – mon cousin – und erkundigte sich nach seinem Befinden. Gian Galeazzo antwortete ihm mit einem so freundlichen Lächeln, dass dem König sofort leichter ums Herz wurde. Seine Befangenheit schwand, und er beruhigte sich allmählich.

»Gott der Herr schenke Eurer Majestät den Sieg«, sagte der Herzog unter anderem. »Wenn Ihr in Jerusalem sein werdet, am Heiligen Grab, so betet für meine arme Seele, denn dann werde ich …«

»Ach nein, nein, lieber Bruder! Wie wäre das möglich? Was sprecht Ihr? Warum?«, unterbrach ihn der König. »Gott ist sehr gnädig. Ihr werdet genesen … Wir werden zusammen in den Krieg ziehen und die ungläubigen Türken bekämpfen. Ihr werdet an meine Worte denken! Wie? Wie? Was? …«

Gian Galeazzo schüttelte den Kopf: »Nein … wie sollte ich!« Er schaute dem König mit einem tiefen, forschenden Blick gerade in die Augen und fügte hinzu: »Wenn ich tot bin, Majestät, lasst meinen Knaben Francesco nicht im Stich und auch nicht Isabella. Sie ist sehr unglücklich, sie hat niemanden auf der Welt.«

»Ach Gott, ach Gott!«, rief Karl in rascher, starker Erregung. Seine dicken Lippen bebten, die Mundwinkel senkten sich, und das Gesicht strahlte in ungewöhnlicher Güte, plötzlich wie von einem inneren Licht erleuchtet. Er neigte sich rasch zu dem Kranken nieder, umarmte ihn mit jäher Zärtlichkeit und stammelte: »Mein Bruder! Mein Lieber! Du armer, armer Mensch!«

Die beiden lächelten sich an wie zwei arme kranke Kinder, und ihre Lippen vereinigten sich in einem brüderlichen Kuss. Als der König das

Gemach des Herzogs verlassen hatte, rief er den Kardinal heran. »Briçonnet! He, Briçonnet! Weißt du, wir müssen irgendwie … Also … Wie? … Helfen! … So geht das nicht … Ich bin ein Ritter … Muss ihn beschirmen … Hörst du?«

»Majestät«, antwortete der Kardinal ausweichend, »er muss ja doch sterben. Wie könnten wir ihm helfen? Wir würden uns nur selbst schaden: Herzog Moro ist unser Verbündeter.«

»Herzog Moro ist ein Bösewicht. Das ist er … ja … ein Mörder«, rief der König, und in seinen Augen funkelte ernst gemeinter Zorn.

»Was soll man da tun?«, entgegnete Briçonnet achselzuckend, mit einem feinen, etwas gönnerhaften Lächeln. »Herzog Moro ist nicht schlimmer und nicht besser als andere. Das ist Politik, Majestät. Wir sind allesamt nur Menschen.«

Der Mundschenk reichte dem König einen Becher französischen Weins. Karl leerte ihn begierig. Der Wein erfrischte ihn und verscheuchte seine dunklen Gedanken. Zugleich mit dem Mundschenk trat ein Abgesandter des Herzogs Lodovico ein und überbrachte eine Einladung zur Abendtafel. Der König lehnte ab. Der Abgesandte begann flehentlich zu bitten. Als er aber sah, dass alle Bitten nichts ausrichteten, trat er zu Thibaud und flüsterte ihm etwas ins Ohr. Der nickte zum Zeichen des Einverständnisses und flüsterte seinerseits dem König zu: »Majestät – Madonna Lucrezia …«

»Wie? Wie? Was ist? Wer ist Lucrezia?«

»Die Dame, mit der Ihr auf dem gestrigen Ball die Güte hattet zu tanzen.«

»Ach ja. Natürlich. Gewiss … Ich weiß … Madonna Lucrezia … Entzückend … Sie wird an der Abendtafel teilnehmen, sagst du?«

»Unbedingt wird sie anwesend sein. Sie fleht Eure Majestät an …«

»Sie fleht … So, so! Nun, also wie, Thibaud? Wie? Was meinst du? Vielleicht könnte ich … Einerlei … Sei es … Morgen ziehe ich in den Krieg … Zum letzten Mal … Vermeldet dem Herzog meinen Dank, Messere«, wandte er sich an den Abgesandten. »Sagt ihm, ich würde … Also … Wie? … Meinethalben.«

Der König führte Thibaud beiseite: »Hör mal, wer ist eigentlich Madonna Lucrezia?«

»Herzog Moros Geliebte, Majestät.«

»Moros Geliebte. So, so. Schade.«

»Sire, nur ein Wort, und wir machen das sofort. Ist es Euch genehm, noch heute …«

»Nein, nein. Unmöglich. Bin Gast hier.«

»Moro wird es sich zur Ehre rechnen, Majestät. Ihr kennt die Leute hierzulande noch nicht.«

»Nun, einerlei, einerlei. Wie du willst. Deine Sache.«

»Ihr mögt ganz ruhig sein, Majestät. Ein einziges Wort …«

»Keine Fragen … Mag ich nicht … Ich habe gesagt: deine Sache … Ich weiß von nichts … Wie du willst.«

Thibaud machte stumm eine tiefe Verbeugung. Während der König die Treppe hinabstieg, verfinsterte sich seine Miene; hilflos, angestrengt grübelnd, rieb er sich die Stirn.

»Briçonnet! He, Briçonnet! … Was meinst du? … Was wollte ich sagen?… Ach, ja, ja … Müssen eintreten für ihn … Ist unschuldig … Wird gekränkt … So geht das nicht … Ich bin Ritter!«

»Sire, lasst diese Sorge einstweilen fahren! Wirklich, wir können uns jetzt nicht damit abgeben … Später vielleicht, wenn wir aus dem Krieg heimkehren … Wenn wir die Türken besiegt und Jerusalem erobert haben.«

»Ach, ja, Jerusalem!« Seine Augen weiteten sich, ein bleiches, unklar verträumtes Lächeln umspielte seine Lippen.

»Des Herrn Hand leitet Eure Majestät zum Sieg«, fuhr Briçonnet fort. »Der Finger Gottes weist dem Heer der Kreuzfahrer den Pfad.«

»Finger Gottes! Finger Gottes«, wiederholte Karl VIII. feierlich und hob die Augen gen Himmel.

Acht Tage später verschied der junge Herzog.

Kurz vor seinem Tod flehte er noch seine Gattin an, Leonardo holen zu lassen. Isabella schlug es ihm aber ab: Monna Druda hatte ihr eingeredet, Verhexte hätten immer das unüberwindliche, für sie verderbliche Begehren, denjenigen zu sehen, von dem sie behext wurden. Die Alte rieb den Kranken eifrig mit Skorpionsalbe ein, und die Ärzte marterten ihn bis zum Ende mit Aderlässen.

Er starb friedlich. »Dein Wille geschehe!«, waren seine letzten Worte.

Moro ordnete die Überführung der Leiche aus Pavia nach Mailand und die Aufbahrung im Dom an. Die hohen Würdenträger versammelten sich im Schloss zu Mailand. Lodovico versicherte, das vorzeitige Hinscheiden seines Neffen erfülle sein Herz mit unsäglichem Schmerz, und machte den Vorschlag, Gian Galeazzos kleinen Sohn Francesco, den rechtmäßigen Thronerben, zum Herzog auszurufen. Alle widersetzten sich. Sie meinten, man dürfe einem Minderjährigen nicht eine so große Macht übertragen, und baten Moro im Namen des Volks, selbst den Herzogsstab anzunehmen.

Zuerst lehnte er heuchlerisch ab. Schließlich fügte er sich, scheinbar wider Willen, ihren Bitten. Man brachte ein Prunkgewand aus Goldbrokat; der neue Herzog legte es an, bestieg sein Pferd und ritt nach der Kirche Sant'Ambrogio, umringt von einer Schar seiner Anhänger, die laute Hochrufe anstimmten: »Es lebe Moro! Es lebe der Herzog!« Trompeten erschallten, Kanonen dröhnten, die Glocken läuteten. Das Volk aber verhielt schweigend.

Auf dem Marktplatz, von der Loggia degli Osii an der Südseite des Rathauses, verlas ein Herold in Anwesenheit der Ältesten, der Konsuln, der angesehenen Bürger und der Syndici das von Maximilian, des Heiligen Römischen Reiches Kaiser, dem Herzog Moro verliehene Privilegium: »Maximilianus divina favente clementia Romanorum Rex semper Augustus; alle Provinzen, Länder, Städte, Dörfer, Schlösser und Festen, Berge, Weiden, Ebenen, Wälder, Wiesen, Ödlande, Flüsse, Seen, Jagden, Fischereien, Salzgruben, Bergwerke sowie Besitzungen von Vasallen, Markgrafen, Grafen, Baronen, auch Klöster, Kirchen, Pfarren – alle und alles verleihen wir dir, Lodovico Sforza, und deinen Nachkommen, und wir bestätigen, ernennen, erhöhen, erwählen dich und deine Söhne, Enkel und Urenkel zu Herrschern in der Lombardei, für ewige Zeiten.«

Einige Tage später wurde die feierliche Einbringung des größten Heiligtums der Stadt Mailand, eines Nagels vom Kreuz Christi, in den Dom angekündigt. Durch diese feierliche Handlung hoffte Moro die Gunst des Volks zu gewinnen und seine Macht zu befestigen.

Nachts gab es auf der Piazza dell'Arrengo vor Tibaldos Weinkeller einen Volksauflauf. In der Menge befanden sich unter anderem der Zinngießer Scarabullo, der Goldsticker Mascarello, der Kürschner Maso, der Schuster Corbolo und der Glasbläser Gorgoglio.

Inmitten des Volks stand auf einem Fass der Dominikaner Fra Timoteo und predigte: »Liebe Brüder! Als die heilige Helena unter einem Tempel der heidnischen Göttin Venus das Leben spendende Kreuz Christi und andere von den Heiden vergrabene Werkzeuge, mit denen man einst unsern Herrn gemartert, aufgefunden hatte, nahm Kaiser Konstantin einen von den hochheiligen furchtbaren Nägeln und ließ ihn von seinen Schmieden an den Zaum seines Schlachtrosses schmieden, auf dass erfüllet würde das Wort des Propheten Zacharias: ›Zu der Zeit wird die Rüstung der Rosse dem Herrn heilig sein.‹ Und dieses unbeschreibliche Heiligtum verlieh ihm den Sieg über alle Feinde und Widersacher des Römischen Reiches. Nach des Kaisers Tod ging der Nagel verloren, und erst lange Zeit später fand ihn der große Heilige, Ambrosius von Mailand, in der Stadt Rom wieder im Laden des Alteisenhändlers Paolino. Der Nagel wurde von ihm nach Mailand gebracht, und seit jener Zeit besitzt unsere Stadt diesen kostbaren, hochheiligen Nagel – den Nagel, der einst die rechte Hand des allmächtigen Gottes am Holz der Erlösung durchbohrte. Seine genaue Länge ist fünf und eine halbe Oncie. Er ist länger und dicker als der Nagel in Rom, und spitz, während der in Rom stumpf ist. Drei Stunden lang stak dieser Nagel in der Hand des Heilands, was der gelehrte Padre Alessio durch zahlreiche sehr feine Syllogismen bewiesen hat.«

Fra Timoteo hielt einen Augenblick inne, dann hob er die Arme gen Himmel und rief mit lauter Stimme: »Heute aber, Vielgeliebte, geschieht ein gewaltiger Frevel: Moro, der Bösewicht, der Mörder, der Thronräuber, will unser Volk durch gottlose Feste verführen, will seinen wankenden Thron durch diesen hochheiligen Nagel befestigen …« Die Menge schrie auf. »Und wisst ihr wohl, liebe Brüder«, fuhr der Mönch fort, »wen Moro beauftragt hat, eine Maschine zu bauen, die den heiligen Nagel in der Hauptkuppel des Doms über den Altar emporheben soll?«

»Wen? Wen?«

»Den Florentiner Leonardo da Vinci!«

»Leonardo? Wer ist Leonardo?«, riefen fragende Stimmen.

»Den kennen wir«, antworteten andere. »Das ist derselbe, der den jungen Herzog mit seinen Pfirsichen vergiftet hat.«

»Ein Zauberer! Ein Ketzer! Ein Gottesleugner!«

»Ich habe gerade gehört«, widersprach Corbolo schüchtern, »Messer Leonardo soll ein sehr guter Mensch sein? Niemandem tut er Böses an. Nicht nur zu Menschen, auch zu Tieren ist er gut ...«

»Schweig, Corbolo, was redest du für Unsinn!«

»Ein Zauberer kann doch nicht gut sein!«

»Oh, meine Kinder«, erklärte Fra Timoteo, »einst werden die Menschen auch von dem großen Verführer, der da nahet in der Finsternis, sprechen: ›Er ist gut, er ist mild, er ist vollkommen!‹ Denn sein Angesicht wird gleichen dem Antlitz Christi, und eine liebliche, gar süße Stimme wird ihm gegeben sein, wie der Klang einer Schalmei. Viele Menschen wird er verleiten durch arglistige Güte. Und von allen vier Winden wird er zusammenrufen die Völker, so wie ein Feldhuhn mit trügerischem Ruf falsche Brut lockt in sein Nest. Wachet, liebe Brüder! Siehe, es nahet der Engel der Finsternis, der Fürst dieser Welt, des Name heißt Antichrist. Er nahet in Menschengestalt; der Florentiner Leonardo aber ist ein Knecht und ein Vorläufer des Antichrist!«

Der Glasbläser Gorgoglio, der noch nie ein Wort über Leonardo gehört hatte, erklärte sehr überzeugt: »Wahrlich, so ist es. Seine Seele hat er dem Satan verkauft; mit seinem eigenen Blut hat er den Pakt unterschrieben.«

»Erbarme dich, hochheilige Mutter, und sei uns gnädig!«, schnatterte die Händlerin Barbaccia. »Gestern erst erzählte mir Jungfer Stamma – sie dient beim Henker unseres Kerkers als Waschmagd –, dass selbiger Leonardo – nicht zur Nacht sei sein Name genannt! – Leichen vom Galgen raubt, mit Messern zerstückelt, aufschlitzt, die Gedärme herausholt ...«

»Nun, davon verstehst du nichts, Barbaccia«, bemerkte Corbolo wichtig. »Das ist eine Wissenschaft: Die heißt Anatomie.«

»Er soll auch eine Maschine erfunden haben, um mit Vogelflügeln durch die Lüfte zu fliegen«, berichtete der Goldsticker Mascarello.

»Der alte geflügelte Drache Belial erhebt sich wider Gott«, erklärte Fra Timoteo. »Audi Simon der Magier erhob sich in die Lüfte, doch wurde er vom Apostel Paulus herniedergestürzt.«

»Auf dem Meer wandelt er wie auf trockenem Land«, erzählte Scarabullo. »›Der Herr ist auf dem Wasser gewandelt‹, sagt er, ›also kann ich es auch.‹ So gotteslästerlich redet er.«

»In einer gläsernen Glocke taucht er auf den Meeresboden«, berichtete der Kürschner Maso.

»Oh, liebe Brüder, glaubt das nicht! Wozu braucht er eine Glocke? Er verwandelt sich in einen Fisch und schwimmt, er verwandelt sich in einen Vogel und fliegt«, wusste Gorgoglio.

»So ein verfluchter Unhold. Möge er verrecken!«

»Dass die heiligen Väter von der Inquisition das alles so ruhig mit ansehen! Auf den Scheiterhaufen gehört er.«

»Einen Pfahl von Espenholz müsste man ihm durch die Gurgel jagen.«

»Wehe, wehe! Leid über uns, viel geliebte Brüder«, jammerte Fra Timoteo. »Der hochheilige Nagel, der hochheilige Nagel ist in Leonardos Hand!«

»Das darf nicht sein«, schrie Scarabullo, die Fäuste ballend. »Und wenn wir sterben müssten deshalb – wir lassen nicht unser Heiligtum schänden. Entreißen wir dem Gottesleugner den Nagel!«

»Rache für den Nagel! Rache für unsern gemeuchelten Herzog!«

»Was tut ihr?«, schrie händeringend der Schuster. »Gleich macht die Nachtwache ihre Runde. Der Kapitän der Giustizia …«

»Der Teufel hole den Kapitän der Giustizia! Kriech zu deiner Frau unter den Rock, Corbolo, wenn du Angst hast.«

Mit Stöcken, Pfählen, Hellebarden und Steinen bewaffnet, unter lautem Gebrüll und Gefluche zog die Menge durch die Gassen. Allen voran schritt der Mönch, ein Kruzifix in Händen haltend, und stimmte einen Psalm an: »Es stehe Gott auf, dass seine Feinde zerstreuet werden und die ihn hassen vor ihm fliehen. Vertreibe sie, wie der Rauch vertrieben wird. Wie das Wachs zerschmilzt vom Feuer, so müssen umkommen die Gottlosen vor Gott.«

Pechfackeln qualmten und knisterten. In ihrem blutroten Schein erblasste die umgekehrte Sichel des einsamen Mondes. Die stillen Sterne erloschen.

Leonardo arbeitete in seiner Werkstatt an der Maschinerie, die den heiligen Nagel emporheben sollte. Zoroastro fertigte den runden, verglasten Schrein mit Goldstrahlen zur Aufbewahrung des Heiligtums. In einem dunklen Winkel der Werkstatt saß Giovanni Beltraffio und warf hin und wieder einen Blick auf den Meister.

In das Studium des Problems der Kraftübertragung durch Flaschenzüge und Hebel vertieft, hatte Leonardo ganz seine Maschine vergessen. Gerade war er mit einer schwierigen Berechnung fertig geworden. Die innere Notwendigkeit der Vernunft – das Gesetz der Mathematik – bestätigte die äußere Notwendigkeit der Natur – das Gesetz der Mechanik. Zwei große Geheimnisse flossen zu einem noch größeren zusammen.

Nie werden die Menschen etwas so Einfaches und Herrliches erfinden, dachte er mit einem stillen Lächeln, wie es eine wahre Naturerscheinung ist. Die göttliche Notwendigkeit zwingt durch ihre Gesetze jede Wirkung, der Ursache auf dem allerkürzesten Weg zu folgen.

In seiner Seele spürte er das ihm so wohlvertraute Gefühl andächtigen Staunens vor dem Abgrund, der sich seinen Blicken auftat – ein Gefühl, das sich mit keinem anderen uns Menschen zugänglichen vergleichen lässt.

Auf den Rand der Skizze der Hebemaschine für den heiligen Nagel, neben Ziffern und Berechnungen, schrieb er Worte, die in seinem Herzen klangen wie ein Gebet: »O mirabile giustizia di te, Primo Motore! Oh, wie wunderbar ist deine Gerechtigkeit, du Erster Beweger alles Bewegten! Du wolltest keiner Kraft die Ordnung nehmen und die Art ihrer notwendigen Wirkungen. Denn wenn eine Kraft einen Körper hundert Ellen weit fortbewegen soll und sie dabei auf ein Hindernis stößt, so erzeugt nach deinem Befehl die Kraft des Anpralls neue Bewegung, sodass der nicht zurückgelegte Teil des Weges durch neue Erschütterungen und Stöße ersetzt wird. Oh, göttlich ist deine Notwendigkeit, du Erster Beweger alles Bewegten!«

Plötzlich wurde laut an die Haustür geschlagen, man hörte Psalmengesang, wildes Fluchen und Brüllen einer aufgeregten Volksmenge. Giovanni und Zoroastro eilten hinaus, um nachzusehen, was es gebe.

Die Köchin Maturina stürmte halb bekleidet, zerzaust, wie sie aus dem Bett kam, mit lautem Geschrei ins Zimmer: »Räuber! Diebe! Hilfe! Heilige Mutter Gottes, sei uns gnädig!«

Marco d'Oggiono trat mit einer Hakenbüchse in den Händen ein und schloss eiligst die Fensterläden.

»Was gibt es, Marco?«, fragte Leonardo.

»Ich weiß nicht. Gesindel will das Haus stürmen. Die Mönche haben wohl den Pöbel aufgehetzt.«

»Was will das Volk?«

»Der Teufel mag die verrückte Bande verstehen. Den heiligen Nagel wollen sie haben.«

»Den habe ich nicht. Er liegt in der Sakristei bei Erzbischof Arcimboldi.«

»Das habe ich ihnen schon gesagt. Sie wollen nicht hören und toben draußen. Sie nennen Euer Gnaden den Vergifter des Herzogs Gian Galeazzo, einen Zauberer und Gottesleugner.«

Das Geschrei auf der Straße wurde immer lauter.

»Aufmachen! Aufmachen! Oder wir stecken das verdammte Nest in Brand. Wart nur, Leonardo, verfluchter Antichrist, wir kommen dir schon ans Fell!«

»Es stehe Gott auf, dass seine Feinde zerstreuet werden«, plärrte Fra Timoteo draußen, und in seinen Singsang mischte sich das schrille Pfeifen des Gassenjungen Farfanicchio.

Der kleine Diener Jacopo erschien sehr eilig in der Werkstatt, sprang aufs Fensterbrett, stieß einen Laden auf und wollte schon hinausspringen, als Leonardo ihn am Rockzipfel festhielt.

»Wo willst du hin?«

»Die Berrovieri holen! Der Kapitän der Giustizia kommt um diese Zeit mit der Wache ganz in der Nähe vorbei.«

»Was fällt dir ein? Gott steh dir bei, Jacopo! Wenn sie dich fangen, schlagen sie dich tot.«

»Mich fangen sie nicht. Ich klettere über die Mauer zu Tante Trulla in den Garten, dann in den Klettengraben und über die Hinterhöfe … Und wenn sie mich totschlagen – dann doch lieber mich als Euch.«

Der Junge warf Leonardo noch einen zärtlichen Blick zu, lächelte verwegen, riss sich rasch aus seinen Händen, sprang aus dem Fenster und rief von draußen: »Ich schaffe Hilfe! Keine Angst!« Dann klappte er den Laden wieder zu.

»Ein Teufelsjunge!«, sagte Maturina kopfschüttelnd. »Aber in der Not ist er zu brauchen. Vielleicht bringt er wirklich Hilfe.«

Da klirrten zerbrochene Fensterscheiben im oberen Stockwerk. Die Köchin erhob ein großes Jammergeschrei, rang die Hände, lief aus dem Zimmer, suchte, im Dunkeln tastend, die steile Kellertreppe und polterte nach unten. Dann kroch sie, wie sie später selbst berichtete, in ein leeres Weinfass, in dem sie bis zum Morgen geblieben wäre, hätte man sie nicht herausgezogen.

Marco lief nach oben, um die Läden zu schließen. Giovanni kehrte mit bleichem Gesicht, niedergeschlagen, gleichgültig gegen alles in die Werkstatt zurück und wollte sich wieder in seinen Winkel setzen. Aber dann warf er einen Blick auf Leonardo, trat zu ihm und fiel vor ihm auf die Knie.

»Was hast du? Was willst du, Giovanni?«

»Meister, die Leute sagen … Ich weiß ja, es ist nicht wahr … Ich glaube es nicht … Aber sagt … Um Gottes willen, sagt selbst …« Er brach ab, der Atem versagte ihm vor Aufregung.

»Du zweifelst?«, sprach Leonardo mit trübem Lächeln. »Ob sie die Wahrheit sprechen – ich sei ein Mörder?«

»Ein Wort, nur ein einziges Wort, Meister, aus Eurem Munde!«

»Was kann ich dir sagen, mein Freund? Und wozu? Einerlei – du glaubst mir ja doch nicht. Wenn du zu zweifeln vermochtest …«

»Oh, Messer Leonardo«, stöhnte Giovanni. »Ich leide so … Ich weiß nicht, was mit mir ist … Ich verliere den Verstand, Meister … Helft mir! Erbarmt Euch! Ich kann nicht mehr … Sagt, dass es nicht wahr ist!«

Leonardo schwieg. Dann wandte er sich ab und sprach mit bebender Stimme: »Auch du bist mit ihnen? Auch du bist gegen mich?«

Da donnerten draußen Schläge, dass das ganze Haus zitterte: Der

Zinngießer Scarabullo versuchte, mit der Axt die Tür einzuschlagen. Leonardo lauschte auf das Geheul des Pöbels. Sein Herz krampfte sich in der ihm so wohlbekannten stillen Wehmut, im Bewusstsein grenzenloser Vereinsamung. Er ließ das Haupt sinken. Sein Blick fiel auf die soeben niedergeschriebenen Zeilen: »Wie wunderbar ist deine Gerechtigkeit, du Erster Beweger alles Bewegten!«

Ja, so ist es, dachte er. Alles ist gut, alles stammt von dir. Er lächelte und wiederholte mit tiefer Demut die letzten Worte des sterbenden Herzogs Gian Galeazzo: »Dein Wille geschehe auf Erden wie im Himmel.«

6

Das Tagebuch des Giovanni Beltraffio

Am 25. März 1494 trat ich bei dem Florentiner Meister Leonardo da Vinci in die Lehre.

Das ist mein Lehrplan: Perspektive, Maße und Proportionen des menschlichen Körpers, Zeichnen nach Vorlagen großer Meister, Zeichnen nach der Natur.

Mein Kamerad Marco d'Oggiono gab mir heute ein nach den Worten des Meisters niedergeschriebenes Buch über Perspektive.

Es beginnt so: »Die größte Freude für den Körper ist das Sonnenlicht, die größte Freude für den Geist die Klarheit mathematischer Wahrheit. Deshalb muss man die Wissenschaft von der Perspektive, in der sich die Betrachtung der strahlenden Linie – die größte Wonne für das Auge – der mathematischen Klarheit – der größten Wonne des Geistes – gesellt, allen übrigen menschlichen Forschungen und Wissenschaften voranstellen. So erleuchte mich jener, der von sich selbst gesagt hat: ›Ich bin das wahre Licht‹, und er helfe mir, die Wissenschaft von der Perspektive, die Wissenschaft vom Lichte, darzustellen. Ich teile dieses Buch in drei Abschnitte: erstens, Verringerung des Umfangs der Gegenstände in der Ferne; zweitens, Verringerung der Klarheit der Farben; drittens, Verringerung der Klarheit der Umrisse.«

Der Meister sorgt für mich wie für einen Sohn. Als er erfuhr, dass ich arm bin, weigerte er sich, das ausgemachte monatliche Lehrgeld von mir anzunehmen.

Der Meister sagte: »Wenn du erst einmal die Perspektive beherrschst und die Proportionen des menschlichen Körpers auswendig weißt, dann beobachte auf deinen Spaziergängen eifrigst alle Bewegungen der Menschen: wie sie stehen, gehen, reden und streiten, wie sie lachen und sich schlagen, was sie selbst für Gesichter dabei machen, und ebenso die Zuschauer, die sie auseinanderbringen wollen oder die nur stumm zusehen. Merk dir das alles und zeichne es baldigst mit Bleistift in ein Büchlein aus farbigem Papier ein, das du stets bei dir tragen sollst. Wenn es voll ist, nimm ein neues; das alte aber verwahre und heb es gut auf.

Vergiss nicht: Du darfst diese Zeichnungen nie vernichten oder auswischen, sondern sollst sie aufbewahren! Denn die Bewegungen der Körper in der Natur sind so unendlich mannigfaltig, dass kein menschliches Gedächtnis sie je behalten könnte. Deshalb betrachte solche Skizzen als deine besten Lehrer und Meister.«

Ich habe mir ein solches Buch angelegt und schreibe nun allabendlich alle im Laufe des Tages gehörten bemerkenswerten Worte des Meisters auf.

Heute traf ich auf der Gasse der Trödlerinnen, nicht weit vom Dom, meinen Onkel, den Glasmaler Oswald Ingrimm. Er erklärte mir, er sage sich los von mir: denn ich habe mein Seelenheil verloren, weil ich im Haus des Gottesleugners und Ketzers Leonardo wohne. Nun stehe ich ganz allein; ich habe niemand mehr auf der weiten Welt – keine Verwandten, keine Freunde, außer dem Meister. Ich spreche Leonardos herrliches Gebet nach: »So erleuchte mich der Herr, das Licht der Welt, und er helfe mir, die Wissenschaft von der Perspektive, die Wissenschaft von seinem Lichte, darzustellen.« Sind das Worte eines Gottesleugners?

Wie schwer mir auch oft zumute ist, ich brauche nur in sein Gesicht zu schauen, und gleich wird mir leichter und freudiger ums Herz. Was für Augen er hat! Klar, blassblau, kalt wie Eis. Welch sanfte, angenehme Stimme, welch Lächeln! Auch die ärgsten, halsstarrigsten Menschen können seinen einschmeichelnden Worten nicht widerstehen, wenn er ein Ja oder Nein von ihnen hören will. Ich beobachte ihn oft lange, wenn er, in Gedanken versunken, am Arbeitstisch sitzt und mit gewohnter langsamer Bewegung der feinen Finger sich glättend durch den langen, krausen, wie Mädchenhaar seidenweichen, goldblonden Bart fährt. Wenn er mit jemandem spricht, kneift er meist ein Auge zu, mit listiger, leicht spöttischer, guter Miene: Sein Blick scheint dann, unter den dichten überhängenden Brauen hervor, bis auf den Grund der Seele zu dringen.

Er kleidet sich einfach: Bunte Gewänder und neue Moden mag er nicht. Auch Wohlgerüche mag er nicht. Aber seine Wäsche ist aus feiner Rennes-Leinwand und stets schneeweiß. Sein schwarzes Samtbarett hat keinerlei Schmuck, weder Schaumünzen noch Federn. Über dem schwarzen Wams trägt er einen bis zu den Knien reichenden dunkelroten Mantel mit geraden Falten nach altem Schnitt. Seine Bewegungen sind gemessen und ruhig. Trotz der schlichten Kleidung ist stets, wo er sich auch befinde – unter den Hohen des Landes oder inmitten einer Volksmenge –, etwas Besonderes, nicht zu Übersehendes an ihm: Er gleicht keinem andern.

Er kann alles, und er weiß alles. Er ist ein ausgezeichneter Bogen- und Armbrustschütze, Reiter, Schwimmer und Fechter. Einmal sah ich ihn im Wettkampf mit allerersten Kraftmenschen aus dem Volk: Es ging darum, in der Kirche eine kleine Münze so hoch zu schleudern, dass sie die Kuppel genau in der Mitte traf. Messer Leonardo übertraf alle andern durch seine Gewandtheit und seine Kraft.

Er ist Linkshänder. Mit der linken Hand, dem Aussehen nach so zart und fein wie die Hand einer jungen Frau, biegt er Hufeisen, dreht er einen ehernen Glockenklöppel zusammen. Aber wenn er das Antlitz eines schönen Mädchens zeichnet, wirft er mit dieser selben Hand durchsichtigste, zarteste Schatten auf das Papier, das er mit Kohle oder Bleistift so sacht berührt, als streife es ein Schmetterling leicht mit den Flügeln.

Heute nach Tisch sah ich, wie er eine Zeichnung fertigmachen wollte, die den gesenkten Kopf der Jungfrau Maria darstellt, wie sie der Verkündung des Erzengels lauscht. Unter der mit Perlen und zwei Taubenflügeln geschmückten Kopfbinde quellen, im Luftzug der Engelsflügel keusch flatternd, Haarsträhnen hervor – wie bei den Mädchen von Florenz scheinbar nachlässig, in Wahrheit aber sehr kunstvoll geflochten.

Die Schönheit dieser krausen Flechten fesselt wie eine seltsame Musik. Und die durch gesenkte Lider unter dunkel schattenden Wimpern gleichsam durchschimmernden Augen sind geheimnisvoll wie unerreichbare, durch Wogen hindurch sichtbare Wasserblumen.

Plötzlich kam der kleine Diener Jacopo erregt in die Werkstatt gestürzt. Er hüpfte, klatschte in die Hände und rief:

»Scheusale! O solche Scheusale! Messer Leonardo, kommt rasch in die Küche! Ich habe Euch zwei so schöne Menschen gebracht, dass Ihr Euch freuen werdet.«

»Woher sind die?«, fragte der Meister.

»Von der Kirchentür von Sant'Ambrogio. Bettler aus Bergamo. Ich habe ihnen gesagt, sie bekommen ein Nachtessen, wenn sie sich von Euch zeichnen lassen.«

»Sie mögen warten. Gleich bin ich mit meiner Zeichnung fertig.«

»Nein, Meister. Warten tun sie nicht. Sie haben es eilig, um noch vor der Nacht wieder in Bergamo zu sein. Seht sie nur an, Ihr werdet es nicht bereuen! Es lohnt, wirklich, es lohnt! Ihr könnt Euch nicht vorstellen, was es für Scheusale sind.«

Der Meister legte das unvollendete Bild der Jungfrau Maria beiseite und ging in die Küche. Ich folgte ihm.

Wir sahen zwei alte Männer, Brüder, sehr würdig auf der Bank sitzen. Sie waren dick, wie von der Wassersucht aufgedunsen, und hatten abscheuliche, lang herabhängende Kropfgeschwüre am Hals – eine Krankheit, die bei den Bewohnern der Berge um Bergamo häufig ist. Einer hatte seine Frau bei sich, eine eingeschrumpfte, dürre Alte, die ihren Spitznamen Ragnina, die Spinne, tatsächlich verdiente.

Jacopos Gesicht strahlte vor Stolz. »Nun, seht Ihr«, flüsterte er, »habe ich nicht gesagt, sie würden Euch gefallen? Ich weiß ja, was Ihr braucht.«

Leonardo setzte sich zu den Missgestalten, ließ Wein bringen, nötigte die Leute zum Essen, fragte sie freundlich aus und brachte sie durch allerhand dumme Scherze zum Lachen. Anfangs waren sie scheu und musterten ihn misstrauisch; sie begriffen wohl nicht recht, weshalb sie eigentlich hier waren. Als er ihnen aber die beliebte Geschichte von dem toten Juden erzählte, den seine Glaubensgenossen wegen des Gesetzes, das die Beerdigung von Juden im Stadtgebiet von Bologna verbot, in Stückchen geschnitten und in einem Fass, in Honig und wohlriechenden Kräutern eingemacht, mit andern Waren zu Schiff nach Venedig verfrachtet hatten und der unterwegs versehentlich von einem christlichen Reisenden verzehrt wurde, da konnte sich die »Spinne« vor Lachen nicht halten. Bald waren alle drei berauscht, lachten laut und schnitten abscheuliche Grimassen. Ich schlug befangen die Augen nieder und wandte mich ab, um das nicht sehen zu müssen. Leonardo aber beobachtete sie mit der tiefen, gierigen Neugier eines Gelehrten, der ein interessantes Experiment macht. Als ihre Scheußlichkeit den Höhepunkt erreichte, nahm er Papier zur Hand und begann mit demselben Bleistift und mit derselben Liebe diese ekelhaften Fratzen zu zeichnen, mit der er eben noch an dem göttlichen Lächeln der Jungfrau Maria gearbeitet hatte.

Am Abend zeigte er mir eine Menge Karikaturen, nicht nur von Menschen, sondern auch von Tieren. Es waren fürchterliche Gesichter, ähnlich denen, die im Fieberwahn einen Kranken heimsuchen. Im Tierischen leuchtete etwas Menschliches, im Menschlichen etwas Tierisches – das eine ging grauenvoll leicht und natürlich in das andere über. Ich erinnere mich an die Schnauze eines Stachelschweins mit spitzen, borstigen Nadeln, mit einer herabhängenden, leicht und lappig baumelnden Unterlippe, das in einem abscheulichen, menschlichen Lächeln mandelförmig lange, weiße Zähne zeigte. Nie werde ich auch den Kopf einer Alten vergessen, deren Haare zu einer tollen, irrsinnigen Frisur nach oben gezerrt waren, mit einem nur dünnen Zöpfchen hinten, mit einem riesigen kahlen Schädel, einer platten Nase, winzig wie eine Warze, und mit unheimlich dicken Lippen, die an morsche, glitschige Pilze erinnerten, wie sie auf faulenden Baumstämmen wuchern. Das Entsetzlichste aber war, dass mir alle diese Ungeheuer bekannt vorkamen, als hätte ich sie schon gesehen, und dass sie etwas Verführerisches hatten, das gleichzeitig abstößt und anlockt wie ein unheimlicher Abgrund. Man blickt sie an und ist entsetzt; aber man kann die Augen ebenso wenig von ihnen abwenden wie von dem göttlichen Lächeln der Jungfrau Maria.

Hier wie da muss man staunen wie vor einem Wunder.

Cesare da Sesto erzählte mir, wenn Leonardo auf der Straße im Gedränge einen auffallend hässlichen Menschen bemerke, sei er imstande, den ganzen Tag hinter ihm herzugehen und ihn zu beobachten, bemüht, sich seine Gesichtszüge einzuprägen. Große Hässlichkeit ist bei den Menschen ebenso selten, sagt der Meister, wie große Schönheit: Nur das Mittelmäßige ist das Gewöhnliche.

Er hat eine seltsame Methode erdacht, um menschliche Gesichter im Gedächtnis zu behalten. Er teilt nämlich die Nase der Menschen in drei Arten ein: in gerade, krumme und nach innen gebogene. Die geraden Nasen können kurz oder lang sein, stumpf oder spitz. Die Krümmung der Nase kann oben, unten oder in der Mitte liegen. Und so weiter, für jeden Teil des Gesichts. Alle diese zahllosen Unterabteilungen, Klassen und Arten haben Nummern und werden in ein besonders eingerichtetes Heft eingetragen. Wenn der Meister bei einem Spaziergang ein Gesicht sieht, das er sich merken möchte, braucht er nur die Klasse von Nase, Stirn, Augen, Kinn zu bezeichnen; auf diese Weise hält er durch Ziffern im Gedächtnis sozusagen ein rasches Bild des lebenden Gesichtes fest. Zu Hause vereinigt er dann in aller Ruhe die angemerkten Teile zu einem Bild.

Er hat ferner einen kleinen Löffel erfunden, um einwandfrei, mathematisch genau, die bei der Darstellung allmählicher, dem Auge kaum wahrnehmbarer Übergänge von Licht zu Schatten und von Schatten zu Licht gebrauchte Farbmenge messen zu können. Wenn man zum Beispiel für einen Schatten von bestimmter Dichte zehn Löffelchen schwarzer Farbe braucht, so braucht man zur Darstellung des nächsten Grades elf Löffel, dann zwölf, dreizehn und so weiter. Beim Abmessen wird die Farbe jedes Mal abgestrichen und mit einem gläsernen Winkelmaß glatt gemacht, wie man auf dem Markt ein mit Korn gefülltes Maß abstreicht.

Marco d'Oggiono ist Leonardos emsigster und gewissenhaftester Schüler. Er arbeitet wie ein Stier und befolgt mit größter Genauigkeit alle Regeln des Meisters; doch je mehr Mühe er sich gibt, desto weniger bringt er anscheinend zustande. Marco ist halsstarrig: Was er sich einmal in den Kopf gesetzt hat, ist ihm nicht wieder auszutreiben. Er ist fest überzeugt, dass mit Geduld und Fleiß alles zu erreichen sei, und gibt die Hoffnung nicht auf, doch noch ein großer Künstler zu werden. Mehr als wir alle freut er sich über diejenigen Erfindungen des Meisters, welche Kunst in Mechanik umsetzen wollen. Neulich nahm er das Buch mit den Ziffern zum Einprägen der Gesichter mit auf die Piazza del Broletto, suchte sich dort in der Menge ein paar Gesichter aus und trug sie nach dem Ziffernsystem in die Tabelle ein. Zu Hause brachte er es aber trotz größter Anstrengung nicht fertig, die einzelnen Teile zu einem lebendigen Gesicht zu vereinen. Ebenso misslang es ihm mit dem Messlöffel für die schwarze Farbe: obwohl er bei seiner Arbeit mit mathematischer Genauigkeit vorgeht, bleiben seine Schatten doch undurchsichtig und unnatürlich, und seine Gesichter sind hölzern und jedes Reizes bar. Marco erklärt sich das so, dass er noch nicht alle Regeln des Meisters richtig befolgt, und er verdoppelt seinen Eifer. Cesare da Sesto aber ist schadenfroh. »Der brave Marco ist ein wahrer Märtyrer der Kunst!«, sagt er. »Sein Beispiel beweist, dass alle diese viel gepriesenen Regeln, die Löffelchen und Tabellen keinen Dreier wert sind. Es genügt nicht zu wissen, wie Kinder geboren werden, um auch wirklich welche zur Welt bringen zu können. Leonardo täuscht nur sich selbst und andere; er spricht eines und tut etwas anderes. Wenn er malt, denkt er an keine Regeln, sondern folgt lediglich seiner Eingebung. Aber es genügt ihm leider nicht, ein großer Künstler zu sein – er will auch ein großer Gelehrter sein! Er will Kunst und Wissenschaft, Inspiration und Mathematik in Einklang bringen. Ich meine aber: Wenn einer hinter zwei Hasen her ist, wird er keinen fangen.«

Vielleicht ist in Cesares Worten wirklich etwas Wahres. Doch weshalb hasst er den Meister so? Leonardo aber verzeiht ihm alles, hört nachsichtig seine boshaften, höhnischen Redereien an, schätzt seinen Verstand und zürnt ihm niemals.

Ich beobachte, wie er am »Heiligen Abendmahl« arbeitet. Frühmorgens, gleich nach Sonnenaufgang, erhebt er sich, verlässt das Haus und begibt sich in den Speisesaal des Klosters. Den ganzen Tag, bis zum Einbruch der Dunkelheit, arbeitet er, ohne den Pinsel aus der Hand zu legen, ohne an Speise und Trank zu denken. Und dann vergeht wieder eine Woche oder zwei, ohne dass er den Pinsel nur anrührt. Aber täglich steht er zwei, drei Stunden auf dem Gerüst vor dem Gemälde, betrachtet es, prüft, was er gemalt hat. Manchmal legt er um die Mittagszeit, in der größten Hitze des Tages, eine angefangene Arbeit beiseite und hastet durch die einsamen Straßen, sich nicht einmal die Schattenseite aussuchend, wie von einer unsichtbaren Macht getrieben, nach dem Kloster, steigt auf das Gerüst, macht zwei oder drei Pinselstriche – und geht wieder fort.

Während der letzten Tage hat er am Kopf des Apostels Johannes gearbeitet. Heute wollte er fertig werden. Aber zu meiner Verwunderung blieb er zu Hause und beschäftigte sich vom frühen Morgen an damit, mit dem kleinen Jacopo den Flug von Hummeln, Wespen und Fliegen zu beobachten. Er ist so vertieft in das Studium des Baus ihres Körpers und ihrer Flügel, als hingen die Weltgeschicke davon ab. Er war außer sich vor Freude, als er entdeckte, dass der Fliege die Hinterbeine als Steuer dienen. Nach der Ansicht des Meisters ist diese Entdeckung für die Konstruktion einer Flugmaschine ungeheuer nützlich und wichtig. Vielleicht? Aber es bleibt doch sehr bedauerlich, dass der Kopf des Apostels Johannes wegen des Studiums von Fliegenbeinen vernachlässigt wird.

Heute habe ich neuen Kummer. Die Fliegen sind zwar vergessen, aber das »Heilige Abendmahl« gleichfalls. Der Meister entwirft ein sehr kompliziertes, feines Wappen für die vom Herzog geplante, noch nicht existierende Mailänder Akademie der Malerei – ein Viereck aus endlosen, vielfältig verknüpften und verschlungenen Schnüren, das die lateinische Inschrift umrahmt: *Leonardi Vinci Academia.* Er ist derartig in seine Arbeit vertieft, als gäbe es in der ganzen Welt nichts weiter als diese schwierige, aber nutzlose Spielerei. Ich glaube, keine Macht der Erde könnte ihn davon abbringen. Ich hielt es nicht mehr aus und wagte es, ihn an den unvollendeten Kopf des Apostels Johannes zu erinnern. Er zuckte nur die Achseln und murmelte durch die Zähne, ohne die Augen von seinem Knüpfwerk zu heben: »Der läuft nicht davon. Das hat Zeit.«

Zuweilen verstehe ich Cesares Erbitterung.

Herzog Moro hat ihm den Auftrag gegeben, in seinem Schloss Hörrohre in die Wand einzulassen, ein sogenanntes »Ohr des Dionys«, das dem Herzog gestattet, von einem Zimmer aus alles zu hören, was in einem anderen gesprochen wird. Anfangs machte sich der Meister mit großem Eifer an die Anlage dieser Rohre. Bald aber erkaltete, wie gewöhnlich, sein Interesse, und er verschob die Arbeit immer wieder unter allerhand Vorwänden. Der Herzog drängt und ist unwillig. Heute Morgen wurde bereits mehrere Male aus dem Schloss nach dem Meister geschickt. Aber er ist mit einer neuen Arbeit beschäftigt, die ihm nicht weniger wichtig erscheint als die Anlage des »Ohrs des Dionys«: Er macht Experimente mit Pflanzen. Von einer Kürbispflanze hat er alle Wurzeln abgeschnitten und nur ein ganz kleines Würzelchen gelassen, das er reichlich mit Wasser begießt. Zu seiner großen Freude ist der Kürbis nicht vertrocknet, sondern »die Mutter«, wie er sich ausdrückt, hat glücklich alle ihre Kinder – an die sechzig längliche Kürbisse – großgezogen. Mit welcher Geduld, mit welcher Liebe verfolgt er das Leben dieser Pflanze! Heute Nacht saß er bis zum Morgengrauen neben dem Gemüsebeet und beobachtete, wie die breiten Blätter den nächtlichen Tau trinken. »Die Erde«, sagte er, »tränkt die Pflanzen mit Feuchtigkeit, der Himmel mit Tau, die Sonne aber gibt ihnen die Seele.« Er ist nämlich des Glaubens, nicht nur der Mensch, sondern auch die Tiere, sogar die Pflanzen hätten eine Seele – eine Ansicht, die Fra Benedetto für höchst ketzerisch hält.

Er liebt alle Tiere. Manchmal beobachtet und zeichnet er ganze Tage lang Katzen und studiert ihre Eigenschaften und Gewohnheiten: wie sie spielen, sich balgen, schlafen, mit den Pfoten sich die Schnauze waschen, Mäuse fangen, Buckel machen, Hunde anfauchen. Oder er betrachtet mit gleichem Interesse durch die Wände eines großen Glasgefäßes Fische, Schnecken, Weichtiere, Haarwürmer, Tintenfische und andere Wassertiere. Auf seinem Gesicht liegt ein Ausdruck tiefer, stiller Befriedigung, wenn sie sich bekämpfen und einander auffressen.

Tausend Dingen widmet er sich auf einmal. Er führt eine Arbeit nicht zu Ende und beginnt eine neue. Übrigens ist bei ihm jede Arbeit wie ein

Spiel und jedes Spiel wie eine Arbeit. Er ist vielseitig und unbeständig. Cesare meint, eher würden die Flüsse rückwärts fließen, ehe sich Leonardo je auf eine bestimmte Idee konzentrierte und sie zu Ende führte. Er nennt den Meister den größten aller Nichtstuer und behauptet, dass aus all seinen unübersehbaren Arbeiten nie etwas Vernünftiges herauskommen werde. Leonardo soll angeblich hundertundzwanzig Bücher *Von der Natur* – Delle cose naturali – geschrieben haben. Das sind aber lauter zufällige Fragmente, einzelne Notizen und lose Zettel – mehr als fünftausend Blätter, in so toller Unordnung, dass der Meister selbst nicht in ihnen Bescheid weiß: Wenn er eine gerade benötigte Notiz sucht, vermag er sie nicht zu finden.

Wie unermüdlich ist seine Wissbegier! Ein wie gutes, scharfes Auge hat er für die Natur! Wie versteht er das Unmerkliche zu bemerken! Über alles staunt er, froh und gierig wie Kinder, wie die ersten Menschen im Paradies.

Manchmal sagt er über ganz Alltägliches ein Wort, das man nie vergessen könnte, und wenn man hundert Jahre alt würde: Es bleibt im Gedächtnis haften, und man wird es nicht wieder los.

Neulich äußerte der Meister, als er meine Kammer betrat: »Giovanni, hast du schon bemerkt, dass kleine Räume den Geist konzentrieren, große aber ihn zur Betätigung anregen?« Oder auch: »Bei trübem, regnerischem Wetter erscheinen die Umrisse der Gegenstände viel schärfer als im Sonnenlicht.«

Hier eine Bemerkung aus seinem gestrigen Gespräch mit dem Gießmeister über die vom Herzog bestellten Kanonen: »Die Explosion des zwischen dem Boden der Bombarde und dem Geschoss eingeschlossenen Pulvers wirkt wie ein Mensch, der sich mit dem Rücken gegen eine Mauer stemmt und mit aller Gewalt eine Last mit den Armen vorwärts stößt.«

In einem Gespräch über abstrakte Mechanik sagte er einmal: »Jede Kraft ist stets bestrebt, ihre eigene Ursache zu überwinden; und wenn sie diese überwunden hat, so stirbt sie. Der Stoß ist der Sohn der Bewegung und der Enkel der Kraft; ihr gemeinsamer Ahne ist die Schwere.«

Im Streit mit einem Architekten rief er ungeduldig aus: »Wie könnt

Ihr das nicht begreifen, Messere! Das ist doch sonnenklar! Nun, was ist in der Architektur ein Bogen? Ein Bogen ist nichts anderes als die von zwei entgegengesetzten, sich vereinenden Schwächen erzeugte Kraft.« Der Architekt riss vor Staunen den Mund weit auf. Mir aber wurde durch diese Worte sofort alles klar, als habe man plötzlich eine brennende Kerze in ein finsteres Zimmer gebracht.

Zwei Tage hat er wieder am Kopf des Apostels Johannes gearbeitet.

Aber, o weh! Sein fortwährendes Mühen um Fliegenflügel, Kürbisse, Katzen, das Ohr des Dionys, die verflochtenen Schnüre und ähnliche wichtige Dinge hat ihm doch geschadet. Wieder ist er nicht fertig geworden; er ließ die Arbeit liegen und zog sich, wie Cesare sagen würde, in seine Geometrie zurück wie eine Schnecke ins Gehäuse. Er behauptet, schon der Geruch der Farben, der Anblick von Pinsel und Leinwand widere ihn an.

So leben wir, ganz dem Zufall preisgegeben, gottergeben von Tag zu Tag. Wir sitzen am Meeresufer und warten auf günstigen Wind. Nur gut, dass er die Flugmaschine nicht wieder vorgenommen hat, sonst wäre alles verloren. Dann würde er sich so in seine Mechanik vergraben, dass wir ihn überhaupt nicht mehr zu Gesicht bekämen.

Ich habe bemerkt, dass jedes Mal, wenn er nach vielen Ausreden, nach Zweifeln und Schwanken endlich wieder an die Arbeit geht, ein Gefühl wie Furcht sich seiner bemächtigt. Er ist stets unbefriedigt von dem, was er geschaffen.

In Werken, in denen andere den Gipfel der Vollkommenheit sehen, findet er Fehler. Er strebt stets nach dem Allerhöchsten, dem Unerreichbaren – nach dem, was die menschliche Hand, wie unendlich hoch auch ihre Kunstfertigkeit sei, doch nie auszudrücken vermag. Deshalb wird er auch fast nie mit etwas fertig.

Heute kam ein jüdischer Händler, um uns Pferde zu verkaufen. Der Meister wollte einen braunen Hengst kaufen. Der Jude redete auf ihn ein, mit dem Hengst auch eine Stute zu nehmen; er flehte, drängte, schwatzte und beschwor ihn so lange, bis Leonardo, der doch Pferdeliebhaber ist und wirklich etwas davon versteht, schließlich lachend nachgab, die Stute nahm und sich betrügen ließ – nur um den Juden loszuwerden. Ich sah zu, hörte alles und staunte.

»Worüber wunderst du dich«, fragte mich später Cesare. »So ist es immer: Der Erstbeste kann ihn hereinlegen. In nichts ist Verlass auf ihn. Nie kann er einen festen Entschluss fassen. Alles ist zwiespältig: wir oder die anderen, ja oder nein. Wie der Wind gerade weht. Keine Festigkeit, keine Männlichkeit. Immer weich, schwankend und nachgiebig, als habe er keine Knochen im Leib; schwächlich bei aller Kraft. Spielend biegt er Hufeisen zusammen; er erdenkt Hebel, um das marmorne Taufbecken von San Giovanni in Florenz wie ein Spatzennest in die Luft zu heben. Handelt es sich aber um eine wirkliche Tat, die Willenskraft erfordert, so kann er keinen Strohhalm aufheben, wagt er keinem Marienkäfer ein Leid anzutun!«

Cesare schimpfte noch lange weiter; er übertrieb offenbar vieles und verleumdete den Meister geradezu. Doch fühlte ich, dass seine Worte neben Lüge auch Wahrheit enthielten.

Andrea Salaino ist krank. Der Meister pflegt ihn, schläft des Nachts nicht und sitzt an seinem Bett. Doch von Arzneien will er nichts hören. Marco d'Oggiono brachte dem Kranken heimlich Pillen. Leonardo fand sie und warf sie zum Fenster hinaus.

Als Andrea selbst andeutete, ein Aderlass würde ihm vielleicht guttun – er kennt einen Barbier, der das vorzüglich macht –, wurde der Meister ernstlich böse. Er beschimpfte alle Doktoren mit üblen Worten und sagte unter anderem: »Ich gebe dir den guten Rat, nicht darüber nachzudenken, wie du Krankheiten heilen kannst, sondern lieber darüber, wie du dir deine Gesundheit erhältst, was du am besten dadurch erreichst, dass du dich vor Ärzten hütest – deren Arzneien in nichts besser sind als die unsinnigen Mixturen der Alchimisten.«

Und mit einem gutmütig verschmitzten Lächeln setzte er heiter hinzu: »Wie sollten diese Gauner nicht reich werden, da doch alle Menschen sich nur zu dem Zweck abmühen, recht viel Geld zusammenzuscharren, um es später den Ärzten, den Zerstörern des menschlichen Lebens, hinzugeben!«

Der Meister unterhält den Kranken mit spaßigen Erzählungen, Fabeln und Rätseln, die Salaino sehr liebt. Ich sehe und höre das und staune über den Meister. Wie heiter er ist!

Hier einige von seinen Rätseln:

»Die Menschen schlagen gar grausam etwas, dem sie doch ihr Leben verdanken. – Das Dreschen des Getreides.«

»Die Wälder setzen Kinder in die Welt, die ihre eigenen Eltern vernichten müssen. – Die hölzernen Griffe der Äxte.«

»Tierhäute zwingen die Menschen, ihr Schweigen zu brechen, zu fluchen und laut zu schreien. – Das Spiel mit Lederbällen.«

Nach den langen Stunden, die er mit dem Konstruieren von Kanonen, mit mathematischen Berechnungen oder mit der Arbeit am »Heiligen Abendmahl« verbringt, belustigt er sich mit solchen Rätseln wie ein kleines Kind. Er notiert sie in seinen Arbeitsheften neben den Entwürfen zu künftigen großen Werken oder neben soeben von ihm entdeckten Naturgesetzen.

Zum Preis der Freigebigkeit des Herzogs hat er eine seltsame, komplizierte Allegorie erdacht und gezeichnet: Moro, in Gestalt der Fortuna, nimmt einen Jüngling unter seinen Schutz, der vor der furchtbaren, die Züge der »Spinne« tragenden Parze der Armut flieht; er bedeckt ihn mit dem Mantel und droht der schrecklichen Göttin mit seinem goldenen Zepter. Der Herzog ist von der Zeichnung sehr angetan und wünscht, dass Leonardo sie als Gemälde an einer Wand im Schloss ausführt. Solche Allegorien sind jetzt die Mode bei Hof. Anscheinend haben sie größeren Erfolg als alle anderen Werke des Meisters. Damen, Ritter, hohe Beamte bestürmen ihn mit Bitten um dergleichen tiefsinnige allegorische Bildchen.

Für eine der beiden Hauptmätressen des Herzogs, die Gräfin Cecilia Bergamini, erfand er eine Allegorie des Neids: eine gebrechliche Alte mit Hängebrüsten, mit einem Leopardenfell bekleidet, einen Köcher mit vergifteten Zungen über der Schulter, reitet auf einem menschlichen Gerippe und hält einen mit Schlangen gefüllten Becher in der Hand.

Dann musste er noch eine Allegorie des Neids schaffen, für die zweite Mätresse, Lucrezia Crivelli, damit sich diese nicht zurückgesetzt fühle: Der Ast eines Nussbaums wird mit Knüppeln geschlagen und hart geschüttelt, gerade als die Früchte völlig reif sind. Daneben steht die Inschrift: »Für Wohltaten«.

Schließlich musste er für die Gemahlin des Herzogs, die durchlauchtigste Madonna Beatrice, eine Allegorie des Undanks ersinnen: Ein Mann bläst bei Sonnenaufgang die Kerze aus, die ihm in der Nacht gedient hat.

Der arme Meister hat keine Ruhe mehr bei Tag und Nacht: Massenhaft kommen Aufträge, Bitten, Briefchen von Damen … Er weiß nicht mehr, wie er sich dagegen wehren soll.

Cesare ist ärgerlich: »Alle diese dummen ritterlichen Wahlsprüche, diese süßlichen Allegorien ziemen sich vielleicht für einen höfischen Speichellecker, aber nicht für einen Künstler wie Leonardo. Es ist eine Schande!« Ich finde, er hat unrecht. Der Meister strebt nicht nach Ruhm. Diese Allegorien unterhalten ihn genauso wie seine Rätsel und mathematischen Probleme, wie das göttliche Lächeln der Jungfrau Maria und das Ornament aus verknoteten Schnüren.

Er plant ein Buch über Malerei: *Trattato sulla Pittura.* Er hat es vor längerer Zeit schon begonnen, aber nach seiner Gewohnheit nicht zu Ende geführt; Gott weiß, wann er das tun wird. In letzter Zeit hat er viel mit mir gearbeitet: über Luft- und Linearperspektive, Licht und Schatten; dabei führte er Stellen aus seinem Buch und vereinzelte Gedanken über die Kunst an. Ich zeichne hier alles auf, an das ich mich erinnere.

Der Herr vergelte dem Meister alle Liebe und Weisheit, mit der er mich leitet auf den hohen Pfaden dieser vieledlen Wissenschaft! Mögen alle, denen diese Blätter einmal in die Hand fallen sollten, in ihre Gebete die Seele des demütigen Knechtes Gottes, des ganz unwürdigen Schülers Giovanni Beltraffio, einschließen und die Seele seines großen Meisters, des Florentiners Leonardo da Vinci.

Der Meister sagt: »Alles Schöne stirbt zwar im Menschen, aber nicht in der Kunst – cosa bella mortal passa e non d'arte.«

»Wer die Malerei verachtet, verachtet die verfeinerte, philosophische Weltbetrachtung; denn die Malerei ist die legitime Tochter, oder richtiger gesagt, die Enkeltochter der Natur. Alles Bestehende wurde von der Natur geschaffen, und es hat dann ihrerseits die Wissenschaft die Malerei erschaffen. Deshalb sage ich: Die Malerei ist eine Enkeltochter der Natur und eine Verwandte Gottes. Wer die Malerei tadelt, der tadelt Gott.«

»Der Maler muss allumfassend sein. O Künstler, deine Mannigfaltigkeit sei ebenso unendlich wie die Naturerscheinungen! Setze fort, was Gott begonnen hat, und sei bestrebt, nicht die Werke von Menschenhand zu vermehren, sondern die ewigen Schöpfungen Gottes. Ahme nie jemand nach. Jedes deiner Werke sei wie eine neue Naturerscheinung.«

»Für den, der die ersten, allgemeinen Gesetze der Naturerscheinungen kennt, der wissend ist, ist es leicht, allumfassend zu sein; denn alle Körper, die menschlichen wie die tierischen, gleichen sich in ihrer Bauart.«

»Hüte dich, dass die Gier nach Gold in dir nicht die Liebe zur Kunst erstickt! Denk daran, dass das Erwerben von Ruhm etwas Größeres ist als der Ruhm des Erwerbens. Das Andenken an die Reichen erlischt mit ihrem Tod; das Andenken an die Weisen wird nie vergehen; denn Weisheit und Wissenschaft sind rechtmäßige Kinder ihrer Eltern, nicht aber Bastarde wie Geldschätze. Liebe den Ruhm und fürchte dich nicht vor der Armut. Denk daran, dass viele im Reichtum geborene große Philosophen freiwillig in Armut lebten, um ihre Seele nicht durch Reichtum zu beschmutzen.«

»Die Wissenschaft hält die Seele jung und verringert die Bitternis des Alters. Sammle Weisheit, sammle süße Speise für dein Alter!«

»Ich kenne Maler, die, dem Pöbel zu Gefallen, ihre Bilder schamlos mit Gold und Lasur anstreichen und mit frechem Hochmut behaupten, sie vermöchten ebenso gut wie andere Meister zu malen, wenn man ihnen nur mehr zahlte. Oh, über die Toren! Wer hindert sie daran, Herrliches zu schaffen und zu erklären: ›Dieses Bild kostet so und so viel, jenes ist billiger, jenes da aber ist nur Marktware‹ – und dadurch den Beweis zu erbringen, dass sie zu allen Preisen zu arbeiten vermögen.

Häufig erniedrigt Geldgier auch gute Meister zu Handwerkern. So hatte es mein Landsmann und Kollege, der Florentiner Perugio, zu einer solchen Schnelligkeit in der Erledigung von Aufträgen gebracht, dass er eines Tages seiner Frau, die ihn zum Mittagessen rief, vom Gerüst herab antwortete: ›Trag die Suppe auf, ich male inzwischen noch rasch einen Heiligen.‹«

»Nur Geringes erreicht ein Künstler, der nie an sich zweifelt. Wohl dir, wenn dein Werk höher steht, als du es einschätzt; schlimm für dich, wenn es nur deiner Meinung entspricht; ganz böse aber, wenn es weniger wert ist – was gerade bei denen vorkommt, die sich wundern, dass Gott ihnen half, es so schön zu machen.«

»Hör geduldig alle Meinungen über dein Bild an, wäge sie und überlege, ob diejenigen recht haben, die dich tadeln und Fehler finden. Wenn sie recht haben, verbessere die Fehler; wenn nicht, so tu so, als habest du es nicht gehört. Such nur solchen Menschen, die wirklich Beachtung verdienen, zu beweisen, dass sie irren.

Das Urteil eines Feindes ist oft gerechter und nützlicher als das Urteil eines Freundes. Der Hass sitzt im Menschen fast stets tiefer als die Liebe. Der Blick eines Hassenden ist schärfer als der Blick eines Liebenden. Der wahre Freund ist wie du selbst. Der Feind aber ist verschieden von dir, und das ist seine Stärke. Der Hass wirft Licht auf vieles, was der Liebe verborgen bleibt. Merk dir das und verachte nicht den Tadel deiner Feinde.«

»Grelle Farben gewinnen die Menge. Der wahre Künstler sucht aber nicht der Menge zu gefallen, sondern den Auserwählten. Sein Stolz und sein Ziel sind nicht leuchtende Farben, sondern er sucht in seinem Bild etwas wie ein Wunder zu vollbringen: dass Schatten und Licht in ihm das Flache erhaben machen. Wer den Schatten geringschätzt und ihn den Farben opfert, ist wie ein Schwätzer, der den Sinn der Rede leeren und lauten Worten opfert.«

»Vor allen Dingen hüte dich vor groben Umrissen. Die Ränder deiner Schatten auf einem jungen, zarten Körper sollen nicht leblos, nicht steinern sein, sondern leicht, flüchtig und durchsichtig wie Luft. Denn auch der menschliche Körper ist ja durchsichtig, wovon du dich leicht überzeugen kannst, wenn du die Finger gegen die Sonne hältst. Allzu grelles Licht gibt keinen schönen Schatten. Hüte dich vor dem grellen Licht: Beachte, wie zart und schön in der Dämmerung oder an dunstigen Tagen, wenn die Sonne hinter Wolken steht, männliche und weibliche Gesichter in schattigen Straßen zwischen dunklen Hauswänden wirken. Das ist das vollkommenste Licht. Deine Schatten sollen sich ganz allmählich im Licht verlieren, sie müssen vergehen wie Rauch oder wie die Töne einer leisen Musik. Denk daran, dass es zwischen Licht und Schatten noch etwas Mittleres gibt, etwas Zwiespältiges, das beiden gleicherweise eigen ist, wie heller Schatten oder dunkles Licht. Das musst du suchen, Künstler, darin liegt das Geheimnis ergreifender Schönheit!«

So sprach er, dann hob er die Hand, als wollte er dieses Wort unserm Gedächtnis einprägen, und wiederholte mit einem unbeschreiblichen Ausdruck: »Hütet euch vor allem Grellen und Aufdringlichen! Eure Schatten sollen schmelzen wie Rauch, wie Töne einer fernen Musik!«

Cesare hörte ihn aufmerksam an; er hob spöttisch lächelnd die Augen zu Leonardo und wollte etwas einwenden, blieb aber stumm.

Ein Weilchen später, bereits von anderen Dingen redend, sagte der Meister: »Die Lüge ist so verächtlich, dass sie Gott sogar erniedrigt, wenn sie seine Herrlichkeit preisen will. Die Wahrheit ist so herrlich, dass sie auch die geringsten Dinge adelt, die sie preist. Zwischen Wahrheit und Lüge ist der gleiche Unterschied wie zwischen Finsternis und Licht.«

Cesare fiel etwas ein. Er sah ihn mit forschendem Blick an.

»Der gleiche Unterschied wie zwischen Finsternis und Licht?«, wiederholte er. »Aber Ihr habt doch soeben selbst gesagt, Meister, es gebe zwischen Finsternis und Licht ein Mittleres, ein Zwiespältiges, das beiden gleichermaßen eigen ist, wie heller Schatten oder dunkles Licht? Also auch zwischen Wahrheit und Lüge? … Aber nein, das ist ja nicht möglich … Wirklich, Meister, Euer Vergleich ist meinem Geist eine arge Anfechtung. Denn ein Künstler, der das Geheimnis der ergreifenden Schönheit in der Verschmelzung von Schatten und Licht sucht, wird womöglich fragen, ob nicht Wahrheit ebenso in Lüge übergeht wie Licht in Schatten …«

Leonardo machte zuerst ein finsteres Gesicht, als sei er erstaunt oder gar erzürnt über die Worte des Schülers. Doch dann lachte er und antwortete: »Versuch mich nicht! Hebe dich weg von mir, Satan!«

Ich hatte eine andere Antwort erwartet, und ich meine, Cesares Worte hätten mehr verdient als nur einen leichtfertigen Scherz. Jedenfalls weckten sie in mir viele quälende Gedanken.

Heute Abend sah ich, wie er im Regen in einer engen schmutzigen, stinkenden Gasse stand und aufmerksam eine steinerne, anscheinend völlig uninteressante Wand mit nassen Flecken betrachtete. Er stand lange so da. Die Buben wiesen mit Fingern auf ihn und kicherten. Ich fragte ihn, was er an dieser Wand sehe.

»Schau, Giovanni, welch herrliches Ungetüm: eine Chimäre mit aufgerissenem Rachen! Und daneben ein Engel mit zartem Antlitz und wehenden Locken, der vor dem Ungetüm flieht. Die Laune des Zufalls hat hier Bilder geschaffen, die eines großen Meisters würdig wären.«

Er zog mit dem Finger die Umrisse der Flecke nach, und wirklich, zu meinem Erstaunen sah ich das, wovon er sprach.

»Viele würden vielleicht solche Bilder nur albern finden«, fuhr der Meister fort. »Aber ich weiß aus eigenster Erfahrung, wie nützlich sie sind, um den Geist zu Erfindungen und Entwürfen anzuregen. Häufig habe ich an Wänden, in der Zusammensetzung verschiedener Steine, in Spalten, in den Mustern des Schimmels auf stehendem Gewässer, in mit Asche bedeckten erlöschenden Kohlen, in den Umrissen von Wolken die herrlichsten Landschaften gesehen, mit Bergen, Felsen, Flüssen, Tälern und Bäumen. Sogar wundervolle Schlachten, seltsame Gesichter von unbeschreiblicher Schönheit, merkwürdige Teufel, Ungeheuer und viele andere wunderbare Bilder. Ich wählte aus, was ich brauchen konnte, und vollendete es. So kannst du auch, fernem Glockengeläut lauschend, aus dem gemischten Klang nach Wunsch jeden Namen und jedes Wort heraushören, an das du gerade denkst.«

Er vergleicht die von den Gesichtsmuskeln beim Weinen und beim Lachen gebildeten Falten: An den Augen, an Mund und Wange gibt es wenig Unterschiede. Nur hebt der Weinende die Augenbrauen und zieht sie zusammen, er legt die Stirn in Falten und senkt die Mundwinkel, während der Lachende die Augenbrauen breit auseinanderzieht und die Mundwinkel hebt.

Zum Schluss sagte er: »Bemühe dich, ruhig zu beobachten, wenn Menschen lachen und weinen, hassen und lieben, vor Entsetzen erbleichen und vor Schmerz schreien; schau zu, lerne, forsche, beobachte, damit du jeden Ausdruck menschlicher Gefühle kennenlernst.«

Cesare erzählte mir, der Meister begleite gern die zum Tode Verurteilten zur Hinrichtung und beobachte auf ihren Gesichtern alle Grade der Qual und des Entsetzens; er habe sogar die Henker durch seine Neugier in Staunen gesetzt, mit der er die letzten Muskelzuckungen verfolgte, wenn die Unglücklichen starben.

»Du machst dir keinen Begriff davon, Giovanni, was das für ein Mensch ist!«, fügte Cesare mit bitterem Lächeln hinzu. »Einen Wurm hebt er vom Weg auf und setzt ihn auf ein Blatt, um ihn nicht zu zertreten. Wenn es aber so über ihn kommt, würde er, glaube ich, auch die eigene Mutter nur beobachten, wenn sie weinte: wie sich ihre Brauen bewegen, wie sich die Stirnhaut runzelt und wie sich die Mundwinkel senken.«

Der Meister sagte: »Lerne von den Taubstummen ihre ausdrucksvollen Bewegungen!«

»Wenn du Menschen beobachtest, achte darauf, dass sie nicht bemerken, dass du sie ansiehst; ihre Bewegungen, ihr Lachen und Weinen ist dann natürlicher.«

»Die Mannigfaltigkeit der Bewegungen des Menschen ist ebenso grenzenlos wie die Mannigfaltigkeit seiner Gefühle. Das höchste Ziel eines Künstlers liegt darin, im Gesicht und in den Körperbewegungen die seelische Leidenschaft zum Ausdruck zu bringen.

Beachte: In den von dir dargestellten Gesichtern muss solche Stärke des Gefühls liegen, dass der Beschauer glaubt, dein Bild vermöge auch Tote zum Lachen oder zum Weinen zu bringen.

Wenn du etwas Schreckliches, Trauriges oder Lächerliches darstellst, muss das im Beschauer geweckte Gefühl in ihm dieselben Körperbewegungen auslösen – sodass es den Anschein hat, als nehme er an den dargestellten Handlungen selbst teil. Hast du das nicht erreicht, so wisse, o Künstler, dass alle deine Anstrengungen vergeblich sind.«

»Ein Künstler mit knotigen, knochigen Händen stellt gern Menschen mit ebenso knotigen, knochigen Händen dar. Das gilt für jeden Körperteil; denn jedem Menschen gefallen die Gesichter und Körper, die seinem eigenen Gesicht und Körper gleichen. Deshalb wählt ein hässlicher Künstler für seine Bilder auch hässliche Gesichter, und umgekehrt. Hüte dich davor, dass die von dir dargestellten Frauen und Männer in ihrer Schönheit oder Hässlichkeit wie Zwillingsschwestern und Brüder wirken. Das ist ein vielen italienischen Malern eigener Fehler! Denn der gefährlichste und verräterischste Fehler in der Malerei ist die Wiedergabe des eigenen Körpers. Ich glaube, das kommt daher, weil die Seele die Gestalterin des eigenen Körpers ist: Sie hat ihn einst nach ihrem Ebenbild, sich selbst zum Bilde geschaffen und geformt, und wenn sie jetzt mithilfe von Pinsel und Farben einen neuen Körper schaffen soll, so wiederholt sie mit Vorliebe die Gestalt, in der sie sich bereits einmal verkörpert hat.«

»Trachte danach, dass dein Werk den Beschauer nicht abstößt wie kalte Winterluft einen Menschen, der eben aus dem Bett steigt, sondern dass es ihn anzieht und seine Seele fesselt, wie die Frische eines Sommermorgens den Schläfer aus dem Bett lockt.«

Hier die Geschichte der Malerei, wie sie der Meister in wenigen Worten vortrug: »Nach der Römerzeit, als die Maler einander nachzuahmen begannen, geriet die Kunst für viele Jahrhunderte in Verfall. Dann trat Giotto auf, ein Florentiner, der sich nicht damit begnügte, seinen Lehrer Cimabue nachzuahmen. Geboren in einer öden Berggegend, in der nur Ziegen und andere Tiere hausten, und von der Natur selbst zur Kunst angeregt, zeichnete er anfangs auf Steinen die Bewegungen der Ziegen, die er hütete, und aller anderen Tiere, die in jener Gegend lebten. So kam er schließlich durch lange Übung so weit, dass er nicht nur alle Meister seiner Zeit, sondern auch die vergangener Jahrhunderte übertraf. Nach Giotto verfiel die Kunst der Malerei von Neuem, weil wieder jeder nur alte Vorbilder nachahmte. Das währte ein ganzes Jahrhundert, bis der Florentiner Tommaso, genannt Masaccio, durch seine vollendeten Werke bewies, wie viel Kräfte diejenigen unnütz vergeuden, die andere Vorbilder wählen und nicht die Natur selbst, die Lehrmeisterin aller Lehrmeister.«

»Das erste Werk der Malerei war die Linie, die jemand um den von der Sonne auf eine Wand geworfenen Schatten eines Menschen zog.«

Der Meister sprach davon, wie der Künstler die Entwürfe für seine Bilder machen müsse, und führte uns als Beispiel die von ihm erdachte Darstellung der Sintflut an: »Von Blitzen erleuchtete Strudel und Wasserwirbel. Von einer Wasserhose fortgerissene Äste riesiger Eichen, an die sich Menschen anklammern. Wasserfluten; auf ihnen massenhafte Trümmer von Hausrat, auf denen sich Menschen zu retten suchen. Auf hohen Kuppen Herden von Vierbeinern, vom Wasser umflutet; die einen legen die Füße auf die Rücken der andern, sie erdrücken und zerstampfen einander. Inmitten eines Haufens von Menschen, die, mit Waffen in den Händen, das letzte Stückchen Erde gegen Raubtiere verteidigen, ringen die einen die Hände und beißen sie bis aufs Blut, andere stopfen sich die Ohren zu, um das Rollen des Donners nicht zu hören; sich nicht damit begnügend, die Augen zu schließen, legen sie die Hände aufeinander und pressen sie gegen die Lider, um den drohenden Tod nicht zu sehen. Andere begehen Selbstmord, erdrosseln sich, durchbohren sich mit Schwertern oder stürzen sich von den Abhängen in die Fluten. Mütter fluchen Gott und ergreifen ihre Kinder, um deren Köpfe an den Steinen zu zerschmettern. Verwesende Leichen schwimmen auf der Oberfläche, stoßen aneinander und prallen wieder ab wie mit Luft gefüllte Bälle. Vögel sitzen auf ihnen oder fallen erschöpft aus der Luft auf noch lebende Menschen und Tiere nieder, weil sie keinen andern Ruheplatz mehr finden.«

Von Salaino und Marco habe ich erfahren, dass Leonardo schon jahrelang Reisende und andere Leute, die einmal Wasserhosen, Überschwemmungen, Orkane, Felsstürze und Erdbeben gesehen haben, ausfragt und auf diese Weise genaue Einzelheiten erfahren hat. Geduldig wie ein Gelehrter sammelt er Strich auf Strich, Beobachtung auf Beobachtung für den Entwurf des Plans zu einem Bild, das er vielleicht nie ausführen wird. Ich erinnere mich, dass ich bei seiner Erzählung von der Sintflut dasselbe empfand wie beim Anblick der Teufelsfratzen und Ungeheuer auf seinen Zeichnungen: ein Grauen, das doch anzog.

Noch über eines staunte ich: Der Meister schien mir, während er diesen grausigen Entwurf beschrieb, ruhig und teilnahmslos.

Als er von den sich im Wasser spiegelnden zuckenden Blitzen sprach, sagte er: »Der Abglanz muss mehr auf den entfernteren, weniger auf den dem Beschauer näheren Wellen sein; so verlangt es das Gesetz der Lichtspiegelung auf glatten Flächen.«

Als er von den in den Strudeln aneinanderprallenden Leichen sprach, fügte er hinzu: »Wenn du solche Zusammenstöße darstellst, lass nicht das Gesetz der Mechanik außer Acht, dass der Einfallswinkel dem Ausfallswinkel gleich ist!«

Ich lächelte unwillkürlich und dachte: Das ist wieder ganz er – in dieser Mahnung.

Der Meister sagte: »Nicht die Erfahrung, die Mutter aller Künste und Wissenschaften, täuscht die Menschen, sondern die Fantasie, die ihnen etwas verspricht, das die Erfahrung nicht zu geben vermag. Die Erfahrung ist schuldlos, aber unsere eitlen und aberwitzigen Wünsche sind verbrecherisch. Indem sie Lüge von Wahrheit scheidet, lehrt uns die Erfahrung, nur nach dem Möglichen zu streben und nicht aus

Unwissenheit auf Unerreichbares zu hoffen, damit wir uns nicht, in unsern Hoffnungen betrogen, der Verzweiflung überlassen.«

Als wir allein waren, erinnerte mich Cesare an diese Worte und sagte, verächtlich die Stirn runzelnd: »Wieder Lüge und Verstellung!«

»Wieso hat er denn hier gelogen, Cesare?«, fragte ich erstaunt. »Mir scheint, der Meister …«

»Nicht nach dem Unmöglichen streben, das Unerreichbare nicht ersehnen?«, fuhr er fort, ohne auf mich zu hören. »Womöglich glaubt ihm das auch jemand! Nun, nein, so dumm sind wir nicht; mir hätte er das nicht sagen dürfen. Ich durchschaue ihn.«

»Und was siehst du, Cesare?«

»Dass er selbst sein ganzes Leben lang nur nach dem Unmöglichen strebte und das Unerreichbare begehrte. Sag mir gefälligst: Maschinen erfinden wollen, mit denen die Menschen wie Vögel durch die Luft fliegen oder wie Fische durchs Wasser schwimmen können – heißt das etwa nicht, nach dem Unmöglichen streben? Und die Schrecken der Sintflut, die fabelhaften Ungetüme in den nassen Flecken und in den Wolken, die märchenhafte Schönheit seiner göttlichen, engelsgleichen Gesichter? Woher nimmt er das alles? Etwa aus der Erfahrung, aus seiner mathematischen Nasentabelle oder aus dem Löffel zum Farbenmessen? Weshalb betrügt er sich selbst und andere? Weshalb lügt er? Die Mechanik braucht er zu seinem Wunder, um auf Flügeln zum Himmel aufzufliegen, um, im Besitz der Naturkräfte, diese zu dem zu verwenden, was über und gegen Menschennatur ist, was über und gegen Naturgesetz ist, ganz gleich, ob das zu Gott führt oder zum Teufel, wenn nur zum Unbekannten, zum Unmöglichen! Denn wirklich glauben tut er wohl nicht, er ist nur neugierig; je weniger er glaubt, umso neugieriger ist er. Das ist in ihm wie eine unstillbare Brunst, wie Kohlenglut, die durch nichts gelöscht werden kann – durch kein Wissen, durch keine Erfahrung!«

Cesares Worte erfüllten mein Herz mit Unruhe und Furcht. All die letzten Tage denke ich an sie: Ich möchte, aber ich kann sie nicht vergessen.

Heute sagte der Meister, als begegne er meinen Zweifeln: »Geringes Wissen macht die Menschen hochmütig, großes macht sie demütig.

So heben leere Ähren die Köpfe stolz gen Himmel; die vollen hingegen beugen sie zur Erde, ihrer Mutter.«

»Wieso sagt man dann aber, Meister«, fragte Cesare mit seinem gewöhnlichen, bissig versuchenden Lächeln, »wieso sagt man, das große Wissen, das der leuchtendste der Cherubim, Luzifer, besaß, habe ihm nicht Demut, sondern Hoffart eingeflößt, für die er auch in die Hölle hinabgestürzt wurde?«

Leonardo gab keine Antwort. Er schwieg eine Weile, dann erzählte er uns eine Fabel: »Ein Wassertropfen kam einst auf den Gedanken, zum Himmel aufzusteigen. Mithilfe des Feuers flog er als feiner Dampf auf. Aber in der Höhe stieß er auf dünne, kalte Luft; er zog sich zusammen und wurde schwer, und sein Hochmut verwandelte sich in Entsetzen. Als Regentropfen fiel er nieder, die trockene Erde sog ihn ein. Und lange musste das Wasser, im unterirdischen Kerker eingeschlossen, seine Sünde büßen.«

Ich glaube, je länger man mit ihm lebt, desto weniger kennt man ihn.

Heute belustigte er sich wieder wie ein Schuljunge. Sind das Späße! Ich saß abends oben in meiner Kammer und las vor dem Zubettgehen in meinem Lieblingsbuch *Die Blumen des heiligen Franziskus.* Plötzlich erscholl durch das ganze Haus das Jammergeschrei unserer Köchin Maturina: »Feuer! Feuer! Hilfe! Es brennt!«

Ich stürzte nach unten und bekam einen gewaltigen Schreck, denn die Werkstatt war in dicken Qualm gehüllt. Von einer blauen blitzartigen Flamme beleuchtet, stand der Meister in Rauchwolken wie ein alter Magier und schaute mit lustigem Lachen die entsetzensbleiche, mit den Armen fuchtelnde Maturina und Marco an, der mit zwei Eimern Wasser gerannt kam und sie über den Tisch ausgeleert hätte, ohne Gnade für Zeichnungen und Handschriften, hätte der Meister ihm nicht gewehrt und ihm zugerufen, es sei alles nur Scherz. Da sahen wir, dass Rauch und Flamme von einer glühenden Kupferpfanne ausgingen, von einem weißen Pulver – Weihrauch mit Kolophonium, einer Mischung, die er für Scheinfeuersbrünste zum Vergnügen erfunden hatte. Ich weiß nicht, wer über diesen Scherz mehr entzückt war – sein steter Gesell bei all solchen Streichen, der kleine Schelm Jacopo, oder

Leonardo selbst. Wie er lachte über Maturinas Angst und über Marcos Löscheimer! Bei Gott, wer so lacht, kann kein schlechter Mensch sein.

Doch inmitten der Fröhlichkeit und des Gelächters versäumte er es nicht, die in Maturinas Gesicht beobachteten Hautfalten und Runzeln, wie sie das Entsetzen auf menschlichen Gesichtern hervorbringt, aufzuzeichnen.

Fast nie spricht er von Frauen. Nur einmal sagte er, die Männer gingen mit ihnen ebenso frevelhaft um wie mit Tieren. Übrigens spottet er über die jetzt in Mode gekommene platonische Liebe. Einem verliebten Jüngling, der ein weinerliches Sonett im Stil Petrarcas deklamierte, antwortete er mit drei Versen – wohl den einzigen, die er je gedichtet, denn er ist ein schlechter Versemacher:

> Se'l Petrarca amò si forte il lauro,
> È perchè gli e buon fra la salsiccia e'l tordo.
> I'non posso di lor ciancie far tesauro.*

Cesare behauptet, Leonardo sei zeit seines Lebens so mit Mechanik und Geometrie beschäftigt gewesen, dass er zur Liebe keine Zeit gefunden habe. Doch sei er wohl kaum wirklich jungfräulich, denn wenigstens einmal müsse er sich mit einem Weib vereinigt haben – nicht zur Wollust, wie gewöhnliche Sterbliche, sondern aus Neugier, zu wissenschaftlichen, anatomischen Beobachtungen, wobei er das Mysterium der Liebe gewiss ebenso leidenschaftslos mit mathematischer Gründlichkeit studiert habe wie alle andern Naturerscheinungen.

Ich habe manchmal das Gefühl, als dürfe ich eigentlich nie mit Cesare über den Meister reden. Wir belauschen ihn geradezu, beobachten ihn wie Spione. Cesare empfindet jedes Mal eine boshafte Freude, wenn es ihm gelingt, einen neuen Schatten auf den Meister zu werfen. Und was will er von mir? Weshalb sucht er meine Seele zu vergiften? Wir besu-

* Wenn Petrarca so sehr den Lorbeer (il lauro – Laura) liebte, dann wohl deshalb, weil Lorbeerblätter eine gute Würze für Würste und gebratene Krammetsvögel sind. Ich kann mich für solche Torheiten nicht begeistern.

chen jetzt häufig eine kleine elende Schänke am Flusszollhaus bei der Porta Vercellina. Stundenlang schwatzen wir bei einer halben Brenta billigen, sauren Weines, inmitten fluchender, mit schmierigen Karten spielender Bootsleute, und beraten wie Verschwörer.

Heute fragte mich Cesare, ob ich wisse, dass Leonardo in Florenz der Sodomie beschuldigt worden ist. Ich traute meinen Ohren nicht und glaubte, Cesare sei betrunken oder er fantasiere. Aber er berichtete mir alles ganz genau und eingehend: Im Jahre 1476 – Leonardo war damals vierundzwanzig Jahre alt, sein Lehrer, der berühmte Florentiner Meister Andrea Verrocchio, vierzig Jahre – wurde in einen jener runden Holzkästen, die sogenannten tamburi, Trommeln, die an den Säulen der Hauptkirchen von Florenz, namentlich in Santa Maria del Fiore hängen, eine anonyme Anzeige gelegt, die Leonardo und Verrocchio homosexueller Beziehungen beschuldigte. Am 9. April desselben Jahres untersuchten die Nacht- und Klosterwächter – ufficiali di notte e monasteri – die Angelegenheit und sprachen beide Angeklagten frei – mit Vorbehalt, falls eine neue Anzeige erfolge: *assoluti cum conditione, ut retamburentur.* Nach einer neuen Anschuldigung wurden Leonardo und Verrocchio am 9. Juli endgültig freigesprochen. Weiter wusste niemand etwas darüber. Bald danach verließ Leonardo endgültig Verrocchios Werkstatt und siedelte nach Mailand über.

»Das ist natürlich nur eine schändliche Verleumdung«, fügte Cesare mit spöttisch aufleuchtenden Augen hinzu, »obwohl du noch nicht ahnst, mein Freund Giovanni, wie voll von Widersprüchen sein Herz ist. Es ist ein Labyrinth, siehst du, in dem sich sogar der Teufel das Bein brechen kann. Es wimmelt in ihm von Rätseln und Geheimnissen. Einerseits ist er vielleicht wirklich jungfräulich, aber andrerseits …«

Mir stieg plötzlich all mein Blut zu Herzen. Ich sprang auf und schrie: »Was unterstehst du dich, du Schurke?«

»Was willst du? Ich bitte dich … Nun gut, ich will nicht wieder davon sprechen. Beruhig dich! Ich dachte wirklich nicht, dass du es so wichtig nehmen würdest!«

»Was nehme ich wichtig? Was? Sag mir alles! Ohne Umschweife und Redensarten! …«

»Ach, Unsinn! Wozu die Aufregung? Sollen sich alte Freunde wie wir wegen einer Lappalie zanken? Trinken wir lieber auf dein Wohl! In vino veritas …«

Und wir tranken und setzten unser Gespräch fort.

Nein, nein, genug! Ich will alles rasch vergessen. Schluss damit! Ich werde nicht wieder mit ihm über den Meister sprechen. Cesare ist nicht nur sein Feind, sondern auch der meine. Er ist ein böser Mensch.

Mir ist übel; ich weiß nicht, ob von dem Wein, den wir in der verdammten Schänke getrunken haben, oder von dem, was wir geredet haben. Es ist schmählich zu denken, welche gemeine Freude die Menschen daran finden können, das Große herabzuziehen.

Der Meister sagte: »Künstler, deine Stärke liegt in der Einsamkeit. Wenn du allein bist, gehörst du ganz dir selbst; bist du aber mit einem Gefährten zusammen, so gehörst du dir nur zur Hälfte oder noch weniger, je nachdem wie unbescheiden dein Freund ist. Hast du mehrere Freunde, so ist es noch schlimmer für dich. Sagst du aber: Ich verlasse euch und bleibe allein, um mich unbehindert der Betrachtung der Natur zu widmen, so sage ich dir: Es wird dir kaum gelingen, denn du wirst nicht die Kraft haben, dich nicht ablenken zu lassen und nicht auf das Geschwätz der andern zu hören. Du wirst ein schlechter Freund sein und ein noch schlechterer Arbeiter, denn niemand kann zwei Herren dienen. Erwiderst du aber: Ich gehe so weit fort, dass ich ihr Gespräch überhaupt nicht mehr höre, dann sage ich dir: Sie werden dich für verrückt halten, und du bleibst doch ganz allein. Willst du aber unbedingt Freunde haben, so seien es Maler und Schüler aus deiner Werkstatt. Jede andere Freundschaft ist gefährlich. Gedenke dessen, Künstler, deine Stärke liegt in der Einsamkeit.«

Jetzt verstehe ich, weshalb Leonardo sich von den Frauen fernhält: Um gut betrachten zu können, braucht er viel Freiheit.

Andrea Salaino klagt manchmal bitter über die Langeweile unseres einförmigen und einsamen Lebens, und er behauptet, die Schüler anderer Meister lebten viel lustiger. Er liebt Putz wie ein junges Mädchen und ist traurig, wenn er ihn niemand zeigen kann. Er wünscht Feste, Lärm, Glanz, Menschengewimmel und verliebte Blicke.

Heute hörte der Meister die Vorwürfe und Klagen seines Lieblings an, strich ihm mit gewohnter Handbewegung über die langen weichen Locken und gab ihm gutmütig lächelnd die Antwort: »Gräm dich nicht, Junge. Ich verspreche dir, dich zum nächsten Fest ins Schloss mitzunehmen. Soll ich jetzt eine Fabel erzählen, willst du?«

»Ja, erzählt, Meister!«, sagte Andrea erfreut und ließ sich zu den Füßen des Meisters nieder.

»Auf einer Anhöhe oberhalb der Landstraße, nahe der Gartenmauer, lag zwischen Bäumen, Moos, Blumen und Gräsern ein Stein. Eines Tages sah er unten auf der Landstraße viele andere Steine liegen und wollte zu ihnen. Er sprach bei sich: ›Was habe ich für Freude an diesen verzärtelten, kurzlebigen Blumen und Gräsern? Ich möchte unter meinen Nächsten und Brüdern wohnen, unter Steinen, die meinesgleichen sind!‹ Und er rollte sich auf die Landstraße hinunter zu denen, die er seine Nächsten und Brüder nannte. Aber hier drückten ihn die Räder schwerer Fuhrwerke, die Hufe der Esel und Maultiere; die genagelten Stiefel der Wanderer trampelten über ihn hin. Gelang es ihm zeitweilig, ein wenig in die Höhe zu kommen, sodass er freier atmen konnte, dann bedeckte ihn glitschiger Schmutz oder der Unrat von Tieren. Da schaute er traurig zu seinem früheren Platz hin, zu der einsamen Stätte im Garten, und sie erschien ihm wie ein Paradies. So geht es denen, Andrea, die stilles Betrachten aufgeben und sich in die vom ewig Bösen erfüllten Leidenschaften der Menge stürzen.«

Der Meister gestattet nicht, dass man irgendeiner lebenden Kreatur, sei es auch nur eine Pflanze, ein Leid antut. Der Mechaniker Zoroastro da Peretola hat mir erzählt, Leonardo esse seit früher Jugend kein Fleisch und behaupte, es werde eine Zeit kommen, da alle Menschen, gleich ihm, sich mit Pflanzenkost begnügen und das Töten von Tieren für ebenso frevelhaft halten würden wie den Mord eines Menschen.

Als wir einmal an einem Fleischerladen auf dem Mercato Nuovo vorüberkamen, wies er mit Abscheu auf die toten Kälber, Schafe, Ochsen und Schweine an den Hölzern und sagte zu mir: »Ja, der Mensch ist in

Wahrheit der König der Lebewesen, oder richtiger gesagt, der König der Bestien, denn das Bestialische in ihm ist sein Größtes …« Und nach einer Pause fügte er mit leiser Trauer hinzu: »Wir gründen unser Leben auf den Tod anderer Wesen! Menschen und Tiere sind ewige Totenstätten – die einen sind das Grab für die andern …«

»Das ist ein Gesetz der Natur, deren Güte und Weisheit Ihr ja selbst stets preist, Meister«, entgegnete Cesare. »Ich verstehe nicht recht, weshalb Ihr durch Eure Enthaltung von Fleischnahrung dieses Naturgesetz verletzt, das allen Geschöpfen befiehlt, einander aufzufressen.«

Leonardo schaute ihn an und entgegnete ruhig: »Die Natur hat eine unendliche Freude daran, neue Formen zu erfinden und neues Leben zu schaffen, und bringt sie schneller hervor, als die Zeit sie vernichten kann. Sie hat es daher so eingerichtet, dass die einen Geschöpfe sich von den andern nähren, um Platz zu schaffen für kommende Geschlechter. Deshalb schickt sie oft Seuche und Pestilenz dahin, wo die Geschöpfe sich allzu sehr vermehrt haben – namentlich die Menschen, bei denen der Geburtenüberschuss nicht durch die Sterblichkeit ausgeglichen wird, weil sie nicht von andern Tieren aufgefressen werden.«

So erklärt Leonardo zwar mit großer Geistesruhe die Naturgesetze, ohne sich zu empören und ohne zu murren; er selbst aber handelt nach einem anderen Gesetz, indem er sich jeder Nahrung enthält, die von einem lebenden Wesen stammt.

Gestern Nacht las ich lange in dem Buch, von dem ich mich niemals trenne, in den *Blumen des heiligen Franziskus*. Franziskus liebte die Tiere ebenso wie Leonardo. Statt im Gebet Gottes Weisheit zu preisen, beobachtete er manchmal stundenlang in seinem Bienengarten inmitten der Stöcke, wie die Bienen ihre Wachszellen bauen und sie mit Honig füllen. Einmal predigte er auf einem einsamen Berg den Vögeln das Wort Gottes. Sie saßen reihenweise zu seinen Füßen und lauschten seinen Worten. Als er geendet hatte, regten sie sich, schlugen mit den Flügeln und schmiegten mit offenen Schnäbeln ihre Köpfchen an das Gewand des Heiligen, als wollten sie ihm sagen, sie hätten seine Predigt verstanden. Er segnete sie, und sie flogen mit freudigem Gezwitscher davon.

Lange las ich. Dann schlief ich ein. Mir war so, als sei mein Schlaf erfüllt vom leisen Flügelschlag der Tauben.

Ich erwachte früh. Eben war die Sonne aufgegangen. Im Haus schlief noch alles. Ich ging auf den Hof, um mich mit kaltem Brunnenwasser zu waschen. Es war sehr still. Wie Summen von Bienen klang das Geläut ferner Glocken. Es roch frisch und dunstig. Plötzlich hörte ich wie im Traum das Rauschen zahlloser Flügel. Ich hob die Blicke und sah Messer Leonardo auf der Leiter seines hohen Taubenschlags.

Sein von der Sonne durchleuchtetes Haar umgab das Haupt wie ein Heiligenschein; einsam und froh stand er unter dem Himmel. Ein Schwarm weißer Tauben drängte sich gurrend zu seinen Füßen. Sie umflatterten ihn, setzten sich zutraulich auf seine Schultern, auf die Hände, auf den Kopf. Er streichelte sie und fütterte sie aus seinem Mund. Dann hob er wie segnend die Arme; die Tauben schwangen sich auf, ihre Flügel raschelten wie Seide, und sie flogen dahin, wie weiße Schneeflocken im Himmelsblau entschwindend. Mit zärtlichem Lächeln sah er ihnen nach.

Ich aber dachte, Leonardo gleiche dem heiligen Franziskus, dem Freund aller lebenden Wesen, der den Wind seinen Bruder nannte, das Wasser seine Schwester, die Erde seine Mutter.

Gott möge mir vergeben! Ich unterlag wieder und ging mit Cesare in die verdammte Schänke. Ich sprach von des Meisters Barmherzigkeit.

»Du meinst wohl, Giovanni, weil Messer Leonardo kein Fleisch isst und sich von Gottes Kräutern nährt?«

»Und wenn es so wäre, Cesare? Ich weiß …«

»Gar nichts weißt du! Das tut Messer Leonardo keineswegs aus Güte, sondern einfach, weil es ihm Spaß macht wie alles andere. Schrullen sind das …«

»Wieso Schrullen? Was redest du? …«

Er lachte mit gekünstelter Fröhlichkeit: »Nun gut, gut! Wir wollen nicht streiten. Warte nur, zu Hause zeige ich dir ein paar sehr merkwürdige Zeichnungen unseres Meisters.«

Daheim schlichen wir leise wie Diebe in die Werkstatt des Meisters. Er war nicht da. Cesare kramte herum, zog auf dem Arbeitstisch unter einem Bücherstoß ein Heft hervor und zeigte mir Zeichnungen. Ich wusste, dass ich ein Unrecht beging; aber ich konnte nicht widerstehen und schaute sie begierig an.

Es waren Darstellungen gewaltiger Bombarden, Sprenggeschosse, vielläufiger Kanonen und anderer Kriegsmaschinen, ausgeführt mit der gleichen luftigen Zartheit von Schatten und Licht wie seine schönsten Madonnen. Ich entsinne mich einer Bombe, eine halbe Elle groß, genannt Fragilita. Cesare erklärte mir die Einrichtung. Die Bombe war aus Bronze gegossen und innen mit Hanf, Gips, Fischleim, Wolle, Teer und Schwefel gefüllt; ein Labyrinth kupferner, mit stärksten Ochsensehnen umwickelter, mit Schießpulver und Kugeln gefüllter Röhren schlang sich hindurch. Die Mündungen dieser Röhren zogen sich schraubenförmig außen um die Bombe. Beim Explodieren sprüht Feuer aus den Mündungen; die Bombe hüpft und dreht sich mit unglaublicher Geschwindigkeit wie ein Riesenkreisel und speit Feuergarben aus. Am Rande der Zeichnung stand von Leonardos Hand geschrieben: »Das ist eine Bombe von sehr schöner und nützlicher Konstruktion. Sie explodiert erst so lange nach dem Abschuss, als man Zeit braucht, um ein Ave-Maria zu beten.«

»Ave-Maria!«, wiederholte Cesare. »Wie gefällt dir das, Freund? Eine seltsame Anwendung des christlichen Gebets. Ave-Maria neben diesem Ungetüm! Was er sich alles ausdenkt! … Weißt du übrigens, wie er den Krieg nennt?«

»Wie nennt er ihn?«

»Pazzia bestialissima, die allertierischste Dummheit. Nicht wahr, der Ausdruck macht sich nicht übel im Mund eines Erfinders von solchen Maschinen?«

Er wandte das Blatt um und zeigte mir die Abbildung eines Kriegswagens mit eisernen Sicheln. Mit voller Geschwindigkeit schneidet er sich in das feindliche Heer hinein. Riesige stählerne, sichelförmige Klingen, scharf wie Rasiermesser, den Greifern einer Riesenspinne gleich, drehen sich in der Luft, wohl mit schrillem Pfeifen, Kreischen und Knarren der Zahnräder; sie schneiden die Menschen mittendurch und schleudern Fetzen von Fleisch und Ströme von Blut umher. Ringsum liegen abgeschnittene Beine, Arme, Köpfe und zerhackte Leiber.

Ich entsinne mich noch einer anderen Zeichnung. Im Hof eines Arsenals heben Scharen von nackten Arbeitern, die aussehen wie Dämonen, ein gewaltiges Kanonenrohr mit bedrohlichem Schlund hoch; ihre kraftvollen Muskeln in furchtbarer Anstrengung spannend, klammern und stemmen sie sich mit Händen und Füßen gegen die Hebel einer riesigen, durch Seile mit einem Kran verbundenen Winde. Andere rollen eine Achse auf zwei Rädern heran. Grauen packte mich beim Anblick dieser aneinandergedrängten, in der Luft schwebenden nackten Leiber. Das war wie eine Rüstkammer aller Teufel, eine Schmiede der Hölle!

»Nun, was sagst du? Habe ich die Wahrheit gesprochen, Giovanni?«, fragte Cesare. »Sind die Bildchen nicht hochinteressant? Da hast du den heiligen Mann, der mit der Kreatur Erbarmen hat, der kein Fleisch isst, der die Würmer auf dem Weg aufhebt, damit nicht der Fuß eines Vorübergehenden sie zertrete! Beides zu gleicher Zeit – heute Teufel der Hölle, morgen Heiliger. Ein doppelgesichtiger Janus: Ein Gesicht ist zu Christus gekehrt, das andere zum Antichrist. Versuch zu ergründen, welches das wahre ist, welches das falsche! … Oder sind sie beide wahr? Und das alles mit leichtem Herzen, mit geheimer, hinreißender Schönheit, als wäre es Scherz und Spiel!«

Ich hörte ihn schweigend an. Eine Kälte wie die des Todes durchschauerte mein Herz.

»Was hast du, Giovanni?«, fragte Cesare. »Wie siehst du aus, Armer! Du nimmst dir alles viel zu sehr zu Herzen, mein Freund … Warte nur, Geduld bringt Huld. Wenn du dich erst dran gewöhnt hast, wirst du dich über nichts mehr wundern. Genauso wie ich. Jetzt aber komm wieder mit in die ›Goldene Schildkröte‹; wir trinken noch eins:

Dum vinum potamus,
Brüder, singt zu Bacchus:
Te Deum laudamus.«

Ich gab keine Antwort, schlug die Hände vors Gesicht und floh.

Wie? Das soll ein und derselbe Mensch sein – jener, der die Tauben segnet mit unschuldigem Lächeln wie der heilige Franziskus, und der andere in der Höllenschmiede, der das eiserne Ungetüm mit blutbespritzten Spinnenarmen erfand? Ein und derselbe Mensch? Nein, das kann nicht sein, der Gedanke ist nicht zu ertragen! Alles andere, nur das nicht! Besser ein Gottesleugner als gleichzeitig Diener Gottes und des Satans – als gleichzeitig das Angesicht Christi und des Räubers Sforza!

Heute sagte Marco d'Oggiono: »Messer Leonardo, viele Leute machen dir und uns, deinen Schülern, Vorwürfe: Wir besuchten zu selten die Kirche und arbeiteten an Feiertagen ebenso wie an Wochentagen.«

»Lasst die Frömmler reden, was sie wollen«, antwortete Leonardo. »Euer Herz möge dadurch nicht irre werden, meine Freunde! Die Naturerscheinungen zu erforschen ist ein Gott wohlgefälliges Werk. Es ist ebenso gut wie Beten. Durch Ergründung der Naturgesetze preisen wir den ersten Erfinder, den Künstler des Weltalls, und lernen ihn lieben. Denn große Liebe zu Gott entspringt großer Erkenntnis. Wer wenig weiß, liebt wenig. Wenn du den Schöpfer liebst nur wegen der zeitlichen Gnaden, die du von ihm erwartest, und nicht wegen seiner ewigen Güte und Stärke, bist du wie ein Hund, der mit dem Schwanz wedelt und seinem Herrn die Hand leckt, in der Hoffnung auf einen leckeren Bissen. Überlege, wie viel mehr der Hund seinen Herrn lieben würde, wenn er dessen Seele und Verstand begreifen könnte! Denkt daran, meine Kinder: Die Liebe ist die Tochter der Erkenntnis; die Liebe ist umso feuriger, je tiefer die Erkenntnis ist. Auch im Evangelium heißt es: ›Seid klug wie die Schlangen und ohne Falsch wie die Tauben.‹«

»Kann man denn die Klugheit der Schlange mit der Unschuld der Taube vereinen?«, fragte Cesare. »Mir scheint, man muss eines von beiden wählen.«

»Nein, beides zugleich!«, sprach Leonardo. »Beides zugleich! Eines ohne das andere ist unmöglich: Vollkommene Erkenntnis und vollkommene Liebe sind ein und dasselbe.«

Ich las heute im Apostel Paulus und fand im achten Kapitel des ersten Briefes an die Korinther die Worte: »Das Wissen bläset auf, aber die Liebe bessert. So aber sich jemand dünken lässt, er wisse etwas, der weiß noch nichts, wie er wissen soll. So aber jemand Gott liebet, derselbe ist von ihm erkannt.«

Der Apostel behauptet, Erkenntnis stamme aus Liebe. Leonardo sagt, Liebe stamme aus Erkenntnis. Wer hat recht? Ich kann es nicht entscheiden, und ich kann nicht leben, ohne es entschieden zu haben.

Mir ist, als habe ich mich in den Gängen eines entsetzlichen Labyrinths verirrt. Ich rufe, ich schreie, aber es kommt keine Antwort. Je weiter ich gehe, desto mehr verliere ich mich. Wo bin ich? Was wird aus mir, wenn Du mich verlässt, o Herr?

Oh, Fra Benedetto, wie wünschte ich, in deine stille Klause zurückkehren, dir alle meine Qual beichten zu dürfen, mich an deine Brust zu werfen, damit du dich meiner erbarmest und die Last von meiner Seele nehmest, geliebter Vater, mein demütiges Lamm, der du Christi Gebot erfüllt hast: »Selig sind, die da geistig arm sind.«

Heute geschah ein neues Unglück. Der Hofchronist, Messer Giorgio Merula, und sein alter Freund, der Dichter Bernardo Bellincioni, besprachen sich unter vier Augen in einem leeren Saal des Schlosses. Es war nach der Abendtafel. Merula war angeheitert und prahlte nach seiner Gewohnheit mit freigeistigen Ideen, mit seiner Verachtung für die unbedeutenden Herrscher unserer Zeit; er äußerte sich auch unehrerbietig über Herzog Moro. Er kritisierte ein Sonett Bellincionis, in dem die angeblich dem Herzog Gian Galeazzo erwiesenen Wohltaten gepriesen werden, und nannte Moro einen Mörder, der den rechtmäßigen Herzog vergiftet habe. Durch die kunstvoll eingebauten Röhren des »Ohrs des Dionys« belauschte der Herzog aus einem entfernten Zimmer dieses Gespräch und gab Befehl, Merula zu verhaften und in den Kerker unter dem Hauptfestungsgraben Redefosso, der das Schloss umgibt, zu werfen.

Was mag wohl Leonardo dabei denken? Er, der das »Ohr des Dionys« eingerichtet hat, ohne an Böse oder Gut zu denken – um interessante Naturgesetze zu studieren, als Scherz und Spiel, wie Cesare sich ausdrückt –, ebenso wie er alles andere tut: wie er ungeheuerliche Kriegsmaschinen erfindet, Sprengbomben, eiserne Spinnen, die mit einem Schlag ihrer riesigen Greifer ein halbes Hundert Menschen in Stücke schneiden.

Der Apostel spricht: »Und wird also über deiner Erkenntnis der schwache Bruder umkommen, um welches willen doch Christus gestorben ist.«

Fließt denn aus solcher Erkenntnis Liebe? Oder ist Erkenntnis und Liebe vielleicht doch nicht dasselbe?

Manchmal ist das Antlitz des Meisters so klar und unschuldig, so voll Taubenreinheit, dass ich bereit bin, alles zu verzeihen, alles zu glauben – und von Neuem ihm meine Seele hinzugeben. Dann aber zuckt plötzlich in den geheimnisvollen Falten seiner Lippen ein Ausdruck, vor dem mir graut, als schaute ich durch klares Wasser hinab in tiefe Abgründe. Und wieder kommt es mir so vor, als wäre ein Geheimnis in seiner Seele, und ich muss an eines seiner Rätsel denken: »Die größten Flüsse fließen unter der Erde.«

Herzog Gian Galeazzo ist gestorben. Man sagt – Gott ist mein Zeuge, dass meine Hand sich sträubt, dieses Wort niederzuschreiben, und ich glaube nicht daran! – man sagt, Leonardo sei der Mörder: Er soll den Herzog mit Früchten seines vergifteten Baumes vergiftet haben.

Ich erinnere mich noch, wie der Mechaniker Zoroastro da Peretola Monna Cassandra diesen verfluchten Baum zeigte. Oh, hätte ich ihn doch lieber nie gesehen! Jetzt sehe ich ihn vor mir, wie er war in jener Nacht, im trüben, grünen Nebel im Mondlicht, mit Gifttropfen an den nassen Blättern, mit still reifenden Früchten, von Tod und Entsetzen umgeben. Und wieder tönen mir in den Ohren die Worte der Schrift: »Aber vom Baum der Erkenntnis des Guten und Bösen sollst du nicht essen; denn welches Tages du davon issest, wirst du des Todes sterben.«

O wehe, wehe mir, dem Verdammten! Einst in der behaglichen Klause meines Benedetto, in unschuldiger Einfalt war ich wie der erste Mensch im Paradies. Aber ich habe gesündigt, ich gab meine Seele den Versuchungen der schlauen Schlange hin, ich kostete vom Baum der Erkenntnis – und siehe, meine Augen wurden aufgetan, und ich sah Gut und Böse, Licht und Schatten, Gott und den Teufel, und ich sah auch, dass ich nackt bin, einsam und arm, dass meine Seele des Todes stirbt.

Aus der Tiefe schreie ich zu Dir, Herr, vernimm die Stimme meines Flehens und sei mir gnädig! Wie der Schächer am Kreuz bekenne ich Deinen Namen: »Herr, gedenke meiner, wenn Du in Dein Reich kommst!«

Leonardo arbeitet wieder am Antlitz Christi.

Der Herzog übertrug ihm den Bau der Maschinerie, die den heiligen Nagel emporheben soll.

Mit mathematischer Genauigkeit wird er dieses Marterwerkzeug Christi auf einer Waage wägen, als wäre es ein Stück alten Eisens: so viel Unzen, so viel Gran – das Heiligtum ist ihm nur eine Ziffer unter Ziffern, nur ein Teil von den Teilen der Hebemaschine, den Seilen, Rädern, Hebeln und Blöcken.

Der Apostel spricht: »Kinder, es ist die letzte Stunde: und wie ihr gehört habt, dass der Antichrist kommt, so sind nun viele Antichristen worden; daher erkennen wir, dass die letzte Stunde ist.«

Nachts umringte ein Volkshaufen unser Haus, verlangte den heiligen Nagel und schrie: »Hexenmeister! Gottesleugner! Mörder des Herzogs! Antichrist!«

Leonardo hörte das Gebrüll des Pöbels ohne Zorn. Als Marco mit der Hakenbüchse schießen wollte, verbot er es. Das Gesicht des Meisters war ruhig und undurchdringlich wie immer.

Ich warf mich ihm zu Füßen und flehte ihn an, mir nur ein einziges Wort zu sagen, um meine Zweifel zu bannen. Ich schwöre beim lebendigen Gott, ich hätte ihm geglaubt! Aber er wollte oder er konnte mir nichts sagen.

Der kleine Jacopo sprang aus dem Fenster, umging die Menge und traf ein paar Straßen weiter die Runde der Wache, die Berittenen des Hauptmanns der Giustizia. Er führte sie zu unserem Haus, und gerade in dem Augenblick, als die eingeschlagenen Türen schon unter dem Ansturm der Angreifer wankten, fielen die Soldaten der Volksmenge in den Rücken. Die Aufrührer liefen davon. Jacopo wurde durch einen Steinwurf am Kopf verletzt und beinahe getötet.

Heute war ich im Dom, zum Feste des heiligen Nagels.

Man zog ihn in dem von den Astrologen bestimmten Augenblick hoch. Leonardos Maschinerie arbeitete vorzüglich. Weder Seile noch Blöcke waren sichtbar. Der runde Schrein mit den Kristallwänden und den goldenen Strahlen, in dem sich der Nagel befindet, erhob sich in Weihrauchwolken wie von selbst, wie die aufgehende Sonne. Es war ein Wunder der Mechanik! Dröhnend sang der Chor:

»Confixa Clavis viscera,
Tendens manus vestigia,
Redemptionis gratia
Hic immolata est Hostias.«*

Und der heilige Schrein machte unter dem dunklen Bogen über dem Hauptaltar des Doms halt, umgeben von fünf Ewigen Lampen.

Der Erzbischof intonierte: »O, Crux benedicta, quae sola fuisti digna portare Regem coelorum et Dominum.** Halleluja!«

Das Volk sank in die Knie und stimmte in das Halleluja ein. Und Moro, der Thronräuber, der Mörder, hob tränenden Auges die Hände zum heiligen Nagel.

Dann wurde das Volk mit Wein, gebratenen Ochsen, fünftausend Maß Erbsen und hundert Zentnern Speck bewirtet. Der Pöbel hatte den gemordeten Herzog vergessen, er fraß und soff und johlte: »Es lebe Moro! Es lebe der Nagel!«

Bellincioni verfasste Hexameter, in denen es heißt, dass unter der milden Herrschaft des Augustus, des Götterlieblings Moro, der Welt ein neues goldenes Zeitalter aus dem alten eisernen Nagel erstrahlen werde.

Als der Herzog den Dom verließ, trat er zu Leonardo, umarmte und küsste ihn, nannte ihn seinen Archimedes, dankte ihm für die wunderbare Hebemaschine und versprach ihm eine Berbervollblutstute aus

---

* Von Nägeln durchbohrtes Fleisch, Hand weisend die Male, um der Erlösung willen ist hier das Sühneopfer dargebracht.

** O gesegnetes Kreuz, das du allein würdig warst, den Himmelskönig und Herrn zu tragen.

seinem eigenen Gestüt in der Villa Sforzesca sowie zweitausend Reichsdukaten als Geschenk. Dann klopfte er ihm gnädig auf die Schulter und meinte, nun könne der Meister wohl in aller Ruhe das Antlitz Christi auf dem »Heiligen Abendmahl« beenden.

Jetzt verstehe ich das Wort der Schrift: »Ein Zweifler ist unbeständig in allen seinen Wegen.«

Ich ertrage es nicht länger! Ich komme um, ich verliere den Verstand durch diese Zweifel, durch das Gesicht des Antichrist im Antlitze Christi. Weshalb hast Du mich verlassen, o Herr?

Ich muss fliehen, ehe es zu spät ist.

Ich stand nachts auf, schnürte meine Kleider, Wäsche und Bücher in ein Bündel, nahm den Wanderstab, tastete mich in der Dunkelheit nach unten in die Werkstatt und legte dreißig Fiorini, das Lehrgeld für die letzten sechs Monate, auf den Tisch; um sie zu beschaffen, hatte ich einen Smaragdring, ein Geschenk meiner Mutter, verkauft. Ohne von jemand Abschied zu nehmen – alle schliefen noch –, verließ ich für immer Leonardos Haus.

Fra Benedetto erzählte mir, er habe, seit ich ihn verlassen, jede Nacht für mich gebetet, und er habe einen Traum gehabt, dass Gott mich auf den Weg des Heils zurückführen werde. Fra Benedetto geht nach Florenz, um seinen kranken Bruder zu besuchen, einen Dominikanermönch im Kloster San Marco, dessen Abt Girolamo Savonarola ist.

Preis und Dank sei Dir, o Herr! Du hast mich gerettet aus dem Schatten des Todes, aus dem Rachen der Hölle. Heute entsage ich der Weisheit dieser Welt, die versiegelt ist mit dem Siegel der siebenköpfigen Schlange, des Tieres, das da kommt in der Finsternis, des Name ist Antichrist. Ich entsage den Früchten des giftigen Baums der Erkenntnis, dem Hochmut des eitlen Verstandes, der gottlosen Wissenschaft, deren Vater der Teufel ist. Ich entsage aller Verlockung heidnischer Schönheit. Ich entsage allem, das nicht Dein Wille ist, nicht Dein Ruhm, nicht Deine Weisheit, Christus, mein Gott! Erleuchte meine Seele mit Deinem einzigen Licht, erlöse mich von den verdammten Zweifeln, befestige meine Schritte auf Deinen Pfaden, auf dass meine Füße nicht wanken, bedecke mich mit dem Schatten Deiner Fittiche! Lobe den Herrn, meine Seele! Ich will den Herrn loben, solange ich lebe, ich will singen meinem Gott, solange ich bin!

In zwei Tagen gehe ich mit Fra Benedetto nach Florenz. Mit seiner, meines zweiten Vaters Zustimmung will ich als Novize in das Kloster San Marco eintreten, bei dem großen Auserwählten des Herrn, Fra Girolamo Savonarola.

Gott hat mich gerettet!

Mit diesen Worten endet das Tagebuch Giovanni Beltraffios.

7

Die Verbrennung der Eitelkeiten

Mehr als ein Jahr war vergangen, seit Beltraffio als Novize in das Kloster San Marco eingetreten war.

Eines Nachmittags, gegen Ende des Karnevals 1496, saß Girolamo Savonarola in seiner Zelle am Arbeitstisch und zeichnete eine Vision auf, die ihm Gott kürzlich gesandt hatte. Zwei Kreuze schwebten über der Stadt Rom, ein schwarzes in todbringendem Sturmwind, mit der Aufschrift: »Kreuz göttlichen Zorns«, und ein anderes, strahlend im Himmelsblau, mit der Aufschrift: »Kreuz göttlicher Barmherzigkeit«.

Er fühlte sich matt, Fieberschauer schüttelten ihn. So legte er die Feder beiseite, ließ den Kopf auf die Arme sinken, schloss die Augen und dachte über das nach, was er an diesem Morgen von dem soeben nach Florenz zurückgekehrten frommen Fra Pagolo, den er zu Erkundigungen nach Rom geschickt, über das Leben des Papstes Alexander VI. gehört hatte.

Wie Visionen der Apokalypse zogen ungeheuerliche Bilder an ihm vorüber: der dem alten ägyptischen Apis gleichende rote Stier des Familienwappens der Borgia; das goldene Kalb, das anstelle des sanften Lammes Gottes dem römischen Pontifex dargebracht wird; die schamlosen nächtlichen Spiele, die nach einem Mahl in den Sälen des Vatikans vor dem Heiligen Vater, seiner leiblichen Tochter und einer Schar von Kardinälen stattgefunden hatten; die auf Heiligenbildern als Muttergottes dargestellte schöne Giulia Farnese, des sechzigjährigen Papstes junge Mätresse; die beiden ältesten Söhne Alexanders, Don Cesare, Kardinal von Valencia, und Don Juan, der Bannerträger der römischen Kirche, die aus sündhafter Leidenschaft zu ihrer eigenen Schwester Lucrezia einander hassten wie Kain den Abel.

Girolamo erbebte, dessen gedenkend, was ihm Fra Pagolo kaum ins Ohr zu flüstern gewagt hatte: der blutschänderischen Leidenschaft des Vaters zur Tochter, des alten Papstes zu Madonna Lucrezia Borgia.

»Nein, nein, Gott ist mein Zeuge, ich glaube es nicht. Es ist Verleumdung! … Das kann nicht sein!«, sagte er sich immer wieder. Aber im Geheimen fühlte er, dass alles möglich sei in dem furchtbaren Nest der Borgia.

Kalter Schweiß trat auf die Stirn des Mönchs. Er warf sich vor dem Kruzifix auf die Knie. Da klopfte es leise an die Tür seiner Zelle.

»Wer ist da?«

»Ich, Vater.« Girolamo erkannte an der Stimme seinen Gehilfen und treuen Freund, Fra Domenico Buonvicino. »Der ehrwürdige Ricciardo Becchi, der Bevollmächtigte des Papstes, bittet um die Gunst, mit dir sprechen zu dürfen.«

»Gut, er soll warten. Schick mir Fra Silvestro.«

Silvestro Maruffi war ein geistesschwacher, an der Fallsucht leidender Mönch. Girolamo hielt ihn für ein erwähltes Gefäß der göttlichen Gnade; er liebte und fürchtete ihn und legte seine Visionen nach allen Regeln der verfeinerten Scholastik des großen Doctor Angelicus, Thomas von Aquino, aus mithilfe spitzfindiger Schlüsse, logischer Sätze, Enthymeme, Apophthegmen und Syllogismen. So fand er einen prophetischen Sinn in Silvestros irren Reden, die für andere Menschen nur sinnloses Gestammel eines Idioten waren. Muraffi zeigte nicht die geringste Achtung vor seinem Abt; häufig schmähte und beschimpfte er ihn in Anwesenheit von anderen, ja, er schlug ihn sogar. Girolamo nahm solche Beleidigungen demütig hin und gehorchte ihm in allem. War das Volk von Florenz in Girolamos Gewalt, so war Girolamo seinerseits in den Händen des schwachsinnigen Maruffi.

Fra Silvestro betrat die Zelle, setzte sich in einem Winkel auf den Fußboden, kratzte sich die nackten roten Füße und summte ein eintöniges Liedchen vor sich hin. Sein sommersprossiges Gesicht mit der spitzen Nase, der hängenden Unterlippe und den tränenden, trübe grünlichen Augen hatte einen stumpfen, verdrießlichen Ausdruck.

»Bruder«, sagte Girolamo, »ein Abgesandter des Papstes ist aus Rom gekommen. Sprich, soll ich ihn empfangen? Was soll ich ihm antworten? Hast du kein Gesicht gehabt und keine Stimme vernommen?«

Maruffi schnitt eine närrische Fratze, bellte wie ein Hund und grunzte wie ein Schwein: Er hatte die besondere Gabe, Tierstimmen mit Vollendung nachzuahmen.

»Lieber Bruder«, flehte Savonarola, »sei so gut, sprich ein Wörtchen! Meine Seele ist todesbang. Bete zu Gott, dass er dir prophetischen Geist verleihe …«

Der Schwachsinnige streckte die Zunge heraus; sein Gesicht verzerrte sich. »Was bedrängst du mich, verdammter Pfeifer, hirnlose Wachtel, Schafskopf du! Uh, die Ratten mögen dir die Nase abbeißen«, keifte er, plötzlich wütend werdend. »Hast dir selbst die Suppe gekocht, nun friss sie auch selbst! Ich bin nicht dein Prophet und nicht dein Ratgeber.«

Dann blickte er Savonarola forschend an, seufzte und fuhr mit anderer Stimme, leiser und freundlicher fort: »Du tust mir leid, Bruder, oh, du tust mir leid in deiner Dummheit … Woher weißt du, dass meine Gesichte von Gott sind und nicht vom Teufel?«

Er verstummte und schloss die Augen. Sein Antlitz wurde starr, fast wie tot. Savonarola glaubte, er sehe eine Vision, und blieb in andächtiger Erwartung unbeweglich. Aber Maruffi schlug die Augen wieder auf, wandte langsam, wie lauschend, den Kopf, blickte zum Fenster hinaus und sagte mit einem gutmütigen, heiteren, fast vernünftigen Lächeln: »Die Vögelchen! Hörst du die Vögelchen? Jetzt ist wohl grünes Gras auf den Feldern, und gelbe Blümlein sprießen. Ach, Bruder Girolamo, du hast genug gehetzt, hast deinen Hochmut befriedigt und dem Teufel Freude gemacht. Lass ab! Man muss auch einmal an Gott denken! Komm, wir beide wollen die verdammte Welt verlassen und in die liebe Wüste ziehen!«

Und mit angenehmer, leiser Stimme, sich hin und her wiegend, sang er:

»Komm in den grünen Wald,
Zum stillen Ruheplatz,

Wo kühle Quellen springen
Und wo die Vöglein singen …«

Plötzlich sprang er auf – die eisernen Büßerketten an seinem Leib klirrten –, lief auf Savonarola zu, packte ihn an der Hand und flüsterte, vor Wut fast atemlos: »Ich habe gesehen, habe gesehen, habe gesehen! … Uh, du Teufelssohn, du Eselskopf, die Ratten mögen dir die Nase abbeißen! … Ich habe gesehen! …«

»Sprich, Bruder! Sprich rasch!«

»Feuer! Feuer«, keuchte Maruffi.

»Nun, und? … Was weiter?«

»Das Feuer eines Scheiterhaufens«, fuhr Silvestro fort. »Und einen Menschen in den Flammen …«

»Wen?«, fragte Girolamo.

Maruffi nickte nur und antwortete nicht sofort. Er bohrte seine durchdringenden grünlichen Augen in Savonarolas Gesicht und lachte leise wie ein Irrer. Dann beugte er sich zu ihm hin und flüsterte ihm ins Ohr: »Dich! …«

Girolamo fuhr jäh zusammen und taumelte zurück. Maruffi erhob sich, verließ die Zelle und entfernte sich kettenklirrend, sein Liedchen vor sich hinsummend:

»Komm in den grünen Wald,
Zum stillen Ruheplatz,
Wo kühle Quellen springen
Und wo die Vöglein singen.«

Als Girolamo sich wieder gefasst hatte, ließ er den päpstlichen Bevollmächtigten Ricciardo Becchi rufen.

Einen Duft von Moschusambra um sich verbreitend, mit seinem langen seidenen, soutanenartigen Gewand raschelnd, das der Mode entsprechend veilchenblau war, mit dunkelbraunem Fuchspelz verbrämt, und mit zurückgeschlagenen, venezianischen Ärmeln, betrat der Skriptor der heiligen apostolischen Kanzlei Savonarolas Zelle. Messer Ricciardo Becchi hatte in allen Bewegungen, in dem klugen, überlegenen Lächeln, in den hellen, beinahe aufrichtigen Augen, in den heiteren Grübchen der frischen, glatt rasierten Wangen die besondere, etwas salbungsvolle Würde, die allen Angehörigen des römischen Hofes eigen war.

Er bat den Prior von San Marco um seinen Segen, beugte mit höfischer Gewandtheit den Rücken, küsste ihm die magere Hand und hielt seine Ansprache auf Latein, mit gewählten ciceronianischen Redewendungen, in langatmigen, glatt dahinfließenden Sätzen. Weit ausholend begann er mit dem, was man in der Redekunst eine captatio benevolentiae nennt; er sprach vom Ruhm des florentinischen Predigers. Dann kam er zur Sache: Der Heilige Vater sei mit Recht erzürnt darüber, dass Padre Girolamo sich hartnäckig weigere, nach Rom zu kommen. Erfüllt aber von flammendem Eifer für das Heil der Kirche, für die restlose Einigung aller Gläubigen in Christo, für den Frieden der Welt, und nicht den Tod, sondern die Rettung des Sünders wünschend, künde er ihm, falls er bereue, seine väterliche Bereitschaft an, ihm wieder seine Gnade zuzuwenden.

Der Mönch hob die Augen auf und fragte leise: »Messere, was meint Ihr: Glaubt der Heilige Vater an Gott?«

Ricciardo antwortete nicht, als habe er diese ungehörige Frage nicht gehört oder wolle sie absichtlich überhören. Er blieb bei der Sache und deutete an, dass der höchste Rang der kirchlichen Hierarchie – der rote Kardinalshut – den Padre Girolamo erwarte, wenn er sich unterwerfe; er neigte sich rasch zu dem Mönch, berührte mit dem Finger seine Hand und fügte mit einschmeichelndem Lächeln hinzu: »Ein Wörtchen, Padre Girolamo, nur ein einziges Wörtchen – und Ihr habt den roten Hut!«

Savonarola richtete seine unbeweglichen Augen auf ihn und sprach: »Was aber, wenn ich mich nicht unterwerfe, Messere? Wenn ich nicht schweige? Wenn der törichte Mönch die Ehre des römischen Purpurs zurückweist und sich von dem roten Hut nicht verlocken lässt? Wenn er nicht aufhört zu kläffen und das Haus seines Herrn weiter bewacht, als ein treuer Hund, der sich nicht durch einen Bissen das Maul stopfen lässt?«

Ricciardo sah ihn erstaunt an. Er runzelte leicht die Stirn, hob die Brauen, besah nachdenklich seine glatten, mandelförmigen Fingernägel und schob sich die Ringe zurecht. Dann zog er langsam ein Schriftstück aus der Tasche, entfaltete es und reichte es dem Prior: die bis auf die Unterschrift und das große Fischersiegel fertige Exkommunikation des Frate Girolamo Savonarola, den der Papst unter anderem einen Sohn des Verderbens und ein verabscheuungswürdiges Ungeziefer – nequissimus omnipedo – nannte.

»Ihr erwartet eine Antwort?«, fragte der Mönch, nachdem er die Urkunde gelesen.

Der Skriptor neigte stumm das Haupt. Da richtete sich Savonarola in ganzer Größe auf und schleuderte dem Abgesandten die päpstliche Bulle vor die Füße.

»Das ist meine Antwort! Geht nach Rom und sagt dort, dass ich die Herausforderung zum Zweikampf mit diesem Papst, dem Antichrist, annehme. Wir wollen sehen, ob er mich oder ich ihn aus der Kirche verstoße.«

Die Tür der Zelle öffnete sich leise, und Fra Domenico schaute hinein. Er hatte die erhobene Stimme des Priors gehört und war herbeigeeilt, um zu erfahren, was es gebe. Auch andere Mönche drängten sich draußen vor der Tür.

Ricciardo hatte schon wiederholt nach der Tür gesehen und bemerkte schließlich höflich:

»Ich gestatte mir, daran zu erinnern, Padre Girolamo, dass ich lediglich zu einer geheimen Unterredung ermächtigt bin …« Savonarola schritt zur Tür und riss sie weit auf: »Hört«, rief er mit lauter Stimme. »Hört alle, denn nicht nur vor euch, Brüder, sondern vor dem ganzen Volk von Florenz will ich diesen schmählichen Handel aufdecken: dass man mir die Wahl lässt zwischen der Ausstoßung aus der Kirche und dem Kardinalspurpur!«

Seine tief liegenden Augen glühten unter der niedrigen Stirn wie Kohlen; der hässliche Unterkiefer schob sich bebend vor.

»Seht, die Zeit ist gekommen! Ich werde ausziehen gegen euch, Kardinäle und Prälaten von Rom, wie gegen Heiden. Ich werde den Schlüssel umdrehen im Schloss, ich werde die gräuelvolle Truhe öffnen, und es wird aufsteigen ein solcher Gestank aus eurem Rom, dass die Menschen ersticken werden. Ich werde Worte sprechen, vor denen ihr erbleichen sollt; die Welt wird erbeben in ihren Grundfesten, und die Kirche Gottes, die ihr erschlagen habt, wird meine Stimme vernehmen: ›Lazare, komm heraus!‹, und sie wird auferstehen und herauskommen aus dem Grab … Nicht eure Mitra begehre ich, nicht euren Kardinalshut! Den roten Hut des Todes allein, den blutigen Kranz Deiner Märtyrer, verleihe mir, o Herr!« Er fiel auf die Knie und streckte schluchzend die bleichen Hände zum Kruzifix empor.

Ricciardo benutzte den Augenblick allgemeiner Verwirrung, glitt behände aus der Zelle und machte sich eilig davon.

Unter den Mönchen, die Savonarolas Worte gehört hatten, war auch der Novize Giovanni Beltraffio. Als die Brüder wieder auseinandergingen, stieg er die Treppe zum Haupthofe des Klosters hinab und setzte sich auf seinen Lieblingsplatz in dem langen überdachten Gang, wo es um diese Tageszeit immer still und einsam war. Zwischen den weißen Klostermauern wuchsen Lorbeerbäume, Zypressen und ein Strauch Damaszener Rosen, in dessen Schatten Fra Girolamo gern predigte. Eine Sage berichtete, dass diese Rosen nachts von Engeln begossen würden.

Der Novize schlug die Briefe des Apostels Paulus an die Korinther auf und las: »Ihr könnt nicht zugleich trinken des Herrn Kelch und der Teufel Kelch; ihr könnt nicht zugleich teilhaftig sein des Herrn Tisches und der Teufel Tisches.«

Er erhob sich wieder und wandelte in dem Säulengang einher. Alle Gedanken und Gefühle dieses letzten, im Kloster San Marco verbrachten Jahres gingen ihm durch die Seele. In der ersten Zeit war es ihm ein hohes seelisches Glück gewesen, zu den Schülern Savonarolas zu gehören. Padre Girolamo führte sie manchmal des Morgens vor die Mauern der Stadt hinaus. Auf einem steilen Pfad, der geradewegs in den Himmel zu führen schien, stiegen sie zu den Höhen von Fiesole empor, von wo man Florenz zwischen Hügeln im Arnotal liegen sah. Der Prior setzte sich auf einer grünen Wiese, wo viele Veilchen, Maiglöckchen und Iris wuchsen und Harz den von der Sonne erwärmten Stämmen junger Zypressen entquoll. Die Mönche lagerten sich zu seinen Füßen im Gras, wanden Kränze, plauderten, tanzten und tollten wie Kinder, während andere Geige, Bratsche und Viola spielten. Die Instrumente sahen aus wie die, mit denen Fra Beato Angelico seine Engelschöre darstellte.

Savonarola gab keine Lehren und predigte nicht. Er sprach nur liebevoll mit den Schülern und spielte und lachte selbst wie ein Kind. Giovanni sah dieses Lächeln, das Savonarolas Gesicht erleuchtete, und ihm war, als glichen sie alle in dem einsamen, von Musik und Gesang erfüllten Hain auf der vom blauen Himmel umgebenen Höhe von Fiesole den Engeln im Paradies.

Savonarola trat zum Abhang und schaute liebevoll, wie eine Mutter auf ihr schlafendes Kind, auf das im Morgendunst liegende Florenz hinab. Von unten kam der Klang der ersten Morgenglocken wie verschlafenes kindliches Lallen.

Aber in Sommernächten, wenn Leuchtkäfer wie sanfte Kerzen unsichtbarer Engel durch die Luft flogen, erzählte er den Brüdern unter dem duftenden Rosenstrauch im Hof von San Marco von den blutigen Stigmata, den Wundmalen himmlischer Liebe am Leib der heiligen Katharina von Siena, die den Wunden des Herrn glichen und dufteten wie Rosen.

»Lass am Schmerz der Wunden satt mich trinken,
Laben mich an Kreuzesqualen –
An den Martern Deines Sohnes ...«,

sangen die Mönche, und Giovanni sehnte sich, das Wunder, von dem Savonarola sprach, möchte sich an ihm wiederholen, Feuerstrahlen aus dem heiligen Kelch möchten seinem Leib wie mit glühenden Eisen Kreuzeswunden einbrennen. »Gesù, Gesù mio, amore«, seufzte er, vergehend vor Wonne und Sehnen.

Einmal schickte ihn Savonarola, wie er es auch mit anderen Novizen tat, zur Pflege zu einem Schwerkranken nach der Villa Carreggi, zwei Meilen von Florenz am südlichen Abhang des Uccellatoiohügels, derselben Villa, in der Lorenzo de' Medici lange gewohnt hatte und auch gestorben war. In einem der öden, stillen Gemächer, das von dem durch die Ritzen der geschlossenen Fensterläden eindringenden Licht nur schwach wie ein Grabgewölbe erhellt war, sah Giovanni ein Gemälde des Sandro Botticelli: die Geburt der Göttin Venus. Völlig nackt, weiß wie eine Wasserlilie, feucht, gleichsam salzige Meeresfrische ausströmend, glitt sie, in einer Perlenmuschel stehend, durch die Wogen. Wie Schlangen umwanden sie goldene, schwere Haarflechten; mit einer schamhaften Geste drückte sie die Göttin an die Lenden, um ihre Blöße zu verbergen, und ihr herrlicher Leib atmete sündige Lust, während die unschuldigen Lippen, die kindlichen Augen voll heiliger Wehmut waren.

Das Gesicht der Göttin kam Giovanni bekannt vor. Er schaute sie lange an. Plötzlich fiel ihm ein, dass er genau dasselbe Gesicht, dieselben gleichsam verweinten Kinderaugen, dieselben unschuldigen Lippen bereits auf einem andern Gemälde desselben Sandro Botticelli gesehen hatte – auf seiner Muttergottes. Unsägliche Wirrnis erfüllte seine Seele. Er schlug die Augen nieder und verließ die Villa. Als er auf schmalem Pfad nach Florenz hinabstieg, gewahrte er in einer Mauernische unter Rosen ein altes Kruzifix. Er warf sich vor ihm auf die Knie und begann zu beten, um die Anfechtung zu verjagen. Auf der andern Seite der Mauer, im Garten, wohl im Schatten derselben Rosen, erklang eine Mandoline; jemand schrie laut auf, und eine Stimme flüsterte ängstlich: »Nein, nein, lass mich …«

»Liebste!«, sagte eine andere Stimme. »Du, meine Liebe, meine Liebe! Amore mio!« Die Laute fiel zu Boden, die Saiten klirrten, man hörte das Geräusch eines Kusses.

Giovanni sprang auf und rief wieder: »Gesù! Gesù!« Aber er wagte nicht hinzuzufügen: »Amore!«

Auch hier, dachte er, auch hier ist sie! Im Antlitz der Madonna, in den Worten der heiligen Hymne, im Duft der Rosen, die das Kruzifix beschatten! Er bedeckte das Gesicht mit den Händen und eilte davon, als wolle er fliehen vor unsichtbarer Verfolgung.

Ins Kloster zurückgekehrt, ging er zu Savonarola und beichtete ihm alles. Der Prior gab ihm den üblichen Rat, mit den Waffen des Fastens und des Gebets wider den Teufel anzukämpfen. Als aber der Novize ihm zu erklären suchte: nicht der Teufel fleischlicher Wollust versuche ihn, sondern der Dämon heidnischer geistiger Schönheit, verstand ihn der Mönch nicht. Erst wunderte er sich; dann bemerkte er streng: Den falschen Göttern sei nichts eigen außer unreiner Brunst und Hoffart, und beides sei immer hässlich, denn Schönheit sei nur in christlichen Tugenden. Giovanni verließ ihn ungetröstet. Seit diesem Tag nahm der Dämon der Schwermut und der Auflehnung Besitz von ihm.

Eines Tages hörte er, wie Fra Girolamo über Malerei sprach und das Verlangen stellte, jedes Gemälde müsse Nutzen stiften, müsse die Menschen belehren und durch heilsame Gedanken erbauen. Wenn die Florentiner durch Henkershand alle verführerischen Bildwerke vernichteten, würden sie ein gottgefälliges Werk tun.

Genauso urteilte der Mönch über die Wissenschaft. »Ein Narr ist«, erklärte er, »wer sich einbildet, Logik und Philosophie stützten die Glaubenswahrheiten. Bedarf etwa ein starkes Licht des schwachen Lichtes, bedarf die göttliche Weisheit der Weisheit der Menschen? Was wussten Apostel und Märtyrer von Logik und Philosophie? Ein altes Weib, das nicht lesen und schreiben kann, aber inbrünstig vor dem Heiligenbild betet, steht der Erkenntnis Gottes näher als alle Weisen und Gelehrten. Keine Logik und keine Philosophie kann sie retten am Tage des Jüngsten Gerichts. Homer und Vergil, Plato und Aristoteles, sie alle gehen ein in Satans Behausung! Wie die Sirenen sind sie; mit listigen Gesängen die Ohren bestrickend, führen sie die Seele zum ewigen Verderben. Die Wissenschaft bietet den Menschen einen Stein statt Brot. Schaut sie an, die den Lehren dieser Welt folgen: Ihre Herzen sind von Stein!«

»Wer wenig weiß, der liebt auch wenig. Große Liebe ist die Tochter großer Erkenntnis …« Erst jetzt fühlte Giovanni die ganze Tiefe dieser Worte. Während der Mönch die Verlockungen von Kunst und Wissenschaft verfluchte, dachte Giovanni an Leonardos kluge Reden, an sein ruhiges Gesicht, an seine Augen, so kalt wie der Himmel, an sein Lächeln voll hinreißender Weisheit. Er hatte die furchtbaren Früchte des giftigen Baumes nicht vergessen, die eiserne Spinne, das Ohr des Dionys, die Hebemaschine für den heiligen Nagel, das Gesicht des Antichrist im Antlitz Christi. Doch ihm schien jetzt, als habe er den Meister damals nicht ganz verstanden, als habe er das letzte Geheimnis seines Herzens nicht erraten, als habe er den Endknoten, in dem alle Fäden zusammenlaufen, in dem alle Widersprüche ihre Lösung finden, noch nicht entwirrt …

So zog jetzt dieses letzte, im Kloster San Marco verbrachte Jahr seines Lebens an seiner Erinnerung vorüber. Und während er, in tiefes Sinnen versunken, in dem dunkelnden Gang einherwandelte, war es Abend geworden. Das stille Läuten des Ave-Maria erklang; in schwarzer Reihe zogen die Mönche in die Kirche.

Giovanni schloss sich ihnen nicht an. Er setzte sich auf seinen alten Platz und schlug wieder die Briefe des Apostels Paulus auf. Verdüstert durch die arglistigen Einflüsterungen des Teufels, verdrehte er im Geist die Worte der Schrift also: »Ihr könnt nicht anders als zugleich trinken des Herrn Kelch und der Teufel Kelch. Ihr könnt nicht anders als zugleich teilhaftig sein des Herrn Tisches und der Teufel Tisches.«

Bitter lächelnd hob er die Augen gen Himmel und erblickte den Abendstern, der strahlte wie die Leuchte des schönsten Engels der Finsternis, Luzifers des Lichtträgers. Und eine alte Sage fiel ihm ein, die er von einem gelehrten Mönch gehört hatte, die einst der große Origines wieder aufgenommen und der Florentiner Matteo Palmieri in seinem Dichtwerk *Die Stadt des Lebens* neu bearbeitet hatte. Zu den Zeiten, als der Teufel noch gegen Gott kämpfte, gab es unter den Himmelsbewohnern auch solche, die sich weder der Heerschar Gottes noch der Heerschar des Teufels anschließen wollten, die dem einen wie dem anderen fremd blieben, als einsame Zuschauer dieses Zweikampfs, von dem Dante gesagt hat:

Angeli che non furono ribelli
Ne pur fideli a Dio, ma per sè foro.*

Diese freien, traurigen Geister, die weder böse noch gut, weder finster noch hell waren, dem Bösen wie dem Guten, dem Schatten wie dem Licht angehörten, wurden von der höchsten Gerechtigkeit in ein irdisches Tal in der Mitte zwischen Himmel und Hölle verbannt, in ein Tal der Dämmerung, die ihnen glich, und hier wurden sie Menschen. Wie kann man wissen, grübelte Giovanni weiter in seinen sündigen Gedanken, wie kann man wissen – vielleicht ist nichts Böses dabei, vielleicht muss man

* Engel, die weder rebellisch noch Gott treu, sondern für sich allein waren.

zum Ruhm des Einzigen aus beiden Kelchen zugleich trinken? Und es kam ihm so vor, als hätte nicht er diese Worte gesprochen, sondern ein anderer, der sich über ihn beugte und ihm von hinten mit kühlem, liebkosendem Hauch die Worte zuflüsterte: »Zugleich, zugleich!«

Entsetzt sprang er auf und sah sich um. Und obwohl niemand in dem einsamen, in das Spinngewebe der Dämmerung eingesponnenen Gang war, bekreuzigte er sich zitternd und erbleichend. Dann floh er über den Hof hin, und erst in der Kirche, wo die Kerzen brannten und die Mönche die Vesper sangen, machte er halt und holte tief Atem. Er sank auf die Steinfliesen und begann zu beten: »Herr, rette mich; erlöse mich von meinen Zweifeln! Ich will nicht zwei Kelche. Nur nach dem einen Kelch, nach Deinem Kelch, nach Deiner einen Wahrheit dürstet meine Seele, o Herr!«

Doch die göttliche Gnade, die dem Tau gleicht, der staubbeladene Gräser erfrischt, erquickte nicht sein Herz. Er kehrte in seine Zelle zurück und legte sich schlafen. Gegen Morgen hatte er einen Traum. Mit Monna Cassandra ritt er auf einem schwarzen Bock durch die Luft. »Zum Sabbat! Zum Sabbat!«, flüsterte die Hexe und wandte ihm das marmorbleiche Gesicht zu, mit den blutroten Lippen, den bernsteinklaren Augen – und er erkannte die Göttin der irdischen Liebe mit der überirdischen Wehmut in den Augen: die Weiße Teufelin! Der Vollmond bestrahlte ihren nackten Leib; sie duftete so süß und unheimlich, dass Giovannis Zähne klapperten. Er umfing sie, schmiegte sich an sie. »Amore! Amore!«, stieß sie hervor und lachte, und das schwarze Fell des Bocks nahm sie beide auf wie ein weiches, schwüles Lager. Er wähnte, das sei der Tod.

Sonnenschein, Glockenläuten und laute Kinderstimmen weckten Giovanni. Er ging in den Hof hinab und erblickte eine Schar von Kindern, alle in gleichen weißen Gewändern, mit Ölzweigen und kleinen roten Kreuzen in Händen. Das war das »Heilige Heer« der Kinderinquisitoren, das Savonarola zur Überwachung der Sittenreinheit in Florenz begründet hatte. Giovanni mischte sich unter die Kinder und lauschte ihren Gesprächen.

»Hast du etwas anzuzeigen?«, fragte ein »Hauptmann«, ein magerer vierzehnjähriger Junge, wichtigtuend wie ein Vorgesetzter, einen verschmitzt und durchtrieben aussehenden rothaarigen, schielenden Jungen mit abstehenden Ohren.

»Zu Befehl, Messer Federici. Ich habe eine Anzeige zu machen!«, antwortete der Gefragte, stand stramm wie ein Soldat und sah den Kapitän ehrerbietig an.

»Ich weiß schon. Deine Tante hat wieder Würfel gespielt?«

»Nein, Euer Gnaden … Nicht meine Tante, sondern meine Stiefmutter. Und nicht Würfel …«

»Ach ja«, verbesserte sich Federici. »Das war ja Lippis Tante, die am letzten Sonnabend Würfel gespielt und den lieben Gott gelästert hat. Was hast du?«

»Meine Stiefmutter, Messere … Gott soll sie strafen …«

»Red nicht lange herum, mein Lieber! So viel Zeit habe ich nicht. Ich stecke in Arbeit …«

»Zu Befehl, Messere. Also, geruhen zu sehen: Meine Stiefmutter hat mit ihrem lieben Freund, dem Mönch, ein besonderes Fässchen Rotwein aus dem Keller meines Vaters ausgetrunken, als der in Marignola zum Jahrmarkt war. Und der Mönch gab ihr den Rat, zur Madonna auf der Rubaconte-Brücke zu gehen, ihr eine Kerze zu weihen und zu beten, der Vater möchte nicht mehr an das Fässchen denken. So tat sie auch; und als der Vater nach der Heimkehr nichts merkte, hängte sie aus Freude ein Fässchen aus Wachs, das genauso aussah wie das mit dem Mönch geleerte, an die Statue, als Dank dafür, dass die Muttergottes ihr geholfen hatte, ihren Mann zu betrügen.«

»Eine Sünde, eine schwere Sünde«, erklärte Federici mit finsterer Miene. »Wie hast du das herausgebracht, Pippo?«

»Den Stallknecht habe ich ausgefragt, und dem Stallknecht hat es die Magd der Stiefmutter erzählt; die Tatarin; und die Tatarin …«

»Die Wohnung?«, unterbrach ihn der Kapitän streng.

»Bei Santa Nunziata, Sattlerladen von Lorenzetto.«

»Gut«, schloss Federici die Unterredung. »Wir untersuchen die Sache noch heute.«

Ein hübscher winziger Junge von vielleicht sechs Jahren lehnte in einer Ecke des Hofes an der Wand und heulte bitterlich.

»Was hast du?«, fragte ihn ein älterer Knabe.

»Die Locken haben sie mir abgeschnitten! … Ich wäre nicht gekommen, wenn ich gewusst hätte, dass sie uns die Haare schneiden.«

Er fuhr mit der Hand über sein durch die Schere des Klosterbarbiers arg verunstaltetes blondes Haar. Alle in das Heilige Heer Neueintretenden wurden kurz geschoren.

»Aber Luca, Luca«, sagte der ältere Knabe mit vorwurfsvollem Kopfschütteln. »Was hast du für sündige Gedanken! Du solltest an die heiligen Märtyrer denken: Die priesen Gott, wenn ihnen die Heiden Arme und Beine abschnitten. Und dir ist leid um deine Haare!«

Luca hörte auf zu weinen, solchen Eindruck machte auf ihn das Beispiel der heiligen Märtyrer. Plötzlich aber verzerrte sich sein Gesicht vor Entsetzen, und er heulte nun noch viel lauter, wohl in der Sorge, dass ihm die Mönche zu Ehren Gottes vielleicht auch Arme und Beine abschneiden würden.

»Bitte«, wandte sich eine alte, dicke, vor Aufregung puterrote Bürgersfrau an Giovanni, »könnt Ihr mir nicht Bescheid sagen, wo hier ein schwarzer Junge mit blauen Augen ist?«

»Wie heißt er?«

»Dino. Dino del Garbo.«

»In welcher Abteilung?«

»Ach, mein Gott, ich weiß wirklich nicht. Den ganzen Tag suche ich schon, renne herum, frage und komme nicht weiter. Im Kopf dreht sich mir schon alles …«

»Ist es Euer Sohn?«

»Mein Neffe. Ein stiller, braver Junge. Er hat so gut gelernt … Auf einmal haben ihn irgendwelche Lumpenkerle in das schreckliche Heer gelockt. Bedenkt nur: ein schwaches, zartes Kind! Hier sollen sie sich doch mit Steinen schmeißen.« Und die Tante begann wieder zu jammern und zu stöhnen.

»Ihr seid selbst schuld daran«, sprach sie ein älterer ehrwürdiger Bürger in altmodischer Kleidung an. »Wenn die Kinder ordentlich durchgehauen würden, wie sichs gehört, würden sie sich nicht solchen Blödsinn in den Kopf setzen lassen! Es ist unerhört! Mönche und Kinder wollen den Staat regieren! Die Eier wollen klüger sein als die Henne! Wahrhaftig, solche Torheiten sind noch nie da gewesen auf Erden.«

»Ganz richtig. Ja, ja. Die Eier wollen klüger sein als die Henne«, pflichtete die Tante bei. »Die Mönche sagen, es soll ein Paradies werden auf Erden. Ich weiß nicht, was werden wird, aber einstweilen haben wir die Hölle auf Erden. In jedem Hause Tränen, Zank und Geschrei. Habt Ihr gehört?«, fuhr sie fort und neigte sich mit geheimnisvoller Miene zum Ohr des Bürgers. »Neulich hat Fra Savonarola vor allem Volk im Dom erklärt: ›Ihr Väter und Mütter, schickt eure Söhne und Töchter bis ans Ende der Welt – sie werden doch von überall her zu mir zurückkehren. Denn sie sind mein!‹«

Ein alter Bürger warf sich mitten in die Kinderschar.

»Ah, du Satansbengel, habe ich dich endlich«, schrie er und packte einen Jungen am Ohr. »Warte nur, dir werde ichs beibringen, von zu Hause wegzulaufen, dich mit solchem Pack einzulassen, dem Vater ungehorsam zu sein.«

»Wir sollen unserm Vater im Himmel mehr gehorchen denn dem irdischen«, erklärte der Junge mit leiser, fester Stimme.

»Nimm dich in Acht, Dolfo! Dass mir nicht die Geduld reißt … Komm, komm nach Hause! Sei nicht widerspenstig.«

»Lasst mich, Vater. Ich komme nicht mit.«

»Was, du kommst nicht mit?«

»Nein.«

»Da hast du was!« Der Vater schlug ihn ins Gesicht.

Dolfo rührte sich nicht; nicht einmal seine bleich gewordenen Lippen zitterten. Er hob nur die Augen gen Himmel.

»Sachte, sachte, Messere! Es ist verboten, den Kindern etwas zu tun«, riefen herzueilende Stadtknechte, die von der Signoria mit dem Schutz des Heiligen Heers betraut waren.

»Fort, ihr Halunken«, schrie wutentbrannt der Alte. Die Soldaten wollten ihm den Knaben entreißen. Der Vater schimpfte und ließ ihn nicht los.

»Dino! Dino«, kreischte die Tante. Sie hatte von Weitem ihren Neffen gesehen und stürzte auf ihn zu. Aber die Stadtknechte hielten sie zurück.

»Lasst mich! Lasst mich! Herrgott, was ist denn das? Dino! Mein Junge! Dino!«

In diesem Augenblick kam Bewegung in die Reihen des Heiligen Heers. Unzählige kleine Hände schwenkten rote Kreuze und Ölzweige, und den soeben den Hof betretenden Savonarola begrüßend, sangen helle Kinderstimmen: »Lumen ad revelationem gentium et gloriam plebis Israel. – Licht zur Erleuchtung der Heiden und zum Ruhme des Volks Israel.«

Kleine Mädchen umringten den Mönch und bestreuten ihn mit gelben Frühlingsblumen, rosa Schneeglöckchen und dunklen Veilchen. Dann knieten sie vor ihm nieder und umarmten und küssten seine Füße. Von Sonnenstrahlen umflossen, segnete er stumm, mild lächelnd die Kinder.

»Ehre Christo, dem König von Florenz! Ehre der Jungfrau Maria, unserer Königin!«, riefen die Kinder.

»Ausrichten! Vorwärts – marsch«, kommandierten die kleinen Heerführer.

Schmetternd setzte die Musik ein, die Fahnen rauschten und das Heer rückte ab.

Auf der Piazza della Signoria, vor dem Palazzo Vecchio sollte die Verbrennung der »Eitelkeiten« – bruciamento delle vanità – stattfinden. Das Heilige Heer machte jetzt zum letzten Mal eine Runde durch Florenz, um »le vanità e gli anatemi« – Eitelkeiten und Gebanntes, Zeichen weltlicher Lust – zu suchen.

Als der Hof sich geleert hatte, bemerkte Giovanni den Konsul des »edlen Handwerks von Calimala« und Besitzer der Fondachi bei Orsanmichele, den Antiquitätensammler Messer Cipriano Buonaccorsi, auf dessen Grundstück bei San Gervasio auf dem Mühlenhügel die alte Statue der Göttin Venus gefunden worden war. Giovanni trat zu ihm; sie kamen ins Gespräch. Messer Cipriano berichtete, dass vor einigen Tagen Leonardo da Vinci aus Mailand nach Florenz gekommen sei, um im Auftrag des Herzogs Kunstwerke aus den vom Heiligen Heer verwüsteten Schlössern aufzukaufen. Zum gleichen Zweck sei auch Giorgio Merula eingetroffen, der zwei Monate im Kerker gesessen hatte, jetzt aber, zum Teil auf Leonardos Fürsprache hin, freigelassen und vom Herzog begnadigt worden war.

Der Kaufherr bat Giovanni, ihn zum Prior zu führen, und sie begaben sich gemeinsam in Savonarolas Zelle. In der Tür stehend, hörte Beltraffio die Unterredung des Konsuls von Calimala mit dem Prior von San Marco an.

Messer Cipriano bot 22 000 Fiorini für alle Bücher, Bilder, Statuen und die übrigen Kunstschätze, die an diesem Tag auf dem Scheiterhaufen verbrannt werden sollten. Der Prior lehnte ab. Der Kaufherr überlegte lange – dann bot er 8000 Fiorini mehr. Diesmal antwortete der Mönch überhaupt nicht; sein Gesicht blieb streng und reglos. Cipriano bewegte wie kauend den eingefallenen, zahnlosen Mund, schlug die Schöße seines abgetragenen Fuchspelzes über den frierenden Knien zusammen, seufzte, kniff die schwachen Augen zu und sprach mit seiner angenehmen, immer gleichen leisen Stimme: »Padre Girolamo, ich richte mich zwar zugrunde, aber ich will Euch alles geben, was ich besitze – 40 000 Fiorini.«

Savonarola hob den Blick zu ihm und fragte: »Wenn Ihr Euch zugrunde richtet und keinen Nutzen habt bei der Sache, weshalb müht Ihr Euch da so?«

»Ich bin in Florenz geboren, und ich liebe mein Vaterland«, erwiderte der Kaufmann schlicht. »Ich möchte nicht, dass die Ausländer sagen können, wir hätten wie die Barbaren unschuldige Werke von Weisen und Künstlern verbrannt.«

Der Mönch sah ihn erstaunt an und sprach: »Oh, mein Sohn, wenn du dein himmlisches Vaterland doch ebenso liebtest wie das irdische! Aber sei guten Mutes: Auf dem Scheiterhaufen soll nur das umkommen, was des Untergangs wert ist. Denn das Böse und Lasterhafte kann nie schön sein, wie ja eure gepriesenen Weisen selbst bezeugt haben.«

»Seid Ihr denn gewiss, Vater«, fragte Cipriano, »dass Kinder bei Werken der Wissenschaft und Kunst stets ohne Fehl das Gute vom Bösen unterscheiden können?«

»Kindermund spricht Wahrheit«, erwiderte der Mönch. »›Wenn ihr nicht umkehrt und werdet wie die Kindlein, so werdet ihr nicht in das Himmelreich kommen. Ich will die Weisheit der Weisen vernichten und den Verstand der Verständigen verwerfen‹, spricht der Herr. Tag und Nacht bete ich für diese Kleinen, auf dass ihnen von oben, durch die Gnade des Heiligen Geistes, das enthüllt werde, was sie von den Eitelkeiten der Kunst und Wissenschaft mit dem Verstand nicht begreifen können.«

»Ich flehe Euch an, überlegt es noch einmal«, schloss der Konsul und erhob sich. »Vielleicht wenigstens einen Teil …«

»Verliert nicht umsonst Eure Worte, Messere«, unterbrach ihn Fra Girolamo. »Meine Entscheidung ist unwiderruflich.«

Cipriano bewegte wieder wie kauend die fahlen, greisenhaften Lippen und murmelte etwas vor sich hin. Savonarola hörte nur das letzte Wort: »Pazzia – Wahnwitz!«

»Wahnwitz!« Er nahm das Wort auf, und seine Augen blitzten. »Und ist etwa das goldene Kalb der Borgia, das bei gotteslästerlichen Festen dem Papst dargebracht wird, kein Wahnwitz? Ist das Hochziehen des heiligen Nagels mittels einer teuflischen Maschine durch den Thronräuber Moro kein Wahnwitz? Ihr tanzt um das goldene Kalb, ihr rast im Wahnwitz zu Ehren eures Gottes, des Mammons! Lasst auch uns Einfältige wahnwitzig sein und Narrheit treiben zu Ehren unseres Gottes, des gekreuzigten Christus! Ihr spottet über die Mönche, die draußen auf dem Platz vor dem Kreuz tanzen. Wartet nur, was noch kommen wird! Wir werden sehen, was ihr sprechen werdet, ihr Klugen, wenn ich nicht nur die Mönche, sondern das ganze Volk von Florenz, Klein und Groß, Greise und Weiber, zwingen werde, in gottgefälliger Raserei um das geheimnisvolle Holz der Erlösung zu tanzen, wie einst David tanzte vor der Bundeslade in der alten Stiftshütte des Allerhöchsten Gottes!«

Giovanni verließ Savonarolas Zelle und begab sich auf die Piazza della Signoria. In der Via Larga stieß er auf das Heilige Heer. Die Kinder hatten zwei schwarze Sklaven angehalten, die eine Sänfte trugen, in der eine prächtig gekleidete Frau ruhte. Ein weißes Hündchen schlummerte auf ihrem Schoß; auf einer Stange saßen ein grüner Papagei und ein Äffchen. Diener und Leibwächter folgten der Sänfte.

Es war die kürzlich aus Venedig eingetroffene Kurtisane Lena Griffa, eine jener Damen, die von den Lenkern der durchlauchtigsten Republik Venedig mit ehrerbietiger Höflichkeit »puttana onesta« oder »meretrix honesta« – ehrsame Hure – oder auch freundlich scherzend

»mammola« genannt wurden. In dem berühmten, zur Bequemlichkeit der Reisenden zusammengestellten *Catalogo di tutte le puttane del bordello con il lor prezzo* – Katalog aller Bordellhuren mit ihren Preisen – stand Lena Griffas Name mit großen Buchstaben an besonderer Stelle, und daneben der Preis: vier Dukaten; in den heiligen Nächten, vor den hohen Feiertagen, das Doppelte, »aus Ehrfurcht vor der Muttergottes«.

In der Pose einer Kleopatra oder einer Königin von Saba lag Monna Lena lang in ihren Kissen und las den Brief eines in sie verliebten jungen Bischofs, der ein Sonett enthielt, das so schloss:

Wenn deinen entzückenden Worten ich lausche,
O herrliche Lena – die Erde verlassend
Erhebet mein Geist sich zur göttlichen Schöne
Platon'scher Ideen, zum ewigen Himmel.

Die Kurtisane sann über ein Antwortsonett nach. Sie beherrschte die Verskunst mit Vollkommenheit und behauptete nicht ohne Berechtigung, wenn es nur von ihr abhinge, würde sie ihre ganze Zeit in den Akademien tugendsamer Männer verbringen.

Das Heilige Heer umringte die Sänfte. Der Führer einer Abteilung, Dolfo, trat hervor, hob sein rotes Kreuz über den Kopf und rief feierlich: »Im Namen Jesu, des Königs von Florenz, und der Jungfrau Maria, unserer Königin, befehlen wir dir, diesen sündhaften Tand, diese Eitelkeiten von dir zu tun. Tust du es nicht, soll Krankheit dich treffen!«

Das Hündchen erwachte und begann zu kläffen, der Affe zischte, der Papagei schlug mit den Flügeln und kreischte den Vers, den ihm seine Herrin beigebracht hatte: »Amor che a nullo amato amar perdona.«

Lena wollte gerade ihren Leibwächtern ein Zeichen geben, die Menge zu verjagen, als plötzlich ihr Blick auf Dolfo fiel. Sie winkte ihn mit dem Finger heran. Der Knabe näherte sich mit gesenktem Blick.

»Herunter mit dem Tand, herunter«, schrien die Kinder. »Herunter mit Tand und Eitelkeiten!«

»Wie hübsch er ist!«, murmelte Lena, ohne auf das Geschrei der Menge zu achten. »Hört, mein kleiner Adonis«, sagte sie dann, »ich würde natürlich mit Freude alle diese Lappen hingeben, um Euch einen Gefallen zu erweisen. Das Schlimme ist nur, dass sie nicht mein Eigen sind! Ich habe sie nur beim Juden geliehen. Was einem solchen ungläubigen Hund gehört, kann doch unmöglich ein Christus und der Jungfrau Maria wohlgefälliges Opfer sein?«

Dolfo hob den Blick zu ihr. Monna Lena nickte mit einem kaum merklichen Lächeln, als bestätige sie nur seine geheimen Gedanken, und sagte mit anderer Stimme, in der singenden, weichen venezianischen Mundart: »In der Böttchergasse, bei Santa Trinità. Frag nach der Kurtisane Lena aus Venedig. Ich erwarte dich.«

Dolfo sah sich um und bemerkte, dass seine Kameraden an der nächsten Ecke mit einer Schar von Gegnern Savonarolas, den sogenannten Arrabiati, den »Wütenden«, aneinandergeraten waren: Sie beschimpften sich, warfen mit Steinen und beachteten die Kurtisane nicht mehr. Er wollte ihnen zurufen, sie sollten über Lena herfallen – doch plötzlich wurde er verlegen und errötete.

Lena lachte und zeigte spitze weiße Zähne zwischen roten Lippen. Die Kleopatra, die Königin von Saba war plötzlich zur venezianischen Mammola geworden, zur mutwilligen dreisten Straßendirne.

Die Schwarzen hoben die Sänfte auf, und die Kurtisane setzte unbeirrt, ruhig ihren Weg fort. Das Hündchen schlief wieder in ihrem Schoß, der Papagei plusterte sich auf, und nur das ruhelose Äffchen schnitt drollige Grimassen und haschte mit der Pfote nach dem Schreibstift, mit dem die hochherzige Hure den ersten Vers ihrer Antwort an den Bischof niederschrieb: »So rein ist meine Liebe, wie Atemhauch der Seraphim …«

Dolfo schritt an der Spitze seiner Abteilung die Stufen zum Palast der Medici hinan, aber nicht mehr so verwegen wie bisher.

In den dunklen Räumen, wo alles noch von der Größe vergangener Zeit zeugte, fühlten sich die Kinder eingeschüchtert und bedrückt.

Doch rasch stieß man die Fensterläden auf. Trompeten schmetterten, Trommeln wirbelten. Unter freudigem Geschrei, Lachen und Psalmengesang zerstreuten sich die kleinen Inquisitoren durch die Säle, um Gottes Gericht zu halten über die Verlockungen von Kunst und Wissenschaft und nach der Eingebung des Heiligen Geistes Eitelkeiten und anstößige Bildwerke aufzuspüren und zu sammeln.

Giovanni beobachtete ihre Arbeit. Mit gerunzelter Stirn, die Hände auf dem Rücken, mit gemessener Wichtigkeit, wie Richter schritten die Kinder zwischen den Statuen großer Männer, Philosophen und Helden des heidnischen Altertums einher.

»Pythagoras, Anaximenes, Heraklit, Plato, Mark Aurel, Epiktet«, buchstabierte ein Knabe die lateinischen Aufschriften an den Sockeln der marmornen und bronzenen Statuen.

»Epiktet«, unterbrach ihn Federici und runzelte mit Kennermiene die Stirn. »Das ist ja der Ketzer, der behauptet hat, alle Genüsse seien erlaubt und es gebe keinen Gott! Den müssten wir verbrennen. Schade, dass er aus Marmor ist.«

»Das macht nichts«, sagte der flinke, schielende Pippo. »Wir werden es ihm eintränken.«

»Das ist nicht der Richtige«, rief Giovanni. »Ihr verwechselt Epiktet mit Epikur!«

Aber es war schon zu spät. Pippo holte mit einem Hammer aus und schlug dem Weisen so geschickt die Nase ab, dass die Knaben in schallendes Gelächter ausbrachen.

»Ach, einerlei, Epiktet oder Epikur – zwei Stiefel machen ein Paar! Sie alle gehen ein in Satans Behausung«, wiederholte Pippo eine Lieblingsredensart Savonarolas.

Vor einem Gemälde Botticellis gab es Streit. Dolfo behauptete, es sei anstößig, weil es den nackten Jüngling Bacchus darstelle, von den Pfeilen des Liebesgottes durchbohrt. Aber Federici, der mit Dolfo in der Kenntnis solcher »Eitelkeiten« wetteiferte, trat näher, betrachtete das Bild und erklärte, es sei überhaupt kein Bacchus.

»Wer denn sonst, nach deiner Meinung?«, fragte Dolfo.

»Wer das ist? Er fragt noch! Seht ihr denn nicht: Das ist ja der heilige Märtyrer Stephan!«

Zweifelnd standen die Kinder vor dem rätselhaften Bild: Wenn es wirklich ein Heiliger war, wie konnte da sein nackter Leib in so heidnischer Schönheit strahlen? Warum glich der Ausdruck der Qual auf seinem Gesicht fast wollüstiger Wonne?

»Hört nicht auf ihn!«, schrie Dolfo. »Das ist der schändliche Bacchus.«

»Du lügst, Gotteslästerer«, rief Federici und hob sein Kreuz als Waffe.

Die beiden Knaben stürzten aufeinander los. Nur mit Mühe konnten die Gefährten sie auseinanderbringen.

Indessen war der bewegliche Pippo mit Luca, der sich schon längst getröstet hatte und seine abgeschnittenen Locken nicht mehr beweinte – denn er fand, er habe noch nie zuvor an so lustigen Streichen teilnehmen dürfen –, in ein kleines dunkles Zimmer eingedrungen. Hier stand am Fenster auf einem hohen Ständer eine jener Vasen, wie sie die venezianischen Glasfabriken in Murano herstellten. Von einem durch eine Spalte der geschlossenen Fensterläden einfallenden Sonnenstrahl gestreift, funkelte die Vase in der Dunkelheit wie Edelsteine in allen Farben und sah aus wie eine riesige Wunderblume.

Pippo kletterte auf den Tisch und schlich ganz leise, auf Zehenspitzen, als wäre die Vase lebendig und könnte fliehen, näher heran, streckte schelmisch die Zungenspitze heraus, hob die Brauen über seinen schielenden Augen und stieß mit dem Finger an die Vase. Sie kam ins Schwanken wie eine zarte Blume, fiel um, funkelte, klirrte kläglich, zerbrach und erlosch. Pippo sprang umher wie ein Besessener, warf sein rotes Kreuz behänd in die Höhe und fing es wieder auf. Luca, in dessen weit aufgerissenen Augen die Wonne des Zerstörungstriebes glühte, hüpfte und kreischte ebenfalls und klatschte in die Hände.

Als sie von Weitem lautes Freudengeschrei ihrer Gefährten vernahmen, kehrten sie in den großen Saal zurück. Federici hatte eine Kammer entdeckt, in der zahlreiche Kisten standen, die so viel »Eitelkeiten« enthielten, wie auch die erfahrensten unter den Kindern noch nie beisammen gesehen hatten. Da waren Masken und Kostüme für Karnevalsfeste und allegorische Umzüge, wie sie Lorenzo de' Medici, »der Prächtige«, so gern veranstaltet hatte. Die Kinder drängten sich am Eingang der Kammer. Beim Schein eines Talgstumpfes sahen sie ungeheuerliche Faunfratzen aus Pappe, gläserne Weintrauben für Bacchantinnen, Köcher und Flügel Amors, den Stab Merkurs, den Dreizack Neptuns; schließlich kamen unter allgemeinem lauten Gelächter die hölzernen, vergoldeten, mit Spinnweben bedeckten Blitzstrahlen des Donner erzeugenden Zeus zum Vorschein und der klägliche, von Motten zerfressene Balg des olympischen Adlers, mit ausgerupftem Schwanz und mit Filzlappen im zerlöcherten Bauch.

Plötzlich sprang aus einer üppigen hellblonden Perücke, die wohl einst der Venus gedient hatte, eine Ratte heraus. Die Mädchen kreischten laut auf. Die Kleinste sprang auf einen Stuhl und hob mit Abscheu ihr Kleid bis über die Knie. Kaltes Entsetzen wehte die Kinderschar an; sie empfanden Ekel vor diesem heidnischen Gerümpel, dem Grabesstaub toter Götter. Die Schatten der Fledermäuse, die von Lärm und Lichtschein aufgescheucht gegen die Decke flatterten, kamen ihnen vor wie unreine Geister.

Dann kam Dolfo gerannt und berichtete, oben sei noch ein kleines verschlossenes Zimmer, vor dessen Tür ein kleiner, grimmiger, rotnasiger und glatzköpfiger Alter Wache halte, der zornig schimpfe und niemand einlasse. Sie machten sich auf, um die Sache zu untersuchen. In dem Alten, der die Tür des geheimnisvollen Zimmers bewachte, erkannte Giovanni seinen Freund Messer Giorgio Merula, den großen Büchersammler.

»Schlüssel her«, schrie ihn Dolfo an.

»Wer hat euch gesagt, dass ich den Schlüssel habe?«

»Der Schlossaufseher hat es gesagt.«

»Geht nur, geht eurer Wege!«

»Oho, Alter, nimm dich in Acht! Wir reißen dir die letzten Haare aus.«

Dolfo gab ein Zeichen. Messer Giorgio trat vor die Tür, um sie mit seiner Brust zu verteidigen. Die Kinder fielen über ihn her, prügelten ihn mit ihren Kreuzen, durchwühlten seine Taschen, fanden den Schlüssel und öffneten die Tür. Es war ein kleines Arbeitszimmer mit einer wertvollen Büchersammlung.

»Hier, hier seht«, zeigte Merula. »In der Ecke da ist alles, was ihr sucht. Auf die oberen Bretter braucht ihr nicht hinaufzuklettern, da ist doch nichts.«

Aber die Inquisitoren hörten nicht auf ihn. Alles, was ihnen in die Hände fiel, besonders Bücher in Prachteinbänden, warfen sie auf einen Haufen zusammen. Dann rissen sie die Fenster weit auf, um die dickleibigen Folianten gleich auf die Straße hinunterzuschleudern, wo ein schon mit »Eitelkeiten« beladener Wagen stand. Tibull, Horaz, Ovid, Apulejus, Aristophanes, seltene Handschriften, wertvollste Ausgaben flogen an Merulas Augen vorüber.

Giovanni bemerkte, dass der Alte aus dem Haufen ein schmales Bändchen herausholte und geschickt im Busen verbarg; es war ein Werk des Marcellinus, eine Lebensbeschreibung des Kaisers Julianus Apostata.

Als Merula auf dem Fußboden eine Handschrift der Tragödien des Sophokles auf seidigem Pergament mit zierlichen Initialen erblickte, stürzte er gierig darauf zu, ergriff sie und flehte kläglich: »Kinderchen! Liebe Kinderehen! Schont den Sophokles! Das ist der unschuldigste aller Dichter! Rührt ihn nicht an! Rührt ihn nicht an!«

Verzweifelt drückte er das Buch an die Brust. Aber als er fühlte, wie diese Blätter, so zart, als lebten sie, doch zerrissen wurden, da brach er in Tränen aus, stöhnte auf vor Jammer, ließ die Handschrift fahren und zeterte in ohnmächtiger Wut: »Wisst ihr auch, ihr Lauseköter, dass jeder Vers dieses Dichters ein größeres Heiligtum ist vor Gott als alle Weissagungen eures verrückten Savonarola?«

»Halt das Maul, Alter, wenn du nicht willst, dass wir dich mitsamt deinen Büchern zum Fenster hinauswerfen.«

Und sie fielen wieder über den Alten her und stießen ihn aus der Bibliothek hinaus.

Merula sank an Giovannis Brust.

»Komm! Komm schnell fort von hier! Ich will diesen Frevel nicht mit ansehen.«

Sie verließen das Schloss und gingen an Maria del Fiore vorbei nach dem Platz der Signoria.

Vor dem dunklen schlanken Turm des Palazzo Vecchio, bei der Loggia dell'Orcagna, war ein dreißig Ellen breiter, hundertundzwanzig Ellen hoher Scheiterhaufen errichtet, eine achtseitige Bretterpyramide mit fünfzehn Stufen.

Auf der ersten, untersten Stufe lagen Narrenanzüge, Kostüme, künstliche Bärte und viel anderer Karnevalsplunder. Auf den folgenden drei Stufen lagen freigeistige Bücher von Anakreon und Ovid bis zum *Decamerone* des Boccaccio und dem *Morgante Maggiore* des Pulci. Über den Büchern lagen Weiberputz, Salben, Parfüms, Spiegel, Puderquasten, Nagelfeilen, Brennscheren, Pinzetten; noch weiter oben Lauten, Mandolinen, Spielkarten, Schachbretter, Kegel, Bälle – alles Spiele, mit denen die Menschen den Teufel erfreuen; dann kamen anstößige Bilder, Zeichnungen, Bildnisse schöner Frauen; schließlich, ganz oben auf der Pyramide, Büsten heidnischer Gottheiten, Helden und Philosophen aus farbigem Wachs und Holz. Alles aber überragte eine riesengroße, mit Schießpulver und Schwefel gefüllte Puppe: eine Darstellung des Teufels, des Urhebers aller »Eitelkeiten«, gräulich angemalt, zottig und bockbeinig wie der alte Gott Pan.

Es dämmerte. Die Luft war kühl, klar und rein. Am Himmel flimmerten die ersten Sterne. Die Menge auf dem Platz rauschte und bewegte sich, andächtig flüsternd wie in der Kirche. Geistliche Hymnen – die Laudi spirituali – der Anhänger Savonarolas, der sogenannten Piagnoni, der »Wimmerer«, ertönten. Reime, Melodie und Versmaß waren die alten karnevalistischen geblieben, nur die Worte waren neu. Giovanni lauschte, und der Gegensatz zwischen dem trübsinnigen Text und der lustigen Singweise kam ihm ganz toll vor:

Tò tre oncie almen di speme
Tre di fede e sei d'amore …

Nimm drei Unzen Hoffnung,
Des Glaubens drei, und sechs der Liebe,
Auch zwei der Reue. Mische gut
Und stells ins Feuer des Gebets.
Drei Stunden steh es in dem Feuer.
Dazu komm geistige Betrübnis,
Zerknirschung, Demut,
So viel als nötig ist, auf dass
Die Weisheit Gottes werde draus.

Unter dem Dach der Pisaner stand ein Mann mit eiserner Brille, Lederschurz und einem Riemen um die dünnen, glatt gestrichenen, eingefetteten Haare. Seine rauen, schwieligen Hände erhebend, predigte er vor einer Schar von Handwerkern, anscheinend ebenfalls Wimmerern: »Ich, Roberto, nicht Sere und nicht Messere, sondern einfach ein Schneider von Florenz«, sagte er und schlug sich mit der Faust auf die Brust, »ich verkündige euch, meine Brüder, dass Jesus, der König von Florenz, in zahlreichen Offenbarungen mir sehr genau eine neue, Gott wohlgefällige Staatsordnung und Gesetzgebung mitgeteilt hat. Wollt ihr, dass es weder Arme noch Reiche, weder Geringe noch Große gebe, dass alle Menschen gleich seien?«

»Ja, das wollen wir! Sprich, Roberto, wie kann man das machen?«

»Wenn ihr den Glauben habt, ist es leicht zu machen. Eins, zwei – fertig! Erstens«, er bog den Daumen der linken Hand mit dem Zeigefinger der rechten ein, »eine Einkommensteuer, genannt der staffelförmige Zehnt. Zweitens«, er bog noch einen Finger ein, »ein allgemeines Parlament unter Gottes Vorsitz …«

Dann hielt er inne, nahm die Brille ab, putzte sie umständlich, setzte sie wieder auf, räusperte sich ohne Hast und begann mit eintöniger Stimme, mit einer Miene eigensinniger, demütiger Selbstzufriedenheit auf dem stumpfen Gesicht darzulegen, was eigentlich ein staffelförmiger Zehnt und ein Parlament unter Gottes Vorsitz sei.

Giovanni hörte lange zu, dann fand er die Sache albern und begab sich auf die andere Seite des Platzes.

Hier huschten in der Abenddämmerung die Mönche gleich Schatten umher, mit den letzten Vorbereitungen beschäftigt. An Fra Domenico Buonvicini, der die oberste Aufsicht hatte, trat ein noch nicht alter, anscheinend vom Schlag gerührter Mann auf Krücken heran, mit zitternden Händen und Füßen und starren Augenlidern; eine Art Krampf, ähnlich dem Flügelzucken eines angeschossenen Vogels, lief über sein Gesicht. Er reichte dem Mönch eine große Rolle.

»Was ist das?«, fragte Domenico. »Wieder Zeichnungen?«

»Anatomie. Ich hatte sie vergessen. Aber gestern vernahm ich im Traum eine Stimme: ›Sandro, auf dem Boden über deiner Werkstatt, in den Truhen sind noch Eitelkeiten!‹ Ich stand auf, ging hin und fand diese Zeichnungen nackter Körper.«

Der Mönch nahm die Rolle entgegen und sagte mit heiterem, fast schelmischem Lächeln: »Ein herrliches Feuerchen werden wir anzünden, Messer Filippepi.«

Der andere betrachtete die Pyramide der Eitelkeiten.

»O Herr, Herr, sei uns Sündern gnädig«, seufzte er. »Wäre nicht Fra Girolamo, so müssten wir sterben ohne Buße, ohne Läuterung. Wer weiß selbst jetzt, ob wir das Heil finden, ob wir unserer Sünden ledig werden können?«

Er bekreuzigte sich, griff zum Rosenkranz und begann zu beten.

»Wer ist das?«, fragte Giovanni einen neben ihm stehenden Mönch.

»Sandro Botticelli, der Sohn des Gerbers Mariano Filippepi«, antwortete der Mönch.

Als es ganz dunkel war, ging ein Raunen durch die Volksmenge. Stumm, im Dunklen, ohne Hymnen, ohne Fackeln, in langen weißen Gewändern kamen die kindlichen Inquisitoren. Sie trugen eine Statue des Jesuskindes: Mit einer Hand wies es auf seine Dornenkrone, mit der andern segnete es das Volk. Hinter den Kindern kamen Mönche, Geistliche, die Gonfalonieri, die Mitglieder des Rats der Achtzig, die Kanoniker des Doms, die Doktoren und Magister der Theologie, Ritter des Hauptmanns des Bargello, Trompeter und Bannerträger.

Auf dem Platz wurde es still wie vor einer Hinrichtung. Savonarola trat auf die Ringhiera, die steinerne Estrade vor dem Palazzo Vecchio, hob sein Kruzifix hoch empor und rief mit feierlicher, lauter Stimme: »Im Namen des Vaters, des Sohnes und des Heiligen Geistes – zündet an!«

Vier Mönche mit brennenden Pechfackeln traten an die Pyramide und entzündeten sie an vier Ecken. Die Flammen prasselten und Rauch stieg empor, erst grau, dann schwarz. Trompeten schmetterten. Die Mönche stimmten ein lautes Tedeum an; mit hellen Stimmen fielen die Kinder ein: »Lumen ad revelationem gentium et gloriam plebis Israel.«*

Auf dem Turm des Palazzo Vecchio wurde die Glocke geläutet, und alle Kirchenglocken von Florenz stimmten in ihren machtvollen ehernen Klang ein.

---

* Licht zur Erleuchtung der Völker und zum Ruhm des Stammes Israel.

Die Flammen loderten immer heller. Die zarten Blätter der alten Pergamentbände kräuselten sich, als lebten sie, und verkohlten. Von der untersten Stufe, wo die Karnevalskostüme lagen, flog plötzlich ein falscher Bart als brennendes Knäuel in die Luft. Die Menge brüllte und johlte vor Freude. Die einen beteten, andere weinten; wieder andere lachten, hüpften, schwenkten Arme und Mützen; noch andere weissagten.

»Singet, singet dem Herrn ein neues Lied«, schrie ein lahmer Schuster mit halbirren Augen. »Alles wird einstürzen, liebe Brüder, alles wird verbrennen bis zum letzten Rest, wie diese Eitelkeiten und dieser Tand, im reinigenden Feuer – alles, alles, alles, Kirche, Gesetze, Regierung und Obrigkeit, Künste und Wissenschaften. Kein Stein wird auf dem andern bleiben, und wird sein ein neuer Himmel und eine neue Erde! Und Gott wird trocknen jegliche Träne in unsern Augen, und wird sein nicht Tod noch Weinen, noch Herzeleid noch Krankheit! Ja, komm, Herr Jesus!«

Ein junges schwangeres Weib mit einem ausgemergelten, leidenden Gesicht fiel auf die Knie, streckte die Hände nach der Flamme des Scheiterhaufens aus, als hätte sie Christus selbst erblickt in ihm, und schrie krampfhaft, laut schluchzend, wie eine Besessene: »Ja, komm, Herr Jesus! Amen! Amen! Komm!«

Giovanni betrachtete ein von der Flamme schon beleuchtetes, aber noch nicht von ihr erfasstes Bild – ein Werk Leonardos. Am Wasser eines Bergsees stand im Abendschein eine nackte weiße Leda. Ein riesiger Schwan hielt mit einem Flügel ihren Leib umschlungen und reckte den schlanken Hals, als wollte er den leeren Himmelsraum und die Erde mit dem Schrei triumphierender Liebe erfüllen; zu ihren Füßen, zwischen Wassergewächsen, Tieren und Insekten, zwischen keimenden Samen, Larven und Puppen krabbelten in schwüler Feuchtigkeit die neugeborenen Zwillinge – halb Götter, halb Tiere – Kastor und Pollux, eben der zerbrochenen Schale eines gewaltigen Eis entschlüpft. Und Leda, ganz nackt bis zu den geheimsten Falten ihres Leibs, weidete sich am Anblick ihrer Kinder und umarmte den Hals des Schwans mit keuschem und zugleich wollüstigem Lächeln.

Giovanni beobachtete, wie die Flamme dem Bild immer näher und näher kam, und sein Herz erstarb vor Entsetzen.

Indessen hatten die Mönche in der Mitte des Platzes ein schweres Kreuz aufgestellt. Sie reichten sich die Hände und bildeten drei Kreise zu Ehren der Dreifaltigkeit. Die Seelenfreude des Gläubigen über die Verbrennung der »Eitelkeiten« darzustellen, begannen sie einen Reigentanz – erst langsam, dann immer schneller und rascher; schließlich rasten sie wie ein Wirbelsturm um das Kreuz herum und sangen:

»Ognun gridi, come io grido,
Sempre pazzo, pazzo, pazzo!*
Zeigt Demut dem Herrn
Und tanzt ohne Scham;
Wie König David tanzte,
So hebet die Kutten –
Habt acht, dass beim Tanze
Niemand bleibe zurück!
Wir sind trunken vor Liebe
Zum Herrn, der am Kreuze
Sein Blut für uns gab.
Toll sind wir, wir freun uns und lärmen.
Wir sind toll, wir sind toll,
Toll sind wir in Christo …«

Den Zuschauern ward schwindlig im Kopf, es zuckte ihnen in Beinen und Armen; Kinder, Greise, Frauen sprangen plötzlich von der Stelle und wirbelten im Tanze. Ein kahlköpfiger dicker Mönch mit schlauem Gesicht, der aussah wie ein alter Faun, tat einen ungeschickten Sprung, glitt aus, fiel und schlug sich den Kopf blutig. Nur mit Mühe konnte man ihn aus dem Getümmel ziehen, sonst wäre er totgetreten worden.

Tiefroter, flackernder Feuerschein beleuchtete verzerrte Gesichter. Das Kruzifix, der unbewegliche Mittelpunkt der kreisenden Menge, warf einen riesenhaften Schatten.

* Jeder möge schreien, wie ich schreie. Immer toll, toll, toll!

»Wir schwenken die Kreuze
Und tanzen, tanzen, tanzen,
Wie König David tanzte.
Wir wirbeln rundum,
Rundum und rundum,
Zur Fastnachtsfeier.

Fort mit der Weisheit der Welt,
Und fort mit dem Hochmut der Menschen!
Wir wollen wie einfältige Kinder sein,
Gottes Narren sein und bleiben,
Narren, Narren,
Narren in Christo!«

Die Flamme hatte die Leda erfasst und beleckte mit roter Zunge den nackten weißen Leib, der jetzt rosig erschien, als lebe er – noch geheimnisvoller und schöner. Giovanni betrachtete sie zitternd und erblasste. Leda lächelte ihm ein letztes Mal zu, dann loderte sie hell auf, verging im Feuer wie eine Wolke in den Strahlen der Himmelsröte – und entschwand auf ewig.

Die riesige Teufelspuppe auf dem Gipfel der Pyramide fing Feuer. Ihr mit Schießpulver gefüllter Bauch platzte mit ohrenbetäubendem Knall. Eine Feuersäule schoss zum Himmel auf. Das Ungetüm schwankte langsam auf seinem Feuerthron, neigte sich, stürzte zusammen und zerfiel in glimmende Asche.

Wieder schmetterten die Trompeten und dröhnten die Pauken. Alle Glocken wurden geläutet. Die Volksmenge brach in ein fürchterliches Siegesgeheul aus, als sei der Teufel selbst mit aller Lüge, mit aller Qual und allem Bösen der ganzen Welt im Feuer des heiligen Scheiterhaufens umgekommen.

Giovanni fasste sich an den Kopf und wollte fliehen. Da legte sich eine Hand auf seine Schulter. Er sah sich um und erblickte das ruhige Gesicht des Meisters.

Leonardo nahm ihn an der Hand und führte ihn aus der Menge hinaus.

Den durch übel riechende Rauchwolken verqualmten, von der Glut des erlöschenden Scheiterhaufens beleuchteten Platz verließen sie durch eine dunkle Gasse und gelangten zum Ufer des Arno.

Hier war es still und einsam. Nur die Wogen des Flusses plätscherten. Die Mondsichel beleuchtete die ruhigen, im Reif silbern schimmernden Gipfel der Hügel. Die Sterne blinkten mit strengen und zarten Strahlen.

»Weshalb hast du mich verlassen, Giovanni?«, fragte Leonardo.

Der Schüler hob die Augen und wollte etwas sagen, doch die Stimme versagte ihm, und seine Lippen bebten. Er brach in Tränen aus.

»Verzeiht mir, Meister …«

»Du hast dir keine Vorwürfe zu machen mir gegenüber«, entgegnete der Künstler.

»Ich wusste selbst nicht, was ich tat«, fuhr Beltraffio fort. »Wie konnte ich nur, o Gott, wie konnte ich Euch verlassen …«

Er wollte von seinem Wahnwitz sprechen, von seinen Qualen, seinen entsetzlichen Zweifeln über den Kelch des Herrn und den Kelch des Teufels, über Christus und den Antichrist; doch er fühlte wieder, wie damals vor dem Denkmal Sforzas, dass Leonardo ihn nicht verstehen würde. So blickte er ihm nur mit hoffnungslosem Flehen in die Augen, die klar, still und fremd waren wie die Sterne.

Der Meister fragte nichts, als erriete er alles. Mit einem Lächeln unendlichen Mitleids legte er ihm eine Hand aufs Haupt und sprach: »Gott helfe dir, mein armer Junge! Du weißt, ich habe dich stets geliebt wie einen Sohn. Willst du wieder mein Schüler sein, so nehme ich dich mit Freuden auf.«

Und wie für sich, mit der besonderen, rätselhaften, verschämten Kürze, in die er gewöhnlich seine geheimsten Gedanken kleidete, fügte er kaum hörbar noch hinzu: »Je mehr Gefühl, desto mehr Qual. Es ist ein großes Martyrium!«

Glockengeläut, Gesang der Mönche, Geschrei der wahnwitzigen Menge klangen von Weitem herüber, konnten aber nicht mehr das tiefe Schweigen stören, das Meister und Schüler umfing.

8

Das Goldene Zeitalter

Gegen Ende des Jahres 1496 schrieb Herzogin Beatrice von Mailand einen Brief an ihre Schwester Isabella, die Gemahlin des Markgrafen Francesco Gonzaga, des Gebieters von Mantua:

Erlauchtigste Madonna, viel geliebte Schwester!

Ich und mein Gatte, Signor Lodovico, wünschen Euch und dem vortrefflichen Signor Francesco Gesundheit und Wohlsein!

Eurem Wunsche willfahrend, sende ich Euch ein Bildnis meines Sohnes Massimiliano. Nur vermeinet nicht, er sei wirklich so klein! Wir wollten sein genaues Maß nehmen, um es Euch mitzuschicken, doch hatten wir Furcht, denn die Wärterin meinte, das könne seinem Wachstum schaden. Er wächst aber erstaunlich: Wenn ich ihn ein paar Tage nicht gesehen habe, kommt er mir beim nächsten Mal stets viel größer vor, sodass ich außerordentlich zufrieden und erfreut bin.

Wir haben großen Kummer: Unser kleiner Narr Nanino ist gestorben. Ihr kanntet ihn und liebtet ihn auch; Ihr werdet also verstehen, dass ich bei jedem anderen Verlust auf einen Ersatz hoffen dürfte – doch einen Ersatz für unsern Nanino könnte auch die Natur selbst nicht schaffen, die alle ihre Kräfte schon für ihn erschöpfte, als sie zur Erheiterung der Fürsten in einem Wesen seltenste Dummheit so mit entzückendster Hässlichkeit vereinte. Unser Dichter Bellincioni sagt in seinem Grabgedicht: »Ist seine Seele im Himmel, so wird sie das ganze Paradies zum Lachen bringen; ist sie in der Hölle, so schweigt und freut sich selbst Zerberus.« Wir haben ihn in unserer Gruft in Maria delle Grazie beigesetzt, neben meinem liebsten Jagdfalken und der unvergesslichen Hündin Puttina, *um auch nach unserem Tod diese angenehmen Dinge nicht entbehren zu müssen. Ich habe zwei Nächte lang geweint. Als Trost hat mir Signor Lodovico für Weihnachten einen prächtigen silbernen Stuhl zur Erleichterung des Magens versprochen, mit einer Darstellung des Kampfes der Zentauren und Lapithen. Das Geschirr im Innern ist aus reinem Gold, der Baldachin aus karmesinrotem Samt, mit dem Wappen des Herzogs bestickt – alles ist genau so, wie es die Großherzogin von Lothringen hat. Einen solchen Leibstuhl soll nicht nur keine von den italienischen Fürstinnen besitzen, sondern nicht einmal der Papst, der Kaiser und der Großtürke. Er ist schöner als der berühmte Leibstuhl Basada, den Martial in seinen Epigrammen beschrieben hat. Merula hat Hexameter auf ihn gemacht, die so anfangen: »Quis cameram hanc supero dignam neget esse tonante Principe!«**

Signor Lodovico wünschte, der Florentiner Künstler Leonardo da Vinci sollte in diesen Leibstuhl ein Musikwerk, eine Art kleiner Orgel, einbauen. Leonardo hat es aber abgelehnt unter dem Vorwand, er sei von dem »Koloss« und dem »Heiligen Abendmahl« allzu sehr in Anspruch genommen. Ihr bittet mich, liebe Schwester, Euch für einige Zeit diesen Meister zu senden. Mit Freude würde ich Eure Bitte erfüllen und ihn nicht nur für einige Zeit, sondern für immer schicken. Jedoch Signor Lodovico schätzt ihn über alle Maßen – ich weiß eigentlich nicht warum – und will sich auf keinen Fall von ihm trennen. Grämt Euch übrigens nicht allzu sehr seinetwegen. Denn dieser Leonardo ist der Alchimie, Magie, Mechanik und ähnlichen Verrücktheiten sehr viel mehr zugetan als der Malerei und zeichnet sich durch derartige Saumseligkeit bei der Ausführung von Aufträgen aus, dass selbst ein Engel die Geduld verlieren könnte. Außerdem soll er, wie ich höre, ein Ketzer und Gottesleugner sein.

Kürzlich jagten wir auf Wölfe. Reiten ist mir verboten, weil ich im fünften Monat schwanger bin. Ich schaute der Jagd zu, auf einem hohen, eigens für mich gebauten Wagentritt stehend, der fast aussieht wie eine Kirchenkanzel. Übrigens war das kein Spaß, sondern eine Qual. Als der Wolf in den Wald entlief, hätte ich beinahe geweint. Oh, wäre ich selbst zu

* Wer möchte leugnen, dass dieses Gerät des höchsten im Himmel donnernden Gottes würdig ist?

Pferd gewesen, ich hätte ihn nicht entkommen lassen! Eher hätte ich mir den Hals gebrochen, aber den Wolf hätte ich eingeholt.

Entsinnt Ihr Euch noch, Schwester, wie wir zusammen auf Jagd ritten? Damals stürzte Donzella Pentesilea in den Graben und hätte sich beinahe den Schädel gebrochen. Und die Jagd auf Wildschweine in Cusnago! Und das Ballspiel. Und der Fischfang … Das war eine herrliche Zeit!

Jetzt unterhalten wir uns, so gut es geht. Wir spielen Karten und laufen Schlittschuh. Diesen Zeitvertreib hat uns ein junger Edelmann aus Flandern beigebracht. Wir haben einen strengen Winter: Nicht nur die Teiche, auch alle Flüsse sind gefroren. Auf der Eisbahn im Schlosspark hat Leonardo eine herrliche Leda mit dem Schwan aus Schnee geformt, der weiß und hart ist wie Marmor. Schade, dass er im Frühling taut.

Nun, und wie geht es Euch, meine liebwerte Schwester? Ist es Euch gelungen, langhaarige Katzen zu züchten? Falls Ihr ein rotes Kätzchen mit blauen Augen bekommt, schickt es mir mit der versprochenen Mohrin. Ich sende Euch dafür Junge von meiner Seidenhündin.

Vergesst nicht, bitte, vergesst nicht, Madonna, mir den Schnitt Eures Seelenwärmers aus blauem Atlas zu senden, den mit dem schrägen Kragen aus Zobel. Ich bat im letzten Brief darum. Schickt ihn so bald als möglich, am besten gleich morgen früh durch reitenden Boten.

Schickt mir auch ein Gläschen Eures vorzüglichen Waschmittels gegen Pickel und etwas überseeisches Holz zum Glätten der Fingernägel.

Wie steht es mit dem Denkmal Vergils, des süß singenden Schwans der mantuanischen Seen? Sollte Eure Bronze nicht zureichen, so schicken wir Euch zwei alte Bombarden aus vorzüglichem Kupfer.

Unsere Astrologen weissagen Krieg und einen heißen Sommer – die Hunde sollen toll und die Fürsten grimmig werden. Was sagt Euer Astrolog? Einem fremden glaubt man immer mehr als dem eigenen.

Ich schicke Euch für Euren erlauchten Gemahl, Signor Francesco, ein Rezept gegen die französische Krankheit, das unser Hofarzt Luigi Marliani zusammengestellt hat. Angeblich hilft es. Die Einreibungen mit Quecksilber muss man frühmorgens auf nüchternen Magen machen, und zwar an den ungeraden Tagen des Monats, nach Neumond. Wie ich hörte, soll diese Krankheit nur in einem unheilvollen Zusammentreffen verschiedener Planeten, namentlich des Merkur und der Venus, ihre Ursache haben.

Ich und Signor Lodovico empfehlen uns Eurem gnädigen Wohlwollen, viel geliebte Schwester, und demjenigen Eures Gemahls, des hochberühmten Markgrafen Francesco.

Beatrice Sforza.

Dieses anscheinend ganz harmlose Schreiben enthielt doch Heuchelei und Politik. Die Herzogin verhehlte der Schwester ihre häuslichen Sorgen. Es herrschte durchaus nicht nur Friede und Eintracht zwischen den Ehegatten, wie man nach diesem Brief hätte annehmen müssen. Und sie hasste Leonardo nicht wegen seiner Ketzerei und Gottlosigkeit, sondern weil er im Auftrag des Herzogs das Porträt der Cecilia Bergamini, ihrer schlimmsten Nebenbuhlerin, der berühmten Mätresse Moros, gemalt hatte. In letzter Zeit argwöhnte sie noch ein anderes Liebesverhältnis ihres Gemahls, nämlich mit ihrer Hofdame Madonna Lucrezia.

Der Herzog von Mailand hatte damals den Gipfel seiner Macht erreicht. Der Sohn Francesco Sforzas, des verwegenen romagnolischen Söldners, der halb Soldat, halb Räuber gewesen war, träumte jetzt davon, Alleinherrscher eines geeinten Italiens zu werden.

»Der Papst ist mein Beichtvater, der Kaiser mein Feldherr, die Stadt Venedig mein Kämmerer, der König von Frankreich mein Läufer«, prahlte Moro.

»Ludovicus Maria Sfortia, Anglus Dux Mediolani«, unterzeichnete er sich, denn er leitete seine Herkunft von dem trojanischen Helden Anglus, dem Gefährten des Äneas, ab. Auch der von Leonardo geschaffene »Koloss«, das Denkmal seines Vaters mit der Aufschrift *Ecce Deus!* – Sehet, welch ein Gott! –, sollte von der göttlichen Größe der Sforza zeugen.

Aber trotz äußerem Wohlergehen quälten geheime Sorgen und Angst den Herzog. Er wusste, dass das Volk ihn nicht liebte und ihn für einen Thronräuber hielt. Als die Volksmenge eines Tages auf der Piazza dell'Arrengo von Weitem die Witwe des verstorbenen Herzogs Gian Galeazzo mit ihrem Erstgeborenen, Francesco, gewahrte, hatte sie geschrien: »Es lebe der rechtmäßige Herzog Francesco!«

Francesco war acht Jahre alt. Er zeichnete sich durch Klugheit und

Schönheit aus. Das Volk wünschte ihn zum Herrscher wie einen Gott, wie der venezianische Gesandte Marino Sanuto einmal gesagt hatte.

Beatrice und Moro mussten einsehen, dass sich ihre auf Gian Galeazzos Tod gesetzten Hoffnungen nicht erfüllt hatten; sie waren durch diesen Tod nicht zu rechtmäßigen Herrschern geworden. In diesem Knaben erstand der Schatten des toten Herzogs aus dem Grab.

In Mailand sprach man von geheimnisvollen Vorzeichen. Man erzählte, nachts sei über den Türmen des Schlosses Licht zu sehen, das aussähe wie der Widerschein einer Feuersbrunst, und in den Gemächern des Schlosses höre man schreckliches Stöhnen. Man redete auch davon, dass sich Gian Galeazzos linkes Auge, als er im Sarg lag, nicht schließen wollte, was angeblich den baldigen Tod eines seiner nächsten Anverwandten bedeutete. Und die Augenlider der Madonna dell'Albore zitterten. Die Kuh einer alten Frau an der Porta Ticinese hatte ein zweiköpfiges Kalb geworfen. Die Herzogin war eines Tages, von einer Vision erschreckt, in einem einsamen Saal der Rocchetta in Ohnmacht gefallen und wollte später mit niemand, auch nicht mit ihrem Gatten, darüber sprechen.

Sie hatte seit einiger Zeit fast ganz ihre mutwillige Ausgelassenheit verloren, die dem Herzog gerade so an ihr gefiel. Mit bösen Vorahnungen sah sie ihrer Entbindung entgegen.

An einem Dezemberabend, als dichte Schneeflocken weich die Straßen der Stadt bedeckten und das Schweigen der Dämmerung noch vertieften, saß Moro in dem kleinen Palazzo, den er seiner neuen Geliebten, Madonna Lucrezia Crivelli, geschenkt hatte.

Ein Feuer loderte im Kamin und warf seinen Schein auf die lackierten Türflügel, deren Mosaikeinlagen Ansichten altrömischer Bauwerke darstellten, auf die goldverzierte, gitterartige Stuckdecke, auf die mit goldgepressten Tapeten aus Korduanleder behangenen Wände, auf die hohen Sessel und Sitztruhen aus Ebenholz und den runden Tisch mit der dunkelgrünen Samtdecke. Auf dem Tisch lagen Notenrollen, ein aufgeschlagener Roman von Boiardo und eine Mandoline aus Perlmutter; auch stand ein geschliffener Krug mit Balnea Aponitana bereit, einem Heilwasser, das in dieser Zeit bei den vornehmen Damen in Mode war. An der Wand hing ein Bildnis Lucrezias von Leonardos Hand.

Über dem Kamin hing ein Tonrelief von Caradosso: flatternde Vögel pickten an Weintrauben und nackte, geflügelte Kinder, halb christliche Engel, halb heidnische Liebesgötter, tanzten und spielten mit den heiligen Marterwerkzeugen des Herrn: Nägeln, Speer, Rohr, Schwamm und Dornen. Im rosigen Widerschein des Feuers schienen sie zu leben.

Der Sturm heulte im Schornstein. In dem eleganten Arbeitszimmer atmete alles Behagen und Geborgenheit. Madonna Lucrezia saß auf einem Samtkissen zu Moros Füßen. Ihre Miene war traurig. Er machte ihr liebevolle Vorhaltungen, dass sie die Herzogin Beatrice schon seit langer Zeit nicht mehr besucht habe.

»Durchlaucht«, sagte das Mädchen gesenkten Blickes, »ich flehe Euch an, zwingt mich nicht dazu. Ich vermag nicht zu lügen …«

»Ich bitte dich! Heißt das lügen?«, antwortete Moro erstaunt. »Wir verheimlichen nur etwas. Hat nicht der Donnerer Zeus seine Liebesgeheimnisse gleichfalls vor seiner Gattin verheimlicht? Und Theseus, Phädra, Medea, alle Helden, alle Götter des Altertums? Können denn wir schwachen Sterblichen der Macht des Liebesgottes widerstehen? Ist nicht geheime Sünde besser als offene? Dadurch, dass wir unsere Sünde verheimlichen, bewahren wir unsern Nächsten vor Anfechtung, wie die christliche Barmherzigkeit es verlangt. Wo aber keine Anfechtung ist, sondern Barmherzigkeit, da ist auch nichts Böses oder fast nichts Böses.«

Er lächelte sein verschlagenes Lächeln. Lucrezia schüttelte den Kopf und schaute ihm von unten her mit strengen, kindlich ernsten, unschuldigen Augen gerade ins Gesicht.

»Ihr wisst, Herr, wie glücklich ich bin in Eurer Liebe. Doch manchmal möchte ich lieber sterben, als Madonna Beatrice hintergehen, die mich liebt wie eine Schwester.«

»Hör auf, hör auf, mein Kind!«, sagte der Herzog und zog sie auf den Schoß. Mit einer Hand umschlang er ihren Leib, mit der anderen streichelte er das glänzende schwarze Haar, das glatt über die Ohren gekämmt war und von einem schmalen Goldreifen gehalten wurde, in dessen Mitte, auf der Stirn, ein Diamant funkelte. Sie senkte die langen dichten Wimpern und gab sich ohne Erregung und Leidenschaft, kühl und keusch seinen Liebkosungen hin.

»Oh, wenn du wüsstest, wie ich dich liebe, dich, meine Stille, meine Bescheidene, dich allein!«, flüsterte er und sog gierig den ihm wohlvertrauten Duft von Veilchen und Moschus ein.

Die Tür wurde geöffnet, und noch ehe der Herzog das Mädchen aus seinen Umarmungen lassen konnte, stürzte eine erschrockene Dienerin ins Zimmer.

»Madonna, Madonna«, stammelte sie schweratmend. »Unten, vor dem Tor … O Gott, sei uns Sündern gnädig.«

»Sprich vernünftig«, sagte der Herzog. »Wer ist am Tor?«

»Herzogin Beatrice!«

Moro erblasste.

»Den Schlüssel her! Den Schlüssel zur andern Tür! Ich gehe durch die Hintertür, über den Hof. Wo ist der Schlüssel? Rasch, rasch!«

»Die Kavaliere der durchlauchtigen Madonna stehen auch an der Hinterpforte«, rief die Dienerin, verzweifelt die Hände ringend. »Das ganze Haus ist umzingelt.«

»In der Falle«, erklärte der Herzog und fasste sich an den Kopf. »Woher hat sie es erfahren? Wer kann es ihr gesagt haben?«

»Niemand anders als Monna Sidonia«, warf die Dienerin ein. »Nicht umsonst kommt die verdammte Hexe immer zu uns geschlichen mit ihren Essenzen und Salben. Ich habe Euch gesagt, Signora, nehmt Euch in Acht!«

»Was sollen wir tun? Mein Gott, was sollen wir tun?«, stammelte bleich der Herzog.

Von der Straße her wurde laut an die Haustür geklopft. Die Dienerin stürzte zur Treppe.

»Versteck mich, Lucrezia! Versteck mich!«

»Durchlaucht«, widersprach Lucrezia, »wenn Madonna Beatrice Verdacht hat, lässt sie doch das ganze Haus durchsuchen. Sollten wir ihr nicht lieber offen entgegentreten?«

»Nein, nein, Gott behüte, was redest du, Lucrezia! Ihr entgegentreten? Du hast keine Ahnung, was das für ein Weib ist! O Herr, schrecklich zu denken, was daraus entstehen kann … Sie ist schwanger! …Versteck mich doch, versteck mich!«

»Ich weiß wirklich nicht, wo …«

»Ganz gleich. Wohin du willst. Nur schnell!«

Der Herzog bebte an allen Gliedern und glich in diesem Augenblick eher einem ertappten Dieb als einem Nachkommen des sagenhaften trojanischen Helden Anglus, des Gefährten des Äneas.

Lucrezia führte ihn durch ihr Schlafgemach in das Ankleidezimmer und versteckte ihn in einem der großen, weißen, nach altem Geschmack mit Gold verzierten Wandschränke, wie sie vornehmen Damen zur Aufbewahrung der Garderobe dienten. Moro verkroch sich in einer Ecke hinter Kleidern. Wie dumm, dachte er. Mein Gott, wie dumm! Wie in den komischen Novellen des Franco Sacchetti oder des Boccaccio.

Ihm war aber gar nicht lächerlich zumute. Er zog ein kleines Amulett mit Reliquien des heiligen Christophorus hervor, das er an der Brust trug, und ein anderes, ganz gleiches, mit dem damals modernen Talisman, einem Stückchen einer ägyptischen Mumie. Die Amulette sahen sich so ähnlich, dass er sie in der Dunkelheit und in der Hast nicht unterscheiden konnte; er küsste deshalb, sich bekreuzigend und ein Gebet murmelnd, zur Sicherheit alle beide.

Plötzlich hörte er die Stimmen seiner Frau und seiner Geliebten, die das Ankleidezimmer betraten. Ihn fröstelte vor Schreck. Sie plauderten ganz freundschaftlich, als wäre nichts geschehen. Offenbar zeigte Lucrezia der Herzogin auf deren Wunsch ihr neues Haus. Beatrice musste wohl keine sicheren Beweise haben und wollte ihren Argwohn nicht zeigen.

Es war ein Zweikampf weiblicher List.

»Sind hier auch Kleider?«, fragte Beatrice mit gleichgültiger Stimme und trat zu dem Schrank, in dem Moro mehr tot als lebendig stand.

»Nur alte Hauskleider. Belieben Durchlaucht hineinzuschauen?«, antwortete Lucrezia.

Und sie öffnete die Schranktür.

»Hört, Herzchen«, fuhr die Herzogin fort, »wo ist denn das Kleid, ihr wisst wohl, das mir so sehr gefiel? Ihr trugt es auf dem Sommerball bei den Pallavicini. Das mit den Goldwürmchen – wisst Ihr? – auf dunkelblauem Morello, die so glänzten bei Nacht wie Leuchtkäfer.«

»Ich weiß nicht recht«, antwortete Lucrezia ruhig. »Ach ja … hier«, fügte sie rasch hinzu, »in diesem Schrank muss es sein.«

Und ohne die Tür des Schrankes zu schließen, in dem sich Moro befand, trat sie mit der Herzogin zum nächsten.

Und die sagt, sie kann nicht lügen, dachte der Herzog entzückt. Welche Geistesgegenwart! Ja, ja, die Weiber! Bei denen sollten wir Fürsten Unterricht in Politik nehmen!

Beatrice und Lucrezia verließen das Ankleidezimmer.

Moro atmete freier auf. Doch hielt er immer noch krampfhaft die beiden Amulette in der Hand.

»Zweihundert Reichsdukaten dem Kloster Santa Maria delle Grazie, zu Öl und Kerzen für unsere heilige Fürsprecherin, wenn alles gut abläuft«, flüsterte er in heißem Glauben.

Die Dienerin kam gelaufen und machte den Schrank weit auf. Mit ehrerbietig schelmischer Miene ließ sie den Herzog heraus und berichtete ihm, die Gefahr sei vorüber, die durchlauchtige Herzogin habe geruht, sich sehr gnädig von Madonna Lucrezia zu verabschieden, und sei fortgefahren.

Andächtig bekreuzigte er sich, kehrte in das Studiolo zurück, trank zur Stärkung ein Glas Balnea Aponitana und blickte Lucrezia an, die wieder am Kamin saß, den Kopf gesenkt und die Hände vors Gesicht geschlagen. Er lächelte. Dann schlich er wie ein Fuchs mit leisen Schritten von hinten an sie heran, beugte sich und umarmte sie.

Sie zuckte zusammen. »Lasst mich! Lasst mich! Geht fort! Oh, wie könnt Ihr, nach dem so etwas vorgefallen ist.«

Aber der Herzog hörte nicht auf sie und bedeckte stumm ihr Gesicht, ihren Hals und ihre Haare mit gierigen Küssen. Noch nie war sie ihm so schön erschienen – als hätte die weibliche Verlogenheit, die er eben erst an ihr entdeckt hatte, ihr einen neuen Reiz verliehen.

Sie wehrte sich, doch wurde ihr Widerstand bald schwächer. Schließlich schloss sie die Augen und ließ ihm hilflos lächelnd ihre Lippen …

Der Dezembersturm heulte im Schornstein des Kamins, während im rosigen Widerschein der Flammen eine Reihe nackter, lachender Kinder unter der Rebenranke des Bacchus tanzte und mit den heiligen Marterwerkzeugen des Herrn spielte.

Für den Neujahrstag des Jahres 1497 war ein Ball im Kastell von Mailand angesetzt.

Drei Monate hatten die Vorbereitungen gewährt, an denen Bramante, Caradosso und Leonardo da Vinci beteiligt waren.

Gegen fünf Uhr nachmittags begannen die Gäste sich im Schloss einzufinden. Mehr als zweitausend Personen waren geladen. Der Schneesturm hatte alle Wege und Straßen verweht. Vom trüben Himmel hoben sich die schneebedeckten zackigen Mauern, die Schießscharten und die steinernen Vorbauten für die Kanonen ab. Im Hof wärmten sich an lodernden Holzstößen lustig lärmend Stallknechte, Läufer, Steigbügelhalter, Vorreiter und Sänftenträger. Am Eingang des Palazzo Ducale und weiterhin bei der eisernen Zugbrücke zum Binnenhof des kleinen Kastells Rocchetta drängten sich vergoldete, plumpe Fuhrwerke, Reisewagen und Karossen mit doppeltem Vorspann, denen in kostbare moskowitische Pelze gehüllte Damen und Herren entstiegen. Die vereisten Fenster strahlten in festlicher Beleuchtung. In der Vorhalle durchschritten die Gäste ein langes Spalier von zwei Reihen herzoglicher Leibwächter, türkischer Mamelucken, griechischer Stratioten, schottischer Armbrustschützen und schweizerischer Landsknechte in eisernen Rüstungen, mit schweren Hellebarden in Händen. Vorn standen schlanke Pagen, niedlich wie Mädchen, in gleichen, mit Schwanenpelz besetzten zweifarbigen Livreen: die rechte Seite war von rosa Samt, die linke von blauem Atlas, auf der Brust war in Silber das Wappen des Hauses Sforza-Visconti eingestickt. Die Kleidung lag so dicht an, dass alle Körperformen sich abzeichneten, nur vorn unter dem Gürtel standen kurze, enge, röhrenförmige Falten ab. Sie hielten brennende Kerzen, lang wie Kirchenlichter, aus rotem und weißem Wachs in Händen. Wenn ein Gast die Vorhalle betrat, rief ein Herold, dem zwei Trompeter zur Seite standen, laut dessen Namen aus.

Eine Reihe gewaltiger, blendend hell erleuchteter Säle tat sich vor den Gästen auf. Da war der »Saal der weißen Tauben auf rotem Grunde«, der »Goldene Saal« mit der Darstellung einer herzoglichen Jagd, der »Purpursaal«, der von oben bis unten mit Atlas ausgeschlagen war, auf dem in Gold flammende Feuerbrände und Eimer gestickt waren, als

Symbol der unbeschränkten Macht der Herzöge von Mailand, die nach ihrem Belieben die Flamme des Kriegs entfachen oder sie durch das Wasser des Friedens löschen konnten. In dem kleinen, hübschen, von Bramante erbauten »Schwarzen Saal«, der als Toilettenraum für die Damen diente, sah man an den gewölbten Decken und den Wänden unvollendete Fresken von Leonardo.

Die festlich gekleidete Menge summte wie ein Bienenschwarm. Die Gewänder zeichneten sich durch bunte, grelle Farben und maßlosen, vielfach geschmacklosen Luxus aus. In dieser Buntheit, in der alle Sitten der Vorfahren missachtenden, oft geradezu närrischen und abscheulichen Vermischung verschiedener ausländischer Moden sah ein Satiriker der Zeit Vorzeichen einer ausländischen Invasion, der künftigen Knechtung Italiens.

Die golddurchwirkten, mit Edelsteinen besetzten Stoffe der Damenkleider warfen gerade, schwere, steife Falten, fast wie Kirchengewänder, und waren so unverwüstlich, dass Urgroßmütter sie ihren Urenkelinnen vererbten. Tiefe Ausschnitte entblößten Schultern und Busen. Das unter einem goldenen Netz liegende Haar war nach lombardischer Sitte bei verheirateten Frauen wie bei jungen Mädchen zu einem steifen Zopf geflochten, der durch falsche Haare und Bänder bis zum Fußboden verlängert wurde. Die Mode verlangte, dass die Augenbrauen nur schwach angedeutet waren; Frauen, die üppige Brauen hatten, zupften sich die Härchen mit besonderen Stahlzangen aus. Sich nicht zu schminken galt als unanständig. Man benutzte sehr kräftige, schwere Wohlgerüche: Moschus, Ambra, Viverra und ein Pulver aus Zypern von scharfem, betäubendem Geruch.

In der Menge sah man junge Mädchen und Frauen von der eigentümlichen Schönheit, die man nur in der Lombardei findet, mit jenen luftig durchsichtigen, wie Rauch vergehenden Schatten auf bleicher, mattweißer Haut, auf den zarten, weichen Rundungen der Gesichter, wie sie Leonardo da Vinci gern malte.

Madonna Violante Borromeo, eine schwarzäugige, schwarzlockige, allgemein anerkannte triumphierende Schönheit, galt als Ballkönigin. Ihr dunkelrotes Samtkleid zeigte in Goldstickerei Falter, die sich an einer Kerze die Flügel versengten – eine Warnung für Verliebte!

Doch nicht Madonna Violante war es, die die Aufmerksamkeit der Kenner am meisten auf sich zog, sondern die Donzella Diana Pallavicino, mit ihren Augen, so kalt und durchsichtig wie Eis, mit ihrem aschgrauen Haar, mit dem gleichmütigen Lächeln und der langsamen Stimme, die fast wie eine Viola klang. Sie trug ein einfaches Gewand aus weißem fließendem Damast mit langen Seidenbändern, dunkelgrün wie Algen. Inmitten von Glanz und Lärm schien sie doch von allem unberührt, einsam und traurig, wie eine blasse, im Mondschein auf sumpfigem Teich schlummernde Wasserblume.

Trompeten und Pauken ertönten; die Gäste zogen in den großen »Ballspielsaal« der Rocchetta. Unter der blauen, von goldenen Sternen übersäten Decke hingen kreuzförmige Leuchter mit brennenden Wachskerzen, feurigen Weintrauben ähnlich. Vom Balkon, der als Chor diente, hingen seidene Teppiche herab, mit Girlanden aus Lorbeer, Efeu und Wacholder.

Zu der von den Astrologen festgesetzten Stunde, Minute und Sekunde – denn der Herzog tat, wie ein Gesandter berichtete, keinen Schritt, wechselte sein Hemd nicht, küsste seine Frau nicht, ohne sich vorher nach dem Stand der Sterne zu erkundigen – betraten Moro und Beatrice den Saal, in hermelingefütterten Fürstenmänteln aus Goldbrokat, mit langen Schleppen, die von Baronen, Kammerherren, Spenditoren und Chambellanen getragen wurden. Auf der Brustschnalle des Herzogs glänzte ein Rubin von schier unglaublicher Größe, den er Gian Galeazzo geraubt hatte.

Beatrice war abgemagert und sah schlecht aus. Der schwangere Leib dieser mädchenhaften, fast noch wie ein Kind wirkenden Frau mit der flachen Brust und den eckigen knabenhaften Bewegungen bot einen seltsamen Anblick.

Moro gab ein Zeichen. Der erste Seneschall hob den Stab, auf dem Chor setzte die Musik ein, und die Gäste nahmen an den festlich gedeckten Tafeln Platz.

Da gab es eine Störung. Der Gesandte des Großfürsten von Moskau, Danilo Mamyrow, weigerte sich, weiter unten an der Tafel zu sitzen als der Gesandte der erlauchten Republik von San Marco. Man versuchte Mamyrow gut zuzureden. Doch der halsstarrige Alte hörte auf nichts und bestand auf dem Seinen: »Ich setze mich nicht – es wäre ein Schimpf für mich.«

Neugierige und spöttische Blicke trafen ihn von allen Seiten.

»Was gibt es? Wieder Unannehmlichkeiten mit den Moskowitern? Ein wildes Volk! Drängen sich auf die ersten Plätze und nehmen keine Vernunft an. Man kann sie überhaupt nicht einladen. Barbaren! Und die Sprache – habt ihr gehört? Ganz wie Türkisch! Ein bestialisches Volk!«

Der flinke, behände Mantuaner Boccalino, der Dolmetscher, eilte zu Mamyrow: »Messer Daniele! Messer Daniele«, stammelte er in gebrochenem Russisch, mit unterwürfigen Gesten und Verbeugungen. »Das geht nicht, es geht wirklich nicht! Ihr müsst Platz nehmen. Es ist so Sitte in Mailand. Es ist unschicklich zu streiten. Der Herzog zürnt!«

Zu dem Alten trat sein junger Begleiter Nikita Karatschjarow, der auch Beamter des Auswärtigen Amtes war. »Danilo Kusmitsch, Väterchen, ereifere dich nicht! In ein fremdes Kloster geht man nicht mit eigenen Regeln. Das sind hier Ausländer, sie kennen unsere Sitten nicht. Wie leicht kann es ernstliche Unannehmlichkeiten geben! Wenn sie uns hinauswerfen, haben wir die Schande …«

»Schweig, Nikita, schweig! Du bist zu jung, um mir altem Mann Lehren zu erteilen. Ich weiß, was ich tue. Nie darf das geschehen! Ich setze mich nicht unter den venezianischen Gesandten. Das wäre eine schwere Verletzung unserer Gesandtenehre. Es bleibt nun einmal so: Jeder Gesandte trägt das Antlitz seines Fürsten und spricht dessen Worte. Und unser Herr ist der rechtgläubige Selbstherrscher aller Reußen.«

»Messer Daniele! Messer Daniele«, mühte sich der Dolmetscher Boccalino.

»Lass mich! Was faselst du, heidnische Affenfratze? Ich habe gesagt, ich setze mich nicht – also setze ich mich nicht.«

Unter finsteren Augenbrauen funkelten Mamyrows kleine Bärenaugen voller Zorn, Stolz und unbeugsamer Halsstarrigkeit. Der mit Smaragden besetzte Knopf seines Stockes bebte in seiner fest geballten Faust. Offenbar würde keine Macht der Welt ihn zum Nachgeben zwingen.

Moro rief den Gesandten von Venedig zu sich heran; er entschuldigte sich vor ihm mit der bezaubernden Liebenswürdigkeit, in der er ein Meister war, sagte ihm sein ganz besonderes Wohlwollen zu und bat ihn, ihm persönlich zu Gefallen einen anderen Platz einzunehmen, um Streitigkeiten und Auseinandersetzungen zu vermeiden. Er versicherte ihm, dass kein Mensch dem albernen Ehrgeiz dieser Barbaren irgendwelche Bedeutung beimesse. In Wahrheit aber legte der Herzog sehr großen Wert auf das Wohlwollen des Großherzogs von Rosia – Granduca di Rosia –, weil er durch dessen Vermittlung einen günstigen Vertrag mit dem türkischen Sultan abschließen zu können hoffte.

Der Venezianer hatte für Mamyrow nur einen feinen spöttischen Blick; er zuckte verächtlich die Achseln, bemerkte, Seine Hoheit habe recht, derartige Streitigkeiten um die Plätze bei der Tafel seien eines vom Licht der Menschlichkeit – humanità – erleuchteten Manns unwürdig, und nahm den ihm angewiesenen Platz ein.

Danilo Kusmitsch hatte die Worte seines Gegners nicht verstanden. Aber auch wenn er sie verstanden hätte, so hätte er sich nichts daraus gemacht und wäre weiterhin von seinem Recht überzeugt geblieben. Er wusste, dass vor etwa zehn Jahren, im Jahr 1487, angelegentlich eines feierlichen Empfangs bei Papst Innozenz VIII., die moskowitischen Gesandten Dimitrij und Manuil Ralew auf den Stufen des apostolischen Throns die ehrenvollsten Plätze gleich nach den römischen Senatoren, den Vertretern der alten weltbeherrschenden Stadt, innegehabt hatten. Nicht umsonst hatte in einem Sendschreiben der Metropolit von Kijew, Sawwa Spiridon, den Großfürsten von Moskau für den alleinigen Erben des doppelköpfigen Adlers von Byzanz erklärt, der unter dem Schatten seiner Fittiche Orient und Okzident vereine, weil Gott der Allerhalter – so hieß es in dem Sendschreiben – die beiden Rom, das alte und das neue, ihrer Ketzereien wegen gestürzt und eine dritte geheimnisvolle Stadt gegründet habe, um all seinen Ruhm, alle Macht und Gnade auf diese auszugießen, ein drittes, mitternächtiges Rom, das rechtgläubige Moskau; ein viertes Rom aber werde nicht sein in alle Ewigkeit.

Ohne die feindseligen Blicke zu beachten, strich sich Danilo Kusmitsch selbstzufrieden den langen grauen Bart, rückte den Gürtel auf seinem dicken Bauch und den mit rotem Samt ausgeschlagenen Zobelpelz zurecht, räusperte sich umständlich, würdevoll und ließ sich auf dem erkämpften Platz nieder. Ein dunkles, berauschendes Gefühl erfüllte seine Seele.

Nikita und der Dolmetscher saßen am unteren Ende der Tafel, neben Leonardo da Vinci.

Der großsprecherische Mantuaner erzählte von den Wundern, die er in Moskowien gesehen, wobei er Wahrheit mit Dichtung vermischte. Leonardo hoffte von Karatschjarow Zuverlässiges zu hören und wandte sich durch den Dolmetscher an ihn. Er befragte ihn über das ferne Land, das seine Neugier reizte, wie alles Maßlose und Rätselhafte: über seine endlosen Steppen, die grimmigen Fröste, die mächtigen Ströme und Wälder, über die Flut am Hyperboräischen Ozean und am Hyrkanischen Meer, über das Nordlicht – und auch über seine nach Moskau gegangenen Freunde: den lombardischen Maler Antonio Solari, der am Bau der »Granowitaja Palata« mitgearbeitet, und den Baumeister Aristotile Fioravanti aus Bologna, der den Kremlplatz mit prächtigen Bauten geschmückt hatte.

»Messere«, wandte sich die lebhafte, neugierige und schalkhafte Donzella Ermellina an den neben ihr sitzenden Dolmetscher, »ich habe gehört, dieses wunderliche Land heiße deshalb Rosia, weil dort so viel Rosen wachsen. Ist das wahr?«

Boccalino musste laut auflachen und versicherte der Donzella, dass es in Rosia, trotz dieses Namens, weniger Rosen gebe als in irgendeinem andern Land. Zum Beweis des Gesagten erzählte er das italienische Märchen von der russischen Kälte: »Kaufleute aus der Stadt Florenz waren nach Polen gereist. Weiter nach Rosia ließ man sie nicht ziehen, weil der König von Polen damals Krieg mit dem Großherzog von Moskowien führte. Die Florentiner wollten Zobelpelze einkaufen und luden deshalb die russischen Kaufleute an das Ufer des Flusses Borysthenes ein, der beide Länder trennt. Aus Furcht, gefangen genommen zu werden, blieben die Moskowiter auf dem einen Ufer, die Italiener auf dem andern, und so handelten sie über den Fluss hinüber. Aber die Kälte war so grimmig, dass ihre Worte in der Luft festfroren, bevor sie das andere Ufer erreichten. Da machten die findigen Polen mitten auf dem Fluss ein großes Feuer an, und zwar an der Stelle, die nach ihrer Berechnung die gerufenen Worte noch ungefroren erreicht haben mussten. Das Eis des Flusses war hart wie Marmor und hielt jedes beliebige Feuer aus. Als das Feuer hell brannte, tauten die Worte, die eine ganze Stunde lang zu Eis gefroren unbeweglich in der Luft gehangen hatten, allmählich wieder auf; sie rieselten leise plätschernd herab wie Tropfen im Frühjahr, und schließlich konnten die Florentiner sie ganz deutlich vernehmen, obwohl die Moskowiter das andere Ufer längst verlassen hatten.«

Diese Erzählung gefiel allerseits. Die Damen richteten mitleidig neugierige Blicke auf Nikita Karatschjarow, den Bewohner eines so unglücklichen, gottverfluchten Landes.

Der aber bestaunte inzwischen ganz starr vor Verwunderung ein noch nie gesehenes Schauspiel: eine gewaltige Schüssel mit einer nackten, an einen Felsen aus Quarkkäse geschmiedeten Andromeda aus zarten Kapaunenbrüsten, mit ihrem Retter, einem geflügelten Perseus aus Kalbfleisch.

Während man die Fleischspeisen aß, war alles Tafelgerät purpurn und golden; als der Fisch kam, war es, der Farbe des nassen Elements entsprechend, silbern. Man reichte versilberte Brote, versilberte Salatzitronen in Schalen und schließlich auf einer Platte mit riesigen Stören, Neunaugen und Sterleten eine Amphitrite aus weißem Aalfleisch, die in einem Wagen aus Perlmutter saß, der von Delfinen über ein wie Meereswellen geformtes, bläulich grünes, zitterndes, von innen beleuchtetes Gelee gezogen wurde.

Dann erschienen zahllose Süßigkeiten – Kunstwerke aus Marzipan, Pistazien, Zedernüssen, Mandeln mit gebranntem Zucker, gefertigt nach Zeichnungen von Bramante, Caradosso und Leonardo: Herkules, wie er die goldenen Äpfel der Hesperiden holt, Hippolyt und Phädra, Bacchus und Ariadne, Jupiter und Danae – ein ganzer Olymp auferstandener Götter.

Nikita bestaunte diese Wunder mit kindlicher Neugier, während Danilo Kusmitsch beim Anblick der nackten, schamlosen Göttinnen alle Esslust verlor und in den Bart brummte: »Gräuel des Antichrist! Heidnischer Unrat!«

Der Ball begann. Die damaligen Tänze – »Venus und Saums«, »Das grausame Geschick«, »Cupido« – zeichneten sich durch sehr langsames Tempo aus, denn die langen schweren Kleider der Damen gestatteten keine schnellen Bewegungen. Damen und Kavaliere näherten sich einander und trennten sich wieder, mit langsamer Feierlichkeit, mit gezierten Verbeugungen, mit schmachtenden Seufzern und süßem Lächeln. Die Frauen mussten Schritte machen wie Pfauen und dahingleiten wie Schwäne. Und die Begleitmusik war leise, zart, fast wehmütig, voll schmachtender Leidenschaft wie die Lieder Petrarcas.

Moros oberster Feldherr, der junge Messer Galeazzo Sanseverino, ein ausgesuchter Stutzer, war ganz in Weiß gekleidet; seine langen Ärmel waren rosa gefüttert, und er trug diamantengeschmückte weiße Schuhe. Mit seinem schönen, aber schlaffen, verlebten und weibischen Gesicht bezauberte er alle Damen. Beifälliges Gemurmel lief durch die Menge, wenn er bei dem Tanz »Das grausame Geschick« wie zufällig, in Wahrheit aber sehr absichtlich, einen Schuh vom Fuß oder den Umhang von der Schulter verlor und ruhig weitertanzte, mit einer gelangweilten Blasiertheit dahinglitt, die als Zeichen höchster Eleganz galt.

Danilo Mamyrow beobachtete ihn lange, dann spuckte er aus und sagte: »Ach, du Hanswurst!«

Die Herzogin tanzte gern. Aber an diesem Abend war ihr schwer und trübe ums Herz. Nur ihre altgewohnte Verstellungskunst half ihr, die Rolle der guten Gastgeberin zu spielen und die Neujahrswünsche und süßlichen Liebenswürdigkeiten der vornehmen Herren entgegenzunehmen. Manchmal war ihr, als könne sie es nicht länger ertragen, als müsse sie davonlaufen oder in Tränen ausbrechen.

Ruhelos durch die überfüllten Säle irrend, gelangte sie in ein abgelegenes kleines Gemach, wo beim lustig flackernden Kaminfeuer junge Damen und Herren in engem Kreis beisammensaßen und plauderten.

Sie erkundigte sich, worüber man spreche.

»Über die platonische Liebe, Durchlaucht«, antwortete eine der Damen. »Messer Antoniotto Fregoso will uns beweisen, dass eine Frau einen Mann auf die Lippen küssen darf, ohne die Keuschheit zu verletzen, sofern er ihr in himmlischer Liebe zugetan ist.«

»Wie wollt Ihr das beweisen, Messer Antoniotto?«, fragte die Herzogin, zerstreut mit den Augen blinzelnd.

»Mit Erlaubnis Eurer Durchlaucht behaupte ich, dass die Lippen –

die Werkzeuge der Sprache – das Tor der Seele sind. Vereinigen sich nun die Lippen zu einem platonischen Kuss, so streben die Seelen der Liebenden den Lippen zu, als ihrer natürlichen Ausgangspforte. Deshalb verbietet Plato den Kuss nicht, und König Salomo sagt im Hohelied, wo er die geheimnisvolle Vereinigung der menschlichen Seele mit Gott darstellt: ›Er küsse mich mit dem Kuss seines Mundes.‹«

»Verzeiht, Messere«, unterbrach ihn einer der Zuhörer, ein alter Baron, ein ländlicher Ritter mit offenem, rauem Gesicht. »Vielleicht verstehe ich diese Feinheiten nicht – aber behauptet Ihr etwa, dass ein Gatte, der seine Frau in den Armen des Liebhabers antrifft, das dulden muss?«

»Natürlich«, erwiderte der höfische Philosoph, »gemäß der Weisheit der himmlischen Liebe.«

»Und wie steht es mit der Ehe?«

»Ach, mein Gott! Wir sprechen von der Liebe und nicht von der Ehe«, unterbrach die hübsche Madonna Fiordiligi den Baron und hob ungeduldig ihre blendend weißen nackten Schultern.

»Aber auch die Ehe, Madonna, ist nach allen menschlichen Gesetzen …«, begann der Baron wieder.

»Gesetze!« Madonna Fiordiligi warf verächtlich ihre roten Lippen auf. »Wie könnt Ihr nur, Messere, in einer so erhabenen Unterhaltung die menschlichen Gesetze erwähnen, diese jämmerlichen Schöpfungen des Pöbels, die so heilige Begriffe wie Geliebter und Geliebte in die rohen Worte Mann und Frau verwandeln wollen.«

Der Baron breitete ganz verwirrt die Arme weit aus.

Messer Fregoso beachtete ihn nicht weiter und fuhr in seiner Rede über die Geheimnisse der himmlischen Liebe fort. Beatrice wusste, dass bei Hof ein bodenlos unanständiges Sonett dieses Messer Antoniotto Fregoso sehr großen Beifall gefunden hatte. Es war an einen schönen Knaben gerichtet und begann:

»Es irrte der König der Götter, als Ganymed er raubte …«

Die Herzogin fühlte sich gelangweilt. Leise verließ sie den Raum und begab sich in den nächsten Saal. Hier las der aus Rom nach Mailand gekommene berühmte Dichter Serafino d'Aquila, »der Einzige« –

Unico – genannt, seine Gedichte vor. Unico war ein kleines, hageres, sorgfältig gewaschenes, rasiertes, frisiertes und parfümiertes Männlein mit einem rosigen Kindergesichtchen, mit schmachtendem Lächeln, schlechten Zähnen und öligen Augen, in denen manchmal schalkhafte Verschlagenheit durch die ewigen Tränen der Verzückung hindurchblitzte.

Als Beatrice unter den Damen, die den Dichter umringten, auch Lucrezia erblickte, ward sie verlegen und erbleichte leicht; doch nahm sie sich sofort zusammen, trat mit ihrer gewohnten Freundlichkeit auf sie zu und küsste sie.

In diesem Augenblick erschien in der Tür eine dicke, bunt gekleidete, stark geschminkte, hässliche ältere Dame, die ihr Tuch vor die Nase hielt.

»Was ist mit Euch, Madonna Dionisia? Habt Ihr Euch gestoßen?«, fragte Donzella Ermellina mit schelmischer Teilnahme.

Dionisia berichtete, sie habe beim Tanzen, wohl vor Hitze und Übermüdung, Nasenbluten bekommen.

»Das ist ein Fall, auf den wohl sogar Messer Unico kaum ein Liebesgedicht wird machen können«, bemerkte ein Höfling.

Unico sprang auf, setzte einen Fuß vor, fuhr sich sinnend mit der Hand durchs Haar, warf den Kopf zurück und hob die Augen zur Decke.

»Still, still«, wisperten andächtig die Damen. »Messer Unico dichtet. Durchlaucht, bitte hierher. Hier hört man besser!«

Donzella Ermellina nahm die Laute und griff leise in die Saiten. Zu diesen Klängen sprach der Dichter mit der feierlich dumpfen, leblosen Stimme eines Bauchredners ein Sonett.

Amor, gerührt von den Bitten eines Verliebten, richtet seinen Pfeil auf das Herz der Grausamen; da aber eine Binde die Augen des Gottes verdeckt, geht sein Schuss fehl, und statt des Herzens

Durchbohrt der Pfeil das Näschen fein,
Und in das schneeig weiße Tüchelein
Als roter Tau das Blut jetzt rinnt.

Die Damen klatschten laut in die Hände.

»Herrlich! Herrlich! Unvergleichlich! Wie schnell! Und so leicht! Oh, das ist kein Vergleich mit unserm Bellincioni, der über jedem Sonett ganze Tage schwitzt. Ach, Herzchen, glaubt mir, als er seine Augen zum Himmel hob, da fühlte ich etwas wie einen Windzug im Gesicht, etwas Übernatürliches ... Ganz ängstlich war mir zumute.«

»Messer Unico, nehmt Ihr ein Glas Rheinwein?«, fragte besorgt eine Dame.

»Messer Unico, kühlende Pfefferminzplätzchen?«, bot eine andere an.

Sie nötigten ihn in einen Sessel und fächelten ihm Luft zu.

Er verging förmlich vor Behagen und blinzelte wie ein satter Kater.

Dann deklamierte er ein anderes Sonett, zu Ehren der Herzogin, in dem es hieß, der Schnee habe, beschämt von der Weiße ihrer Haut, eine tückische Rache erdacht: sich in Eis zu verwandeln – deshalb sei die Herzogin neulich beim Spaziergang im Schlosshof ausgeglitten und beinahe gefallen.

Gleich darauf rezitierte er ein Gedicht zu Ehren einer Schönen, der ein Vorderzahn fehlte: Das sei eine Tücke Amors, der in ihrem Mund wohne und diese Lücke als Schießscharte benutze, um seine Pfeile zu entsenden.

»Ein Genie«, kreischte eine der Damen. »Die Nachwelt wird den Namen Unico neben Dante nennen.«

»Er steht höher als Dante«, fiel eine andere ein. »Kann man denn von Dante so viel Feinheiten der Liebe lernen wie von unserem Unico?«

»Signore«, widersprach der Dichter bescheiden. »Ihr übertreibt. Auch Dante hat große Verdienste. Übrigens, jedem das Seine. Ich für meine Person würde für Euren Beifall den ganzen Ruhm Dantes hingeben.«

»Unico! Unico«, seufzten die Verehrerinnen, fast vergehend vor Begeisterung.

Als Serafino ein neues Sonett begann, in dem er schilderte, wie während einer Feuersbrunst im Haus der Geliebten die herbeigeeilten Leute der Flammen nicht Herr werden konnten, weil sie mit dem Wasser zuerst die in ihren eigenen Herzen durch die Blicke der Schönen entfachten Flammen löschen mussten, hielt Beatrice es nicht mehr aus und ging hinaus.

Sie kehrte in den Hauptsaal zurück und befahl ihrem Pagen Ricciardetto, einem ihr bedingungslos ergebenen und, wie ihr manchmal schien, auch in sie verliebten Knaben, nach oben zu gehen und sie mit einer Fackel an der Tür ihres Schlafgemachs zu erwarten. Sie durcheilte einige hell erleuchtete, von Menschen erfüllte Räume und gelangte in eine abgelegene Galerie, wo nur ein paar Wachen, auf die Spieße gestützt, vor sich hin schlummerten. Hier schloss sie eine eiserne Pforte auf und stieg eine finstere Wendeltreppe hinan, die zu einem großen, im viereckigen Nordturm des Schlosses gelegenen, gewölbten Raum führte. Mit einer Kerze in der Hand trat sie zu einem kleinen, in die steinerne Wand eingelassenen Eichenschrank, in dem der Herzog wichtige Papiere und geheime Briefe aufbewahrte. Sie steckte den ihrem Gemahl entwendeten Schlüssel ins Schlüsselloch und wollte aufschließen, bemerkte aber, dass das Schloss erbrochen war. Sie zog die kupferne Tür des Schranks auf und sah nur leere Fächer. So musste sie annehmen, dass Moro den Verlust des Schlüssels schon entdeckt und die Briefe an einem andern Ort verborgen hatte.

Ratlos stand sie da. Draußen wirbelten die Schneeflocken wie weiße Gespenster. Der Wind brauste; bald klang es wie Heulen, bald wie Weinen. Und die Stimmen des nächtlichen Windes weckten alte, furchtbare, dem Herzen nur zu wohlbekannte Gedanken in ihr.

Der Blick der Herzogin fiel auf die eiserne Verschlussklappe des Ohrs des Dionys, jenes von Leonardo zwischen den unteren Räumen und dem herzoglichen Schlafgemach angelegten Hörrohres. Sie trat zu der Öffnung, nahm den schweren Deckel ab und horchte. Tonwellen trafen ihr Ohr, dem Rauschen des fernen Meers ähnlich, wie man es in leeren Muscheln hört. In die Gespräche und den Lärm der festlichen Menge, in die zarten Seufzer der Musik mischte sich das Heulen und Pfeifen des nächtlichen Windes.

Plötzlich kam es ihr so vor, als habe nicht dort unten, sondern dicht neben ihrem Ohr jemand geflüstert: »Bellincioni! … Bellincioni! …«

Sie schrie auf und erbleichte. »Bellincioni! Dass ich nicht selbst darauf kam! Ja, natürlich! Von ihm erfahre ich alles. Zu ihm! Dass es nur niemand merkt! Man wird mich vermissen … Einerlei! Ich will alles wissen; ich ertrage diese Lügen nicht länger!«

Sie entsann sich, dass Bellincioni Krankheit vorgeschützt hatte und nicht auf dem Ball erschienen war, und sagte sich, dass er zu dieser Stunde sicherlich allein zu Hause sein würde. Sie rief den Pagen Ricciardetto, der vor der Tür stand.

»Zwei Träger mit einer Sänfte sollen mich unten im Park an der geheimen Pforte erwarten. Aber wenn du mir zu Gefallen sein willst, sieh dich vor, dass kein Mensch etwas merkt! Hörst du – kein Mensch!«

Sie reichte ihm die Hand zum Kuss. Der Knabe eilte fort, um den Befehl auszuführen.

Beatrice kehrte in ihr Schlafgemach zurück, warf einen Pelz über die Schultern, legte eine schwarze Seidenmaske an und saß wenige Minuten später in der Sänfte, die in Richtung der Porta Ticinese davongetragen wurde, in deren Nähe Bellincioni wohnte.

Der Dichter Bellincioni nannte sein altes halb zerfallenes Häuschen seine »Froschhöhle«. Er erhielt zwar ziemlich viel Geschenke, doch führte er ein liederliches Leben und vertrank oder verspielte alles, was er hatte; deshalb verfolgte ihn die Armut – wie er selbst sich ausdrückte – »wie ein ungeliebtes, aber treues Weib«.

Er lag auf einem schadhaften dreibeinigen Bett, dem ein Holzscheit als viertes Bein diente, auf einer durchlöcherten, ganz platt gelegenen Matratze, trank den dritten Becher seines elenden, sauren Weins und arbeitete an einer Grabschrift für Madonna Cecilias Lieblingshund. Der Dichter beobachtete, wie die letzten Kohlen im Kamin verglühten, und suchte sich vergeblich zu wärmen, indem er den mottenzerfressenen Eichhornpelz, der ihm als Deckbett diente, über seine dünnen Kranichbeine zog. Er lauschte dem Heulen des Sturms und dachte an die Kälte der kommenden Nacht.

Dem Hofball, auf dem seine zu Ehren der Herzogin verfasste Allegorie »Das Paradies« aufgeführt werden sollte, war er nicht deshalb ferngeblieben, weil er krank war. Er war zwar tatsächlich schon lange krank und so abgemagert, dass man, nach seinen eigenen Worten, an seinem Körper die Anatomie sämtlicher menschlichen Muskeln, Sehnen und

Knochen studieren konnte. Aber selbst wenn er in den letzten Zügen gelegen hätte, er wäre doch zu diesem Fest gegangen. Der wahre Grund seines Ausbleibens war Neid: Lieber wollte er in seiner Höhle erfrieren, als den Triumph seines Nebenbuhlers, dieses frechen Schelms und Schwindlers Messer Unico, mit ansehen, der mit seinen albernen Knittelversen schon sämtlichen dummen Gänsen der vornehmen Gesellschaft den Kopf verdreht hatte.

Allein der Gedanke an diesen Unico ließ ihm die Galle ins Herz steigen. Er ballte die Fäuste und sprang im Bett hoch. Aber es war so kalt in der Stube, dass er sich verständlicherweise sofort wieder hinlegte. Er zitterte, hustete und wickelte sich fester ein.

»Diese Halunken«, schimpfte er. »Vier Sonette über Brennholz, mit solchen schönen Reimen. Und nicht einen Span habe ich … Die Tinte wird mir noch einfrieren – dann kann ich nicht mehr schreiben. Ob ich mit dem Treppengeländer einheize? Es ist ja ganz gleich, anständige Leute kommen doch nicht zu mir. Und wenn sich der Jude, der Wucherer, den Hals bricht, ist es kein großer Schade.«

Aber ihm war doch leid um seine Treppe. Seine Blicke fielen auf das Holzscheit, das seinem lahmen Bett als viertes Bein diente. Einen Augenblick überlegte er, was besser sei: die ganze Nacht vor Kälte zitternd wach zu liegen oder auf einem wackligen Lager wenigstens zu schlafen?

Der Sturm heulte durch die Fensterritzen und weinte und lachte wie eine Hexe im Schornstein. Mit einem verzweifelten Entschluss zog Bernardo das Scheit unter dem Bett hervor, zerhieb es zu Spänen und warf sie in den Kamin. Die Flamme loderte hoch auf und beleuchtete die jämmerliche Klause. Er hockte sich auf die Fersen nieder und streckte die blaugefrorenen Hände zum Feuer aus, dem letzten Freund einsamer Dichter.

»Ein Hundeleben«, sann Bellincioni. »Wieso bin ich eigentlich schlechter als andere? Hat doch der göttliche Dante zu einer Zeit, da an ein Haus Sforza überhaupt noch nicht zu denken war, auf meinen Urgroßvater, den berühmten Florentiner, diesen Vers gedichtet:

Bellincion Berti vid'io andar cinto
Di cuoio e d'osso …

Als ich nach Mailand kam, konnten die Speichellecker bei Hof wahrscheinlich ein Strambotto nicht von einem Sonett unterscheiden. Wer, wenn nicht ich, hat ihnen die Schönheiten der neuen Poesie beigebracht? Ist es nicht mein Verdienst, dass der Quell Hippokrene sich zu einem ganzen Meer erweitert hat, das gar mit Überschwemmungen droht? Jetzt scheint auch im Canale Grande kastalisches Wasser zu fließen. Und das ist der Lohn! Wie ein Hund auf dem Stroh seiner Hütte verrecke ich … Den verarmten Dichter will keiner kennen, als hätte er eine Maske vor dem Gesicht, als wäre es von Blattern entstellt.«

Er las ein paar Verse aus seinem Sendschreiben an Herzog Moro:

»Im ganzen Leben hört ich andre Antwort nie,
Als: Geh nur heim, die Stellen sind besetzt.
Was soll ich tun? Mit mir scheints aus zu sein.
Ich bitt ja nicht um eine Narrenkappe,
Doch nehmt den Dichter in die Mühle auf,
O milder Fürst, als Esel ihn zu brauchen.«

Bitter lächelnd ließ er den kahlen Kopf sinken. Wie er jetzt vor dem Feuer hockte, lang und dürr, mit der großen roten Nase, sah er aus wie ein kranker, frierender Vogel.

Da klopfte es unten an der Haustür. Er hörte das verschlafene Schimpfen seiner zänkischen, von der Wassersucht gedunsenen alten Magd und das Klappern ihrer Holzschuhe auf dem Ziegelfußboden.

»Wer zum Teufel kommt da?«, wunderte sich Bellincioni. »Doch nicht schon wieder der Jude wegen seiner Zinsen? Oh, diese verdammten Ungläubigen! Selbst nachts lassen sie einem keine Ruhe!«

Die Treppenstufen knarrten. Die Tür ging auf, und ins Zimmer trat eine Dame im Zobelpelz, mit einer schwarzen Seidenmaske. Bernardo sprang auf und starrte sie an.

Sie trat stumm auf einen Stuhl zu.

»Vorsicht, Madonna«, warnte der Hausherr. »Die Lehne ist zerbrochen.« Und mit weltgewandter Höflichkeit fragte er: »Welchem guten Genius verdanke ich das Glück, die hoch ansehnliche Signora in meiner bescheidenen Behausung zu erblicken?«

Sie will gewiss etwas bestellen. Ein kleines Liebesmadrigal?, dachte er. Nun, warum nicht, das bringt was ein. Und wenn es nur für Brennholz reicht. Seltsam, dass sie allein kommt, zu dieser Stunde? … Mein Name scheint etwas zu bedeuten. Ich habe meine geheimen Verehrerinnen.

Er wurde lebhafter, lief zum Kamin und warf großmütig den letzten Span Holz ins Feuer.

Die Dame nahm die Maske ab. »Ich bin es, Bernardo.«

Er schrie laut auf, wich zurück und musste sich am Türpfosten halten, um nicht zu fallen.

»Jesus, Heilige Jungfrau«, stammelte er mit weit aufgerissenen Augen. »Hoheit … Erlauchte Herzogin …«

»Bernardo, du kannst mir einen sehr großen Dienst erweisen«, sagte Beatrice. Dann sah sie sich um und fragte: »Es hört uns doch niemand?«

»Seid beruhigt, Hoheit: niemand außer den Ratten und Mäusen.«

»Also höre«, fuhr Beatrice langsam fort und richtete einen durchdringenden Blick auf ihn. »Ich weiß, dass du Liebesgedichte an Madonna Lucrezia verfasst hast. Sicherlich hast du Briefe des Herzogs mit Bestellungen und Aufträgen.«

Er erbleichte und sah sie starr, mit weit geöffneten Augen an.

»Fürchte dich nicht«, setzte sie hinzu, »niemand soll etwas erfahren. Ich gebe dir mein Wort, ich werde dich reich zu belohnen wissen, wenn du meine Bitte erfüllst. Ich fasse dich in Gold, Bernardo!«

»Hoheit«, brachte er mühsam und stotternd heraus. »Glaubt es nicht … Das ist Verleumdung … Ich habe keine Briefe … Gott ist mein Zeuge …«

Ihre Augen funkelten zornig, die feinen Brauen zogen sich zusammen. Sie erhob sich, und ohne ihren schweren, scharfen Blick von ihm zu wenden, trat sie nahe an ihn heran.

»Lüg nicht! Ich weiß alles. Gib mir die Briefe des Herzogs, wenn dir dein Leben lieb ist. Hörst du, gib mir die Briefe! Hüte dich, Bernardo. Unten warten meine Leute. Ich bin nicht hergekommen, um zu scherzen.«

Er sank vor ihr in die Knie. »Wie Ihr wollt, Madonna. Ich habe keine Briefe …«

»Nein?«, fragte sie noch einmal, sich über ihn beugend, und schaute ihm in die Augen. »Nein, sagst du?«

»Nein.«

»Warte, du verdammter Kuppler! Ich werde dich zwingen, die Wahrheit zu sprechen. Mit eigener Hand erdrossele ich dich, du Schurke«, schrie sie wie rasend und krallte wirklich ihre zarten Finger mit solcher Gewalt in seinen Hals, dass er nach Atem rang und die Adern auf seiner Stirn hervortraten. Ohne Widerstand zu leisten, ließ er die Arme sinken und blinzelte nur hilflos mit den Augen. Er glich jetzt noch mehr einem kläglichen, kranken Vogel.

Sie bringt mich um. Bei Gott, sie bringt mich um, dachte Bellincioni. Nun gut, mag sie … Den Herzog verrate ich dennoch nicht.

Bellincioni war sein Leben lang nur ein Hofnarr, ein liederlicher Bummler, ein käuflicher Versemacher gewesen, aber niemals ein Verräter. In seinen Adern floss edles Blut, reineres als das der romagnolischen Söldner, der Emporkömmlinge Sforza, und jetzt war er bereit, es zu beweisen. Wieder dachte er an Dantes Vers:

Bellincion Berti vid'io andar cinto
Di cuoio e d'osso …

Die Herzogin kam wieder zur Besinnung. Angeekelt ließ sie die Kehle des Dichters los, stieß ihn fort, trat zum Tisch, ergriff die kleine zerbeulte Zinnlampe mit dem ausgebrannten Docht und wandte sich der Tür zum Nebenzimmer zu. Dieses hatte sie bereits bemerkt und dachte sich, dass es das Studiolo, das Arbeitszimmer des Dichters, sein müsse. Bernardo sprang auf und stellte sich vor die Tür, um ihr den Weg zu versperren. Doch die Herzogin maß ihn nur stumm mit einem Blick, dass er in sich zusammenschrumpfte, sich krümmte und zur Seite trat.

Sie betrat die Klause der armseligen Muse. Es roch nach verschimmelten Büchern. An den kahlen Wänden, von denen der Kalk abgeblättert war, zeigten sich dunkle Nässeflecke. Die zerbrochene Scheibe des bereiften Fensters war mit Lappen verstopft. Auf dem mit Tinte bespritzten Schreibpult lagen beim Suchen nach Reimen gerupfte und zerkaute Gänsefedern sowie allerhand Zettel – wohl Entwürfe zu Gedichten.

Beatrice stellte die Lampe auf ein Bücherbrett und begann, ohne den Hausherrn weiter zu beachten, in seinen Papieren zu kramen. Da lagen eine Menge Sonette an die Hofzahlmeister, Beschließer, Truchsesse und Mundschenke: scherzhafte Klagen und Bitten um Geld, Brennholz, Wein, warme Kleidung, Lebensmittel. In einem bat der Dichter Messer Pallavicino zum Allerheiligenfeste um eine mit Quitten gefüllte gebratene Gans. In einem andern, überschrieben: »Moro an Cecilia«, das den Herzog mit Jupiter, die Herzogin mit Juno verglich, erzählte der Dichter, wie Moro eines Tages auf dem Weg zur Geliebten vom Unwetter überrascht wurde und nach Hause zurückkehren musste, weil die eifersüchtige Juno, die Treulosigkeit ihres Manns ahnend, sich ihr Diadem vom Kopf gerissen und die Perlen als Regensturm und Hagel vom Himmel herabgeschleudert habe.

Plötzlich bemerkte sie unter einem Stoß von Papieren eine schön gearbeitete Schatulle aus Ebenholz. Sie öffnete sie und fand ein sorgfältig verschnürtes Briefpäckchen.

Bernardo, der sie genau beobachtete, schlug vor Entsetzen die Hände zusammen. Die Herzogin blickte ihn an, dann die Briefe. Sie las den Namen Lucrezia, erkannte Moros Handschrift – und begriff, dass sie das Gesuchte gefunden hatte: die Briefe des Herzogs, die Entwürfe der von ihm für Lucrezia bestellten Liebesgedichte. Sie ergriff das Päckchen, barg es unter ihrem Kleid, warf dem Dichter einen Beutel mit Dukaten hin, so wie man einem Hunde einen Brocken hinwirft, und verließ wortlos das Zimmer.

Er hörte sie die Treppe hinuntergehen und die Haustür zuschlagen. Lange stand er mitten im Zimmer, wie vom Donner gerührt. Ihm war, als schwanke der Fußboden unter ihm, wie ein Schiffsdeck bei stürmischer See.

Endlich sank er völlig erschöpft auf sein dreibeiniges schwankendes Lager und schlief bald wie ein Toter.

Die Herzogin kehrte ins Schloss zurück.

Die Gäste hatten ihre Abwesenheit bemerkt und fragten sich flüsternd und tuschelnd, was geschehen sei. Der Herzog war in Unruhe.

Beatrice betrat den Saal, schritt mit etwas bleichem Gesicht auf ihren

Gemahl zu und erklärte ihm, sie habe sich nach dem Mahl matt gefühlt und in die inneren Gemächer zurückgezogen, um zu ruhen.

»Bice«, sagte der Herzog und ergriff ihre kalte Hand, die kaum merklich in der seinen bebte, »wenn dir nicht wohl ist, so sag es um Gottes willen! Vergiss nicht, du bist schwanger. Wenn du willst, dann verschieben wir den zweiten Teil unseres Festes auf morgen. Ich habe doch alles nur für dich veranstaltet, meine Liebe.«

»Nein, das ist nicht nötig«, entgegnete die Herzogin. »Bitte, beunruhige dich nicht, Vico. Ich habe mich schon lange nicht so wohl gefühlt wie heute. Ich bin so heiter … Ich möchte das ›Paradies‹ sehen. Und tanzen will ich auch.«

»Nun, Gott sei Dank, meine Liebe, Gott sei Dank«, sagte der Herzog beruhigt und küsste seiner Frau mit ehrerbietiger Zärtlichkeit die Hand.

Die Gäste zogen wieder in den großen Ballspielsaal hinüber, wo für die Aufführung von Bellincionis »Paradies« eine vom Hofmechaniker Leonardo da Vinci erfundene Maschinerie aufgestellt war.

Als alle Platz genommen hatten und die Lichter gelöscht waren, ertönte Leonardos Stimme: »Fertig!«

Eine Zündschnur blitzte, und in der Dunkelheit flammten, wie durchsichtige Eissonnen, kreisförmig angeordnete Kristallkugeln auf, die mit Wasser gefüllt und durch zahlreiche, in allen Regenbogenfarben schillernde grelle Flämmchen beleuchtet waren.

»Seht nur«, sagte Donzella Ermellina zu ihrer Nachbarin und wies auf Leonardo, »seht nur sein Gesicht. Wie ein echter Magier. Am Ende hebt er noch das ganze Schloss wie im Märchen in die Lüfte.«

»Man sollte lieber nicht mit Feuer spielen«, entgegnete die Nachbarin. »Wie leicht kann es eine Feuersbrunst geben.«

Hinter den Kristallkugeln der Maschinerie waren runde schwarze Kästen verborgen. Einem dieser Kästen entstieg ein Engel mit weißen Flügeln und sagte den Beginn der Vorstellung an.

Bei dem Vers des Prologs: »Der große Herrscher lenket seine Sphären …« wies er auf den Herzog hin, um anzudeuten, dass Moro seine Untertanen mit derselben Weisheit regiere wie Gott die himmlischen Sphären.

In diesem Augenblick begannen die Kugeln sich unter seltsamen, leisen, ungemein lieblichen Klängen um die Achse der Maschinerie zu drehen, als ob die gläsernen Sphären sich berührten und dabei jene geheimnisvolle Musik erzeugten, von der die Pythagoräer berichten. Besondere, von Leonardo erfundene, durch Tasten angeschlagene Glasglocken gaben diese Klänge von sich.

Die Planeten hielten in ihrer Bewegung inne, und über jedem von ihnen erschien der Reihe nach die entsprechende Gottheit: Jupiter, Apollo, Merkur, Mars, Diana, Venus, Saturn, und sie alle begrüßten Beatrice.

Merkur sprach:

»O du, die alle alten Gestirne verdunkelt,
O Sonne der Lebenden, Spiegel der Himmel,
Du hast den Vater der Götter durch deine Schönheit gefesselt,
Du Licht der Lichter, o Wunder der Wunder!«

Venus beugte die Knie vor der Herzogin:

»All meine Reize hast in Staub du gewandelt,
Nicht darf ich mich Venus noch nennen,
Und als besiegter Stern unter deinen Strahlen,
O neue Sonne, verblass ich vor Neid.«

Diana bat Jupiter:

»Gib mich, Vater, gib mich hin als Sklavin
Der Göttin der Göttinnen, Mailands Herzogin.«

Saturn zerbrach seine todbringende Sichel und rief:

»Und dein Leben wird sein gesegnet und friedlich,
Eine Goldene Zeit, wie die Zeit des alten Saturn.«

Zum Schluss stellte Jupiter der Herzogin die griechischen Grazien und die sieben christlichen Haupttugenden vor. Der ganze Olymp, das »Paradies«, drehte sich dann wieder unter dem Schatten weißer Engelsfittiche und einem mit grünen Lämpchen, Symbolen der Hoffnung, besetzten Kreuz. Alle Götter und Göttinnen sangen, begleitet von der kristallenen Sphärenmusik und dem Beifallklatschen der Zuschauer, eine Hymne zu Ehren Beatrices.

»Sagt, bitte«, fragte die Herzogin den neben ihr sitzenden Messer Gaspare Visconti, »weshalb fehlt Juno hier, die eifersüchtige Gemahlin Jupiters, die sich ihr Diadem vom Kopf reißt und die Perlen als Regensturm und Hagel auf die Erde schleudert?«

Der Herzog hatte diese Worte gehört; er wandte sich rasch um und blickte Beatrice an. Sie lachte so seltsam und gezwungen, dass Moro plötzlich einen kalten Schauer im Herzen fühlte. Die Herzogin beherrschte sich aber sofort wieder und sprach von anderen Dingen; sie presste nur das Briefpäckchen unter dem Gewand noch fester an ihre Brust.

Der Vorgeschmack der Rache berauschte sie und machte sie stark, ruhig und fast heiter.

Die Gäste begaben sich in einen andern Saal, wo ein neues Schauspiel ihrer harrte. Mohren, Leoparden, Greife, Zentauren und Drachen zogen die Triumphwagen des Numa Pompilius, Cäsar, Augustus und Trajan, mit allegorischen Darstellungen und Inschriften, die kündeten, dass alle diese Helden nur Vorläufer Moros gewesen seien. Zum Schluss kam ein von Einhörnern gezogener Wagen mit einem gewaltigen Globus, auf dem ein Krieger in verrosteter eiserner Rüstung lag. Ein nacktes goldenes Kind mit einem Maulbeerbaumzweig – auf Italienisch moro – entstieg einer Spalte der Rüstung: Das sollte den Tod des alten eisernen und die Geburt des neuen goldenen Zeitalters dank der weisen Regierung Moros bedeuten. Zur allgemeinen Verwunderung stellte sich heraus, dass die goldene Figur ein lebendes Kind war. Doch fühlte sich der Knabe unter der dicken Vergoldung, die seinen Körper bedeckte, nicht wohl. In seinen erschrockenen Augen blinkten Tränen.

Mit zitternder, melancholischer Stimme begrüßte er den Herzog, mit dem sich wiederholenden, eintönigen, fast unheildrohenden Refrain:

»Bald kehr ich zu euch, o Menschen, zurück,
In neuer Schönheit kehr ich wieder.
Ich kehre zurück auf Moros Geheiß,
Die sorglose, die Goldene Zeit.«

Rings um den Wagen des Goldenen Zeitalters begann der Tanz aufs Neue.

Die endlose Begrüßungsansprache langweilte alle, und man hörte nicht mehr hin. Der Knabe aber stand immer noch da oben und stammelte mit seinen vergoldeten Lippen, die immer steifer wurden, mit hoffnungsloser, ergebener Miene:

»Ich kehre zurück auf Moros Geheiß,
Die sorglose, die Goldene Zeit.«

Beatrice tanzte mit Gaspare Visconti. Zuweilen schnürte jähes Schluchzen oder ein Lachkrampf ihr die Kehle zu. Unerträglich schmerzhaft klopfte ihr das Blut in den Schläfen, ihr wurde finster vor den Augen; aber ihre Miene blieb sorglos, und sie lächelte.

Als der Tanz zu Ende war, verließ sie die festliche Menge und entfernte sich wieder unbemerkt.

Die Herzogin begab sich in den einsamen Turm der Schatzkammer. Niemand außer ihr und dem Herzog durfte ihn betreten. Sie nahm ihrem Pagen Ricciardetto die Kerze ab, befahl ihm, vor der Tür zu warten, und trat in den hohen Raum, in dem es dunkel und kalt war wie in einem Keller. Sie setzte sich, nahm das Briefpäckchen heraus, entschnürte es und legte alles auf den Tisch. Schon wollte sie anfangen zu lesen, als plötzlich ein Windstoß mit durchdringendem Stöhnen, Pfeifen und Brausen durch den Kamin eindrang, heulend und tobend durch den ganzen Turm fuhr und beinahe die Kerze ausblies. Dann herrschte mit einem Mal Stille. Beatrice glaubte die Klänge der fernen Ballmusik zu hören und noch andere, kaum hörbare Laute: das Klirren eiserner Ketten, tief unten, im unterirdischen Kerker.

In diesem Augenblick hatte sie ein Gefühl, als stände jemand hinter ihr in der dunklen Ecke. Das altbekannte Entsetzen packte sie wieder.

Sie wusste, dass sie nicht hinschauen durfte, aber sie hielt es nicht aus und sah sich um. In der Ecke stand der, den sie schon einmal gesehen hatte – lang, schwarz, schwärzer als die Finsternis, vermummt, den Kopf gesenkt, mit einer Mönchskapuze, sodass das Gesicht unsichtbar blieb. Beatrice wollte schreien, Ricciardetto rufen, aber die Stimme versagte ihr. Sie sprang auf, um zu fliehen, doch ihre Beine schlotterten. Sie sank in die Knie und flüsterte: »Du bist es … Wieder du … Was willst du?«

Da hob er langsam den Kopf, und sie erblickte das nicht tote, nicht schreckliche Gesicht des verstorbenen Herzogs Gian Galeazzo und vernahm seine Stimme: »Verzeih, du Arme, Arme …«

Er tat einen Schritt auf sie zu. Jenseitige Kälte wehte sie an. Sie stieß mit nicht mehr menschlicher Stimme einen gellenden Schrei aus und verlor das Bewusstsein.

Ricciardetto hörte den Schrei, lief herzu und fand sie ohnmächtig auf dem Fußboden liegen. Er eilte den Herzog suchend durch die dunklen, nur stellenweise von den trüben Laternen der Wachen erleuchteten Galerien, dann durch die strahlend hellen, menschenerfüllten Säle und schrie in wahnsinniger Angst: »Hilfe! Hilfe!«

Es war Mitternacht. Auf dem Ball herrschte ausgelassenste Fröhlichkeit. Eben hatte man einen modernen Tanz begonnen, bei dem die Kavaliere und Damen in langer Reihe unter dem »Triumphbogen der treuen Liebhaber« hindurchschreiten mussten. Ein Mann, der den Genius der Liebe darstellte, saß mit einer langen Trompete in der Hand oben auf dem Torbogen. Unten standen die Schiedsrichter. Wenn »treue Liebhaber« sich näherten, begrüßte der Genius sie mit einer sanften Melodie, und die Richter ließen ihn mit Freuden zu. Die Treulosen aber versuchten vergeblich, unter dem verzauberten Tor hindurchzugehen – die Trompete vollführte einen ohrenbetäubenden Lärm, die Richter empfingen sie mit einem Regen von Konfetti, und die Unglücklichen mussten unter einem Hagel von spöttischen Bemerkungen die Flucht ergreifen.

Soeben hatte der Herzog das Tor durchschritten, als treuester aller treuen Liebhaber, unter zartesten, süßesten Trompetentönen, die wie eine Hirtenschalmei klangen oder wie das Gurren von Turteltauben.

In diesem Augenblick trat die Menge auseinander. Ricciardetto stürmte in den Saal und schrie verzweifelt: »Hilfe, Hilfe!«

Er erblickte den Herzog und eilte auf ihn zu: »Hoheit, die Herzogin ist krank … Schnell! Zu Hilfe!«

»Krank? Schon wieder?«

Der Herzog fasste sich an den Kopf. »Wo? Wo? Rede vernünftig.«

»Im Turm der Schatzkammer.«

Moro lief so schnell, dass die goldene Schuppenkette auf seiner Brust klirrte und die prächtige glatte Zazzera – eine Frisur, die aussah wie eine Perücke – sonderbar auf seinem Kopf wackelte.

Der Genius auf dem Torbogen der treuen Liebhaber, der immer noch seine Trompete blies, merkte endlich, dass unten etwas nicht in Ordnung war, und verstummte. Viele liefen dem Herzog nach. Plötzlich kam Bewegung in die ganze glänzende Menge, die, von Entsetzen gepackt, wie eine Hammelherde nach den Türen drängte. Das Tor wurde umgeworfen und niedergetreten. Der Trompeter konnte gerade noch abspringen und verrenkte sich ein Bein.

Jemand schrie: »Feuer!«

»Da haben wir es. Ich habe gleich gesagt, man soll nicht mit Feuer spielen«, rief die Dame, die mit Leonardos Kristallkugeln nicht einverstanden gewesen war, und schlug die Hände zusammen.

Eine andere kreischte laut auf und drohte, in Ohnmacht zu fallen.

»Ruhe, es brennt ja gar nicht«, versicherten einige.

»Was gibt es?«, fragten andere.

»Die Herzogin ist plötzlich krank geworden.«

»Sie stirbt. Man hat sie vergiftet!«, verkündete in einer plötzlichen Eingebung ein Hofbeamter und glaubte sofort selbst an seine Behauptung.

»Das ist nicht möglich … Die Herzogin war eben noch hier … Sie hat getanzt.«

»Habt ihr nicht gehört? Die Witwe des verstorbenen Herzogs Gian Galeazzo, Isabella von Aragonien, hat aus Rache für ihren Mann … Mit einem langsamen Gift …«

»Gott steh uns bei!«

Aus dem nächsten Saal erklang noch Musik.

Dort wusste man noch nichts. Bei dem Tanz »Venus und Saums« führten die Damen mit lieblichem Lächeln ihre Kavaliere an goldenen Ketten als Gefangene dahin, und wenn diese mit schmachtenden Seufzern zu Boden fielen, setzten die Damen ihnen als Siegerinnen den Fuß auf den Nacken.

Ein Cameriere stürzte herein, schwenkte die Arme und rief den Musikanten zu: »Aufhören! Die Herzogin ist krank.«

Bei diesem Ruf drehte sich alles um. Die Musik brach ab. Nur eine Viola, die ein schwerhöriger, halb blinder Alter spielte, klang noch lange, kläglich zitternd, durch die Stille.

Diener schleppten hastig ein schmales langes Bettgestell mit einer harten Matratze vorbei. Es hatte zwei Querleisten für den Kopf, je einen Griff an beiden Seiten für die Hände und eine Querstange für die Füße der Gebärenden. Dieses Bett wurde seit undenklichen Zeiten in den Garderoberäumen des Schlosses aufbewahrt und war bei den Entbindungen aller Fürstinnen des Hauses Sforza benutzt worden. Seltsam und Unheil verkündend wirkte dieses Geburtsbett jetzt inmitten des Ballsaales, im Glanz der festlichen Beleuchtung unter all den aufgeputzten Damen.

Alle sahen einander an und verstanden.

»Wenn es von einem Schreck oder von einem Fall kommt«, bemerkte eine ältere Dame, »müsste sie sofort ein rohes Eiweiß mit fein geschnittenen Stückchen roter Seide verschlucken.«

Eine andere meinte, rote Seide nütze hier nichts, sie müsse vielmehr die Keime von sieben Hühnereiern im Dotter eines achten einnehmen.

Indes hörte Ricciardetto, als er einen der oberen Säle betrat, aus dem Nebenzimmer ein so entsetzliches Wehgeschrei, dass er erschrocken haltmachte und auf die Tür weisend eine der Frauen, die mit Körben voll Wäsche, mit Wärmflaschen und Gefäßen mit heißem Wasser vorbeieilten, fragte: »Was bedeutet das?«

Die Frau gab ihm keine Antwort. Eine andere, ein altes Weib, wohl die Hebamme, sah ihn streng an und sagte: »Mach, dass du wegkommst. Was stehst du uns hier im Weg? Du störst nur. Das ist nichts für kleine Buben.«

Für einen Augenblick tat sich die Tür auf, und Ricciardetto sah hinten im Zimmer, inmitten eines Durcheinanders von heruntergerissenen Kleidern und Wäsche, das Gesicht der Frau, die er so hoffnungslos und kindlich liebte. Es war gerötet und schweißbedeckt, Haarsträhnen klebten an der Stirn, und aus dem offenen Mund drang unablässiges Wehgeschrei. Der Knabe erbleichte und bedeckte das Gesicht mit den Händen.

Neben ihm besprachen sich flüsternd allerhand Gevatterinnen, Ammen, heilkundige Weiber, Wahrsagerinnen und Hebammen. Jede wusste ein eigenes Mittel. Eine schlug vor, das rechte Bein der Gebärenden mit Schlangenhaut zu umwickeln; eine andere, sie auf einen eisernen Kessel mit siedendem Wasser zu setzen; eine Dritte wollte ihr das Barett des Gatten auf den Bauch binden; die Vierte riet, ihr mit Hirschhorn und Koschenille angesetzten Schnaps zu geben.

»Einen Adlerstein unter die rechte Achsel, einen Magnetstein unter die linke«, murmelte ein uraltes verhutzeltes Mütterchen, die eifrigste der Frauen. »Das ist die Hauptsache. Ein Adlerstein oder ein Smaragd.«

Der Herzog stürzte aus der Tür, sank auf einen Stuhl, presste seinen Kopf mit den Händen und schluchzte wie ein Kind: »Herrgott, Herrgott! Ich kann nicht mehr … Ich kann nicht … Bice, Bice … Ich bin schuld, ich Verfluchter.«

Er dachte daran, wie ihm die Herzogin soeben, als sie ihn erblickte, in rasender Wut zugeschrien hatte: »Fort! Fort! Geh zu deiner Lucrezia.«

Die eifrige Alte trat zu ihm mit einem Zinnteller. »Geruht zu essen, Hoheit.«

»Was ist das?«

»Wolfsfleisch. Das ist ein altes Mittel: wenn der Gatte Wolfsfleisch isst, wird der Gebärenden sofort leichter. Wolfsfleisch, lieber Herr, das ist die Hauptsache.«

Der Herzog mühte sich mit ergebener Miene, wie abwesend, ein Stück hartes schwarzes Fleisch hinunterzuwürgen, das ihm im Hals stecken blieb.

Die Alte beugte sich über ihn und murmelte:

»Vater unser, der du bist.
Sieben Wölfe, eine Wölfin.

Im Himmel und auf Erden.
Verwehe Wind das Unheil
Ins freie Feld und trag es fort.
Heilig, heilig, heilig –
Im Namen der einigen, urewigen Dreieinigkeit.
Stark ist unser Wort. Amen.«

Der erste Leibarzt Luigi Marliani trat in Begleitung anderer Ärzte aus dem Krankenzimmer.

Der Herzog eilte ihnen entgegen.

»Nun, wie geht es ihr?«

Sie schwiegen.

»Durchlaucht«, sagte schließlich Luigi, »wir haben alles getan, was möglich ist. Hoffen wir, dass der Herr in seiner Gnade …« Der Herzog ergriff seine Hand.

»Nein, nein! … Es muss doch irgendein Mittel geben … So geht es nicht … Um Gottes willen! … Tut etwas, tut doch etwas!«

Die Ärzte blickten einander an wie die Auguren und fühlten, dass sie etwas zu seiner Beruhigung tun mussten. Marliani runzelte streng die Stirn und sagte auf Lateinisch zu dem jüngeren Arzt, der ein rotes freches Gesicht hatte: »Drei Unzen eines Dekoktes aus Flussschnecken mit Muskatnuss und gestoßenen roten Korallen …«

»Vielleicht ein Aderlass?«, bemerkte ein alter Mann mit schüchternem, gutmütigem Gesicht.

»Ein Aderlass? Ich habe schon daran gedacht«, antwortete Marliani. »Unglücklicherweise steht Mars im Sternbild des Krebses im vierten Hause der Sonne. Außerdem – der Einfluss des ungeraden Tages …« Der Alte seufzte ergeben und schwieg.

»Was meint Ihr, Meister«, wandte sich ein anderer Arzt an Marliani, ein rotbäckiger, sich sehr ungezwungen gebender Mann mit unerschütterlich lustigen und gleichgültigen Augen, »sollten wir dem Schneckendekokt nicht etwas Märzmist von einer Kuh beimischen?«

»Ja«, stimmte Luigi nachdenklich bei und rieb sich den Nasenrücken. »Kuhmist, ja, ja, natürlich.«

»O Gott, o Gott«, stöhnte der Herzog.

»Beruhigt Euch, Hoheit«, wandte sich Marliani an ihn, »ich gebe Euch die Versicherung: alles, was die Wissenschaft vorschreibt …«

»Zum Teufel mit Eurer Wissenschaft«, schrie ihn der Herzog, der sich nicht mehr halten konnte, plötzlich an und ballte wütend die Fäuste. »Sie stirbt, sie stirbt – hört Ihr, und Ihr kommt mit Schneckendekokt und Kuhmist … Ihr Schurken … An den Galgen sollte man Euch alle hängen!«

Und in Todesangst lief er im Zimmer umher und horchte auf das unaufhörliche Wehgeschrei. Plötzlich fiel sein Blick auf Leonardo. Er führte ihn beiseite.

»Höre«, murmelte wie im Fieber der Herzog, der offenbar selbst nicht wusste, was er sprach. »Höre, Leonardo, du bist mehr wert als die alle miteinander. Ich weiß, du besitzt große Geheimnisse … Nein, nein, widersprich mir nicht … Ich weiß … Ach, mein Gott, mein Gott, dieses Geschrei! Was wollte ich sagen? Ach ja – hilf mir, mein Freund, hilf mir, tu etwas … Ich gebe meine Seele hin, wenn ich helfen kann, sei es auch nur für kurze Zeit, bloß um dieses Geschrei nicht mehr hören zu müssen.«

Leonardo wollte etwas erwidern, aber der Herzog hatte ihn schon vergessen und stürzte den Kaplänen und Mönchen entgegen, die jetzt das Zimmer betraten. »Endlich, Gott sei Dank! Was bringt ihr?«

»Teilchen von den Reliquien des heiligen Ambrosius, den Gürtel der heiligen Geburtshelferin Margherita, den verehrungswürdigen Zahn des heiligen Christophorus, ein Haar der Jungfrau Maria.«

»Gut, gut. Geht und betet!«

Moro wollte mit ihnen das Krankenzimmer betreten, aber in diesem Augenblick wurde aus dem Schreien ein so fürchterliches Brüllen und Heulen, dass er sich die Ohren zuhielt und floh. Er lief durch einige finstere Säle, machte dann in der von wenigen Lichtern schwach erhellten Kapelle halt und sank vor dem Heiligenbild in die Knie.

»Ich habe gesündigt, Muttergottes, ich habe gesündigt, ich Verfluchter. Den unschuldigen Knaben habe ich umgebracht, Gian Galeazzo, meinen rechtmäßigen Herrn. Du aber, barmherzige, einzige Fürsprecherin, erhöre mein Gebet und sei mir gnädig. Alles will ich hingeben, beten will ich für alle meine Sünden, nur rette sie. Nimm meine Seele statt der ihren!«

Sinnlose, unzusammenhängende Gedanken drängten sich in seinem Kopf und hinderten ihn am Beten. Er musste an eine Erzählung denken, über die er kürzlich gelacht hatte: Ein Schiffer, im Sturm dem Untergang nahe, hatte der Jungfrau Maria eine Kerze von der Größe eines Schiffsmastes versprochen; als ein Gefährte ihn fragte, woher er denn so viel Wachs nehmen wolle, hatte er geantwortet: »Schweig! Jetzt wollen wir gerettet werden, wir haben später noch Zeit, darüber nachzudenken. Außerdem hoffe ich, dass sich die Madonna auch mit einer kleineren Kerze begnügen wird.«

»Was denke ich da nur, mein Gott«, besann sich der Herzog. »Verliere ich den Verstand? …«

Er machte eine Anstrengung, um seine Gedanken zu sammeln, und fing wieder an zu beten.

Aber vor seinen Augen schwebten und kreisten hell leuchtende Kristallkugeln wie durchsichtige Sonnen aus Eis; er hörte sanfte Musik und gleichzeitig den aufdringlichen Refrain des goldenen Knaben: »Bald kehr ich zu euch, o Menschen, zurück … Ich kehre zurück auf Moros Geheiß.« Dann verschwand alles.

Als er erwachte, glaubte er, es seien nicht mehr als zwei, drei Minuten vergangen. Doch als er die Kapelle verließ, sah er durch die vom Schneesturm verwehten Fenster das graue Licht des Wintermorgens.

Moro kehrte in den Saal der Rocchetta zurück. Hier war alles still. Eine Frau mit einem Korb voll Windeln kam vorbei. Sie trat auf ihn zu und sagte: »Ihre Hoheit haben geruht niederzukommen.«

»Lebt sie?«, stammelte er und erbleichte.

»Ja, Gott sei Dank! Aber das Kindlein ist tot. Hoheit sind sehr schwach und wünschen Euch zu sehen. Ist es gefällig?«

Er trat in das Zimmer und erblickte in den Kissen ein Gesicht, winzig wie das eines kleinen Mädchens, mit großen eingefallenen Augen, die aussahen wie mit Spinnweben überzogen – ein ruhiges, seltsam bekanntes und doch fremdes Gesicht. Er trat zu ihr und neigte sich über sie.

»Schick nach Isabella … Schnell …«, flüsterte sie.

Der Herzog erteilte den Befehl. Kurze Zeit später trat eine hohe schlanke Frau mit schwermütigen, strengen Zügen ein, die Herzogin Isabella von Aragonien, Gian Galeazzos Witwe, und näherte sich der

Sterbenden. Alle entfernten sich, außer dem Beichtvater und Moro, die beiseitetraten.

Die beiden Frauen flüsterten eine Weile miteinander. Dann küsste Isabella Beatrice und nahm Abschied von ihr. Sie ließ sich auf die Knie nieder, bedeckte ihr Gesicht mit den Händen und betete.

Beatrice rief ihren Gatten wieder zu sich. »Vico, verzeih mir. Weine nicht. Denk daran, ich bin stets bei dir … Ich weiß, dass du nur mich allein …«

Sie sprach nicht zu Ende. Aber er verstand, dass sie hatte sagen wollen: »… dass du nur mich allein geliebt hast.«

Sie sah ihn mit einem klaren, wie aus unendlich weiter Ferne kommenden Blick an und flüsterte: »Küss mich!«

Moro berührte mit den Lippen ihre Stirn. Sie wollte noch etwas sagen, vermochte es aber nicht mehr und seufzte nur kaum hörbar: »Auf die Lippen …«

Ein Mönch las das Sterbegebet. Die nächste Umgebung kehrte ins Zimmer zurück.

Der Herzog entzog seine Lippen nicht dem Abschiedskuss. Er fühlte, wie ihre Lippen erkalteten, und in diesem letzten Kuss empfing er den letzten Hauch seiner Lebensgefährtin.

»Sie ist verschieden«, sagte Marliani.

Alle bekreuzigten sich und sanken in die Knie. Moro erhob sich langsam. Sein Gesicht war unbewegt. Es drückte nicht Schmerz aus, sondern furchtbare, schier unglaubliche Anspannung. Er atmete schwer und hastig, als erklimme er unter großer Anstrengung einen Berg. Plötzlich schwenkte er seltsam und unnatürlich beide Arme, schrie laut auf: »Bice!« – und fiel über die Leiche.

Von allen Anwesenden hatte nur Leonardo die Ruhe bewahrt. Mit einem tiefen, forschenden Blick beobachtete er den Herzog. In solchen Augenblicken verdrängte die Wissbegierde des Künstlers alle anderen Gefühle. Er beobachtete den Ausdruck großen Leidens in den menschlichen Gesichtszügen, in den Körperbewegungen wie ein seltenes, ungewöhnliches Experiment, wie eine neue, schöne Naturerscheinung. Nicht eine Falte, nicht ein Muskelzucken entging seinem leidenschaftslosen, alles sehenden Blick.

So schnell als möglich wollte er Moros von Verzweiflung verzerrtes Gesicht in sein Skizzenbuch zeichnen. Er begab sich deshalb in die verlassenen unteren Gemächer des Schlosses. Hier qualmten niedergebrannte Kerzen und ließen Wachstropfen auf den Fußboden fallen. In einem der Säle schritt er über den umgeworfenen, zertretenen »Triumphbogen der treuen Liebhaber«. Unheilverkündend und kläglich wirkten im kalten Morgenlicht die prächtigen, Moro und Beatrice verherrlichenden Allegorien, die Triumphwagen des Numa Pompilius, des Augustus, des Trajan und des Goldenen Zeitalters.

Leonardo trat an den erloschenen Kamin, sah sich um, und nachdem er sich vergewissert hatte, dass kein Mensch im Raum war, zog er Skizzenbuch und Stift hervor und begann zu zeichnen. Plötzlich erblickte er in einer Ecke am Kamin den Knaben, der die Statue des Goldenen Zeitalters dargestellt hatte. Er schlief, vor Frost erstarrt, zusammengekauert, den Kopf auf den Knien, die er mit den Händen umfasst hielt. Der letzte Hauch der erkaltenden Asche hatte seinen nackten goldenen Körper nicht mehr erwärmen können.

Leonardo berührte leicht seine Schulter. Der Knabe hob den Kopf nicht, er stöhnte nur dumpf und kläglich. Der Künstler nahm ihn in die Arme.

Der Knabe schlug die großen veilchenblauen erschrockenen Augen auf und brach in Tränen aus: »Nach Hause, nach Hause!«

»Wo wohnst du? Wie heißt du?«, fragte Leonardo.

»Lippi«, antwortete der Knabe. »Nach Hause, nach Hause! Mir ist so übel. Und so kalt …«

Die Augen fielen ihm wieder zu. Wie im Fieber murmelte er:

»Bald kehr ich zu euch, o Menschen, zurück,
In neuer Schönheit kehr ich wieder.
Ich kehre zurück auf Moros Geheiß,
Die sorglose, die Goldene Zeit.«

Leonardo nahm seinen Umhang von der Schulter, wickelte den Knaben hinein und legte ihn auf einen Sessel. Dann ging er ins Vorzimmer, weckte die auf dem Fußboden schnarchenden Diener, die sich in dem allgemeinen Durcheinander betrunken hatten, und brachte von einem von ihnen in Erfahrung, dass Lippi der Sohn eines armen alten Witwers war, eines Bäckers in der Straße Broletto Novo, der den Knaben um zwanzig Scudi für die Darstellung des Triumphs hergegeben habe, obwohl gute Leute ihn gewarnt hatten: Der Knabe könne an der Vergoldung sterben.

Der Künstler holte seinen warmen Wintermantel, zog ihn an, kehrte zu Lippi zurück, hüllte ihn sorglich in den Pelz und verließ das Schloss, um in einer Apotheke die nötigen Chemikalien zu kaufen, das Gold vom Körper des Knaben zu entfernen und ihn dann nach Hause zu bringen.

Plötzlich entsann er sich der begonnenen Zeichnung: des interessanten Ausdrucks der Verzweiflung auf Moros Gesicht. Macht nichts, dachte er, ich werde es schon nicht vergessen. Die Hauptsache ist: die Falte über den hochgezogenen Brauen und das seltsame helle, wie verzückte Lächeln auf den Lippen, das Lächeln, das in menschlichen Gesichtern den Ausdruck des größten Leides dem der höchsten Seligkeit so gleichmacht – der zwei Welten, die, wie Plato sagt, in ihren Grundflächen getrennt, an den Gipfeln aber zusammengewachsen sind.

Er fühlte, dass der Knabe vor Kälte bebte. Unser Goldenes Zeitalter, dachte der Künstler mit einem trüben Lächeln.

»Du mein armes Vöglein«, flüsterte er mit unendlichem Mitleid. Er hüllte den Knaben noch wärmer ein und presste ihn so zärtlich und liebevoll an seine Brust, dass der kleine Kranke träumte, seine verstorbene Mutter herze ihn und singe ihn in Schlaf.

Herzogin Beatrice starb am Dienstag, dem 2. Januar 1497, um sechs Uhr morgens.

Mehr als vierundzwanzig Stunden verweilte der Herzog an der Leiche seiner Gemahlin. Er hörte auf keine Tröstung und versagte sich Schlaf und Nahrung. Seine Umgebung fürchtete um seinen Verstand.

Am Donnerstag früh verlangte er Papier und Tinte und schrieb an Isabella d'Este, die Schwester der verstorbenen Herzogin, einen Brief, in dem er ihr den Tod Beatrices mitteilte und unter anderem sagte: »Es wäre Uns leichter, wenn Wir selbst gestorben wären. Wir bitten Euch,

Uns niemand zum Trost zu senden, um nicht Unsern Schmerz zu erneuern.«

An demselben Tag gegen Mittag gab er den Bitten seiner Umgebung nach und willigte ein, etwas Nahrung zu sich zu nehmen; doch wollte er sich nicht zu Tisch setzen und aß von einem nackten Brett, das Ricciardetto ihm vorhielt.

Die Vorbereitungen zum Begräbnis überließ der Herzog zunächst seinem ersten Sekretär Bartolomeo Calco. Aber als er dann die Anordnungen für den Trauerzug traf, die niemand außer ihm selbst geben konnte, fand er Gefallen an dieser Betätigung und bereitete das Leichenbegängnis mit derselben Hingebung vor wie damals das prächtige Neujahrsfest des Goldenen Zeitalters. Er mühte sich ab, kümmerte sich um die kleinsten Einzelheiten und bestimmte ganz genau das Gewicht der riesigen weißen und gelben Wachskerzen, die Ellenzahl des Goldbrokats sowie des schwarzen und karmesinroten Samts für die Altardecken und die Mengen von Kleingeld, Erbsen und Speck, die an die Armen verteilt werden sollten zum Gedächtnis der Seele der Verstorbenen. Als er das Tuch für die Trauerkleider der Hofbediensteten aussuchte, unterließ er es nicht, den Stoff zu befühlen und gegen das Licht zu halten, um sich von seiner Güte zu überzeugen. Auch für sich selbst bestellte er ein besonders feierliches »Gewand der großen Trauer«, aus grobem, rauem Tuch, mit absichtlich angebrachten Löchern und Schlitzen, sodass es aussah, als habe er sein Kleid in Verzweiflungsausbrüchen zerrissen.

Die Bestattung fand am Freitag spätabends statt. An der Spitze des Trauerzugs schritten Läufer, Herolde, die auf langen silbernen Trompeten bliesen, an denen schwarzseidene Fahnen hingen, Trommler, die einen Trauermarsch schlugen, Ritter in geschlossenen Visieren mit Trauerbannern, auf Rossen unter schwarzsamtenen Decken mit weißen Kreuzen; die Mönche aller Klöster und die Kanoniker von Mailand mit brennenden sechs Pfund schweren Kerzen sowie der Erzbischof von Mailand mit dem gesamten Klerus. Hinter dem großen Leichenwagen mit dem Katafalk aus Silberbrokat, mit vier silbernen Engeln und der Herzogskrone, schritt Moro in Begleitung seines Bruders, des Kardinals Ascanio Sforza, des Gesandten Seiner Kaiserlichen Majestät sowie der Gesandten von Spanien, Neapel, Venedig und Florenz; weiterhin kamen die Mitglieder des Geheimen Rats, die Hofbeamten, die Doktoren und Magister der Universität Pavia, angesehene Kaufherren, je zwölf Vertreter der Stadtteile Mailands und eine unübersehbare Volksmenge.

Der Zug war so lang, dass sein Ende noch nicht das Kastell verlassen hatte, als die Spitze bereits in Santa Maria delle Grazie einzog.

Einige Tage später schmückte der Herzog das Grab seines tot geborenen Söhnchens Leone mit einer prächtigen Grabschrift. Er hatte sie selbst italienisch verfasst und von Merula ins Lateinische übersetzen lassen.

»Ich unglückliches Kind bin gestorben, ehe ich das Licht der Welt erblickte; ich bin noch unglücklicher dadurch, dass ich durch meinen Tod meiner Mutter das Leben, meinem Vater die Gattin nahm. In diesem bitteren Geschick ist es mein einziger Trost, dass gottähnliche Eltern mich gezeugt haben, Ludovicus und Beatrix, Herzog und Herzogin von Mailand. 1497, an den vierten Nonen des Januar.«

Lange weidete sich Moro an dem Anblick dieser Grabschrift, die mit goldenen Lettern auf einer Platte aus schwarzem Marmor über Leones kleiner Gruft eingraviert war, in demselben Kloster Santa Maria delle Grazie, wo auch Beatrice ruhte. Er teilte das biedere Entzücken des Steinmetzen, der nach Fertigstellung der Arbeit etwas zurücktrat, sie von fern besah, den Kopf zur Seite neigte und, ein Auge zukneifend, vor Befriedigung mit der Zunge schnalzte: »Das ist kein Grab, das ist ein Spielzeug.«

Es war ein kalter, sonniger Morgen. Der Schnee auf den Hausdächern schimmerte weiß unter dem blauen Himmel. In der kristallklaren Luft wehte jene dem Duft von Maiblumen so ähnliche Frische, die uns der Duft des Schnees zu sein scheint.

Unmittelbar aus Frost und Sonnenlicht trat Leonardo, als käme er in ein Grabgewölbe, in das mit schwarzem Taft ausgeschlagene Zimmer, dessen Fensterläden geschlossen waren und das von Trauerkerzen erleuchtet wurde. Die ersten Tage nach der Bestattung verließ der Herzog diese finstere Zelle überhaupt nicht.

Der Herzog sprach mit dem Künstler über das »Heilige Abendmahl«, das Beatrices ewige Ruhestätte verherrlichen sollte. Dann sagte er: »Leonardo, ich habe gehört, dass du den Knaben unter deine Obhut genommen hast, der auf jenem verhängnisvollen Fest die Geburt des Goldenen Zeitalters darstellte. Wie ist sein Befinden?«

»Hoheit, er ist am Tag der Beisetzung Ihrer Durchlaucht gestorben.«

»Gestorben?«, wunderte sich der Herzog und schien sich gleichzeitig zu freuen. »Gestorben? ... Wie seltsam.«

Er senkte den Kopf und seufzte schwer. Dann umarmte er plötzlich Leonardo: »Ja, ja ... Gerade so musste es kommen! Unser Goldenes Zeitalter ist gestorben, gestorben zugleich mit meiner teuren Gattin. Wir haben es mit Beatrice zusammen begraben – es wollte und konnte sie nicht überleben. Nicht wahr, mein Freund – ist das nicht ein bedeutsames Zusammentreffen, eine herrliche Allegorie.«

Ein ganzes Jahr verging in tiefer Trauer. Der Herzog legte das Trauergewand mit den absichtlich angebrachten Löchern nicht ab und setzte sich an keinen Tisch, sondern aß von einem Brett, das Diener ihm vorhalten mussten.

»Nach dem Tod der Herzogin«, berichtete der Gesandte von Venedig, Marino Sanuto, »ist Moro fromm geworden. Er wohnt allen Gottesdiensten bei, fastet, lebt keusch – wenigstens sagt man so – und hat die Furcht Gottes in seinen Gedanken.«

Am Tag ließ sich der Herzog manchmal durch Staatsgeschäfte ablenken, obwohl ihm Beatrice auch hier fehlte. Nachts aber verzehrte er sich vor Gram. Oft sah er sie im Traum als sechzehnjähriges Mädchen – so alt war sie, als sie heiratete –, eigensinnig und mutwillig wie ein Schulmädel, mager, bräunlich wie ein Junge, so scheu, dass sie sich manchmal in Garderobenschränken versteckte, um nicht an feierlichen Empfängen teilnehmen zu müssen, und so jungfräulich, dass sie sich drei Monate nach der Hochzeit noch mit Nägeln und Zähnen gegen seine Liebesangriffe wehrte wie eine Amazone.

Eines Nachts, fünf Tage vor dem ersten Jahrestag ihres Todes, erschien ihm Beatrice im Traum, wie er sie einst auf ihrem Lieblingssitz Cusnago am Ufer des großen stillen Teichs gesehen hatte. Der Fang war reich gewesen, die Eimer bis oben hin mit Fischen gefüllt. Da dachte sie sich einen besonderen Scherz aus: Sie streifte die Ärmel hoch, nahm die Fische aus den triefenden Netzen und warf sie, eine Handvoll nach der andern, ins Wasser zurück. Sie lachte und weidete sich an der Freude der befreiten Gefangenen, am Aufblitzen ihrer Schuppen im durchsichtigen Wasser. Schlüpfrige Barsche, Plötzen und Rotaugen zappelten auf ihren bloßen Händen; aufspritzendes Wasser glühte in der Sonne wie Diamanten, und die Augen und bräunlichen Wangen des geliebten Mädchens leuchteten.

Als er erwachte, fühlte er, dass sein Kissen von Tränen durchnässt war.

Morgens ging er ins Kloster delle Grazie, betete am Grab seiner Frau, speiste mit dem Prior und plauderte lange mit ihm über die Frage, die in dieser Zeit die Theologen Italiens sehr stark beschäftigte: über die Unbefleckte Empfängnis der Jungfrau Maria. Als es dunkel wurde, begab er sich direkt aus dem Kloster zu Madonna Lucrezia.

Ungeachtet der Trauer um seine Gattin und seiner Gottesfurcht hatte der Herzog seine beiden Mätressen nicht nur nicht verlassen, sondern sein Verhältnis zu beiden noch enger gestaltet. In der letzten Zeit hatten sich Madonna Lucrezia und Gräfin Cecilia freundschaftlich genähert. Cecilia, die im Ruf einer »gelehrten Heroine«, einer »neuen Sappho« stand, war im Grunde eine einfache, gute, nur etwas überspannte Frau. Nach Beatrices Tod bot sich ihr eine günstige Gelegenheit, eine von jenen Heldentaten der Liebe, von denen sie in Ritterromanen gelesen hatte und von denen sie schon lange träumte, in die Tat umzusetzen. Sie beschloss, ihre Liebe mit der Liebe der jungen Nebenbuhlerin zu vereinen, um gemeinsam den Herzog zu trösten. Lucrezia tat anfangs scheu und eifersüchtig, aber die »gelehrte Heroine« entwaffnete sie durch Großmut. Ob sie wollte oder nicht – Lucrezia musste sich dieser seltsamen Frauenfreundschaft ergeben.

Im Sommer 1497 schenkte Lucrezia dem Herzog einen Sohn. Gräfin Cecilia wünschte Patin zu sein und widmete sich mit übertriebener Zärtlichkeit – obwohl sie eigene Kinder von Moro hatte – dem Knaben, ihrem »Enkelchen«, wie sie sagte. So ging Moros sehnlichster Wunsch in Erfüllung: seine beiden Geliebten wurden Freundinnen. Er bestellte beim Hofdichter ein Sonett, in dem Cecilia und Lucrezia mit der Abend- und Morgenröte verglichen wurden, er selbst aber, als untröstlicher Witwer zwischen den beiden strahlenden Göttinnen, mit der finsteren Nacht, die auf ewig der Sonne – Beatrice – fern ist.

Als Moro das ihm wohlvertraute, behagliche Gemach im Palazzo Crivelli betrat, fand er die beiden Frauen beisammen am Kamin sitzend. Wie alle Damen der Hofgesellschaft trugen sie Trauerkleidung.

»Wie ist das Befinden Eurer Hoheit?«, erkundigte sich Cecilia, die »Abendröte«, die ganz anders war als die »Morgenröte«, aber nicht weniger schön. Sie hatte eine mattweiße Haut, feuerrotes Haar und sanfte grüne Augen, durchsichtig wie das stille Wasser eines Bergsees.

Der Herzog hatte seit einiger Zeit die Gewohnheit, dauernd über seine Gesundheit zu klagen. An jenem Abend fühlte er sich nicht schlechter als gewöhnlich, doch machte er aus Gewohnheit ein leidendes Gesicht, seufzte schwer und sagte: »Urteilt selbst, Madonna – wie kann mein Befinden sein? Ich denke immer nur an das eine – so bald als möglich zur Seite meines Täubchens im Grab ruhen zu können.«

»Ach nein, nein, Durchlaucht, sprecht nicht so«, rief Cecilia und schlug die Hände zusammen. »Das ist eine schwere Sünde! Wie könnt Ihr nur? Wenn Madonna Beatrice Euch hörte! Jedes Leid kommt von Gott, und wir müssen alles mit Dankbarkeit hinnehmen.«

»Gewiss«, bestätigte Moro. »Ich will auch nicht murren, davor behüte mich Gott. Ich weiß, dass der Herr besser für uns sorgt als wir selbst. Selig sind, die da Leid tragen, denn sie sollen getröstet werden.« Und er drückte kräftig die Hände seiner beiden Geliebten und hob die Augen zur Decke. »Der Herr lohne es euch, meine Lieben, dass ihr den unglücklichen Witwer nicht verlassen habt.«

Er wischte sich mit dem Tuch die Augen und entnahm der Tasche seines Trauergewands zwei Schriftstücke. Das eine war eine Schenkungsurkunde, durch die der Herzog die ausgedehnten Ländereien der Villa Sforzesca bei Vigevano dem Kloster delle Grazie verlieh.

»Hoheit«, fragte erstaunt die Gräfin, »ich dachte, Ihr liebtet gerade dieses Land besonders?«

»Land?«, entgegnete Moro mit bitterem Lächeln. »O weh, Madonna, nicht nur für dieses Land habe ich keine Liebe mehr. Braucht der Mensch überhaupt viel Land?«

Die Gräfin sah, dass er wieder vom Tod sprechen wollte, und legte mit liebevollem Vorwurf ihre rosige Hand auf seinen Mund.

»Und was steht in dem andern Schriftstück?«, fragte sie neugierig.

Sein Gesicht klärte sich auf; das frühere heitere, schelmische Lächeln spielte wieder um seine Lippen. Er las ihnen die zweite Urkunde vor. Es war gleichfalls eine Schenkungsurkunde, mit einer Aufzählung von Ländereien, Wiesen, Wäldern, Dörfern, Jagden, Teichen, Wirtschaftsgebäuden und sonstigem Zubehör, die der Herzog der Madonna Lucrezia Crivelli und seinem unehelichen Sohn Gian Paolo verlieh. In diesem Schriftstück war auch die wegen ihres Fischreichtums berühmte Villa Cusnago erwähnt, der Lieblingsaufenthalt der verstorbenen Beatrice.

Mit vor Rührung bebender Stimme las Moro die letzten Worte der Urkunde: »Diese Frau hat Uns in wunderbaren und seltenen Liebesbanden ihre vollkommene Ergebung bezeugt und Uns so erhabene Gefühle bewiesen, dass Wir im angenehmen Verkehr mit ihr oft grenzenlose Süße fanden und große Erleichterung von Unsern schweren Sorgen.«

Cecilia klatschte freudig in die Hände und fiel der Freundin mit Tränen mütterlicher Zärtlichkeit um den Hals. »Da siehst du, Schwesterchen. Ich habe dir immer gesagt, er hat ein goldenes Herz. Jetzt ist mein kleiner Enkel Paolo der reichste Erbe von Mailand!«

»Welchen Tag haben wir heute?«, fragte Moro.

»Den 28. Dezember, Hoheit«, antwortete Cecilia.

»Den 28. Dezember?«, wiederholte er sinnend.

Es war derselbe Tag und genau dieselbe Stunde, da vor einem Jahr die verstorbene Herzogin im Palazzo Crivelli erschienen war und ihren Mann beinahe in den Armen seiner Geliebten überrascht hätte. Er blickte sich um. Alles im Zimmer war noch ebenso wie früher, ebenso hell und behaglich; der Wintersturm heulte genauso im Schornstein, genauso flackerte ein lustiges Feuer im Kamin, über dem eine Schar nackter tönerner Liebesgötter tanzte und mit den Marterwerkzeugen Christi spielte. Und auf dem runden Tisch mit der grünen Decke stand dasselbe geschliffene Gefäß mit Balnea Aponitana, da lagen die gleichen Noten und die Mandoline. Die Tür zum Schlafgemach und die zum Ankleidezimmer standen auch wieder offen, und sie ließen jenen

Garderobenschrank sehen, in dem sich der Herzog damals vor seiner Frau versteckt hatte.

Was würde er nicht darum geben, dachte er, wenn er noch einmal das schreckliche Pochen unten an der Haustür hören dürfte, wenn wieder die erschrockene Dienerin mit dem Schrei: »Madonna Beatrice!« hereinstürzte, wenn er noch einmal einen Augenblick wie ein ertappter Dieb im Schrank vor der drohenden Stimme seines geliebten Fräuleins zittern könnte!

Moro ließ den Kopf auf die Brust sinken, und Tränen rannen ihm über die Wangen.

»Ach, mein Gott, sieh nur, er weint schon wieder«, ereiferte sich Gräfin Cecilia. »Sei doch zärtlich, wie es sich gehört, küss ihn, tröste ihn! Schämst du dich gar nicht?«

Und sie schob ihre Nebenbuhlerin sanft in die Umarmungen des Liebhabers.

In Lucrezia weckte diese unnatürliche Freundschaft der Gräfin schon längst beinah ein Gefühl der Übelkeit, wie widerlich süßliche Wohlgerüche. Es drängte sie, aufzustehen und wegzugehen. Sie schlug die Augen nieder und errötete. Doch musste sie die Hand des Herzogs nehmen. Er lächelte ihr unter Tränen zu und presste ihre Hand an sein Herz.

Cecilia ergriff die Mandoline, nahm dieselbe Stellung ein, in der Leonardo sie vor zwölf Jahren auf dem berühmten Gemälde »Die neue Sappho« dargestellt hatte, und stimmte Petrarcas Lied über das Wiedersehen mit Laura im Himmel an:

»Levommi il mio pensiero in parte ov'era
Quella ch'io cerco e non ritrovo in terra.

Mich hob mein Geist hinan auf fernem Gleise
Zu suchen, was der Erd, ach, nun entschwunden.
Da sah ich sie, vom dritten Kreis umwunden,
Weit schöner und mit minder stolzer Weise.

Sie gab die Hand und sprach: »In diesem Kreise
Wirst du, irrt nicht mein Wunsch, mir einst verbunden;

Ich bins, durch die du solchen Kampf gefunden,
Und die vorm Abend schloss des Tages Reise.«

Der Herzog zog sein Tuch hervor und verdrehte träumerisch schmachtend die Augen. Er wiederholte ein paarmal den letzten Vers, schluchzte und streckte die Arme aus, wie nach einer vorbeischwebenden Vision: »Und die vorm Abend schloss des Tages Reise.«

»Mein Täubchen ... Ja, ja, es war vorm Abend ... Wisset, Madonna, ich glaube, sie schaut vom Himmel herab und segnet uns alle drei. O Bice, Bice! ...«

Er lehnte sich sanft an Lucrezias Schulter, schluchzte und umfasste gleichzeitig ihren Leib, um sie an sich zu ziehen. Sie wehrte ihn ab; sie schämte sich. Er küsste sie verstohlen auf den Nacken. Mit scharfem mütterlichem Blick bemerkte es Cecilia; sie erhob sich, wies Lucrezia auf Moro hin, wie eine Schwester, die den schwer kranken Bruder einer Freundin anvertraut, und entfernte sich auf Zehenspitzen, nicht ins Schlafgemach, sondern in das gegenüberliegende Zimmer, die Tür hinter sich schließend. Die »Abendröte« war auf die »Morgenröte« nicht eifersüchtig; sie wusste aus langer Erfahrung, dass die Reihe auch wieder an sie kommen würde, dass nach schwarzem Haar dem Herzog später feuerrotes noch viel begehrenswerter erscheinen würde.

Moro sah sich um. Mit einer starken, beinahe groben Bewegung umarmte er Lucrezia und zog sie auf seinen Schoß. Die Tränen um die verstorbene Gattin waren noch nicht getrocknet in seinen Augen, aber auf den fein geschwungenen Lippen zuckte bereits ein schelmisches, offenes Lächeln.

»Wie eine Nonne – ganz in Schwarz«, lachte er und bedeckte ihren Hals mit Küssen. »Wie dir das einfache Kleidchen steht! Das Schwarz lässt deinen Hals so weiß leuchten.«

Er knöpfte die Achatknöpfe vor ihrer Brust auf, und plötzlich schimmerte noch viel blendender die Nacktheit ihres Leibes zwischen den schwarzen Falten des Trauerkleides. Lucrezia bedeckte das Gesicht mit den Händen.

Über dem lustig flackernden Kaminfeuer tanzten die von Caradosso geschaffenen tönernen nackten Liebesgötter oder Engel ihren ewigen

Reigen weiter und spielten mit den Marterwerkzeugen des Herrn: den Nägeln, dem Hammer, den Zangen, dem Speer. In dem zuckenden, rötlichen Schein der Flamme schien es, als blinzelten sie sich unter den Weinranken des Bacchus schelmisch zu, flüsterten miteinander, schauten auf Herzog Moro und Madonna Lucrezia hinab, und als wollten ihre dicken, runden Backen platzen vor Lachen.

Von weit her aber klangen die schmachtenden Seufzer der Mandoline und Gräfin Cecilias Gesang:

»Ivi fra lor, diel terzo cerchio serra,
La rividi piü bella e meno altera.«

»Da sah ich sie, vom dritten Kreis umwunden,
Weit schöner und mit minder stolzer Weise.«

Und die kleinen alten Götter lauschten Petrarcas Versen – dem Lied von der himmlischen Liebe – und kicherten wie toll.

9

Die Doppelgänger

Ich bitte Euch, schaut auf die Karte. Im Indischen Ozean, westlich von der Insel Taprobane, seht Ihr die Aufschrift: ›Sirenen, Meerwunder‹. Christoforo Colombo hat mir erzählt, er habe sich sehr gewundert, keine Sirenen an dieser Stelle zu finden … Weshalb lächelt Ihr?«

»Nein, nein, nichts, Guido. Fahr fort, ich höre zu.«

»Ich weiß schon, ich weiß … Ihr denkt, Messer Leonardo, es gebe überhaupt keine Sirenen. Was würdet Ihr erst zu den Skiapoden sagen, die ihre eigenen Fußsohlen wie einen Sonnenschirm als Schutz gegen die Sonne gebrauchen? Oder zu den Pygmäen, die so große Ohren haben, dass ihnen eines als Laken, das andere als Deckbett dient? Oder zu dem Baum, der statt der Früchte Eier trägt, aus denen Vögel mit gelbem Flaum schlüpfen wie Entchen? Ihr Fleisch schmeckt nach Fischen, sodass man es auch an Fastentagen essen darf. Oder zu der Insel, auf der einst Schiffer landeten, Feuer machten, eine Abendmahlzeit kochten – bis sie sahen, dass es keine Insel, sondern ein Walfisch war? Das hat mir ein alter Seefahrer in Lissabon erzählt, ein durchaus nüchterner Mann, der mir beim Blut und Fleisch des Herrn schwor, dass er die Wahrheit spreche.«

Dieses Gespräch fand fünf Jahre nach der Entdeckung der Neuen Welt statt, in der Woche vor Palmsonntag, am 6. April 1498, und zwar in der Kürschnergasse zu Florenz, unweit des alten Marktes, in einem Zimmer über dem Warenlager des Handelshauses von Pompeo Berardi, der auch in Sevilla eigene Lager besaß und die Schiffe bauen ließ, die nach den von Kolumbus entdeckten Ländern entsandt wurden. Messer Guido Berardi, Pompeos Neffe, hatte schon in frühester

Kindheit große Neigung für die Seefahrt gehabt. Er wollte eigentlich an der Weltumsegelung Vasco da Gamas teilnehmen, als er von der damals auftretenden schrecklichen Krankheit befallen wurde, die von den Italienern die französische, von den Franzosen die italienische, von den Polen die deutsche, von den Moskowitern die polnische und von den Türken die christliche Krankheit genannt wurde. Vergebens ließ er sich von allen Ärzten behandeln und hing vor allen wundertätigen Heiligenbildern wächserne Phallen auf. Völlig gelähmt, zu ewiger Unbeweglichkeit verurteilt, hatte er sich doch tätige Regsamkeit des Geistes bewahrt; er lauschte den Erzählungen von Seefahrern, saß nächtelang über Büchern und Karten, befuhr in seinen Träumen die Ozeane und entdeckte unbekannte Länder.

Schiffsgeräte – kupferne Aquatoreale, Quadranten, Sextanten, Astrolabien, Kompasse, Weltkugeln – gaben seinem Zimmer das Aussehen einer Schiffskajüte. Durch die offen stehende Tür zum Balkon – einer florentinischen Loggia – dämmerte der durchsichtige Himmel eines Aprilabends. Das Flämmchen der Lampe flackerte zuweilen unter einem Windhauch. Von unten her, aus den Warenlagern, kam Duft von fremdländischen Gewürzen – von indischem Pfeffer, Ingwer, Zimt, Muskatnuss und Nelken.

»Ja, so ist es, Messer Leonardo«, schloss Guido und rieb sich mit der Hand die kranken, sorgsam eingewickelten Beine. »Nicht umsonst heißt es: Der Glaube versetzt Berge. Hätte Colombo gezweifelt wie Ihr, er hätte nichts erreicht. Gebt zu, es ist der Mühe wert, unsägliche Leiden zu ertragen und mit dreißig Jahren grau zu sein, um dann eine solche Entdeckung zu machen: die Stelle des Paradieses zu finden.«

»Des Paradieses?«, staunte Leonardo. »Wie meint Ihr das, Guido?«

»Wie? Das wisst Ihr nicht? Habt Ihr denn gar nichts von den Beobachtungen des Polarsterns gehört, die Messer Colombo bei den Azorischen Inseln angestellt hat? Durch die er bewiesen hat, dass die Erde nicht die Gestalt einer Kugel, eines Apfels hat, wie man bisher annahm, sondern die Form einer Birne, mit einem Auswuchs, etwa wie die Warze auf einer Frauenbrust. Auf dieser Warze, auf einem Berg, der so hoch ist, dass sein Gipfel bis in die Mondsphäre reicht, lag das Paradies.«

»Aber Guido! Das widerspricht doch allen Ergebnissen der Wissenschaft …«

»Wissenschaft«, unterbrach ihn Guido und zuckte verächtlich die Achseln. »Wisst Ihr auch, Messere, was Colombo über die Wissenschaft sagt? Ich führe Euch seine eigenen Worte an, aus seinem *Buch der Prophezeiungen* – Libro de las profecías: ›Weder die Mathematik noch die Karten der Geografen noch Vernunftgründe haben mir geholfen, das zu erreichen, was ich erreicht habe, sondern einzig und allein die Weissagung des Jesaja über den neuen Himmel und die neue Erde.‹«

Guido schwieg. Die gewohnten Schmerzen in den Gelenken meldeten sich wieder. Auf seine Bitte rief Leonardo die Diener, die den Kranken ins Schlafzimmer trugen.

Allein geblieben, prüfte der Künstler die mathematischen Berechnungen des Kolumbus in den Untersuchungen über die Bewegung des Polarsterns und fand so viele grobe Fehler, dass er seinen Augen nicht traute.

Welche Unwissenheit, wunderte er sich. Wie im Dunkeln, fast versehentlich, ist der Mann auf eine neue Welt gestoßen und sieht doch nichts, wie ein Blinder. Er weiß überhaupt nicht, was er entdeckt hat. Er bildet sich ein, es sei China, Salomos Ophir, das irdische Paradies. Er wird sterben, ohne das Richtige zu wissen.

Leonardo las noch einmal jenen ersten Brief vom 29. April 1493, in dem Kolumbus Europa von seiner Entdeckung in Kenntnis setzte: »Brief des Christophorus Kolumbus, dem unsere Zeit vieles verdankt, über die kürzlich entdeckten indischen Inseln ob des Ganges.«

Die ganze Nacht saß Leonardo über Berechnungen und Karten. Hin und wieder trat er auf die offene Loggia hinaus, blickte nach den Sternen und gedachte des Propheten der Neuen Erde und des Neuen Himmels, dieses seltsamen Schwärmers mit dem Geist und dem Herzen eines Kinds. Unwillkürlich verglich er dessen Geschick mit dem eigenen: Wie wenig hat er gewusst, wie viel hat er geleistet! Und ich mit all meinem Wissen bin unbeweglich, gelähmt wie dieser Berardi. Mein ganzes Leben lang strebe ich nach unbekannten Welten und habe mich ihnen noch nicht um einen Schritt genähert. Der Glaube tut es, sagt man. Ist aber vollkommener Glaube und vollkommenes Wissen nicht ein und dasselbe? Sehen meine Augen nicht weiter als die Augen des Kolumbus, dieses blinden Propheten? … Oder ist es das Los des Menschen: Man muss sehend sein, um zu wissen, und blind, um zu vollbringen?

Leonardo bemerkte nicht, wie die Nacht verging. Die Sterne waren erloschen. Rötliches Licht färbte die Vorsprünge der Ziegeldächer und die schrägen Balken in den Mauern der alten Backsteinhäuser. Auf der Gasse hörte man Geräusch und Stimmen von Menschen.

Jemand klopfte an die Tür. Er öffnete. Giovanni trat ein und erinnerte den Meister daran, dass auf diesen Tag, den Palmsonnabend, die Feuerprobe angesetzt sei.

»Was für eine Feuerprobe?«, fragte Leonardo.

»Fra Domenico da Pescia für Fra Girolamo Savonarola und Fra Giuliano Rondinelli für dessen Feinde werden in das Feuer des Scheiterhaufens gehen. Wer unversehrt bleibt, beweist dadurch, dass seine Sache vor Gott die Gerechte ist«, erläuterte Beltraffio.

»Nun gut … Geh, Giovanni. Ich wünsche dir ein recht interessantes Schauspiel.«

»Kommt Ihr nicht mit?«

»Nein. Du siehst, ich bin beschäftigt.«

Der Schüler wollte sich schon verabschieden. Doch gab er sich einen Ruck und machte noch einen Versuch.

»Auf dem Weg hierher traf ich Messer Paolo Somenzi. Er versprach mir, uns abzuholen und uns auf einen sehr guten Platz zu geleiten, wo wir alles sehen würden. Schade, dass Ihr keine Zeit habt. Ich dachte … Vielleicht … Wisst, Meister, die Feuerprobe ist auf die Mittagsstunde angesetzt. Könntet Ihr bis dahin mit Eurer Arbeit fertig sein, so kämen wir noch zurecht.«

Leonardo lächelte. »Wünschst du so sehr, dass ich dieses Wunder mit ansehe?« Giovanni senkte den Blick. »Nun, dann ist wohl nichts zu machen. Ich komme also mit. In Gottes Namen!«

Zur angesetzten Zeit kehrte Beltraffio zum Meister zurück, begleitet von Paolo Somenzi, einem sehr beweglichen, rührigen, fast quecksilbrigen Mann, dem wichtigsten Spion Herzog Moros in Florenz und dem erbittertsten Feind Savonarolas.

»Was heißt das, Messer Leonardo? Ist es wahr, dass Ihr uns nicht begleiten wolltet?«, begann Paolo mit unangenehm schriller Stimme, mit komischen Grimassen und Gesten. »Erbarmt Euch, wer sollte denn einem solchen physikalischen Experiment beiwohnen wenn nicht Ihr, der große Freund der Naturwissenschaften?«

»Wird man wirklich gestatten, dass die beiden ins Feuer gehen?«, fragte Leonardo.

»Wie soll ich das sagen? Wenn es wirklich so weit kommt, wird Fra Domenico natürlich auch vor dem Feuer nicht zurückschrecken. Er ist es nicht allein. Zweieinhalbtausend Bürger, arme und reiche, gelehrte und unwissende, Frauen und Kinder, haben gestern Abend im Kloster San Marco erklärt, dass sie an der Feuerprobe teilnehmen wollen. Also, das ist ein derartiger Wahnwitz, kann ich Euch sagen, dass sich auch vernünftigen Menschen alles im Kopf dreht! Selbst unsere Philosophen und Freidenker haben Angst: Was wird, wenn tatsächlich einer von den Mönchen nicht verbrennt? Nein, aber, Messere, stellt Euch bloß die Gesichter der Wimmerer vor, wenn sie nun alle beide verbrennen!«

»Es ist doch nicht möglich, dass Savonarola tatsächlich daran glaubt«, sprach Leonardo nachdenklich, wie für sich.

»Er glaubt auch nicht daran«, erwiderte Somenzi. »Oder wenigstens, er glaubt nicht ganz daran. Er wäre froh, wenn er noch zurückkönnte. Aber es ist zu spät. Er hat die Instinkte des Pöbels aufgerührt – nun hat er es! Dem Pöbel läuft schon das Wasser im Munde zusammen: Der muss jetzt sein Wunder haben, basta! Denn auch darin liegt eine Mathematik, Messere, und zwar eine, die nicht weniger interessant ist als die Eure. Wenn es einen Gott gibt – warum sollte der nicht einmal ein Wunder tun? Sodass zwei mal zwei nicht vier ist, sondern fünf. Wenn die Gläubigen so sehr darum beten, und um solche gottlosen Freigeister zu beschämen, wie wir beide sind.«

»Nun gut. Also kommt! Es ist wohl Zeit?«, sagte Leonardo und sah Paolo mit einem Blick unverhohlener Abneigung an.

»Ja, ja, es ist Zeit«, eiferte Paolo. »Ein Wort noch. Wer, meint Ihr, hat dieses ganze ›Wunder‹ ausgeheckt? Ich. Deshalb möchte ich auch gern, Messer Leonardo, dass Ihr die Sache richtig würdigt. Wenn Ihr das nicht tut, wer sollte es da tun?«

»Wieso gerade ich?«, fragte der Künstler mit Widerwillen.

»Als ob Ihr das nicht begriffet! Ich bin ein schlichter Mensch, Ihr seht ja selbst, und ganz offen. Aber ich bin auch ein wenig Philosoph. Ich weiß, was das Geschwätz wert ist, mit dem die Mönche uns immer bange machen wollen. In dem Punkt sind wir Bundesgenossen, Messer Leonardo. Deshalb sage ich: Jetzt ist es an uns, zu triumphieren. Es lebe die Vernunft, es lebe die Wissenschaft! Denn ob es einen Gott gibt oder nicht – zwei mal zwei bleibt trotzdem vier.«

Zu dreien machten sie sich auf. Durch alle Straßen wälzten sich große Menschenmengen. Auf den Gesichtern lag der gleiche Ausdruck feiertäglicher Erwartung und Neugier, den Leonardo schon in Giovannis Miene bemerkt hatte.

In der Strumpfwirkergasse, unweit Orsanmichele, wo in einer Mauernische Andrea Verrocchios Bronzestatue des Apostels Thomas stand, der gerade seine Finger in die Wundmale Christi legt, herrschte besonderes Gedränge. Einige Leute buchstabierten eifrig, andere hörten zu: Man besprach die an der Mauer angeschlagenen, in großer roter Schrift gedruckten acht theologischen Thesen, die durch die Feuerprobe als wahr bestätigt oder widerlegt werden sollten:

1. Die Kirche Gottes muss sich erneuern.

2. Gott wird die Kirche züchtigen.

3. Gott wird sie erneuern.

4. Nach dem Strafgericht wird auch Florenz sich erneuern und sich erhöhen über alle Völker.

5. Die Ungläubigen werden sich bekehren.

6. Das alles wird sich unverzüglich erfüllen.

7. Savonarolas Ausstoßung aus der Kirche durch Papst Alexander VI. ist ungültig.

8. Wer diese Ausstoßung nicht anerkennt, begeht dadurch keine Sünde.

Leonardo, Giovanni und Paolo gerieten in das Gedränge; sie machten halt und lauschten den Gesprächen.

»Sei es, wie es will, Freunde, aber Furcht macht es einem doch«, meinte ein alter Handwerker. »Wenn es nur nicht zur Sünde führt.«

»Wie soll es zur Sünde führen, Filippo?«, erwiderte ein junger Geselle mit leichtsinnigem, selbstbewusstem Lächeln. »Ich meine, das kann zu gar keiner Sünde führen!«

»Eine Anfechtung ist es, mein Freund«, beharrte Filippo. »Wir bitten um ein Wunder. Sind wir aber des Wunders wert? Es steht geschrieben: Du sollst Gott, deinen Herrn, nicht versuchen.«

»Schweig, Alter! Was krächzt du? So ihr Glauben habt als ein Senfkorn, so möget ihr sagen zu diesem Berge: Hebe dich von hinnen, so wird er sich heben, und euch wird nichts unmöglich sein. Gott muss ein Wunder tun, wenn wir glauben!«

»Er muss, er muss«, fielen Stimmen aus der Menge ein.

»Wer wird zuerst ins Feuer gehen: Fra Domenico oder Fra Girolamo?«

»Beide zugleich.«

»Nein, Fra Girolamo wird nur beten. Er selbst geht nicht ins Feuer.«

»Wieso nicht? Wer soll denn ins Feuer gehen, wenn nicht er? Erst Domenico, dann Girolamo – und nach ihnen werden auch wir Sünder der Gnade teilhaftig werden – alle, die sich im Kloster San Marco eingeschrieben haben.«

»Ist es wahr, dass Padre Girolamo einen Toten auferwecken wird?«

»Gewiss. Erst das Feuerwunder, dann die Totenerweckung. Ich habe selbst seinen Brief an den Papst gelesen. ›Man soll mir einen Gegner geben‹, schreibt er, ›wir werden beide vor ein Grab hintreten und sagen: Stehe auf! Auf wessen Befehl der Tote aus dem Grabe erstehen wird – der ist ein Prophet, der andere aber ein Betrüger.‹«

»Wartet, Freunde, es kommt noch ganz anders! Habet nur Glauben, so werdet ihr den Menschensohn schauen von Angesicht, wie er durch die Wolken schreitet. Zeichen und Wunder sollen geschehen, wie noch nie gewesen sind.«

»Amen, amen«, erscholl es in der Menge. Die Gesichter wurden fahl, die Augen glühten im Feuer des Wahnwitzes.

Die Menge kam in Bewegung und zog die drei mit fort. Giovanni warf noch einen Blick auf Verrocchios Bildwerk. Und in dem sanft verschmitzten, furchtlos fragenden Lächeln des ungläubigen Thomas, der seine Finger in die Wundmale des Herrn legt, glaubte er eine gewisse Ähnlichkeit mit Leonardos Lächeln zu entdecken.

In der Nähe der Piazza della Signoria gerieten sie in ein so großes Gedränge, dass Paolo einen vorbeikommenden Reiter der Stadtmiliz ersuchen musste, sie nach der Ringhiera zu geleiten, der steinernen Estrade vor dem Rathaus, wo Plätze für die Gesandten und die angesehenen Bürger der Stadt frei gehalten wurden.

Giovanni glaubte, noch nie eine solche Menschenansammlung gesehen zu haben. Nicht nur auf dem ganzen Platz, sondern auch in allen Loggien, Türmen, Fenstern und auf den Dächern wimmelte es von Menschen. Die Leute klammerten sich an die in die Mauern eingelassenen eisernen Fackelhalter, an Gitter, Dachvorsprünge und Regenrinnen; oft hingen sie in schwindelerregender Höhe, als schwebten sie in der Luft. Man prügelte sich um die Plätze. Ein Mann stürzte ab und blieb tot liegen.

Die Straßen waren durch Schlagbäume mit Ketten abgesperrt, mit Ausnahme von dreien, vor denen Stadtknechte standen, die nur allein gehende und unbewaffnete erwachsene Männer durchließen. Paolo zeigte seinen Begleitern den Scheiterhaufen und erklärte ihnen den Aufbau. Vom Fuß der Ringhiera, da wo der Marzocco stand, der bronzene Wappenlöwe der Stadt Florenz, bis zum Dach der Pisaner zog sich ein schmaler, langer Holzstoß mit einem Durchgang für die sich der Probe Unterwerfenden, einem mit Steinen gepflasterten, mit Lehm und Sand belegten Pfad zwischen zwei Wänden mit Teer bestrichenen und mit Schießpulver bestreuten Brennholzes.

Aus der Via Vacchereccia erschienen die Franziskaner, Savonarolas Feinde; hinter ihnen die Dominikaner. Fra Girolamo in weißseidenem Talar, die in der Sonne funkelnde Monstranz in Händen, und Fra Domenico in feuerrotem Samtgewand beschlossen den Zug.

»Gebet unserm Gott die Ehre!«, sangen die Dominikaner. »Seine Größe ist über Israel und seine Macht in den Wolken. Schrecklich bist du, Gott, in Deiner Heiligkeit.«

Das Volk fiel ein in den Gesang der Mönche und antwortete mit erschütterndem Aufschrei: »Hosianna, Hosianna! Gelobt sei, der da kommt im Namen des Herrn!«

Savonarolas Feinde nahmen die dem Rathaus zunächst gelegene Hälfte der für diesen Tag durch eine Bretterwand in zwei Hälften geteilten Loggia dell'Orcagna ein, seine Anhänger die andere.

Alles war bereit. Man konnte den Scheiterhaufen anzünden – und in die Flammen hineingehen. Jedes Mal, wenn die mit der Leitung der Feuerprobe betrauten Kommissare aus dem Palazzo Vecchio traten, verstummte das Volk. Sie gingen aber nur zu Fra Domenico, flüsterten mit ihm und kehrten in den Palazzo zurück. Fra Giuliano Rondinelli war verschwunden.

Ungewissheit und Spannung waren schier unerträglich. Manche hoben sich auf die Zehenspitzen und reckten die Hälse, um besser zu sehen. Andere bekreuzigten sich und sprachen, die Perlen des Rosenkranzes mit den Fingern fühlend, ein einfältiges, kindliches Gebet, dauernd ein und dieselben Worte wiederholend: »Tu ein Wunder. Tu ein Wunder. Tu ein Wunder, o Herr!«

Es war windstill und schwül. Schon seit dem frühen Morgen kam hörbares Grollen eines fernen Gewitters immer näher. Die Sonne brannte. Aus dem Palazzo Vecchio traten einige vornehme Bürger auf die Ringhiera hinaus, Mitglieder des Rats in langen Gewändern aus dunkelrotem Tuch, die fast aussahen wie altrömische Togen.

»Signori, Signori«, rief hinter ihnen eifrig ein kleiner Alter mit runder Brille auf der Nase und einem Gänsekiel hinter den Ohren, wohl der Ratssekretär. »Die Sitzung ist noch nicht geschlossen. Darf ich bitten – die Stimmen werden gesammelt …«

»Der Teufel soll sie holen, mitsamt ihren Stimmen«, entgegnete einer der Bürger. »Ich habe genug davon. Die Ohren schmerzen mir von dem dummen Gerede.«

»Auf was wartet man noch?«, fragte ein anderer. »Wenn die beiden so gern brennen möchten, soll man sie doch ins Feuer lassen und die Sache ist erledigt.«

»Aber ich bitte Euch, das wäre ja Mord.«

»Dummes Zeug! Es wäre doch kein Unglück, wenn es zwei Narren weniger gäbe auf der Welt.«

»Ihr sagt brennen. Sie müssen aber nach allen Regeln der Kirche, nach den kanonischen Satzungen brennen – darum handelt es sich. Das ist eine sehr verzwickte theologische Frage!«

»Wenn es eine theologische Frage ist, soll man die Mönche zum Papst schicken.«

»Hier handelt es sich nicht um Papst oder nicht Papst, Mönche oder nicht Mönche. An das Volk müssen wir denken, Signori! Wenn wir dadurch die Ruhe der Stadt wiederherstellen könnten, sollten wir natürlich alle Pfaffen und Mönche nicht nur ins Feuer, sondern auch ins Wasser, in die Luft und in die Erde befördern.«

»Ins Wasser genügt. Mein Rat wäre: einen großen Bottich mit Wasser holen und die beiden Mönche hineinschmeißen. Wer aus dem Wasser trocken herauskommt, hat recht. Das wäre wenigstens gefahrlos!«

»Habt Ihr schon das Neueste gehört, Signori?«, mischte sich Paolo ehrfurchtslos kichernd ins Gespräch. »Unser armer Fra Giuliano Rondinelli hat vor Angst eine Magenverstimmung bekommen. Man hat ihn zur Ader gelassen, damit er nicht stirbt vor Furcht.«

»Ihr scherzt nur über alles, Signori«, sagte ein würdiger Alter mit klugem, melancholischem Gesicht. »Wenn ich aber die ersten Leute meines Volks so sprechen höre, weiß ich wirklich nicht, was besser ist: zu leben oder zu sterben? Wahrlich, unsere Vorfahren, die Gründer dieser Stadt, hätten mutlos die Hände niedergelegt, wenn sie geahnt hätten, dass ihre Nachkommen so schmachvoll tief sinken könnten.«

Die Kommissare hasteten immer noch zwischen dem Rathaus und der Loggia hin und her. Die Verhandlungen schienen überhaupt kein Ende zu nehmen. Die Franziskaner behaupteten, Savonarola habe Domenicos Soutane bezaubert. Er legte sie ab. Der Zauber konnte aber auch im Unterzeug sein. Domenico begab sich in den Palazzo, zog sich nackt aus und legte die Kleider eines andern Mönchs an. Man untersagte ihm, Fra Girolamo nahe zu kommen, damit der ihn nicht noch einmal bezaubern könne. Auch verlangte man, er solle das Kreuz fortlegen, das er in Händen hielt. Domenico willigte ein, erklärte aber, er würde den Scheiterhaufen nicht anders als mit dem heiligen Sakrament in Händen betreten. Daraufhin erklärten die Franziskaner, Savonarolas Anhänger beabsichtigten, Christi Leib und Blut zu verbrennen.

Vergeblich suchten Domenico und Girolamo ihnen zu beweisen, dass das heilige Sakrament überhaupt nicht verbrennen könne – im Feuer könne nur der vergängliche »Modus« umkommen, nicht aber die ewige »Substanz«. Darüber entbrannte ein scholastischer Zank.

Die Menge begann zu murren. Inzwischen bezog sich der Himmel mit Wolken. Plötzlich ertönte hinter dem Palazzo Vecchio, aus der Via de' Leoni, wo in einem gemauerten Zwinger einige Löwen als Wappentiere von Florenz gehalten wurden, lang gezogenes, hungriges Gebrüll. In dem Durcheinander der Vorbereitungen hatte man an diesem Tag wohl vergessen, die Tiere zu füttern. Es war so, als brülle in wilder Wut der eherne Marzocco, empört über die Schmach seines Volks.

Die Menge aber stimmte in das Gebrüll der Bestien ein, mit einem noch fürchterlicheren Aufheulen menschlichen Hungers: »Schnell, schnell! Ins Feuer, Fra Girolamo! Ein Wunder, ein Wunder, ein Wunder!«

Savonarola, der vor dem heiligen Kelch betete, schien plötzlich zu sich zu kommen. Er trat an den Rand der Loggia und hob mit seiner gewohnten herrischen Geste die Arme, um dem Volk Schweigen zu gebieten.

Das Volk schwieg aber nicht. In den hinteren Reihen unter dem Dach der Pisaner schrie jemand aus der Schar der Arrabiati: »Angst hat er!«

Dieser Ruf pflanzte sich durch die ganze Menge fort. Gegen die hinteren Reihen drängte die eiserne Reiterei der Arrabiati an. Sie wollten bis zur Loggia vordringen, über Savonarola herfallen und ihn im Getümmel erschlagen.

»Schlagt sie tot, schlagt sie tot, die verfluchten Frömmler!«, tobte wütendes Geheul.

Bestialische Gesichter tauchten vor Giovanni auf. Er kniff die Augen zu, um nicht sehen zu müssen; er glaubte, im nächsten Augenblick würde man Fra Girolamo ergreifen und in Stücke reißen.

Doch in diesem Augenblick krachte ein Donnerschlag, ein Blitz flammte über den Himmel, und ein Regenguss prasselte nieder, wie man ihn in Florenz schon lange nicht erlebt hatte.

Der Wolkenbruch währte nicht lange. Aber als er vorüber war, war an die Feuerprobe nicht mehr zu denken. Aus dem Durchgang zwischen den beiden Mauern aus Brennholz ergoss sich ein reißender Bach, wie aus einer Regengosse.

»Ja, die Mönche«, lachte man in der Menge. »Ins Feuer wollten sie – nun sind sie ins Wasser geraten. Das ist ein wirkliches Wunder!«

Eine Abteilung Soldaten geleitete Savonarola durch die rasende Menge. Dem Gewitter folgte ein leichter Regen. Beltraffios Herz krampfte sich zusammen, als er sah, wie Bruder Girolamo eilenden, stolpernden Schrittes, tief gebeugt, die Kapuze über die Augen gezogen, in seinem weißen, mit Straßenkot bespritzten Gewand durch den langsam fallenden grauen Regen davonstapfte. Leonardo blickte in Giovannis bleiches Gesicht; er nahm seine Hand und führte ihn wieder, wie damals, als die »Eitelkeiten« verbrannt wurden, aus der Menge.

Am nächsten Tag saß der Künstler wieder in dem kajütenähnlichen Zimmer des Hauses Berardi und versuchte Messer Guido zu beweisen, wie unsinnig die Ansichten des Kolumbus über die Lage des Paradieses auf der Brustwarze einer birnenförmigen Erde seien.

Guido hörte ihn zuerst aufmerksam an, machte auch Einwände und widersprach; dann wurde er plötzlich still und traurig, als zürne er Leonardo der Wahrheit wegen. Bald klagte er über Schmerzen in den Beinen und ließ sich in sein Schlafgemach tragen.

Weshalb habe ich ihm den Kummer angetan?, fragte sich der Künstler. Nicht Wahrheit begehrt er, sondern ein Wunder – ebenso wie Savonarolas Schüler.

In einem seiner Notizhefte fielen dann beim Blättern seine Augen auf die Zeilen, die er an jenem denkwürdigen Tag geschrieben hatte, als der Pöbel sein Haus stürmen wollte und den heiligen Nagel von ihm verlangte: »O mirabile giustizia di te, Primo Motore! Oh, wie wunderbar ist deine Gerechtigkeit, du Erster Beweger alles Bewegten! Du wolltest keiner Kraft die Ordnung nehmen und die Art ihrer notwendigen Wirkungen. Denn wenn eine Kraft einen Körper hundert Ellen weit fortbewegen soll und sie dabei auf ein Hindernis stößt, so erzeugt nach deinem Befehl die Kraft des Anpralls neue Bewegung, sodass der nicht zurückgelegte Teil des Weges durch neue Erschütterungen und Stöße ersetzt wird. Oh, göttlich ist deine Notwendigkeit, du Erster Beweger alles Bewegten. So zwingst du durch deine Gesetze alle Folgen, auf dem kürzesten Weg aus der Ursache zu fließen. Das ist ein Wunder.«

Und er dachte an sein »Heiliges Abendmahl«, an das Antlitz Christi, das er noch immer suchte und nicht finden konnte. Er fühlte, dass zwischen diesen Worten vom Ersten Beweger, von der göttlichen Notwendigkeit und der vollkommenen Weisheit dessen, der da gesagt hat: »Einer unter euch wird mich verraten«, ein Zusammenhang bestehen müsse.

Am Abend kam Giovanni und berichtete über die Ereignisse des Tages. Die Signoria hatte Fra Girolamo und Fra Domenico befohlen, die Stadt zu verlassen. Als die Arrabiati in Erfahrung brachten, dass die beiden noch zauderten, hatten sie mit Waffen und Kanonen, mit einer unzähligen Menge Volks das Kloster San Marco umzingelt und waren in die Kirche eingedrungen, wo die Mönche gerade zur Vesper versammelt waren. Die Mönche setzten sich zur Wehr; sie schlugen mit brennenden Kerzen, mit hölzernen und ehernen Kruzifixen um sich. In Wolken von Pulverqualm, im Schein der Feuersbrunst wirkten sie lächerlich, wie toll gewordene Tauben, und zugleich fürchterlich wie Teufel. Ein Mönch war aufs Dach geklettert und warf von dort mit Steinen. Ein anderer sprang auf den Altar, schoss, vor dem Kruzifix stehend, aus einer Hakenbüchse und brüllte nach jedem Schuss: »Gelobt sei der Herr!«

Das Kloster wurde erstürmt. Die Mönche baten Savonarola zu fliehen. Doch er überlieferte sich mit Domenico selbst den Händen seiner Feinde. Sie wurden beide ins Gefängnis geführt. Die Söldner der Signoria bemühten sich vergebens – oder sie taten so, als bemühten sie sich –, die beiden vor den Misshandlungen der Menge zu schützen.

Die einen schlugen Fra Girolamo von hinten auf das Gesäß und näselten, das Singen der »Wimmerer« nachahmend: »Weissage, oh, weissage, Mann Gottes! Wer hat dich geschlagen? Weissage!«

Andere krochen auf allen vieren vor seinen Füßen herum, als suchten sie etwas im Straßenkot, und grunzten: »Das Schlüsselchen, das Schlüsselchen! Hat niemand Girolamos Schlüsselchen gesehen?« Das war eine Anspielung auf das in Savonarolas Predigten oft erwähnte Schlüsselchen, mit dem er die Geheimfächer der römischen Gräuel zu öffnen drohte.

Kinder, die einst der Heiligen Heerschar der kleinen Inquisitoren als Soldaten angehört hatten, bewarfen ihn jetzt mit faulen Äpfeln und stinkenden Eiern. Diejenigen, die nicht durch die Menge durchkamen, schrien von fern und wiederholten immer dieselben Schimpfwörter, als könnten sie sich gar nicht ersättigen an ihnen: »Feigling, Feigling, Feigling, Judas, Verräter! Sodomit! Zauberer, Antichrist!«

Giovanni begleitete Savonarola bis zum Gefängnistor, nach dem Palazzo Vecchio. Als Fra Girolamo die Schwelle des Kerkers überschritt, den er bis zu seiner Hinrichtung nicht verlassen sollte, gab ihm ein Spaßvogel zum Abschied mit dem Knie einen Stoß an den Hintern und schrie: »Da sind deine Prophezeiungen alle herausgekommen!«

Am nächsten Morgen verließ Leonardo mit Giovanni Florenz.

Sofort nach der Ankunft in Mailand vertiefte sich der Meister in die Arbeit, die er achtzehn Jahre lang immer wieder aufgeschoben hatte – das Antlitz des Herrn im »Heiligen Abendmahl«.

An dem Tag der missglückten Feuerprobe, dem Tag vor Palmsonntag, am 7. April 1498, starb völlig unerwartet König Karl VIII. von Frankreich. Die Nachricht von seinem Tod war ein Schreckensschlag für Moro. Denn unter dem Namen Ludwig XII. bestieg nun der ärgste Feind des Hauses Sforza, der Herzog von Orléans, den Thron Frankreichs. Als Enkel der Valentina Visconti, der Tochter des ersten Herzogs von Mailand, hielt er sich für den einzigen rechtmäßigen Erben der Lombardei und plante sie zu erobern und das »Räubernest der Sforza« dem Erdboden gleichzumachen.

Noch vor dem Tod Karls VIII. hatte in Mailand am Hof Moros ein »gelehrter Wettstreit« stattgefunden, der dem Herzog so gefallen hatte, dass zwei Monate danach ein zweiter veranstaltet werden sollte. Viele nahmen an, Moro werde angesichts des bevorstehenden Kriegs diesen Wettkampf absagen. Doch sie irrten: Moro, ein Meister der Verstellung, hielt es für richtiger, seinen Feinden zu zeigen, wie wenig er sich aus ihnen mache – dass unter der milden Herrschaft der Sforza die wiedergeborenen Künste und Wissenschaften, »die Früchte des goldenen Friedens«, in der Lombardei herrlicher blühten denn je und dass sein Thron sich nicht lediglich auf Waffengewalt stütze, sondern auch auf seinen Ruhm, der aufgeklärteste Fürst Italiens, der Beschützer der Musen zu sein.

In der Rocchetta, im großen Ballspielsaal, versammelten sich die Doktoren, Dekane und Magister der Universität Pavia, in roten viereckigen Mützen, hochroten, seidenen, hermelinbesetzten Schulterkragen, sämischledernen violetten Handschuhen, mit goldbestickten Beuteln am Gürtel. Die Damen des Hofes trugen prachtvolle Ballkleider. Zu Moros Füßen, zu beiden Seiten des Thrones, saßen Madonna Lucrezia und Gräfin Cecilia.

Eröffnet wurde die Sitzung durch eine Rede Giorgio Merulas, der den Herzog mit Perikles, Epaminondas, Scipio, Cato, Augustus, Mäzen, Trajan, Titus und vielen andern großen Männern verglich und zu beweisen trachtete, dass das neue Athen – Mailand – das alte überrage.

Dann begann eine theologische Disputation über die Unbefleckte Empfängnis der Jungfrau Maria und eine medizinische über folgende Fragen: Sind schöne Frauen fruchtbarer als hässliche? – War die Heilung des Tobias durch Fischgalle natürlich? – Ist die Frau eine unvollkommene Schöpfung der Natur? – In welchem inneren Organ hatte sich das Wasser gebildet, das aus der Wunde des Herrn floss, als er am Kreuz mit dem Speer durchbohrt wurde? – Ist das Weib wollüstiger als der Mann?

Darauf folgte eine philosophische Auseinandersetzung über das Problem, ob der Urstoff vielgestaltig oder eingestaltig sei.

»Was bedeutet dieses Apophthegma?«, fragte ein zahnloser, giftig lächelnder Greis mit den trüben Augen eines Säuglings, ein gewaltiger Doktor der Scholastik, der seine Gegner dadurch zu verwirren suchte, dass er einen ganz genauen Unterschied zwischen quidditas und habitus konstruierte, sodass ihn kein Mensch verstehen konnte.

»Der Urstoff«, legte ein anderer dar, »ist weder Substanz noch Akzidens. Alldieweil aber unter jedem Aktus entweder eine Akzidens oder eine Substanz zu verstehen ist, ist der Urstoff kein Aktus.«

»Ich behaupte«, schrie ein Dritter, »dass jede geschaffene Substanz, sei sie geistig oder körperlich, der Materie angehört.«

Der alte Doktor der Scholastik schüttelte nur den Kopf, als wüsste er alles, was seine Gegner erwidern könnten, im Voraus und vermöge ihre Sophismen mit einem Atemhauch hinwegzublasen wie Spinngewebe.

»Gesetzt«, dozierte ein Vierter, »die Welt sei ein Baum. Dann sind die Wurzeln der Urstoff, die Blätter das Akzidens, die Äste die Substanz, die Blüten die vernünftige Seele, die Früchte die Engelsnatur und Gott der Gärtner.«

»Der primäre Urstoff ist einförmig«, zeterte ein Fünfter, ohne auf die andern zu hören, »der sekundäre zwiefältig, der tertiäre vielfach. Und alle streben sie zur Einheit. Omnia unitatem appetunt.«

Leonardo hörte wie immer schweigend und einsam zu; bisweilen nur flog ein feines Lächeln über seine Lippen.

Nach einer Pause zeigte ein Mathematiker, der Franziskanermönch Fra Luca Paccioli, gläserne Modelle verschiedener Formen und demonstrierte den pythagoräischen Lehrsatz von den fünf erstgeschaffenen regelmäßigen Körpern, aus denen das Weltall entstanden sei. Dann trug er ein Gedicht vor, in dem diese Körper sich selbst verherrlichen:

»Die süßeste, die schönste Frucht der Wissenschaft
Hat schon vor alters alle Weisen angeregt,
Zu suchen unsre dunkle Ursach.
In körperloser Schönheit strahlen wir,
Wir sind der Urgrund aller Welten.
An unsrer wundervollen Harmonie
Entzückte Plato sich, Pythagoras, Euklid.
Die ew'ge Sphäre füllen wir,
Und unsere Gestalt ist so vollkommen,
Dass alle Körper Maß und das Gesetz von uns erhalten.«

Gräfin Cecilia flüsterte dem Herzog etwas zu und wies auf Leonardo. Moro rief den Künstler heran und bat ihn, an dem Wettstreit teilzunehmen.

»Messere«, wandte sich die Gräfin selbst an ihn, »seid so liebenswürdig …«

»Du siehst, die Damen bitten dich«, sagte der Herzog. »Zier dich nicht lange! Was macht es dir? Erzähl irgendetwas recht Unterhaltendes. Ich weiß ja, dein Geist ist stets voll der wunderbarsten Chimären.«

»Erlasst es mir, Hoheit! Ich täte es gerne, Madonna Cecilia. Aber wirklich, ich kann nicht. Ich vermag es nicht.«

Leonardo verstellte sich nicht. Er sprach tatsächlich nicht gern vor einer großen Zuhörerschaft, und er verstand es auch nicht. Zwischen seinen Worten und seinen Gedanken war eine ewige Scheidewand. Ihm kam es so vor, als übertreibe jedes Wort oder sage nicht genug, als ändere es den Sinn oder löge. Auch die Notizen in seinen Tagebüchern arbeitete er beständig um, er strich dauernd aus und verbesserte. Selbst in der Unterhaltung stockte er häufig, wurde verwirrt, brach ab, suchte nach Worten und fand sie nicht. Redner und Schriftsteller nannte er Schwätzer und Federfuchser; insgeheim aber beneidete er sie. Abgerundete, fließende Redeweise, manchmal gerade bei ganz unbedeutenden Menschen, ärgerte ihn, versetzte ihn aber gleichzeitig in gutmütiges Entzücken: Dass Gott doch manchen Menschen solches Talent verleiht, dachte er wohl.

Je entschiedener Leonardo sich aber weigerte, desto hartnäckiger bestanden die Damen auf ihrer Bitte.

»Messere«, zwitscherten sie im Chor, ihn umringend. »Bitte, seht, wir alle flehen Euch an. Erzählt etwas, erzählt etwas recht Schönes!«

»Erzählt davon, wie die Menschen einst werden fliegen können«, schlug Madonna Fiordiligi vor.

»Lieber etwas von der Magie«, warf Donzella Ermellina ein. »Von der Schwarzen Magie. Das ist so interessant! Oder von Nekromantie. Wie man Tote aus den Gräbern ruft.«

»Erbarmen, Madonna! Ich kann Euch versichern, ich habe niemals Tote gerufen.«

»Nun, einerlei. Dann irgendetwas anderes. Aber es muss recht gruselig sein. Und ohne Mathematik …«

Leonardo konnte nie etwas abschlagen, um was man ihn auch bat.

»Ich weiß wirklich nicht, Madonna«, sagte er verlegen.

»Er tut es. Er tut es«, rief Ermellina händeklatschend. »Messer Leonardo will sprechen. Hört!«

»Was ist? Wie? Wer?«, fragte der vor Alter schon schwachsinnige, schwerhörige Dekan der theologischen Fakultät.

»Leonardo!«, schrie ihm sein Nachbar, ein junger Magister der Medizin ins Ohr.

»Über Leonardo Pisano, den Mathematiker? Wie?«

»Nein. Leonardo da Vinci spricht selbst.«

»Da Vinci? Doktor oder Magister?«

»Weder Doktor noch Magister. Nicht einmal Baccalaureus. Einfach Künstler. Der Leonardo, der das ›Heilige Abendmahl‹ gemalt hat.«

»Maler? Spricht er über Malerei?«

»Anscheinend über Naturwissenschaften.«

»Naturwissenschaften? Sind denn die Künstler jetzt Gelehrte? Leonardo? Habe ich nie gehört. Was hat er denn geschrieben?«

»Gar nichts. Er gibt keine Bücher heraus.«

»Gibt keine Bücher heraus?«

»Er soll mit der linken Hand schreiben«, mischte sich jemand von den Umsitzenden ein. »In einer Geheimschrift, damit es niemand lesen kann.«

»Damit es niemand lesen kann? Mit der linken Hand?«, gab der Dekan mit immer größerem Staunen zurück. »Nun, dann wird es wohl etwas sehr Lustiges sein? Wie? Zur Erholung nach der Arbeit, denke ich mir. Zur Unterhaltung des Herzogs und dieser schönen Damen.«

»Vielleicht ist es etwas Lustiges. Wir wollen sehen.«

»Nun also. Das hättet Ihr gleich sagen sollen. Natürlich, es sind ja Herrschaften vom Hof, die wollen sich belustigen. Spaßige Leute, diese Künstler! Die verstehen es, andere aufzuheitern. Der Narr Buffalmacco soll ja auch so ein Spaßvogel gewesen sein ... Nun, wir wollen hören, was das für einer ist, dieser Leonardo.«

Er putzte seine Brille, um das bevorstehende Schauspiel besser sehen zu können.

Leonardo warf dem Herzog zum letzten Mal einen flehenden Blick zu. Der legte lächelnd die Stirn in Falten. Gräfin Cecilia drohte mit dem Finger.

Man nimmt es mir womöglich noch übel, dachte der Künstler. Ich muss bald wieder um Bronze für den »Koloss« bitten ... Ach, einerlei, was auch kommt – ich erzähle ihnen das Erstbeste, was mir einfällt. Nur um sie loszuwerden.

Er gab sich einen verzweifelten Ruck, bestieg das Katheder und ließ seinen Blick über die gelehrte Versammlung schweifen.

»Ich muss im Voraus bemerken, meine Herrschaften«, begann er stotternd und errötend wie ein Schuljunge, »es kommt mir völlig unerwartet ... Lediglich auf den Wunsch des Herzogs ... Das heißt – ich wollte sagen... Ich meine... Also, kurz und gut – ich will über Muscheln sprechen ...«

Und nun erzählte er von versteinerten Seetieren, von den in weit vom Meer entfernten Höhlen und Bergen aufgefundenen Abdrücken von Seealgen und Korallen, die Zeugnis davon ablegen, wie gewaltig sich seit alter Vorzeit das Antlitz der Erde verändert hat: Da, wo jetzt Festland und Berge sind, war einst Meeresboden. Das Wasser, die bewegende Kraft der Natur, ihr »Fuhrmann«, schafft und zerstört Berge. Die Ufer wachsen nach der Mitte des Meers hin an; die zwischen Ländern gelegenen Binnenmeere legen allmählich ihren Boden bloß, bis schließlich nur das Bett einer einzigen Strömung übrig bleibt, die dann in den Ozean einmündet. So hat der Po bereits die Lombardei entwässert und wird in Zukunft dasselbe mit dem ganzen Adriatischen Meer tun. Der Nil wird das Mittelländische Meer in Sandhügel und Ebenen, wie Ägypten und Libyen, verwandeln und dann bei Gibraltar in den Ozean münden.

»Ich bin überzeugt«, schloss Leonardo, »dass die von den Gelehrten bisher noch arg vernachlässigte Erforschung der versteinerten Pflanzen und Tiere den Grund einer völlig neuen Wissenschaft von der Erde, von ihrer Vergangenheit und ihrer Zukunft legen wird …«

Leonardos Gedanken waren so klar und bestimmt, trotz seiner offensichtlichen Bescheidenheit von so unerschütterlichem Glauben an die Wissenschaft erfüllt und so ganz anders als Paccíolis nebelhafte pythagoreische Hirngespinste und die tote Scholastik der gelehrten Doctores, dass, als er schwieg, auf vielen Gesichtern ratloses Staunen lag: Was jetzt, was tun? Soll man loben oder lachen? Ist das eine neue Wissenschaft oder überhebliches Gefasel eines Ignoranten?

»Wir wünschten von Herzen, mein lieber Leonardo«, sagte der Herzog nachsichtig lächelnd, so wie Erwachsene mit kleinen Kindern reden, »wir wünschten von Herzen, deine Prophezeiung ginge in Erfüllung: dass das Adriatische Meer austrocknet und dass die Venezianer, unsere Feinde, dann in ihren Lagunen sitzen wie die Krebse im Sand.«

Alle lachten ehrerbietig und gleichzeitig übertrieben geräuschvoll. Die Richtung war angegeben, die höfischen Wetterfahnen drehten sich nach dem Wind. Der Rektor der Universität Pavia, Messer Gabriele Pirovano, ein schöner Greis mit silberweißem Haar und einem sehr majestätischen, aber höchst unbedeutenden Gesicht, sagte, den herablassenden Scherz des Herzogs in seinem höflich behutsamen, flachen Lächeln widerspiegelnd: »Die von Euch gemachten Beobachtungen sind außerordentlich interessant, Messer Leonardo. Ich möchte mir nur eine Bemerkung gestatten: wäre es nicht viel einfacher, die Herkunft dieser kleinen Muscheln – eines zufälligen, unterhaltenden, man kann wohl sagen, entzückenden, aber völlig unschuldigen Naturspiels, auf das Ihr eine ganze Wissenschaft aufbauen wollt –, wäre es nicht viel einfacher, sage ich, ihre Herkunft, so wie man bisher tat, mit der Sintflut zu erklären?«

»Ja, ja, die Sintflut!«, erwiderte Leonardo, jetzt ohne jede Befangenheit, vielmehr mit einer Ungezwungenheit, die vielen allzu frei, ja anmaßend erschien. »Ich weiß, alle sagen: die Sintflut. Diese Erklärung taugt aber nicht. Urteilt selbst: Nach den Worten dessen, der ihn selbst gemessen hat, soll während der Sintflut der Wasserspiegel fünfzehn Ellen über den höchsten Bergen gestanden haben. Also hätten die von den stürmischen Wogen fortgetragenen Muscheln doch von oben herabsinken müssen – von oben, Messer Gabriele! – und nicht von der Seite her, nicht an den Sohlen der Berge und nicht im Innern unterirdischer Höhlen; außerdem ohne Ordnung, nach den Launen der Wellen, aber nicht in stets gleicher Höhe, in aufeinanderfolgenden Schichten, wie wir es beobachten. Und bemerkt auch Folgendes – das ist sehr interessant: Die Tiere, die in größeren Gemeinschaften leben, wie Schleimwürmer, Tintenfische, Austern, liegen stets ebenso beieinander, dagegen liegen diejenigen, die einzeln leben, auch einzeln, genau so, wie wir es noch heute am Meeresstrand beobachten können. Ich selbst habe mehrfach diese Lage versteinerter Muscheln in der Toskana, in der Lombardei, in Piemont festgestellt. Falls Ihr nun aber behauptet, sie seien nicht von den Wogen hergetragen worden, sondern sie seien selbst mit dem steigenden Wasser in höhere Gebiete gezogen, so lässt sich auch dieser Einwand leicht widerlegen. Denn die Muschel ist ein ebenso langsames Tier wie die Schnecke, wenn nicht noch langsamer. Sie schwimmt nie, sie kriecht nur mittels einer Bewegung ihrer Schalen über Sand und Steine; sie kann auf diese Weise höchstens drei, vier Ellen am Tag zurücklegen. Nun sagt mir doch einmal, Messer Gabriele, wie soll da eine Muschel in den vierzig Tagen, die nach dem Zeugnis des Moses die Sintflut gedauert hat, die 250 Meilen durchkrochen haben, die die Hügel von Montferrat vom Gestade der Adria trennen? So etwas kann nur jemand zu behaupten wagen, der Experimente und Beobachtungen verachtet, der nach Büchern über die Natur urteilt, nach Fantastereien von Schwätzern und Literaten; der nie genügendes Interesse aufgebracht hat, um mit eigenen Augen das anzuschauen, wovon er redet.«

Ein peinliches Schweigen trat ein. Alle hatten das Gefühl, dass die Erwiderung des Rektors schwach gewesen war und dass er nicht berechtigt war, Leonardo als Schüler anzusehen, sondern eher umgekehrt.

Schließlich schlug der Hofastrologe, Messer Ambrogio da Rosate, Moros Liebling, unter Hinweis auf Plinius den Älteren eine andere Erklärung vor: Diese Versteinerungen hätten nur äußerlich die Gestalt von Seetieren und seien im Schoß der Erde durch den magischen Einfluss der Gestirne entstanden.

Als Leonardo das Wort »magisch« vernahm, spielte ein ergebenes, gelangweiltes Lächeln um seine Lippen. »Wie wollt Ihr aber die Tatsache erklären, Messer Ambrogio«, entgegnete er, »dass der Einfluss ein und derselben Gestirne an ein und demselben Ort Tiere nicht nur verschiedener Arten, sondern auch verschiedenen Alters erzeugte? Ich habe nämlich gefunden, dass man an Durchschnitten von Muscheln – genau so wie bei den Hörnern der Rinder und Schafe oder bei Baumstämmen – mit Genauigkeit nicht nur die Zahl der Jahre, sondern sogar der Monate ihres Lebens feststellen kann. Wie wollt Ihr erklären, dass die einen unversehrt, andere zerbrochen sind, noch andere innen Sand, Schlamm, Krabbenscheren, Fischgräten und Zähne aufweisen oder grobkörnigen Schutt aus von den Wellen rund geschliffenen Steinchen, wie man ihn am Meeresgestade findet? Und die zarten Abdrücke von Blättern auf dem Felsgestein ganz hoher Berge? Und die an Muscheln hängenden, versteinerten, zu Knäueln zusammengepressten Algen? Woher das alles? Ist das alles Einfluss der Gestirne? Ja, wenn man so urteilen will, Messere, dann gibt es, glaube ich, in der ganzen Natur nicht eine einzige Erscheinung, die man nicht durch ›magischen Einfluss der Gestirne‹ erklären könnte! Dann wäre jede Wissenschaft außer der Astrologie eitel.«

Der alte Doktor der Scholastik bat ums Wort, und als er es erhielt, bemängelte er, dass dieser Streit ganz falsch geführt werde. Eines von beiden: Entweder gehöre das Problem der ausgegrabenen Versteinerungen der niederen, der »mechanischen« Wissenschaft an, die nichts mit Metaphysik zu tun habe – dann lohne es aber nicht, darüber zu reden, denn man sei nicht zusammengekommen, um nichtphilosophische Fragen zu diskutieren; oder aber es gehöre zur wirklichen, höchsten Wissenschaft, zur Dialektik: in diesem Fall dürfe man es aber nur nach den Regeln der Dialektik erörtern, indem man die Gedanken zu rein geistiger Betrachtung erhebe.

»Ich weiß«, sagte Leonardo noch ergebener und gelangweilter. »Ich weiß, was Ihr sagen wollt, Messere. Ich habe selbst viel darüber nachgedacht. Aber das ist alles nicht richtig.«

»Nicht richtig?«, lachte der Alte spöttisch und war plötzlich ganz giftgeschwollen. »Wenn es nicht richtig ist, Messere, so erleuchtet uns! Seid so gütig, belehrt uns, was nach Eurer Ansicht richtig ist.«

»Ach nein, ich wollte durchaus nicht … Ich versichere Euch … Ich wollte ja nur von Muscheln sprechen … Seht, ich meine … Mit einem Wort, es gibt überhaupt keine höheren und niederen Wissenschaften, sondern nur die eine auf der Erfahrung beruhende Wissenschaft …«

»Auf der Erfahrung? So, so! Gestattet mir aber dann die Frage: Wie steht es mit der Metaphysik des Aristoteles, des Plato, des Plotin – aller alten Philosophen, die sich über Gott, Geist und die Welt ausgelassen haben? Ist das etwa alles …«

»Ja, das ist alles keine Wissenschaft«, erwiderte Leonardo ruhig. »Ich erkenne die Größe der Alten an, aber sie liegt nicht auf diesem Gebiet. In der Wissenschaft gingen sie einen falschen Weg. Sie wollten etwas erkennen, was der Erkenntnis nicht zugänglich ist; das ihnen Zugängliche aber haben sie verschmäht. Sie haben sich selbst geirrt und haben andere für viele Jahrhunderte irregeführt. Denn wenn die Menschen über Unbeweisbares sprechen, können sie nie zu einem Einverständnis kommen. Wo es keine vernünftigen Beweise gibt, ersetzt man sie durch das laute Geschrei. Wer aber weiß, der hat nicht nötig zu schreien. Das Wort der Wahrheit ist nur eines, und wenn das gesagt ist, muss alles Geschrei der Streitenden verstummen. Wird noch weiter geschrien, so bedeutet das nur, dass die Wahrheit noch nicht gefunden ist. Streitet man etwa in der Mathematik darüber, ob zweimal drei sechs ist oder fünf? Ob die Summe der Winkel eines Dreiecks gleich zwei Rechten ist oder nicht? Verschwindet hier nicht jeder Widerspruch vor der Wahrheit, sodass ihre Diener sich ihrer in Frieden freuen können, was bei den vermeintlichen, sophistischen Wissenschaften niemals der Fall ist?« Er wollte noch etwas hinzufügen; nach einem Blick auf den Gegner aber verstummte er.

»Nun, so weit wären wir also, Messer Leonardo«, lachte noch giftiger der Doktor der Scholastik. »Ich wusste übrigens, dass wir einander gut verstehen würden. Eines nur begreife ich nicht recht – verzeiht mir altem Mann –, wie ist das? Sind etwa alle unsere Erkenntnisse von der Seele, von Gott, vom Leben nach dem Tod, die doch keiner natürlichen Erfahrung unterliegen, die unbeweisbar sind, wie Ihr Euch ausdrücktet, aber durch das Zeugnis der Heiligen Schrift unumstößlich bewiesen werden …«

»Das behaupte ich ja gar nicht«, unterbrach ihn Leonardo mit finsterer Miene. »Ich lasse alle von Gott inspirierten Bücher aus dem Spiel, denn sie sind höchste Wahrheit.«

Man ließ ihn nicht ausreden. Allgemeine Verwirrung entstand. Die einen schrien, andere lachten, einige sprangen von den Sitzen auf und wandten ihm zornige Gesichter zu, noch andere zuckten nur verächtlich die Achseln und wandten sich ab.

»Genug, genug! – Lasst mich ihm antworten, Messere! – Was soll man da antworten, erbarmt Euch! – Unsinn! – Ich bitte ums Wort! – Plato und Aristoteles. Das ist alles kein hohles Ei wert? – Wie kann man so etwas gestatten? Die Wahrheiten unserer heiligen Mutter, der Kirche! – Ketzerei, Ketzerei, Gottlosigkeit!«

Leonardo schwieg. Sein Gesicht war ruhig und traurig. Er fühlte seine Vereinsamung unter diesen Menschen, die sich für Diener der Wissenschaft hielten. Er sah den unüberbrückbaren Abgrund, der ihn von jenen trennte, er empfand Unwillen nicht über seine Gegner, sondern über sich selbst, weil er nicht zur rechten Zeit zu schweigen, dem Streit auszuweichen verstanden hatte – weil er sich schon wieder, trotz seiner reichen Erfahrungen, von der trügerischen Hoffnung hatte verleiten lassen, es genüge, den Menschen die Wahrheit zu sagen, damit sie sie auch annähmen.

Der Herzog, seine Würdenträger und die Damen vom Hof verfolgten den Streit mit großem Vergnügen, obwohl sie schon längst kein Wort mehr verstanden.

»Prachtvoll«, rief der Herzog erfreut und rieb sich die Hände, »das ist wie eine richtige Schlacht. Seht nur, Madonna Cecilia, gleich werden sie sich prügeln. Der Alte da fährt schon aus der Haut, er zittert und droht mit den Fäusten, die Mütze hat er sich heruntergerissen und fuchtelt damit herum. Und der Schwarze da, der Schwarze hinter ihm: der Schaum steht ihm vor dem Mund. Und weshalb das alles? Wegen ... versteinerter Muscheln. Sonderliches Volk, diese Gelehrten! Man hat es wirklich schlimm mit ihnen. Und unser Leonardo erst. Sonst tut er immer so still.«

Alle lachten und ergötzten sich an diesem Wettstreit der Gelehrten wie an einem Hahnenkampf.

»Jetzt muss ich aber meinen Leonardo retten«, sagte der Herzog, »sonst hacken ihn die Rotmützen in Stücke.«

Er trat unter die erbitterten Gegner. Sie verstummten und wichen vor ihm zurück, als hätte man besänftigendes Öl auf stürmische Meereswogen gegossen: Ein einziges Lächeln Moros genügte, um Physik und Metaphysik zu versöhnen.

Er lud die Gäste zur Abendtafel und fügte liebenswürdig hinzu: »Nun, Messeri, Ihr habt gestritten und habt Euch erhitzt. Jetzt ist es aber genug. Man muss sich auch stärken. Ich bitte freundlichst. Ich hoffe, meine gekochten Tiere aus dem Adriatischen Meer – Gott sei Dank, dass es noch nicht ausgetrocknet ist – werden weniger Streit erregen als Messer Leonardos versteinerte Muscheln.«

Bei der Abendtafel flüsterte Luca Paccioli, der neben Leonardo saß, ihm ins Ohr: »Seid nicht böse, mein Freund, dass ich schwieg, als die andern über Euch herfielen. Sie haben Euch nicht richtig verstanden. Aber eigentlich hättet Ihr sehr gut mit ihnen zu einer Einigung kommen können, denn eines hindert nicht das andere. Man muss nie bis zum Äußersten gehen, dann lässt sich alles versöhnen und in Einklang bringen.«

»Ich bin völlig einverstanden mit Euch, Fra Luca«, antwortete Leonardo.

»Nun also. So ist es besser: Immer in Frieden und Eintracht. Ich bitte Euch, wozu soll man streiten? Metaphysik ist sehr schön, und Mathematik ist auch schön. Es ist Platz für alle. Ihr gebt uns nach und wir Euch. Ist es nicht so, Teuerster?«

»Aber gewiss, Fra Luca.«

»Herrlich, herrlich! Es wird also kein Missverständnis weiter geben. Jeder bekommt sein Recht.«

Ein sanftes Kalb saugt bei zwei Müttern, dachte der Künstler und schaute in das schlaue Gesicht des mönchischen Mathematikers mit den flinken Mäuseaugen, der Pythagoras mit Thomas von Aquin zu versöhnen verstand.

»Auf Euer Wohl, Meister!«, sagte Leonardos anderer Tischnachbar, der Alchimist Galeotto Sacrobosco, hob seinen Becher und beugte sich mit der Miene eines Eingeweihten zu ihm hinüber. »Die habt Ihr aber geschickt an Eure Angel bekommen; hols der Teufel, eine sehr feine Allegorie!«

»Was für eine Allegorie?«

»Schon wieder. Das ist nicht schön, Messere. Ich meine, mir brauchtet Ihr nichts vorzumachen. Wir sind doch, Gott sei Dank, beide Eingeweihte und werden einander nicht verraten.« Der Alte zwinkerte listig mit den Augen: »Was für eine Allegorie, fragt Ihr? Ich will es Euch sagen: Die Erde bedeutet den Schwefel; die Sonne das Salz; die Gewässer des Ozeans, die einst die Gipfel der Berge bedeckten, das Quecksilber, die lebende Flüssigkeit Merkurs. Was? War es nicht so?«

»Jawohl, Messer Galeotto, genau so«, lachte Leonardo. »Ihr habt meine Allegorie erstaunlich richtig erfasst.«

»Habe ich sie erfasst? Seht Ihr! Ich verstehe also auch etwas. Und die versteinerten Muscheln bedeuten das große Geheimnis der Alchimisten, den Stein der Weisen, der entsteht aus der Verbindung von Sonne-Salz, Erde-Schwefel und Wasser-Quecksilber. Es ist die göttliche Verwandlung der Metalle.«

Der Alte hob den Zeigefinger, zog die vom Feuer seines alchimistischen Herdes versengten Brauen hoch und brach in sein gutes, kindlich einfältiges Lachen aus: »Und unsere großen Gelehrten mit den roten Mützen haben von alledem nichts verstanden: Nun, trinken wir auf Euer Wohl, Messer Leonardo, und auf das Gedeihen unserer Mutter Alchimie.«

»Aber mit Vergnügen, Messer Galeotto. Jetzt sehe ich ein, dass man Euch doch nichts verheimlichen kann, und ich gebe mein Wort, dass ich mich hinfort nie wieder verstellen werde.«

Nach der Abendtafel verabschiedeten sich die Gäste. Nur eine kleine, ausgewählte Gesellschaft lud der Herzog in ein kühles, behagliches Gemach, wohin er Wein und Früchte bringen ließ.

»Ach, es war reizend, zu reizend!«, schwärmte Donzella Ermellina. »Ich hätte nie gedacht, dass es so spaßhaft sein könnte. Offen gesagt, ich dachte es mir langweilig. Aber das ist ja noch schöner als ein Ball. Mit Vergnügen würde ich täglich einem gelehrten Wettstreit beiwohnen. Wie sie wütend wurden über Leonardo, wie sie losschrien. Schade, dass sie ihn nicht ausreden ließen. Ich hätte ihn zu gern noch von seiner Zauberei, von Nekromantie erzählen hören.«

»Ich weiß nicht, ob es wahr ist – vielleicht ist es auch nur Gerede«, sagte ein alter Edelmann. »Leonardo soll doch so ketzerische Ideen im Kopf haben, dass er gar nicht mehr an Gott glaubt. Er hat sich ganz den Naturwissenschaften ergeben und meint, es sei besser, ein Philosoph zu sein als ein Christ.«

»Unsinn«, erklärte der Herzog sehr entschieden. »Ich kenne ihn. Er hat ein goldenes Herz. Nur mit Worten ist er so kühn. In Wahrheit tut er keinem Floh etwas zuleide. Es heißt, er sei ein gefährlicher Mensch. Nun, da haben sie den Rechten gefunden, vor dem man sich fürchten muss. Mögen die heiligen Väter von der Inquisition schreien, so viel sie wollen – ich lasse mir meinen Leonardo nicht antasten.«

»Auch die Nachwelt wird es Eurer Hoheit danken«, sagte mit ehrerbietiger Verbeugung Baldassare Castiglioni, ein eleganter Herr vom Hof zu Urbino, der in Mailand zu Gast weilte, »dass Ihr einen so ungewöhnlichen, man kann wohl sagen, in der Welt ganz einzigartigen Künstler beschützt. Schade immerhin, dass er die Kunst so vernachlässigt und seinen Geist mit so seltsamen Träumereien, so absonderlichen Chimären beschäftigt.«

»Ihr habt ganz recht, Messer Baldassare«, pflichtete ihm Moro bei. »Wie oft habe ich ihm schon gesagt: Lass diese ganze Philosophie! Nun, Ihr wisst ja, wie Künstler sind. Da ist nichts zu machen. Verlangen darf man nichts von ihnen. Sonderlinge sind sie.«

»Hoheit geruhten das sehr richtig auszudrücken«, fiel ein anderer Würdenträger ein, der erste Kommissar der Salzzölle, der schon längst gern etwas von Leonardo erzählen wollte. »Künstler sind wirkliche Sonderlinge. Dinge denken sie sich manchmal aus, dass man staunen muss. Kürzlich komme ich zufällig zu Leonardo in die Werkstatt, um eine allegorische Zeichnung für eine Hochzeitstruhe zu bestellen. ›Ist der Meister zu Hause?‹, frage ich. – ›Nein, er ist ausgegangen; er ist sehr beschäftigt und nimmt keine Aufträge an.‹ – ›Womit ist er denn so beschäftigt?‹, frage ich. – ›Er will das Gewicht der Luft feststellen.‹ Ich dachte, man wolle sich lustig machen über mich. Dann traf ich aber Leonardo selbst. ›Ist es wahr, Messere, dass Ihr das Gewicht der Luft untersucht?‹ – ›Ja‹, sagt er und sieht mich an wie einen Narren. Das Gewicht der Luft! Wie gefällt Euch das, Madonna? Wie viel Pfund, wie viel Gramm wiegt wohl ein lindes Frühlingslüftchen?«

»Das ist noch gar nichts«, bemerkte ein junger Cameriere mit einem reichlich stumpfsinnigen, eitlen Gesicht. »Ich habe gehört, er habe ein Boot erfunden, das ohne Ruder gegen die Strömung fährt.«

»Ohne Ruder? Ganz von selbst?«

»Ja. Mit Rädern, durch Dampfkraft.«

»Ein Boot – mit Rädern? Das habt Ihr Euch wohl selbst ausgedacht?«

»Ich versichere es Euch bei meiner Ehre, Madonna Cecilia, ich habe es von Fra Luca Paccioli gehört, der die Zeichnung der Maschine gesehen hat. Leonardo ist der Ansicht, dem Dampf wohne solche Kraft inne, dass man damit nicht nur Boote, sondern sogar große Schiffe treiben könne.«

»Nun also, da seht Ihr. Ich habe es doch gesagt: Das ist schwarze Magie – Nekromantie«, rief Donzella Ermellina.

»Ja, ein sonderlicher Kauz ist er, das lässt sich nicht leugnen«, schloss der Herzog mit gutmütigem Lächeln. »Ich liebe ihn aber doch. Wenn er da ist, ists lustig; man langweilt sich nie.«

Durch eine stille Straße der Vorstadt an der Porta Vercellina kehrte Leonardo heim. Am Rand des Wegs rupften Ziegen Gras. Ein sonnengebräunter Knabe trieb mit einer Rute eine Herde Gänse vor sich her. Der Abend war klar. Nur im Norden, über den nicht sichtbaren Alpen, lasteten schwer, als seien sie aus Stein, goldumrahmte Wolken. Mitten zwischen ihnen blinkte ein einsamer Stern am Himmel.

Leonardo dachte an die beiden Wettkämpfe, deren Zeuge er gewesen war – an den Kampf um das Wunder in Florenz und an den Streit der Gelehrten in Mailand –, und überlegte, wie ähnlich und doch gleichzeitig wie verschieden sie gewesen waren: wie zwei Doppelgänger.

Auf einer außen an ein baufälliges Häuschen angeklebten Steintreppe saß ein etwa sechsjähriges Mädchen und aß ein Stück Roggengebäck mit gebratenen Zwiebeln.

Leonardo blieb stehen und winkte der Kleinen. Sie sah ihn ängstlich an, dann aber fasste sie offenbar Vertrauen zu seinem Lächeln; sie lächelte ebenfalls und kletterte mit ihren braunen, nackten Beinchen behutsam die Stufen hinab, auf denen Küchenabfälle, Eier- und Krebsschalen herumlagen. Er nahm eine sorgsam in Papier gewickelte, gezuckerte und vergoldete Pomeranze aus der Tasche, eine von den Leckereien, die bei Hof gereicht wurden und die er gern bei Tisch einsteckte, um sie auf seinen Spaziergängen Straßenkindern zu schenken.

»Aus Gold?«, flüsterte die Kleine. »Ein Ball aus Gold!«

»Das ist kein Ball, sondern ein Apfel. Versuch mal, innen ist er ganz süß.«

Die Kleine konnte sich nicht entschließen, hineinzubeißen. Sie betrachtete die noch nie gesehene Leckerei mit stummem Entzücken.

»Wie heißt du?«, fragte Leonardo.

»Maia.«

»Maia, kennst du schon die Geschichte, wie der Hahn, der Bock und der Esel zusammen fischen gingen?«

»Nein.«

»Soll ich sie dir erzählen?«

Er strich mit seiner mädchenzarten, langen, feinen Hand über ihr weiches, zerzaustes Haar.

»Komm, wir wollen uns hinsetzen. Wart mal, ich habe auch noch

Anisplätzchen. Ich sehe schon, den goldenen Apfel isst du ja doch nicht.«

Er suchte in der Tasche. Auf der Vortreppe erschien eine junge Frau. Sie sah Leonardo und Maia an, nickte beiden freundlich zu und setzte sich an den Spinnrocken. Nach ihr kam eine gebückte Alte aus dem Haus. Sie hatte dieselben klaren Augen wie Maia und war wohl die Großmutter. Auch sie schaute Leonardo an und schlug plötzlich, als habe sie ihn erkannt, die Hände zusammen; sie beugte sich zu der Spinnerin und flüsterte ihr etwas ins Ohr. Die junge Frau sprang auf und rief: »Maia, Maia! Schnell, komm her!«

Die Kleine zögerte.

»Du sollst herkommen, du ungezogenes Ding! Wart nur, ich werde dich …«

Erschrocken eilte Maia die Treppe hinauf. Die Großmutter entriss ihr den goldenen Apfel und warf ihn über die Mauer in den Nachbarhof, wo Schweine grunzten. Die Kleine fing an zu weinen. Aber die Alte flüsterte ihr etwas zu und wies auf Leonardo. Maia beruhigte sich sofort und starrte Leonardo mit weit aufgerissenen, entsetzten Augen an.

Leonardo wandte sich ab, senkte den Kopf und entfernte sich wortlos. Er hatte begriffen, dass die Alte ihn von Ansehen kannte, dass sie gehört hatte, er sei ein Zauberer, und nun glaubte, er wolle Maia mit seinem bösen Blick behexen. Er eilte fort, fast als fliehe er, und war so verwirrt, dass er immer noch in der Tasche nach den jetzt nicht mehr benötigten Anisplätzchen kramte.

Vor diesen erschrockenen, unschuldigen Kinderaugen fühlte er sich vereinsamter als vor der tobenden Volksmenge, die ihn als Gottesleugner hatte erschlagen wollen, als vor der Versammlung von Gelehrten, die über die Wahrheit gelacht hatten wie über das Stammeln eines Verrückten. Er fühlte sich den Menschen so fern wie der einsame Abendstern am hoffnungslosen, klaren Himmel.

Zu Hause angelangt, betrat er sein Arbeitszimmer. Mit den verstaubten Büchern, den wissenschaftlichen Apparaten kam es ihm finsterer vor als ein Kerker. Er setzte sich an den Tisch, zündete die Kerze an, nahm eines seiner Hefte vor und vertiefte sich in die kürzlich begonnene Untersuchung der Bewegungsgesetze von Körpern auf einer schiefen Ebene.

Mathematik wirkte ebenso beruhigend auf ihn wie Musik. Auch an diesem Abend gab sie seinem Herzen die wohlbekannte wohlige Ruhe.

Als er mit seinen Berechnungen fertig war, entnahm er dem Geheimfach des Tischs sein Tagebuch und schrieb mit der linken Hand in Spiegelschrift die Gedanken nieder, die der Gelehrtenstreit in ihm geweckt hatte.

»Büchermenschen und Literaten, Schüler des Aristoteles, Krähen in Pfauenfedern, die Verkünder und Wiederholer fremden Wirkens verachten mich, den Erfinder. Ich könnte ihnen wohl antworten wie Marius den römischen Patriziern: ›Ihr schmückt euch mit fremden Taten, mir aber wollt ihr die Früchte meiner eigenen nicht lassen.‹

Zwischen Naturforschern und den Nachahmern der Alten besteht der gleiche Unterschied wie zwischen einem Gegenstand und seinem Abbild im Spiegel. Die Leute meinen, weil ich kein Literat bin wie sie selbst, habe ich kein Recht, über Wissenschaft zu schreiben und zu sprechen, denn ich könne meine Gedanken nicht richtig ausdrücken. Sie wissen nicht, dass meine Stärke nicht in Worten liegt, sondern in der Erfahrung, der Lehrmeisterin aller, die gut geschrieben haben.

Ich will mich nicht und ich kann mich auch nicht wie sie auf die Bücher der Alten berufen; ich berufe mich auf das, was wahrhafter ist als Bücher: auf die Erfahrung, die Lehrmeisterin aller Lehrer.«

Die Kerze brannte trübe. Der einzige Freund seiner schlaflosen Nächte, der Kater, sprang auf den Tisch, schnurrte und schmiegte sich gleichgültig an. Der einsame Stern wirkte durch die staubigen Fensterscheiben noch ferner, noch hoffnungsloser. Leonardo betrachtete ihn und dachte an Maias in grenzenlosem Entsetzen auf ihn gerichtete Augen. Aber es stimmte ihn nicht mehr wehmütig: Er war jetzt wieder klar und fest in seiner Vereinsamung.

Nur in der tiefsten Tiefe seines Herzens, die er selbst nicht kannte, regte sich, wie ein warmer Quell unter der Eisdecke eines zugefrorenen Flusses, unverständliche Bitterkeit, fast Gewissensqual, als sei er wirklich irgendwie schuldig vor Maia. Er wollte sich freisprechen und vermochte es nicht.

Am nächsten Morgen wollte sich Leonardo ins Kloster delle Grazie begeben, um am Antlitz Christi weiterzuarbeiten.

Der Mechaniker Astro erwartete ihn vor der Haustür mit Heften, Pinseln und Farbkästen. Als der Künstler auf den Hof hinaustrat, sah er, wie der Pferdeknecht Nastagio unter einem Schutzdach sehr eifrig die Apfelschimmelstute mit dem Striegel putzte.

»Wie geht es Giannino?«, fragte Leonardo.

Giannino war eines seiner Lieblingspferde.

»Gut«, antwortete der Knecht lässig. »Aber der Schecke lahmt.«

»Der Schecke?«, sagte Leonardo ärgerlich. »Schon lange?«

»Seit vier Tagen.«

Ohne den Herrn anzusehen, stumm und verdrießlich striegelte Nastagio mit solcher Gewalt das Hinterteil des Pferdes, dass das Tier unruhig von einem Bein aufs andere trat.

Leonardo wünschte den Schecken zu sehen. Nastagio führte ihn in den Stall. Als Giovanni Beltraffio in den Hof trat, um sich am Brunnen mit frischem Wasser zu waschen, hörte er jene durchdringende, kreischende, etwas weibische Stimme, die dem Meister immer eigen war, wenn sein plötzlicher, sehr heftiger, aber für niemanden gefährlicher Zorn über ihn kam.

»Wer, sag mir, du Schafskopf, du versoffene Fratze – wer hat dich geheißen, die Pferde vom Rossarzt kurieren zu lassen?«

»Aber ich bitte Euch, Meister – ein krankes Pferd muss doch kuriert werden!«

»Kurieren? Meinst du, Eselskopf, diese stinkende Salbe …«

»Die Salbe nicht. Aber die Worte – die Besprechung … Davon versteht Ihr nichts, deshalb seid Ihr so aufgeregt.«

»Scher dich zum Teufel mit deinen Besprechungen! Wie kann dieser ungebildete Schinder ein Tier kurieren, der keine Ahnung hat vom Bau des Körpers, von der Anatomie.«

Nastagio hob seine verschwommenen, trägen Augen, sah den Herrn argwöhnisch an und sagte mit einer Miene grenzenloser Verachtung: »Anatomie …«

»Halunke! Fort, fort aus meinem Haus!«

Der Knecht zuckte mit keiner Wimper. Aus langer Erfahrung wusste er: Sowie der plötzliche Zorn des Herrn verraucht war, würde er selbst ihn bitten zu bleiben, denn er schätzte ihn als großen Pferdekenner und Pferdeliebhaber.

»Ich wollte sowieso um meine Entlassung bitten«, antwortete Nastagio. »Euer Gnaden schulden mir für drei Monate Lohn. Und mit dem Heu – das ist nicht meine Schuld. Marco gibt kein Geld zu Hafer.«

»Was ist das für eine Sache? Wie kann sich Marco unterstehen, kein Geld zu geben, wenn ich es befohlen habe?«

Der Knecht zuckte die Achseln und wandte sich ab, um zu zeigen, dass er nicht weiter darüber zu reden wünsche. Er räusperte sich umständlich und begann wieder, das Pferd zu putzen, als wolle er seine Wut an ihm auslassen.

Giovanni hörte belustigt lächelnd aufmerksam zu, während er mit dem Handtuch das vom kalten Wasser gerötete Gesicht abrieb.

»Wie ist es, Meister? Wollen wir gehen?«, fragte Astro, der nicht mehr warten mochte.

»Warte«, erwiderte Leonardo, »ich muss mich erst bei Marco wegen des Hafers erkundigen, ob der Gauner die Wahrheit spricht.« Er ging ins Haus. Giovanni folgte ihm.

Marco arbeitete in der Werkstatt. Wie immer befolgte er alle Vorschriften des Meisters mit mathematischer Genauigkeit und maß die schwarze Farbe für die Schatten mit einem winzigen Bleilöffel ab, stets einen mit Ziffern bedeckten Zettel dabei zurate ziehend. Schweißtropfen standen auf seiner Stirn, die Halsadern traten hervor. Er atmete schwer, als müsse er einen Stein bergauf rollen. Die fest zusammengepressten Lippen, der gekrümmte Rücken, der eigenwillig sich sträubende rote Schopf und die roten Hände mit den krummen, dicken Fingern schienen zu besagen: Geduld und Mühe überwinden alles.

»Ach, Messer Leonardo, Ihr seid noch nicht fort? Bitte, könntet Ihr nicht diese Berechnung nachprüfen? Ich habe mich wohl verrechnet.«

»Gut, Marco. Ich wollte jetzt etwas anderes fragen. Ist es wahr, dass du kein Geld zu Hafer für die Pferde herausgibst?«

»Allerdings. Ich gebe kein Geld für Hafer.«

»Was soll das heißen, mein Freund? Ich habe dir doch gesagt«, fuhr der Künstler fort und schaute seinem Haushälter mit immer schüchterner und unsicherer werdendem Blick in das strenge Gesicht, »ich habe dir doch gesagt, Marco, du sollst unbedingt Geld für Hafer geben. Hast du das vergessen?«

»Ich weiß. Aber es ist kein Geld da.«

»Siehst du, das habe ich mir gedacht. Es ist wieder kein Geld da. Erbarm dich, Marco, urteile selbst – Pferde müssen doch Hafer haben!«

Marco antwortete nicht, er warf nur ärgerlich den Pinsel fort. Giovanni beobachtete, wie sich bei beiden der Gesichtsausdruck änderte. Jetzt war der Meister zum Schüler und der Schüler zum Meister geworden.

»Hört, Meister«, erklärte Marco. »Ihr habt mich gebeten, die Wirtschaft zu führen und Euch mit solchen Dingen nicht zu belästigen. Weshalb fangt Ihr also wieder davon an?«

»Marco«, rief Leonardo vorwurfsvoll, »Marco, ich habe dir erst in der vorigen Woche dreißig Fiorini gegeben!«

»Dreißig Fiorini. Rechnet nur nach: Vier davon schuldeten wir Paccioli, zwei diesem Bettler, dem Galeotto Sacrobosco, fünf dem Henker, der für Eure Anatomie Leichen vom Galgen stiehlt, drei habe ich für Ausbesserungen an Ofen und Scheiben im Warmhaus bezahlt, wo Ihr Eure Kröten und Fische haltet, und ganze sechs Golddukaten kostete dieser gestreifte Teufel.«

»Du meinst wohl die Giraffe.«

»Nun ja, die Giraffe. Wir haben selbst nichts zu fressen und füttern das verdammte Vieh. Ihr könnt mit ihm machen, was Ihr wollt – es krepiert doch.«

»Nun wennschon, Marco, mag die Giraffe krepieren«, antwortete Leonardo. »Ich seziere sie. Sie hat sehr interessante Halswirbel.«

»Halswirbel. Ach, Meister, wenn Ihr nicht alle diese Launen hättet – Pferde, Kadaver, Giraffen, Fische und ähnliches Viehzeug –, dann könnten wir herrlich leben, ohne uns vor irgendjemand verbeugen zu müssen. Ist ein Stück tägliches Brot nicht mehr wert?«

»Tägliches Brot: Als ob ich für mich selbst mehr verlange als mein tägliches Brot. Übrigens weiß ich ganz genau, Marco, du würdest dich riesig freuen, wenn alle meine Tiere verreckten, die ich mir mit solcher Mühe und für so schweres Geld anschaffe und die ich so notwendig brauche, wie du dir gar nicht vorstellen kannst. Du willst nur immer durchaus deinen Willen durchsetzen.« Des Meisters Stimme klang hilflos und gereizt. Marco schwieg finster und schlug die Augen nieder. »Wie ist das?«, fuhr Leonardo fort. »Was soll aus uns werden, Marco? Hafer ist nicht da. Das ist doch kein Spaß! So schlimm ist es noch nie gewesen.«

»Es war immer so, und es wird auch so bleiben«, entgegnete Marco. »Was wollt Ihr eigentlich? Schon länger als ein Jahr bekommen wir keinen Quattrino vom Herzog, Ambrogio Ferrara verspricht jeden Tag: morgen, morgen ... Der macht sich nur lustig über uns.«

»Macht sich lustig?«, rief Leonardo. »Warte, dem werde ich zeigen, wie man sich über mich lustig macht! Beim Herzog beklage ich mich über ihn. Ja, den Schurken Ambrogio jage ich ins Bockshorn – Gott schicke ihm schlimme Ostern!«

Marco machte nur eine Geste, als wolle er sagen: Wenn einer jemand ins Bockshorn jagt, dann gewiss nicht Leonardo den herzoglichen Schatzmeister.

»Lasst das lieber, Meister. Wirklich«, riet er, und in seinen harten, eckigen Gesichtszügen erschien plötzlich ein guter, zärtlicher, etwas gönnerhafter Ausdruck. »Gott ist gnädig – irgendwie werden wir schon zurechtkommen. Wenn Ihr unbedingt wollt, dann richte ich es meinethalben so ein, dass das Geld auch zu Hafer für die Gäule langt.«

Er wusste, dass er zu diesem Zweck einen Teil seines eigenen Geldes angreifen musste, das er sonst seiner alten kranken Mutter schickte.

»Es ist nicht nur der Hafer«, rief Leonardo und sank erschöpft auf einen Stuhl. Seine Augen blinzelten und verengten sich wie vor einem heftigen kalten Windzug.

»Hör, Marco, ich muss dir noch etwas anderes sagen. Ich brauche im nächsten Monat unbedingt achtzig Dukaten, weil ich ... Nämlich ... Ich habe Schulden ... Ach, sieh mich nicht so an ...«

»Schulden? Bei wem?«

»Beim Geldwechsler Arnoldo.«

Marco schlug ganz verzweifelt die Hände zusammen. Sein roter Schopf wackelte.

»Beim Geldwechsler Arnoldo? Nun, meinen Glückwunsch. Das muss ich sagen, das habt Ihr gut gemacht! Wisst Ihr auch, dass er eine

Bestie ist? Schlimmer als ein Jude oder Maure. Kein Christenmensch ist der. Ach, Meister, Meister, was habt Ihr angerichtet? Warum habt Ihr mir das nicht gesagt?«

Leonardo ließ den Kopf hängen. »Ich brauche ganz dringend das Geld. Sei mir nicht böse.« Und nach einer kleinen Pause fügte er mit furchtsamer, kläglicher Stimme hinzu: »Hol die Rechnungen. Vielleicht fällt uns etwas ein.«

Marco war zwar fest überzeugt, dass ihnen nichts einfallen würde – weil er aber keinen andern Weg sah, den Meister zu beruhigen, als seiner plötzlichen vorübergehenden Erregung nachzugeben, holte er gehorsam die Rechnungen. Als Leonardo sie von Weitem sah, runzelte er leidend die Stirn. Er betrachtete das wohlbekannte dicke Buch im grünen Einband mit derselben Miene, mit der ein Mensch eine klaffende Wunde am eigenen Körper besieht.

Sie vertieften sich in die Rechnungen, und der große Mathematiker machte jetzt Additions- und Subtraktionsfehler. Dabei fiel ihm plötzlich eine abhandengekommene Rechnung über ein paar tausend Dukaten ein; er suchte nach ihr, wühlte in seinen Schatullen, in staubigen Haufen von Papieren, fand aber statt der gesuchten ganz unnötige, sorgsam eigenhändig geschriebene kleinliche Aufstellungen, wie zum Beispiel die über Salainos Mantel:

Silberbrokat	15 Libre 4 Soldi
Roter Samt zum Besatz	9 Libre
Schnüre	9 Soldi
Knöpfe	12 Soldi

Wütend zerriss er sie und warf die Fetzen fluchend unter den Tisch.

Giovanni beobachtete den Ausdruck menschlicher Schwäche im Gesicht des Meisters, und die Worte eines von Leonardos Verehrern fielen ihm ein: »Ein neuer Gott Hermes Trismegistos hat sich in ihm mit einem neuen Titanen Prometheus vereinigt.« Lächelnd dachte er: So ist er: kein Gott, kein Titane, sondern ein Mensch wie wir alle. Warum habe ich mich gefürchtet vor ihm? Oh, du Armer, du Lieber!

Zwei Tage vergingen. Dann kam alles genau so, wie Marco vorausgesehen hatte. Leonardo vergaß die Geldangelegenheiten, als hätte er überhaupt nie an sie gedacht. Schon am nächsten Tag bat er Marco um drei Fiorini zum Ankauf einer vorsintflutlichen Versteinerung, und zwar mit so harmloser Miene, dass Marco es nicht übers Herz brachte, ihn durch eine Ablehnung zu betrüben, und ihm die drei Fiorini von seinem eigenen, für die Mutter zurückgelegten Geld gab.

Der Schatzmeister zahlte trotz aller Bitten Leonardos das Gehalt immer noch nicht aus. Der Herzog hatte selbst nicht genügend Geld für die gewaltigen Vorbereitungen zum Krieg mit Frankreich.

Leonardo borgte bei allen, von denen er etwas bekommen konnte, sogar bei seinen eigenen Schülern. Selbst das Denkmal Sforzas ließ der Herzog nicht vollenden. Das Tonmodell, die Gussform mit dem eisernen Gerippe, die Rinne für das flüssige Metall, Herd und Schmelzofen, alles war fertig. Aber als der Künstler seine Berechnung der benötigten Bronze einreichte, bekam Moro einen Schreck, wurde böse und weigerte sich sogar, ihn zu empfangen.

Ende November 1498 schrieb Leonardo, von der Not zum Äußersten getrieben, einen Brief an den Herzog. In Leonardos Papieren hat sich ein Entwurf dieses Briefes gefunden. Abgerissene, zusammenhanglose Sätze, wie das Stammeln eines Menschen, der tief beschämt nicht zu betteln versteht: »Signore, ich weiß, dass Eure Hoheit mit wichtigeren Dingen beschäftigt ist; gleichzeitig fürchte ich aber, mein Schweigen könnte Anlass zum Zorn meines Gönners werden, und ich wage deshalb an meine kleinen Nöte zu erinnern und an die zum Stillstand verurteilte Kunst …

Seit zwei Jahren erhalte ich kein Gehalt. Andere Leute, die im Dienst Eurer Hoheit stehen, haben Nebenverdienst und können warten; ich aber mit meiner Kunst, die ich übrigens gern für etwas Einträgliches aufgeben würde …

Mein Leben steht zu Eurer Hoheit Diensten, und ich bin stets bereit, allen Befehlen zu entsprechen …

… Von dem Denkmal will ich gar nicht reden, denn ich sehe ein, die Zeiten …

… Es ist sehr betrüblich für mich, dass die Notwendigkeit, meinen

Lebensunterhalt zu verdienen, mich zwingt, meine Arbeit zu unterbrechen und mich mit Nichtigkeiten abzugeben. Sechsundfünfzig Monate lang musste ich sechs Menschen ernähren, und ich hatte nur fünfzig Dukaten … Ich weiß wirklich nicht, wie ich meine Kräfte verwenden soll … Soll ich an Ruhm denken oder an das tägliche Brot?«

An einem Novemberabend, nachdem Leonardo den ganzen Tag mühseligen Unterredungen geopfert hatte – mit dem freigebigen Messer Gaspare Visconti, mit dem Geldwechsler Arnoldo und mit dem Henker, der das Geld für die Leichen zweier schwangerer Frauen verlangte und im Fall der Zahlungsverweigerung mit einer Anzeige bei der heiligen Inquisition drohte –, kehrte er müde nach Hause zurück. Er begab sich zuerst in die Küche, um seine Kleider zu trocknen, ließ sich dann von Astro den Schlüssel geben und ging zu seinem Arbeitszimmer. Als er sich der Tür näherte, hörte er drinnen Stimmen.

Die Tür ist verschlossen, überlegte er. Was hat das zu bedeuten; sollten es Diebe sein?

Er lauschte, erkannte die Stimmen seiner Schüler Giovanni und Cesare und erriet, dass sie in seinen geheimen Papieren stöberten, die er niemals jemand zeigte. Er wollte die Tür öffnen, malte sich aber aus, mit was für Augen sie ihn ansehen würden, wenn er sie so auf der Tat ertappte, und schämte sich für sie. Errötend und sich umschauend, als habe er ein schlechtes Gewissen, schlich er auf Zehenspitzen von der Tür fort, ging durch die ganze Werkstatt hindurch und rief vom anderen Ende aus mit besonders lauter Stimme, sodass sie ihn unbedingt hören mussten: »Astro, Astro, bring Licht! Wo steckt ihr alle? Andrea, Marco, Giovanni, Cesare!«

Die Stimmen im Arbeitszimmer verstummten. Irgendetwas klirrte, als wäre ein Glas zu Boden gefallen und zerbrochen. Dann klappte ein Fenster. Er lauschte noch und mochte nicht eintreten. In seinem Herzen war nicht Zorn, nicht Schmerz, nur Verstimmung und Widerwillen.

Leonardo hatte sich nicht geirrt: Giovanni und Cesare waren vom Hof her durchs Fenster in das Zimmer eingedrungen, hatten in den Schubladen des Arbeitstischs gewühlt und sahen seine geheimen Papiere, Zeichnungen und Tagebücher durch. Beltraffio hielt mit bleichem Gesicht einen Spiegel, Cesare hatte sich über ihn gebückt und las in ihm Leonardos umgekehrte Schrift: »›Laude del Sole – Lob der Sonne. Ich muss Epikur tadeln, weil er behauptet hat, die Sonne sei wirklich nur so groß, wie sie uns erscheint, und ich wundere mich über Sokrates, der dieses erhabene Gestirn erniedrigte, indem er sagte, es sei nur ein glühender Stein. Ich wünschte, ich verfügte über genügend scharfe Worte, um diejenigen zu tadeln, die eine Vergötterung des Menschen der Vergötterung der Sonne vorziehen …‹«

»Soll ich das auslassen?«, fragte Cesare.

»Nein, ich bitte dich«, sagte Giovanni, »lies weiter bis zum Schluss.«

»›Diejenigen, die Götter in Menschengestalt anbeten‹«, las Cesare weiter, »›irren gewaltig, denn selbst wenn der Mensch so groß wäre wie der Erdball, so wäre er immer noch kleiner als der geringste Planet und ein kaum bemerkbares Pünktchen im Weltall. Außerdem sind alle Menschen der Verwesung unterworfen.‹«

»Seltsam«, wunderte sich Cesare. »Wie ist denn das? Die Sonne betet er an, aber der, der durch seinen Tod den Tod besiegt hat, ist für ihn wie gar nicht vorhanden.« Er wandte die Seite um. »Hier ist noch etwas. Hör zu! ›An allen Enden Europas werden große Völker den Tod eines einzigen Menschen beweinen, der in Asien gestorben ist.‹ Verstehst du das?«

»Nein«, flüsterte Giovanni.

»Der Karfreitag«, erklärte Cesare. »›Oh, ihr Mathematiker‹«, las er weiter. »›Gießt doch Licht aus über diesen Unsinn! Der Geist kann nicht bestehen ohne Körper, und wo kein Fleisch, kein Blut, keine Knochen, keine Zunge und keine Muskeln sind, kann auch keine Stimme und keine Bewegung sein.‹ Das Nächste ist nicht zu entziffern, es ist ausgestrichen. Jetzt kommt der Schluss: ›Was aber alle andern Definitionen des Geistes anbetrifft, so überlasse ich sie den heiligen Vätern, den Lehrern des Volks, die alle Geheimnisse der Natur durch Eingebung von oben her kennen.‹ – Hm, es würde Messer Leonardo wohl nicht glimpflich ergehen, wenn diese Papiere den heiligen Vätern der Inquisition in die Hände fielen … Hier kommt wieder eine Weissagung: ›Nichts tuend, Not und Arbeit verachtend, werden Menschen in Herrlichkeit leben, in Palästen sichtbare Schätze erwerben für unsichtbare, und werden behaupten, das sei die beste Art, Gott zu dienen.‹ – Der Ablass«, riet Cesare. »Das könnte Savonarola gesagt haben. Ein Steinwurf in den Garten des Papstes … ›Die vor tausend Jahren Gestorbenen werden die Lebenden ernähren.‹ Das verstehe ich nicht, das ist mir zu schwer … Ach ja, natürlich. Die vor tausend Jahren Gestorbenen, das sind die Märtyrer und Heiligen, in deren Namen die Mönche Geld einsammeln … ›Sie werden reden zu denen, die Ohren haben und nicht hören, sie werden Lampen anzünden vor denen, die Augen haben und nicht sehen.‹ – Die Heiligenbilder. ›Frauen werden Männern ihre Brunst und ihre geheimen Schändlichkeiten eingestehen.‹ – Die Beichte. – Wie gefällt dir das, Giovanni? Wie? Ein wunderbarer Mensch! Überleg nur: Für wen mag er sich solche Rätsel ausdenken? Und es liegt gar keine richtige Bosheit darin. Nur so ein Zeitvertreib, ein Spielen mit Gotteslästerung.«

Cesare blätterte noch ein paar Seiten um und las: »›Viele, die mit angeblichen Wundern handeln, betrügen den dummen Pöbel und vernichten diejenigen, die ihren Betrug aufdecken.‹ Damit ist gewiss die Feuerprobe Savonarolas gemeint und die Wissenschaft, die den Wunderglauben zerstört.«

Er legte das Heft fort und sah Giovanni an. »Es ist wohl genug? Bedarf es noch der Beweise? Die Sache ist ganz klar.«

Beltraffio schüttelte den Kopf. »Nein, Cesare, das ist alles nicht das Richtige … Wenn man eine Stelle fände, wo er ganz offen spricht.«

»Ganz offen? Nein, Freundchen, darauf rechne nicht! Seine Natur ist nun einmal so. Alles ist zwiespältig, er ist listig und voller Ausflüchte wie ein Weib. Darum liebt er auch Rätsel so. Versuchs nur, ihn wirklich zu ertappen. Er kennt sich selbst nicht. Er ist sich selber das allergrößte Rätsel.«

Cesare hat recht, dachte Giovanni. Lieber eine offene Gotteslästerung als diesen Spott, dieses Lächeln des ungläubigen Thomas, der seine Finger in die Wunden des Herrn legt …

Cesare zeigte ihm eine mit orangefarbenem Stift auf blauem Papier ausgeführte Zeichnung, ein kleines zwischen Maschinen und Rechnungen gefundenes Blatt: die Heilige Jungfrau mit dem Kind in der Wüste; sie sitzt auf einem Stein und zeichnet mit dem Finger im Sand

Dreiecke, Kreise und andere Figuren: Die Muttergottes lehrt ihren Sohn Geometrie, die Quelle alles Wissens.

Lange betrachtete Giovanni die seltsame Zeichnung. Er wollte die Unterschrift lesen und hielt den Spiegel daneben. Cesare blickte hinein und hatte gerade die ersten Worte entziffert: »›Die Notwendigkeit, die ewige Lehrmeisterin‹« – da ertönte in der Werkstatt Leonardos Stimme: »Astro, Astro, bring Licht! Wo steckt ihr alle? Andrea, Marco, Giovanni, Cesare!«

Giovanni fuhr zusammen, erbleichte und ließ den Spiegel fallen. Er zerbrach.

»Ein böses Vorzeichen«, lachte Cesare.

Wie ertappte Diebe warfen sie eiligst die Papiere wieder in die Schublade, sammelten die Scherben des Spiegels auf, öffneten das Fenster, sprangen auf das Fensterbrett und kletterten in den Hof hinunter, sich an die Regenrinne und die dicken Zweige der die Hauswand bedeckenden Reben klammernd. Cesare verlor dabei den Halt, stürzte und hätte sich beinahe den Fuß verrenkt.

An diesem Abend fand Leonardo in der Mathematik nicht die gewohnte Beruhigung. Bald stand er auf und ging im Zimmer umher, bald setzte er sich, begann eine Zeichnung und warf sie gleich wieder beiseite. In seiner Seele herrschte finstere Unruhe, als müsse er irgendeinen Entschluss fassen und vermöge es nicht. Seine Gedanken kehrten hartnäckig immer wieder zu ein und demselben Punkt zurück.

Er dachte daran, wie Giovanni zu Savonarola entlaufen und wieder zurückgekehrt war und sich dann anscheinend für eine Zeit beruhigt und ganz der Kunst gewidmet hatte. Aber nach der unglückseligen Feuerprobe und besonders seit dem Tag, da die Kunde vom Sturz des Propheten nach Mailand gekommen war, war er noch elender und hilfloser geworden.

Der Meister sah, wie Giovanni litt; dass er ihn verlassen wollte und es doch nicht konnte; er ahnte den Kampf, der im Herzen des Schülers tobte, das zu tief war, um nicht zu fühlen, aber zu schwach, um die inneren Widersprüche zu überwinden. Manchmal kam es Leonardo so vor, als müsse er Giovanni verstoßen, verjagen, um ihn zu retten; aber er hatte nicht den Mut, es zu tun.

»Wenn ich nur wüsste, wie ich ihm helfen könnte«, grübelte der Künstler. Er lachte bitter. »Ich habe ihn verhext, habe ihn verzaubert. Die Leute sprechen wohl die Wahrheit: Ich habe den bösen Blick.«

Er stieg die steilen Stufen der finsteren Treppe hinauf und pochte an die Tür. Da niemand antwortete, öffnete er selbst. In der engen Kammer herrschte Dämmerung. Man hörte den Regen auf das Dach klatschen und den Herbstwind tosen. In der Ecke vor dem Madonnenbild flackerte ein Lämpchen. Ein schwarzes Kruzifix hing an der weißen Wand. Beltraffio lag angekleidet, unbequem zusammengekauert wie ein krankes Kind, bäuchlings im Bett, die Knie hochgezogen und das Gesicht im Kissen vergraben.

»Giovanni, schläfst du?«, fragte der Meister.

Beltraffio fuhr auf, tat einen leisen Schrei, streckte die Arme aus und starrte Leonardo mit irren, weit aufgerissenen Augen an, mit demselben grenzenlosen Entsetzen, das auch in Maias Augen gelegen hatte.

»Was ist dir, Giovanni? Ich bin es!«

Beltraffio kam anscheinend zu sich und strich sich langsam mit der Hand über die Augen.

»Ach, Ihr seid es, Messer Leonardo? … Mir schien … Ich hatte einen schrecklichen Traum … Also Ihr seid es?«, sagte er noch einmal und sah ihn argwöhnisch, scharf an, als sei er seiner Sache noch nicht ganz sicher.

Der Meister setzte sich auf den Bettrand und legte die Hand auf Giovannis Stirn. »Du hast Fieber. Du bist krank. Weshalb hast du mir das nicht gesagt?«

Giovanni wollte sich abwenden. Plötzlich aber sah er Leonardo wieder an, seine Mundwinkel senkten sich und bebten. Er faltete die Hände und flüsterte flehend: »Meister, jagt mich fort! … Von selbst gehe ich doch nicht; aber ich darf nicht mehr bei Euch bleiben, weil ich … Ja, ja, ich habe gemein gehandelt … Ich bin ein Verräter an Euch.«

Leonardo umarmte ihn und zog ihn an sich. »Was redest du, mein Junge? Gott sei mit dir. Ich sehe ja, wie du dich quälst. Wenn du meinst, du hast dir mir gegenüber irgendetwas vorzuwerfen, so wisse, ich verzeihe dir alles. Vielleicht wirst auch du mir einst verzeihen.«

Giovanni hob still seine großen erstaunten Augen, schmiegte sich in unwiderstehlichem Drang an ihn und verbarg sein Gesicht an seiner Brust, in dem seidenweichen Bart.

»Wenn ich jemals«, stammelte er und schluchzte, dass er am ganzen Körper bebte, »wenn ich Euch jemals verlasse, Meister, so glaubt nicht, dass ich Euch nicht liebe. Ich weiß selbst nicht, was mit mir ist … Entsetzliche Gedanken quälen mich, ich verliere den Verstand … Gott hat mich verlassen … Oh, denkt nur nicht … Nein, ich liebe Euch mehr als alles auf der Welt, mehr als meinen zweiten Vater Fra Benedetto. Niemand kann Euch so lieben wie ich.«

Leonardo streichelte ihm sanft lächelnd den Kopf, die tränenfeuchten Wangen, und tröstete ihn wie ein Kind. »Nun gut, gut; hör auf! Ich weiß ja, dass du mich liebst, mein armer dummer Junge … Gewiss hat dir wieder Cesare etwas eingeredet?«, fügte er noch hinzu. »Weshalb hörst du auf ihn? Er ist klug und unglücklich, er liebt mich, obwohl er sich einbildet, er hasse mich. Er versteht vieles nicht.«

Giovanni wurde plötzlich still; er hörte auf zu weinen, sah dem Meister mit einem seltsamen forschenden Blick in die Augen und schüttelte den Kopf: »Nein«, sagte er langsam, als bringe er die Worte nur mit Mühe heraus. »Nein, es war nicht Cesare. Ich selbst … Nein, nicht ich, sondern – Er …«

»Wer – er?«, fragte der Meister.

Giovanni schmiegte sich noch fester an ihn. Seine Augen weiteten sich wieder vor Entsetzen.

»Nein, nicht …«, flüsterte er kaum hörbar. »Ich bitte Euch … Nicht von Ihm reden …«

Leonardo fühlte, wie Giovanni in seinen Armen zitterte.

»Hör, mein Kind«, sagte er streng, aber freundlich, nicht ganz natürlich, so wie Ärzte mit Kranken sprechen. »Ich sehe, du hast etwas auf dem Herzen. Du musst mir alles sagen. Ich will alles wissen. Hörst du, Giovanni? Dann wird dir leichter werden.« Er überlegte und setzte hinzu: »Sag mir, von wem du eben sprachst.«

Giovanni sah sich ängstlich um, hielt seine Lippen nahe an Leonardos Ohr und flüsterte, nach Atem ringend: »Von Eurem … Doppelgänger.«

»Von meinem Doppelgänger? Was heißt das? Hast du ihn im Traum gesehen?«

»Nein. Im Wachen.«

Leonardo sah ihn scharf an; einen Augenblick hatte er den Eindruck, als rede Giovanni irre.

»Messer Leonardo, Ihr wart doch nicht vorgestern Nacht, am Dienstag, hier bei mir im Zimmer?«

»Nein. Weißt du das nicht selbst?«

»Doch, ich weiß schon … Also, Ihr seht, Meister, dann war es sicher – Er …«

»Wie kommst du auf den Gedanken, dass ich einen Doppelgänger habe? Wie war das?«

Leonardo hatte das Gefühl, dass Giovanni gern selbst alles erzählen wollte, und er hoffte, eine offene Aussprache würde ihn erleichtern.

»Wie das war? Das war so. Er kam zu mir, so wie Ihr heute, zu derselben Stunde, und setzte sich auch zu mir auf den Bettrand, wie Ihr jetzt dasitzt. Und Er sprach und tat wie Ihr, und hatte dasselbe Gesicht wie Ihr, aber – als Spiegelbild. Er ist nicht linkshändig. Ich dachte gleich, Ihr wäret es vielleicht nicht, und Er wusste, dass ich so dachte, aber Er ließ es sich nicht merken. Er tat so, als wüssten wir beide nichts. Nur als Er ging, wandte Er sich zu mir um und fragte: ›Giovanni, hast du nie meinen Doppelgänger gesehen? Wenn du ihn siehst, so fürchte dich nicht!‹ Da verstand ich alles.«

»Und du glaubst es jetzt noch, Giovanni?«

»Wie soll ich es nicht glauben, da ich Ihn gesehen habe, wie ich jetzt Euch sehe? … Und Er sprach mit mir.«

»Über was?«

Giovanni bedeckte sein Gesicht mit den Händen.

»Sag es lieber«, mahnte Leonardo. »Sonst grübelst du dauernd und quälst dich nur.«

»Etwas Ungutes«, antwortete Beltraffio und sah den Meister hoffnungslos flehend an, »etwas Entsetzliches sagte Er. Alles in der Welt sei nur Mechanik, alles sei nur wie jene fürchterliche Spinne mit den sich drehenden Greifern, die Er – das heißt, nein, nicht Er, die Ihr erfunden habt.«

»Was für eine Spinne? Ach ja, ich entsinne mich. Du hast wohl bei mir die Zeichnung der Kriegsmaschine gesehen?«

»Und dann sagte Er noch«, fuhr Giovanni fort, »das, was die Menschen Gott nennen, sei die ewige Kraft, welche diese schreckliche Spinne mit den bluttriefenden eisernen Fängen treibt, und für Gott sei alles einerlei – Wahrheit oder Unwahrheit, Gut oder Böse, Leben oder Tod. Nichts könne man erflehen von ihm, denn er sei wie die Mathematik: zwei mal zwei kann eben nicht fünf sein.«

»Nun gut, gut. Quäl dich nicht! Genug. Ich weiß schon …«

»Nein, Messer Leonardo, wartet. Ihr wisst noch nicht alles. Hört weiter, Meister! Er sagte, auch Christus sei umsonst gekommen, er sei gestorben und nicht auferstanden, er habe nicht den Tod durch den Tod besiegt, er sei im Grab verwest. Als Er das sagte, brach ich in Tränen aus. Er hatte Mitleid mit mir und wollte mich trösten: ›Weine nicht‹, sagte Er, ›du mein armer dummer Junge, es gibt keinen Christus, es gibt nur Liebe, die große Liebe, die Tochter der großen Erkenntnis. Wer alles weiß, der liebt alles.‹ Seht Ihr, Er sprach immer mit Euren Worten. ›Früher‹, sagte Er, ›kam Liebe aus Schwäche, Wunderglauben und Unwissenheit, jetzt aber kommt sie aus Stärke, Wahrheit und Erkenntnis, denn die Schlange hat nicht gelogen: Welches Tages ihr esst vom Baum der Erkenntnis, werdet ihr sein wie die Götter.‹ Und nach diesen Worten begriff ich, dass Er vom Teufel kam, und ich verfluchte Ihn. Er aber ging fort und sagte, er würde wiederkommen.«

Leonardo hörte ihm so aufmerksam zu, als seien das nicht nur irre Reden eines Kranken. Er fühlte, wie Giovannis Blick, jetzt fast ruhig, ihn anklagte, ihm bis in die geheimste Tiefe des Herzens drang.

»Das Schrecklichste aber war«, flüsterte der Schüler, sich langsam vom Meister losmachend und ihn mit durchdringendem Blick anstarrend, »das Abscheulichste war, dass Er lächelte, während Er das alles sagte … Ja, ja, ganz genauso wie Ihr jetzt … Ihr…«

Giovannis Gesicht erbleichte plötzlich und verzerrte sich; er stieß Leonardo zurück und schrie mit gellender, wahnwitziger Stimme: »Du … du … Schon wieder … Du hast dich verstellt … Im Namen Gottes – hinweg, verschwinde, Verfluchter!«

Der Meister erhob sich, sah ihn mit einem gebieterischen Blick an und sprach: »Gott sei mit dir, Giovanni! Jetzt sehe ich ein, dass es wirklich besser für dich ist, mich zu verlassen. Du weißt, in der Heiligen

Schrift heißt es: ›Wer sich aber fürchtet, ist nicht völlig in der Liebe.‹ Wenn du mich mit völliger Liebe liebtest, würdest du dich nicht fürchten, dann würdest du verstehen, dass alles nur Irrwahn und Aberwitz ist, dass ich nicht so bin, wie die Leute denken, dass ich keinen Doppelgänger habe und dass ich vielleicht an meinen Christus und Heiland inniger glaube als diejenigen, die mich einen Diener des Antichrist schelten. Leb wohl, Giovanni; der Herr behüte dich! Fürchte dich nicht: Der Doppelgänger Leonardo kehrt nie wieder zu dir zurück.«

Seine Stimme bebte in unendlicher zornloser Trauer. Er stand auf, um zu gehen.

Ist das wirklich so? Habe ich ihm die Wahrheit gesagt?, überlegte er und fühlte in demselben Augenblick, dass er auch bereit sei zu lügen, wenn es einer Lüge bedürfen sollte, um Giovanni zu retten.

Beltraffio sank in die Knie und küsste dem Meister die Hände. »Nein, nein, ich werde es nie wieder tun .. . Ich weiß, dass es Wahnsinn ist … Ich glaube Euch … Ihr sollt sehen, dass ich diese schrecklichen Gedanken vertreiben werde. Nur verzeiht mir, verzeiht, Meister. Verlasst mich nicht!«

Leonardo blickte ihn mit unsäglichem Mitleid an, neigte sich über ihn und küsste ihn auf den Kopf. »Also hab acht, Giovanni! Denk daran, du hast es mir versprochen … Und jetzt«, fügte er mit seiner gewohnten ruhigen Stimme hinzu, »wollen wir rasch nach unten gehen. Hier ist es kalt. Ich lass dich nicht wieder hinauf, bevor du ganz gesund bist. Übrigens habe ich eine dringende Arbeit – du kannst mir helfen.«

Leonardo führte Giovanni in sein eigenes, neben der Werkstatt gelegenes Schlafzimmer, entfachte das Feuer im Kamin, und als die Flamme knisterte und das Zimmer mit behaglichem Schein erfüllte, sagte er, es müsse noch ein Brett für ein neues Gemälde hergerichtet werden.

Leonardo hoffte, die Arbeit würde den Kranken beruhigen. So kam es auch. Allmählich ließ sich Giovanni von der Arbeit hinreißen. Mit tiefernstem Gesicht, als sei das eine höchst interessante und wichtige Tätigkeit, half er dem Meister, das Brett mit einer giftigen Lösung – doppelschwefligem Arsenik und Sublimat in Weingeist – zu durchtränken, um es vor dem Holzwurm zu bewahren. Dann legten sie die erste Grundschicht auf, füllten sämtliche Fugen und Ritzen mit einer

Mischung aus Alabaster, Zypressenlack und Mastix aus und glätteten alle Unebenheiten mit einem flachen Schabeisen. Die Arbeit ging in Leonardos Händen wie immer flott und rasch vonstatten, wie im Spiel. Er erteilte währenddessen allerhand Ratschläge, lehrte, wie man Pinsel binden müsse, von den dicksten und härtesten aus Schweineborsten in Bleifassung bis zu den feinsten, weichsten aus Eichhörnchenhaar in Gänsefederkielen. Oder dass man der Beize, damit sie schneller trockne, venezianisches Grün mit rotem Eisenocker beimischen solle.

Durch das Zimmer zog der angenehme, flüchtig frische Geruch von Terpentin und Mastix, der Lust zur Arbeit machte. Giovanni rieb mit aller Kraft mithilfe eines sämischledernen Lappens das Brett mit heißem Leinöl ein. Ihm wurde warm dabei, sein Frösteln war ganz vergangen. Einen Augenblick hielt er inne, um Atem zu schöpfen, und sah sich mit gerötetem Gesicht nach dem Meister um.

»Immer flott, keine Müdigkeit«, trieb ihn Leonardo an. »Wenn das Öl kalt wird, zieht es nicht ein.«

Giovanni bog den Rücken, stellte die Beine breit hin, presste die Lippen fest zusammen und machte sich mit neuem Eifer wieder an die Arbeit.

»Nun, wie fühlst du dich?«, fragte Leonardo.

»Gut«, antwortete Giovanni, heiter lächelnd.

Auch die andern Schüler fanden sich in der warmen, hellen Ecke an dem großen, mit samtweichem schwarzem Ruß bedeckten lombardischen Ziegelherd ein, wo es sich so behaglich dem Heulen des Windes und dem Plätschern des Regens lauschen ließ. Der stets frierende, aber immer sorglose Andrea Salaino erschien, der einäugige Zyklop Zoroastro da Peretola, Jacopo und Marco d'Oggiono. Nur Cesare fehlte wie gewöhnlich in dem Freundeskreis.

Leonardo legte das Brett zum Trocknen beiseite und zeigte den andern die beste Art, wirklich reines Öl für die Farben zu gewinnen. Man brachte eine große irdene Schüssel mit einem abgestandenen Brei von sechsmal in frischem Wasser geweichten Nüssen, der einen weißen Saft ausgeschieden hatte, auf dessen Oberfläche eine dicke bernsteingelbe Fettschicht schwamm. Leonardo drehte aus Baumwolle lange Zöpfe, wie Lampendochte, und legte sie mit einem Ende in die Schüssel, mit dem andern in einen Blechtrichter, der im Hals einer Glasflasche stak. Das Öl stieg in der Baumwolle auf und tropfte durchsichtig und golden in das Gefäß.

»Seht, seht«, rief Marco begeistert, »wie rein es ist! Und bei mir bleibt es immer ganz trübe, wie oft ich es auch durchseihe.«

»Gewiss ziehst du die obere Haut von den Nüssen nicht ab«, bemerkte Leonardo. »Das tritt später auf der Leinwand hervor und macht alle Farben dunkel.«

»Hört ihr?«, triumphierte Marco. »Das herrlichste Kunstwerk kann durch solchen Dreck, durch eine Nusshaut, zugrunde gehen. Und ihr lacht immer, wenn ich sage, man muss alle Regeln mit mathematischer Genauigkeit befolgen.«

Die Schüler sahen der Zubereitung des Öls aufmerksam zu und plauderten und scherzten derweil. Trotz der späten Stunde mochte niemand schlafen gehen; sie hörten nicht auf Marco, der wegen jedes neuen Scheites das Zittern bekam, und warfen dauernd Holz nach. Wie so oft bei zufälligen Zusammenkünften herrschte allgemeine grundlose Fröhlichkeit.

»Wir wollen uns Geschichten erzählen«, schlug Salaino vor und machte den Anfang, indem er sehr dramatisch die Geschichte von dem Priester vortrug, der am Ostersonnabend in die Häuser ging und in einer Malerwerkstatt ein Gemälde mit Weihwasser besprengte. »Warum tust du das?«, fragte ihn der Maler. »Weil ich dir wohl will. Denn es steht geschrieben: Eine gute Tat wird euch von oben hundertfältig vergolten.« Der Maler erwiderte nichts, aber als der Priester fortging, goss er ihm aus dem Fenster einen Kübel kalten Wassers über den Kopf und rief: »Jetzt kommt die hundertfache Vergeltung von oben für deine Guttat, mir mein Bild zu verderben.«

Geschichte auf Geschichte wurde erzählt, Scherz auf Scherz – einer immer toller als der andere. Alle waren in glänzender Stimmung, am frohesten aber war Leonardo. Giovanni sah den Meister gern lachen. Seine Augen verengten sich dann zu Schlitzen, das Gesicht nahm einen kindlich einfältigen Ausdruck an. Er schüttelte den Kopf, wischte sich die Tränen aus den Augen und brach in ein für seinen hohen Wuchs und seinen mächtigen Körperbau seltsames dünnes Lachen aus, in dem dieselben schrillen weibischen Töne klangen, wie wenn er im Zorn schrie.

Gegen Mitternacht spürte man Hunger. Man wollte sich nicht ohne einen Imbiss zu Bett legen, besonders da das Nachtessen nur spärlich gewesen war, denn Marco hielt seine Leute sehr knapp. Astro holte alles herbei, was in der Vorratskammer zu finden war: kärgliche Reste eines Schinkens, Käse, ein paar Dutzend Oliven und ein Stück trockenes Weizenbrot. Wein war nicht da.

»Hast du das Fass auch richtig gekippt?«, fragten die anderen.

»Gekippt und nach allen Seiten gedreht. Aber es kommt kein Tropfen mehr heraus.«

»Ach Marco, Marco, was machst du mit uns? Wie soll das werden ohne Wein?«

»Ihr immer mit eurem: Marco, Marco! Was kann ich dafür, wenn kein Geld da ist?«

»Geld ist da, und Wein wird kommen«, rief Jacopo und warf ein Goldstück auf der flachen Hand hoch.

»Wo hast du das her, Teufelsjunge? Wieder gestohlen? Warte, ich reiß dir die Ohren ab!« Leonardo drohte mit dem Finger.

»Aber nein, Meister, ich hab es nicht gestohlen, bei Gott! Versinken soll ich in die Erde, die Zunge soll mir verdorren, wenn ichs nicht beim Würfeln gewonnen habe.«

»Nun, nimm dich in acht, wenn du uns etwa mit Diebeswein bewirten willst.«

Jacopo rannte in den benachbarten Weinkeller »Zum Grünen Adler«, der noch nicht geschlossen war, weil da schweizerische Landsknechte die ganze Nacht durch zechten, und kehrte mit zwei Zinnkrügen zurück.

Der Wein machte alle noch fröhlicher. Der Knabe schenkte ein wie Ganymed, den Krug hochhaltend, sodass der rote Wein rosig, der weiße goldig schäumte. Entzückt in dem Bewusstsein, dass er für sein Geld die Gesellschaft freihielt, trieb er allerhand Narrenpossen, sprang umher und sang mit verstellter, heiserer Stimme, wie betrunkene Zechbrüder, das verwegene Lied eines ausgestoßenen Mönchs:

»Zum Teufel Kutte, Rosenkranz, Kapuze,
Hihihihi, hahahaha.
Heda, ihr Mädel, hübsche Dinger,
Mit euch wird jetzt gesündigt! …«

Oder die ernste Hymne aus der von fahrenden Scholaren gedichteten, lateinischen närrischen Bacchusmesse:

»Wer Wasser gießt in seinen Wein,
Wird nass – und glaubet mir,
Im Höllenrachen über heißes Feuer
Die Teufel hängen ihn zum Trocknen.«

Giovanni hatte das Gefühl, als habe ihm Speise und Trank noch nie so gut gemundet wie jetzt an Leonardos ärmlichem Tisch dieser steinharte Käse, das altbackene Brot und der verdächtige, vielleicht für gestohlenes Geld gekaufte Wein Jacopos. Man trank auf die Gesundheit des Meisters, auf den Ruhm seiner Werkstatt, auf Erlösung von der Armut und aufeinander.

Zuletzt ließ Leonardo seinen Blick über die Schüler schweifen und sprach lächelnd: »Ich habe gehört, meine Freunde, dass der heilige Franziskus von Assisi den Trübsinn das schlimmste aller Laster genannt und behauptet hat, wer Gott wohlgefällig sein wolle, müsse immer fröhlich sein. Lasst uns also auf die Weisheit des heiligen Franziskus trinken – auf die ewige Fröhlichkeit in Gott!«

Alle waren ein wenig erstaunt. Giovanni aber begriff, was der Meister damit sagen wollte.

»Ach, Meister«, sagte Astro mit vorwurfsvollem Kopfschütteln, »Ihr sagt: Fröhlichkeit. Wie können wir aber von Fröhlichkeit reden, solange wir noch wie Käfer, wie die Leichenwürmer auf der Erde herumkriechen? Mögen andere trinken, auf was sie wollen. Ich trinke auf die menschlichen Flügel, auf die Flugmaschine! Erst wenn geflügelte Menschen sich zu den Wolken aufschwingen werden, erst dann beginnt die Fröhlichkeit. Der Teufel hole alle Schwere und alle Gesetze der Mechanik, die uns hemmen.«

»Nun nein, Freundchen, ohne Mechanik wirst du nicht weit fliegen«, unterbrach ihn der Meister lachend.

Als sie sich trennten, ließ Leonardo Giovanni nicht wieder nach oben gehen. Er war ihm behilflich, sich in seinem Schlafzimmer ein Lager zu bereiten, nahe dem behaglich verglimmenden Kaminfeuer. Dann suchte er eine kleine Buntstiftzeichnung hervor und reichte sie dem Schüler.

Das Gesicht des auf dieser Zeichnung dargestellten Jünglings kam Giovanni so bekannt vor, dass er es anfangs für ein Porträt hielt. Es hatte Ähnlichkeit mit Fra Girolamo Savonarola, wie er wohl in früher Jugend ausgesehen hatte, und mit dem sechzehnjährigen Sohn eines reichen Mailänder Wucherers – des allgemein verhassten Juden Barucco –, einem kränklichen, verträumten Jüngling, der sich ganz in die Geheimlehre der Kabbala versenkt hatte als Zögling der Rabbiner, die in ihm eine künftige Leuchte Israels erblickten.

Als aber Beltraffio diesen jüdischen Knaben mit dem dichten rötlichen Haar, mit der niedrigen Stirn und den dicken Lippen näher ansah, erkannte er in ihm Christus – nicht den Christus allerdings, den man von Heiligenbildern kennt. Doch war ihm so, als habe er ihn selbst einmal gesehen und dann vergessen, und erinnere sich nun plötzlich wieder an ihn.

Der Kopf, der gebeugt war wie eine Blüte auf zu schwachem Stängel, und der kindlich unschuldige Blick der niedergeschlagenen Augen ließen das letzte Ringen auf dem Ölberg vorausahnen, da er angstvoll und verzagt zu seinen Jüngern spricht: »›Meine Seele ist betrübt bis in den Tod.‹ Und ging ein wenig fürbass und fiel auf die Erde, betete und sprach: ›Abba, mein Vater, ist es möglich, so gehe dieser Kelch von mir, doch nicht wie ich will, sondern wie du willst.‹ Und er sprach zum andern und zum dritten Male: ›Mein Vater, ist es nicht möglich, dass dieser Kelch von mir gehe, ich trinke ihn denn, so geschehe dein Wille.‹ Und es kam, dass er mit dem Tode rang und betete heftiger. Es ward aber sein Schweiß wie Blutstropfen, die fielen auf die Erde.«

Um was betete er?, grübelte Giovanni. Wie konnte er bitten, dass nicht geschehen sollte, was doch geschehen musste, was ja sein eigener

Wille war, wozu er in die Welt gekommen war? War auch er schwach wie ich? Hat auch er bis zu blutigem Schweiß ringen müssen mit denselben schrecklichen Zweifeln?

»Nun, was hast du?«, fragte Leonardo, ins Zimmer zurückkehrend, das er für kurze Zeit verlassen hatte. »Du scheinst wieder …«

»Nein, nein, Meister! Oh, wenn Ihr wüsstet, wie wohl und leicht mir ist. Jetzt ist alles vergangen.«

»Gott sei Dank, Giovanni! Ich sagte dir ja, es würde vergehen. Hab acht, dass es nie wiederkommt.«

»Es kommt nicht wieder, habt keine Sorge. Jetzt sehe ich« – er wies auf die Zeichnung –, »jetzt sehe ich, dass Ihr ihn liebt wie kein anderer Mensch … Und wenn Euer Doppelgänger«, fügte er hinzu, »mich wieder heimsuchen sollte, so weiß ich, wie ich ihn verjagen kann: Ich werde ihn nur an diese Zeichnung erinnern.«

Giovanni wusste von Cesare, dass Leonardo jetzt das Antlitz des Herrn im »Heiligen Abendmahl« vollendete, und er wollte es gern sehen. Oft hatte er den Meister darum gebeten; Leonardo versprach es auch stets, vertröstete ihn aber immer wieder.

Eines Morgens nahm er ihn endlich mit in den Speisesaal von Santa Maria delle Grazie. Auf der wohlbekannten Stelle, die sechzehn Jahre lang leer geblieben war, zwischen Johannes und Jakobus, dem Sohn Zebedäi, in dem Viereck des offenen Fensters vor der stillen Ferne des Abendhimmels und der Hügel Zions, erblickte Giovanni das Antlitz des Herrn.

Ein paar Tage später kehrte Giovanni abends durch die öde Gegend am Catarana-Kanal von dem Alchimisten Galeotto Sacrobosco heim: Im Auftrag des Meisters hatte er ein seltenes mathematisches Buch abgeholt.

Nach Sturm und Tauwetter war es windstill und kalt geworden. Die Pfützen in den schmutzigen Fahrrinnen der Straße hatten sich mit spröden Eisnadeln überzogen; tiefhängende Wolken berührten fast die kahlen lilafarbenen Wipfel der Lärchen mit den zerzausten Dohlennestern. Es wurde rasch dunkel. Nur am äußersten Rand des Himmels zog sich ein langer kupfergelber Streifen trüben Abendleuchtens hin. Der

Kanal war nicht zugefroren, das stille, schwere, eisenschwarze Wasser schien unergründlich tief zu sein.

Giovanni grübelte über Leonardos zwei Darstellungen des Antlitzes Christi, obwohl er sich diese Gedanken nicht eingestehen wollte und sie mit aller Kraft seines Geistes von sich zu weisen trachtete. Er brauchte nur die Augen zu schließen, um sie beide wie lebend vor sich zu sehen: das eine Antlitz, ihm innerlich nahe, voll menschlicher Schwäche, das Antlitz dessen, der auf dem Ölberg bis zu blutigem Schweiß gerungen und in kindlichem Gebet um ein Wunder gefleht hatte – und das andere, übermenschlich ruhig, weise, fremd und furchtbar.

Und Giovanni dachte, dass trotz des unlösbaren Widerspruchs vielleicht doch beide wahr sein könnten.

Seine Gedanken waren irre wie im Fieber. Sein Kopf glühte. Er setzte sich auf einen Stein am Ufer des schmalen schwarzen Kanals, beugte erschöpft den Rücken und ließ den Kopf in die Hände sinken.

»Was tust du hier? Du siehst aus wie der Schatten eines Verliebten am Ufer des Acheron«, sprach eine spöttische Stimme. Giovanni fühlte eine Hand auf seiner Schulter, fuhr zusammen, wandte sich um und erblickte Cesare.

In der Winterdämmerung, die ihn umgab wie ein staubig graues Spinngewebe, unter den kahlen lilaschwarzen Lärchen mit den zerzausten Dohlennestern wirkte der hagere, lange Cesare mit dem schmalen, blassgrauen, kränklichen Gesicht, in seinen grauen Mantel gehüllt, wie ein unheimliches Gespenst.

Giovanni erhob sich, und sie setzten stumm ihren Weg fort. Nur trockenes Laub raschelte unter ihren Füßen.

»Weiß er, dass wir neulich in seinen Papieren gekramt haben?«, fragte schließlich Cesare.

»Er weiß es«, antwortete Giovanni.

»Natürlich ist er nicht einmal böse. Das habe ich mir gedacht. Allverzeihung!«, lachte Cesare boshaft und gezwungen.

Wieder schwiegen sie. Ein Rabe flatterte heiser krächzend über den Kanal.

»Cesare«, fragte Giovanni leise, »hast du das Antlitz des Herrn auf dem ›Heiligen Abendmahl‹ gesehen?«

»Ja.«

»Nun, was sagst du? Wie gefällt es dir?«

Cesare wandte sich rasch um nach ihm.

»Wie gefällt es dir?«, fragte er zurück.

»Ich weiß nicht … Mir scheint …«

»Sprich offen! Es gefällt dir nicht, wie?«

»Doch. Aber ich weiß nicht … Mir kommt manchmal der Gedanke, dass es vielleicht – gar nicht Christus ist!«

»Nicht Christus? Wer denn sonst?«

Giovanni antwortete nicht, er verlangsamte nur seine Schritte und ließ den Kopf sinken.

»Hör, Cesare«, sagte er dann in tiefem Sinnen, »hast du den anderen Entwurf für den Christuskopf gesehen, die Bundstiftzeichnung, die ihn fast noch als Kind darstellt?«

»Ich weiß – als rothaarigen Judenjungen mit niedriger Stirn. Er hat ein Gesicht wie der Bengel, der Sohn des alten Barucco. Nun, was ist damit? Gefällt dir das besser?«

»Nein … Ich meine nur. Wie verschieden doch die beiden Christusköpfe sind!«

»Verschieden?«, staunte Cesare. »Erbarme dich, es ist doch das gleiche Gesicht. Im ›Heiligen Abendmahl‹ ist es nur an die fünfzehn Jahre älter … Übrigens«, fügte er hinzu, »vielleicht hast du recht. Aber wenn es zwei verschiedene Köpfe sind, dann gleichen sie sich wie Doppelgänger.«

»Doppelgänger?«, wiederholte Giovanni zusammenfahrend und blieb stehen. »Wie hast du gesagt, Cesare? Doppelgänger?«

»Nun ja. Weshalb erschrickst du so? Hast du das noch nicht bemerkt?«

Schweigend gingen sie weiter.

»Cesare«, rief plötzlich Beltraffio in unwiderstehlichem Drang, »siehst du es denn nicht? Konnte Er, der Allmächtige, Allwissende, den der Meister im ›Heiligen Abendmahl‹ dargestellt hat, konnte der auf dem Ölberg bis zu blutigem Schweiß ringen und in menschlichem Gebet wie ein Kind beten, um ein Wunder flehen? – ›Möge das nicht geschehen, wozu ich in die Welt gekommen bin, was, wie ich weiß, doch geschehen muss. Abba, mein Vater, ist es möglich, so gehe dieser Kelch von mir.‹ Aber in diesem Gebet ist doch alles, hörst du, Cesare, ist alles, alles enthalten! Ohne dieses Gebet gibt es keinen Christus, und ich gebe es nicht hin, für keine Weisheit. Wer nicht so gebetet hat, der war kein Mensch, der hat nicht gelitten, der ist nicht gestorben, wie wir sterben müssen.«

»Das meinst du?«, sprach Cesare langsam. »Wirklich … Ja, ja, ich verstehe dich. Oh, gewiss, der Christus im ›Heiligen Abendmahl‹ konnte nicht so beten.«

Es war völlig dunkel geworden. Giovanni konnte nur mit Mühe das Gesicht des Gefährten sehen: Es kam ihm so vor, als habe es sich seltsam verändert.

Plötzlich blieb Cesare stehen. Er hob die Hand und sprach mit dumpfer, feierlicher Stimme: »Du willst wissen, wen er dargestellt hat, wenn nicht den, der auf dem Ölberg gebetet hat – deinen Christus? So höre: ›Im Anfang war das Wort, und das Wort war bei Gott, und Gott war das Wort. Dasselbige war im Anfang bei Gott. Alle Dinge sind durch dasselbige gemacht, und ohne dasselbige ist nichts gemacht, was gemacht ist. Und das Wort ward Fleisch.‹ Hörst du: Der Geist Gottes, das Wort, ward Fleisch. Inmitten seiner Jünger, die aus seinem Mund die Worte hören: ›Einer unter euch wird mich verraten‹, die sich betrüben, unwillig sind und erschrocken, ist er allein ruhig. Er ist allen gleich nah und fern, dem Johannes, der an seiner Brust liegt, wie dem Judas, der ihn verrät. Denn für ihn gibt es weder Gut noch Böse, weder Leben noch Tod, weder Liebe noch Hass; für ihn gibt es nur den Willen des Vaters, die ewige Notwendigkeit: ›nicht wie ich will, sondern wie Du willst.‹ Das hat auch dein Christus gesagt, der auf dem Ölberg um ein unmögliches Wunder betete. Und deshalb sagte ich: Sie sind Doppelgänger. Die Gefühle gehören der Erde an, die betrachtende Vernunft steht außerhalb der Gefühle. Erinnerst du dich? Das sind Worte Leonardos. In den Gesichtern und Bewegungen der Apostel, dieser ganz großen Menschen, hat er alle irdischen Gefühle dargestellt, aber derjenige, der gesagt hat: ›Ich habe die Welt besiegt, ich und der Vater sind eins‹, der ist betrachtende Vernunft und steht außerhalb der Gefühle. Erinnerst du dich auch an Leonardos Worte über die Gesetze der Mechanik: ›Oh, deine wunderbare Gerechtigkeit, du Erster Beweger alles Bewegten.‹? Sein Christus ist der Erste Beweger, der Anfang und Mittelpunkt jeder Bewegung, der selbst unbeweglich ist; sein Christus ist die ewige Notwendigkeit, die sich selbst im Menschen erkannt hat und liebt, als göttliche Gerechtigkeit, als Willen des Vaters: ›Gerechter Vater, die Welt kennet Dich nicht, ich aber erkenne Dich, und ich habe ihnen Deinen Namen kundgetan und ich will ihn kundtun, auf dass die Liebe, damit Du mich liebest, sei in ihnen.‹ Hörst du: Die Liebe kommt aus der Erkenntnis. ›Die große Liebe ist die Tochter der großen Erkenntnis.‹ Leonardo hat als einziger Mensch dieses Wort des Herrn verstanden und hat es in seinem Christus verkörpert, der alles liebt und alles weiß.«

Cesare schwieg, und lange wandelten sie durch die atemlose Stille der immer dichter werdenden kalten Dämmerung.

»Erinnerst du dich noch, Cesare«, begann endlich Giovanni, »wie wir vor drei Jahren genauso wie heute durch die Vorstadt gingen und über das ›Heilige Abendmahl‹ stritten? Du spottetest damals über den Meister und behauptetest, er würde nie das Antlitz des Herrn vollenden. Ich widersprach dir. Jetzt bist du für ihn – gegen mich. Weißt du, ich hätte nie geglaubt, dass du, gerade du, so über ihn sprechen könntest!«

Giovanni wollte dem Gefährten ins Gesicht sehen, aber Cesare wandte sich rasch ab.

»Ich freue mich«, schloss Beltraffio, »dass du ihn liebst. Ja, Cesare, du liebst ihn vielleicht mehr als ich. Du willst ihn hassen, aber du liebst ihn.«

Cesare wandte ihm langsam sein bleiches, verzerrtes Gesicht zu.

»Was dachtest du? Ich liebe ihn! Wie sollte ich ihn nicht lieben? Ich will ihn hassen, aber ich muss ihn lieben; denn das, was er im ›Heiligen Abendmahl‹ geschaffen hat, begreift niemand, vielleicht auch er selbst nicht, so wie ich es begreife, ich, sein ärgster Feind.« Und wieder lachte er sein gezwungenes Lachen. »Aber ist das menschliche Herz nicht seltsam? Da wir so weit sind, will ich dir meinethalben die Wahrheit sagen, Giovanni. Ich hasse ihn doch – ich hasse ihn noch mehr als damals.«

»Weshalb?«

»Und wenn es nur deshalb wäre, weil ich ich selbst sein will? Hörst du? Der Letzte der Letzten, aber nicht nur sein Ohr, sein Auge, die Zehe an seinem Fuß! Leonardos Schüler sind Küken in einem Adlernest. Wissenschaftliche Regeln, Löffelchen zum Farbenabmessen, Nasentabellen – mag sich Marco daran ergötzen … Ich möchte wissen, wie Leonardo je das Antlitz des Herrn hätte schaffen können, wenn er seine eigenen Regeln immer befolgt hätte. Oh, gewiss, er lehrt uns, seine Küken, nach Adlerart fliegen – aus gutem Herzen, denn er hat Mitleid mit uns, so wie er mit den blinden Jungen seines Hofhundes, mit seinem lahmen Pferd Mitleid hat, oder mit dem Verbrecher, den er zur Richtstätte begleitet, um die Zuckungen seiner Gesichtsmuskeln zu beobachten, oder im Herbst mit der Grille, der die Flügel erstarrt sind. Wie die Sonne gießt er das Übermaß seiner Guttaten aus über uns … Nur, weißt du, Freund, der Geschmack ist verschieden. Dem einen macht es Freude, eine erfrorene Grille zu sein oder ein Würmchen, das der Meister von der Straße aufhebt, wie der heilige Franziskus, und auf ein grünes Blatt tut, damit die Vorübergehenden es nicht tottreten. Ein anderer aber … Weißt du, Giovanni, mir wäre es lieber, er zerträte mich einfach, ohne lange Rederei.«

»Cesare«, rief Giovanni. »Wenn es so steht – weshalb verlässt du ihn nicht?«

»Und weshalb verlässt du ihn nicht? Wie eine Motte hast du dir die Flügel am Licht versengt, und doch flatterst du immer wieder in die Flamme. Nun, vielleicht will ich in demselben Feuer verbrennen. Im Übrigen, wer weiß? Ich habe noch eine Hoffnung.«

»Welche Hoffnung?«

»Oh, eine ganz nichtige, vielleicht wahnwitzige Hoffnung. Aber trotzdem – ich muss immer wieder denken: Wenn nun ein anderer käme, ihm nicht ähnlich und doch ihm gleich, nicht Perugio, nicht Borgognone, nicht Botticelli, auch nicht der große Mantegna – ich kenne den Wert des Meisters, keiner von ihnen ist ihm gefährlich –, sondern ein ganz Unbekannter. Ich möchte nur den Ruhm des andern sehen, möchte Messer Leonardo zeigen, dass auch ein aus Gnade nicht zertretenes Ungeziefer wie ich einen andern vorziehen kann, ihn kränken kann – denn trotz seines Schafskleides, trotz seines Mitleids und seiner Allverzeihung lebt doch teuflischer Hochmut in ihm ...« Cesare sprach nicht zu Ende und brach ab. Giovanni fühlte, dass er mit seiner zitternden Hand die seinige fasste. »Ich weiß«, sagte Cesare dann mit ganz anderer, fast schüchterner, flehender Stimme, »ich weiß, dass dir das nie von selbst in den Sinn gekommen wäre. Wer hat dir gesagt, dass ich ihn liebe?«

»Er selbst«, antwortete Beltraffio.

»Er selbst? So, so«, sagte Cesare, unsäglich bestürzt. »Also, er glaubt ...« Seine Stimme versagte.

Sie schauten einander in die Augen, und plötzlich begriffen beide, dass sie sich nichts mehr zu sagen hatten, dass jeder allzu viel mit seinen eigenen Gedanken und Qualen zu tun hatte.

Stumm, ohne voneinander Abschied zu nehmen, trennten sie sich am nächsten Kreuzweg.

Giovanni setzte seinen Weg mit unsicherem Schritt fort, den Kopf gesenkt, nichts sehend, ohne zu wissen, wohin er ging – durch die öde Gegend zwischen kahlen Lärchen, am Ufer des geraden, langen Kanals mit dem stillen, schweren, eisenschwarzen Wasser, in dem sich kein einziger Stern spiegelte –, und mit starrem irrem Blick wiederholte er: »Doppelgänger ... Doppelgänger ...«

Anfang März 1499 erhielt Leonardo vom herzoglichen Schatzamt ganz unerwartet das für zwei Jahre einbehaltene Gehalt ausgezahlt.

In diesen Tagen war das Gerücht im Umlauf, Moro, schwer erschüttert durch die Nachricht über den Abschluss des gegen ihn gerichteten Dreibundes zwischen Venedig, dem Papst und dem König von Frankreich, beabsichtige, beim ersten Einrücken des französischen Heers in die Lombardei zum Kaiser nach Deutschland zu fliehen. Um sich die Treue seiner Untertanen während seiner Abwesenheit zu sichern, ermäßigte der Herzog die Steuern und Zölle, bezahlte seine Schulden und überschüttete seine nähere Umgebung mit Geschenken.

Kurze Zeit darauf wurde Leonardo durch einen neuen Gnadenbeweis des Herzogs geehrt.

»Ludovicus Maria Sfortia, Herzog von Mediolanum, verleiht dem hochberühmten Künstler, dem Florentiner Leonardus Quintius, sechzehn Acker Land mit einem Weinberg, vormals Eigentum des Klosters San Vittore an der Porta Vercellina«, hieß es in der Schenkungsurkunde.

Der Künstler machte sich auf, um dem Herzog zu danken. Die Audienz war auf den Abend angesetzt. Aber Leonardo musste bis tief in die Nacht warten, denn Moro war mit Arbeit überhäuft. Den ganzen Tag hatte er in langweiligen Besprechungen mit Schatzmeistern und Sekretären verbracht und Rechnungen über Kriegsvorräte, Munition, Kanonen, Schießpulver geprüft; in dem endlosen Netz von Betrug und Verrat, das ihn freute, solange er der Herr darin war wie die Spinne in ihrem Gewebe, in dem er sich jetzt aber vorkam wie eine gefangene Fliege, hatte er alte Knoten entwirrt und neue geknüpft.

Als die Staatsgeschäfte erledigt waren, begab sich der Herzog in die Galerie Bramante an einem der Gräben des Mailänder Kastells.

Die Nacht war still. Nur Trompetensignale waren zuweilen zu hören, die lang gezogenen Rufe der Wachposten und das Klirren der rostigen Eisenketten der Zugbrücke.

Der Page Ricciardetto brachte zwei Fackeln, steckte sie in die eisernen Halter an der Wand und reichte dem Herzog eine goldene Platte mit fein geschnittenem Brot. Durch den Fackelschein angelockt, kamen aus einer Ecke weiße Schwäne über den schwarzen Wasserspiegel des Grabens geschwommen. Der Herzog beugte sich über das Geländer, warf Brotstückchen ins Wasser und sah zu, wie die Schwäne sie auffingen, lautlos den Wasserspiegel mit der Brust durchschneidend.

Diese Schwäne hatte die Markgräfin Isabella d'Este, die Schwester der verstorbenen Beatrice, als Geschenk aus Mantua gesandt; sie stammten aus den stillen flachufrigen Gewässern des Mincio, die so reich an Schilf und Trauerweiden waren und in denen von alters her große Scharen von Schwänen lebten.

Moro hatte sie immer gerngehabt; in der letzten Zeit waren sie ihm aber ganz besonders ans Herz gewachsen, und er fütterte sie allabendlich mit eigener Hand. Das war seine einzige Erholung von quälenden Gedanken an Staatsgeschäfte, an Krieg und Politik, an eigene und fremde Verräterei. Die Schwäne erinnerten ihn an seine Kindheit – als er noch auf den verschlafenen, mit grünen Wasserlinsen überwucherten Teichen von Vigevano die Schwäne gefüttert hatte.

Aber hier im Mailänder Schlossgraben, zwischen dräuenden Schießscharten, Türmen, Pulvermagazinen, Kugelpyramiden und Kanonenschlünden, im bläulich silbernen Dunst des Mondlichts, fand er die stillen weißen Vögel noch schöner. Die Wasserfläche, die unter ihnen den Himmel widerspiegelte, war fast unsichtbar; sie glitten leicht schaukelnd dahin, von allen Seiten umgeben von Sternen, geheimnisvoll wie Gespenster, zwischen zwei Himmeln – dem Himmel oben und dem Himmel unten –, beiden gleich fremd und gleich nahe.

Hinter dem Herzog knarrte eine kleine Pforte; der Cameriere Pusterla steckte den Kopf heraus. Ehrerbietig sich verneigend, trat er zu Moro und überreichte ihm ein Papier.

»Was ist das?«, fragte der Herzog.

»Vom ersten Schatzmeister, Messer Borgonzio Botta – eine Rechnung über Munition, Kugeln und Pulver. Er lässt sich sehr entschuldigen, dass er gezwungen ist, Hoheit noch zu belästigen. Aber der Wagenzug nach Mortara geht bei Tagesanbruch ab.«

Moro ergriff das Papier, knüllte es zusammen und warf es fort. »Wie oft habe ich dir gesagt, du sollst mir nicht nach dem Abendessen noch mit Staatsgeschäften kommen! O Gott, ich glaube, man wird mir bald auch nachts im Bett keine Ruhe mehr lassen.«

Der Cameriere zog sich gebeugt, rückwärts gehend nach der Tür zurück und sagte flüsternd, sodass es der Herzog auch überhören konnte, wenn er wollte: »Messer Leonardo …«

»Ach ja, Leonardo. Warum hast du mich nicht längst daran erinnert? Lass ihn eintreten.«

Dann wandte er sich wieder seinen Schwänen zu und dachte: Leonardo wird mich nicht stören. Ein gutmütiges Lächeln erschien auf Moros gelbem, gedunsenem Gesicht mit den dünnen, listigen, gierigen Lippen.

Als Leonardo die Galerie betrat, empfing ihn der Herzog, der immer noch Brotstücke ins Wasser warf, mit demselben Lächeln, das er für seine Schwäne gehabt hatte.

Leonardo wollte das Knie beugen, doch der Herzog ließ es nicht zu und küsste ihn auf die Stirn.

»Willkommen! Wir haben uns lange nicht gesehen. Wie befindest du dich, mein Freund?«

»Ich muss Eurer Durchlaucht meinen Dank darbringen.«

»Lass das! Verdienst du nicht ganz andere Gaben? Gib mir nur Zeit – ich will dich noch nach Verdienst belohnen.«

Dann begann er ein Gespräch mit dem Künstler, befragte ihn nach seinen letzten Arbeiten, Erfindungen und Plänen, namentlich aber nach jenen, die den Herzog am unmöglichsten und märchenhaftesten dünkten – nach der Taucherglocke, den Wasserschuhen und den menschlichen Flügeln. Sowie aber Leonardo auf laufende Dinge kam – die Befestigungen des Kastells, den Martesana-Kanal, den Guss des Denkmals –, brach der Herzog das Gespräch verstimmt und gelangweilt ab.

Plötzlich versank er in Sinnen, wie es in letzter Zeit häufig bei ihm vorkam; er verstummte und senkte den Kopf mit einer so weltentrückten, in sich gekehrten Miene, als habe er seinen Besucher völlig vergessen.

Leonardo verabschiedete sich.

»Nun, geh mit Gott, geh mit Gott«, nickte ihm der Herzog zerstreut zu. Doch als der Künstler bereits in der Tür stand, rief er ihn zurück, trat zu ihm, legte ihm beide Hände auf die Schultern und schaute ihm mit einem langen, traurigen Blick tief in die Augen.

»Leb wohl«, sprach er, und seine Stimme bebte. »Leb wohl, mein Leonardo! Wer weiß, ob wir uns je unter vier Augen wiedersehen?«

»Hoheit verlassen uns?«

Moro seufzte schwer und gab keine Antwort.

»Ja, mein Freund«, fuhr er fort, nachdem er eine Weile geschwiegen. »Sechzehn Jahre haben wir zusammengelebt, ich habe nur Gutes von dir erfahren, nun, und du von mir wohl auch nichts Schlechtes. Mögen die Leute reden, was sie wollen: Wenn in späteren Jahrhunderten Leonardos Name genannt wird, wird man auch des Herzogs Moro im Guten gedenken.«

Der Künstler liebte gefühlvolle Auftritte nicht, und er sprach die einzigen Worte, die er immer vorrätig hatte für Fälle, die höfische Redewendungen von ihm erheischten: »Ich wünschte mehrere Leben zu haben, um sie alle im Dienste Eurer Hoheit hingeben zu können …«

»Ich glaube dir«, sagte Moro. »Einst wirst auch du meiner mit Mitleid gedenken …«

Er sprach nicht zu Ende, schluchzte laut auf, umarmte ihn fest und küsste ihn: »Nun, Gott helfe dir. Gott helfe dir!«

Als Leonardo gegangen war, saß Moro noch lange in der Galerie und freute sich am Anblick seiner Schwäne. In seiner Seele war ein Gefühl, das er nicht mit Worten hätte ausdrücken können. Es kam ihm so vor, als sei in seinem dunklen, vielleicht verbrecherischen Leben Leonardo gewesen wie diese weißen Schwäne auf dem schwarzen Wasser im Mailänder Schlossgraben, zwischen Schießscharten, Türmen, Pulvermagazinen, Kugelpyramiden und Kanonenschlünden – ebenso nutzlos und schön, ebenso rein und jungfräulich.

Nur das langsame Fallen der Tropfen von den niederbrennenden Fackeln unterbrach die Stille der Nacht. Im rötlichen, mit dem blauen Mondlicht zusammenfließenden Fackelschein träumend, geheimnisvoll, von Sternen umgeben, wie Gespenster zwischen zwei Himmeln – dem Himmel oben und dem Himmel unten –, beiden gleich fremd und gleich nahe, glitten leicht schaukelnd die Schwäne dahin, mit ihren Doppelgängern in der Tiefe des dunklen Wasserspiegels.

Trotz der späten Nachtstunde begab sich Leonardo vom Herzog noch in das Kloster San Francesco, wo sein kranker Schüler Giovanni Beltraffio weilte. Vor vier Monaten, gleich nach dem Gespräch mit Cesare über die beiden Darstellungen des Antlitzes Christi, war Giovanni an einem hitzigen Fieber erkrankt.

Ende Dezember 1498, als Giovanni eines Tages seinen früheren Lehrer Fra Benedetto besuchte, traf er bei ihm einen Gast aus Florenz, den Dominikanermönch Fra Pagolo. Auf Benedettos und Giovannis Bitten erzählte dieser von Savonarolas Tod.

Die Hinrichtung war auf den 23. Mai 1498 um neun Uhr morgens angesetzt worden. Sie wurde auf der Piazza della Signoria vor dem Palazzo Vecchio vollzogen, an derselben Stelle, wo die Verbrennung der »Eitelkeiten« und die Feuerprobe stattgefunden hatten.

Am Ende eines langen Laufganges war der Scheiterhaufen aufgeschichtet worden, über ihm ragte ein Galgen empor, ein dicker, in die Erde eingerammter Pfahl mit einem Querbalken, an dem drei Schlingen und eiserne Ketten hingen. Trotz aller Anstrengungen der Zimmerleute, die sich lange mit dem Querbalken abmühten, ihn bald verkürzten, bald verlängerten, hatte der Galgen doch das Aussehen eines Kreuzes.

Eine ebenso unzählbare Volksmenge wie am Tag der Feuerprobe wogte auf dem Platz, füllte Fenster, Loggien und die Hausdächer.

Aus dem Tor des Palazzo traten die Verurteilten: Girolamo Savonarola, Domenico Buonvicini und Silvestro Maruffi. Sie taten einige Schritte über den Gang und blieben vor der Tribüne des Bischofs von Vaison stehen, den Papst Alexander VI. gesandt hatte. Der Bischof erhob sich, nahm Girolamo an der Hand und sprach mit unsicherer Stimme die Exkommunikation aus. Er sah Savonarola nicht an, der ihm gerade ins Gesicht blickte. Die letzten Worte sprach er falsch: »Separo te ab Ecclesia militante atque triumphante – ich verstoße dich aus der streitenden und siegreichen Kirche.«

»Militante, non triumphante; hoc enim tuum non est – aus der streitenden, aber nicht der siegreichen; denn das liegt nicht in deiner Macht«, verbesserte ihn Savonarola.

Man riss den Verurteilten die Kleider vom Leib und ließ sie halb nackt, nur in den Hemden, weitergehen. Noch zweimal mussten sie stehen bleiben, vor der Tribüne der apostolischen Kommissare, die ihnen das Urteil des geistlichen Gerichts vorlasen, und vor der Tribüne der »Acht Männer der Republik Florenz«, die im Namen des Volks das Todesurteil verkündeten.

Auf der letzten Wegstrecke stolperte Fra Silvestro und stürzte beinahe; Domenico und Savonarola stolperten gleichfalls. Später stellte sich heraus, dass Gassenbuben, frühere Soldaten des Heiligen Heers der Kinderinquisitoren, unter das Gerüst gekrochen waren und spitze Stöcke durch die Ritzen gesteckt hatten, um die zum Tode gehenden Verurteilten an den Füßen zu verwunden.

Der schwachsinnige Fra Silvestro Maruffi sollte als Erster an den Galgen. Mit irrem Gesichtsausdruck, als sei er sich gar nicht bewusst, was mit ihm vorgehe, kletterte er die Stufen hinauf. Als der Henker ihm die Schlinge um den Hals warf, klammerte er sich an die Leiter an, hob die Augen zum Himmel und schrie: »In deine Hände, Herr, befehle ich meinen Geist.« Dann sprang er selbst plötzlich wie vernünftig ohne Hilfe des Henkers furchtlos von der Leiter herab.

Fra Domenico trat, während er wartete, an die Reihe zu kommen, in freudiger Ungeduld von einem Fuß auf den andern. Als man ihm das Zeichen machte, eilte er auf den Galgen zu, mit einem Lächeln, als ginge er stracks ins Paradies.

Silvestros Leiche hing an einer Seite des Querbalkens, die Domenicos an der andern. Der Platz in der Mitte harrte Savonarolas. Er erstieg die Leiter, dann blieb er stehen, sah nach unten und ließ seinen Blick über die Menge schweifen. Genau die gleiche Stille trat ein wie im Dom Santa Maria del Fiore vor seinen Predigten. Aber als er den Kopf in die Schlinge steckte, schrie jemand: »Tu ein Wunder, Prophet!«

Niemand begriff, ob das Hohn war oder ein Aufschrei wahnsinnigen Glaubens.

Der Henker stieß ihn von der Leiter.

Ein alter Handwerker mit mildem, frommem Gesicht, der bereits mehrere Stunden am Scheiterhaufen Wache gehalten hatte, bekreuzigte sich eilig, als Fra Girolamo hing, und schob seine brennende Fackel in den Holzstoß, mit denselben Worten, mit denen einst Savonarola den Scheiterhaufen der »Eitelkeiten« entzündet hatte: »Im Namen des Vaters und des Sohnes und des Heiligen Geistes.«

Die Flamme loderte hoch auf, aber der Wind drückte sie zur Seite. Die Menge geriet in Bewegung, die Menschen drängten einander und flohen, von Entsetzen gepackt. Man hörte Schreie: »Ein Wunder! Ein Wunder! Ein Wunder! Sie brennen nicht!«

Der Wind legte sich. Die Flamme schlug wieder in die Höhe und erfasste die Leichname. Der Strick, mit dem Fra Girolamos Hände gefesselt waren, verkohlte, die Hände lösten sich und sanken nieder, als bewegten sie sich im Feuer. Vielen kam es so vor, als segne Savonarola zum letzten Mal das Volk.

Als der Scheiterhaufen erloschen war und nur noch verkohlte Knochen und Fleischfetzen an den eisernen Ketten hingen, drängten sich Savonarolas Schüler zum Galgen, um die sterblichen Überreste der Märtyrer zu sammeln. Aber die Stadtknechte trieben sie fort, luden die Asche in einen Karren und brachten sie zum Ponte Vecchio, um sie in den Fluss zu werfen. Unterwegs aber gelang es den »Wimmerern«, ein klein wenig Asche und Teile von dem angeblich nicht verbrannten Herzen Savonarolas zu rauben.

Als Fra Pagolo seine Erzählung beendet hatte, zeigte er seinen Zuhörern ein Amulett mit jener Asche. Fra Benedetto küsste es lange und benetzte es mit seinen Tränen.

Die beiden Mönche begaben sich dann zur Vesper. Giovanni blieb allein. Als sie heimkehrten, fanden sie ihn besinnungslos auf dem Erdboden vor dem Kruzifix. In erstarrten Fingern hielt er das Amulett.

Drei Monate lang schwebte Giovanni zwischen Leben und Tod. Fra Benedetto verließ ihn keinen Augenblick. Oft, wenn er in der Stille der Nacht am Lager des Kranken saß und seinen Fieberrasereien lauschte, packte ihn Entsetzen. Giovanni fantasierte über Savonarola, Leonardo da Vinci und die Muttergottes, die mit dem Finger geometrische Figuren in den Wüstensand zeichnet und das Christuskind die Gesetze der ewigen Notwendigkeit lehrt.

»Um was betest du?«, wiederholte der Kranke immer wieder in unsäglicher Qual. »Weißt du nicht, dass es keine Wunder gibt, dass dieser Kelch nicht an dir vorübergehen kann, ebenso wie eine Gerade die kürzeste Verbindung zwischen zwei Punkten sein muss, und nicht anders kann?«

Ihn quälte noch eine andere Vision: zwei ganz verschiedene und doch wie Doppelgänger sich gleichende Antlitze Christi, das eine voll menschlichen Leidens, voller Ohnmacht, das Antlitz dessen, der auf dem Ölberg gebetet hat um ein Wunder; das andere – furchtbar, fremd, das Antlitz des Allmächtigen, Allwissenden, des Wortes, das Fleisch ward, des Ersten Bewegers alles Bewegten. Wie zwei Gegner in ewigem Zweikampf standen sie sich gegenüber. Und wenn Giovanni sie genau betrachtete, wurde das Antlitz des Demütigen, des Leidenden dunkel: Es verzerrte sich und verwandelte sich in jenen Dämon, den Leonardo einst in seiner Karikatur auf Savonarola dargestellt hatte – und es klagte seinen Doppelgänger an und nannte ihn Antichrist.

Fra Benedetto rettete Beltraffio das Leben. Anfang Juni 1499, als sich Giovanni so weit erholt hatte, dass er wieder gehen konnte, kehrte er, trotz aller Bitten und Mahnungen des Mönchs, in Leonardos Werkstatt zurück.

Ende Juli desselben Jahres überschritt das Heer des französischen Königs Ludwig XII. unter dem Befehl von Aubigny, Louis von Luxemburg und Gian Giacomo Trivulzio die Alpen und drang in die Lombardei ein.

10

Stille Wogen

Eine kleine, eisenbeschlagene Tür im nordwestlichen Turm der Rocchetta führte in einen Keller, in dem zahlreiche eichene Truhen standen. Das war Herzog Moros Schatzkammer. Eine noch unvollendete Freske Leonardos über der Tür stellte den Gott Merkur als drohenden Engel dar. In der Nacht auf den 1. September 1499 räumten der Hofschatzmeister Ambrogio Ferrari und der Verwalter der herzoglichen Einkünfte Borgonzio Botta mit ihren Gehilfen Dukatenstücke und Perlen, die sie wie Korn mit Kellen schöpften, und andere Kostbarkeiten aus den Truhen: Sie packten alles in lederne Säcke und versiegelten diese sorgfältig. Diener schleppten die Säcke in den Garten und luden sie auf Maultiere. Zweihundertundvierzig Säcke waren schon gefüllt, dreißig Maultiere beladen, aber die niedergebrannten Kerzen beleuchteten immer noch Haufen von Dukaten auf dem Grund der Truhen.

Moro saß am Eingang der Schatzkammer an einem mit Rechnungsbüchern bedeckten Schreibpult. Mit abwesendem Blick starrte er in die Flamme seiner Kerze, ohne auf die Arbeit der Schatzmeister zu achten. Seit dem Tag, an dem er die Nachricht von der Flucht seines ersten Feldherrn Signor Galeazzo Sanseverino und vom Vorrücken der Franzosen gegen Mailand erhalten hatte, war er in diese seltsame Starre versunken.

Als alle Kostbarkeiten aus dem Keller geschafft waren, fragte der Schatzmeister den Herzog, ob er das goldene und silberne Tafelgerät mitnehmen oder zurücklassen wolle. Moro sah ihn finster an, als müsse er alle Gedanken anspannen, um zu begreifen, wovon die Rede sei; dann wandte er sich mit einer leeren Geste wieder ab und starrte von Neuem in die Flamme. Als Messer Ambrogio seine Frage wiederholte, hörte Moro gar nicht mehr hin. Die Schatzmeister entfernten sich, ohne eine Antwort erhalten zu haben. Moro blieb allein.

Der alte Cameriere Mariolo Pusterla meldete den neuen Festungskommandanten Bernardino da Corte. Moro fuhr mit der Hand über sein Gesicht, erhob sich und sagte: »Ja, ja, natürlich. Lasst ihn eintreten.«

Er misstraute den Angehörigen der edlen Geschlechter und zog es vor, Leute aus dem Nichts zu erheben, die Ersten zu den Letzten, die Letzten zu den Ersten zu machen. Unter seinen höchsten Beamten waren Söhne von Ofenheizern, Gärtnern, Köchen und Maultiertreibern. Bernardino war der Sohn eines Hoflakaien, der später Küchenintendant geworden war, und hatte in seiner Jugend selbst die Livree getragen. Moro hatte ihn zu den höchsten Staatsämtern erhoben und bewies ihm jetzt sein allergrößtes Vertrauen, indem er ihm die Verteidigung des Kastells von Mailand, der letzten Stütze seiner Macht in der Lombardei, übertrug.

Der Herzog empfing den neuen Präfekten sehr gnädig und bot ihm einen Sitz an. Er breitete die Pläne des Schlosses vor ihm aus und erläuterte ihm die Signale, durch die sich die Besatzung der Festung mit den Einwohnern der Stadt verständigen sollte. Die Notwendigkeit rascher Hilfe sollte bei Tag durch ein krummes Gartenmesser, bei Nacht durch drei brennende Fackeln auf dem Hauptturm des Schlosses angezeigt werden; Verrat der Soldaten durch ein weißes Laken am Turm der Bona di Savoia; Mangel an Schießpulver durch einen an einem Strick aus einer Schießscharte herabgelassenen Stuhl; Mangel an Wein durch einen Frauenrock; Mangel an Brot durch eine schwarze Männerhose. Ein tönernes Nachtgeschirr sollte bedeuten, dass man einen Arzt brauche.

Diese Signale hatte sich Moro selbst ausgedacht, und er war in seiner Herzenseinfalt so stolz darauf, als beruhe auf ihnen jetzt alle Hoffnung auf Rettung.

»Also du weißt, Bernardino«, schloss er, »alles ist vorgesehen. Du hast alles reichlich: Geld, Pulver, Nahrungsmittel, Feuerwaffen. Dreitausend Söldner haben ihren Sold im Voraus erhalten. Du hast eine Festung unter dir, die einer dreijährigen Belagerung standhalten könnte, ich aber bitte dich, nur drei Monate auszuhalten. Wenn ich in dieser Zeit nicht zum Entsatz komme, so tue, was du für richtig hältst. Also, das wäre wohl alles. Leb wohl! Gott behüte dich, mein Sohn!« Er umarmte ihn zum Abschied.

Als der Präfekt gegangen war, befahl Moro dem Pagen, das Feldbett aufzuschlagen. Er betete und legte sich nieder; doch konnte er keinen Schlaf finden. So zündete er die Kerze wieder an, entnahm seiner Reisetasche ein Päckchen Papiere und suchte sich ein Gedicht des Nebenbuhlers von Bellincioni, eines gewissen Antonio Cammelli da Pistoia, heraus, der dem Herzog, seinem Wohltäter, die Treue gebrochen hatte und zu den Franzosen übergelaufen war. In diesem Gedicht wurde der Krieg zwischen Moro und Frankreich als ein Kampf des geflügelten Drachens Sforza mit dem alten gallischen Hahn dargestellt:

Ich seh den Kampf des Hahnes mit dem Drachen:
Sie haben sich verklammert und verbissen,
Ein Auge hat der Hahn dem Gegner schon genommen.
Der Drache strebt empor und bringts doch nicht zustande;
Der Hahn verschließt mit scharfen Klauen ihm den Rachen.
Es krümmt im Schmerze sich der Drache:
Der Wurm verreckt, und herrschen wird der Hahn, der Gallier!
Und der sich wähnte höher denn der Himmel,
Verachtet wird von Menschen, wie von Tieren,
Vom Raben auch, der lebt vom Aase.

Ein Feigling war er stets, und nur in unsrer Zwietracht
Schien mutig uns das Herz des Feiglings.
Weil du die Feinde hast ins Land gerufen,
Die Macht erschlichen, deinen Neffen schnöd beraubt,
O Moro, hat dich Gott mit bittrer Not geschlagen,
Von der dein Tod allein dir Heilung bringt.
Und wenn dein Glück du nicht vergessen,
So weißt du, Lodovico, nun,
Wie schwer sein Leiden jener fühlt,
Der spricht: Auch ich war glücklich einst!

Ein trauriges, aber gleichzeitig beinahe wollüstiges Gefühl unverdient erlittener Kränkung erfüllte Moros Herz. Er musste an die knechtische Hymne denken, die derselbe Cammelli da Pistoia erst kürzlich an ihn gerichtet hatte:

Wer Moros Ruhm sieht, der erstarret
In heilgem Schauer, wie vor der Medusa.
Du Herr des Friedens und des Krieges,
Mit einem Fuße reichst du an den Himmel,
Den andern stellst du auf die Erde.
Du rührst, o Herzog, nur den Finger,
Dann bebt die ganze Welt.
Als Erster neben Gott du lenkest
Das Steuer unsrer Welt, Fortunas Rad.

Mitternacht war vorüber. Die Flamme der niedergebrannten Kerze war dem Erlöschen nahe; der Herzog aber wandelte immer noch in dem finsteren Turm der Schatzkammer einher. Er dachte an seine Leiden, an die Ungerechtigkeit des Schicksals, an den Undank der Menschen.

Was habe ich ihnen getan? Weshalb hassen sie mich? Sie behaupten, ich sei ein Bösewicht und Mörder. Dann war aber auch Romulus, der seinen Bruder umbrachte, dann waren auch Cäsar, Alexander und alle Helden des Altertums nur Mörder und Bösewichte. Ich wollte ein neues goldenes Zeitalter heraufführen, wie es die Völker seit den Zeiten des Augustus, des Trajan und des Antonius nicht gesehen haben. Nur noch eine kurze Spanne Zeit – und unter meiner Herrschaft wären im geeinten Italien die alten Lorbeerwälder Apolls, die Olivenhaine der Pallas neu erblüht; ein Reich des ewigen Friedens, ein Reich der göttlichen Musen wäre erstanden. Ich als erster Fürst habe Größe nicht in blutigen Heldentaten, sondern in den Früchten eines goldenen Friedens, in der Aufklärung gesucht. Bramante, Paccioli, Caradosso, Leonardo und so viele andere. Unter den fernsten Nachkommen, wenn der eitle Lärm der Waffen längst verstummt sein wird, werden ihre Namen zusammen mit dem Namen Sforza genannt werden. Was hätte ich alles vollbringen, auf welche Höhen hätte ich, ein neuer Perikles, mein neues Athen führen können, wenn nicht diese tolle Horde nordischer Barbaren eingebrochen wäre … Warum, o Herr, warum?

Er ließ den Kopf auf die Brust sinken und wiederholte die Verse des Dichters:

»So weißt du, Lodovico, nun,
Wie schwer sein Leiden jener fühlt,
Der spricht: Auch ich war glücklich einst!«

Die Flamme der Kerze flackerte noch ein letztes Mal auf, beleuchtete die Gewölbe des Turms und den Gott Merkur über der Pforte der Schatzkammer – dann erlosch sie.

Der Herzog fuhr heftig zusammen: Das Verlöschen einer niedergebrannten Kerze war ein böses Vorzeichen. Um Ricciardetto nicht zu wecken, tastete er sich im Finstern nach seinem Bett, entkleidete sich, legte sich nieder und sank diesmal sofort in Schlaf.

Ihm träumte, er knie vor Madonna Beatrice, die eben von einer Liebesstunde ihres Gatten mit Lucrezia erfahren hatte, ihn hart schalt und auf die Wangen schlug. Es tat ihm weh, aber es kränkte ihn nicht; er freute sich, dass sie wieder lebte und gesund war. Gehorsam bot er sein Gesicht ihren Schlägen; er haschte nach ihren kleinen, bräunlichen Händen, um die Lippen darauf zu pressen; er weinte vor Liebe, vor Mitleid mit ihr. Plötzlich aber stand nicht mehr Beatrice vor ihm, sondern der Gott Merkur, wie ihn Leonardo auf der Freske über der eisernen Tür dargestellt hatte, als drohender Engel. Der Gott packte ihn an den Haaren und schrie: »Du Tor, du Tor! Auf was hoffst du noch? Meinst du, deine Ränke können dir helfen, werden dich erretten vor dem Strafgericht des Herrn? Du Mörder!«

Als Moro erwachte, dämmerte das Morgenlicht durch die Fenster. Ritter, hohe Beamte, Landsknechte und deutsche Söldner, die ihn nach Deutschland geleiten sollten, im Ganzen an die dreitausend Reiter, erwarteten den Herzog in der Hauptallee des Parks und auf der Landstraße, die nach Norden, zu den Alpen führte.

Moro bestieg sein Pferd und ritt nach dem Kloster delle Grazie, um zum letzten Mal am Grab seiner Frau zu beten. Mit den ersten Sonnenstrahlen setzte sich der trübselige Zug in Bewegung.

Infolge herbstlicher Unwetter befanden sich die Straßen in schlechtem Zustand, und die Reise zog sich länger als zwei Wochen hin.

Am 18. September spätabends, nach einer der letzten Tagereisen, entschloss sich der Herzog, der sich krank und matt fühlte, in einer hochgelegenen Höhle zu übernachten, die sonst wohl nur Hirten als Schlupfwinkel diente. Man hätte mit Leichtigkeit eine ruhigere und behaglichere Unterkunft finden können; aber Moro hatte absichtlich diese wilde Gegend für das Zusammentreffen mit dem ihm entgegengeschickten Gesandten des Kaisers Maximilian gewählt.

Ein großes Feuer beleuchtete die Stalaktiten an der tief hängenden Decke der Höhle. Am Bratspieß der Feldküche wurden Fasanen zum Nachtessen gebraten; warm eingehüllt, eine Wärmkruke an den Füßen, ruhte der Herzog auf einem Feldstuhl aus Riemengeflecht. Zu seiner Seite bereitete Madonna Lucrezia, heiter und sanft wie immer, als Hausfrau waltend ein von ihr selbst erfundenes Zahnwasser aus Wein, Pfeffer, Nelken und anderen scharfen Gewürzen. Der Herzog hatte Zahnweh.

»So ist es, Messer Odoardo«, sagte er zu dem kaiserlichen Gesandten, insgeheim beinahe stolz über die Schwere seines Unglücks. »Ihr möget dem Kaiser vermelden, wo und wie Ihr den rechtmäßigen Herzog der Lombardei getroffen habt.«

Er hatte gerade einen jener Anfälle von Redseligkeit, die manchmal bei ihm auf langes Schweigen und geistige Starre folgten.

»Füchse haben ihren Bau, die Vögel ihre Nester – nur ich habe keine Stätte, wo ich mein Haupt niederlegen kann.«

»Corio«, wandte er sich an seinen Hofchronisten, »wenn du unsere Chronik schreibst, vergiss nicht das Nachtlager in der Hirtenhöhle zu erwähnen, diesen letzten Zufluchtsort des Sprosses der großen Sforza, aus dem Geschlechte des trojanischen Helden Anglus, des Gefährten des Äneas.«

»Monsignore, Euer Unglück ist der Feder eines neuen Tacitus würdig«, bemerkte Odoardo.

Lucrezia reichte dem Herzog das Zahnwasser. Er sah sie an und freute sich an ihrem Anblick. Blass, aber frisch, vom rötlichen Feuerschein übergossen, mit schwarzen, glatt über die Ohren gekämmten Haaren, einen Diamanten an schmalem Goldreif auf der Stirn, betrachtete sie ihn lächelnd, mütterlich liebevoll, ein wenig forschend, mit aufmerksamen, strengen, kindlich ernsten und unschuldigen Augen.

Oh, Geliebte, du wirst mich nicht verraten, wirst mich nie betrügen, dachte der Herzog. Er spülte den Mund und sagte: »Corio, schreib auf: Im Schmelzofen großer Leiden wird wahre Freundschaft recht erkannt, wie Gold im Feuer.«

Moros Hofnarr, der Zwerg Janachi, trat zu ihm. »Gevatterchen, he, Gevatterchen«, sagte er, ließ sich zu des Herzogs Füßen nieder und klopfte ihm freundschaftlich das Knie. »Warum lässt du die Nase hängen und machst ein Gesicht, als wolltest du uns alle fressen? Lass das, wirklich, lass das! Für jedes Übel gibt es eine Arznei, nur für den Tod nicht. Es stimmt schon: Lieber ein lebendiger Esel als ein toter König. – Sättel«, schrie er plötzlich und wies auf einen Haufen Pferdegeschirr am Boden. »Gevatterchen, schau an: Eselsättel!«

»Was freut dich so?«, fragte der Herzog.

»Das ist eine alte Fabel, Moro. Du solltest sie auch kennen. Soll ich sie erzählen?«

»Meinethalben, erzähl!«

Der Zwerg sprang auf, sodass alle Schellen an ihm klirrten, und schwenkte seinen Narrenstab, an dessen Ende eine mit trockenen Erbsen gefüllte Schweinsblase hing.

»Es war einmal ein Maler namens Giotto, der lebte beim König Alfonso von Neapel. Eines Tages befahl ihm der König, das ganze Königreich auf eine Wand des Schlosses aufzumalen. Da malte Giotto einen Esel, der einen Sattel mit dem königlichen Wappen, der goldenen Krone und dem Zepter auf dem Rücken trug und einen andern, neuen Sattel, mit genau demselben Wappen, beschnupperte, der zu seinen Füßen lag. ›Was bedeutet das?‹, fragte Alfonso. – ›Das ist Euer Volk, Herr, das sich Tag für Tag einen neuen Herrscher wünscht.‹ Ja, das ist die ganze Fabel, Gevatterchen. Und wenn ich auch ein Narr bin, ich spreche doch die Wahrheit: Der französische Sattel, den die Mailänder jetzt beschnuppern, wird ihnen bald den Rücken wund reiben. Lass nur das Eselchen sattsam seinen Spaß dran haben – bald wird ihm der alte Sattel wieder neu vorkommen und der neue alt.«

»Stulti aliquando sapientes – Narren sind manchmal Weise«, sagte der Herzog trübe lächelnd. »Corio, schreib auf …«

Aber diesmal war es ihm nicht vergönnt, einen denkwürdigen Ausspruch zu tun. Am Eingang der Höhle hörte man Schnauben von Pferden, Hufestampfen und gedämpfte Stimmen. Der Cameriere Mariolo Pusterla kam mit erschrockener Miene hereingestürzt und flüsterte dem ersten Sekretär Bartolomeo Calco etwas ins Ohr.

»Was ist geschehen?«, fragte Moro. Alle verstummten.

»Hoheit«, begann der Sekretär, aber seine Stimme bebte, und er brach ab, ohne zu Ende zu sprechen.

»Signore«, sagte Luigi Marliani und trat auf Moro zu. »Der Herr erhalte Eure Hoheit! Seid auf alles gefasst! Schlimme Nachrichten …«

»So redet doch, redet endlich«, rief Moro und erbleichte jäh.

Am Eingang der Höhle, zwischen Soldaten und Höflingen, gewahrte er einen Mann in hohen, kotbespritzten Lederstiefeln. Alle traten stumm beiseite. Der Herzog stieß Messer Luigi zurück, stürzte auf den Boten zu, entriss ihm seinen Brief, erbrach ihn, überflog ihn – schrie laut auf und stürzte zu Boden. Pusterla und Marliani konnten ihn gerade noch auffangen.

Borgonzio Botta teilte Moro in diesem Brief mit, dass am 17. September, dem Tag des heiligen Satyrus, der Verräter Bernardino da Corte das Kastell von Mailand dem Marschall des Königs von Frankreich, Gian Giacomo Trivulzio, übergeben habe.

Der Herzog fiel gern und stets mit Verständnis in Ohnmacht. Manchmal benutzte er dieses Mittel als diplomatische List. Aber diesmal war seine Ohnmacht echt. Lange konnte man ihn nicht ins Bewusstsein zurückrufen. Endlich schlug er die Augen auf, seufzte tief, erhob sich, bekreuzigte sich sehr andächtig und sprach: »Von Judas bis auf den heutigen Tag gab es keinen ärgeren Verräter als diesen Bernardino da Corte.« Weiter sprach er kein Wort an diesem Tag.

Einige Tage später befand sich Moro zu später Nachtstunde allein mit seinem ersten Sekretär in einem Gemach des kaiserlichen Schlosses zu Innsbruck, wo ihn Kaiser Maximilian sehr gnädig aufgenommen hatte. Im Zimmer auf und ab schreitend, diktierte der Herzog Messer Bartolomeo den Text der Beglaubigungsschreiben für die Gesandten, die er heimlich nach Konstantinopel an den türkischen Sultan schicken wollte.

Die Miene des alten Sekretärs drückte lediglich gespannte Aufmerksamkeit aus. Die Feder eilte gehorsam über das Papier; sie konnte kaum der raschen Rede des Herzogs folgen.

»Fest und unverbrüchlich in Unseren guten Vorsätzen und freundschaftlichen Gesinnungen Eurer Majestät gegenüber verharrend, und zur Wiedererlangung Unserer Lande auf den großmütigen Beistand des Gebieters des Ottomanischen Reiches vertrauend, haben Wir beschlossen, drei Boten auf drei verschiedenen Wegen abzusenden, damit wenigstens einer von ihnen Unsere Aufträge ausrichten könne.«

In dem Schreiben beklagte sich der Herzog beim Sultan über Papst Alexander VI.: »Der Papst, der von Natur hinterlistig und böse ist …«

Die leidenschaftslose Feder des Sekretärs hielt inne. Er hob die Brauen, runzelte die Stirn und fragte, in der Meinung, er habe sich verhört: »Der Papst?«

»Nun, ja. Rasch, schreib!«

Der Sekretär senkte den Kopf noch tiefer auf das Papier, und wieder kritzelte die Feder.

»Der Papst, der, wie Eurer Majestät bekannt sein dürfte, von Natur hinterlistig und böse ist, hat den König von Frankreich zu einem Feldzug gegen die Lombardei aufgestachelt.« Dann wurden die Siege der Franzosen beschrieben. »Als Wir diese Kunde vernahmen, ergriff Uns Schrecken«, gestand Moro, »und Wir hielten es für das Beste, Uns zum Kaiser Maximilian zu begeben, um dort den Beistand Eurer Majestät abzuwarten. Alle haben Uns verraten und betrogen, am ärgsten aber Bernardino.« Bei der Erwähnung dieses Namens bebte Moros Stimme. »Bernardino da Corte, eine Schlange, die Wir an Unserm Busen gewärmt, ein Sklave, den Wir mit Gnadenbeweisen und Geschenken überschüttet haben, der Uns verkauft hat wie Judas … Nein, warte, von Judas schreib lieber nicht«, unterbrach sich Moro, dem jetzt erst einfiel, dass er an einen ungläubigen Türken schrieb.

Er schilderte seine Nöte, flehte den Sultan an, zu Land und zu Wasser Venedig anzugreifen, und versprach ihm einen sicheren Sieg und die Vernichtung des Erbfeindes des Ottomanischen Reichs, der Republik Venedig.

»Und Eure Majestät sollen wissen«, schloss er das Schreiben, »dass in diesem Krieg wie in jedem andern Unternehmen alles, was Wir besitzen, Eurer Majestät zur Verfügung steht, und Eure Majestät dürften in Europa sicherlich keinen stärkeren und treueren Bundesgenossen finden.«

Er trat an den Tisch, um noch etwas hinzuzufügen, machte dann aber nur eine abwehrende Geste und ließ sich in einen Sessel sinken.

Bartolomeo streute Sand auf die letzte Seite, die noch nicht trocken war. Plötzlich hob er die Augen und blickte auf seinen Herrn: Der Herzog hatte das Gesicht mit beiden Händen bedeckt und weinte. Sein Rücken, die Schultern, das fleischige Doppelkinn, die bläulichen, sauber rasierten Wangen, die glatte Frisur – die Zazzera –, alles bebte unter seinem Schluchzen.

»Weshalb? Weshalb? Wo ist Deine Gerechtigkeit, o Herr?«

Er wandte dem Sekretär sein faltiges Gesicht zu, das in diesem Augenblick dem eines weinerlichen alten Weibes glich, und stammelte: »Bartolomeo, zu dir habe ich Vertrauen. Sag mir auf dein Gewissen: Handle ich recht oder nicht?«

»Durchlaucht meinen – wegen der Gesandtschaft an den Türken?«

Moro nickte. Der alte gewiefte Diplomat hob nachdenklich die Brauen, schürzte die Lippen und runzelte die Stirn: »Einerseits gewiss – wenn man unter Wölfen lebt, muss man mit ihnen heulen. Aber andererseits… Ich möchte mir gestatten, Eurer Hoheit vorzuschlagen, noch zu warten.«

»Um keinen Preis«, rief Moro aus. »Ich habe lange genug gewartet, Ich will ihnen zeigen, dass man einen Herzog von Mailand nicht beiseitewirft wie einen unnützen Bauern beim Schachspiel. Denn, siehst du, mein Freund, wenn ein Gerechter wie ich so übel behandelt wird – wer will ihm da verargen, wenn er Hilfe nicht nur beim Großtürken, sondern auch beim Teufel selber sucht?«

»Hoheit«, bemerkte der Sekretär mit einschmeichelnder Stimme,

»muss man nicht befürchten, dass ein Einfall der Türken in Europa unerwartete Folgen nach sich ziehen könnte – etwa für die christliche Kirche?«

»O Bartolomeo, meinst du wirklich, ich hätte das nicht vorausgesehen? Lieber wollte ich tausendmal den Tod erleiden, als unserer heiligen Mutter, der Kirche, irgendwie Schaden zuzufügen. Gott bewahre mich davor! Du kennst meine Pläne noch nicht alle«, fügte er dann mit seinem früheren listigen, raubgierigen Lächeln hinzu. »Warte nur, wir wollen den Feinden eine böse Suppe einbrocken, wir wollen sie mit solchen Netzen umgarnen, dass sie Gottes Licht nicht mehr sehen sollen. Eines sage ich dir: Auch der Großtürke ist nur eine Waffe in meinen Händen. Wenn die Zeit kommt, werden wir ihn ebenfalls vernichten; wir werden die gottlose Sekte Mohammeds ausrotten und das Heilige Grab vom Joch der Ungläubigen befreien!«

Bartolomeo gab keine Antwort; er senkte nur finster den Blick. Es steht schlecht um ihn, dachte er. Ganz schlecht. Er hat sich in Fantastereien verrannt. Was soll man da für Politik machen?

In dieser Nacht betete der Herzog lange in heißem Glauben, voller Hoffnung auf die Hilfe des Großtürken, vor seinem liebsten Heiligenbild, einer Arbeit von Leonardo, auf dem die Muttergottes in der Gestalt von Moros schöner Mätresse, der Gräfin Cecilia Bergamini, dargestellt war.

Etwa zehn Tage vor der Übergabe des Kastells von Mailand war Marschall Trivulzio unter freudigen Zurufen der Menge: »Frankreich, Frankreich!« und unter dem Geläute der Glocken in Mailand wie in eine eroberte Stadt eingezogen.

Der Einzug des Königs war auf den 6. Oktober angesetzt. Die Bürger bereiteten einen festlichen Empfang vor. Für den Festzug hatten die Handelssyndici in der Schatzkammer des Doms zwei Engel aufgestöbert, die vor fünfzig Jahren, zur Zeit der Ambrosianischen Republik, die Geister der Volksfreiheit dargestellt hatten. Die alten Triebfedern, durch welche die vergoldeten Flügel bewegt wurden, waren aber schwach geworden. Die Syndici beauftragten den Mechaniker des ehemaligen Herzogs, Leonardo da Vinci, mit der Instandsetzung.

Leonardo war gerade mit dem Bau einer neuen Flugmaschine beschäftigt. Eines Morgens ganz früh, als es noch finster war, saß er bei seinen Entwürfen und mathematischen Berechnungen. Das leichte, mit Taft wie mit einer Schwimmhaut bespannte Rohrgerippe ähnelte diesmal nicht einer Fledermaus wie die letzte Maschine, sondern eher einer Riesenschwalbe. Der eine Flügel war bereits fertig: Fein, spitz, überaus gefällig in der Form, reichte er vom Fußboden bis zur Decke. Unten, in seinem Schatten, besserte Astro emsig die beiden gesprungenen Federn der hölzernen Engel der Kommune Mailand aus.

Diesmal beabsichtigte Leonardo, dem Körperbau der Vögel so nahe als möglich zu kommen, in dem ja die Natur selbst dem Menschen das beste Vorbild einer Flugmaschine bietet. Er hoffte immer noch, das Wunder des Fliegens in mechanische Gesetze auflösen zu können. Offenbar wusste er alles, was er wissen konnte – trotzdem hatte er das Gefühl, es müsse beim Fliegen ein Geheimnis geben, das sich noch nicht in mechanische Gesetze auflösen ließ. Wie bei früheren Versuchen, stieß er immer wieder auf die Schranke, die jede Schöpfung der Natur von einem Werk menschlicher Hände trennt, den lebendigen Körper von der toten Maschine, und es kam ihm so vor, als strebe er nach Unmöglichem.

»Gott sei Dank – fertig!«, rief Astro und zog die Federn an.

Die Engel bewegten ihre schweren Flügel. Ein Luftzug entstand im Zimmer; der dünne, leichte Flügel der Riesenschwalbe regte sich und rauschte, als lebe er. Der Schmied betrachtete ihn mit unsäglicher Zärtlichkeit.

»Wie viel Zeit ich zwecklos mit den dummen Kerlen verloren habe«, brummte er, auf die Engel weisend. »Jetzt aber, Meister, tut, was Ihr wollt – ich gehe nicht von hier weg, ehe ich nicht mit den Flügeln fertig bin. Ich bitte um die Zeichnung für den Schwanz.«

»Die ist noch nicht fertig, Astro. Warte nur, das will sehr genau überlegt sein.«

»Wie denn, Messere? Ihr hattet sie mir schon zu vorgestern versprochen!«

»Da ist nichts zu machen, Freund. Du weißt, der Schwanz unseres Vogels ist sein Steuer. Wenn wir hierbei den kleinsten Fehler begehen, ist alles umsonst.«

»Nun gut, Ihr müsst es besser wissen. Also warte ich noch und mache inzwischen den zweiten Flügel.«

»Astro«, sagte der Meister, »warte lieber noch. Ich habe Sorge, wir müssen doch noch vieles ändern.«

Der Schmied gab keine Antwort. Behutsam hob und drehte er das mit einem Netzwerk aus Ochsensehnen bespannte Rohrgerippe. Dann wandte er sich plötzlich zu Leonardo um und sagte mit dumpfer, bebender Stimme: »Meister, ach, Meister, zürnt mir nicht. Aber wenn Ihr mit Euren Berechnungen wieder nur dahin kommt, dass wir mit dieser Maschine auch nicht fliegen können – ich fliege trotzdem, ich fliege all Eurer Mechanik zum Trotz. Ja, ja – ich kann nicht länger warten, meine Kräfte sind erschöpft. Denn das weiß ich: Wenn wir auch diesmal …«

Er sprach nicht zu Ende und wandte sich ab. Leonardo blickte ihm aufmerksam in das breitknochige, stumpfe, eigensinnige Gesicht, auf dem starr der einzige, wahnwitzige, alles verschlingende Gedanke lag.

»Messere«, bat Astro dann, »sagt es mir lieber ganz offen: Werden wir fliegen oder nicht?«

In seinen Worten lag so viel Furcht und auch so viel Hoffnung, dass Leonardo es nicht über sich brachte, ihm die Wahrheit zu sagen.

»Das kann man natürlich nicht bestimmt wissen«, antwortete er gesenkten Blicks, »bevor nicht der Versuch wirklich gemacht ist. Aber ich denke, Astro, wir werden fliegen.«

»Nun, genug, genug!« Der Schmied schwenkte begeistert die Arme. »Ich will nichts weiter hören. Wenn Ihr selbst sagt, wir werden fliegen – dann werden wir auch fliegen.«

Er wollte sich offenbar beherrschen, vermochte es aber nicht und brach in ein glückliches, kindliches Lachen aus.

»Was hast du?«, wunderte sich Leonardo.

»Verzeiht, Messere. Ich störe Euch immerzu. Nun, es soll das letzte Mal sein. Ich will es nicht wieder tun … Glaubt mir, wenn ich an die Mailänder und an die Franzosen, an Herzog Moro und an den König denke, dann kommt es so über mich: Ich muss lachen, und gleichzeitig tun sie mir allesamt leid! Sie rackern sich ab, die Armen, sie schlagen sich und bilden sich gewiss ein, sie vollbrächten große Taten, diese kriechenden Würmer, diese flügellosen Käfer. Und keiner von ihnen ahnt, welch Wunder sich vorbereitet. Stellt Euch vor, Meister, wie sie die Augen aufsperren, den Mund aufreißen werden, wenn sie Menschen mit Flügeln durch die Luft fliegen sehen. Das ist doch mehr als Holzengel, die mit den Flügeln wackeln, zum Vergnügen des Pöbels. Sie werden es sehen und doch nicht dran glauben. Für Götter werden sie uns halten. Das heißt, mich werden sie wohl nicht für einen Gott halten, eher für den Teufel. Aber Ihr werdet mit Flügeln wahrhaftig aussehen wie ein Gott. Oder vielleicht sagen sie: Das ist der Antichrist. Sie werden erschrecken, werden niederfallen und Euch anbeten, und Ihr könnt mit ihnen machen, was Ihr wollt. Ich denke mir so, Meister: Dann wird es keine Kriege mehr geben und keine Gesetze, keine Herren und keine Sklaven, alles wird ganz anders werden, eine neue Zeit wird anbrechen, die wir uns heute noch gar nicht richtig vorstellen können. Die Völker werden sich vereinen, werden auf Flügeln dahinschweben wie die Engel und ein einstimmiges Hosianna singen … Oh, Messer Leonardo! Gott, o Gott! Ist es denn wirklich wahr?« Er sprach wie im Fieber.

Der Arme, dachte Leonardo. Wie fest er daran glaubt. Wer weiß, vielleicht verliert er wirklich noch den Verstand darüber. Was soll ich mit ihm tun? Wie soll ich ihm die Wahrheit sagen?

In diesem Augenblick wurde draußen laut an die Haustür geklopft; dann hörte man Stimmen und Schritte, und das Klopfen wiederholte sich an der verschlossenen Tür der Werkstatt.

»Wen schickt uns der Teufel da schon wieder? Hol den dieser und jener!«, brummte der Schmied zornig. »Wer ist da? Der Meister ist nicht zu sprechen. Er ist verreist.«

»Ich bin es, Astro. Ich, Luca Paccioli. Um Gottes willen, mach rasch auf!«

Der Schmied öffnete und ließ den Mönch ein.

»Was ist mit Euch, Fra Luca?«, fragte der Künstler, als er Pacciolis erschrockenes Gesicht sah.

»Mit mir ist nichts, Messer Leonardo. Das heißt, ja, auch mit mir – doch davon später. Jetzt aber … Oh, Messer Leonardo … Euer ›Koloss‹ … Die Gascogner Armbrustschützen … Ich komme gerade aus dem Kastell und habe es mit eigenen Augen gesehen … Die Franzosen zerstören Euer ›Ross‹ … Schnell, schnell, kommt!«

»Wozu?«, fragte Leonardo ganz ruhig, nur sein Gesicht wurde etwas bleich. »Was können wir da noch tun?«

»Was wir tun können? Erbarmt Euch, wir werden doch nicht hier sitzen und die Hände in den Schoß legen, während Euer größtes Werk vernichtet wird. Ich habe eine Empfehlung für Sire de La Tremouille. Wir müssen etwas tun.«

»Einerlei, wir kommen doch nicht mehr zur Zeit«, erwiderte der Künstler.

»Gewiss, wir kommen noch zurecht. Wir nehmen den nächsten Weg, durch die Gärten und über die Zäune. Nur rasch, rasch!«

Dem Drängen des Mönchs nachgebend, verließ Leonardo mit ihm das Haus, und sie liefen eilends nach dem Schloss. Unterwegs berichtete ihm Fra Luca auch über seinen eigenen Jammer. In der letzten Nacht hatten Landsknechte den Keller des Kanonikus von San Simpliciano, bei dem Paccioli wohnte, ausgeraubt. Sie hatten stark gezecht und übel gehaust und unter anderem die Kristallmodelle geometrischer Körper, die sie in einer Zelle fanden und für teuflische Erfindungen der schwarzen Magie, für »Wahrsagekristalle« hielten, in Stücke geschlagen.

»Nun, was haben ihnen nur«, jammerte Paccioli, »was haben ihnen nur meine unschuldigen Kristalle getan?«

Als sie den Schlossplatz betraten, sahen sie vor dem südlichen Haupttor, auf der Zugbrücke Battiponte, beim Turm Torre di Filarete einen jungen, von seinem Gefolge umgebenen französischen Stutzer stehen.

»Maître Gilles!«, rief Fra Luca und erklärte Leonardo, dieser Maître Gilles sei ein sogenannter »Vogelpfeifer«, der die Zeisige, Elstern, Papageien und Drosseln Seiner Allerchristlichsten Majestät zum Singen, Sprechen und zu andern Künsten abrichte – eine sehr wichtige Persönlichkeit bei Hof. Es gingen auch Gerüchte, dass nicht nur die Elstern in Frankreich nach Maître Gilles' Pfeife tanzten. Paccioli hatte schon lange die Absicht, ihm seine Werke »De divina Proportione« und »Summa arithmetica« in Prachteinbänden zu verehren.

»Bitte, lasst Euch meinetwegen nicht abhalten, Fra Luca«, sagte Leonardo. »Geht zu Maître Gilles. Ich weiß schon, was ich tun muss.«

»Nein, ich gehe nachher zu ihm«, antwortete Paccioli betreten. »Oder, wisst Ihr was? Ich laufe rasch zu Gilles hin und frage ihn, wo er hingeht. Ich komme sofort zurück. Geht Ihr inzwischen direkt zu Sire de La Tremouille.«

Behände raffte der Mönch die Schöße seiner braunen Kutte und trippelte, die Holzsandalen an seinen bloßen Füßen klappernd, dem Vogelpfeifer nach. Leonardo ging über die Zugbrücke Battiponte auf das Marsfeld, den Binnenhof des Mailänder Schlosses.

Es war ein nebliger Morgen. Die Wachfeuer waren dem Erlöschen nahe. Auf dem Platz und in den anliegenden Gebäuden waren überall Kanonen, Kugeln, Gepäck, Hafersäcke und Strohbündel untergebracht, sodass das Ganze zu einer riesigen Kaserne mit Pferdestall und zu einer gewaltigen Schankstätte geworden war. Um Marketenderbuden und Feldküchen, um volle und leere Fässer, die aufgestellt als Spieltische dienten, wurde geschrien und gelacht, in den verschiedensten Sprachen geschimpft und geflucht; man hörte gräuliche Gotteslästerungen und trunkene Lieder; nur wenn Vorgesetzte des Weges kamen, verstummte alles für kurze Zeit. Trommeln rasselten, rheinische und schwäbische Landsknechte ließen ihre Messingtrompeten schmettern, und Söldner aus den freien Kantonen Uri und Unterwalden spielten auf Alphörnern melancholische Hirtenweisen.

Als sich Leonardo bis in die Mitte des Platzes hindurchgearbeitet hatte, sah er, dass sein »Koloss« noch fast unversehrt war. Der große Herzog Francesco Attendolo Sforza, der Eroberer der Lombardei, mit seinem kahlen römischen Imperatorenschädel, mit dem Ausdruck von Löwenmut und Fuchsschläue im Gesicht, saß noch wie bisher auf seinem Ross, das sich bäumte und mit den Hufen einen hingesunkenen Krieger niedertrat.

Schwäbische Büchsenschützen, Schützen aus Graubünden, pikardische Schleuderer und Gascogner mit Armbrüsten drängten sich lärmend und schreiend um die Statue. Sie verständigten sich weniger durch Worte als durch Gebärden, denen Leonardo entnahm, dass es sich um einen Wettstreit zweier Schützen, eines Deutschen und eines

Franzosen, handelte. Die beiden sollten abwechselnd aus einer Entfernung von fünfzig Schritt schießen, nachdem jeder von ihnen vier Krüge starken Weins geleert hatte. Das Ziel war das Muttermal auf der Wange des Reiters.

Die Schritte wurden abgezählt; man warf das Los, wer zuerst schießen sollte. Eine Marketenderin maß ihnen den Wein zu. Der Deutsche trank die ausgemachten vier Krüge hintereinander leer, ohne Atem zu holen; dann trat er zurück, zielte, schoss – und fehlte. Der Pfeil streifte nur die Wange und riss ein Stück vom linken Ohr ab, berührte aber nicht das Muttermal.

Gerade legte der Franzose die Armbrust an. Da kam Bewegung in den Haufen. Die Soldaten traten zurück und machten einem Zug prächtiger Herolde Platz, die einen Ritter geleiteten, der vorüberritt, ohne auf das Treiben der Soldaten zu achten.

»Wer ist das?«, fragte Leonardo einen neben ihm stehenden Schleuderer.

»Sire de La Tremouille.«

»Noch ist es nicht zu spät«, sagte sich der Künstler. »Ich könnte ihm nacheilen, ihn bitten …«

Doch blieb er reglos stehen. Er fühlte sich unfähig, etwas zu tun; eine so unüberwindliche Starrheit und Willensschwäche war über ihn gekommen, dass er nichts unternommen hätte, und wäre es in diesem Augenblick um sein Leben gegangen. Furcht, Scham und Ekel ergriffen ihn bei dem bloßen Gedanken, er sollte sich durch diesen Haufen von Stallknechten drängen und einem hohen Herrn nachlaufen, wie es ein Luca Paccioli tat.

Der Gascogner schoss. Sein Pfeil pfiff durch die Luft und fuhr genau in das Muttermal. »Bigorre, Bigorre! Montjoie Saint-Denis«, brüllten die Soldaten und schwenkten die Mützen. »Frankreich hat gesiegt!«

Die Schützen umringten die Statue und setzten ihren Wettkampf fort. Leonardo wollte sich entfernen. Aber er blieb wie angewurzelt stehen. Als sei es ein schrecklicher, toller Traum, sah er teilnahmslos zu, wie die Arbeit der sechzehn besten Jahre seines Lebens zerstört wurde – vielleicht das großartigste Werk der Bildhauerkunst seit Praxiteles und Phidias.

Unter einem Hagel von Pfeilen und Steinen bröckelte der Ton als feiner Sand oder in großen Klumpen ab und verflog wie Staub, sodass bald das Gestell, das Skelett aus eisernen Knochen sichtbar wurde.

Die Sonne trat hinter den Wolken hervor. Noch viel kläglicher wirkte in ihrem freudig flimmernden Glanz die Ruine des Denkmals, der kopflose Rumpf des Helden auf einem Ross ohne Beine, mit dem Bruchstück des Zepters in der noch unverletzten Hand, mit der Aufschrift auf dem Sockel: *Ecce Deus* – Sehet, welch ein Gott!

In diesem Augenblick schritt der Erste Feldherr des Königs von Frankreich, der alte Marschall Gian Giacomo Trivulzio, über den Platz. Er warf einen Blick auf das Denkmal, machte erstaunt halt, sah noch einmal hin, beschirmte die Augen mit der Hand gegen die Sonne – dann wandte er sich zu seiner Begleitung und fragte: »Was ist das?«

»Monseigneur«, antwortete ehrerbietig ein Leutnant, »Kapitän Georges Codtburn hat den Armbrustschützen aus eigener Macht erlaubt …«

»Das Denkmal Sforzas?«, rief laut der Marschall. »Ein Werk Leonardo da Vincis als Schießscheibe für Gascogner Schützen?«

Er schritt auf die Gruppe von Soldaten zu, die so eifrig mit ihrem Wettschießen beschäftigt waren, dass sie nichts sahen, packte einen pikardischen Schleuderer am Kragen, warf ihn zu Boden und fing schauerlich an zu fluchen. Das Gesicht des alten Marschalls war feuerrot, an seinem Hals traten die Adern hervor.

»Monseigneur«, stammelte der Soldat kniend und am ganzen Leib bebend, »Monseigneur, wir wussten nicht … Kapitän Cockburn …«

»Wartet nur, ihr Hundsfotte«, schrie Trivulzio. »Ich werde euch Kapitän Cockburn zeigen. An den Beinen lasse ich euch alle aufhängen!«

Sein Degen blinkte. Er holte weit aus und hätte wohl zugeschlagen, aber Leonardo packte ihn mit der linken Hand oberhalb des Handgelenks so kräftig am Arm, dass sich das eherne Armstück verbog. Vergebens bemühte sich der Marschall, seinen Arm zu befreien, und sah Leonardo erstaunt an.

»Wer ist Er?«, fragte er.

»Leonardo da Vinci«, antwortete der Künstler ruhig.

»Was unterstehst du dich?«, wollte der Alte wütend aufbrausen. Aber als ihn der klare Blick des Künstlers traf, zögerte er.

»Also du bist Leonardo?«, sprach er dann und musterte des Künstlers Gesicht. »Meine Hand, lass meine Hand los! Du hast mir das Armstück verbogen. Hast du aber Kraft! Du bist wirklich sehr kühn, Freund.«

»Monseigneur, ich flehe Euch an, zürnt nicht. Verzeiht ihnen«, bat der Künstler ehrerbietig.

Der Marschall schaute ihm noch aufmerksamer ins Gesicht, dann lächelte er und schüttelte den Kopf.

»Sonderling! Sie haben dein bestes Werk zerstört, und du bittest für sie?«

»Durchlaucht – und wenn Ihr sie allesamt aufhängen lasst: Was würde das mir und meinem Werk nützen? Sie wissen nicht, was sie tun.«

Der Alte überlegte. Plötzlich klärte sich sein Gesicht auf, und in den klugen Augen leuchtete Güte.

»Hör, Messer Leonardo, eines verstehe ich nicht. Wie konntest du dabeistehen und ruhig zusehen? Warum hast du es nicht gemeldet? Weshalb hast du dich nicht bei mir oder bei Sire de La Tremouille beschwert? Er muss eben hier vorbeigeritten sein.«

Leonardo schlug die Augen nieder und antwortete stotternd und errötend, als fühle er sich irgendwie schuldig: »Ich kam nicht mehr dazu. Auch kenne ich Sire de La Tremouille nicht persönlich.«

»Schade«, meinte der Alte und betrachtete die Trümmer. »Hundert meiner besten Leute gäbe ich hin für deinen ›Koloss‹.«

Als Leonardo auf dem Heimweg über die Brücke neben der schönen Loggia des Bramante ging, wo seine letzte Begegnung mit Moro stattgefunden hatte, sah er, wie französische Pagen und Stallknechte zu ihrem Vergnügen auf die zahmen Schwäne, die Lieblinge des Herzogs von Mailand, Jagd machten. Das mutwillige Gesindel schoss aus Armbrüsten auf die Vögel, die in dem rings von hohen Mauern umschlossenen Graben in wildem Schrecken hin und her flatterten. Zwischen weißem Flaum und Gefieder schaukelten auf dem dunklen Wasser schon blutige Kadaver. Ein eben verwundeter Schwan reckte mit durchdringendem Klagegeschrei den langen Hals und schlug heftig mit den bereits versagenden Flügeln, als wolle er sich vor dem Tod noch einmal in die Lüfte aufschwingen.

Leonardo wandte sich ab und ging rasch vorüber. Er hatte ein Gefühl, als gliche er selbst diesem Schwan.

Am Sonntag, den 6. Oktober zog König Ludwig XII. durch die Porta Ticinese in Mailand ein. In dem Zug, der ihm das Geleit gab, befand sich Cesare Borgia, Herzog von Valentinois, der Sohn des Papstes. Während der Zug sich vom Domplatz zum Kastell bewegte, schlugen die Engel der Kommune Mailand vorschriftsmäßig mit den Flügeln.

Seit jenem Tag, da der »Koloss« zerstört wurde, hatte Leonardo die Arbeit an seiner Flugmaschine nicht wieder aufgenommen. Astro baute den Apparat allein fertig. Der Künstler brachte es nicht über sich, ihm zu sagen, dass auch diese Flügel nichts taugten. Der Schmied ging dem Meister absichtlich aus dem Weg und sprach auch nicht über den geplanten Flugversuch. Nur manchmal richtete er sein einziges Auge, in dem ein Feuer düsteren Wahnwitzes glühte, mit stummem Vorwurf auf Leonardo.

Gegen Ende Oktober kam Paccioli eines Morgens mit der Nachricht zu Leonardo geeilt, der König verlange ihn im Schloss zu sehen. Der Künstler ging nur ungern hin. Er war in Sorge, denn die Flügel waren verschwunden, und er fürchtete, Astro, der es sich nun einmal in den Kopf gesetzt hatte, um jeden Preis zu fliegen, könne irgendein Unheil anrichten.

Als Leonardo die ihm so wohlbekannten Säle der Rocchetta betrat, empfing Ludwig XII. gerade die Ältesten und die Syndici von Mailand.

Der Künstler musterte seinen künftigen Gebieter, den König von Frankreich. Ludwigs Äußeres war alles andere als majestätisch. Er hatte einen gebrechlichen schwachen Körper, schmale Schultern, eine eingefallene Brust und ein leidendes, aber durch die Leiden nicht veredeltes, flaches, spießbürgerlich-braves Gesicht mit hässlichen Runzeln.

Auf der obersten Stufe des Throns stand ein etwa zwanzigjähriger junger Mann in einfachem schwarzem Gewand ohne Schmuck, außer einigen Perlen am Rand des Baretts und der goldenen Muschelkette des Ordens vom heiligen Erzengel Michael. Er hatte langes blondes Haar, einen kleinen, leicht geteilten dunkelblonden Bart, ein gleichmäßig blasses Gesicht und schwarzblaue, freundliche, kluge Augen.

»Sagt, Fra Luca«, flüsterte der Künstler seinem Begleiter zu, »wer ist dieser junge Edelmann?«

»Der Sohn des Papstes«, antwortete der Mönch. »Cesare Borgia, Herzog von Valentinois.«

Leonardo hatte von Cesares Schandtaten gehört. Obwohl es keine sicheren Beweise gab, zweifelte doch niemand daran, dass er seinen Bruder Giovanni Borgia umgebracht hatte, weil er keine Lust mehr hatte, immer der Jüngere zu sein, und weil er den Kardinalspurpur ablegen und dafür das Amt eines Gonfaloniere, des Heerführers der Kirche, übernehmen wollte. Es gingen noch unglaublichere Gerüchte um: Der wahre Grund dieser Kainstat sei nicht nur in der Eifersucht der Brüder um die väterliche Gunst zu suchen, sondern auch in ihrer blutschänderischen Leidenschaft zu ihrer leiblichen Schwester, Madonna Lucrezia.

Das kann doch nicht sein, dachte Leonardo, als er in Cesares ruhiges Gesicht, in seine unschuldigen Augen blickte.

Cesare fühlte offenbar den auf ihn gerichteten forschenden Blick; er sah sich um, beugte sich zu einem neben ihm stehenden würdigen Greis in langem, dunklem Gewand, wahrscheinlich sein Sekretär, und flüsterte ihm, auf Leonardo weisend, etwas zu. Als der Greis geantwortet hatte, musterte Cesare Leonardo sehr aufmerksam, und ein feines Lächeln spielte um seine Lippen. In diesem Augenblick dachte Leonardo: Ja, es kann doch sein! Alles kann sein – sogar noch viel Schlimmeres, als man von ihm bereits redete.

Der Obmann der Syndici hatte eben eine ziemlich langweilige Ansprache beendet. Er trat zum Thron, kniete nieder und überreichte dem König eine Bittschrift. Ludwig ließ die Pergamentrolle versehentlich fallen; der Syndikus bückte sich eifrig, um sie aufzuheben. Aber Cesare kam ihm zuvor; mit rascher, gewandter Bewegung hob er die Rolle auf und reichte sie mit einer Verbeugung dem König.

»Knecht«, flüsterte boshaft hinter Leonardo einer von den französischen Großen. »Wie es ihn freut, sich vordrängen zu dürfen!«

»Ihr habt recht, Messere«, fiel ein anderer ein. »Der Sohn des Papstes versieht vortrefflich die Obliegenheiten eines Lakaien. Ihr solltet nur sehen, wie er des Morgens den König beim Ankleiden bedient und ihm das Hemd wärmt. Ich glaube, er würde sich auch nicht scheuen, ihm den Pferdestall auszumisten.«

Der Künstler hatte Cesares Unterwürfigkeit ebenfalls beobachtet; sie erschien ihm eher schrecklich als widerlich, wie arglistiges Schmeicheln eines Raubtieres.

Indessen mühte sich Paccioli eifrig, regte sich auf und stieß den Künstler an den Ellbogen. Als er aber sah, dass Leonardo in seiner gewöhnlichen Schüchternheit womöglich den ganzen Tag im Gedränge stehen würde, ohne Gelegenheit zu finden, die Aufmerksamkeit des Königs auf sich zu ziehen, ergriff er energische Maßregeln. Er packte den Meister an der Hand und stellte ihn mit tiefen Verbeugungen dem König vor, wobei er Superlative wie stupendissimo, prestantissimo, invincibilissimo nur so pfeifen und zischen ließ.

Ludwig sprach über das »Heilige Abendmahl«; er lobte die Darstellung der Apostel, war aber am meisten über die Perspektive der Decke entzückt. Fra Luca wartete auf den Augenblick, da der König Leonardo einladen würde, in seine Dienste zu treten. Doch da erschien ein Page und überreichte dem König ein soeben aus Frankreich eingegangenes Schreiben. Der König erkannte die Handschrift seiner Gemahlin, seiner geliebten Anna von der Bretagne. Es war die Nachricht von ihrer Entbindung.

Die umstehenden Herren brachten ihre Glückwünsche dar. Die Menge drängte Leonardo und Paccioli zurück. Der König sah sie zwar noch einmal an, erinnerte sich auch an etwas und wollte etwas sagen, vergaß es aber sofort wieder. Er lud die Damen liebenswürdig ein, unverzüglich mit ihm auf das Wohl des Neugeborenen zu trinken, und begab sich in einen anderen Saal.

Paccioli fasste Leonardo an der Hand und zog ihn hinter sich her. »Rasch, rasch!«

»Nein, Fra Luca«, widersprach Leonardo ruhig. »Ich danke Euch für Eure Bemühungen, aber ich mag mich nicht noch einmal in Erinnerung bringen. Seine Majestät hat jetzt kein Interesse für mich.«

Und er verließ das Schloss. Auf der Zugbrücke Battiponte, am Südtor des Kastells, holte ihn Cesare Borgias Sekretär ein, Messer Agapito.

Er bot ihm im Namen des Herzogs die Stelle eines Ersten Baumeisters an, dasselbe Amt, das Leonardo bei Moro innegehabt hatte.

Der Künstler versprach, seine Antwort in einigen Tagen zu geben.

Als er sich seinem Haus näherte, erblickte er schon von Weitem eine große Volksmenge auf der Straße und beschleunigte seine Schritte. Giovanni, Marco, Salaino und Cesare trugen, wohl weil es an einer Tragbahre fehlte, auf einem jetzt zerknitterten, durchlöcherten und gebrochenen Flügel der neuen Flugmaschine, der aussah wie der Flügel einer Riesenschwalbe, ihren Gefährten, den Schmied Astro da Peretola. Seine Kleidung war zerfetzt und blutüberströmt; das Gesicht totenbleich.

Es war geschehen, was der Meister schon befürchtet hatte. Der Schmied hatte die Flügel probieren wollen; er war geflogen, hatte zwei, drei Flügelschläge getan und war dann abgestürzt. Wahrscheinlich wäre er tot gewesen, hätte sich nicht ein Flügel der Maschine in den Zweigen eines neben dem Haus stehenden Baumes verfangen.

Leonardo half den Verletzten ins Haus schaffen und legte ihn behutsam aufs Bett. Als er sich über ihn beugte, um die Wunden zu untersuchen, kam Astro zur Besinnung und flüsterte, mit einem unsäglich flehenden Blick: »Verzeiht, Meister!«

Nach prunkvollen Festlichkeiten zu Ehren seiner neugeborenen Tochter und nachdem er den Mailändern den Treueid abgenommen und Marschall Trivulzio zum Statthalter der Lombardei ernannt hatte, brach Ludwig XII. in den ersten Tagen des Novembers nach Frankreich auf.

Im Dom wurde eine Dankmesse, dem Heiligen Geist zu Ehren, abgehalten. Die Ruhe in der Stadt war nur äußerlich wiederhergestellt. Das Volk hasste Trivulzio wegen seiner Grausamkeit und Heimtücke. Moros Anhänger hetzten den Pöbel auf und verbreiteten Flugschriften. Viele, die noch kürzlich nur Spott und Schimpf für ihn gehabt hatten, als er floh, gedachten jetzt seiner als des besten aller Herrscher.

In den letzten Januartagen zerstörte die Volksmenge die Buden der französischen Zolleinnehmer an der Porta Ticinese. Am gleichen Tag verübte ein französischer Soldat in der Villa Lardirago bei

Pavia einen Anschlag auf die Ehre einer jungen lombardischen Bäuerin. Sie verteidigte sich und schlug ihren Angreifer mit einem Besen ins Gesicht. Der Soldat bedrohte sie mit dem Beil. Auf ihr Geschrei kam ihr Vater mit einem Knüppel gelaufen. Der Franzose erschlug den Alten. Darauf rotteten sich Leute zusammen und prügelten den Soldaten zu Tode. Die Franzosen fielen nun über die Lombarden her, töteten eine Menge Volks und verwüsteten den ganzen Ort. In Mailand zündete diese Nachricht wie ein Funke, der ins Pulverfass fällt. Das Volk besetzte Plätze, Straßen und Märkte und stimmte ein Wutgeheul an.

»Nieder mit dem König! Nieder mit dem Statthalter! Schlagt die Franzosen tot! Es lebe Moro!«

Trivulzio hatte zu wenig Truppen, um der Bevölkerung einer Stadt von dreihunderttausend Einwohnern widerstehen zu können. So ließ er auf dem einstweiligen Glockenturm des Doms Kanonen aufstellen, ihre Mündungen auf das Volk richten und befahl, auf das erste Zeichen hin zu feuern. Er selbst wollte einen letzten Friedensversuch unternehmen und trat vor die Menge. Der Pöbel hätte ihn fast erschlagen und jagte ihn ins Rathaus. Auch hier wäre er umgekommen, wenn nicht eine Abteilung schweizerischer Söldner mit Hauptmann Coursinge an der Spitze ihm aus der Festung zu Hilfe geeilt wäre.

Jetzt begannen Brandstiftungen, Morde und Plünderungen sowie Folterungen und Hinrichtungen der in die Hände der Aufrührer fallenden Franzosen und aller als Franzosenfreunde verdächtigen Bürger.

In der Nacht auf den 1. Februar entfloh Trivulzio heimlich aus der Festung und überließ ihre Verteidigung den Hauptleuten d'Espe und Codevara. In derselben Nacht wurde der aus Deutschland zurückgekehrte Moro von den Einwohnern der Stadt Como jubelnd empfangen. Die Bürger von Mailand erwarteten ihn wie einen Erlöser.

Leonardo war in den letzten Tagen des Aufruhrs aus Furcht vor den Kanonen, die schon einige Häuser in seiner Nachbarschaft zerstört hatten, in den Keller gezogen. Er hatte Rauchabzugsröhren gelegt, einen Herd gebaut und einige Wohnräume eingerichtet. Wie in eine kleine Festung hatte er alles Wertvolle aus dem Haus hierhergeschafft: alle Bilder, Zeichnungen, Handschriften und wissenschaftlichen Apparate.

In diesen Tagen entschloss sich Leonardo endgültig, in die Dienste Cesare Borgias zu treten. Bevor er sich aber in die Romagna begab, wo er nach seiner Verabredung mit Messer Agapito nicht später als in den Sommermonaten des Jahres 1500 eintreffen sollte, gedachte er noch seinen alten Freund Girolamo Melzi zu besuchen, um diese gefährliche Zeit von Krieg und Aufruhr in dessen abgelegener Villa zu Vaprio bei Mailand abzuwarten.

Am 2. Februar morgens, am Tage Mariä Reinigung, kam Luca Paccioli mit der Botschaft zu Leonardo geeilt, das Kastell sei überschwemmt. Der Mailänder Luigi da Porto, der bisher den Franzosen gedient hatte, sei zu den Aufständischen übergelaufen und habe vorher nachts die Schleusen der die Festungsgräben speisenden Kanäle geöffnet. Das Wasser sei über die Ufer getreten, habe die Mühle im Park an der Mauer der Rocchetta überschwemmt und sei in die Keller eingedrungen, wo Pulver, Öl, Getreide, Wein und andere Vorräte lagerten. Wenn es den Franzosen nicht mit großer Mühe gelungen wäre, einen Teil der Vorräte vor dem Wasser zu retten, hätte sie der Hunger bald zur Übergabe der Festung gezwungen, worauf Messer Luigi gerechnet habe. Während der Überschwemmung seien auch die benachbarten Kanäle der tief gelegenen Vorstadt an der Porta Vercellina über die Ufer getreten und hätten die sumpfige Umgebung des Klosters delle Grazie unter Wasser gesetzt. Fra Luca teilte Leonardo die Befürchtung mit, das Wasser könne das »Heilige Abendmahl« beschädigt haben, und schlug ihm vor, sofort hinzugehen, um nachzusehen, ob das Gemälde noch unversehrt sei.

Leonardo erwiderte mit gespielter Gleichgültigkeit, er habe jetzt keine Zeit und sei wegen des »Heiligen Abendmahls« ganz unbesorgt: Das Gemälde befinde sich so hoch, dass die Feuchtigkeit es nicht beschädigen könne. Kaum aber war Paccioli gegangen, da eilte er doch unverzüglich nach dem Kloster.

Dort sah er im Speisesaal auf dem steinernen Fußboden schmutzige Pfützen, die Spuren der Überschwemmung. Es roch nach Feuchtigkeit. Ein Mönch erzählte ihm, das Wasser habe eine viertel Elle hoch gestanden.

Leonardo trat an die Wand, an der sich das »Heilige Abendmahl« befand.

Die Farben waren anscheinend noch ganz klar. Sie waren durchsichtig und zart – nicht Wasserfarben, die man sonst zu Wandmalereien benutzt, sondern Ölfarben aus Leonardos eigener Erfindung. Er hatte auch die Wand besonders hergerichtet, indem er sie zuerst mit einer Schicht aus Ton, mit Wacholderlack und Firnis grundierte und darauf eine zweite Schicht aus Mastix, Teer und Gips auftrug. Erfahrene Meister hatten ihm allerdings vorausgesagt, dass Ölfarben auf einer feuchten Wand, in sumpfiger, tief gelegener Gegend nicht lange haltbar sein würden. Aber mit der ihm nun einmal eigenen Leidenschaft für neue Versuche und unbeschrittene Wege in der Kunst hatte der Meister auf dem seinen beharrt, ohne diese Ratschläge und Warnungen zu beachten. Gegen die Benutzung von Wasserfarben bei Wandmalereien war er auch deshalb, weil die Arbeit auf frischem, noch nassem Kalk sehr rasch und entschlossen ausgeführt werden musste; gerade diese Eigenschaften aber fehlten ihm. »Ein Maler, der nicht zweifelt, erreicht wenig«, pflegte er zu sagen. Dieses für ihn unumgängliche Zweifeln und tastende Suchen, dieses Schwanken und Verbessern und seine unendlich langsame Arbeitsweise waren nur möglich, wenn er Ölfarben benutzte.

Er beugte sich zur Wand und prüfte die Oberfläche des Gemäldes sehr genau mit dem Vergrößerungsglas. Plötzlich entdeckte er in der linken unteren Ecke, beim Tischtuch, nahe den Füßen des Apostels Bartholomäus, einen kleinen Riss und daneben auf den nur ganz wenig verblassten Farben einen samtartigen Schimmelfleck, weiß wie Reif. Leonardo erbleichte. Aber er beherrschte sich sofort und setzte die Untersuchung noch genauer fort.

Die erste tönerne Grundschicht hatte sich durch die Feuchtigkeit gelockert und von der Wand gelöst und hatte auch die obere Gipslage mit der feinen Farbenhaut angehoben. Es waren mit bloßem Auge nicht sichtbare Risse entstanden, durch die aus den alten porösen Ziegeln salpeterhaltige Feuchtigkeit heraussickerte.

Das Schicksal des »Heiligen Abendmahls« war besiegelt. Wenn es auch dem Künstler selbst nicht beschieden sein würde, das Vergehen der Farben zu erleben, die sich wohl vierzig bis fünfzig Jahre halten konnten, so war doch an der furchtbaren Gewissheit nicht zu zweifeln, dass sein größtes Werk dem Untergang geweiht war.

Ehe er den Speisesaal verließ, warf er noch einen letzten Blick auf das Antlitz Christi und fühlte plötzlich – als sähe er es jetzt zum ersten Mal –, wie teuer ihm gerade dieses Werk war.

Mit dem Untergang des »Heiligen Abendmahls« und des »Kolosses« rissen die letzten Fäden, die Leonardo mit lebenden Menschen, wenn auch nicht den jetzigen, sondern den kommenden, verbanden. Seine Vereinsamung wurde noch hoffnungsloser.

Den tönernen Staub des »Kolosses« hatte der Wind verweht; die verblassenden, abblätternden Farben an dieser Wand, da, wo jetzt das Antlitz Christi war, würde Schimmel überziehen, und alles, wofür er gelebt, musste vergehen wie ein Schatten.

Er kehrte heim und begab sich in seine unterirdische Behausung. Als er durch das Zimmer ging, in dem Astro lag, blieb er einen Augenblick stehen. Giovanni machte dem Kranken kalte Umschläge.

»Hat er wieder Fieber?«, fragte der Meister.

»Ja, er redet irre.«

Leonardo beugte sich über Astro, um nach dem Verband zu sehen, und lauschte seinem hastigen, zusammenhanglosen Lallen.

»Höher, höher … Zur Sonne! Dass nur die Flügel nicht Feuer fangen! So klein? … Woher kommst du? Wie heißt du? Mechanik? Ich habe noch nie gehört, dass ein Teufel Mechanik heißt. Was lachst du? … Lass jetzt … Hast genug gescherzt … Er zieht mich … Ich kann nicht, warte – lass mich Atem holen … Ach, das ist mein Tod.«

Ein Entsetzensschrei entrang sich seiner Brust. Er wähnte in einen Abgrund zu stürzen.

Dann murmelte er hastig weiter: »Nein, nein, lacht nicht über ihn! Ich bin schuld. Er sagte, die Flügel seien noch nicht fertig … Es ist aus … Ich habe dem Meister den Schimpf angetan … Hört ihr? Was ist das? Ich weiß, es handelt sich um den kleinen, den allerschwersten Teufel, die Mechanik … Und der Teufel führte ihn gen Jerusalem«, fuhr der Kranke in singendem Tonfall fort, wie man in der Kirche liest, »und stellte ihn auf des Tempels Zinne und sprach zu ihm: Bist du Gottes Sohn, so lass dich hinab. Denn es steht geschrieben: Er wird befehlen seinen Engeln von dir, dass sie dich bewahren und auf den Händen tragen, auf dass du nicht deinen Fuß an einen Stein stoßest … Aber ich habe vergessen, was Er dem Teufel Mechanik antwortete. Weißt du es nicht, Giovanni?«

Er sah Giovanni mit einem fast vernünftigen Blick an. Der schwieg, weil er glaubte, Astro rede noch im Fieber.

»Weißt du es nicht mehr?«, fragte Astro noch einmal.

Um ihn zu beruhigen, sprach Giovanni den zwölften Vers des vierten Kapitels des Evangeliums nach Lukas: »Jesus antwortete und sprach zu ihm: Es ist gesagt, du sollst Gott deinen Herrn nicht versuchen.«

»Du sollst Gott deinen Herrn nicht versuchen«, wiederholte Astro, unsäglich ergriffen, fing aber sofort wieder an irrezureden.

»Blau, blau, kein Wölkchen … Die Sonne ist nicht da und kommt auch nicht – oben und unten nur blauer Himmel. Es sind keine Flügel nötig. Oh, wenn der Meister wüsste, wie schön und weich es sich in den Himmel fällt.«

Leonardo sah ihn an und dachte: Ich bin schuld, meinetwegen kommt er um. Ich habe einen dieser Geringsten verführt, habe ihn verhext, wie ich auch Giovanni verhext habe. Er legte die Hand auf Astros glühende Stirn. Der Kranke wurde allmählich ruhiger und schlief endlich ein.

Leonardo begab sich in seine unterirdische Zelle, zündete eine Kerze an und vertiefte sich in seine Berechnungen. Um neue Fehler beim Bau seiner Flügel zu vermeiden, studierte er jetzt die Mechanik des Windes und der Luftströmungen, gemäß der Mechanik der Wellen und Wasserströmungen.

»Wenn man zwei gleich große Steine in einiger Entfernung voneinander in ganz ruhiges Wasser wirft«, trug er in sein Tagebuch ein, »so bilden sich auf der Oberfläche zwei auseinandergehende Kreise. Es fragt sich nun: Wenn ein solcher Kreis, allmählich größer werdend, auf einen entsprechenden andern stößt – wird er diesen durchdringen und zerschneiden, oder werden die Wellenstöße an den Berührungspunkten unter gleichen Winkeln zurückprallen?«

Die Einfachheit, mit der die Natur dieses Problem der Mechanik löst, entzückte ihn so, dass er an den Rand schrieb: »Questo e bellissimo, questo e sottile. Das ist ein herrliches, feines Problem.«

»Aufgrund eines Versuchs«, schrieb er weiter, »antworte ich so: Die Kreise schneiden sich, ohne sich zu vermischen oder zu vereinigen, und die Stellen, wo die Steine ins Wasser gefallen sind, bleiben ihre festen Mittelpunkte.«

Er machte dann eine Berechnung und überzeugte sich, dass die Mathematik mit ihren Gesetzen der inneren, rein vernunftmäßigen Notwendigkeit die natürliche Notwendigkeit der Mechanik bestätigt.

Stunde auf Stunde verrann unbemerkt. Es wurde Abend. Leonardo speiste zur Nacht, erholte sich im Gespräch mit seinen Schülern und machte sich wieder an die Arbeit. Die ihm so wohlbekannte Schärfe und Klarheit seiner Gedanken ließen ihn ahnen, dass er einer großen Entdeckung nahe war.

»Man braucht nur zu beobachten, wie der Wind im Kornfeld Wellen treibt: Sie wogen hintereinander her, die Halme aber neigen sich nur und bleiben stehen. Genauso verlaufen Wellen im stillen Wasser. Diese kleinen Kräuselwellen von hineingeworfenen Steinen oder vom Wind sollte man vielleicht besser Zittern des Wassers nennen, aber nicht Bewegung. Davon kann man sich überzeugen, wenn man einen Strohhalm auf die auseinandergehenden Kreise des Wassers wirft und zusieht, wie er hin und her schwankt, ohne sich fortzubewegen.«

Der Versuch mit dem Strohhalm erinnerte ihn an einen andern, ähnlichen, den er gemacht hatte, als er die Gesetze der Schallwellen studierte. Er schlug ein paar Seiten des Tagebuchs um und las: »Wenn man eine Glocke anschlägt, antwortet eine andere, in der Nähe befindliche Glocke mit einem schwachen Zittern und leisen Ton. Eine klingende Lautensaite lässt auf einer anderen, danebenliegenden Laute die entsprechende Saite mitklingen, und wenn man einen Strohhalm auf die zweite Laute legt, sieht man, dass er zittert.«

Unsagbar erregt empfand er den Zusammenhang zwischen diesen beiden so verschiedenen Erscheinungen: Eine ganze unentdeckte Welt der Erkenntnis lag zwischen den beiden zitternden Strohhalmen; dem einen auf dem sich kräuselnden Wasser, und dem andern auf der mitklingenden Saite.

Und plötzlich zuckte ein jäher Gedanke, blendend wie ein Blitz, durch seinen Geist:

»Es ist genau das gleiche Gesetz der Mechanik – hier und dort! Genauso wie Wellen, die ein ins Wasser geworfener Stein hervorbringt, laufen in der Luft Tonwellen auseinander, kreuzen sich, ohne sich zu vereinen, und behalten den Entstehungsort des Tons stets als Mittelpunkt. Und das Licht? Wie ein Echo die Spiegelung eines Tons ist, so ist die Spiegelung des Lichts im Spiegel ein Echo des Lichts. Ein einziges Gesetz der Mechanik liegt also in allen Erscheinungen der Energie. Einheitlich ist dein Wille und deine Gerechtigkeit, du Erster Beweger alles Bewegten: Der Einfallswinkel ist stets gleich dem Ausfallswinkel.«

Sein Gesicht war blass, seine Augen glühten. Er empfand, dass er wieder, und diesmal so furchtbar nahe wie noch nie, in einen Abgrund schaute, in den noch kein Sterblicher vor ihm geblickt hatte. Er wusste, dass diese Entdeckung, wenn sie wirklich durch Versuche bestätigt werden konnte, die größte Entdeckung in der Mechanik seit Archimedes sein würde.

Vor zwei Monaten hatte Leonardo durch einen Brief von Messer Guido Berardi die erst jetzt nach Europa gelangte Kunde von Vasco da Gamas Reisen vernommen, der zwei Ozeane durchquert, die Südspitze von Afrika umschifft und einen neuen Seeweg nach Indien entdeckt hatte. Damals hatte der Künstler den Entdecker beneidet. Jetzt aber durfte er von sich sagen, er habe eine größere Entdeckung gemacht als Kolumbus und Vasco da Gama; er hatte in geheimnisvollere Fernen eines neuen Himmels und einer neuen Erde geschaut.

Nebenan stöhnte der Kranke. Leonardo horchte auf, und plötzlich kamen ihm alle Fehlschläge wieder in den Sinn, die ihn getroffen: die unsinnige Zerstörung des »Kolosses«, der sinnlose Untergang des »Heiligen Abendmahls« und Astros törichter, schrecklicher Absturz. Sollte auch diese Entdeckung, grübelte er, ebenso spurlos, ebenso ruhmlos untergehen wie alles, was ich tue? Sollte nie jemand meine Stimme vernehmen, und sollte ich ewig einsam bleiben wie jetzt, im Dunkel unter der Erde, wie lebendig begraben, mit all meinen Träumen von Flügeln?

Doch diese Gedanken konnten die Freude in ihm nicht ersticken. Meinethalben – einsam! Wenn auch in Finsternis, in Schweigen und Vergessenheit. Mag nie ein Mensch etwas davon erfahren. Ich weiß es doch! Und ein solches Gefühl der Kraft und des Sieges erfüllte seine Seele, als wären die Flügel, nach denen er zeitlebens sich gesehnt, schon geschaffen und trügen ihn empor.

Ihm wurde zu eng in seinem Keller; ihn verlangte nach Himmel und freier Weite.

Er verließ das Haus und begab sich auf den Domplatz.

Die Nacht war klar und mondhell. Über den Dächern leuchtete als roter Dunst der Widerschein von Feuersbrünsten. Je näher Leonardo der Mitte der Stadt, der Piazza del Broletto kam, desto dichter wurde die Volksmenge. Im bläulichen Mondlicht oder im roten Fackelschein tauchten wutverzerrte Gesichter auf, flatterten die weißen Fahnen der Kommune Mailand mit den roten Kreuzen, zogen Stangen mit daran hängenden Laternen, zogen Hakenbüchsen, Musketen, Flinten, Keulen, Lanzen, Speere, Sensen, Heugabeln und dicke Knüppel vorbei. Um eine riesige, alte, mit eisernen Reifen zusammengehaltene Bombarde aus Fassdauben wimmelten die Menschen wie Ameisen und halfen den Ochsen, sie weiterzuzerren. Dumpf dröhnte die Sturmglocke. Kanonen krachten. Die französischen Söldner, die sich noch in der Festung hielten, beschossen die Straßen von Mailand. Die Belagerten hatten geprahlt, es werde in der Stadt kein Stein auf dem andern bleiben, ehe sie sich ergäben. Und in das Glockengeläut, in das Donnern der Kanonen, mischte sich das unaufhörliche Wutgeheul der Menge: »Schlagt die Franzosen tot! Nieder mit dem König! Es lebe Moro!«

Alles, was Leonardo sah, glich einem schrecklichen, sinnlosen Traum. Auf dem Fischmarkt am Broletto, beim Osttor, wollte man gerade einen in Gefangenschaft geratenen pikardischen Trommler, einen sechzehnjährigen Jungen, aufknüpfen. Er stand auf einer an die Mauer gelehnten Leiter. Der stets lustige Goldsticker Mascarello versah das Amt des Henkers. Er warf dem Jungen die Schlinge um den Hals, gab ihm mit der Hand einen leichten Klaps auf den Kopf und sagte mit drolliger Feierlichkeit: »Der Knecht Gottes, der französische Fußsoldat Spring-über-den-Busch mit dem Beinamen Leer-im-Bauch, wird hiermit zum Ritter des hanfenen Halsbands ernannt. Im Namen des Vaters und des Sohnes und des Heiligen Geistes!«

»Amen!«, antwortete die Menge.

Der Trommler begriff anscheinend nicht recht, was mit ihm vorging; er blinzelte hastig mit den Augen wie ein Kind, das weinen will, duckte sich, bewegte den dünnen Hals und zog an der Schlinge. Ein seltsames Lächeln spielte um seine Lippen. Da, im letzten Augenblick, als erwache er aus einer Betäubung, wandte er sein erstauntes, plötzlich ganz bleich gewordenes, hübsches Gesicht der Menge zu und wollte etwas sagen, um etwas bitten. Aber die Menge brüllte wütend. Der Knabe machte nur eine schwache, ergebene Geste mit der Hand, zog sein silbernes Kreuz an blauem Band, vielleicht ein Geschenk der Mutter oder der Schwester, aus der Bluse, küsste es eilig und bekreuzigte sich.

Mascarello stieß ihn von der Leiter und schrie lustig: »Nun zeig mal, du Ritter vom hanfenen Halsband, wie man die französische Gaillarde tanzt!«

Unter allgemeinem Gelächter zappelte der Körper des jetzt an einem Fackelhalter hängenden Knaben im letzten Todeskampf, als tanze er tatsächlich.

Leonardo ging einige Schritte weiter und sah eine in Lumpen gekleidete alte Frau, die vor einem eben von Kanonenkugeln zerstörten Häuschen stand. Inmitten eines wüsten Haufens von Kochgeschirr, Hausrat, Federbetten und Kissen rang sie ihre nackten knochigen Arme und jammerte laut: »Oh, oh, oh! Helft mir!«

»Was fehlt dir, Tante?«, fragte der Schuster Corbolo.

»Mein Junge! Mein Junge ist verschüttet! Im Bett lag er … Der Boden stürzte ein. Vielleicht lebt er noch … Oh, oh, oh! Helft mir!«

Eine eiserne Kugel kam pfeifend und zischend geflogen und schlug in das schon schief hängende Dach des Häuschens. Die Balken krachten. Eine Staubwolke erhob sich. Das Dach stürzte ein – und die Alte verstummte.

Leonardo ging weiter zum Rathaus. Bei den Ständen der Geldwechsler vor der Loggia degli Osii stand ein Scholar, wohl ein Student der Universität Pavia, auf einer Bank, die ihm als Katheder diente, und hielt eine lange Rede über die Macht des Volks, über Gleichheit von Arm und Reich und den Sturz aller Tyrannen. Die Menge hörte misstrauisch zu.

»Mitbürger«, zeterte der Scholar und fuchtelte mit einem Messer herum, das ihm sonst wohl zu friedlicheren Zwecken diente – zum Spitzen von Gänsefedern, zum Zerlegen der weißen Hirnwurst Cervellata, zum Einritzen von pfeildurchbohrten Herzen mit den Namen von Wirtshausnymphchen in die Ulmen der Vorstadt –, das er jetzt aber

»Dolch der Nemesis« nannte. »Mitbürger, lasst uns sterben für unsere Freiheit! Tauchen wir den Dolch der Nemesis in das Blut der Tyrannen. Es lebe die Republik!«

»Was lügt er da?«, riefen Stimmen in der Menge. »Wir kennen Eure Freiheit, ihr Verräter, ihr französischen Spione! Zum Teufel mit der Republik! Es lebe der Herzog! Haut den Verräter!«

Als der Redner seine Gedanken durch klassische Beispiele und Zitate aus Cicero, Tacitus und Livius näher erläutern wollte, zog man ihn von der Bank, warf ihn zu Boden, verprügelte ihn und schimpfte: »Da hast du was für deine Freiheit, da hast du was für deine Republik! – So ists recht, gebts ihm tüchtig! – Nein, nein, Freundchen, uns betrügst du nicht! – Du sollst dir merken, was es heißt, das Volk gegen seinen rechtmäßigen Herzog aufwiegeln!«

Als Leonardo auf die Piazza dell'Arrengo trat, sah er den Wald der weißen stalaktitenähnlichen Spitzen und Türme des Doms in doppelter Beleuchtung: im bläulichen Mondlicht und im blutroten Schein der Feuersbrünste. Vor dem Palast des Erzbischofs drang Wehgeschrei aus der Volksmenge, die fast aussah wie ein Haufen übereinandergeworfener Menschenleiber.

»Was geht hier vor?«, fragte Leonardo einen alten Handwerker mit ängstlich gutmütigem, traurigem Gesicht.

»Wer soll das verstehen? Die Leute wissen es wohl selbst nicht. Ein von den Franzosen gekaufter Spion soll es sein, der Marktvikar Messer Jacopo Crotta. Er soll dem Volke vergiftete Nahrungsmittel verkauft haben. Vielleicht war er es gar nicht? Wer denen zuerst in die Hände fällt, den schlagen sie. Furchtbare Dinge geschehen. Oh, Herr Jesus Christus, sei uns Sündern gnädig!«

Aus dem Haufen der Leiber sprang der Glasbläser Gorgoglio heraus und schwenkte wie eine Trophäe eine lange Stange, auf der ein blutiger Kopf stak. Der Gassenjunge Farfanicchio lief hinter ihm her, tanzte und kreischte, auf den Kopf weisend:

»Dem Hunde einen Hundetod! Tod den Verrätern!«

Der Alte bekreuzigte sich fromm und murmelte ein Gebet vor sich hin. »A furore populi libera nos, Domine – Errette uns, Gott, vor der Wut des Volks.«

Vom Kastell her ertönten Trompetenklänge, Trommelwirbel, das Knallen von Büchsenschüssen und das Geschrei der zum Sturm ansetzenden Soldaten. Dann donnerte von den Bastionen der Festung ein furchtbarer Schuss, dass die Erde erbebte und die ganze Stadt zusammenzustürzen schien. Das war ein Schuss aus der berühmten Riesenbombarde, einem ehernen Ungeheuer, das die Franzosen »Margot la folle«, die Deutschen »die tolle Grete«, die Italiener »Margherita la pazza« nannten. Die Kugel schlug in ein brennendes Haus hinter Borgonuovo ein. Eine Feuersäule stieg zum Nachthimmel auf. Der Platz war in rote Glut getaucht, und das sanfte Mondlicht verblasste.

Wie schwarze Schatten eilten die Menschen umher und rannten, von Schrecken gepackt, wild durcheinander.

Leonardo beobachtete diese menschlichen Gespenster. Jedes Mal, wenn er an seine Entdeckung dachte, glaubte er im Lodern der Flammen, im Geschrei der Menge, im Läuten der Sturmglocke, im Krachen der Kanonen jene stillen Ton- und Lichtwellen wiederzufinden, die, ruhig zitternd wie Kräuselwellen auf dem Wasser, in das ein Stein gefallen ist, in der Luft auseinandergehen, sich schneiden, ohne sich zu vereinen, und ihren Entstehungsort stets als Mittelpunkt behalten. Und hohe Freude erfüllte sein Herz in dem Gedanken, dass die Menschen niemals, durch nichts, dieses ziellose Spiel, diese Harmonie der endlosen, unsichtbaren Wellen oder das über allem als einheitlicher Wille des Schöpfers herrschende Gesetz der Mechanik stören könnten, das Gesetz der Gerechtigkeit: Der Einfallswinkel ist immer dem Ausfallswinkel gleich. Und die Worte, die er einst in sein Tagebuch eingetragen und später so oft wiederholt hatte, klangen wieder in seiner Seele:

»O mirabile giustizia di te, Primo Motore. Oh, wie wunderbar ist deine Gerechtigkeit, du Erster Beweger alles Bewegten. Du wolltest keiner Kraft die Ordnung nehmen und die Art ihrer notwendigen Wirkungen. Göttliche Notwendigkeit, du zwingst alle Wirkungen, auf dem allerkürzesten Weg aus der Ursache zu folgen.«

Mitten unter der toll gewordenen Volksmenge herrschte im Herzen des Künstlers die ewige Ruhe der Betrachtung, dem stillen Mondschein über der roten Glut der Feuersbrünste gleichend.

Am 4. Februar 1500 morgens zog Moro durch die Porta Nuova in

Mailand ein. Am Tag zuvor war Leonardo nach Vaprio zu seinem Freund Melzi abgereist.

Girolamo Melzi war einst am Hof der Sforza angestellt gewesen. Als vor zehn Jahren seine junge Frau gestorben war, hatte er aber den Hof verlassen und sich in seine einsame Villa am Fuß der Alpen, fünf Stunden nordwestlich von Mailand, zurückgezogen. Hier lebte er, fern vom Lärm der Welt, als Philosoph, bestellte eigenhändig seinen Garten und widmete sich dem Studium der Geheimwissenschaften und der Musik, die er leidenschaftlich liebte. Man erzählte, Messer Girolamo beschäftige sich mit der schwarzen Magie lediglich, um den Schatten seiner geliebten Frau aus dem Jenseits zurückzurufen.

Der Alchimist Galeotto Sacrobosco und Fra Luca Paccioli waren häufig seine Gäste. Sie stritten dann ganze Nächte lang über die Geheimnisse der platonischen Ideen und die pythagoreischen Zahlengesetze, von denen die Sphärenmusik beherrscht wird. Die größte Freude aber hatte der Hausherr an Leonardos Besuchen.

Als der Künstler noch mit dem Bau des Martesana-Kanals zu tun hatte, war er oft in dieser Gegend gewesen und hatte die schöne Villa lieb gewonnen. Vaprio lag am linken Steilufer der Adda. Der Kanal lief zwischen Garten und Fluss. Felsen hemmten an dieser Stelle den schnellen Lauf der Adda. Man hörte das Brausen des Wassers, das fast tobte wie die Meeresbrandung. Zwischen den steilen Ufern aus verwittertem gelbem Sandstein eilten die kalten grünen Fluten der freien wilden Adda dahin. Daneben floss der spiegelglatte ruhige Kanal mit demselben kalten grünen Bergwasser der Adda, aber gezähmt und gebändigt, schwerfällig schlummernd, stumm zwischen schnurgeraden Ufern. In diesem Gegensatz sah der Künstler einen tiefen Sinn: Er verglich beide und konnte nicht entscheiden, was schöner sei – das Werk des menschlichen Willens und Verstandes, sein eigenes Werk, der Martesana-Kanal, oder dessen stolze, wilde Schwester, die Adda. Beide waren seinem Herzen gleich nah und gleich verständlich.

Von der oberen Terrasse des Gartens bot sich ein Ausblick über die ganze grüne lombardische Ebene zwischen Bergamo, Treviglio, Cremona und Brescia. Im Sommer duftete es nach dem Heu der weiten feuchten Uferwiesen. Auf den fruchtbaren Feldern standen Weizen und Roggen so hoch, dass sie bis zu den Wipfeln der durch Weinranken verbundenen Obstbäume reichten, sodass die Kornähren den Birnen, Äpfeln, Kirschen und Pflaumen ihren Kuss darboten. Die ganze Ebene war wie ein riesiger Garten.

Im Norden erhoben sich dunkel die Berge von Como. Über ihnen ragten im Halbkreis die ersten Ausläufer der Alpen, und noch höher in den Wolken schimmerten golden und rosig die schneebedeckten Gipfel. Zwischen der heiteren lombardischen Ebene, wo jedes Fleckchen Erde von Menschenhand gepflegt war, und den wilden, öden Alpenriesen fühlte Leonardo denselben harmonieerfüllten Gegensatz wie zwischen der stillen Martesana und der wild brausenden Adda.

Gleichzeitig mit Leonardo weilten als Gäste in der Villa Fra Luca Paccioli und der Alchimist Sacrobosco, dessen Häuschen an der Porta Vercellina die Franzosen zerstört hatten. Leonardo hielt sich von ihnen fern; er zog das Alleinsein vor. Dagegen freundete er sich bald mit Francesco, dem Söhnchen des Hausherrn, an. Der wie ein Mädchen schüchterne, scheue Knabe fürchtete sich lange vor ihm. Eines Tages aber kam er im Auftrag seines Vaters zu Leonardo ins Zimmer und sah dort die bunten Gläser, deren sich der Künstler zum Studium der Komplementärfarben bediente. Leonardo ließ ihn hindurchsehen. Das gefiel dem Knaben. Ganz vertraute Dinge nahmen ein märchenhaftes Aussehen an; sie schienen bald finster, bald lustig, bald feindlich, bald freundlich, je nachdem, ob man sie durch ein gelbes, blaues, rotes, violettes oder grünes Glas betrachtete.

Auch an einer anderen Erfindung Leonardos hatte er Freude: der Camera obscura. Wenn auf dem weißen Blatt ein lebendes Bild erschien, auf dem man ganz deutlich sah, wie sich das Mühlrad drehte, wie die Dohlen um den Kirchturm flatterten, wie der graue, mit Reisig beladene Esel des Holzhackers Beppe die schmutzige Straße entlangtrabte und wie die Wipfel der Pappeln sich im Wind neigten – dann konnte sich Francesco nicht mehr halten und klatschte vor Entzücken in die Hände.

Am meisten interessierte ihn aber der »Regenmesser«, der aus einem Messingring mit Teilstrichen und einem Waagebalken mit zwei Glaskugeln bestand. Die eine Kugel war mit Wachs überzogen, die andere mit Baumwolle umwickelt. Enthielt die Luft Feuchtigkeit, so sog die Baumwolle diese ein, die betreffende Kugel wurde schwerer, senkte sich und zog den Waagebalken um einige Teilstriche nach unten, während die Wachskugel für die Feuchtigkeit unempfindlich war und immer gleich leicht blieb – so konnte man die Grade der Feuchtigkeit ablesen. Auf die Weise sagte die Stellung des Waagebalkens das Wetter für ein, zwei Tage voraus. Der Knabe baute sich einen eigenen Regenmesser und freute sich, wenn zur Verwunderung der Hausgenossen seine Prophezeiungen auch eintrafen.

In der Dorfschule, bei dem alten Abate Don Lorenzo vom nahen Kloster, war Francesco ziemlich lernfaul. Lateinische Grammatik lernte er nur mit Widerstreben, und er zog ein Gesicht, wenn er das tintenbekleckste grüne Rechenbuch nur sah.

Leonardos Wissenschaft aber war ganz anders. Sie schien dem Knaben interessant wie ein Märchen. Die mechanischen, optischen, akustischen und hydraulischen Apparate lockten ihn wie ein lebendiges Zauberspielzeug. Vom Morgen bis zum späten Abend ward er es nie müde, Leonardos Erzählungen zu lauschen. Erwachsenen gegenüber war der Künstler verschlossen; er wusste, dass jedes unbedachte Wort ihm Argwohn oder Spott eintragen konnte. Mit Francesco jedoch sprach er offen und einfach über alles. Er lehrte ihn nicht nur, sondern lernte auch selbst von ihm. Er gedachte der Worte des Herrn: »Wahrlich, wahrlich, ich sage euch, wenn ihr nicht umkehrt und werdet wie die Kinder, so werdet ihr nicht in das Himmelreich kommen«, und fügte noch hinzu: »und werdet auch nicht in das Reich der Erkenntnis kommen.«

Zu dieser Zeit schrieb er sein Buch von den Sternen. In den Märznächten, als schon der erste Frühlingshauch durch die noch kalte Luft wehte, stand er oft mit Francesco auf dem Dach der Villa, beobachtete den Lauf der Gestirne und zeichnete die Mondflecke ab, um durch Vergleiche später feststellen zu können, ob sie sich veränderten.

Eines Tages fragte ihn der Knabe, ob es wahr sei, was ihm Paccioli über die Sterne erzählt hatte – dass Gott sie wie Diamanten in die himmlischen Kristallsphären eingesetzt habe, die bei ihren Umdrehungen die Sterne mitzögen und dadurch die Sphärenmusik erzeugten. Der Meister erklärte ihm, dass nach den Gesetzen der Reibung diese

Sphären, die sich angeblich seit Jahrtausenden schon mit unglaublicher Geschwindigkeit drehten, längst vernichtet sein müssten; ihre Kristallränder müssten zerrieben, ihre Musik verklungen sein, und die »unermüdlichen Tänzerinnen« müssten in ihrem Lauf innegehalten haben.

Der Meister durchstach ein Stück Papier mit einer Nadel und ließ den Knaben durch das Loch schauen. Francesco sah nun die Sterne ohne alle Strahlen, als helle, runde, unendlich kleine Punkte oder Kugeln.

»Diese Pünktchen«, erklärte Leonardo, »sind riesengroß; viele von ihnen sind hundert-, ja tausendmal größer als unsere Erde, die übrigens nicht schlechter, nicht geringer ist als alle andern Himmelskörper. Die vom menschlichen Verstand entdeckten Gesetze der Mechanik, die auf unserer Erde herrschen, regieren alle Welten und Sonnen.«

So suchte er den »Adel unserer Erdenwelt« zu begründen. »Unsere Erde erscheint den Bewohnern anderer Gestirne«, fuhr der Meister fort, »ebenso als unvergänglicher Stern und ebenso als helles Stäubchen wie uns jene Welten.«

Francesco verstand vieles in seinen Worten nicht. Wenn er aber den Kopf zurückwarf und zum Sternenhimmel aufschaute, wurde ihm bange. »Was ist dort, hinter den Sternen?«, fragte er.

»Andere Welten, Francesco, und andere Sterne, die wir nicht sehen.«

»Und hinter denen?«

»Wieder andere.«

»Aber ganz am Ende, zuallerletzt?«

»Es gibt kein Ende.«

»Es gibt kein Ende?«, wiederholte der Knabe, und Leonardo fühlte, wie Francescos Hand in der seinen bebte. Beim ruhigen Schein des Lämpchens, das auf einem kleinen Tischchen zwischen astronomischen Apparaten brannte, sah er, dass das Gesicht des Knaben plötzlich sehr blass wurde.

»Aber wo ist denn«, fragte Francesco langsam, mit wachsendem Zweifel, »wo ist denn das Paradies, Messer Leonardo? Wo sind die Engel, die Heiligen, die Madonna, Gottvater auf dem Thron, der Sohn und der Heilige Geist?«

Der Meister wollte erwidern, Gott sei überall, in jedem Sandkörnchen wie in allen Sonnen und Welten. Aber er schwieg, denn er wollte den kindlichen Glauben nicht antasten.

Als die Bäume ausschlugen, verbrachte Leonardo ganze Tage mit Francesco im Garten der Villa oder in den benachbarten Hainen, um das Wiedererwachen des Pflanzenlebens zu beobachten. Manchmal zeichnete der Künstler einen Baum oder eine Blume, stets bestrebt, wie bei einem Porträt, naturgetreue Ähnlichkeit zu geben – jenes Besondere, Einzigartige darzustellen, das sich nie und nirgends wiederholt.

Er zeigte Francesco, wie man aus der Zahl der Jahresringe eines gefällten Baums sein Alter und aus der Breite eines jeden dieser Ringe die Feuchtigkeit der betreffenden Jahre erkennt, wie man feststellen kann, nach welcher Seite die Äste gerichtet waren, denn die nach Norden gerichteten Ringe sind breiter und der Mittelpunkt liegt immer mehr nach Süden als nach Norden, also nach der Seite, die von der Sonne stärker erwärmt wird.

Er erzählte ihm, wie im Frühling der Saft sich zwischen der inneren grünen Haut des Stamms – dem Hemdchen – und der Rinde sammelt und die Rinde auseinandertreibt und runzelt; in den vorjährigen Runzeln entstehen neue, tiefere, wodurch der Umfang der Pflanze zunimmt. Schneidet man einen Ast ab oder beschädigt man die Rinde, so zieht die heilende Lebenskraft mehr nährenden Saft dorthin als an alle andern Stellen, sodass sich über der verheilten Wunde eine dickere Rinde bildet. Der Zufluss der Säfte ist so stark, dass sie oft in ihrem Laufe nicht innehalten, über die verletzte Stelle hinaustreiben und Knospen und Knoten entstehen lassen, wie Blasen in siedendem Wasser.

Sehr gemessen, fast kühl und trocken, sprach Leonardo von der Natur, nur bemüht, wissenschaftlich klar zu sein. Die zarten Einzelheiten des Frühlingslebens einer Pflanze erörterte er mit leidenschaftsloser Genauigkeit, als handle es sich um eine tote Maschine: »Der von Ast und Stamm gebildete Winkel ist umso spitzer, je jünger und dünner der Ast ist.« Die geheimnisvollen Gesetze der kristallinisch regelmäßigen, konischen Anordnung der Nadeln bei Fichten, Kiefern und Tannen führte er auf abstrakte Mathematik zurück.

Und doch empfand Francesco unter dieser Leidenschaftslosigkeit und Kühle Leonardos Liebe zu allem Lebenden: sowohl zu dem kläglich faltigen, dem Gesicht eines neugeborenen Kindes gleichenden Blättchen, das die Natur absichtlich unter das sechste obere Blatt setzt, damit es dem Licht am nächsten sei und der am Stängel zu ihm hinabgleitende Regentropfen durch nichts aufgehalten werde – wie auch zu den alten mächtigen Zweigen, die sich wie betende Arme aus dem Schatten zur Sonne recken, und zur Kraft der Pflanzensäfte, die wie lebendes, pochendes Blut der verwundeten Stelle zu Hilfe eilen.

Manchmal blieb er im Dickicht des Waldes stehen und beobachtete lächelnd lange, wie aus vorjährigem welkem Laub ein grünes Hälmchen hervordrängte oder wie eine vom Winterschlaf noch matte Biene sich abmühte, in den Kelch eines noch nicht erschlossenen Schneeglöckchens einzudringen. Ringsum war es so still, dass Francesco das Schlagen seines eigenen Herzens hörte. Schüchtern hob er den Blick zum Meister: Das Sonnenlicht fiel durch die noch halb kahlen Zweige leuchtend auf Leonardos Blondhaar, auf seinen langen Bart und die dichten Augenbrauen, und umgab seinen Kopf mit einer hellen Gloriole. Sein Gesicht war ruhig und schön. In solchen Augenblicken glich er dem alten Pan, der dem Wachsen des Grases lauscht, dem Murmeln unterirdischer Quellen und dem Erwachen der geheimnisvollen Kräfte des Lebens.

Alles war für ihn voll Leben: das Weltall als ein großer Körper und der menschliche Körper als ein kleines Weltall. In einem Tautropfen sah er das Ebenbild der die Erde umfassenden Wassersphäre. An den Schleusen von Trezzo bei Vaprio, wo der Martesana-Kanal seinen Anfang nahm, studierte er Wasserfälle und Wasserstrudel, die er mit den Wellen in Frauenlocken verglich.

»Beachte«, sagte er, »wie auch die Haare zwei Strömungen folgen: der geraden Hauptrichtung, in der sie ihre Schwere dahinzieht – und einer rückläufigen, die sie zu Locken windet. So ist es auch mit der Bewegung des Wassers: Ein Teil strebt nach unten, der andere bildet Strudel und Wirbel, die Haarlocken ähnlich sehen.«

Solch rätselhafte Ähnlichkeiten und Anklänge in den Naturerscheinungen zogen Leonardo besonders an; sie kamen ihm vor wie einander zurufende Stimmen aus verschiedenen Welten.

Als er die Entstehung des Regenbogens studierte, bemerkte er, dass die gleichen Farbübergänge auch im Gefieder der Vögel, in stehendem Wasser, auf faulenden Baumwurzeln, in Edelsteinen, in auf Wasser schwimmendem Fett und alten trüben Gläsern vorkommen. In den Reifmustern auf Bäumen und an befrorenen Fensterscheiben fand er Ähnlichkeit mit lebenden Blättern, Blumen und Gräsern, als habe die Natur schon in der Welt der Eiskristalle vorahnende Träume vom Pflanzenleben.

Zuweilen fühlte er, dass er sich einer großen neuen Welt der Erkenntnis näherte, die sich vielleicht erst kommenden Geschlechtern erschließen würde. So schrieb er über die Kraft des Magneten und des mit Tuch geriebenen Bernsteins in sein Tagebuch: »Ich sehe keinen Weg, wie der Menschengeist diese Erscheinung erklären könnte. Ich nehme an, dass die magnetische Kraft eine von den vielen den Menschen noch unbekannten Kräften ist. Die Welt ist voll von unzähligen Möglichkeiten, die noch nie erprobt worden sind.«

Eines Tages besuchte sie der in der Nähe von Vaprio, in Bergamo wohnende Dichter Guidotto Prestinari. Beim Abendessen begann er einen Streit über die Vorzüge der Poesie vor der Malerei, da er sich darüber gekränkt fühlte, dass Leonardo seine Verse nicht genügend gelobt hatte. Der Künstler schwieg. Schließlich aber belustigte ihn die Aufregung des Dichters, und er ließ sich halb im Scherz auf eine Erwiderung ein.

»Die Malerei«, sagte Leonardo unter anderem, »steht schon deshalb höher als die Poesie, weil sie Werke Gottes darstellt und nicht menschliche Ideen, womit sich wenigstens in unserer Zeit die Dichter begnügen: Sie stellen nichts dar, sondern beschreiben lediglich, sie entlehnen alles nur anderen, sie handeln also mit fremder Ware. Sie dichten etwas zusammen, indem sie alten Kram aus allen Wissenschaften sammeln; man könnte sie mit Verkäufern gestohlener Sachen vergleichen.«

Fra Luca, Melzi und Galeotto widersprachen ihm. Leonardo wurde allmählich lebhafter und erklärte schließlich ganz ernsthaft: »Das Auge vermittelt dem Menschen eine vollkommenere Kenntnis der Natur als das Ohr. Das Gesehene ist zuverlässiger als das Gehörte. Deshalb steht die Malerei, die stumme Poesie, der exakten Wissenschaft näher als die

Poesie, die blinde Malerei. Eine Beschreibung in Worten gibt nur eine Reihe einzelner, einander folgender Bilder. In einem Gemälde erscheinen aber alle Bilder, alle Farben zugleich; sie verschmelzen zu einem Ganzen wie die Klänge eines Akkordes; deshalb ist in der Malerei, wie auch in der Musik, mehr Harmonie möglich als in der Poesie. Wo aber die höchste Harmonie fehlt, fehlt auch die höchste Schönheit. Fragt einen Verliebten, was ihm lieber ist: ein Bild der Geliebten – oder die Beschreibung ihrer Gestalt, stamme sie auch vom größten Dichter?«

Alle mussten über diesen Beweis unwillkürlich lachen.

»Ich habe folgenden Fall erlebt«, fuhr Leonardo fort. »Einem Florentiner Jüngling gefiel ein Frauenantlitz auf einem Bild von mir so sehr, dass er das Gemälde kaufte. Er wollte alle Spuren beseitigen lassen, an denen man erkannte, dass es ein Heiligenbild war, um das geliebte Antlitz ohne innere Bedenken küssen zu können. Doch sein Gewissen siegte über sein Liebesbegehren. Er entfernte das Bild aus seinem Haus, denn anders fand er keine Ruhe. Nun, ihr Dichter, versucht es, die Reize einer Frau so zu schildern, dass ihr in einem Mann solche Leidenschaft erweckt! Ja, Messeri, ich will das nicht von mir sagen – denn ich weiß, wie viel mir noch fehlt. Ich denke an einen Künstler, der die Vollkommenheit erreicht hat; ein solcher Künstler ist durch die Kraft seines Sehens schon kein Mensch mehr. Ob er himmlische Schönheit, ob er ungeheuerliche, lustige, traurige oder schreckliche Bilder sehen will – er herrscht über alles wie ein Gott.«

Fra Luca schalt den Meister, dass er seine Werke nicht sammle und drucken lasse. Der Mönch wollte ihm einen Verleger suchen. Aber Leonardo weigerte sich hartnäckig. Er blieb sich treu bis ans Ende. Nicht eine Zeile von ihm wurde zu seinen Lebzeiten gedruckt. Und doch schrieb er seine Bemerkungen so nieder, als plaudere er mit dem Leser. Am Anfang eines seiner Tagebücher entschuldigt er sich wegen der Unordnung in seinen Aufzeichnungen und der zahlreichen Wiederholungen: »Schilt mich nicht deshalb, Leser, denn die Menge der Dinge ist unendlich, und mein Gedächtnis kann sie nicht so unterbringen, um zu wissen, wovon in früheren Aufzeichnungen schon die Rede war und wovon nicht; umso mehr, als ich mit großen Unterbrechungen schreibe, in verschiedenen Jahren meines Lebens.«

Einmal zeichnete er, um die Entwicklung des menschlichen Geistes darzustellen, eine Reihe von Würfeln: Der erste wirft im Fallen den zweiten um, der zweite den dritten, der dritte den vierten und so weiter, ohne Ende. Darunter schrieb er: »Einer stößt den andern!« Dann fügte er noch hinzu: »Diese Würfel stellen die menschlichen Geschlechter und das menschliche Wissen dar.«

Eine andere Zeichnung stellte einen Pflug dar, der die Erde aufwühlt. Darunter stand: »Hostinato rigore – hartnäckige Strenge.«

Er glaubte, dass auch an ihn wie bei den fallenden Würfeln die Reihe kommen, dass auch sein Rufen bei den Menschen Widerhall finden werde. Er war wie ein Mensch, der zu früh im Dunkeln erwacht ist, während alle andern noch schlafen. Einsam unter den ihm Nahestehenden, schrieb er seine Tagebücher in Geheimschrift für den fernen, den kommenden Bruder, und für diesen zog in der Morgendämmerung der einsame Pflüger ins Feld, um mit seinem Pflug mit »hartnäckiger Strenge« geheimnisvolle Furchen zu ziehen.

In den letzten Tagen des März trafen in der Villa Melzi immer beunruhigendere Nachrichten ein. Das Heer Ludwigs XII. hatte unter dem Oberbefehl des Sire de la Tremouille wieder die Alpen überschritten. Moro fürchtete Verrat seitens seiner Soldaten und wich einer Schlacht aus. Abergläubische Vorahnungen quälten ihn: Er war »feiger als ein Weib«.

Die Gerüchte über Krieg und Politik drangen nur als schwaches, gedämpftes Dröhnen nach Vaprio. Leonardo dachte weder an den König von Frankreich noch an den Herzog; er durchstreifte mit Francesco die nahen Hügel, die Wälder und Täler. Manchmal folgten sie einem Fluss aufwärts bis in die bewaldeten Berge. Dort heuerte Leonardo Arbeiter an und ließ Ausgrabungen machen: Er suchte nach vorsintflutlichen Muscheln, versteinerten Seetieren und Pflanzen.

Eines Tages setzten sie sich, von einem solchen Ausflug heimkehrend, am steilen Ufer der Adda unter eine alte Linde, um auszuruhen. Die endlose Ebene mit ihren Pappel- und Ulmenalleen lag zu ihren Füßen. Im Schein der Abendsonne leuchteten die freundlichen weißen Häuschen von Bergamo. Die Schneeriesen der Alpen schienen in der

Luft zu schweben. Ringsum war alles hell und klar. Nur in der Ferne, am Rand des Horizonts, zwischen Treviglio, Castel Rozzone und Brignano schwebte ein Rauchwölkchen am Himmel.

»Was ist das?«, fragte Francesco.

»Ich weiß nicht«, antwortete Leonardo. »Vielleicht ist da eine Schlacht im Gange … Sieh, wie es aufblitzt! Das könnten Kanonenschüsse sein. Sollte es ein Gefecht der Franzosen mit den Unsrigen sein?« In den letzten Tagen hatte man häufig, bald hier, bald da, in der lombardischen Ebene solche zufällige Schießereien sehen können.

Einige Augenblicke beobachteten sie stumm die Rauchwolke. Dann vergaßen beide sie und besahen die Ausbeute der letzten Ausgrabungen. Der Meister ergriff einen großen, nadelspitzen, noch mit Erde bedeckten Knochen, der wohl von der Flosse eines vorsintflutlichen Fisches stammte.

»Wie viele Völker«, sprach Leonardo sinnend, wie für sich, und ein stilles Lächeln verklärte sein Gesicht, »wie viele Herrscher mag die Zeit vernichtet haben, seit dieser Fisch mit dem wunderbaren Körperbau in den tiefen Windungen der Höhle einschlummerte, wo wir ihn heute fanden. Wie viele Jahrtausende sind über die Welt dahingegangen, wie viele Umwälzungen hat sie erfahren, während er im Verborgenen lag, von allen Seiten eingeschlossen, mit seinem von der geduldigen Zeit zerstörten nackten Knochengerippe die schweren Erdschollen stützend.«

Er wies mit der Hand auf die zu ihren Füßen liegende Ebene. »Alles, was du hier siehst, Francesco, war einst Boden des großen Ozeans, der den größten Teil von Europa, Afrika und Asien bedeckte. Die Meerestiere, die wir hier in den Bergen finden, zeugen von den Zeiten, da die Gipfel der Apenninen nur Inseln in diesem großen Meer waren, da über die Ebenen Italiens, wo heute Vögel fliegen, noch Fische schwammen.«

Sie spähten wieder nach der fernen Rauchwolke aus, in der die Blitze von Kanonenschüssen zuckten. In der unendlichen Ferne, im friedlichen Schein der Abendsonne erschien sie ihnen jetzt so klein, so harmlos rosig, dass es ihnen schwerfiel zu glauben, dass dort eine Schlacht stattfand und Menschen einander mordeten.

Ein Zug Vögel flog über den Himmel. Francesco verfolgte sie mit den Augen und suchte sich die Fische vorzustellen, die einst hier durch die Wellen des großen Meers geschwommen sein mochten, das ebenso tief und einsam war wie der weite Himmel.

Sie schwiegen. Aber in diesem Augenblick fühlten sie beide ein und dasselbe: Ist es nicht ganz gleichgültig, wer siegt, die Franzosen über die Lombarden oder die Lombarden über die Franzosen, der König oder der Herzog, die Unsrigen oder die Fremden? Vaterland, Politik, Ruhm, Krieg, Untergang ganzer Reiche, Aufruhr von Völkern und alles, was die Menschen groß und mächtig dünkt – ist es nicht jener winzigen Rauchwolke gleich, die, inmitten ewiger Klarheit der Natur, im Abendlicht vergeht?

In Vaprio vollendete Leonardo ein Gemälde, das er schon viele Jahre vorher in Florenz begonnen hatte:

Die Muttergottes sitzt in einer Grotte zwischen Felsen; sie umarmt mit der Rechten den kleinen Johannes den Täufer und beschattet mit der Linken ihren Sohn, als wolle sie beide, den Menschen und den Gott, in einer Liebe vereinen. Johannes hat andächtig die Hände gefaltet und kniet vor Jesus, der ihn mit zwei erhobenen Fingern segnet. Die Art, wie das Heilandkind nackt auf der bloßen Erde sitzt, das eine rundliche Beinchen unter das andere geschoben, auf das dicke Händchen mit den gespreizten Fingern gestützt, lässt erkennen, dass es noch nicht gehen, sondern nur kriechen kann. Doch in seinem Gesicht liegt schon die vollkommene Weisheit, die zugleich auch kindliche Einfalt ist. Ein kniender Engel stützt mit einer Hand den Heiland, weist mit der andern auf den Täufer und wendet dem Beschauer mit einem sanften, seltsamen Lächeln sein von schmerzlicher Ahnung erfülltes Gesicht zu. In der Ferne scheint zwischen den Felsen die feuchte Sonne durch Regennebel hindurch auf dunstig blaue, feine, spitze Berge, die ungewöhnlich, unirdisch aussehen, fast wie Stalaktiten. Diese von Salzwogen zernagten ausgehöhlten Felsen gemahnen an ausgetrockneten Meeresboden. In der Grotte herrscht tiefes Dunkel, wie unter Wasser. Das Auge erkennt kaum einen unterirdischen Quell, runde, pfotenartige Blätter von Wasserpflanzen und zarte Kelche bleicher Irisblüten. Man glaubt fast, langsame Tropfen von dem überhängenden schwarzen Dolomitgestein herabfallen und durch das Wurzelwerk von Schlingpflanzen und Schachtelhalmen rieseln zu hören. Nur das halb kindliche, halb jungfräuliche Gesicht der Madonna leuchtet im Finstern wie feiner, von innen erleuchteter Alabaster. Die Himmelskönigin erscheint hier den Menschen zum ersten Mal – im geheimnisvollen Dunkel der unterirdischen Grotte, einer Zufluchtsstätte vielleicht des alten Pan und der Nymphen, nahe am Herzen der Natur –, das Geheimnis aller Geheimnisse: die Mutter des Gottmenschen im Schoß der Mutter Erde.

Es war die Schöpfung eines großen Künstlers und zugleich eines großen Gelehrten. Das Ineinanderfließen von Licht und Schatten, die Gesetze des Pflanzenlebens, den Bau des menschlichen Körpers, den Bau der Erde, die mechanischen Gesetze des Faltenwurfs und weiblicher Locken, die sich ringeln wie Wasserwirbel, sodass der Einfallswinkel dem Ausfallswinkel gleich ist – kurz alles, was der Gelehrte mit »hartnäckiger Strenge« untersucht, mit leidenschaftsloser Genauigkeit erprobt, vermessen und wie eine leblose Leiche seziert, hatte der Künstler zu einem göttlichen Ganzen vereinigt und zu lebendiger Schönheit gewandelt, zu einer stummen Musik, einer geheimnisvollen Hymne an die Allerreinste Jungfrau, die Mutter alles Seins. Mit gleicher Liebe und gleichem Wissen hatte er die feinen Äderchen auf den Blütenkelchen der Iris wiedergegeben, die Grübchen am rundlichen Ellbogen des Kindes, die tausendjährige Furche im Dolomitgestein, das Zittern des tiefen Wassers in der unterirdischen Quelle und das Zittern tiefen Leids im Lächeln des Engels …

Er wusste alles und liebte alles; denn große Liebe ist die Tochter großer Erkenntnis.

Der Alchimist Galeotto Sacrobosco wollte einen Versuch mit dem »Stab des Merkur« machen. So nannte man Stöcke aus Myrten-, Mandel-, Tamarinden- oder anderem »astrologischen« Holz, das angeblich mit den Metallen verwandt war. Diese Stäbe dienten zur Auffindung von Kupfer-, Gold- und Silberadern in den Bergen.

Zu diesem Zweck begab er sich mit Messer Girolamo an das Ostufer des Lago di Lecco, wo viele Bergwerke lagen. Leonardo begleitete sie, obwohl er nicht an den Stab des Merkur glaubte und darüber ebenso lachte wie über alle anderen alchimistischen Fantastereien.

Nicht weit von dem Dorf Mandello, am Fuß des Monte Campione war ein Eisenbergwerk. Die Bewohner der Gegend erzählten, dass hier vor einigen Jahren ein Erdrutsch eine Menge Arbeiter verschüttet habe, dass in der Tiefe Schwefeldämpfe aus einer Spalte aufstiegen und dass ein hineingeworfener Stein mit endlosem, immer schwächer werdendem Gepolter hinunterfalle, ohne jemals den Grund zu erreichen – denn der Schlund habe keinen Grund.

Diese Erzählungen reizten Leonardos Neugier. Er beschloss, den verlassenen Stollen zu erforschen, während seine Gefährten ihre Versuche mit dem Stab des Merkur machten. Die Bauern weigerten sich aber, ihn zu begleiten; sie glaubten, unten hause der Böse Geist. Endlich fand sich ein alter Bergmann bereit, Leonardo zu führen.

Ein steiler, dunkler unterirdischer Gang, fast wie ein Brunnen, mit halb zerfallenen, schlüpfrigen Stufen, führte in der Richtung auf den See in die Schächte hinein. Der Führer ging mit einer Laterne voran, ihm folgte Leonardo, der Francesco auf dem Arm trug. Trotz der Bitten des Vaters und allen Abratens seitens des Meisters hatte der Knabe so lange gebettelt, bis man ihn mitgenommen hatte.

Der unterirdische Gang wurde immer enger und steiler; mehr als zweihundert Stufen hatten sie schon gezählt, aber es ging immer noch tiefer hinab und schien kein Ende zu nehmen. Von unten her wehte es schwül und feucht. Leonardo beklopfte mit dem Spaten die Wände, horchte auf den Klang, prüfte das Gestein, die Erdschichten und den blinkenden Glimmer im Granit.

»Fürchtest du dich?«, fragte Leonardo freundlich lächelnd, als er fühlte, wie Francesco sich an ihn schmiegte.

»Nein. Wenn ich bei Euch bin, fürchte ich mich überhaupt nicht.«

Er schwieg; dann fügte er leise hinzu: »Ist es wahr, Messer Leonardo? Der Vater sagt, Ihr verlasst uns bald?«

»Ja, Francesco.«

»Wohin geht Ihr?«

»Nach der Romagna. Ich trete in den Dienst Cesares, des Herzogs von Valentinois.«

»Nach der Romagna? Ist das sehr weit?«

»Ein paar Tagereisen von hier.«

»Ein paar Tagereisen«, wiederholte Francesco. »Dann sehen wir uns also nie wieder?«

»Warum nicht? Ich besuche euch, sobald ich kann.«

Der Knabe überlegte. Dann warf er in plötzlicher Zärtlichkeit beide Arme um Leonardos Nacken, schmiegte sich noch inniger an ihn und flüsterte: »Oh, Messer Leonardo, nehmt mich mit. Nehmt mich mit!«

»Was fällt dir ein, Junge! Das geht doch nicht. Da ist Krieg.«

»Wenn auch Krieg ist! Ich sage ja, bei Euch fürchte ich mich nie. Hier unten ist es schon schrecklich genug. Aber wenn es noch schrecklicher wäre – ich würde mich doch nicht fürchten... Ich will Euer Diener sein, ich kann Eure Kleider reinigen, die Stube fegen, die Pferde füttern; ich verstehe auch Muscheln zu sammeln – Ihr wisst ja – und Kohlenabdrücke von Pflanzen auf Papier zu machen. Ihr habt neulich selbst gesagt, dass ich es sehr gut mache. Alles will ich tun, was Ihr befehlt – wie ein Großer ... Oh, nehmt mich mit, Messer Leonardo! Lasst mich nicht hier!«

»Was würde dein Vater dazu sagen? Glaubst du, er ließe dich mitgehen?«

»Er lässt mich. Er lässt mich! Ich bitte ihn so lange. Er ist ja so gut. Er schlägt es mir sicher nicht ab, wenn ich weine. Und wenn er mich nicht gehen lässt, dann laufe ich heimlich davon. Sagt nur, dass ich darf ... Ja?«

»Nein, Francesco. Ich weiß, du sagst das ja nur so. Du würdest gar nicht vom Vater fortgehen. Er ist alt, der arme Vater. Du bist ihm doch gut?«

»Ich bin ihm gut, natürlich ... Aber Euch auch. Oh, Messer Leonardo, Ihr wisst ja nicht ... Ihr denkt, ich bin noch so klein. Aber ich weiß alles. Tante Bona meint, Ihr seid ein Zauberer, und der Schullehrer Don Lorenzo sagt auch, Ihr seid böse, und ich würde bei Euch noch mein Seelenheil verlieren. Einmal, als er so schlecht von Euch sprach, habe ich ihm eine solche Antwort gegeben, dass er mich beinahe durchgehauen hätte. Alle haben Angst vor Euch. Aber ich habe keine Angst, denn Ihr seid besser als alle andern, und ich möchte immer bei Euch bleiben.«

Leonardo strich ihm stumm über den Kopf. Er musste plötzlich daran denken, wie er vor ein paar Jahren jenen kleinen Knaben in den Armen gehalten hatte, der auf Moros Fest das Goldene Zeitalter dargestellt hatte.

Francescos Augen trübten sich plötzlich; er zog die Mundwinkel herab und flüsterte: »Nun also – wie Ihr wollt. Aber ich weiß, weshalb Ihr mich nicht mitnehmt. Ihr habt mich nicht lieb. Aber ich …« Er brach in krampfhaftes Schluchzen aus.

»Lass das, Junge. Schämst du dich nicht? Hör lieber zu, was ich dir sage. Wenn du groß bist, nehme ich dich als Schüler auf. Dann leben wir herrlich miteinander und trennen uns nie wieder.«

Francesco hob die Augen zu ihm; an seinen Wimpern schimmerten noch Tränen. Lange sah er Leonardo prüfend an. »Wirklich? Wollt Ihr mich haben? Vielleicht sagt Ihr das nur so, um mich zu trösten. Später vergesst Ihr es wieder?«

»Nein, ich verspreche es dir, Francesco.«

»Ihr versprecht es? Und wann?«

»Nun – in acht, neun Jahren, wenn du fünfzehn Jahre alt bist.«

»Neun …«, zählte der Knabe an den Fingern ab. »Und dann trennen wir uns nie wieder?«

»Niemals! Bis zum Tode.«

»Nun gut. Wenn das sicher ist. Es muss aber bestimmt nach acht Jahren sein.«

»Ja, sei ganz ruhig.«

Francesco lächelte ihn glückselig an und liebkoste ihn auf eine besondere, von ihm selbst erfundene Art, indem er sein Gesicht an Leonardos Wange rieb, wie es die Katzen tun.

»Wisst Ihr, Messer Leonardo, wie wunderbar das ist! Ich träumte einmal, ich stiege im Dunkeln eine lange, lange Treppe hinunter, genau so wie wir jetzt, und das sei immer schon so gewesen und werde so weitergehen – bis in alle Ewigkeit, ohne je ein Ende zu nehmen. Und jemand trug mich auf den Armen. Das Gesicht sah ich nicht, aber ich wusste, dass es meine Mutter war. Ich erinnere mich nämlich gar nicht an sie: Sie starb, als ich noch ganz klein war. Und jetzt ist dieser Traum plötzlich wahr geworden. Nur seid Ihr es, der mich trägt, und nicht die Mutter. Aber mit Euch fühle ich mich ebenso wohl wie mit ihr. Und ich habe gar keine Angst.«

Leonardo schaute ihn mit unendlicher Zärtlichkeit an. Im Dunkel leuchteten die Augen des Kindes in einem geheimnisvollen Licht. Vertrauensvoll, als sei er die Mutter, hielt der Knabe ihm die Lippen hin. Der Meister küsste sie – ihm war so, als schenke Francesco mit diesem Kuss ihm seine Seele. Er fühlte das Herz des Kindes an seinem Herzen schlagen. Mit festem Schritt, in unersättlichem Wissensdurst der trüben Laterne folgend, stieg er die schreckliche Treppe der Eisengrube hinunter, immer tiefer und tiefer hinein in die unterirdische Finsternis.

Nach Vaprio zurückgekehrt, wurden die Bewohner der Villa Melzi durch die Kunde vom Nahen des französischen Heers erschreckt. Der König hatte, ergrimmt über den Verrat und Aufruhr, zur Rache die Stadt Mailand der Plünderung seiner Söldner preisgegeben. Wer konnte, flüchtete in die Berge. Auf allen Straßen und Wegen drängten sich mit Hausrat beladene Wagen, auf denen weinende Frauen und Kinder saßen. Bei Nacht konnte man aus den Fenstern der Villa in der ganzen Ebene den »roten Hahn« sehen, den Widerschein von Feuersbrünsten. Von Tag zu Tag erwartete man eine Schlacht unter den Mauern Novaras, die das Schicksal der ganzen Lombardei entscheiden musste.

Eines Tages brachte Fra Luca Paccioli, aus der Stadt in die Villa zurückkehrend, Schreckensnachrichten über die letzten Ereignisse mit: Am 10. April hatte man eine Schlacht erwartet. Als der Herzog am Morgen aus Novara kam, um seine Truppen vor dem Feind aufzustellen, weigerte sich seine Hauptmacht, die schweizerischen Söldner, die Marschall Trivulzio bestochen hatte, in die Schlacht zu rücken. Der Herzog flehte sie unter Tränen an, ihn nicht ins Verderben zu stürzen, und versprach ihnen für den Fall des Siegs einen Teil seiner Besitzungen. Sie blieben unbeugsam. Moro verkleidete sich als Mönch und versuchte zu fliehen, doch ein Schweizer aus Luzern namens Schattenhalb verriet ihn an die Franzosen. Der Herzog wurde gefangen genommen und vor den Marschall geführt, der den Schweizern dreißigtausend Dukaten dafür zahlte, die »dreißig Silberlinge des Verräters Judas«.

Ludwig XII. befahl Sire de La Tremouille, den Gefangenen nach Frankreich zu bringen. So wurde der Mann, der, nach den Worten der Hofpoeten, als Erster nach Gott Fortunas Rad und das Steuer des Weltalls gelenkt hatte, in einem vergitterten Käfig auf einem Bauernwagen wie ein gefangenes Raubtier fortgebracht. Angeblich hatte sich der Herzog von seinen Kerkermeistern als besondere Gnade die Erlaubnis erbeten, Dantes *Göttliche Komödie* nach Frankreich mitnehmen zu dürfen.

Der Aufenthalt in der Villa wurde von Tag zu Tag gefährlicher. Die Franzosen verwüsteten die Lomellina, die Landsknechte Seprio und die Venezianer die Gegend von Martesana. Räuberbanden marodierten in der Nähe von Vaprio. Messer Girolamo rüstete sich, mit Francesco und Tante Bona nach Chiavenna zu gehen.

Leonardo verbrachte die letzte Nacht in der Villa Melzi. Wie gewöhnlich trug er alles Interessante, was er im Laufe des Tages gehört und gesehen hatte, in sein Tagebuch ein. »Wenn der Vogel einen kleinen Schwanz, aber breite Flügel hat«, schrieb er in dieser Nacht, »schwingt er sie kräftig und wendet sie so, dass der Wind ihm gerade unter die Flügel weht und ihn hochhebt – wie ich das beobachten konnte beim Flug eines jungen Habichts über der Kirche von Vaprio, links von der Straße nach Bergamo, am Morgen des 14. April 1500.« Und daneben auf derselben Seite: »Moro hat sein Reich, seinen Besitz und seine Freiheit verloren, und alle seine Werke endeten als ein Nichts.«

Und nicht ein Wort mehr. – Als sei der Sturz des Manns, mit dem er sechzehn Jahre gelebt hatte, der Untergang des großen Hauses Sforza, ihm weniger wichtig und interessant als der einsame Flug eines Raubvogels!

11

Wir werden Flügel haben

In der Toskana, zwischen Pisa und Florenz, nicht weit von der Stadt Empoli, am westlichen Abhang des Monte Albano liegt das Dorf Vinci, Leonardos Heimat.

Nachdem der Künstler seine Angelegenheiten in Florenz geordnet hatte, wollte er, bevor er in die Romagna ging, um in den Dienst Cesare Borgias zu treten, noch einmal diesen Ort besuchen, wo ein alter Onkel von ihm lebte, ein Bruder seines Vaters, Ser Francesco da Vinci, der durch Seidenraupenzucht reich geworden war. Er allein aus der Familie liebte den Neffen. Leonardo wollte ihn gern wiedersehen und, wenn möglich, seinen Schüler, den Mechaniker Zoroastro da Peretola, der sich von seinem furchtbaren Sturz noch nicht erholt hatte und vielleicht zeitlebens ein Krüppel bleiben würde, bei ihm unterbringen. Der Meister hoffte, Bergluft, ländliche Ruhe und Stille würden dem Kranken besser tun als jede Arznei.

Leonardo verließ Florenz allein auf einem Maultier durch die Porta a Prato und ritt am Ufer des Arno entlang. Bei Empoli verließ er das Flusstal und die nach Pisa führende Landstraße und schlug einen schmalen, sich über niedere einförmige Hügel windenden Seitenpfad ein.

Es war ein trüber, nicht besonders heißer Tag. Mattweiß im Nebel verschwindend, kündete die Sonne mit ihrem dünnen, ungewissen Licht Nordwind an. Der Ausblick zu beiden Seiten des Wegs weitete sich. Unmerklich, wellenförmig stiegen die Hügel empor; hinter ihnen ahnte man die Berge. Auf kleinen Wiesen wuchs spärliches blasses Gras. Alles ringsum war blass, still, graugrün, schlicht, fast ärmlich, und erinnerte an den Norden: Felder mit blassen Ähren, endlose, von Steinmauern umgebene Weinberge, Olivenbäume in regelmäßigen Abständen, mit krummen, festen Stämmen, die feine, spinnwebenartig verflochtene Schatten auf den Erdboden warfen. Vor einer einsamen Kapelle oder vor einem öden Landhaus mit glatten gelben Wänden und wenigen, unregelmäßig angebrachten Gitterfenstern, mit ziegelgedeckten Schuppen für Ackergerät, hoben sich hier und da von dem stillen ruhigen Hintergrund der bereits sichtbar werdenden grauen Berge Reihen kohlschwarzer, spindelförmiger Zypressen scharf und streng ab – ähnlich denen, die man auf den Bildern alter Florentiner Meister sieht.

Die Berge wurden höher; eine langsame, aber doch stete Steigung war spürbar. Es atmete sich leichter. Der Reisende kam an Sant'Ausano, Calistri, Lucardi und der Kapelle von San Giovanni vorüber.

Es dunkelte. Die Wolken hatten sich verzogen, die Sterne flimmerten. Ein frischer Wind erhob sich, der Beginn des schneidend kalten, scharfen Nordwindes, der Tramontana.

Ganz plötzlich tauchte hinter der letzten scharfen Wegbiegung das Dorf Vinci auf. Hier war fast keine ebene Stelle mehr: Die Hügel wurden zu Bergen, die Ebene zu Hügeln. Und an einem kleinen, spitzen Hügel klebte das enge, aus steinernen Häuschen bestehende Dorf. Fein und leicht hob sich vom Abendhimmel der schwarze Turm der alten Festung ab.

An einem Kreuzweg am Fuß des Bergs brannte in einer Mauernische ein Lämpchen vor einem tönernen, mit weißer und blauer Glasur überzogenen Muttergottesbild, das dem Künstler seit seiner Kindheit wohlbekannt war. Vor der Madonna kniete tief gebückt, die Hände vors Gesicht geschlagen, ein Weib in ärmlicher dunkler Kleidung, wohl eine Bäuerin.

»Caterina …« Leonardo flüsterte unwillkürlich den Namen seiner verstorbenen Mutter, die auch eine einfache Bäuerin aus Vinci gewesen war.

Er ritt über die Brücke, über den tobenden Gebirgsbach, und schlug nach rechts einen schmalen Pfad zwischen Gartenmauern ein. Hier war es schon ganz dunkel. Ein über eine Mauer hängender Rosenzweig streifte leicht sein Gesicht, als wolle er ihn im Dunkel küssen, und frischer Duft wehte ihm entgegen.

Vor dem alten Holztor einer Mauer stieg er ab, hob einen Stein und schlug damit an die eiserne Klinke. Das war das Haus, das einst seinem Großvater Antonio da Vinci gehört hatte und jetzt im Besitz des Onkels Francesco war. Hier hatte Leonardo seine Kindheit verlebt.

Niemand antwortete. Nur der Bach Violine di Gatte unten in der Schlucht rauschte in der Stille. Oben im Dorf schlugen die durch das Klopfen geweckten Hunde an. Heiseres, schwächliches Kläffen eines wohl sehr alten Köters antwortete vom Hof her.

Endlich erschien ein tief gebückter, weißhaariger Alter mit einer Laterne. Er war fast taub und begriff lange nicht, wer Leonardo war. Als er ihn endlich erkannte, weinte er laut vor Freude, ließ beinahe seine Laterne fallen, küsste die Hände des Herrn, den er vor vierzig oder mehr Jahren auf den Armen getragen hatte, und sagte immer wieder unter Tränen: »O Signore, Signore, o mein Leonardo!« Der Hofhund wedelte träge mit dem schlappen Schweif, offenbar nur seinem alten Herrn zu Gefallen. Gian Battista – so hieß der alte Gärtner – berichtete, Ser Francesco sei auf seinem Weinberg bei Madonna dell'Erta, von da wolle er nach Marcigliano, wo ein Bekannter, ein Mönch, seine Kreuzschmerzen mit einem Kräuteraufguss behandle; er werde in ein, zwei Tagen heimkehren. Leonardo beschloss, auf ihn zu warten, umso mehr, als am folgenden Morgen auch Zoroastro und Giovanni Beltraffio aus Florenz eintreffen sollten.

Der Alte führte Leonardo ins Haus, das ganz leer war, da Francescos Kinder in Florenz lebten; er hastete umher und rief seine hübsche sechzehnjährige blonde Enkelin, um ein Nachtessen zu bestellen. Aber Leonardo bat nur um in Vinci gewachsenen Wein, um Brot und Quellwasser, das bei dem Onkel berühmt war. Obgleich Ser Francesco keinen Mangel litt, lebte er, ebenso wie sein Vater, Großvater und Urahn, so einfach, dass es an die Bequemlichkeit der Großstadt gewöhnten Menschen ärmlich vorkommen musste.

Der Künstler betrat die ihm so wohlbekannte untere Stube, die gleichzeitig Wohnzimmer und Küche war. Sie enthielt ein paar plumpe Stühle, Bänke und Truhen aus dunklem, vor Alter spiegelblankem, geschnitztem Holz und eine Anrichte mit schwerem Zinngeschirr; die Deckenbalken, an denen Bündel von getrockneten Arzneikräutern hingen, waren schwarz vor Rauch, die Wände kahl und weiß; ein riesiger verrußter Herd stand auf steinernem Fußboden. Neu waren nur die dicken, grünlich trüben Glasscheiben in den Fenstern, mit den zellenartigen runden Kanten. Leonardo erinnerte sich, dass in seiner Kindheit die Fenster wie in allen toskanischen Bauernhäusern mit gewachster Leinwand bespannt waren, sodass auch bei Tag in den Zimmern stets nur Dämmerlicht herrschte. In den oberen Räumen, die als Schlafzimmer dienten, wurden sie nur mit Holzläden verschlossen, und bei Winterkälte, die in dieser Gegend sehr hart sein konnte, war morgens oft das Wasser im Waschbecken gefroren.

Der Gärtner machte Feuer mit duftendem Gebirgsheidekraut und Wacholder und entzündete eine im Kamin an einer kupfernen Kette hängende kleine irdene Lampe mit langem, engem Hals und Handgriff, wie man sie in alten etruskischen Gräbern findet. Ihre edle, zarte Form wirkte in der einfachen, ärmlichen Stube noch schöner. In diesen halb wilden Winkeln der Toskana hatten sich im Blut, in Sprache, Hausrat und Volkssitten noch Spuren uralter Vergangenheit des Etruskervolks erhalten.

Während das junge Mädchen sich eifrig betätigte, ein rundes, ungesäuertes, flaches, fladenartiges Brot, eine Schüssel mit Lattichsalat in Essig, einen Krug mit Wein und getrocknete Feigen auf den Tisch brachte, stieg Leonardo die knarrende Treppe hinauf in das obere Stockwerk. Auch hier war alles beim Alten geblieben. In der Mitte des geräumigen, niedrigen Gemachs stand noch das riesige viereckige Bett, das einer ganzen Familie Platz gewährt hätte, in dem die gute Großmutter Lena, Antonio da Vincis Frau, manchmal mit dem kleinen Leonardo zusammen geschlafen hatte. Auch dieses Familienheiligtum gehörte jetzt Onkel Francesco. Wie früher hingen noch am Kopfende des Bettes das Kruzifix, das Madonnenbild, die Weihwassermuschel, das Bündel trockenen, grauen Grases, Nebel – nebbia – genannt, und das alte Papierblatt mit dem lateinischen Gebet.

Leonardo ging wieder hinunter, setzte sich ans Fenster und trank Wasser mit Wein aus einer runden Holzschale, die nach frischem Olivenholz duftete, was ihn auch wieder an seine ferne Kindheit erinnerte. Als Gian Battista und seine Enkelin schlafen gegangen waren, blieb er noch allein auf und versank in ruhiges, klares Sinnen.

Er dachte an seinen Vater, den Notar der Kommune Florenz, Ser Piero da Vinci, den er erst vor wenigen Tagen in seinem behaglichen Heim in der lauten Via Ghibellina in Florenz gesehen hatte, einen noch rüstigen Greis von siebzig Jahren mit rotem Gesicht und weißem Lockenhaar. Leonardo hatte in seinem ganzen Leben keinen Menschen getroffen, der mit so unbefangener Liebe am Leben hing wie Ser Piero. In früheren Jahren hatte der Notar viel väterliche Zärtlichkeit für seinen unehelichen Erstgeborenen gehabt. Als aber seine jüngeren, ehelichen Söhne, Antonio und Giuliani, heranwuchsen, versuchten sie aus Sorge, der Vater könne dem Ältesten ein Erbteil aussetzen, Zwietracht zwischen ihm und Leonardo zu säen. Bei seinem letzten Besuch hatte Leonardo sich fremd in der Familie gefühlt. Besondere Betrübnis über die damals umlaufenden Gerüchte von Leonardos Gottlosigkeit hatte sein Bruder Lorenzo gezeigt, der, fast noch ein Knabe an Jahren, ein Schüler Savonarolas und ein »Wimmerer«, als wackerer, sparsamer Kaufmann der Innung der Florentiner Wollhändler angehörte. Er sprach oft in Gegenwart des Vaters mit dem Künstler über den christlichen Glauben, über die Notwendigkeit von Buße und Demut, über die ketzerischen Ansichten einiger neuer Philosophen, und er verehrte Leonardo zum Abschied ein von ihm selbst verfasstes erbauliches Buch. Jetzt, am Kamin des alten Familienzimmers sitzend, zog Leonardo dieses in kleiner, sauberer Kaufmannshandschrift geschriebene Büchlein hervor:

»Beichtbuch, geschrieben von mir, Lorenzo di Ser Piero da Vinci, Florentiner, und meiner Schwägerin Nanna gewidmet – sehr nützlich für alle, so ihre Sünden beichten wollen. Nimm hin dieses Buch und lies. Wenn du in der Übersicht deine eignen Sünden findest, so merke sie dir an, aber wessen du nicht schuldig bist, das lass aus – dieses wird einem anderen zu Nutze dienen; denn sei überzeugt, über eine solche Materie könnten selbst tausend Zungen nicht alles sagen.«

Es folgten ein sehr genaues, von dem jungen Wollhändler mit krämerhafter Pedanterie zusammengestelltes Register aller Sünden sowie acht fromme Betrachtungen, »die ein jeder Christ, so an das Sakrament der Beichte herantritt, im Herzen haben muss«.

Mit theologischer Wichtigtuerei erörterte Lorenzo des Weiteren die Frage, ob es Sünde sei oder nicht, unverzollte Tuche oder andere Wollstoffe zu tragen. »Was die Seele anbetrifft«, entschied er, »so kann ihr das Tragen fremdländischer Gewebe keinen Schaden bringen, sofern der Zoll ein ungerechter ist. Also, viel geliebte Brüder und Schwestern, beschwert deswegen nicht euer Gewissen, sondern seid voll Zuversicht! Wenn aber jemand fragt: ›Lorenzo, worauf stützt du dich mit solcher Meinung über fremdländische Tuche?‹, dann antworte ich: Im vorigen Jahr, 1499, als ich in Geschäften in der Stadt Pisa weilte, hörte ich in der Kirche San Michele einen Mönch vom Dominikanerorden predigen, einen gewissen Fra Zanobi, der mit einer wunderbaren, schier unglaublichen Menge von gelehrten Beweisen genau dasselbe über fremdländische Tuche sagte wie jetzt ich.«

Zum Schluss berichtete er mit derselben langweiligen und weitschweifigen Redseligkeit, wie ihn der Teufel lange von dem Schreiben dieses frommen Buches habe abhalten wollen, unter anderem mit dem Vorwand, er, Lorenzo, besitze nicht die dazu nötige Gelehrsamkeit und Stilgewandtheit und ihm als gutem Wollhändler zieme es mehr, sich um seinen Laden zu kümmern, als geistliche Bücher zu schreiben. Doch habe er die Versuchungen des Teufels überwunden und sei zu dem Schluss gelangt, dass in dieser Sache nicht so sehr gelehrtes Wissen und Stilgewandtheit als christliche Weisheit und Gottvertrauen nötig seien; mit der Hilfe Gottes und der Jungfrau Maria habe er dieses Buch vollendet, »das er seiner Schwägerin Nanna widme sowie allen Brüdern und Schwestern in Christo«.

Leonardo las eine Stelle über die vier christlichen Haupttugenden, wo Lorenzo, im Geheimen wohl an seinen Bruder, den berühmten Künstler und Maler denkend, diese allegorisch folgendermaßen darzustellen rät: die Weisheit mit drei Gesichtern, weil sie in Gegenwart, Vergangenheit und Zukunft schaut; die Gerechtigkeit mit Schwert und Waage; die Kraft an eine Säule gelehnt; die Mäßigkeit mit einem Zirkel in einer Hand und einer Schere in der anderen, mit der sie jeden Überfluss abschneidet und beseitigt.

Aus diesem Buch wehte Leonardo der ihm so wohlbekannte Geist der kleinbürgerlichen Frömmelei entgegen, die seine Kinderjahre umgeben und, von Geschlecht zu Geschlecht sich vererbend, stets in der Familie geherrscht hatte. Hundert Jahre vor Leonardos Geburt schon waren die Ahnen des Hauses Vinci ebenso brave, sparsame und gottesfürchtige Beamte der Florentiner Gemeinde gewesen wie jetzt sein Vater, Ser Piero. Im Jahr 1339 wird als erster Ururahn des Künstlers in den Akten ein gewisser Ser Guido di Ser Michele da Vinci, Notar der Signoria, erwähnt.

Wie lebendig stand der Großvater Antonio vor ihm! Dessen Lebensweisheit glich aufs Haar der seines Enkels Lorenzo. Er lehrte seine Kinder, nicht nach Erhabenem zu streben, weder nach Ruhm noch nach Ehren, nicht nach Staats- oder Kriegsämtern, weder nach übermäßigem Reichtum noch nach übertriebener Gelehrsamkeit.

»Immer die richtige Mitte halten«, pflegte er zu sagen. »Das ist der sicherste Weg.«

Leonardo entsann sich noch der ruhigen, ernsten, greisenhaften Stimme, mit der der Alte diese wichtigste Lebensregel vom goldenen Mittelweg vortrug.

»O meine Kinder, nehmt euch ein Beispiel an den Ameisen, die heute an die Bedürfnisse des morgigen Tags denken: Seid sparsam und seid mäßig! Mit wem soll ich einen guten Hauswirt und Familienvater vergleichen? Mit der Spinne vergleiche ich ihn, die inmitten ihres weitverzweigten Netzes sitzt und zur Hilfe herbeieilt, sowie sie ein Zittern des dünnsten Fadens wahrnimmt.«

Er verlangte, dass sich alle Familienmitglieder allabendlich beim Ave-Läuten zusammenfänden. Er selbst ging um das ganze Haus, schloss das Tor, brachte den Schlüssel ins Schlafzimmer und steckte ihn unter das Kopfkissen. Nicht die geringste Kleinigkeit in der Wirtschaft entging seinem stets wachen Auge: Ob die Ochsen zu wenig Heu bekommen, ob die Magd den Lampendocht zu hoch gezogen hatte, sodass zu viel Öl verbrannte – alles sah er, um alles kümmerte er sich. Er war aber nicht etwa geizig. Er selbst gebrauchte – und riet seinen Kindern dasselbe – nur das beste Tuch zur Kleidung, ohne mit Geld zu sparen, weil es dauerhafter sei und nicht so oft gewechselt werden müsse;

deshalb seien Kleider aus gutem Tuch nicht nur vornehmer, sondern auch billiger.

Die Familie musste seiner Ansicht nach gemeinsam unter einem Dach wohnen, »denn wenn alle zusammen an einem Tisch essen«, sagte er, »reicht ein Tischtuch und eine Kerze für alle; essen sie aber an zweien, so brauchen sie zwei Tücher und zwei Kerzen. Wenn ein Feuer alle wärmt, reicht ein Bund Holz; für zwei Feuer aber sind zwei Bund nötig. Und so ist es in allem.«

Auf die Frauen sah er sehr von oben herab: »Sie sollen sich um Küche und Kinder kümmern und sich nicht in die Angelegenheiten der Männer mischen. Ein Narr, wer an den Verstand der Weiber glaubt!«

Ser Antonios Weisheit entbehrte nicht der Schlauheit. »Meine Kinder«, sagte er immer wieder, »seid barmherzig, wie es unsere heilige Mutter, die Kirche, verlangt, zieht aber glückliche Freunde den unglücklichen und reiche den armen vor. Die höchste Lebenskunst besteht darin, tugendsam zu sein und doch den Schlauen zu überlisten.«

Er unterwies sie, Obstbäume so auf den Grenzrain zwischen dem eigenen und dem fremden Feld zu pflanzen, dass ihr Schatten nur auf das Feld des Nachbarn fiel; er lehrte sie, Bitten um Darlehen stets liebenswürdig abzulehnen.

»Das ist ein doppelter Vorteil«, fügte er hinzu, »ihr behaltet euer Geld und habt das Vergnügen, den auslachen zu können, der euch betrügen wollte. Und wenn der Bittende klug ist, wird er euch verstehen und euch gerade deshalb höher achten, weil ihr seine Bitte liebenswürdig abzuschlagen verstandet. Ein Schelm, wer nimmt; ein Narr, wer gibt! Verwandten und Hausgenossen aber helft nicht nur mit Geld, sondern auch mit Schweiß, Blut und Ehre, mit allem, was euer ist; schont selbst euer Leben nicht für das Wohl der Familie! Denn denkt daran, meine Lieben: Es bringt dem Menschen größeren Ruhm und Nutzen, seinen Verwandten Gutes zu tun als Fremden.«

Nach dreißigjähriger Abwesenheit saß Leonardo nun unter dem Dach des Vaterhauses, auf das Heulen des Windes lauschend und die im Kamin verglimmende Glut betrachtend, und überlegte, dass sein ganzes Leben eine ständige Verletzung der sparsamen uralten Spinnen- und Ameisenweisheit des Großvaters gewesen sei – und gerade solch ungestümer Überfluss, solch regelwidriges Übermaß, wie es nach Bruder Lorenzos Meinung die Göttin der Mäßigkeit mit ihrer eisernen Schere beschneiden sollte.

Am nächsten Morgen verließ er, ohne den Gärtner zu wecken, frühzeitig das Haus, durchschritt das ärmliche Dorf Vinci mit seinen am Abhang des Hügels dicht um die alte Festung klebenden hohen, schmalen Häusern und stieg den steil aufwärts führenden Weg zum Nachbardorf Anchiano hinauf.

Wieder, wie gestern, schien die Sonne trüb, blass, fast winterlich. Der Himmel war wolkenlos und kalt und hatte selbst zu dieser frühen Stunde dunkel lilafarbene Ränder. Der Tramontana war über Nacht stärker geworden. Er kam aber nicht mehr stoßweise in Wirbeln wie am Vortag, sondern wehte gleichmäßig von Norden, als fiele er vom Himmel, und pfiff einem eintönig um die Ohren. Wieder dieselben blassen, stillen Felder mit spärlichen Halmen, die hier in dieser Höhe noch mehr an den Norden erinnerten; dieselben dürren, in halbrunden Terrassen – Monden, sagten die Bauern von Vinci – an den Abhängen der Hügel gelegenen Weinberge; kümmerliches, farbloses Gras; verblühter Mohn, staubgraue Olivenbäume, deren starke schwarze Äste kurz und kränklich im Wind zuckten.

In Anchiano angelangt, blieb Leonardo stehen – er erkannte den Ort nicht wieder. Er wusste, dass hier früher die Ruine des Schlosses Adimari gewesen war, mit einer ländlichen Schänke in dem einen noch erhaltenen Turm. Jetzt stand an dieser Stelle, auf dem sogenannten Campo della Torraccia, ein neues Haus mit glatten geweißten Wänden inmitten eines Weinbergs. Hinter der niedrigen Steinmauer grub ein Bauer mit dem Spaten die Erde unter den Weinstöcken um. Er erzählte dem Künstler, der Besitzer der Schänke sei gestorben und die Erben hätten das Grundstück an einen reichen Schafzüchter aus Orbignano verkauft, der den Hügel vom Mauerwerk gesäubert und einen Weinberg und einen Olivenhain angelegt habe.

Nicht ohne Grund hatte Leonardo nach der Schänke von Anchiano gefragt: Hier war er zur Welt gekommen. Hier, am Eingang des ärmlichen Bergdorfs, an der großen Landstraße, die aus dem Nievole-Tal über den Monte Albano nach Prato und Pistoia führt, war vor etwa fünfzig Jahren in den düsteren Trümmern der Ritterburg Adimari eine lustige Dorfschenke, eine Osteria, eröffnet worden. Ein Schild an knarrenden, verrosteten Haken mit der Aufschrift *Bottigleria* – Schankwirtschaft –, eine offene Tür, durch die man Reihen von Fässern, Zinnkrüge, bauchige Tonflaschen sah – zwei wie kurzsichtige Augen verschmitzt blinzelnde Gitterfenster ohne Glas mit geschwärzten Holzläden und die von den Gästen blank getretenen Stufen der Vortreppe lugten unter einem Dach frischer, sonnenbeschienener Weinreben hervor. Die Einwohner der umliegenden Dörfer, die nach San Miniato oder Fucecchio zum Jahrmarkt zogen, Jäger, Maultiertreiber, florentinische Grenzzollwächter und anderes anspruchsloses Volk kehrten hier ein, um zu schwatzen, ein Fläschchen billigen sauren Weins zu trinken und Dame, Karten, Zara oder Tarock zu spielen.

Als Magd diente in der Schänke eine arme Waise, ein Bauernmädchen aus Vinci namens Caterina.

Im Frühjahr 1451 kam der junge Florentiner Notar Piero di Ser Antonio da Vinci aus Florenz, wo er den größten Teil des Jahrs seinem Amt lebte, nach Vinci zu seinem Vater auf Besuch. Man bat ihn eines Tages nach Anchiano, um dort einen Vertrag über eine langfristige Pacht des sechsten Teiles einer steinernen Ölpresse abzuschließen. Als der Vertrag aufgesetzt und ordnungsgemäß unterzeichnet war, luden die Bauern den Notar ein, die glückliche Erledigung der Sache mit ihnen in der nahen Schänke bei einem Glas zu feiern. Ser Piero war ein schlichter, freundlicher, auch mit einfachen Leuten umgänglicher Mann und willigte gern ein. Caterina bediente. Der junge Notar verliebte sich, wie er später gestand, auf den ersten Blick in das Mädchen. Unter dem Vorwand, auf Wachteljagd gehen zu wollen, schob er die Abreise bis zum Herbst auf, wurde ständiger Gast der Schänke und machte Caterina den Hof. Sie war jedoch schwerer zugänglich, als er gedacht hatte. Aber Ser Piero galt nicht umsonst als Herzensbrecher. Er war vierundzwanzig Jahre alt, kleidete sich stutzerhaft, war hübsch, gewandt und stark und besaß jene selbstbewusste Redegewandtheit in Liebesdingen, die einfache Mädchen leicht gewinnt. Caterina widerstand lange, sie flehte die reine Jungfrau Maria um Beistand an, unterlag aber schließlich doch. Und als die von den saftigen Herbsttrauben fett gewordenen toskanischen Wachteln das Nievole-Tal verließen, war sie bereits schwanger.

Das Gerücht von Ser Pieros Beziehungen zu der armen Waise, der Schankmagd von Anchiano, kam auch Ser Antonio da Vinci zu Ohren. Er drohte seinem Sohn mit dem väterlichen Fluch, schickte ihn sofort nach Florenz zurück und verheiratete ihn noch im selben Winter – »um den Bengel zur Vernunft zu bringen«, wie er sich ausdrückte – mit Madonna Alibiera di Ser Giovanni Amadori, einem nicht jungen und nicht hübschen Mädchen, das aber eine schöne Mitgift bekam und aus guter Familie stammte. Caterina verheiratete er mit einem seiner Tagelöhner, Accattabrighe di Piero del Vacca, einem armen Bauern aus Vinci, einem älteren, finsteren, harten Mann, der, wie man erzählte, seine erste Frau im Rausch totgeprügelt hatte. Durch dreißig Fiorini und ein Stückchen Olivenhain gewonnen, fand sich Accattabrighe bereit, die fremde Sünde mit seinem ehrlichen Namen zu decken. Caterina fügte sich widerspruchslos; doch wurde sie vor Kummer krank und wäre nach der Entbindung fast gestorben. Sie hatte keine Milch. Um den kleinen Leonardo – so taufte man das Kind – zu ernähren, nahmen sie eine Ziege vom Monte Albano. Trotz seiner Liebe zu Caterina und seiner Sehnsucht nach ihr fügte sich auch Piero; er bat nur den Vater, den kleinen Leonardo zur Erziehung in sein Haus zu nehmen. Zu jener Zeit schämte man sich unehelicher Kinder nicht; man erzog sie fast mit den ehelichen zusammen und bevorzugte sie sogar häufig.

Der Großvater willigte ein, besonders da die erste Ehe seines Sohns kinderlos blieb, und vertraute den Knaben der Obhut seiner Frau an, der guten Großmutter, Monna Lena di Piero da Baccareto.

So kam Leonardo, der uneheliche Sohn des vierundzwanzigjährigen Notars und der von ihm verführten Magd aus der Schänke von Anchiano, in die tugendsame, gottesfürchtige Familie da Vinci.

Im Staatsarchiv der Stadt Florenz findet sich im *Catasto* des Jahres 1457 folgende Notiz von der Hand des Großvaters, des Notars Antonio da Vinci: »Lionardo, natürlicher Sohn des genannten Ser Piero und der Chaterina, jetzt die Frau des Acchattabriga di Piero del Vaccha da Vinci – fünf Jahre alt.«

Nur verschwommen erinnerte sich Leonardo noch an seine Mutter, besonders an ihr zartes, unergründlich flüchtiges, geheimnisvolles, beinahe schelmisches Lächeln, das auf diesem schlichten, melancholischen, strengen und fast finster-schönen Gesicht seltsam wirkte. Im Museum der Mediceischen Gärten von San Marco in Florenz sah er einmal eine kleine, in dem alten etruskischen Städtchen Arezzo aufgefundene kupferne Statue der uralten Erdgöttin Kybele, die dasselbe eigentümliche Lächeln hatte wie seine Mutter, die junge Bäuerin aus Vinci.

Auch an Caterina hatte der Künstler gedacht, als er in seinem Buch über die Malerei die Worte schrieb: »Hast du nicht bemerkt, dass Frauen aus den Bergen in groben, armseligen Stoffen mit ihrer Schönheit oft die reich geputzten Frauen übertreffen?«

Alle, die seine Mutter in ihrer Jugend gekannt hatten, behaupteten, Leonardo sehe ihr ähnlich. Besonders seine langen feinen Hände, seine seidenweichen goldenen Locken und sein Lächeln erinnerten an Caterina. Vom Vater hatte er die machtvolle Gestalt, die starke Gesundheit und die Liebe zum Leben geerbt; von der Mutter die frauenhafte Anmut, die sein ganzes Wesen erfüllte.

Das Häuschen, das Caterina mit ihrem Mann bewohnte, lag nicht weit von Ser Antonios Villa. Mittags, wenn der Großvater ruhte und Accattabrighe mit den Ochsen zur Arbeit aufs Feld gefahren war, schlich der Knabe durch den Weinberg, kletterte über die Mauer und lief zur Mutter. Sie erwartete ihn, den Spinnrocken in der Hand, vor der Tür. Wenn sie ihn von Weitem erblickte, streckte sie die Arme nach ihm aus. Er eilte auf sie zu, und sie bedeckte sein Gesicht, seine Augen, seine Lippen und sein Haar mit Küssen.

Noch mehr Freude machten ihm nächtliche Besuche. An Feiertagen ging der alte Accattabrighe abends in die Schänke oder spielte mit seinen Kumpanen Würfel. Dann kroch Leonardo nachts leise aus dem breiten Familienbett, wo er neben Großmutter Lena schlief, kleidete sich halb an, stieß behutsam die Fensterläden auf, kletterte aus dem Fenster, ließ sich an den Zweigen eines alten Feigenbaums auf die Erde hinab und lief zu Caterinas Haus. Süß und wonnig war das kalte betaute Gras, das Schreien der Nachtvögel, die brennenden Nesseln und spitzen Steine, die seine nackten Füße ritzten, das Funkeln der fernen Sterne, die Furcht, Großmutter könne erwachen und ihn vermissen, und das Geheimnis der Umarmungen, die ihm vorkamen wie ein Verbrechen, wenn er im Dunkeln zu Caterina ins Bett kroch und sich unter der Decke mit dem ganzen Körper an sie schmiegte.

Monna Lena liebte und verzog den Enkel. Er erinnerte sich an das immer gleiche dunkelbraune Kleid der Großmutter, an das weiße Tuch um das dunkle, runzlige, gute Gesicht, an ihre leisen Wiegenlieder und den leckeren Geruch des aus Sahne hergestellten ländlichen Gebäcks – berlingozzi –, das sie für ihn machte.

Mit dem Großvater stand er sich nicht besonders gut. Anfangs unterrichtete Ser Antonio den Enkel selbst. Der Knabe folgte dem Unterricht nur gezwungen. Als er sieben Jahre alt war, kam er in die Schule der Kirche Santa Petronilla in der Nähe von Vinci. Aber die lateinische Grammatik reizte ihn nicht. Oft ging er frühmorgens von zu Hause weg, lief aber nicht in die Schule, sondern in eine ganz mit Schilf bewachsene wilde Schlucht. Da legte er sich lang auf den Rücken, warf den Kopf zurück und beobachtete stundenlang, von Neid gequält, die über ihn hinziehenden Kraniche. Oder aber er öffnete behutsam – um sie nicht zu beschädigen und nicht abzureißen – die Kelchblätter einer Blume und bewunderte ihren zarten Bau und die mit feinen Härchen bewachsenen honigfeuchten Staubfäden und Stempel. Wenn Ser Antonio geschäftlich in der Stadt weilte, nutzte der kleine Nardo oft die Gutmütigkeit der Großmutter und streifte tagelang in den Bergen umher; auf unbekannten, nur von Ziegen erklommenen Pfaden stieg er über Felshänge und Abgründe zum kahlen Gipfel des Monte Albano hinauf, von wo er unermessliche Wiesen, Wälder, Felder sah, den Sumpfsee von Fucecchio, auch Pistoia, Prato, Florenz, die Schneegipfel der Apuanischen Alpen und bei klarem Wetter sogar einen schmalen nebelblauen Streifen des Mittelmeers. Er kehrte dann zerschunden, staubig und braun gebrannt heim, aber so fröhlich, dass Monna Lena es nicht übers Herz brachte, zu schelten oder sich beim Großvater zu beklagen.

Der Knabe lebte recht einsam. Den freundlichen Onkel Francesco und den Vater, der ihm manchmal Naschwerk aus der Stadt mitbrachte, sah er wenig – sie lebten beide den größten Teil des Jahrs in Florenz.

An seine Schulkameraden schloss er sich nicht recht an. Ihre Spiele waren ihm fremd. Wenn sie einem Schmetterling die Flügel ausrissen und sich dann freuten, dass er nur noch kriechen konnte, machte er ein leidendes, finsteres Gesicht, wurde blass und ging weg. Als er einmal mit angesehen hatte, wie die alte Haushälterin auf dem Viehhof ein gemästetes Ferkel zum Feiertag abstach, das zappelte und jämmerlich quiekte, weigerte er sich lange und hartnäckig, ohne einen Grund zu sagen, Fleisch zu essen, zum großen Ärger Ser Antonios.

Einmal hatten Schulbuben unter Führung eines gewissen Rosso, eines frechen, schlauen, bösen Schlingels, einen Maulwurf gefangen. Nachdem sie sich lange an seinen Qualen belustigt hatten, banden sie dem halb toten Tier einen Faden ans Bein, um es den Hunden zum Fraß hinzuwerfen. Da stürzte sich Leonardo mitten in den Kinderhaufen, warf drei Jungen zu Boden – er war stark und gewandt –, benutzte die Verblüffung der andern, die einen solchen Angriff von dem sonst so stillen Nardo nicht erwartet hatten, entriss ihnen den Maulwurf und raste davon aufs Feld. Als seine Kameraden wieder zu sich gekommen waren, rannten sie brüllend, lachend, pfeifend und laut schimpfend hinter ihm her und warfen mit Steinen nach ihm. Der lange Rosso – er war fünf Jahre älter als Nardo – packte ihn am Haar, und eine wüste Prügelei begann. Wäre des Großvaters alter Gärtner Gian Battista nicht dazugekommen, so hätten die andern Leonardo fürchterlich verhauen. Aber der Knabe hatte erreicht, was er wollte: denn während der Rauferei entkam der Maulwurf. In der Hitze des Gefechts und aus Notwehr hatte Leonardo Rosso ins Auge geschlagen. Der Vater des Jungen, der Koch eines in der Nähe wohnenden Edelmanns, beschwerte sich beim Großvater. Ser Antonio war so böse, dass er den Enkel mit der Rute auspeitschen wollte. Lediglich die Fürsprache der Großmutter ersparte ihm diese Züchtigung. Nardo wurde nun für ein paar Tage in ein finsteres Loch unter der Treppe gesperrt.

Als er später einmal dieser Ungerechtigkeit gedachte, der ersten in der langen Reihe von Ungerechtigkeiten, die ihm zu erdulden beschieden waren, fragte er sich in seinem Tagebuch: »Wenn man dich schon als Kind deshalb eingesperrt hat, weil du recht tatest – was wird man da jetzt mit dir anfangen, wo du erwachsen bist?«

In dem dunklen Loch sitzend beobachtete der Knabe eine Spinne, die in ihrem im Licht eines durch den Türspalt fallenden Sonnenstrahls in allen Regenbogenfarben schillernden Netz saß und eine Fliege aussaugte. Das Opfer wehrte sich in ihren Zangen, summte immer matter und schwächer. Nardo hätte die Fliege retten können, so wie er den Maulwurf gerettet hatte. Doch ein dunkles, unüberwindliches Gefühl hemmte ihn; er ließ die Spinne ihre Beute verschlingen und beobachtete die Gier des unheimlichen Geschöpfs mit der gleichen leidenschaftslosen, unschuldigen Neugier, mit der er die Geheimnisse des zarten Pflanzenbaus betrachtet hatte.

In der Nähe von Vinci baute der Florentiner Baumeister Biagio da Ravenna, ein Schüler des großen Alberti, ein stattliches Landhaus. Leonardo ging oft nach dem Bauplatz und sah zu, wie die Arbeiter Mauern hochzogen, die Steine mit dem Winkelmaß richteten und sie mit Maschinen emporwanden. Eines Tages plauderte Ser Biagio mit dem Knaben und war über seinen klaren Verstand verwundert. Er lehrte ihn, anfangs mehr im Scherz, später aber ganz ernsthaft, die ersten Elemente der Arithmetik, Algebra, Geometrie und Mechanik. Schier unglaublich, fast wunderbar fand er die Leichtigkeit, mit der der Junge alles wie im Flug auffasste, so, als erinnere er sich nur an Dinge, die er schon einmal gewusst hatte.

Dem Großvater missfielen die Seltsamkeiten des Enkels. Auch dass er Linkshänder war, behagte ihm nicht: Das galt nämlich als böses Zeichen. Man glaubte, alle Menschen, die später einmal einen Vertrag mit dem Teufel eingingen, also alle Zauberer und Schwarzkünstler, kämen als Linkshänder zur Welt. Diese Voreingenommenheit Ser Antonios gegen das Kind wuchs noch, als eine weise Frau aus Fortuniano ihm erzählte, die alte Frau vom Monte Albano aus dem öden Örtchen Fornello, der die schwarze Ziege gehört hatte, deren Milch Nardo getrunken hatte, sei eine Hexe gewesen. Es konnte doch sein, dass die Zauberin dem Teufel zu Gefallen die Milch von Nardos Ziege verhext hatte.

Was wahr ist, ist wahr, dachte der Großvater. Wie man den Wolf auch füttert, er schielt doch immer nach dem Wald. Nun, es scheint Gottes Wille zu sein. Jede Familie hat ihre Missgeburt.

Voller Ungeduld wartete der Alte darauf, dass sein geliebter Sohn Piero ihn durch die Geburt eines legitimen Enkels und würdigen Erben beglücken würde, denn Nardo war doch nur ein zufälliger Findling, tatsächlich ein Bastard in dieser Familie.

Die Anwohner des Monte Albano erzählten von einer Eigentümlichkeit der Gegend, die sonst nirgends vorkam: der weißen Färbung vieler Pflanzen und Tiere. Wer das nicht mit eigenen Augen gesehen hat, würde solchen Erzählungen keinen Glauben schenken; aber der Wanderer, der die Wälder und Wiesen des Monte Albano durchstreift, weiß sehr wohl, dass es dort tatsächlich weiße Veilchen, weiße Erdbeeren, weiße Sperlinge, ja sogar weiße Nestlinge in Nestern schwarzer Drosseln gibt. Deshalb – so meinen die Einwohner von Vinci – heißt auch der ganze Berg seit uralter Zeit der »Weiße Berg« – Monte Albano.

Der kleine Nardo war auch solch ein Wunder des Weißen Berges, eine Ausgeburt in der tugendhaften Spießerfamilie der Florentiner Notare, ein weißer Nestling im Nest schwarzer Drosseln.

Als der Knabe dreizehn Jahre alt war, nahm ihn sein Vater aus Vinci zu sich nach Florenz. Seither kam Leonardo nur noch selten in seine Heimat.

In einem seiner Tagebücher vom Jahr 1494 – er stand damals im Dienst des Herzogs von Mailand – findet sich folgende kurze, wie gewöhnlich rätselhafte Eintragung: »Caterina angekommen am 16. Juli 1493.«

Man könnte denken, es handle sich um eine ins Haus aufgenommene Magd. In Wirklichkeit war Leonardos Mutter gemeint.

Nach dem Tod ihres Manns Accattabrighe di Piero del Vacca fühlte Caterina, dass sie nicht mehr lange zu leben habe, und wollte gern ihren Sohn noch einmal sehen. Sie schloss sich Pilgern an, die aus der Toskana nach der Lombardei wallfahrteten, um die Gebeine des heiligen Ambrosius und den heiligen Nagel anzubeten, und gelangte so nach Mailand. Leonardo nahm sie mit ehrfurchtsvoller Zärtlichkeit auf. In ihrer Gegenwart fühlte er sich wieder wie der kleine Nardo, der heimlich nachts mit bloßen Beinchen zu ihr lief, zu ihr ins Bett unter die Decke kroch und sich fest an sie schmiegte.

Als sie den Sohn wiedergesehen hatte, wollte die alte Frau in ihr Dorf heimkehren, doch Leonardo behielt sie da. Er mietete ihr im benachbarten Nonnenkloster Santa Chiara an der Porta Vercellina eine ruhige Zelle und richtete sie behaglich ein. Caterina wurde krank und bettlägerig, doch weigerte sie sich beharrlich, in sein Haus überzusiedeln, um ihm keine Unannehmlichkeiten zu verursachen. So brachte er sie in das beste Krankenhaus Mailands, das von Herzog Francesco Sforza erbaute Ospedale Maggiore, das einem prächtigen Schloss glich, und besuchte sie täglich. In den letzten Tagen ihrer Krankheit wich er nicht von ihrem Lager. Aber keiner seiner Freunde, auch keiner seiner Schüler wusste etwas von Caterinas Anwesenheit in Mailand. In seinen Tagebüchern spricht er fast nie von ihr. Nur einmal erwähnt er sie ganz beiläufig, angelegentlich einer Notiz über das interessante, oder wie er sich ausdrückte, märchenhafte Gesicht eines jungen schwer kranken Mädchens, das er zur gleichen Zeit, im gleichen Krankenhaus, in dem seine Mutter starb, beobachtete.

»Giovannina – visto fantastico – sta, asca Caterina, all'ospedale. – Giovannina – märchenhaftes Gesicht – frag Caterina, im Krankenhaus.«

Als er zum letzten Mal seine Lippen auf ihre erkaltende Hand drückte, schien es ihm, als verdanke er alles, was er besitze, dieser bescheidenen Frau aus den Bergen, dieser armen Bäuerin aus Vinci. Er ehrte sie durch ein prunkvolles Leichenbegängnis, als sei Caterina nicht die bescheidene Magd aus der Schänke von Anchiano gewesen, sondern eine vornehme Dame. Mit derselben, von seinem Vater, dem Notar, ererbten Genauigkeit, mit der er ohne Notwendigkeit die Preise für Knöpfe, Silberborten und rosa Atlas für Andrea Salainos Gewand notierte, schrieb er auch die Kosten der Bestattung auf.

Sechs Jahre später, im Jahr 1500, als er nach Moros Sturz in Mailand seine Sachen packte, um nach Florenz aufzubrechen, fand er in einem Schrank ein sorgsam verschnürtes Bündel. Es war das ländliche Geschenk, das Caterina ihm aus Vinci mitgebracht hatte: zwei Hemden aus grober, grauer, eigenhändig gewebter Leinwand und drei Paar selbst gestrickte Strümpfe aus Ziegenwolle. Er hatte die Sachen nie benutzt, weil er an sehr feine Wäsche gewöhnt war. Jetzt aber, als er zwischen wissenschaftlichen Büchern, mathematischen Instrumenten und Apparaten plötzlich dieses vergessene Bündel erblickte, fühlte er Wehmut im Herzen.

Später, während seiner langjährigen einsamen, trübseligen Fahrten von Land zu Land, von Ort zu Ort vergaß er nie, dieses unnütze, armselige Bündel mit Strümpfen und Hemden mitzunehmen; er verbarg es vor fremden Blicken und packte es jedes Mal verschämt und sorgsam zu den Dingen, die ihm besonders teuer waren.

Diese Erinnerungen zogen durch Leonardos Seele, während er den steilen, ihm seit der Kindheit vertrauten Pfad zum Monte Albano hinaufstieg.

Hinter einem Felsvorsprung, wo es nicht zu windig war, setzte er sich auf einen Stein, um auszuruhen und sich umzusehen. Niedrige, knorrige Eichen mit vorjährigem trockenem Laub, duftendes mattgrünes Heidekraut, das dort scopa – Besen – heißt, blasse wilde Veilchen standen ringsum, und über allem lag ein seltsamer frischer Duft: nach Wermut oder Frühling oder irgendwelchen unbekannten Bergkräutern. Wellig senkte sich die Gebirgslandschaft zum Arnotal. Rechts ragten kahle Felsen auf mit krummen Schatten, schlangenförmigen Rissen und grauvioletten Schluchten. Gerade zu seinen Füßen lag Anchiano weiß in der Sonne. Weiter unten im Tal, an dem rundlich spitzen Hügel, klebte wie ein Wespennest das kleine Dorf Vinci mit dem Festungsturm, der ebenso spitz und schwarz war wie die beiden Zypressen auf der Straße von Anchiano.

Nichts hatte sich verändert; es schien ihm, als sei er erst gestern auf diesem Pfad geklettert. Auch heute, wie vor vierzig Jahren, wuchsen hier blasse Veilchen und üppiges Heidekraut, raschelte trocken das dunkle dürre Eichenlaub; düster blaute der Monte Albano. Ringsum war alles noch genauso schlicht, still, ärmlich, blass und erinnerte an den Norden. Aber durch diese Stille und Blässe leuchtete bisweilen die feine, unbeschreibliche Anmut des edelsten Landes der Welt, des einstigen Etrurien, der jetzigen Toskana, des ewigen Frühlingslandes der Renaissance, wie das seltsame zarte Lächeln auf dem strengen, fast finster-schönen Gesicht der jungen Bäuerin aus Vinci, der Mutter Leonardos.

Er erhob sich und stieg weiter den steil bergauf führenden Pfad hinauf. Je höher er kam, desto kälter und grimmiger wurde der Wind. Wieder tauchten Erinnerungen auf vor ihm – diesmal an seine ersten Jünglingsjahre:

Die Geschäfte des Notars Ser Piero da Vinci gediehen. Er war gewandt, heiter und gutmütig – einer von den Menschen, denen alles im Leben glückt, die leben und leben lassen und mit allen Menschen gut auskommen. Namentlich Personen geistlichen Standes empfanden Wohlwollen für ihn. So wurde er Vertrauensmann des reichen Klosters der Santissima Annunziata und vieler anderer frommer Stiftungen. Ser Piero rundete sein Vermögen ab und kaufte neue Ländereien, Häuser und Weinberge in der Umgebung von Vinci, ohne aber seine ganz mit Ser Antonios Lebensweisheit übereinstimmende bescheidene Lebensweise irgendwie zu ändern. Nur zur Ausschmückung von Kirchen steuerte er gern bei, und er stiftete zu Ehren seines Geschlechts für die Familiengruft der Vinci in der Florentiner Badia eine Grabplatte.

Nach dem Tod seiner ersten Frau, Albiera Amadori, tröstete sich der achtunddreißigjährige Witwer bald und heiratete ein sehr junges, hübsches Mädchen, fast noch ein Kind, Madonna Francesca di Ser Giovanni Lanfredini. Aber auch die zweite Gattin schenkte ihm keine Kinder. Leonardo lebte damals bei seinem Vater in Florenz, am Platz San Firenze nahe dem Palazzo Vecchio, in einem Haus, das Ser Piero von einem gewissen Ser Michele Brandolini gemietet hatte. Ser Piero wollte seinem unehelichen Erstgeborenen eine gute Erziehung geben und geizte nicht mit dem Geld, um Leonardo vielleicht später, falls er selbst wirklich keine legitimen Kinder haben sollte, zu seinem Erben einzusetzen und selbstverständlich auch zum Florentiner Notar zu machen – wie alle ältesten Söhne aus dem Geschlecht der Vinci.

In Florenz lebte damals der berühmte Naturforscher, Mathematiker, Physiker und Astronom Paolo dal Pozzo Toscanelli, der einen Brief an Christoph Kolumbus geschrieben und ihm durch seine Berechnungen bewiesen hatte, dass der Seeweg nach Indien über die Antipoden nicht so weit sein könne, wie man allgemein annahm; er hatte ihn zur Reise ermuntert und ihm Erfolg vorausgesagt. Ohne Toscanellis Hilfe und sein Zureden hätte Kolumbus nie seine Entdeckung gemacht: Der große Seefahrer war nur ein gefügiges Werkzeug in der Hand des stillen Denkers und führte lediglich das aus, was der Florentiner Gelehrte in seiner einsamen Zelle durchdacht und berechnet hatte. Fern vom glänzenden Hof Lorenzo de' Medicis, fern von den eleganten, aber unfruchtbaren Schwätzern – Neuplatonikern und Nachäffern des Altertums – lebte Toscanelli nach dem Zeugnis seiner Zeitgenossen wie ein Heiliger; er war ein Schweiger, ein Verächter des Geldes, ein Fastender, aß nie Fleisch und blieb völlig keusch. Sein Gesicht war hässlich, fast abstoßend; nur die hellen, stillen, kindlich einfältigen Augen waren schön.

Als einmal im Jahr 1470 zu nächtlicher Stunde ein unbekannter junger Mensch, fast noch ein Knabe, an die Tür seines Hauses beim Palazzo Pitti pochte, empfing ihn Toscanelli mürrisch und kalt: Er vermutete in dem Besucher nur die gewohnte müßige Neugier. Nachdem er aber eine Weile mit Leonardo geplaudert hatte, war er ebenso überrascht über das mathematische Genie des Jünglings wie einst Biagio da Ravenna. Ser Paolo nahm ihn als Schüler auf. In klaren Sommernächten bestiegen sie den ganz mit Heidekraut, duftendem Wacholder und harzigen schwarzen Tannen bewachsenen Hügel Poggio del Pino bei Florenz; ein altes, halb zerfallenes Wächterhäuschen diente hier dem großen Astronomen als Observatorium. Er lehrte den Schüler alles, was er selbst von den Naturgesetzen wusste.

Aus diesen Unterhaltungen schöpfte Leonardo den Glauben an eine neue, den Menschen noch unbekannte Macht des Wissens.

Der Vater hinderte ihn bei seinen Studien nicht; er riet ihm nur, einen einträglichen Beruf zu wählen. Als er sah, dass Leonardo dauernd modellierte und zeichnete, brachte er einige seiner Arbeiten einem alten Freund, dem Goldschmied, Maler und Bildhauer Andrea del Verrocchio. Bald darauf trat Leonardo in dessen Werkstatt in die Lehre.

Verrocchio, der Sohn eines armen Ziegelmachers, war siebzehn Jahre älter als Leonardo.

Wenn er, die Brille auf der Nase, die Lupe in der Hand, am Arbeitstisch seiner halbdunklen Werkstatt, seiner Bottega saß, in einem alten, schiefen Häuschen mit verfaulten Balken und vom schmutzig grünen Wasser des Arno umspülten Mauern unweit des Ponte Vecchio, sah er eher aus wie ein gewöhnlicher Florentiner Krämer als wie ein großer Künstler. Sein Gesicht war unbeweglich, flach, weiß, rund und fleischig; er hatte ein Doppelkinn, und nur die feinen, fest geschlossenen Lippen und der durchdringende, nadelscharfe Blick der kleinen Augen verriet seinen kalten, scharfen, furchtlos forschenden Verstand.

Er nannte den alten Meister Paolo Uccello seinen Lehrer. Man erzählte sich, Uccello habe sich viel mit abstrakter Mathematik beschäftigt, die er auf die Kunst anwenden wollte, und mit schwierigen Problemen der Perspektive; von allen verachtet und verlassen, sei er in bittere Not geraten und habe beinahe den Verstand verloren. Ganze Tage habe er ohne Nahrung, ganze Nächte ohne Schlaf verbracht: mit offenen Augen im Dunkel im Bett liegend, weckte er einmal plötzlich seine Frau mit dem Ausruf: »Oh, wie unendlich süß ist doch die Perspektive!« Er starb verlacht und unverstanden.

Verrocchio hielt, ebenso wie Uccello, die Mathematik für die Grundlage der Kunst und der Wissenschaft und behauptete, die Geometrie, als ein Teil der Mathematik, sei die »Mutter aller Wissenschaften« und gleichzeitig die »Mutter der Zeichnung«, die ihrerseits der »Vater aller Künste« sei. Vollkommenes Wissen und vollkommener Genuss des Schönen waren für ihn ein und dasselbe. Fiel ihm ein Gesicht oder ein anderer menschlicher Körperteil durch Hässlichkeit oder Schönheit auf, so wandte er sich nicht in Ekel ab oder vergaß sich in schwärmerischer Verzückung, wie es andere Künstler taten, zum Beispiel Sandro Botticelli, sondern er studierte und machte Gipsabgüsse von dem Gesehenen, was noch kein Meister vor ihm getan hatte. Mit unendlicher Geduld verglich, maß, erforschte er alles; er ahnte in den Gesetzen der Schönheit die Gesetze der mathematischen Notwendigkeit. Noch unermüdlicher als Sandro suchte er nach einer neuen Schönheit; aber nicht, wie Sandro, im Wunder, im Märchen oder in jener verführerischen Dämmerung, in der Olymp und Golgatha in eins verfließen, sondern in so tiefem Eindringen in die Geheimnisse der Natur, wie es noch niemand vor ihm gewagt hatte; denn für Verrocchio war nicht das Wunder Wahrheit, sondern die Wahrheit war ein Wunder.

An dem Tag, da ihm Ser Piero da Vinci seinen achtzehnjährigen Sohn zuführte, war beider Schicksal entschieden: Andrea Verrocchio wurde nicht nur der Lehrer, sondern auch der Schüler seines Schülers Leonardo.

Auf einem Bild, das die Mönche von Vallombrosa bei Verrocchio bestellt hatten, der Taufe des Heilands, malte Leonardo einen knienden Engel. Alles, was Verrocchio bisher dunkel geahnt und tastend wie ein Blinder gesucht, hatte Leonardo gesehen, gefunden und in diesem Gemälde verkörpert. Später erzählte man, der Meister sei darüber, dass ein Knabe ihn überflügelte, in solche Verzweiflung geraten, dass er die Malerei ganz aufgeben wollte. In Wahrheit hat nie Feindschaft zwischen den beiden bestanden. Sie ergänzten einander: Der Schüler besaß die Leichtigkeit, die Verrocchio von der Natur nicht verliehen worden war, der Meister hingegen jene konzentrierte Beharrlichkeit, die dem allzu vielseitigen und unbeständigen Leonardo fehlte. Ohne einander zu beneiden, ohne Nebenbuhler zu sein, wussten sie oft selbst nicht, wer vom andern empfing und lernte.

Verrocchio goss damals das kupferne Standbild des Heilands mit dem Apostel Thomas für die Kirche Orsanmichele. Im Gegensatz zu den paradiesischen Visionen des Fra Beato Angelico und den Märchendelirien des Botticelli war in dieser Gestalt des Thomas, der die Finger in die Wunden des Heilands legt, zum ersten Mal eine auf Erden bisher unerhörte Vermessenheit des Menschen vor Gott dargestellt – die Vermessenheit der prüfenden Vernunft dem Wunder gegenüber.

Leonardos erstes Werk war ein Entwurf für einen seidenen Vorhang, der in Flandern in Gold gestickt werden sollte, als Geschenk Florentiner Bürger für den König von Portugal. Die Zeichnung stellte den Sündenfall Adams und Evas dar. Der gegliederte Stamm einer der Palmen des Paradieses war mit solcher Vollendung ausgeführt, dass, nach den Worten eines Zeitgenossen, »der Verstand versagte bei dem Gedanken, dass ein Mensch so viel Geduld haben könne«. Das frauenhafte Gesicht der teuflischen Schlange atmete verführerische Schönheit, und man glaubte ihre Worte zu hören: »Ihr werdet mitnichten des Todes sterben, sondern Gott weiß, dass welches Tages ihr davon esset, so werden eure

Augen aufgetan, und werdet sein wie Gott, und wissen, was gut und böse ist.« Das Weib streckte die Hand mit demselben Lächeln vermessener Neugier zum Baum der Erkenntnis aus, mit dem Verrocchios ungläubiger Thomas seine Finger in die Wunden des Gekreuzigten legt.

Einmal bat Ser Piero seinen Sohn Leonardo im Auftrag eines Nachbarn, eines Landmanns aus Vinci, dessen Hilfe er beim Fischfang oder auf der Jagd oft in Anspruch nahm, er möchte doch etwas auf ein rundes Holzschild, eine Rotella, malen. Solche Schilder mit allegorischen Bildern und Inschriften verwandte man zum Schmuck der Häuser.

Leonardo beschloss, ein Ungeheuer darzustellen, das dem Betrachter Entsetzen einflößen sollte wie das Haupt der Medusa. Er sammelte in seinem Zimmer, zu dem niemand Einlass hatte, Eidechsen, Schlangen, Grillen, Spinnen, Tausendfüßler, Nachtfalter, Skorpione, Fledermäuse und viele andere scheußliche Tiere. Er wählte nun Körperteile von ihnen aus, setzte sie zusammen und vergrößerte sie; so gestaltete er ein übernatürliches Ungeheuer, das nicht existierte und doch wirklich war; er entwickelte allmählich das Unwirkliche aus dem Wirklichen mit derselben Klarheit, mit der Euklid oder Pythagoras einen Lehrsatz aus dem andern entwickelten.

Man sah das Tier aus einer Felsspalte kriechen und glaubte seinen schuppigen, schwarzglänzenden glatten Bauch über die Erde rasseln zu hören. Dem weit aufgesperrten Rachen entströmte stinkender Atem, die Augen sprühten Flammen, die Nüstern spien Rauch. Das erstaunlichste aber war, dass dieses fürchterliche Scheusal doch auch anzog und fesselte wie etwas Schönes.

Ganze Tage und Nächte verbrachte Leonardo in dem verschlossenen Zimmer, in dem unerträglicher Gestank verendeter Ungetüme derartig die Luft verpestete, dass man kaum atmen konnte. Aber der sonst gegen üble Gerüche fast übertrieben empfindliche Leonardo bemerkte nichts. Endlich erklärte er dem Vater, das Bild sei fertig – er könne es holen. Als Ser Piero kam, bat ihn Leonardo, im Nebenzimmer zu warten; er ging in die Werkstatt, stellte das Bild auf eine Staffelei, drapierte es mit schwarzem Stoff und schloss die Fensterläden so, dass nur ein einziger Lichtstrahl gerade auf die Rotella fiel. Dann rief er den Vater. Der trat ein, blickte hin, schrie laut auf und wich entsetzt zurück:

Er glaubte ein lebendes Ungeheuer vor sich zu sehen. Leonardo beobachtete mit scharfen Blicken, wie im Gesicht des Vaters das Entsetzen sich allmählich in Verwunderung wandelte, und sprach dann lächelnd: »Das Bild hat seinen Zweck erreicht: Es wirkt gerade so, wie ich wollte. Nehmt es hin, es ist fertig.«

Im Jahr 1481 erhielt Leonardo von den Mönchen von San Donato a Scopeto den Auftrag, die Anbetung der Heiligen Drei Könige als Altarbild zu malen.

In dem Entwurf zu diesem Bild bewies er eine Kenntnis der Anatomie und des Ausdrucks menschlicher Gefühle durch Körperbewegungen, wie sie noch kein Meister vor ihm besessen hatte.

Im Hintergrund des Gemäldes sind Bilder aus dem Leben des alten Hellas zu sehen: lustige Spiele, Reiterkämpfe, nackte Körper schöner Jünglinge und die einsame Ruine eines Tempels mit halb zerfallenen Bogen und Stufen. Im Schatten eines Olivenbaums sitzt auf einem Stein die Muttergottes mit dem Jesuskind und lächelt kindlich scheu, als wundere sie sich darüber, dass königliche Pilger aus fernen Ländern ihre Schätze – Weihrauch, Myrrhe und Gold, alles Gaben irdischer Macht – dem in der Krippe Geborenen darbringen. Müde, gebeugt unter der Last tausendjähriger Weisheit, lassen die Weisen die Häupter sinken, schirmen mit den Händen die halb blinden Augen, schauen auf das Wunder, das größte aller Wunder: die Menschwerdung Gottes, fallen nieder vor dem, der einst sagen wird: »Wahrlich, wahrlich ich sage euch: es sei denn, dass ihr umkehrt und werdet wie die Kinder, so werdet ihr nicht in das Himmelreich kommen.«

In diesen beiden ersten Werken ist scheinbar Leonardos ganzer Anschauungskreis enthalten: im Sündenfall die Schlangenklugheit in der Vermessenheit der Vernunft, in der Anbetung der Könige die Taubeneinfalt in der Demut des Glaubens.

Er vollendete übrigens dieses letzte Bild nicht, wie er auch später fast keines seiner Werke vollendete. Im Streben nach unerreichbarer Vollkommenheit schuf er sich selbst Schwierigkeiten, die sein Pinsel nicht zu überwinden vermochte. »Das Übermaß von Durst war nicht zu löschen«, sagte einst Petrarca.

Ser Pieros zweite Frau, Madonna Francesca, starb in jungen Jahren.

Er heiratete zum dritten Mal: Margherita di Ser Francesco di Jacopo di Guglielmo, die ihm 365 Fiorini Mitgift einbrachte. Die Stiefmutter mochte Leonardo nicht, besonders seit sie ihren Gatten durch die Geburt zweier Söhne, Antonio und Giuliano, beglückt hatte.

Leonardo war ein Verschwender. Ser Piero unterstützte ihn, wenn auch nicht gerade reichlich. Monna Margherita quälte ihren Gatten dauernd mit Vorwürfen: Er raube seinen rechtmäßigen Erben das Vermögen und gebe es »diesem Findling, diesem Bastard und Milchkind der Hexenziege«, wie sie Leonardo nannte.

Unter seinen Gefährten in Verrocchios Bottega und in anderen Werkstätten hatte er auch viele Feinde. Einer von diesen reichte, auf die ungewöhnliche Freundschaft zwischen Schüler und Lehrer hinweisend, eine anonyme Anzeige ein, in der er beide der Sodomie beschuldigte. Diese Verleumdung schien glaubhaft, weil der junge Leonardo, einer der schönsten Jünglinge von Florenz, sich ganz von den Frauen fernhielt. »Über seiner ganzen Erscheinung«, sagte ein Zeitgenosse, »lag eine solche Schönheit, dass bei seinem Anblick auch die traurigste Seele froh wurde.«

In demselben Jahr verließ Leonardo Verrocchios Werkstatt und nahm eine eigene Wohnung. Schon damals liefen Gerüchte um über Leonardos »ketzerische Ansichten« und über seine »Gottlosigkeit«. Der Aufenthalt in Florenz wurde für ihn immer unerfreulicher.

Ser Piero verschaffte seinem Sohn einen vorteilhaften Auftrag von Lorenzo de' Medici. Aber Leonardo verstand es nicht, Lorenzo zufriedenzustellen. Lorenzo forderte von seiner Umgebung vor allem eine zwar höhere, verfeinerte, aber doch sehr unterwürfige Verehrung. Allzu kühne und freie Menschen konnte er nicht leiden.

Seine Untätigkeit bekümmerte Leonardo tief. Durch die Vermittlung der Gesandtschaft des ägyptischen Sultans Kaid Bai, die damals in Florenz weilte, trat er sogar in geheime Verhandlungen mit dem Diodar von Syrien, um als erster Baumeister bei ihm Dienst zu nehmen, obwohl er wusste, dass er sich dann von Christus lossagen und zum Islam übertreten musste. Ihm war alles gleich, wohin – er wollte nur fort aus Florenz. Er fühlte, dass er untergehen würde, wenn er noch länger in dieser Stadt bleiben müsste.

Ein Zufall kam ihm zu Hilfe. Er erfand eine vielsaitige silberne Laute in der Form eines Pferdeschädels. Lorenzo der Prächtige, ein großer Musikfreund, fand an der absonderlichen Gestalt und dem Klang dieser Laute Gefallen. Er schlug dem Erfinder vor, nach Mailand zu gehen und sie dem Herzog der Lombardei, Lodovico Sforza il Moro, zum Geschenk zu machen.

Im Jahr 1482 verließ Leonardo, damals dreißig Jahre alt, Florenz und begab sich nach Mailand, nicht als Künstler oder Gelehrter, sondern als Hofmusiker, sonatore di lira. Vor seiner Abreise schrieb er an Herzog Moro: »Nachdem ich, Signore Illustrissimo, die Arbeiten der jetzigen Erfinder von Kriegsmaschinen geprüft und untersucht habe, bin ich zu der Einsicht gekommen, dass sie nichts bieten, was sie von den gegenwärtig schon im allgemeinen Gebrauch befindlichen unterscheidet. Deshalb gestatte ich mir, mich an Eure Durchlaucht zu wenden, um Euch die Geheimnisse meiner Kunst zu eröffnen.«

Dann zählte er alle seine Erfindungen auf: besonders leichte, feuerfeste Brücken; eine neue Art, jede Festung und jedes feste Schloss, sofern sie nicht auf Felsboden gebaut seien, ohne Bombarden zu zerstören; unterirdische Gänge und Minen unter Gräben und Flüssen möglichst geräuschlos und schnell anzulegen; verdeckte Streitwagen, die sich in die feindlichen Reihen einschneiden und die keine Macht aufhalten kann; Bombarden, Kanonen, Mörser und Passavolanten von einer neuen »sehr schönen und zweckmäßigen« Form; Sturmböcke für Belagerungen, riesige Steinwurfmaschinen und andere Geräte von wunderbarer Wirkung, und für jeden einzelnen Fall neu erfundene Maschinen; desgleichen alle nur möglichen Angriffs- und Verteidigungswaffen für Seeschlachten; Schiffe, deren Wände steinernen und eisernen Geschossen Trotz bieten, und endlich neue, noch ganz unbekannte Explosivstoffe.

»In Friedenszeiten«, so schloss er, »hoffe ich Euer Durchlaucht als Baumeister zufriedenstellen zu können, durch die Ausführung privater und öffentlicher Bauten und die Anlage von Kanälen und Wasserleitungen. Auch in der Kunst der Bildhauerei aus Marmor, Erz und Ton und in der Malerei kann ich alle beliebigen Aufträge nicht schlechter als jeder andere ausführen.

Den Guss des Rosses aus Bronze, das ein ewiger Ruhm Eures Herrn Vaters gesegneten Andenkens und des ganzen berühmten Hauses Sforza sein wird, kann ich ebenfalls übernehmen.

Sollten Euch aber etwelche der oben erwähnten Erfindungen unwahrscheinlich erscheinen, so bin ich erbötig, im Park Eures Schlosses einen Versuch vorzuführen, oder an jedem andern Ort, den Euer Durchlaucht anzugeben geruhen – der ich mich empfehle als untertänigster Diener

Leonardo da Vinci.«

Als er die ersten schneebedeckten Gipfel der Alpen über der grünen lombardischen Ebene erblickte, fühlte er, dass nun ein neues Leben für ihn begann, dass dieses fremde Land ihm die Heimat werden würde.

So überdachte Leonardo das halbe Jahrhundert seines Lebens, während er den Monte Albano bestieg. Er näherte sich bereits dem Pass auf dem Gipfel des Weißen Bergs. Der Pfad führte jetzt ohne Windungen zwischen dürrem Gestrüpp und dünnen krummen Eichen mit vorjährigem Laub gerade aufwärts. Die trübe lilafarbenen Berge, über die der Wind wehte, kamen ihm wild, seltsam und öde vor, als stünden sie nicht auf dieser Erde, sondern auf einem andern Planeten. Der Wind blies ihm ins Gesicht, stach wie mit Eisnadeln und blendete seine Augen. Bisweilen löste sich ein Stein unter seinen Füßen und rollte polternd in den Abgrund.

Er stieg immer höher und höher. Eine seltsame, ihm von Kindheit her bekannte Wonne lag in diesem mühsamen Aufstieg, als besiege er die rauen, finsteren, windumwehten Berge, als würde mit jedem Schritt sein Blick weiter, schärfer und umfassender, denn mit jedem Schritt erschloss sich ihm die Ferne immer weiter und weiter.

Hier war kein Frühling mehr: Die Bäume hatten keine Knospen, und auch das Gras grünte kaum. Es roch nur nach feuchtem Moos. Noch höher oben aber, dort, wohin er ging, waren nur Steine und blasser Himmel. Das gegenüberliegende Tal, in dem Florenz lag, war nicht zu sehen. Aber das ganze unübersehbare Land bis Empoli lag vor seinen Blicken: zuerst kalte, trübe lilafarbene Berge mit breiten Schatten, Vorsprüngen und Abgründen; dann endlose wellige Hügelreihen, von

Livorno über Castellino Maritimo und Volterrano bis San Gimignano. Und überall weiter Raum, Leere und Luft, als schwinde der schmale Pfad unter den Füßen, als fliege er auf Riesenflügeln langsam, unmerklich schwebend über diese welligen, unter ihm versinkenden Fernen dahin. Hier schienen Flügel natürlich und notwendig, und dass sie fehlten, erfüllte die Seele mit Staunen und Furcht, wie sie wohl ein Mensch empfinden mag, dem plötzlich die Beine versagen.

Er dachte daran, wie er als Kind den Flug der Kraniche beobachtet und vor Neid geweint hatte, wenn er ihr kaum vernehmbares Krächzen hörte, das fast klang, als riefen sie: »Wir fliegen, wir fliegen!«

Er erinnerte sich, wie er heimlich die Stare und Grasmücken des Großvaters aus den Käfigen gelassen und sich an der Freude der befreiten Gefangenen geweidet hatte; wie ihm einst der Mönch, sein Schullehrer, von Ikarus, dem Sohne des Dädalus, erzählt hatte, der mit Wachsflügeln fliegen wollte, aber abstürzte und umkam, und wie er später auf die Frage des Lehrers, wer der größte Held des Altertums gewesen sei, ohne Zögern geantwortet hatte: »Ikarus, der Sohn des Dädalus.« Er erinnerte sich auch noch seines Erstaunens und seiner Freude, als er zum ersten Mal auf dem Campanile, dem Glockenturm des Doms Santa Maria del Fiore, unter Giottos Basreliefs, die alle Künste und Wissenschaften darstellten, die komische, plumpe Gestalt des vom Kopf bis zu den Füßen mit Vogelfedern bekleideten fliegenden Mechanikers Dädalus erblickte.

Noch eine Erinnerung aus der frühesten Kindheit hatte er, eine von denen, die Fernerstehenden sinnlos vorkommen, die aber für den, der sie im Herzen bewahrt, voller Geheimnis sind wie ein prophetischer Traum.

»Es scheint mein Schicksal zu sein, ausführlich über Geier zu schreiben«, sagt er über diese Erinnerung in einem seiner Tagebücher. »Denn ich entsinne mich, dass ich in frühester Kindheit einmal träumte, ich liege in der Wiege und ein Geier komme auf mich zugeflogen, öffne mir den Mund und streiche mehrmals mit den Federn darüber hin, wie zum Zeichen, dass ich mein Leben lang über Flügel sprechen werde.«

Die Prophezeiung ging in Erfüllung: Menschliche Flügel blieben das letzte Ziel seines Lebens. Auch jetzt wieder, auf dem Abhang des Weißen Berges stehend, fühlte er, wie damals vor vierzig Jahren, als er noch ein Kind war, wie unerträglich kränkend, wie unmöglich es war, dass die Menschen keine Flügel hatten.

Wer alles weiß, kann alles, dachte er. Wenn wir alles wissen werden, dann werden auch die Flügel wachsen – e spunteranno le ali.

An einer der letzten Wegbiegungen spürte er, dass ihn jemand von hinten am Rockzipfel fasste. Er drehte sich um und gewahrte seinen Schüler Giovanni Beltraffio. Die Augen zusammengekniffen, den Kopf gesenkt, den Hut in der Hand haltend, kämpfte Giovanni gegen den Wind. Anscheinend hatte er schon lange gerufen und geschrien, aber der Wind hatte seine Stimme verweht. Als der Meister sich jetzt umwandte, erschien in dieser öden, toten Höhe sein Gesicht mit dem langen, wallenden Haar, dem vom Wind über die Schultern geworfenen langen Bart, mit dem Ausdruck unbeugsamen, harten Denkens und Wollens in den Augen, den tiefen Furchen der Stirn und den finster zusammengezogenen Brauen dem Schüler so fremd und furchterregend, dass er ihn kaum erkannte. Die weiten, im Wind flatternden Falten des dunkelroten Mantels sahen aus wie Flügel eines Riesenvogels.

»Ich komme eben aus Florenz«, schrie Giovanni laut, aber im Heulen des Windes klang seine Stimme wie Flüstern, und nur einzelne Worte waren zu verstehen: »Brief … sehr wichtig … Befehl … sofort übergeben …«

Leonardo verstand, dass ein Brief von Cesare Borgia gekommen war. Giovanni reichte dem Meister das Schreiben. Leonardo erkannte die Handschrift Messer Agapitos, des Sekretärs des Herzogs.

»Steig nur hinab«, schrie er Giovanni zu, als er dessen vor Kälte ganz blaues Gesicht sah. »Ich komme auch gleich.«

Beltraffio stieg den steilen Weg hinab; er klammerte sich an den Zweigen der Sträucher an, glitt krumm und gebückt über die Steine und sah dabei so klein, so hilflos und schwach aus, als könne ihn jeden Augenblick der Sturm aufheben und wegwehen wie ein Grashälmchen. Leonardo sah ihm nach, und der klägliche Anblick des Schülers erinnerte den Meister an seine eigene Schwäche, an den Fluch der Ohnmacht, der auf seinem ganzen Leben lastete, an die endlose Kette von

Fehlschlägen, an den sinnlosen Untergang des »Kolosses«, des »Heiligen Abendmahls«, an den Absturz des Mechanikers Astro, an das Unglück aller derer, die ihn liebten, an den Hass Cesares, die Krankheit Giovannis, das abergläubische Entsetzen in Maias Augen und die furchtbare, ewige Vereinsamung.

Flügel, dachte er. Sollen auch diese Bemühungen untergehen, wie alles, was ich schaffe?

Und die Worte fielen ihm wieder ein, die der kranke Mechaniker Astro im Fieberwahn geflüstert hatte – die Antwort des Menschensohns an den, der ihn mit dem Schrecken des Abgrunds und dem Entzücken des Fliegens versuchen wollte: »Du sollst Gott deinen Herrn nicht versuchen!«

Er hob den Kopf, presste die feinen Lippen noch strenger zusammen, runzelte die Brauen und stieg weiter empor, gegen Wind und Berg ankämpfend. Der Pfad war nicht mehr zu sehen. Er ging jetzt ohne Weg über den nackten Fels weiter, über den vielleicht noch kein Mensch vor ihm geschritten war.

Noch eine Anstrengung, noch ein letzter Schritt – und er stand am Rand des Abgrunds. Weiter konnte man nicht gehen, man konnte nur noch fliegen. Der Felsen war jäh zu Ende, vor ihm lag ein bisher unsichtbarer Abgrund. Luftig, trübe lila, dunstig gähnte er ihm entgegen, als sei unten zu Leonardos Füßen nicht die Erde, sondern derselbe Himmel, dieselbe Leere und Unendlichkeit wie über seinem Haupt.

Der Wind war zum Orkan geworden, er toste und brauste um die Ohren wie dröhnender Donner, als zögen unsichtbare grimmige Vögel scharenweise vorbei, mit Riesenflügeln sausend und rauschend. Leonardo beugte sich, schaute in den Abgrund, und plötzlich ergriff ihn wieder, aber stärker als je zuvor, das ihm von Kindheit an so wohlbekannte Gefühl der natürlichen Notwendigkeit, der Unumgänglichkeit des Fliegens.

»Die Flügel werden wachsen«, flüsterte er. »Sie werden wachsen. Bin ich es nicht, so wird es ein anderer sein. Der Mensch wird fliegen. Der Geist hat nicht gelogen: Wer alles wissen wird, wird Flügel haben und wird sein wie Gott.«

Und er sah den Herrscher der Lüfte vor sich, den Besieger aller

Schranken und aller Schwere, den Menschensohn in seinem Ruhm und in seiner Macht, den großen Schwan, der auf weißen, wie Schnee glänzenden Riesenflügeln im Himmelsblau dahinschwebt.

Und Freude und Grauen erfüllten seine Seele.

Als er vom Monte Albano herabkam, war die Sonne schon dem Untergang nahe. In ihren dichten gelben Strahlen wirkten die Zypressen kohlschwarz, die entschwindenden Berge zart und durchsichtig wie Amethyst. Der Wind ließ allmählich nach.

Er näherte sich Anchiano. Bei einer Wegbiegung sah er plötzlich unten, im tiefen, schützenden Tal, wie in einer Wiege das kleine, dunkle Dorf Vinci liegen, wie ein Wespennest, mit seinem spitzen Festungsturm, so schwarz wie die Zypressen.

Er blieb stehen, zog sein Notizbuch hervor und schrieb hinein: »Von dem Berg, der seinen Namen nach dem Sieger erhielt – vinci, vincere heißt siegen – wird der große Vogel, der Mensch auf dem Rücken eines Riesenschwans seinen ersten Flug unternehmen und die ganze Welt mit Staunen und alle Bücher mit seinem unsterblichen Namen erfüllen. Ewiger Ruhm dem Nest, in dem er geboren ward!«

Er blickte auf sein Heimatdorf am Fuß des Weißen Bergs hinab und wiederholte: »Ewiger Ruhm dem Nest, in dem der große Schwan geboren ward!«

Agapitos Brief forderte das sofortige Eintreffen des neuen herzoglichen Mechanikers in Cesares Heerlager, um die Belagerungsmaschinen für den bevorstehenden Sturm auf Faenza bereit zu machen.

Zwei Tage später reiste Leonardo aus Florenz nach der Romagna zu Cesare Borgia ab.

12

AUT CAESAR, AUT NIHIL

Wir, Cesare Borgia de Francia, von Gottes Gnaden Herzog der Romagna, Fürst von Andria, Herr von Piombino usw., usw., der Heiligen Römischen Kirche Gonfaloniere und Oberster Kapitän, befehlen hiermit allen Unseren Statthaltern, Kastellanen, Feldherren, Condottieri, Officiali, allen Soldaten und Untertanen: den Träger dieses Briefes, den berühmten und geliebten Leonardo da Vinci, Unseren Ersten Baumeister und Ingenieur, freundlich aufzunehmen, ihm und seinen Begleitern freien Durchzug zu gewähren, ihm das Messen, Besichtigen und Untersuchen jedes Gegenstandes, den er in Unseren Festungen und Schlössern zu sehen wünscht, zu gestatten, ihm ohne Zaudern die nötigen Leute zu stellen und mit allem Eifer ihm jedwede Hilfe und Mitarbeit zu gewähren. Wir übertragen dem oben genannten Leonardo die Aufsicht über alle Festungen und Schlösser in Unserem Reiche und befehlen allen Unseren anderen Ingenieuren, sich in jeder Angelegenheit mit ihm ins Einvernehmen zu setzen.

Gegeben zu Pavia, am 18. August im Jahre 1502 nach Christi Geburt, im zweiten Jahre Unserer Regierung in der Romagna.

Caesar Dux Romandiolae.

So lautete der Geleitbrief für Leonardo für die bevorstehende Besichtigung der Festungen.

Um diese Zeit eroberte Cesare Borgia mithilfe von Verrat und Missetaten, die er unter der Duldung des römischen Pontifex und des Allerchristlichen Königs von Frankreich verübte, den alten Kirchenstaat, den angeblich Kaiser Konstantin der Große den Päpsten geschenkt hatte. Er entriss die Stadt Faenza ihrem rechtmäßigen Herrn, dem achtzehnjährigen Astorre Manfredi, und die Stadt Forli der Caterina Sforza; beide, den Jüngling und die Frau, die seiner Ritterehre vertraut hatten, warf er in den Kerker der Engelsburg in Rom. Mit dem Herzog von Urbino schloss er ein Bündnis, um ihn erst zu entwaffnen und dann verräterisch zu überfallen und auszurauben, wie es die Räuber auf den Landstraßen tun.

Im Herbst 1502 zog er gegen Bentivoglio, den Herrn von Bologna, um die Stadt zu erobern und zur Hauptstadt des entstehenden Reiches zu machen. Entsetzen packte die Herrscher der Nachbarländer; sie begriffen, dass jeder von ihnen früher oder später an die Reihe kommen und Cesare zum Opfer fallen müsse, der es darauf absah, alle Nebenbuhler zu vernichten und sich zum Alleinherrscher von Italien aufzuwerfen.

Alle Feinde des Herzogs von Valentinois – Kardinal Pagolo, Herzog Gravina Orsini, Vitellozzo Vitelli, Oliverotto da Fermo, Gian Paolo Baglioni, der Herr von Perugia, Antonio da Venafro, der Gesandte der Republik Siena und andere – versammelten sich am 28. September in der Stadt Magione bei Perugia und schlossen ein geheimes Bündnis gegen Cesare. In dieser Versammlung schwor Vitellozzo Vitelli den Eid des Hannibal: den gemeinsamen Feind vor Ablauf eines Jahres zu töten, gefangen zu nehmen oder aus Italien zu vertreiben.

Kaum hatte sich die Kunde von dieser Verschwörung verbreitet, als ihr viele andere von Cesare beleidigte Fürsten beitraten. Der Herzog von Urbino empörte sich und fiel ab. Cesares eigene Truppen verrieten ihn. Der König von Frankreich zögerte, ihm Hilfe zu senden. Cesare war dem Untergang nahe. Aber verraten, verlassen und fast entwaffnet, wurde er doch immer noch gefürchtet. Durch kleinliche Zänkerei und Unentschlossenheit versäumten seine Feinde den günstigsten Augenblick, ihn zu vernichten, ließen sich auf Verhandlungen ein und schlossen einen Waffenstillstand. Durch Ränke, Drohungen und Versprechen überlistete und umgarnte er sie und machte sie uneins. Mit der ihm eigenen großen Verstellungskunst bezauberte er seine neuen Freunde durch Liebenswürdigkeit und lud sie in die eben eroberte Stadt Sinigaglia ein, angeblich, um ihnen seine Treue nicht nur durch Worte, sondern auch durch die Tat in einem gemeinsamen Feldzug zu beweisen.

Von seiner Umgebung stand Leonardo dem Herzog mit am nächsten. Im Auftrag Cesares schmückte er die eroberten Städte mit prächtigen Bauten, Palästen, Schulen und Bibliotheken; er baute anstelle der zerstörten Festung Castel Bolognese geräumige Kasernen für die Truppen des Herzogs, schuf den Hafen Porto Cesenatico, den besten am ganzen Westgestade des Adriatischen Meers, und verband ihn durch einen Kanal mit Cesena. Er legte die mächtige Festung in Piombino an, baute Kriegsmaschinen, zeichnete Karten. Er begleitete den Herzog überall hin und weilte auch an allen Stätten, wo sich Cesares Bluttaten abspielten – in Urbino, Pesaro, Imola, Faenza, Cesena und Forli. Wie stets, führte er auch jetzt sein kurzes, genaues Tagebuch. Doch mit keinem Wort erwähnte er Cesare in seinen Notizen, als sehe er nicht oder wolle nicht sehen, was um ihn herum vorging. Er notierte jede Kleinigkeit, die ihm unterwegs auffiel: wie die Bauern von Cesena die Obstbäume durch Weinreben verbanden, wie die Hebel eingerichtet waren, die in Siena die Domglocken in Bewegung setzten, und welch seltsame zarte Musik die fallenden Wasser des Springbrunnens der Stadt Rimini erzeugten. Er zeichnete den Taubenschlag und den Turm mit der Wendeltreppe im Schloss von Urbino, aus dem eben der von Cesare beraubte unglückliche Herzog Guidobaldo, wie die Zeitgenossen berichten, im bloßen Hemd entflohen war. Er beobachtete, wie in der Romagna am Fuß der Apenninen die Hirten den Klang ihrer Hörner verstärkten, indem sie die breiten Enden in die schmalen Öffnungen tiefer Höhlen steckten: Der das ganze Tal füllende donnerähnliche Schall, vom Echo wiederholt, war dann so stark, dass die Herden auf den entferntesten Bergen ihn hörten. Tagelang stand Leonardo allein am öden Meeresstrand von Piombino und beobachtete, wie Welle auf Welle daherrollte und Geröll, Holzspäne, Steinchen und Wasserpflanzen antrieb oder wegspülte.

»So kämpften die Wogen um die Beute, die dem Sieger zufällt«, schrieb Leonardo.

Und während um ihn herum alle Gesetze der menschlichen Gerechtigkeit verletzt wurden, beobachtete er, ohne zu richten und zu urteilen, in der scheinbar zufälligen und launischen, in Wahrheit aber unwandelbaren und regelmäßigen Bewegung der Wellen die unverletzlichen

Gesetze der göttlichen Gerechtigkeit – der Mechanik –, die der Erste Beweger festgelegt hat.

Am 9. Juni 1502 fand man im Tiber bei Rom die Leichen des jungen Herrschers von Faenza, Astorre, und seines Bruders; sie waren, mit Stricken erwürgt und mit Steinen am Hals, aus dem Kerker der Engelsburg in den Strom geworfen worden. Die Körper, die nach Berichten von Zeitgenossen so schön waren, dass man »unter Tausenden keine ähnlichen gefunden hätte«, zeigten Spuren widernatürlicher Vergewaltigung. Das Volk schrieb Cesare dieses Verbrechen zu.

Zur selben Zeit vermerkte Leonardo in seinem Tagebuch: »In der Romagna benutzt man vierrädrige Karren; die beiden Vorderräder sind klein, die Hinterräder groß. Diese Einrichtung ist sehr töricht, denn nach den Gesetzen der Physik – siehe Paragraf 5 meiner *Elemente* – ruht die ganze Last auf den Vorderrädern.«

So schwieg er über die gröbsten Verletzungen der Gesetze des moralischen Gleichgewichts und ereiferte sich über eine Verletzung der Gesetze der Mechanik beim Bau romagnolischer Karren.

In der zweiten Hälfte des Dezember 1502 siedelte der Herzog von Valentinois mit seinem ganzen Hof und Heer aus Cesano in die am Flüsschen Arcilla am Ufer des Adriatischen Meers etwa zwanzig Meilen von Sinigaglia entfernt gelegene Stadt Fano über, wo eine Zusammenkunft mit den früheren Verschwörern Oliverotto da Fermo, Orsini und Vitelli stattfinden sollte. Gegen Ende desselben Monats reiste auch Leonardo aus Pesaro zu Cesare.

Er war früh aufgebrochen und hoffte mit Eintritt der Dämmerung anzulangen. Aber es erhob sich ein Schneesturm. Die Berge waren mit undurchdringlichem Schnee bedeckt. Fortwährend stolperten die Maultiere; ihre Hufe glitten auf den vereisten Steinen aus. Tief unten, links von dem schmalen, dicht am Abhang hinführenden Pfad, tosten die schwarzen Wogen des Adriatischen Meers und brandeten am weißen, schneebedeckten Gestade. Zum Schrecken des Führers scheute Leonardos Maultier, das einen an den Zweigen einer Espe hängenden Gehenkten witterte.

Es wurde dunkel. Sie ritten auf gut Glück mit verhängten Zügeln und vertrauten auf die klugen Tiere. Da schimmerte Licht in der Ferne. Der Führer erkannte die große Herberge bei Novilara, einem Bergdorf auf halbem Weg zwischen Fano und Pesaro.

Lange mussten sie an die riesige, mit Eisennägeln beschlagene Tür klopfen, die fast einem Festungstor glich. Endlich erschien ein verschlafener Stallknecht mit einer Laterne, später auch der Wirt der Herberge. Er verweigerte ihnen das Nachtlager, weil nicht nur alle Zimmer, sondern auch sämtliche Ställe überfüllt seien: Es sei kein Bett da, in dem in dieser Nacht nicht drei oder vier Mann schliefen, und alles seien vornehme Leute, Offiziere und Hofbeamte aus dem Gefolge des Herzogs.

Als Leonardo aber seinen Namen nannte und den Geleitbrief mit Siegel und Namenszug des Herzogs vorwies, stammelte der Wirt Entschuldigungen und bot ihm sein eigenes Zimmer an, in dem vorläufig nur drei französische hohe Offiziere wohnten, die betrunken seien und jetzt schliefen wie die Toten. Er selber wollte mit seiner Frau in einer Kammer neben der Schmiede schlafen.

Leonardo trat in den Raum, der als Esszimmer und Küche zugleich diente und verrußt und schmutzig war wie alle Herbergen in der Romagna. An den kahlen, abgebröckelten Wänden waren nasse Flecke; Hühner schlummerten auf einer Stange, in einem Gitterverschlag quiekten Ferkel, und an den verräucherten Deckenbalken hingen Ketten goldgelber Zwiebeln, Blutwürste und Schinken. Auf dem riesigen Herd mit überhängendem Ziegelrauchfang loderte ein helles Feuer, in dem ein ganzes Schwein am Spieß zischte. Im roten Schein der Flamme saßen an langen Tischen die Gäste, aßen, tranken, schrien, stritten und spielten Würfel, Dame und Karten. Leonardo setzte sich ans Feuer und wartete auf das bestellte Nachtessen.

Am Nebentisch, an dem der Künstler den alten Capitano der herzoglichen Lanzenreiter Baldassarre Scipione erkannte sowie den obersten Hofschatzmeister Messer Alessandro Spannocchio und den Gesandten von Ferrara, Messer Pandolfo Collenuccio, sprach sehr erregt mit den Händen fuchtelnd ein Unbekannter mit dünner Fistelstimme: »Das kann ich Euch durch Beispiele aus der alten und neuen Geschichte mit mathematischer Genauigkeit beweisen, Messeri! Denkt nur an die Reiche, die durch ihre Kriegskunst Ruhm erworben, an Römer, Spartaner, Athener, Ätolier, Achäer und viele andere Völker jenseits der Alpen. Alle großen Eroberer bildeten ihre Heere aus den Bürgern des eigenen Volks: Ninos aus den Assyrern, Kyros aus den Persern, Alexander aus den Mazedoniern … Allerdings haben Pyrrhus und Hannibal mit Söldnern Siege erfochten; aber das erklärt sich durch die außergewöhnliche Kunst dieser Feldherren, die fremdländischen Soldaten den Mut und Ehrgeiz eines Volksheers einzuflößen wussten. Außerdem vergesst den Hauptpunkt nicht, den Grundstein aller Kriegswissenschaft: Im Fußvolk, nur im Fußvolk, sage ich, liegt die entscheidende Stoßkraft eines Heers, nicht in der Reiterei und nicht in Feuerwaffen und Schießpulver, diesen törichten Erfindungen der Neuzeit.«

»Ihr geht wohl zu weit, Messer Niccolò«, widersprach der Hauptmann der Lanzenreiter mit höflichem Lächeln. »Feuerwaffen gewinnen mit jedem Tag an Bedeutung. Was Ihr uns auch über Römer und Spartaner sagen mögt – ich meine doch, dass unsere heutigen Heere viel besser bewaffnet sind als die alten. Ich will Euer Gnaden nicht verletzen – aber eine Schwadron französischer Reiter oder eine Abteilung Artillerie mit dreißig Bombarden könnte einen ganzen Felsen umwerfen, nicht nur eine Abteilung römischer Fußsoldaten!«

»Sophismen, nichts als Sophismen!«, eiferte Messer Niccolò. »In Euren Worten erkenne ich den verderblichen Irrtum, der den besten Heerführern unserer Zeit die Wahrheit verbirgt. Wartet nur, einst werden Horden nordischer Barbaren den Italienern die Augen öffnen; dann werden sie die klägliche Ohnmacht der Söldnerheere erkennen und sich überzeugen, dass Reiterei und Artillerie kein hohles Ei wert sind im Vergleich mit regelrechtem Fußvolk. Aber dann wird es zu spät sein. Wie können die Menschen nur so gegen offenbare Tatsachen streiten? Wenn sie doch nur daran dächten, wie einst Lucullus mit einer kleinen Abteilung Fußvolk die 150 000 Reiter des Tigranus schlug, von denen manche Kohorten genauso gut waren wie Schwadronen heutiger französischer Reiterei.«

Neugierig betrachtete Leonardo den Mann, der über die Siege des Lucullus in einem Ton sprach, als habe er sie mit eigenen Augen angesehen. Der Unbekannte trug ein langes Gewand aus dunkelrotem

Tuch von vornehmem Schnitt, mit geraden Falten, wie es angesehene Staatsbeamte der Republik Florenz, etwa die Gesandtschaftssekretäre, trugen. Aber das Gewand sah abgetragen aus; an manchen, wenn auch weniger sichtbaren Stellen war es recht fleckig. Die Ärmel waren blank gerieben. Nach dem Hemdkragen zu urteilen, der als schmaler Streifen über den am Hals fest geschlossenen Rockkragen herausragte, war die Leibwäsche von zweifelhafter Sauberkeit. Die großen knotigen Hände waren tintenfleckig; am Mittelfinger hatte er eine Schwiele wie Leute, die sehr viel schreiben. Im Äußeren des Manns war wenig Imponierendes und Ehrfurchtgebietendes. Er war noch nicht alt, etwa an die vierzig Jahre, hager, schmalschultrig und hatte auffallend lebhafte, scharfe, eckige, sehr eigenartige Gesichtszüge. Im Gespräch zog er manchmal die lange, flache Nase, die fast aussah wie ein Entenschnabel, in die Höhe, warf den kleinen Kopf nach hinten, kniff die Augen zu und schob nachdenklich die vorspringende Unterlippe vor; wenn er dann über den Kopf dessen, mit dem er sprach, hinwegblickte, als schaue er in die Ferne, sah er aus wie ein scharfsichtiger Raubvogel, der gespannt den dünnen langen Hals reckt und nach einem fernen Gegenstand ausspäht. Seine unruhigen Bewegungen und die fieberhafte Röte auf den vorstehenden breiten Knochen der braunen, eingefallenen, rasierten Wangen, besonders aber die großen grauen, bohrenden Augen ließen auf inneres Feuer schließen. Diese Augen wollten böse sein, doch funkelte manchmal neben kalter Bitternis und beißendem Spott etwas Schüchternes, Klägliches in ihnen.

Messer Niccolò entwickelte weiter seine Ansichten über den Kampfwert des Fußvolks, und Leonardo musste staunen über das Gemisch von Wahrem und Falschem, von unbändiger Kühnheit und sklavischer Nachahmung der Alten in seinen Worten. Um die behauptete Unzulänglichkeit der Feuerwaffen zu beweisen, erwähnte er unter anderem, wie schwierig es sei, Geschütze größeren Kalibers zu richten: Die Geschosse gingen entweder übermäßig hoch, über die Köpfe der Feinde hinweg, oder viel zu tief und erreichten sie überhaupt nicht. Der Künstler würdigte die Schärfe und Richtigkeit dieser Beobachtung; denn er kannte die Unvollkommenheiten der damaligen Bombarden aus eigenster Erfahrung nur zu gut. Aber gleich darauf behauptete

Messer Niccolò, Festungen vermöchten nie ein Reich zu schützen, und er berief sich auf die Römer, die keine Festungen bauten, und auf die Spartaner, die Sparta nicht befestigen wollten, um ausschließlich den Mut der Bürger als Schutzwall zu haben. Als sei alles und jedes, was die Alten gedacht, unerschütterliche Wahrheit, führte er den allen Schulknaben bekannten Ausspruch eines Spartaners über die Mauern von Athen an: Sie wären nützlich, wenn ausschließlich Weiber in der Stadt wohnten.

Das Ende des Streits hörte Leonardo nicht mehr. Der Wirt führte ihn nach oben in das Zimmer, in dem sein Nachtlager bereitet war.

Am nächsten Morgen tobte der Schneesturm noch ärger. Der Führer weigerte sich weiterzureisen; er behauptete, bei derartigem Wetter jage kein anständiger Mensch einen Hund vor die Tür. Leonardo musste also noch einen Tag bleiben.

Weil er nichts zu tun hatte, brachte er am Küchenherd einen selbsttätigen Bratspieß eigener Erfindung an: Ein großes Rad mit schräg gestellten Schaufeln wurde von der heißen Luft des Schornsteins gedreht und setzte seinerseits den Spieß in Bewegung.

»Bei der Verwendung dieses Apparats«, erklärte er den erstaunten Zuschauern, »braucht der Koch nie zu fürchten, dass ihm der Braten anbrennt; denn die Wirkung der Hitze bleibt stets gleich: Wird die Wärme größer, so dreht sich der Spieß schneller, wird sie geringer, so geht er langsamer.« Diesem vervollkommneten Bratspieß widmete sich Leonardo mit derselben Liebe und Hingebung wie seiner Flugmaschine.

In demselben Raum erklärte Messer Niccolò ein paar jungen französischen Artilleriesergeanten, wilden Spielern, ein von ihm angeblich mithilfe abstrakter Mathematik gefundenes System, beim Würfelspiel stets zu gewinnen und über die »Hure Fortuna«, wie er sich ausdrückte, zu triumphieren. Gescheit und beredt gab er seine Regeln zum Besten; aber jedes Mal, wenn er sie praktisch anwenden wollte, verlor er, zu seinem nicht geringen Staunen und zur Schadenfreude der andern. Er tröstete sich aber immer damit, dass ihm bei der Anwendung des unfehlbaren Systems ein Fehler unterlaufen sein müsse. Das Spiel endete schließlich mit einer für Messer Niccolò recht peinlichen Auseinandersetzung: Als es ans Bezahlen ging, stellte sich heraus, dass sein Beutel leer war, dass er also auf Kredit gespielt hatte.

Spätabends traf mit einer Unmenge von Ballen und Kästen, mit zahlreichen Dienern, Pagen, Reitknechten, Narren, Mohrensklavinnen und allerhand lustigem Viehzeug die hochmögende venezianische Kurtisane, die »prächtige Hure« Lena Griffa, in der Herberge ein, dieselbe, die einst in Florenz beinahe von dem Heiligen Heer der kleinen Inquisitoren des Fra Girolamo Savonarola übel behandelt worden wäre.

Monna Lena hatte sich vor etwa zwei Jahren, dem Beispiel vieler ihrer Berufsgenossinnen folgend, von der Welt abgekehrt, in eine büßende Magdalena verwandelt und in ein Kloster zurückgezogen, um dann später ihren Preis in dem berühmten »Tarif der Kurtisanen oder Diskurs für vornehme Fremde, enthaltend Eigenschaften und Preise aller Kurtisanen Venedigs, mit den Namen ihrer Kupplerinnen« erhöhen zu können. Aus dem dunklen Nonnenkokon war ein glänzender Schmetterling geschlüpft. Lena Griffas Aufstieg ging rasch: Wie alle besseren Kurtisanen hatte sich das venezianische Straßenmädchen, die »mammola«, einen prachtvollen Stammbaum zugelegt, aus dem hervorging, dass sie keine Geringere war als die natürliche Tochter des Kardinals Ascanio Sforza, eines Bruders des Herzogs von Mailand. Gleichzeitig wurde sie erste Mätresse eines vor Altersschwäche halb verblödeten, aber unermesslich reichen Kardinals. Sie reiste jetzt aus Venedig nach Fano, wo Monsignore sie am Hof Cesare Borgias erwartete.

Der Herbergswirt war in einer schlimmen Lage: Einer so vornehmen Dame, Ihrer Gnaden der Konkubine eines Kardinals, wagte er nicht das Nachtlager abzuschlagen; aber unbesetzte Zimmer hatte er nicht mehr. Schließlich gelang es ihm, mit ein paar Kaufleuten aus Ancona ein Abkommen zu treffen, die gegen einen erheblichen Preisabschlag bei der Zeche für die Nacht in die Schmiede zogen und ihr Zimmer dem Gefolge der hochmögenden Hure überließen. Der edlen Dame selbst wollte er das von Messer Niccolò und den französischen Offizieren bewohnte Zimmer geben und ersuchte die Herren, mit den Kaufleuten zusammen in der Schmiede zu nächtigen.

Darüber wurde Niccolò aber gar böse und ausfallend. Er fragte den Wirt, ob er wohl recht bei Sinnen sei, ob er nicht wisse, mit wem er zu tun habe, da er sich anständigen Leuten gegenüber wegen einer hergelaufenen Schlampe derartige Unverschämtheiten erlaube? Jetzt mischte sich aber die Wirtin ein, eine sehr mundfertige, streitbare Frau, die ihre Zunge nicht im Zaum hielt. Sie erklärte, bevor er schimpfe und tobe, solle Messer Niccolò lieber für sich selbst und für seinen Diener und seine drei Pferde bezahlen; außerdem solle er gefälligst sofort die vier Dukaten wiedergeben, die ihr Mann ihm aus Gutmütigkeit am letzten Freitag geborgt habe. Wie für sich, aber doch noch laut genug, dass die Anwesenden es hören konnten, wünschte sie allen auf den Landstraßen herumziehenden Hochstaplern und Schnorrern Böses an den Hals – die sich für wer weiß wie vornehme Herren ausgäben, nie zahlen wollten und über anständige Reisende die Nase rümpften.

In diesen Worten der Frau Wirtin musste wohl etwas Wahres sein, denn Messer Niccolò wurde plötzlich sehr still, schlug unter ihrem vorwurfsvollen Blick die Augen nieder und überlegte offensichtlich, wie er sich mit Anstand aus der Sache ziehen könnte.

Die Diener holten schon seine Sachen aus der Stube. Der unterwegs beinahe erfrorene hässliche Affe, Monna Lenas Liebling, schnitt jämmerliche Fratzen und sprang auf dem Tisch herum, auf dem Messer Niccolòs Papiere, Federn und Bücher lagen, darunter die *Römische Geschichte* des Titus Livius und Plutarchs *Lebensbeschreibungen berühmter Männer.*

»Messere«, wandte sich Leonardo mit liebenswürdigem Lächeln an ihn, »wenn es Euch genehm wäre, mein Nachtlager zu teilen, würde ich es mir zur großen Ehre anrechnen, Euch diesen geringfügigen Dienst erweisen zu dürfen.«

Niccolò wandte sich etwas erstaunt um und wurde noch verlegener; doch fasste er sich sofort und dankte sehr würdevoll. Sie begaben sich in Leonardos Stube, wo der Künstler seinem neuen Zimmergenossen sogleich den besten Platz einräumte. Je genauer er ihn betrachtete, desto anziehender und interessanter erschien ihm der eigentümliche Mann, der jetzt seinen Namen und Stand nannte: Niccolò Machiavelli, Sekretär des Rats der Zehn der Republik Florenz.

Drei Monate zuvor hatte die schlaue und vorsichtige Signoria Machiavelli als Unterhändler zu Cesare Borgia entsandt, den sie zu überlisten hoffte, indem sie alle seine Vorschläge, ein Schutzbündnis gegen die gemeinsamen Feinde Bentivoglio, Orsini und Vitelli abzuschließen, mit platonischen, zweideutigen Freundschaftsbeteuerungen abtat. In Wahrheit wollte die Republik den Herzog, den sie fürchtete, weder zum Feind noch zum Freund haben. Messer Niccolò Machiavelli hatte keinerlei wirkliche Vollmachten und war lediglich beauftragt, für die Kaufleute von Florenz freien Durchzug durch des Herzogs Gebiet am Ufer des Adriatischen Meers zu erwirken. Das war eine recht wichtige Frage für den Handel, diese »Amme der Republik«, wie es in der Instruktion des Gesandten hieß.

Leonardo nannte ebenfalls seinen Namen und seinen Rang am Hof des Herzogs von Valentinois. Mit natürlicher Leichtigkeit und gegenseitigem Vertrauen, wie es sich gerade zwischen ganz verschiedenen, einsamen denkenden Menschen oft einstellt, kamen sie bald ins Gespräch.

»Messere«, gestand Niccolò sofort, und diese Offenheit gefiel Leonardo, »ich habe natürlich gehört, dass Ihr ein großer Maler seid. Aber ich muss gestehen, dass ich von Malerei nichts verstehe und mir auch nichts daraus mache, obwohl ich annehme, dass diese Kunst mir die gleiche Antwort geben könnte, die Dante einst einem Spötter erteilte, der ihm auf der Straße eine Feige zeigte: ›Für hundert deiner Feigen gebe ich dir nicht eine von meinen.‹ Ich habe aber auch gehört, dass der Herzog von Valentinois Euch als großen Kenner der Kriegswissenschaft schätzt, und darüber hätte ich gern einmal mit Euer Gnaden geplaudert. Dieser Gegenstand schien mir stets umso wichtiger und beachtenswerter, als die bürgerliche Größe der Völker auf ihrer militärischen Geltung, auf der Stärke und Beschaffenheit ihrer stehenden Heere beruht, wie ich in meinem Buch über Monarchien und Republiken zu beweisen gedenke, in dem ich die natürlichen Gesetze, die Leben und Wachsen, Verfall und Untergang von Staaten bedingen, mit der gleichen Genauigkeit festlegen will wie ein Mathematiker die Gesetze der Zahlen, ein Naturforscher die Gesetze der Physik und Mechanik. Denn ich muss Euch eines sagen: Alle, die bisher über den Staat geschrieben haben …«

Er hielt plötzlich inne und unterbrach sich selbst mit gutmütigem Lächeln: »Verzeiht, Messere! Ich missbrauche wohl Eure Liebenswürdigkeit: Vielleicht interessiert Euch die Politik ebenso wenig wie mich die Malerei?«

»O nein, ganz im Gegenteil!«, erwiderte Leonardo. »Oder – ich will ebenso aufrichtig zu Euch sein wie Ihr zu mir. Ich mag allerdings das übliche Gerede über Krieg und Politik nicht, denn meist ist es nur verlogenes, leeres Geschwätz. Eure Ansichten sind aber so anders als die Meinungen der großen Menge, sie sind mir so neu und ungewöhnlich, dass ich Euch tatsächlich mit großem Vergnügen zuhöre.«

»Nehmt Euch in Acht, Messer Leonardo«, lachte Niccolò noch gutmütiger, »dass Ihr es nicht hinterher bereut! Ihr kennt mich noch nicht. Das ist nämlich mein Steckenpferd; wenn ich es einmal besteige, verlasse ich es nicht wieder, bevor Ihr mir nicht selbst Schweigen gebietet. Mit klugen Menschen über Politik zu reden ist für mich unentbehrlicher als mein tägliches Brot. Aber das ist der Jammer: Wo soll man kluge Leute hernehmen? Unsere edlen Signori wollen nichts anderes hören als die Marktpreise von Wolle und Seide. Ich aber«, fügte er mit einem stolzen und etwas bitteren Spottlächeln hinzu, »bin anscheinend nach dem Willen des Schicksals nicht dazu geboren, um über Verlust und Gewinn, über Wolle und Seide zu reden; ich muss entweder schweigen oder über Staatsangelegenheiten sprechen.«

Der Künstler beruhigte ihn nochmals und fragte, um das Gespräch wieder in Gang zu bringen, das ihn wirklich interessierte: »Ihr sagtet soeben, Messere, die Politik müsse eine exakte Wissenschaft sein, ebenso wie die auf der Mathematik beruhende Naturwissenschaft, deren Beweiskraft auf Versuchen und Naturbeobachtungen beruht. Habe ich Euch recht verstanden?«

»Ganz gewiss«, erwiderte Machiavelli, zog die Brauen hoch, kniff die Augen zu und blickte gespannt über Leonardos Kopf hinweg; er sah fast aus wie ein scharfsichtiger Vogel, der nach einem sehr weit entfernten Gegenstand ausspähend den langen, dünnen Hals reckt.

»Vielleicht gelingt es mir nicht, das wirklich auszuführen«, fuhr er fort, »aber ich will den Menschen etwas sagen, was bisher noch niemand über die menschlichen Dinge gesagt hat. Plato in seiner *Repu-*

blik, Aristoteles in der *Politik,* der heilige Augustinus in seiner *Stadt Gottes,* alle, die je über den Staat geschrieben, haben die Hauptsache übersehen, nämlich die Naturgesetze, die das Leben eines jeden Volks bestimmen und die außerhalb des menschlichen Willens, außerhalb von Gut und Böse liegen. Alle sprechen von dem, was ihnen gut und böse, edel und niedrig erscheint, und stellen sich stets Staatsformen vor, wie sie sein müssten, die es in Wirklichkeit aber gar nicht gibt und auch nicht geben kann. Ich will aber nicht das, was sein müsste, nicht das, was zu sein scheint, sondern das, was wirklich ist. Ich will die Natur der großen Gebilde, die man Republiken oder Monarchien nennt, ohne Liebe und ohne Hass, ohne Lob und ohne Tadel erforschen, wie der Mathematiker die Natur der Zahlen, wie der Anatom den Bau des Körpers erforscht. Ich weiß – das ist schwer und gefährlich; denn die Menschen fürchten und bekämpfen die Wahrheit nirgends so sehr wie in der Politik. Aber ich werde ihnen trotzdem die Wahrheit sagen, wenn sie mich auch hinterher auf dem Scheiterhaufen verbrennen – wie Fra Girolamo.«

Unwillkürlich lächelnd, beobachtete Leonardo den Ausdruck prophetischer und gleichzeitig leichtsinniger, fast kindlicher Keckheit in Machiavellis Gesicht und seinen in seltsamem, fast irrem Glanz strahlenden Auge. Und er dachte: Mit welcher Erregung spricht er über Ruhe, mit welcher Leidenschaft über Leidenschaftslosigkeit.

»Messer Niccolò«, sagte der Künstler, »wenn es Euch gelingt, Euer Vorhaben auszuführen, so werden Eure Entdeckungen nicht geringere Bedeutung haben als die Geometrie des Euklid oder die mechanischen Untersuchungen des Archimedes.«

Leonardo war tatsächlich verwundert über das Neue, das er von Messer Niccolò hörte. Er dachte daran, wie er vor dreizehn Jahren, als er ein Buch mit Zeichnungen der inneren Organe des menschlichen Körpers abschloss, an den Rand geschrieben hatte: »April 1489. So stehe der Herr mir bei, auf dass ich die Natur der Menschen, ihre Sitten und Gewohnheiten ebenso studieren kann, wie ich den inneren Bau des menschlichen Körpers studiert habe.«

Sie plauderten lange. Leonardo fragte Niccolò unter anderem, mit welchem Recht er in der gestrigen Unterhaltung mit dem Hauptmann der Lanzenreiter den Festungen, den Feuerwaffen und dem Schießpulver jede kriegerische Bedeutung habe absprechen können. Oder sei das nur ein Scherz gewesen?

»Die alten Römer und Spartaner«, erwiderte Niccolò, »die unfehlbaren Lehrmeister der Kriegskunst, wussten nichts vom Schießpulver.«

»Haben uns aber nicht Experimente und fortschreitende Naturerkenntnis viel Neues offenbart?«, rief der Künstler aus. »Enthüllen sie uns nicht tagtäglich immer mehr Dinge, an die die Alten nicht zu denken wagten?«

Machiavelli beharrte auf seiner Meinung. »Ich bin der Ansicht«, erklärte er, »dass die modernen Völker auf irrigem Weg sind, wenn sie in Kriegs- und Staatsangelegenheiten vom Vorbild der Alten abweichen.«

»Ist denn restlose Nachahmung in diesem Punkt überhaupt möglich, Messer Niccolò?«

»Warum nicht? Haben denn Menschen und Elemente, Himmel und Sonne ihren Lauf, ihre Ordnung, ihre Kräfte geändert? Sind sie heute anders, als sie im Altertum waren?«

Keine Beweisgründe konnten ihn davon abbringen. Leonardo bemerkte, dass Niccolò, in allem Übrigen kühn bis zur Vermessenheit, doch abergläubisch und ängstlich war wie ein Oberschüler, sowie die Rede auf das Altertum kam.

Er hat große Pläne. Aber wie will er sie ausführen?, grübelte der Künstler und dachte unwillkürlich an das Würfelspiel: wie Machiavelli so scharfsinnig sein abstraktes System auseinandersetzte, aber jedes Mal verlor, wenn er es praktisch vorführen wollte.

»Wisst Ihr, Messere«, rief Niccolò mitten im Streit, und unbändige Freude funkelte in seinen Augen, »je länger ich Euch anhöre, desto mehr wundere ich mich, und ich traue meinen Ohren nicht. Bedenkt nur, welch seltene Konstellation der Sterne dazu nötig war, dass wir uns trafen! Ich meine, es gibt drei Arten von Menschen: Erstens solche, die alles selbst sehen und durchschauen; zweitens solche, die nur das sehen, was andere ihnen zeigen; und zuletzt diejenigen, die selbst nichts sehen und auch das nicht verstehen, was andere ihnen zeigen. Die Ersten sind die Besten und Seltensten, die Zweiten sind guter Durchschnitt, die Letzten sind die Gewöhnlichen, die zu nichts taugen. Euer

Gnaden – nun, und mich vielleicht auch, um nicht in den Verdacht falscher Bescheidenheit zu kommen – zähle ich zur ersten Gruppe. Worüber lacht Ihr? Habe ich nicht recht? Bitte – denkt was Ihr wollt; aber ich glaube, dass es kein Zufall war, sondern der Wille einer höheren Schicksalsmacht, und dass ich eine solche Begegnung wie die mit Euch nicht so bald wieder haben werde. Denn ich weiß, wie wenige kluge Menschen es gibt auf Erden. Um aber unserem Gespräch eine würdige Krönung zu geben, gestattet mir jetzt, Euch eine herrliche Stelle aus dem Livius vorzulesen, und hört dazu meine Erklärung.«

Er nahm das Buch vom Tisch, rückte die niedergebrannte Talgkerze näher, setzte die eiserne, zerbrochene, sorgsam mit Faden zusammengebundene Brille mit den großen runden Gläsern auf und legte sein Gesicht in strenge, andächtige Falten, als wolle er beten oder eine andere heilige Handlung verrichten.

Aber kaum hatte er die Brauen hochgezogen und den Zeigefinger erhoben, um das Kapitel zu suchen, aus dem zu ersehen war, dass Siege und Eroberungen schlecht geleitete Staaten eher dem Untergang als der Größe zuführen, und die ersten, wie Erz klingenden Worte des feierlichen Livius gelesen, als sich die Tür leise auftat und eine kleine, gebückte, runzlige alte Vettel ins Zimmer schlich.

»Signori«, zischelte sie, sich tief verneigend, »verzeiht die Störung! Meiner Herrin, der erlauchten Monna Lena Griffa, ist ihr Lieblingstierchen, ein Kaninchen mit blauem Halsband, entlaufen. Wir suchen und suchen, wir haben das ganze Haus umgekehrt und begreifen nicht, wo es sein mag …«

»Hier sind keine Kaninchen«, unterbrach sie Messer Niccolò zornig. »Schert Euch fort!«

Er stand auf, um die Alte hinauszubringen. Aber plötzlich musterte er sie aufmerksam durch die Brille, schob diese tief auf die Nase hinunter und starrte noch einmal über die Gläser hinweg der Alten ins Gesicht. Dann schlug er die Hände zusammen und rief: »Monna Alvigia! Bist du es, alte Hexe? Ich dachte, die Teufel hätten deinen ekligen Kadaver schon längst mit ihren Haken in die Hölle gezerrt.«

Die Alte kniff die halb blinden, listigen Augen zu und erwiderte seine freundlichen Scheltworte mit einem zahnlosen Grinsen, das sie noch garstiger machte. »Messer Niccolò, wie lange ist das her! Nie hätte ich gedacht, dass Gott uns noch einmal im Leben zusammenführen würde.«

Machiavelli entschuldigte sich bei Leonardo und lud Monna Alvigia ein, in der Küche mit ihm von der guten alten Zeit zu schwatzen. Aber Leonardo versicherte, dass sie ihn durchaus nicht störten. Er nahm ein Buch und setzte sich abseits. Niccolò rief den Diener und bestellte Wein, mit einer Miene, als sei er der vornehmste Gast im Haus.

»Sag diesem Gauner von Wirt, Bursche, er soll sich nicht unterstehen, uns das saure Zeug zu schicken, das er mir neulich vorgesetzt hat! Monna Alvigia und ich, wir mögen keinen schlechten Wein; wir sind wie der Priester Arlotto, der, wie man erzählt, vor einem heiligen Sakrament mit schlechtem Wein nicht knien wollte, weil er behauptete, übler Wein könne sich nie in das Blut des Herrn verwandeln.«

Monna Alvigia vergaß das Kaninchen, Messer Niccolò seinen Titus Livius, und bei einem Krug Wein plauderten sie wie alte Freunde. Dem Gespräch entnahm Leonardo, dass die Alte früher selbst einmal Kurtisane gewesen war, dann Bordellwirtin in Florenz und später Kupplerin in Venedig. Jetzt diente sie bei Madonna Lena Griffa als Wirtschafterin und Garderobenaufseherin. Machiavelli befragte sie nach gemeinsamen Bekannten. So nach der fünfzehnjährigen blauäugigen Atalanta, die einmal, als von Liebessünden die Rede war, mit einem holden Unschuldslächeln ausgerufen hatte: »Das soll Lästerung wider den Heiligen Geist sein? Mögen Mönche und Priester predigen, was sie wollen; nie werde ich glauben, dass es eine Todsünde sei, armen Menschen ein Vergnügen zu bereiten.« Auch nach der reizenden Madonna Riccia, deren Mann, als man ihm von der Untreue seiner Gattin berichtete, mit philosophischem Gleichmut äußerte: »Eine Frau im Haus ist wie das Feuer im Herd – man kann den Nachbarn so viel davon abgeben wie man will, es bleibt immer noch genug übrig.« Sie sprachen auch von der dicken rothaarigen Marmiglia, die jedes Mal, wenn sie den Bitten ihrer Verehrer nachgab, fromm den Vorhang vor das Heiligenbild zog: »damit es die Madonna nicht sieht.«

Niccolò fühlte sich bei diesem schlüpfrigen Klatsch und Tratsch offenbar wohl wie ein Fisch im Wasser. Leonardo wunderte sich über die Verwandlung des Staatsmanns, des Sekretärs der Republik Florenz, seines stillen, klugen neuen Bekannten in einen liederlichen Gesellen und Besucher übler Stätten. Übrigens war Machiavellis Fröhlichkeit nicht aufrichtig: In seinem zynischen Lachen hörte der Künstler etwas wie geheime Bitterkeit.

»Ja, ja, bester Herr. Das Junge wächst heran, das Alte wird immer älter«, schloss Alvigia sentimental werdend und wackelte mit dem Kopf wie eine gebrechliche Parze der Liebe. »Die Zeiten sind sehr anders geworden.«

»Ach, du redest ja Blödsinn, alte Hexe, du Teufelsmagd«, zwinkerte Niccolò ihr verschmitzt zu. »Erzürne den lieben Gott nicht, Gevatterin! Weibsbilder wie du haben es gut jetzt. Heut haben hübsche Frauchen keine eifersüchtigen armen Männer mehr; wenn sie sich mit solchen Künstlerinnen, wie du eine bist, gut stehen, leben sie herrlich und in Freuden. Die stolzesten Damen sind für Geld zu haben; in ganz Italien herrscht Unzucht und Hurerei. Höchstens am gelben Abzeichen kann man eine Hure von einer anständigen Frau unterscheiden!«

Das besagte gelbe Abzeichen war eine besondere safrangelbe Kopfbinde, die nach dem Gesetz alle Huren tragen mussten, damit man sie auf der Straße nicht mit anständigen Frauen verwechsle.

»Aber redet nicht so, Messere«, seufzte die Alte bekümmert. »Was ist die jetzige Zeit gegen früher? Nehmt nur eines: Es ist noch nicht so lange her, dass in Italien kein Mensch etwas von der französischen Krankheit wusste, und wir lebten ohne Angst und Sorge. Oder dieses gelbe Abzeichen. Ach, du mein Gott, das ist einfach ein Unglück! Stellt Euch vor – beim letzten Karneval hätte man meine Herrin beinahe ins Loch gesteckt. Sagt doch selbst – kann man von Madonna Lena verlangen, dass sie das gelbe Abzeichen trägt?«

»Weshalb denn nicht?«

»Was sagt Ihr? Ich bitte Euch! Die erlauchteste Madonna ist doch keine Straßendirne, die sich mit jedem Dreckskerl abgibt. Wisst Ihr auch, Euer Gnaden, dass ihre Bettdecke kostbarer ist als das Gewand des Papstes am heiligen Osterfest? Und was Geist und Gelehrsamkeit anbetrifft, so steckt sie, meine ich, alle Doktoren der Universität Bologna in die Tasche. Ihr solltet nur einmal hören, wie sie über Petrarca spricht, über Laura, über die Unendlichkeit der himmlischen Liebe ...«

»Gewiss«, spottete Niccolò, »wer sollte die Unendlichkeit der himmlischen Liebe so gut kennen wie sie.«

»Ja, lacht nur, Messere, lacht nur! Aber bei Gott, ich will nicht mehr von diesem Platz aufstehen: Neulich, als sie mir einen Brief in Versen an einen armen Jüngling vorlas, dem sie rät, sich der Tugenden zu befleißigen, da hörte ich zu und heulte vor Rührung, so packte es mein Herz, geradeso wie in alten Tagen in Santa Maria del Fiore bei Fra Girolamos Predigten, Gott hab ihn selig! Wirklich, sie ist ein neuer Tullius Cicero. Ja, was ich noch sagen wollte: Nicht ohne Grund zahlen ihr vornehme Herren für ein einziges Gespräch über die Geheimnisse der platonischen Liebe höchstens zwei oder drei Dukaten weniger als andern Frauen für eine ganze Nacht. Und Ihr redet vom gelben Abzeichen!«

Schließlich erzählte Monna Alvigia auch von ihrer eigenen Jugend: Auch sie war einmal schön gewesen, auch sie hatte Verehrer gehabt; alle ihre Launen waren erfüllt worden. Und was sie alles angestellt hatte! Dem Bischof von Padua hatte sie einmal in der Schatzkammer des Doms die Mitra vom Kopf gerissen und sie ihrer Sklavin aufgesetzt. Aber mit den Jahren war die Schönheit vergangen, die Verehrer hatten sich verlaufen, und sie hatte als Zimmervermieterin und Wäscherin ihr Leben gefristet. Sie war krank geworden und so in Not geraten, dass sie schon an der Kirchentür um Almosen betteln wollte, um sich Gift zu kaufen. Aber da errettete die heilige Jungfrau sie vom Tod. Durch einen in ihre Nachbarin, die Frau eines Schmieds, verliebten Abate war Monna Alvigia wieder auf den glatten Weg gelangt und hatte ein einträglicheres Gewerbe ergriffen, als es der Beruf eines Waschweibs gewesen war.

Als sie von dieser wunderbaren Hilfe der Muttergottes, ihrer besonderen Fürsprecherin, erzählen wollte, wurde sie durch eine Zofe Monna Lenas unterbrochen, die mit der Meldung gelaufen kam, die Herrin verlange ein Töpfchen Salbe, um dem Äffchen die erfrorenen Pfoten einzureiben, sowie Boccaccios *Decamerone:* Darin las die hochmögende Hure stets vor dem Einschlafen und steckte den Band dann mit dem Gebetbuch zusammen unter ihr Kopfkissen.

Als die Alte gegangen war, nahm Niccolò Papier, spitzte eine Feder und begann einen Bericht über die Pläne und Unternehmungen des Herzogs von Valentinois an die hohen Signori von Florenz aufzusetzen, ein Schreiben, das trotz seines leichten, halb scherzhaften Stils doch voller Staatsweisheit war.

»Messere«, sagte er plötzlich, die Augen von der Arbeit hebend, und blickte Leonardo an, »gesteht: Ihr habt Euch gewundert, dass ich so plötzlich von unserm Gespräch über die höchsten und wichtigsten Dinge, über die Tugenden der alten Spartaner und Römer, zu diesem Geschwätz mit der Kupplerin über Huren überging. Urteilt aber nicht allzu streng über mich, Messere, und bedenkt, dass die Natur selbst uns diese Vielseitigkeit lehrt durch ihre ewigen Gegensätze und Verwandlungen. Und es bleibt die Hauptsache, in allem stets furchtlos der Natur zu folgen. Wozu sollen wir uns verstellen? Wir sind alle Menschen. Kennt Ihr die alte Legende von dem Philosophen Aristoteles, der in Gegenwart seines Schülers, des großen Alexander, der Laune einer Hure nachgebend, in die er unsinnig verliebt war, sich auf alle viere niederließ und das Weibsstück auf den Rücken nahm, sodass das schamlose nackte Frauenzimmer auf dem Weisen ritt wie auf einem Maultier? Natürlich ist das nur eine Legende, aber es liegt ein tiefer Sinn darin: Wenn sich selbst ein Aristoteles wegen eines hübschen Mädchens zu solcher Dummheit herabließ – wie sollen da wir armen Sünder widerstehen?«

Es war schon spät. Alle schliefen längst. Stille herrschte, nur ein Heimchen zirpte in der Ecke, und hinter der Holzwand, im Nebenzimmer, murmelte und brummte Monna Alvigia vor sich hin, während sie dem Äffchen die erfrorenen Pfoten mit der heilenden Salbe einrieb.

Leonardo legte sich nieder, er konnte aber lange keinen Schlaf finden. Er schaute zu Machiavelli hinüber, der, seine angenagte Gänsefeder in der Hand, noch emsig über der Arbeit saß. Die Flamme des Kerzenrestes warf auf die kahle weiße Wand den riesigen Schatten seines Kopfes mit dem eckigen, scharfen Profil, der vorstehenden Unterlippe, dem unverhältnismäßig langen, dünnen Hals und der langen, schnabelartigen Nase. Als der Bericht über Cesares Politik fertig war, versiegelte Niccolò das Schreiben und schrieb den bei Eilbriefen üblichen Vermerk »Cito! Citissime! Celerrime!« auf den Umschlag. Dann schlug er den Titus Livius auf und vertiefte sich in seine Lieblingsarbeit, der er schon seit Jahren oblag: die Abfassung von Erklärungen zur »Römischen Geschichte«.

»Junius Brutus, der sich als Narr aufspielte«, schrieb er, »hat sich mehr Ruhm erworben als die klügsten Männer. Wenn ich sein ganzes Leben betrachte, komme ich zu der Einsicht, dass er so gehandelt hat, um jeden Verdacht zu vermeiden und auf die Weise leichter den Tyrannen stürzen zu können – ein Beispiel, das der Nachahmung aller Tyrannenmörder wert ist. Wenn sie sich offen erheben können, ist es natürlich edler. Reichen aber die Kräfte zu offenem Kampf nicht aus, so soll man im Geheimen handeln, sich in die Gunst des Herrschers einschleichen und vor nichts zurückschrecken, um sie zu erwerben; man muss alle seine Laster teilen und sein Spießgeselle bei jeder Ausschweifung sein; denn solche Annäherung wahrt erstens dem Verschwörer das Leben und erlaubt ihm zweitens, den Tyrannen bei günstiger Gelegenheit umzubringen. So muss man sich, sage ich, wie Junius Brutus als Narr aufspielen und das Gegenteil von dem, was man glaubt, loben, tadeln und behaupten, um den Tyrannen in sein Verderben zu locken und dem Vaterland die Freiheit wiederzugewinnen.«

Leonardo beobachtete, wie beim Schein des verlöschenden Kerzenrests der seltsame schwarze Schatten auf der weißen Wand tanzte und schamlose Gesichter schnitt, während das Antlitz des Sekretärs der Republik Florenz seine feierliche Ruhe bewahrte, gleich einem Abglanz der Größe des alten Rom. Nur in der Tiefe seiner Augen, in den Winkeln der geschwungenen Lippen erschien hin und wieder ein zwiespältiger, verschlagener, bitterlich spöttischer Zug, fast ebenso zynisch wie der, den er bei seiner Unterhaltung mit der Kupplerin über die Freudenmädchen gezeigt hatte.

Am nächsten Morgen hatte sich der Schneesturm gelegt. Die Sonne funkelte in den bereiften, trübe grünen Scheiben der kleinen Fenster der Herberge wie in blassen Smaragden. Die verschneiten Felder und Hügel glänzten blendend weiß und weich wie Flaum unter dem blauen Himmel.

Als Leonardo erwachte, war sein Gefährte nicht mehr im Zimmer.

Der Künstler ging nach unten in die Küche. Auf dem Herd brannte ein großes Feuer, und an dem neuen, sich selbst drehenden Spieß schmorte ein Braten. Der Wirt konnte sich an Leonardos Apparat nicht sattsehen; ein altes Mütterchen aus einem abgelegenen Bergdorf starrte mit weit aufgerissenen Augen in abergläubischem Entsetzen den Hammel an, der sich selbst briet, sich bewegte, als sei er lebendig, und sich immer so drehte, dass er nicht anbrannte.

Leonardo befahl dem Führer, die Maultiere zu satteln, und setzte sich an den Tisch, um vor dem Aufbruch noch einen Imbiss zu nehmen. Neben ihm sprach Messer Niccolò sehr aufgeregt mit zwei neu eingetroffenen Reisenden. Einer von ihnen war ein Eilbote aus Florenz, der andere ein junger Herr von tadellosem Äußeren mit einem Allerweltsgesicht, weder dumm noch klug, weder gut noch böse, einem Gesicht der Menge, wie man es rasch vergisst. Wie Leonardo später erfuhr, war es ein gewisser Messer Lucio, ein Neffe des angesehenen Florentiner Bürgers Francesco Vettori – eines Verwandten des Gonfaloniere Piero Soderini –, der weitgehende Beziehungen besaß und mit Machiavelli befreundet war. Lucio reiste in Familienangelegenheiten nach Ancona und suchte Niccolò hier in der Romagna auf, um ihm Briefe von Florentiner Freunden zu bringen. Er war zusammen mit dem Eilboten angekommen.

»Ihr regt Euch wirklich unnütz auf, Messer Niccolò«, sagte Lucio. »Onkel Francesco versichert, dass das Geld bald abgeht. Schon am vorigen Donnerstag hatten die Signori ihm versprochen …«

»Mein Herr«, unterbrach ihn Machiavelli grimmig, »ich habe zwei Diener und drei Pferde, die ich mit Versprechungen der hohen Signori nicht satt machen kann. In Imola habe ich sechzig Dukaten bekommen, aber siebzig musste ich für Schulden bezahlen. Hätten nicht gute Menschen sich meiner erbarmt, so wäre der Sekretär der Republik Florenz verhungert. Ich muss sagen, die Regierung wahrt die Ehre der Stadt schlecht, wenn sie ihren Gesandten in die Lage bringt, sich drei oder vier Dukaten bei einem fremden Hof erbetteln zu müssen.«

Er wusste, dass seine Klagen vergeblich sein würden. Aber es war ihm ganz gleichgültig – er wollte nur dem in ihm kochenden Zorn Luft machen. Die Küche war jetzt fast leer, sie konnten also frei sprechen.

»Ein Landsmann, Messer Leonardo da Vinci! Der Gonfaloniere muss ihn kennen«, fuhr Machiavelli fort, auf Leonardo weisend. Lucio verbeugte sich höflich.

»Messer Leonardo war erst gestern Zeuge der Kränkungen, denen ich ständig ausgesetzt bin ... Ich verlange – versteht mich recht –, ich erbitte nicht, sondern ich verlange meinen Abschied!«, rief er schließlich, immer mehr in Hitze geratend, und nahm anscheinend den jungen Mann für die ganze Regierung von Florenz. »Ich bin ein armer Mann, meine Verhältnisse sind völlig zerrüttet. Krank bin ich auch. Wenn es so weitergeht, kann man mich bald im Sarg heimschaffen. Außerdem habe ich alles erreicht, was mit meinen Vollmachten zu erreichen war. Aber die Unterhandlungen hinziehen, immer nur im Bogen um die Sache herumgehen, einen Schritt vorwärts und einen zurück, mal ja, mal nein – danke verbindlichst! Ich halte den Herzog für viel zu klug für solche kindische Politik. Übrigens habe ich Eurem Onkel auch geschrieben.«

»Selbstverständlich wird mein Onkel alles für Euch tun, was er vermag, Messere«, unterbrach ihn Lucio. »Aber das Schlimme ist – der Rat der Zehn hält Eure Berichte für so unentbehrlich für das Heil der Republik, weil sie so viel Licht auf die hiesigen Verhältnisse werfen, dass niemand von Eurer Verabschiedung hören will. ›Wir möchten schon, aber wir haben keinen Ersatz‹, sagen sie. ›Machiavelli ist ein ganz einziger Mensch, er ist das Auge und das Ohr der Republik.‹ Ich kann Euch versichern, Messer Niccolò, Eure Briefe haben derartigen Erfolg in Florenz, dass Ihr ihn selbst gar nicht größer wünschen könntet. Jedermann ist entzückt über die unnachahmliche Grazie und Leichtigkeit Eures Stils. Mein Onkel hat mir erzählt, bei der Verlesung eines Eurer scherzhaften Berichte im Saal des Rats hätten sich neulich die Signori geradezu gewälzt vor Lachen.«

»Aha, so ist es!«, rief Machiavelli, und sein Gesicht verzog sich plötzlich. »Jetzt verstehe ich alles. Die Signori finden also Geschmack an meinen Briefen? Gott sei Dank, Messer Niccolò ist doch zu etwas nutze. Die Herren da, geruhet zu sehen, wälzen sich vor Lachen und schätzen meinen eleganten Stil, während ich hier lebe wie ein Hund, friere und hungere, vom Fieber geschüttelt werde, Demütigungen ertragen muss und zapple wie ein Fisch unter dem Eis. Und alles zum Heil der Republik. Der Teufel soll sie holen, mitsamt ihrem Gonfaloniere, diesem flennenden alten Weib! Kein Grab und kein Leichentuch sollt ihr haben, alle miteinander.«

Er brach in unflätige Schimpfreden aus. Die gewohnte ohnmächtige Wut kam über ihn, wenn er an diese Volksverführer dachte, die er verachtete, von denen er sich aber herumschicken lassen musste.

Um das Gespräch auf andere Dinge zu bringen, überreichte ihm Lucio einen Brief seiner jungen Frau, Monna Marietta. Machiavelli überflog ein paar der mit kindlich ungelenken Schriftzügen auf graues Papier gekritzelten Zeilen.

»Ich hörte«, schrieb Marietta unter anderem, »dass in der Gegend, wo Ihr weilt, Fieber und andere Krankheiten wüten. Ihr mögt Euch vorstellen, wie mir ums Herz ist. Die Sorge um Euch lässt mir bei Tag und bei Nacht keine Ruhe ... Der Junge ist gottlob gesund. Er wird Euch erstaunlich ähnlich. Sein Gesichtchen ist weiß wie Schnee und sein Köpfchen voll dichter, tiefschwarzer Härchen, genau wie bei Euer Gnaden. Ich finde ihn sehr hübsch, weil er Euch so ähnlich ist. Und munter und lustig ist er, als wäre er schon ein Jahr alt. Werdet Ihr glauben – er war kaum geboren, da riss er schon die Äuglein auf und brüllte, dass es durchs ganze Haus schallte ... Ihr aber wollet uns nicht vergessen. Und ich bitte sehr, kehrt recht bald heim! Ich kann und will nicht länger warten. Um Gottes willen, kehrt heim! Einstweilen behüte Euch Gott der Herr und die heilige Jungfrau Maria und der heilige Antonius, zu dem ich unermüdlich bete um Euer Wohlergehen ...«

Leonardo bemerkte, dass Machiavellis Gesicht beim Lesen dieses Briefs von einem guten Lächeln verklärt wurde, das in seinen scharfen, eckigen Zügen fast überraschend wirkte, als schaue ein ganz anderer Mensch aus ihnen heraus. Aber es verschwand sofort wieder. Verächtlich die Achseln zuckend, knüllte er den Brief zusammen, schob ihn in die Tasche und knurrte zornig: »Wer hat da wieder über meine Krankheit klatschen müssen?«

»Es ließ sich nicht verheimlichen«, entgegnete Lucio. »Jeden Tag besucht Marietta einen Eurer Freunde oder ein Mitglied des Rats der Zehn, fragt und forscht, wo Ihr seid, wie es Euch geht.«

»Ja, ich weiß schon, ich weiß. Sprecht nicht mehr davon. Ich habe es schlimm mit ihr.«

Er machte eine ungeduldige Handbewegung und fügte hinzu: »Staatsgeschäfte dürfte man nur Unverheirateten anvertrauen. Eines von beiden: entweder die Frau – oder die Politik!«

Er wandte sich leicht ab und sprach mit scharfer, kreischender Stimme weiter: »Ihr plant doch nicht etwa zu heiraten, junger Mann?«

»Vorläufig nicht, Messer Niccolò«, antwortete Lucio.

»Begeht niemals – hört Ihr –, niemals diese Dummheit! Gott behüte Euch davor! Heiraten, verehrter Herr, ist dasselbe wie einen Aal aus einem Sack voll Schlangen herausholen. Das Eheleben ist eine Last für die Schultern eines Atlas – wie viel mehr für einen gewöhnlichen Sterblichen! Stimmt es nicht, Messer Leonardo?«

Leonardo sah Niccolò an und fühlte, dass er Monna Marietta innig und zärtlich liebte, sich aber seiner Liebe schämte und sie unter einem zynischen Scherz zu verbergen suchte.

In der Herberge wurde es allmählich leer. Die meisten Gäste waren zeitig aufgestanden und bereits weitergereist. Auch Leonardo rüstete. Er lud Machiavelli ein, sich ihm anzuschließen. Der schüttelte aber betrübt den Kopf und erklärte, er müsse das Geld aus Florenz abwarten, um den Wirt bezahlen und Pferde mieten zu können. Seine bisherige Ungezwungenheit war verschwunden. Er war jetzt niedergeschlagen und gedrückt und schien sich recht unglücklich und krank zu fühlen. Der Zwang, so lange an einer Stelle sitzen und sich langweilen zu müssen, wirkte tödlich auf ihn. Nicht ohne Ursache hatten die Mitglieder des Rats der Zehn in einem Schreiben sein vieles, zweckloses Umherreisen beanstandet, das seiner Mission nur hinderlich sein könne: »Du siehst, Niccolò, wohin du uns bringst, durch deine Sucht nach Ortsveränderung und deine Unstetigkeit.«

Leonardo nahm ihn an der Hand, führte ihn beiseite und erbot sich, ihm das Geld zu leihen. Niccolò lehnte ab.

»Beleidigt mich nicht, mein Freund«, sagte der Künstler. »Erinnert Euch, Ihr erwähntet gestern selbst, welch seltene Konstellation der Gestirne dazu gehöre, dass sich zwei Menschen wie wir trafen. Weshalb wollt Ihr mich und Euch dieser Gunst des Schicksals berauben?

Fühlt Ihr nicht, dass nicht ich Euch einen Dienst erweise, sondern Ihr mir?«

So viel Güte lag in des Künstlers Gesicht und im Ton seiner Stimme, dass Niccolò es nicht über sich brachte, ihn zu verletzen, und dreißig Dukaten annahm, die er ihm wiederzugeben versprach, sowie das Geld aus Florenz in seinen Händen sei. Mit der Großzügigkeit eines Edelmanns bezahlte er sofort seine Zeche in der Herberge.

Sie reisten ab. Der Morgen war still und mild; in der Sonne war es beinahe frühlingswarm, und es taute, im Schatten herrschte frostige, duftende Frische. Tiefer Schnee mit blauen Schatten knirschte unter den Hufen der Reittiere. Zwischen den weißen Hügeln schimmerte blassgrün das winterliche Meer, auf dem wie Flügel goldener Schmetterlinge hier und da schräge gelbe Segel sich zeigten. Niccolò plauderte, scherzte und lachte. Jede Kleinigkeit weckte unerwartet lustige oder traurige Gedanken in ihm.

Als die Reisenden durch ein ärmliches Fischerdorf am Ufer des Meers an der Mündung der Arzilla ritten, bemerkten sie auf dem kleinen Kirchplatz inmitten einer Schar junger Bäuerinnen eine Gruppe feister, vergnügter Mönche, die Kreuze, Rosenkränze, Reliquien, Steinchen vom Haus der Muttergottes zu Loretto und Federn aus den Flügeln des Erzengels Michael feilhielten.

»Was steht ihr da und reißt die Mäuler auf?«, schrie Niccolò den ebenfalls auf dem Platz herumlungernden Männern und Brüdern der Weiber zu. »Lasst die Mönche nicht an eure Weiber heran! Wisst ihr nicht, dass Fett rasch Feuer fängt? Und dass die heiligen Väter sich von hübschen Weibern nicht nur gern Väter nennen, sondern auch dazu machen lassen?«

Messer Niccolò kam dann auf die römische Kirche zu sprechen und suchte seinem Reisegefährten darzulegen, wie sie Italien zugrunde gerichtet habe. »Ich schwöre beim Bacchus«, rief er, und seine Augen funkelten empört, »den Mann würde ich lieben wie mich selbst, der dieses Pack, Pfaffen und Mönche, zwänge, ihrer Macht oder ihrem unzüchtigen Lebenswandel zu entsagen.«

Leonardo fragte ihn, wie er über Savonarola denke. Niccolò gestand, er sei zeitweilig ein glühender Anhänger des Frate gewesen und habe gehofft, er werde Italien erretten, doch habe er bald die Ohnmacht des Propheten erkannt.

»Mich ekelt dieses scheinheilige Treiben – ganz übel ist mir davon. Ich mag nicht mehr daran denken. Hol sie alle der Teufel!«, schloss er verächtlich.

Gegen Mittag ritten sie durch das Stadttor von Fano ein. Alle Häuser waren von Soldaten, Offizieren und dem Gefolge Cesares überfüllt. Leonardo erhielt als herzoglicher Ingenieur zwei Zimmer auf dem Platz unweit des Schlosses. Eines überließ er seinem Reisegefährten, dem es wohl schwergefallen wäre, eine andere Unterkunft zu finden.

Machiavelli ging ins Schloss und kehrte mit einer wichtigen Neuigkeit zurück: Der erste Statthalter des Herzogs, Don Ramiro de Lorqua, war enthauptet worden. Am Weihnachtsmorgen, dem 25. Dezember hatte das Volk auf der Piazetta zwischen dem Schloss und der Rocca Cesena den in einer Blutlache schwimmenden enthaupteten Leichnam gefunden, daneben ein Beil und auf einem in der Erde steckenden Spieß den abgeschlagenen Kopf.

»Den Grund der Hinrichtung weiß kein Mensch«, schloss Niccolò. »Aber man spricht jetzt in der ganzen Stadt von nichts anderem. Die absonderlichsten Ansichten sind zu hören. Ich komme nur, um Euch abzuholen. Kommt mit auf den Platz, wir wollen hören, was die Leute reden. Es wäre in der Tat eine Sünde, wenn wir diese Gelegenheit verpassten, die Naturgesetze der Politik an einem praktischen Beispiel zu studieren.«

Vor dem alten Dom San Fortunato harrte eine große Volksmenge auf das Erscheinen des Herzogs, der zu einer Truppenschau ins Lager reiten sollte. Man sprach über die Hinrichtung des Statthalters. Leonardo und Machiavelli mischten sich unter das Volk.

»Wie geht das zu, Freunde? Ich begreife es nicht«, fragte ein junger Handwerker mit gutmütig törichtem Gesicht. »Es hieß doch immer, der Herzog habe seinen Statthalter mehr geliebt und geschätzt als alle anderen hohen Herren?«

»Weil er ihn so liebte, hat er ihn auch gestraft«, belehrte ihn ein würdiger Schmied in einem Eichhornpelz. »Don Ramiro hat den Herzog betrogen. In seinem Namen hat er das Volk unterdrückt, mit Kerker und Folter gepeinigt; er hat sich bestechen lassen. Vor dem Herrn aber spielte er immer das Unschuldslamm. Er dachte wohl, nichts würde ans Licht kommen. Aber es kam anders: Seine Stunde schlug, das Maß der Langmut des Herrn war voll. Zum Heil des Volks schonte er seinen ersten Beamten nicht; er wartete das Urteil nicht ab und ließ ihm den Kopf abschlagen wie einem gemeinen Verbrecher, damit andere sich in Acht nehmen. Jetzt ziehen alle, die kein reines Gewissen haben, mächtig den Schwanz ein; sie sehen, wie grimmig er ist im Zorn, wie gerecht als Richter. Dem Demütigen ist er gnädig, den Hochmütigen zerschmettert er.«

»Regas eos in virga ferrea«, zitierte ein Mönch aus der Apokalypse. »Du sollst sie weiden mit eiserner Rute.«

»Ja, ja, mit eiserner Rute müsste man diese Hundsfotte, diese Volksunterdrücker peitschen.«

»Er weiß zu strafen, er weiß auch Gnade zu üben.«

»Einen besseren Herrscher könnten wir uns gar nicht wünschen.«

»Das ist wahr«, meinte ein Bauer. »Der liebe Gott hat sich sichtlich unserer Romagna erbarmt. Früher wurde Lebenden und Toten das Fell über die Ohren gezogen; uns alle hat man durch Steuern zugrunde gerichtet. Wir hatten nichts zu fressen, aber man trieb uns das letzte Paar Ochsen vom Hof, wenn wir Steuern schuldeten. Erst unter dem Duca Valentino konnten wir aufatmen. Gott erhalte ihn uns gesund!«

»Ebenso ist es mit dem Gericht«, warf ein Kaufmann ein. »Früher zogen sie die Sachen in die Länge, bis man ganz hin war. Jetzt entscheiden sie alles im Nu, man kann es gar nicht schneller verlangen.«

»Er schützt die Waisen und tröstet die Witwen«, fügte der Mönch hinzu.

»Er meint es gut mit dem Volk, das stimmt schon.«

»Niemand lässt er ein Leid antun.«

»Ach Gott, ach Gott«, seufzte vor Rührung ein gebrechliches altes Bettelweib. »Du unser Vater, Wohltäter und Ernährer, die Himmelskönigin möge dich beschützen, du unsere strahlende Sonne!«

»Hört Ihr? Hört Ihr?«, flüsterte Machiavelli seinem Begleiter ins

Ohr. »Volksstimme ist Gottes Stimme! Ich habe immer gesagt: Man muss im Tal wohnen, um die Berge zu sehen, man muss unters Volk gehen, um den Fürsten kennenzulernen. Hierher möchte ich alle die führen, die den Herzog für ein Ungeheuer halten. Der Herr hat es den Weisen verborgen, aber den Unmündigen offenbart.«

Kriegerische Musik ertönte. Die Menge kam in Bewegung. »Er ists … Er ists … Da kommt er … Seht!«

Alle hoben sich auf die Zehenspitzen und reckten die Hälse. Neugierige Gesichter schauten aus den Fenstern. Junge Mädchen und Frauen hüpften mit verliebten Augen auf Balkone und Loggien hinaus, um ihren Helden, den schönen blonden Cesare, Cesare bello e biondo, zu sehen. Es war ein seltenes Glück, denn der Herzog zeigte sich dem Volk fast nie.

Vorweg schritten Musiker, die mit dem ohrenbetäubenden Lärm ihrer Pauken den wuchtigen Tritt der Soldaten begleiteten. Dann kam die romagnolische Garde des Herzogs: ausgesucht schöne junge Mannschaften mit drei Ellen langen Hellebarden, eisernen Helmen und Panzern, in zweifarbiger Tracht, rechts gelb, links rot. Niccolò konnte sich an der wahrhaft altrömischen vorzüglichen Haltung dieser von Cesare selbst geschaffenen Truppe nicht sattsehen. Der Garde folgten Pagen und Bügelhalter in Gewändern von unerhörter Pracht, die Wämser aus Goldbrokat, die Umhänge von rotem Samt mit Farnkrautblättern in Goldstickerei, Schwertscheiden und Riemenzeug aus Schlangenhaut. Die Schnallen stellten die ihr Gift zum Himmel speienden sieben Köpfe der Echidna dar: das Wahrzeichen der Borgia. Auf der Brust las man in Silberstickerei auf schwarzer Seide das Wort »Cesare«. Dann folgten die Leibwächter des Herzogs, albanesische Stratioten mit grünen türkischen Turbanen und krummen Säbeln. Der Maestro del Campo, der Lagerkommandant Bartolomeo Capranica, trug hoch erhoben das entblößte Schwert des Gonfaloniere der römischen Kirche. Hinter ihm ritt auf einem schwarzen, einen Brillantstern am Stirnriemen tragenden Berberhengst der Beherrscher der Romagna, Cesare Borgia, Herzog von Valentinois. Er trug einen hellblauen Seidenmantel mit den weißen Lilien Frankreichs in Perlenstickerei und eine spiegelblanke Bronzerüstung. Den Brustpanzer zierte ein Löwe mit aufgesperrtem

Rachen. Sein Helm, in der Gestalt eines Meeresungeheuers oder Drachens mit stachligen Federn, Flügeln und Flossen, war aus feinem geschmiedetem Kupfer und klirrte laut bei jeder Bewegung.

Das Gesicht des Herzogs von Valentinois – er war damals 26 Jahre alt – war seit der Zeit, da Leonardo ihn am Hof Ludwigs XII. in Mailand zum ersten Mal gesehen hatte, viel magerer und seine Züge schärfer geworden. Die Augen mit dem schwarzblauen Stahlglanz blickten jetzt fester und undurchdringlicher. Das blonde dichte Haupthaar und der geteilte Bart waren dunkler. Die lange Nase erinnerte an den Schnabel eines Raubvogels. In dem leidenschaftslosen Gesicht aber lag dieselbe restlose Klarheit wie früher. Nur drückte es noch mehr ungestüme Kühnheit und furchterregende Schärfe aus, fast wie die blanke Schneide eines geschliffenen Schwerts.

Dem Herzog folgte die Artillerie, die beste von ganz Italien; schlanke kupferne Kolubrinen, Falconette, Cerbottane und dicke gusseiserne Mörser, die Steinkugeln warfen. Mit dumpf dröhnendem, mit dem Lärm der Pauken und Trompeten zusammenklingendem Getöse rollten die von Ochsen gezogenen Geschütze vorüber. In den roten Strahlen der untergehenden Sonne blitzten Kanonen, Panzer, Helme und Speere, und es war, als ritte Cesare im königlichen Purpur des Winterabends als Triumphator geradeswegs in die riesige, tief stehende blutrote Sonne hinein.

Stumm, mit verhaltenem Atem, in einer an Grauen grenzenden Andacht betrachtete die Menge den Helden, nicht wagend, ihn durch Zurufe zu begrüßen. Tränen liefen über die Wangen der alten Bettlerin.

»O ihr Heiligen, hochheilige Jungfrau«, stammelte sie und bekreuzigte sich. »Gott hat mich begnadet, dein strahlend Antlitz zu schauen, du unser herrlicher Sonnenschein!«

Das funkelnde Schwert, das der Papst Cesare zur Verteidigung der Kirche Gottes ausgehändigt hatte, hielt sie für das feurige Schwert des Erzengels Michael selbst.

Leonardo lächelte unwillkürlich, als er in Niccolòs Gesicht und in dem der halbblöden Bettlerin die gleiche einfältige Verzückung wahrnahm.

Nach Hause zurückgekehrt, fand der Künstler einen von Agapito, dem Ersten Sekretär des Herzogs, unterzeichneten Befehl vor, am folgenden Tag vor seiner Hoheit zu erscheinen.

Lucio, der nach Ancona wollte und in Fano nur Rast gehalten hatte, um am nächsten Morgen weiterzureisen, kam, um sich zu verabschieden. Niccolò sprach von der Hinrichtung Ramiro de Lorquas. Lucio fragte, was er wohl für den tatsächlichen Grund dieser Hinrichtung halte.

»Die Gründe der Handlungen eines Fürsten wie Cesare zu erraten, ist sehr schwer, wenn nicht gar unmöglich«, antwortete Machiavelli. »Doch wenn Ihr zu wissen begehrt, was ich denke, so vernehmt: Die Romagna seufzte vor der Eroberung durch den Herzog, wie Ihr wohl wisst, unter dem Joch zahlreicher kleiner Tyrannen, und dauernd gab es Willkür, Räubereien und Gewalttaten. Um diesen Zuständen rasch ein Ende zu machen, ernannte Cesare seinen klugen, treuen Diener Don Ramiro de Lorqua zum obersten Statthalter. Durch grausame Strafen und Hinrichtungen, die dem Volk sehr heilsame Angst vor dem Gesetz einflößten, machte der Statthalter der Unordnung in kurzer Zeit ein Ende und stellte vollkommene Ruhe im Land her. Als der Herzog sah, dass sein Ziel erreicht war, beschloss er, das Werkzeug seiner Strenge zu vernichten: Unter der Beschuldigung der Bestechlichkeit ließ er den Statthalter ergreifen, enthaupten und den Leichnam auf dem Platz zur Schau stellen. Dieser schreckliche Anblick befriedigte das Volk und betäubte es gleichzeitig. Der Herzog aber zog aus solcher hochweisen und sehr nachahmenswerten Handlungsweise drei Vorteile: Erstens rottete er das von den früheren schwachen Tyrannen in der Romagna gesäte Unkraut der Zwistigkeiten mit der Wurzel aus; zweitens erweckte er im Volk den Glauben, alle Grausamkeiten seien ohne Wissen des Fürsten geschehen, und wusch seine eigenen Hände in Unschuld; er lud so die ganze Last der Verantwortung auf das Haupt des Statthalters und erntete die guten Früchte von dessen Härte; drittens gab er ein Beispiel hoher, unbestechlicher Gerechtigkeit, indem er seinen liebsten Diener dem Volk opferte.«

Er sagte das mit ruhiger, leiser Stimme, und sein Gesicht blieb völlig unbewegt, leidenschaftslos, als erläuterte er Lehrsätze der abstrakten

Mathematik. Nur tief in den Augen zuckte, bald aufflackernd, bald verlöschend, ein Funke lustiger, dreister, fast jungenhaft mutwilliger Fröhlichkeit.

»Eine schöne Gerechtigkeit, muss ich sagen«, entfuhr es Lucio. »Aus Euren Worten, Messer Niccolò, ergibt sich doch nur, dass diese angebliche Gerechtigkeit im Grunde eine schauderhafte Gemeinheit ist!«

Der Sekretär der Republik Florenz schlug die Augen nieder, bemüht, ihr lebhaftes Feuer zu dämpfen. »Möglich«, gab er sehr kühl zu. »Wohl möglich, Messere. Aber was folgt daraus?«

»Was daraus folgt? Nennt Ihr Gemeinheit und Niedertracht nachahmenswerte Staatsklugheit?«

Machiavelli zuckte die Achseln. »Junger Mann, wenn Ihr einmal einige Erfahrung in der Politik erwerben solltet, werdet Ihr auch begreifen, dass zwischen dem, was die Menschen wirklich tun, und dem, was sie eigentlich tun sollten, ein ganz gewaltiger Unterschied besteht, den zu vergessen für jedermann sicheres Verderben bedeutet. Denn alle Menschen sind von Natur böse und schlecht, außer wenn ihr eigener Vorteil oder die Furcht sie zur Tugend zwingt. Und deshalb, sage ich, muss ein Fürst, um dem Verderben zu entgehen, vor allem die Kunst meistern, tugendhaft zu scheinen; aber tugendhaft sein oder nicht sein muss er je nach Bedarf, ohne Gewissensbisse wegen all der geheimen Laster zu scheuen, ohne die er seine Macht unmöglich aufrechterhalten kann. Denn wenn man die Natur von Gut und Böse richtig studiert, kommt man zu dem Ergebnis, dass vieles, was gut scheint, die Macht eines Herrschers nur schädigt, während das scheinbar Böse sie vermehrt.«

»Erbarmt Euch, Messer Niccolò«, empörte sich schließlich Lucio. »Wenn man so urteilt, ist ja alles erlaubt! Dann gibt es keine Übeltat und keine Gemeinheit, die nicht zu rechtfertigen wäre …«

»Ja, alles ist erlaubt«, entgegnete Niccolò noch kühler und leiser. Und um seine Worte zu bekräftigen, hob er die Hand und wiederholte: »Alles ist erlaubt – dem Mann, der herrschen will und herrschen kann! Um auf den Punkt zurückzukommen, von dem wir ausgingen«, fuhr er dann fort, »ich behaupte, dass der Herzog von Valentinois, der mithilfe Don Ramiros die Romagna geeint und aller Räuberei und Gewalttat im Land ein Ende bereitet hat, nicht nur klüger, sondern trotz seiner Grausamkeit auch barmherziger gehandelt hat als zum Beispiel die Florentiner, die unaufhörlich Aufstände und Unordnung in ihren Gebieten dulden. Eine Grausamkeit, die wenige trifft, ist besser als Milde, die ganze Völker in ewigen Wirren untergehen lässt.«

»Erlaubt«, widersprach Lucio, sichtlich erschrocken und ganz verblüfft. »Wie meint Ihr das? Hat es keine großen Herrscher gegeben, die ganz ohne Grausamkeit ausgekommen sind? Kaiser Antoninus zum Beispiel oder Mark Aurel? Es gibt in der alten wie in der neuen Geschichte doch allerhand Beispiele ...«

»Überseht nicht, Messere«, entgegnete Niccolò, »dass ich weniger die alt ererbten als neu eroberte Reiche, weniger Erhaltung als Gewinnung von Macht im Auge habe. Gewiss konnten Kaiser Antoninus und Mark Aurel milde sein, ohne ihrem Reich sehr zu schaden, denn vor ihnen waren genug grausame und blutige Taten geschehen. Bedenkt, dass schon bei der Gründung Roms der eine der beiden von der Wölfin gesäugten Brüder den anderen mordete. Gewiss ein furchtbares Verbrechen. Aber andererseits, wer kann wissen – wenn dieser für die Errichtung der Alleinherrschaft nun einmal notwendige Brudermord nicht geschehen wäre, ob es dann überhaupt ein Rom gegeben hätte? Ob Rom nicht durch die bei Doppelherrschaft immer unvermeidlichen Streitigkeiten zugrunde gegangen wäre? Und wer will entscheiden, welche Waagschale schwerer wöge, wenn man auf die eine den Brudermord, auf die andere alle Tugenden und Weisheiten der Ewigen Stadt legte? Gewiss würde mancher das düstere Geschick doch einer auf solche Verbrechen begründeten Herrschermacht vorziehen. Aber wer einmal den Weg des Guten verlassen hat, der muss, wenn er nicht untergehen will, den schicksalsschweren Pfad, der keine Umkehr gestattet, bis ans Ende gehen; denn die Menschen rächen nur kleine und mittlere Verbrechen; große Untaten nehmen ihnen die Kraft zur Rache. Ein Fürst darf gegen seine Untertanen also nur ganz große Untaten verüben, muss sich aber der kleinen und mittleren enthalten. Die Menschen wählen aber meist gerade den allergefährlichsten Weg, den Mittelweg zwischen Gut und Böse, und haben weder den Mut, ganz gut, noch den, ganz böse zu sein. Sowie eine Übeltat Seelengröße verlangt, schrecken sie zurück vor ihr und begehen mit natürlicher Leichtigkeit nur ganz alltägliche Gemeinheiten.«

»Die Haare stehen einem zu Berge, wenn man Euch reden hört, Messere Niccolò!«, entsetzte sich Lucio, und weil ihm seine Weltläufigkeit sagte, dass dieses Gespräch am besten durch einen Scherz abzubrechen sei, fügte er hinzu, sich zu einem Lächeln zwingend: »Sei es, wie Ihr wollt – nur kann ich nicht glauben, dass Ihr in Wahrheit so denkt. Es kommt mir gar zu unwahrscheinlich vor.«

»Die vollkommene Wahrheit erscheint fast immer unwahrscheinlich …«, unterbrach ihn Machiavelli trocken.

Leonardo hatte aufmerksam zugehört und schon längst bemerkt, dass Niccolò, wenn er sich auch gleichgültig stellte, doch hin und wieder verstohlen prüfende Blicke auf Lucio geworfen hatte, als wolle er ermessen, welchen Eindruck seine Gedanken auf ihn machten, ob das Neue und Ungewöhnliche in ihnen ihn wundere oder erschrecke. In diesen unsicher forschenden Blicken lag fast Eitelkeit. Leonardo fühlte, dass Machiavelli sich nicht ganz in der Gewalt hatte, dass seinem Geist, bei aller Schärfe und Feinheit, doch die ruhige Überzeugungskraft mangelte. Weil er nicht so denken wollte wie andere Menschen und alle Gemeinplätze hasste, verfiel er in das andere Extrem und neigte zu Übertreibungen und zur Jagd nach absonderlichen, sei es auch nicht ganz zutreffenden, aber jedenfalls verblüffenden Behauptungen. Er spielte mit unerhörten Zusammenstellungen gegensätzlicher Begriffe, wie zum Beispiel Tugend und Grausamkeit, virtù e ferocia, mit derselben furchtlosen Gewandtheit wie ein Gaukler mit blanken Schwertern. Er hatte ein ganzes Arsenal solcher scharf geschliffener, blendender, verführerischer, gefährlicher Halbwahrheiten, die er gegen seine Gegner, ehrbare, brav denkende Massenmenschen wie Messer Lucio, schleuderte wie giftige Pfeile. Er rächte sich so an ihnen für ihre triumphierende Banalität, für seine ihnen unverständliche Überlegenheit, er stach und stichelte, aber er tötete nicht, verwundete nicht einmal ernstlich.

Dem Künstler fiel plötzlich sein aus den verschiedensten Teilen abscheulichen Gewürms zusammengesetztes Ungeheuer ein, das er einst im Auftrag des Ser Piero da Vinci auf den Holzschild, die Rotella, gemalt hatte. Hatte vielleicht Messer Niccolò ebenso zwecklos und uneigennützig sein gottähnliches Ungetüm, den nicht existierenden und unmöglichen Fürsten, dieses widernatürliche und doch fesselnde Wundertier, dieses Medusenhaupt, nur zum Entsetzen der großen Menge erschaffen?

Und doch ahnte Leonardo, dass unter dieser sorglos launischen und spielerischen Fantasie, unter der Leidenschaftslosigkeit des Künstlers sich wirklich schweres Leiden verbarg, als ob der mit Schwertern spielende Gaukler sich absichtlich selbst verletzte, denn in seiner Verherrlichung fremder Grausamkeit lag auch Grausamkeit gegen sich selbst. Gehört er etwa zu jenen bedauernswerten Kranken, grübelte Leonardo, die ihre Schmerzen dadurch zu lindern suchen, dass sie die eigenen Wunden aufreißen? Aber das letzte Geheimnis dieses dunklen, komplizierten, ihm so nahen und doch auch so fremden Herzens blieb ihm noch verborgen.

Während Leonardo mit tiefem Interesse Machiavelli betrachtete, rang Messer Lucio ohnmächtig, wie in einem sinnlosen Traum, mit dem gespenstischen Medusenhaupt.

»Gut, ich will nicht streiten«, sagte er, sich in die letzte Feste des gesunden Menschenverstandes zurückziehend. »Vielleicht liegt wirklich ein Körnchen Wahrheit in dem, was Ihr über die unvermeidliche Grausamkeit der Fürsten sagt, wenn man es auf große Männer vergangener Zeiten bezieht. Ihnen kann man vieles verzeihen, weil ihre Tugenden und Großtaten über jedes Maß erhaben waren. Aber ich bitte Euch, Messer Niccolò, was hat das mit dem Herzog der Romagna zu schaffen? Quod licet Jovi, non licet bovi. Was Alexander der Große oder Julius Cäsar tun durfte – ist das auch einem Alexander VI., einem Cesare Borgia gestattet, von dem man einstweilen noch nicht weiß, was er ist, ein Cäsar oder ein Nichts? So denke ich wenigstens, und ich glaube, alle werden mir beipflichten.«

»Oh, natürlich werden alle Euch beipflichten«, unterbrach ihn Niccolò, der jetzt sichtlich die Selbstbeherrschung verlor. »Nur ist das noch kein Beweis, Messer Lucio. Die Wahrheit wohnt nicht auf den großen Straßen, auf denen alle wandern. Um aber unsern Streit zu beenden, sage ich Euch mein letztes Wort: Ich beobachte Cesares Taten genau und finde sie schlechthin vollkommen, und ich meine, dass man ihn allen, die durch Waffengewalt und Erfolge zur Macht gelangen wollen, als nachahmenswertestes Beispiel hinstellen kann. Grausamste Härte vereint sich in ihm so eng mit Tugenden; er versteht es so vortrefflich, Menschen seine Gnade fühlen zu lassen und sie zu vernichten; seine Macht vermochte er in kurzer Zeit so fest zu gründen, dass man ihn heute schon für den einzigen wirklichen absoluten Herrscher in Italien, vielleicht in ganz Europa, ansehen muss. Und was ihn in Zukunft noch erwartet, kann man sich nur schwer vorstellen.«

Seine Stimme bebte. Rote Flecken erschienen auf den eingefallenen Wangen. Seine Augen glühten fieberhaft. Er sah aus wie ein Hellseher. Unter der spöttischen Maske des Zynikers schaute jetzt der einstige Schüler Savonarolas hervor.

Als aber Lucio, des Streits müde, vorschlug, in einem nahen Keller bei ein paar Flaschen Frieden zu machen, war der Hellseher wieder dahin.

»Wisst Ihr was?«, antwortete Niccolò. »Gehen wir lieber an eine andere Stätte! Ich habe für so etwas eine Witterung wie ein Jagdhund: Ich bin sicher, dass es hier sehr hübsche Mädchen gibt.«

»Wie soll es in dem Jammernest hübsche Mädchen geben?«, zweifelte Lucio.

»Hört, junger Mann«, unterbrach ihn der Sekretär der Republik Florenz mit ernster Miene. »Verachtet mir die kleinen Nester nicht! Gott behüte Euch, gerade in den schmutzigsten Vorstädten, in den finstersten Gässchen findet man manchmal etwas, wonach man sich alle zehn Finger ablecken möchte.«

Lucio klopfte Machiavelli vertraulich auf die Schulter und nannte ihn einen lockeren Schelm.

»Es ist dunkel und kalt«, sagte er zögernd. »Wir werden frieren.«

»Wir nehmen Laternen mit«, redete Niccolò zu. »Wir ziehen unsere Pelze an und tun Kapuzen übers Gesicht. Dann erkennt uns niemand. Je geheimnisvoller solch Abenteuer ist, umso mehr Spaß macht es. Messer Leonardo, Ihr kommt doch mit?«

Der Künstler lehnte ab. Er hasste die üblichen rohen Gespräche von Männern über Frauen; ein unüberwindliches Schamgefühl hielt ihn fern davon. Der fünfzigjährige Mann, der unerschrocken alle Geheimnisse der Natur erforschte, der Verurteilte zur Hinrichtung begleitete, um das Zucken des letzten Entsetzens in ihren Gesichtern zu beobachten, konnte über einen frivolen Scherz so verlegen werden, dass er nicht wusste, wohin mit den Augen, und errötete wie ein Schuljunge.

Niccolò zog Messer Lucio mit sich fort.

Am nächsten Tag, schon früh am Morgen, erschien ein Cameriere aus dem Schloss, um sich zu erkundigen, ob der Erste Ingenieur des Herzogs mit der ihm angewiesenen Wohnung zufrieden sei und ob er in der von Fremden überfüllten Stadt auch keinerlei Mangel leide. Mit einem Gruß des Herzogs überreichte er ihm Geschenke – nach der gastfreundlichen Sitte der Zeit nur nützliche Dinge für den Haushalt: einen Sack Mehl, ein Fässchen Wein, einen geschlachteten Hammel, acht Paar Kapaune und Hühner, zwei große Fackeln, drei Pack Wachskerzen und zwei Schachteln Zuckerwerk. Als Niccolò diese Aufmerksamkeit Cesares für Leonardo sah, bat er den Künstler, ein gutes Wort beim Herzog für ihn einzulegen und ihm eine Audienz zu erwirken.

Um elf Uhr abends, der gewöhnlichen Empfangsstunde Cesares, begaben sie sich zusammen ins Schloss.

Der Herzog hatte eine sehr absonderliche Lebensweise. Als sich einst die Gesandten von Ferrara beim Papst darüber beschwerten, dass sie keine Audienz bei Cesare erlangen konnten, antwortete ihnen Seine Heiligkeit, er sei selbst höchst unzufrieden mit den Gepflogenheiten seines Sohnes, der die Nacht zum Tag mache und Staatsaudienzen oft zwei, drei Monate lang hinausschiebe.

Cesare teilte seinen Tag folgendermaßen ein: Im Sommer wie im Winter legte er sich gegen vier oder fünf Uhr morgens schlafen; um drei Uhr nachmittags dämmerte ihm erst der Morgen, um vier ging für ihn die Sonne auf. Gegen fünf Uhr nachmittags kleidete er sich an und speiste sofort, manchmal im Bett; während und nach der Mahlzeit widmete er sich den laufenden Angelegenheiten. Sein ganzes Leben umgab er mit undurchdringlichem Geheimnis, nicht nur aus angeborener Verschlossenheit, sondern auch aus Berechnung. Das Schloss verließ er nur selten, fast stets mit der Maske vor dem Gesicht. Dem Volk zeigte er sich an hohen Festtagen, seinem Heer in der Schlacht, in Augenblicken der höchsten Gefahr. So wirkte sein Erscheinen immer besonders stark, wie das eines Halbgottes; er liebte und verstand es, Aufsehen zu erregen.

Von seiner Freigebigkeit erzählte man unglaubliche Dinge. Für den Unterhalt des Gonfaloniere der Kirche reichte alles Gold nicht, das aus der ganzen Christenheit dauernd in die Kassen des heiligen Petrus strömte. Die Gesandten wussten ihren Fürsten zu berichten, dass er am Tag nicht weniger als achtzehnhundert Dukaten verausgabte. Ritt Cesare durch die Straßen einer Stadt, so lief das Volk hinter ihm her; denn es wusste, dass er seine Pferde mit besonderen, leicht sich lösenden silbernen Hufen beschlagen ließ, um sie unterwegs absichtlich zu verlieren.

Wunderdinge berichtete man über seine Körperkraft. Einmal sollte der jugendliche Cesare, damals noch Kardinal von Valencia, bei einem Stierkampf in Rom einem Stier mit einem einzigen Schwerthieb den Schädel gespalten haben. In späteren Jahren hatte die französische Krankheit seine Gesundheit erschüttert, aber nicht untergraben. Mit den Fingern seiner schönen feinen Frauenhand bog er Hufeisen, drehte eiserne Stangen zusammen, zerriss dicke Schiffstaue.

Für die Signori seiner Umgebung und die Gesandten großer Staaten fast unzugänglich, zeigte er sich oft auf den Hügeln in der Umgebung von Cesena, wo er den Faustkämpfen der halbwilden Berghirten der Romagna beiwohnte. Gelegentlich beteiligte er sich auch selbst an ihren Spielen.

Doch war er ein vollendeter Kavalier und Gesetzgeber der Mode. Am Hochzeitstag seiner Schwester, Madonna Lucrezia, verließ er nachts sein eine Festung belagerndes Heer und sprengte aus dem Lager stracks nach dem Schloss des Bräutigams, Alfonso d'Este, des Herzogs von Ferrara. Von niemand erkannt, in schwarzem Samtgewand, mit schwarzer Maske, schritt er durch die Menge der Gäste, verbeugte sich und begann, als alle zurücktraten, nach den Klängen der Musik allein zu tanzen. Er machte mit solcher Grazie einige Runden durch den Saal, dass ihn sofort alle erkannten. »Cesare, Cesare, der einzige Cesare«, flüsterte man entzückt in der Menge.

Er aber beachtete weder Gäste noch Gastgeber, führte die Braut beiseite, bückte sich und flüsterte ihr etwas ins Ohr. Lucrezia schlug die Augen nieder und wurde erst rot, dann bleich wie Linnen, was sie noch schöner machte. Sie war zart und blass wie eine Perle, vielleicht noch unschuldig; aber schwach und dem furchtbaren Willen ihres Bruders hörig – hörig, wie man behauptete, bis zur Blutschande.

Nur um eines war Cesare besorgt: keine offenkundigen Beweise seiner Untaten zu geben. Vielleicht übertrieben die Gerüchte die Missetaten des Herzogs; vielleicht aber war die Wirklichkeit noch schrecklicher als alle Gerüchte. Jedenfalls verstand er es, alle Spuren zu verwischen.

Seine Hoheit residierte in dem alten gotischen Rathaus von Fano.

Leonardo und Machiavelli durchschritten einen großen trübselig kalten Saal, den Warteraum für weniger angesehene Besucher, und betraten dann ein kleines Innengemach, wohl eine frühere Kapelle, mit bunten Scheiben in Spitzbogenfenstern und hohem Chorgestühl, dessen feines eichenes Schnitzwerk die zwölf Apostel und die ersten christlichen Kirchenväter darstellte. Auf einer verblassten Freske an der Decke schwebte zwischen Wolken und Engeln die Taube des Heiligen Geistes. Hier war Cesares nächste Umgebung versammelt. Man unterhielt sich nur im Flüsterton; die Nähe des Herzogs wirkte durch die Wände hindurch.

Ein kahlköpfiger Alter, der unselige Gesandte von Rimini, wartete schon seit drei Monaten auf eine Audienz beim Herzog. Von den vielen schlaflosen Nächten sichtlich übermüdet, schlummerte er jetzt in einer Ecke auf einem Kirchenstuhl.

Hin und wieder tat sich eine Tür auf. Der Sekretär Agapito, die Brille auf der Nase und die Feder hinter dem Ohr, steckte sehr geschäftig den Kopf heraus und berief einen der Anwesenden zu Seiner Hoheit.

Jedes Mal, wenn Agapito erschien, zuckte der Gesandte von Rimini leidend zusammen und erhob sich. Sah er dann, dass er wieder nicht an der Reihe war, so tat er einen tiefen Seufzer und sank – unter dem Geklapper eines Stößels in einem Apothekermörser – von Neuem in Schlummer.

Weil es in dem engen Rathaus an passenden Räumen mangelte, benutzte man die alte Kapelle als Feldapotheke. Vor dem Fenster, am Platz des Altars, bereitete auf einem mit Flaschen, Kolben und Büchsen eines ärztlichen Laboratoriums besetzten Tisch der Bischof von Santa Giusta, Gaspare Torella, der erste Leibarzt - Archiatros - seiner Heiligkeit des Papstes und Cesares, ein eben in Mode gekommenes Heilmittel gegen die französische Krankheit, die Syphilis - einen Extrakt aus dem sogenannten heiligen Guajakholz, das von den von Kolumbus neu entdeckten »südlichen Inseln« bezogen wurde. Der heilkundige Bischof zerrieb mit feinen Händen das scharf riechende, safrangelbe, fette Klümpchen bildende Mark des Guajakbaums und erläuterte unter liebenswürdigem Lächeln die Eigenschaften dieses heilkräftigen Holzes.

Alle hörten sehr interessiert zu, kannten doch gar viele der Anwesenden diese schreckliche Krankheit leider aus eigener Erfahrung.

»Woher stammt sie nur?«, fragte der Kardinal von Santa Balbina und schüttelte bekümmert den Kopf.

»Spanische Juden und Mauren sollen sie eingeschleppt haben«, antwortete Bischof Elna. »Jetzt, seit wir die neuen Gesetze gegen Gotteslästerer haben, hat sie gottlob nachgelassen. Aber vor fünf, sechs Jahren befiel sie nicht nur Menschen, sondern auch Tiere, Pferde, Schweine und Hunde, ja sogar die Bäume und das Getreide auf dem Feld.«

Der Arzt äußerte Zweifel, ob Weizen und Hafer tatsächlich die französische Krankheit bekommen könnten.

»Gott hat uns gestraft«, seufzte zerknirscht der Bischof von Trani. »Unserer Sünden halber hat er uns die Geißel seines Zorns gesandt.«

Das Gespräch verstummte. Man hörte nur das gleichmäßige Klappern des Stößers im Mörser. Die an den Wänden des Gestühls dargestellten ersten Kirchenväter schienen höchst verwundert der sonderlichen Unterhaltung der neuen Hirten der Kirche Gottes zu lauschen. In dieser von einer Apothekerlampe spärlich erleuchteten Kapelle, wo der Atem nehmende Kampfergeruch des heilkräftigen Holzes sich mit dem kaum noch merkbaren Duft des Weihrauchs von früher mischte, schien diese Versammlung römischer Prälaten irgendeine mystische heilige Handlung zu begehen.

»Monsignore«, wandte sich der herzogliche Astrologe Valguglio an den Arzt, »ist es wahr, dass diese Krankheit durch die Luft übertragen wird?«

Der Arzt zuckte zweifelnd die Achseln.

»Selbstverständlich durch die Luft!«, bestätigte Machiavelli, verschmitzt lächelnd. »Wie könnte sie sich sonst in Mönchs- und Nonnenklöstern gleichzeitig ausbreiten?« Alle lachten.

Ein Hofpoet, Battista Orsino, las feierlich wie ein Gebet die an den Herzog gerichtete Widmung eines neuen Buchs des Bischofs Torella über die französische Krankheit vor, in der es hieß, Cesare überrage alle Helden des Altertums an Tugenden – Brutus an Gerechtigkeit, Decius an Standhaftigkeit, Scipio an Mäßigkeit, Marcus Regulus an Treue und Paulus Ämilius an Hochherzigkeit –, und die den Bannerträger der römischen Kirche als Erfinder der Quecksilberkur pries.

Während dieses Gesprächs nahm der Sekretär der Republik Florenz bald den einen, bald den andern Höfling beiseite und befragte ihn sehr geschickt über Cesares künftige Politik; er horchte, spähte und witterte wie ein Jagdhund. Dann trat er auf Leonardo zu, ließ den Kopf auf die Brust sinken, legte den Zeigefinger auf die Lippen, sah ihn von unten her an und wiederholte ein paarmal nachdenklich: »Ich werde die Artischocke aufessen … werde die Artischocke aufessen …«

»Welche Artischocke?«, fragte Leonardo verwundert.

»Das ist eben die Sache: welche Artischocke? … Neulich gab der Herzog dem Gesandten von Ferrara, Pandolfo Collenuccio, ein Rätsel auf: ›Ich werde die Artischocke aufessen‹, hat er gesagt, ›Blatt für Blatt.‹ Vielleicht meinte er den Bund seiner Feinde, die er entzweien und vernichten will? Vielleicht auch etwas ganz anderes? Schon seit einer Stunde zerbreche ich mir den Kopf darüber.«

Er beugte sich zu Leonardos Ohr und flüsterte: »Hier sind lauter Rätsel und Fallen. Über jeden Unsinn schwatzen sie; fängt man aber von ernsten Dingen an, so sind sie stumm wie die Fische oder wie Mönche beim Essen. Nun, mich übertölpeln sie nicht! Ich fühle, irgendetwas bereitet sich vor. Aber was? Was? Glaubt mir, Messere, ich würde dem Teufel meine Seele verschreiben, um zu erfahren, was!«

Seine Augen funkelten wie die eines verzweifelten Spielers. Die Tür tat sich auf, Agapitos Kopf erschien. Er machte dem Künstler ein Zeichen.

Durch einen langen halbdunklen, von den Leibwächtern, albanesischen Stratioten, besetzten Gang gelangte Leonardo in den Schlafraum des Herzogs, ein behagliches Gemach mit Seidenteppichen an den Wänden, auf denen eine Einhornjagd eingewebt war; an der Stuckdecke war die Geschichte der Liebe der Königin Pasiphae zu dem Stier dargestellt. Dieser Stier, das purpurne oder goldene Kalb, das Wappentier des Hauses Borgia, wiederholte sich mit der päpstlichen Tiara und den Schlüsseln des heiligen Petrus überall in der Dekoration des Zimmers.

Der Raum war überheizt: Die Ärzte rieten den Kranken, sich nach einer Quecksilbereinreibung vor Zugluft zu hüten und sich an der Sonne oder am Ofenfeuer zu wärmen. Im Marmorkamin brannte wohlriechender Wacholder, in den Lampen Öl mit Veilchenessenz, denn Cesare liebte stark aromatische Gerüche.

Nach seiner Gewohnheit lag er angekleidet auf einer mitten im Zimmer stehenden niederen Lagerstatt ohne Vorhänge. Er kannte nur zwei Körperstellungen: Entweder lag er im Bett, oder er saß zu Pferde. Unbeweglich, leidenschaftslos, den Ellbogen auf ein Kissen gestützt, folgte er dem Schachspiel zweier an einem Jaspistischchen neben dem Bett sitzender Höflinge und nahm gleichzeitig den Vortrag seines Sekretärs entgegen. Cesare besaß die Fähigkeit, mehreren Dingen gleichzeitig Aufmerksamkeit zu schenken. In Gedanken versunken, rollte er mit langsamer, einförmiger Bewegung die mit Wohlgerüchen gefüllte goldene Kugel, von der er sich wie von seinem Damaszener Dolch nie trennte, aus einer Hand in die andere.

Er empfing Leonardo mit der ihm eigenen bezaubernden Liebenswürdigkeit, erlaubte ihm nicht, das Knie zu beugen, sondern drückte ihm freundschaftlich die Hand und nötigte ihn in einen Sessel.

Cesare hatte ihn zu sich gebeten, um Bramantes Pläne für das neu zu bauende Kloster Valentino in Imola, zu dem eine prächtige Kapelle, ein Krankenhaus und eine Herberge gehören sollten, zu besprechen. Mit diesen milden Stiftungen wollte Cesare seiner christlichen Barmherzigkeit ein Denkmal setzen.

Nach den Skizzen Bramantes zeigte er Leonardo neue, eben geschnittene Lettern für die Druckpresse des Girolamo Soncino in Fano, die er, um das Aufblühen der Künste und Wissenschaften in der Romagna besorgt, besonders unterstützte.

Agapito legte dem Herzog eine Sammlung von Lobeshymnen des Hofpoeten Francesco Uberti vor. Seine Hoheit nahm sie huldvoll entgegen und befahl, den Dichter reich zu belohnen.

Als der Herzog dann verlangte, man solle ihm nicht nur Lobeshymnen, sondern auch die gegen ihn gerichteten Spottgedichte vorlegen, überreichte der Sekretär ein Epigramm des neapolitanischen Dichters Mancioni, den man in Rom verhaftet und in den Kerker der Engelsburg geworfen hatte. In diesem Sonett voll hässlicher Schimpfworte wurde Cesare Maulesel, Bastard einer Dirne und des Papstes – der auf dem Thron sitze, den früher Christus innegehabt, der jetzt aber dem Satan gehöre –, Türke, Beschnittener, abgesetzter Kardinal, Blutschänder, Brudermörder und Gottesleugner genannt.

»Auf was wartest du noch, geduldiger Gott?«, rief der Dichter aus. »Siehst Du nicht, dass er Deine Kirche zu einem Maultierstall, zu einem Hurenhaus gemacht hat?«

»Was befiehlt Eure Hoheit, dass diesem Schurken geschehe?«, fragte Agapito.

»Lass das bis zu meiner Rückkehr«, antwortete der Herzog leise. »Ich werde selbst mit ihm abrechnen.« Und noch leiser fügte er hinzu: »Ich werde den Dichtern schon Höflichkeit beibringen!«

Man kannte die Art, wie Cesare Dichtern »Höflichkeit beibrachte«: Schon für weniger schwere Beleidigungen ließ er ihnen die Hände abhacken oder die Zunge mit glühenden Eisen durchstechen.

Als der Sekretär seinen Vortrag beendet hatte, entfernte er sich.

Der Erste Hofastrologe Valguglio erschien mit einem neuen Horoskop. Cesare hörte ihn aufmerksam, fast andächtig an; denn er glaubte an die Unvermeidlichkeit des Schicksals, an die Macht der Gestirne. Valguglio erklärte unter anderem, der letzte Anfall der französischen Krankheit beim Herzog sei lediglich auf den bösen Einfluss des trockenen Planeten Mars zurückzuführen, der in das Zeichen des feuchten Skorpions getreten sei; sobald aber Mars, in der Konstellation des

Stiers, mit Venus in Konjunktion trete, werde die Krankheit von selbst vergehen. Sodann empfahl er, falls Seine Hoheit etwas Wichtiges zu unternehmen gedenke, den Nachmittag des 31. Dezember zu wählen, weil die Konjunktion der Gestirne an diesem Tag für Cesare glückverheißend sei. Mit erhobenem Zeigefinger beugte er sich zum Ohr des Herzogs und flüsterte dreimal geheimnisvoll: »Fatilo, fatilo, fatilo! – Tut es!«

Cesare schlug die Augen nieder und antwortete nicht. Doch dem Künstler kam es so vor, als gleite ein Schatten über sein Gesicht.

Mit einer Handbewegung verabschiedete der Herzog den Astrologen und wandte sich wieder an den Hofingenieur.

Leonardo breitete militärische Karten und Landkarten vor ihm aus. Das waren nicht nur Studien eines Gelehrten über Bodengestalt, Flussläufe, Bergketten und Täler, sondern Werke eines großen Künstlers: aus der Vogelschau gesehene Landschaftsbilder. Das Meer war auf den Karten dunkelblau, die Berge braun, die Flüsse hellblau, die Städte dunkelrot, die Wiesen blassgrün. Jede Kleinigkeit war mit höchster Vollkommenheit ausgeführt – Plätze, Straßen, Stadttürme waren sofort als solche erkennbar, auch ohne dass man die an die Seite geschriebenen Namen las. Es war, als fliege man in schwindelnder Höhe über die Erde dahin und sehe eine unermessliche Weite zu Füßen. Besonders genau betrachtete der Herzog die Karte des Geländes, das im Süden vom Bolsena-See, im Norden vom Val d'Ema, dem Tal eines in den Arno mündenden Flüsschens, im Osten von Arezzo und Perugia, im Westen von Siena und dem Küstenland begrenzt wird. Das war das Herz Italiens, Leonardos Heimat, das Land von Florenz, von dem der Herzog schon lange wie von einer leckeren Beute träumte.

In Schauen versunken, genoss Cesare das Wonnegefühl des Fliegens. Mit Worten hätte er nicht ausdrücken können, was er empfand; aber er hatte das Gefühl, dass Leonardo und er einander verstanden und gleich gesinnt waren. Dunkel ahnte er, welche neue große Macht über die Menschen ihm die Wissenschaft verleihen könne, und er wollte diese Macht, diese Flügel zum siegreichen Flug besitzen. Endlich hob er die Augen zu Leonardo und drückte ihm mit einem bezaubernd liebenswürdigen Lächeln die Hand: »Ich danke dir, mein Leonardo. Diene mir wie bisher, ich werde dich zu belohnen wissen. – Fühlst du dich auch wohl hier?«, fragte er dann besorgt. »Bist du mit deinem Gehalt zufrieden? Vielleicht hast du noch irgendeinen Wunsch? Du weißt, ich erfülle dir gern jede Bitte.«

Leonardo ergriff die Gelegenheit, für Messer Niccolò ein Wort einzulegen, und erbat eine Audienz für ihn.

Cesare zuckte gutmütig lächelnd die Achseln. »Ein seltsamer Mensch, dieser Messer Niccolò. Er müht sich um Audienzen, und wenn ich ihn empfange, haben wir nichts miteinander zu reden. Weshalb hat man mir diesen Sonderling geschickt?«

Er schwieg, dann fragte er Leonardo, wie er über Machiavelli denke.

»Nach meiner Meinung ist er einer der klügsten Menschen, die ich im Leben getroffen habe, Hoheit.«

»Ja, klug ist er«, stimmte der Herzog zu. »Vielleicht versteht er auch etwas von ernsten Dingen. Immerhin ... man kann sich auf ihn nicht verlassen. Er ist ein Träumer, ein wetterwendischer Mensch, er versteht nicht, Maß zu halten. Ich war ihm übrigens immer schon wohlgesinnt und bin es nun noch mehr, seit ich weiß, dass er dein Freund ist. Im Grunde ist er ein guter Kerl. Er ist kein Ränkeschmied, wenn er sich auch selbst für einen ganz heimtückischen Menschen hält und mich hintergehen will, als sei ich ein Feind Eurer Republik. Ich bin ihm aber nicht böse; ich begreife sehr wohl, dass er das nur tut, weil er sein Vaterland mehr liebt als die eigene Seele. Nun gut, mag er kommen, wenn er unbedingt möchte ... Sag ihm, ich werde mich freuen. Übrigens, hörte ich nicht neulich, Messer Niccolò plane, ein Buch über Politik und Kriegskunst zu schreiben?«

Cesare lächelte still vor sich hin, als müsse er plötzlich an etwas Lustiges denken.

»Hat er dir auch von seiner mazedonischen Phalanx erzählt? Nein? Also hör zu: Eines Tages trug Niccolò meinem Lagerkommandanten Bartolomeo Capranica und anderen Hauptleuten einen Abschnitt aus seinem Buch über die Kriegskunst – über eine der altmazedonischen Phalanx ähnliche Schlachtordnung – mit solcher Beredsamkeit vor, dass alle darauf brannten, einen praktischen Versuch zu machen. Man rückte ins Feld, vor das Lager hinaus, und Niccolò kommandierte. Er plackte sich mit zweitausend Mann, ließ sie drei Stunden in Kälte, Wind und Regen herumstehen, aber die viel gepriesene Phalanx brachte er nicht zustande. Endlich riss meinem Bartolomeo die Geduld; er trat vor die Truppen, und obgleich er nie im Leben ein Buch über Kriegskunst gelesen hatte, stellte er doch augenblicklich unter Trommelwirbeln das Fußvolk in herrlichster Schlachtordnung auf. Da sahen wieder einmal alle, wie groß der Unterschied zwischen Worten und Taten ist. Aber bitte, Leonardo, erzähl ihm das nicht! Niccolò lässt sich nicht gern an seine mazedonische Phalanx erinnern.«

Es war spät, gegen drei Uhr morgens. Man brachte dem Herzog ein leichtes Abendessen: eine Platte mit Gemüse, eine Forelle und ein wenig Weißwein. Als echter Spanier zeichnete er sich durch Mäßigkeit im Essen aus.

Leonardo verabschiedete sich. Cesare dankte ihm mit bezaubernder Liebenswürdigkeit noch einmal für die Kriegskarten und befahl – eine besondere Ehre – drei Pagen, ihm mit Fackeln das Geleit zu geben.

Leonardo berichtete Machiavelli von der Audienz beim Herzog. Als Niccolò von den Karten des Gebiets von Florenz hörte, die der Künstler für Cesare angefertigt hatte, war er entsetzt.

»Wie? Ihr, ein Bürger der Republik, tatet das für den schlimmsten Feind des Vaterlands? …«

»Ich denke«, entgegnete der Künstler, »Cesare gilt als unser Verbündeter …«

»Gilt!«, rief der Sekretär der Republik Florenz, und Entrüstung flammte in seinen Augen auf. »Wisst Ihr, Messere, dass Ihr des Verrats bezichtigt werden könnt, wenn das zur Kenntnis unserer hohen Signori kommt?«

»Wirklich?«, fragte Leonardo, harmlos verwundert. »Denkt so etwas aber nicht von mir, Messer Niccolò – ich verstehe tatsächlich nichts von Politik; ich bin in der Hinsicht wie ein Blinder.«

Sie sahen einander stumm an und fühlten plötzlich beide, dass sie in diesem Punkt im tiefsten Grund des Herzens verschieden, auf ewig einander fremd waren und sich nie verstehen würden. Für den einen gab es anscheinend gar kein Vaterland; der andere liebte es, wie Cesare gesagt hatte, »mehr als seine eigene Seele«.

In dieser Nacht reiste Niccolò ab, ohne zu sagen, wohin und weshalb. Am nächsten Tag gegen Mittag kehrte er müde und durchfroren zurück, begab sich zu Leonardo ins Zimmer, schloss sorgsam die Tür und erklärte, er habe schon längst mit ihm über eine Angelegenheit sprechen wollen, die allergrößte Verschwiegenheit erfordere. Dann holte er ziemlich weit aus.

Vor drei Jahren hatten eines Tages in der Abenddämmerung in einer öden Gegend der Romagna, zwischen Cervia und Porto Cesenatico, maskierte bewaffnete Reiter die berittene Eskorte überfallen, die Madonna Dorotea, die Gattin des venezianischen Infanteriehauptmanns Battista Caracciolo, von Urbino nach Venedig geleitete; sie ergriffen Madonna Dorotea und ihre mit ihr reisende fünfzehnjährige Base Maria, eine Novizin des Nonnenklosters von Urbino, setzten sie auf Pferde und entführten sie. Seit jenem Tag waren Dorotea und Maria spurlos verschollen.

Rat und Senat von Venedig erklärten die Republik in der Person ihres Hauptmanns für beleidigt und wandten sich an Ludwig XII., an den König von Spanien und den Papst mit Beschwerden über den Herzog der Romagna, den sie der Entführung Doroteas bezichtigten. Aber es lagen keine offenen Beweise vor, und Cesare antwortete höhnisch, er litte keinen Mangel an Weibern und habe es nicht nötig, sie auf den Landstraßen zu rauben.

Es gingen Gerüchte, Madonna Dorotea habe sich bald getröstet, begleite den Herzog auf allen Feldzügen und gräme sich nicht so sehr um ihren Gatten. Maria aber hatte einen Bruder namens Dionigi, einen jungen Hauptmann im Dienst von Florenz, der im Lager von Pisa stand. Als alle Bemühungen der Signori von Florenz ebenso vergeblich geblieben waren wie die Klagen der Republik Venedig, beschloss Dionigi, auf eigene Faust sein Glück zu versuchen. Unter fremdem Namen kam er in die Romagna, stellte sich dem Herzog vor, erschlich sich sein Vertrauen, drang in den Turm der Festung von Cesana ein und entfloh mit der als Knabe verkleideten Maria. An der Grenze von Perugia aber wurden sie eingeholt. Dionigi wurde erschlagen, Maria in die Festung zurückgebracht.

Machiavelli als Sekretär der Republik Florenz nahm sich dieser Sache an. Messer Dionigi hatte sich mit ihm angefreundet, ihn in das Geheimnis seines kühnen Plans eingeweiht und ihm alles erzählt, was er von den Wächtern über seine Schwester hatte erfahren können, die sie für eine Heilige hielten und von ihr behaupteten, sie heile Kranke, weissage und habe blutige Male an Händen und Füßen, ähnlich den Stigmata der heiligen Katharina von Siena.

Als Cesare Doroteas überdrüssig war, warf er seine Augen auf Maria. Der berüchtigte Frauenverführer war sich seines Zaubers bewusst, dem auch die Keuschesten nicht widerstehen konnten, und war überzeugt, dass sich Maria ihm früher oder später ebenso hingeben würde wie alle anderen. Aber er hatte sich geirrt. Sein Wille stieß im Herzen dieses Kindes auf unüberwindlichen Widerstand. Es hieß, der Herzog besuche sie in letzter Zeit oft in ihrer Gefängniszelle und bliebe lange mit ihr allein – was aber bei diesen Zusammenkünften vor sich ging, blieb für alle ein Geheimnis.

Zuletzt erklärte Niccolò, er habe die Absicht, Maria zu befreien. »Wenn Ihr, Messer Leonardo, Euch entschließen könntet, mir zu helfen«, fügte er hinzu, »so würde ich die Sache so führen, dass niemand etwas von Eurer Mithilfe erfährt. Ich wollte Euch übrigens nur um einige Auskünfte über die Lage und innere Einrichtung der Festung San Michele bitten, in der sich Maria befindet. Als Hofingenieur könnt Ihr Euch gewiss leicht Einlass verschaffen und alles Nötige erkunden.«

Leonardo sah ihn stumm erstaunt an, und unter diesem prüfenden Blick brach Niccolò plötzlich in ein unnatürlich scharfes, fast feindseliges Lachen aus.

»Ich darf doch hoffen«, rief er dann aus, »dass Ihr mich nicht übertriebener Empfindsamkeit und ritterlicher Hochherzigkeit verdächtigen werdet? Ob der Herzog das junge Mädchen verführt oder nicht, lässt mich völlig kalt. Weshalb ich mich also in dieser Sache bemühe, wünscht Ihr zu wissen? Vielleicht um unseren hohen Signori zu beweisen, dass ich außer für ihre Narrenpossen auch noch für andere Dinge zu brauchen bin. Die Hauptsache aber ist: Ich muss immer irgendetwas zu meiner Unterhaltung haben. Das menschliche Leben ist derartig, dass man vor Langeweile verrecken möchte, wenn man sich nicht hin und wieder eine kleine Dummheit gestattete. Ich habe es satt, dauernd nur zu schwatzen, Würfel zu spielen, in Bordelle zu laufen und unnütze Berichte für die Wollkrämer von Florenz zu schmieren. Deshalb habe ich mir dieses Unternehmen ausgedacht: Hier geht es nicht nur um Worte, sondern wirklich um Taten … Es wäre schade, die Gelegenheit zu verpassen. Ich habe mir den ganzen Plan schon aufs schlaueste zurechtgelegt …«

Er sprach etwas hastig, als müsse er sich rechtfertigen. Leonardo aber merkte sehr wohl, dass Niccolò sich seiner eigenen Güte schmerzlich schämte, was er, wie stets, unter der Maske des Zynismus zu verbergen trachtete.

»Messere«, unterbrach ihn der Künstler, »ich bitte Euch, in dieser Sache auf mich ebenso wie auf Euch selbst zu rechnen. Jedoch unter einer Bedingung: Im Fall des Misslingens trage ich die gleiche Verantwortung wie Ihr.«

Niccolò war sichtlich gerührt; er erwiderte Leonardos Händedruck und entwickelte ihm unverzüglich seinen Plan.

Leonardo machte keine Einwände, obwohl er im innersten Herzen stark zweifelte, ob dieser Plan, der ihm viel zu verzwickt und zu schlau, zu unwirklich vorkam, in der Ausführung ebenso leicht sein würde wie in Worten.

Marias Befreiung wurde auf den 30. Dezember, den Tag der Abreise des Herzogs aus Fano, angesetzt. Zwei Tage vorher kam spätabends einer der bestochenen Kerkerwächter zu Niccolò gelaufen, um ihn vor drohendem Verrat zu warnen. Niccolò war nicht zu Hause, und Leonardo ging in die Stadt, um ihn zu suchen.

Nach langem Umherlaufen fand er den Sekretär der Republik Florenz in einer Spielhölle, wo eine Bande von Gaunern, größtenteils Spanier aus dem Heere Cesares, unerfahrene Spieler ausbeuteten. In einem Kreis junger Zecher und Wüstlinge erklärte Machiavelli Petrarcas berühmtes Sonett, das mit den Worten schließt: »E lei vid'io ferita in mezzo 'l core.«* Er fand in jedem Wort einen unanständigen Nebensinn und behauptete, Laura habe Petrarca mit der französischen Krankheit angesteckt. Die Zuhörer lachten sich halb tot.

---

* Doch sah ich sie getroffen tief im Herzen.

Im Nebenzimmer gab es Lärm: Männer schrien, Weiber kreischten, Tische wurden umgeworfen, Degen rasselten, zerschlagene Flaschen klirrten, Geld rollte – man hatte einen Falschspieler erwischt. Niccolòs Gefährten liefen hinüber. Leonardo flüsterte ihm ins Ohr, er habe ihm Wichtiges über Maria mitzuteilen. Sie traten auf die Straße.

Die Nacht war still und sternenklar. Reiner, frisch gefallener Schnee knirschte unter den Füßen. Nach der stickigen Luft des Spielhauses atmete Leonardo mit Genuss die frostige, aromatische Luft ein.

Als Niccolò von dem drohenden Verrat hörte, meinte er mit überraschender Sorglosigkeit: vorläufig brauche man sich noch nicht zu beunruhigen.

»Ihr wundert Euch gewiss, mich in dieser Spelunke zu finden?«, fragte er Leonardo. »Der Sekretär der Republik Florenz sozusagen als Spaßmacher höfischen Gesindels. Was soll man tun? Not lehrt springen, Not lehrt tanzen, Not lehrt Liedchen singen. Sie sind zwar Schurken, aber immerhin freigebiger als unsere hohen Signori.«

Es lag solche Grausamkeit gegen sich selbst in diesen Worten Niccolòs, dass Leonardo es nicht ertrug und ihn unterbrach: »Das ist nicht wahr! Warum redet Ihr so über Euch selbst, Niccolò. Ihr wisst, dass ich Euer Freund bin und Euch nicht ebenso beurteile wie die andern.«

Machiavelli wandte sich ab und schwieg. Dann fuhr er mit leiser, veränderter Stimme fort: »Ich weiß … Zürnt mir nicht, Leonardo! Manchmal, wenn mir allzu schwer ums Herz ist, scherze ich und lache, statt zu weinen …«

Die Stimme versagte ihm; er senkte den Kopf und sagte noch leiser: »Es ist mein Schicksal: Ich bin unter einem unglücklichen Stern geboren. Meine Altersgenossen, sogar ganz unbedeutende Leute, haben überall Erfolg, sie leben in Wohlstand und Ehren und gewinnen Geld und Macht – nur ich bleibe hinter allen zurück und werde von Dummköpfen an die Wand gedrängt. Sie halten mich für einen leichtsinnigen Kerl. Vielleicht haben sie recht. Ja, ich scheue mich nicht vor großen Mühen, vor Entbehrungen und Gefahren. Aber mein ganzes Leben kleinliche, gemeine Kränkungen ertragen, immer Not leiden und wegen jedes Soldo zittern müssen – das kann ich wirklich nicht! Ach, wozu darüber reden …« Er machte eine verzweifelte Geste, in seiner Stimme zitterten Tränen: »Ein verfluchtes Leben! Wenn sich Gott meiner nicht erbarmt, werfe ich bald alles hin – mein Amt, Monna Marietta, meinen Jungen. Ich falle ihnen ja doch nur zur Last, mögen sie mich für tot halten… Ich fliehe ans Ende der Welt und verkrieche mich in irgendein Loch, wo mich niemand kennt, werde Schreiber bei einem Podestà oder bringe in einer Dorfschule Kindern das Abc bei, um nicht vor Hunger zu verrecken, solange ich noch nicht ganz blöde bin und nicht völlig mein Selbstbewusstsein verloren habe. Denn nichts ist entsetzlicher, mein Freund, als das Bewusstsein, dass man Kräfte besitzt, um etwas leisten zu können, aber doch nie etwas leistet – dass man sinnlos untergehen muss!«

Die Zeit verging. Leonardo merkte, dass Niccolò, als der Tag von Marias Befreiung näher rückte, trotz seiner zur Schau getragenen Zuversicht doch unsicherer wurde, die Geistesgegenwart verlor, bald unbedacht zögerte, bald zwecklosen Übereifer zeigte. Aus eigener Erfahrung ahnte der Künstler, was in Machiavellis Seele vorging: Es war nicht Feigheit, sondern jene unerklärliche Schwäche, jene Unentschlossenheit eines Menschen, der nicht zum Handeln geboren ist, jenes plötzliche Versagen des Willens gerade im letzten Augenblick, wenn man ohne Bedenken und Schwanken Entscheidungen treffen soll. Das alles war Leonardo nur zu wohlbekannt.

Am Vorabend des entscheidenden Tages begab sich Niccolò an einen Ort nahe der Festung San Michele, um endgültig alles für Marias Flucht vorzubereiten. Leonardo sollte am Morgen gleichfalls dort eintreffen.

Allein geblieben, erwartete der Künstler jeden Augenblick eine böse Nachricht; er zweifelte nicht mehr daran, dass die Sache wie ein Schuljungenstreich mit einem kläglichen Misserfolg enden werde.

Ein trüber Wintermorgen dämmerte durch die Fenster. Da klopfte es an die Tür. Der Künstler öffnete. Bleich und fassungslos trat Niccolò ein.

»Aus!«, sagte er und sank erschöpft in einen Sessel.

»Das habe ich mir gedacht«, entgegnete Leonardo ohne jedes Staunen. »Ich habe Euch ja gesagt, Niccolò, wir werden nur hereinfallen.«

Machiavelli sah ihn zerstreut an. »Nein, so nicht«, bemerkte er dann. »Wir sind nicht hereingefallen. Aber der Vogel ist seinem Käfig entflogen. Zu spät sind wir gekommen …«

»Wieso entflogen?«

»Nun ja. Heute vor Morgengrauen fand man Maria im Kerker mit durchschnittener Kehle auf dem Fußboden liegen.«

»Wer ist der Mörder?«, fragte der Künstler.

»Man weiß nicht. Aber nach der Wunde zu urteilen, wohl kaum der Herzog. Sonst will ich ja nichts sagen, aber darin sind Cesare und seine Henker zweifellos Meister: Sie hätten es verstanden, dem Kind die Kehle so zu durchschneiden, wie sichs gehört. Sie soll als Jungfrau gestorben sein. Ich glaube, sie hat es selbst getan.«

»Unmöglich! Ein Mädchen wie Maria? Sie galt als eine Heilige!«

»Alles ist möglich«, fuhr Niccolò fort. »Ihr kennt die Menschen noch nicht. Dieses Ungeheuer …«

Er hielt inne und erbleichte. Dann schloss er in starker Erregung: »Dieses Ungeheuer ist zu allem fähig! Man kann wohl auch eine Heilige so weit bringen, dass sie Hand an sich legt … Früher, als sie noch nicht so streng bewacht wurde«, fügte er hinzu, »habe ich sie ein paarmal gesehen. Sie war abgemagert und dünn wie ein Grashalm. Ein Kindergesichtchen; dünnes, flachsblondes Haar, wie es Filippino Lippis Madonna in der Badia zu Florenz hat, die dem heiligen Bernardo erscheint. Besonders schön war sie eigentlich nicht. Was nur dem Herzog so an ihr gefallen haben mag? O Messer Leonardo, wenn Ihr wüsstet, was für ein armes liebes Kind sie war!«

Niccolò wandte sich ab, und dem Künstler kam es so vor, als blinkten Tränen in seinen Wimpern. Aber dann fasste er sich sofort wieder und schloss mit schriller, kreischender Stimme: »Ich habe immer gesagt, ein anständiger Mensch bei Hof ist wie ein Fisch in der Pfanne. Ich habe jetzt genug! Zum Tyrannenknecht eigne ich mich nicht. Ich setze es durch, dass die Signoria mir eine andere Gesandtschaft überträgt, ganz gleich wo, nur recht weit fort von hier!«

Maria tat dem Künstler leid, und er hätte wohl kein Opfer gescheut, um sie zu retten. Doch spürte er gleichzeitig im tiefsten Herzen ein Gefühl der Erleichterung und Befreiung bei dem Gedanken, dass er nicht mehr für sie zu handeln brauchte. Und er ahnte, dass Niccolò dasselbe empfand.

Am 30. Dezember, früh am Morgen, brach Cesares Hauptstreitmacht, an die zehntausend Mann Fußvolk und zweitausend Berittene, aus Fano auf und bezog ein Lager an der Straße nach Sinigaglia, am Ufer des Flüsschens Metauro. Hier erwartete das Heer den Herzog, der am folgenden Tag, an dem von dem Astrologen Valguglio bestimmten 31. Dezember, aufbrechen wollte.

Die Verschwörer von Magione hatten mit Cesare Frieden geschlossen und dann, im Einverständnis mit ihm, gemeinsam den Feldzug gegen Sinigaglia unternommen. Die Stadt ergab sich; aber der Kastellan erklärte, er werde die Tore nur dem Herzog selbst öffnen. Des Herzogs frühere Feinde, seine jetzigen Verbündeten, ahnten Böses und hatten eine Zusammenkunft im letzten Augenblick vermieden. Doch der Herzog überlistete und beruhigte sie wieder; er hatte sie, wie sich Machiavelli später ausdrückte, »durch Liebenswürdigkeit bezaubert, wie ein Basilisk, der sein Opfer durch süßen Gesang herbeilockt«.

Niccolò verzehrte sich vor Neugier; er wollte nicht auf Leonardo warten und folgte sofort dem Herzog.

Der Künstler brach einige Stunden später allein auf. Die Straße führte nach Süden, ebenso wie die nach Pesaro, immer am Meeresgestade entlang. Zur Rechten erhoben sich Berge, die sich mitunter so nah an das Meeresufer schoben, dass nur schmaler Raum für die Straße blieb.

Der Tag war grau und still. Das Meer war ebenso grau und glatt wie der Himmel. Nichts regte sich in der scheinbar schlummernden Luft. Das Krächzen der Raben kündigte Tauwetter an. Zugleich mit Tropfen feinen Regens oder nassen Schnees senkte sich die frühe Abenddämmerung hernieder.

Die schwarzroten Ziegeltürme von Sinigaglia wurden sichtbar. Die Stadt, wie eine rechte Falle zwischen zwei natürlichen Schutzwällen, dem Meer und den Bergen, eingekeilt, war eine Meile vom flachen Meeresufer und einen Armbrustschuss vom Fuß der Apenninen entfernt. Beim Flüsschen Misa bog die Straße scharf nach links ab. Hier führte eine Brücke schräg über den Fluss zum Stadttor hinüber, vor dem ein kleiner Platz mit niederen Vorstadthäusern lag – größtenteils Warenlager venezianischer Kaufleute.

Sinigaglia war damals ein großer halbasiatischer Handelsplatz, wo italienische Kaufleute mit Türken, Armeniern, Griechen, Persern und Slawen aus Montenegro und Albanien Tauschhandel trieben. Jetzt aber waren auch die belebtesten Straßen, die Zypern-, Zante-, Kandia- und Kephaloniastraße, vereinsamt. Leonardo traf nur Soldaten. Hier und da bemerkte er in den endlos lang und einförmig zu beiden Seiten der Straße sich hinziehenden gedeckten Verkaufsständen mit Lagern und Fondachi Spuren der Plünderung: zerschlagene Fensterscheiben, abgerissene Schlösser und Riegel, erbrochene Türen, wild durcheinandergeworfene Warenballen. Es roch nach Rauch. Aus halb eingeäscherten Gebäuden stieg noch Qualm auf, und an den dicken Ringen der gusseisernen Fackelhalter an den Ecken der mittelalterlichen Backsteinpaläste hingen Leichen von Gehenkten.

Es dunkelte schon, als Leonardo auf dem Hauptplatz der Stadt, zwischen dem Palazzo Ducale und der runden, niedrigen, mit spitzen Zinnen gekrönten, von einem tiefen Graben umgebenen Festung von Sinigaglia bei Fackelschein, inmitten seines Heers, Cesare erblickte.

Er ließ Soldaten hinrichten, die geplündert hatten. Messer Agapito verlas das Urteil.

Auf einen Wink Cesares wurden die Verurteilten zum Galgen geführt.

Der Künstler suchte mit den Blicken in der Schar der Höflinge jemand, den er befragen konnte, was hier vorging, und bemerkte plötzlich den Sekretär der Republik Florenz.

»Wisst Ihr? Habt Ihr gehört?«, rief ihn Niccolò an.

»Nein, nichts weiß ich. Ich bin froh, dass ich Euch treffe. Erzählt!«

Machiavelli führte ihn in eine Nebenstraße, dann durch mehrere enge, dunkle, schneeverwehte Gässchen in eine öde Vorstadt am Meeresufer, nahe der Werft, wo er in einer einsamen schiefen Hütte bei der Witwe eines Schiffsbauers nach langem Suchen an diesem Morgen die einzige in der Stadt noch freie Unterkunft gefunden hatte: zwei kleine Kammern, eine für sich, die andere für Leonardo.

Stumm entzündete Niccolò eilig eine Kerze, entnahm seinem Gepäck eine Flasche Wein, fachte die Glut im Ofen an, setzte sich Leonardo gegenüber und richtete seinen flammenden Blick auf ihn.

»Ihr wisst also noch nicht?«, fragte er feierlich. »So hört! Ein außergewöhnliches, ein denkwürdiges Ereignis: Cesare hat an seinen Feinden Rache genommen. Die Verschwörer sind festgenommen. Oliverotto, Orsini und Vitelli erwartet der Tod!«

Er lehnte sich auf dem Stuhl zurück und beobachtete Leonardo schweigend, sich an seinem Erstaunen weidend. Dann zwang er sich, ruhig und leidenschaftslos zu erscheinen, wie ein Chronist, der Ereignisse längst vergangener Zeiten schildert, wie ein Gelehrter, der ein Naturereignis beschreibt, und begann von der »Falle von Sinigaglia« zu erzählen.

Als Cesare früh am Morgen in dem Heerlager am Fluss Metauro eintraf, sandte er zweihundert Reiter voraus, ließ dann das Fußvolk abrücken und folgte selbst mit den übrigen Berittenen. Er wusste, dass die Verbündeten ihm entgegenkommen würden und dass ihre Hauptstreitkräfte in andere Festungen in der Nähe verlegt waren, um neuen Truppen Platz zu machen.

Als er sich dem Tore von Sinigaglia näherte, ließ er da, wo der Weg links abbiegt und am Ufer der Misa weiterführt, die Reiterei haltmachen und stellte sie in zwei Reihen auf: die eine mit dem Rücken zum Fluss, die andere mit dem Rücken zum Feld; das Fußvolk ließ er zwischen diesen Reihen hindurchziehen und ohne Aufenthalt über die Brücke durch das Stadttor in Sinigaglia einrücken.

Die Verbündeten – Vitelozzo Vitelli, Gravina und Pagolo Orsini – kamen ihm, von zahlreichen Reitern geleitet, auf Maultieren entgegen. Als ahne er das drohende Verderben, wirkte Vitelozzo so schwermütig, dass alle sich über ihn wunderten, die seinen früheren Frohsinn und seine Tapferkeit kannten. Später wurde erzählt, er habe vor dem Aufbruch nach Sinigaglia von seinen Hausgenossen Abschied genommen, als habe er vorausgesehen, dass er dem Tod entgegengehe.

Die Verbündeten saßen ab, lüfteten die Barette und begrüßten den Herzog. Der stieg gleichfalls vom Pferd, reichte zuerst jedem der Reihe nach die Hand, dann umarmte und küsste er alle und nannte sie seine lieben Brüder.

Indessen umringten Cesares Offiziere, wie vorher ausgemacht, Orsini und Vitelli so, dass sich jeder von ihnen zwischen zwei Gefolgsleuten des Herzogs befand. Als Cesare merkte, dass Oliverotto fehlte, gab er dem Hauptmann Don Michele Corella ein Zeichen. Corella ritt voraus und fand den Gesuchten im Borgo. Oliverotto schloss sich nun dem Zug an, und so ritten sie alle, sehr freundschaftlich über Kriegsangelegenheiten plaudernd, dem Schloss vor der Festung zu.

Im Vorraum wollten sich die Verbündeten verabschieden, aber der Herzog hielt sie mit seiner bestrickenden Liebenswürdigkeit fest und lud sie ins Schloss.

Kaum hatten sie den Empfangssaal betreten, als sich die Türen hinter ihnen schlossen. Acht Bewaffnete stürzten sich auf die vier, je zwei auf einen, packten, entwaffneten und fesselten sie. Die Unglücklichen waren so überrascht, dass sie kaum Widerstand leisteten.

Es ging das Gerücht, der Herzog wolle sich seiner Feinde noch in dieser Nacht entledigen und sie in den Geheimverliesen des Schlosses erdrosseln lassen.

»O Messer Leonardo!«, schloss Machiavelli seine Erzählung. »Ihr hättet sehen sollen, wie er sie umarmte und küsste! Ein einziger unsicherer Blick, eine einzige Bewegung hätte alles verderben können. Aber es war so viel Aufrichtigkeit in seinem Gesicht und in seiner Stimme, dass ich – haltet Ihr es wohl für möglich? – bis zum letzten Augenblick nichts argwöhnte und meine Hand dafür hätte abhauen lassen, dass er sich nicht verstelle. Ich glaube, dieser Betrug war der schönste von allen, die je in der Welt verübt wurden, seit es Politik gibt.«

Leonardo lächelte. »Natürlich kann man dem Herzog Mut und Schläue nicht absprechen«, entgegnete er. »Aber ich muss gestehen, Niccolò, dass ich so wenig in die Politik eingeweiht bin, dass ich nicht recht begreife, weshalb Ihr über diesen Verrat so entzückt seid?«

»Verrat?«, unterbrach ihn Machiavelli. »Wenn es sich um die Rettung des Vaterlands handelt, Messere, kann man nicht von Verrat und Treue, von Böse und Gut, von Milde und Grausamkeit sprechen – alle Mittel sind gleich, wenn nur der Zweck erreicht wird.«

»Was hat das mit Rettung des Vaterlands zu tun, Niccolò? Mich dünkt, der Herzog hatte lediglich seinen eigenen Vorteil im Auge.«

»Wie? Auch Ihr? Auch Ihr begreift nicht? Es ist doch klar wie der Tag: Cesare ist der künftige Einiger und Alleinherrscher von Italien. Begreift Ihr das etwa nicht? Noch nie war die Zeit so günstig für das Auftreten eines Helden wie jetzt. Wie das Volk Israel in der ägyptischen Knechtschaft schmachten musste, damit ein Moses erstand, die Perser unter dem Joch der Meder, damit Kyros groß ward, die Athener sich in inneren Zwistigkeiten aufrieben, damit Theseus berühmt werden konnte – ebenso musste Italien so schimpflich sinken wie heute, schlimmere Knechtschaft als die Juden, ein schwereres Joch als die Perser, ärgere Zwiste als die Athener erdulden und ohne Haupt, ohne Führer, ohne Regierung, von Barbaren verwüstet, zertreten, alle Not, die ein Volk nur erdulden kann, auf sich nehmen, damit der neue Held, der Retter des Vaterlands, erscheinen konnte. Denn wenn in früheren Zeiten auch einzelne, scheinbar von Gott auserwählte Männer einen Schimmer von Hoffnung brachten, so hat das Schicksal sie doch jedes Mal, wenn sie den Gipfel der Macht erreicht hatten, wieder gestürzt, ehe sie die große Tat wirklich vollbringen konnten. Halb tot, kaum noch atmend, harrt das Land immer noch des Manns, der seinen Wunden Linderung bringen soll – der den Gewalttätigkeiten in der Lombardei, den Räubereien und der Misswirtschaft in der Toskana und Neapel ein Ende bereiten, alle diese stinkenden, vor Alter eiternden Schwären heilen wird. Bei Tag und bei Nacht ruft das Land zu Gott und betet um einen Erlöser …«

Seine Stimme klang wie eine überspannte Saite und brach jäh ab. Er war blass und zitterte am ganzen Leib, seine Augen glühten. In diesem leidenschaftlichen Ausbruch lag gleichzeitig etwas Krampfhaftes, Ohnmächtiges, wie ein plötzlicher Anfall. Leonardo dachte daran, dass Niccolò erst vor wenigen Tagen anlässlich von Marias Tod Cesare ein Ungeheuer genannt hatte.

Der Künstler machte ihn nicht auf diesen Widerspruch aufmerksam, denn er wusste, dass Niccolò jetzt sein Mitgefühl für Maria als beschämende Schwäche abstreiten würde.

»Wir werden ja sehen, Niccolò«, sagte Leonardo. »Nur eines wollte ich Euch fragen: Weshalb seid Ihr gerade seit heute von Cesares göttlicher Sendung so überzeugt? Beweist denn die Falle von Sinigaglia deutlicher als seine sonstigen Taten, dass er ein großer Held ist?«

»Jawohl«, erwiderte Niccolò, der seine Selbstbeherrschung wiedererlangt hatte und nun ganz leidenschaftslos tat. »Die Vollkommenheit gerade dieses Betrugs zeigt mehr als alle anderen Taten des Herzogs eine im Menschen überaus seltene Vereinigung großer und sich widersprechender Eigenschaften. Beachtet wohl, ich lobe nicht und ich schmähe nicht, ich stelle nur Tatsachen fest. Ich meine so: Jedes Ziel kann man auf zwei Wegen erreichen – auf dem Weg der Gesetzmäßigkeit und auf dem Weg der Gewalt. Der erste Weg ist der menschliche, der zweite ist der tierische. Wer herrschen will, muss beide zu gehen wissen: Er muss nach seiner Wahl Mensch oder Tier sein können. Das ist auch der geheime Sinn der alten Sage, die erzählt, dass Achilles und andere Helden von dem Zentauren Cheiron aufgezogen wurden, der halb Gott, halb Tier war. Von einem Zentauren aufgezogene Fürsten vereinigen, ebenso wie dieser selbst, beide Naturen in sich, die tierische und die göttliche.

Gewöhnliche Menschen ertragen die Freiheit nicht; sie fürchten sie mehr als den Tod und brechen unter der Last der Reue zusammen, wenn sie ein Verbrechen begangen haben. Nur der Held, der vom Schicksal Auserwählte, besitzt die Kraft, Freiheit zu ertragen – furchtlos und ohne Gewissensbisse verletzt er das Gesetz und bleibt im Bösen unschuldig wie Tiere, wie Götter. Heute sah ich zum ersten Mal in Cesare diese letzte Freiheit – das Siegel der Auserwähltheit.«

»Ja, jetzt verstehe ich Euch, Niccolò«, antwortete ihm der Künstler in tiefem Sinnen. »Nur scheint mir, nicht der ist frei, der wie Cesare alles wagt, weil er nichts weiß und nichts liebt, sondern der, der wagt, weil er weiß und liebt. Nur mit dieser Freiheit werden die Menschen Böse und Gut, Oben und Unten, alle Hindernisse und irdischen Schranken, jede Schwere besiegen, werden sie sein wie die Götter und – werden sie fliegen.«

»Fliegen?«, fragte Machiavelli sehr erstaunt.

»Wenn sie das vollkommene Wissen besitzen werden«, erklärte Leonardo, »dann werden sie sich auch Flügel schaffen, werden sie eine Flugmaschine erfinden. Auch ich habe viel darüber nachgegrübelt. Vielleicht kommt nichts dabei heraus; aber das ist gleich – bin ich es nicht, so wird es ein anderer sein. Aber die menschlichen Flügel werden erfunden werden.«

»Nun, ich gratuliere«, lachte Niccolò. »Jetzt sind wir gar bei geflügelten Menschen angelangt. Mein Fürst, der Halbgott, das Halbtier, wird gut aussehen mit Vogelflügeln. Das ist wirklich eine Chimäre.«

Da hörte er auf einem nahen Turm die Uhr schlagen. Er sprang auf und eilte fort – es zog ihn ins Schloss, um Näheres über die bevorstehende Hinrichtung der Verschwörer zu erfahren.

Die italienischen Fürsten beglückwünschten Cesare zu seinem »herrlichen Betrug«. Als Ludwig XII. von der »Falle von Sinigaglia« erfuhr, nannte er sie eine Großtat, würdig eines alten Römers. Die Markgräfin von Mantua, Isabella Gonzaga, schickte dem Herzog zum bevorstehenden Karneval hundert bunte seidene Maskenkostüme als Geschenk.

»Ausgezeichnete Madonna, verehrungswürdige Gevatterin und Schwester!«, antwortete ihr der Herzog. »Die von Eurer Erlaucht Uns als Geschenk gesandten Masken haben Wir erhalten, und Wir haben Uns über ihre seltene Pracht und Verschiedenheit sehr gefreut; besonders aber, weil sie zu einer Zeit und an einem Ort eintrafen, die nicht besser hätten gewählt sein können, als ob Eure Erlaucht die Bedeutung und Reihenfolge Unserer Handlungen vorausgeahnt hätte. Denn durch Gottes Gnade haben Wir im Verlauf eines einzigen Tages Stadt und Landschaft Sinigaglia mit allen Festungen in Besitz genommen, haben an den heimtückischen Verrätern, Unseren Feinden, das gerechte Todesurteil vollziehen lassen und haben auch Castello, Fermo, Cisterna, Montone und Perugia vom Joch der Tyrannen befreit und sie zu schuldiger Unterwerfung unter den Heiligen Vater und Statthalter Christi gebracht. Am meisten freuen Unser Herz aber diese Masken als aufrichtiger Beweis des schwesterlichen Wohlwollens Eurer Erlaucht für Uns.«

Niccolò versicherte lachend, man könne sich kein besseres Geschenk für den Meister aller Heuchelei und Verstellung, für den Fuchs Borgia, von der Füchsin Gonzaga denken als diese hundert Masken.

Anfang März 1503 kehrte Cesare nach Rom zurück. Der Papst schlug seinen Kardinälen vor, den Helden mit der höchsten Auszeichnung zu belohnen, die die Kirche ihren Verteidigern verleihen konnte – mit der

Goldenen Rose. Die Kardinäle stimmten zu, und zwei Tage später fand die Feier statt.

Im ersten Stockwerk des Vatikans, im Saal der Päpste, dessen Fenster nach dem Hof des Belvedere gehen, versammelten sich die Mitglieder der römischen Kurie und die Gesandten der großen Mächte.

Bekleidet mit dem von Edelsteinen funkelnden Pluviale, die dreikronige Tiara auf dem Haupt, von Pfauenfederwedeln umfächelt, erstieg ein fetter, rüstiger siebzigjähriger Greis mit gutmütig majestätischem, wohl ansehnlichem Gesicht die Stufen des Throns – Papst Alexander VI.

Die Trompeten der Herolde schmetterten. Auf ein Zeichen des ersten Cerimoniere, des Deutschen Johannes Burchard, betraten die Waffenträger, Pagen, Läufer und Leibwächter des Herzogs den Saal; sein Lagerkommandant Messer Bartolomeo Capranica trug das entblößte, mit der Schneide nach oben gekehrte Schwert der Gonfalonieri der römischen Kirche.

Das untere Drittel des Schwerts war vergoldet und mit feinen Gravierungen verziert; die Göttin der Treue auf dem Thron mit der Inschrift: »Treue ist stärker als Waffen«; Julius Cäsar im Triumphwagen mit der Inschrift: »Aut Caesar aut nihil«*, der Übergang über den Rubikon mit den Worten: »Der Würfel ist gefallen«; und endlich eine Opferdarbringung für Apis, den Stier des Hauses Borgia: Nackte junge Priesterinnen verbrennen Weihrauch über einem eben geschlachteten Menschenopfer; auf dem Altar stehen die Worte: »Deo Optimo Maximo Hostia – Ein Opfer dem besten, größten Gott«, und darüber: »In nomine Caesaris omen – Cäsars Namen ist Cäsars Glück.« Das dem göttlichen Tier dargebrachte Menschenopfer hatte einen besonders schrecklichen Sinn, denn diese Zeichnungen und Unterschriften waren bestellt worden, als Cesare sich bereits mit dem Gedanken trug, seinen Bruder Giovanni Borgia zu ermorden, um dessen Nachfolger als Befehlshaber und Gonfaloniere der römischen Kirche zu werden.

Hinter dem Schwert schritt der Held selbst. Er trug das hohe herzogliche Barett auf dem Kopf, mit der Taube des Heiligen Geistes aus Per-

* Entweder Cäsar oder nichts.

len. Cesare näherte sich dem Papst, nahm das Barett ab, kniete nieder und küsste das Rubinkreuz auf dem Schuh des Heiligen Vaters.

Kardinal Monreale überreichte seiner Heiligkeit die Goldene Rose, ein Wunderwerk der Goldschmiedekunst. Zwischen den goldenen Blättchen der mittleren Blüte befand sich ein kleines Gefäß mit geweihtem Öl, das den Duft zahlloser Rosen ausströmte.

Der Papst erhob sich und sprach mit vor innerer Bewegung bebender Stimme: »Empfange, geliebtes Kind, diese Rose als Symbol der Freude beider Jerusalem, des irdischen und des himmlischen, der streitbaren und der siegreichen Kirche – die unaussprechliche Blume, die Seligkeit der Gerechten, die Zierde unvergänglicher Kronen. So blühe auch deine Tugend in Christo wie die Rose, die blühet an den Ufern vieler Wasser. Amen.«

Cesare nahm die mystische Rose aus den Händen seines Vaters entgegen. Der Papst konnte sich nicht länger beherrschen, »das Fleisch überwältigte ihn«, wie ein Augenzeuge sich ausdrückte; zur großen Entrüstung des steifen Burchard verletzte er arg die Würde der feierlichen Handlung, indem er sich beugte und dem Sohne die zitternden Hände entgegenstreckte. Sein Gesicht verzog sich, sein fetter Körper bebte. Er schob die dicken Lippen vor und stammelte greisenhaft schluchzend: »Mein Kind … Cesare … Cesare.«

Der Herzog musste die Rose dem neben ihm stehenden Kardinal von San Clemente übergeben. Der Papst umarmte seinen Sohn stürmisch, presste ihn an die Brust, lachte und weinte.

Wieder schmetterten die Trompeten der Herolde, die Glocke der Peterskirche erklang, und ihr antworteten die Glocken aller Kirchen Roms. Von der Engelsburg dröhnten Kanonenschüsse.

»Es lebe Cesare!«, schrie die romagnolische Garde auf dem Hof des Belvedere.

Der Herzog trat auf den Balkon und zeigte sich den Truppen. Unter dem blauen Himmel, im Glanz der Morgensonne, im Purpur und Gold des fürstlichen Gewands, mit der Perlentaube des Heiligen Geistes auf dem Haupt und der mystischen Rose, der Freude beider Jerusalem, in Händen, erschien er dem Volk nicht wie ein Mensch, sondern wie ein Gott.

Nachts fand ein prunkvoller Maskenzug statt, den Triumph Julius Cäsars darstellend, wie er auf dem Schwert des Herzogs von Valentinois abgebildet war.

Auf einem Wagen mit der Aufschrift »Der göttliche Cesare« thronte der Herzog der Romagna, mit lorbeerbekränztem Haupte, einen Palmzweig in Händen. Den Wagen umringten als altrömische Legionäre gekleidete Soldaten mit eisernen Adlern und Rutenbündeln. Alles war Darstellungen in Büchern, auf Denkmälern, Basreliefs und Medaillen ganz genau nachgebildet.

Vor dem Wagen trug ein Mann im langen weißen Gewand eines ägyptischen Priesters ein geweihtes Banner, auf dem der vergoldete purpurrote Wappenstier des Hauses Borgia gemalt war, der Apis, der Schutzgott des Papstes Alexanders VI. Jünglinge in silberfarbenen Tuniken schlugen Pauken und sangen:

»Vive diu Bos! Vive diu Bos! Viva Borgia! Lang lebe der Stier! Es lebe Borgia!«

Hoch über den Köpfen der Menge, unter dem Sternenhimmel, schwankte im Fackelschein das Bild des Tiers, feuerrot wie die aufgehende Sonne.

Unter den Zuschauern befand sich auch Leonardos Schüler Giovanni Beltraffio, der eben aus Florenz zu seinem Meister nach Rom gekommen war. Er betrachtete das rote Tier und gedachte der Worte der Apokalypse: »Und beteten das Tier an und sprachen: Wer ist dem Tiere gleich? Und wer kann mit ihm kriegen? … Und ich sah das Weib sitzen auf einem rosenfarbenen Tier, das war voll Namen der Lästerung und hatte sieben Häupter und zehn Hörner … Und an ihrer Stirn geschrieben einen Namen, das Geheimnis, das große Babylon, die Mutter der Hurerei und aller Gräuel auf Erden.«

Und Giovanni »verwunderte sich sehr, da er sie sah« – ebenso wie der, der einst diese Worte geschrieben.

13

Das rote Tier

Leonardo besaß auf dem Hügel von Fiesole bei Florenz einen Weinberg. Ein Nachbar machte ihm ein Stück Land streitig und hatte ihn verklagt. Da der Künstler jetzt in der Romagna weilte, hatte er Giovanni Beltraffio die Angelegenheit übertragen und berief ihn Ende März 1503 zu sich nach Rom.

Unterwegs machte Giovanni in Orvieto halt, um im Dom die berühmten, erst kürzlich vollendeten Fresken von Luca Signorelli zu sehen. Eines dieser Bilder stellte die Ankunft des Antichrist dar.

Das Gesicht des Antichrist überraschte Giovanni. Anfangs erschien es ihm böse, als er es aber genauer betrachtete, erkannte er, dass es nicht böse war, sondern vielmehr unendliche Trauer ausdrückte. In klaren Augen mit tiefem mildem Blick lag die letzte Verzweiflung einer Weisheit, die sich von Gott lossagt. Er war schön – trotz hässlicher spitzer Satyrohren und krummer, an Raubtierkrallen gemahnender Finger. Und in diesem Gesicht erblickte Giovanni ein anderes, ein göttliches Antlitz, zum Entsetzen ähnlich dem im Fieberwahn von ihm geschauten, das er erkennen wollte und nicht zu erkennen wagte.

Auf demselben Gemälde war links der Untergang des Antichrist dargestellt. Auf unsichtbaren Flügeln war er zum Himmel aufgeflogen, um den Menschen zu beweisen, dass er der Menschensohn sei, der in Wolken nahe, um zu richten die Toten und die Lebendigen. Aber von einem Engel gestürzt, sank der Feind Gottes in den Abgrund. Dieser misslungene Flug, diese menschlichen Flügel weckten in Giovanni die altbekannten schrecklichen Gedanken an Leonardo.

Zugleich mit Giovanni betrachtete ein feister, wohlgenährter Mönch von etwa fünfzig Jahren die Fresken und mit ihm sein Gefährte, ein langer Mensch von unbestimmtem Alter, mit hungrigem, lustigem Gesicht, gekleidet wie die wandernden Kleriker, die man früher fahrende Scholaren, Vaganten oder Goliarden nannte.

Die beiden machten sich mit Giovanni bekannt, und man reiste zusammen weiter. Der Mönch war ein Deutscher aus Nürnberg, der gelehrte Bibliothekar eines Augustinerklosters, und hieß Thomas Schweinitz. Er reiste wegen streitiger Lehen und Pfründe nach Rom. Sein Gefährte, ebenfalls ein Deutscher, Hans Plater aus Salzburg, war sein Sekretär und nebenbei sein Narr und Stallknecht.

Unterwegs sprachen sie viel über allerhand kirchliche Fragen. Ruhig, mit wissenschaftlicher Klarheit, legte Schweinitz die Absurdität des Dogmas von der Unfehlbarkeit des Papstes dar und behauptete, es könne keine zwanzig Jahre dauern, bis ganz Deutschland sich erheben und das Joch der römischen Kirche abschütteln werde.

Der geht nicht für seinen Glauben in den Tod, dachte Giovanni, das satte rundliche Gesicht des Nürnberger Mönchs musternd. Der geht nicht ins Feuer wie Savonarola. Aber wer weiß, vielleicht ist er der Kirche viel gefährlicher.

Bald nach der Ankunft in Rom traf Giovanni eines Abends auf dem Petersplatz Hans Plater wieder. Der Scholar führte ihn in die nahe Sinibaldigasse, wo sich viele deutsche Herbergen für ausländische Pilger befanden, in den kleinen Weinkeller zum »Silbernen Igel« eines Tschechen, des Hussiten Jan des Lahmen, der seine Gesinnungsgenossen gern aufnahm und mit erlesenen Weinen bewirtete – alles geheime Feinde des Papstes, deren Zahl sich von Tag zu Tag durch Freigeister vermehrte, die auf die große Erneuerung der Kirche harrten.

Hinter der öffentlichen Gaststube hatte Jan noch ein geheimes Stübchen, in das nur Auserwählte Einlass fanden. Hier war eine ganze Gesellschaft versammelt. Thomas Schweinitz saß oben am Tisch auf dem Ehrenplatz, lehnte den Rücken an ein Weinfass und hielt die feisten Hände über dem dicken Bauch gefaltet. Sein fleischiges Gesicht mit dem Doppelkinn war unbeweglich, die kleinen verschwommenen Äuglein fielen ihm schon zu: Anscheinend hatte er zu viel getrunken. Ab und zu hielt er sein Glas gegen das Licht der Kerze und freute sich am blassgoldenen Glanz des Rheinweins in dem geschliffenen Kristallkelch.

Ein wandernder Mönch, Fra Martino, machte seinem Unwillen über die Bestechlichkeit der Kurie in langatmigen Klagen Luft.

»Man mag einmal oder zweimal nehmen, aber alles muss doch eine Grenze haben, meine ich. Erbarmt Euch, wo soll das hin? Lieber will ich Straßenräubern in die Hände fallen als den hiesigen Prälaten. Das ist ja Raub am helllichten Tag! Dem Pönitentiarius soll man geben, dem Protonotarius, dem Kubikularius, dem Ostiarius, dem Stallknecht, dem Koch. Und dem Kerl, der bei Ihrer Ehrwürden, der Konkubine des Kardinals, das Schmutzwasser hinausträgt, auch noch. Gott verzeih! Es ist so, wie es im Lied heißt: ›Christus verkaufen sie wie neue Judasse.‹«

Hans Plater stand auf, nahm eine feierliche Miene an und begann, als alle ihn stumm ansahen, mit lang gezogenem Tonfall, wie man in der Kirche vorliest: »Da traten zum Papste seine Jünger, die Kardinäle, und fragten: ›Meister, was müssen wir tun, um erlöset zu werden?‹ Und Alexander sprach: ›Was fraget ihr? Es steht geschrieben im Gesetze, und ich sage euch: Wahrlich, liebe Gold und Silber von ganzem Herzen und von ganzer Seele, und liebe den Reichen wie dich selbst. Also tuet auch ihr, und ihr werdet das Leben haben.‹ Und der Papst setzte sich auf seinen Thron und sprach also: ›Selig sind die Reichen, denn sie werden mein Antlitz schauen; selig sind die, so da Gaben bringen, denn sie werden meine Kinder heißen; selig sind die, so da kommen im Namen des Goldes und Silbers, denn die päpstliche Kurie ist ihrer. Wehe aber über die Armen, die mit leeren Händen nahen! Wahrlich, ich sage euch, ihnen wäre besser, man hängte einen Mühlstein an ihren Hals und ersäufte sie im Meer, wo es am tiefsten ist.‹ Die Kardinäle antworteten und sprachen: ›Dieses werden wir getreulich tun, Herr.‹ Und der Papst sprach: ›Meine Kinder, dieses tue ich euch zum Beispiele, also raubet auch ihr, wie ich raube und bestehle die Lebendigen und die Toten.‹« Alle brachen in schallendes Gelächter aus.

Der Orgelbauer Otto Marpurg, ein würdiger Greis mit kindlichem Lächeln, der bisher stumm in der Ecke gesessen hatte, nahm ein paar sorgfältig gefaltete Blätter aus der Tasche und verlas eine soeben in Rom eingetroffene, in zahlreichen Abschriften von Hand zu Hand gehende

Spottschrift auf Alexander VI. in Form eines anonymen Briefes an den Patrizier Paolo Savelli, der vor den Verfolgungen des Papstes zu Kaiser Maximilian nach Deutschland geflohen war. In langer Übersicht waren hier alle Verbrechen und Gräuel der Familie des römischen Pontifex aufgezählt, von der Simonie angefangen bis zu Cesares Brudermord und des Papstes Blutschande mit seiner eigenen Tochter Lucrezia. Am Schluss forderte das Schreiben alle Fürsten und Herrscher Europas auf, sich zu vereinigen, um »dieses Ungeheuer, diese Bestie in Menschengestalt« zu vernichten: »Der Antichrist ist gekommen, und wahrlich, der Glaube und die Kirche Gottes hatten noch nie derartige Feinde wie Papst Alexander VI. und seinen Sohn Cesare.«

Nach der Vorlesung erörterte man lebhaft die Frage, ob der Papst wirklich der Antichrist sei.

Die Meinungen gingen stark auseinander. Der Orgelbauer Otto Marpurg gestand, dass ihm diese Gedanken schon lange keine Ruhe ließen, dass aber nach seiner Ansicht nicht der Papst der wahre Antichrist sei, sondern sein Sohn Cesare, der, wie viele annahmen, nach dem Tod seines Vaters Papst werden würde. Fra Martino behauptete, sich auf eine Stelle eines frommen Buches berufend, der Antichrist habe zwar Menschengestalt, sei aber in Wirklichkeit kein Mensch, sondern ein körperloses Gespenst; denn nach den Worten des heiligen Cyrillus von Alexandrien sei »der Sohn des Verderbens, der im Finstern nahet, des Name ist Antichrist, nichts anderes als Satan selbst, die große Schlange, der Engel Belial, der Fürst dieser Welt, der auf die Erde gekommen ist«.

Thomas Schweinitz schüttelte den Kopf. »Ihr irrt, Fra Martino. Johannes Chrysostomus sagt ganz klar: ›Wer ist das? Der Satan? Keineswegs! Sondern ein Mensch, der Satans Gestalt angenommen hat; denn er hat zwei Naturen: eine teuflische und eine menschliche.‹ Übrigens kann weder der Papst noch Cesare der Antichrist sein; er muss einer Jungfrau Sohn sein.«

Schweinitz führte eine Stelle aus dem Buch des Hippolytus *Über das Ende der Welt* an und die Worte Ephraims des Syrers: »Der Teufel wird eine Jungfrau aus dem Stamme Dans beschatten, eine geile Schlange wird in ihren Leib eindringen, und sie wird empfangen und gebären.«

Alle drangen mit Fragen und Zweifeln auf Schweinitz ein. Er berief sich auf den heiligen Hieronymus, auf Cyprian, Irenäus und viele andere Kirchenväter und erzählte vom Kommen des Antichrist.

»Einige behaupten, er werde in Galiläa geboren werden wie Christus; andere meinen – in einer großen Stadt, die man geistlich Babylon oder Sodom und Gomorrha nennt. Sein Gesicht wird sein wie das Gesicht eines Werwolfs, und viele werden es für das Gesicht Christi halten. Und er wird große Zeichen tun. Zum Meer wird er sprechen, und es wird still sein – zur Sonne, und sie wird sich verfinstern; die Berge werden sich hinwegheben, Steine sich in Brot wandeln, Hungrige wird er sättigen und Kranke heilen, Stumme, Blinde und Gelähmte. Ob er auch Tote erwecken wird, weiß ich nicht, denn im dritten Sibyllinischen Buch steht zwar geschrieben: ›Er wird Tote erwecken‹, aber die Kirchenväter zweifeln daran. ›Über Geister‹, sagt Ephraim, ›hat er keine Gewalt – non habet potestatem in spiritus.‹ Und alle Völker, von allen vier Winden, werden ihm zuströmen, Gog und Magog, und die Erde wird weiß sein von ihren Zelten und das Meer von ihren Segeln. Und er wird sie versammeln um sich und wird in Jerusalem thronen im Tempel des Allerhöchsten Gottes und wird also sprechen: ›Ich bin der Seiende, ich bin der Sohn und der Vater.‹«

»Der verfluchte Hund!«, schrie Fra Martino, der sich nicht mehr halten konnte, und schlug hart mit der Faust auf den Tisch. »Wer wird ihm aber glauben? Ich meine, Fra Tomaso, nicht einmal unvernünftige Kinder kann er damit betrügen.«

Schweinitz schüttelte wieder den Kopf. »Sie werden glauben, viele werden ihm glauben, Fra Martino, und sich von der Maske seiner Heiligkeit bestechen lassen; denn sein Fleisch wird er kasteien und seine Keuschheit wahren, er wird sich nicht mit Weibern verunreinigen, wird kein Fleisch essen und wird barmherzig sein nicht nur zu Menschen, sondern zu aller Kreatur, zu allem, was Odem hat. Wie ein Waldhuhn wird er fremde Brut mit trügerischem Ruf locken. ›Kommet her zu mir alle‹, wird er sagen, ›die ihr mühselig und beladen seid – ich will euch erquicken …‹«

»Wenn es so ist«, fragte Giovanni, »wer soll ihn da erkennen und entlarven?«

Der Mönch sah ihn mit einem tiefen, durchdringenden Blick an und antwortete: »Kein Mensch kann das, nur Gott allein. Auch große Gerechte werden ihn nicht erkennen, denn ihr Geist wird wirr sein, ihre Gedanken zwiespältig, und werden nicht sehen, wo Licht ist und wo Finsternis. Und Trauer wird sein auf Erden und Zweifel unter den Völkern wie noch nie, seit die Welt ist. Und die Menschen werden sprechen zu den Bergen: ›Fallet und verberget uns!‹ Und werden sterben in Furcht und in Erwartung der Leiden, die über sie kommen sollen, denn die himmlischen Kräfte werden schwanken. Und dann wird der, so da thront im Tempel des Allerhöchsten Gottes, auftun den Mund und sprechen: ›Was fürchtet ihr euch und seid verzagt? Haben die Schafe die Stimme des Hirten nicht erkannt? Oh, du falsches und hinterlistiges Gezücht! Ein Zeichen wollt ihr sehen, und ein Zeichen soll euch werden: Ihr werdet sehen den Menschensohn, der kommt in Wolken, zu richten die Lebendigen und die Toten. Und er wird große, mit teuflischer Arglist ersonnene Flügel nehmen, wird auffahren gen Himmel in Donner und Blitz, umgeben von Jüngern in Engelsgestalt – und wird fliegen …‹«

Erbleichend, mit vor Entsetzen starren Augen hörte ihm Giovanni zu. Er dachte an die weiten Falten im Gewand des von dem Engel in den Abgrund gestürzten Antichrists auf dem Gemälde des Luca Signorelli und an die andern vom Wind aufgeblähten, wie Flügel eines Riesenvogels aussehenden Falten um Leonardos Schultern, als er damals auf dem öden Gipfel des Monte Albano am Rand des Abgrunds stand …

Im großen Gastzimmer nebenan, das der Scholar, der kein Freund langer gelehrter Gespräche war, inzwischen aufgesucht hatte, ertönte jetzt Geschrei und Mädchenlachen, Rennen und Jagen, Gepolter umgeworfener Stühle und Klirren zerschlagener Gläser: Hans Plater war angeheitert und trieb seine Späße mit der hübschen Schankmagd.

Dann trat plötzlich Ruhe ein – er hatte das Mädchen wohl erhascht, abgeküsst und auf den Schoß genommen. Saitenspiel erklang und ein altes Lied:

»Liebe Schankmagd, schönes Kind,
Holde, süße Rose,
Ave, Ave sing ich dir, Virgo gloriosa!

Unser Wirt, der ist ein Schelm,
Hat ein Fuchsgesicht,
Doch ich liebe deinen Keller
Mehr als alle Kirchen.
Vor den Netzen der Frau Venus
Und vor Amors Pfeil
Schützt uns doch nicht Mönchsgewand,
Rosenkranz, Tonsur.
Gern für einen einz'gen Kuss
Geh ich aufs Schafott.
Schenk mir ein vom Saft der Reben,
Bin ein braver Mönch,
Fürchte nicht die heil'gen Väter;
Denn ich weiß Bescheid:
Gutes Gold hat Klang in Rom,
Und der Kanon schweigt. Rom ist nur ein Räubernest,
Schnellster Weg zur Hölle,
Und der Papst, der Kirche Stütze,
Ist ein Schandpfahl heute. Also Mädel, küss geschwind!
Dum vinum potamus –
Singt zu Bacchus, unserm Gott:
Te Deum laudamus!«

Thomas Schweinitz lauschte, und sein fettes Gesicht strahlte in seligem Lächeln. Er hob sein Glas, in dem wie blasses Gold der Rheinwein funkelte, und stimmte mit dünner, zittriger Stimme mit ein in das alte Lied fahrender Scholaren, Vaganten und Goliarden, der ersten gegen die römische Kirche sich auflehnenden Rebellen: »Singt zu Bacchus, unserm Gott: Te Deum laudamus!«

Leonardo trieb im Krankenhaus San Spirito in Rom anatomische Studien; Beltraffio war ihm dabei behilflich.

Der Künstler hatte bemerkt, dass Beltraffio dauernd schwermütig war, und um ihn zu zerstreuen, schlug er ihm eines Tages vor, gemeinsam den Vatikan zu besuchen.

Damals hatten sich gerade Spanier und Portugiesen mit der Bitte an Alexander VI. gewandt, er möge einige Streitfragen über die Besitzrechte an den neuen, kürzlich von Kolumbus entdeckten Länder und Inseln schlichten. Der Papst sollte jetzt endgültig die den Erdball teilende Grenzlinie festlegen, die er vor zehn Jahren auf die erste Nachricht von der Entdeckung der Neuen Welt hin gezogen hatte. Mit anderen Gelehrten, die der Heilige Vater zurate ziehen wollte, hatte er auch Leonardo berufen.

Giovanni lehnte zuerst ab; dann aber siegte die Neugier; er wollte doch gern den Mann sehen, von dem er so viel gehört hatte.

Am nächsten Morgen begaben sich beide in den Vatikan. Sie durchschritten den großen Saal der Päpste – denselben, in dem Alexander VI. seinem Sohn Cesare die Goldene Rose überreicht hatte – und betraten die inneren Gemächer, den Empfangsraum, den Saal Christi und der Muttergottes, und danach das Arbeitszimmer des Papstes. Die Gewölbe und die halbrunden Zwischenräume zwischen den einzelnen Bogen waren mit Fresken von Pinturicchio geschmückt, die Szenen aus dem Neuen Testament und dem Leben der Heiligen zum Gegenstand hatten.

Daneben hatte der Künstler heidnische Mysterien dargestellt. Jupiters Sohn Osiris, der Sonnengott, steigt vom Himmel herab und vermählt sich mit Isis, der Göttin der Erde. Er lehrt die Menschen die Erde bestellen, Früchte ernten, Weinreben pflanzen. Die Menschen erschlagen ihn, aber er steht auf aus dem Grab und erscheint wieder als weißer Stier, als der makellose Apis.

Wie absonderlich auch hier, in den Gemächern des römischen Pontifex, dieses Nebeneinander wirkte: Darstellungen aus dem Neuen Testament neben der Vergötterung des goldenen Stiers der Borgia in der Gestalt des Apis, so versöhnte doch die gleiche, alles durchdringende Lebensfreude beide Mysterien: das des Sohns Jehovas und das des Sohns Jupiters. Schlanke junge Zypressen bogen sich im Wind zwischen sanften Hügeln, den Hügeln des öden Umbriens gleich; am Himmel schwebende Vögel freuten sich in Liebesspielen des Lenzes; neben der heiligen Elisabeth, die die Mutter Gottes umarmt mit dem Gruß: »Gebenedeit sei die Frucht deines Leibes!«, lehrte ein winziger Page ein

Hündchen auf den Hinterpfoten stehen; und in der Vermählung des Osiris mit Isis ritt ein kleiner Schelm nackt auf einer Opfergans. Alles atmete die gleiche Freude; in allen Verzierungen, zwischen den Blumengirlanden, den Engeln mit Kreuzen und den Weihrauchfässern, den bocksbeinigen tanzenden Faunen mit Thyrsusstäben und Fruchtkörben, wiederholte sich der mystische Stier, das goldrote Tier, und von ihm ging scheinbar alle diese Freude aus, wie alles Licht von der Sonne ausgeht.

Was ist das?, dachte Giovanni. Gotteslästerung oder kindliche Einfalt? Liegt nicht die gleiche heilige Rührung im Gesicht der Elisabeth, in deren Leib das Kind hüpft, wie im Antlitz der Isis, die die zerrissenen Glieder des Gottes Osiris beweint? Liegt nicht die gleiche Andacht und die gleiche Verzückung im Gesicht Alexanders VI., der vor dem auferstandenen Christus die Knie beugt, wie im Antlitz der ägyptischen Priester, die den von den Menschen erschlagenen, als Apis wiederauferstandenen Sonnengott begrüßen?

Und dieser Gott, vor dem die Menschen aufs Antlitz sanken, dem sie Hymnen sangen und Weihrauch auf den Altären entzündeten, der Wappenstier des Hauses Borgia, das verwandelte goldene Kalb, war niemand anders als der römische Pontifex selbst, den die Dichter vergötterten:

Caesare magna fuit, nunc Roma est maxima: Sextus
Regnat Alexander, ille vir, iste Deus.*

Furchtbarer als alle Widersprüche berührte Giovanni diese friedliche Versöhnung zwischen Gott und Tier. Er betrachtete die Gemälde und lauschte gleichzeitig den Gesprächen der Edlen und Prälaten, die in Erwartung des Papstes die Säle füllten.

»Wo kommt Ihr her, Beltrando?«, fragte Kardinal d'Arborea den Gesandten von Ferrara.

»Aus dem Dom, Monsignore.«

* Rom war groß unter Cäsar, jetzt ist es größer: Alexander VI. herrscht; jener war ein Mensch, dieser ist ein Gott.

»Wie geht es Seiner Heiligkeit? Ist er nicht sehr ermüdet?«

»Keineswegs. Er hat die Messe gesungen, wie man es sich gar nicht schöner wünschen kann. Mit Majestät, mit Heiligkeit und engelhafter Schönheit. Ich glaubte nicht mehr auf Erden zu weilen, sondern im Himmel unter Gottes Heiligen. Nicht ich allein, auch viele andere weinten, als der Papst den Kelch mit der Hostie hob.«

»An welcher Krankheit ist Kardinal Michele gestorben?«, fragte der erst vor Kurzem eingetroffene französische Gesandte.

»An einer Speise oder einem Trank, so seinem Magen nicht zugesagt«, antwortete halblaut der Datarius Don Juan Lopez, ein Spanier von Geburt, wie die meisten aus der Umgebung Alexanders VI.

»Man sagt«, bemerkte Beltrando, »am Freitag, also am Tag nach Micheles Tod, habe Seine Heiligkeit dem mit großer Ungeduld erwarteten spanischen Gesandten die Audienz verweigert; er habe sich mit seinem Schmerz und Sorgen anlässlich des Todes des Kardinals entschuldigt.«

Das Gespräch hatte neben dem offenen noch einen geheimen Sinn: Die dringliche Beschäftigung und Sorge, die der Tod des Kardinals dem Papst verursacht hatte, bestanden nämlich darin, dass er den ganzen Tag das Geld des Verstorbenen zählen musste, und die dem Magen des Kardinals so unzuträgliche Speise war das berühmte Gift der Borgia gewesen, ein süßes weißes Pulver, das allmählich, in vorher bestimmbarer Zeit wirkte, oder ein Aufguss aus getrockneten, durch ein Sieb geriebenen spanischen Fliegen. Der Papst hatte diese rasche und bequeme Art, zu Geld zu kommen, selbst erfunden. Er beobachtete sehr genau die Einnahmen aller Kardinäle, und wenn er Bedarf hatte, beförderte er den Erstbesten, der ihm reich genug schien, ins Jenseits und ernannte sich zum Erben. Man sagte deshalb, er mäste seine Kardinäle wie Schlachtschweine. Sein Zeremonienmeister, der Deutsche Johannes Burchard, vermerkte häufig in seinem Tagebuch mitten unter Beschreibungen von Kirchenfesten mit unerschütterlicher Kürze den plötzlichen Tod dieses oder jenes Kardinals: »Er hatte den Kelch getrunken – Biberat calicem.«

»Ist es wahr«, fragte der Kammerherr Pedro Carranza, gleichfalls ein Spanier, »ist es wahr, dass Kardinal Monreale heute Nacht erkrankt ist?«

»Wirklich?«, rief d'Arborea. »Was fehlt ihm?«

»Ich weiß nicht genau. Man sagt Übelkeit, Erbrechen …«

»O Gott, o Gott«, seufzte d'Arborea schwer und zählte an den Fingern auf: »Kardinal Orsini, Ferrari, Michiele, Monreale …«

»Sollte etwa die hiesige Luft oder gar das Tiberwasser auf die Gesundheit Eurer Eminenzen so schädlich wirken?«, bemerkte Beltrando spöttisch.

»Einer nach dem andern. Einer nach dem andern«, flüsterte d'Arborea und erbleichte. »Heute lebt der Mensch – und morgen …«

Alle verstummten.

Eine neue Schar von Edlen, Rittern, Leibwächtern unter Führung des Großneffen des Papstes, Don Rodriguez Borgia, Kammerherren, Kubikularien, Datarien und anderen Beamten der Apostolischen Kurie strömte jetzt aus den Nebengemächern, den großen Papagallosälen, herein.

»Der Heilige Vater. Der Heilige Vater!« Ehrfürchtiges Flüstern erhob sich und verstummte sofort wieder.

Die Menge kam in Bewegung und machte Platz; die Türen taten sich auf – Papst Alexander VI. betrat den Saal.

In jungen Jahren war er schön gewesen. Man sagte, er brauchte eine Frau früher nur anzusehen, um heiße Leidenschaft in ihr zu entflammen, als habe er eine Macht in den Augen, die Frauen anzog wie der Magnet das Eisen. Seine Züge waren immer noch majestätisch und schön, wenn auch infolge der allzu starken Beleibtheit recht verschwommen. Seine Gesichtsfarbe war dunkel, sein Schädel kahl bis auf ein paar spärliche Haare im Nacken; er hatte eine große Adlernase, ein herabhängendes Doppelkinn, kleine, flinke, außerordentlich lebhafte Augen und fleischige, weiche, vorstehende Lippen, die dem Gesicht einen lüsternen, hinterlistigen und gleichzeitig fast kindlich harmlosen Ausdruck gaben.

Vergeblich suchte Giovanni im Äußeren dieses Manns etwas Schreckliches oder Grausames. Alexander Borgia beherrschte im höchsten Maß alle weltmännischen Formen und besaß eine gewisse angeborene Grazie. Was er sagte und tat – stets hatte man das Gefühl, es müsse gerade so und nicht anders gesagt oder getan werden.

»Der Papst ist siebzig Jahre alt«, schrieb ein Gesandter, »und doch wird er mit jedem Tag jünger; seine schwersten Sorgen drücken ihn nie länger als einen Tag. Er hat ein heiteres Naturell, und alles, was er unternimmt, schlägt ihm zum Guten aus. Übrigens denkt er an nichts als an den Ruhm und das Glück seiner Kinder.«

Die Borgia führten ihr Geschlecht auf kastilische, aus Afrika eingewanderte Mauren zurück, und die dunkle Hautfarbe, die wulstigen Lippen und der feurige Blick Alexanders VI. ließen wirklich annehmen, dass afrikanisches Blut in seinen Adern floss.

Man könnte sich keinen besseren Hintergrund für ihn denken, sagte sich Giovanni, als diese Fresken von Pinturicchio, die Verherrlichung des alten Apis, des von der Sonne geborenen Stiers.

Der alte Borgia, trotz seiner siebzig Jahre gesund und stark wie ein Zuchtbulle, wirkte in der Tat wie ein Nachkomme seines Wappentiers, des goldroten Stiers, des Gottes der Sonne, der Lebensfreude, Wollust und Fruchtbarkeit.

Alexander VI. betrat den Saal im Gespräch mit dem jüdischen Goldschmied Salomone da Sessa, der den Triumph Julius Cäsars auf dem Schwert des Herzogs von Valentinois dargestellt und sich die besondere Gnade Seiner Heiligkeit dadurch erworben hatte, dass er in einen flachen großen Smaragd, nach Art antiker Gemmen, eine Venus Kallipygos geschnitten hatte, die dem Papst so sehr gefiel, dass er den Stein in das Kreuz einsetzen ließ, mit dem er bei feierlichen Gottesdiensten im Dom von Sankt Peter das Volk segnete, sodass er jedes Mal die schöne Göttin küsste, wenn er das Kreuz an die Lippen drückte.

Alexander war keineswegs gottlos: Er beachtete nicht nur alle äußeren Vorschriften der Kirche, sondern war auch im Grunde des Herzens wirklich fromm. Besonders verehrte er die heilige Jungfrau Maria, die er für seine besondere Beschützerin hielt, die stets heiß zu Gott für ihn bete.

Die Lampe, die er jetzt bei dem Juden Salomone in Auftrag gab, war für die Kirche Maria del Popolo bestimmt, der er sie als Dankgeschenk für die Heilung der Madonna Lucrezia gelobt hatte.

Am Fenster sitzend, betrachtete der Papst jetzt Edelsteine, die er leidenschaftlich liebte. Mit den langen feinen Fingern seiner schönen Hand berührte er den einen und den anderen und schob dabei gierig lüstern die Lippen vor. Besonders gefiel ihm ein großer Chrysopras, der, dunkler als ein Smaragd, geheimnisvoll golden und purpurn strahlte.

Er ließ aus der eigenen Schatzkammer eine Schatulle mit Perlen holen. Jedes Mal, wenn er sie öffnete, musste er an seine geliebte Tochter Lucrezia denken, die einer blassen Perle so ähnlich sah. Er entdeckte mit den Augen in der Schar der Wartenden den Gesandten seines Schwiegersohns Alfonso d'Este, des Herzogs von Ferrara, und rief ihn heran.

»Höre, Beltrando, vergiss mein Geschenk für Madonna Lucrezia nicht! Es geziemte sich übel für dich, mit leeren Händen vom Onkel heimzukehren.«

Er nannte sich Onkel, weil in amtlichen Urkunden Madonna Lucrezia nicht als Tochter, sondern als Nichte Seiner Heiligkeit bezeichnet wurde: Der Papst durfte keine legitimen Kinder haben.

Er wühlte in der Schatulle und entnahm ihr eine haselnussgroße, längliche, rosafarbene indische Perle von unschätzbarem Wert, hielt sie gegen das Licht und freute sich an ihr. Er stellte sich vor, wie schön sie sich auf Madonna Lucrezias mattweißer Brust, im tiefen Ausschnitt ihres schwarzen Kleides ausmachen würde und schwankte noch, wem er sie schenken sollte – der Herzogin von Ferrara oder der Jungfrau Maria? Sofort aber sagte er sich, dass es Sünde wäre, der Himmelskönigin das gelobte Geschenk zu verweigern; er reichte die Perle dem Juden und befahl ihm, sie auf die Lampe zu setzen, an die sichtbarste Stelle, zwischen den Chrysopras und einen Karfunkel, ein Geschenk des Sultans.

»Beltrando«, wandte er sich wieder an den Gesandten, »wenn du die Herzogin siehst, richte ihr von mir aus, sie möge gesund bleiben und inbrünstig zur Himmelskönigin beten. Wir selbst befinden uns, wie du siehst, dank der Gnade Gottes und der Jungfrau Maria, unserer treuen Fürsprecherin, bei bester Gesundheit und senden ihr unsern apostolischen Segen. Das Geschenk schicken wir dir heute Abend in deine Wohnung.«

Der spanische Gesandte trat näher an die Schatulle heran und rief ehrerbietig aus: »Noch nie habe ich so viel Perlen gesehen! Das sind wenigstens sieben Weizenmaß!«

»Acht und ein halbes«, berichtigte ihn stolz der Papst. »Ja, damit kann man Ehre einlegen; meine Perlen sind schön. Seit zwanzig Jahren sammle ich sie. Meine Nichte liebt Perlen so sehr.« Er kniff das linke Auge zu und lachte, ein leises, seltsames Lachen: »Sie weiß, die Schelmin, dass sie ihr gut stehen. Ich will«, setzte er feierlich hinzu, »dass Lucrezia nach meinem Tod die schönsten Perlen in ganz Italien besitzt.«

Er versenkte beide Hände in die Perlen, schöpfte sie, ließ sie durch die Finger gleiten und freute sich an den blassen, zarten Körnern, wie sie leise raschelnd mit mattem Glanz niederfielen.

»Alles, alles für sie, für meine viel geliebte Nichte«, wiederholte er und verschluckte sich dabei.

Und plötzlich funkelte etwas in seinen glühenden Augen, das Giovanni einen kalten Schauer über den Rücken laufen ließ. Er musste an die Gerüchte von der schändlichen Leidenschaft des alten Borgia zu seiner eigenen Tochter denken.

Cesare wurde seiner Heiligkeit gemeldet.

Der Papst hatte ihn in einer sehr wichtigen Angelegenheit berufen: Der König von Frankreich hatte durch seinen Gesandten beim Vatikan seinen Unwillen über die feindseligen Absichten des Herzogs von Valentinois gegen die unter dem Schutz Frankreichs stehende Republik Florenz aussprechen lassen und Alexander VI. den Vorwurf gemacht, er unterstütze solche Ränke seines Sohns.

Als man dem Papst die Ankunft seines Sohns gemeldet hatte, warf er einen verstohlenen Blick auf den französischen Gesandten, trat auf ihn zu, flüsterte ihm etwas ins Ohr und führte ihn, scheinbar zufällig, zur Tür des Zimmers, in dem Cesare wartete. Dann ging er hinein und ließ, wieder wie zufällig, die Tür halb offen, sodass die nahe der Tür Stehenden, darunter auch der französische Gesandte, alles nebenan Gesprochene hören mussten.

Bald hörte man den Papst zornig schreien. Cesare wollte ihm ruhig und ehrerbietig antworten. Aber der Greis stampfte mit dem Fuß auf und schrie wutentbrannt: »Aus meinen Augen! Ersticken sollst du, Hundsfott, du Hurensohn!«

»Ach, lieber Gott! Hört Ihr?«, flüsterte der französische Gesandte seinem Nachbar, dem Oratore von Venedig, Messer Antonio Giustiniani, zu. »Sie werden sich noch prügeln. Er wird ihn schlagen!«

Giustiniani zuckte nur die Achseln. Er wusste, wenn einer schlagen würde, so eher der Sohn den Vater als umgekehrt. Seit Cesare seinen eigenen Bruder, den Herzog von Kandia, umgebracht hatte, zitterte der Papst vor ihm, obwohl er ihn jetzt noch zärtlicher liebte; doch mischte sich abergläubisches Grauen mit väterlichem Stolz. Alle wussten noch, wie Cesare den jungen Camerario Perotto, der sich vor seinem Zorn unter das Gewand des Papstes geflüchtet hatte, an der Brust des Vaters erstach, sodass diesem das Blut ins Gesicht spritzte.

Giustiniani ahnte auch, dass der jetzige Streit nur Trug war: Vater und Sohn wollten den französischen Gesandten endgültig irreführen und ihm beweisen, dass, wenn der Herzog wirklich feindselige Absichten gegen die Republik habe, der Papst jedenfalls nicht daran beteiligt sei. Giustiniani behauptete immer, die beiden ständen einander stets bei: Der Vater tue nie, was er sage, und der Sohn sage nie, was er tue.

Der Papst drohte dem sich zurückziehenden Herzog mit dem väterlichen Fluch und der Ausstoßung aus der Kirche, dann kehrte er wutbebend in den Audienzsaal zurück und wischte sich schwer atmend den Schweiß von dem geröteten Gesicht. Nur tief in seinen Augen flimmerte ein lustiger Funke.

Er schritt auf den französischen Gesandten zu und führte ihn wieder beiseite, diesmal in die Nische der Tür, die nach dem Hof des Belvedere hinausführte.

»Eure Heiligkeit«, suchte sich der höfliche Franzose zu entschuldigen, »ich wollte nicht Ursache Eures Zorns sein.«

»Oh, habt Ihr etwas gehört?«, fragte der Papst gutmütig erstaunt, und ohne ihn zur Besinnung kommen zu lassen, fasste er ihn väterlich liebevoll mit zwei Fingern am Kinn, was bei ihm ein Zeichen ganz besonderer Huld war, und redete rasch, fließend, in unaufhaltsamem Drang von seiner Ergebenheit für den König und von der Lauterkeit aller Pläne des Herzogs.

Der Gesandte hörte verwirrt und verdutzt zu; obwohl er fast unwiderlegbare Beweise des Betrugs in Händen hatte, war er eher bereit, seinen eigenen Augen nicht zu trauen als den Augen, dem Gesicht, der Stimme des Papstes.

Der alte Borgia log sehr natürlich. Er legte sich seine Lügen nie vorher zurecht; sie formten sich wie von selbst auf seinen Lippen und klangen ebenso unschuldig und unbeabsichtigt wie Liebeslügen einer Frau. Sein ganzes Leben lang hatte er diese Kunst geübt und es schließlich zu solcher Vollkommenheit darin gebracht, dass alle ihm glaubten, obwohl sie wussten, dass er log oder, wie Machiavelli sich ausdrückte, dass er »umso mehr Eide schwor, je weniger er erfüllen wollte«. Das Geheimnis seines Lügens bestand darin, dass er sich selbst glaubte, wie ein Künstler, der seine eigenen Fantasien für wahr hält.

Nach der Unterhaltung mit dem Gesandten wandte sich Alexander VI. seinem ersten Sekretär, Francesco Remolino da Ilerda, Kardinal von Perugia, zu, der als Delegierter bei der Verurteilung und Hinrichtung Savonarolas zugegen gewesen war. Der Kardinal wartete mit der zur Unterzeichnung fertigen Bulle über die geistliche Zensur. Der Papst selbst hatte diese Bulle entworfen und aufgesetzt.

»Wir erkennen sehr wohl den Nutzen der Druckpresse an«, hieß es in ihr unter anderem, »einer Erfindung, die die Wahrheit verewigt und allen zugänglich macht; aber Wir wollen dem Schaden vorbeugen, der durch freigeistige und verführerische Bücher der Kirche erwachsen könnte, und deshalb verbieten Wir hiermit den Druck jedes Buchs ohne die Erlaubnis der geistlichen Obrigkeit, des Bischofs oder seines Vikars.«

Nachdem die Bulle verlesen war, ließ der Papst seine Blicke über die Kardinäle wandern und stellte die übliche Frage: »Quid videtur? Wie denkt Ihr?«

»Sollte man nicht, außer gegen gedruckte Bücher«, warf d'Arborea ein, »auch gegen handschriftliche Werke Maßregeln ergreifen – wie zum Beispiel gegen den anonymen Brief an Paolo Savelli?«

»Ich kenne ihn«, unterbrach ihn der Papst, »Ilerda hat ihn mir gezeigt.«

»Wenn ihn Eure Heiligkeit schon kennt …«

Der Papst sah ihm gerade in die Augen. Der Kardinal wurde verlegen.

»Du willst fragen: weshalb ich keine Nachforschungen eingeleitet, nicht versucht habe, den Schuldigen zu entdecken? Oh, mein Sohn, weshalb sollte ich meinen Ankläger verfolgen, wenn nur Wahrheit in seinen Worten ist?«

»Heiliger Vater«, rief d'Arborea entsetzt.

»Jawohl«, fuhr Alexander VI. mit feierlicher, eindringlicher Stimme fort, »mein Ankläger hat recht. Ich bin der größte aller Sünder, ein Dieb, ein Wucherer, ein Wüstling, ein Mörder. Ich zittere und weiß nicht, wo ich mein Gesicht verbergen soll vor dem Gericht der Menschen – was soll da werden vor dem schrecklichen Richterstuhl Christi, vor dem auch ein Gerechter kaum bestehen kann? … Aber der Herr lebt, und meine Seele lebt. Auch für mich Verdammten ward mein Gott mit Dornen gekrönt, geschlagen, gekreuzigt und ist am Kreuz gestorben! Ein Tropfen seines Bluts genügt, um selbst einen Sünder, wie ich bin, weißer zu waschen als Schnee. Wer von euch, meine Ankläger und Brüder, hat die Tiefe von Gottes Barmherzigkeit so erforscht, um einem Sünder sagen zu können: Du bist verdammt. Mögen die Gerechten sich vor dem Gericht rechtfertigen; wir Sünder können es nur durch Demut und Buße tun; denn wir wissen, dass es ohne Sünde keine Buße gibt und ohne Buße keine Erlösung. So werde ich sündigen und Buße tun und wieder sündigen und wieder weinen über meine Sünden, wie der Zöllner und die Ehebrecherin. Ja, Herr, wie der Schächer am Kreuz, so bekenne auch ich Deinen Namen! Und selbst wenn nicht nur Menschen, die vielleicht ebenso sündig sind wie ich, sondern auch die Engel und alle himmlischen Mächte mich verdammen und verwerfen, so werde ich dennoch nicht schweigen, werde nicht ablassen, meine Fürsprecherin, die heilige Jungfrau Maria, anzurufen – weil ich weiß, sie wird Gnade haben mit mir, sie wird Gnade haben …«

Mit dumpfem, seinen ganzen feisten Körper erschütterndem Schluchzen streckte er die Arme aus zur Mutter Gottes auf Pinturicchios Gemälde über der Saaltür. Viele glaubten, der Künstler habe auf den Wunsch des Papstes dieser Madonna die Züge der schönen Römerin Giulia Farnese gegeben, der Geliebten Alexanders.

Giovanni sah, hörte und zweifelte: War das ein Narrenspiel oder war es Glaube? Oder beides zugleich?

»Eines aber sage ich noch, meine Freunde«, fuhr der Papst fort, »nicht um mich zu rechtfertigen, sondern Gott zur Ehre. Der Verfasser des Briefs an Paolo Savelli nennt mich einen Ketzer. Aber der lebendige Gott sei mein Zeuge, dessen bin ich unschuldig! Ihr selbst – nein, ihr werdet mir die Wahrheit nicht ins Gesicht sagen –, aber du, Ilerda: ich weiß, du allein liebst mich, du siehst in mein Herz, du bist kein Schmeichler; sag du mir, Francesco, sag du, wie vor Gott – bin ich der Ketzerei schuldig?«

»Heiliger Vater«, antwortete der Kardinal mit tiefer Empfindung, »wie könnte ich dein Richter sein? Selbst deine schlimmsten Feinde, wenn sie dein Werk ›Der Schild der heiligen Römischen Kirche‹ gelesen haben, müssen zugeben, dass du der Ketzerei nicht schuldig bist.«

»Hört ihr? Hört ihr?«, rief der Papst und wies auf Ilerda, triumphierend wie ein Kind. »Wenn er mich freispricht, wird auch Gott mich freisprechen. Von allem andern rede ich nicht; aber der Freigeisterei, der rebellischen Weisheit unserer Zeit, der Ketzerei bin ich nicht schuldig! Mit keinem gottlosen Gedanken oder Zweifel habe ich meine Seele befleckt. Mein Glaube ist rein und unerschütterlich. So sei auch diese Bulle über die geistliche Zensur ein neuer diamantener Schild für die heilige Kirche Gottes!«

Er nahm die Feder und schrieb mit großen, kindlich unbeholfenen, aber majestätischen Schriftzügen auf das Pergament: »Fiat. – Es geschehe also. – Alexander Sextus, episcopus, servus servorum Dei. – Alexander VI., Bischof, Knecht der Knechte Gottes.«

Zwei Zisterziensermönche aus dem apostolischen Kollegium der Piombatori – Siegler – hängten an eine durch einen Schlitz des Pergaments gezogene Seidenschnur eine Bleikugel und pressten sie mit einer Eisenzange zu einem flachen Siegel mit dem Namen des Papstes und einem Kreuz.

»Herr, nun lässt du deinen Diener in Frieden fahren«, flüsterte Ilerda und hob die in fanatischem Eifer glühenden eingefallenen Augen gen Himmel. Er glaubte wirklich, wenn man auf eine Schale der Waage alle

Schandtaten der Borgia lege, auf die andere aber diese Bulle über die geistliche Zensur, so müsse diese schwerer wiegen.

Der Geheime Kubikularius näherte sich dem Papst und sagte ihm etwas ins Ohr. Mit besorgter Miene trat Alexander ins Nebenzimmer und durch eine kleine, hinter Wandteppichen verborgene Tür auf einen engen, gewölbten, durch eine Hängelaterne erleuchteten Gang hinaus, wo der Koch des vergifteten Kardinals Monreale auf ihn wartete. Dem Papst waren Gerüchte zu Ohren gekommen, die Menge des Giftes sei nicht ausreichend gewesen, und der Kranke genese.

Er befragte den Koch sehr genau und kam zu der beruhigenden Überzeugung, dass trotz vorübergehender Besserung der Kardinal in zwei, drei Monaten sterben werde. So war es noch vorteilhafter, denn jeder Verdacht wurde beseitigt. Eigentlich ist es schade um den Alten, dachte er. Er war ein fröhlicher, umgänglicher Mann und ein treuer Sohn der Kirche. Er seufzte zerknirscht, ließ den Kopf hängen und schob gutmütig die dicken weichen Lippen vor. Der Papst log nicht: Der Kardinal tat ihm wirklich leid, und er wäre glücklich gewesen, hätte er ihm sein Geld nehmen können, ohne ihm etwas anzutun.

Auf dem Rückweg zum Audienzraum bemerkte er im Saal der Freien Künste, der manchmal als Speisezimmer für einen kleinen Freundeskreis diente, eine gedeckte Tafel und verspürte Hunger. Die Teilung der Erdkugel wurde auf den Nachmittag verschoben, und Seine Heiligkeit bat die Gäste ins Speisezimmer. Die Tafel war mit frischen weißen Lilien in Kristallgläsern geschmückt, den Blumen der Verkündigung, die der Papst besonders liebte, weil ihre jungfräuliche Schönheit ihn an Lucrezia erinnerte. Die Gerichte waren nicht üppig: Alexander VI. zeichnete sich durch Mäßigkeit in Speise und Trank aus.

Giovanni stand inmitten der Kammerdiener und lauschte der Tischunterhaltung. Der Datarius Don Juan Lopez brachte die Rede auf den heutigen Streit Seiner Heiligkeit mit Cesare und verteidigte den Herzog eifrig, als ahne er nicht, dass alles nur Verstellung war. Alle stimmten ihm zu und priesen Cesares Tugenden.

»Ach nein, nein! Sagt das nicht«, entgegnete der Papst kopfschüttelnd, mit mürrischer Zärtlichkeit. »Ihr wisst nicht, meine Freunde, was für ein Mensch er ist. Jeden Tag warte ich nur darauf, was er wieder anstellen wird. Denkt an mein Wort – er bringt uns alle noch ins Unglück und bricht sich selbst den Hals.« In seinen Augen leuchtete Vaterstolz.

»Wem er nur nachgeraten ist? Ihr kennt mich: Ich bin ein schlichter, argloser Mensch. Was ich im Herzen habe, habe ich auch auf der Zunge. Aber Cesare, weiß Gott, ist immer schweigsam und verschlossen. Glaubt mir, Signori, manchmal fahre ich ihn hart an und schelte, aber ich fürchte mich. Ja, ja, ich fürchte mich vor meinem eignen Sohn. Er ist immer höflich, zu höflich sogar, und wenn er mich plötzlich so anschaut, geht es mir wie ein Stich durchs Herz.«

Die Gäste verteidigten den Herzog noch eifriger.

»Nun ja, ich weiß schon. Ich weiß«, sagte der Papst mit schlauem Lächeln. »Ihr liebt ihn wie euer Kind und wollt nichts gegen ihn hören.« Alle verstummten; sie wussten nicht recht, welch weiteres Lob er noch erwartete. »Ihr alle sagt immer: so und so ist er«, fuhr der Greis fort, und in seinen Augen loderte ehrliches Entzücken. »Ich aber sage euch ganz offen: Keiner von euch hat eine Ahnung, wie Cesare ist. Oh, meine Kinder, hört mich an, ich will euch das Geheimnis meines Herzens offenbaren. Nicht mich selbst verherrliche ich in ihm, sondern eine höhere Vorsehung. Es gab zwei Rom. Das erste Rom vereinte alle Völker auf Erden unter der Macht seines Schwertes. Wer aber zum Schwert greift, muss durch das Schwert umkommen. Und Rom kam um. Nun gab es keine einigende Macht mehr auf Erden, die Völker liefen auseinander wie Schafe ohne Hirten. Die Welt konnte aber nicht bestehen ohne Rom. Das neue Rom wollte die Völker unter der Macht des Geistes vereinen, aber sie kamen nicht; denn es steht geschrieben: Er soll sie weiden mit eiserner Rute. Denn die geistige Rute allein hat keine Macht über die Welt. Ich bin der erste Papst, der der Kirche Gottes dieses Schwert gab, diese eiserne Rute, mit der die Völker geweidet und zu einer einzigen Herde vereint werden sollen. Cesare ist mein Schwert. Und siehe, beide Rom, beide Schwerter vereinen sich: Der Papst soll Cäsar und Cäsar Papst sein, und das Reich des Geistes, gestützt auf das Reich des Schwertes, wird sein im Ewigen Rom!«

Der Papst schwieg und hob die Augen zur Decke, wo das rote Tier, wie eine Sonne, in goldenen Strahlen leuchtete.

»Amen, Amen. Es geschehe also«, fielen die Großen und Kardinäle der römischen Kirche ein.

Im Saale war es schwül. Den Papst schwindelte, weniger vom Wein als von den berauschenden Träumen über die Größe seines Sohns. Man trat auf den Balkon, die Ringhiera, hinaus, die auf den Hof des Belvedere ging. Unten führten päpstliche Stallknechte Stuten und Hengste aus den Ställen.

»Lass sie los, Alfonso«, rief der Papst dem obersten Stallknecht zu. Der verstand den Befehl und führte ihn aus. Die Beschälung der Stuten durch die Hengste zu beobachten war ein Lieblingsvergnügen Seiner Heiligkeit. Die Stalltüren wurden geöffnet; Peitschen knallten, und lustig wiehernd sprengte eine ganze Pferdeherde auf den Hof hinaus. Die Hengste liefen den Stuten nach und deckten sie. Von Kardinälen und Großen der Kirche umringt, vergnügte sich der Papst lange an diesem Schauspiel.

Aber allmählich umwölkte sich sein Gesicht. Er dachte daran, wie er vor einigen Jahren dasselbe Schauspiel mit Madonna Lucrezia zusammen genossen hatte. Und das Bild der Tochter erstand lebendig vor ihm: blond, blauäugig, mit den dicken, sinnlichen Lippen des Vaters, frisch und zart wie eine Perle, unendlich demütig und still, im Bösen nie das Böse kennend, rein und leidenschaftslos im letzten Schrecken der Sünde. Empört und voller Hass gedachte er ihres jetzigen Gatten, des Herzogs von Ferrara, Alfonso d'Este. Warum hatte er sie hingegeben, weshalb in diese Ehe eingewilligt? Er seufzte tief und ließ das Haupt sinken, als fühle er plötzlich die Last des Alters auf seinen Schultern. Dann kehrte er in den Audienzsaal zurück.

Hier waren schon Globen, Landkarten, Zirkel und Kompasse bereit, um den großen Meridian zu ziehen, der dreihundertsiebzig portugiesische Meilen westlich von den Azorischen Inseln und von Cap Verde verlaufen sollte.

Diese Stelle hatte man gewählt, weil, wie Kolumbus behauptete, hier der »Nabel der Erde« sein sollte, jene birnenförmige, einer weiblichen Brustwarze gleiche, in die Mondsphäre hineinragende Erhöhung, von deren Vorhandensein ihn auf seiner ersten Reise die Abweichung der Magnetnadel überzeugt hatte.

Von der äußersten Westspitze Portugals auf einer Seite, von der Küste Brasiliens auf der anderen wurden gleiche Entfernungen bis zu dem geplanten Meridian abgemessen. Die Entfernungen sollten später von Seeleuten und Astronomen durch Tagereisen genauer festgelegt werden.

Der Papst sprach ein Gebet, segnete die Erdkugel mit dem Kreuz, an dem sich der Smaragd mit der Venus Kallipygos befand, tauchte ein Pinselchen in rote Tinte und zog vom Nord- zum Südpol die große Friedenslinie quer durch den Atlantischen Ozean: Alle entdeckten und noch zu entdeckenden Inseln und Länder östlich von dieser Linie sollten Spanien, westlich Portugal gehören. So schnitt er mit einer Handbewegung den Erdball in zwei Hälften wie einen Apfel und teilte ihn unter die christlichen Völker auf.

In diesem Augenblick glich Alexander VI. – so fand Giovanni –, prächtig und erhaben, in vollem Bewusstsein seiner Macht, dem von ihm verheißenen weltbeherrschenden Cäsar-Papst, dem Vereiniger der beiden Reiche, des himmlischen und des irdischen, des Reiches, das von dieser Welt ist, und des anderen, nicht von dieser Welt.

Am Abend dieses Tages gab Cesare in seinen Gemächern im Vatikan Seiner Heiligkeit und den Kardinälen ein Fest, an dem fünfzig der schönsten ehrbaren Huren – meretrices honestae nuncupatae – von Rom teilnahmen.

Nach der Tafel wurden Fensterläden und Türen geschlossen und die großen silbernen Leuchter von den Tischen genommen und auf den Fußboden gestellt. Cesare, der Papst und die Gäste warfen den Mädchen geröstete Kastanien zu, die sie splitternackt, auf allen vieren inmitten zahlloser Wachskerzen am Boden kriechend, auflesen mussten. Sie balgten sich, lachten, kreischten, fielen lang hin, und bald lag im hellen, von unten her leuchtenden Schein der niedergebrannten Kerzen ein ganzes Knäuel brauner, weißer und rosiger Leiber zu den Füßen Seiner Heiligkeit.

Der siebzigjährige Papst vergnügte sich wie ein Kind: Mit vollen Händen warf er Kastanien hin, klatschte laut in die Hände und nannte die Kurtisanen seine »Vögelchen«. Aber bald verdüsterte sich sein

Gesicht genauso wie nachmittags auf der Ringhiera des Belvedere; er dachte daran, wie er im Jahr 1501, in der Nacht vor Allerheiligen, mit Madonna Lucrezia, seiner geliebten Tochter, sich an demselben Kastanienspiel ergötzt hatte.

Zum Schluss des Fests begaben sich die Gäste in die Privatgemächer Seiner Heiligkeit, in den Saal Christi und der Muttergottes. Hier fand ein Liebeswettkampf statt zwischen den Kurtisanen und den stärksten Männern aus des Herzogs romagnolischer Leibgarde. Die Sieger erhielten Preise. So feierte man im Vatikan diesen durch zwei große Ereignisse – die Teilung des Erdballs und die Einsetzung der geistlichen Zensur – für die römische Kirche denkwürdigen Tag!

Leonardo hatte an dem Mahle teilgenommen und alles mit angesehen. Eine Einladung zu solchen Festen galt als höchster Gnadenbeweis; man konnte sie unmöglich abschlagen. Nach Hause zurückgekehrt, schrieb er in derselben Nacht in sein Tagebuch: »Seneca spricht die Wahrheit: ›In jedem Menschen ist ein Gott und ein Tier zusammengeschmiedet.‹« Und weiter schrieb er neben eine anatomische Zeichnung: »Ich meine, Menschen mit gemeinen Seelen und verächtlichen Leidenschaften sind des schönen kunstvollen Körpers nicht würdig, den auch Menschen von hohem Verstand und großer Anschauungskraft haben. Ein Sack mit zwei Öffnungen – einer zur Aufnahme, einer zur Ausscheidung der Speisen – würde für sie genügen, denn in Wahrheit sind sie nicht mehr als ein Schlauch für den Nahrungsdurchgang, die Abortgruben zu füllen. Nur in Gestalt und Stimme gleichen sie Menschen; in allem Übrigen stehen sie tiefer als das Vieh.«

Am nächsten Morgen fand Giovanni den Meister in der Werkstatt bei der Arbeit an seinem Bild des heiligen Hieronymus. In einer Grotte, fast einer Löwenhöhle, kniet der Einsiedler vor dem Kruzifix und schlägt sich mit einem Stein mit solcher Gewalt auf die Brust, dass der zu seinen Füßen liegende zahme Löwe ihm mit aufgesperrtem Rachen in die Augen schaut, dabei wohl gedehnt, traurig brüllend, als habe das Tier Erbarmen mit den Menschen. Beltraffio musste an ein anderes Bild Leonardos denken: an die weiße Leda mit dem weißen Schwan, die Göttin der Wollust, umzüngelt von den Flammen des Scheiterhaufens Savonarolas. Und wieder, wie schon so oft, fragte sich Giovanni: Welcher von diesen beiden so entgegengesetzten Abgründen liegt dem Herzen des Meisters näher – oder sind ihm beide gleich nah?

Es war Sommer geworden. In der Stadt herrschte das von den Pontinischen Sümpfen ausgehende Fieber, die Malaria. Ende Juli und Anfang August verging kein Tag, an dem nicht jemand aus der nächsten Umgebung des Papstes starb.

Der Papst war in den letzten Tagen unruhig und traurig gewesen. Aber nicht Todesfurcht quälte ihn, sondern ein anderer Kummer: die Sehnsucht nach Madonna Lucrezia. Schon früher hatte er Anfälle dieser wilden, blinden, dumpfen, an Wahnwitz grenzenden Sehnsucht gehabt, und er fürchtete sich davor; ihm war so, als würde sie ihn erwürgen, wenn er sie nicht augenblicklich befriedigte. Er schrieb an Lucrezia und flehte sie an, zu kommen, sei es auch nur für wenige Tage; er hoffte, sie dann mit Gewalt halten zu können. Sie antwortete, ihr Mann ließe sie nicht fort. Der alte Borgia hätte kein Verbrechen gescheut, um auch diesen letzten, den gehasstesten Schwiegersohn zu beseitigen, wie er schon alle früheren Gatten Lucrezias beseitigt hatte. Aber mit dem Herzog von Ferrara ließ sich nicht spaßen: Er hatte die beste Artillerie in ganz Italien.

Am 5. August begab sich der Papst nach dem Landhaus des Kardinals Adriano di Corneto. Bei der Abendtafel aß er, trotz des Verbots der Ärzte, seine stark gewürzten Lieblingsspeisen, trank schweren sizilianischen Wein und setzte sich lange mit Behagen der gefährlichen Frische des römischen Abends aus. Am nächsten Morgen fühlte er sich leidend. Später wurde erzählt, der Papst habe vom offenen Fenster aus zwei Leichenzüge gesehen, den eines seiner Kammerdiener und den des Messer Guglielmo Raimondi. Die Verstorbenen waren beide sehr dick gewesen.

»Eine gefährliche Zeit für uns dicke Leute«, hatte der Papst angeblich gesagt. Kaum hatte er die Worte gesprochen, als eine Turteltaube durchs Fenster hereinflog, mit dem Kopf an die Wand stieß und betäubt Seiner Heiligkeit zu Füßen fiel. »Ein böses Vorzeichen. Ein böses Vorzeichen«, flüsterte der Papst erbleichend und zog sich sofort in sein Schlafgemach zurück. Nachts stellten sich Übelkeit und Erbrechen ein.

Die Meinungen der Ärzte waren verschieden; die einen sprachen vom Tertianfieber, andere von Gallensucht, noch andere von »Blutschlag«. In der Stadt gingen Gerüchte, der Papst sei vergiftet worden. Von Stunde zu Stunde wurde er schwächer. Am 16. August entschloss man sich zum letzten Mittel: einer Arznei aus gestoßenen Edelsteinen. Der Zustand des Kranken wurde aber danach noch schlechter.

Plötzlich kam er zu sich und tastete suchend unter dem Hemd auf der Brust herum. Seit vielen Jahren trug Alexander VI. stets eine kleine goldene, kugelförmige Hostienkapsel mit Partikeln von Christi Blut und Leib bei sich. Die Astrologen hatten ihm gewahrsagt, er werde nicht sterben, solange er sie bei sich trage. Ob er sie nun verloren hatte, ob sie jemand aus seiner Umgebung, der seinen Tod wünschte, gestohlen, blieb unaufgeklärt. Als er hörte, dass sie nicht zu finden sei, schloss er hoffnungslos ergeben die Augen und sprach: »Ich muss also sterben. Es ist zu Ende.«

Am Morgen des 17. August fühlte er sich sterbensmatt, schickte alle hinaus und berief seinen Lieblingsarzt, den Bischof von Venosa. Er erinnerte ihn an die von einem Juden, dem Leibarzt des Papstes Innozenz VIII., erfundene Kur: Man hatte das Blut dreier Kinder in die Adern des sterbenden Papstes gespritzt.

»Eure Heiligkeit wissen auch«, fragte der Bischof, »wie der Versuch ausging?«

»Ich weiß, ich weiß«, lallte der Papst. »Aber vielleicht misslang er nur deshalb, weil man sieben- und achtjährige Kinder genommen hatte. Es heißt, es müssen ganz kleine sein, Säuglinge …«

Der Bischof antwortete nicht. Die Augen des Kranken waren trübe, er fantasierte bereits.

»Ja, ja, ganz kleine … weiße … Ihr Blut ist rein, rot … Ich habe Kinder lieb … Sinite parvulos ad me venire. Lasset die Kindlein zu mir kommen …« Diese irren Worte im Mund des sterbenden Statthalters Christi entsetzten selbst den durch nichts zu erregenden, an alles gewöhnten Bischof.

Mit einförmiger, hilfloser, krampfhaft hastiger Handbewegung, wie ein Ertrinkender, suchte und tastete der Papst immer noch nach der Kapsel mit dem Blut und Leib Christi auf seiner Brust. Während seiner Krankheit hatte er nicht ein einziges Mal seiner Kinder gedacht. Die Nachricht, dass Cesare auch todkrank sei, ließ ihn gleichgültig. Als man ihn fragte, ob er seinem Sohn oder seiner Tochter seinen letzten Willen mitteilen wolle, wandte er sich stumm ab, als seien die beiden, die er sein ganzes Leben hindurch mit so wahnsinniger Liebe geliebt, schon nicht mehr vorhanden für ihn.

Am 18. August morgens, an einem Freitag, beichtete er seinem Beichtvater, dem Bischof von Carinola, Piero Gamboa, und empfing das heilige Sakrament.

Gegen Abend las man das Sterbegebet. Wiederholt wollte der Sterbende etwas sagen oder ein Zeichen mit der Hand machen. Kardinal Ilerda neigte sich über ihn und entnahm den von des Papstes Lippen kommenden schwachen Lauten, dass er sagte: »Schnell, schnell! … Das Stabat Mater …«

Obwohl dieses Gebet nach kirchlichem Brauch sonst nicht am Sterbebett gesprochen wurde, erfüllte Ilerda doch den letzten Wunsch des Freundes und betete das *Stabat Mater Dolorosa:*

»Stabat mater dolorosa,
Juxta crucem lacrimosa
Dum pendebat Filius.
Cuius animam gementem
Contristatam et dolentem
Pertransivit gladius …

Virgo virginum praeclara
Mihi jam non sis amara
Fac me tecum plangere.

Fac me Cruce custodiri
Monte Christi praemuniri
Confoveri gratia
Quando corpus morietur
Fac ut animae donetur,
Paradisi gloria.«

Ein unaussprechliches Gefühl glänzte in Alexanders Augen, als sehe er die Fürsprecherin bereits vor sich. Mit einer letzten Anstrengung streckte er die Arme aus, erbebte, richtete sich auf und wiederholte mit brechender Stimme: »Mihi jam non sis amara!«* Dann sank er in die Kissen zurück und verschied.

Unterdessen schwebte auch Cesare zwischen Leben und Tod. Sein Arzt, der Bischof Gaspare Torella, wandte bei ihm eine sehr ungewöhnliche Kur an: Er ließ einem Maultier den Bauch aufschlitzen und steckte den von Fieber geschüttelten Kranken in die blutigen, dampfenden Eingeweide. Dann tauchte man ihn in eiskaltes Wasser. Weniger dank dieser Kur als durch seine eiserne Willenskraft genas Cesare.

In diesen bösen Tagen bewahrte er vollkommene Ruhe, verfolgte alle Ereignisse, hörte Vorträge, diktierte Briefe und gab Befehle. Als er die Nachricht vom Hinscheiden des Papstes empfing, ließ er sich durch einen geheimen Gang aus dem Vatikan in die Engelsburg schaffen.

In der Stadt liefen die tollsten Gerüchte über den Tod Alexanders VI. um. Der Gesandte von Venedig, Marino Sanuto, schrieb seiner Republik, der Papst habe kurz vor seinem Tod einen Affen gesehen, der ihn neckte und im Zimmer herumsprang. Als ein Kardinal das Tier einfangen wollte, habe Alexander entsetzt ausgerufen: »Lass ihn, lass ihn! Das ist der Teufel!« Andere erzählten, er habe wiederholt gerufen: »Ich komme, ich komme, warte noch ein wenig!«, und erklärten das so: Rodrigo Borgia, der spätere Alexander VI., habe nach dem Tod von Innozenz VIII. im Konklave einen Pakt mit dem Teufel geschlossen und ihm seine Seele versprochen, wenn er ihn dafür zwölf Jahre Papst sein lasse. Auch wurde behauptet, eine Minute vor seinem Tod seien am Kopfende des Bettes sieben Teufel erschienen, und sein Körper sei sofort nach dem Hinscheiden in Verwesung übergegangen, habe gesiedet und Schaum aus dem Mund gespritzt wie ein Kessel auf dem Feuer, sei dick und gedunsen geworden, habe jede menschliche Form verloren und sei schließlich schwarz gewesen, wie »Kohle oder ganz schwarzes Tuch, und das Gesicht sei gewesen wie das eines Äthiopiers«.

Nach dem Brauch mussten vor der Beerdigung eines römischen

---

* Sei mir nicht mehr gram.

Pontifex im St. Petersdom neun Tage lang Seelenmessen gelesen werden. Die Leiche des Papstes flößte aber allen solches Grauen ein, dass niemand die Messen lesen wollte. An der Bahre waren weder Kerzen noch Weihrauch, weder Priester noch Wachen noch Betende. Lange konnte man keine Träger finden. Endlich fand man sechs Nichtsnutze, die für ein Glas Wein zu allem bereit waren. Der Sarg war zu klein. Man nahm dem Papst die dreikronige Tiara vom Kopf, warf statt einer Decke einen zerlöcherten Teppich über ihn und zwängte die Leiche mit Fußtritten in den zu kurzen und zu schmalen Kasten. Es wurde sogar behauptet, man habe ihn überhaupt keines Sarges gewürdigt, habe ihm nur einen Strick an die Füße gebunden und ihn wie einen Tierkadaver oder eine Pestleiche in die Grube geschleift.

Aber auch im Grab fand er keine Ruhe: Die abergläubische Angst des Volks wuchs von Tag zu Tag. Dem todbringenden Malariahauch schien sich in der Luft Roms ein neuer, unbekannter, noch ekelhafterer und unheimlicherer Gestank zu gesellen. Im St. Petersdom wurde ein schwarzer, mit unglaublicher Schnelligkeit in regelmäßigen Spiralen laufender Hund gesehen. Die Bewohner des Borgo wagten sich nach Einbruch der Dämmerung nicht mehr aus ihren Häusern. Viele waren fest überzeugt, Papst Alexander VI. sei nicht gestorben; er werde auferstehen und wieder den Thron besteigen – und dann werde das Reich des Antichrist anheben. Alle diese Ereignisse und Gerüchte erfuhr Giovanni ausführlichst in der Sinibaldigasse, im Keller des Tschechen, des Hussiten Jan des Lahmen.

In dieser Zeit arbeitete Leonardo völlig zurückgezogen, durch nichts abgelenkt an einem Bild, das er schon vor langer Zeit im Auftrag der Mönche von Santa Maria Annunziata in Florenz begonnen und an dem er, als er in Cesares Dienst stand, mit der gewohnten Langsamkeit weitergearbeitet hatte. Das Bild stellte die heilige Anna und die Jungfrau Maria dar.

Auf einsamer Bergwiese, auf einer Höhe, von der man blaue Gipfel ferner Berge und stille Seen erblickt, sitzt die Jungfrau Maria nach alter Gewohnheit auf dem Schoß ihrer Mutter Anna und hält das Jesuskind, das ein Lamm am Ohr packt und niederduckt und in kindlicher Ausgelassenheit ein Beinchen hebt, um das Lämmlein zu besteigen. Die heilige Anna gleicht einer ewig jungen Sibylle. Das um ihre gesenkten Augen und fein geschwungenen Lippen spielende Lächeln, geheimnisvoll und verführerisch, wie durchsichtig blaues Wasser, das Lächeln der Schlangenweisheit, erinnerte Giovanni an Leonardos eigenes Lächeln. Marias kindlich klares Antlitz neben ihr atmet Taubeneinfalt. Maria ist die vollkommene Liebe, Anna die vollkommene Erkenntnis; Maria weiß, weil sie liebt – Anna liebt, weil sie weiß. Beim Betrachten dieses Bildes glaubte Giovanni zum ersten Mal das Wort des Meisters wirklich verstanden zu haben: »Die große Liebe ist die Tochter der großen Erkenntnis.«

Gleichzeitig fertigte Leonardo Zeichnungen zu verschiedenen Maschinen, riesigen Hebekränen, Pumpen, Vorrichtungen zum Ausziehen von Draht, zu Sägen zum Zerschneiden des härtesten Gesteins und zu Walzmaschinen zur Herstellung von Eisenstangen, zu Webstühlen, Tuchscher- und Töpfermaschinen. Giovanni wunderte sich, wie der Meister die beiden Arbeiten, die an den Maschinen und die am Bild der heiligen Anna, vereinen konnte. Aber dieses Nebeneinander war nicht zufällig.

»Ich behaupte«, schrieb Leonardo in seinen *Elementen der Mechanik*, »dass die Kraft etwas Geistiges, Unsichtbares ist. Geistig, weil ihr Leben körperlos ist; unsichtbar, weil der Körper, in dem sie entsteht, weder sein Gewicht noch seine Form verändert.«

Er beobachtete mit der gleichen Freude, wie in den Gliedern schöner Maschinen – in Rädern, Hebeln, Federn, Bogen, Treibriemen, zahllosen Schrauben, Stangen, mächtigen Eisenwellen, kleinen Radzähnchen und Speichen – die Kraft sich überträgt und verteilt, und wie die Liebe, die weltbewegende Kraft des Geistes, vom Himmel zur Erde fließt, von der Mutter zur Tochter und von der Tochter zum Enkelkind, zu dem geheimnisvollen Lamm übergeht, um, den ewigen Kreislauf vollendend, zu ihrem Ursprung zurückzukehren.

Leonardos Geschick entschied sich zugleich mit dem Cesares. Cesare, der »große Kenner des Schicksals«, wie ihn Machiavelli nannte, bewahrte zwar äußerlich Ruhe und Mut, fühlte aber doch, dass ihm das Glück den Rücken gekehrt hatte. Als seine Feinde vom Tod des

Papstes und von Cesares Krankheit erfuhren, schlossen sie sich zusammen und rissen die römische Campagna an sich. Prospero Colonna näherte sich den Toren der Stadt, die Vitelli zogen gegen Perugia; Urbino empörte sich; Camerino, Cagli, Piombino fielen nacheinander ab. Das zur Wahl eines neuen Papstes versammelte Konklave forderte die Entfernung des Herzogs aus Rom. Alles stand gegen ihn auf, alles brach zusammen.

Und alle, die noch kürzlich vor ihm gezittert hatten, höhnten ihn jetzt, frohlockten über seinen Sturz und versetzten dem sterbenden Löwen Schläge mit ihren Eselshufen. Die Dichter verfassten spöttische Epigramme auf ihn:

»Nichts oder Cäsar! – Vielleicht beides? Der Cäsar
Bist du gewesen. Nun wirst du bald nichts sein!«

Leonardo plauderte eines Tages auf einem der Höfe des Vatikans mit dem venezianischen Gesandten Antonio Giustiniani, der bereits damals, als Cesare noch auf dem Gipfel seiner Macht stand, vorausgesagt hatte, er werde »verbrennen wie ein Strohfeuer«. Der Künstler brachte das Gespräch auf Messer Niccolò Machiavelli.

»Hat er mit Euch auch von seinem Werk über die Staatskunst gesprochen?«, fragte Leonardo.

»Gewiss. Wiederholt sogar. Messer Niccolò beliebt natürlich zu scherzen. Nie wird er dieses Buch veröffentlichen. Man schreibt doch nicht über solche Dinge. Den Fürsten Ratschläge erteilen, die Geheimnisse ihrer Macht vor dem Volk enthüllen, beweisen, dass jeder Staat nichts anderes ist als Gewalttat unter der Maske der Gerechtigkeit: Das wäre doch so, als wollte man den Hühnern die Schlauheit von Füchsen beibringen, den Schafen Wolfszähne einsetzen. Gott behüte uns vor solcher Politik!«

»Ihr meint also, Messer Niccolò sei auf falschem Weg und werde seine Ansichten ändern?«

»Keineswegs. Ich bin völlig seiner Meinung. Man muss so handeln, wie er sagt, aber man darf nicht so sprechen. Sollte er aber sein Buch doch veröffentlichen, so wird niemand Schaden davon haben als nur er selbst. Gott ist gnädig: Schafe und Hühner werden wie bisher ihren rechtmäßigen Gebietern, den Wölfen und Füchsen, vertrauen, die aber werden Messer Niccolò einer teuflischen Politik, der Fuchsschlauheit und Wolfsgrausamkeit beschuldigen. Und alles wird beim Alten bleiben. Wenigstens solange wir am Leben sind!«

Im Herbst 1503 berief der lebenslängliche Gonfaloniere der Republik Florenz, Piero Soderini, Leonardo in seine Dienste; er gedachte ihn als Kriegsmechaniker ins Lager von Pisa zu schicken, um dort Belagerungsmaschinen zu bauen.

In den letzten Tagen seines Aufenthalts in Rom spazierte der Künstler eines Abends auf dem Palatinischen Hügel. Hier, wo einst die Paläste der Kaiser Augustus, Caligula und Septimius Severus gestanden hatten, fuhr jetzt der Wind durch die Ruinen, und unter grauen Olivenbäumen blökten weidende Schafe und zirpten die Grillen. Nach der Menge der hier liegenden weißen Marmorfragmente zu urteilen, mussten Götterstatuen von ungeahnter Schönheit in der Erde ruhen, wie Tote ihrer Auferstehung harrend.

Es war ein heiterer Abend. Die von der Sonne bestrahlten backsteinernen Ruinen von Bogen, Gewölben und Mauern hoben sich tiefrot vom dunkelblauen Himmel ab. Und herrlicher als das Gold und der Purpur, der einst die römischen Kaiserpaläste geschmückt hatte, leuchteten Purpur und Gold des Herbstlaubs.

Am Nordhang des Hügels, in der Nähe der Gärten des Capronicus, kniete Leonardo nieder, bog das Gras zur Seite und prüfte aufmerksam ein altes Stück Marmor mit feinem Ornament. Auf dem schmalen Pfad trat hinter Sträuchern ein Mann hervor. Leonardo blickte ihn an, stand auf, sah noch einmal hin, schritt auf ihn zu und rief: »Seid Ihr es, Messer Niccolò?« Ohne eine Antwort abzuwarten, umarmte und küsste er ihn wie einen Bruder.

Die Kleidung des Sekretärs der Republik Florenz schien noch abgetragener und ärmlicher zu sein als damals in der Romagna: Offenbar verwöhnten ihn die Lenker der Republik immer noch nicht und hielten ihn knapp. Er war magerer geworden, die rasierten Wangen waren eingefallen, der lange, dünne Hals länger, die flache Entennase noch spitzer, und seine Augen leuchteten noch feuriger, in fieberhaftem Glanz.

Leonardo befragte ihn, ob er für lange in Rom sei und in welchen Angelegenheiten. Als der Künstler Cesare erwähnte, wandte sich Niccolò ab, seinem Blick ausweichend, zuckte die Achseln und entgegnete kühl, mit gekünstelter Gleichgültigkeit: »Nach dem Willen des Schicksals habe ich in meinem Leben so oft derartige Ereignisse mit angesehen, dass ich mich über nichts mehr wundere.«

Und sichtlich nur um dem Gespräch eine andere Wendung zu geben, fragte er seinerseits Leonardo, was er treibe. Als er erfuhr, dass der Künstler in die Dienste der Republik Florenz getreten sei, machte er eine verächtliche Geste.

»Ihr werdet keine Freude erleben. Gott weiß, was besser ist: die Schandtaten eines Helden wie Cesare oder die Tugenden eines Ameisenhaufens wie unsere Republik. Übrigens ist das eine so viel wert wie das andere. Fragt mich nur: Ich weiß etwas von den Vorzügen einer Volksregierung!«, sagte er, bitter lächelnd.

Leonardo wiederholte ihm Antonio Giustinianis Bemerkung von der Fuchsschläue, die er, Machiavelli, angeblich den Hühnern beibringen, und den Wolfszähnen, die er den Schafen einsetzen wolle.

»Er hat ganz recht«, lachte Niccolò gutmütig. »Ich ärgere die Gänse, und ich sehe schon, dass brave Leute mich auf dem Scheiterhaufen verbrennen werden, nur weil ich als Erster das ausspreche, was alle tun. Die Tyrannen werden mich für einen Volksaufwiegler erklären, das Volk für einen Tyrannenknecht, die Mucker für einen Gottlosen, die Guten für einen Bösewicht; die Bösen aber werden mich am allermeisten hassen, denn sie werden mich für noch ärger halten, als sie selbst sind.«

Und mit leiser Trauer in der Stimme fügte er hinzu: »Erinnert Ihr Euch noch an unsere Gespräche in der Romagna, Messer Leonardo? Ich denke oft daran, und mir ist manchmal so, als hätten wir beide das gleiche Geschick. Neue Wahrheiten zu entdecken war und bleibt immer genauso gefährlich wie das Entdecken neuer Erdteile. Für die Tyrannen wie für den großen Haufen, für die Kleinen wie für die Großen bleiben wir beide immer fremd und überflüssig – heimatlose Vagabunden, ewig Ausgestoßene. Wer nicht so ist wie alle andern, steht allein gegen alle; denn die Welt ist für den Pöbel erschaffen, und nur Pöbel haust in ihr. So ist es, mein Freund«, fuhr er noch leiser und versonnener fort. »Langweilig ist es, sage ich, auf dieser Welt zu leben, und das Garstigste im Leben ist nicht Sorge, Krankheit, Armut und Leid – sondern die Langeweile …«

Schweigend stiegen sie den westlichen Abhang des Palatino hinab und gelangten durch eine enge, schmutzige Gasse zum Fuß des Kapitols zu den Ruinen des Saturntempels, der Stelle, wo einst das römische Forum gewesen war.

Zu beiden Seiten der alten Heiligen Straße, der Via Sacra, vom Triumphbogen des Septimius Severus bis zum Amphitheater der Flavier standen elende, baufällige Häuschen. Wie man erzählte, bestanden die Fundamente vieler dieser Häuschen aus den Trümmern kostbarer Statuen, aus Gliedern olympischer Götter: Das Forum hatte jahrhundertelang als Steinbruch gedient. In Ruinen heidnischer Tempel schmiegten sich trübselig scheu christliche Kirchen. Durch Straßenschutt, Staub und Müll war der Erdboden mehr als zehn Ellen höher geworden. Doch ragten hier und da noch alte Säulen mit Resten von Architraven hervor, von jähem Einsturz bedroht.

Niccolò zeigte seinem Begleiter die Stätte des römischen Senats, der Kurie, der Volksversammlung; jetzt hieß der Platz Campo Vaccino, die Kuhwiese, und diente als Viehmarkt … Weiße, stark behörnte Ochsen, schwarze Büffel ruhten paarweise auf dem Boden; Schweine grunzten in Pfützen, Ferkel quiekten. Gestürzte Marmorsäulen, Platten mit halb verwitterten Inschriften lagen unter Viehmist in schwarzer dünner Jauche. An den Triumphbogen des Titus Vespasianus lehnte sich ein alter Ritterturm, einst das Räubernest der Barone Frangipani. Vor dem Bogen war eine Schänke für die Bauern, die den Viehmarkt besuchten. Aus den Fenstern tönte Gekeife schimpfender Weiber; dicker Qualm von ranzigem Öl und Bratfisch zog heraus. An einer Leine trockneten Lumpen. Ein alter Bettler mit einem vom Fieber abgezehrten Gesicht saß auf einem Stein und wickelte einen Lappen um sein krankes, geschwollenes Bein.

In dem Triumphbogen befanden sich zu beiden Seiten Basreliefs: Eines stellte Kaiser Titus Vespasianus, den Eroberer von Jerusalem, im

Triumphzug dar, auf einem als Quadriga bespannten Wagen; das andere gefesselte jüdische Gefangene und Siegestrophäen: den Opferaltar Jehovas mit den Schaubroten und dem siebenarmigen Leuchter aus dem Tempel Salomos. Oben, in der Mitte der Wölbung, trug ein Adler auf breiten Fittichen den vergötterten Kaiser zum Olymp empor. Auf der Stirnseite des Bogens las Niccolò die noch erhaltene Inschrift: »Senatus Populusque Romanus divo Tito divi Vespasiani filio Vespasiano Augusto.« Vom Kapitol her beleuchtete die Sonne, die mit ihren letzten blutroten Strahlen den blau wie Weihrauchwolken in der Luft schwebenden, stinkenden Küchenqualm durchdrang, das Tor und den Triumphzug des Kaisers.

Niccolòs Herz krampfte sich schmerzhaft zusammen, als er mit einem letzten Blick auf das Forum im roten Schein der Abendsonne die drei einsamen weißen Marmorsäulen vor der Kirche Santa Maria Liberatrice erblickte. Das wehmütige, gebrechlich lallende Glockengeläut, das abendliche Ave-Maria, klang wie eine Totenklage um das römische Forum. Sie betraten das Kolosseum.

»Ja«, sagte Niccolò die riesigen Steinblöcke der Mauern des Amphitheaters betrachtend, »die Menschen, die solche Bauten ausführen konnten, waren doch anders als wir. Hier in Rom empfindet man den Unterschied zwischen uns und den Alten. Wie könnten wir uns mit ihnen messen? Wir können uns keine Vorstellung davon machen, was das für Menschen waren…«

»Ich glaube, Niccolò«, widersprach Leonardo langsam, als mache er sich nur schwer von seiner Versonnenheit frei, »Ihr habt unrecht. Auch die Menschen von heute haben eine Kraft, die nicht geringer ist als die der Alten, sie ist nur anders.«

»Meint Ihr etwa die christliche Demut?«

»Ja, unter anderem auch die Demut.«

»Nun, vielleicht!«, antwortete Niccolò kühl.

Sie setzten sich auf die unterste, halb zerfallene Stufe des Amphitheaters, um zu rasten.

»Ich meine«, fuhr Niccolò erregt fort, »die Menschen müssen Christus entweder annehmen oder ihn ablehnen. Wir tun aber weder das eine noch das andere. Wir sind weder Christen noch Heiden. Vom einen

Ufer sind wir abgestoßen, das andere haben wir nicht erreicht. Wir besitzen nicht die Kraft, gut zu sein, und haben Angst, böse zu sein. Wir sind nicht schwarz und nicht weiß, sondern grau; nicht kalt und nicht heiß, sondern lau. Wir hinken so verlegen und kleinmütig zwischen Christus und Belial hin und her, dass wir heute wohl selbst nicht mehr wissen, was wir eigentlich wollen und wohin wir streben. Die Alten aber wussten, was sie wollten, und taten alles ohne Heuchelei bis zu Ende; sie boten dem, der ihnen einen Streich gab auf die linke Backe, nicht die rechte dar. Seit aber die Menschen glauben, man müsse der himmlischen Seligkeit halber jedes Unrecht auf Erden dulden, tat sich allen Schuften ein großes und ungefährliches Wirkungsfeld auf. Was anders als die neue Lehre hat die Welt geschwächt und sie jedem Schurken ausgeliefert!« Seine Stimme bebte, in seinen Augen loderte fast wahnwitziger Hass; sein Gesicht verzerrte sich, wie in unerträglichem Schmerz.

Leonardo schwieg. Klare, kindliche Gedanken, so schlicht, dass er sie nicht hätte in Worte fassen können, zogen durch seine Seele: Er schaute zum blauen Himmel empor, der durch die Spalten der Mauern des Kolosseums leuchtete, und bedachte, dass nirgends das Blau des Himmels so ewig jung, so froh scheint wie gerade durch die Spalten von Ruinen.

Einst hatten die Eroberer Roms, nordische Barbaren, die nicht einmal Erz aus der Erde zu gewinnen wussten, die die Steine in den Mauern des Kolosseums verbindenden eisernen Klammern herausgerissen, um das alte römische Eisen in neue Schwerter umzuschmieden, und Vögel hatten in den Löchern Nester gebaut. Leonardo beobachtete, wie schwarze Dohlen mit frohem Geschrei ihr Nachtlager aufsuchten und in den Nestern verschwanden, und er überlegte, dass nicht die weltbeherrschenden Kaiser, die diesen Bau errichtet, nicht die Barbaren, die ihn zerstörten, geahnt hatten, dass sie sich mühten für die, von denen geschrieben steht: »Sie säen nicht, sie ernten nicht, sie sammeln nicht in die Scheuern, und euer himmlischer Vater nähret sie doch.«

Leonardo widersprach Machiavelli nicht; er fühlte, dass Niccolò ihn doch nicht verstehen würde. Denn alles, was Freude war für Leonardo, war Kummer für Niccolò; sein Honig war für Niccolò Galle, und das Kind der großen Erkenntnis war sein großer Hass.

»Wisst Ihr, Messer Leonardo«, sagte Machiavelli, der das Gespräch nach seiner Gewohnheit mit einem Scherz schließen wollte, »jetzt sehe ich erst, wie sehr alle irren, die Euch einen Ketzer und Gottesleugner nennen. Ihr werdet an meine Worte denken: Am Tage des Jüngsten Gerichts, wenn wir in Schafe und Böcke geschieden werden, werdet Ihr bei den demütigen Lämmern Christi sein und mit den Heiligen eingehen ins Paradies.«

»Und mit Euch, Messer Niccolò«, fiel der Künstler lachend ein. »Wenn ich schon ins Paradies komme, müsst Ihr erst recht hinein.«

»Nun nein, danke verbindlichst! Meinen Platz trete ich im Voraus jedem ab, der ihn haben will. Ich habe an der Langeweile auf Erden schon genug …«

Plötzlich aber leuchtete gutmütige Heiterkeit in seinem Gesicht auf. »Hört, mein Freund, welch bedeutsamen Traum ich einst hatte. Mir träumte, man bringe mich in eine Versammlung von hungrigen, schmutzigen Strolchen, von Mönchen, Dirnen, Sklaven, Krüppeln und Blöden, und man erkläre mir, das seien die, von denen geschrieben steht: ›Selig sind, die da geistig arm sind, denn das Himmelreich ist ihrer.‹ Dann führte man mich an einen andern Ort, wo ich einen Kreis großer Männer wie den alten Senat erblickte. Da waren Feldherren, Kaiser, Päpste, Gesetzgeber, Philosophen – Homer, Alexander der Große, Plato, Mark Aurel; sie redeten über Wissenschaft, Kunst und Staat. Und man sagte mir, das sei die Hölle mit den Seelen der Sünder, die Gott verworfen hat, weil sie die Weisheit der Zeitlichkeit liebten, die töricht ist vor dem Herrn. Und man fragte mich, wohin ich wolle: in die Hölle oder ins Paradies? ›In die Hölle‹, rief ich, ›natürlich in die Hölle, zu den Weisen und Helden!‹«

»Ja, wenn es wirklich so wäre, wie Ihr geträumt«, entgegnete Leonardo, »so wäre auch ich nicht abgeneigt …«

»Nein, es ist zu spät! Ihr entgeht dem Paradies nicht. Mit Gewalt schleppt man Euch hin. Für Eure christlichen Tugenden werdet Ihr mit dem christlichen Paradies belohnt werden.«

Als sie das Kolosseum verließen, dunkelte es. Groß und gelb ging der Mond hinter der schwarzen Kuppel der Konstantinbasilika auf, die wie Perlmutter durchsichtigen Wolkenschichten zerschneidend. Durch den rauchigen, blaugrauen Dunst, der sich vom Triumphbogen des Titus Vespasianus bis zum Kapitol zog, wirkten die gespenstischen, einsamen drei Säulen vor der Kirche Santa Maria Liberatrice im Mondlicht noch viel schöner. Und das gebrechlich lallende Glockengeläut, der abendliche Angelus, klang noch schwermütiger, wie eine Totenklage, um das römische Forum.

14

Monna Lisa Gioconda

Leonardo schrieb in seinem *Traktat über die Malerei,* Trattato sulla Pittura: »Zum Bildnismalen musst du eine besondere Werkstatt haben: einen länglichen viereckigen Hof, zehn Ellen breit, zwanzig lang, mit schwarz gestrichenen Wänden, mit einem Dachvorsprung darüber und einem leinenen Schutzdach gegen die Sonne, das man nach Bedarf zusammenlegen oder aufklappen kann. Ohne das Leinendach male nur vor der Dämmerung oder bei bewölktem, nebligem Himmel. Das ist ein vollkommenes Licht.«

Einen solchen Hof zum Bildnismalen hatte sich Leonardo im Haus seines Wirts eingerichtet, des angesehenen Florentiner Bürgers und Kommissars der Signoria, Ser Piero di Braccio Martelli, eines Liebhabers der Mathematik, eines klugen, ihm freundschaftlich gewogenen Manns. Es war das zweite Haus auf der linken Seite der Via Martelli, wenn man von der Piazza San Giovanni zum Palazzo de' Medici geht.

Es war ein stiller, warmer, nebliger Tag gegen Ende des Frühjahrs 1505. Die Sonne schien mit trübem Licht, wie durch Wasser, durch den feuchten Wolkenschleier; die Schatten waren zart, vergehend wie Rauch. Dieses Licht war Leonardo das allerliebste, es verlieh weiblichen Gesichtern, wie er behauptete, eine ganz besondere Schönheit.

Sollte sie nicht kommen? Er dachte an die Frau, an deren Bild er seit beinahe drei Jahren mit einer für ihn ungewöhnlichen Ausdauer, mit großem Eifer malte.

Er richtete die Werkstatt zu ihrem Empfang. Giovanni Beltraffio beobachtete ihn verstohlen und wunderte sich über die Unruhe, fast Ungeduld seiner Erwartung, die dem stets ruhigen Meister sonst nicht eigen war. Leonardo ordnete auf dem Wandbrett die verschiedenen Pinsel, Paletten und Farbtöpfchen, auf denen durch langes Stehen der Leim wie Eis zu einer hellen Kruste erstarrt war, und nahm die Leinenhülle von dem auf einer drehbaren dreibeinigen Staffelei, dem Leggio, stehenden Bild. Dann ließ er die in der Mitte des Hofs nur zu ihrem Vergnügen angelegte Fontäne springen; die herabfallenden Wasserstrahlen trafen auf gläserne Halbkugeln und erzeugten dadurch eine seltsame leise Musik.

Um die Fontäne herum wuchsen, von Leonardos Hand gepflanzt und gepflegt, ihre Lieblingsblumen, Irisblüten. Dann holte er einen Korb mit geschnittenem Brot für die zahme Hirschkuh, die auf dem Hof einherging und die sie eigenhändig fütterte, und legte den dicken Teppich zurecht vor dem Sessel aus glattem dunklem Eichenholz mit durchbrochener Rückenlehne und Armlehnen. Auf dem Teppich, seinem gewohnten Platz, schnurrte bereits zusammengerollt ein asiatischer weißer Kater von seltener Rasse, den Leonardo auch nur zu ihrem Vergnügen gekauft hatte; das Tier hatte verschiedene Augen: das rechte war gelb wie ein Topas, das linke blau wie ein Saphir.

Andrea Salaino brachte Noten und stimmte die Viola. Dann erschien ein zweiter Musiker, Atalante, den Leonardo noch von Mailand, vom Hof Herzog Moros her kannte. Er spielte besonders gut die silberne, von Leonardo erfundene Laute, die aussah wie ein Pferdeschädel.

Die besten Musiker, Sänger, Erzähler, Dichter, die witzigsten Plauderer lud Leonardo in seine Werkstatt, um sie zu unterhalten, um ihr die Zeit zu vertreiben, während er sie malte. Er beobachtete auf ihrem Gesicht das Spiel der Gedanken und Gefühle, die Gespräche, Erzählungen und Musik in ihr hervorriefen.

Doch in letzter Zeit waren solche Veranstaltungen seltener gewesen; er wusste, dass sie nicht mehr nötig waren, dass sie sich auch ohne all dies nicht langweilte. Nur auf Musik, die beiden bei der Arbeit half, verzichtete er nicht, denn auch sie nahm an der Arbeit an ihrem Bild teil.

Alles war bereit, aber sie kam immer noch nicht. Sollte sie nicht kommen?, dachte er. Heute sind Licht und Schatten gerade wie geschaffen für sie. Ob ich nach ihr schicke? Aber sie weiß doch, dass ich warte. Sie muss kommen. Und Giovanni sah, dass des Meisters ungeduldige Erregung immer größer wurde.

Plötzlich drückte ein leichter Windhauch den Strahl der Fontäne zur Seite; die Glaskugeln erklangen, und die weißen Blütenblätter der Iris erzitterten unter dem Wasserstaub. Die hellhörige Hirschkuh reckte den Hals und spitzte die Ohren. Leonardo horchte auf. Giovanni selbst hörte noch nichts, aber im Gesicht des Meisters las er, dass sie da war.

Zuerst trat mit ehrerbietiger Verbeugung Schwester Camilla ein, eine Nonne, die bei ihr wohnte und sie jedes Mal in Leonardos Werkstatt begleitete. Sie hatte die löbliche Eigenschaft, sich gleichsam unsichtbar zu machen: Bescheiden saß sie mit dem Gebetbuch in Händen in der Ecke, hob die Augen nicht und sprach nie ein Wort, sodass Leonardo während der drei Jahre, die sie schon zu ihm kam, fast nie ihre Stimme gehört hatte.

Nach Camilla trat diejenige ein, die alle hier erwarteten: eine Frau von etwa dreißig Jahren, in einfachem dunklem Gewand, mit einem durchsichtigen, dunklen, bis zur Mitte der Stirn reichenden Schleier – Monna Lisa Gioconda.

Beltraffio wusste, dass sie Neapolitanerin war, aus altem Geschlecht, die Tochter des einst reichen, aber während des Einfalls der Franzosen im Jahr 1495 verarmten Edlen Anton Maria Gherardini und jetzt die Gattin des Florentiner Bürgers Francesco del Giocondo. Messer Giocondo hatte im Jahr 1481 Camilla, Tochter des Mariotto Rucellai, geheiratet, die bereits nach zwei Jahren starb. Darauf heiratete er Tommasa Villani und ging nach deren Tod mit Monna Lisa seine dritte Ehe ein. Als Leonardo ihr Bildnis malte, war der Künstler fünfzig, Monna Lisas Gatte fünfundvierzig Jahre alt. Er gehörte den »Zwölf Buonomini« an und sollte bald Prior werden; er war ein Durchschnittsmensch, deren es immer und überall viele gibt: nicht sehr schlecht und nicht sehr gut, tüchtig, sparsam, ganz seinem Amt und der Landwirtschaft ergeben. Seine schöne junge Frau betrachtete er als einen durchaus angemessenen Schmuck für sein Haus. Aber er hatte für Monna Lisas Schönheit weniger Verständnis als für den Wert einer neuen Rasse sizilianischer Stiere oder für die Vorteile eines Zolls auf rohe Schafhäute. Man behauptete, sie habe ihn nicht aus Liebe geheiratet, sondern dem Wunsch ihres Vaters gehorchend; ihre erste Liebe habe einen freiwilligen Tod auf dem Schlachtfeld gefunden. Auch gingen Gerüchte – aber vielleicht war das nur Klatsch – von noch anderen, leidenschaftlichen, hartnäckigen, aber sämtlich hoffnungslosen Verehrern. Übrigens konnten alle bösen Zungen – und deren gab es in Florenz nicht wenige – Monna Lisa nichts Übles nachsagen. Sie war still, bescheiden und fromm, beachtete streng alle Bräuche der Kirche, erwies den Armen Wohltaten und war eine gute Hausfrau, treue Gattin und ihrer zwölfjährigen Stieftochter Dianora eine zärtliche Mutter.

Das war alles, was Giovanni über sie wusste. Aber die Monna Lisa, die zu Leonardo in die Werkstatt kam, schien ihm eine ganz andere Frau zu sein. In den drei Jahren – die Zeit hatte dieses seltsame Gefühl nicht abgeschwächt, sondern eher noch vertieft – empfand er jedes Mal, wenn sie eintrat, ein Staunen, fast wie Furcht vor etwas Gespenstischem. Manchmal erklärte er sich das Gefühl damit, dass er ihr Gesicht schon so oft im Bild gesehen habe und dass die Kunst des Meisters so groß war, dass die lebende Monna Lisa ihm weniger lebendig erschien als die gemalte. Aber es war noch ein anderer, ein geheimnisvollerer Grund.

Er wusste, dass Leonardo sie nur während der Arbeit sehen konnte, in Gegenwart manchmal zahlreicher Geladener, manchmal auch nur der von ihr unzertrennlichen Suor Camilla – aber nie allein. Trotzdem fühlte Giovanni, dass die beiden ein Geheimnis hatten, das sie miteinander verband und von anderen Menschen schied. Er wusste auch, dass dieses Geheimnis nicht Liebe war, oder wenigstens nicht das, was die Menschen Liebe nennen. Von Leonardo hatte er gehört, dass alle Künstler dazu neigten, den von ihnen dargestellten Körpern und Gesichtern Ähnlichkeit mit ihrem eigenen Körper, ihrem eigenen Gesicht zu geben. Der Meister sah den Grund darin, dass die menschliche Seele, als Schöpferin ihres eigenen Körpers, jedes Mal, wenn sie einen neuen Körper erfinden muss, das in ihm zu wiederholen strebt, was sie schon einmal geschaffen; und dieser Drang sei so stark, dass in manchem Bildnis durch die äußere Ähnlichkeit mit dem Dargestellten hindurch, wenn auch nicht gerade das Gesicht, so doch wenigstens die Seele des Künstlers schimmere.

Aber was jetzt vor Giovannis Augen geschah, war noch viel erstaunlicher: Es kam ihm so vor, als werde nicht nur die gemalte, sondern auch die lebende Monna Lisa Leonardo immer ähnlicher und ähnlicher, wie das manchmal bei Menschen vorkommt, die lange Jahre ständig zusammenleben. Übrigens lag das Schwergewicht dieser wachsenden Ähnlichkeit weniger in den Gesichtszügen selbst – obwohl auch sie ihn in letzter Zeit manchmal in Erstaunen setzten – als im Ausdruck der Augen und im Lächeln. Unsäglich verwundert erinnerte er sich, dass er genau das gleiche Lächeln schon im Gesicht des ungläubigen Thomas, der seine Hand in Christi Wunden legt, gesehen hatte, diesem Bildwerk des Verrocchio, zu dem der junge Leonardo Modell gestanden hatte, und auch im Antlitz der Urmutter Eva vor dem Baum der Erkenntnis, auf dem ersten Gemälde des Meisters, ferner im Gesicht des Engels in der »Madonna in der Grotte« und der »Leda mit dem Schwane«, und in vielen anderen weiblichen Gesichtern, die der Meister, noch bevor er Monna Lisa kannte, gemalt, gezeichnet und modelliert hatte – als habe er sein Leben lang, in allen seinen Werken nach dieser Spiegelung der eigenen Schönheit gesucht und sie endlich in Monna Lisas Antlitz gefunden.

Zuweilen, wenn Giovanni dieses beiden gemeinsame Lächeln lange beobachtete, wurde ihm bang zumute; er fürchtete sich fast, wie vor einem Wunder. Die Wirklichkeit schien Traum und der Traum Wirklichkeit. Es war, als sei Monna Lisa keine lebende Frau, nicht die Gattin des Florentiner Bürgers Ser Giocondo, dieses Alltagsmenschen, sondern ein durch den Willen des Meisters gerufenes Gespenst, ein Zauberwesen, ein weiblicher Doppelgänger Leonardos.

Monna Lisa streichelte ihren Liebling, den weißen Kater, der ihr auf den Schoß gesprungen war; unter ihren zarten, feinen Fingern liefen leise knisternd unsichtbare Funken über sein Fell. Leonardo ging an die Arbeit. Plötzlich legte er den Pinsel fort und sah ihr aufmerksam ins Gesicht: Nicht der kleinste Schatten, nicht die geringste Veränderung in diesem Gesicht entging seinen Blicken.

»Madonna«, fragte er, »Ihr seid heute etwas unruhig?«

Auch Giovanni empfand, dass sie ihrem Bild heute weniger glich als sonst.

Monna Lisa hob den ruhigen Blick zu Leonardo. »Ja, ein wenig«, antwortete sie. »Dianora ist nicht wohl. Ich habe die ganze Nacht nicht geschlafen.«

»Vielleicht seid Ihr müde und nicht in Stimmung, mir heute zu sitzen. Wollen wir die Arbeit aufschieben?«

»Nein, es macht nichts. Wäre Euch nicht leid um solchen Tag? Seht die zarten Schatten, das feuchte Sonnenlicht: Es ist so recht mein Tag!«

»Ich wusste«, fügte sie nach einer Pause hinzu, »dass Ihr mich erwartet. Ich wäre früher gekommen, doch ich wurde aufgehalten. Monna Sofonisba …«

»Wer? Ach ja, ich weiß … Eine Stimme hat sie wie ein Marktweib, und sie riecht wie ein Laden, in dem Wohlgerüche feilgehalten werden.«

Sie lachte. »Monna Sofonisba musste mir unbedingt über das gestrige Fest im Palazzo Vecchio bei der durchlauchtigsten Signora Angelica, der Gattin des Gonfaloniere, berichten: was es zum Nachtmahl gab, was für Kleider die Damen trugen, wer wem den Hof machte.«

»Das ist es. Also hat nicht Dianoras Krankheit, sondern das Geschwätz einer Klatschbase Euch verstimmt! Seltsam. Habt Ihr schon bemerkt, Madonna, dass uns oft irgendein von fremden Leuten gehörter Unsinn, der uns nichts angeht, irgendeine ganz alltägliche menschliche Albernheit plötzlich die Seele verdüstert und uns mehr verstimmt als schweres Leid?«

Sie neigte stumm den Kopf. Sichtlich verstanden sich die beiden längst fast ohne Worte, nur durch Andeutungen. Er versuchte weiterzuarbeiten.

»Erzählt etwas!«, bat Monna Lisa.

»Was?«

Sie überlegte und sagte dann: »Vom Reich der Venus.«

Er kannte einige Erzählungen, die sie besonders liebte, größtenteils eigene oder fremde Erinnerungen, Reiseschilderungen, Naturbeobachtungen, auch Pläne zu Gemälden. Er trug sie fast immer mit denselben schlichten, halb kindlichen Worten zu den Klängen leiser Musik vor.

Leonardo gab ein Zeichen, und als Andrea Salaino auf der Viola und Atalante auf der silbernen Laute die vorher ausgewählte Weise anstimmten, die das Märchen vom Reich der Venus unbedingt begleiten musste, begann er mit seiner dünnen, frauenhaften Stimme, so, als trüge er ein altes Märchen oder ein Wiegenlied vor: »Schiffer, die Ziliziens Küsten bewohnen, behaupten, wem es bestimmt sei, in den Wellen umzukommen, der dürfe manchmal im tollsten Sturmwetter die Insel Zypern, das Reich der Göttin der Liebe, schauen. Ringsum toben Wogen, Wasserhosen, Wirbelstürme; viele Seefahrer, durch die Schönheit der Insel verlockt, haben an den von den Wellen umtosten Riffen Schiffbruch gelitten. Wie viele Schiffe sind dort schon zerschellt und in den Fluten gesunken. Am Gestade sieht man noch, vom Sand halb verweht und von Wasserpflanzen umwunden, ihre kläglichen Überreste: von den einen ragt noch der Bug empor, von anderen der Steven; hier liegen nackte Spanten, wie Rippen halb verwester Leichname, dort die Trümmer eines Steuerruders. So viele sind es, dass man denken könnte, der Jüngste Tag sei da und das Meer gebe seine Opfer, alle untergegangenen Schiffe, wieder heraus. Über der Insel aber strahlt ewig blauer Himmel, die Sonne bescheint blumige Hügel, und die Luft ist so still, dass die langen Flammen in den Räuchergefäßen auf den Tempelstufen ebenso steil und reglos zum Himmel aufsteigen wie die weißen Säulen und die in einem glatten See sich spiegelnden schwarzen Zypressen. Nur die überlaufenden Springbrunnen, deren Wasser aus einem Porphyrbecken in ein anderes rieselt, rauschen anmutig. Und die im Meer umkommen müssen, sehen diesen nahen stillen See, der Wind trägt ihnen den Duft der Myrtenhaine zu, und je furchtbarer der Sturm rast, desto tiefer ist die Ruhe im Reich der Kypris.«

Er schwieg. Die Saiten der Viola und der Laute verklangen, es trat jene Stille ein, die herrlicher ist als alle Töne: die Stille nach der Musik. Nur die auf die gläsernen Halbkugeln fallenden Strahlen des Springbrunnens rauschten leise.

Wie eingelullt von der Musik, dem wirklichen Leben entrückt durch die Stille, schaute Monna Lisa klar, allem, nur nicht dem Willen des Meisters entfremdet, Leonardo in die Augen, mit einem Lächeln, geheimnisvoll wie stilles Wasser, ganz durchsichtig, aber so tief, dass kein Blick bis auf den Grund dringen könnte, wie er auch forschte und sich versenkte. Es war Leonardos eigenes Lächeln. Und Giovanni schien es, als seien Leonardo und Monna Lisa wie zwei sich gegenüberstehende Spiegel, die sich unendlich oft ineinander widerspiegelten.

Am nächsten Morgen arbeitete der Künstler im Palazzo Vecchio an der »Schlacht bei Anghiari«.

Als Leonardo im Jahr 1503 aus Rom nach Florenz gekommen war, hatte er von dem auf Lebenszeit ernannten Gonfaloniere, dem Oberhaupt der Republik, Piero Soderini, den Auftrag erhalten, an einer Wand des neuen Ratssaales der Signoria im Palazzo Vecchio irgendeine denkwürdige Schlacht darzustellen. Der Künstler wählte den berühmten Sieg der Florentiner bei Anghiari im Jahr 1440 über Niccolò Piccinino, den Feldherrn des lombardischen Herzogs Filippo Maria Visconti. Auf der Wand des Ratssaals war schon ein Teil des Bilds zu sehen: Vier Reiter kämpfen im Handgemenge um eine Fahne. Die lange Stange ist zerbrochen, an ihrem Ende flattert das zerfetzte Tuch. Fünf Hände packen die Fahne und zerren wutentbrannt nach verschiedenen Seiten. Säbel sind in der Luft gekreuzt. Die Kämpfer halten den Mund weit geöffnet, man glaubt ihr wildes Geschrei zu hören. Die verzerrten menschlichen Gesichter sind nicht weniger entsetzlich als die Tierfratzen der Märchenungetüme auf ihren ehernen Panzern. Die Pferde scheinen von der Wut der Männer angesteckt zu sein; aufgebäumt, mit den Vorderbeinen aneinandergeraten, die Ohren zurückgelegt, mit wild funkelnden schiefen Augen, beißen sie sich, zähnefletschend wie Raubtiere. Unter ihren Hufen, in blutigem Schlamm, hält ein Mann einen andern am Schopf, stößt seinen Kopf gegen die Erde und will ihn töten, ohne zu bemerken, dass sie gleich beide zerstampft sein werden.

Das war der Krieg mit allen seinen Schrecken, das unsinnige Abschlachten, die »tierischste aller Dummheiten – pazzia bestialissima«, wie Leonardo sich ausgedrückt hatte, »die keinen ebenen Fleck auf Erden zurücklässt, der nicht Spuren vergossenen Blutes zeigt«.

Kaum hatte Leonardo seine Arbeit begonnen, als er auf den hallenden Steinfliesen des leeren Saals Schritte hörte. Er erkannte den Nahenden und runzelte, ohne sich umzudrehen, die Stirn. Es war Piero Soderini, einer der Menschen, von denen Niccolò Machiavelli sagte, sie seien nicht kalt und nicht warm, nicht schwarz und nicht weiß, sondern lau und grau. Die Bürger von Florenz, die hochgekommenen Nachfahren reich gewordener Krämer, hatten diesen Mann, der in vollkommener Mittelmäßigkeit und Unpersönlichkeit ihnen gleich und daher ungefährlich für alle war, zum Oberhaupt der Republik gewählt, in der Hoffnung, er werde ein gefügiges Werkzeug sein. Sie hatten sich aber geirrt. Soderini erwies sich als Freund der Armen, als Beschützer des Volks. Dem maß übrigens niemand Bedeutung bei. Er war allzu unbedeutend: statt staatsmännischer Begabung besaß er nur den Eifer des Beamten, statt des Verstands nur nüchterne Einsicht, statt Tugend Gutmütigkeit. Alle wussten, dass seine Gattin, die stolze, unnahbare Madonna Angelica, ihre Verachtung für ihren Mann nicht verhehlte und ihn nie anders nannte als »meine Ratte«. Und Messer Piero erinnerte tatsächlich an eine alte ehrbare Ratte aus dem Keller einer Kanzlei. Er besaß nicht einmal die Gewandtheit und die angeborene Verbindlichkeit, die für Regierende ebenso unentbehrlich ist wie Öl für die Räder jeder Maschine. In seiner republikanischen Ehrlichkeit war er trocken, hart, geradezu und glatt wie ein Brett und so unbestechlich und rein, dass er, wie Machiavelli sagte, »nach Seife roch wie frisch gewaschene Wäsche«. Stets wollte er alle versöhnen und reizte sie dadurch noch mehr. Den Reichen machte er es nicht recht, und den Armen half er auch nicht; er setzte sich stets zwischen zwei Stühle und geriet dauernd zwischen zwei Feuer. Er war ein Märtyrer der goldenen Mittelmäßigkeit. Machiavelli, den Soderini protegierte, verfasste einmal ein Epigramm auf ihn in Form einer Grabschrift.

»La notte che morì Pier Soderini
L'alma n'andò dell'Inferno alla bocca;
Ma Pluto le gridò: ›Anima sciocca,
Che Inferno! va nel Limbo dei bambini!‹«*

Als Leonardo den Auftrag annahm, musste er einen sehr unangenehmen Vertrag unterzeichnen, der ihm für den Fall der geringsten Unpünktlichkeit eine Geldbuße auferlegte. Die hohen Signori wahr-

* In der Nacht, da Soderini starb, ging seine Seele zur Hölle; aber Pluto rief: »Was willst du hier, Dummer? Geh in die Vorhölle für Kinder.«

ten ihren Vorteil wie die Krämer. Als ein großer Freund von unnötiger Schreiberei belästigte Soderini den Künstler mit dem Verlangen, über jeden von der Staatskasse zum Bau von Gerüsten, zum Ankauf von Lack, Soda, Kalk, Farben, Leinöl oder anderen Kleinigkeiten erhaltenen Soldo Rechenschaft abzulegen. Nie hatte sich Leonardo am Hof Moros oder Cesares, im Dienst »der Tyrannen«, wie der Gonfaloniere verächtlich sagte, so als Sklave gefühlt wie im Dienst des Volks, in der freien Republik, im Reich spießbürgerlicher Gleichheit. Das Schlimmste aber war, dass Messer Piero wie die meisten künstlerisch unbegabten und unwissenden Menschen eine wahre Leidenschaft besaß, Künstlern gute Ratschläge zu geben.

Soderini befragte Leonardo nach der ihm zum Ankauf von fünfunddreißig Pfund Bleiweiß aus Alexandria gezahlten, aber in der Abrechnung nicht verbuchten Geldsumme. Der Künstler gestand, dass er kein Bleiweiß gekauft und vergessen habe, wozu er das Geld verwendet habe; er erbot sich aber, es zurückzuzahlen.

»Aber was fällt Euch ein! Erbarmt Euch, Messer Leonardo! Ich erwähne es nur der Ordnung und Genauigkeit halber. Ihr dürft das nicht übel nehmen. Ihr seht doch selbst, wir sind kleine, bescheidene Leute. Im Vergleich mit der Freigebigkeit prachtliebender Fürsten wie Sforza und Borgia empfindet Ihr unsere Sparsamkeit vielleicht als Geiz. Aber was soll man tun: Jeder muss sich nach seiner Decke strecken. Wir sind eben keine großen Fürsten, sondern lediglich Diener unseres Volks und müssen ihm für jeden Soldo Rechenschaft ablegen. Ihr wisst ja selbst: Staatsgelder sind etwas Heiliges: das Scherflein der Witwe ist dabei, der Schweißtropfen des ehrlichen Arbeiters, das Blut des Soldaten. Ein Fürst ist allein für sich, wir aber sind viele, und wir sind alle vor dem Gesetz gleich. Ja, so ist es, Messer Leonardo. Die Tyrannen haben Euch mit Gold gelohnt, und wir geben nur Kupfer. Aber ist das Kupfer der Freiheit nicht besser als das Gold der Sklaverei? Und ist ein ruhiges Gewissen nicht der allerbeste Lohn?«

Leonardo hörte stumm zu und tat, als sei er einverstanden. Er wartete auf das Ende von Soderinis Redeschwall mit der traurigen Ergebenheit des auf der Landstraße von einer Staubwolke überraschten Wanderers, der den Kopf senkt und die Augen schließt. In solchen Alltagsgedanken von Alltagsmenschen spürte Leonardo eine blinde, stumpfe, unerbittliche Macht, fast eine Naturkraft, gegen die nicht anzukämpfen war, und obwohl sie ihm auf den ersten Blick nur flach erschien, hatte er doch nach tieferem Nachdenken die Empfindung, als blicke er in eine schreckliche Öde, in einen schwindelnden Abgrund.

Soderini aber war jetzt so recht im Zug. Er wollte Leonardo zum Widerspruch herausfordern. Um ihn recht empfindlich zu treffen, begann er über Malerei zu reden. Er setzte seine runde silberne Brille auf und betrachtete mit ernster Kennermiene den fertigen Teil des Gemäldes.

»Ausgezeichnet, wunderbar! Welche Naturwahrheit in den Muskeln; welche Kenntnis der Perspektive! Und die Pferde, die Pferde! Als lebten sie!« Dann sah er den Künstler über die Brille hinweg gutmütig, aber streng an, wie wohl der Lehrer einen begabten, aber nicht genügend fleißigen Schüler anschaut, und sprach: »Ja, aber … ich muss Euch doch wieder sagen, Messer Leonardo, was ich schon oft sagte: Wenn Ihr das so weitermacht, wie Ihr angefangen habt, wird das Bild in der Wirkung viel zu schwer, zu bedrückend, und – Ihr dürft mir meine Aufrichtigkeit nicht übel nehmen, Verehrtester, aber ich sage den Leuten immer die Wahrheit offen ins Gesicht – wir hatten anderes erwartet.«

»Was habt Ihr erwartet?«, fragte der Künstler mit scheuer Neugierde.

»Dass Ihr für die Nachwelt den Kriegsruhm der Republik verherrlichen, denkwürdige Taten unserer Helden darstellen werdet – wisst Ihr, so etwas, was uns Menschen die Seele erhebt, als ein schönes Beispiel der Vaterlandsliebe und der Bürgertugenden. Mag sein, der Krieg ist wirklich so, wie Ihr ihn schildert. Aber weshalb, frage ich, Messer Leonardo, weshalb könnte man nicht das allzu Krasse veredeln, beschönigen, wenigstens leicht mildern? Alles muss sein Maß haben. Vielleicht irre ich, aber mir scheint, die wahre Bestimmung des Künstlers bestehe gerade darin, durch Anleitung und Belehrung dem Volk Nutzen zu bringen.«

Wenn Soderini einmal vom Nutzen fürs Volk redete, hörte er so bald nicht wieder auf. Seine Augen leuchteten in der Begeisterung des nüchternen Menschenverstandes; in dem einförmigen Ton seiner Worte klang die Beharrlichkeit des Tropfens, der Steine höhlt.

Der Künstler hörte stumm, wie erstarrt zu; nur zuweilen kam er einen Augenblick zu sich und versuchte zu begreifen, was dieser tugendsame Mann eigentlich von der Kunst dachte – dann wurde ihm so bange zumute, als betrete er eine enge, dumpfe, von Menschen überfüllte Stube mit so dicker Luft, dass man keinen Augenblick bleiben konnte, ohne zu ersticken.

»Kunst, die dem Volk keinen Nutzen bringt«, erklärte Messer Piero, »ist nur ein Zeitvertreib für Müßiggänger, eine eitle Laune für die Reichen oder ein Luxus für Tyrannen. Stimmt es nicht, Verehrtester?«

»Aber gewiss«, pflichtete Leonardo ihm bei und fügte mit kaum merklichem Spottlächeln in den Augen hinzu: »Wisst Ihr was, Signore? Wir könnten vielleicht unsern alten Streit so schlichten: Die Bürger der Republik Florenz mögen in diesem Ratssaal, in öffentlicher Volksversammlung, mit weißen und schwarzen Kugeln durch Stimmenmehrheit entscheiden, ob mein Bild dem Volk Nutzen bringen kann oder nicht. Das hätte doppelten Vorteil: erstens die mathematische Genauigkeit, denn man brauchte nur die Stimmen zu zählen, um die Wahrheit zu erkunden; und zweitens: Jeder einsichtige, kluge Mensch kann zwar irren, solange er allein ist, aber zehn- oder zwanzigtausend versammelte Toren und Dummköpfe irren nie, denn Volkes Stimme ist Gottes Stimme.«

Soderini begriff nicht gleich. Er hatte solche Ehrfurcht vor den heiligen weißen und schwarzen Kugeln, dass ihm überhaupt nicht der Gedanke kam, jemand könne mit diesem Sakrament Spott treiben. Als er es aber erfasst hatte, glotzte er den Künstler dumpf erstaunt, fast angstvoll an, und seine kleinen schwachsichtigen runden Augen hüpften und rollten wie die einer Ratte, die eine Katze wittert.

Er fasste sich aber rasch wieder. Nach seiner inneren Veranlagung hielt er Künstler im Allgemeinen für Menschen ohne gesunden Menschenverstand; er nahm Leonardos Scherz deshalb nicht übel.

Doch war Messer Piero sehr betrübt: Er sah in sich den Wohltäter dieses Manns, denn trotz aller Gerüchte über Leonardos Landesverrat, über die für Cesare Borgia, den Feind des Vaterlandes, gezeichneten Kriegskarten der Umgebung von Florenz, hatte er ihn großmütig in den Dienst der Republik berufen, auf seinen eigenen guten Einfluss und die Reue des Künstlers hoffend.

Dem Gespräch eine andere Wendung gebend, teilte Messer Piero, jetzt ganz mit der ernsten Miene des Vorgesetzten, dem Künstler unter anderem mit, Michelangelo Buonarroti habe den Auftrag erhalten, auf der gegenüberliegenden Wand des Saales auch ein Schlachtbild zu malen. Dann verabschiedete er sich sehr kühl und ging.

Der Künstler sah ihm nach: Grau in grau, krummbeinig, mit rundem Rücken, glich Soderini von Weitem noch mehr einer Ratte.

Leonardo verließ den Palazzo Vecchio und hielt auf dem Platz vor dem »David« des Michelangelo inne. Dieser Riese aus weißem Marmor stand vor dem Tor des Rathauses von Florenz, als halte er Wache, und hob sich scharf von dem dunklen Steinwerk des finsteren schlanken Turms ab.

Der nackte Jünglingskörper ist hager. Die Rechte mit der Schleuder hängt herab, sodass die Sehnen hervortreten; die vor der Brust erhobene Linke hält den Stein. Die Brauen sind zusammengezogen, der Blick ist wie bei einem Zielenden in die Ferne gerichtet. Über der niederen Stirn ringeln sich die Locken zu einem Kranz.

Leonardo fielen die Worte des ersten Buches Samuels ein: »David aber sprach zu Saul: Dein Knecht hütete die Schafe seines Vaters, und es kam ein Löwe und ein Bär und trug ein Schaf weg von der Herde. Und ich lief ihm nach und schlug ihn und errettete es aus seinem Maul. Und da er sich über mich machte, ergriff ich ihn bei seinem Bart und schlug ihn, und tötete ihn. Also hat dein Knecht geschlagen beide, den Löwen und den Bären. So soll nun dieser Philister, der Unbeschnittene, sein gleich wie deren einer ... Und nahm seinen Stab in seine Hand und erwählte fünf glatte Steine aus dem Bach und tat sie in die Hirtentasche, die er hatte, und in den Sack, und nahm die Schleuder in seine Hand und machte sich zu dem Philister ... Und der Philister sprach zu David: Bin ich denn ein Hund, dass du mit einem Stecken zu mir kommst?

David aber sprach zu dem Philister: Heutiges Tages wird dich der Herr in meine Hand überantworten, dass ich dich schlage und nehme dein Haupt von dir, und gebe den Leichnam des Heers der Philister heute den Vögeln unter dem Himmel und dem Wild auf Erden, dass alles Land innewerde, dass Israel einen Gott hat.«

Auf dem Platz, auf dem einst Savonarola verbrannt worden war, erschien der David des Michelangelo jetzt als jener Prophet, den Fra Girolamo umsonst angerufen hatte, als jener Held, den Machiavelli erwartete.

In dieser Schöpfung seines Nebenbuhlers fühlte Leonardo eine Seele, die seiner Seele wohl ebenbürtig, aber ewig entgegengesetzt war, wie die Tat der Betrachtung entgegengesetzt ist, die Leidenschaft der Ruhe, der Sturm der Stille. Diese fremde Macht zog ihn an und weckte in ihm Neugierde und den Wunsch, ihr näherzutreten, um sie bis in den Grund kennenzulernen.

Auf den Bauplätzen des Florentiner Doms Santa Maria del Fiore hatte ein riesiger weißer, von einem ungeschickten Bildhauer verdorbener Marmorblock gelegen. Die anderen Meister hatten ihn als nicht verwendbar zurückgewiesen. Als Leonardo aus Rom kam, wurde ihm der Block angeboten. Während er aber mit seiner üblichen Langsamkeit überlegte, maß, berechnete und schwankte, hatte ein anderer Künstler, der um dreiundzwanzig Jahre jüngere Michelangelo Buonarroti, den Auftrag an sich gebracht und unglaublich rasch, nicht nur bei Tag, sondern auch nachts bei Licht arbeitend, in fünfundzwanzig Monaten seinen Riesen ausgeführt. Sechzehn Jahre hatte Leonardo am Denkmal des Sforza, dem tönernen Koloss, gearbeitet – wie viel Zeit er zu einem Standbild von der Größe des David gebraucht hätte, wagte er sich gar nicht auszudenken.

Die Florentiner erklärten Michelangelo jetzt für den Nebenbuhler Leonardos in der Bildhauerkunst. Buonarroti nahm die Herausforderung ohne Zaudern an. Als er nun das Schlachtenbild im Ratssaal begann, trat er damit auch in der Malerei in Wettbewerb mit Leonardo – eine fast wahnwitzige Vermessenheit, da er bisher kaum je den Pinsel in der Hand gehabt hatte.

Je mehr Sanftmut und Wohlwollen Buonarroti in seinem Gegner fand, umso erbitterter wurde sein Hass. Leonardos Ruhe fasste er als Verachtung auf. Mit krankhaftem Argwohn hörte er auf jeden Klatsch, suchte dauernd Anlass zu Streit und benutzte jede Gelegenheit, seinen Gegner zu verletzen.

Als der »David« vollendet war, luden die Signori die besten Florentiner Maler und Bildhauer zu einer Beratung ein, wo das Bildwerk stehen sollte. Leonardo trat der Ansicht des Architekten Giuliano da Sangallo bei: Man solle den Riesen auf der Piazza della Signoria unter dem Mittelbogen der Loggia dell'Orcagna aufstellen. Als Michelangelo davon hörte, behauptete er, Leonardo wolle seinen »David« aus Neid in eine finstere Ecke verbannen, damit ihn nie die Sonne bescheine und niemand ihn sehe.

Eines Tages kam in Leonardos Werkstatt, auf dem Hof mit den schwarzen Wänden, wo er Monna Lisas Bildnis malte, in einer der häufigen Zusammenkünfte, die stets viele Meister vereinte – darunter die Brüder Pollajoli, den alten Sandro Botticelli, Filippino Lippi, Lorenzo di Credi und mehrere Schüler Peruginos –, die Rede darauf, welche Kunst höher stehe: Bildhauerei oder Malerei, eine bei den Künstlern jener Zeit sehr beliebte Streitfrage.

Leonardo hörte schweigend zu. Als man aber mit Fragen in ihn drang, antwortete er: »Ich bin der Meinung, dass eine Kunst umso vollkommener ist, je weiter sie sich vom Handwerk entfernt.«

Und mit seinem flüchtigen, doppelsinnigen Lächeln, sodass es schwer zu sagen war, ob er im Ernst sprach oder scherzte, setzte er hinzu: »Der Hauptunterschied zwischen den beiden Künsten besteht darin, dass die Malerei mehr Kräfte des Geistes, die Bildhauerei mehr Kräfte des Körpers erfordert. Die wie ein Kern im rohen, harten Stein eingeschlossene Gestalt befreit der Bildhauer allmählich, indem er sie mit Anspannung aller Körperkräfte, bis zur Erschlaffung mit Hammer und Meißel sich mühend, aus dem Marmor herausschlägt; dabei schwitzt er wie ein Tagelöhner, sein Schweiß vermengt sich mit Staub und wird Schmutz; sein Gesicht ist beschmiert, er ist mit weißem Marmormehl bestäubt wie ein Bäcker, seine Kleider sind mit Splittern bedeckt wie mit Schnee, und sein Haus ist voller Steine und Staub. Ein Maler hingegen sitzt behaglich, schön gekleidet in seiner Werkstatt und arbeitet mit leichtem Pinsel und angenehmen Farben. Sein Haus ist hell und sauber, mit schönen Bildern geschmückt; stets herrscht Stille; bei der Arbeit erfreut ihn Musik, Gespräch oder Vorlesen; keine Hammerschläge oder andere lästige Geräusche stören ihn.«

Leonardos Worte wurden Michelangelo hinterbracht, der sie auf sich bezog. Er verbarg aber seine Wut, zuckte nur die Achseln und erwiderte mit bissigem Spott: »Mag Messer da Vinci, der uneheliche Sohn einer Schankmagd, den Müßiggänger und Weichling spielen. Ich, der Spross eines alten Geschlechts, schäme mich nicht meiner Arbeit, und wie ein einfacher Tagelöhner ekele ich mich nicht vor Schweiß und Schmutz. Was die Vorzüge der Bildhauerei oder der Malerei betrifft, so finde ich diesen Streit höchst läppisch: Alle Künste sind gleich, denn sie entspringen alle einer Quelle und streben nach einem Ziel. Wenn aber dieser Mann, der die Malerei für edler hält als die Bildhauerei, in anderen Dingen, über die er sich zu urteilen erdreistet, ebenso bewandert ist, so versteht er davon wohl nicht mehr als meine Waschfrau.«

Mit fieberhafter Eile machte sich Michelangelo an das Gemälde im Ratssaal, um den Nebenbuhler einzuholen, was ihm auch nicht schwerfiel. Er wählte eine Episode aus dem Krieg mit den Pisanern: Die Florentiner Soldaten baden an einem heißen Sommertag im Arno – da wird Alarm geschlagen: die Feinde sind nah! Die Soldaten eilen ans Ufer, steigen aus dem Wasser, wo ihre müden Körper eben noch Erfrischung suchten, und legen pflichtgetreu die schweißgetränkten, staubigen Kleider, die ehernen, von der Sonne erhitzten Rüstungen und Panzer wieder an.

Im Gegensatz zu Leonardos Gemälde stellte also Michelangelo den Krieg nicht als ein sinnloses Gemetzel, als »die tierischste aller Dummheiten« dar, sondern als eine männliche Großtat, die Erfüllung einer ewigen Pflicht, als einen Kampf von Helden für den Ruhm und die Größe der Heimat.

Diesen Wettstreit zwischen Leonardo und Michelangelo beobachteten die Florentiner mit der Neugierde, die der Menge seltenen Schauspielen gegenüber stets eigen ist. Und weil ihnen alles, was nicht Politik war, fade vorkam, wie eine Speise ohne Pfeffer und Salz, erklärten sie eiligst, Michelangelo vertrete die Republik gegen die Medici, Leonardo aber die Medici gegen die Republik. So wurde der Kampf für alle verständlich und entbrannte nun mit neuer Kraft; er wurde auf Straßen und Plätze getragen, und auch diejenigen, die sonst nicht das geringste Interesse an Kunst besaßen, nahmen jetzt teil. Leonardos und Michelangelos Werke wurden zu Kriegsfahnen zweier feindlicher Lager.

Es kam so weit, dass Unbekannte nachts den »David« mit Steinen bewarfen. Die vornehmen Bürger beschuldigten den Pöbel, die Volksführer die vornehmen Bürger, die Künstler die Schüler Peruginos, die kürzlich in Florenz eine Werkstatt eröffnet hatten; Buonarroti aber erklärte in Gegenwart des Gonfaloniere, die Schurken, die seinen David mit Steinen beworfen hatten, habe sicher Leonardo gekauft. Und viele glaubten das oder taten wenigstens so, als glaubten sie es.

Eines Tages arbeitete Leonardo wieder am Bildnis der Gioconda. In der Werkstatt waren nur noch Giovanni und Salaino anwesend. Die Rede kam auf Michelangelo, und Leonardo äußerte zu Monna Lisa: »Ich glaube manchmal, wenn ich unter vier Augen mit ihm reden könnte, würde sich alles von selbst lösen, und von dem ganzen törichten Streit bliebe nichts übrig. Er würde begreifen, dass ich nicht sein Feind bin, dass es keinen Menschen gibt, der ihn mehr lieben könnte als ich …«

Monna Lisa schüttelte den Kopf: »Ist es wirklich so, Messer Leonardo? Würde er es begreifen?«

»Er würde es begreifen«, rief der Künstler lebhaft. »Ein Mensch wie er müsste es begreifen! Das Unglück ist ja nur, dass er so schüchtern ist und zu wenig Selbstvertrauen besitzt. Er quält sich, ist eifersüchtig und hat Furcht, weil er sich selbst nicht kennt. Das sind alles Hirngespinste, das ist Wahnwitz. Ich würde ihm alles sagen, und er würde sich beruhigen. Hat er mich denn zu fürchten? Wisset, Madonna, als ich neulich seinen Entwurf zu den ›Badenden Kriegern‹ sah, traute ich kaum meinen Augen. Niemand hat ja eine Vorstellung, was er ist, was aus ihm noch werden wird. Ich weiß, er ist heute schon nicht nur mir ebenbürtig, sondern sogar stärker als ich. Ja, ja, ich fühle, er ist stärker als ich.«

Sie schaute ihn mit dem Blick an, der, wie Giovanni meinte, Leonardos Blick widerspiegelte, und lächelte still und seltsam.

»Messere«, fragte sie, »erinnert Ihr Euch jener Stelle in der Heiligen Schrift, wo Gott zum Propheten Elias, der vor dem gottlosen König Ahab auf den Berg Horeb geflohen ist, spricht: ›Gehe heraus und tritt auf den Berg vor den Herrn. Und siehe, der Herr ging vorüber und ein großer starker Wind, der die Berge zerriss und die Felsen zerbrach, kam vor dem Herrn her; der Herr aber war nicht im Winde. Nach dem

Winde aber kam ein Erdbeben; aber der Herr war nicht im Erdbeben. Und nach dem Erdbeben kam ein Feuer, aber der Herr war nicht im Feuer. Und nach dem Feuer kam ein stilles, sanftes Sausen. Und in dem war der Herr!‹ Vielleicht ist Messer Buonarroti so stark wie der Wind, der Berge zerreißt und Felsen zerbricht vor dem Herrn. Aber er hat nicht jene Stille, in welcher der Herr ist. Das weiß er; und er hasst Euch, weil Ihr stärker seid als er, wie die Stille stärker ist als der Sturm.«

In der Brancacci-Kapelle der alten Kirche Santa Maria del Carmine mit den berühmten Fresken des Tomaso Masaccio, die eine Schule für alle großen Meister Italiens waren und die auch Leonardo einst studiert hatte, bemerkte der Künstler eines Tages einen ihm unbekannten Jüngling, fast noch einen Knaben, der die Fresken studierte und abzeichnete. Er trug ein mit Farben beschmutztes altes schwarzes Wams und saubere, aber grobe Wäsche aus wohl hausgewebtem Zeug. Er war schlank und biegsam und hatte einen dünnen, ungewöhnlich weißen, zarten langen Hals, fast wie ein schwindsüchtiges Mädchen; sein ovales, durchsichtig bleiches Gesicht war von etwas gezierter süßlicher Schönheit; an die umbrischen Bäuerinnen, nach denen Perugino seine Madonnen gemalt hat, erinnerten die großen schwarzen Augen – Augen, denen jeder Gedanke fremd war, tief und leer wie der Himmel. Einige Zeit danach sah Leonardo diesen Jüngling im Kloster Santa Maria Novella wieder, im Papstsaal, wo der Entwurf zur »Schlacht bei Anghiari« ausgestellt war; er studierte und zeichnete ihn ebenso eifrig ab wie die Fresken Masaccios.

Der Jüngling schien Leonardo zu kennen und sah ihn starr an, als wolle er mit ihm sprechen, wage es aber nicht. Als Leonardo es bemerkte, trat er selbst zu ihm. Hastig, aufgeregt, errötend, fast etwas zudringlich, aber kindlich harmlos und schmeichelnd erklärte der Jüngling dem Künstler, er halte ihn für seinen Lehrer und für den größten Meister Italiens; Michelangelo sei nicht würdig, dem Schöpfer des »Heiligen Abendmahls« die Schuhriemen zu lösen. Leonardo traf den Jüngling noch mehrere Male; er plauderte lange mit ihm, prüfte seine Zeichnungen, und je besser er ihn kennenlernte, desto mehr war er überzeugt, einen großen künftigen Meister vor sich zu haben.

Empfindsam, alle Stimmen wie ein Echo wiedergebend, allen Einflüssen zugänglich wie eine Frau, ahmte der Jüngling Perugino und Pinturicchio nach, bei dem er kürzlich in der Bibliothek zu Siena gearbeitet hatte, vor allem aber Leonardo. Trotz einer gewissen Unreife spürte der Meister in ihm eine Frische des Gefühls, wie sie ihm noch nicht vorgekommen war. Am meisten aber wunderte ihn, dass dieser Knabe wie zufällig, ohne es selbst zu wollen, in die tiefsten Geheimnisse der Kunst und des Lebens eindrang. Leicht, fast spielend überwand er die größten Schwierigkeiten. Alles erreichte er ohne Mühe, als gebe es für ihn in der Kunst nicht jenes endlose Suchen, jene Mühen und Anstrengungen, das Schwanken und die Zweifel, die zum Fluch und zur Qual von Leonardos Leben geworden waren. Wenn der Meister von der Notwendigkeit eines langsamen, geduldigen Studiums der Natur mit ihm sprach oder über mathematisch genaue Regeln und Gesetze der Malerei, sah ihn der Jüngling mit großen erstaunten, gedankenleeren Augen an und hörte, sichtlich gelangweilt, nur aus Achtung für den Meister aufmerksam zu. Einmal entschlüpfte ihm ein Wort, das Leonardo durch seine Tiefe überraschte, ja beinahe erschreckte: »Ich habe bemerkt, dass man beim Malen nicht denken darf, dann gelingt es besser.«

Dieser Knabe sagte ihm gewissermaßen durch sein ganzes Wesen, dass es jene Einheit, jene vollkommene Harmonie des Gefühls und des Verstandes, der Liebe und der Erkenntnis, die er selbst gesucht hatte, überhaupt nicht gebe und gar nicht geben könne.

Und seine sanfte, sorglose, gedankenverlorene Klarheit weckte in Leonardo größere Zweifel, größere Furcht um das künftige Schicksal der Kunst, für das Werk seines ganzen Lebens, als alle Empörung und der Hass Buonarrotis.

»Woher stammst du, mein Sohn?«, hatte Leonardo ihn bei einer ihrer ersten Begegnungen gefragt. »Wer ist dein Vater? Wie heißt du?«

»Ich stamme aus Urbino«, antwortete der Jüngling mit seinem freundlichen, etwas gezierten Lächeln. »Mein Vater ist der Maler Giovanni Sanzio. Ich heiße Raffael.«

Zu dieser Zeit musste Leonardo Florenz in einer wichtigen Angelegenheit verlassen.

Seit undenklichen Zeiten führte die Republik einen nicht endenden, schonungslosen Krieg mit der Nachbarstadt Pisa, der beide Städte fast zugrunde richtete.

Der Künstler hatte eines Tages im Gespräch mit Machiavelli einen Kriegsplan entwickelt: das Wasser des Arno aus dem alten in ein neues Bett und durch Kanäle von Pisa ab in den Sumpf von Livorno zu leiten, um der belagerten Stadt die Verbindung mit dem Meer und die Zufuhr von Lebensmitteln abzuschneiden und sie so zur Übergabe zu zwingen. Niccolò mit seiner Leidenschaft für alles Außergewöhnliche begeisterte sich sofort für den Plan und teilte ihn dem Gonfaloniere mit. Geschickt der Eitelkeit Messer Pieros schmeichelnd, dessen Unfähigkeit man letzthin alle Misserfolge im Krieg mit Pisa zuschrieb, überzeugte und gewann er ihn durch seine Redegewandtheit, täuschte ihn aber andererseits, indem er ihm die tatsächlichen Kosten und Schwierigkeiten des Unternehmens verhehlte. Als der Gonfaloniere den Plan dem Rat der Zehn vortrug, wurde er beinahe ausgelacht. Soderini war verletzt und wollte nun gerade zeigen, dass er nicht weniger gesunden Menschenverstand besaß als jeder andere, und handelte mit solcher Beharrlichkeit, dass er seinen Willen schließlich durchsetzte, nicht zuletzt dank der eifrigen Unterstützung seitens seiner Feinde, die für den Antrag, den sie für den Gipfel der Verrücktheit hielten, stimmten, um Messer Piero so zu stürzen. Vor Leonardo hielt Machiavelli seine Tücke vorläufig geheim; er hoffte den Gonfaloniere ganz in die Angelegenheit zu verwickeln, um dann mit ihm zu machen, was er wollte, und alles, was nötig war, von ihm zu erreichen.

Der Beginn der Arbeiten ließ sich günstig an. Der Wasserstand des Flusses sank. Bald jedoch stellten sich Schwierigkeiten ein, die immer größere Ausgaben erforderten; die sparsamen Signori aber feilschten um jeden Soldo.

Im Sommer 1505 zerstörte der nach einem heftigen Gewitterregen über die Ufer getretene Fluss einen Teil des Dammes. Leonardo wurde an die Arbeitsstelle berufen. Am Tag vor der Abreise ging Leonardo auf dem Heimweg von Machiavelli, mit dem er die Angelegenheit besprochen und der ihn jetzt durch seine Geständnisse sehr erschreckt hatte, über die Brücke Santa Trinità in Richtung Via Tornabuoni.

Es war schon spät. Wenig Menschen waren noch auf der Straße. Allein das Rauschen des Wassers am Mühlendamm hinter dem Ponte alla Carraja unterbrach die Stille. Der Tag war sehr heiß gewesen, gegen Abend hatte ein Regenguss die Luft etwas erfrischt. Auf der Brücke roch es nach sommerlich warmem Wasser. Hinter dem schwarzen Hügel San Miniato ging der Mond auf. Rechts, am Kai des Ponte Vecchio, spiegelten sich kleine alte Häuschen mit ungleichen Vorbauten auf schiefen Holzstützen in dem trübe grünen, tief gestauten stillen Wasser. Links über den zarten lilafarbenen Vorbergen des Monte Albano flimmerte ein einsamer Stern.

Wie ein Titelbild auf dem matten Goldgrund eines alten Buchs hob sich das Antlitz von Florenz vom reinen Himmel ab, dieses in der ganzen Welt einzigartige Stadtbild, bekannt und vertraut wie ein menschliches Gesicht: vorn, gegen Norden, der alte Glockenturm von Santa Croce, dann der gerade, schlanke, finstere Turm des Palazzo Vecchio, der weiße marmorne Campanile des Giotto und endlich die rötliche Ziegelkuppel von Santa Maria del Fiore, die wie eine riesige, noch nicht entfaltete Blüte, wie die alte rote Wappenlilie aussieht. Im Zwielicht des Abendrots und des Mondscheins glich ganz Florenz einer großen Blume aus dunklem Silber.

Leonardo wusste, dass jede Stadt ebenso wie jeder Mensch einen eigenen Geruch hat. Florenz hatte den Duft des feuchten Staubs der Irisblüte, mit einer fast unmerklichen Beimengung des Lack- und Farbgeruchs ganz alter Gemälde.

Er dachte an Monna Lisa. Von ihrem Leben wusste er beinahe ebenso wenig wie Giovanni. Es verletzte ihn nicht, sondern wunderte ihn nur, dass sie einen Gatten hatte, diesen hageren, langen, nüchternen Messer Francesco mit der Warze auf der linken Backe und den dichten Brauen, der so gern über die Vorzüge sizilianischer Rinderrassen und über neue Zölle auf Schafhäute redete. Es gab Augenblicke, da Leonardo sich an ihrer durchsichtigen, fremden, fernen, unwirklichen Schönheit erfreute, die doch wirklicher war als alles Wirkliche; es gab aber auch andere Augenblicke, da ihre lebendige Schönheit auf ihn wirkte.

Monna Lisa war nicht eine von jenen Frauen, die man damals »gelehrte Heroinen« nannte. Sie stellte ihre Büchergelehrsamkeit nie zur

Schau. Nur zufällig erfuhr er, dass sie Lateinisch und Griechisch las. Sie gab sich so einfach, sie sprach so schlicht, dass viele sie unbedeutend fanden. In Wahrheit schien sie ihm aber gerade das zu besitzen, was tiefer ist als Verstand, namentlich weiblicher Verstand: ahnende Weisheit. Sie hatte Worte, die sie ihm plötzlich nahebrachten – näher als alle, die er kannte –, die sie ihm verwandt, zu einer einzigen ewigen Freundin und Schwester machten. In solchen Augenblicken trieb es ihn, den Zauberkreis zu überschreiten, der die abstrakte Betrachtung vom wirklichen Leben trennt. Er unterdrückte diesen Wunsch aber sofort, und jedes Mal, wenn er so sein Begehren nach Monna Lisas lebendiger Schönheit abtötete, wurde ihr von ihm auf der Leinwand geschaffenes, geisterhaftes Bild lebendiger und wirklicher.

Und er meinte, sie wisse das, ergebe sich darein, helfe ihm und bringe sich selbst ihrer eignen Erscheinung im Bild zum Opfer, schenke ihm freudig ihre Seele. War es Liebe, was sie verband? Das damals beliebte Geschwätz über platonische Liebe, die schmachtenden Seufzer himmlischer Liebhaber, die süßlichen Sonette im Geschmack Petrarcas weckten nur Langeweile oder Spott in ihm. Und nicht weniger fremd war ihm das, was die Mehrzahl der Menschen Liebe nennt. Genauso wie er kein Fleisch aß, nicht weil er es für verboten hielt, sondern weil es ihm widerwärtig war, genauso hielt er sich auch von den Frauen fern, weil er jede fleischliche Vereinigung, ob in oder außerhalb der Ehe, zwar nicht sündhaft, aber roh fand. »Der Zeugungsakt«, schrieb er in seinen anatomischen Bemerkungen, »und die ihm dienenden Körperteile sind so hässlich, dass das Menschengeschlecht aussterben würde, wäre nicht die Schönheit der Gesichter, der Schmuck der ihn Ausübenden und die Macht des Triebes.« Und er hielt sich von dieser Hässlichkeit, von dem wollüstigen Kampf der Männchen und Weibchen ebenso fern wie von dem blutigen Abschlachten der Gefressenen durch die Fressenden – ohne sich zu empören, ohne zu tadeln oder zu rechtfertigen; er erkannte das Gesetz der natürlichen Notwendigkeit im Kampf der Liebe und des Hungers an, wollte aber selbst nicht daran teilnehmen; ihm galt ein anderes Gesetz: das Gesetz der Liebe und der Keuschheit.

Hätte er sie auch geliebt, konnte es da für ihn eine vollkommenere Vereinigung mit der Geliebten geben als die in den tiefen, geheimnisvollen Liebkosungen liegende Vereinigung – im Schaffen des unsterblichen Bildes, eines neuen Wesens, das sie zeugten und gebaren wie Vater und Mutter ihr Kind, das gleichzeitig er und sie war? Und doch fühlte er, dass auch in dieser so makellosen Vereinigung eine Gefahr lag, größer vielleicht noch als die der gewöhnlichen fleischlichen Liebe. Sie wandelten beide am Rand eines Abgrunds, wo noch nie jemand gewandelt war, und überwanden Anfechtung und Verlockung des Abgrunds. Flüchtige, durchsichtige Worte fielen zwischen ihnen, in denen ihr Geheimnis flimmerte wie die Sonne durch feuchten Nebel. Manchmal dachte er: Wie, wenn der Nebel sich zerstreute und blendende Sonne erstrahlte, in der alle Geheimnisse und Gespenster schwinden müssten? Wenn er oder sie es nicht aushielte, wenn sie die Grenze überschritten, wenn die Träume Wirklichkeit würden? Hatte er das Recht, eine lebende Seele, die einzige ihm nahe Seele, die Seele seiner ewigen Freundin, seiner Schwester, mit derselben leidenschaftslosen Neugier zu erforschen wie Gesetze der Mechanik oder Mathematik, wie das Leben einer vergifteten Pflanze, wie den Körperbau einer sezierten Leiche? Würde sie sich nicht empören, würde sie ihn nicht mit Hass und Verachtung von sich stoßen, wie jedes andere Weib ihn fortstoßen würde? Manchmal war ihm, als martere er sie auf schreckliche Art langsam zu Tode. Und er entsetzte sich vor ihrer Demut, die ebenso grenzenlos war wie sein harter und erbarmungsloser Wissensdrang.

Erst in allerletzter Zeit hatte er diese Grenzlinie in sich selbst gespürt, und er begriff, dass er sich früher oder später klar werden musste, was sie für ihn sei: ein lebendiger Mensch oder nur ein Gespenst, ein Bild seiner eigenen Seele im Spiegel weiblicher Schönheit. Er hatte gehofft, eine Trennung könne die unvermeidliche Entscheidung hinausschieben, und hatte sich beinahe darüber gefreut, dass er Florenz verlassen musste. Jetzt aber, als die Trennung nahe war, sah er, dass er sich geirrt hatte, dass sie die Entscheidung nicht hinausschob, sondern sie beschleunigte.

In solche Gedanken versunken, war er, ohne es zu bemerken, in eine abgelegene Gasse eingebogen, und als er sich umsah, wusste er nicht sofort, wo er war. Nach dem über den Dächern sichtbaren marmornen

Glockenturm des Giotto zu urteilen, musste er in der Nähe des Doms sein. Eine Seite der schmalen langen Straße lag ganz in tiefschwarzem Schatten, die andere in grellem, fast weißem Mondschein. In der Ferne blinkte rötlich ein Licht. Vor einem Eckbalkon mit einem schrägen Ziegeldach und halbrunden Bogen auf schlanken Säulen – einer florentinischen Loggia – sangen Männer in schwarzen Masken und Mänteln zum Klang einer Laute eine Serenade. Er lauschte.

Es war das alte, von Lorenzo il Magnifico, dem Prächtigen, verfasste Liebeslied, das einst den Karnevalszug des Gottes Bacchus und der Ariadne begleitet hatte, das unendlich freudige und doch wehmütige Liebeslied, das Leonardo liebte, weil er es in der Jugend oft gehört hatte:

»Qanto è bella giovinezza,
Che si fugge tuttavia!
Chi vuol esser lieto, sia:
Di doman non c'è certezza.«

Der letzte Vers weckte dunkle Ahnungen in seinem Herzen. Sandte ihm nicht das Schicksal jetzt, an der Schwelle des Alters, eine verwandte lebendige Seele in seine Grabesfinsternis und Vereinsamung? Sollte er sie zurückstoßen, ihr entsagen, wie er schon oft dem Leben entsagte, der Betrachtung zuliebe, sollte er wieder das Nahe dem Fernen opfern, das Wirkliche dem Nichtseienden, aber dem einzig Schönen? Was sollte er wählen: die lebende Gioconda oder die unsterbliche? Er wusste, wenn er die eine wählte, würde er die andere verlieren, und beide waren ihm gleich teuer; er wusste auch, dass er wählen musste, dass er nicht mehr zaudern, nicht diese Folter verlängern dürfe. Aber sein Wille war kraftlos. Er wollte und konnte nicht entscheiden, was besser sei: die Lebende der Unsterblichen oder die Unsterbliche der Lebenden zu opfern, die Wirkliche, die Seiende oder die auf der Leinwand Verewigte?

Er durchschritt noch zwei Straßen und kam endlich zum Haus seines Wirts, Ser Piero Martelli. Die Tür war geschlossen, das Licht gelöscht. Er hob den an einer Kette hängenden Hammer und klopfte auf das Eisen. Der Pförtner gab keine Antwort, er schlief wohl oder war ausgegangen. Die Schläge hallten dumpf durch das Gewölbe der steinernen Treppe – und verklangen. Stille trat ein, das Mondlicht schien sie noch tiefer zu machen.

Plötzlich erklangen schwere, langsam gemessene, eherne Töne; die Uhr des nahen Glockenturms schlug. Ihre Stimme gemahnte an den lautlosen harten Flug der Zeit, an dunkles Alter, an die Unwiederbringlichkeit des Vergangenen. Und lange bebte und schwankte der letzte Ton noch, bald schwächer, bald stärker, in den durch die stille Mondnacht sich ausbreitenden Klangwellen, als wiederhole er immer wieder: »Di doman non c'è certezza.«

Am nächsten Tag kam Monna Lisa zur gewohnten Stunde in die Werkstatt, zum ersten Mal allein, ohne ihre stete Begleiterin Suor Camilla. Sie wusste, dass dies ihr letztes Zusammensein mit Leonardo war.

Es war ein sonniger, blendend heller Tag. Leonardo zog das Leinendach zu, und der Hof mit den schwarzen Wänden lag in zartem, wie durch Wasser scheinendem Dämmerlicht, in durchsichtigem Schatten, der ihrem Gesicht die höchste Schönheit verlieh.

Sie waren allein. Er arbeitete stumm, ganz gesammelt, in voller Ruhe; seine gestrigen Gedanken über die bevorstehende Trennung, die unvermeidliche Entscheidung, hatte er vergessen, als gebe es keine Vergangenheit, keine Zukunft für ihn, als stände die Zeit still – als habe sie immer mit stillem seltsamem Lächeln vor ihm gesessen und werde immer da sitzen. Und was er im Leben nicht vermochte, das tat er jetzt in der Betrachtung: Er verschmolz die beiden Gestalten in eine, vereinte Wirklichkeit und Spiegelbild, die Lebende und die Unsterbliche. Und das gab ihm das freudige Gefühl einer großen Befreiung. Jetzt war ihm nicht mehr leid um sie, und er fürchtete sie nicht mehr. Er wusste, dass sie ihm bis ans Ende ergeben bleiben, alles hinnehmen, alles erdulden – und sterben würde, ohne sich aufzulehnen. Und er sah sie zuweilen mit derselben Neugier an, mit der er die Verurteilten betrachtet hatte, die er aufs Schafott begleitete, um die letzten Zuckungen des Schmerzes in ihren Gesichtern zu beobachten.

Plötzlich glaubte er zu sehen, wie der fremde Schatten eines lebendigen, nicht von ihm ihr eingeflößten, ihm nicht erwünschten Gedankens – wie die leise Spur eines lebendigen Hauchs über die Oberfläche eines Spiegels – über ihr Gesicht huschte. Um sie zu halten, wieder in seinen Kreis zu bannen, um diesen lebenden Schatten zu verjagen, erzählte er ihr, so wie ein Hexenmeister eine Formel hersagt, mit singender, befehlender Stimme eines von jenen geheimnisvollen, rätselhaften Märchen, fast Rätseln, die er zuweilen in seine Tagebücher eintrug.

»Ich vermochte nicht, dem Drang zu widerstehen, neue, den Menschen unbekannte, von der Kunst der Natur erschaffene Bildungen zu erblicken, und irrte lange zwischen kahlen, finsteren Felsen; endlich gelangte ich zu einer Höhle und blieb unschlüssig am Eingang stehen. Dann aber fasste ich Mut, neigte den Kopf, krümmte den Rücken, legte die linke Hand auf das rechte Knie, beschattete mit der Rechten die Augen, um mich an die Finsternis zu gewöhnen, trat ein und tat ein paar Schritte. Die Brauen hochziehend, die Augen zukneifend, um schärfer zu sehen, änderte ich oft die Richtung, tastete in der Finsternis umher, hierhin, dorthin, bemüht, etwas zu sehen. Aber die Finsternis war zu tief. Als ich eine Zeit lang verweilt hatte, erwachten im Dunkel zwei Gefühle in mir und bekämpften sich: Angst und Neugier – Angst vor der Erforschung der Höhle und Neugier, ob nicht irgendein wunderbares Geheimnis sich in ihr berge?«

Er schwieg. Der fremde Schatten war nicht von ihrem Gesicht gewichen.

»Und welches der beiden Gefühle siegte?«, fragte sie.

»Die Neugier.«

»Ihr erfuhrt also das Geheimnis der Höhle?«

»Ich erfuhr, was zu erfahren möglich war.«

»Werdet Ihr es den Menschen künden?«

»Alles darf ich nicht sagen; ich vermöchte es auch nicht. Doch flößte ich ihnen gern so starke Kraft der Neugier ein, dass sie stets die Angst überwinden sollte.«

»Wenn aber die Neugier allein nicht genügte, Messer Leonardo?«, fragte sie mit plötzlich aufleuchtendem Blick. »Wenn noch etwas anderes, größeres nottäte, um in die letzten, vielleicht die allerwundersamsten Geheimnisse der Höhle einzudringen?« Und sie schaute ihm mit einem Lächeln in die Augen, das er noch nie an ihr gesehen hatte.

»Was tut noch not?«, fragte er.

Sie schwieg. In diesem Augenblick drang ein dünner, scharfer, blendender Sonnenstrahl durch einen Spalt des Leinendachs. Die flüssige Dämmerung wurde etwas heller. Und der Zauber der zarten, an ferne Musik erinnernden »hellen Schatten«, des »dunklen Lichts« auf ihrem Gesicht war dahin.

»Ihr reist morgen?«, fragte Monna Lisa.

»Nein, heute Abend.«

»Auch ich reise bald«, sprach sie.

Er sah sie prüfend an und wollte etwas sagen. Doch er schwieg. Er verstand, dass sie fortwollte, um nicht ohne ihn in Florenz sein zu müssen.

»Messer Francesco«, sprach Monna Lisa weiter, »geht für drei Monate, bis zum Herbst, in Geschäften nach Kalabrien. Ich habe ihn gebeten, mich mitzunehmen.«

Er wandte sich um und blickte ärgerlich, mit finsterem Gesicht nach dem scharfen, bösen, wahrhaftigen Sonnenstrahl. Der bisher einfarbige, leblose, gespenstisch bleiche Wasserstaub des Springbrunnens funkelte jetzt in diesem gebrochenen, lebenden Lichtstrahl in allen Farben des Regenbogens, den Farben des Lebens. Der Künstler fühlte plötzlich, dass er ins Leben zurückkehrte: schüchtern, schwach, bemitleidenswert und mitleidsvoll.

»Es macht nichts«, sagte Monna Lisa. »Zieht das Schutzdach zu. Es ist noch nicht spät. Ich bin nicht müde.«

»Nein, einerlei. Es ist genug«, antwortete er und warf den Pinsel hin.

»Ihr werdet das Bild nicht vollenden?«

»Wieso?«, fragte er hastig, wie erschrocken. »Werdet Ihr nicht wieder zu mir kommen, wenn Ihr von der Reise zurück seid?«

»Ich werde kommen. Aber in drei Monaten bin ich vielleicht eine ganz andere, und Ihr werdet mich nicht wiedererkennen. Ihr sagtet selbst, dass sich die Gesichter der Menschen, besonders der Frauen, sehr rasch ändern.«

»Ich möchte das Bild gern vollenden«, sagte er langsam, wie zu sich selbst. »Aber ich weiß nicht … Mir scheint manchmal – das, was ich schaffen möchte, sei unmöglich.«

»Unmöglich?«, fragte sie erstaunt. »Doch ich hörte, dass Ihr nie ein Werk vollendet, weil Ihr nach Unmöglichem strebt.«

In diesen Worten glaubte er einen unendlich sanften, trauervollen Vorwurf zu hören. Doch kam es ihm vielleicht nur so vor.

Jetzt …, dachte er, und Angst fasste ihn.

Sie erhob sich und sprach schlicht wie immer: »Ja, es ist Zeit … So lebt denn wohl, Messer Leonardo! Glückliche Reise!«

Er hob die Augen zu ihr, und wieder glaubte er in ihrem Gesicht einen letzten hoffnungslosen Vorwurf, eine Bitte zu lesen. Er wusste, dass dieser Augenblick für sie beide unwiederbringlich war, ewig wie der Tod. Er wusste, dass er jetzt nicht schweigen durfte. Aber je mehr er seinen Willen anspannte, um die Entscheidung zu finden, das rechte Wort, umso mehr empfand er seine Schwäche und den immer tiefer werdenden, unüberbrückbar zwischen ihnen klaffenden Abgrund. Monna Lisa lächelte still und klar wie immer. Aber jetzt schien es ihm, als gleiche die Stille und Klarheit dem Lächeln von Toten.

Unendliches, unerträgliches Weh erfüllte sein Herz und machte ihn noch ohnmächtiger. Monna Lisa reichte ihm die Hand, die er schweigend küsste, zum ersten Mal, seit sie sich kannten. Und im gleichen Augenblick fühlte er, wie sie sich rasch über ihn neigte und mit den Lippen sein Haar berührte. »Gott schütze Euch«, sagte sie so schlicht wie immer.

Als er wieder zu sich kam, war sie fort. Ringsum herrschte die tote Stille eines Sommermittags, die noch unheimlicher ist als die Stille der tiefsten, dunkelsten Mitternacht.

Und ebenso wie in der Nacht, aber unheimlicher und feierlicher, klangen langsam gemessene, eherne Töne: Die Uhr schlug auf dem nahen Turm. Sie gemahnte an den stummen, schrecklichen Flug der Zeit, an dunkles, einsames Alter, an die Unwiederbringlichkeit der Vergangenheit. Noch lange bebte verklingend der letzte Glockenschlag und schien immer wieder zu rufen: »Di doman non c'è certezza.«

Als Leonardo sich bereit erklärte, an den Arbeiten zur Ableitung des Arno von Pisa teilzunehmen, war er so gut wie überzeugt, dass diese kriegerische Maßnahme früher oder später ein friedlicheres, viel wichtigeres Unternehmen zeitigen müsse.

Schon in seiner Jugend hatte er an den Bau eines Kanals gedacht, der den Arno von Florenz bis zum Meer schiffbar machen, die Felder durch ein Netz kleiner Wasseradern bewässern, das Land fruchtbarer machen und die Toskana in einen einzigen blühenden Garten verwandeln sollte. »Prato, Pistoia, Pisa, Lucca«, schrieb er in seinen Aufzeichnungen, »würden durch Beteiligung an diesem Unternehmen ihre jährlichen Einkünfte auf 200 000 Dukaten erhöhen. Wer die Gewässer des Arno in der Tiefe und auf der Oberfläche zu leiten weiß, wird in jedem Stück Land einen Schatz finden.«

Leonardo dachte, das Schicksal wolle ihm jetzt, vor dem Alter, vielleicht zum letzten Mal Gelegenheit bieten, im Dienst des Volks das zu vollbringen, was ihm im Dienst der Fürsten nicht gelungen war: den Menschen die Macht der Wissenschaft über die Natur zu zeigen.

Als Machiavelli ihm gebeichtet hatte, dass er Soderini betrogen, ihm die wirklichen Schwierigkeiten des Plans verhehlt und ihm versichert habe, dreißig- bis vierzigtausend Arbeitstage genügten, entschloss sich Leonardo, da er die Verantwortung nicht tragen wollte, dem Gonfaloniere die volle Wahrheit zu sagen, und legte eine Berechnung vor, in der er nachwies, dass der Bau der zwei bis zum Sumpf von Livorno führenden Abzugskanäle von sieben Fuß Tiefe und zwanzig bis dreißig Fuß Breite, was einer Fläche von 800 000 Quadratellen entspräche, wenigstens 200 000 Arbeitstage erfordern würde, vielleicht auch mehr, je nach der Bodenbeschaffenheit. Die Signori waren entsetzt. Von allen Seiten regnete es Beschuldigungen gegen Soderini: Kein Mensch begriff, wie ihm dieser Wahnwitz in den Kopf kommen konnte.

Niccolò gab aber die Hoffnung noch nicht auf. Er mühte sich auf jede Weise, spann Ränke, log und trog, schrieb schöne Briefe und versicherte allen den zweifellosen Erfolg der begonnenen Arbeiten. Aber trotz der gewaltigen, von Tag zu Tag wachsenden Kosten kam das Unternehmen immer schlechter und schlechter vorwärts. Es war, als laste ein Fluch auf Messer Niccolò: Alles, was er anfasste, schlug fehl, stürzte ein, zerging in seinen Händen und wurde zu Worten, abstrakten Gedanken oder schlechten Scherzen, die ihm selbst am meisten schadeten. Unwillkürlich erinnerte sich der Künstler, wie Machiavelli damals dauernd verlor, als er sein sicheres System, beim Spiel zu gewinnen, vorführte; er gedachte der missglückten Befreiung Marias, der unglückseligen mazedonischen Phalanx … In diesem seltsamen Menschen, der so unermüdlich nach Taten strebte und doch völlig unfähig war, sie zu vollbringen, der in Gedanken stark war, im Leben aber kraftlos wie ein Schwan auf dem Trocknen, erkannte Leonardo sich selbst.

In seinem Bericht an den Gonfaloniere und die Signori empfahl er, das Unternehmen entweder unverzüglich ganz aufzugeben oder aber es zu Ende zu führen und keine Kosten zu scheuen. Die Lenker der Republik wählten aber nach ihrer Gepflogenheit einen Mittelweg. Sie beschlossen, die bereits fertigen Kanäle als Wehrgräben zu verwenden, um das pisanische Heer aufzuhalten, und weil Leonardos allzu kühne Pläne niemand Vertrauen einflößten, ließen sie aus Ferrara andere Wasserbaumeister und Erdarbeiter kommen. Während sie sich aber in Florenz zankten, einander beschuldigten und die Angelegenheit in vielerlei Ämtern, Versammlungen und Räten nach Stimmenmehrheit, mit weißen und schwarzen Kugeln behandelten, zauderten die Feinde nicht und zerstörten durch Kanonenkugeln alles bisher Geschaffene.

Die ganze Sache wurde dem Künstler schließlich so zuwider, dass er nicht mehr ohne Ekel davon hören konnte. Er hätte längst nach Florenz zurückkehren können. Als er aber zufällig erfuhr, dass Messer Giocondo erst in den ersten Tagen des Oktober aus Kalabrien wieder eintreffen werde, beschloss er, etwa zehn Tage nach ihm zu kommen, um Monna Lisa bestimmt in Florenz zu finden.

Er zählte die Tage. Bei dem Gedanken, die Trennung könne vielleicht noch länger dauern, krampften abergläubische Angst und Sehnsucht sein Herz so zusammen, dass er überhaupt nicht mehr daran zu denken versuchte, mit niemand darüber sprach und auch niemand befragte, aus Furcht, man könne ihm sagen, sie kehre zur angesetzten Zeit noch nicht heim.

Frühmorgens kam er in Florenz an. Die herbstlich trübe, feuchte Stadt erschien ihm besonders lieb und vertraut, denn sie erinnerte ihn an die Gioconda. Es war »ihr« Tag: neblig, still, mit feuchttrübem, wie durch Wasser scheinendem Sonnenlicht, das Frauengesichtern eine ganz besondere Schönheit verleiht. Er fragte sich nicht mehr, wie er ihr entgegentreten, was er sagen, was er tun müsse, um sich nie wieder von ihr zu trennen, um Messer Giocondos Gattin als einzige, ewige Freundin zu haben. Er wusste, alles würde von selbst kommen, alles Schwere würde leicht, alles Unmögliche möglich werden – wenn er sie nur wiedersah.

»Vor allem nicht denken, dann gelingt alles besser.« Er wiederholte sich Raffaels Worte. »Ich werde sie fragen; jetzt wird sie aussprechen, was sie damals nicht hat sagen können: was außer Neugier noch nottut, um in die letzten, vielleicht wundersamsten Geheimnisse der Höhle einzudringen.«

Und so hohe Freude erfüllte sein Herz, als sei er nicht vierundfünfzig, sondern sechzehn Jahre alt, als habe er sein ganzes Leben noch vor sich. Nur im tiefsten Grund seines Herzens, wohin kein Strahl der Erkenntnis drang, verbarg sich unter dieser Freude etwas wie eine böse Ahnung.

Er ging zu Niccolò, um ihm allerhand Geschäftspapiere und Zeichnungen zu den Erdarbeiten zu bringen. Messer Giocondo gedachte er am nächsten Morgen zu besuchen, doch hielt er es nicht aus und beschloss, noch am selben Abend auf dem Heimweg von Machiavelli bei Giocondos Hause auf dem Lungarno delle Grazie vorbeizugehen und einen Stallknecht, Diener oder Pförtner zu fragen, ob die Herrschaft zurückgekehrt sei, ob sich alle wohl befänden.

Leonardo ging die Via Tornabuoni bis zur Brücke Santa Trinità hinunter, denselben Weg, den er in der Nacht vor seiner Abreise gegangen war, nur umgekehrt.

Es wurde Abend, und plötzlich schlug das Wetter um, wie es in Florenz im Herbst häufig vorkommt. Aus dem Tal des Mugnone blies ein scharfer, schneidender Nordwind. Die Höhen des Mugello waren weiß bereift, als seien sie plötzlich alt geworden. Es regnete. Da kam von unten, unter einer wie abgeschnittenen Wolkenschicht, die am Horizont einen schmalen Streifen klaren Himmels sehen ließ, die Sonne hervor und beleuchtete die schmutzigen nassen Straßen, die glänzenden Dächer und die Gesichter der Menschen mit messinggelbem, kaltem, hartem Licht. Der Regen war wie Messingstaub. In der Ferne leuchteten Fensterscheiben wie glühende Kohlen.

Gegenüber der Kirche Santa Trinità, bei der Brücke an der Ecke des Kais und der Via Tornabuoni stand der aus rohem, braungrauem

Stein erbaute Palazzo Spini, der mit seinen Gitterfenstern und Zinnen fast aussah wie eine mittelalterliche Festung. An seinen Mauern zogen sich, wie an vielen alten Florentiner Palästen, unten breite Steinbänke hin, auf denen Bürger jedes Alters und Standes gern saßen, würfelten, Schach spielten, Neuigkeiten austauschten, plauderten, im Winter sich in der Sonne wärmten, im Sommer im Schatten rasteten. An der Flussseite des Palastes befand sich über den Steinbänken ein Ziegeldach auf Säulen, nach Art einer Loggia.

Als Leonardo hier vorbeiging, sah er eine Gruppe von Leuten, die er flüchtig kannte. Einige saßen, andere standen. Sie redeten so eifrig, dass sie die scharfen Windstöße und den Regen gar nicht zu bemerken schienen.

»Messere, Messer Leonardo«, rief man ihn an. »Bitte, kommt her, entscheidet unseren Streit!«

Er blieb stehen. Sie sprachen über einige dunkle Verse der *Göttlichen Komödie,* im vierunddreißigsten Gesang der »Hölle«, wo der Dichter erzählt, wie Luzifer, Dis, der Hauptführer der gefallenen Engel, als Kaiser des Traurigen Reichs tief in dem verfluchten Brunnen steckt, bis zur Mitte der Brust in Eis. Seine drei Gesichter, ein schwarzes, ein rotes und ein gelbes, sind ein höllisches Spiegelbild der göttlichen Personen der Dreieinigkeit. Und in jedem der drei Rachen hält er einen Sünder, an dem er ewig nagt; im schwarzen Judas Ischariot, im roten Brutus, im gelben Cassius. Die Leute stritten nun darüber, warum Alighieri den Mörder Julius Cäsars, der sich gegen den Menschengott aufgelehnt hat, fast genauso bestrafte wie den größten aller Verräter, der sich gegen den Gottmenschen aufgelehnt hat. Denn der Unterschied besteht nur darin, dass bei Brutus die Beine in Luzifers Rachen stecken und der Kopf heraushängt, während bei Judas die Beine außen sind und der Kopf innen. Die einen erklärten es damit, dass Dante, als glühender Ghibelline und Verteidiger der Kaisermacht gegen die weltliche Herrschaft der Päpste, das römische Reich ebenso oder fast ebenso heilig und nötig für das Heil der Welt hielt wie die römische Kirche. Andere entgegneten, eine solche Auffassung sei Ketzerei und entspreche nicht dem christlichen Geist des frömmsten aller Dichter. Je länger sie zankten, desto dunkler wurde das Geheimnis des Dichters.

Während ein alter reicher Wollhändler dem Künstler sehr ausführlich den Gegenstand des Streits erklärte, blickte Leonardo, die Augen wegen des Windes ein wenig zukneifend, in die Ferne, in Richtung des Lungarno Acciaioli, von wo jetzt mit schweren, plumpen Bärenschritten ein nachlässig und ärmlich gekleideter, hagerer, knochiger Mann gegangen kam, mit großem Kopf, schwarzem, hartem, krausem Haar, einem spärlichen wirren Ziegenbart, abstehenden Ohren und breitknochigem, flachem Gesicht. Es war Michelangelo Buonarroti. Besonders hässlich, fast abstoßend, war seine Nase, die ihm in der Jugend ein Nebenbuhler, ein Bildhauer, den er durch boshafte Scherze zur Raserei gebracht hatte, durch einen Faustschlag zertrümmert und platt gedrückt hatte. Die Pupillen der kleinen, gelbbraunen Augen leuchteten zuweilen in seltsamem rotem Glanz. Die entzündeten, fast wimperlosen Lider waren stark gerötet, weil er sich nicht mit dem Tag begnügte, sondern auch nachts arbeitete, wobei er eine kleine runde Laterne an der Stirn befestigte, sodass er aussah wie ein Zyklop mit einem feurigen Auge inmitten der Stirn, der in unterirdischer Finsternis mit dumpfem Bärengebrumm rumort und mit pochendem Eisenhammer grimmig gegen das Gestein ankämpft.

»Was meint Ihr, Messere?«, fragten die Streitenden Leonardo.

Der Künstler hoffte immer noch, dass sein Zwist mit Buonarroti friedlich enden werde. Während seiner Abwesenheit von Florenz hatte er wenig daran gedacht und ihn fast vergessen. Solche Stille und Klarheit erfüllte jetzt sein Herz, dass er bereit war, so gütige Worte an den Gegner zu richten, dass Michelangelo, wie er vermeinte, ihn unbedingt verstehen müsste.

»Messer Buonarroti ist ein großer Dantekenner«, antwortete Leonardo mit höflichem ruhigem Lächeln und wies auf Michelangelo. »Er kann Euch gewiss die Stelle besser erklären als ich.«

Michelangelo ging nach seiner Gewohnheit mit gesenktem Kopf, nicht rechts und nicht links schauend, und stieß, ohne es zu bemerken, auf die Versammlung. Als er seinen Namen aus Leonardos Mund hörte, machte er halt und blickte auf. Er war befangen und schüchtern, fast menschenscheu, die Blicke der Menschen waren ihm lästig, denn er war sich stets seiner Hässlichkeit bewusst und schämte sich ihrer; er glaubte immer, alle machten sich über ihn lustig. Vor Überraschung war er im ersten Augenblick ganz fassungslos; mit den kleinen gelbbraunen Augen musterte er alle argwöhnisch, blinzelte hilflos mit den entzündeten Lidern und kniff vor der Sonne und den menschlichen Blicken die Augen zu.

Als er aber das klare Lächeln des Gegners und seinen unwillkürlich von oben herab auf ihn gerichteten, forschenden Blick bemerkte – denn Leonardo war größer als Michelangelo –, schlug seine Schüchternheit, wie es oft bei ihm vorkam, plötzlich in Wut um. Lange brachte er kein Wort hervor. Sein Gesicht war bald bleich, bald zeigte es unregelmäßige rote Flecke. Endlich sprach er mühsam, mit dumpfer, gepresster Stimme: »Erklär es lieber selbst! Du weißt ja mit Büchern Bescheid, du klügster aller Menschen, der du dich den lombardischen Kapaunen anvertraut, sechzehn Jahre an einem tönernen Koloss herumgearbeitet hast und es doch nicht fertigbrachtest, ihn in Bronze zu gießen – weil du mit Schimpf und Schande alles im Stich lassen musstest.« Er fühlte, dass er nicht das Rechte sagte, er suchte aber noch nach kränkenden Worten, um den Gegner zu demütigen, und fand ihrer nicht genug.

Alle waren verstummt und betrachteten neugierig die beiden. Leonardo schwieg. Einige Augenblicke sahen beide einander stumm an; der eine mit demselben milden Lächeln wie vorher, das jetzt eher erstaunt und betrübt war, der andere mit verächtlich spöttischem Lachen, das ihm aber nicht recht gelang und nur sein Gesicht krampfhaft verzerrte und noch hässlicher machte. Gegen Buonarrotis wütende Kraft wirkte Leonardos stille, weibliche Anmut wie grenzenlose Schwäche. Leonardo hatte einmal einen Kampf zweier Ungetüme, eines Drachen und eines Löwen, gezeichnet. Der geflügelte Drache, der König der Lüfte, besiegte den flügellosen König der Erde. Was jetzt, ohne dass sie sich dessen bewusst waren, ohne dass sie es wollten, zwischen ihnen geschah, erinnerte an diesen Kampf. Leonardo fühlte, dass Monna Lisa recht gehabt hatte: Nie würde der Gegner ihm seine Stille, die stärker ist als der Sturm, verzeihen.

Michelangelo wollte noch etwas sagen, machte aber nur eine Handbewegung, wandte sich rasch ab und ging mit seinen plumpen Bärenschritten davon, dumpf, undeutlich etwas vor sich hinmurmelnd, den

Kopf gesenkt, mit gekrümmtem Rücken, als trage er eine unendlich schwere Last auf den Schultern. Bald war er entschwunden, als sei er in dem trüben, feurig gelben Regen und dem unheimlichen Sonnenstaub vergangen.

Auch Leonardo setzte seinen Weg fort. Auf der Brücke holte ihn ein Mann aus der Versammlung vom Palazzo Spini ein, ein beweglicher, hässlicher Gesell, der aussah wie ein Jude, obwohl er ein echter Florentiner war. Der Künstler erinnerte sich nicht, wer er war, wie er hieß; er kannte ihn nur als argen Schwätzer. Der Wind wehte auf der Brücke stärker, er pfiff um die Ohren und stach das Gesicht mit Eisnadeln. Die Wogen des Flusses rollten in die Ferne, der tief stehenden Sonne zu; unter dem niedrigen, dunklen, fast wie steinernen Himmel wirkten sie wie ein unterirdischer Strom flüssigen Kupfers. Leonardo schritt über den schmalen, trockenen Steg, ohne den Mann zu beachten, der ihm nachlief, hüpfend durch den Schmutz patschte, ihn überholte wie ein Hündchen, ihm ins Gesicht sah und etwas über Michelangelo redete. Er wollte sichtlich ein Wort von Leonardo erhaschen, um es sogleich dem Gegner zu hinterbringen und in der Stadt herumzutragen. Leonardo aber verhielt sich schweigend.

»Sagt, Messere«, bedrängte ihn der aufdringliche Mensch, »Ihr hattet doch das Bildnis der Gioconda noch nicht vollendet?«

»Nein«, erwiderte der Künstler mit finsterer Miene. »Was geht es Euch an?«

»Nein, gar nichts. Ich frage nur. Wenn man bedenkt: Ihr müht Euch nun volle drei Jahre mit dem Bild, und es ist immer noch nicht fertig. Wir Laien finden es jetzt schon so vollkommen, dass wir uns nicht vorstellen können, wie es noch besser sein könnte.« Er lächelte kriecherisch.

Leonardo sah ihn mit Ekel an. Dieser widerwärtige Mensch war ihm plötzlich so verhasst, dass er ihn fast am Kragen gepackt und in den Fluss geworfen hätte.

»Was soll nun aus dem Bild werden?«, fuhr der hartnäckige Begleiter fort. »Oder – habt Ihr noch nicht gehört, Messer Leonardo?«

Er zögerte offenbar absichtlich und zog das Gespräch hin; er hatte etwas Besonderes im Sinn. Plötzlich empfand der Künstler außer Ekel noch unheimliche Angst vor seinem Begleiter, dessen Körper ihm so glatt und in allen Gliedern beweglich erschien wie der eines Insekts. Der andere fühlte das wohl. Er sah jetzt einem Juden noch ähnlicher, seine Hände zitterten, seine Augen hüpften.

»Ach, mein Gott, natürlich, Ihr seid ja heute Morgen erst angekommen und wisst noch nicht. Stellt Euch vor, welch Unglück. Der arme Messer Giocondo; zum dritten Mal Witwer! Ja, vor einem Monat ist Madonna Lisa nach Gottes Willen verschieden.«

Leonardo wurde es dunkel vor den Augen. Einen Augenblick war ihm, als müsse er zusammenbrechen. Sein Begleiter glotzte ihn mit bohrenden Augen an. Aber Leonardo nahm sich mit übermenschlicher Kraft zusammen; sein Gesicht wurde nur ein wenig blass, blieb aber undurchdringlich. Jedenfalls merkte ihm der andere nichts an. Höchst enttäuscht, auf der Piazza Frescobaldi bis an die Knöchel im Schmutz einsinkend, blieb er zurück.

Als Leonardo wieder zu sich kam, war sein erster Gedanke, dass der Schwätzer gelogen und sich die Nachricht nur ausgedacht habe, um zu sehen, welchen Eindruck sie auf ihn machen würde, um es dann überall zu erzählen und den schon lang umlaufenden Gerüchten von einem Liebesverhältnis Leonardos mit der Gioconda neue Nahrung zu geben.

Dass die Todesnachricht wahr sein könnte, schien ihm – wie das ja meist ist – im ersten Augenblick völlig unwahrscheinlich.

Aber noch am gleichen Abend erfuhr er alles: Auf der Rückreise von Kalabrien, wo Messer Francesco seine Geschäfte vorteilhaft erledigt und unter anderem eine Lieferung roher Schafhäute für Florenz übernommen hatte, war Monna Lisa Gioconda in dem kleinen abgelegenen Städtchen Lagonero gestorben; nach den einen am Sumpffieber, nach anderen an einer ansteckenden Halskrankheit.

Der geplante Kanal zur Ableitung des Arno von Pisa nahm ein böses Ende. Im Herbst zerstörte das Hochwasser alle bisher fertiggestellten Anlagen und verwandelte die blühende Ebene in einen fauligen Morast. Die Arbeiter starben an Seuchen. Gewaltige Arbeit, viel Geld und Menschenleben – alles war nutzlos verloren.

Die Baumeister von Florenz schoben alle Schuld auf Soderini, Machiavelli und Leonardo. Bekannte wandten sich auf der Straße ab und grüßten sie nicht mehr. Niccolò wurde vor Scham und Ärger krank.

Zwei Jahre zuvor war Leonardos Vater gestorben. »Am 7. Juli 1504 – an einem Mittwoch, um sieben Uhr abends«, schrieb der Künstler mit gewohnter Kürze in sein Tagebuch, »starb mein Vater, Ser Piero da Vinci, Notar im Palast der Signoria. Er war achtzig Jahre alt. Er hinterließ zehn Söhne und zwei Töchter.«

Ser Piero hatte wiederholt vor Zeugen die Absicht geäußert, seinem unehelichen Erstgeborenen Leonardo den gleichen Vermögensanteil zu vermachen wie seinen andern Kindern. Ob er nun selbst vor seinem Tod die Absicht aufgab oder ob die Söhne den Willen des Verstorbenen nicht ehren wollten – jedenfalls erklärten sie, Leonardo habe als unehelicher Sohn keinen Anspruch auf die Erbschaft. Da schlug ein Wucherer, ein gerissener Jude, der Leonardo auf die erwartete Erbschaft hin Geld geliehen hatte, dem Künstler vor, er wolle ihm seine Ansprüche gegen die Brüder abkaufen. Sosehr Leonardo auch Familienzwist und Prozesse verabscheute, seine Vermögensverhältnisse waren damals so zerrüttet, dass er einwilligte. Es begann ein Prozess um dreihundert Fiorini, der sechs Jahre dauerte. Seine Brüder nutzten die allgemeine Erbitterung gegen Leonardo aus, sie gossen noch Öl ins Feuer und beschuldigten ihn der Gottlosigkeit, des Hochverrats während seines Dienstes bei Cesare Borgia, der Zauberei, der Schändung christlicher Gräber durch Ausgraben von Leichen zum Sezieren; sie wärmten auch den vor fünfundzwanzig Jahren bereits vergrabenen Klatsch über seine unnatürlichen Laster wieder auf und schmähten das Andenken seiner verstorbenen Mutter Caterina.

Zu allen diesen Unannehmlichkeiten kam noch das Misslingen des Gemäldes im Ratssaal. Leonardo war so sehr an langsames Arbeiten gewöhnt, das für Wandmalerei nur Ölfarben erlaubte, sein Widerwille gegen die bei der Benutzung von Wasserfarben notwendige Eile war so groß, dass er trotz der warnenden Erfahrungen mit dem »Heiligen Abendmahl« auch für die »Schlacht von Anghiari« Ölfarben verwenden wollte, allerdings besondere, die er für vollkommener hielt. Als die Arbeit zur Hälfte fertig war, zündete er auf einem eisernen Rost vor dem Bild ein großes Feuer an, um das Eindringen der Farben in den

Kalk zu beschleunigen; doch musste er sich bald überzeugen, dass die Hitze nur auf den unteren Teil des Bildes wirkte, während auf dem oberen, entfernteren Teil der Lack und die Farben nicht trockneten.

Nach vielen vergeblichen Mühen sah er endlich ein, dass sein zweiter Versuch, für ein Wandgemälde Ölfarben zu verwenden, ebenso missglückt war wie der erste: die »Schlacht bei Anghiari« würde genauso zugrunde gehen wie das »Heilige Abendmahl«, und er musste wieder, wie Buonarroti gesagt hatte, »mit Schimpf und Schande alles im Stich lassen«. Das Bild im Ratssaal war ihm noch mehr zuwider als der Kanal von Pisa und der Prozess mit seinen Brüdern.

Soderini quälte ihn mit pedantischen Forderungen wegen der Erfüllung des Auftrags; er drängte ihn, die Arbeit zur bestimmten Frist zu vollenden, und drohte mit der festgelegten Geldbuße. Als er sah, dass alles nichts half, beschuldigte er Leonardo öffentlich der Unehrlichkeit und der Aneignung von Staatsgeldern; als aber Leonardo sich von seinen Freunden Geld verschaffte und alles, was er aus der Staatskasse erhalten, zurückzahlen wollte, weigerte sich Ser Piero, es anzunehmen. Inzwischen verbreiteten Buonarrotis Freunde in Florenz einen Brief des Gonfaloniere an den Florentiner Gesandten in Mailand, der eine Beurlaubung des Künstlers für den Statthalter des Königs von Frankreich in der Lombardei, Seigneur Charles d'Amboise, befürwortet hatte.

»Leonardos Handlungsweise ist unlauter«, hieß es unter anderem in diesem Brief. »Er hat einen großen Vorschuss genommen, die Arbeit aber kaum angefangen und alles wieder aufgegeben; er hat in dieser Angelegenheit wie ein Verräter an der Republik gehandelt.«

In einer Winternacht saß Leonardo allein in seinem Arbeitszimmer. Der Sturm heulte im Schornstein. Die Wände des Hauses bebten unter der Gewalt des Windes, die Flamme der Kerze flackerte, der mottenzerfressene Vogelbalg mit den ausgespannten Flügeln, der als Flugmodell oben am Deckenbalken hing, schaukelte, als wolle er hochfliegen. Über dem Bücherbrett in der Ecke mit den Werken des Naturforschers Plinius lief eine dem Meister wohlbekannte Spinne eifrig in ihrem Netz umher. Regentropfen oder tauende Schneeflocken schlugen gegen die Fensterscheiben, als poche jemand leise an.

Nach einem mit Alltagssorgen verbrachten Tag fühlte sich Leonardo müde und zerschlagen wie nach einer Fiebernacht. Er versuchte erst, eine alte Arbeit fortzusetzen: das Studium der Bewegung der Körper auf schiefer Ebene; dann nahm er die Karikatur einer alten Frau vor mit kleiner, warzenartiger Stupsnase, Schweinsäuglein und ungeheuerlicher, nach unten gezogener Oberlippe; er versuchte zu lesen, aber alles fiel ihm aus den Händen. Schlafen wollte er noch nicht – die ganze Nacht lag vor ihm.

Er blickte auf die Stöße alter, staubiger Bücher, auf Kolben, Retorten, Gläser mit bleichen Missgeburten in Spiritus, auf kupferne Quadranten, Globen, mechanische, astronomische, physikalische, hydraulische, optische, anatomische Apparate – und ein unerklärlicher Ekel erfüllte seine Seele. War er nicht selbst wie diese alte Spinne in der dunklen Ecke über verschimmelten Büchern, Menschen, Knochen und toten Gliedern toter Maschinen? Was wartete seiner noch im Leben, was trennte ihn vom Tod außer den wenigen Papierblättern, die er mit Zeichen einer niemand verständlichen Schrift bedecken würde?

Er dachte daran, wie er in der Kindheit auf dem Monte Albano dem Geschrei der Kraniche gelauscht, den Harzduft der Pflanzen eingeatmet und auf Florenz hinabgeschaut hatte, das durchsichtig, lilafarben wie ein Amethyst im Sonnendunst dalag, so klein, dass es zwischen zwei blühenden goldigen Büschen Platz fand, wie sie im Frühjahr die Berghänge bedeckten. War seine ganze Lebensarbeit nur Täuschung gewesen? War die große Liebe nicht die Tochter der großen Erkenntnis? Er lauschte dem Heulen, Winseln und Poltern des Sturms. Machiavellis Worte kamen ihm in den Sinn: »Das Furchtbarste im Leben ist nicht Sorge, Armut, Leid, Krankheit, nicht einmal der Tod, sondern – die Langeweile.« Die unheimlichen Stimmen des nächtlichen Windes sprachen von Wohlvertrautem und Unabwendbarem, dem Menschenherzen Verständlichem: von der letzten Einsamkeit in der furchtbaren, blinden Finsternis, im Schoß des Vaters alles Seins, des uralten Chaos – von der grenzenlosen Öde der Welt.

Er erhob sich, nahm die Kerze, öffnete die Tür, ging ins Nebenzimmer, trat zu dem auf einer dreibeinigen Staffelei stehenden, durch einen Vorhang mit schweren Falten wie durch ein Leichentuch verhüllten Gemälde – und schlug den Vorhang zurück.

Es war das Bildnis Monna Lisa Giocondas. Er hatte es seit dem Tag ihres letzten Zusammenseins, seit er zum letzten Mal daran gearbeitet, nicht wieder enthüllt. Jetzt glaubte er es zum ersten Mal zu sehen. Und er fühlte so viel Lebenskraft in diesem Gesicht, dass ihm vor der eigenen Schöpfung bange wurde. Er dachte an die abergläubischen Erzählungen von verzauberten Bildern, die man nur mit einer Nadel zu durchstechen braucht, um den Tod des Dargestellten herbeizuführen. Hier glaubte er das Gegenteil zu sehen: Einer Lebenden hatte er das Leben genommen, um es einer Toten zu geben.

Alles an ihr war klar und genau bis auf die letzte Falte des Gewandes, bis auf die Kreuzchen des feinen Stickereimusters, das den Ausschnitt des dunklen Kleids an der blassen Brust umrahmte. Es schien, als müsste man, wenn man aufmerksam hinschaute, sehen, wie die Brust atmete, wie in dem Grübchen unter der Kehle das Blut pulsierte, wie der Gesichtsausdruck sich änderte.

Und gleichzeitig war sie geisterhaft, fern und fremd, und älter in ihrer unsterblichen Jugend als die urgeschaffenen Basaltfelsen im Hintergrund des Bilds, als die luftig blauen, stalaktitenähnlichen Berge, die einer übernatürlichen, längst erloschenen Welt anzugehören schienen. Die Windungen der Flüsse zwischen den Felsen erinnerten an ihre geschwungenen Lippen mit dem ewigen Lächeln. Und die Wellen des Haars fielen unter dem durchsichtig dunklen Schleier nach denselben Gesetzen der göttlichen Mechanik, wie Wellen des Wassers.

Erst jetzt, als habe ihr Tod ihm die Augen geöffnet, begriff er, dass Monna Lisas Schönheit alles das war, was er mit so unersättlicher Wissbegier in der Natur gesucht hatte; er begriff, dass das Geheimnis der Welt das Geheimnis Monna Lisas war.

Jetzt erforschte nicht mehr er sie, sondern sie ihn. Was bedeutete der Blick dieser Augen, die seine Seele widerspiegelten, in die sie sich bis zur Unendlichkeit versenkt hatten? Wiederholte sie ihm, was sie bei ihrem letzten Zusammensein unausgesprochen gelassen hatte: dass mehr nottue als nur Neugier, um in die tiefsten und vielleicht wunderbarsten Geheimnisse der Höhle einzudringen? Oder war es das gleichgültige Lächeln der Allwissenheit, mit dem die Toten die Lebenden betrachten?

Er wusste, dass ihr Tod kein Zufall war: Er hätte sie retten können, wenn er gewollt hätte. Noch niemals, glaubte er, hatte er so offen, so nah dem Tod ins Angesicht geschaut. Der kalte, freundliche Blick der Gioconda erfüllte seine Seele mit unerträglichem Entsetzen, ließ sie zu Eis erstarren.

Und zum ersten Mal in seinem Leben trat er von einem Abgrund zurück und wagte nicht, in ihn hineinzuschauen – zum ersten Mal wollte er nicht wissen. Hastig, wie ein Dieb, ließ er den Vorhang mit den schweren Falten wieder wie ein Leichentuch über ihr Gesicht fallen.

Durch Vermittlung des französischen Statthalters Charles d'Amboise erhielt Leonardo im Frühjahr von Florenz einen dreimonatigen Urlaub und begab sich nach Mailand.

Er war froh, die Heimat verlassen zu können, und wieder, wie vor fünfundzwanzig Jahren, erblickte er als heimatloser Verbannter die Schneegipfel der Alpen über der grünen lombardischen Ebene.

15

Die heilige Inquisition

Während seines ersten Aufenthalts in Mailand, als er in Moros Diensten stand, beschäftigte sich Leonardo viel mit Anatomie, gemeinsam mit dem noch sehr jungen, etwa achtzehn Jahre alten, aber trotzdem schon berühmten Gelehrten Marcantonio aus dem alten Veroneser Patriziergeschlecht Della Torre, in dem die Liebe zur Wissenschaft erblich war. Marcantonios Vater lehrte in Padua Medizin; auch seine Brüder waren Gelehrte. Er selbst hatte sich seit seinen Knabenjahren dem Dienst der Wissenschaft geweiht, so wie einst die Nachfahren ruhmreicher Geschlechter sich Gott weihten oder dem Ritterdienst der Dame ihres Herzens. Weder kindliche Spiele noch jugendliche Leidenschaft lenkten ihn ab.

Er liebte einst ein Mädchen; da er aber einsah, dass man unmöglich zwei Herren – der Liebe und der Wissenschaft – gleichzeitig dienen könne, verließ er die Braut und entsagte endgültig der Welt. Schon in der Kindheit hatte er durch übermäßiges geistiges Arbeiten seine Gesundheit zerrüttet. Sein hageres, bleiches Gesicht gab ihm das Aussehen eines finsteren Fanatikers; es war trotzdem schön und erinnerte an Raffael, nur lag in seinem Ausdruck tieferes Denken und mehr Leid.

Er war fast noch ein Knabe, als sich die beiden berühmten Universitäten Oberitaliens, Padua und Pavia, um ihn stritten, und als Leonardo nach Mailand zurückkehrte, galt der damals fünfundzwanzigjährige Marcantonio als einer der ersten Gelehrten Europas. Beider wissenschaftliches Streben war anscheinend ein gemeinsames: Beide ersetzten die scholastische Anatomie der mittelalterlichen arabischen Ausleger des Hippokrates und des Galenus durch den Versuch und durch Beobachtung der Natur, durch genaues Studium des Baus des lebendigen Körpers. Unter äußerlicher Ähnlichkeit verbarg sich aber doch ein tiefer Gegensatz.

An den letzten Grenzen des Wissens ahnte der Künstler ein Geheimnis, das ihn durch alle Welterscheinungen hindurch anzog, wie der Magnet durch Gewebe hindurch Eisen anzieht. Bei der Beschreibung der Schultermuskeln sagte er: »Diese Muskeln sind mit den Enden feiner Fäden nur am äußersten Rand ihrer Behältnisse befestigt: Der Große Meister hat das so eingerichtet, damit sie die Möglichkeit haben, sich frei auszudehnen und zusammenzuziehen, sich zu verlängern und zu verkürzen – je nach Bedarf.« Als Bemerkung zu einer andern Zeichnung schrieb er: »Betrachte diese schönen Muskeln a, b, c, d und e. Scheint es dir, es seien ihrer zu viele, so mach die Probe: Nimm etliche fort; scheinen es dir zu wenig zu sein, so füge einige hinzu; sind es aber gerade genug, so preise den Ersten Erbauer einer so wunderbaren Maschine.« So war das letzte Ziel jedes Wissens für ihn das große Staunen vor dem Unerforschlichen, vor der göttlichen Notwendigkeit, vor dem Willen des Ersten Bewegers in der Mechanik, des Ersten Baumeisters in der Anatomie.

Auch Marcantonio fühlte das Geheimnis in den Naturerscheinungen. Aber er unterwarf sich nicht in Demut, und da er es weder verwerfen noch besiegen konnte, bekämpfte er es und fürchtete es. Leonardos Wissenschaft führte zu Gott – Marcantonios Wissenschaft war gegen Gott: Den verlorenen Glauben wollte er durch einen neuen Glauben ersetzen, den Glauben an die menschliche Vernunft.

Marcantonio war mildherzig. Oft wies er Reiche ab und ging zu Armen, behandelte sie umsonst, half ihnen mit Geld aus und war bereit, ihnen alles zu geben, was er besaß. Er hatte die Herzensgüte, die nur in geistige Betrachtung versunkenen Menschen, die nicht von dieser Welt sind, eigen ist. Kam aber die Rede auf die Unwissenheit der Mönche und Pfaffen, der Feinde der Wissenschaft, so verzerrte sich sein Gesicht, und seine Augen funkelten in unbändiger Wut. Leonardo fühlte dann, dass dieser mildherzige Mann, wenn man ihm die Macht gäbe, Menschen im Namen der Vernunft auf den Scheiterhaufen schleppen würde, genauso wie seine Feinde, Mönche und Pfaffen, im Namen Gottes Menschen verbrannten.

Leonardo blieb in der Wissenschaft ebenso einsam wie in der Kunst; Marcantonio war von Schülern umringt. Er riss die Menge mit, entflammte die Herzen wie ein Prophet, tat Wunder und ließ Kranke auferstehen, weniger durch Arzneien als durch den Glauben. Seine jungen Zuhörer trieben, wie es alle Schüler tun, die Gedanken des Lehrers auf die Spitze. Sie bekämpften das Geheimnis der Welt nicht, sie leugneten es nur sorglos und glaubten, die Wissenschaft werde heute oder morgen alles besiegen, alles lösen, an dem alten Gebäude des Glaubens keinen Stein auf dem andern lassen. Sie prahlten mit ihrem Unglauben wie Kinder mit einem neuen Stück, sie tollten und lärmten wie Schuljungen, und in ihrer siegessicheren Keckheit glichen sie mutwillig kläffenden jungen Hunden.

Dem Künstler war der Fanatismus der vermeintlichen Diener der Wissenschaft ebenso widerwärtig wie der Fanatismus der vermeintlichen Diener Gottes. Wenn die Wissenschaft siegt, dachte er traurig, wenn der Pöbel ihr Heiligtum betritt – wird er durch seine Anerkennung die Wissenschaft nicht ebenso besudeln, wie er die Kirche besudelt hat? Wird das Wissen der Menge weniger flach sein als ihr Glaube?

Die Beschaffung von Leichen zum Sezieren war damals durch die Bulle »Extravagantes« des Papstes Bonifazius VIII. verboten und daher sehr schwierig und gefährlich. Zweihundert Jahre zuvor hatte Mondino de' Luzzi als erster Gelehrter gewagt, öffentlich in der Universität Bologna zwei Leichen zu sezieren. Er wählte Frauen, weil sie »der Natur der Tiere näher ständen«. Trotzdem peinigte ihn, nach seinem eigenen Geständnis, sein Gewissen so sehr, dass er den Kopf, »die Behausung des Geistes und Verstandes«, überhaupt nicht zu sezieren wagte.

Die Zeiten hatten sich geändert. Die Schüler Marcantonios waren weniger zaghaft. Sie scheuten vor keinen Gefahren, auch nicht vor Verbrechen zurück und verschafften sich frische Leichen; sie kauften sie nicht nur Henkern und Totengräbern für teures Geld ab, sondern nahmen sie auch mit Gewalt, stahlen sie vom Galgen, gruben sie aus den Gräbern der Friedhöfe aus; und hätte der Meister es erlaubt, hätten sie wohl nachts in öden Vorstädten Vorübergehende totgeschlagen.

Der große Vorrat an Leichen machte die Arbeit bei Della Torre für den Künstler besonders wichtig und wertvoll. Er fertigte eine ganze Reihe von anatomischen Feder- und Rötelzeichnungen mit Erklärungen und Randbemerkungen. In den Untersuchungsmethoden trat der Gegensatz der beiden Forscher noch deutlicher hervor. Der eine war nur Gelehrter, der andere Gelehrter und Künstler zugleich. Marcantonio wusste. Leonardo wusste und liebte, und die Liebe vertiefte sein Wissen. Seine Zeichnungen waren so genau und gleichzeitig so schön, dass schwer zu entscheiden war, wo die Kunst aufhörte und wo die Wissenschaft anfing: Eines ging in das andere über und verschmolz mit ihm zu einem untrennbaren Ganzen.

»Dem, der mir einwenden will«, schrieb Leonardo in seinen Bemerkungen, »man studiere Anatomie besser an Leichen als an meinen Zeichnungen, möchte ich zur Antwort geben: Das wäre so, wenn du an einem Präparat alles sehen könntest, was meine Zeichnung darstellt. Aber wie groß dein Scharfsinn auch sei, du wirst nur einige Venen sehen und erkennen. Ich aber habe, um zu vollkommenem Wissen zu gelangen, mehr als zehn menschliche Leichen verschiedenen Alters seziert, habe alle Glieder zerlegt, alles die Venen einhüllende Fleisch bis zum letzten Teilchen entfernt, ohne mehr Blut ausfließen zu lassen als einige kaum merkliche Tropfen aus den Haargefäßen. Und wenn eine Leiche nicht zureichte, weil sie während der Arbeit in Zersetzung überging, habe ich so viele Leichen seziert, wie eine vollkommene Beherrschung meines Gegenstandes erheischte, und habe die gleiche Untersuchung wiederholt, um Unterschiede zu finden. Indem ich viele Zeichnungen gebe, stelle ich jedes Glied und Organ so dar, als hieltest du es in Händen, könntest es umwenden und von allen Seiten betrachten, von innen und außen, von oben und unten.«

Das Hellsehen des Künstlers verlieh dem Auge und der Hand des Gelehrten die Genauigkeit eines mathematischen Instrumentes. Niemandem bekannte, in Bindegeweben und Schleimhäuten versteckte Verzweigungen der Adern, in Muskeln und Sehnen verästelte feinste Blutgefäße und Nerven, betastete er mit dem Skalpell und legte sie bloß, mit der linken Hand, die so stark war, dass sie Hufeisen bog, und so zart, dass sie das Geheimnis weiblicher Schönheit im Lächeln der

Gioconda wiedergab. Marcantonio, der an nichts als an die Vernunft glauben wollte, empfand vor diesem hellseherischen Wissen oft Verlegenheit, ja Furcht, als sei es ein Wunder.

Manchmal sagte sich der Künstler vorher: So muss es sein, so ist es gut – und wenn er sich bei der Untersuchung überzeugte, dass es wirklich so war, schien der Wille des Schöpfers dem Willen des Betrachtenden zu entsprechen: Schönheit war Wahrheit. Wahrheit war Schönheit. Marcantonio fühlte, dass Leonardo sich der Wissenschaft, wie allen anderen Dingen, nur zeitweise, wie spielend widmete und sich Freiheit für andere Beschäftigungen vorbehielt; er sah aber auch, welch unendliche Geduld, welche »hartnäckige Strenge« die Arbeit erforderte, die in den Händen des Meisters wie Spiel und Zeitvertreib wirkte.

»Wenn du auch Liebe zur Wissenschaft hast«, sagte Leonardo in seinen Bemerkungen zum Leser, »wird dich nicht Ekel hemmen? Und wenn du den Ekel überwindest, wird dich nicht zu nächtlicher Stunde Furcht überkommen vor den zerstückelten, blutigen Leichen? Und wenn du dieses Grauen überwindest, wirst du auch einen klaren, zielbewussten Plan haben, wie er zu solcher Bearbeitung von Leichen unumgänglich nötig ist? Und wenn du einen Plan hast, besitzt du auch Kenntnis der Perspektive? Und wenn du sie hast, beherrschst du die Methoden geometrischer Beweisführung, hast du die notwendigen Kenntnisse der Mechanik, um Kraft und Spannung von Muskeln messen zu können? Und endlich die Hauptsache: Hast du genügend Geduld und Genauigkeit? Wieweit ich alle diese Eigenschaften besitze, werden die von mir verfassten hundertundzwanzig Bände über Anatomie beweisen. Der Grund, dass ich meine Arbeit nicht zu dem gewünschten Ende geführt habe, ist nicht Eigennutz oder Nachlässigkeit, sondern lediglich Mangel an Zeit. So wie vor mir Ptolemäus die Welt in seiner Kosmografie beschrieben hat, beschreibe ich den menschlichen Körper, diesen kleinen Kosmos, diese Welt in der Welt.«

Er ahnte, dass seine Arbeiten, wenn die Menschen sie anerkennen und verstehen würden, eine gewaltige Umwälzung in der Wissenschaft hervorrufen müssten; er wartete auf Anhänger und Nachfolger, die in seinen Zeichnungen die »Wohltat, die er dem Menschengeschlecht erwiesen«, zu schätzen wüssten.

»Das Buch über die Elemente der Mechanik«, schrieb er, »möge deinem Studium der Gesetze der Bewegungen und Kräfte der Menschen wie anderer Tiere vorangehen, damit du mithilfe der Mechanik jeden Lehrsatz der Anatomie mit geometrischer Genauigkeit beweisen kannst.« Er sah in den Gliedern von Menschen und Tieren lebendige Hebel. Die Wurzeln jedes Wissens ruhten ihm in der Mechanik, der Verkörperung der »wunderbaren Gerechtigkeit des Ersten Bewegers«. Und der wohltätige Wille des Ersten Baumeisters floss aus dem gerechten Willen des Ersten Bewegers, des Geheimnisses aller Geheimnisse.

Neben seiner mathematischen Genauigkeit stellte Leonardo Vermutungen, Vorahnungen, Prophezeiungen auf, die Marcantonio durch ihre Kühnheit schreckten und ihm so unwahrscheinlich vorkamen, wie es einem Menschen, der zum ersten Mal die Berge sieht und die fernen Gipfel für in der Luft schwebende Wolken hält, schwerfällt zu glauben, dass diese gespenstischen Visionen granitene Wurzeln haben, die bis ins Herz der Erde reichen.

Beim Studium verschiedener Entwicklungsstufen von Embryos in der Gebärmutter von Leichen schwangerer Frauen überraschte den Meister die Ähnlichkeit des Körperbaus der Menschen mit dem der Tiere, und zwar nicht nur der Vierfüßler, sondern auch der Fische und Vögel. »Vergleiche den Menschen«, schrieb er, »mit dem Affen und vielen anderen Tieren ähnlicher Art. Vergleiche die Eingeweide des Menschen mit den Eingeweiden des Affen, des Löwen, des Ochsen, der Fische und Vögel. Vergleiche die Finger der menschlichen Hand mit den Fingern einer Bärentatze, mit den Knorpeln der Fischflosse, mit dem Skelett der Flügel von Vögeln und Fledermäusen … Für den, der vollkommene Kenntnis des menschlichen Körperbaus besitzt, ist es leicht, allumfassend zu sein, denn die Glieder aller Tiere sind ähnlich.« In der Vielgestaltigkeit des Körperbaus erkannte er ein einheitliches Gesetz der Entwicklung, einen einheitlichen, zusammenhängenden Plan der Natur.

Marcantonio stritt, ereiferte sich, nannte solche Vermutungen Fieberfantasien, die eines Gelehrten unwürdig und dem Geiste exakter Wissenschaft zuwider seien; manchmal aber schien er besiegt, wie verzaubert, dann schwieg er und hörte zu. In solchen Augenblicken war sein kindlich zartes, mönchisch strenges Gesicht schön. Und wenn Leonardo ihm in die tiefen, stets traurigen Augen blickte, fühlte er, dass dieser Einsiedler der Wissenschaft nicht nur ihr Priester, sondern auch ihr Opfer war; für ihn war die große Trauer die »Tochter der großen Erkenntnis«.

Durch Vermittlung des Statthalters Charles d'Amboise und des Königs von Frankreich erhielt der Künstler von der Signoria von Florenz Urlaub auf unbeschränkte Zeit; er trat im nächsten Jahr, 1507, endgültig in die Dienste Ludwigs XII., siedelte nach Mailand über und kam nur gelegentlich noch in Geschäften nach Florenz.

Vier Jahre waren vergangen. Gegen Ende des Jahres 1511 arbeitete Giovanni Beltraffio, der damals schon als geschickter Maler galt, an einem Wandgemälde in der neuen Kirche San Maurizio, die zu dem altertümlichen, auf den Ruinen des altrömischen Zirkus und des Jupitertempels erbauten Nonnenkloster Monastero Maggiore gehörte. Daneben, hinter einer hohen, längs der Via della Vigna verlaufenden Mauer, lag der verwilderte Garten, in dem das einst prächtige, jetzt aber längst verlassene, halb verfallene Schloss der Familie Carmagnola stand.

Die Nonnen hatten dieses Anwesen mit dem Gebäude an den Alchimisten Galeotto Sacrobosco und seine Nichte Monna Cassandra – die Tochter seines Bruders Messer Luigi, des berühmten Sammlers von Altertümern – vermietet, die beide kürzlich nach Mailand zurückgekehrt waren.

Kurz nach dem ersten Einfall der Franzosen und der Plünderung des kleinen Häuschens der Hebamme Monna Sidonia am Catarana-Kanal, nahe der Porta Vercellina, hatten sie die Lombardei verlassen und neun Jahre lang den Osten durchwandert: Griechenland, die Inseln des Archipelagus, Kleinasien, Palästina und Syrien. Seltsame Gerüchte waren über sie im Umlauf: Die einen behaupteten, der Alchimist habe den Stein der Weisen gefunden, der Blei in Gold verwandle; andere berichteten, er habe dem Diodar von Syrien ungeheure Summen für seine Experimente entlockt und sei mit dem Geld geflohen; wieder andere erzählten, Monna Cassandra habe durch einen Pakt mit dem Teufel und das Vermächtnis ihres Vaters einen an der Stelle eines phönizischen Astartetempels vergrabenen alten Schatz gehoben; und noch andere wussten, Monna Cassandra habe in Konstantinopel einen alten, unermesslich reichen, von ihr mit Zauberkräften verhexten Kaufmann aus Smyrna beraubt. Was auch immer geschehen war, jedenfalls hatten sie Mailand als Bettler verlassen und kehrten als reiche Leute zurück.

Cassandra, die ehemalige Hexe, die Schülerin des Demetrius Chalkondylas und Pflegetochter der alten Hexe Sidonia, war jetzt eine fromme Tochter der Kirche, oder sie tat wenigstens so. Streng beachtete sie alle kirchlichen Bräuche und Fasten, besuchte eifrig den Gottesdienst und gewann durch reiche Spenden das Wohlwollen nicht nur der Schwestern vom Monastero Maggiore, die sie auf ihrem Grund und Boden aufgenommen hatten, sondern auch des Erzbischofs von Mailand in Person. Böse Zungen behaupteten freilich (vielleicht nur aus Neid, wie er allen Menschen eigen ist), sie sei von ihren weiten Reisen als noch schlimmere Heidin zurückgekehrt und die Hexe und der Alchimist hätten aus Rom fliehen müssen, um der heiligen Inquisition zu entrinnen, würden aber früher oder später dem Scheiterhaufen doch nicht entgehen.

Vor Leonardo empfand Messer Galeotto immer noch dieselbe Ehrfurcht; er hielt ihn für seinen Lehrmeister und für den Besitzer der »geheimen Weisheit des Hermes Trismegistos«. Der Alchimist hatte von seinen Reisen viele seltene Bücher mitgebracht, meist Werke alexandrinischer Gelehrter aus der Zeit der Ptolemäer über mathematische Wissenschaften. Der Künstler entlieh von ihm diese Bücher und schickte gewöhnlich Giovanni, der in der Nähe, in der Kirche San Maurizio arbeitete, um sie zu holen. Bald besuchte Beltraffio, aus alter Gewohnheit, immer häufiger den Alchimisten unter irgendeinem Vorwand, in Wirklichkeit aber nur, um Cassandra zu sehen.

Bei den ersten Begegnungen war die junge Frau gegen ihn sehr auf der Hut; sie spielte die reuige Sünderin und sprach von ihrem Wunsch, den Schleier zu nehmen. Als sie sich aber allmählich überzeugte, dass sie nichts von ihm zu fürchten hatte, wurde sie zutraulicher. So gedachten sie ihrer Plauderstunden vor zehn Jahren, als sie beide fast noch Kinder waren, auf dem öden Hügel beim Catarana-Kanal, nahe dem Kloster Santa Radegonda; sie erinnerten sich des Abends mit dem fahlen Wetterleuchten, dem schwülen, sommerlichen Geruch des Wassers vom Kanal her, dem dumpfen, wie unterirdischen Rollen des Donners, als sie Giovanni die Auferstehung der olympischen Götter geweissagt, als sie ihn zum Hexensabbat eingeladen hatte …

Jetzt lebte sie wie eine Einsiedlerin. Sie war oder schien wenigstens krank und verbrachte ihre vom Gottesdienst freie Zeit in einem einsamen Raum, einem der wenigen noch erhaltenen Gemächer des alten Schlosses, in das sie niemand einließ. Es war ein finsterer Saal mit spitzen Fenstern nach dem verwilderten Garten, in dem die Zypressen standen wie eine stumme Mauer und helles, feuchtes Moos hohle Ulmenstämme bedeckte. Die Einrichtung des Zimmers erinnerte an ein Museum oder eine Bibliothek. Hier befanden sich Cassandras aus dem Orient mitgebrachte Altertümer: Bruchstücke hellenischer Statuen, ägyptische Götter mit Hundeköpfen aus glattem schwarzem Granit, geschnittene Steine der Gnostiker mit dem die dreihundertfünfundsechzig hohen Himmel darstellenden Zauberwort »Abraxas«, byzantinische Pergamente, hart wie Elfenbein, mit Bruchstücken für ewig verlorener Werke griechischer Dichtkunst; Tonscherben mit assyrischer Keilschrift; in Eisen gebundene Bücher persischer Magier und wie Blütenblätter durchsichtige feine memphische Papyrusrollen.

Sie erzählte ihm von ihren Wanderungen, von den Wundern, die sie geschaut, von der einsamen Größe weißer Marmortempel auf schwarzen, vom Meer zerfressenen Felsen inmitten der ewig blauen, nach Salz, nach der Frische des nackten Leibes der schaumgeborenen Göttin duftenden Wogen des Ionischen Meers; sie sprach von schier unglaublichen Mühen, Nöten und Gefahren. Und als er einmal fragte, was sie auf jenen Reisen gesucht, weshalb sie Altertümer gesammelt und so viel Leid erduldet habe, antwortete sie ihm mit den Worten ihres Vaters Luigi Sacrobosco: »Ich will die Toten auferwecken.« Und ein Feuer loderte in ihren Augen, an dem er die frühere Hexe Cassandra wiedererkannte.

Sie hatte sich nur wenig verändert. Ihr Gesicht war noch immer dasselbe, gleich fremd der Trauer wie der Freude, reglos wie das einer alten Statue, die Stirn breit und niedrig, die Augenbrauen fein und gerade, die Lippen, auf denen man sich kein Lächeln vorstellen konnte, streng zusammengepresst, die Augen durchsichtig gelb wie Bernstein. Das durch Krankheit oder unablässig bohrendes Grübeln verfeinerte Gesicht, besonders der untere, etwas zu schmale und zu kleine Teil mit der leicht vorstehenden Unterlippe, drückte noch deutlicher strenge Ruhe und gleichzeitig kindliche Hilflosigkeit aus. Das trockene lockere Haar, das lebendiger schien als das ganze Gesicht, als habe es ein eigenes Leben, umgab das bleiche Antlitz wie die Schlangen der Medusa mit einer dunklen Gloriole, die es noch bleicher, starrer, die roten Lippen noch leuchtender, die gelben Augen noch durchsichtiger machte. Die Schönheit dieses Mädchens erregte in Giovanni Neugier, Furcht und Mitleid und zog ihn jetzt noch unwiderstehlicher an als vor zehn Jahren.

Auf der Reise nach Griechenland hatte Cassandra auch die Heimat ihrer Mutter, das kleine, elende Städtchen Mistra besucht, nahe den Ruinen von Sparta, zwischen den öden, von der Sonne versengten Hügeln des Peloponnes, wo vor einem halben Jahrhundert Gemistos Plethon, der letzte Lehrer hellenischer Weisheit, gestorben war. Sie hatte unveröffentlichte Bruchstücke seiner Werke, Briefe und ehrfurchtsvolle Überlieferungen seiner Schüler gesammelt, die glaubten, Platos Seele sei noch einmal vom Olymp herabgestiegen und habe sich in Plethon verkörpert. Als sie Giovanni von diesem Besuch erzählte, wiederholte sie die Prophezeiung, die er bereits bei ihren Gesprächen am Catarana-Kanal von ihr gehört und an die er seither oft hatte denken müssen, die Worte Plethons, die der hundertjährige Philosoph drei Jahre vor seinem Tod gesagt haben sollte: »›Wenige Jahre nach meinem Tod wird eine einzige Wahrheit über allen Stämmen und Völkern der Erde aufleuchten, und alle Menschen werden sich einem einzigen Glauben zuwenden.‹ Fragte man ihn aber, welchem Glauben, dem christlichen oder dem mohammedanischen, so antwortete er: ›Weder dem einen noch dem andern, sondern einem vom alten Heidentum nicht verschiedenen Glauben.‹«

»Ein halbes Jahrhundert ist schon seit Plethons Tod vergangen«, entgegnete Giovanni, »aber seine Prophezeiung geht nicht in Erfüllung. Glaubt Ihr immer noch daran, Monna Cassandra?«

»Die vollkommene Wahrheit hat Plethon auch nicht gekannt«, sagte sie ruhig. »Er hat in vielem geirrt, denn vieles wusste er nicht.«

»Was denn?«, fragte Giovanni und fühlte plötzlich, dass unter ihrem tiefen, forschenden Blick sein Herz verzagte.

Statt einer Antwort nahm sie ein altes Pergament vom Wandbrett – es war die Tragödie des Äschylus *Der gefesselte Prometheus* – und las ihm einige Verse vor. Giovanni verstand ein wenig Griechisch, und was er nicht verstand, erklärte sie ihm.

Der Titan zählt die Gaben auf, die er den Menschen gebracht hat, durch die sie früher oder später den Göttern gleichen werden: das Vergessen des Todes, die Hoffnung und das im Himmel geraubte Feuer, und prophezeit den Sturz des Zeus:

»Dann geht der ganze Vaterfluch des Kronos,
Den er, gestürzt vom alten Sitze, sprach,
Dir in Erfüllung, und der Götter keiner
Weist dir den Rettungsweg als ich allein!
Ich kanns; ich weiß den Weg.«

Der Götterbote Hermes verkündet dem Prometheus:

»Und nicht ein Ende hoffe solchen Qualen,
Bevor der Götter einer dir erscheint,
Bereit in Hades' Nacht für dich zu steigen,
Zum tiefen Nebelschlund des Tartarus.«

»Was meinst du, Giovanni«, fragte Cassandra und schloss das Buch, »wer ist dieser Gott, der zum Tartarus hinabsteigt?«

Giovanni antwortete nicht. Ihm war, als öffne sich, wie beim plötzlichen Aufzucken eines Blitzes, ein jäher Abgrund vor ihm. Monna Cassandra aber sah ihn noch immer mit ihren klaren, durchsichtigen Augen starr an. In diesem Augenblick glich sie wirklich der unglücklichen Gefangenen des Agamemnon, der jungfräulichen Seherin Cassandra.

»Giovanni«, sagte sie nach einer Pause, »hast du von dem Mann gehört, der vor mehr als zehn Jahrhunderten ebenso wie der Philosoph Plethon davon geträumt hat, die toten Götter wieder aufzuerwecken – von Kaiser Flavius Claudius Julianus?«

»Von Julianus Apostata, dem Abtrünnigen?«

»Ja, von dem, der seinen Feinden, den Galiläern, und, o weh, auch sich selbst als Abtrünniger erschien und doch nicht wagte, es zu sein, denn er füllte nur alten Wein in neue Schläuche. Die Hellenen hätten ihn ebenso wie die Christen einen Abtrünnigen nennen können.«

Giovanni erzählte ihr, er habe einmal in Florenz ein Mysterium Lorenzos des Prächtigen gesehen, das den Märtyrertod zweier Jünglinge, Giovanni und Paolo, schilderte, die wegen ihres Glaubens an Christus von Julianus Apostata hingerichtet wurden. Er erinnerte sich sogar an ein paar Verse aus dem Mysterium, die besonderen Eindruck auf ihn gemacht hatten, unter anderem an den Todesschrei des vom Schwert des heiligen Mercurius durchbohrten Julianus: »O Cristo Galileo, tu hai pur vinto! – Du hast gesiegt, Galiläer!«

»Höre, Giovanni«, fuhr Cassandra fort, »in dem seltsamen, traurigen Schicksal dieses Menschen liegt ein großes Geheimnis. Sie beide, sage ich, Kaiser Julianus wie auch der weise Plethon, waren in gleicher Weise im Unrecht, weil sie bloß die eine Hälfte der Wahrheit besaßen, die ohne die andere Hälfte nur Lüge ist. Sie beide hatten die Prophezeiung des Titanen vergessen, die Götter würden erst dann auferstehen, wenn die Hellen sich mit den Dunklen einten, wenn der Himmel oben sich mit dem Himmel unten einte, wenn das, was zwei war, eins sein werde. Das haben sie nicht verstanden, und sie haben ihre Seele vergebens für die olympischen Götter hingegeben ...«

Sie hielt inne, als wage sie nicht zu Ende zu sprechen; dann fügte sie leise hinzu: »Wenn du wüsstest, Giovanni, wenn ich dir alles bis zu Ende sagen könnte ... Aber nein, es ist noch zu früh. Vorläufig sage ich nur das eine: Es ist ein Gott unter den olympischen Göttern, der seinen unterirdischen Brüdern näher steht als alle andern, ein Gott, hell und dunkel wie die Morgendämmerung, milde und erbarmungslos wie der Tod – der auf die Erde herabgestiegen ist und den Sterblichen Vergessen des Todes geschenkt hat, ein neues Feuer vom Feuer des Prometheus, in seinem eignen Blut, im berauschenden Saft der Reben. Aber wer von den Menschen, mein Bruder, wer wird ihn verstehen und wird der Welt sagen, dass die Weisheit des Rebenbekränzten der Weisheit des Dornengekrönten gleicht, dessen, der da sprach: ›Ich bin der rechte

Weinstock‹, der ebenso wie Gott Dionysos die Welt mit seinem Blut berauscht? Verstehst du, was ich meine, Giovanni? Wenn du es nicht verstehst, so schweige und frag nicht; denn das ist ein Geheimnis, von dem man noch nicht sprechen darf …«

In Giovanni regte sich in letzter Zeit eine neue, ihm bis dahin unbekannte Vermessenheit der Gedanken. Er fürchtete nichts, weil er nichts zu verlieren hatte. Er fühlte, dass weder Fra Benedettos Glaube noch Leonardos Wissen seine Qualen stillen, die Widersprüche lösen konnten, an denen seine Seele litt. Nur in Cassandras dunklen Weissagungen ahnte er den vielleicht schrecklichsten, aber den einzigen Weg zu einer Versöhnung, und er folgte ihr auf diesem letzten Weg mit dem Mut der Verzweiflung. Sie kamen sich immer näher.

Eines Tages fragte er sie, weshalb sie heuchle und das vor den Menschen verhehle, was sie doch für Wahrheit halte.

»Nicht alles ist für alle«, entgegnete Cassandra. »Die Masse braucht das Bekenntnis der Märtyrer ebenso wie Wunder und Zeichen, denn nur die, die nicht ganz glauben, sterben für ihren Glauben, um ihn andern und sich selbst zu beweisen. Vollkommener Glaube aber ist vollkommenes Wissen. Meinst du etwa, ein Märtyrertod des Pythagoras hätte die von ihm entdeckten geometrischen Wahrheiten bestätigt? Vollkommener Glaube ist stumm, und sein Geheimnis höher als jedes Bekenntnis, wie der Meister sprach: ›Erkennet ihr alle, euch aber soll keiner kennen.‹«

»Welcher Meister?«, fragte Giovanni und dachte: Das hätte Leonardo sagen können; er kennt auch alle, und ihn kennt keiner.

»Der ägyptische Gnostiker Basilides«, antwortete Cassandra und erklärte, die großen Lehrer der ersten christlichen Jahrhunderte, für die vollkommener Glaube und vollkommenes Wissen ein und dasselbe gewesen sei, hätten sich Gnostiker, das heißt »Wissende«, genannt. Und sie erzählte ihm von den seltsamen, zum Teil ungeheuerlichen, wie Fieberträume anmutenden Lehren der Gnostiker.

Besonderen Eindruck machte auf Giovanni eine von ihnen – die Lehre der alexandrinischen Ophiten, der Schlangenanbeter, von der Erschaffung der Welt und des Menschen.

»Über allen Himmeln schwebt namenloses, regloses, ungeborenes

Dunkel, herrlicher als alles Licht, der Unergründliche Vater, πατὴρ ἄγνωστος – Abgrund und Schweigen. Seine einzige Tochter, die Weisheit Gottes, trennte sich vom Vater, erkannte das Sein, verdüsterte sich und versank in Trauer. Und der Sohn ihrer Trauer war Jaldabaoth, der erschaffende Gott. Er wollte allein sein, fiel von der Mutter ab, versenkte sich noch tiefer als sie in das Sein und schuf die Welt des Fleisches, ein Zerrbild der Welt, und in ihr den Menschen, der die Größe des Schöpfers widerspiegeln und von seiner Macht zeugen sollte. Aber Jaldabaoths Diener, die Elementargeister, konnten aus Staub nur einen sinnlosen, wie ein Wurm im Urschlamm kriechenden Fleischklumpen formen. Sie führten ihn zu ihrem Herrn Jaldabaoth, damit er ihm Leben einhauche. Aber die göttliche Weisheit hatte Mitleid mit dem Menschen, sie rächte sich an dem Sohn ihrer Freiheit und ihrer Trauer dafür, dass er von ihr abgefallen war, indem sie den Menschen durch Jaldabaoths Mund mit dem Hauch des Lebens auch den Funken göttlicher Weisheit einhauchte, die sie vom Unergründlichen Vater erhalten hatte. Und das elende Geschöpf, Erde von Erde, Staub von Staub, an dem der Schöpfer seine Allmacht beweisen wollte, war plötzlich unendlich höher als sein Schöpfer, war Bild und Ebenbild nicht Jaldabaoths, sondern des wahren Gottes, des Unergründlichen Vaters. Und der Mensch erhob sein Antlitz aus dem Staub. Den Schöpfer aber erfüllte beim Anblick des seiner Macht entronnenen Geschöpfs Zorn und Entsetzen. Und er richtete seine im Feuer verzehrender Eifersucht glühenden Augen in den innersten Schoß der Materie, in den schwarzen Urschlamm, der ihr finsteres Feuer und sein wutverzerrtes Gesicht widerspiegelte; dieses Abbild wurde zum Engel der Finsternis, zum Schlangengleichen, dem kriechenden, tückischen Ophiomorphos, dem Satan, der verdammten Weisheit.

Mit seiner Hilfe schuf Jaldabaoth die drei Reiche der Natur; er warf den Menschen in ihre tiefsten Tiefen, wie in einen stinkenden Kerker, und gab ihm das Gesetz: Tu dieses und tu jenes nicht – und wenn du das Gesetz übertrittst, wirst du des Todes sterben. Denn er hoffte immer noch, sein Geschöpf durch das Joch des Gesetzes, durch die Furcht vor dem Bösen und dem Tod knechten zu können. Aber die göttliche Weisheit, die Befreierin, verließ den Menschen nicht; sie hatte ihn lieb gewonnen, liebte ihn bis ans Ende und schickte ihm einen Tröster, den Geist der Erkenntnis, den Schlangengleichen, den Geflügelten, den dem Morgenstern Gleichen, den Engel des Lichts, den, von dem gesagt ist: ›Seid klug wie die Schlangen.‹ Und er stieg zu den Menschen herab und sprach: ›Esset und ihr werdet erkennen, und eure Augen werden sich auftun, und ihr werdet sein wie die Götter.‹

Die Menschen der Masse, die Kinder dieser Welt«, schloss Cassandra, »sind die Sklaven Jaldabaoths und der tückischen Schlange; sie leben in Furcht vor dem Tod und kriechen unter dem Joch des Gesetzes. Aber die Kinder des Lichts, die Wissenden, die Gnostiker, die Auserwählten der Sophia, die in die Geheimnisse der Weisheit eingeweiht sind, übertreten alle Gesetze, missachten alle Grenzen, sind ungreifbar wie Geister, frei, geflügelt wie Götter, sie erhöhen sich nicht im Guten und bleiben rein im Bösen wie Gold im Schmutz. Und der Engel des Lichts, dem in der Morgendämmerung funkelnden Stern gleich, führt sie durch Leben und Tod, durch Gut und Böse, durch alle Flüche und Schrecken der Welt Jaldabaoths zu seiner Mutter Sophia, der Weisheit, und durch sie in den Schoß der namenlosen Finsternis, die über allen Himmeln und Gründen schwebt, reglos, ungeboren, die schöner ist als alles Licht – in den Schoß des Unergründlichen Vaters.«

Giovanni lauschte diesen Lehren der Ophiten und verglich Jaldabaoth mit Kronos, den göttlichen Funken der Sophia mit dem Feuer des Prometheus, die Heil spendende Schlange, den Licht bringenden Engel Luzifer mit dem gefesselten Titanen.

In allen Zeiten, bei allen Völkern, in der Tragödie des Äschylos, in den Sagen der Gnostiker, im Leben des Kaisers Julianus Apostata, in der Lehre des Philosophen Plethon fand er einen fernen, wohlvertrauten Widerhall des großen Zwiespalts, des Kampfes, der sein eigenes Herz erfüllte. Durch die Erkenntnis, dass die Menschen vor zehn Jahrhunderten auch schon gelitten, mit denselben Zweifeln gerungen, an den gleichen Widersprüchen und Anfechtungen zugrunde gegangen waren wie er, ward sein Schmerz tiefer, aber auch leichter.

Es gab Augenblicke, wo er aus solchen Gedanken wie aus einem tiefen Rausch oder aus heißem Fiebertraum erwachte. Dann vermeinte er, Monna Cassandra stelle sich nur stark und weise, eingeweiht in das Geheimnis, in Wirklichkeit aber wisse sie nicht mehr als er, gehe genauso irre; und sie seien beide noch armseligere, hilflosere Kinder als vor zwölf Jahren, und der neue Sabbat halb göttlicher, halb teuflischer Weisheit sei noch wahnwitziger als der Hexensabbat, zu dem sie ihn einst eingeladen, den sie jetzt als eine Belustigung des Pöbels verachtete. Angst packte ihn, er wollte fliehen. Doch es war zu spät – die Macht der Neugier zog ihn unwiderstehlich zu ihr; er fühlte, dass er nicht von ihr gehen würde, ehe er alles, bis ans Ende, wüsste und mit ihr zusammen Erlösung fände oder zugrunde ginge.

In diesen Tagen kam der berühmte Doktor der Theologie, der Inquisitor Fra Giorgia da Casale nach Mailand. Beunruhigt durch Gerüchte von einer unerhörten Ausbreitung der Zauberei in der Lombardei, hatte Papst Julius II. ihn mit strengen Bullen entsandt. Die Schwestern des Klosters Maggiore und Monna Cassandras Gönner am Hof des Erzbischofs warnten sie vor der drohenden Gefahr. Fra Giorgio war das Mitglied der Inquisition, vor dem Messer Galeotto und Monna Cassandra aus Rom geflüchtet waren. Sie wussten, wenn sie ihm noch einmal in die Hände fielen, würde keine Fürsprache sie retten, und beschlossen daher, nach Frankreich zu gehen, wenn nötig auch weiter, nach England oder Schottland.

Zwei Tage vor der geplanten Abreise plauderte Giovanni eines Morgens wie gewöhnlich mit Monna Cassandra in ihrem Arbeitszimmer, dem einsamen Gemach im Palazzo Carmagnola. Die durch dichte schwarze Zypressenzweige in die Fenster schauende Sonne schien bleich wie Mondlicht, und das Gesicht der jungen Frau war besonders schön und starr. Erst jetzt vor der Trennung fühlte Giovanni, wie nah sie ihm war. Er fragte, ob sie sich noch einmal sehen würden, ob sie ihm das letzte Geheimnis enthüllen werde, von dem sie oft gesprochen hatte.

Cassandra sah ihn an und nahm stumm einen flachen, viereckigen, durchsichtig grünen Stein aus einer Schatulle. Es war die berühmte »Tabula Smaragdina«, die smaragdene Gesetzestafel: Man hatte sie angeblich in einer Höhle nahe Memphis gefunden, in den Händen der Mumie eines Priesters, der nach der Überlieferung eine Verkörperung des Hermes Trismegistos, des ägyptischen Or, des Gottes des Grenzraines, des Führers der Toten im Schattenreich war. Auf einer Seite des

Smaragdes waren in koptischen, auf der anderen in altgriechischen Buchstaben vier Verse eingraviert:

Ουρανο ανω ουρανο κατω
Αστερα ανω αστερα κατω
Παν ανω παν τουτο κατω
Ταυτα λαβε και εντυχε.*

»Was heißt das?«, fragte Giovanni.

»Komm heute Nacht zu mir«, antwortete sie leise, feierlich. »Ich werde dir alles sagen, was ich selbst weiß, hörst du? Alles – bis zum Ende! Jetzt aber wollen wir nach altem Brauch vor der Trennung den letzten geschwisterlichen Kelch leeren.«

Sie holte ein kleines, rundes, mit Wachs versiegeltes irdenes Gefäß, wie sie im Fernen Osten gebräuchlich sind, schenkte einen dickflüssigen, seltsam duftenden, goldrosigen Wein in einen altertümlichen geschliffenen Chrysolithbecher mit einer Darstellung des Gottes Dionysos und der Bacchantinnen, trat ans Fenster und hob den Kelch wie zu einem Trankopfer. Im Strahl der bleichen Sonne erschienen die nackten Leiber der den rebenbekränzten Gott im Tanz verherrlichenden Bacchantinnen durch den rosigen Wein wie von warmem Blut belebt.

»Es war eine Zeit, Giovanni«, begann sie noch leiser und feierlicher, »da glaubte ich, dein Meister Leonardo besitze das letzte Geheimnis, denn sein Gesicht ist so schön, als habe sich der olympische Gott in ihm mit dem unterirdischen Titanen vereinigt. Jetzt sehe ich aber, dass er nur strebt und nichts erreicht, nur sucht und nichts findet, nur weiß und nichts erkennt. Er ist der Vorläufer dessen, der nach ihm kommt, der größer ist als er. So lass uns diesen Abschiedsbecher leeren, mein Bruder, zu Ehren des Unbekannten, den wir beide anrufen als letzten Versöhner.«

Andächtig, als verrichte sie eine geheimnisvolle heilige Handlung, trank sie den Kelch bis zur Hälfte leer und reichte ihn Giovanni.

---

* Himmel oben, Himmel unten, Sterne oben, Sterne unten. Alles, was oben, ist auch unten – wenn du verstehst, wohl dir.

»Fürchte dich nicht«, sprach sie, »das ist kein verbotener Zauber. Dieser Wein ist makellos und heilig – er stammt von Reben der Hügel Nazareths. Das ist reinstes Blut des Dionysos und des Galiläers.«

Als er getrunken hatte, legte sie ihm vertraulich liebkosend beide Hände auf die Schultern und flüsterte rasch, einschmeichelnd: »Komm, wenn du alles wissen willst, komm, ich werde dir das Geheimnis offenbaren, das ich noch nie, noch keinem Menschen gesagt habe; ich werde dir die letzte Qual und die letzte Freude enthüllen, in der wir auf ewig vereint sein werden, wie Bruder und Schwester, wie Bräutigam und Braut!«

Und wie in jener denkwürdigen Gewitternacht am Catarana-Kanal mit dem fahlen Wetterleuchten, neigte sie ihm jetzt im Strahl der blass wie Mondlicht durch dichte Zypressenzweige schimmernden Sonne ihr starres, strenges, marmorweißes Gesicht zu, mit der Gloriole schwarzer lockerer Haare, lebendig wie die Schlangen der Medusa, mit den blutroten Lippen, mit den bernsteingelben Augen. Ein ihm wohlbekannter Entsetzensschauer lief über Beltraffios Herz, und er dachte: die Weiße Teufelin!

Zur ausgemachten Stunde stand er in der einsamen Via della Vigna vor der Pforte des den Palazzo Carmagnola umgebenden Gartens.

Die Tür war verschlossen. Er klopfte lange. Niemand öffnete. Er ging auf der andern Seite durch die Via Sant'Agnese zum Tor des benachbarten Klosters Maggiore und erfuhr von der Pförtnerin eine furchtbare Neuigkeit: Der Inquisitor des Papstes Julius II., Fra Giorgio da Casale, war ganz plötzlich in Mailand erschienen und hatte sofort Befehl gegeben, den Alchimisten Galeotto Sacrobosco und seine Nichte Monna Cassandra als der schwarzen Magie verdächtig zu ergreifen. Galeotto hatte fliehen können. Monna Cassandra befand sich im Kerker der heiligen Inquisition.

Als Leonardo das erfuhr, wandte er sich mit Bitten und Fürsprache für die Unglückliche an seine Gönner, den ersten Schatzmeister Ludwigs XII., Florimond Robertet, und den Statthalter des Königs von Frankreich in Mailand, Charles d'Amboise.

Auch Giovanni mühte sich, lief überall umher, besorgte die Briefe des Meisters und zog Erkundigungen beim Inquisitionsgericht ein, das im Palast des Erzbischofs neben dem Dom untergebracht war.

Hier lernte er Fra Giorgios ersten Sekretär kennen, den Magister der Theologie Fra Michele da Valverde, der ein Buch über schwarze Magie, den *Neuesten Hexenhammer,* geschrieben hatte, in dem er unter anderem behauptete, der sogenannte Nachtbock, Hircus Nocturnus, der Leiter des Hexensabbats, sei ein ganz naher Verwandter des Ziegenbockes, den die Griechen einst unter unzüchtigen Tänzen und Chören – aus denen später die Tragödie hervorging – dem Gott Dionysos opferten. Fra Michele war schmeichlerisch höflich zu Giovanni. Er nahm lebhaften Anteil an Cassandras Geschick – oder tat wenigstens so –, glaubte angeblich an ihre Unschuld, gab vor, ein Verehrer Leonardos zu sein, des »größten aller christlichen Maler«, wie er sich ausdrückte, und versuchte, den Schüler über Leben, Gewohnheiten, Interessen und Gedanken des Meisters auszufragen. Sowie aber die Rede auf Leonardo kam, war Giovanni sehr auf der Hut: Er wäre eher gestorben, als dass er den Meister durch ein einziges Wort in Gefahr gebracht hätte. Als Fra Michele einsah, dass seine Arglist vergeblich war, erklärte er eines Tages, er habe Giovanni trotz der kurzen Dauer ihrer Bekanntschaft lieb gewonnen wie einen Bruder und halte es für seine Pflicht, ihn auf die Gefahr aufmerksam zu machen, die ihm durch Messer da Vinci drohe, der der Zauberei und schwarzen Magie dringend verdächtig sei.

»Das ist Lüge!«, rief Giovanni. »Nie hat er sich mit schwarzer Magie abgegeben, vielmehr …«

Beltraffio stockte. Der Inquisitor sah ihn lange an.

»Was wolltet Ihr sagen, Messer Giovanni?«

»Nein, nichts.«

»Ihr seid nicht offen zu mir, mein Freund. Ich weiß, Ihr wolltet sagen: Messer Leonardo glaubt nicht einmal an schwarze Magie.«

»Das wollte ich nicht sagen«, widersprach Giovanni hastig. »Übrigens, wenn er auch nicht daran glaubte, wäre das denn ein Beweis für eine Schuld?«

»Der Teufel«, entgegnete der Mönch mit leisem Spottlächeln, »ist ein guter Logiker. Manchmal setzt er seine erfahrensten Feinde in Verlegenheit. Durch eine Hexe haben wir kürzlich eine von ihm auf dem

Sabbat gehaltene Rede erfahren. ›Meine Kinder‹, hat er gesagt, ›freut euch und seid fröhlich, denn mithilfe unserer neuen Verbündeten, der Gelehrten, die des Teufels Macht leugnen und dadurch das Schwert der heiligen Inquisition stumpf machen, werden wir bald endgültig den Sieg davontragen und unser Reich über die ganze Welt ausdehnen.‹«

Ruhig, überzeugt sprach Fra Michele über das schier unglaubliche Walten des Bösen. Er nannte zum Beispiel die Kennzeichen, an denen man in Säuglingen von Teufeln und Hexen erzeugte Unholde erkennen kann: Sie bleiben immer klein, sind viel schwerer als andere Neugeborene, wiegen achtzig bis hundert Pfund, brüllen andauernd und trinken die Milch von fünf bis sechs Ammen.

Mit mathematischer Genauigkeit vermochte er die Zahl der Hauptherrscher der Hölle anzugeben: Es seien nämlich 572, während es an kleineren Teufeln verschiedener Rangstufen 7 405 926 Stück gebe.

Besonders aber staunte Giovanni über die Lehre von den Inkuben und Sukkuben, den doppelgeschlechtlichen Teufeln, die willkürlich männliche oder weibliche Gestalt annehmen, um die Menschen zu verführen und geschlechtlich mit ihnen zu verkehren. Der Mönch erklärte ihm, wie die Teufel aus verdichteter Luft oder aus vom Galgen gestohlenen Leichen Körper zur Unzucht bilden, die aber auch bei den feurigsten Liebkosungen stets kalt und wie tot bleiben. Er führte die Worte des heiligen Augustinus an, der die Existenz der Antipoden als gotteslästerliche Ketzerei leugnete, am Vorhandensein der Inkuben und Sukkuben aber nicht zweifelte, die angeblich früher von den Heiden als Faune, Satyrn, Nymphen, Hamadryaden und andere, Bäume, Wasser und Luft bewohnende Gottheiten verehrt wurden.

»Wie im Altertum die unreinen Götter und Göttinnen«, fügte Fra Michele von sich aus hinzu, »zu unzüchtiger Vereinigung mit den Menschen auf die Erde hinabstiegen, genauso können auch heute nicht nur die untergeordneten, sondern auch die oberen, mächtigsten Dämonen wie Apollo und Bacchus als Inkuben, Diana und Venus als Sukkuben erscheinen.«

Aus diesen Worten schloss Giovanni, dass die Weiße Teufelin, die ihn sein ganzes Leben verfolgte, ein Sukkubus war, nämlich Aphrodite.

Bisweilen nahm Fra Michele ihn zu den Gerichtsverhandlungen

mit. Er hoffte wohl immer noch, früher oder später in ihm einen Helfer und Ankläger zu finden, weil er aus Erfahrung wusste, wie die Schrecken der Inquisition die Menschen in ihren Bann zogen. Giovanni überwand Furcht und Abscheu und weigerte sich nicht, Verhören und Folterungen beizuwohnen, weil er seinerseits hoffte, wenn auch nicht Cassandras Schicksal erleichtern zu können, so doch wenigstens etwas über sie zu erfahren.

Teils bei den Verhandlungen selbst, teils aus den Erzählungen des Inquisitors erfuhr Giovanni von fast unglaublichen Fällen, bei denen sich Lächerliches mit Entsetzlichem vereinte. Eine Hexe, ein ganz junges Mädchen, die bereut hatte und in den Schoß der Kirche zurückgekehrt war, segnete ihre Henker, die sie aus den Krallen des Satans errettet hätten; sie ertrug alle Qualen mit unendlicher Geduld und Sanftmut und ging freudig und ruhig in den Tod, in dem festen Glauben, dass das Feuer auf Erden ihr das ewige Feuer ersparen würde. Sie flehte die Richter nur an, sie sollten ihr vor dem Tod den Teufel aus der Hand schneiden, in die er nach ihrer Überzeugung in Gestalt einer spitzen Spindel hineingefahren war. Die heiligen Väter beriefen einen erfahrenen Chirurgen. Aber trotz der hohen ihm gebotenen Geldsumme weigerte sich der Arzt, den Teufel herauszuschneiden, weil er fürchtete, der Böse könnte ihm während der Operation den Hals umdrehen.

Eine andere Hexe, die Witwe eines Bäckers, ein gesundes schönes Weib, wurde beschuldigt, während ihres achtzehnjährigen Verkehrs mit dem Teufel mehrere Unholde geboren zu haben. Während entsetzlicher Foltern betete die Unglückliche und bellte wie ein Hund, sie krümmte sich stumm vor Schmerzen oder fiel in Ohnmacht, sodass man ihr mit einem besonderen hölzernen Instrument gewaltsam den Mund aufreißen musste, um sie zum Sprechen zu bringen. Schließlich riss sie sich aus den Händen der Henker und stürzte zu den Richtern, im Wahnwitz brüllend: »Ich habe meine Seele dem Teufel verschrieben und werde ihm angehören in alle Ewigkeit!« – dann sank sie leblos nieder.

Cassandras sogenannte Tante, Monna Sidonia, war auch festgenommen worden; sie zündete nach langen Qualen eines Nachts, um weiterer Folterung zu entgehen, im Kerker ihr Strohlager an und erstickte im Rauch.

Eine alte schwachsinnige Lumpensammlerin wurde überführt, dass sie jede Nacht zum Hexensabbat geritten war, und zwar auf dem Rücken ihrer eigenen Tochter, die verkrüppelte Hände und Füße hatte und von den Teufeln mit Hufeisen beschlagen wurde. Die Alte zwinkerte den Richtern gutmütig verschmitzt zu, als seien sie ihre Mitwisser bei einem vorher verabredeten Scherz, und gab sehr bereitwillig alle gegen sie erhobenen Beschuldigungen zu. Sie fror sehr. »Ein Feuerchen, ein Feuerchen«, stammelte sie freudig, vor Lachen sich verschluckend wie ein ganz kleines Kind, und rieb sich die Hände, als man sie zum flammenden Scheiterhaufen führte, um sie zu verbrennen. »Gott gebe euch Gesundheit, ihr Lieben – endlich kann ich mich wärmen.«

Ein zehnjähriges Mädchen erzählte ohne Scham und Furcht den Richtern, eines Abends habe ihr auf dem Viehhof ihre Herrin ein mit etwas Süßsaurem, sehr Leckerem bestreutes Butterbrot gegeben. Das war der Teufel. Als die Kleine das Butterbrot gegessen hatte, kam ein schwarzer Kater mit Augen, glühend wie Kohlen, auf sie zugelaufen und schmiegte sich schnurrend, den Rücken krümmend an sie an. Sie ging mit ihm in die Scheune, gab sich ihm dort auf dem Stroh hin und gewährte ihm im Spiel, ohne zu denken, dass es böse sei, viele Male alles, was er begehrte. Die Herrin sagte zu ihr: »Sieh, was du für einen Bräutigam hast!« Darauf gebar sie einen weißen Wurm mit schwarzem Kopf, so groß wie ein Säugling. Sie vergrub ihn im Mist. Aber da kam der schwarze Kater, kratzte sie und befahl ihr mit menschlicher Stimme, sein Kind, den gefräßigen Wurm, mit kuhwarmer Milch zu füttern. Die Kleine erzählte das alles so genau und ausführlich und sah die Inquisitoren mit so unschuldigen Augen an, dass es schwer zu entscheiden war, ob sie nur seltsam und zwecklos lüge, wie es Kinder manchmal tun, oder im Fieberwahn rede.

Aber besonderes, unvergessliches Entsetzen weckte in Giovanni eine sechzehnjährige Hexe von ungewöhnlicher Schönheit, die auf alle Fragen und Ermahnungen der Richter nur mit dem hartnäckigen flehenden Schrei antwortete: »Verbrennt mich! Verbrennt mich!« Sie behauptete, »der Teufel ginge in ihrem Leibe um wie im eigenen Haus«, und wenn er »da herumlaufe, im Rücken entlanghusche wie eine Ratte im Kellerloch«, werde ihr so bange, so schwer ums Herz, dass sie sich den Kopf an der Wand zerschmettern würde, wenn man sie in solchen Augenblicken nicht an den Händen hielte oder mit Stricken fesselte. Von Buße und Vergebung wollte sie nichts hören, denn sie hielt sich für vom Teufel geschwängert und für unrettbar verloren, schon im Leben vom ewigen Gericht verurteilt; sie bat, man möge sie ja verbrennen, bevor sie einen Unhold zur Welt bringe. Sie war eine sehr reiche Waise. Nach ihrem Tod musste ihr Vermögen einem entfernten Verwandten, einem alten Geizhals, anheimfallen. Die heiligen Väter wussten, dass die Unglückliche, wenn sie am Leben bliebe, ihre Reichtümer der Inquisition spenden würde, und sie versuchten deshalb, sie zu retten – aber vergebens. Sie sandten ihr schließlich einen Beichtvater, der durch seine Gabe berühmt war, die Herzen der verstocktesten Sünder zu erweichen: Als er ihr vorstellte, dass es keine Sünde gebe und geben könne, die der Heiland nicht durch sein Blut gesühnt habe, dass Er alles verzeihe, antwortete sie mit ihrem entsetzlichen Schrei: »Er verzeiht nicht, er verzeiht nicht – ich weiß. Verbrennt mich, oder ich lege selbst Hand an mich.« Wie sich Fra Michele ausdrückte, »lechzte ihre Seele nach dem heiligen Feuer wie der verwundete Hirsch nach der kühlen Quelle«.

Der Erste Inquisitor, Fra Giorgio da Casale, war ein gebückter Greis mit hagerem, bleichem, gutem, stillem und schlichtem Angesicht, das an das Antlitz des heiligen Franziskus erinnerte. Nach dem Urteil von Menschen, die ihn nahe kannten, war er »der sanfteste Mensch auf Erden«, ein großer Verächter des Geldes, ein Schweiger, Fastender und Mann keuschen Lebenswandels. Wenn Giovanni dieses Gesicht betrachtete, glaubte er zuweilen wirklich, es liege keine Bosheit und keine Arglist in ihm; er leide mehr als seine Opfer und foltere und verbrenne sie aus Mitleid, weil er glaubte, dass sie anders nicht vor dem ewigen Feuer zu retten seien. Manchmal aber, besonders bei den raffiniertesten Foltern, den ungeheuerlichsten Geständnissen, blitzte in Fra Giorgios Augen plötzlich etwas so Furchtbares auf, dass Giovanni nicht mehr entscheiden konnte, wer schrecklicher, wer wahnsinniger sei – die Richter oder die Angeklagten?

Eine alte Zauberin, eine Hebamme, erzählte einmal den Inquisitoren, sie habe gern Neugeborenen mit dem Daumen den Schädel eingedrückt und mehr als zweihundert Kinder so umgebracht, ohne jeden Zweck, nur weil es ihr Spaß machte, die weichen Kinderschädel wie Eierschalen knacken zu hören. Bei der Beschreibung dieses Vergnügens lachte sie derartig, dass Giovanni ein kalter Schauer über den Rücken lief. Und plötzlich war ihm so, als brenne in den Augen des alten Inquisitors dasselbe lüsterne Feuer wie in denen der Hexe. Obwohl Giovanni im nächsten Augenblick meinte, es sei ihm wohl nur so vorgekommen, blieb doch unsägliches Entsetzen in seiner Seele.

Ein andermal gestand Fra Giorgio demütig zerknirscht, mehr als alle Sünden martere es sein Gewissen, dass er vor vielen Jahren einmal »aus verbrecherischer, vom Teufel eingegebener Mildherzigkeit« siebenjährige, der Unzucht mit Inkuben und Sukkuben verdächtige Kinder, statt sie zu verbrennen, nur habe auf dem Stadtplatz vor dem Scheiterhaufen, auf dem ihre Väter und Mütter brannten, auspeitschen lassen.

Der in den Kerkern der Inquisition Opfer wie Henker beherrschende Wahnwitz verbreitete sich in der Stadt. Ganz vernünftige Leute glaubten plötzlich an Dinge, über die sie zu gewöhnlichen Zeiten wie über dumme Ammenmärchen gelacht hätten. Die Anzeigen mehrten sich. Diener klagten ihre Herren an, Frauen ihre Männer, Kinder die Eltern. Ein altes Weib wurde nur deswegen verbrannt, weil sie einmal ausgerufen hatte: »So helfe mir der Teufel, wenn nicht Gott!«

Eine andere wurde für eine Hexe erklärt, weil ihre Kuh nach der Ansicht der Nachbarinnen dreimal mehr Milch gab, als möglich war.

Im Frauenkloster Santa Maria della Scala stellte sich der Teufel fast jeden Abend nach dem Ave in Gestalt eines Hundes ein und schändete der Reihe nach alle Nonnen, von der sechzehnjährigen Novize bis zur altersschwachen Äbtissin, und nicht nur in den Zellen, sondern auch in der Kirche während des Gottesdienstes. Die Nonnen von Santa Maria hatten sich schon so an den Teufel gewöhnt, dass sie sich vor ihm weder fürchteten noch schämten. Und das ging acht Jahre lang so.

In den Bergdörfern bei Bergamo fand man einundvierzig Hexen, die Menschenfresserei trieben; sie saugten ungetauften Säuglingen das Blut aus und fraßen ihr Fleisch. In Mailand selbst überführte man dreißig Geistliche, die Kinder »nicht im Namen des Vaters, des Sohnes und des Heiligen Geistes, sondern im Namen des Teufels« getauft hatten – Frauen, die ihre ungeborenen Kinder dem Satan weihten – Mädchen und Knaben von drei bis sechs Jahren, die, vom Teufel verführt, mit ihm unbeschreibliche Unzucht trieben: Erfahrene Inquisitoren erkannten solche Kinder sofort an dem besonderen Glanz der Augen, an dem schmachtenden Lächeln und den feuchten, sehr roten Lippen. Sie waren nicht anders als durch das Feuer zu retten.

Das Schrecklichste aber war, dass die Teufel, wie eifrig sich auch die Väter Inquisitoren mühten, ihre Ränke nicht etwa einstellten, sondern sie im Gegenteil noch vermehrten, als hätten sie Geschmack an der Sache gefunden, und es nun gerade besonders toll trieben.

In Messer Galeotto Sacroboscos verlassenem Laboratorium fand man einen ungewöhnlich dicken zottigen Teufel, von dem die einen behaupteten, er lebe noch, während andere meinten, er sei soeben verreckt. Er war in eine Kristalllinse anscheinend eingesperrt und sehr gut erhalten, und obgleich sich bei näherer Untersuchung der Sache herausstellte, dass es gar kein Teufel war, sondern nur ein Floh, den der Alchimist durch sein Vergrößerungsglas betrachtet hatte, blieben doch viele bei ihrer Überzeugung, es sei ein richtiger Teufel, der sich erst in den Händen der Inquisitoren in einen Floh verwandelt habe, um sie zu nasführen.

Alles erschien möglich; die Grenze zwischen Wirklichkeit und Fieberwahn war verwischt. Es gingen Gerüchte, Fra Giorgio habe in der Lombardei eine Verschwörung von zwölftausend Hexen und Zauberern aufgedeckt, die einen Schwur getan hätten, im Lauf dreier Jahre so böse Missernten in ganz Italien hervorzurufen, dass die Menschen genötigt sein würden, sich gegenseitig aufzufressen wie die Tiere. Sogar der erste Inquisitor, der erfahrene Feldherr des Heers Christi, der doch die Ränke des altbösen Feindes genau kannte, empfand Bedenken, fast Furcht vor diesem Ansturm des satanischen Heers.

»Ich weiß nicht, wie das enden soll«, sagte Fra Michele eines Tages in vertraulichem Gespräch zu Giovanni. »Je mehr von ihnen wir verbrennen, umso mehr erwachsen neu aus ihrer Asche.«

Die gewöhnlichen Foltern – spanische Stiefel, eiserne Leisten, die durch Schrauben allmählich so eng zusammengezogen wurden, dass die Knochen der Opfer knackten; Ausreißen der Nägel mit weißglühenden Zangen – waren ein Kinderspiel gegen die neuen raffinierten Qualen, die der »sanfteste aller Menschen«, Fra Giorgio, erfand: Zum Beispiel die Folter der Schlaflosigkeit, tormentum insomniae, die darin bestand, dass man die Angeklagten nicht schlafen ließ, sondern sie mehrere Tage und Nächte lang durch die Gänge der Kerker hetzte, sodass ihre Füße sich mit Wunden bedeckten und die Unglücklichen in Wahnsinn verfielen. Aber der böse Feind lachte auch dieser Qualen – denn er war so viel stärker als Hunger, Schlaf, Durst, Eisen und Feuer, wie der Geist stärker ist als das Fleisch.

Vergeblich nahmen die Richter ihre Zuflucht zur List: Man brachte die Hexen rückwärts in die Folterkammer, damit ihr Blick den Richter nicht verzauberte und ihm nicht verbrecherisches Mitleid einflößte; Frauen und Mädchen wurden vor der Folter splitternackt ausgezogen und rasiert, sodass auch nicht ein Haar an ihrem Körper blieb, damit man leichter das Teufelszeichen, stigma diabolicum, fände, das unter der Haut oder in Haaren verborgen ist und die Hexe gefühllos macht. Man gab ihnen Weihwasser zu trinken und besprengte sie damit; man räucherte die Folterwerkzeuge mit Weihrauch und weihte sie mit Teilen der Offertoriumshostie und mit Reliquien; man umgürtete die Verurteilten mit Leinenbändern von der Länge des Leibes Christi, man hängte ihnen Zettel an mit den Worten des Heilands am Kreuz. Nichts half: Der böse Feind triumphierte über alle Heiligtümer.

Nonnen, die mit dem Teufel getriebene Unzucht reuig eingestanden hatten, versicherten, er fahre zwischen zwei Ave in sie hinein, und selbst mit der heiligen Hostie im Mund fühlten sie, wie der verfluchte Buhler sie mit schamlosen Liebkosungen besudele. Schluchzend gestanden die Unglücklichen, »ihr Leib gehöre ihm mitsamt der Seele«.

Vor Gericht verhöhnte der Teufel durch den Mund der Hexen die Inquisitoren und stieß so unsägliche Gotteslästerungen aus, dass auch den Unerschrockensten die Haare zu Berge standen. Er brachte Doktoren und Magister der Theologie durch schlau gesponnene Sophismen und spitzfindige theologische Widersprüche in Verlegenheit oder klagte sie gar an, durch Fragen so voller Herzenskenntnis, dass die Richter zu Angeklagten, die Angeklagten zu Klägern wurden.

Die gedrückte Stimmung der Bürger erreichte den Höhepunkt, als sich das Gerücht verbreitete, der Papst habe eine Anzeige erhalten mit unwiderleglichen Beweisen, dass der in die Hürde des guten Hirten eingedrungene Wolf im Schafspelz, der Diener des Teufels, der sich als dessen Verfolger aufspiele, um die Herde Christi umso sicherer zu verderben, das Haupt des satanischen Heers, kein anderer sei als – der Großinquisitor des Papstes, Fra Giorgio da Casale.

Aus den Worten und Taten der Richter konnte Beltraffio schließen, dass die Macht des Teufels ihnen ebenso groß erschien wie die Macht Gottes und dass es für sie noch ganz ungewiss war, wer in diesem Zweikampf Sieger bleiben würde. Er staunte darüber, wie sehr die beiden Lehren – die des Inquisitors Fra Giorgio und die der Hexe Cassandra – sich in ihren Extremen berührten. Denn für beide war der Himmel oben dem Himmel unten gleich, der Sinn des menschlichen Lebens bestand für sie im Kampf der beiden Abgründe des Menschenherzens, nur mit dem Unterschied, dass Cassandra immerhin nach einer vielleicht unerreichbaren Aussöhnung strebte, während der Inquisitor das Feuer dieser Feindschaft schürte und ihre Hoffnungslosigkeit noch steigerte.

In der Gestalt des Teufels, gegen den Fra Giorgio so ohnmächtig kämpfte, in der Gestalt des Schlangengleichen, Kriechenden, Tückischen erkannte Giovanni das wie in einem trüben krummen Spiegel verzerrte Abbild der Guten Schlange, des Geflügelten, des Ophiomorphos, des Sohns der höchsten befreienden Weisheit, des Lichtbringenden, des dem Morgenstern gleichen Luzifer oder des Titanen Prometheus. Der ohnmächtige Hass seiner Feinde, der kläglichen Diener Jaldabaoths, war wie ein neues Siegeslied auf den Unbesiegbaren.

Um diese Zeit verkündete Fra Giorgio dem Volk, dass in einigen Tagen ein großes Fest stattfinden würde, den Feinden der christlichen Kirche zum heilsamen Schrecken, ihren treuen Kindern aber zur hohen Freude: Auf der Piazza del Broletto wollte man einhundertneununddreißig Zauberer und Hexen verbrennen.

Als Giovanni diese Neuigkeit von Fra Michele hörte, fragte er erbleichend: »Und Monna Cassandra?« Trotz der heuchlerischen Mitteilsamkeit des Mönchs hatte Beltraffio bisher nichts über Cassandra erfahren können.

»Monna Cassandra«, antwortete der Dominikaner, »ist mit den andern zusammen verurteilt worden, obwohl sie weit härtere Strafe verdient hätte. Fra Giorgio ist der Ansicht, sie sei die mächtigste Hexe, die er je gesehen. Der Zauber der Gefühllosigkeit, der sie bei der Tortur schützte, war so unbesiegbar, dass wir ihr nicht ein Wort, nicht ein Stöhnen erpresst haben – von Geständnis oder Reue gar nicht zu reden. Nicht einmal den Klang ihrer Stimme haben wir gehört!«

Bei diesen Worten schaute er Giovanni mit einem tiefen Blick in die Augen, als erwarte er etwas. Beltraffio fuhr plötzlich der Gedanke durch den Kopf, rasch allem ein Ende zu machen, sich selbst zu bezichtigen, zu bekennen, dass er ein Mitschuldiger Monna Cassandras sei, um dann mit ihr zu sterben. Er unterließ es aber, nicht aus Furcht, sondern aus Gleichgültigkeit, in einer seltsamen Starre, die sich in den letzten Tagen seiner immer mehr bemächtigt hatte, die etwas von dem »Zauber der Gefühllosigkeit« hatte, der die Hexe bei der Tortur schützte. Er war ruhig, wie Tote ruhig sind.

Am Abend vor dem für die Verbrennung der Hexen und Zauberer angesetzten Tag saß Beltraffio noch spät im Arbeitszimmer des Meisters. Leonardo beendete eine Zeichnung, die Muskeln und Sehnen des Oberarms und der Schultern darstellte, die ihn besonders interessierten, weil sie ja die Hebel seiner Flugmaschine in Bewegung setzen sollten. Des Meisters Gesicht erschien Giovanni an diesem Abend besonders schön. Trotz der ersten Furchen, die sich kürzlich seit Monna Lisas Tode eingegraben hatten, lag in diesem Gesicht die vollkommene Ruhe und Klarheit der Betrachtung.

Zuweilen hob er die Augen von der Arbeit und sah nach dem Schüler hin. Beide schwiegen. Giovanni erwartete schon lange nichts mehr vom Meister und hoffte auf nichts mehr. Für ihn konnte kein Zweifel sein, dass Leonardo um alle Gräuel der Inquisition, um die bevorstehende Hinrichtung Monna Cassandras und der andern Unglücklichen wusste und seinen, Giovannis, eigenen Untergang ahnte. Oft fragte er sich, was wohl der Meister über das alles denke.

Als Leonardo seine Zeichnung beendet hatte, schrieb er an den Rand des Blattes über die Darstellung der Sehnen und Muskeln der Schulter die Worte: »Und du, Mensch, der du in diesen Zeichnungen die wunderbaren Schöpfungen der Natur betrachtest – wenn du es für ein Verbrechen hältst, meine Arbeit zu vernichten, so bedenke, wie viel verbrecherischer es ist, einem Menschen das Leben zu nehmen; bedenke auch, dass der Körperbau, der dir so vollkommen erscheint, nichts ist im Vergleich mit der Seele, die diesen Bau bewohnt; denn, was immer sie ist, sie ist etwas Göttliches. Danach zu urteilen, wie ungern sie sich vom Körper trennt, kann ihr Weinen und Trauern nicht ohne Grund sein. Hindere sie also nicht, in dem von ihr erschaffenen Körper zu wohnen, solange sie selbst will, und lass deine Tücke und Bosheit nicht dieses Leben zerstören, das so schön ist, dass wahrlich ein jeder sich seiner unwert macht, der es nicht würdigt.«

Während der Meister schrieb, blickte der Schüler mit derselben hoffnungslosen Freude in sein stilles Gesicht, wie ein in der Wüste verirrter, vor Hitze und Durst verschmachtender Wanderer auf ferne Schneeberge hinschauen würde.

Am folgenden Tag verließ Beltraffio nicht das Zimmer. Er fühlte sich schon am Morgen nicht wohl; der Kopf schmerzte ihm. Bis gegen Abend lag er im Bett, halb bewusstlos, und dachte an gar nichts.

Als es dunkelte, ertönte über der Stadt ein ungewöhnliches Läuten – nicht wie das von Sterbeglocken und auch nicht wie Feiertagsgeläut –, und durch die Luft zog ein schwacher, aber beharrlicher, sehr widerwärtiger Brandgeruch. Dieser Geruch verschlimmerte Giovannis Kopfweh, und ihm wurde übel.

Er ging auf die Straße hinaus. Es war schwül und die Luft feucht und lauwarm, wie es im Spätsommer und Frühherbst zur Zeit des Schirokko in der Lombardei häufig ist. Es regnete nicht, doch tropfte es von Dächern und Bäumen. Das Ziegelpflaster glänzte. Unter freiem Himmel, in dem trüben, gelben, klebrigen Nebel spürte er den stinkenden Brandgeruch noch mehr.

Trotz der späten Stunde waren die Straßen belebt. Alle Leute kamen aus einer Richtung: von der Piazza del Broletto. Als er die Gesichter musterte, kam es ihm so vor, als seien die Menschen ebenso bei Bewusstsein wie er selbst, als wollten, aber könnten sie nicht erwachen.

Undeutliches leises Summen ging durch die Menge. Aus zufällig aufgefangenen abgerissenen Worten über die eben verbrannten hundertneununddreißig Zauberer und Hexen, auch über Monna Cassandra, begriff er plötzlich die Ursache des ihn verfolgenden schrecklichen Geruchs: Es stank nach verkohlten Menschenleibern. Er beschleunigte seine Schritte, rannte fast, ohne zu wissen, wohin, stieß Vorübergehende an, schwankte wie ein Trunkener, bebte in Fieberschauern und fühlte, wie der üble Brandgeruch in dem trüben, gelben, klebrigen Nebel ihm stets nachkam, ihn einhüllte, ihn würgte, ihm in die Lungen drang und ihm mit dumpf nagendem Schmerz, mit Übelkeit die Schläfen zusammenpresste.

Ohne zu wissen, wie, kam er zum Kloster San Francesco und in Fra Benedettos Zelle. Die Mönche ließen ihn ein, aber Fra Benedetto war nicht anwesend: Er weilte in Bergamo. Giovanni verschloss die Tür, zündete eine Kerze an und sank ermattet aufs Bett. In dieser friedlichen, ihm so vertrauten Klause war wie früher alles Stille und Heiligkeit. Er atmete freier: Der furchtbare Gestank war hier nicht; es herrschte der absonderliche Klosterduft nach Fastenöl, Weihrauch, Wachs, alten Lederbänden, frischem Lack und nach den leichten, zarten Farben, mit denen Fra Benedetto in seiner Herzenseinfalt, voll Verachtung für die eitle Wissenschaft der Perspektive und der Anatomie, seine Madonnen mit den Kindergesichtern malte, seine in himmlischer Glorie strahlenden Heiligen, seine Engel mit regenbogenfarbenen Flügeln, mit sonnengoldenen Locken und in himmelblauen Gewändern. An der glatten weißen Wand, über dem Kopfende des Bettes, hing ein schwarzes Kruzifix, darüber ein Geschenk Giovannis: ein vertrockneter Kranz aus rotem Mohn und dunklen Veilchen, die er an einem denkwürdigen Morgen im Zypressenhain auf den Höhen von Fiesole zu Savonarolas Füßen gepflückt hatte, während die Brüder von San Marco sangen, Viola spielten und wie kleine Kinder oder Engel den Lehrer umtanzten.

Er hob die Augen zum Kruzifix. Der Heiland hielt noch immer die angenagelten Arme weit ausgebreitet, als riefe er die ganze Welt in seine Umarmung: »Kommet her zu mir alle, die ihr mühselig und beladen seid!«

Ist das nicht die einzige, die vollkommene Wahrheit?, dachte Giovanni. Soll ich nicht zu seinen Füßen fallen und rufen: Ja, Herr, ich glaube; hilf du meinem Unglauben!

Aber das Gebet erstarb auf seinen Lippen. Er fühlte, dass er nicht lügen konnte, auch wenn ewige Verdammnis ihm drohte, dass er nicht vergessen konnte, was er wusste; dass er die beiden in seinem Herzen ringenden Wahrheiten weder ableugnen noch versöhnen konnte.

Mit der alten stillen Verzweiflung wandte er sich vom Kruzifix ab, und im gleichen Augenblick war ihm so, als dringe der stinkende Nebel, der entsetzliche Brandgeruch auch hierher, in diese letzte Zufluchtsstätte.

Er schlug die Hände vors Gesicht. Und das Bild erstand vor ihm, das er kürzlich gesehen hatte, obwohl er nicht sagen konnte, ob es Traum oder Wirklichkeit gewesen war: Tief im Kerker, beim Schein einer roten Flamme, zwischen Folterwerkzeugen, Henkern und blutigen Menschenleibern sah er Cassandras nackten Körper, beschützt durch den Zauber der Guten Schlange, der Befreierin, gefühllos gegen Folterqualen, Eisen, Feuer und Blicke der Peiniger, unvergänglich und unverletzbar wie jungfräulich reiner harter Marmor einer Statue.

Als er zu sich kam, erkannte er an der niedergebrannten Kerze, an der Zahl der Glockenschläge vom Klosterturm, dass er mehrere Stunden bewusstlos gelegen hatte, dass es schon nach Mitternacht war. Es war ganz still ringsum. Der Nebel hatte sich wohl zerstreut. Der Gestank war vergangen, aber es war noch heißer geworden. Durchs Fenster zuckte blassblaues Wetterleuchten, und ebenso wie in jener ihm unvergesslichen Gewitternacht am Catarana-Kanal grollte dumpfer, wie unterirdischer Donner.

Ihn schwindelte, sein Mund war ausgedörrt. Durst quälte ihn. Er erinnerte sich, dass in der Ecke ein Krug mit Wasser stand. Sich an der Wand haltend, stand er auf, schleppte sich hin, trank ein paar Schluck, benetzte seinen Kopf und wollte wieder zum Bett zurückkehren – als er plötzlich fühlte, dass jemand in der Zelle war. Er wandte sich um und sah, dass unter dem schwarzen Kruzifix jemand auf Fra Benedettos Bett saß, in einem bis zur Erde reichenden dunklen Mönchsgewand, mit einer das Gesicht verdeckenden spitzen Kapuze, wie die Brüder Battuti sie tragen. Giovanni wunderte sich, denn er wusste, dass die

Tür verschlossen war, aber er erschrak nicht. Er empfand eher Erleichterung, als sei er jetzt erst nach langem Mühen erwacht. Das Kopfweh verging ihm jäh.

Er schritt auf die sitzende Gestalt zu und betrachtete sie. Sie erhob sich. Die Kapuze fiel zurück. Giovanni sah ein regloses marmorweißes Gesicht mit blutroten Lippen und bernsteingelben Augen, umgeben von einer Gloriole dichter schwarzer Haare, die lebendiger zu sein schienen als das Gesicht selbst, als hätten sie, wie die Schlangen der Medusa, ihr eigenes Leben. Und feierlich, langsam hob Cassandra – denn sie war es – wie zu einer Beschwörung die Arme. Das Rollen des Donners tönte jetzt ganz nahe, und ihm war so, als begleite der Donner ihre Worte:

»Himmel oben, Himmel unten,
Sterne oben, Sterne unten.
Alles, was oben, ist auch unten –
Wenn du verstehst, wohl dir.«

Das schwarze Gewand sank, sich zusammenrollend, zu ihren Füßen, und er erblickte die strahlende Weiße des Körpers – makellos wie der Leib der ihrem tausendjährigen Grab entstiegenen Aphrodite, wie der Leib der schaumgeborenen Göttin Sandro Botticellis, mit dem Gesicht der reinen Jungfrau Maria, überirdische Trauer in den Augen, wie die wolllüstige Leda auf Savonarolas flammendem Scheiterhaufen.

Zum letzten Mal blickte Giovanni nach dem Kruzifix, ein letztes Mal zuckte ihm voller Entsetzen der Gedanke durch den Sinn: die Weiße Teufelin! – und der Schleier des Lebens zerriss vor ihm und enthüllte ihm das letzte Geheimnis der letzten Vereinigung.

Sie näherte sich ihm, umschlang ihn mit den Armen, presste sich an ihn. Ein blendender Blitz vereinigte Himmel und Erde.

Sie sanken auf das ärmliche Lager des Mönchs. Und mit seinem ganzen Leib fühlte Giovanni die jungfräuliche Kühle des ihren, die süß war und schrecklich wie der Tod.

Zoroastro da Peretola war nicht gestorben, aber er genas nie wieder von den Folgen seines Sturzes bei dem missglückten Flugversuch: Er blieb ein Krüppel fürs Leben. Er hatte die Sprache verloren und murmelte nur unverständliche Worte, die niemand außer Leonardo verstand. Bald humpelte er ruhelos, auf seine Krücken gestützt, groß, plump, zerzaust, wie ein Riesenvogel durchs Haus, bald lauschte er eifrig den Reden der Leute, als mühe er sich, etwas zu verstehen; bald saß er mit untergeschlagenen Beinen in der Ecke, ohne jemand zu beachten, und wickelte flink ein langes Leinenband auf eine runde Spule, eine Beschäftigung, die der Meister für ihn erdacht hatte, weil den Händen des Mechanikers die frühere Geschicklichkeit und das Bedürfnis nach Bewegung geblieben war – oder er schnitzte hölzerne Stäbchen, sägte Klötze für ein Spiel, machte Kreisel; oft saß er auch stundenlang nur halb bei sich blöde lächelnd da, wiegte sich hin und her, schwenkte die Arme wie Flügel und summte dazu immer ein und dasselbe Liedchen vor sich hin:

»Kukurlu, kurlu!
Kraniche, Adler,
Im Dunste der Sonne,
Wo keine Erde zu sehn.
Kraniche, Kraniche …
Kukurlu, kurlu!«

Dann starrte er den Meister mit seinem einzigen Auge an und brach plötzlich in Weinen aus.

In solchen Augenblicken war er so kläglich, dass Leonardo sich rasch abwandte oder fortging. Er brachte es aber nicht über das Herz, den Kranken ganz aus dem Haus zu tun. Auf allen seinen Fahrten vergaß er ihn nie, er sorgte für ihn, schickte ihm Geld, und sowie er sich irgendwo fest niedergelassen hatte, nahm er ihn wieder zu sich.

So vergingen Jahre, und dieser Krüppel war wie ein lebendiger Vorwurf, ein ewiger Hohn auf Leonardos Lebensarbeit: die Erfindung menschlicher Flügel.

Nicht weniger sorgte der Meister auch für den andern Schüler, der seinem Herzen vielleicht am nächsten stand – Cesare da Sesto. Cesare fand kein Vergnügen am Nachahmen, er wollte er selbst sein. Der

Meister vernichtete ihn, verschlang ihn, verwandelte ihn in sich selbst. Cesare war nicht schwach genug, um sich zu unterwerfen, nicht stark genug, um zu obsiegen; so quälte er sich erfolglos, wurde verbittert und konnte weder sich wirklich behaupten noch endgültig untergehen. Wie Giovanni und Astro war er ein Krüppel, nicht lebendig und nicht tot, auch einer von denen, die Leonardo durch den bösen Blick verhext und verdorben hatte.

Andrea Salaino berichtete dem Meister von Cesares geheimem Briefwechsel mit den Schülern Raffaels, der in Rom bei Papst Julius II. die Säle des Vatikans mit Fresken schmückte. Viele prophezeiten schon, Leonardos Ruhm müsse in den Strahlen dieses neuen Sterns verblassen. Manchmal war dem Meister tatsächlich so, als habe Cesare Verrat im Sinn.

Fast schlimmer als der Verrat seiner Feinde war die Treue der Freunde. Unter dem Namen der Leonardischen Akademie – Accademia di Leonardo – hatte sich in Mailand eine Schule junger lombardischer Maler gebildet, die teils aus seinen früheren Schülern, teils aus unzähligen Neulingen bestand, die immer zahlreicher wurden, sich an ihn heranmachten und sich selbst einbildeten und anderen vorredeten, sie folgten seinen Spuren. Von Weitem verfolgte er das geschäftige Treiben dieser unschuldigen Verräter, die selbst nicht wussten, was sie taten. Doch manchmal erhob sich ein Gefühl des Ekels in ihm, wenn er sah, wie alles, was ihm im Leben heilig und groß gewesen war, jetzt dem Pöbel anheimfiel: Das Antlitz des Herrn im »Heiligen Abendmahl« wurde der Nachwelt in Kopien überliefert, die es mit kirchlicher Banalität in Übereinstimmung brachten, das Lächeln der Gioconda ward schamlos entblößt: Man machte es lüstern oder verzerrte es in Fantastereien von platonischer Liebe, sodass es gut und dumm wurde.

Im Winter 1512 starb in dem Städtchen Riva di Trento am Gardasee Marcantonio Della Torre im Alter von dreißig Jahren am Sumpffieber, das er sich bei der Behandlung armer Kranker zugezogen hatte.

In ihm verlor Leonardo den letzten der Menschen, die ihm zwar nicht nahestanden, aber doch weniger fremd waren als andere; denn nun, da die Schatten des Alters sich auf sein Leben senkten, rissen nacheinander alle Fäden, die ihn mit der Welt der Lebenden verbanden, und

Einsamkeit und Stille um ihn her wurden immer größer, sodass es ihm manchmal vorkam, als stiege er eine schmale dunkle Treppe in unterirdisches Dunkel hinab und bahne sich mit eisernem Spaten den Pfad durch Steinblöcke mit »hartnäckiger Strenge«, in der vielleicht irren Hoffnung, dort unter der Erde einen Ausgang zu einem neuen Himmel zu finden.

In einer Winternacht saß er allein in seinem Zimmer und lauschte dem Heulen des Sturms, genauso wie in jener Nacht, als er den Tod der Gioconda erfahren hatte. Die unheimlichen Stimmen des nächtlichen Windes sprachen von Wohlvertrautem und Unabwendbarem, dem Menschenherzen Verständlichem: von der letzten Einsamkeit in der furchtbaren blinden Finsternis, im Schoß des Vaters alles Seins, des uralten Chaos – von der grenzenlosen Öde der Welt.

Er dachte an den Tod, und dieser Gedanke, der ihm jetzt immer häufiger kam, verfloss mit dem Gedanken an die Gioconda.

Plötzlich klopfte jemand an die Tür. Er stand auf und öffnete. Ins Zimmer trat ein unbekannter Jüngling mit lustigen, guten Augen, einem frischen, vom Frost geröteten Gesicht, mit tauenden Schneeflocken im dunkelblonden Lockenhaar.

»Messer Leonardo«, rief der Jüngling. »Erkennt Ihr mich denn nicht?«

Leonardo besah ihn genauer und erkannte seinen kleinen Freund Francesco Melzi, der als achtjähriger Knabe einst mit ihm im Frühling die Wälder bei Vaprio durchstreift hatte. Er umarmte ihn mit väterlicher Zärtlichkeit.

Francesco berichtete, er komme aus Bologna, wohin sein Vater bald nach dem Einfall der Franzosen im Jahr 1500 gegangen sei, weil er die Schmach und Not der Heimat nicht mit ansehen wollte, und wo er nach schwerer, lange Jahre sich hinziehender Krankheit kürzlich verstorben sei. Er selbst sei jetzt zu Leonardo geeilt, um ihn an sein Versprechen zu mahnen.

»Welches Versprechen?«, fragte der Meister.

»Wie? Habt Ihr vergessen? Und ich dummer Junge habe immer gehofft … Wisst Ihr es wirklich nicht mehr? … Es war am letzten Tag vor unserer Trennung, im Dorf Mandello am Leccosee, am Fuß des Campione. Wir stiegen in ein verlassenes Bergwerk ein, Ihr trugt mich auf den Armen, damit ich nicht fiele. Als Ihr erzähltet, Ihr ginget in die Romagna, um in Cesare Borgias Dienste zu treten, weinte ich; ich wollte mit Euch fliehen und den Vater verlassen. Aber Ihr wart nicht einverstanden und gabt mir Euer Wort: In zehn Jahren, wenn ich erwachsen wäre …«

»Ich weiß, ich weiß!«, unterbrach ihn der Meister freudig.

»Nun also! Ich weiß, Messer Leonardo, Ihr braucht mich nicht. Aber ich will Euch nie stören. Jagt mich nur nicht fort. Übrigens ist es ganz gleich, ich gehe nicht fort, auch wenn Ihr mich wegjagt … Wie Ihr wollt, Meister, tut mit mir, was Euch beliebt – aber ich verlasse Euch nie wieder.«

»Mein lieber Junge«, sagte Leonardo, und seine Stimme bebte. Noch einmal umarmte er ihn und küsste ihn auf den Kopf. Francesco schmiegte sich ebenso zutraulich liebkosend an seine Brust, wie er es als der kleine Knabe getan, den Leonardo einst auf den Armen in das Eisenbergwerk getragen hatte, auf der schlüpfrigen, unheimlichen Treppe, immer tiefer in die unterirdische Finsternis hinabsteigend.

Seit der Meister im Jahr 1507 Florenz verlassen hatte, stand er als Hofmaler in den Diensten König Ludwigs XII. von Frankreich. Da er aber kein Gehalt erhielt, war er ganz auf die Gnade des Königs angewiesen. Oft vergaß man ihn völlig, und er verstand es nicht, sich durch seine Werke in Erinnerung zu bringen, denn er arbeitete von Jahr zu Jahr immer weniger und langsamer. Wie früher war er dauernd in Geldnot, und seine Verhältnisse wurden immer zerrütteter; er borgte bei allen, die er um Kredit bitten konnte, sogar bei den eigenen Schülern, und machte neue Schulden, ohne die alten bezahlt zu haben. An den französischen Statthalter Charles d'Amboise und den Schatzmeister Florimond Robertet schrieb er ebenso verschämte, ungelenke und demütige Bittbriefe wie einst an Herzog Moro,

»Ohne Eure Gnaden belästigen zu wollen, bin ich so kühn, anzufragen, ob ich mein Gehalt bekommen werde? Ich habe darüber schon wiederholt an Eure Gnaden geschrieben, habe aber bisher nie eine Antwort erhalten …«

In den Empfangszimmern der Großen wartete er inmitten anderer Bittsteller geduldig, bis die Reihe an ihn kam, obwohl ihm im höheren Alter fremde Treppen immer steiler erschienen und fremdes Brot immer bitterer schmeckte. Er fühlte sich im Dienst der Fürsten ebenso überflüssig wie im Dienst des Volks – immer und überall war er ein Fremder.

Während Raffael, die Freigebigkeit des Papstes ausnutzend, aus einem halben Bettler zum reichen Mann und römischen Patrizier wurde, während Michelangelo Geld für schlechte Zeiten zusammenscharrte, blieb Leonardo wie bisher ein heimatloser Wanderer, der nicht wusste, wo er sein Haupt zum Sterben würde niederlegen können.

Kriege und Siege, Niederlagen der Seinen oder der Feinde, Wechsel der Gesetze und Regierungen, Knechtung von Völkern, Sturz von Tyrannen – alles, was die Menschen für das einzig Wichtige und Ewige halten, zog an ihm vorbei, wie eine Staubwolke auf der Landstraße an einem Wanderer vorüberzieht. Mit derselben unveränderten Gleichgültigkeit gegen alle Politik befestigte er jetzt das Kastell von Mailand für den König von Frankreich gegen die Lombarden, wie er es einst für den Herzog der Lombardei gegen die Franzosen befestigt hatte. Zu Ehren des Sieges Ludwigs XII. über die Venezianer bei Agnadello baute er einen Triumphbogen mit denselben hölzernen, mit vergoldeten Flügeln schlagenden Engeln, die schon die Ambrosianische Republik, Francesco Sforza und Lodovico il Moro begrüßt hatten.

Drei Jahre später schlossen der Papst, der Kaiser und König Ferdinand der Katholische von Spanien ein Bündnis gegen Ludwig XII., die »Heilige Liga«; sie vertrieben die Franzosen aus der Lombardei und setzten mithilfe der Schweizer jetzt Massimiliano Moretto auf den Thron, den »kleinen Moro«, den Sohn Lodovico Sforzas, einen in der Verbannung, am Hof des Kaisers aufgewachsenen neunzehnjährigen Jüngling. Auch für ihn baute Leonardo einen Triumphbogen.

Morettos Regierung hatte keine Dauer: Die schweizerischen Söldner kümmerten sich nicht um ihn und behandelten ihn wie eine bedeutungslose Puppe; die Verbündeten der Heiligen Liga dagegen kümmerten sich allzu eifrig um ihn. Der junge Herzog besaß keinen Sinn für Malerei. Trotzdem nahm er Leonardo in seine Dienste, bestellte sein Bildnis bei ihm und setzte ihm ein Gehalt aus, das er allerdings nie auszahlte.

In der Toskana vollzog sich zu dieser Zeit genau dieselbe Umwälzung wie in der Lombardei. Der Wille des Volks, der Gottes Wille ist, und die Kanonen Ferdinands des Katholischen setzten den unglückseligen Piero Soderini ab. Endgültig enttäuscht von den republikanischen Tugenden seiner Mitbürger, floh er nach Ragusa. Die früheren Tyrannen, die Brüder Medici, die Söhne Lorenzos des Prächtigen, kehrten nach Florenz zurück. Einer von ihnen, Giuliano, ein seltsamer Träumer, dem Macht und Ehren gleichgültig waren, ein schwermütiger, guter Sonderling und großer Liebhaber der Alchimie, hatte von Galeotto Sacrobosco, der nach seiner Flucht aus Mailand bei ihm Unterkunft gefunden hatte, allerhand Wunderdinge über Leonardos geheime Kenntnisse gehört und lud ihn deshalb ein, in seine Dienste zu treten, weniger als Künstler, sondern vielmehr als Alchimist.

Zu Beginn des Jahres 1513 trat Marschall Gian Giacomo Trivulzio mit den Schweizern in Unterhandlungen wegen Herausgabe des kleinen Moro, dem das Schicksal seines Vaters drohte. Leonardo sah neue Umwälzungen in der Lombardei voraus.

In den letzten Jahren fühlte er sich von den einförmigen, launischen Zufälligkeiten der Politik, vom ewigen Rausch auf fremden Festen ermüdet: Es war ihm zuwider geworden, Triumphbogen zu bauen oder immer wieder die Triebfedern der Flügel schadhafter Engel auszubessern; immer häufiger sagte er sich, dass für diese Engel wie auch für ihn selbst jetzt die Zeit zur Ruhe da sei. Er beschloss, Mailand zu verlassen und in den Dienst der Medici zu treten.

Papst Julius II. war gestorben. Zu seinem Nachfolger wurde unter dem Namen Leo X. Giovanni de' Medici gewählt. Der neue Papst ernannte seinen Bruder Giuliano zum Gonfaloniere der römischen Kirche, welches Amt einst Cesare Borgia innegehabt hatte. Giuliano begab sich nach Rom, und Leonardo sollte ihm im Herbst folgen.

Einige Tage vor seiner Abreise aus Mailand, im Morgengrauen nach jener Nacht, da man auf der Piazza del Broletto die hundertneununddreißig Zauberer und Hexen verbrannt hatte, fanden die Mönche des Klosters San Francesco in Fra Benedettos Zelle Leonardos Schüler Giovanni Beltraffio bewusstlos auf dem Fußboden liegen. Sichtlich war es ein Anfall derselben Krankheit, die ihn vor fünfzehn Jahren nach

Fra Pagolos Bericht über Savonarolas Tod niedergeworfen hatte. Diesmal aber erholte sich Giovanni rasch. Nur manchmal blitzte in seinen gleichgültigen Augen, in dem seltsam starren, wie toten Gesicht etwas auf, was Leonardo mehr Angst um ihn einflößte als seine damalige schwere Krankheit.

Der Meister hoffte immer noch, ihn retten zu können, wenn er ihn von sich und seinem »bösen Blick« fernhielt, und empfahl ihm, bis zur völligen Genesung bei Fra Benedetto in Mailand zu bleiben. Doch Giovanni bat mit so unbeugsamer Beharrlichkeit, mit so stiller Verzweiflung, ihn nicht zu verlassen, ihn nach Rom mitzunehmen, dass Leonardo es nicht übers Herz brachte, ihm seine Bitte abzuschlagen.

Das französische Heer näherte sich Mailand. Es gärte im Pöbel. Der kleine Moro richtete sich durch kindische Unvernunft und Eigensinn zugrunde. Man durfte nicht zögern. So wie er einst von Lorenzo de' Medici zu Moro, von Moro zu Cesare, von Cesare zu Soderini, von Soderini zu Ludwig XII. übergegangen war, so begab sich Leonardo jetzt zu seinem neuen Gönner Giuliano de' Medici; gelangweilt, ergeben setzte er, der ewige Wanderer, seine hoffnungslosen Fahrten fort.

»Am 23. September 1513«, bemerkte er mit gewohnter Kürze in seinem Tagebuch, »reiste ich mit Francesco de' Melzi, Salaino, Cesare, Astro und Giovanni von Mailand nach Rom ab.«

16

Leonardo, Michelangelo und Raffael

Papst Leo X. blieb den Überlieferungen des Geschlechts der Medici treu und wusste sich den Ruf eines großen Beschützers der Künste und Wissenschaften zu erwerben. Als er von seiner Wahl erfuhr, sagte er zu seinem Bruder Giuliano: »Genießen wir die päpstliche Macht, da Gott sie uns geschenkt hat.« Und sein Lieblingsnarr, der Mönch Fra Mariano, fügte mit dem Ernst des Philosophen hinzu: »Wir wollen zu unserem Behagen leben, Heiliger Vater, denn alles Übrige ist nur Unsinn.«

Und der Papst umgab sich mit Dichtern, Musikern, Künstlern und Gelehrten. Jeder, der in Mengen glatte, wenn auch mittelmäßige Verse anzufertigen verstand, konnte auf eine fette Pfründe und ein warmes Plätzchen bei Seiner Heiligkeit rechnen. Für die nachahmenden Schriftsteller, die des unerschütterlichen Glaubens waren, dass die Prosa Ciceros und die Verse Vergils unerreichbare Vollkommenheit seien, brach jetzt ein Goldenes Zeitalter an. »Der Gedanke«, so sagten sie, »dass neue Dichter die alten übertreffen könnten, ist die Wurzel aller Gottlosigkeit.«

Die christlichen Seelenhirten vermieden es in ihren Predigten, Christus beim Namen zu nennen, weil dieses Wort in Ciceros Reden nicht vorkommt. Statt Nonnen sagte man Vestalinnen; der Heilige Geist hieß »der Odem des höchsten Jupiter«, und man bat den Papst um die Erlaubnis, Plato zu den Heiligen zählen zu dürfen.

Pietro Bembo, der spätere Kardinal, der Verfasser der »Asolani«, eines Dialogs über überirdische Liebe, und des bodenlos unanständigen Gedichts »Priapus«, gestand, dass er die Episteln des Apostels Paulus nicht lese, um sich seinen Stil nicht zu verderben. Als Franz I. nach seinem Sieg über den Papst den eben entdeckten Laokoon von ihm als Geschenk verlangte, erklärte Leo X., er wolle sich eher von dem Haupt des Apostels trennen, dessen Reliquien in Rom aufbewahrt wurden, als vom Laokoon.

Der Papst liebte seine Gelehrten und Künstler, aber fast noch mehr seine Narren. Den berühmten Verseschmied, Vielfraß und Säufer Cuerno, der den Titel eines Erzpoeten erhielt, krönte er in feierlichem Triumph mit einem Ehrenkranz und überschüttete ihn ebenso mit reichen Gaben wie den Maler Raffael Sanzio. Für die üppigen Gelage der Gelehrten verwendete er die riesigen Einkünfte Spoletos, der Mark Ancona und der Romagna; er selbst aber zeichnete sich durch Mäßigkeit aus, denn der Magen Seiner Heiligkeit verdaute schlecht. Der päpstliche Epikureer litt an einer unheilbaren Krankheit, einer eitrigen Fistel. Auch seine Seele zerfraß, wie seinen Körper, eine geheime Schwäre: die Langeweile. Er ließ für seine Menagerien die seltensten Tiere aus fernen Ländern kommen und für seine Sammlung von Narren die drolligsten Krüppel, Missgeburten und Irren aus den Spitälern holen. Aber weder Tiere noch Menschen konnten ihn zerstreuen. Bei Festen und Gelagen, inmitten der lustigsten Scherze, wich nie der Ausdruck von Langeweile und Ekel aus seiner Miene.

Nur in der Politik offenbarte er seine wahre Natur: Er war ebenso kaltblütig, grausam und eidbrüchig wie Borgia.

Als Leo X. von allen verlassen im Sterben lag, blieb der Mönch Fra Mariano, sein Lieblingsnarr, vielleicht als Einziger seiner Freunde ihm bis zuletzt treu. Und als der gute, fromme Zwerg den Papst wie einen Heiden sterben sah, flehte er ihn tränenden Auges an: »Denkt doch an Gott, Heiliger Vater, denkt doch an Gott!« Das war eine ungewollte, aber die böseste Verspottung des ewigen Spötters.

Einige Tage nach seiner Ankunft in Rom wartete Leonardo im Empfangssaal des Papstes im Vatikan auf eine Audienz – nicht zum ersten Mal, denn es war sogar für diejenigen, die Seine Heiligkeit selbst zu sehen wünschten, sehr schwer, empfangen zu werden. Leonardo lauschte dem Gespräch der Höflinge über den geplanten Triumphzug des päpstlichen Lieblings, des missgestalteten Zwerges Baraballo, der auf einem kürzlich aus Indien eingetroffenen Elefanten durch die Straßen geführt werden sollte. Man sprach auch von Fra Marianos neuesten Heldentaten: Er war kürzlich in Gegenwart des Papstes bei der Abendtafel auf den Tisch gesprungen und darauf herumgelaufen, hatte unter allgemeinem Gelächter die Kardinäle und Bischöfe auf die Köpfe geprügelt und ihnen von einem Ende des Tisches zum andern gebratene Kapaunen zugeworfen, sodass Ströme von Saucen den ehrwürdigen Vätern über Gewänder und Gesichter liefen.

Während Leonardo dieser Erzählung lauschte, ertönte nebenan Musik und Gesang. Die vom Warten schon ermüdeten Gesichter wurden noch länger. Der Papst war ein schlechter, aber leidenschaftlicher Musiker. Die Konzerte, in denen er selbst mitwirkte, zogen sich stets endlos in die Länge, sodass alle, die in ernsten Angelegenheiten zu ihm kamen, bei den Klängen der Musik schier verzweifelten.

»Wisst Ihr, Messere«, flüsterte ein verkannter Dichter mit hungrigem Gesicht, der neben Leonardo saß und schon seit zwei Monaten vergeblich auf eine Audienz harrte, dem Künstler ins Ohr, »wisst Ihr, was das sicherste Mittel ist, um zu einer Audienz bei Seiner Heiligkeit zu gelangen? Man muss sich als Narr ausgeben. Ein alter Freund von mir, der berühmte Gelehrte Marco Masuro, hat sich, als er sah, dass man mit Gelehrsamkeit hier nichts ausrichtet, durch einen päpstlichen Cameriere als neuer Baraballo anmelden lassen: Er wurde sofort empfangen und erreichte alles, was er wollte.«

Leonardo befolgte aber den guten Rat nicht; er gab sich nicht als Narr aus und ging fort, nachdem er lange vergeblich gewartet.

In letzter Zeit hatte er seltsame Ahnungen. Alltagssorgen, Misserfolge am Hof Leos X. und Giuliano de' Medicis beunruhigten ihn nicht; an die war er längst gewöhnt. Aber die quälende Unruhe wurde immer größer. Besonders an diesem strahlenden Herbstabend, als er aus dem Vatikan nach Hause zurückkehrte, war sein Herz verzagt wie vor einem nahenden Unglück. Er wohnte wieder in demselben Haus, das er bei seinem ersten Aufenthalt in Rom unter Alexander VI. bewohnt hatte, in einem der kleinen einzeln stehenden Gebäude der päpstlichen Münze, in einer engen Gasse hinter dem Petersdom, wenige Schritte vom Vatikan entfernt. Es war ein altes, finsteres Gebäude. Seit Leonardo Rom verlassen hatte, um nach Florenz zu gehen, hatte es mehrere Jahre unbewohnt gestanden, war feucht geworden und wirkte jetzt noch düsterer.

Er betrat ein geräumiges, gewölbtes Gemach mit spinnenförmigen Rissen an bröckelnden Wänden, mit Fenstern, die dicht an die Mauer des Nachbarhauses stießen, sodass es trotz des frühen, klaren Abends im Zimmer dunkel war. In einer Ecke saß mit untergeschlagenen Beinen der kranke Mechaniker Astro, schnitzte Stäbchen, wiegte sich hin und her und summte wie gewöhnlich sein einförmiges Liedchen vor sich hin:

»Kukurlu, kurlu!
Kraniche, Adler,
Im Dunste der Sonne,
Wo keine Erde zu sehn.
Kraniche, Kraniche …
Kukurlu, kurlu!«

Leonardo wurde in böser Ahnung noch banger ums Herz. »Was hast du, Astro?«, fragte er freundlich und legte ihm die Hand auf den Kopf.

»Nichts«, erwiderte Astro und sah den Meister aufmerksam, beinahe vernünftig und verschmitzt an. »Ich habe nichts. Aber Giovanni … Nun, es ist wohl so besser für ihn. Er ist weggeflogen.«

»Was sagst du, Astro? Wo ist Giovanni?«, fragte Leonardo und wusste plötzlich, dass die bösen Ahnungen, die sein Herz bedrückten, sich auf Giovanni bezogen.

Der Kranke beachtete den Meister nicht mehr und schnitzte weiter.

»Astro!«, drang Leonardo in ihn und nahm seine Hand. »Ich bitte dich, mein Freund, besinne dich, was du sagen wolltest. Wo ist Giovanni? Hörst du, Astro! Ich muss ihn unbedingt sofort sehen. Wo ist er? Was ist mit ihm?«

»Wisst Ihr denn nicht?«, antwortete der Kranke. »Da oben ist er. Er … er … schenkt … fängt … lenkt.« Astro suchte offenbar vergeblich den richtigen Laut, der seinem Gedächtnis entfallen war. Das kam häufig bei ihm vor. Er verwechselte einzelne Laute, sogar ganze Worte, und gebrauchte eines anstelle des andern. »Ihr wisst nicht?«, fügte er ruhig hinzu. »Ich werde Euch zeigen. Nur fürchtet Euch nicht. Es ist besser so.«

Er stand auf und führte Leonardo, ungeschickt an seinen Krücken humpelnd, die knarrenden Treppen hinauf. Sie betraten den Dachboden. Hier, unter dem von der Sonne erhitzten Ziegeldach, war es sehr schwül. Es roch nach Vogelmist und Stroh. Durch eine Dachluke fiel ein schräger, staubiger, roter Sonnenstrahl. Als sie eintraten, flatterte, erschrocken mit den Flügeln rauschend, ein Taubenschwarm vom Dach auf und flog davon.

»Hier!«, sagte Astro sehr ruhig und wies in die Tiefe des Raums, in die Dunkelheit. Da erblickte Leonardo unter einem dicken Querbalken Giovanni; gerade, reglos und aufrecht, seltsam gereckt stand er da und schien ihn mit weit aufgerissenen Augen anzustarren.

»Giovanni!«, schrie der Meister. Er erbleichte plötzlich; die Stimme versagte ihm. Er stürzte hin, sah in das schrecklich verzerrte Gesicht und berührte seine Hand: Sie war eiskalt. Der Körper bewegte sich: Er hing an einer starken Seidenschnur, wie sie der Meister zu seinen Flugmaschinen verwendete. Sie war an einen neuen, offenbar erst kürzlich in den Balken eingeschraubten Eisenhaken angeknüpft. Ein Stück Seife lag daneben, mit dem der Selbstmörder wohl die Schlinge eingerieben hatte.

Astros Geist war wieder irre; er ging zur Dachluke und starrte hinaus. Das Haus stand auf einer Anhöhe. Von hier aus hatte man einen weiten Blick auf die Ziegeldächer und Türme Roms, auf die in den Strahlen der untergehenden Sonne wie das Meer wogende, mattgrüne Ebene der Campagna mit den langen, schwarzen, hier und da unterbrochenen Linien der römischen Aquädukte, auf die Berge von Albano, Frascati, Rocca di Papa und auf den klaren Himmel, unter dem die Schwalben kreisten. Astro sah mit halb geschlossenen Augen hinaus, wiegte sich mit seligem Lächeln hin und her, schwenkte die Arme wie Flügel und summte: »Kukurlu, kurlu! Kraniche, Adler …« Leonardo wollte fortlaufen, um Hilfe rufen – aber er vermochte sich nicht zu rühren und stand hier, von Entsetzen gelähmt, zwischen seinen beiden Schülern, dem Toten und dem Wahnsinnigen …

Als Leonardo ein paar Tage später die Papiere des Verstorbenen durchsah, fand er darunter das Tagebuch. Er las es aufmerksam durch. Die Widersprüche, an denen Giovanni zugrunde gegangen war, verstand Leonardo nicht; er fühlte nur klarer als je, dass er die Ursache dieses Untergangs war: Er hatte den Schüler durch seinen bösen Blick »verhext«, »verdorben«, hatte ihn mit den Früchten vom Baum der Erkenntnis vergiftet.

Besonderen Eindruck machten auf ihn die letzten Zeilen des Tagebuchs, die, nach dem Unterschied in der Farbe der Tinte und nach der Handschrift zu urteilen, nach langjähriger Unterbrechung geschrieben sein mussten: »Neulich zeigte mir in Fra Benedettos Kloster ein Mönch, der vom Berg Athos kam, ein altes Pergamentblatt mit einer farbigen Zeichnung, die den geflügelten Johannes den Vorläufer darstellte. Solche Bilder gibt es in Italien nicht, sie wurden von griechischen Heiligenbildern übernommen. Die Glieder sind fein und lang. Das Gesicht ist seltsam und furchtbar. Der mit einem rauen Gewand aus Kamelhaar bekleidete Körper sieht aus, als sei er befiedert wie der eines Vogels. ›Siehe, ich will meinen Engel senden, der vor mir her den Weg bereiten soll. Und bald wird kommen zu seinem Tempel der Herr, den ihr suchet, und der Engel des Bundes, des ihr begehret. Siehe, er kommt.‹ Prophet Maleachi III,1. – Aber er ist kein Engel, kein Geist, sondern ein Mensch mit riesigen Flügeln.

Im Jahr 1503, dem letzten Jahr der Regierung des roten Tiers, des Papstes Alexanders VI., erzählte mir der Augustinermönch Thomas Schweinitz über den Flug des Antichrist: ›Und dann wird das auf dem Thron des Allerhöchsten Gottes im Tempel zu Zion sitzende Tier, das vom Himmel das Feuer geraubt hat, also sprechen zu den Menschen: Warum ängstigt ihr euch, und was wollt ihr? Oh, du ungetreues, arglistiges Geschlecht, ihr wollt ein Zeichen sehen! Euch soll ein Zeichen werden: Siehe, ihr werdet den Menschensohn schauen, der da kommt auf den Wolken, zu richten die Lebendigen und die Toten. Also wird er sprechen und wird die großen feurigen Flügel nehmen, die Satans Tücke gefertigt hat, und wird sich aufschwingen unter Donner und Blitz, umgeben von seinen Schülern in Engelsgestalt – und wird fliegen.‹«

Dann folgten abgerissene, sicherlich mit zitternder Hand geschriebene, vielfach durchgestrichene Worte.

»Die Ähnlichkeit zwischen Christus und Antichrist ist eine vollkommene. Das Antlitz des Antichrist ist im Antlitz Christi, das Antlitz Christi im Antlitz des Antichrist. Wer will sie unterscheiden? Wer wird nicht in Anfechtung fallen? Das letzte Geheimnis ist das letzte Leid, wie es noch keines gab auf Erden. Auf dem Bild des Luca Signorelli im Dom zu Orvieto lässt der Wind die Falten am Gewand des in den Abgrund fliegenden Antichrist wehen. Dieselben, den Flügeln eines Riesenvogels gleichenden Falten flatterten um Leonardos Schultern, als er auf dem Gipfel des Monte Albano am Rand des Abgrunds über dem Dorf Vinci stand.«

Auf der letzten Seite, ganz unten, war mit noch mehr veränderter Handschrift, wohl nach sehr langer Unterbrechung, geschrieben: »Die Weiße Teufelin ist immer und überall. Verflucht sei sie! Das letzte Geheimnis ist: Zwei ist eins. Christus und Antichrist sind eins. Himmel ist oben, Himmel ist unten. Es soll nicht sein, das soll nicht sein. Lieber den Tod! Ich befehle meinen Geist in deine Hände, mein Gott. Richte mich!«

Mit diesen Worten schloss das Tagebuch, und Leonardo verstand, dass sie am Vorabend oder am Tag des Selbstmords geschrieben waren.

In einem der Empfangssäle des Vatikans, in der sogenannten Stanza delle Segnatura mit dem kürzlich vollendeten Wandgemälde Raffaels, saß unter der Freske, die den Gott Apollo inmitten der Musen auf dem Parnass darstellte, Papst Leo X., umgeben von hohen Würdenträgern der römischen Kirche, von Gelehrten, Dichtern, Zauberkünstlern, Zwergen und Narren.

Sein gewaltiger weißer Körper, aufgedunsen wie bei alten, an Wassersucht leidenden Frauen, war ebenso abscheulich wie sein dickes, rundes, blasses Gesicht mit den weißlichen, weit hervorstehenden Froschaugen. Mit einem Auge sah er fast gar nicht, mit dem andern nur schlecht, und wenn er etwas genau ansehen musste, benutzte er statt eines Vergrößerungsglases eine geschliffene Linse aus Beryll, das Occhiale. Aus dem sehenden Auge leuchtete kalter, klarer, hoffnungslos gelangweilter Verstand. Der Stolz des Papstes waren seine wirklich schönen Hände; bei jeder passenden Gelegenheit stellte er sie zur Schau und rühmte sich ihrer ebenso wie seiner schönen Stimme.

Der Heilige Vater ruhte nach amtlichen Empfängen aus und plauderte mit seinen Vertrauten über zwei neue Gedichte. Beide waren in tadellos eleganten lateinischen Versen abgefasst und Vergils *Äneide* nachgebildet. Das eine, die »Christiade«, war eine Bearbeitung der Evangelien mit der damals beliebten Verquickung christlicher und heidnischer Gestalten. So nannte es zum Beispiel das heilige Abendmahl eine »Götterspeise, den schwachen Augen der Menschen unter der Gestalt der Ceres und des Bacchus, das ist Brot und Wein, verborgen«; Diana, Thetis und Äolus leisteten der Mutter Gottes Dienste; als der Erzengel Gabriel in Nazareth die frohe Botschaft verkündete, horchte Merkur an der Tür, überbrachte die Kunde der Versammlung der Olympier und riet ihnen, energische Maßregeln zu treffen.

Das zweite Gedicht, von Girolamo Fracastore, hieß »Syphilis sive De Morbo Gallico« und war dem späteren Kardinal Pietro Bembo gewidmet, demselben, der nie die Episteln des Apostels Paulus las, um sich nicht den Stil zu verderben. Es besang in ebenso tadellosen Versen im Stil Vergils die französische Krankheit und die Arten ihrer Heilung durch Schwefelbäder und Quecksilbersalben. Die Entstehung der Krankheit wurde so geschildert: In alten Zeiten erzürnte einmal ein Hirte namens Syphilus durch Spötteleien den Sonnengott, der ihn mit dieser Krankheit bestrafte, die keiner Behandlung wich, bis ihn schließlich die Nymphe America in ihre Geheimnisse einweihte und in einen Hain heilkräftiger Guajakbäume zu einer Schwefelquelle und einem Quecksilbersee führte. Später überfuhren spanische Reisende den Ozean, entdeckten das Neue Land, in dem die Nymphe America wohnte, und beleidigten ebenfalls den Sonnengott dadurch, dass sie auf der Jagd ihm heilige Vögel erlegten: einer dieser Vögel prophezeite mit menschlicher Stimme, dass Apollo ihnen für diese Heiligtumsschändung die französische Krankheit schicken werde.

Der Papst rezitierte aus beiden Gedichten auswendig einige Stücke. Besonders gut gelang ihm Merkurs Rede vor den Göttern des Olymps über die Verkündung des Erzengels und die Liebesklage des Hirten Syphilus an die Nymphe America. Als er unter begeistertem Lobgeflüster und ehrerbietig gedämpftem, wie ungewollt ausbrechen Beifallklatschen geendet hatte, wurde ihm der kürzlich aus Flo eingetroffene Michelangelo gemeldet. Der Papst runzelte ein wenig die Stirn, befahl aber, ihn sofort einzulassen. Der finstere Buonarroti flößte Leo X. ein Gefühl ein, das an Furcht grenzte. Er zog den lustigen, zu allem bereiten, umgänglichen guten Jungen Raffael vor.

Der Papst empfing Michelangelo mit seiner unabänderlichen gelangweilten Liebenswürdigkeit. Als der Künstler aber auf eine Angelegenheit zu sprechen kam, in der er sich tödlich beleidigt fühlte – auf den ihm erteilten, aber plötzlich zurückgezogenen Auftrag, eine neue Marmorfassade für die Kirche San Lorenzo in Florenz zu schaffen, lenkte der Heilige Vater das Gespräch ab, hielt mit gewohnter Geste den Beryll vor sein sehendes Auge und sagte, Michelangelo mit gutmütigem Blick musternd, unter dem sich aber etwas wie arglistiger Spott barg: »Messer Michelangelo, wir haben eine Angelegenheit, in der wir uns gern von dir beraten ließen. Unser Bruder, Herzog Giuliano, rät uns, deinem Landsmann, dem Florentiner Leonardo da Vinci, einige Arbeiten zu übertragen. Sei so gut, sag, was du von ihm hältst und welche Arbeit man diesem Künstler am besten geben könnte?«

Michelangelo schwieg und schlug finster die Augen nieder; ihn verwirrten, wie immer, die auf ihn gerichteten neugierigen Blicke sowie das Bewusstsein unüberwindlicher Schüchternheit und seiner Hässlichkeit. Der Papst betrachtete ihn aufmerksam durch seinen Beryll und harrte der Antwort.

»Eurer Heiligkeit«, antwortete endlich Buonarroti, »ist es vielleicht nicht bekannt, dass viele mich für einen Feind Messer da Vincis halten. Ob das zutrifft oder nicht – jedenfalls bin ich der Meinung, dass es mir am allerwenigsten anstehe, in dieser Angelegenheit Richter zu sein und eine Ansicht, sei es eine gute oder eine schlechte, zu äußern.«

»Beim Bacchus«, rief der Papst, der anscheinend etwas Lustiges vorhatte, lebhafter werdend. »Wenn das wirklich so wäre, so wünschten wir umso mehr, deine Meinung über Messer Leonardo zu hören. Denn wir würden jeden anderen eher als dich für parteiisch halten, und wir zweifeln nicht daran, dass du im Urteil über deine Feinde nicht weniger Edelmut zeigen wirst als im Urteil über einen Freund. Ich habe übrigens nie daran geglaubt, dass ihr wirklich Feinde seid. Unmöglich! Künstler wie du und er müssten doch hoch über jeder Eitelkeit stehen. Was hättet ihr wohl zu teilen, um welchen Vorrang zu streiten? Wenn auch einmal zwischen euch etwas vorgefallen ist – weshalb daran denken? Ist es nicht besser, in Frieden zu leben? Man sagt doch, durch Eintracht wird Kleines groß, durch Zwietracht aber Großes klein. Und wenn ich, mein Sohn, als dein Vater eure Hände ineinanderlegte – würdest du es mir verweigern, ihm die Hand zu reichen?«

Buonarrotis Augen funkelten; wie es oft bei ihm geschah, schlug seine Schüchternheit jäh in Wut um. »Verrätern gebe ich nicht die Hand«, erklärte er trocken und abgerissen, sich kaum noch beherrschend.

»Verrätern?«, wiederholte der Papst, immer lebhafter werdend. »Das ist eine schwere Anklage, Michelangelo, eine sehr schwere Anklage! Wir sind überzeugt, dass du dich nicht entschlossen hättest, sie auszusprechen, wenn du nicht Beweise dafür hättest.«

»Ich habe keine Beweise, und ich brauche sie nicht! Ich sage nur, was alle wissen. Fünfzehn Jahre lang hat er um Herzog Moro herumgeschwänzelt, der als Erster die Barbaren nach Italien rief und das Vaterland an sie verriet. Als Gott dann den Tyrannen nach Verdienst bestrafte und ihn stürzte, trat Leonardo in den Dienst eines noch schlimmeren Bösewichts – das war Cesare Borgia; als Bürger von Florenz zeichnete er für ihn Kriegskarten der Toskana, um dem Feind die Eroberung der eigenen Heimat zu erleichtern.«

»Richtet nicht, auf dass ihr nicht gerichtet werdet«, sagte der Papst mit leisem Spottlächeln. »Du vergisst, mein Freund, dass Messer Leonardo kein Krieger, kein Staatsmann, sondern nur Künstler ist. Haben die Diener der freien Musen nicht ein Recht auf größere Freiheit als andere Sterbliche? Was geht euch Künstler Politik und Feindschaft zwischen Völkern und Fürsten an, die ihr doch in höheren Regionen weilt, wo es weder Sklaven noch Freie, weder Juden noch Hellenen, weder Barbaren noch Skythen gibt, wo überall nur Apollo herrscht? Könntet ihr euch nicht, wie die alten Philosophen, Bürger der Welt nennen, für die da ein Vaterland ist, wo es ihnen gut geht?«

»Eure Heiligkeit verzeihe mir«, unterbrach ihn Michelangelo fast grob. »Ich bin ein schlichter, ungebildeter Mann und verstehe nichts von philosophischen Spitzfindigkeiten. Ich pflege das Weiße weiß, das Schwarze schwarz zu nennen. Ein Mensch, der seine Mutter nicht ehrt, der sich von seiner Heimat lossagt, ist für mich ein ganz verächtlicher Schurke. Ich weiß, Messer Leonardo glaubt sich erhaben über alle menschlichen Gesetze. Aber mit welchem Recht? Er verspricht immer und will die Welt durch Wunder in Erstaunen setzen. Wäre es nicht an der Zeit, auch Taten zu zeigen? Wo sind seine Wunder und Zeichen? Etwa diese närrischen Flügel, mit denen einer seiner Schüler zu fliegen versuchte, nur um sich wie ein Narr den Hals zu brechen? Sollen wir noch lange seinen Worten glauben? Haben wir gewöhnlichen Sterblichen nicht das Recht, zu zweifeln und zu fragen, was eigentlich hinter all seinen Rätseln und Geheimnissen steckt? Ach, wozu davon reden! Früher nannte man einen Gauner Gauner und einen Schurken Schurken; heute heißen sie Weise und Weltbürger. Bald wird es keinen Schelm und Taugenichts mehr geben, der sich nicht für den Gott Hermes Trismegistos oder für den Titanen Prometheus ausgibt.«

Der Papst blickte Michelangelo mit seinen hellen Froschaugen scharf an, beobachtete ihn ruhig und kalt und dachte an die Vergänglichkeit alles Irdischen, an die Eitelkeit aller Dinge; er sah die Erniedrigung des Stolzes, die Nichtigkeit des Großen. Schon träumte er davon, die Nebenbuhler zusammenzubringen und aufeinanderzuhetzen – ein noch nie da gewesenes Schauspiel zu bieten, eine Art riesigen Hahnenkampfs, eine philosophische Belustigung, an der er, als Liebhaber alles Seltenen und Ungeheuerlichen, mit der gleichen epikureischen, etwas verächtlichen und gelangweilten Neugier sich weiden würde wie an einer Prügelei seiner Narren, Krüppel, Irren, Affen und Zwerge.

»Mein Sohn«, sagte er schließlich mit einem leisen, schwermütigen Seufzer, »ich sehe, dass die Feindschaft, an die wir bisher nicht glauben wollten, tatsächlich zwischen euch besteht. Ich bin erstaunt, jawohl, ich gestehe, ich bin sehr erstaunt und betrübt ob deines Urteils über Messer Leonardo. Wie ist das möglich, Michelangelo? Wir haben so viel Gutes über ihn gehört. Von seiner hohen Kunst und Gelehrsamkeit zu schweigen – aber er soll auch ein so gutes Herz haben, dass er nicht nur gegen Menschen, sondern auch gegen die stumme Kreatur, sogar gegen

Pflanzen barmherzig ist: Er erlaubt nicht, dass man ihnen etwas zuleide tut, so wie die indischen Weisen, die Gymnosophisten, von denen uns Reisende so viel Wundersames berichten.«

Michelangelo wandte sich ab und schwieg. Ein zorniges Zucken verzerrte hin und wieder sein Gesicht. Er fühlte, dass der Papst sich über ihn lustig machte. Pietro Bembo, der neben ihm stand und dem Gespräch aufmerksam folgte, fürchtete, der Scherz könnte ein böses Ende nehmen, denn Buonarroti war ungeeignet für das vom Papst erdachte Spiel. Der gewiegte Höfling trat umso lieber für ihn ein, als er selbst Leonardo nicht wohlwollte – wie man sagte, weil der Künstler die jetzigen Schriftsteller als »Nachahmer der Alten«, als »Krähen mit fremden Federn« verspottet hatte.

»Eure Heiligkeit«, begann er, »in Messer Michelangelos Worten liegt doch etwas Wahres. Über Messer Leonardo sind jedenfalls sehr widersprechende Gerüchte im Umlauf, sodass man tatsächlich manchmal nicht weiß, was man denken soll. Er hat Erbarmen mit den Tieren, heißt es, und isst kein Fleisch; doch gleichzeitig erfindet er todbringende Maschinen zur Vertilgung des Menschengeschlechts und begleitet gern Verbrecher zum Schafott, um den Ausdruck des letzten Entsetzens auf ihren Gesichtern zu beobachten. Ich habe auch gehört, seine und Marcantonios Schüler hätten Leichen zum Sezieren nicht nur aus Krankenhäusern gestohlen, sondern sogar auf christlichen Kirchhöfen aus der Erde gegraben. Übrigens hatten wohl große Gelehrte zu allen Zeiten ihre Absonderlichkeiten. So erzählen die Alten von den berühmten alexandrinischen Naturforschern Erasistratus und Herophilus, die lebende Menschen, zum Tode verurteilte Verbrecher, sezierten und ihre Grausamkeit gegen die Menschen mit ihrer Liebe zur Wissenschaft rechtfertigten. Das bestätigt auch Celsus, der sagt: ›Herophilus homines odit, ut nosset – Herophilus hasste die Menschen, um zu wissen …‹«

»Schweig, schweig, Pietro. Gott steh uns bei!«, unterbrach ihn der Papst, dessen Erregung jetzt nicht mehr geheuchelt war. »Lebendige Menschen zerschneiden? Eine schöne Wissenschaft, das muss man sagen … Untersteh dich, uns von solchen Schändlichkeiten zu sprechen! Und wenn wir je erfahren sollten, dass Leonardo …« Er sprach nicht zu

Ende und bekreuzigte sich andächtig. Sein ganzer dicker, gedunsener Leib bebte.

Leo X. war zwar ein großer Skeptiker, aber trotzdem abergläubisch wie ein altes Weib. Vor allem fürchtete er die schwarze Magie. Mit einer Hand belohnte er die Verfasser von Gedichten wie »Syphilis« und »Priapus«, mit der andern unterzeichnete er die Vollmachten des Großinquisitors Fra Giorgio da Casale zum Kampf gegen Hexen und Zauberer.

Als er von Leichenraub aus Gräbern hörte, erinnerte er sich einer kürzlich eingegangenen Anzeige, die er bisher nicht beachtet hatte: Einer von Giuliano de' Medicis Leuten, der bei Leonardo im Haus wohnende deutsche Spiegelmacher Johannes, beschuldigte den Meister, unter dem Vorwand anatomischer Studien, in Wirklichkeit aber im Dienst der schwarzen Magie, Embryos aus den Leichen schwangerer Frauen geschnitten zu haben. Doch das Entsetzen des Papstes währte nicht lange: Als Michelangelo gegangen war, fand ein Konzert statt, in dem Seiner Heiligkeit eine schwierige Arie besonders gut gelang, was ihn stets in gute Stimmung versetzte. Und als er bei der Mittagstafel in einem Narrenrat Anordnungen für den Triumphzug des Zwerges Baraballo auf dem Elefanten traf, ging er ganz darin auf und vergaß Leonardo völlig.

Am nächsten Tage aber erhielt der Abt von San Spirito, wo sich der Künstler im Klosterhospital mit Anatomie beschäftigte, die ganz strenge Weisung, ihm keine Leichen zuzuweisen und ihn nicht in die Krankensäle einzulassen; gleichzeitig wurde an die Bulle des Papstes Bonifazius VII. »De sepulturis« erinnert, die unter Androhung des Kirchenbannes das Sezieren menschlicher Leichen ohne Erlaubnis der Apostolischen Kurie untersagte.

Nach Giovannis Tod fühlte sich Leonardo in Rom nicht mehr wohl. Stete Ungewissheit, zweckloses Warten, erzwungene Untätigkeit hatten ihn ermüdet. Seine gewohnten Beschäftigungen – Bücher, Maschinen, Experimente, Malen – waren ihm zuwider.

An langen Herbstabenden, wenn ihm das Alleinsein mit dem irren Astro und dem Schatten Giovannis in dem jetzt noch düstereren

Haus zu unheimlich wurde, besuchte er oft den Florentiner Gesandten Messer Francesco Vettori, der mit Niccolò Machiavelli in Briefwechsel stand, von ihm erzählte und dem Künstler seine Briefe zu lesen gab.

Das Schicksal verfolgte Niccolò immer noch. Der Traum seines ganzen Lebens, eine von ihm ins Leben gerufene Volksmiliz, von der er die Rettung Italiens erwartete, erwies sich als völlig untauglich: Bei der Belagerung von Prato im Jahr 1512 lief sie vor seinen Augen bei den ersten spanischen Kugeln auseinander wie eine Hammelherde.

Als die Medici zurückkehrten, wurde Machiavelli seines Amtes enthoben, »gestürzt, verjagt, um alles gebracht«. Bald darauf wurde eine Verschwörung zum Sturz der Tyrannen und zur Wiederaufrichtung der Republik entdeckt. Niccolò war daran beteiligt. Er wurde verhaftet, vor Gericht gestellt, gefoltert und viermal auf den Bock gehoben. Er ertrug die Martern mit einer Standhaftigkeit, die er, wie er selbst gestand, nicht von sich erwartet hätte. Man entließ ihn gegen Bürgschaft, stellte ihn unter Aufsicht und verbot ihm, im Lauf eines Jahres die Grenzen der Toskana zu überschreiten. Er geriet in solche Armut, dass er Florenz verlassen und sich auf einem kleinen ererbten Stück Land, in einem Gebirgsdorf nahe San Casciano, etwa zehn Meilen von der Stadt an der Straße nach Rom niederlassen musste. Aber auch hier kam er nach allen durchlebten Nöten nicht zur Ruhe: Aus einem glühenden Republikaner wurde ein ebenso glühender Anhänger der Tyrannen, und zwar mit der Aufrichtigkeit, die ihm bei seinen plötzlichen Sinnesänderungen und Übergängen von einem Extrem ins andere stets eigen war. Noch aus dem Kerker schrieb er reuevolle Lobepisteln in Versen an die Medici. In seinem Lorenzo gewidmeten Buch *Der Fürst* stellte er den damals bereits in der Verbannung verstorbenen Cesare Borgia als Muster der höchsten Staatsklugheit, denselben Cesare, den er einst selbst so grausam verleugnet hatte, den er jetzt wieder mit einer Gloriole fast überirdischer Größe umgab und unter die unsterblichen Helden einreihte. Machiavelli fühlte insgeheim, dass er sich selbst betrog: Die spießbürgerliche Gewaltherrschaft der Medici war ihm ebenso zuwider wie die spießbürgerliche Republik Soderinis. Er hatte aber nicht mehr die Kraft, seinem letzten Traum zu entsagen, und klammerte sich an ihn wie der Ertrinkende an einen Strohhalm. Krank, einsam, mit noch nicht verheilten Narben von den Stricken der Folter an Händen und Füßen, bat er Vettori, sich beim Papst oder bei Giuliano für ihn zu bemühen, ihm irgendeine bescheidene Stellung zu verschaffen, »weil Untätigkeit für ihn schrecklicher sei als der Tod: Wenn man ihn nur wieder in Dienst nehme, sei er zu jeder Arbeit bereit, und müsste er Steine wälzen«.

Um seinem Gönner mit seinen ewigen Bitten und Klagen nicht lästig zu fallen, bemühte sich Niccolò zuweilen, ihn durch Scherze und Berichte über seine Liebesabenteuer zu belustigen. Mit fünfzig Jahren, als Vater einer hungrigen Familie, war er dauernd verliebt wie ein Schuljunge oder tat wenigstens so. »Ich habe alle klugen, wichtigen Gedanken beiseitegetan, weder Erzählungen von den Heldentaten des Altertums noch Gespräche über heutige Politik interessieren mich: Ich liebe!«

Als Leonardo diese frivolen Briefe las, fielen ihm die Worte ein, die Niccolò damals in der Romagna beim Verlassen der Spielhölle zu ihm gesagt hatte, wo er sich vor dem spanischen Gesindel zum Narren gemacht hatte: »Not lehrt tanzen, Not lehrt springen, Not lehrt Liedchen singen.« Manchmal entfuhr ihm in seinen Briefen, mitten unter epikureischen Ratschlägen, Liebesergüssen und schamlos zynischer Selbstverspottung, ein Schrei der Verzweiflung: »Denkt denn keine lebende Seele mehr an mich? Wenn Ihr mich noch liebt, Messer Francesco, wie Ihr mich einst liebtet, könntet Ihr das unwürdige Leben, das ich jetzt führe, nicht ohne Empörung mit ansehen.«

In einem andern Brief beschrieb er sein Leben: »Die Drosseljagd war bisher meine Hauptbeschäftigung. Ich stand vor Morgengrauen auf, richtete eigenhändig die Schlingen und verließ mit Käfigen beladen das Haus; ich sah aus wie der Freigelassene, der mit Amphitryons Büchern vom Hafen zurückkommt. Gewöhnlich fing ich nicht weniger als zwei, nicht mehr als sechs Drosseln. So verbrachte ich den September. Dann hörte auch dieses Vergnügen auf, und so dumm es auch war, es fehlt mir jetzt doch.

Jetzt stehe ich etwas später auf und gehe in meinen Hain, der geschlagen wird; ich bleibe etwa zwei Stunden, sehe, was gestern gearbeitet worden ist, und schwatze mit den Holzhauern. Dann gehe ich zum

Brunnen und von da in den Wald, wo ich früher gejagt habe. Ich habe immer ein Buch bei mir: Dante, Petrarca, Tibull oder Ovid. Wenn ich ihre leidenschaftlichen Klagen lese, denke ich an meine eigenen Herzensangelegenheiten und finde in solchen Träumen kurzes, aber süßes Vergessen. Dann gehe ich ins Wirtshaus an der Landstraße, plaudere mit den Reisenden, höre Neuigkeiten und beobachte Geschmack, Gewohnheiten und Launen der Menschen. Um die Mittagszeit kehre ich nach Hause zurück, setze mich mit den Meinigen zu Tisch und stille meinen Hunger mit den bescheidenen Speisen, die mir die kärglichen Einkünfte meines Gutes gestatten. Nach dem Essen wandere ich wieder ins Wirtshaus. Da ist schon eine ganze Gesellschaft versammelt: der Wirt, der Müller, der Fleischer, zwei Bäcker. Ich verbringe den ganzen Rest des Tages mit ihnen, wir spielen Dame, Würfel, Cricca. Wir streiten, regen uns auf, schimpfen, meist nur wegen eines Quattrino, und machen einen Lärm, dass man es in San Casciano hört.

Das ist der Sumpf, in dem ich versinke. Ich sorge mich nur um eines: dass ich nicht ganz verschimmle oder vor Langeweile den Verstand verliere; im Übrigen stelle ich es dem Schicksal anheim, mich mit Füßen zu treten und alles mit mir zu tun, was es will, um endlich zu erfahren, ob seine Schamlosigkeit keine Grenzen hat.

Abends gehe ich nach Hause. Bevor ich mich aber in mein Zimmer einschließe, werfe ich meine schmutzigen Alltagskleider ab, lege Hofkleidung oder Senatsgewand an und betrete so in angemessener Haltung die Paläste des Altertums, wo die großen Weisen und Helden mich wohlwollend begrüßen und wo ich mich von der Speise nähre, für die ich geboren bin – ohne Verlegenheit mit ihnen plaudere, sie ausfrage und die Beweggründe ihrer Handlungen erfahre; sie antworten mir in ihrer Güte wie einem Gleichstehenden. Während einiger Stunden langweile ich mich nicht, fürchte weder Armut noch Tod, vergesse alle meine Leiden und lebe ganz in der Vergangenheit. Dann schreibe ich alles nieder, was ich von ihnen erfahren habe: So entsteht mein Buch *De Principatibus* …«

Beim Lesen dieser Briefe fühlte Leonardo, wie nahe Niccolò ihm stand, trotz aller Gegensätzlichkeit. Er gedachte seiner Behauptung, dass sie ein gemeinsames Schicksal hätten; sie beide würden in dieser

Welt, in der es nur Pöbel gebe, ewig heimatlose Wanderer bleiben. Tatsächlich war Leonardos Leben in Rom ebenso unwürdig wie Machiavellis Dasein in der Einöde von San Casciano: die gleiche Langeweile, die gleiche Einsamkeit, die gleiche erzwungene Untätigkeit, die furchtbarer ist als jede Folter, das gleiche Bewusstsein der eigenen Kraft und Nutzlosigkeit. Ebenso wie Niccolò stellte auch er es dem Schicksal anheim, ihn mit Füßen zu treten und alles mit ihm zu tun, was es wollte, nur mit noch größerer Ergebenheit, denn er wollte nicht einmal wissen, ob die Schamlosigkeit des Schicksals keine Grenzen habe: Er war schon längst davon überzeugt, dass es diese Grenzen nicht gebe.

Leo X. war mit dem Triumphzug seines Narren Baraballo völlig beschäftigt und hatte noch keine Zeit gefunden, Leonardo zu empfangen. Um ihn loszuwerden, gab er ihm den Auftrag, den Prägestock der päpstlichen Münze zu vervollkommnen. Leonardo, der keine Arbeit, auch die geringste nicht, verachtete, führte den Auftrag in Vollendung aus: Er erfand eine Maschine, die das Geld, das früher ungleiche, zackige Ränder hatte, tadellos rund herstellte. Seine Verhältnisse waren um diese Zeit infolge alter Schulden so zerrüttet, dass der größte Teil seines Gehalts für Zinsen fortging. Hätte ihm nicht Francesco Melzi geholfen, der seinen Vater beerbt hatte, Leonardo hätte bitterste Not leiden müssen.

Im Jahr 1514 erkrankte er an römischer Malaria. Es war die erste ernste Krankheit seines Lebens. Er nahm keine Arznei und ließ keinen Arzt vor. Nur Francesco pflegte ihn, und Leonardo gewann ihn mit jedem Tag lieber; er schätzte seine schlichte Liebe, und manchmal schien es dem Meister, als habe Gott ihm in Francesco einen letzten Freund, einen Schutzengel, eine Stütze für sein heimatloses Alter gesandt.

Der Künstler fühlte, dass man ihn vergaß, und machte hin und wieder vergebliche Versuche, sich in Erinnerung zu bringen. Während seiner Krankheit schrieb er an seinen Gönner Giuliano de' Medici Ergebenheitsbriefe mit der damals üblichen höfischen Liebenswürdigkeit, die ihm aber schlecht gelang: »Als ich von Eurer so ersehnten Genesung erfuhr, ruhmreichster Herr, war meine Freude so groß, dass sie auch mich selbst gesund machte und mich wie durch ein Wunder von den Toten auferweckte.«

Zum Herbst verging die Malaria. Aber er fühlte sich immer noch matt und schwach. In den wenigen Monaten seit Giovannis Tod war er körperlich sehr heruntergekommen und so gealtert, als seien lange Jahre vergangen. Ein seltsamer Kleinmut, innere Unruhe, fast Todesmattigkeit bemächtigten sich seiner immer häufiger.

Manchmal ging er mit scheinbarem Eifer an eine seiner früheren Lieblingsbeschäftigungen: Mathematik, Anatomie, Malerei oder die Arbeit an der Flugmaschine; er warf aber sehr bald alles wieder hin und fing etwas anderes an, um dann auch das angeekelt aufzugeben. An den schlimmsten Tagen fesselten ihn plötzlich ganz kindliche Spielereien. Sorgfältig gereinigte und getrocknete Schafsdärme, die so weich und dünn waren, dass sie in einer Hand Platz fanden, verband er durch eine Wand hindurch mit einem Blasebalg im Nebenzimmer; wenn die Därme dann zu riesigen Blasen anschwollen, sodass der Zuschauer erschrocken zurücktrat und sich in eine Ecke drückte, verglich er sie mit der Tugend, die im Anfang klein und verächtlich erscheine, aber allmählich wachse und die Welt erfülle. Eine riesige, im Belvederegarten gefangene Eidechse beklebte er mit hübschen Fisch- und Schlangenschuppen, machte ihr Hörner, Bart, Augen und mit Quecksilber gefüllte Flügel, die bei jeder Bewegung des Tiers zitterten, setzte sie in einen Kasten, zähmte sie und zeigte sie seinen Gästen, die das Ungeheuer für den Teufel hielten und entsetzt zurückfuhren. Oder er formte aus Wachs kleine, unwirkliche Tiere mit Flügeln und füllte sie mit warmer Luft, wodurch sie so leicht wurden, dass sie aufstiegen und flogen. Leonardo weidete sich triumphierend an dem Staunen oder dem abergläubischen Entsetzen der Zuschauer, und in den düsteren Falten seines Gesichts, in den trüben, schwermütigen Augen leuchtete plötzlich etwas Harmloses, Kindlich-Fröhliches auf, das aber in dem alten müden Gesicht so kläglich wirkte, dass Francesco fast das Herz blutete.

Eines Tages hörte er zufällig, wie Cesare da Sesto, während der Meister gerade nicht im Zimmer war, zu Gästen sagte, die er hinausgeleitete: »So ist es, Signori. Solche Spielereien treiben wir jetzt. Wozu es verheimlichen? Unser Alter ist nicht mehr ganz bei Verstand, er wird schon kindisch, der Arme. Mit menschlichen Flügeln hat er begonnen, mit fliegenden Wachspuppen endet er. Der Berg hat eine Maus geboren.« Mit seinem boshaften, gezwungenen Lächeln fügte er hinzu: »Ich wundere mich wirklich über den Papst: Wenn jemand, so versteht er doch etwas von Narren und Irren. Messer Leonardo wäre ein wahrer Schatz für ihn. Sie sind wie füreinander geschaffen. Wirklich, Signori, verwendet Euch für den Meister, damit der Heilige Vater ihn in seinen Dienst nimmt. Ihr mögt unbesorgt sein, er wird mit ihm zufrieden sein: Unser Alter wüsste ihn besser zu unterhalten als Fra Mariano und der Zwerg Baraballo!«

Dieser Scherz kam der Wahrheit näher, als es den Anschein hatte. Als dem Papst Gerüchte über Leonardos Kunststücke – die aufgeblasenen Schafsdärme, die geflügelte Eidechse und die fliegenden Wachsfiguren – zu Ohren kamen, drängte es ihn so, das alles zu sehen, dass er bereit war, seine Furcht vor Leonardos Zauberei und Gottlosigkeit zu vergessen. Geschickte Höflinge gaben dem Künstler zu verstehen, dass jetzt die Zeit zum Handeln da sei: Das Schicksal biete ihm Gelegenheit, der Nebenbuhler nicht nur Raffaels, sondern sogar Baraballos in der Huld Seiner Heiligkeit zu werden. Aber wie schon so oft in seinem Leben hörte Leonardo wieder nicht auf den Rat der Weltklugen, er verstand es nicht, die Gelegenheit zu benutzen und sich rechtzeitig an Fortunas Rad zu klammern.

Francesco hatte das innere Gefühl, dass Cesare Leonardos Feind sei, und er warnte den Meister. Aber Leonardo glaubte ihm nicht. »Lass ihn, tu ihm nichts«, trat er für Cesare ein. »Du weißt ja nicht, wie er mich liebt, wenn er mich auch hassen möchte … Er ist ebenso unglücklich, ja unglücklicher als …« Leonardo hielt inne. Aber Melzi verstand, dass er sagen wollte: unglücklicher als Giovanni Beltraffio. »Soll ich sein Richter sein?«, fuhr der Meister fort. »Vielleicht bin ich schuldig vor ihm.«

»Ihr – vor Cesare?«, fragte Francesco erstaunt.

»Ja, mein Freund. Du kannst das nicht verstehen. Aber – mir ist manchmal so, als hätte ich ihn verhext, verdorben … Denn, weißt du, mein Junge, ich habe wohl wirklich den bösen Blick.«

Er überlegte, dann setzte er mit leisem, gutem Lächeln hinzu: »Lass ihn, Francesco, und hab keine Angst: Er wird mir nichts Böses antun; er wird mich nicht verlassen und nie verraten. Wenn er sich auflehnt und gegen mich ankämpft, so tut er es für seine Seele, für seine Freiheit, weil er sich sucht, weil er er selbst sein will. Mag er, Gott helfe ihm! Denn ich weiß, er wird zu mir zurückkehren, wenn er gesiegt hat, er wird mir verzeihen und wird begreifen, wie ich ihn liebe. Dann werde ich ihm alles geben, was ich habe, werde ihm alle Geheimnisse der Kunst und der Wissenschaft enthüllen, damit er sie nach meinem Tod den Menschen predige. Denn wer sollte es tun, wenn nicht er?«

Noch im Sommer, während Leonardos Krankheit, verschwand Cesare manchmal wochenlang aus dem Haus. Im Herbst ging er endgültig fort und kehrte nicht wieder. Als Leonardo seine Abwesenheit bemerkte, befragte er Francesco. Der schlug verlegen die Augen nieder und antwortete, Cesare sei nach Siena gereist, um einen eiligen Auftrag auszuführen. Francesco fürchtete, Leonardo würde ihn näher ausfragen, weshalb Cesare ohne Abschied fortgegangen sei. Doch der Meister glaubte der ungeschickten Lüge, oder er tat wenigstens so, und sprach von anderen Dingen. Nur seine Mundwinkel zuckten und senkten sich mit dem Ausdruck bitteren Ekels, der in letzter Zeit immer häufiger auf seinem Gesicht erschien.

Der Herbst war regnerisch. Aber Ende November kamen sonnige, strahlende, stille Tage, die nirgends so schön sind wie in Rom: Das prangende Dahinwelken des Herbstes passt so recht zu der stillen Pracht der Ewigen Stadt.

Leonardo hatte schon lange die Absicht, die Sixtinische Kapelle zu besuchen, um Michelangelos Fresken zu sehen. Doch verschob er es immer wieder, als habe er Furcht. Eines Morgens machte er sich endlich mit Francesco zusammen auf und begab sich in die Kapelle.

Es war ein schmales, langes, sehr hohes Gebäude mit nackten Wänden und Spitzbogenfenstern. An der Decke und an den Wölbungen befanden sich die eben vollendeten Fresken Michelangelos. Leonardo sah hin – und erstarrte. Wie sehr er sich auch gefürchtet hatte – er hatte doch nicht das erwartet, was er jetzt erblickte.

Vor den Riesengestalten, die wie Fieberträume wirkten, vor Gott Zebaoth, der im Schoß des Chaos die Finsternis vom Licht scheidet, Gewässer und Pflanzen segnet, Adam aus Erde und Eva aus Adams

Rippe schafft, vor dem Sündenfall, vor Abels und Kains Opfer, vor der Sintflut, dem Spott Sems und Hams über die Blöße des schlafenden Vaters, vor den schönen nackten Jünglingen, den Dämonen der Elemente, die mit ewigem Spiel und Tanz die Tragödie des Weltalls, den Kampf zwischen Mensch und Gott, begleiten, vor den Sibyllen und Propheten, den schrecklichen, scheinbar mit übermenschlicher Trauer und Weisheit beladenen Giganten, vor den Stammvätern Jesu, der Reihe dunkler Geschlechter, die einander die zwecklose Last des Lebens zureichen, die in Qualen des Gebärens, der Ernährung und des Sterbens schmachten und auf das Kommen des unbekannten Erlösers harren – vor allen diesen Geschöpfen seines Nebenbuhlers fällte Leonardo kein Urteil, er maß nicht, verglich nicht, er fühlte sich nur vernichtet. Er ließ seine eigenen Werke an sich vorüberziehen: das dem Untergang verfallene »Heilige Abendmahl«, den zerstörten »Koloss«, die »Schlacht bei Anghiari« und die zahllose Menge anderer unvollendeter Arbeiten: eine Reihe vergeblicher Bemühungen, lächerlicher Misserfolge, ruhmloser Niederlagen. Sein ganzes Leben lang hatte er stets nur angefangen, geplant, vorbereitet, aber bisher nichts geleistet. Und – wozu sich selbst täuschen? Jetzt war es zu spät, er würde nun nichts mehr vollbringen. Trotz seiner gewaltigen Lebensarbeit – glich er nicht dem schlauen Knecht, der sein Talent, seinen Lohn, in der Erde vergraben hatte?

Und gleichzeitig war er sich doch bewusst, dass er nach Größerem, Höherem gestrebt hatte als Buonarroti, nach jener Einheit, jener letzten Harmonie, die jener nicht kannte und nicht kennen wollte, in seinem steten Zwiespalt, in seiner Auflehnung, seinem Ungestüm und Chaos. Leonardo dachte an Monna Lisas Worte über Michelangelo: seine Kraft gleiche dem Sturmwind, der Berge zerreißt und Felsen zerbricht vor dem Herrn – er, Leonardo, sei aber stärker als Michelangelo, weil die Stille stärker ist als der Sturm, denn in der Stille und nicht im Sturmwind ist der Herr. Jetzt war es ihm klarer als je, dass dem so war. Monna Lisa hatte sich nicht geirrt, früher oder später würde der menschliche Geist auf den Weg zurückkehren, den er, Leonardo, gewiesen hatte: vom Chaos zur Harmonie, vom Zwiespalt zur Einheit, vom Sturm zur Stille. Und doch, wer konnte wissen, wie lange Buonarroti noch Sieger bleiben, wie viele Geschlechter er noch mit sich ziehen würde? Und das Bewusstsein, dass seine Anschauung die Richtige war, ließ ihn das Gefühl seiner Ohnmacht im Handeln noch qualvoller empfinden.

Schweigend verließen sie die Kapelle. Francesco erriet, was im Herzen des Meisters vorging, und wagte keine Fragen zu stellen. Als er ihm aber ins Gesicht sah, kam es ihm so vor, als sei er in der einen in der Sixtinischen Kapelle verbrachten Stunde plötzlich um viele Jahre gealtert.

Sie überschritten den Petersplatz und gingen durch die Via Borgo Nuovo der Sant'Angelo-Brücke zu. Jetzt dachte der Meister an den andern Nebenbuhler, der ihm vielleicht nicht weniger gefährlich war als Buonarroti – an Raffael Sanzio.

Leonardo hatte Raffaels kürzlich vollendete Fresken in den oberen Sälen des Vatikans, den sogenannten Stanzen, gesehen und war sich noch nicht klar darüber, was größer an ihnen war: die Vollendung in der Ausführung oder die Nichtigkeit in der Idee, die unnachahmliche, an die feinsten, klarsten Werke der Alten erinnernde Vollkommenheit oder das sklavische Buhlen um die Gunst der Großen dieser Welt. Papst Julius II. träumte von der Vertreibung der Franzosen aus Italien: Raffael ließ ihn bei der Verjagung des syrischen Feldherrn Heliodor, des Heiligtumschänders, durch himmlische Heerscharen aus dem Tempel des Allerhöchsten Gottes zugegen sein; Papst Leo X. hielt sich für einen großen Redner: Raffael verherrlichte ihn in Gestalt Leos I. des Großen, der den Barbaren Attila ermahnt, von Rom abzulassen; in der Schlacht bei Ravenna war Leo X. in französische Gefangenschaft geraten, hatte sich aber glücklich gerettet: Raffael verewigte dieses Ereignis durch die Darstellung der wunderbaren Befreiung des Apostels Petrus aus dem Gefängnis. So machte er aus der Kunst einen notwendigen Bestandteil des päpstlichen Hofes, einen süßlichen Weihrauch höfischer Schmeichelei.

Dieser Fremdling aus Urbino, der träumerische Jüngling mit dem unschuldigen Madonnengesicht, der aussah wie ein auf die Erde herabgestiegener Engel, wusste vorzüglich seine irdischen Interessen wahrzunehmen: Er bemalte dem römischen Bankier Agostino Chigi die Pferdeställe, machte Entwürfe für sein Geschirr, für die goldenen Schüsseln und Teller, die Chigi, nachdem er den Papst bewirtet, in den Tiber werfen ließ, damit sie niemand mehr benutzen sollte. Der glückliche Knabe – il fortunato garzone –, wie ihn Francia nannte, erwarb Ruhm, Reichtum und Ehre wie im Spiel. Seine ärgsten Feinde und Neider entwaffnete er durch Liebenswürdigkeit. Dabei verstellte er sich nicht etwa – er war wirklich der Freund aller Menschen. Alles glückte ihm, Fortunas Gaben fielen ihm wie von selbst in den Schoß: Er erhielt das einträgliche Amt des verstorbenen Bramante beim Bau des neuen Doms, seine Einkünfte wuchsen mit jedem Tag. Kardinal Bibbiena wollte ihm seine Nichte zur Frau geben, aber Raffael wartete lieber noch, weil man ihm selbst den Kardinalspurpur versprochen hatte.

Er hatte sich einen prächtigen Palast auf dem Borgo erbaut und lebte dort mit fürstlichem Prunk. Von früh bis spät drängten sich in seinem Vorzimmer hohe Beamte, Gesandte fremder Fürsten, die ihr Bildnis oder wenigstens ein Gemälde oder eine Zeichnung zum Andenken haben wollten. Er war mit Arbeit überhäuft und schlug alles ab. Die Bittenden ließen aber nicht ab und belagerten ihn geradezu. Schon längst hatte er keine Zeit mehr, seine Werke selbst zu vollenden; er begann sie nur, machte zwei, drei Pinselstriche und übergab sie sofort seinen Schülern, die sich darüber hermachten und sie im Flug fertigstellten. Raffaels Werkstatt war eine riesige Fabrik geworden, in der flinke Leute, wie Guilio Romano, mit unglaublicher Schnelligkeit und marktschreierischer Dreistigkeit Farben und Leinwand in klingende Münzen umwandelten. Er selbst kümmerte sich nicht mehr um Vollkommenheit, sondern gab sich mit dem Mittelmäßigen zufrieden. Er diente dem Pöbel, und der Pöbel diente ihm und betrachtete ihn begeistert als seinen Auserwählten und sein Lieblingskind, als Fleisch von seinem Fleisch, Bein von seinem Bein, als ein Geschöpf des eigenen Geistes. Er hatte den Ruf des größten Künstlers aller Zeiten und Völker: Raffael wurde zum Gott der Malerei.

Das Schlimmste aber war, dass er auch im Verfall noch groß war, verführerisch schön, nicht nur für die Menge, sondern auch für die Auserwählten. Mit biederer Sorglosigkeit nahm er das glänzende Spielzeug aus der Hand der Glücksgöttin und blieb rein und unschuldig wie ein Kind. Der glückliche Knabe wusste selbst nicht, was er tat. Für die künftige Kunst war diese leichte Harmonie Raffaels, seine akademisch tote, lügnerische Versöhnlichkeit aber viel verderblicher als das Zwiespältige und Chaotische Michelangelos. Leonardo ahnte, dass jenseits der beiden Gipfel, jenseits von Michelangelo und Raffael, keine Wege in die Zukunft führten – dort war nur Abgrund und Leere. Zugleich aber war er sich bewusst, wie viel sie beide ihm zu verdanken hatten: Von ihm hatten sie die Lehre von Schatten und Licht, hatten sie Anatomie, Perspektive und Kenntnis der Natur und des Menschen übernommen. Sie waren aus ihm hervorgegangen, und jetzt vernichteten sie ihn.

In solche Gedanken versunken, schritt er wie im Traum dahin, mit niedergeschlagenem Blick und tief gesenktem Kopf. Francesco versuchte mit ihm zu sprechen; aber die Worte erstarben ihm jedes Mal, wenn er dem Meister ins Gesicht blickte und den stillen, grenzenlosen Ekel auf den blassen greisenhaften Lippen sah.

In der Nähe der Sant'Angelo-Brücke mussten sie einer Gesellschaft von etwa sechzig prächtig gekleideten Fußgängern und Reitern ausweichen, die ihnen in der engen Via Borgo Nuovo entgegenkam. Leonardo sah anfänglich nur zerstreut hin, weil er glaubte, es wäre das Gefolge eines römischen Großen, eines Kardinals oder Gesandten. Da fiel ihm das Gesicht eines prächtiger als die andern gekleideten jungen Manns auf einem weißen Araber mit goldenem, reich mit Edelsteinen verziertem Zaumzeug auf. Irgendwo musste er das Gesicht schon gesehen haben. Plötzlich gedachte er des schwächlichen blassen Knaben im schwarzen Rock mit Farbflecken und durchgeriebenen Ellbogen, der vor acht Jahren in Florenz mit scheuer Begeisterung zu ihm gesagt hatte: »Michelangelo ist nicht wert, Euch die Schuhriemen zu lösen, Messer Leonardo!« Das war er, jetzt der Nebenbuhler Leonardos und Michelangelos, der »Gott der Malerei«, Raffael Sanzio. Sein Gesicht war noch immer kindlich, unschuldig und gedankenleer; doch glich es jetzt weniger dem eines Cherubs; es war ein wenig voller, härter und gedunsener geworden.

Raffael begab sich aus seinem Palazzo auf dem Borgo in den Vatikan zu einer Audienz beim Papst und wurde, wie gewöhnlich, von Freunden, Schülern und Verehrern geleitet. Es kam nie vor, dass er sein Haus ohne ein Ehrengefolge von annähernd fünfzig Personen verließ, sodass seine Wege immer einem Triumphzug glichen.

Er erkannte Leonardo, errötete leicht, zog eilig, mit übertriebener Ehrerbietung das Barett und verbeugte sich. Einige seiner Schüler, die Leonardo nicht persönlich kannten, sahen sich verwundert nach dem bescheidenen, fast ärmlich gekleideten Alten um, der sich an die Wand drückte, um Platz zu machen, und den der Göttliche ehrerbietig grüßte.

Aber Leonardo beachtete sie nicht, er starrte nur erstaunt, als traue er seinen Augen nicht, den Mann an, der neben Raffael schritt, inmitten seiner nächsten Schüler. Es war Cesare da Sesto.

Plötzlich begriff er alles: Cesares Abwesenheit, seine eigene ahnungsvolle Unruhe, Francescos plumpen Trug: Sein letzter Schüler hatte ihn verraten.

Cesare hielt Leonardos Blick stand und sah ihm mit einem dreisten, doch kläglichen Lächeln in die Augen; sein Gesicht verzerrte sich leidend und war schrecklich wie das eines Irren. Doch nicht er, sondern Leonardo schlug die Augen nieder, unsäglich verlegen, als wäre er der Schuldige.

Der Zug war vorüber. Sie setzten ihren Weg fort. Leonardo stützte sich auf den Arm seines Begleiters. Sein Gesicht war bleich und ruhig. Sie überschritten die Sant'Angelo-Brücke, gingen durch die Via de' Coronari und kamen auf die Piazza Navona, wo Vogelmarkt war. Leonardo kaufte eine Menge Vögel: Elstern, Zeisige, Grasmücken, Tauben, einen Jagdfalken und einen jungen wilden Schwan. Er gab alles Geld aus, das er bei sich hatte, und borgte noch bei Francesco.

Ganz mit Käfigen behängt, in denen Vögel zwitscherten, erregten die beiden, der Greis und der Jüngling, allgemeines Aufsehen. Vorübergehende sahen sich neugierig um, Gassenjungen liefen hinterher. Sie durchquerten ganz Rom, kamen am Pantheon vorbei, gingen über das Forum Trajanum und den Esquilinischen Hügel, verließen durch die Porta Maggiore die Stadt und gelangten auf die alte Römerstraße Via Labicana. Dann schlugen sie einen schmalen einsamen Feldweg ein.

Vor ihnen lag die endlose, stille, blasse Campagna. Durch die Bogen halb verfallener, efeuumrankter, von den Kaisern Claudius, Titus und Vespasian erbauter Aquädukte sah man einförmige Hügel, graugrün wie Meereswogen am Abend. Hier und da ragte einsam ein schwarzer Turm, ein zerstörtes Raubritternest. Weit am Horizont säumten luftig blaue Berge die Ebene ein, wie Stufen eines riesigen Amphitheaters. Über Rom leuchteten wie lange breite Garben die Strahlen der hinter runden weißen Wolken untergehenden Sonne. Stark gehörnte Ochsen mit glänzend weißem Fell und mit klugen, guten Augen wandten beim Hall der Schritte träge die Köpfe, langsam weiterkauend, und der Speichel troff aus den schwarzen, feuchten Mäulern auf die stacheligen Blätter staubiger Dornbüsche. Das Zirpen der Grillen in dem harten, versengten Gras, das Rauschen des Windes in den toten Beifußstängeln über Steintrümmern und das dumpfe Läuten der Glocken des fernen Rom schienen die Stille noch zu vertiefen. Hier, über dieser Ebene in ihrer feierlichen, wunderbaren Einsamkeit, schien die Weissagung des Engels bereits in Erfüllung gegangen zu sein, der »bei dem Lebendigen von Ewigkeit zu Ewigkeit« geschworen hatte, »dass hinfort keine Zeit mehr sein soll«.

Sie wählten einen Platz auf einem Hügel, stellten die Käfige auf die Erde, und Leonardo schenkte den Vögeln die Freiheit. Seit seiner Kindheit war das sein schönstes Vergnügen. Er sah mit freundlichem Blick zu, wie die Vögel, freudig zwitschernd, mit den Flügeln rauschend davonflogen. Ein stilles Lächeln verklärte sein Gesicht. Er vergaß jetzt alles Leid und schien glücklich wie ein Kind. Nur der Jagdfalke und der wilde Schwan waren noch in den Käfigen; der Meister hob sie auf bis zuletzt.

Er setzte sich, um zu rasten, und entnahm dem Wandersack das bescheidene Nachtmahl: Brot, geröstete Kastanien, getrocknete Feigen, eine strohumflochtene Flasche roten Orvietoweins, zwei Sorten Käse: Ziegenkäse für sich selbst, Rahmkäse für den Gefährten. Er wusste, dass Francesco Ziegenkäse nicht mochte, und hatte eigens für ihn Rahmkäse eingepackt. Der Meister lud Francesco ein, das Mahl mit ihm zu teilen, und aß, freudig die Vögel beobachtend, die im Vorgefühl der Freiheit in ihren Käfigen mit den Flügeln schlugen. Es machte ihm immer Vergnügen, die Freilassung seiner geflügelten Gefangenen durch solchen Schmaus auf dem Feld unter freiem Himmel zu feiern.

Schweigend verzehrten sie ihr Mahl. Francesco blickte den Meister hin und wieder verstohlen an. Zum ersten Mal seit der Krankheit sah er Leonardos Gesicht unter freiem Himmel bei grellem Tageslicht, und noch nie war es ihm so müde, so alt vorgekommen. Das bereits ergrauende, nur noch gelblich schimmernde, oben schon recht dünne Haar ließ die starke, sehr große, von trotzigen, strengen Falten durchfurchte Stirn sehen; unten war es noch dicht und voll und vereinte sich mit dem unter den Backenknochen beginnenden langen, bis zur Mitte der Brust reichenden, ebenfalls leicht angegrauten krausen Bart. Die blassblauen Augen schauten mit alter Schärfe und furchtloser Wissbegier aus den tiefen dunklen Höhlen unter buschigen, überhängenden Augenbrauen. Aber diesem Ausdruck fast übermenschlicher Denkkraft und gleichen Erkenntniswillens widersprach der Ausdruck menschlicher Schwäche und Todesmattigkeit in den leidenden Falten der eingefallenen Wangen, in den schweren, greisenhaften Säcken unter den Augen, in der leicht vorstehenden Unterlippe und den mit verächtlicher Bitterkeit, mit unsäglichem Ekel gesenkten feinen Mundwinkeln. Das war das Gesicht des überwundenen, alten, fast schon hinfälligen Titanen Prometheus.

Francesco sah ihn an, und das ihm so wohlbekannte Gefühl des Mitleids bemächtigte sich wieder seiner. Er hatte die Beobachtung gemacht, dass manchmal eine Kleinigkeit genügt, um einem menschlichen Gesicht plötzlich einen ganz andern Ausdruck zu geben und seine ungeahnte Tiefe zu enthüllen. Oft, wenn unterwegs fremde, ihm gleichgültige Wanderer ihr Bündel mit Mundvorräten hervorzogen, sich abseits setzten und abgewandt mit jener Schamhaftigkeit ihr Mahl einnahmen, die allen Menschen eigen ist, wenn sie unter Fremden, am ungewohnten Ort essen müssen, stieg plötzlich in ihm ohne Anlass ein unklares, seltsames Mitleid mit ihnen auf: Sie kamen ihm so einsam und unglücklich vor. Dieses Gefühl hatte er besonders häufig als Kind gehabt, doch war es auch später wiedergekehrt. Er konnte dieses Mitleid, dessen Wurzeln im Unterbewusstsein lagen, durch nichts erklären. Er dachte kaum daran; wenn es aber kam, erkannte er es sofort und konnte es nicht überwinden.

So auch jetzt: Als er beobachtete, wie der Meister zwischen den leeren Käfigen im Gras saß, die noch nicht freigelassenen Vögel betrachtete und mit einem alten Taschenmesser mit zerbrochenem Beingriff Brot und dünne Käsestückchen schnitt, in den Mund schob und sorgfältig und angestrengt kaute, wie alte Leute mit schwachem Gebiss kauen, sodass sich die Haut über den Backenknochen bewegte, da fühlte er plötzlich im Herzen das bekannte brennende Mitleid aufsteigen. Und es war deshalb so unerträglich, weil es mit Ehrfurcht verbunden war. Er wollte Leonardo zu Füßen fallen, sie schluchzend umarmen, ihm sagen, wenn er auch von den Menschen verstoßen und missachtet werde, sei in dieser Ruhmlosigkeit viel mehr Ruhm als in Raffaels und Michelangelos Triumph. Er tat es jedoch nicht – er wagte es nicht zu tun. Stumm, mit verhaltenen Tränen, die ihm die Kehle zuschnürten, mühsam Brot und Käse hinunterwürgend, beobachtete er den Meister.

Als Leonardo sein Mahl beendet hatte, stand er auf und ließ den Falken frei; dann öffnete er den letzten, den größten Käfig, in dem der wilde Schwan saß. Der große weiße Vogel flatterte heraus, schlug laut und freudig mit den vom Abendlicht geröteten Flügeln und flog geradewegs der Sonne zu. Leonardo folgte ihm mit einem langen Blick voll Neid und unendlicher Trauer.

Francesco fühlte, dass der Meister um den Traum seines ganzen Lebens trauerte – die menschlichen Flügel, den »Großen Vogel«, von dem er einst in seinem Tagebuch prophezeit hatte: »Der Mensch wird seinen ersten Flug auf dem Rücken eines großen Schwans unternehmen.«

Der Papst gab den Bitten seines Bruders Giuliano de' Medici statt und bestellte ein kleines Gemälde bei Leonardo.

Wie gewöhnlich zauderte der Künstler, verschob den Beginn der Arbeit von Tag zu Tag und beschäftigte sich mit vorbereitenden Versuchen; er vervollkommnete die Farben und erfand einen neuen Lack für das zu malende Bild.

Als Leo X. davon hörte, rief er in gespielter Verzweiflung: »Dieser Sonderling wird nie etwas zustande bringen! Er denkt nur ans Ende und kommt nie zum Anfang.«

Höflinge griffen den Scherz auf und verbreiteten ihn in der Stadt. Leonardos Schicksal war besiegelt. Leo X., der größte Kunstkenner und Kunstrichter, hatte über ihn sein Urteil gefällt: Jetzt konnten sich Pietro Bembo und Raffael, der Zwerg Barabailo und Michelangelo ruhig auf ihren Lorbeeren ausruhen: Ihr Nebenbuhler war vernichtet. Wie auf Verabredung wandten sich plötzlich alle von ihm ab; man vergaß ihn, wie man Tote vergisst. Der Ausspruch des Papstes wurde ihm aber mitgeteilt. Leonardo hörte ihn so gleichgültig an, als habe er das längst vorausgesehen und nichts anderes erwartet. Spätabends an diesem Tag, als er allein war, schrieb er in sein Tagebuch: »Geduld ist für Beleidigte dasselbe wie das Kleid für Frierende. Je kälter es wird, umso wärmer musst du dich kleiden, dann wirst du die Kälte nicht spüren. Ebenso musst du zu Zeiten großer Kränkungen deine Geduld vermehren – und keine Kränkung wird deine Seele berühren!«

Am 1. Januar 1515 starb König Ludwig XII. von Frankreich. Da er keine Söhne hatte, folgte ihm als Franz I. sein nächster Anverwandter, der Gatte seiner Tochter Claude de France – François de Valois, Herzog von Angoulême, ein Sohn der Luise von Savoyen. Gleich nach der Thronbesteigung unternahm der junge König einen Feldzug zur Wiedereroberung der Lombardei. Mit unglaublicher Schnelligkeit überschritt er die Alpen, brach durch den Engpass bei Argentiere, erschien plötzlich in Italien, siegte bei Marignano, setzte Moretto ab und zog als Triumphator in Mailand ein.

Um diese Zeit begab sich Giuliano de' Medici nach Savoyen.

Da Leonardo einsah, dass in Rom für ihn nichts zu erreichen war, beschloss er, bei dem neuen Fürsten sein Glück zu versuchen, und ging im Herbst desselben Jahres nach Pavia an den Hof Franz I. Hier gaben die Besiegten Feste zu Ehren der Sieger. An den Vorbereitungen sollte Leonardo als Mechaniker mitwirken, denn in der Lombardei hatte man ihn noch von Moros Zeiten her gut im Gedächtnis.

Er baute einen mechanischen Löwen. Bei einem der Feste lief der Löwe durch den ganzen Saal, blieb vor dem König stehen, hob sich auf die Hinterbeine und öffnete seine Brust, aus der die weißen Lilien Frankreichs Seiner Majestät zu Füßen fielen. Dieses Spielzeug trug mehr zu Leonardos Ruhm bei als seine sämtlichen übrigen Werke, seine Erfindungen und Entdeckungen.

Franz I. forderte die italienischen Gelehrten und Künstler auf, in seine Dienste zu treten. Raffael und Michelangelo gab der Papst aber nicht frei. Der König lud nun Leonardo ein; er bot ihm ein Jahresgehalt von 700 Écus und das kleine Schloss Cloux in der Touraine, nahe der Stadt Amboise, zwischen Tours und Blois. Der Künstler willigte ein, und in seinem vierundsechzigsten Lebensjahr verließ der ewige Verbannte ohne Hoffnung, ohne Bedauern die Heimat und reiste Anfang 1516 mit seinem alten Diener Villanis, der Magd Maturina, mit Francesco Melzi und Zoroastro da Peretola von Mailand nach Frankreich.

Die Reise war beschwerlich, besonders zu dieser Jahreszeit. Sie ging über Piemont nach Turin, das Tal der Dora Riparia, eines Nebenflusses des Po, entlang über den Gebirgspass Col de Fréjus und die Höhen zwischen Mont Thabor und Mont Cenis.

Früh am Morgen, als es noch dunkel war, brachen sie aus dem Städtchen Bardonnecchia auf, um noch bei Tageslicht die Passhöhe zu erreichen. Schellenklirrend und mit den Hufen klappernd, klommen die Maultiere mit Reitern und Lasten den schmalen Pfad am Rand des Abgrunds hinan. Unten, in den nach Süden gelegenen Tälern, duftete es schon nach Frühling; oben jedoch war noch Winter. Aber in der trockenen, dünnen, windstillen Luft war die Kälte wenig fühlbar. Kaum dämmerte der Morgen. In den Abgründen, in denen gefrorene Wasserfälle gespenstisch weiß wie Stalaktiten schimmerten und schwarze Tannenwipfel an steilen Hängen wie struppige Borsten aus dem Schnee ragten, lasteten die Schatten der Nacht. Hoch oben am bleichen Himmel glänzten schon die Schneegipfel der Alpen wie von innen her beleuchtet.

An einer Wegbiegung saß Leonardo ab, um aus größerer Nähe einen Ausblick auf die Berge zu haben. Von den Führern hatte er erfahren, dass der steilere und beschwerlichere seitliche Fußpfad zum gleichen Ziel führte wie der Reitweg, und so erstieg er mit Francesco die nächste Anhöhe, von der die Berge sichtbar waren.

Als die Schellen verklungen waren, wurde es so still, wie es nur auf ganz hohen Bergen sein kann. Die Reisenden hörten ihren eigenen

Herzschlag und hin und wieder das lang gezogene, donnerähnliche, von vielstimmigem Widerhall begleitete Getöse einer niedergehenden Lawine.

Sie kletterten höher und höher. Leonardo stützte sich auf Francescos Arm. Und der Schüler dachte daran, wie sie vor vielen Jahren im Dorf Mandello am Fuß des Campione die schlüpfrige, schreckliche Treppe in den unterirdischen Abgrund der Eisengrube hinabgestiegen waren. Damals hatte Leonardo ihn auf den Armen getragen, jetzt stützte Francesco den Meister. Und dort unter der Erde war es ebenso still gewesen wie hier oben auf der Höhe.

»Seht, seht, Messer Leonardo!«, rief Francesco und wies in den plötzlich sich zu ihren Füßen erschließenden Abgrund. »Da ist wieder das Tal der Dora Riparia. Wohl zum letzten Mal? Gleich sind wir auf der Höhe – dann sehen wir es gewiss nicht wieder. Da liegt die Lombardei – Italien«, fügte er leise hinzu. Freude und auch Wehmut leuchteten in seinen Augen. Noch leiser wiederholte er: »Zum letzten Mal …«

Der Meister blickte nach jener Seite, wohin Francesco wies, dahin, wo die Heimat lag – aber sein Antlitz blieb teilnahmslos. Stumm wandte er sich ab und schritt weiter, dorthin, wo der ewige Schnee und die Gletscher des Mont Thabor, Mont Cenis und der Roccia Melone schimmerten. Ohne Müdigkeit zu spüren, ging er jetzt so rasch, dass Francesco, der unten am Rand des Abgrunds noch von Italien Abschied genommen hatte, weit zurückblieb.

»Wohin? Wohin, Meister?«, rief er ihm von Weitem nach. »Seht Ihr nicht – der Pfad ist zu Ende! Es geht nicht höher. Da ist der Abgrund. Vorsicht!«

Aber Leonardo hörte nicht auf ihn und stieg mit festen, jugendlich leichten, wie beflügelten Schritten an schwindelnden Abgründen vorbei, immer höher und höher.

Am bleichen Himmel leuchteten die Eismassen wie eine riesige, von Gott zwischen zwei Welten errichtete Wand. Sie lockten und reizten, als läge hinter ihnen das letzte Geheimnis, das einzige, das seinen Wissensdurst stillen konnte. Obwohl durch unüberwindliche Abgründe von ihnen getrennt, schienen sie ihm doch verwandt, ersehnt und nahe, als brauche er nur die Hand auszustrecken, um sie zu berühren;

sie sahen ihn an, wie Tote einen Lebenden ansehen – mit dem ewigen Lächeln, dem Lächeln der Gioconda.

Leonardos bleiches Gesicht spiegelte ihren bleichen Glanz wider. Er lächelte ebenso wie sie. Und während er die Massen klaren Eises vor dem eisklaren kalten Himmel betrachtete, dachte er an die Gioconda und an den Tod wie an ein und dasselbe.

17

Der Tod, der geflügelte Vorläufer

Im Herzen Frankreichs, an der Loire, lag das königliche Schloss Amboise. Abends, wenn die untergehende Sonne sich im einsamen Fluss spiegelte, strahlte das gelblich weiße tourainische Gestein, aus dem das Schloss erbaut war, in blassgrünem, wie durch Wasser scheinendem Licht und wirkte gespenstisch leicht wie eine Wolke.

Vom Eckturm hatte man einen Ausblick auf den Forst, auf die Wiesen und Fluren zu beiden Seiten der Loire, wo im Frühling Felder roter Mohnblumen in Felder blauer Flachsblüten übergingen. Die in feuchten Dunst gehüllte Ebene mit Reihen dunkler Pappeln und silbriger Weiden erinnerte an die Ebenen der Lombardei, wie das grüne Wasser der Loire an die Adda erinnerte; nur war diese ein reißender junger Gebirgsstrom, während jene still und langsam über Sandbänke dahinfloss, als sei sie alt und müde.

Am Fuß des Schlosses drängten sich die mit glatten, schwarzen, in der Sonne glänzenden Schieferplatten gedeckten spitzen Dächer mit ihren hohen Ziegelschornsteinen. In den winkligen, engen dunklen Gassen von Amboise atmete alles noch Mittelalter; unter Gesimsen und Wasserrinnen, in Fensterecken, an Türpfeilern und Balken klebten Figuren aus demselben weißen Stein wie das Schloss: selbstzufriedene dicke Mönche mit Flaschen und Rosenkränzen, mit Holzschuhen an untergeschlagenen Beinen; Gerichtsschreiber, gelehrte Doktoren der Theologie mit Umhängen, geschäftige, geizige Bürger mit prallen Geldkatzen an der Brust. Genau die gleichen Gesichter, wie diese Figuren sie hatten, liefen durch die Straßen der Stadt; alles war spießbürgerlich wohlhabend, sauber, geizig, berechnend, kalt und fromm.

Wenn der König zur Jagd in Amboise weilte, kam Leben ins Städtchen. Durch die Straßen hallte Hundegebell, Pferdegetrappel und Hörnerklang; bunt leuchteten die Gewänder der Höflinge, und nachts tönte Musik vom Schloss, dessen wolkenweiße Mauern dann in rotem Fackelschein glühten.

Reiste der König ab, so versank das Städtchen wieder in Stille und Schweigen. Nur Sonntags wandelten Bürgerfrauen in weißen, mit langen Strohnadeln geklöppelten Spitzenhauben zur Messe, an Wochentagen aber lag die Stadt wie ausgestorben. Man hörte weder Schritte noch menschliche Stimmen; höchstens das Zwitschern um die weißen Schlosstürme kreisender Schwalben oder das Rasseln des Rades einer Drehbank in einer dunklen Werkstatt unterbrach die Ruhe. An Frühlingsabenden, wenn der frische Pappelduft aus den Vorstadtgärten herüberwehte, bildeten Knaben und Mädchen, auch bei ihren Spielen genauso ehrbar wie Erwachsene, einen Kreis, fassten sich an den Händen, tanzten und sangen das alte Lied von St. Denis, dem Schutzheiligen Frankreichs. In durchsichtiger Dämmerung ließen Apfelbäume über Steinmauern rosigweiße Blütenblätter auf die Kinderköpfe fallen. Verstummte aber das Lied, dann herrschte wieder so tiefe Stille, dass man in der ganzen Stadt nur die gemessenen ehernen Schläge der Turmuhr vernahm und das Geschrei der wilden Schwäne auf den Sandbänken der spiegelglatten, den blassgrünen Himmel spiegelnden Loire.

Südöstlich von Schloss Amboise, etwa zehn Minuten zu gehen am Wege zur Mühle St. Thomas, lag das kleine Schloss Cloux, das einst dem Haushofmeister und Waffenträger Ludwigs XI. gehört hatte. Eine hohe Mauer auf einer Seite, das Flüsschen Amas, ein Nebenfluss der Loire, auf der anderen begrenzten dieses Anwesen. Gerade vor dem Gebäude zog sich eine saftige Wiese zum Fluss hinab; rechts stand ein Taubenschlag. Im Schatten der eng verflochtenen Zweige von Weiden und Haselnusssträuchern schien das Wasser trotz der schnellen Strömung stillzustehen wie in einem Brunnen oder Teich. Vom dunklen Grün der Kastanien, Ulmen und Eschen hoben sich die rosa Ziegelwände des Schlosses mit dem weißen gezackten Fenster und Türen einrahmenden Rand aus tourainischem Stein. Das kleine Gebäude mit dem spitzen Schieferdach, mit der winzigen Kapelle rechts vom Hauptportal, mit dem achteckigen Türmchen, in dem eine hölzerne Wendeltreppe die acht unteren Räume mit den acht oberen verband, sah aus wie eine Villa oder ein Landhaus. Es war vor etwa vierzig Jahren umgebaut worden und wirkte von außen neu, heiter und einladend. Dieses Schloss wies Franz I. Leonardo da Vinci als Wohnsitz an.

Der König empfing den Künstler sehr gütig, plauderte lange mit ihm über seine früheren und künftigen Arbeiten und nannte ihn ehrerbietig seinen »Vater« und »Lehrer«. Leonardo machte den Vorschlag, Schloss Amboise umzubauen und einen großen Kanal anzulegen, der das benachbarte Sumpfgebiet der Sologne, eine fieberverseuchte, unfruchtbare Einöde, in einen blühenden Garten umwandeln, die Loire bei Mâcon mit der Mündung der Saône und dadurch das Herz Frankreichs, die Touraine, über Lyon mit Italien verbinden sollte, um auf die Weise einen neuen Weg von Nordeuropa zu den Gestaden des Mittelmeers zu erschließen. So träumte Leonardo jetzt davon, das fremde Land mit jenen Gaben des Wissens zu beglücken, die seine Heimat verschmäht hatte.

Der König war mit dem Bau des Kanals einverstanden, und der Künstler ging gleich nach der Ankunft in Amboise an die Erforschung der Gegend. Während Franz I. Jagden abhielt, untersuchte Leonardo die Bodengestaltung der Sologne bei Romorantin, den Lauf der Nebenflüsse der Loire und des Cher, maß den Wasserstand und zeichnete Pläne und Karten. Bei seinen Wanderungen durch die Gegend kam er eines Tages nach Lôches, einem kleinen Städtchen südlich von Amboise am Ufer der Indre, inmitten der weiten Wiesen und Wälder der Touraine. Hier lag das alte königliche Schloss mit dem Turmverlies, in dem Lodovico il Moro, der einstmalige Herzog der Lombardei, acht Jahre gefangen gewesen und auch gestorben war. Der alte Kerkermeister erzählte Leonardo, wie Moro einmal, in einem Bauernwagen unter Stroh versteckt, zu fliehen versucht hatte. Er kannte aber die Wege nicht und verirrte sich im nahen Wald. Schon am nächsten Morgen wurde er von Verfolgern eingeholt; Jagdhunde fanden ihn im Gebüsch. Seine letzten Jahre hatte der Herzog von Mailand in frommen Betrachtungen und Gebeten und mit der Lektüre von Dante verbracht, dem einzigen

Buch, das man ihm aus Italien mitzunehmen gestattet hatte. Mit fünfzig Jahren sah er schon aus wie ein gebrechlicher Greis. Nur gelegentlich, wenn Gerüchte von politischen Umwälzungen zu ihm drangen, leuchtete das frühere Feuer in seinen Augen. Am 17. Mai 1508 war er nach kurzer Krankheit sanft verschieden.

Wie der Kerkermeister erzählte, hatte Moro einige Monate vor seinem Tod einen seltsamen Zeitvertreib ersonnen: Er erbat sich Pinsel und Farben und begann die Wände und Wölbungen seines Kerkers zu bemalen. Auf dem vor Feuchtigkeit bröckelnden Mörtel fand Leonardo hier und da noch Spuren dieser Malerei – verzwickte Muster, Streifen, Striche, Kreuze und Sterne, rot auf weißem, gelb auf grauem Grund – und in der Mitte den großen Kopf eines römischen Kriegers mit Helm, wohl ein misslungenes Selbstporträt des Herzogs, mit einer Unterschrift in mangelhaftem Französisch: »Meine Devise in der Gefangenschaft und im Leiden: Meine Waffe ist meine Geduld.« Eine zweite, noch fehlerhaftere Inschrift lief über die ganze Decke; sie begann mit großen, drei Ellen langen gelben Buchstaben in altertümlicher Schrift: »Celui qui …« Weil der Raum nicht ausreichte, folgten kleine schmale Buchstaben: »net pas contan.«

Als der Künstler diese kläglichen Inschriften las und die unbeholfene Malerei betrachtete, die fast aussah wie die Kritzeleien, mit denen Schulkinder ihre Hefte beschmieren, erinnerte er sich, wie vor vielen Jahren Moro sich gutmütig lächelnd an den Schwänen im Graben des Kastells von Mailand gefreut hatte. Wer weiß, dachte er, vielleicht hat in der Seele dieses Manns so viel Liebe zum Schönen gewohnt, dass sie ihn beim Jüngsten Gericht rechtfertigt?

Während er über das Schicksal des unglücklichen Herzogs nachsann, fiel ihm auch ein, was er von einem aus Spanien kommenden Reisenden über das Ende seines anderen Gönners, Cesare Borgia, gehört hatte. Der Nachfolger Alexanders VI., Papst Julius II., hatte Cesare verräterisch seinen Feinden ausgeliefert. Sie brachten ihn nach Kastilien und kerkerten ihn im Turm Medina del Campo ein. Er floh mit unglaublichem Geschick und Mut, indem er sich an einem Strick aus dem Fenster seines Kerkers aus schwindelnder Höhe hinabließ. Die Wächter konnten den Strick noch durchschneiden. Er stürzte ab und verletzte sich, bewahrte aber genügend Geistesgegenwart, um sich, wieder bei Bewusstsein, zu den von seinen Helfern bereit gehaltenen Pferden zu schleppen und davonzusprengen. Er erschien dann in Pamplona am Hof seines Schwagers, des Königs von Navarra, und trat als Condottiere in dessen Dienste. Die Kunde von Cesares Flucht versetzte ganz Italien in größtes Entsetzen. Der Papst zitterte. Zehntausend Dukaten setzte man auf den Kopf des Herzogs aus.

An einem Winterabend des Jahres 1507, bei einem Handgemenge mit Beaumonts französischen Söldnern vor den Mauern von Viana, wurde Cesare, der zu weit in die feindlichen Reihen eingedrungen war, von den Seinen im Stich gelassen und in eine Schlucht gedrängt, das Bett eines ausgetrockneten Flusses, wo er sich wie ein gehetztes Wild mit verzweifelter Tapferkeit bis zum letzten Augenblick wehrte und endlich, von mehr als zwanzig Hieben getroffen, niedersank. Von der Pracht seiner Rüstung und Kleidung verlockt, rissen ihm Beaumonts Söldner alles vom Leib und ließen den nackten Leichnam in der Schlucht liegen. Nachts kamen die Navarresen aus der belagerten Festung und fanden ihn, erkannten ihn aber anfangs nicht. Schließlich erkannte der kleine Page Juanito seinen Herrn, warf sich über den Leichnam und umarmte ihn schluchzend, denn er hatte Cesare sehr geliebt.

Das gen Himmel gerichtete Gesicht des Toten war schön; anscheinend war er ebenso gestorben, wie er gelebt hatte: ohne Furcht und ohne Reue. Die Herzogin von Ferrara, Madonna Lucrezia Borgia, beweinte den Bruder ihr ganzes Leben lang. Als sie starb, fand man an ihrem Körper ein härenes Hemd. Die junge Witwe des Herzogs von Valentinois, die französische Prinzessin Charlotte d'Albret, die ihn in den wenigen zusammen verbrachten Tagen lieb gewonnen hatte und ihm wie eine neue Griseldis treu war bis in den Tod, zog sich, als sie den Tod ihres Gemahls erfahren hatte, als lebenslange Einsiedlerin in das Schloss Lamothe-Feuilly zurück, das in einem einsamen Park lag, wo welke Blätter im Wind raschelten; sie verließ die mit schwarzem Samt ausgeschlagenen Räume nur, um in nahen Dörfern Almosen auszuteilen und die Armen zu bitten, für Cesares Seele zu beten.

Die Untertanen des Herzogs in der Romagna, die halbwilden Hirten und Bauern in den Schluchten der Apenninen, bewahrten ihm gleichfalls dankbare Erinnerung. Lange wollten sie nicht an seinen Tod glauben und erwarteten ihn wie einen Befreier, einen Gott; sie hofften, er würde früher oder später zu ihnen zurückkehren, die Gerechtigkeit auf Erden wiederherstellen, die Tyrannen stürzen und für das Volk eintreten. In Städten und Dörfern sangen Bettler die »tränenreiche Klage vom Herzog von Valentinois«, in der der Vers vorkam: »Fe' cose estreme, ma senza misura. Seine Taten waren ungeheuerlich, aber unermesslich.«

Und Leonardo verglich das Leben der beiden Männer, Moros und Cesares, das voll großer Taten gewesen und doch wie ein Schatten spurlos vorübergegangen war, mit dem eigenen, voll erhabener Betrachtung, und er fand jetzt sein Leben weniger unfruchtbar und haderte nicht mehr mit seinem Schicksal.

Der Umbau des Schlosses von Amboise und der Kanalbau in der Sologne endeten genauso wie fast alle Unternehmungen Leonardos: mit gar nichts.

Einsichtige Ratgeber überzeugten Franz I. bald von der Unausführbarkeit der allzu kühnen Pläne Leonardos; des Königs Interesse kühlte sich ab, er war enttäuscht und vergaß sie schließlich ganz. Der Künstler sah ein, dass er von Franz I. trotz dessen Liebenswürdigkeit nicht mehr zu erwarten hatte als von Moro, Cesare, Soderini, von den Medici und von Leo X. Seine letzte Hoffnung, verstanden zu werden, den Menschen nur einen kleinen Teil von dem zu geben, was er während seines ganzen Lebens für sie angesammelt hatte, war gescheitert, und er beschloss, sich jetzt unwiderruflich in seine Einsamkeit zurückzuziehen und jeder Tätigkeit zu entsagen.

Im Frühjahr 1517 kehrte er krank, vom Fieber gezeichnet, das er sich in den Sümpfen der Sologne geholt hatte, auf das Schloss Cloux zurück. Im Sommer ging es ihm besser. Aber ganz gewann er seine Gesundheit nie wieder.

Der Forst von Amboise begann gleich an den Mauern von Cloux, jenseits des Flüsschens Amas. Jeden Nachmittag verließ Leonardo, auf Francesco Melzis Arm gestützt, denn er war immer noch recht schwach, das Haus, wanderte auf einsamem Pfade bis tief ins Waldesdickicht hinein und setzte sich auf einen Stein. Der Schüler legte sich zu seinen Füßen ins Gras und las ihm aus Dante, aus der Bibel oder aus den Schriften eines alten Philosophen vor.

Ringsum war es dunkel; nur dort, wo ein Sonnenstrahl den Schatten durchbrach, auf einer fernen Lichtung, leuchtete wohl plötzlich eine bisher unsichtbare üppige Blume als violette oder rote Flamme auf wie eine Kerze, und das Moos in der Höhlung eines vom Sturmwind gefällten halb verfaulten Baums funkelte in smaragdenem Glanz.

Es war heißes, gewitterreiches, schwüles Sommerwetter. Aber die Wolken zogen über den Himmel dahin, ohne Regen zu bringen. Wenn Francesco seine Vorlesung unterbrach und schwieg, war es im Wald so still wie in tiefster Mitternacht. Ein einziger Vogel, wohl ein Weibchen, das sein Junges verloren hatte, ließ immer wieder wehmütige Klagetöne hören, als weine es. Doch schließlich verstummte auch der Vogel. Es wurde noch stiller. Die Hitze war erdrückend. Der Geruch verwesender Blätter, von Pilzen und von feuchter Schwüle und Fäulnis benahm den Atem. Ganz schwach hörte man fernes, wie unterirdisches Donnergrollen.

Der Schüler hob die Augen zum Meister. Leonardo saß reglos, wie erstarrt; er lauschte der Stille und schaute auf Himmel, Blätter, Steine, auf Gras und Moos mit einem Abschied nehmenden Blick, als sähe er alles zum letzten Mal vor der ewigen Trennung.

Nach und nach erfasste die Starre, der Zauber der Stille auch Francesco. Wie im Traum sah er das Antlitz des Meisters; es schien sich immer weiter von ihm zu entfernen, schien immer tiefer in der Stille zu versinken wie in einer dunklen Tiefe. Er wollte erwachen, vermochte es aber nicht. Ihm wurde bang, als nahe etwas Unheimliches, Unvermeidliches, als müsse in dieser Stille jetzt der betäubende Schrei des Gottes Pan ertönen, vor dem alles Lebende flieht in übernatürlichem Grauen. Als er endlich mit Anspannung aller Willenskraft die Starre überwand, presste ihm bange Ahnung, unklares Mitleid mit dem Meister das Herz zusammen. Scheu, stumm drückte er die Lippen auf seine Hand. Leonardo sah ihn an und streichelte ihm sacht wie einem erschrockenen

Kind den Kopf, so wehmütig, so zärtlich, dass Francescos Herz sich noch hoffnungsloser zusammenkrampfte.

In diesen Tagen begann der Künstler ein seltsames Bild: Unter einem Vorsprung überhängender Felsen, in feuchtem Schatten zwischen reifenden Kräutern sitzt – in atemloser Mittagsstille, geheimnisvoller als tiefste Mitternacht – der rebenbekränzte langhaarige, frauenhafte Gott mit bleichem, schmachtendem Gesicht, ein geflecktes Hirschkalbfell um die Lenden, den Thyrsusstab in Händen; er hat die Beine übereinandergeschlagen, den Kopf gesenkt und scheint zu lauschen, ganz Neugier, ganz gespannte Erwartung; mit unerklärlichem Lächeln weist er mit dem Finger dorthin, von wo ein Laut kam: vielleicht ein Lied der Mänaden oder das Grollen fernen Donners oder die Stimme des großen Pan, der betäubende Schrei, vor dem alles Lebende flieht in übernatürlichem Grauen.

In einer Schatulle des verstorbenen Beltraffio hatte Leonardo einen gravierten Amethyst mit dem Bild des Gottes Bacchus gefunden, wohl ein Geschenk Monna Cassandras. In demselben Kasten fand er einzelne Blätter mit Versen aus den »Bacchantinnen« des Euripides, aus dem Griechischen übersetzt und von Giovanni eigenhändig abgeschrieben. Leonardo las die Fragmente mehrere Male.

In der Tragödie erscheint Bacchus, der jüngste der olympischen Götter, der Sohn des Donnerers und der Semele, den Menschen in Gestalt eines frauenhaften, verführerisch schönen Jünglings, der aus Indien kommt. Pentheus, der König von Theben, lässt ihn ergreifen, um ihn zu töten, weil er unter dem Vorwand einer neuen bacchischen Weisheit den Menschen barbarische Mysterien, den Wahnwitz blutiger, wollüstiger Opfer predige.

»O Fremdling«, spricht Pentheus spöttisch zu dem unerkannten Gott, »du bist schön und besitzt alles, um Frauen zu betören: Gar lieblich fällt dir langes Haar über die Wangen; wie ein Mädchen verbirgst du dich vor der Sonne und erhältst dir im Schatten die Weiße deines Gesichts, um Aphrodite zu fesseln.«

Der Chor der Bacchantinnen verherrlicht dem gottlosen König zum Trotz Gott Bacchus als den »schrecklichsten und gnädigsten der Götter, der den Sterblichen im Rausch vollkommene Freude schenke«.

Auf denselben Blättern standen außer den Versen des Euripides von Giovanni Beltraffios Hand abgeschriebene Stellen aus der Heiligen Schrift.

So aus dem Hohelied: »Trinkt, meine Freunde, und werdet trunken!«

Aus den Evangelien: »Ich werde hinfort nicht trinken vom Gewächse des Weinstocks bis auf den Tag, da ichs neu trinke in dem Reich Gottes.«

»Ich bin der rechte Weinstock, und mein Vater der Weingärtner.«

»Mein Blut ist der rechte Trank.«

»Wer trinkt von meinem Blute, der hat das ewige Leben.«

»Wen da dürstet, der komme zu mir und trinke.«

Leonardo ließ den Bacchus unvollendet und begann ein anderes, noch seltsameres Bild: Johannes den Täufer. Er arbeitete mit einer für ihn so außergewöhnlichen Beharrlichkeit, mit solcher Hast an diesem Bild, als ahne er, dass seine Zeit begrenzt war, dass seine Kräfte mit jedem Tag nachließen, und als eile er, in diesem letzten Werk sein heiligstes Geheimnis zu enthüllen, das er sein ganzes Leben hindurch nicht nur den Menschen, sondern auch sich selbst verborgen hatte.

Nach einigen Monaten war die Arbeit so weit fortgeschritten, dass man den Grundgedanken des Künstlers bereits erkennen konnte. Der Hintergrund des Bildes erinnert an das Dunkel jener Furcht und Neugier weckenden Höhle, von der er einst Monna Lisa Gioconda erzählt hatte. Doch das auf den ersten Blick undurchdringlich erscheinende Dunkel wird, je länger man sich hineinversenkt, immer durchsichtiger, sodass die dunkelsten Schatten, zwar alles Geheimnisvolle wahrend, doch mit dem weißesten Lichte zusammenfließen, darüber hinschweben und wie Rauch in ihm vergehen wie Klänge einer fernen Musik. Und hinter dem Schatten, hinter dem Licht erscheint das, was nicht Licht und nicht Schatten ist, sondern, wie Leonardo es bezeichnete, heller Schatten oder dunkles Licht. Und wie ein Wunder, aber doch wirklicher als alles Existierende, wie ein Gespenst und doch lebendiger als das Leben, tritt aus diesem hellen Dunkel das Gesicht und der nackte Leib eines verführerisch schönen, frauenhaften Jünglings hervor, der an die Worte des Pentheus denken lässt: »Gar lieblich fällt dir langes Haar über die Wangen; wie ein Mädchen verbirgst du dich vor der Sonne und erhältst dir im Schatten die Weiße deines Gesichts, um Aphrodite zu fesseln.«

Wenn es aber Bacchus war – warum war um seine Lenden nicht das gefleckte Hirschkalbfell, sondern ein Gewand aus Kamelhaar? Warum hielt seine Hand statt des Thyrsus bacchischer Orgien ein Kreuz aus dem Rohr der Wüste, das Urbild des Kreuzes von Golgatha? Warum lauschte er mit gesenktem Kopf, ganz Erwartung, ganz Neugier, und wies mit halb traurigem, halb spöttischem Lächeln mit einer Hand auf das Kreuz, mit der andern auf sich selbst, als wolle er sagen: »Es kommt einer nach mir, der ist stärker denn ich, dem ich nicht wert bin, dass ich mich vor ihm bücke und die Riemen seiner Schuhe löse.«

Im Frühjahr des Jahrs 1517 wurden in Amboise große Festlichkeiten zu Ehren der Geburt eines Sohns des Königs Franz I. veranstaltet.

Der Papst war als Taufpate geladen. Er entsandte statt seiner seinen Neffen Lorenzo de' Medici, Herzog von Urbino, der mit der französischen Prinzessin Madeleine, der Tochter des Herzogs von Bourbon, verlobt war. Unter den Gesandten europäischer Staaten wurde zu den Feierlichkeiten auch der russische Gesandte am Hof des Papstes, Nikita Karatschjarow, aus Rom erwartet.

Leo X. hatte schon lange mit dem Großfürsten von Moskowien, Wasilij Ioannowitsch, freundschaftliche Beziehungen angeknüpft, weil er auf ihn als auf einen mächtigen Verbündeten in der Liga der europäischen Fürsten gegen Sultan Soliman rechnete, der durch die Eroberung Ägyptens so stark geworden war, dass er Europa bedrohte. Der Papst hegte auch noch eine andere Hoffnung: auf die Wiedervereinigung der beiden Kirchen. Obwohl ihm der Großfürst zu dieser Hoffnung keinerlei Anlass gab, hatte Leo X. doch zwei schlaue Dominikaner, die Brüder Schomberg, nach Moskau gesandt. Der römische Pontifex schwor, alle Riten und Dogmen der östlichen Kirche unangetastet zu lassen, wenn Moskau nur bereit wäre, die geistliche Oberherrschaft Roms anzuerkennen; er versprach einen unabhängigen russischen Patriarchen zu bestätigen, dem Großfürsten die Königskrone aufs Haupt zu setzen und ihm im Fall der Eroberung Konstantinopels die Stadt abzutreten.

Der Großfürst fand das Buhlen des Papstes um seine Gunst äußerst vorteilhaft und schickte ihm zwei Gesandte, Dmitrij Gerasimow und jenen Nikita Karatschjarow, der vor zwanzig Jahren auf der Durchreise durch Mailand im Gefolge Danilo Mamyrows an dem Fest des Goldenen Zeitalters teilgenommen und mit Leonardo über Moskowien geplaudert hatte.

Dmitrij Gerasimow, auch Mitja Tolmatsch, der Dolmetscher, genannt, ein der heiligen Bücher kundiger und in der Diplomatie sehr bewanderter Mann, hatte in seiner Jugend im Auftrag des Erzbischofs Gennadius von Nowgorod Italien bereist, zwei Jahre »zwecks nützlicher Studien« in Venedig, Rom und Florenz verbracht und das dort gesammelte Material über das doppelte und dreifache Halleluja sowie die Ostertafel für das achte Jahrtausend und die berühmte Sage von der »Weißen Mönchskappe« nach Nowgorod mitgebracht. Später, im hohen Alter, hatte dieser Gerasimow dem italienischen Schriftsteller Paolo Giovio allerhand Mitteilungen über Russland gemacht.

Der Hauptzweck der russischen Gesandtschaft in Rom war in der Instruktion des Großfürsten angegeben: Es sollten Gelehrte und Architekten für Moskau gewonnen werden, ferner ein geschickter Meister, der Städte erstürmen kann, ein anderer Meister, der aus Kanonen zu schießen versteht, ein geschickter Steinmetz, der Paläste bauen, und ein Silberschmied, der große Gefäße machen, prägen und gravieren kann; auch ein Arzt und ein Orgelspieler.

Als erster Sekretär diente bei Karatschjarow ein Beamter des Auswärtigen Amtes, Ilja Potapytsch Kopylo, ein Mann von sechzig Jahren. Er hatte zwei Schreiber unter sich: seinen Großneffen Feodor Ignatjewitsch Rudomiotow – genannt Fedka Sharenyj, der Gebratene – und Jewtichij Paisejewitsch Gagara. Alle drei verband die Liebe zur Kirchenmalerei. Feodor und Jewtichij waren selbst tüchtige Maler, Ilja Potapytsch aber ein feiner Kenner und Kritiker.

Jewtichij war der Sohn einer armen Witwe, einer Hostienbäckerin an der Verkündigungskirche in Uglitsch; nach dem Tod der Mutter gänzlich verwaist, wurde er von dem Küster derselben Kirche, Wassian Jeleasorow, zur Erziehung angenommen. Als Knabe kam er zur Erlernung der Heiligenbildmalerei zu dem Mönch Prochor aus Gorodez in die Lehre, einem rechtschaffenen Mann, aber keinem großen Meister, von dem dasselbe gilt, was im *Ikonopisnyj Podlinnik,* einem Leitfaden für Ikonenmalerei, über den heiligen Antonius von Sija gesagt ist: »Nicht sehr geschickt war der Heilige in dieser Kunst, vielmehr war seine Heiligenbildmalerei gar einfältig; er übte sich mehr im Fasten und Beten und glich dadurch seinen Mangel an Kunstbegabung aus.«

Von Prochor kam Jewtichij zu dem Mönch Danila Tschornyj, der die Kirchen des Spaso-Andronikow-Klosters ausmalte, einem Schüler des größten altrussischen Meisters: Andrej Rubliow. Er machte alle Stufen der Kunst durch, vom *Jaryshnyj,* dem Handlanger, der Wasser holt und Farben reibt, bis zum *Snamenstschik,* dem Zeichner, und brachte es dank seiner natürlichen Anlagen zu solcher Meisterschaft, dass er nach Moskau berufen wurde, um für die Weihölküche des Patriarchenhauses eine Ikone, ein Heiligenbild zu malen.

Hier freundete er sich mit Feodor Ignatjewitsch Rudomiotow an, ebenfalls einem jungen Ikonenmaler, einem »guten Meister der Preospektive«, der im gleichen Raum die Wände mit »Kräutern auf Goldgrund« verzierte.

Rudomiotow führte den Gefährten in das Haus des Bojaren Feodor Karpow bei St. Nikolaus auf der Bolwanowka ein. Fedka bemalte im Hause des Bojaren die Decke des Speisesaals: Er stellte die Himmelsbewegung der Sterne, die zwölf Monate und die himmlischen Kreise dar, ferner Unterschiedliches aus dem Leben und der Natur sowie Landschaften, was den Überlieferungen der alten Meister zuwiderlief, die den Ikonenmalern die Darstellung von profanen Gegenständen und Personen untersagten.

Feodor Karpow hatte freundschaftliche Beziehungen zu dem »Deutschen« Nikolaj Bulew, dem Lieblingsarzt des Großfürsten Wasilij Ioannowitsch. Dieser Bulew, ein Lästerer und Lateiner, wie Maxim der Grieche sagte, hatte sehr ruchlos über den orthodoxen Glauben geschrieben und die Vereinigung der beiden Kirchen gepredigt. Die frommen Bewohner von Moskau behaupteten, unter dem Einfluss dieses Bulew sei auch der Bojar Feodor Lateiner geworden und beschäftige sich mit Sternkunde, Geometrie, Astronomie – das ist Zauberei und Schwarze Kunst – und hellenischen Fabeldichtungen – das sind ketzerische, von der Kirche verbotene Bücher – und allerlei anderen teuflischen Künsten und Weisheiten, die den Menschen von Gott abbringen. Sie beschuldigten ihn auch der jüdischen Ketzerei.

Der Bojar Feodor schloss die beiden in seinem Haus tätigen Ikonenmaler Fedka Rudomiotow und Tischa Gagara bald ins Herz. Weil er meinte, Reisen in fremden Ländern würden ihrer Kunst von großem Nutzen sein, brachte er sie als Schreiber im Auswärtigen Amt unter.

Schon in Moskau, in Karpows Haus, unter fremdländischen Wunderdingen und ketzerischen Büchern, bei freigeistigen Gesprächen über die Lehre der Judaisierenden war Fedka im Glauben wankend geworden. In der Fremde aber, inmitten aller Wunder der italienischen Städte Venedig, Mailand, Rom und Florenz, wurde er ganz irre, verlor den Kopf und lebte in dauerndem Staunen, in »Verzückung des Geistes«, wie Ilja Potapytsch sagte. Mit gleicher Andacht besuchte er Spielhöllen, Bibliotheken, alte Dome und Häuser der Unzucht. Auf alles stürzte er sich mit der Neugier eines Kindes, mit der Unersättlichkeit eines Barbaren. Er erlernte die lateinische Sprache, träumte davon, fremdländische Kleidung anzulegen, ja sogar sich den Bart abnehmen zu lassen, was als Todsünde galt. »Wer sich den Bart scheren lässt und so stirbt«, warnte Ilja Potapytsch seinen Neffen, »ist nicht wert, dass man für ihn betet und Messen liest oder eine Kerze für ihn in die Kirche bringt. Zu den Ungläubigen soll man den zählen, der seine Mannesgestalt entstellt, sich buhlerischen Weibern gleichmacht oder Katzen und Hunden, die lange Schnurrbärte haben, aber keine Vollbärte.«

Fedka begann in seinen Reden ohne jede Notwendigkeit Fremdworte zu gebrauchen. Er prahlte mit seinen Kenntnissen, tat sehr gelehrt, sprach über Alchimie – wie man Gold macht –, über Dialektik – eine Auslegungskunst, um die Wahrheit zu ergründen – und über Sophistik – die das menschlicher Natur kaum Fassbare offenbar macht. »In Moskau gibt es keine Menschen«, beklagte er sich bei Jewtichij. »Nur dummes Volk, mit dem man nicht leben kann.«

Wenn er angeheitert war, prüfte er gern die Glaubenslehren nach und verbreitete sich über allerhand Zweifelsfragen. »Ich habe Philosophie gelernt, und das macht mich stolz«, gestand er manchmal, »ich weiß alles, was ist und was vorgeht.«

Seine Nachprüfung der Glaubenslehren brachte ihn zu solcher Freigeisterei, dass fremdländische Sophistik ihm nicht mehr genügte und er für die viel radikaleren Lehren heimischer russischer Philosophen, der Anhänger der judaisierenden Ketzerei eintrat, die behaupteten, Jesus Christus sei noch nicht geboren; wenn er auf die Welt komme, werde er zwar Sohn Gottes heißen, jedoch nicht aufgrund seiner Wesenheit, sondern durch die Gnade; derjenige aber, den die Christen Gott und Jesus Christus nennen, sei nur ein einfacher Mensch gewesen und kein Gott; er sei gestorben und im Grab verwest. Sie behaupteten auch, man dürfe weder Ikonen noch Kreuz noch Kelch anbeten; ehren sollte man sie, anbeten aber dürfte man nur Gott allein, und man solle nicht irdischer Obrigkeit untertan sein. Fedka führte auch die Worte über die Unsterblichkeit der Seele und das Leben nach dem Tod an, die man dem angeblich der judaisierenden Ketzerei unterlegenen Moskauer Metropoliten Sosima zuschrieb: »Was aber ist das himmlische Reich? Und was die zweite Wiederkunft Christi? Und was die Auferstehung der Toten? – Nichts davon gibt es. Wer tot ist, ist tot und kommt nicht wieder.«

Vor dem Onkel Ilja Potapytsch, der den Neffen nicht nur mit Worten, sondern auch mit dem Stock belehrte, hatte Fedka trotz aller Schuljungenkeckheit doch gewaltigen Respekt. Ilja Potapytsch Kopylo war ein Mann von altem Schlag und hielt unverbrüchlich am Glauben fest. Die Wunder fremdländischer Künste und Wissenschaften lockten ihn nicht. »Das sind alles nur Anzeichen für das Kommen des Antichrist und den Beginn aller Leiden«, pflegte er zu sagen. »Macht uns Christenlämmer mit euren Sophistereien nicht irre; wir haben keine Zeit, uns eure Philosophie anzuhören; denn das Ende der Welt ist herbeigekommen und Gottes Gericht steht vor der Tür. Was hat Licht mit Finsternis zu tun oder Belial mit Christus oder unflätiges Lateinertum mit unserem rechtgläubigen Christentum?«

»In Europien«, meinte Kopylo, »dem dritten Teile der Erde, dem Erbteil von Noahs Sohn Japhet, leben hochmütige, stolze und trügerische Menschen, die tapfer sind auf dem Schlachtfeld, aber schwach gegen fleischliche Lüste und weltliche Vergnügungen; sie tun immer nach ihrem Willen; sie halten es mit der Gelehrsamkeit und hängen allen Weisheiten und Wissenschaften an. Von der Frömmigkeit aber sind sie abgeirrt und haben sich, vom Teufel beschwatzt, in verschiedene ketzerische Sekten zersplittert, sodass heute in der ganzen Welt nur das russische Volk noch fest dasteht in Frömmigkeit; und wenn es auch keinen Eifer für die Wissenschaft hat und sich nicht in hochgeistigem sophistischem Weisheitsgeschwätz übt, so hält es dafür am gesunden Glauben unverführt fest. Die Menschen bei uns sind sehr würdig, sie haben lange Bärte und tragen schickliche Kleider. Gottes Kirchen werden durch heiligen Gesang verschönt, und ein ähnliches oder ein schöneres Land ist in ganz Europien nicht zu finden.«

In Jewtichij Paisejewitsch Gagara, dem Sohn der Uglitscher Hostienbäckerin, weckten die fremden Länder nicht geringere Neugier als in Fedka. Dem Freidenkertum seines Gefährten, in dem Jewtichij mehr Großtun und Prahlerei als wirkliche Gottlosigkeit sah, maß er keine Bedeutung bei. Aber er teilte andererseits auch nicht Ilja Potapytschs stille Verachtung für alles Fremdländische. Nach allem, was er in der Fremde gesehen und gehört hatte, befriedigten ihn die »Smaragde«, »Goldquellen« und »Festredenbücher« nicht mehr, die das ganze Gebiet menschlichen Wissens in Fragen und Antworten wie die folgenden fassten: »Errate, Philosoph – kommt das Huhn vom Ei oder das Ei vom Huhn? – Wer ward vor Adam mit einem Bart geboren? Der Ziegenbock. – Was war das erste Handwerk? Das Schneiderhandwerk, denn Adam und Eva machten sich Kleider aus Blättern. – Was ist das: Vier Adler legten ein Ei? Die vier Evangelisten, sie haben das heilige Evangelium geschrieben. – Was hält die Erde? Das hohe Wasser. – Was hält das Wasser? Ein großer Stein. – Was hält den Stein? Acht große goldene Walfische und dreiunddreißig kleine im See Tiberias.«

Jewtichij glaubte aber auch nicht an folgende Ketzerei Fedkas: »Der Bau der Erde ist nicht viereckig, nicht dreieckig, nicht rund, sondern so wie ein Ei: Innen ist der Dotter, außen Eiweiß und Schale. So musst du dir auch die Erde denken: Die Erde ist der Dotter innen im Ei, die Luft ist das Eiweiß, und wie die Schale das Innere des Eies umgibt, so umgibt der Himmel Erde und Luft.« Wenn er auch an diese Irrlehre nicht glaubte, so fühlte er doch, dass sich die einst unbeweglichen Walfische, auf denen die Erde ruht, für ihn jetzt bewegt und verschoben hatten und dass keine Macht der Welt sie noch halten konnte. Er ahnte dunkel, dass in Fedkas abergläubischer Anbetung der fremdländischen Künste trotz seiner mutwilligen Übertreibungen doch etwas Wahres lag, das weder durch Spott noch durch Drohungen, ja nicht einmal durch Onkel Kopylos Knotenstock widerlegt werden könne.

»Man darf sich nicht schämen, Gutes von anderen zu übernehmen und dem Beispiel fremder Länder zu folgen. Arithmetik und Preospektive sind nützliche Dinge, sie sind süßer denn Honig und durchaus nicht wider Gott«, pflegte Fedka mit tiefem Gefühl zu sagen. Und sein Wort fand ein Echo in Jewtichijs Herz.

Er bat Gott um Kraft und Verstand, um zwar nicht vom Glauben der Väter abzulassen, nicht Lateiner zu werden wie Fedka, aber nicht wahllos alles Fremdländische zu verwerfen wie Ilja Potapytsch, sondern Weizen von Spreu, Gutes von Bösem zu scheiden und den wahren Weg, die wahre Gestalt der Weisheit zu finden. Wie schwer, ja furchtbar ihn dieses Unterfangen auch dünkte – eine geheime Stimme sagte ihm doch, dass es heilig sei und dass Gott ihm seine Hilfe nicht versagen werde.

Zur Hochzeit des Herzogs von Urbino und zur Taufe des neugeborenen Dauphins reiste von den beiden russischen Gesandten in Rom nur einer nach Amboise, Nikita Karatschjarow: Er sollte dem König die Ehrengaben des Moskauer Großfürsten überbringen: einen Hermelinpelz auf purpurrotem Atlas mit Blumenstickerei in Gold, ferner einen feinen Biberpelz, einen Marderpelz aus Bauchfellen und vierzig mal vierzig Zobelfelle, dazu Silber- und Graufüchse, vergoldete Sporen und Jagdvögel.

Unter anderen Gesandtschaftsschreibern und Beamten nahm Nikita nach Frankreich Ilja Potapytsch Kopylo, Fedka Sharenyj und Jewtichij Gagara mit.

Ende April 1517 bemerkte eines frühen Morgens der Waldhüter des Königs auf der durch den Forst von Amboise führenden Landstraße eine Gruppe so ungewöhnlich gekleideter Reiter, die außerdem eine so seltsame Sprache redeten, dass er stehen blieb und ihnen lange nachsah, zweifelnd, ob es Türken seien oder Abgesandte des Großmoguls oder gar des Priesters Johannes, der am Ende der Welt haust, da, wo

Himmel und Erde zusammenstoßen. Aber es waren weder Türken noch Abgesandte des Großmoguls oder des Priesters Johannes, sondern Menschen eines »bestialischen« Volks, Gäste aus einem Land, das als nicht weniger barbarisch galt als das sagenhafte Gog und Magog: Russen aus der Gesandtschaft des Nikita Karatschjarow.

Der schwere Wagen mit dem Gesinde der Gesandtschaft und den Ehrengaben für den König war vorausgeschickt worden; Nikita selbst ritt im Gefolge des Herzogs von Urbino. Die Reiter, die der Waldhüter gesehen hatte, geleiteten die persischen Jagdfalken, die Franz I. als Geschenk erhalten sollte. Die wertvollen Vögel wurden mit großer Vorsicht auf einem besonderen Wagen in mit Schaffellen ausgeschlagenen Bastkörben befördert.

Neben dem Wagen ritt Fedka Sharenyj eine muntere Apfelschimmelstute. Er war so groß von Wuchs, dass auf den Straßen der fremden Städte die Leute sich erstaunt nach ihm umsahen; sein Gesicht war breitknochig, flach und sehr dunkel, sein Haar pechschwarz: Deshalb nannte man ihn auch Sharenyj, der Gebratene. Seine blassblauen, trägen, zugleich aber heiß neugierigen Augen hatten den widerspruchsvollen, unstet wechselnden, gerade russischen Gesichtern eigenen Ausdruck, ein Gemisch von Schüchternheit und Dreistigkeit, von Einfalt und Verschlagenheit, von Schwermut und Draufgängertum.

Fedka lauschte der Unterhaltung von zwei Gefährten, die ebenfalls zur Gesandtschaft gehörten, Martyn Uschak und Iwaschka Trufanz, beide Kenner der Falkenjagd, die Nikita mit dem Transport der Vögel nach Amboise betraut hatte. Iwaschka erzählte von einer Jagd, die der französische Edle Anne de Montmorency in den Wäldern von Châtillon für den Herzog von Urbino veranstaltet hatte.

»Nun, also du sagst, Gamajun ist gut geflogen?«

»Oh, mein Lieber, und wie!«, rief Iwaschka. »So vorzüglich – man kann es gar nicht sagen. Und am Sonnabendmorgen, als wir uns mit den Falken in Schatilowo« – statt Châtillon sagte er Schatilowo – »belustigten, ist der Gamajun so herumgeschossen, dass er bei einem Flug zwei Fasanennester und dreieinhalb Entennester erledigte. Beim zweiten Flug ist eine Fasanenente weggeflogen ins Gehölz und wollte den braven Gamajun um seine Beute bringen; der liebe Kerl gab ihr aber eins auf den Hals, dass sie sich zehnmal überschlug und wieder ins Wasser lief. Wir wollten schon schießen, wir dachten, er hätte sie schlecht gefasst; aber er hatte sie so zugerichtet, dass ihr die Gedärme heraushingen; sie schwamm noch ein Stückchen, dann lief sie aufs Ufer, und Gamajun hatte sie!« Mit so ausdrucksvollen Gebärden, dass sein Gaul scheute, zeigte Iwaschka, wie der Falke sie »gefasst« und wie er sie »zugerichtet« hatte.

»Ja«, sagte würdevoll Uschak, der sich gern einer gewählten Büchersprache befleißigte, »derartige ländliche Freuden erquicken bekümmerte Herzen gar sehr. Schön und löblich ist die Jagd mit dem Falken, des edlen Tieres Flug erfreut und erhebt des Menschen Auge.«

Vorn, in einiger Entfernung vom Wagen, ritten Ilja Kopylo und Jewtichij Gagara. Ilja Potapytsch hatte ein dunkles strenges Gesicht, einen schneeweißen Bart und ebensolches Haar. Alles an ihm war würdevoll und gemessen, nur in den kleinen, grünlichen, tränenden Augen flackerte spöttische List und Durchtriebenheit. Jewtichij mochte etwa dreißig Jahre alt sein, er war aber so schwächlich, dass er von Weitem aussah wie ein Knabe. Er hatte einen dünnen Spitzbart und ein unbedeutendes Gesicht, eines von jenen, die man sich schwer merkt. Nur manchmal, wenn er lebhaft wurde, flammte tiefes Gefühl in seinen grauen Augen.

Fedka langweilte die Unterhaltung über Falkenjagd. Obwohl es noch früher Morgen war, hatte er schon des Öfteren tief in die Feldflasche geschaut, und wie das so ist, juckte ihn nun die Zunge, einen Disput, ein »hochgeistiges Gespräch« zu beginnen.

Aufgefangenen Worten entnahm er, dass die vor ihm Reitenden, Gagara und Kopylo, über Ikonenmalerei plauderten. So gab er seinem Pferde die Sporen, holte sie ein und hörte zu.

»Heutzutage«, schalt Ilja Potapytsch, »druckt man Heiligenbilder auf Papierblätter, und damit schmücken die Leute nachlässig ihre Häuser, nicht aus Frömmigkeit, sondern ohne jede Gottesfurcht, nur weil es schön aussieht. Solche Bilder schneiden deutsche und andere fremdländische Ketzer in Holz, nach ihrem verdammten Glauben, ruchlos und falsch, und drucken sie; ihre Heiligen sehen aus wie die Menschen in ihrem Land, sie tragen fremdländische Gewänder und haben keine

Ähnlichkeit mit den alten rechtgläubigen Vorbildern. Auch die heilige Gottesmutter malen sie nach lateinischer Art mit unbedecktem Haupt, mit zerzaustem Haar.«

»Wie ist das, Onkelchen?«, unterbrach ihn Fedka mit geheuchelter Ehrerbietung und versteckter Herausforderung, nachdem er rasch noch einen Schluck aus der Flasche genommen. »Willst du sagen, dass nur den Russen gegeben ist, Ikonen zu malen? Weshalb soll man fremde Kunst nicht auch annehmen, wenn sie heilig und schön ist?«

»Du sprichst sehr läppisch über heilige Ikonen, Fedka«, unterbrach ihn Kopylo mit finsterem Gesicht. »Aufsässiges und lasterhaftes Zeug redest du.«

»Wieso aufsässig, Onkelchen?«, fragte Fedka gekränkt.

»Weil es sich nicht ziemt, die ewigen Grenzen zu überschreiten! Wer einen fremden Glauben liebt und lobt, lästert den eigenen.«

»Ich spreche ja nicht vom Glauben, Potapytsch. Ich sage nur: Die Preospektive ist ein nützlich Ding und süßer denn Honig.«

»Was kommst du schon wieder mit deiner Preospektive? Immer dasselbe … Ich habe dir gesagt: Man darf nicht von den Überlieferungen der heiligen Väter abgehen! Hörst du? Weder in der Preospektive noch in anderen Dingen darf man nach eigenem Ermessen etwas ändern. Neuerungen bringen stets Irrungen.«

»Du hast recht, Onkelchen«, wich Fedka mit gespielter Demut aus. »Ich sage auch: Heutzutage arbeiten viele Ikonenmaler ganz ohne Sinn und Verstand; beim Malen soll man aber wissen, was man tut. Es heißt, man soll genau erforschen, wie die alten Meister gemalt haben. Aber da ist eben die Schwierigkeit: Es gibt so viele alte Meister – die von Nowgorod, von Korsun, von Moskau, und jeder hat seine eigene Art. Auch die Vorbilder sind verschieden; die einen so, die andern so. Mal scheint das Alte neu, mal das Neue alt. Da soll nun einer sagen: Was ist alt, und was ist neu. Nein, Potapytsch, wie du willst – aber ohne eigene Gedanken, ohne Verstand gibt es keinen guten Meister!« Der Alte, durch den unerwarteten Angriff überrascht, war einen Augenblick ganz verdutzt. »Noch eines«, fuhr Fedka kühner fort, die Verlegenheit des Alten ausnützend. »Wo steht denn die Regel geschrieben, dass auf allen Ikonen die Heiligen immer nur auf die eine Art, düster und schwarz, gemalt werden müssen? Ist denn das ganze Menschengeschlecht mit einem Gesicht erschaffen? Waren denn alle Heiligen kummervoll und hager? Wer lachte nicht über solche Verrücktheit, dass das Dunkle mehr geehrt werden solle als das Helle. Mit Dunkel und Qualm hat Gott nur den Teufel gestraft, aber seinen Söhnen – nicht nur den Gerechten, sondern auch den Sündern – hat er das Geschenk des Lichts verheißen. ›Wie Schnee werde ich euch weiß machen und rein wie Wolle.‹ Und zum andern: ›Ich bin das Licht der Welt, wer mir nachfolget, der wird nicht wandeln in der Finsternis.‹ Und der Prophet sagt: ›Der Herr thronet und hat sich in Schönheit gekleidet.‹«

Fedka sprach zwar buchmäßig hochtrabend, aber doch aufrichtig. Jewtichij schwieg, seinen leuchtenden Augen war aber anzumerken, wie gierig er lauschte.

»Nach Überlieferung der heiligen Väter«, hob Ilja Potapytsch wieder sehr würdevoll an, »ist schön, was heilig ist vor Gott …«

»Und was schön ist, ist auch heilig«, fiel Fedka ein. »Das ist ein und dasselbe, Onkelchen.«

»Nein, es ist nicht dasselbe!«, schrie der Alte jetzt zornig. »Es gibt auch eine Schönheit, die vom Teufel kommt.«

Er wandte sich nach dem Neffen um und sah ihm gerade in die Augen, als überlege er, ob er nicht zu seinem gewöhnlichen Beweismittel, dem Knotenstock greifen solle. Aber Fedka hielt den Blick aus, ohne die Augen niederzuschlagen.

Da hob Kopylo die Rechte und rief feierlich, als wolle er den bösen Geist beschwören: »Hinweg und verschwinde, Verfluchter, mit deiner Arglist! Christus ist mein Heiland und mein Licht, meine Wonne und eine unerschütterliche Mauer.«

Die Reiter hatten den Saum des Waldes vom Amboise erreicht. Sie ließen jetzt die Einfriedung von Schloss Cloux links liegen und ritten zum Stadttor hinein.

Der russischen Gesandtschaft wurde Quartier im Haus des königlichen Notars Maître Guillaume Boreau unweit des Uhrturms angewiesen, dem einzigen Haus, das in der von Fremden überfüllten Stadt noch frei war.

Jewtichij mit seinen Gefährten musste ein kleines Bodenzimmer beziehen. In der Nische des Dachfensters richtete er sich eine winzige Werkstatt ein: Er befestigte ein Brett an der Wand und brachte darauf die glatten Eichen- und Lindenholzbretter für Ikonen unter, die glasierten Töpfchen mit Firnis und mit durchsichtigem Fischleim sowie die Tonschalen und Muscheln mit Gold und Eilösungen. Eine Kiste mit einer Filzdecke darauf diente als Bett; darüber hängte er das Bild der Muttergottes von Uglitsch, ein Geschenk des Malers Danilo Tschornyj. Es war eng in diesem Winkel, aber still, hell und behaglich. Aus dem Fenster eröffnete sich zwischen Dächern und Schornsteinen ein Ausblick auf die grüne Loire, auf ferne Wiesen und die blauen Wipfel des Waldes. Manchmal wehte von unten, aus dem kleinen Gärtchen – es waren heiße Tage – der Duft von Faulbäumen ins offene Fenster und erinnerte Jewtichij an die Heimat, an den alten, lieben Gemüsegarten in der Vorstadt von Uglitsch, mit Dill-, Hopfen- und Johannisbeerbeeten, mit dem halb verfallenen Lattenzaun vor dem alten Häuschen des Küsters.

Ein paar Tage nach der Ankunft in Amboise saß er eines Abends allein in seiner Werkstatt. Die Gefährten waren zu einem Turnier zu Ehren des Herzogs von Urbino ins Schloss gegangen. Es war still, man hörte nur das Gurren der Tauben unter dem Fenster und das seidige Rascheln ihrer Flügel sowie hin und wieder das gemessene Schlagen der Uhr auf dem nahen Turm.

Tischa las sein Lieblingsbuch *Ikonopisnyj Podlinnik,* den Leitfaden für Ikonenmalerei, eine Sammlung kurzer, nach Tagen und Monaten geordneter Anweisungen, wie die Heiligen darzustellen seien. Jewtichij wusste das Buch fast auswendig, doch las er es immer wieder mit frischem Interesse und fand stets neue Erhebungen in ihm. In den letzten Tagen hatte aber der im Wald auf dem Weg nach Amboise mitangehörte Streit zwischen Ilja Potapytsch und Fedka seine alten, schon lange in ihm schlummernden, von allem in der Fremde Geschauten herrührenden bangen Zweifel neu geweckt. Und er suchte jetzt eine Lösung dieser Zweifel im *Podlinnik,* der einzigen wahren Quelle für eine »schöne Erkenntnis der wahren Gestalten«.

»Wie war die körperliche Gestalt der Muttergottes?« Er las eine seiner Lieblingsstellen in dem Buch. »Sie war mittelgroß, ihr Antlitz wie ein Weizenkorn, das Haar gelb, die Augen scharf, mit Pupillen gleich der Frucht des Ölbaums; die Brauen gesenkt, sehr schwarz; die Nase nicht zu kurz; der Mund eine Rosenblüte, voller Süße; das Gesicht nicht rund, nicht spitz, sondern ein wenig länglich; die Finger ihrer gottempfangenden Hände waren fein geformt; sie war sehr einfach, hatte keine Weichheit, aber vollkommene Demut; sie trug ein dunkles Gewand.«

Er las auch von der Märtyrerin Katharina, die wegen ihres schönen lichten Gesichts von den Hellenen die »Mondgleiche« genannt wurde, und vom heiligen Philaret, der mit neunzig Jahren verstarb: Aber trotz seines hohen Alters hatte sich sein Gesicht nicht verändert, es war wohlgestaltet und schön wie ein roter Apfel. Und es schien Jewtichij, als habe Fedka recht: Das Antlitz der Heiligen musste licht und freudig sein, denn auch der Herr hat sich in Schönheit gekleidet, und alles, was schön ist, ist von Gott.

Er schlug ein paar Seiten des Buchs um und las: »9. November, Gedenktag der heiligen Theoktiste von Lesbos. Ein Jäger sah sie in der Wüste und gab ihr seinen Rock, damit sie ihres Leibes Blöße bedecke; sie stand vor ihm, schrecklich, kaum noch menschengleich. Kein lebendiges Fleisch war an ihr zu sehen: vom Fasten waren nur noch mit Haut überzogene Knochen und Gelenke da; ihr Haar war weiß, wie Schafwolle, das Gesicht schwarz und dabei blässlich, ihre ganze Gestalt war wie die Gestalt eines Toten, der lange im Grab gelegen hat. Sie atmete kaum und konnte nur leise sprechen. Und es war an ihr keinerlei menschliche Schönheit.«

Das heißt, dachte Jewtichij, dass nicht alles Heilige schön ist. Auch in einer Verhöhnung aller menschlichen Schönheit bei den großen Märtyrern, in vertierter Gestalt ist noch Engelsgestalt. Er dachte an den heiligen Christophorus, der auf russischen Ikonen oft dargestellt wird, von dem es im *Podlinnik* unter dem 9. Mai heißt: »Von diesem schönen Märtyrer wird etwas Wunderliches berichtet: Er habe einen Hundekopf gehabt.«

Der Heilige mit dem Hundekopf erfüllte das Herz des Ikonenmalers mit großer Bestürzung. Immer wirrere, bangere Gedanken kamen ihm in den Kopf. Er legte das Buch beiseite und nahm ein anderes, einen alten, im Jahre 1485 in Uglitsch geschriebenen Psalter zur Hand. Nach diesem Psalter hatte er lesen gelernt und schon damals die einfältigen, die Psalmen erläuternden Bilder gern besehen.

Seit er Moskau verlassen hatte, war ihm das Buch nicht wieder zu Gesicht gekommen. Jetzt, nachdem er in den Palästen und Museen von Venedig, Rom und Florenz so viele alte Bildwerke gesehen hatte, erhielten diese ihm von Kindheit an vertrauten Gestalten plötzlich einen neuen Sinn: Er begriff, dass der blaue Mann mit der geneigten Schale, aus der Wasser fließt – der zu dem Vers des Psalms gehört: »Wie der Hirsch schreit nach frischem Wasser, so schreit meine Seele, Gott, zu dir« –, der Flussgott war; die mitten im Korn auf der Erde liegende Frau war Ceres, die Göttin der Erde; der bekränzte Jüngling auf dem mit roten Pferden bespannten Wagen war Apollo; der bärtige Alte mit dem nackten Weib auf dem grünen Ungetüm – der zu dem Psalm gehörte: »Es lobe ihn das Meer und alles, das sich drinnen reget« – waren Neptun und eine Nereide.

Durch welches Wunder, nach welchen Wanderungen und Verwandlungen waren die vertriebenen Götter des Olymps durch den alten russischen Meister aus dem noch älteren byzantinischen Vorbild in die Stadt Uglitsch gelangt? Von der Hand eines Malers aus barbarischem Volk verunstaltet, waren sie plump und scheu, als schämten sie sich im Kreis der strengen Propheten und Asketen ihrer Nacktheit; sie waren halb erfroren, als seien ihre nackten Leiber in der Kälte der hyperboreischen Nacht erstarrt. Und doch schimmerte hier und da, in der Biegung eines Ellbogens, in einer Wendung des Halses, in der Rundung eines Schenkels, ein letzter Abglanz ewiger Schönheit.

Angst und Staunen fühlte Jewtichij, als er in den seit der Kindheit ihm vertrauten lieben, ihm heilig scheinenden Bildern des Uglitscher Psalters den verführerischen hellenischen Teufelszauber wiedererkannte. In seiner Erinnerung tauchten auch andere sündhafte Gestalten auf, Überlieferungen alter russischer Bücher, blasse Schatten des heidnischen Altertums: die Jungfrau Gorgonia, mit menschlichem Gesicht, menschlichen Brüsten und Händen, aber mit Beinen und Schweif eines Pferdes, mit Schlangen statt Haaren auf dem Kopf; einäugige Giganten, die in Sizilien am Fuß des Ätna leben; der König Kitowras oder Kentauros, der am Kopf Mensch, an den Beinen Esel ist; die Isatare oder Satyrn, die mit wilden Tieren in den Wäldern hausen: »Sie laufen sehr schnell, niemand holt sie ein; aber sie gehen nackt einher und sind mit Wolle bewachsen wie mit Tannenrinde; sie sprechen nicht, sondern meckern nur wie Ziegen.«

Jewtichij fuhr zusammen, kam zu sich, bekreuzigte sich fromm und flüsterte den beruhigenden Spruch russischer Schriftgelehrter, den er von Ilja Potapytsch gehört hatte: »Alles erlogen: Es hat keinen Kitowras, keine Jungfrau Gorgonia, keine Menschen mit Wolle gegeben; das haben hellenische Philosophen sich ausgedacht. Dieser Trug ward durch die Lehren der Apostel und heiligen Väter verworfen und verflucht.«

Aber sogleich dachte er wieder: Ist das wirklich so? Ist alles erlogen, alles verflucht? Weshalb sind aber in alten russischen Kirchen neben den lieben Heiligen heidnische Weise, Dichter und Sibyllen dargestellt, die zum Teil die Geburt Christi prophezeit haben und, obwohl sie ungläubig waren, um ihres reinen Lebens willen vom Heiligen Geist berührt wurden, wie es im *Podlinnik* zu lesen steht? Dieses Wort, das den heidnischen Propheten beinahe christliche Heiligkeit beilegte, erfüllte Jewtichij mit großer Freude. Er stand auf und nahm vom Wandbrett ein Brettchen mit einer angefangenen Zeichnung, eine kleine Ikone eigener Arbeit: »Alles, was Odem hat, lobe den Herrn!« – eine Kleinmalerei mit vielen Personen und Einzelheiten, die man nur durch ein Vergrößerungsglas richtig erkennen konnte.

Im Himmel thronte der Allerhalter; zu seinen Füßen, in den sieben Himmelssphären, waren Sonne, Mond und Sterne, mit der Beischrift: »Lobet den Herrn, ihr Himmel allenthalben, lobet Ihn, Sonne und Mond, lobet Ihn, alle leuchtenden Sterne!«, weiter unten fliegende Vögel, Sturmwinde, Hagel, Schnee, Bäume, Berge, aus der Erde kommendes Feuer, verschiedene Tiere und Würmer, ein Abgrund, der wie eine Höhle aussah, mit der Beischrift: »Lobet, fruchtbare Bäume und alle Zedern, alle Tiere und alle Hügel, lobet den Herrn!« Zu beiden Seiten waren Engelsköpfe, Heilige, Könige, Richter, Menschenscharen, mit der Beischrift: »Lobet Ihn, alle Engel, lobet Ihn, Kinder Israels, alle Völker auf Erden!«

Jewtichij ging an die Arbeit, und weil er das seine Seele erfüllende Gefühl nicht anders ausdrücken konnte, fügte er zu diesen üblichen Gestalten noch den hundeköpfigen Märtyrer Christophorus und den Tiergott Kentauros.

Er wusste, dass er gegen die Überlieferungen des *Podlinnik* verstieß; aber in seiner Seele waren weder Zweifel noch Anfechtung, ihm war so, als führe eine unsichtbare Hand seine Hand. Zugleich mit dem Himmel und der Hölle, dem Feuer und dem Sturmwind, den Hügeln und den Bäumen, den Tieren und dem Gewürm, den Menschen und den körperlosen Mächten, dem hundeköpfigen Christophorus und dem zu Christus bekehrten Kentauros sang seine Seele das eine Lied mit: »Alles, was Odem hat, lobe den Herrn!«

Franz I. war ein großer Frauenfreund. Auf allen Feldzügen hatte er außer hohen Staatsbeamten, Narren, Zwergen, Astrologen, Köchen, Negern, Hundewärtern und Pfaffen auch Freudenmädchen, fillettes de joie, in seinem Gefolge unter der Obhut einer Ehrendame, Jeanne Lignière. Sie nahmen an allen Feiern und Festlichkeiten, sogar an den kirchlichen Prozessionen teil. Der Hof hing mit diesem Feldbordell so eng zusammen, dass schwer zu sagen war, wo das eine anfing und das andere aufhörte: die Freudenmädchen waren halbe Hofdamen und die Hofdamen erwarben durch unzüchtigen Lebenswandel die goldene Halskette des Ordens vom Erzengel Michael für ihre Gatten.

Die Verschwendungssucht des Königs für Frauen war grenzenlos. Steuern und Abgaben wurden mit jedem Tag höher; trotzdem reichte das Geld nie. Als beim Volk nichts mehr zu holen war, nahm der König den Mitgliedern seines Hofstaats ihr kostbares Tafelgerät; einmal ließ er sogar aus dem silbernen Gitter vom Grab des Heiligen Martin von Tours Münzen schlagen, und zwar nicht etwa aus Freigeisterei, sondern nur aus Not; denn er hielt sich für einen treuen Sohn der römischen Kirche und verfolgte jede Ketzerei und Gottlosigkeit wie eine Beleidigung seiner eigenen Majestät.

Seit der Zeit Ludwigs des Heiligen lebte im Volk die Überlieferung, von den Königen des Hauses Valois gehe eine heilbringende Kraft aus.

Sie heilten Grindige und Skrofulöse durch bloßes Handauflegen. Zu Ostern, Weihnachten, Pfingsten und an anderen hohen Feiertagen strömten Heilung Suchende nicht nur aus allen Gegenden Frankreichs, sondern auch aus Spanien, Italien und Savoyen herbei.

Zu den Festlichkeiten anlässlich der Hochzeit Lorenzo de' Medicis und der Taufe des Dauphins hatten sich in Amboise viele Kranke eingefunden. Am festgesetzten Tag wurden sie in den Hof des königlichen Schlosses eingelassen. Früher, als der Glaube noch stärker war, ging Seine Majestät durch die Reihen der Kranken hindurch, machte über jedem Einzelnen das Zeichen des Kreuzes, berührte alle mit dem Finger und sprach: »Der König hat dich berührt, Gott wird dich heilen.« Der Glaube ließ aber nach, die Heilungen wurden seltener, und man kleidete jetzt die feierlichen Worte in die Form eines Wunsches: »Gott heile dich, der König hat dich berührt.«

Als die Zeremonie beendet war, wurde dem König ein Waschbecken mit drei Handtüchern gereicht, von denen das erste mit Essig, das zweite mit reinem Wasser, das dritte mit Orangenessenz befeuchtet war. Der König wusch sich und rieb sich Hände, Gesicht und Hals ab. Um sich von dem Anblick menschlicher Armut, Missgestalt und Krankheit zu erholen, wollte der König seine Augen durch etwas Schönes erquicken. Ihm fiel ein, dass er schon seit Langem die Absicht hatte, Leonardos Werkstatt zu besuchen, und mit wenigen Begleitern begab er sich in das Schloss Cloux.

Der Künstler arbeitete trotz Schwäche und Mattigkeit den ganzen Tag über eifrig an seinem Johannes dem Täufer. Die schrägen Strahlen der untergehenden Sonne fielen durch die Bogenfenster in die Werkstatt, einen großen, kalten Raum mit Ziegelfußboden und eichener Decke. Das letzte Tageslicht ausnutzend, suchte er eilig die erhobene, auf das Kreuz weisende Rechte des Täufers zu vollenden. Unter den Fenstern ertönten Schritte und Stimmen.

»Lass niemand ein«, befahl der Meister Francesco Melzi. »Niemand, hörst du? Sag, ich sei krank – oder nicht zu Hause.«

Der Schüler trat in den Flur hinaus, um die ungebetenen Gäste abzuweisen. Als er aber den König erblickte, verbeugte er sich ehrerbietig und öffnete die Tür für ihn. Leonardo konnte kaum noch das neben dem Johannes stehende Bildnis der Gioconda verhüllen: Das tat er immer, denn er mochte nicht, dass Fremde sie sahen.

Der König betrat die Werkstatt. Er war mit einem Luxus von nicht einwandfreiem Geschmack gekleidet, in übermäßig bunte, allzu grelle Stoffe mit viel zu viel Gold, Stickerei und Edelgestein. Er trug schwarze, eng anliegende Atlashosen, ein kurzes Wams mit Längsstreifen aus schwarzem Samt und Goldbrokat, mit gewaltigen bauschigen Ärmeln mit zahllosen Schlitzen, »Fenstern«, und ein flaches schwarzes Samtbarett mit weißer Straußenfeder. Der viereckige Brustausschnitt ließ den schlanken, weißen, wie aus Elfenbein geschnitzten Hals sehen. Er gebrauchte übertrieben viel Wohlgerüche.

Der König war vierundzwanzig Jahre alt. Seine Freunde behaupteten, sein Äußeres sei so majestätisch, dass jeder, auch wer ihn nicht kenne, beim ersten Blick fühle: Das ist der König! Er war in der Tat groß, schlank, gewandt und ungewöhnlich stark; er konnte bezaubernd liebenswürdig sein. Aber sein schmales, langes, sehr weißes, von einem krausen, pechschwarzen Bart umrahmtes Gesicht, mit niedriger Stirn, einer übermäßig langen, dünnen, nadelspitzen, gleichsam heruntergezogenen Nase, mit listigen, kalten, wie eben angeschnittenes Zinn glänzenden, kleinen Augen und dünnen, sehr roten, feuchten Lippen hatte einen unangenehmen, allzu offenen, fast tierisch lüsternen Ausdruck, etwas vom Affen oder Bock, das an einen Faun denken ließ.

Leonardo wollte nach höfischer Sitte vor dem König das Knie beugen. Der König hielt ihn aber zurück, neigte sich selbst über ihn und umarmte ihn ehrerbietig.

»Wir haben uns lange nicht gesehen, Maître Leonard«, sagte er gütig. »Wie geht es? Malst du viel? Hast du neue Bilder?«

»Ich kränkle leider dauernd, Majestät«, antwortete der Künstler und wollte das Bildnis der Gioconda beiseitestellen.

»Was ist das?«, fragte der König, auf das Gemälde deutend.

»Ein altes Porträt, Sire. Ihr geruhtet, es bereits zu sehen.«

»Ganz gleich, zeig her! Deine Bilder sind so, dass sie immer besser gefallen, je öfter man sie sieht.«

Da der Künstler zauderte, trat ein Höfling hinzu, zog die Leinwand ab und enthüllte die Gioconda. Leonardo runzelte die Stirn. Der König ließ sich auf einen Sessel nieder und betrachtete lange schweigend das Bild.

»Wunderbar«, sagte er endlich, wie aus tiefem Sinnen erwachend. »Das ist die schönste Frau, die ich je gesehen habe. Wer ist das?«

»Madonna Lisa, die Gattin des Florentiner Bürgers Giocondo«, antwortete Leonardo.

»Hast du sie vor langer Zeit gemalt?«

»Vor zehn Jahren.«

»Ist sie immer noch so schön?«

»Sie ist gestorben, Majestät.«

»Maître Leonard de Vinsi«, sagte der Hofdichter Saint-Gelais, den Namen des Künstlers französisch aussprechend, »hat fünf Jahre an diesem Bild gearbeitet, und es ist immer noch nicht vollendet – wenigstens sagt er selbst so.«

»Nicht vollendet?«, staunte der König. »Was fehlt noch? Erbarm dich! Es ist, als lebte sie – nur dass sie nicht spricht.« – »Nun, ich muss gestehen«, wandte er sich dann wieder an den Künstler, »man kann dich wirklich beneiden, Maître Leonard. Fünf Jahre mit einer solchen Frau? Du darfst dich nicht über das Schicksal beklagen: Du warst glücklich, mein Alter. Wo hat nur der Gatte die Augen gehabt? Wenn sie nicht gestorben, wärest du wohl heute noch nicht fertig, wie?«

Er lachte und kniff eines seiner funkelnden Äuglein zu, was ihm noch mehr Ähnlichkeit mit einem Faun gab. Der Gedanke, Monna Lisa könne vielleicht eine treue Gattin gewesen sein, kam ihm überhaupt nicht in den Sinn.

»Ja, mein Freund«, fuhr er lächelnd fort, »du verstehst etwas von Weibern. Diese Schultern, diese Brust! Und das, was man nicht sieht, war gewiss noch viel schöner?«

Er betrachtete die Gioconda mit dem enthüllenden Männerblick, der die Frau entkleidet und sie wie mit schamloser Liebkosung in Besitz nimmt. Leonardo schwieg, erblasste leicht und senkte die Augen.

»Um ein solches Porträt zu malen«, fuhr der König fort, »genügt es nicht, ein großer Künstler zu sein; man muss auch in alle Geheimnisse des weiblichen Herzens eindringen, in dieses Labyrinth des Dädalus, dieses Knäuel, das der Teufel selbst nicht entwirrt. Seht, die Frau scheint so still, bescheiden und demütig, sie faltet die Händchen wie eine Nonne, als könne sie kein Wässerchen trüben – aber komm ihr nur näher, versuche zu erraten, was in ihrer Seele ist.«

Und er sprach zwei Verse aus einem eigenen Liedchen, das er einst, über weibliche Arglist nachsinnend, mit der Spitze eines Diamanten in eine Fensterscheibe des Schlosses Chambord eingeritzt hatte:

»Souvent femme varie,
Bien fol est qui s'y fie! …«*

Leonardo trat beiseite und tat so, als wolle er die Staffelei mit dem andern Bild näher ans Licht rücken.

»Ich weiß nicht, ob es wahr ist, Majestät«, flüsterte Saint-Gelais und neigte sich an des Königs Ohr, damit Leonardo nichts hörte, »aber man hat mir versichert, dieser Sonderling habe weder Lisa Gioconda noch je ein anderes Weib in seinem Leben geliebt – er sei vollkommen keusch.« Und noch leiser, mit zynischem Lächeln, fügte er etwas, wohl sehr Derbes, über die sokratische Liebe hinzu, über die auffallende Schönheit einiger Schüler Leonardos und über die freien Sitten der Künstler von Florenz.

Franz war erstaunt, zuckte aber die Achseln mit dem nachsichtigen Lächeln des klugen, vorurteilsfreien Weltmanns, der lebt und leben lässt, der weiß, dass in solchen Dingen der Geschmack verschieden ist. Nachdem er die Gioconda lange betrachtet hatte, wandte er seine Aufmerksamkeit der danebenstehenden unvollendeten Skizze zu.

»Was ist das?«

»Nach den Weintrauben und dem Thyrsus zu urteilen, muss es wohl Bacchus sein«, mutmaßte der Dichter.

»Und das?« Der König wies auf das nächste Bild.

»Noch ein Bacchus?«, fragte Saint-Gelais zweifelnd.

»Seltsam!«, wunderte sich der König. »Haare, Brust, Gesicht – alles wie bei einem Mädchen. Er hat Ähnlichkeit mit Lisa Gioconda, es ist dasselbe Lächeln!«

* Die Frau ist launisch. Ein rechter Tor, wer ihr glaubt.

»Vielleicht ein Androgynos?«, bemerkte der Dichter, und als der König, der sich nicht durch große Gelehrsamkeit auszeichnete, nach der Bedeutung des Wortes fragte, erinnerte ihn Saint-Gelais an Platos alte Fabel von doppelgeschlechtlichen Wesen, den Mannweibern, die schöner und vollkommener sind als die Menschen – den Kindern des Sonnengottes und der Erde, die beide Elemente, das männliche und weibliche, in sich vereinen und so stark und stolz sind, dass sie, gleich den Titanen, sich gegen die Götter erhoben, um sie vom Olymp zu stürzen. Zeus wollte die Rebellen bändigen, aber nicht ausrotten, weil er ihre Gebete und Opfer nicht entbehren mochte, und spaltete sie mit seinem Blitze in zwei Hälften, »wie«, sagt Plato, »Bäuerinnen mit einem Faden oder einem Haar Eier zum Einsalzen durchschneiden«. Und seither streben beide Hälften, Mann und Weib, sehnsuchtsvoll zueinander, in dem unstillbaren Verlangen, das wir Liebe nennen, das die Menschen an die frühere Einheit der Geschlechter erinnert.

»Vielleicht«, schloss der Dichter, »hat Maître Leonard in diesem Werk seiner Fantasie versucht, das wiederzuerwecken, was es in der Natur nicht mehr gibt: Er wollte die von den Göttern getrennten Elemente, das männliche und das weibliche, wieder vereinen.«

Franz hörte die Erklärungen an und besah auch dieses Gemälde mit dem gleichen schamlosen, enthüllenden Blick wie vordem das Porträt Monna Lisas.

»Löse unsere Zweifel, Meister!«, wandte er sich an Leonardo. »Wer ist es? Bacchus oder der Androgynos?«

»Keiner von beiden, Majestät«, antwortete Leonardo und errötete, als zeihe er sich einer Schuld. »Das ist Johannes der Täufer, der Vorläufer des Herrn.«

»Der Täufer? Unmöglich. Was sagst du? Erbarm dich!« Doch als er genauer hinsah, bemerkte er im dunklen Hintergrund ein feines Kreuz aus Rohr und schüttelte befremdet den Kopf.

Die Mischung von Heiligem und Sündhaftem erschien ihm gotteslästerlich, doch gefiel sie ihm gleichzeitig. Er sagte sich gleich, man dürfe dem keine Bedeutung beilegen: Was kommt Künstlern nicht alles in den Kopf.

»Maître Leonard, ich kaufe beide Bilder – den Bacchus, vielmehr den Johannes, und die Lisa Gioconda. Wie viel verlangst du dafür?«

»Majestät« begann der Künstler schüchtern, »sie sind noch nicht vollendet. Ich beabsichtige …«

»Unsinn!«, unterbrach ihn der König. »Den Johannes mach meinethalben fertig; gut, ich werde warten. Aber untersteh dich nicht, die Gioconda anzurühren! Du kannst sie nicht mehr schöner machen. Ich will sie sofort haben, hörst du? Nenn deinen Preis! Hab keine Angst, ich feilsche nicht.«

Leonardo fühlte, dass er eine Entschuldigung, einen Vorwand für seine Weigerung finden müsse. Was konnte er aber diesem Menschen sagen, der alles, was er anrührte, in Gemeinheit und Schmutz verwandelte? Wie sollte er ihm erklären, was das Bildnis der Gioconda ihm war, weshalb er sich um kein Geld von ihm trennen wollte?

Der König wähnte, Leonardo schweige aus Sorge, einen zu niedrigen Preis zu nennen. »Nun, da ist wohl nichts zu machen. Wenn du es nicht tust, muss ich den Preis bestimmen.«

Er warf einen Blick auf Monna Lisa und sagte: »Dreitausend Écus. Zu wenig? Dreieinhalb.«

»Sire«, begann der Künstler mit zitternder Stimme, »ich kann Euch versichern …«

Er hielt inne, sein Gesicht erblasste wieder leicht.

»Nun gut! Viertausend, Maître Leonard. Das ist wohl genug?«

Ein Flüstern des Staunens lief durch die Reihen der Höflinge. Noch nie hatte ein Gönner der Kunst, auch Lorenzo il Magnifico nicht, solche Preise für Gemälde gezahlt.

Leonardo hob in unsagbarer Verwirrung die Augen zu Franz. Er war bereit, ihm zu Füßen zu fallen, ihn anzuflehen, wie man um sein Leben fleht, er möge ihm die Gioconda nicht nehmen. Franz hielt seine Verwirrung für einen Ausbruch von Dankbarkeit; er erhob sich, um zu gehen, und umarmte den Künstler zum Abschied noch einmal.

»Also abgemacht? Viertausend! Das Geld kannst du haben, wann du willst. Morgen lasse ich die Gioconda holen. Sei ruhig, ich gebe ihr einen Platz, mit dem du zufrieden sein wirst. Ich weiß, was sie wert ist, und werde sie der Nachwelt zu erhalten wissen.«

Als der König gegangen war, sank Leonardo in einen Sessel. Mit einem fassungslosen Blick sah er die Gioconda an und glaubte noch nicht an das Geschehene. Ganz unsinnige, kindische Pläne kamen ihm in den Kopf: Sie so zu verstecken, dass man sie nicht finden könne; sie nicht herzugeben, und wenn man ihn mit dem Tod bedrohe; sie mit Francesco Melzi nach Italien zu schicken oder selbst mit ihr zu fliehen.

Es dämmerte. Francesco schaute ein paarmal in die Werkstatt hinein; aber er wagte nicht, den Meister anzusprechen. Leonardo saß immer noch vor der Gioconda; sein Gesicht erschien in der Dunkelheit bleich und starr wie das eines Toten.

Nachts kam er zu Francesco ins Zimmer, der schon im Bett lag, aber noch keinen Schlaf gefunden hatte. »Steh auf! Wir gehen ins Schloss. Ich muss den König sprechen.«

»Es ist spät, Meister. Ihr seid heut müde. Ihr werdet wieder krank werden. Schon jetzt scheint Ihr nicht ganz wohl zu sein. Wäre es nicht besser, erst morgen zu gehen?«

»Nein, jetzt gleich. Zünde die Laterne an, begleite mich! Übrigens, einerlei – wenn du nicht willst, gehe ich allein.«

Francesco machte keine weiteren Einwände, erhob sich, kleidete sich an, und sie machten sich nach dem Schloss auf.

Sie hatten bis zum Schloss zehn Minuten zu gehen, aber der Weg war steil und schlecht gepflastert. Leonardo ging langsam, auf Francescos Arm gestützt. Kein Stern stand am Himmel; die Nacht war schwül, schwarz, fast unterirdisch. Stoßweise blies der Wind. Die Äste der Bäume zuckten wie erschrocken und leidend. Oben schimmerten die erleuchteten Fenster des Schlosses durch die Bäume. Man hörte Musik.

Der König speiste mit einer kleinen gewählten Gesellschaft zur Nacht und belustigte sich an einem Scherz, den er besonders liebte: Er nötigte junge Hofdamen und halb erwachsene Mädchen, aus einem großen, am Rand und am Fuß mit kunstvoll gravierten, unzüchtigen Bildern verzierten Silberpokal zu trinken, und beobachtete, wie die einen lachten, andere erröteten und vor Scham weinten, noch andere zornig wurden, manche die Augen schlossen, um nichts zu sehen, oder auch so taten, als sähen sie es zwar, verstünden aber nichts.

Unter den Damen war die leibliche Schwester des Königs, Prinzessin Marguerite, die »Perle der Perlen«, wie sie genannt wurde. Die Kunst zu gefallen »war ihr gewohnter als das tägliche Brot«. Doch obwohl sie alle Welt bezauberte, blieb sie gleichgültig gegen jedermann, sie liebte nur den Bruder mit einer seltsamen, übermäßigen Liebe: Seine Schwächen waren für sie Vollkommenheiten, seine Laster Tugenden, sein Faungesicht das Antlitz eines Apollo. Für ihn war sie jeden Augenblick des Lebens bereit, wie sie selbst sagte, nicht nur »den Staub ihres Leibes in alle vier Winde zu zerstreuen, sondern auch ihre unsterbliche Seele hinzugeben«. Es gingen Gerüchte, sie liebe ihn mehr, als einer Schwester erlaubt ist, den Bruder zu lieben. Jedenfalls missbrauchte Franz diese Liebe: Er nahm ihre Dienste nicht nur bei allen Mühen, Krankheiten und Gefahren in Anspruch, sondern auch bei seinen Liebesabenteuern.

An diesem Abend sollte zum ersten Mal ein blutjunges Mädchen, fast noch ein Kind, aus dem unanständigen Pokal trinken, die Erbin eines alten Geschlechts, die Marguerite in einem öden Nest der Bretagne aufgefunden und dann bei Hof vorgestellt hatte; sie hatte bereits das Gefallen Seiner Majestät erregt. Die Kleine brauchte sich nicht zu verstellen: Sie verstand die unzüchtigen Bilder wirklich nicht, sie errötete nur leicht unter den auf sie gerichteten, neugierig spöttischen Blicken. Der König war sehr heiter.

Leonardo wurde gemeldet. Franz befahl, ihn vorzulassen, und trat ihm mit Marguerite entgegen. Als der Künstler verlegen, mit niedergeschlagenen Augen, durch die hell erleuchteten Säle schritt, durch die Reihen der Hofdamen und Kavaliere, geleiteten ihn zwar halb erstaunte, halb spöttische Blicke; doch selbst die Gedankenlosesten und Leichtsinnigsten fühlten, dass von diesem großen alten Mann mit dem langen Grauhaar, dem finsteren Gesicht und dem so schüchternen, fast menschenscheuen Blick ein Hauch einer anderen, fremden Welt ausging, so wie Kälte ausgeht von einem aus dem Frost in ein warmes Zimmer tretenden Menschen.

»Ah, Maître Leonard«, begrüßte ihn der König und umarmte ihn, wie immer, ehrerbietig. »Ein seltener Gast! Was darf ich dir anbieten? Ich weiß, du isst kein Fleisch. Vielleicht Gemüse? Oder Obst?«

»Ich danke, Majestät … Verzeiht, ich sagte Euch gern ein paar Worte.«

Der König sah ihn scharf an. »Was hast du, Freund? Du bist doch nicht krank?«

Er führte ihn beiseite und fragte, auf seine Schwester weisend: »Stört sie?«

»O nein«, erwiderte der Künstler und neigte sich vor Marguerite. »Ich hoffe vielmehr, dass Ihre Hoheit meine Bitte befürworten wird.«

»Sprich! Du weißt, ich bin stets gern bereit …«

»Ich komme noch einmal wegen des Gemäldes, Sire, das Ihr kaufen wolltet, wegen des Porträts der Monna Lisa.«

»Wie? Noch einmal? Weshalb hast du es mir nicht gleich gesagt? Sonderling! Ich glaubte, wir seien über den Preis einig.«

»Nicht des Geldes wegen, Majestät.«

»Also weswegen?«

Leonardo fühlte wieder unter dem gleichgültig freundlichen Blick des Königs die Unmöglichkeit, über die Gioconda zu sprechen.

»Herr«, sprach er endlich, sich zwingend, »Herr, seid barmherzig und nehmt mir dieses Porträt nicht! Es gehört Euch ja doch, und Geld brauche ich nicht. Aber lasst es mir noch kurze Zeit – bis zu meinem Tod.«

Er hielt inne, sprach nicht zu Ende und sah Marguerite mit verzweifeltem Flehen in den Augen an. Der König zuckte die Achseln und runzelte die Stirn.

»Sire«, trat die junge Prinzessin für den Künstler ein, »erfüllt Maître Leonards Bitte. Er hat es verdient. Seid gnädig!«

»Auch Ihr sprecht für ihn? Auch Ihr? Das ist ja wie eine Verschwörung!«

Sie legte die Hand auf die Schulter des Bruders und flüsterte ihm ins Ohr: »Seht Ihr denn nicht? Er liebt sie noch immer.«

»Aber sie ist doch tot.«

»Was tut das? Kann man nicht Tote auch lieben? Ihr sagtet selbst, sie lebe auf dem Bild. Seid gütig, lieber Bruder, lasst ihm das letzte Andenken an die Vergangenheit, betrübt den alten Mann nicht …«

In der Seele des Königs regte sich etwas Halbvergessenes, aus Schulzeit und Büchern, von ewigem Seelenbund, von überirdischer Liebe und ritterlicher Treue; es drängte ihn, Großmut zu zeigen.

»Gott sei mit dir, Maître Leonard«, sagte er mit einem leichten Spottlächeln. »Ich sehe, mit dir wird man doch nicht fertig. Du hast eine gute Fürsprecherin zu wählen gewusst. Sei ruhig, ich will deinen Wunsch erfüllen. Aber vergiss nicht: Das Bild gehört mir, das Geld dafür bekommst du im Voraus.«

Er klopfte ihm auf die Schulter.

»Keine Sorge, mein Freund, ich gebe dir mein Wort: Niemand soll dich von deiner Lisa trennen.«

Marguerite traten Tränen in die Augen: Mit leisem Lächeln reichte sie dem Künstler die Hand, die er stumm küsste. Die Musik setzte wieder ein, der Ball hob an, die Paare drehten sich im Kreis. Und niemand dachte mehr an den seltsamen fremden Gast, der wie ein Schatten durch das Gemach geglitten und wieder in der sternenlosen, schwarzen, wie unterirdischen Nacht entschwunden war.

Um eine von einem entfernten Verwandten ihm zugefallene kleine Erbschaft antreten zu können, musste sich Francesco Melzi einige Urkunden vom Notar der Stadt Amboise, Maître Guillaume Boreau, ausstellen lassen. Der liebenswürdige Mann war Leonardo freundschaftlich gewogen.

Als er eines Tages mit Francesco über die letzten Arbeiten des Meisters plauderte, erzählte er im Scherz, in seinem eigenen Haus wohne ein wunderlicher Maler aus hyperboreischen Landen. Und als Francesco ihn näher befragte, führte er ihn in den Bodenraum und zeigte ihm Jewtichij Paisejewitsch Gagaras winzige Werkstatt in dem großen niederen Zimmer neben dem Taubenschlag, in der Nische des Dachfensters.

Um den Meister, der seit einigen Tagen besonders versonnen war, aufzuheitern, erzählte ihm Francesco von der Werkstatt des Malers aus dem Volk der Barbaren wie von einer interessanten Kuriosität und empfahl ihm, sie gelegentlich anzusehen. Leonardo erinnerte sich noch an sein Gespräch über das ferne Moskowien mit dem jetzigen russischen Gesandten Nikita Karatschjarow auf dem Fest des Goldenen

Zeitalters an Moros Hof in Mailand; und es drängte ihn, diesen Künstler aus dem halb sagenhaften Land zu sehen.

Eines Abends, bald nachdem Franz I. das Porträt der Gioconda gekauft hatte, gingen sie zu Maître Guillaume. Jewtichijs Gefährten hatten sich an diesem Abend zu einem Maskenball ins Schloss begeben. Auch er selbst hatte mitgehen wollen, aber Ilja Potapytsch, der dem Fest beiwohnen musste, hatte ihm abgeraten:

»Wenn hier, nach den abscheulichen fremdländischen Sitten, Männer und Weiber in garstigen Larven und Masken zu trunkenen Saufgelagen zusammenkommen, stellen sich auch Gotteslästerer ein mit Lauten, Fiedeln, Flöten und Trommeln, toben und springen und singen zuchtlose Lieder; jeglicher Mann reicht einem fremden Weib unter Küssen den Trank, Hände greifen sich, sündhaft geheime Rede wird geführt und satanischer Bund geflochten.«

Jewtichij war weniger aus Furcht vor Verführung allein zu Hause geblieben, als weil er in Einsamkeit an seiner neuen Ikone »Alles, was Odem hat, lobe den Herrn« arbeiten wollte. Auf dem gewohnten Platz am Fenster saß er bei seiner Arbeit.

Alle handwerksmäßigen Kleinigkeiten seiner Kunst waren ihm nicht weniger heilig und teuer als die höchsten Regeln. Er war nicht nur auf Schönheit, sondern auch auf Dauerhaftigkeit bedacht und malte seine Ikone so, dass sie Jahrhunderte überdauern konnte, ohne Schaden zu nehmen.

Er wählte meist Linden- oder Ahornholz, von ganz gleichmäßiger weißer Farbe, das an einem hoch gelegenen, trockenen Ort gewachsen war und deshalb nicht leicht anfaulte. Sorgfältig füllte er alle Fugen, überzog das Brett mit starkem Fischleim, legte dann einen Überzug aus weicher alter Leinwand auf, strich schichtweise eine dünne Grundierung darüber, die aber keine Kreide enthalten durfte, die nur mehr an die Billigkeit als an die Dauerhaftigkeit ihrer Werke denkende Maler verwenden: Es musste teuerster, härtester, zartester Alabaster sein. Er ließ trocknen und glättete mit Schachtelhalm nach. Dann trug er mit einem feinen Pinsel mit Tusche das Vorbild auf, und um später, beim Malen, nicht zu irren, umriss er die Skizze mithilfe eines spitzen Nagels mit feinen Rillen. Schließlich richtete er die Farben her, löste sie in Eidotter und rieb sie in Tonschalen und Muscheln, die zartesten aber auf den eigenen Fingernägeln, die ihm als Palette dienten. Schließlich begann er zu malen. Zuerst alles außer den menschlichen Gesichtern: Berge in Gestalt runder flacher Kappen; Bäume wie Pilze; Gras wie gefiederte schwarzrote Algen mit den blauen Punkten der Vergissmeinnicht; Wolken als unregelmäßige weiße Kreise. Die Gewänder grundierte er erst mit dunkelbrauner Farbe, dann zeichnete er die Falten und weißte die erhöhten Stellen; die goldenen Ornamente auf den Gewändern der Engel und Heiligen sowie die Spitzen und feinen Fäserchen der Kräuter vergoldete er mithilfe einer Nadel mit rotem Gold.

Bis auf die Gesichter war alles fertig. An diesem Abend kam er zum letzten, dem wichtigsten und schwierigsten Teil der Arbeit: zum Malen der menschlichen Gesichter. Ebenso wie die Gewänder grundierte er sie erst mit dunkler Farbe, dann »belebte« er sie allmählich mit den drei Ockerfarben für Gesichter, von denen eine immer heller war als die vorhergehende; zuletzt legte er auf Wangen, Mund, Bart, Lippen und Hals etwas Rot auf.

Er begnügte sich nicht mit dem harten Weiß der alten Nowgoroder Schule, sondern strebte nach dem neuen Stil des Rubliow, der Ähnlichkeit mit dem altbyzantinischen hatte, vollkommener war – »fließend wolkig«, wie die damaligen Meister sich ausdrückten –, in dem die rosige Ockerfarbe in einen feinen hellen Schatten überging. Besonderen Wert legt er auf wohlgestaltete Männer: Ihr Bart war bald kurz und kraus, bald lang, bis zur Erde reichend, bald breit, über beide Schultern liegend, bald geteilt, mit Zotteln, »durchräuchert«, bald braun oder grau gesträhnt. Der Gesichtsausdruck war immer erhaben und streng oder aber leidvoll und zart.

Jewtichij war ganz in seine Arbeit versunken, als er vor dem Fenster Rascheln und Zittern von Taubenflügeln hörte. Er wusste, dass seine Nachbarin die Vögel fütterte, die junge Frau des alten Bäckers. Oft schaute er sie verstohlen an. Sie stand zwischen Fliederzweigen im dunklen Fensterviereck über dem Vorgarten, mit bloßem Hals, im ausgeschnittenen Kleid – Jewtichij konnte von oben den Einschnitt zwischen den Brüsten sehen und den warmen Schatten dazwischen –, mit kaum sichtbaren Sommersprossen auf der weißen Haut und rotem, im Sonnenlicht wie Gold glänzendem Haar.

»Kind, schau nicht auf Weiberschönheit«, fielen ihm Ilja Potapytschs Worte ein. »Denn solche Schönheit ist anfangs süß wie Honig, später aber bitterer denn Wermut und Galle. Richte deine Augen nicht auf sie, auf dass du nicht umkommst. Kind, fliehe vor Weiberschönheit und kehr nicht wieder – wie Noah vor der Sintflut, wie Lot aus Sodom und Gomorra. Denn was ist das Weib? Ein vom Teufel geschaffenes Netz, das mit süßem Köder lockt, eine arge Verleumderin der Heiligen, ein Satansfest, eine Schlangenhöhle, eine Teufelsblume, eine unheilbare Krankheit, eine tolle Ziege, ein Nordwind, ein Regentag, eine Judenherberge. Besser am Fieber zu kranken, als von einem Weib besessen zu sein: Das Fieber schüttelt dich und lässt dich wieder; ein Weib aber zehrt an dir bis zum Tod. Das Weib ist wie die Krätze; hier schmerzt es, da juckt es. Willst du sie bändigen, so lehnt sie sich auf, schlägst du sie, so rast sie wie der Teufel. Böser als alles Böse ist ein böses Weib!«

Jewtichij schaute immer noch zur Nachbarin hinüber und erwiderte ihr Lächeln unwillkürlich auch mit einem Lächeln. Als er dann zu seiner Arbeit zurückkehrte, malte er einer von den Märtyrerinnen auf seiner Ikone goldrotes Haar, wie es die hübsche Bäckersfrau hatte.

Auf der Treppe ertönten Stimmen. Wlasij, der alte Gesandtschaftsdolmetscher, trat ein; ihm folgten der Hauswirt Maître Guillaume Boreau, Francesco Melzi und Leonardo. Als Wlasij ihm erklärte, dass die Gäste seine Werkstatt sehen wollten, schämte sich Jewtichij und erschrak fast. Während die Besucher sich umsahen, stand er stumm, mit niedergeschlagenen Augen da, weil er nicht wusste, wohin er den Blick richten sollte, und schaute nur ab und zu auf Leonardo, dessen Gesicht großen Eindruck auf ihn machte: er fand, dass er dem Propheten Elias ähnlich sah, so wie er im *Podlinnik* dargestellt wird.

Nachdem Leonardo alles Zubehör der winzigen Werkstatt, die noch nie gesehenen Pinsel, Feilen, Brettchen, Muscheln mit Farben und Töpfchen mit Leim und Firnis betrachtet hatte, wandte er seine Aufmerksamkeit der Ikone »Alles, was Odem hat, lobe den Herrn« zu. Obwohl Wlasij, der mehr verwirrte als erklärte, den Sinn der Beischriften nicht zu übersetzen vermochte, begriff der Künstler doch die Idee des Bildes und war erstaunt, dass dieser Barbar, der Sohn eines »bestialischen Volks«, wie italienische Reisende die Russen nannten, an die Grenzen aller menschlichen Weisheit gerührt hatte: denn der über den Sphären der sieben Planeten Thronende, von allen Stimmen der Natur, des Himmels und der Höllen, des Feuers und des Sturmwindes, der Pflanzen und der Tiere, der Menschen und der Engel Gepriesene – war das nicht der »Erste Beweger« der göttlichen Mechanik, Leonardos »Primo Motore«?

Mit großer Aufmerksamkeit und viel Interesse betrachtete der Meister auch den illustrierten *Podlinnik,* ein großes Heft mit leicht in Kohle oder roter Tinte skizzierten Abbildungen von Ikonen. Hier sah er verschiedene russische Madonnen, die »Linderin meiner Schmerzen«, die »Freude aller Betrübten«, die »Frohlockende«, die »Gerührte«, die »Lebenspendende Quelle« – wo die Heilige Jungfrau an einem Quell steht, an dem alle Geschöpfe ihren Durst stillen –, die »Schmerzensreiche« mit dem Jesuskind, das sich wie entsetzt von dem Kreuz abwendet, das ihm ein trauernder Erzengel hinhält; den Heiland »Nasser Bart«, mit glattem, nicht krausem Haar, das »nicht von Händen geschaffene« Bildnis auf dem Schweißtuch der heiligen Veronika, mit dem sie dem Herrn auf dem Weg nach Golgatha das schweißbedeckte Antlitz getrocknet hat; und den Heiland »Heiliges Schweigen«, mit auf der Brust gefalteten Händen.

Leonardo hatte das Gefühl, als sei das zwar keine Malerei oder wenigstens nicht das, was er Malerei nannte: Aber trotz aller Unvollkommenheiten der Zeichnung, trotz des falschen Spiels von Licht und Schatten und des Fehlens jeder Kenntnis der Perspektive und Anatomie, fand er hier doch, wie auf den alten byzantinischen Mosaiken, die er aus Ravenna kannte, eine Kraft des Glaubens, die älter und zugleich auch jünger war als die in den frühesten Werken der italienischen Meister, Cimabue und Giotto; es war ein dunkles Ahnen einer großen, neuen Schönheit, wie eine geheimnisvolle Dämmerung, in der ein letzter Strahl hellenischer Anmut mit dem ersten Strahl eines noch unbekannten Morgens zusammenfloss. Die Wirkung der manchmal plumpen, barbarischen, seltsamen, fast wilden, aber gleichzeitig körperlosen, durchsichtigen und wie Kinderträume zarten Gestalten war ähnlich der Wirkung von Musik: Gerade wenn sie gegen die natürlichen Gesetze verstießen, reichten sie an die überirdische Welt.

Besonders fielen dem Künstler zwei Darstellungen Johannes' des Täufers, des »Geflügelten Vorläufers«, auf. Auf der einen hielt Johannes in der linken Hand eine goldene Schale mit dem urewigen Kind, auf das er mit der rechten Hand hinwies: »Siehe, das ist Gottes Lamm, welches der Welt Sünde trägt«; auf der zweiten, der »Enthauptung«, hatte er, den Naturgesetzen zum Trotz, zwei Köpfe, einen lebendigen auf den Schultern und einen zweiten, toten, in einem Gefäß, das er in Händen hielt, wie zum Zeichen dessen, dass nur nach Abtötung alles Menschlichen in sich der Mensch übermenschliche Flügel haben wird. Beide Antlitze waren seltsam und furchtbar, der Blick der weit geöffneten Augen glich dem in die Sonne gerichteten Blick eines Adlers; Bart und Haare flogen wie in starkem Winde auseinander: Das raue Gewand aus Kamelhaar war wie Vogelgefieder, die nur mit Haut überzogenen Knochen der abgemagerten, unverhältnismäßig langen dünnen Arme und Beine schienen leicht zu sein, wie zum Fliegen geschaffen, als seien sie, innen leer und hohl, wie Knorpel und Knochen von Vögeln; zwei Riesenflügel an seinen Schultern glichen den Flügeln eines Schwans oder jenes Großen Vogels, von dem Leonardo sein ganzes Leben geträumt hatte.

Und der Künstler gedachte der in Giovannis Tagebuch angeführten Worte des Propheten Maleachi: »Siehe, ich will meinen Engel senden, der vor mir her den Weg bereiten soll. Und bald wird kommen zu seinem Tempel der Herr, den ihr sucht; und der Engel des Bundes, den ihr begehret. Siehe, er kommt.«

Kaum war der König abgereist, als in Amboise wieder die gewohnte Stille und Öde eintrat. Man hörte nur das gemessene, eherne Schlagen der Turmuhr und abends das Geschrei der wilden Schwäne auf den Sandbänken der spiegelglatten, den blassgrünen Himmel widerspiegelnden Loire.

Leonardo arbeitete wie bisher an seinem Johannes. Die Arbeit wurde aber, je weiter sie fortschritt, umso schwieriger und ging immer langsamer vonstatten. Francesco wollte es manchmal so scheinen, als erstrebe der Meister Unmögliches. Mit derselben Kühnheit, mit der er einst in Monna Lisa das Geheimnis des Lebens ergründen wollte, suchte er jetzt in diesem auf das Kreuz von Golgatha weisenden Johannes zu zeigen, wie Leben und Tod zu einem einzigen, noch größeren Geheimnis zusammenfließen.

Manchmal in der Dämmerung nahm Leonardo die Hülle von dem Bild und betrachtete lange die Gioconda und den danebenstehenden Johannes, als vergliche er beide. Und dann schien es dem Schüler – vielleicht im trügerischen Spiele von Licht und Schatten –, als verändere sich bei beiden, dem Jüngling und der Frau, der Gesichtsausdruck, als träten sie, unter dem starken Blick des Künstlers von übernatürlichem Leben beseelt, wie Gespenster aus der Leinwand heraus, als werde Johannes Monna Lisa ähnlich und auch Leonardo, wie er wohl in der Jugend aussah – so wie ein Sohn den Eltern ähnlich sieht.

Die Gesundheit des Meisters wurde immer schwächer. Vergebens flehte Melzi ihn an, auszuruhen, die Arbeit aufzuschieben. Leonardo wollte nichts von Ruhe hören. Einmal, im Herbst 1518, fühlte er sich besonders leidend. Er überwand aber Krankheit und Müdigkeit und arbeitete ununterbrochen den ganzen Tag; er hörte nur früher auf als sonst und bat Francesco, ihn nach oben in sein Schlafzimmer zu bringen. Die hölzerne Wendeltreppe war steil, und weil er häufig Schwindelanfälle hatte, getraute er sich seit den letzten Tagen nicht mehr, ohne fremde Hilfe hinaufzusteigen.

Francesco stützte auch dieses Mal den Meister. Leonardo ging langsam, mit Anstrengung, und machte nach je zwei, drei Stufen halt, um Atem zu holen. Plötzlich schwankte er und stützte sich mit der ganzen Schwere seines Körpers auf den Schüler. Francesco sah, dass ihm unwohl war, und weil er fürchtete, ihn allein nicht halten zu können, rief er nach dem alten Diener Battista Villanis. Zu zweit hielten sie Leonardo, der ihnen in die Arme sank, und riefen nach Hilfe; als noch zwei Diener herbeigeeilt waren, trugen sie den Kranken ins Schlafzimmer.

Wie immer lehnte er jede ärztliche Hilfe ab. Er lag sechs Wochen fest zu Bett. Die rechte Seite war vom Schlag gerührt, die rechte Hand völlig gelähmt. Zu Anfang des Winters ging es ihm besser. Aber er erholte sich nur schwer und langsam. Leonardo hatte sein ganzes Leben hindurch stets beide Hände, die linke wie auch die rechte, benutzt; sie waren ihm für seine Arbeit beide nötig: mit der linken zeichnete er, mit der rechten malte er seine Bilder. Was die eine tat, konnte die andere nicht leisten. Auf dieser Zusammenarbeit zweier entgegengesetzter Kräfte beruhte, wie er behauptete, seine Überlegenheit andern Malern gegenüber. Jetzt aber, da die Finger der rechten Hand infolge des Schlaganfalls gelähmt waren, sodass er sie fast gar nicht gebrauchen konnte, fürchtete er, überhaupt nicht mehr malen zu können.

In den ersten Tagen des Dezember stand er aus dem Bett auf; er ging anfänglich nur in den oberen Räumen umher, stieg dann aber auch in die Werkstatt hinab. Doch zur Arbeit kehrte er nicht wieder zurück.

Eines Tages, in der stillsten Stunde, als alle im Haus nach dem Mittagessen ruhten, ging Francesco, der den Meister etwas fragen wollte und ihn in den oberen Räumen nicht fand, in die Werkstatt hinunter, öffnete vorsichtig die Tür und schaute hinein. Leonardo, finsterer und menschenscheuer denn je, war in der letzten Zeit am liebsten allein und erlaubte niemand, ohne Erlaubnis bei ihm einzutreten, als fürchte er, beobachtet zu werden.

Durch die halb geöffnete Tür sah Francesco, wie der Meister vor dem Johannes stand und mit der kranken Hand zu malen versuchte. Ein Krampf verzweifelter Anspannung verzerrte sein Gesicht, die Winkel der fest zusammengepressten Lippen waren gesenkt, die Augenbrauen hochgezogen. Graue Haarsträhnen klebten an der schweißbedeckten Stirn; die steifen Finger gehorchten ihm nicht: Der Pinsel zitterte in der Hand des großen Meisters wie in der Hand eines unerfahrenen Schülers.

Francesco wagte sich nicht zu rühren; entsetzt den Atem anhaltend, beobachtete er diesen letzten Kampf des lebendigen Geistes mit dem sterbenden Fleisch.

Der Winter dieses Jahres war sehr hart. Der Eisgang zerstörte die Brücken der Loire; die Menschen erfroren auf den Landstraßen, die Wölfe kamen bis in die Vorstadt, und der alte Gärtner behauptete, er habe sie sogar im Garten unter den Fenstern von Schloss Cloux gesehen; nachts konnte man ohne Waffen nicht aus dem Haus gehen. Die Zugvögel fielen tot zu Boden. Als Francesco eines Morgens auf die Vortreppe hinaustrat, fand er im Schnee eine halb erfrorene Schwalbe. Er brachte sie dem Meister, der sie mit seinem Atem wärmte und ihr in einer warmen Ecke hinter dem Herd ein Nest machte, um sie im Frühjahr freizulassen.

Leonardo versuchte nicht, die Arbeit wiederaufzunehmen: Den unvollendeten Johannes verbarg er mit den übrigen Bildern und Zeichnungen, mit Pinseln und Farben im entferntesten Winkel der Werkstatt. Die Tage vergingen in Müßiggang. Manchmal besuchte sie der Notar Maître Guillaume; er plauderte über die nächste Ernte, über das teure Salz oder darüber, dass bei den Schafen der Languedoc die Wolle länger, dagegen bei denen von Berry und Limousin das Fleisch besser sei; oder er beriet die Köchin Maturina, wie man an einem leicht beweglichen Knöchelchen der Vorderläufe junge Hasen von alten unterscheiden könne. Manchmal besuchte sie auch ein aus Italien stammender Franziskanermönch, Francesco Melzis Beichtvater Fra Guglielmo, der schon lange in Amboise lebte, ein schlichter, lustiger, freundlicher Alter, der ausgezeichnet alte Novellen von Florentiner Schelmen und Spaßmachern erzählte. Leonardo hörte ihm zu und lachte ebenso harmlos wie der Mönch selbst. An den langen Winterabenden spielten sie Dame und Karten.

Es dämmerte zeitig; bleiernes Licht fiel durch die Fenster; die Gäste gingen fort. Dann wanderte Leonardo stundenlang im Zimmer auf und ab, zuweilen einen Blick auf den Mechaniker Zoroastro da Peretola werfend. Jetzt war dieser Krüppel mehr denn je ein lebendiger Vorwurf, ein Hohn auf die ganze Arbeit des Künstlers, die Erschaffung menschlicher Flügel. Astro saß, wie gewöhnlich, mit untergeschlagenen Beinen in einer Ecke, wickelte ein langes Leinenband auf eine runde Spule auf, sägte Klötze für ein Spiel, machte Kreisel oder wiegte sich, die Augen schließend, langsam hin und her, schwenkte blöde lächelnd die Arme wie Flügel und summte, halb im Traum, immer ein und dasselbe Liedchen vor sich hin:

»Kukurlu, kurlu!
Kraniche, Adler,
Im Dunste der Sonne,
Wo keine Erde zu sehn.
Kraniche, Kraniche …
Kukurlu, kurlu!«

Das wehmütige Liedchen stimmte Leonardo noch trauriger, und das kalte Dämmerlicht erschien ihm noch hoffnungsloser. Endlich dunkelte es völlig, im Haus wurde es still. Draußen aber heulte der Schneesturm und knarrten die kahlen Äste der alten Bäume, und dieser Lärm klang wie Stimmen böser Riesen. Zum Heulen des Windes kam noch ein anderes, viel kläglicheres – wohl das Heulen der Wölfe am Waldsaum. Francesco fachte das Feuer im Herd an, und Leonardo setzte sich.

Melzi spielte gut Laute und hatte eine angenehme Stimme. Manchmal versuchte er, die düsteren Gedanken des Meisters durch Musik zu verscheuchen. Einmal sang er ihm das alte von Lorenzo de' Medici verfasste Lied, das man auf einem Trionfo, dem Karnevalszug des Bacchus und der Ariadne, gesungen hatte – das unendlich freudige, wehmütige Liebeslied, das Leonardo teuer war, weil er es oft in der Jugend gehört hatte:

»Quanto è bella giovinezza,
Che si fugge tuttavia!
Chi vuol esser lieto, sia:
Di doman non c'è certezza.«

Der Meister lauschte mit gesenktem Haupt: Jene Sommernacht erstand in seiner Erinnerung, kohlschwarze Schatten, grelles, fast weißes Mondlicht in einer einsamen Gasse, Lautenklänge vor einer Marmorloggia – das gleiche Liebeslied – und Gedanken an die Gioconda.

Der letzte Ton verklang zitternd im Heulen und Toben des Sturms. Francesco, der dem Meister zu Füßen saß, hob die Augen und sah, dass Tränen über das Antlitz des Greises flossen.

Zuweilen las Leonardo in seinen Tagebüchern und trug neue Gedanken ein über das, was ihn jetzt am meisten beschäftigte – über den Tod.

»Jetzt siehst du, dass deine Hoffnung und dein Wunsch, in die Heimat, zum ersten Sein, zurückzukehren, dem Streben des Schmetterlings nach dem Feuer gleicht und dass der Mensch, der in ununterbrochenen Wünschen, in freudiger Ungeduld immer wieder ein neues Frühjahr, einen neuen Sommer, neue Monate und neue Jahre erwartet und meint, das Erwartete verspäte sich, nicht bemerkt, dass er nur den eigenen Verfall und das Ende herbeisehnt. Doch dieser Wunsch ist das Wesen der Natur, die Seele der Elemente, die sich in der menschlichen Seele eingeschlossen fühlt und ewig aus dem Leib zu dem zurückzukehren begehrt, der sie gesandt hat.«

»In der Natur gibt es nichts als Kraft und Bewegung, die Kraft aber ist der Wille zum Glück, das ewige Streben der Welt nach dem letzten Gleichgewicht, nach dem Ersten Beweger.«

»Wenn das Gewünschte sich mit dem Wünschenden vereint, ist der Wunsch gestillt und Freude entsteht: So ruht der Liebende, wenn er sich mit der Geliebten vereinigt hat, so ruht das Schwere, wenn es gefallen ist.«

»Der Teil will sich stets mit dem Ganzen vereinigen, um der Unvollkommenheit zu entfliehen: Die Seele will stets im Körper bleiben, weil sie ohne seine Organe weder handeln noch fühlen kann. Aber durch die Zerstörung des Leibes wird die Seele nicht zerstört; sie arbeitet im Körper, wie der Wind in Orgelpfeifen; ist eine Pfeife beschädigt, so bringt der Wind keinen richtigen Ton hervor.«

»Wie ein gut genutzter Tag freudigen Schlaf bringt, so bringt ein gut gelebtes Leben einen freudigen Tod.«

»Jedes gut gelebte Leben ist ein langes Leben.«

»Jedes Übel hinterlässt Bitternis in der Erinnerung; nur nicht das größte Übel – der Tod, der die Erinnerung zugleich mit dem Leben vernichtet.«

»Als ich vermeinte leben zu lernen, lernte ich nur sterben.«

»Die äußere Notwendigkeit der Natur entspricht der inneren Notwendigkeit der Vernunft: Alles ist vernünftig, alles ist gut, weil alles notwendig ist.«

»Dein Wille geschehe, Vater unser, auf Erden wie im Himmel.«

So rechtfertigte er durch die Vernunft im Tod die göttliche Notwendigkeit, den Willen des Ersten Bewegers. Aber im Grunde seines Herzens lehnte sich doch etwas auf: Es konnte und wollte sich der Vernunft nicht fügen.

Eines Nachts träumte ihm, er erwache im Sarg unter der Erde, lebendig begraben, und stemme sich erstickend, in verzweifelter Anstrengung, mit beiden Armen gegen den Sargdeckel. Am nächsten Morgen erinnerte er Francesco an seinen Wunsch, nicht eher beerdigt zu werden, als bis sich die ersten Anzeichen körperlicher Verwesung einstellten.

In den Winternächten, wenn der Sturm stöhnte, wenn er in die verglimmende Glut des Herds schaute, dachte er an seine Kinderjahre im Dorf Vinci, an den unendlich fernen, freudigen, wie lockenden Schrei der Kraniche: »Fliegen, fliegen!«, an den Harzduft des Heidekrauts, den weiten Blick auf Florenz, das im sonnigen Tal lag, durchsichtig lilafarben wie ein Amethyst und so klein, dass es zwischen zwei goldigen Zweigen des die Hänge des Monte Albano bedeckenden Buschwerks Platz hatte.

Dann fühlte er, dass er das Leben noch immer liebte, dass er noch als Halbtoter sich daran klammerte, dass er den Tod fürchtete wie eine schwarze Grube, in die er, wenn nicht heute, so morgen stürzen musste, mit einem Schrei letzten Entsetzens. Und Wehmut schnürte sein Herz zusammen, sodass er am liebsten laut geweint hätte wie ein kleines Kind. Alle Tröstungen der Vernunft, alle Worte über göttliche Notwendigkeit, über den Willen des Ersten Bewegers erschienen ihm verlogen; sie zerflogen wie Rauch vor diesem sinnlosen Entsetzen. Die dunkle Ewigkeit, die Geheimnisse der nicht irdischen Welt hätte er für einen einzigen Sonnenstrahl hingegeben, für einen einzigen Hauch des vom Duft aufbrechender Blätter erfüllten Frühlingswindes, für einen einzigen Zweig mit den goldgelben Blüten des Buschwerks vom Monte Albano.

Nachts, wenn sie allein waren und noch nicht schlafen wollten – Leonardo litt in letzter Zeit an Schlaflosigkeit –, las ihm Francesco aus den Evangelien vor. Noch nie war ihm das Buch so neu, so ungewöhnlich, so von den Menschen missverstanden erschienen. Manche Worte wurden tief wie ein Abgrund, wenn er sich in sie hineindachte. Eine solche Stelle stand im vierten Kapitel des Evangeliums des Lukas. Als der Herr den beiden ersten Versuchungen – des Brotes und der Macht – widerstanden hatte, versuchte ihn der Teufel mit den Flügeln: »Und er führte ihn gen Jerusalem und stellte ihn auf des Tempels Zinne und sprach zu ihm: Bist du Gottes Sohn, so lass dich von hinnen hinunter; denn es steht geschrieben: Er wird befehlen seinen Engeln von dir, dass sie dich bewahren und auf den Händen tragen, auf dass du nicht etwa deinen Fuß an einen Stein stoßest. – Jesus antwortete und sprach zu ihm: Es ist gesagt: Du sollst Gott, deinen Herrn, nicht versuchen.«

In diesen Worten fand Leonardo jetzt eine Antwort auf die Frage seines ganzen Lebens: Werden wir menschliche Flügel haben?

»Und da der Teufel alle Versuchungen vollendet hatte, wich er von ihm eine Zeit lang.«

Eine Zeit lang? Was bedeutet das?, dachte Leonardo. Wann wird der Teufel wieder an ihn herantreten?

Worte, die ihm voll größten Ärgernisses hätten scheinen können, die der Erfahrung und der Erkenntnis der Gesetze der natürlichen Notwendigkeit am meisten widersprachen, beirrten ihn nicht: »So ihr Glauben habt als ein Senfkorn, so möget ihr sagen zu diesem Berge: Hebe dich von hinnen dorthin! So wird er sich heben.«

Er hatte stets gemeint, dass das letzte, dem Menschen vielleicht unerreichbare Wissen und der letzte, vielleicht ebenso unerreichbare Glaube auf verschiedenen Wegen zu demselben Ziel führen müssten: zur Verschmelzung der inneren mit der äußeren Notwendigkeit, des menschlichen Willens mit dem Willen Gottes. Wer mit wahrem Glauben zum Berge spräche: »Hebe dich von hinnen und stürze dich ins Meer!«, der wüsste auch, dass es nicht anders als nach diesem Worte geschehen kann; für ihn wäre das Übernatürliche natürlich. Lag aber der verwundende Stachel dieser Worte nicht darin, dass es schwieriger ist, Glauben, wenn auch nur »als ein Senfkorn« zu haben, als zum Berg zu sprechen: »Hebe dich von hinnen und stürze dich ins Meer?«

Vergeblich bemühte er sich, auch ein anderes, noch rätselhafteres

Wort des Heilands zu begreifen: »Ich preise dich, Vater und Herr des Himmels und der Erde, dass du solches den Weisen und Klugen verborgen hast, und hast es den Unmündigen offenbart. Ja, Vater, denn es ist also wohlgefällig gewesen von dir.«

Wenn Gott ein Geheimnis hat, das er den Unmündigen offenbart, wenn vollkommene Einfalt nicht vollkommene Weisheit ist – weshalb heißt es dann in demselben Buch: »Seid klug wie die Schlangen und ohne Falsch wie die Tauben?« Zwischen diesen beiden Worten tat sich wieder ein Abgrund auf. Und dann hieß es noch: »Schauet die Lilien auf dem Felde, wie sie wachsen! – Darum sollt ihr nicht sorgen und sagen: Was werden wir essen? Was werden wir trinken? Womit werden wir uns kleiden? Nach solchem allen trachten die Heiden. Denn euer himmlischer Vater weiß, dass ihr des alles bedürfet. – So wird euch solches alles zufallen.«

Leonardo gedachte seiner Entdeckungen, Erfindungen und Maschinen, die dem Menschen Macht geben sollten über die Natur, und er fragte sich – ist das alles nur Sorge um den Leib: Was werden wir essen, was werden wir trinken, womit werden wir uns kleiden? Ist es nur Mammonsdienst? Oder ist eben in menschlicher Arbeit nichts als Nutzen? Und wenn die Liebe Maria ist, die das bessere Teil erwählt hat, die zu des Meisters Füßen sitzt und seinen Worten lauscht – ist dann die Weisheit nur Martha, die sich um vieles sorgt, wo doch eines nur Not ist? Er wusste übrigens aus eigener Erfahrung, dass in der tiefsten Weisheit wie auf dem schlüpfrigen Rand eines Abgrunds die furchtbarsten und unüberwindlichsten Gefahren wohnen. Er gedachte dieser Geringsten, seiner eigenen Schüler Cesare, Astro, Giovanni, die, von ihm verführt, vielleicht seinetwegen zugrunde gegangen waren – als er diese Worte hörte: »Wer aber ärgert dieser Geringsten einen, dem wäre besser, dass ein Mühlstein an seinen Hals gehängt und er ersäuft würde im Meer, da es am tiefsten ist. – Wehe der Welt, der Ärgernis halber! Es muss ja Ärgernis kommen; doch wehe dem Menschen, durch welchen Ärgernis kommt!«

Aber es hieß doch in demselben Buch: »Und selig ist, der sich nicht an mir ärgert. – Ihr sollt nicht wähnen, dass ich gekommen sei, Frieden zu bringen auf Erden. Nein, ich sage euch – sondern das Schwert.«

Am meisten aber entsetzte ihn die Erzählung des Matthäus und Markus vom Tod Jesu: »Und von der sechsten Stunde an ward eine Finsternis über das Land bis zu der neunten Stunde. Und um die neunte Stunde schrie Jesus laut und sprach: Eli, Eli, lama asabthani? Das ist: Mein Gott, warum hast du mich verlassen? Und er schrie abermals laut und verschied.«

Warum hast du mich verlassen?, dachte Leonardo. Galt dieser an den Vater gerichtete Todesschrei des Sohnes, dessen, der da gesagt hat: »Ich und der Vater sind eins«, nur seinen Feinden als ein Schrei letzter Verzweiflung? Und wenn man seine ganze Lehre auf die eine Waagschale legte und diese wenigen Worte auf die andere – welche würde schwerer wiegen?

Und während er darüber nachdachte, glaubte er schon die schreckliche schwarze Grube dicht vor sich zu sehen, in die er, wenn nicht heute, so morgen, strauchelnd hinabsinken müsste – mit dem Schrei letzten Entsetzens: »Mein Gott, mein Gott, warum hast du mich verlassen?«

Morgens beim Aufstehen blickte er manchmal durch die gefrorenen Scheiben auf die Schneehügel, den grauen Himmel und die mit Reif bedeckten Bäume, und es schien ihm, als wolle der Winter nie enden.

Anfang Februar aber wehte es warm; auf der Sonnenseite der Häuser fielen von den herabhängenden Eiszapfen laut klatschend helle Tropfen; die Spatzen zwitscherten, die Baumstämme waren von dunklen Kreisen schmelzenden Schnees umgeben, die Knospen schwollen und durch sich lichtendes Gewölk schimmerte blassblauer Himmel.

Wenn morgens schräge Sonnenstrahlen in die Werkstatt fielen, stellte Francesco den Lehnsessel des Meisters mitten ins Licht, und der Greis saß stundenlang reglos, mit gesenktem Kopf, und wärmte sich, die abgemagerten Hände im Schoß. Die Hände und das Gesicht mit den halb geschlossenen Augenlidern drückten unendliche Müdigkeit aus.

Die von Leonardo gezähmte Schwalbe, die in der Werkstatt überwintert hatte, flog jetzt im Zimmer umher, setzte sich ihm auf die Schulter oder auf die Hand, ließ sich greifen und auf den Kopf küssen; dann schwirrte sie wieder ungeduldig zwitschernd umher, als spüre sie den Frühling. Mit aufmerksamem Blick verfolgte er jede Wendung ihres kleinen Körpers, jede Bewegung der Flügel – und der Gedanke an die menschlichen Flügel erwachte von Neuem in ihm.

Eines Tages öffnete er die in einer Ecke der Werkstatt stehende große Truhe und kramte in den Stößen von Papieren und Heften, den zahllosen einzelnen Blättern mit Entwürfen von Maschinen und kurzen Notizen aus den von ihm verfassten zweihundert Büchern *Della Natura* – Von der Natur. Sein ganzes Leben lang hatte er vorgehabt, dieses Chaos einmal zu ordnen, die Bruchstücke durch einen gemeinsamen Gedanken zu verbinden und sie zu einem geschlossenen Ganzen, zu einem großen Buch von der Welt zu gestalten, hatte es aber stets wieder aufgeschoben. Er wusste, dass die hier niedergelegten Entdeckungen die Arbeit der Forschung um Jahrhunderte abkürzen, die Geschicke der Menschheit ändern und sie auf neue Bahnen führen könnten. Und zugleich wusste er, dass es nie dazu kommen würde: Es war zu spät. Alles würde ebenso fruchtlos, ebenso sinnlos untergehen wie das »Heilige Abendmahl«, wie das Denkmal Sforzas, wie die »Schlacht bei Anghiari«. Denn auch in der Wissenschaft hatte er nur flügellose Wünsche gehegt, hatte immer nur angefangen, aber nie etwas vollendet; er hatte nichts geleistet und würde auch nichts mehr leisten, als wolle ihn ein höhnisches Geschick für die Maßlosigkeit seiner Wünsche durch die Nichtigkeit seiner Taten bestrafen. Er sah voraus, dass die Menschen das suchen würden, was er schon gefunden hatte, das entdecken, was er schon entdeckt hatte; sie würden seine Wege wandeln, seinen Spuren folgen, aber vorbeigehen an ihm, ihn vergessend, als habe er nie gelebt.

Er suchte ein kleines, vor Alter vergilbtes Heft heraus, das betitelt war »Die Vögel«, und legte es beiseite. In den letzten Jahren hatte er sich fast gar nicht mehr mit der Flugmaschine beschäftigt, aber dauernd an sie gedacht. Während er den Flug der zahmen Schwalbe beobachtete, fühlte er einen neuen Gedanken in sich reifen und beschloss, einen letzten Versuch zu machen, mit der letzten, vielleicht aberwitzigen Hoffnung, dass die Erschaffung menschlicher Flügel sein ganzes Lebenswerk retten und rechtfertigen würde.

Er machte sich mit derselben Hartnäckigkeit, mit derselben fieberhaften Hast an die neue Arbeit, mit der er seinen Johannes den Täufer gemalt hatte. Er dachte nicht mehr an den Tod, überwand Schwäche und Krankheit, vergaß Schlaf und Speise und saß ganze Tage und Nächte über seinen Entwürfen und Berechnungen. Francesco kam es manchmal so vor, als sei das keine Arbeit mehr, sondern Fieberraserei eines Wahnsinnigen. Mit wachsender Sorge und Angst beobachtete der Schüler das Antlitz des Meisters, das vom Krampf einer verzweifelten, fast wütenden Willensanstrengung verzerrt war, vom Begehren nach Unmöglichem, nach etwas, was Menschen nicht ungestraft begehren dürfen.

Eine Woche verging. Melzi wich nicht von Leonardos Seite und schlief des Nachts nicht. Nach der dritten durchwachten Nacht befiel ihn eines Tages tödliche Müdigkeit. Er kauerte auf einem Sessel am erloschenen Herd und schlummerte ein.

Der Morgen graute durch die Fenster. Die Schwalbe war wach und zwitscherte. Leonardo saß gebückt, die Feder in der Hand, an seinem kleinen Arbeitstisch, den Kopf über ein mit Zahlen bedecktes Blatt geneigt.

Plötzlich schwankte er sacht und seltsam. Die Feder entfiel den Fingern, der Kopf sank immer tiefer und tiefer. Er machte eine Anstrengung, um aufzustehen, er wollte Francesco rufen; aber der kaum hörbare Aufschrei erstarb auf seinen Lippen: Schwerfällig stürzte er mit der ganzen Last seines Körpers auf den Tisch und warf ihn um. Die niedergebrannte Kerze fiel zu Boden. Melzi erwachte durch das Geräusch und sprang auf. Im dämmrigen Licht des Morgens sah er neben dem umgefallenen Tisch, der erloschenen Kerze und den zerstreuten Papierblättern den Meister auf dem Fußboden liegen. Die Schwalbe flatterte erschrocken im Zimmer umher und streifte Decke und Wände mit ihren raschelnden Flügeln.

Francesco wusste sofort: Das war der zweite Schlaganfall. Ein paar Tage lag der Kranke bewusstlos und setzte im Fieberwahn seine mathematischen Berechnungen fort. Als er zu sich kam, verlangte er sofort die Entwürfe für seine Flugmaschine.

»Nein, Meister«, rief Francesco erschrocken. »Tut, was Ihr wollt, aber ich sterbe lieber, als dass ich Euch wieder arbeiten lasse, ehe Ihr völlig wiederhergestellt seid.«

»Wo hast du sie hingetan?«, fragte der Kranke ärgerlich.

»Seid unbesorgt, ich habe sie gut verwahrt. Wenn Ihr wieder aufsteht, gebe ich Euch alles.«

»Wo hast du sie hingetan?«, fragte Leonardo noch einmal.

»Ich habe sie auf den Boden gebracht und zugeschlossen.«

»Wo ist der Schlüssel?«

»Ich habe ihn.«

»Gib her!«

»Aber ich bitte Euch, Messere, wozu?«

»Gib her, gib schnell!«

Francesco zögerte. In den Augen des Kranken flammte Zorn. Um ihn nicht zu reizen, gab ihm Melzi den Schlüssel. Leonardo schob ihn unter das Kopfkissen und beruhigte sich.

Er erholte sich schneller, als Francesco gedacht hätte. Anfang April hatte Leonardo einmal einen ganzen Tag ruhig verbracht und mit Fra Guglielmo Dame gespielt. Francesco war abends, auf einer Bank zu Füßen des Meisters sitzend, den Kopf an das Bett gelehnt, müde von vielen schlaflosen Nächten eingeschlummert. Plötzlich erwachte er, als habe er einen Stoß bekommen. Er lauschte und hörte die Atemzüge des Schlafenden nicht mehr. Das Nachtlicht war ausgegangen; er zündete es an und sah das Bett leer. Eilends ging er durch alle oberen Räume des Hauses und weckte Battista Villanis, der Leonardo auch nicht gesehen hatte.

Francesco wollte schon in die Werkstatt hinabgehen, da fielen ihm die auf dem Hausboden versteckten Papiere ein. Er eilte hin, öffnete die unverschlossene Tür und erblickte Leonardo, der halb angekleidet vor einer umgedrehten alten Kiste, die ihm als Tisch diente, auf dem Fußboden saß. Er schrieb beim Schein eines Lichtstumpfes; offenbar machte er Berechnungen für seine Maschine, denn er murmelte wie im Fieber leise und schnell vor sich hin. Dieses Murmeln, die glühenden Augen, das graue zerzauste Haar, die wie in übermenschlicher Gedankenanspannung zusammengezogenen borstigen Brauen, die mit einem Ausdruck greisenhafter Schwäche gesenkten, eingefallenen Mundwinkel und das ganze Gesicht, das Francesco jetzt fremd und unbekannt vorkam, als habe er es noch nie gesehen: Alles war so furchtbar, dass der Schüler in der Tür stehen blieb und nicht einzutreten wagte.

Plötzlich ergriff Leonardo den Bleistift und durchstrich so heftig eine mit Zahlen eng beschriebene Seite, dass die Spitze des Stifts abbrach; dann sah er sich um, bemerkte den Schüler und erhob sich, bleich und schwankend. Francesco eilte auf ihn zu, um ihn zu stützen.

»Ich sagte dir doch«, sprach der Meister mit sanftem, seltsamem Lächeln, »ich sagte dir doch, Francesco, dass ich bald fertig sein werde. Nun, ich bin fertig, ich bin mit allem fertig. Du brauchst keine Angst mehr zu haben, ich tue es nicht wieder. Genug, ich bin alt und dumm geworden, dümmer als Astro. Ich weiß nichts. Und das, was ich gewusst habe, habe ich vergessen. Was soll ich noch mit Flügeln? Zum Teufel das alles, zum Teufel!« Er raffte seine Bogen vom Tisch, knüllte sie zusammen und zerriss sie.

Seit dem Tag ging es ihm wieder schlechter. Melzi ahnte, dass er diesmal nicht wieder aufstehen würde. Manchmal lag der Kranke tagelang bewusstlos, wie in tiefer Ohnmacht. Francesco war fromm. Alles, was die Kirche lehrte, glaubte er in Einfalt. Er allein war jenem verderblichen Zauber, dem »bösen Blick« Leonardos nicht unterlegen, den alle, die Leonardo nahegestanden hatten, an sich erfahren mussten. Er wusste, dass der Meister die kirchlichen Gebräuche nicht innehielt, aber er fühlte mit dem Instinkt der Liebe, dass Leonardo nicht gottlos war. Weiter ging er dem nicht nach und forschte nicht.

Jetzt aber entsetzte ihn der Gedanke, der Meister könne ohne Beichte sterben. Seine Seele hätte er hingegeben, um ihn zu retten, doch wagte er nicht, mit ihm darüber zu sprechen. Eines Abends saß er am Bett des Kranken und schaute Leonardo an, dauernd in diesen furchtbaren Gedanken vertieft.

»Woran denkst du?«, fragte ihn Leonardo.

»Fra Guglielmo war heute früh hier«, antwortete Francesco, verlegen ausweichend. »Er wollte Euch sehen. Ich sagte ihm, es sei nicht möglich.«

Der Meister schaute ihm gerade in die Augen, die voller Flehen, Angst und Hoffnung waren. »Du dachtest an etwas anderes, Francesco. Weshalb willst du es mir nicht sagen?«

Der Schüler schwieg und senkte den Blick. Aber Leonardo hatte alles verstanden. Finster wandte er sich ab. Er hatte immer gewünscht, so zu sterben, wie er gelebt hatte – in Freiheit und Wahrheit. Aber Francesco tat ihm leid. Sollte er jetzt, in den letzten Augenblicken vor seinem Tod, seinen demütigen Glauben trüben und dieser Geringsten einen bedrücken?

Wieder blickte er den Schüler an, legte die abgezehrte Hand auf die seine und sagte mit leisem Lächeln: »Mein Sohn, schick zu Fra Guglielmo und lass ihn bitten, morgen zu mir zu kommen. Ich will beichten und das heilige Abendmahl nehmen. Bitte auch Maître Guillaume zu mir.«

Francesco antwortete nicht; er küsste nur in unendlicher Dankbarkeit des Meisters Hand.

Am nächsten Morgen, am Karsonnabend, dem 23. April, erschien der Notar Maître Guillaume, und Leonardo teilte ihm seinen letzten Willen mit: Die beim Kämmerer der Kirche Santa Maria Novella in Florenz hinterlegten vierhundert Fiorini vermachte er seinen Brüdern, mit denen er noch im Prozess lag, als Zeichen vollständiger Aussöhnung; seinem Schüler Francesco Melzi hinterließ er alle Bücher, wissenschaftlichen Apparate, Maschinen, Handschriften und den Rest seines Gehalts, den er noch aus der Kasse des Königs zu erhalten hatte; dem Diener Battista Villanis fiel der Hausrat von Schloss Cloux zu und die Hälfte des Weinbergs an der Porta Vercellina bei Mailand – die andere Hälfte erhielt der Schüler Andrea Salaino. Bezüglich der Bestattungsfeier und alles Übrigen bat er den Notar, sich mit Melzi zu verständigen, den er zum Testamentsvollstrecker ernannte.

Francesco und Maître Guillaume gedachten dem Meister ein Begräbnis auszurichten, das bezeugen würde, dass Leonardo, trotz aller im Volk umlaufenden Gerüchte, als treuer Sohn der Kirche gestorben war. Der Kranke war mit allem einverstanden, und um zu zeigen, dass er Francescos Absicht, ein prunkvolles Begräbnis auszurichten, zu der seinen mache, bestimmte er statt der ursprünglich angesetzten acht Pfund Kerzen für die Seelenmessen zehn Pfund und wies statt fünfzig Tourainer Sous siebzig zur Verteilung an die Armen an.

Als das Testament fertig war und nur die Unterschriften der Zeugen fehlten, erinnerte sich Leonardo noch seiner alten Magd, der Köchin

Maturina. Maître Guillaume musste eine neue Klausel beifügen, derzufolge sie ein Kleid aus gutem schwarzem Tuch, eine gleichfalls aus Tuch gefertigte pelzgefütterte Haube sowie zwei Dukaten bar für ihre langjährigen treuen Dienste erhielt. Dieses Gedenken des Sterbenden an seine arme Dienerin erfüllte Francescos Herz wieder mit dem ihm so bekannten Gefühl unerträglichen Mitleids.

Fra Guglielmo mit der heiligen Wegzehrung trat ins Zimmer. Alle entfernten sich. Als der Mönch den Kranken verließ, konnte er Francesco durch die Kunde beruhigen, dass Leonardo alle Bräuche der Kirche in Demut, in Gottes Willen ergeben, erfüllt habe.

»Was die Menschen auch über ihn reden mögen, mein Sohn«, schloss Fra Guglielmo, »er ist gerechtfertigt nach des Herrn Wort: ›Selig sind, die reines Herzens sind; denn sie werden Gott schauen.‹«

In der Nacht hatte der Kranke Erstickungsanfälle. Melzi fürchtete, er werde in seinen Armen sterben. Gegen Morgen – es war am 24. April, am heiligen Ostersonntag – fühlte er sich leichter. Weil ihn aber immer noch Atemnot quälte und es sehr heiß im Zimmer war, öffnete Francesco das Fenster. Am blauen Himmel schwebten weiße Tauben, und der Klang der Osterglocken vermischte sich mit dem Rauschen ihrer Flügel. Aber der Sterbende sah und hörte nichts mehr.

Ihm war, als fielen unglaubliche Lasten nieder, wie Steinblöcke, wälzten sich auf ihn und erdrückten ihn; er wollte sich erheben, sie abwerfen, aber er vermochte es nicht. Plötzlich befreite er sich mit einer letzten Anstrengung und flog auf Riesenflügeln empor; aber die Steine wälzten sich wieder auf ihn, türmten sich und erdrückten ihn; von Neuem kämpfte er an, obsiegte und flog – und so ohne Ende. Mit jedem Mal wurde die Last schrecklicher, die Anstrengung ungeheuerlicher. Endlich fühlte er, dass er nicht mehr kämpfen konnte, und er ergab sich, mit einem letzten Schrei der Verzweiflung: »Mein Gott, mein Gott, warum hast du mich verlassen?« Und kaum hatte er sich ergeben, da begriff er, dass die Steine und die Flügel, der Druck der Last und das strebende Fliegen, das Oben und das Unten ein und dasselbe waren: Es bleibt sich gleich, ob man fliegt oder fällt. So flog er und fiel und wusste nicht mehr, ob ihn sanfte Wellen einer unendlichen Bewegung schaukelten oder ob seine Mutter ihn auf den Armen in den Schlaf wiegte.

Einige Tage schien sein Leib noch zu leben, aber er kam nicht mehr zu sich. Endlich, am Morgen des 2. Mai, bemerkten Francesco und Fra Guglielmo, dass sein Atem schwächer wurde. Der Mönch sprach das Sterbegebet.

Bald darauf fühlte der Schüler, als er die Hand auf das Herz des Meisters legte, dass es nicht mehr schlug. Er drückte ihm die Augen zu …

Das Gesicht des Toten hatte sich wenig verändert. Es trug den Ausdruck tiefer, stiller Aufmerksamkeit, den es so oft im Leben gehabt hatte. Während Francesco mit Battista Villanis und der alten Köchin Maturina den Leichnam wusch, standen Türen und Fenster weit offen.

Unterdes war die zahme Schwalbe, die man in diesen Tagen ganz vergessen hatte, im Vorgefühl der Freiheit von unten, aus der Werkstatt, über die Treppe in die oberen Räume und in das Zimmer geflogen, in dem der Verschiedene lag. Sie kreiste über ihm in der strahlenden Morgensonne, inmitten trübe flackernder Totenkerzen, und ließ sich, wohl aus alter Gewohnheit, auf Leonardos gefalteten Händen nieder. Dann regte sie sich plötzlich, schwang sich auf und flog mit fröhlichem Zwitschern durch das offene Fenster in den Himmel hinein. Und Francesco dachte: Nun hat der Meister zum letzten Mal getan, was er so gern tat – einem geflügelten Gefangenen die Freiheit geschenkt.

Dem Wunsch des Verstorbenen entsprechend, blieb sein Leichnam drei Tage lang über der Erde, aber nicht in der Totenkammer – das wollte Francesco nicht –, sondern in dem Zimmer, in dem er gestorben war. Bei der Bestattung wurden alle Bestimmungen des Testaments genau eingehalten: Kaplane, Kanoniker, Vikare und Mönche geleiteten den Sarg; sechzig Arme trugen sechzig Kerzen; in den vier Kirchen von Amboise wurden drei große und dreißig kleine Messen gelesen, wobei zehn Pfund dicker Wachskerzen brannten; siebzig Tourainer Sous wurden an die Armen des Stadtspitals Saint-Lazare verteilt. Aus alldem konnten fromme Leute ersehen, dass man einen treuen Sohn der heiligen katholischen Kirche zu Grabe trug.

Er wurde im Kloster Saint-Florentin begraben. Aber das Grab geriet bald in Vergessenheit und wurde eingeebnet; sein Andenken in Amboise schwand spurlos, und die Stätte, wo Leonardos Gebeine ruhen, blieb kommenden Geschlechtern unbekannt.

Francesco teilte den Brüdern des Meisters in Florenz sein Ableben mit und schrieb: »Ich vermag dem Schmerz keinen Ausdruck zu geben, den ich über den Tod des Manns empfinde, der für mich mehr war als ein Vater. Solange ich lebe, werde ich um ihn trauern, denn er hat mich mit einer großen, zärtlichen Liebe geliebt. Und ich glaube, jedermann muss den Verlust eines solchen Manns betrauern, denn die Natur kann keinen ihm Ähnlichen schaffen. – Nun, allmächtiger Gott, schenke ihm die ewige Ruhe!«

An Leonardos Todestag jagte Franz I. in den Wäldern von Saint-Germain. Als er vom Ableben des Künstlers erfuhr, befahl er, die Werkstatt bis zu seinem Eintreffen zu versiegeln, weil er die besten Bilder für sich auswählen wollte.

Franz I. hatte übrigens zu dieser Zeit wichtigere Sorgen als die Kunst. Vier Monate zuvor, am 12. Januar 1519, war Kaiser Maximilian gestorben. Drei Könige – die von England, Spanien und Frankreich – stritten um die Krone des Heiligen Römischen Reiches und arbeiteten mit viel Trug und Ränken. Franz I. träumte schon davon, das Zepter der Könige von Frankreich mit dem der römischen Kaiser in seiner Hand zu vereinigen und eine in Europa noch nie da gewesene Monarchie zu begründen. Er war bereit, für Stimmenkauf drei Millionen auszugeben. Mit dem Papst wollte er ein Bündnis schließen: Er versprach ihm einen Kreuzzug gegen die Türken zur Eroberung des Heiligen Grabes und legte den Schwur ab, drei Jahre nach seiner Wahl als Sieger in Konstantinopel einzuziehen und das Kreuz auf der Hagia Sophia aufzurichten. Mehr als alle anderen Nebenbuhler hasste er den jungen König Karl von Spanien, und er versicherte, er würde eher der Wahl des unbedeutenden Kurfürsten von Brandenburg oder selbst der des Königs Sigismund von Polen zustimmen als einer Wahl Karls von Spanien.

Leo X. schwankte wie gewöhnlich listig zwischen beiden Nebenbuhlern und sagte keinem von beiden ja oder nein; gleichzeitig verhandelte er aber durch den Dominikaner Dietrich Schomberg mit dem Moskauer Großfürsten Wasilij Ioannowitsch, warb um seinen Beitritt zur heiligen Liga gegen die Türken und bot ihm seine Vermittlung für einen Friedensschluss mit König Sigismund an.

Um diese Zeit war der eine der beiden russischen Gesandten in Italien, Dmitrij Gerasimow, schon nach Moskau zurückgekehrt; der andere, Mikita Karatschjarow, weilte noch in Rom.

Als Nikita von der bevorstehenden Kaiserwahl und den Unterhandlungen hörte, die Franz I. aus diesem Anlass mit dem ärgsten Feind seines Herrn, mit König Sigismund von Polen, führte, reiste er, um die Sache genauer und ausführlicher zu erkunden, mit dem päpstlichen Legaten nach Frankreich. Wie bei seiner ersten Reise nahm er seinen alten Sekretär Ilja Potapytsch Kopylo mit, außerdem den Dolmetscher Wlasij und zwei jüngere Beamte, Feodor Ignatjewtisch Rudomiotow – Fedka Sharenyj – und Jewtichij Paisejewitsch Gagara.

Wie viele russische Reisende jener Zeit, so führte auch Jewtichij ein kurzes Reisetagebuch, in das er alles besonders Merkwürdige eintrug, was er sah und hörte. In diesem Tagebuch beschrieb er zum Beispiel Florenz wie folgt: »Die Florensa genannte Stadt ist sehr groß, und wir haben unter den früher beschriebenen noch keine solche gesehen. Das ist die schönste und beste von allen Städten in Italien, die ich selbst gesehen habe. Die Gotteshäuser sind sehr schön, die Paläste aus weißem Stein, sehr hoch und gar kunstvoll. Und es ist in dieser Stadt ein großes Gotteshaus aus weißem und schwarzem Marmorstein. Und bei diesem Gotteshaus ist ein Glockenturm gebaut, wie eine Säule, auch aus weißem Marmorstein. Er ist von solcher Kunst, dass unser Verstand es nicht fasst. Wir stiegen auf diese Säule hinauf und zählten die Stufen: vierhundertundfünfzig. – Was wir mit unserm geringen Verstand begreifen konnten, haben wir aufgezeichnet, so wie wir es gesehen haben; manches andere aber kann man nicht beschreiben, weil es sehr wunderbar ist und unsagbar«, schloss er seinen Bericht, und wirklich hatte er das, was ihn am meisten in Staunen gesetzt, nicht auszudrücken vermocht. Inmitten der sechseckigen Marmorreliefs des Giotto, die das untere Stockwerk des riesigen Glockenturms, des Campanile des Doms Santa Maria del Fiore, zieren und die aufeinanderfolgenden Stufen der menschlichen Entwicklung darstellen – Viehzucht, Ackerbau, Zähmung des Pferdes, Erfindung des Schiffbaus, des Webstuhls, der Metallbearbeitung, der Malerei, der Musik, der Astronomie –, hatte er den kunstfertigen Mechaniker Dädalus bemerkt, der seine von ihm erfundenen gewaltigen Wachsflügel ausprobiert: Sein Körper war mit Vogelfedern beklebt, die Flügel mit Riemen am Rumpf befestigt; er klammerte sich mit beiden Händen an die Innenstangen, setzte mit ihrer Hilfe die Flügel in Bewegung und versuchte zu fliegen. Dasselbe Basrelief hatte einst dem jungen Leonardo, der eben aus seinem Heimatdorf Vinci nach Florenz gekommen war, den ersten Gedanken an eine Flugmaschine, an den Großen Vogel, eingegeben.

Das rätselhafte Bild eines geflügelten Menschen fiel Jewtichij umso mehr auf, als er gerade in diesen Tagen an seiner Ikone des Geflügelten Vorläufers, Johannes des Täufers, arbeitete. In unklarer, ahnungsvoller Bangigkeit empfand er den Gegensatz zwischen den wirklichen, vielleicht mithilfe teuflischer List gefertigten Flügeln und den das »Aufschweben keuscher Heiliger zu Gott« darstellenden Schwingen des »fleischgewordenen Engels«, Johannes des Vorläufers.

Franz I. begab sich aus Saint-Germain in sein Jagdschloss Fontainebleau und von da nach Amboise. Hier traf in den ersten Junitagen des Jahres 1519 der russische Gesandte Nikita Karatschjarow ein und stieg wieder, wie bei seinem ersten Aufenthalt, im Haus des Notars Maître Guillaume Boreau in der Hauptstraße der Stadt, nahe dem Uhrenturm, ab.

Gleich nach seiner Ankunft besichtigte der König Leonardos Werkstatt. Am Abend desselben Tages besuchte Prinzessin Marguerite Schloss du Cloux, begleitet von dem Gesandten des Kurfürsten von Brandenburg und andern fremdländischen Großen, unter denen sich auch Nikita Karatschjarow befand.

Als Fedka Sharenyj davon erfuhr, riet er dem Onkel Ilja Potapytsch Kopylo und Jewtichij Gagara dringend, gleichfalls nach »Düklow« zu gehen; er versicherte ihnen, sie würden dort viel Interessantes sehen, im Haus des »lobenswerten Meisters Lionardus, der ein Mann von wundersamem Verstand gewesen, von gutem Herzen, sehr gebildet in der Wissenschaft der Büchergelehrsamkeit, ein Meister weiser Redekunst, ein Naturkundiger und gar kluger, scharfer Denker«.

So folgten Ilja Potapytsch und Jewtichij mit dem Dolmetscher Wlasij dem Gesandten nach Schloss Cloux. Als sie eintrafen, hatten Marguerite und die übrigen Besucher die Besichtigung bereits beendet und wollten aufbrechen. Trotzdem empfing Francesco die neuen Gäste mit der gleichen Liebenswürdigkeit, mit der er alle Ausländer, die das Haus des Meisters besuchten, aufnahm, ohne nach Rang und Namen zu fragen. Er führte sie in die Werkstatt und zeigte ihnen alles, was da war.

Mit scheuem Staunen betrachteten sie die nie gesehenen Maschinen, die astronomischen Sphären, Globen, Quadranten, Glaskolben, Destillierhelme, das große menschliche Auge aus Kristall zum Studium der Gesetze des Lichts, die Musikinstrumente zum Studium der Gesetze des Schalls, das kleine Modell einer Taucherglocke, die spitzen, bootartigen Schuhe, mit denen man auf dem Wasser wie auf dem Trockenen gehen konnte, die anatomischen Zeichnungen und die Entwürfe zu schrecklichen Kriegsmaschinen. Fedka interessierte alles gewaltig, es war ihm »astrologische Weisheit und höchste Alchimie«. Ilja Potapytsch dagegen machte dauernd ein finsteres Gesicht, wandte sich ab und bekreuzigte sich fromm. Großen Eindruck machte auf Jewtichij besonders das alte, zerbrochene, dem Flügel einer Riesenschwalbe gleichende Flügelgestell. Als Melzi ihm durch den Dolmetscher mühselig erklärte, dass es ein Teil einer Flugmaschine sei, an der Leonardo sein ganzes Leben gearbeitet habe, erinnerte sich Jewtichij des geflügelten Menschen Dädalus an dem marmornen Glockenturm in Florenz, und seltsame, bange Gedanken erwachten mit neuer Macht in ihm.

Als er dann die Bilder besichtigte, blieb er verwundert vor Johannes dem Täufer stehen; er hielt ihn anfangs für eine Frau und wollte es nicht glauben, als ihm Wlasij nach Francescos Worten sagte, es sei der Täufer. Als er aber schärfer hinsah, bemerkte er das Kreuz aus Rohr, »den gekreuzten Stab«, den gleichen, mit dem auch die russischen Ikonenmaler den Täufer darzustellen pflegten, und er erkannte auch das Gewand aus Kamelhaar. Er ward unruhig. Doch trotz des großen Gegensatzes zwischen diesem Flügellosen und jenem Geflügelten, an den Jewtichij gewöhnt war, fesselte ihn, je länger er hinsah, die fremdartige Schönheit des frauenhaften Jünglings und das geheimnisvolle Lächeln, mit dem er auf das Kreuz von Golgatha wies, immer mehr und mehr. Starr, wie gebannt, nichts denkend, stand er vor dem Bild und fühlte nur, wie sein Herz in unerklärlicher Erregung immer rascher und rascher pochte.

Ilja Potapytsch konnte nicht mehr an sich halten. Er spuckte grimmig aus und schimpfte: »Teufelei, verfluchte Unzucht! Dieser schamlose Kerl, nackt wie eine Hure und dazu bartlos, soll der Vorläufer Christi sein? Wenn das ein Vorläufer ist, so der Vorläufer des Antichrist, aber nicht Christi ... Komm, Jewtichij, komm schnell fort, mein Kind! Besudele deine Augen nicht; uns Rechtgläubigen geziemt es nicht, solch tolle, dem Teufel wohlgefällige Ikonen anzuschauen. Verflucht sollen sie sein!« Er nahm Jewtichij an der Hand, zog ihn fast mit Gewalt von dem Bild fort und konnte sich noch lange, als sie Leonardos Haus längst verlassen hatten, nicht beruhigen. »Seht ihr nun«, warnte er seine Begleiter, »wie ruchlos ein Mensch ist vor Gott, der Geometrie, Zauberei, Alchimie, Sterndeuterei und alles Übrige liebt? Denn wer an den Verstand glaubt, verfällt leicht vielen Anfechtungen. Liebt die Einfalt mehr, denn die Weisheit, meine Kinder, strebt nicht nach dem Höchsten, erforscht nicht das Tiefste, sondern haltet unbeirrt fest an der euch von Gott ein für alle Mal gegebenen Lehre. Und wenn dich jemand fragt: Kennst du die ganze Philosophie – so antworte ihm in Demut: Ich habe das Abc gelernt, hellenische Spitzfindigkeiten aber habe ich nicht getrieben, rhetorische Astronomen habe ich nicht gelesen, von Philosophie weiß ich gar nichts; ich lerne nur aus den Büchern des heiligen Gesetzes, um meine sündige Seele zu retten ...«

Jewtichij hörte ihn verständnislos an. Er dachte an ganz andere Dinge – an die »dem Teufel wohlgefällige« Ikone; er wollte sie vergessen und vermochte es nicht: Das geheimnisvolle Antlitz des Frauenhaften, des Ungeflügelten schwebte vor seinen Augen, schreckte und fesselte ihn, zog ihn an und verfolgte ihn wie teuflische Heimsuchung.

Weil bei diesem zweiten Aufenthalt Karatschjarows in Amboise der Andrang der Fremden nicht mehr so groß war, wies der Hausherr der russischen Gesandtschaft jetzt die geräumigeren und bequemeren Gemächer des Unterstocks an. Nur Jewtichij, der die Einsamkeit liebte, bezog dasselbe Zimmer, das er vor zwei Jahren bewohnt hatte, dicht unter dem Dach, neben dem Taubenschlag, und richtete sich wieder seine winzige Werkstatt in der Fensternische ein.

Von Schloss Cloux heimgekehrt, begann er, um alle Anfechtung zu verscheuchen, sofort an seinem neuen, fast fertigen Bild weiterzuarbeiten. Der geflügelte Johannes der Vorläufer stand vor blauem Himmel auf einem gelben, sandigen, wie von der Sonne ausgedörrten halbrunden Berg, der, als sei es am Rand der Erdkugel, von einem dunkelblauen, fast schwarzen Ozean umgeben war. Der Heilige hatte zwei Köpfe, einen lebendigen auf den Schultern und einen zweiten, toten, in einem Gefäß, das er in der Hand hielt, wie zum Zeichen dessen, dass nur nach Abtötung alles Menschlichen in sich der Mensch übermenschliche Flügel haben wird; das Antlitz war seltsam und schrecklich; der Blick der weit geöffneten Augen glich dem in die Sonne gerichteten Blick eines Adlers, das raue Gewand aus Kamelhaar erinnerte an Vogelgefieder; Bart und Haare wehten wie in starkem Wind; die kaum mit Haut bedeckten Knochen der wie Kranichbeine dünnen, übermäßig langen, abgemagerten Arme und Beine schienen unnatürlich leicht zu sein, als wären sie innen hohl, wie Knorpel und Knochen von Vögeln; an den Schultern waren zwei riesengroße, im blauen Himmel über die gelbe Erde und den schwarzen Ozean ausgebreitete Flügel, außen weiß wie Schnee, innen aber rotgolden wie Feuer, die den Flügeln eines Riesenschwans glichen.

Jewtischij hatte nur noch die Vergoldung der Innenseite der Flügel zu beenden. Er nahm einige Blättchen feinen, papierdünnen roten Goldes, drückte sie in der Hand zusammen, zerrieb sie mit dem Finger in einer Muschel mit frischem Firnis, schüttete Wasser, so warm es die Hand vertrug, darüber, ließ es stehen und goss es, als das Gold sich gesetzt hatte, wieder ab. Dann trug er mit einem spitzen Iltispinsel feine Goldstriche auf die Federn der Flügel der Vorzeichnung auf, sorgfältig Feder für Feder, Faser für Faser vornehmend. Er festigte das Gold mit Eiweiß, glättete es mit einer Hasenpfote und polierte es mit einem Bärenzahn. Die Flügel wurden immer lebendiger und leuchtender.

Doch er fand diesmal in der Arbeit nicht das gewohnte Vergessen. Die Flügel der Vorzeichnung erinnerten ihn bald an die Flügel des Mechanikers Dädalus, bald an den Flügel von Leonardos Flugmaschine. Und das Antlitz des geheimnisvollen Mädchen-Jünglings, das Antlitz des Flügellosen erstand vor ihm und verbarg den Geflügelten; es lockte und schreckte und verfolgte ihn wie teuflische Heimsuchung.

Ihm war schwer und bang ums Herz. Der Pinsel entfiel seinen Händen. Er fühlte, dass er nicht weiterarbeiten konnte. Er verließ das Haus, irrte lange durch die Straßen der Stadt und wanderte dann am einsamen Ufer der Loire entlang.

Die Sonne war untergegangen. Der blassgrüne Himmel mit dem Abendstern strahlte aus der spiegelglatten Wasserfläche wider. Von der andern Seite kam eine Wolke. Wetterleuchten zuckte, wie krampfhaft schlagende, feurige Riesenflügel. Es war schwül und still. In dieser Stille zog sich Jewtichijs Herz immer quälender, immer angstvoller zusammen. Er kehrte nach Hause zurück, zündete die Lampe vor dem Bild der Muttergottes von Uglitsch an und las die vorgeschriebenen Gebete. Dann breitete er eine Reisefilzdecke auf die schmale, ihm als Bettstatt dienende Holzkiste, entkleidete sich und legte sich nieder. Aber vergebens suchte er den Schlaf.

Stunde auf Stunde verging. Bald war ihm fieberheiß, bald fröstelte ihn. Er lag mit offenen Augen in der ab und zu durch das Aufblitzen des fahlen Wetterleuchtens erhellten Dunkelheit und lauschte der Stille, in der er seltsames Rascheln, Flüstern und Rauschen zu hören wähnte, unheimliche Laute, in denen die alten russischen Bücherschreiber Vorzeichen sahen: »Ohrensausen, Wändekrachen, Mäusepiepen.« Zusammenhanglose Gedanken zogen, wie im Fieberwahn, durch sein Hirn. Er dachte an allerhand sagenhafte Wunder und Geister: an das schreckliche Tier Indrik, das »unter der Erde geht, wie die Sonne am Himmel, und Flüsse und Quellen herauslässt«; an den unheimlichen Vogel Stratim, der »am Rand des Ozeans lebt, Wellen erregt und Schiffe versenkt«; an Kitowras, den Bruder des Königs Salomo, der bei Tag über Menschen herrscht, aber des Nachts Tiergestalt annimmt und über die Erde dahintobt; an Menschen, die über einem Abgrund, über nie verlöschendem Feuer schweben, nicht trinken und nicht essen, die so lang und dünn sind, dass sie wie Spinnenweben im Wind fliegen, die nie sterben. Und ihm war so, als schwebe er selbst, wie ein solcher Spinnenwebenmensch, in ewigem Wirbelwind über einem Abgrund.

Die Hähne krähten zum zweiten Mal, und er gedachte der alten Sage, wie die Engel mitten in der Nacht die Sonne vom Thron Gottes nehmen und sie nach Osten bringen; die Cherubim aber schlagen mit den Flügeln, jeder Vogel auf Erden zittert vor Freude, und der Hahn hebt seinen Kopf, erwacht, breitet die Flügel aus und kündet der Welt das Licht.

Und immer wieder zogen zusammenhanglose Gedanken, wie Fieberwahn, an ihm vorbei, rissen ab wie morsche Fäden und verwirrten sich. Vergeblich betete er, den Atem anhaltend, nach der Vorschrift des Nilus von der Sora; nichts half – die Visionen wurden immer klarer, immer zudringlicher. Plötzlich erstand aus dem Dunkel, wie lebend, voll teuflischer Schönheit, der Frauenhafte, der Mädchen-Jüngling, der auf das Kreuz von Golgatha wies und zart, spöttisch lächelnd, Jewtichij mit einem so durchdringenden, freundlichen Blick in die Augen schaute, dass sein Herz vor Entsetzen stillstand und kalter Schweiß ihm auf die Stirn trat.

So zündete er die Kerze wieder an und beschloss, den Rest der Nacht ohne Schlaf zu verbringen. Er nahm ein Buch vom Brett und begann zu lesen. Es war die alte russische Legende: »Vom babylonischen Reich.« Zur Zeit des Königs Nebukadnezar und seiner Nachfolger verödete die Stadt Babylon und wurde ein Schlupfwinkel zahlloser Schlangen. Viele Jahrhunderte später entsandte der byzantinische Kaiser Leo, in der heiligen Taufe Basilius genannt, drei Männer, um die Krone und den Purpur des Königs Nebukadnezar aus Babylon zu holen. Lange wanderten sie, denn der Weg war schmal und beschwerlich; endlich langten sie in Babylon an, aber sie sahen dort nichts, weder Mauern noch Häuser, denn sechzehn Stadien weit um die verödete Stadt wucherte das Kraut der Wüste, arge Disteln, und in diesem Kraut hauste ekliges Gewürm: Schlangen und riesige Kröten ohne Zahl ringelten sich zusammen wie ungeheure Heuhaufen, pfiffen und zischten, und kalter Winterhauch ging von ihnen aus. Am dritten Tag kamen die Abgesandten zur großen Schlange, die rund um Babylon lag, sodass ihr Schwanz von der anderen Seite her an dasselbe Tor rührte, vor dem ihr Kopf lag. Und eine Leiter aus Zypressenholz war an die Stadtmauer gelehnt. Sie erstiegen die Leiter, betraten die Stadt und fanden in einem der Königspaläste Nebukadnezars Krone und eine Truhe aus Karneol mit dem Purpur und dem Zepter. Als die Gesandten mit dem gefundenen königlichen Gerät zum Kaiser zurückkehrten, krönte ihn der

Patriarch von Konstantinopel in der Kirche der Sophia, der göttlichen Weisheit, mit dem Purpur und der Krone Nebukadnezars, des Königs von Babylon und der ganzen Welt. – Später schickte Kaiser Konstantin Monomach dieselbe Krone dem Großfürsten Wladimir Wsewolodowitsch, als Zeichen der Herrschaft über die Welt, die Gott dem Land der Russen bereitet hat.

Jewtichij legte die Erzählung »Vom babylonischen Reich« beiseite und nahm ein anderes Buch zur Hand, die Sage »Von der Weißen Mönchskappe«, die vor einigen Jahren Dmitrij Gerasimow, genannt Mitja Tolmatsch, damals Begleiter des Nikita Karatschjarow, bei dem Jewtichij jetzt Schreiber war, dem Erzbischof Gennadius von Nowgorod aus Rom gesandt hatte. In uralten Zeiten, so berichtete diese Erzählung, wollte Kaiser Konstantin der Apostelgleiche, nachdem er den christlichen Glauben angenommen hatte und von Papst Sylvester geheilt worden war, diesen durch eine königliche Krone belohnen. Ein Engel befahl ihm aber, dem Papst nicht die Krone einer irdischen, sondern die einer himmlischen Macht zu verleihen – die Weiße Mönchskappe, die ein Sinnbild des heiligen dreitägigen Osterfestes sein soll. Die rechtgläubigen Päpste verehrten lange die Weiße Mönchskappe, bis Kaiser Karl und Papst Formosus der lateinischen Ketzerei verfielen, nicht nur die himmlische, sondern auch die irdische Macht der Kirche anerkennend. Da erschien der Engel in einer neuen Vision einem der Päpste und befahl ihm, die Kappe nach Byzanz an den Patriarchen Philotheos zu senden. Der nahm das Heiligtum in großen Ehren auf und wollte es behalten; aber Kaiser Konstantin und Papst Sylvester erschienen ihm im Traum und befahlen ihm, die Kappe noch weiter zu schicken: in das russische Land nach Groß-Nowgorod. »Denn das alte Rom«, sagte Papst Sylvester zum Patriarchen, »ist in seiner Hoffart und durch seinen Willen von Christi Ruhm und Glauben abgefallen und der lateinischen Versuchung unterlegen, und im neuen Rom, in Konstantinopel, wird der Glaube auch vernichtet werden durch die Gewalt der gottlosen Sarazenen. Im dritten Rom aber, im russischen Lande, wird die Gnade des Heiligen Geistes strahlen. Wisse, Philotheos, dass alle christlichen Länder ein Ende finden und sich um des rechten Glaubens willen zu einem einzigen russischen Reich vereinen werden.

Denn in alten Zeiten wurde die Krone Nebukadnezars nach dem Willen des Kaisers Konstantin Monomach aus seiner Residenzstadt dem russischen Zaren gesandt; und so wird nun die Weiße Kappe nach dem Willen des himmlischen Zaren Christus dem Erzbischof von Groß-Nowgorod verliehen. Um wie viel heiliger ist aber diese als jene! Und alles Heilige wird Gott dem russischen Lande verleihen, und den russischen Zaren wird er über viele Völker erheben, und das Land wird nach Gottes Willen das ›Helle Russland‹ heißen, denn die heilige, alleinige apostolische Kirche dieses neuen, dritten Rom wird im rechten christlichen Glauben heller als die Sonne über dem ganzen Weltall strahlen.«

So geschah es auch. Der Erzbischof von Nowgorod erhielt die Weiße Mönchskappe und legte sie in der Kirche der heiligen Sophia, der Weisheit Gottes, nieder. Und durch die Gnade unseres Herrn Jesus Christus hat sie jetzt und für alle Ewigkeit feste Statt auf den Häuptern der russischen Hohen Priester.

Die Geschichte vom Babylonischen Reich weissagte die irdische, die Geschichte von der Weißen Mönchskappe die himmlische Größe des Russischen Reiches.

Jedes Mal, wenn Jewtichij diese Sagen las, erfüllte ein wirres, ihm selbst unverständliches Gefühl seine Seele: Es war wie eine grenzenlose Hoffnung, die sein Herz laut schlagen ließ und ihm den Atem benahm, wie über einem Abgrund. Wie kärglich und arm ihm auch die Heimat erschien im Vergleich mit der Fremde, so glaubte er doch an diese Prophezeiungen von der künftigen Größe des dritten Rom, vom wahren Jerusalem, von den Strahlen der aufgehenden Sonne über den siebzig goldenen Kuppeln der russischen Weltkirche, der Sophia, der göttlichen Weisheit.

Doch im tiefsten Grund seiner Seele lebte ein Zweifel, ein Gefühl unlösbaren Widerspruchs. Hieß es nicht, dachte er, König Nebukadnezar sei ein ungerechter König, der ärgste auf Erden gewesen? Wollte er nicht, dass alle Völker nur ihm dienten und nur ihn anbeteten wie einen Gott? Hatte er nicht durch einen Herold verkünden lassen: »Fallt nieder und betet an den goldenen Götzen des Königs Nebukadnezar?« Aber der wahre Gott strafte ihn: Er nahm ihm das menschliche Herz und gab ihm das Herz eines Tiers; er ward ausgestoßen von den Menschen, und er fraß Gras wie ein Ochse, und sein Leib wurde von himmlischem Tau benetzt, sodass ihm Haare wuchsen eines Löwen und Krallen eines Vogels. Und hieß es nicht in der Offenbarung: »Sie ist gefallen, sie ist gefallen, Babylon die große; denn von dem Wein des Zorns ihrer Hurerei haben alle Heiden getrunken. Wehe, wehe, die große Stadt, die bekleidet war mit Seide und Purpur und Scharlach!« Und wenn das so ist, fragte sich Jewtichij, wie kann sich dann im dritten Rom, im Russischen Reich, die Weiße Kappe mit der verdammten Krone des von Gott verfluchten Nebukadnezar vereinen – die Krone Christi mit der Krone des Antichrist?

Er fühlte, dass hier ein großes Geheimnis verborgen lag und dass ihm noch furchtbarere Visionen erscheinen würden als die, die ihn soeben verlassen hatte, wenn er sich in dieses Geheimnis versenkte. Er bemühte sich, nichts mehr zu denken, löschte die Kerze und legte sich aufs Bett.

Und er hatte einen Traum: Ein Weib mit feurigem Antlitz, mit feurigen Flügeln, in strahlendem Gewand stand auf einer Mondsichel inmitten von Wolken unter einer von sieben Säulen getragenen Monstranz mit der Inschrift: »Die Weisheit hat sich ein Haus erbaut.« Propheten, Priester, Erzväter, speertragende Engel, Erzengel, Herrscher und Fürsten umringten sie, und in der Schar der Propheten, zu Füßen der Weisheit, stand Johannes der Vorläufer mit denselben dünnen Armen und den langen Beinen wie ein Kranich, mit denselben weißen Riesenflügeln wie der Johannes auf seinem Bild – aber mit einem andern Gesicht. An der kahlen Stirn mit den trotzigen Furchen, an den borstigen Brauen, dem langen grauen Bart und dem grauen Haar erkannte Jewtichij ein Gesicht, das sich seinem Gedächtnis fest eingeprägt hatte, das Gesicht des Greises, der dem Propheten Elias so ähnlich sah, des Greises, der vor zwei Jahren seine Werkstatt besucht hatte: das Gesicht Leonardo da Vincis, des Erfinders der menschlichen Flügel. Unten, unter den Wolken, auf denen das Weib stand, leuchteten wie Feuersglut im blauen Himmel die goldenen Kuppeln und Kreuze der Kirche; man sah schwarze, frisch vom Pflug umgebrochene Äcker, Felder, blaue Haine, helle Flüsse und die unendliche Ferne, in der er das russische Land erkannte.

Feierlich dröhnte Glockengeläut; das Siegeslied Halleluja ertönte, und die Sechsgeflügelten bedeckten entsetzt ihre Gesichter mit den Fittichen und riefen: »Es schweige jede menschliche Kreatur und verharre in Angst und Beben.« Und die sieben Erzengel schlugen mit den Flügeln, und die sieben Donner erhoben ihre Stimme. Und über dem feurigen Weib, der heiligen Sophia, der göttlichen Weisheit, tat sich der Himmel auf, und etwas Weißes erschien in ihm, etwas Sonnengleiches, Furchtbares. Jewtichij verstand, dass es die Weiße Mönchskappe war, die Krone Christi über dem russischen Land.

Die Rolle, die der geflügelte Vorläufer in der Hand hielt, tat sich auf, und Jewtichij las: »Siehe, ich will meinen Engel senden, der vor mir her den Weg bereiten soll. Und bald wird kommen zu seinem Tempel der Herr, den ihr suchet, und der Engel des Bundes, des ihr begehret. Siehe, er kommt.«

Die Stimme des Donners, das Rauschen der Engelsfittiche, das Siegeslied Halleluja und das Glockengeläute verflossen zu einem einzigen Lobgesang auf die heilige Sophia, die göttliche Weisheit. Und Fluren, Haine, Flüsse, Berge und alle unendlichen Fernen des russischen Landes stimmten ein in dieses Lied.

Jewtischij erwachte. Es war früher grauer Morgen. Er erhob sich und öffnete das Fenster. Duftige Frische der vom Regen erquickten Blätter und Gräser wehte ihm entgegen: Es hatte nachts gewittert. Die Sonne ging noch nicht auf. Aber am Himmelsrand, über den dunklen Wäldern jenseits des Flusses, da, wo sie aufgehen musste, färbten sich die geballten Wolken in Purpur und Gold. Die Straßen der Stadt schliefen noch in der Dämmerung; nur der schlanke weiße Glockenturm von St. Hubertus leuchtete in blassgrünem, wie durch Wasser dringendem Lichtschein. Die Stille war vollkommen, voll großer Erwartung; nur auf den Sandbänken der einsamen Loire schrien wilde Schwäne.

Der Maler setzte sich beim Fenster an den kleinen Tisch mit dem schrägen Schreibbrett, dem seitlich angebrachten Tintenfass aus Horn und der Schublade für Federn; er schnitt sich eine Gänsefeder und öffnete ein großes Heft. Das war ein Werk, das ihm sein Lehrer, der fromme Starez Prochor, hinterlassen hatte und an dem er selbst schon viele Jahre weitergearbeitet hatte: ein neuer, verbesserter *Ikonopisnyj Podlinnik*, ein Leitfaden für Ikonenmalerei.

»Was war der Anfang der Heiligenbildmalerei? Sie stammt nicht von Menschen; sondern Gott Vater selbst hat als Erster einen Sohn gezeugt, sein Wort, seine lebende Ikone …« Das waren die letzten Worte, die Jewtichij geschrieben hatte. Er tauchte die Feder ein und fuhr fort: »Ich Sünder habe von Gott ein Talent empfangen, das meinen elenden Kräften anvertraut ward, und ich will es nicht in die Erde vergraben, damit ich nicht verurteilt werde dafür. Sondern ich habe mich bemüht, das Alphabet meiner Kunst – das ist, alle Glieder des menschlichen Leibes, die bei der Ikonenmalerei in Anwendung kommen – zum Vorbild und Nutzen aller derer aufzuzeichnen, die sich dieser frommen Kunst befleißigen. – Euch alle aber, meine Brüder, für die ich mich dieser Mühe unterziehe, bitte ich innig um ein heißes Gebet zu Gott, damit ich, der ich hier auf Erden Sein Ebenbild und das Seiner heiligen Diener male, Sein göttliches Antlitz selbst und das aller Seiner Heiligen einst schauen darf im Himmelreich, wo Sein Lob und Seine Ehre von allen Geistern gesungen wird, jetzo und künftig und in alle Ewigkeit. Amen.«

Während er schrieb, erschien hinter dem dunklen Wald wie glühende Kohle der Rand der Sonne, und etwas wie Musik schwebte über Erde und Himmel. Die weißen Tauben flatterten unter dem Dach hervor und ließen die Flügel rauschen. Ein Sonnenstrahl drang durch das Fenster in Jewtichijs Werkstatt und fiel auf das Bild Johannes des Täufers, des Vorläufers, und die vergoldeten Flügel, innen rotgolden wie eine Flamme, außen weiß wie Schnee, wie Flügel eines Riesenschwans im blauen Himmel über die gelbe Erde und den schwarzen Ozean ausgebreitet, schimmerten und funkelten plötzlich im Purpur der Sonne, wie von übernatürlichem Leben beseelt.

Jewtichij dachte an seinen Traum, nahm den Pinsel, tauchte ihn in rote Farbe und schrieb auf die weiße Rolle des Geflügelten Vorläufers: »Siehe, ich will meinen Engel senden, der vor mir her den Weg bereiten soll. Und bald wird kommen zu seinem Tempel der Herr, den ihr suchet, und der Engel des Bundes, des ihr begehret. Siehe, er kommt.«

Der Esel auf dem Eis

Wir kennen Leonardo da Vinci als Genie der Malerei, der Anatomie, der Optik, Akustik, Botanik, Geologie, Kriegskunst und Astronomie. Aber er ist auch ein Fabulierer, ein Dichter von Parabeln, der Weisheit findet in allem, was er als Forscher beobachtet.
Seine Fabeln kommen einfach und naiv daher, sind aber kunstvoll und überraschend. Hier sprechen die Tiere, die Pflanzen zu uns. Die ganze Natur meldet sich zu Wort: Der Stein, der Nusskern, das Feuer, die Luft, das Wasser, das Blatt Papier.

Sie erzählen vom Unscheinbaren, das durch Klugheit und mit List obsiegt. Leonardos Fabeln lassen uns lächeln und machen am Ende klüger.